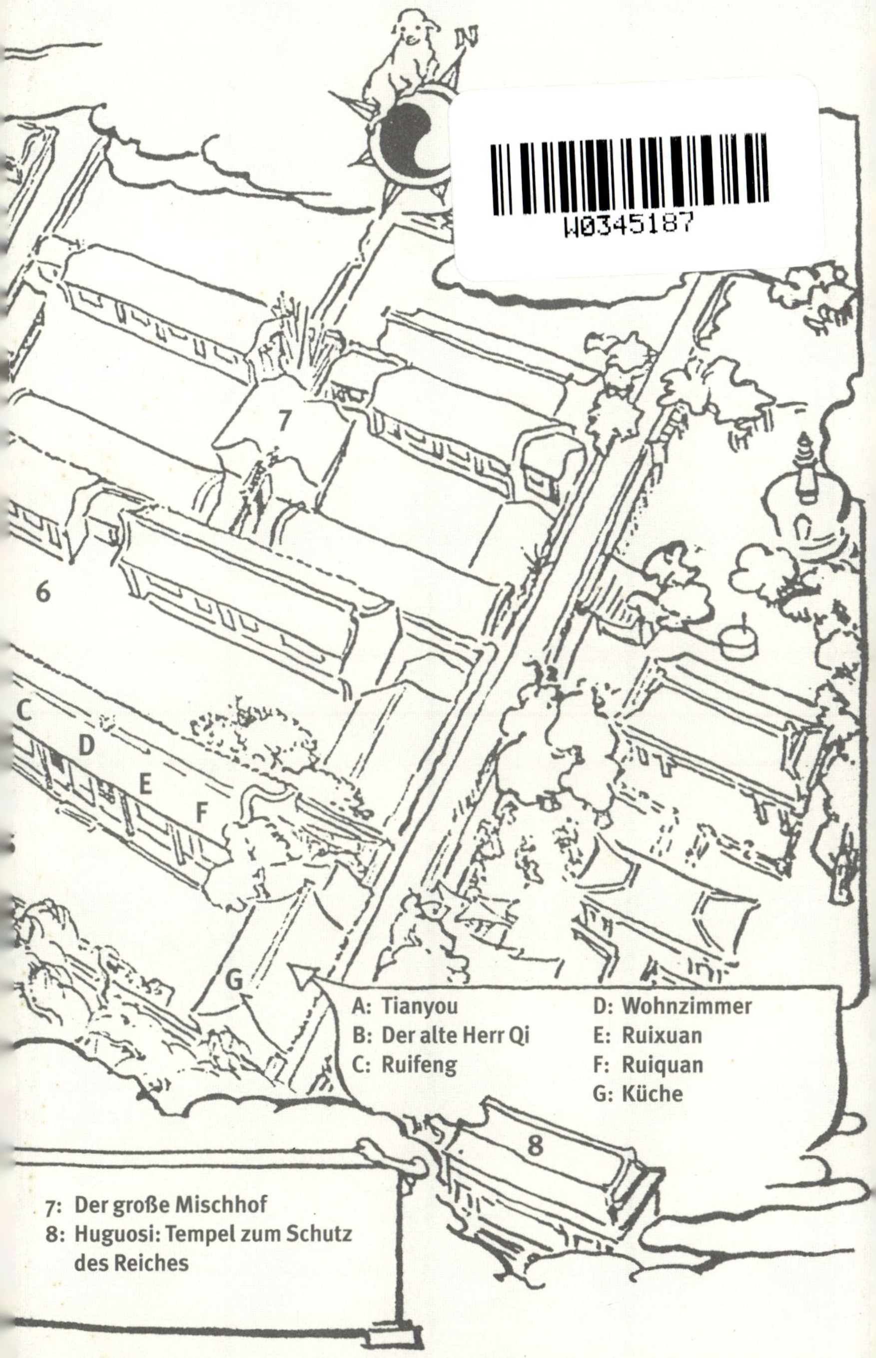
Schafhürdengasse
N
7
6
C
D
E
F
G
8
A: Tianyou
B: Der alte Herr Qi
C: Ruifeng
D: Wohnzimmer
E: Ruixuan
F: Ruiquan
G: Küche
7: Der große Mischhof
8: Huguosi: Tempel zum Schutz des Reiches

Lao She
Vier Generationen
unter einem Dach

Lao She

Vier Generationen unter einem Dach

Herausgegeben und aus dem Chinesischen von
Irmtraud Fessen-Henjes

Unionsverlag

Die Originalausgabe erschien 1983/84
unter dem Titel *Sishi tongtang*
in Band 4–6 der Gesamtausgabe von Lao She wenji
im Verlag Renmin wenxue chubanshe in Beijing.

Die Übersetzung aus dem Chinesischen wurde unterstützt durch die
Gesellschaft zur Förderung der Literatur aus Afrika, Asien und
Lateinamerika e.V. in Zusammenarbeit mit der Schweizer Kulturstiftung
PRO HELVETIA.

Rieterstrasse 18, CH-8059 Zürich
Telefon 0041-1-281 14 00, Fax 0041-1-281 14 40

Umschlaggestaltung: Heinz Unternährer, Zürich
Umschlagmotiv: Lin Xudong, 1987
Foto des Autors: Jiang Qisheng, 1963
Druck und Bindung: Spiegel Ulm
ISBN 3-293-00257-9

1

Der alte Herr Qi war ein furchtloser Mann. Er fürchtete nur eines – seinen achtzigsten Geburtstag nicht feiern zu können. In seinen besten Mannesjahren mußte er mit ansehen, wie die Stadt Peking von den Alliierten Truppen der acht Staaten besetzt worden war. Später hatte er den Sturz der Qing-Dynastie erlebt und fortwährende Bürgerkriege; manchmal waren alle neun Stadttore fest verriegelt, und Gewehrfeuer und Kanonendonner rissen Tag und Nacht nicht ab; dann wieder standen alle Tore weit auf, und Wagen und Pferde der siegreichen Kriegspartei jagten durch die Straßen. Der Krieg hatte ihn zwar schrecken, doch nicht aus der Bahn werfen können, Frieden war ihm aber lieber. Jeder Feiertag wurde gebührend begangen, und zum Jahreswechsel opferte man den Ahnen. Er war schließlich ein Bürger, der die Gesetze achtete und wußte, was sich gehörte, der danach trachtete, sein Leben in Ruhe und Frieden, ohne ständige Sorge um das tägliche Essen und Kleiden, zu verbringen. Auch wenn es zu kriegerischen Auseinandersetzungen kam, er hatte sein eigenes Rezept: Es mußte immer ein Vorrat an Getreide und Salzgemüse für drei Monate im Hause sein. Da konnten Kugeln noch und noch durch die Luft fliegen und Soldaten die Straßen unsicher machen, er verriegelte das Tor seines Anwesens, sicherte es zusätzlich durch ein altes Tonfaß voller Steine und wartete so in aller Ruhe ab, bis die Katastrophe vorüber war.

Warum legte der alte Herr Qi seinen Vorrat immer nur für drei Monate an? Weil in seiner Vorstellung Peking die sicherste Großstadt auf Erden und jedwede Katastrophe ganz gewiß nach drei Monaten vorüber war. Mit den Katastrophen in Peking war es geradeso wie mit Kopfschmerzen und Fieber, sie tauchten immer wieder auf, verschwanden aber nach ein paar Tagen von selbst. Wer es nicht glaubte, dem rechnete es der alte Herr an den Fingern vor: Wie lange dauerte der Krieg zwischen den Militärs von Hebei und Anhui? Und wie lange kämpfte Zhang Zuolin in Fengxian? Ihr könnt mir schon glauben, Katastrophen in unserem Peking dauern nie länger als drei Monate!

Als im Jahre 1937 am 7. Juli der Antijapanische Krieg ausbrach, war Herr Qi bereits im fünfundsiebzigsten Lebensjahr. Da kümmerte er sich schon lange nicht mehr um die häuslichen Angelegenheiten. Wichtig war ihm jetzt, die Blumen im Hof zu gießen, ein bißchen von früher zu erzählen, den Kanarienvögeln Futter und Wasser nachzufüllen, mit dem Urenkel und der Urenkelin auf der Straße und im Tempel zum Schutze des Reiches spazierenzugehen. Doch der Kanonendonner an der Marco-Polo-Brücke mußte ihn schon ein wenig in Sorge versetzen, schließlich war er der Ahnherr einer Familie von vier Generationen, die unter einem Dach wohnten.

Da der Sohn bereits die Fünfzig überschritten hatte, die Schwiegertochter aber kränkelte, rief der alte Herr Qi den ältesten Enkel und dessen Frau zu sich. Diese angeheiratete Enkelin mochte er besonders gern, denn sie hatte der Familie Qi Kinder und ihm also einen Urenkel und eine Urenkelin geschenkt. Und sie verstand sich aufs Haushalten und besaß Anstand, anders als die Frau des zweiten Enkels, die sich Dauerwellen machen ließ, die wie ein verwildertes Gluckennest aussahen, wovon einem übel werden konnte. Obgleich faktisch der älteste Enkel und seine Frau den Haushalt führten, lag in Wirklichkeit die ganze Last der täglichen Arbeit auf ihren Schultern, da der Enkel als Lehrer tagsüber unterwegs war und abends noch seinen Unterricht vorbereitete und Hausaufgaben korrigierte. Die Sorge um Kleidung, Essen und Trinken, um all die Verpflichtungen der Verwandtschaft und Nachbarschaft gegenüber bei Festlichkeiten und Begräbnissen war wahrlich keine leichte Sache, da durfte der alte Herr sie schon ein wenig bevorzugen. Außerdem war er von Kindesbeinen an in Peking aufgewachsen und hatte im Laufe der Zeit zahllose Anstandsregeln und Rituale verinnerlicht, die er gehört und gesehen sowie auch von Bannerleuten der privilegierten Mandschuren übernommen hatte. Dementsprechend sollte eigentlich die Schwiegertochter vor ihm ehrerbietig geradestehen. Aber die war in den Fünfzigern und andauernd krank, da konnte er sie doch nicht so mit herabhängenden Armen vor sich hin stehen lassen. Das aber verstieß gegen die Sitte. Da war es doch besser, die wichtigen Haushaltsangelegenheiten gleich mit der Frau des ältesten Enkels zu erörtern.

Der alte Herr Qi ging zwar schon etwas gebeugt, überragte aber immer noch alle in der Familie. In seinen besten Jahren hieß er überall der Hüne Qi. Mit seiner Gestalt und dem länglichen Gesicht hätte er recht würdevoll aussehen können, aber seine Augen waren zu klein. Sobald er lachte, zogen sie sich zu einem Schlitz zusammen. Außer seinem hohen Wuchs hatte er nichts Bemerkenswertes an sich. Erstaunlicherweise sah er mit zunehmendem Alter besser aus: ein bräunliches Gesicht, Bart und Brauen schneeweiß, in den Augenwinkeln und Wangen Lachfältchen. Nun gaben ihm die kleinen Äuglein, zwischen Fältchen und weißen Brauen eingebettet, ein stets freundliches und gütiges Aussehen. Lachte er, leuchteten die kleinen Augen ein wenig auf, so als verberge sich hinter ihnen unendliche Weisheit, die sie jedoch nicht auf einmal preiszugeben gedachten.

Als jetzt die Frau des ältesten Enkels vor ihm stand, strich sich der alte Herr lange den Bart und schwieg. In seiner Kindheit hatte er nur notdürftig lesen und schreiben gelernt, in der Jugend und im Mannesalter gedarbt und geschuftet und es schließlich aus eigener Kraft zu einem Haus und einer Familie gebracht. Auch sein Sohn war nur drei Jahre zur Dorfschule und dann sogleich in die Lehre gegangen. Erst in der Generation der Enkel wurde es üblich, die Universität zu besuchen. Jetzt war er zwar der Ahnherr, hatte aber ständig das Gefühl, hinsichtlich seiner Bildung dem Sohn unterlegen zu sein – der nämlich konnte die »Gespräche des Konfuzius« vollständig rezitieren und schrieb, dem Wahrsager zufolge, sehr schöne Zeichen –, und erst recht den Enkeln, weshalb er fürchtete, von ihnen nicht genügend respektiert zu werden. Wenn er mit der jüngeren Generation zu reden hatte, pflegte er daher zunächst eine Weile in Schweigen zu verharren, um zu zeigen, daß er sehr wohl zu denken verstand. Der Frau des ältesten Enkels gegenüber hätte er das zwar nicht nötig gehabt, sie kannte selbst nur wenige Zeichen und machte sich zudem den lieben langen Tag mit den Kindern oder den Kochtöpfen zu schaffen, aber mit der Zeit war es ihm so zur Gewohnheit geworden, daß er auch sie etwas länger stehen ließ.

Da die Schwiegerenkelin keine Schule besucht hatte, besaß sie auch keinen richtigen Namen. Erst nach der Hochzeit hatte ihr Mann ihr einen Namen – wie einen Doktorgrad – verliehen: Yunmei. Die beiden Zeichen – Anmut und Pflaume – schienen nicht gerade Glück zu verheißen, jedenfalls setzten sie sich in der Familie Qi nie durch. Für die Schwiegereltern und den alten Herrn ging es selbstverständlich nicht an, sie bei ihrem Namen zu rufen, und für alle anderen war sie einfach die Hausfrau, die mit »Anmut« und »Pflaume« kaum etwas zu tun hatte. Da Yunmei – allerdings mit anderen Zeichen geschrieben – genauso ausgesprochen wird wie »Kohlen holen«, meinte der alte Herr, der Name habe auch diese Bedeutung, und war daher ungehalten darüber, daß man sie noch Kohlen holen hieß, nachdem sie den ganzen Tag über schon alle Hände voll zu tun gehabt hatte. So kam es, daß selbst ihr Mann sich genierte, sie so zu rufen. Deshalb wurde sie neben den üblichen Bezeichnungen wie »ältere Schwägerin« und »Mama« meist »Shuns Ma« gerufen. Shun war ihr kleiner Sohn.

Shuns Ma sah hübsch aus, sie war mittelgroß, hatte ein rundliches Gesicht und große, glänzende Augen. Alles erledigte sie schnell – gehen, sprechen, essen, arbeiten. Auch beim Kämmen, Waschen und Pudern war sie flink, und gerade so, wie es sich ergab, ob der Puder gleichmäßig verteilt war oder nicht, sah sie manchmal hübscher, zuweilen weniger hübsch aus. Lachte sie deshalb jemand aus, so stimmte sie ein, ohne sich im geringsten aufzuregen. Sie war eine richtige Frohnatur.

Als der alte Herr Qi seinen Bart lange genug gestrichen hatte, richtete er an Shuns Ma die Frage: »Wieviel Getreide haben wir noch?«

Eine kurze Bewegung der großen, glänzenden Augen verriet, daß sie sein Anliegen erraten hatte. »Es reicht noch für drei Monate.« Das stimmte zwar nicht ganz, aber dies einzugestehen, hätte ein langes Palaver des alten Herrn ausgelöst. Wenn es die gute Absicht verlangte, verstand sie es sehr wohl, den Alten und die Kinder hinters Licht zu führen.

»Und Salzgemüse?« Der alte Herr brachte sein zweitwichtigstes Anliegen vor.

Diesmal kam ihre Antwort noch schneller: »Ist auch noch ausreichend vorhanden! Trockengemüse und eingesalzene Rübchen, alles da!« Sie war sicher, selbst wenn der alte Herr

sich durch persönlichen Augenschein überzeugen wollte, noch schnell etwas besorgen zu können.
Der alte Herr war zufrieden. »Dann ist es in Ordnung.« Solange ein Vorrat für drei Monate im Hause war, konnte die Familie Qi nichts erschüttern, sogar der Himmel hätte einstürzen können. Natürlich mußte er der Schwiegerenkelin noch die Gründe erläutern: »Die japanischen Teufel führen etwas im Schilde. Sollen sie nur kommen! Als im Jahre 1900 die Alliierten Truppen in Peking einfielen und der Kaiser floh, haben sie uns auch nicht den Schädel eingeschlagen. Nicht mal acht Länder haben es geschafft, was sollen da diese paar Japaner ausrichten? In Peking geschehen noch Wunder, hier dauern selbst die größten Unruhen nie länger als drei Monate! Aber wir sollten nicht übermütig werden und wenigstens gedämpftes Maisbrot und Salzgemüse immer vorrätig haben!«
Shuns Ma begleitete jeden Satz des alten Herrn mit einem Nicken. Obwohl sie das alles schon mindestens fünfzig Mal gehört hatte, tat sie jedesmal so, als wäre es neu für sie.
Sobald jemand seinen Worten andächtig lauschte, pflegte der alte Herr seine Stimme anzuheben, um die Wirkung zu steigern: »Dein Schwiegervater ist zwar schon über fünfzig, aber vom Haushalten versteht er nicht viel. Und deine Schwiegermutter ist dauernd krank; wenn man mit der etwas besprechen will, stöhnt sie nur. Ich sag dir, in diesem Haus kann man sich nur auf dich und mich verlassen! Wenn wir beide uns nicht darum kümmern, kriegt keiner auch nur eine Hose zum Anziehen, ob du es glaubst oder nicht.«
Da sie schlecht sagen konnte, »ich glaub's ja« oder »ich glaub's nicht«, schlug sie die Augen nieder und lächelte.
Der alte Herr erkundigte sich nach seinem ältesten Enkel: »Ist Ruixuan noch nicht zurück?«
»Der hat doch heute vier oder fünf Stunden Unterricht«, antwortete sie.
»Wo gibt's denn so was, wenn geschossen wird, hat jeder schnellstens zurück zu sein. Und Ruifeng und sein aufgetakeltes Frauenzimmer?« Der alte Herr meinte den zweiten Enkel und dessen Frau mit dem Gluckennesthaar.
Sie wußte nicht recht, was sie darauf antworten sollte. »Die beiden ...«

»So junge Eheleute, müssen die denn dauernd wie Kletten zusammenhängen, sie machen sich ja lächerlich!«
Sie schmunzelte. »Junge Leute sind eben so!«
»Ich kann das nicht mehr mit ansehen«, brach es aus dem alten Herrn heraus, »daran ist nur deine Schwiegermutter schuld, die hat sie verwöhnt. Ich habe noch nie erlebt, daß eine jungverheiratete Frau den lieben langen Tag im Beihai-Park, auf dem Dongdan-Markt oder in irgendeinem Kino zubringt!«
»Ich weiß auch nicht...« Da sie wohl nie in die Verlegenheit kommen würde, ins Kino zu gehen, wußte sie wirklich nichts zu sagen.
»Und der kleine Dritte?« Der Enkel Ruiquan war noch unverheiratet, daher nannte ihn der alte Herr immer noch kleiner Dritter, obwohl der die Universität schon fast abgeschlossen hatte.
»Der Dritte ist mit Niuzi weggegangen.« Niuzi war Shuns kleine Schwester.
»Warum ist er nicht in der Universität?«
»Er hat mir eben lang und breit erklärt, wenn wir nicht bald gegen die Japaner kämpften, sei nicht einmal unser Peking zu halten.« Shuns Ma sprach schnell, aber deutlich. »Er hat sich so ereifert, daß er rot anlief, die Fäuste ballte und sich die Hände rieb. Ich wollte ihn beruhigen und sagte ihm, daß niemand aus unserer Familie je einem Japaner zu nahe getreten wäre, also hätten wir von ihnen auch nichts zu befürchten. Ich wollte ihn damit besänftigen, aber er hat mich angestarrt, als ob ich mit den Japanern gemeinsame Sache machte. Wutentbrannt ist er mit Niuzi losgezogen. Nun sagen Sie selbst, wem habe ich denn etwas getan?«
Der alte Herr starrte eine Weile vor sich hin, dann erwiderte er: »Ich mach mir Sorgen um den kleinen Dritten, ich fürchte, eines Tages wird er ein Unglück heraufbeschwören.«
In diesem Moment rief der kleine Shun quengelig vom Hof: »Großvater, bist du wieder da? Hast du mir auch Pfirsiche mitgebracht? Nicht einen einzigen? Großvater, auf dich ist ja kein Verlaß!«
Seine Mutter schalt ihn von drinnen: »Xiao Shun, sei anständig zu Großvater, sonst setzt's eine Tracht Prügel!«

Der Kleine gab Ruhe. Shuns Großvater trat ein, Qi Tianyou, ein schwarzbärtiger Herr in den Fünfzigern. Sein Auftreten – er war von mittlerer Statur und ziemlich beleibt, mit rundem Gesicht, wülstigen Brauen, großen Augen und dichtem schwarzem Haar – paßte zu seinem Posten als Geschäftsführer in einem Tuchladen mit drei Flügeltüren. Bei jedem Schritt erzitterten seine Wangen. Da er schon immer Handel trieb, strahlte sein Gesicht ewige Harmonie aus, auf seiner Nase kräuselten sich fast ständig Lachfältchen. Heute allerdings wirkte er irritiert. Er lächelte zwar noch krampfhaft, aber seine Augen strahlten nicht wie sonst. Auch die Fältchen schienen sich nicht recht zeigen zu wollen.

»Was gibt's?« Der alte Herr Qi strich über seinen weißen Bart. Irgendwie fühlte er sich beunruhigt.

Tianyou nahm gezwungen Platz, als übe der weißbärtige Alte einen psychischen Druck auf ihn aus. Er blickte den Vater kurz an, ließ dann den Kopf sinken und sprach leise: »Es sieht nicht gut aus.«

»Kämpfen wir nun doch gegen die Japaner?« fragte Shuns Ma mutig, eingedenk ihrer Stellung als Frau des ältesten Enkels. »Es herrscht allgemeine Verunsicherung!«

Der alte Herr Qi erhob sich bedächtig: »Shuns Ma, hol das alte Tonfaß, wir versperren das Eingangstor!«

2

Das Haus der Familie Qi befand sich in der »kleinen Schafhürde« in der Weststadt, in der Nähe des Huguosi, des Tempels zum Schutze des Reiches. Vielleicht war diese Gegend früher einmal ein Gehege für Schafe gewesen, denn anders als die üblichen Pekinger Gassen verlief diese nicht schnurgerade oder mit nur ein, zwei Kurven, sondern glich einem Flaschenkürbis. Das obere Ende führte auf die Große Weststraße, war sehr schmal und lang, zudem ziemlich schmutzig. Dieser Flaschenhals war so eng, daß jemand, der nicht Bescheid wußte oder vielleicht nur den Postboten danach gefragt hatte, ihn übersehen konnte. Erst wenn man im Flaschenhals war und den Abfall sah, der sich entlang der Mauer häufte, faßte man den Mut weiterzugehen.

Nach einigen Schritten wurde es dann heller, man hatte den Oberkörper des Flaschenkürbisses vor sich: einen von Ost nach West etwa vierzig Schritte breiten, von Nord nach Süd dreißig Schritte langen runden Platz mit zwei großen japanischen Schnurbäumen. Um den Platz wohnten sechs, sieben Familien. Ging man noch ein Stück weiter, kam wieder eine enge Gasse, die »Taille« des Flaschenkürbisses. Hatte man diese durchquert, öffnete sich erneut eine freie Fläche, etwa doppelt so groß wie der »Oberkörper«, das war dann der »Bauch« der Flasche. Sollten »Oberkörper« und »Bauch« Schafskoppeln gewesen sein? Das Haus der Familie Qi lag im »Oberkörper« des Flaschenkürbisses. Das Eingangstor ging gen Westen, schräg gegenüber stand ein Schnurbaum. Vor Jahren imponierte dem alten Herrn Qi beim Kauf gerade diese Lage. Der enge und unauffällige Eingang erschien ihm besonders sicher, und die Nachbarschaft dieser sechs, sieben Familien fand er angenehm. Vor dem Tor konnten die Kinder unter den Bäumen spielen, es gab keine Pferdefuhrwerke und Fahrzeuge, dafür aber von den Bäumen eine Menge Schnurbohnen, Schnurblüten und Schnurkätzchen zum Spielen. Die enge Gasse führte nach Westen auf eine belebte Straße mit eben diesem Tempel zum Schutze des Reiches, wo man sonnabends und sonntags auf dem Markt gut einkaufen konnte.

Das Haus allerdings war nichts Besonderes. Es war nicht im Karree angelegt. Der Hof hatte eine breite Ost-West-, aber eine sehr schmale Nord-Süd-Ausdehnung. Hätten sich Nord- und Südgebäude direkt gegenüber gestanden, wäre vom Hof nur noch ein Streifen übriggeblieben, schmal wie der Gang zwischen zwei Schiffskajüten. Deshalb befanden sich die beiden südlichen Stuben gleich hinter dem Eingangstor, und die fünf nördlich liegenden Räume blickten auf die Südmauer. Zwei Kammern bildeten das östliche Hofende, dahinter gab es eine Ecke, dort lag der Abort. Jenseits der Südmauer schloß sich das Grundstück einer Kerzen- und Räucherwerk-Handlung an. Glücklicherweise gab es hier ein paar Weidenbäume, sonst hätte das Qi'sche Anwesen mit dem Brachland vor der Südmauer nackt wie ein Bahnhof gewirkt. Zudem war das Haus nicht besonders solide gebaut. Seit es sich im Besitz des alten Herrn Qi befand, waren Giebelwand der Südstuben und

Rückseite der östlichen Kammern mindestens zweimal zusammengefallen. Der Einsturz der aus brüchigen Ziegeln bestehenden Umfassungsmauer war alle Jahre wieder zur Regenzeit fällig. Der Hof hatte nur Erdreich, keinen gepflasterten Weg. Zur Regenzeit, wenn das Wasser wadenhoch stand, konnte man ihn bestenfalls barfuß durchqueren.

Trotzdem hing der alte Herr Qi mit allen Fasern seines Herzens an diesem Haus. Weil er es sich selbst erarbeitet hatte; wie schlecht auch Anlage und Ausführung sein mochten, er war stolz darauf. Außerdem hatte sich die Familie in diesem Haus ständig vergrößert und umfaßte nun schon vier Generationen. Das mußte die ausgezeichnete geomantische Lage sein! Als der älteste Enkel Ruixuan geheiratet hatte, waren alle Gebäude gründlich renoviert worden. Das hatte Qi Tianyou veranlaßt, der das vom Vater erworbene Eigentum zu einer Generationen überdauernden Festung ausbauen wollte, um sowohl vor dem Vater als auch vor den Nachkommen bestehen zu können. Morsche Balken waren ausgewechselt, gebrochene Ziegel durch neue ersetzt und alle sichtbaren Holzteile lackiert worden. Die Renovierung konnte zwar nicht den Grundriß, aber die Beschaffenheit verbessern, so daß das Anwesen nun zu den ansehnlichen in der Schafhürdengasse zählte.

Seit der alte Herr Qi seinen sechzigsten Geburtstag gefeiert und sich zur Ruhe gesetzt hatte, konzentrierte er sich auf die Verschönerung des Grundstücks. Entlang dem südlichen Mauersockel pflanzte er nach und nach Begonien, Jadepfeil-Lilien, Hortensien und Steinbrech, und in die Hofmitte stellte er vier Granatäpfel-Töpfe, zwei Oleanderstöcke und andere wenig Pflege erfordernde Blumen. Vor die Südstuben setzte er zwei Dattelbäume, von denen der größere helle, der andere süßsaure »Lotus«-Datteln trug.

Wenn der alte Herr sein Haus, seine Söhne und Enkel sowie die selbstgezüchteten Blumen und Gewächse betrachtete, hatte er das Gefühl, daß sich die Anstrengungen seines Lebens gelohnt hatten. Peking war eine unverwüstliche Stadt, und sein Haus war es ebenso.

Jetzt wohnten die Eheleute Tianyou mit ihrem Enkel Shun in den beiden Südstuben. Der mittlere der nördlichen Räume

war das Wohnzimmer; von dort ging nach beiden Seiten eine Tür zu den Schlafräumen der beiden verheirateten Brüder ab. Die daneben liegenden Räume waren vom Hof aus getrennt zugänglich. Der hinterste gehörte Ruiquan, im vorderen schlief der alte Herr. In einer der östlichen Kammern war die Küche untergebracht, dort wurde auch das Getreide gespeichert, lagerten Kohlen und Feuerholz. Im Winter wurden hier die Töpfe mit den Granatäpfelbäumen und dem Oleander untergestellt. Anfangs hatte der alte Herr die Ostkammer und auch die Südstuben vermietet, doch inzwischen fanden der Sohn und die Enkel hier kaum noch Platz. Daß sämtliche Räume von den eigenen Familienmitgliedern bewohnt waren, erfüllte sein Herz mit Freude. Er war wie ein alter Baum, der seine Äste über den ganzen Hof ausgebreitet und alle Blüten an den Zweigen selbst hervorgebracht hatte.
Auch in der Gasse gab es Anlaß zur Zufriedenheit. In den vierzig, fünfzig Jahren, die er hier wohnte, hatten die Nachbarn ständig gewechselt, waren heute eingezogen, morgen wieder ausgezogen, nur ganz wenige blieben ein oder gar zwei Jahrzehnte. Sie bekamen Kinder, starben, strebten nach oben oder stiegen ab, nur er allein hatte Wurzeln geschlagen. Zog jemand, der sich verbessert hatte, aus der Gasse weg, suchte er ihn nicht durch Schmeicheleien zu halten. Zog jemand aus, weil er sich nicht einmal mehr diese Gasse leisten konnte, vermochte er ihm auch nicht zu helfen. Mit der Zeit wurde er so zum Ältesten in der Gasse. Zog jemand neu hierher und machte den Nachbarn seine Aufwartung, dann kam er zuerst zu ihm. Gab es bei den Nachbarn eine Hochzeit oder ein Begräbnis, saß er stets auf dem Ehrenplatz. Er war der Stern des langen Lebens dieser Gegend, das Symbol für Familienzuwachs und häusliches Glück!
Zufriedenheit machte ihn jedoch nicht übermütig. Er hoffte, es möge ihm vergönnt sein, zur Feier seines achtzigsten Geburtstages ein Festzelt in seinem Hof errichten zu können. An irgend etwas nach dem achtzigsten mochte er nicht denken. Sollte der Himmel ihn noch weiterleben lassen, um so besser! Sollte er ihn abrufen, würde er die Augen schließen und gehen, und Sohn und Enkel würden ihn in weißer Trauerkleidung zum Stadttor hinausgeleiten.

Im »Oberkörper« des Flaschenkürbisses gab es auf der Westseite nur ein seit langem versperrtes Eingangstor. An der Südseite befanden sich zwei Eingänge zu recht stattlichen Anwesen. Die Nordseite hatte zwei Tore, die in ziemlich kleine Höfe führten, in denen jedoch jeweils drei bis vier Familien wohnten. War die Südseite das Gebiet der Reichen, so war die Nordseite das der Armen. An der Ostseite lagen drei Eingänge, Qis war davon der südlichste. Der daneben liegende, durch eine Mauer getrennte Hof war ebenso lang und schmal, beherbergte aber drei Familien. Etwas weiter entfernt lag noch ein Eingang, er führte zu zwei Höfen mit mehr als zwanzig Räumen, in denen sieben oder acht Familien lebten, ein richtig gemischter Wohnhof. Der alte Herr empfand vor seinen Bewohnern keine allzu große Achtung, er betrachtete sie auch nicht als Nachbarn. Um das aber zu verschleiern, betonte er stets, bestenfalls die kleinere Hälfte des Hofes läge im »Oberkörper«, die größere aber im »Bauch« des Flaschenkürbisses, weshalb man seine Bewohner auch nicht als Nachbarn betrachten könne. In den Beziehungen zu den anderen Höfen achtete der alte Herr ebenfalls streng auf eine abgestufte Rangfolge. Am meisten schätzte er die auf der Südseite gelegene Nummer eins. Hier lebte schon fünfzehn oder sechzehn Jahre die Familie Qian: das Ehepaar Qian, etwa im gleichen Alter wie Tianyou, und zwei Söhne, die mit Ruixuan die Schule besucht hatten und inzwischen verheiratet beziehungsweise verlobt waren. Die Familie Qian galt als etwas seltsam. Zu jedermann höflich, wahrten sie aber auch zu allen einen gewissen Abstand, als ob sie zwar jeden, aber keinen wirklich richtig respektierten. In ihrer Kleidung lagen sie zehn, zwanzig Jahre hinter der Mode zurück. Bis auf den heutigen Tag trug Herr Qian im Winter eine Kapuze aus rotem Wollstoff. Die Frauen der Familie Qian schienen niemals einen Schritt über die Torschwelle zu wagen. Hatten sie etwas einzukaufen, Nähzutaten, Gemüse oder ähnliches, öffneten sie dem fliegenden Händler das Tor nur einen Spalt weit, als fürchteten sie, ein Geheimnis preiszugeben. Die Männer gingen zwar wie andere ein und aus, bemühten sich dabei aber stets, undurchschaubar zu scheinen. Der ältere Herr Qian hatte keine Anstellung, nur selten verließ er das Haus. Strahlte sein Gesicht allerdings in heiterer Weinlaune, stellte er sich in seinem altmodischen Gewand schon einmal vor das Tor und betrachtete die Blüten des Schnurbaumes oder lächelte den Kindern zu. In welchen Verhältnissen lebte die Familie? Welche Freuden oder Sorgen hatte sie? Das wußte niemand. In ihrem Hof gab es fast keine Geräusche. Fand in der Gasse eine Hochzeit oder ein Begräbnis statt, kamen die Volkstänzer mit ihren Bootsnachbildungen, die sie wie Röcke am Leib trugen, oder die Gaukler mit den Affen. Alle aus der Gasse amüsierten sich außer den Qians. Ihr Tor blieb verschlossen, als seien sie stets auf der Hut vor Gläubigern oder Katastrophen.

Nur der alte Herr Qi und sein Enkel Ruixuan pflegten den Umgang mit der Familie Qian, sie kannten daher einige ihrer »Geheimnisse«. Herr Qi war sich sehr wohl darüber im klaren, daß es in Wirklichkeit nichts Geheimnisvolles gab, aber er wahrte Stillschweigen. Denn indem er das Geheimnis der Familie Qian hütete, erhöhte er in gewisser Weise auch sein eigenes Ansehen.

Der Hof der Familie Qian war nicht groß, aber voller Blumen. Viele Setzlinge und Samen hatte Herr Qi von ihnen bekommen. Bei Herrn Qian gab es außer Blumen nur alte Bücher, zerschlissene Kalligraphien und Bilder. Seine tägliche Beschäftigung bestand darin, Blumen zu gießen, Bücher zu lesen, Bilder zu malen und Gedichte zu rezitieren. War er in Hochstimmung, trank er auch schon einmal ein, zwei Becher seines aus Beifußkraut selbstgebrauten Schnapses. Herr Qian war Dichter. Seine Gedichte zeigte er aber niemandem, er schrieb sie nur zu seinem eigenen Vergnügen. Auch sein Leben richtete er ganz nach seinen Idealvorstellungen aus und kümmerte sich nicht darum, ob sie überhaupt zu verwirklichen waren. Manchmal litt er Hunger, aber dann beklagte er sich nicht. Sein Ältester unterrichtete an einer Mittelschule, in seinen Interessen kam er ganz nach dem Vater. Der zweite Sohn war Kraftfahrer und weniger poetisch veranlagt. Herr Qian hatte nichts gegen Kraftfahrer, er mochte nur den Benzingeruch nicht, der ihnen anhaftete. Obwohl es deshalb keinen Streit gab, kam der zweite Sohn selten nach Hause. Die Frauen der Familie Qian verließen das Haus nicht etwa deshalb so selten, weil hier ein Patriarchat geherrscht hätte, sondern weil ihre Kleidung einfach zu altmodisch aussah und sie sich schämten. Herr Qian und sein Sohn konnten niemandem ein Haar krümmen, aber wegen ihrer finanziellen Gegebenheiten und ihrer Interessen maßen sie der Kleidung keinerlei Bedeutung bei, was für die Frauen eben Zurückgezogenheit bedeutete.

Die Beziehungen zwischen den beiden Nachbarn gestalteten sich so, daß stets der alte Herr Qi Herrn Qian besuchte, Herr Qian aber niemals das Haus der Qis betrat. Brachte Herr Qi eine Flasche Wein als Geschenk für Herrn Qian mit, so schickte dieser sogleich seinen Sohn los, um ein Geschenk zu überbringen, das um ein vielfaches teurer war. Er nahm nichts umsonst entgegen. Niemals verfügte er über genügend Geld, und hatte er Bares, gab er es aus, hatte er keines, widmete er sich ausschließlich seinen Gedichten. Auch in dieser Hinsicht glich ihm sein ältester Sohn. Statt durch ein paar Unterrichtsstunden seine Einnahmen zu vermehren, nutzte er diese Zeit lieber, um zu Hause der Malerei nachzugehen.

Nach Charakter, Bildung und Interessen war der alte Herr Qi eigentlich gar nicht für eine Freundschaft mit Herrn Qian geschaffen. Trotzdem waren sie gute Freunde geworden. Der alte Herr Qi brauchte einen bejahrten Freund, dem er seine alltäglichen Problemchen mitteilen konnte und vor dessen Wissen und Charakter er große Achtung hegte. Herr Qian andrerseits mochte sich nirgends anbiedern, suchte aber jemand von sich aus Kontakt zu ihm, wies er ihn nicht ab. Er war über alle irdischen Anfechtungen erhaben, doch nicht überheblich. Besuchte ihn jemand, war er ein freundlicher und umgänglicher Mensch.

Herr Qian Moyin war sieben- oder achtundfünfzig Jahre alt, hatte aber kaum graue Haare. Von kleinem Wuchs, ziemlich dick, mit spiegelglatten, glänzenden Perlenzähnen, wirkte er liebenswert und gutmütig. Er hatte ein rundes Gesicht mit großen Augen, die er beim Nachdenken zu schließen pflegte. Stets sprach er mit leiser Stimme, aber immer in einem angenehm ruhigen, zuvorkommenden Ton. Wenn er dem Älteren Gedichte, Kalligraphie und Malerei erläuterte, verstand ihn dieser nicht. Wenn der ihm wiederum mitteilte, daß der Urenkel die Masern oder die Frau des zweiten Enkels sich die

Haare schon wieder in anderer Manier aufgesteckt habe, so interessierte das Herrn Qian nicht. Aber beide schienen eine stillschweigende Vereinbarung getroffen zu haben: Redest du, höre ich zu, rede ich, hörst du zu. Wenn Qian Moyin Herrn Qi ein Bild zeigte, nickte dieser eifrig und lobte es. Und wenn Herr Qi familiäre Nichtigkeiten vermeldete, reagierte Herr Qian mit Zwischenrufen wie: »Na, das kann ja nicht gutgehen!«, »Ach, wirklich?«, »Ja, richtig!« Wußte er absolut nichts zu erwidern, schloß er auch schon einmal die Augen und nickte heftig. Zu guter Letzt wandte sich ihre Unterhaltung unweigerlich der Blumenzucht zu, darüber konnten sie sich endlos auslassen, und beide fühlten sich ausnehmend wohl dabei.

Hatten sie die Blumenzucht ausgiebig erörtert, lud Herr Qian den Älteren häufig zu einer einfachen Mahlzeit ein, und die Frauen der Familie Qian erhielten die Gelegenheit, mit den beiden alten Herrschaften einmal den täglichen Kleinkram zu besprechen. In solchen Momenten mußte sogar Herr Qian zugeben, daß es im Leben außer Dichtkunst und Malerei auch noch die leidigen Alltagssorgen – um das tägliche bißchen Öl, Salz, Sojawürze und Essig – gab.

Ruixuan ging manchmal mit dem Großvater auf einen Sprung bei den Qians vorbei. Kam er allein, so hatte es in acht oder neun von zehn Fällen Streit mit der Frau oder irgend jemand anderem gegeben. Er war ein vernunftbetonter Mensch, der sich gut beherrschen konnte, deshalb machte er selbst dann, wenn ihn die Wut packte, kein Geschrei. Er ging stillschweigend zu den Qians und erörterte dort mit Vater und Sohn irgend etwas, was weitab von allen Familien- und Staatsangelegenheiten lag, und schon war seine schlechte Laune verflogen.

Außer der Familie Qian gefiel Herrn Qi auch die Familie Li aus der Nummer zwei. In der ganzen Gasse war seine Generation nur noch bei den Lis vertreten. Der Vierte Herr Li war um einen Zoll kleiner als Großvater Qi, aber nur, weil sein Rücken gekrümmt war. Als Berufsmerkmal trug er eine dicke Beule am Hals. Vor zwanzig, dreißig Jahren gab es in Peking eine Menge Leute mit solchen Beulen. Sie bildeten eine eigene Berufsgruppe. Gab es etwas Wertvolles zu transportieren wie große Porzellanvasen, Standuhren, Möbel aus Zierbirnenholz,

so verschnürten sie es kunstvoll, klemmten sich ein schmales Brett an den Hals und schulterten die Last. Sie mußten gleichmäßig und sicher auftreten und benötigten dafür enorme Kraft in Hals und Nacken. Man nannte diese Leute »Knubbelhälse«. Doch seitdem es Tafelkarren gab, ging diese Zunft vom »Schultern« zum Ziehen über, und die wenigen jungen Leute, die noch von diesem Gewerbe lebten, hatten nicht mehr diese Beulen am Hals. Der Vierte Li hatte als junger Mann trotz Beule und früh gekrümmten Rückens sicher sehr stattlich ausgesehen. Er war etwa im gleichen Alter wie Großvater Qi, aber in seinem länglichen Gesicht zeigten sich kaum Falten, und seine Sehkraft hatte noch nicht nachgelassen. Lächelte er, strahlten Augen und Zähne, so daß etwas von der Schönheit seiner Jugend zu ahnen war.
In Nummer zwei wohnten drei Familien, das Haus gehörte aber dem Vierten Li. Die Sympathien des alten Herrn Qi für ihn rührten nicht etwa daher, daß dieser kein Landstreicher ohne Besitz und Beruf, sondern weil er eben ein anständiger Mensch war. Seinen Beruf nahm der Vierte Li stets sehr ernst, und er verlangte nur ein bescheidenes Entgelt. Manchmal, wenn er armen Nachbarn beim Umzug half, nahm er überhaupt nur Essengeld und keinen Lohn. Aber neben dieser Tätigkeit war er auch gerade in Notzeiten für alle da. Gab es Soldatenmeutereien oder Kämpfe zwischen Armeen, wagte er sich trotz Schießereien auf die Straße, um die Lage zu erkunden und die anderen zu warnen. Sollten die Stadttore geschlossen werden, stellte er sich unter den Schnurbaum und rief: »Die Stadt wird geschlossen, legt euch ein paar Getreidevorräte an!« War die Katastrophe vorüber, und die Tore wurden wieder geöffnet, rief er: »Alles wieder in Ordnung, könnt beruhigt sein!« Im Dienst an der Allgemeinheit kam der alte Herr Qi, der sich für den Stern des langen Lebens dieser Gegend hielt, nicht an den Vierten Li heran, das mußte er sich beschämt eingestehen. Zwar war auch dessen Sohn ein »Knubbelhals« und der Li-Hof ein schmutziger und unordentlicher Wohnhof, aber in puncto Alter und Charakter konnte Herr Qi dem Vierten Li seinen Respekt nicht versagen. Wenn sich die beiden Alten unter dem Schnurbaum trafen und ein Weilchen auf einen Schwatz stehenblieben,

brachten die Nachkommen beider Familien sogleich Hocker heraus, denn sie wußten, daß die beiden meistens mit Ereignissen vor fünfzig, sechzig Jahren beginnen und gut ein, zwei Stunden dafür brauchen würden.
Im Nachbarhof des Vierten Li, der Nummer vier, wohnten Barbiermeister Sun-Sieben und seine Frau, die Witwe Ma und ihr Enkel, der als Straßenkünstler »Tellerwirbelnde Plaudertasche« sein Geld verdiente, und Rikschafahrer Cui, der häufig seine Frau schlug. In der Nummer sechs lebten Leute mit etwas gehobeneren Berufen: Auf der Nordseite wohnte John Ding, ein Christ, der im Botschaftsviertel im »Englischen Amt« bediente, nämlich Tische rückte und das Essen servierte. Im Nordschlauch wohnten Meister Liu und seine Frau. Er errichtete Festzelte aus Matten, war aber auch ein Meister des Faustkampfes und des Löwentanzes. Die Ostseite bewohnte das junge Paar Wen, beide waren Opernsänger, die sich zwar als Amateure ausgaben, sich aber insgeheim bezahlen ließen.
Zu den Bewohnern von Nummer vier und sechs wahrte der alte Herr Qi stets Distanz. War gegenseitige Hilfe erforderlich, wurde das besprochen, ansonsten kümmerte sich keiner um den anderen. Der Vierte Li war da anders, er half jedem bereitwillig. Er war nicht nur mit allen Bewohnern aus Nummer vier und sechs befreundet, selbst den Leuten aus Nummer sieben kam er häufig zu Hilfe. Trotzdem bezog er ständig Kritik und Schelte von Großmutter Li. Es verging kaum ein Tag, an dem sie, weißhaarig und mit großen kurzsichtigen Augen, ihn nicht »alten Kerl« schimpfte. Meistens tat sie das, weil sie glaubte, ihr Mann habe den Freunden nicht genug geholfen. Daher war dieses Zetern zu einer Art Ansporn für das selbstlose Handeln des Vierten Li geworden. Alle Kinder der Gasse, egal wie häßlich oder schmutzig sie auch aussahen, waren Großmutter Lis »Schätzchen«. Die Erwachsenen konnte sie schlecht so nennen, aber sie war der Meinung, eigentlich müßten alle ihr »Schatz« sein. Ihre Augen konnten schön und häßlich nicht voneinander unterscheiden, und sie mochte auch nicht arm von reich, jung von alt trennen. Sie dachte, alle Menschen in Not seien erbarmungswürdig und liebenswert und bräuchten ihre Hilfe. Begegneten die Bewoh-

ner der Gasse dem alten Herrn Qi mit distanziertem Respekt, so wurden die Eheleute Li aufrichtig verehrt. Wer Sorgen hatte, sprach sich bei Großmutter Li aus, und die trieb umgehend Großvater Li zur Hilfe an. Mitgefühl und Tränen gab es bei ihr immer aus tiefstem Herzen und reichlich.
Die zwischen den Höfen der Familien Qian und Qi liegende Nummer drei war Herrn Qi ein Dorn im Auge. Bevor er sein Anwesen hatte erneuern lassen, war die Nummer drei das repräsentativste Haus in der Schafhürdengasse. Aber auch nach der Renovierung kam der Qi-Hof nicht an Nummer drei heran. Dieser Hof hatte draußen unter dem Schnurbaum eine dem Eingang vorgelagerte »Geistermauer«, die schwarz und weiß getüncht und in der Mitte mit einem halben Meter großen roten Glückszeichen bemalt war. Vor dem Tor der Qis gab es keine Geistermauer, und auch in der Gasse hatte sonst niemand eine! Außerdem hatten die Gebäude von Nummer drei glattes Mauerwerk, während das Qische bunt zusammengewürfelt war. Und schließlich war Nummer drei ein gepflasterter, richtig quadratischer, vierseitig umschlossener Wohnhof. In Nummer drei wurde jeden Sommer von Meister Liu ein neues Mattenzelt errichtet, während sich die Familie Qi nur mit dem Schatten der zwei nicht allzu üppigen Dattelbäume Kühlung verschaffen konnte. Da mußte der alte Herr Qi einfach neidisch sein!
Vor allem die in diesem Hof gepflegte Lebensweise stieß den alten Herrn ab. Der Hausherr Guan Xiaohe hatte zwei Frauen. Die zweite, You Tongfang, war eine Anhängerin des Sprechgesangs mit Trommelbegleitung und hatte damit auch eine Zeitlang Erfolg gehabt. Herr Guan war über fünfzig, etwa gleichen Alters wie Qi Tianyou, sah aber aus wie dreißig. Täglich rasierte er sich, ging alle zehn Tage zum Friseur und riß sich jedes graue Haar einzeln aus. Seine Kleidung, ob im chinesischen oder westlichen Stil, war stets aus dem feinsten Material und mußte nach der neuesten Mode und dem besten Schnitt angefertigt werden. Er war von kleinem Wuchs, hatte ein kleines, längliches Gesicht, kleine Hände und Füße, kurzum, alles an ihm war klein und paßte somit aufs beste zusammen. Bei so einem imposanten Auftreten war es nicht weiter verwunderlich, daß er natürlich nur mit angesehenen

Persönlichkeiten verkehrte. In seinem Haus gab es einen Koch, einen Diener mit sehr gepflegten Manieren und ein Hausmädchen in Seidenschuhen. Kamen Gäste, ließ man gebratene Ente aus dem Restaurant und Schnaps der Marke »Immergrüne Bambusblätter« holen. Beim Kartenspiel gab es mindestens achtundvierzig Runden, vor und nach dem Essen Trommelgesang und Opern-Arien. Zu einigermaßen angesehenen Nachbarn war Herr Guan höflich, aber außer den üblichen Glückwünschen und Beileidsbekundungen pflegte er keine Kontakte. Für Leute wie den Vierten Li, Meister Liu, Barbier Sun-Sieben oder Rikschafahrer Cui hatte er nur kurzangebundene Befehle: »Denk dran, Vierter Li, heute nachmittag in der Oststadt die Sachen abzuholen!« Oder: »Xiao Cui, wenn du weiter so langsam läufst, fahre ich nicht mehr mit dir!«

Madame Guan war ziemlich groß. Obwohl sie auf die Fünfzig zuging, trug sie mit Vorliebe knallrote Kleidung, was ihr den Spitznamen Rotkürbis eingetragen hatte. Rotkürbis war eine bei den Pekinger Kindern beliebte kleine Kürbisart, die sich, wenn sie reif und rot wurde, formen und kneten ließ. Der Spitzname paßte genau, denn die Rotkürbisse wurden vom vielen Herumspielen schrumpelig, wobei sich dann schwarze Kerne abzeichneten. Madame Guan hatte eben auch so viele Runzeln im Gesicht und auf der Nase Sommersprossen, die selbst mit dickem Puder und viel Schminke nicht zu vertuschen waren. Ihr Auftreten war noch eindrucksvoller als das ihres Mannes – jeder Zoll ganz die Kaiserin Cixi. Und sie pflegte noch leidenschaftlicher als Herr Guan Kontakte, was sie übrigens auch besser verstand als er. Sie konnte zwei Tage und Nächte hindurch Karten spielen, ohne etwas von dem Stolz und der Würde einer Kaiserin einzubüßen.

Madame Guan hatte ihrem Gatten zwei Mädchen geboren, weshalb Herr Guan You Tongfang ehelichte, damit sie ihm einen kräftigen Sohn schenke, was bisher aber nicht geschehen war. Wenn You Tongfang mit Madame Guan stritt, benahm sie sich allerdings, als hätte sie zehn Söhne in Reserve. Sie hatte keine besonders gute Figur, aber sehr verführerische Augen, die den lieben langen Tag hurtig über das Gesicht tanzten. Die beiden Mädchen, Gaodi und Zhaodi, waren recht ansehnlich, aber bei der Erziehung dieser beiden Frauen lernten sie vor allem, wie man sich schminkt und verführerische Blicke wirft.

Der alte Herr Qi beneidete zwar Nummer drei um das Anwesen, respektierte aber keinen der Bewohner, egal ob männlich oder weiblich. Besonders aber ärgerte es ihn, daß die Frau seines zweiten Enkels in Kleidung und Aufmachung mit den Guan-Frauen wetteiferte und der dritte Enkel mit Fräulein Zhaodi anbändelte. Jedesmal, wenn er böse wurde, zeigte er daher mit der Hand gen Südwesten und ermahnte seine Enkel: »Guckt euch bloß nichts von denen ab, da kommt nichts Gutes heraus!« Damit deutete er an, er würde den Dritten am liebsten vor die Tür setzen, falls dieser weiterhin mit Fräulein Zhaodi verkehrte.

3

Der alte Herr Qi hatte das Hoftor mit dem steingefüllten Tonfaß versperrt. Als der Vierte Li die Gassenbewohner warnte: »Nachbarn, deckt euch mit Getreide ein, die Stadttore sind zu!«, kam er sich klug wie Zhuge Liang vor und rief zurück: »Hab schon alles vorbereitet!« Er war mit seinen umsichtigen Maßnahmen höchst zufrieden und überzeugt: innerhalb von drei Tagen ist alles wieder ruhig.

Sein Sohn Tianyou war ein verantwortungsbewußter Mensch, bei geschlossenen Stadttoren war seine Anwesenheit im Geschäft erforderlicher denn je.

Die kränkelnde Schwiegertochter, ohnehin schon schmerzgebeugt, stieß einen langen Seufzer aus, als sie von den Umtrieben der Japaner hörte. Ihre größte Sorge war, daß der Sarg nicht aus der Stadt hinausgetragen werden könnte, wenn sie jetzt sterben würde. Die Aufregung verschlimmerte ihre Krankheit um einiges.

Ruixuan runzelte die Stirn und schwieg. Er stand dem Haushalt vor und durfte bei Gefahr auf keinen Fall jammern.

Ruifeng und seine aufgetakelte Gattin hatten sich noch nie um familiäre oder gar öffentliche Angelegenheiten gekümmert. Da das Hoftor nun vom Großvater zugesperrt worden war,

mußten sie die Langeweile eben zu Hause mit Kartenspielen vertreiben. Dabei ließen sie sich nicht stören, auch nicht, wenn der alte Herr im Hof murrte.
Shuns Mutter hatte mit ihren erst achtundzwanzig Jahren schon viel durchgemacht. Sie war voller Verständnis für die Sorgen des alten Herrn, bewahrte aber Ruhe und Gelassenheit. In ihrem Herzen war sie weitaus reifer als in ihrem Alter üblich und hatte eines klar erkannt: Unheil war allgegenwärtig und unvermeidbar! Um zu überleben, mußte der Mensch im Unglück nach einem Schlupfloch suchen gemäß der Devise: Sich in sein Schicksal fügen und nichts unversucht lassen! In diesen Zeiten hieß es, stets beherzt den täglich drohenden Gefahren ins Auge zu sehen, aber den »allergrößten« nach Möglichkeit aus dem Weg zu gehen. Man muß Vorsicht mit Mut paaren, zum Kämpfen ebenso bereit sein wie zum Rückzug, muß in den Ungerechtigkeiten des Lebens noch etwas Gutes entdecken, um überhaupt weiterleben zu können.
Während sie sich ruhig mit dem alten Mann unterhielt, stiegen ihr Tränen und Erinnerungen an früheres Leid hoch. Hoffentlich ging die Gefahr dieses Mal schnell vorüber. Bei der Vorhersage, in weniger als drei Tagen werde alles vorbei sein, lächelte sie, dann aber kamen ihr Zweifel: »Ich verstehe nicht, was die japanischen Teufel beabsichtigen! Wir haben ihnen doch wirklich nichts getan. In Ruhe und Frieden zu leben ist doch besser, als sich zu bekriegen, nicht wahr? Mir scheint, die japanischen Teufel suchen um jeden Preis Streit, hab ich recht?«
Erst nach einigem Nachdenken antwortete der alte Mann: »Seit meiner Kindheit hat uns dieses winzige Japan gedemütigt, ich weiß wirklich nicht, warum! Wir wollen bloß hoffen, daß es dieses Mal nicht schlimmer wird. Die Japaner sind immer auf kleine Vorteile aus, möglicherweise haben sie es jetzt auf die Marco-Polo-Brücke abgesehen.«
»Was wollen die denn mit der Brücke?« wunderte sich Shuns Mutter, »man kann sie doch nicht mitnehmen!«
»Aber auf der Brücke stehen die Löwen! Ließe man mich die ganze Angelegenheit regeln, würde ich sie ihnen geben, sie sind dort sowieso zu nichts nütze!«
»Also ich verstehe nicht, wozu sie die brauchen.«

»Sonst wären sie eben nicht Japaner, die nehmen alles mit!« Der alte Herr war sehr zufrieden, die Japaner durchschaut zu haben. »Als japanische Soldaten 1900 in die Stadt marschierten, plünderten sie Haus für Haus. Zuerst suchten sie nach Schmuck und Uhren, zuletzt nahmen sie sogar die Messingknöpfe mit!«

»Weil sie die wohl für Gold gehalten haben, diese Dummköpfe!« setzte Shuns Ma erbost hinzu.

»Schwägerin!« rief Ruiquan plötzlich.

»Ah?« Sie fuhr erschrocken zusammen: »Was ist, Dritter?«

»Kannst du deinen Mund nicht mal eine Weile halten? Dein Gequassel macht einen ja ganz verrückt!«

In der Familie wagten es nur Ruiquan und der kleine Shun, sich mit dem alten Herrn anzulegen. Daß Ruiquan jetzt den Redefluß der Schwägerin bremste, bedeutete natürlich auch einen Affront gegen den alten Herrn. Der hörte es auch sogleich heraus. »Was soll das? Wenn du unsere Unterhaltung nicht anhören kannst, dann stopf dir die Ohren zu!«

»Ich kann es wirklich nicht mit anhören!« Ruiquan glich äußerlich ganz dem Großvater, aber in ihrem Denken lagen sie Jahrhunderte auseinander. Seine Augen waren klein, doch sehr ausdrucksstark, sie glänzten wie schwarze Bohnen. In der Universität gehörte er zu den Basketballmeistern. Im Spiel folgten diese schwarzen Bohnen unentwegt dem Ball. Wenn er ihn erwischte, kniff er die Lippen zusammen, als müsse er etwas mit Mühe hinunterschlucken. Augen und Mund verrieten seinen Charakter, er war aufbrausend und entschlossen. Jetzt wanderten seine Blicke vom Großvater zur Schwägerin und zurück, als verfolge er gegnerische Spieler. »Japaner hätten es auf die Löwen abgesehen? Das ist ein Witz! Die wollen Peking, Tianjin, den Norden, ganz China!«

»Ist ja gut, Dritter, halte dich zurück!« Sie fürchtete, er könne den Großvater erzürnen.

»So bist du immer, Schwägerin! Egal, ob einer recht hat und wie ernst eine Sache ist, du kannst immer nur beschwichtigen!« Obwohl der Dritte ansonsten wenig gegen die Schwägerin einzuwenden hatte, konnte er ihre Art, die Dinge stets zu glätten, nicht ausstehen. Zwar richtete sich sein Ärger jetzt gegen die Schwägerin, doch es steckte mehr dahinter – er

mochte Leute nicht, die ohne Rücksicht auf Recht oder Unrecht nur um des lieben Friedens willen eine Sache abtaten.
»Und was sollte ich sonst deiner Meinung nach tun?« Shuns Mutter hatte keine Lust, sich mit dem Dritten zu streiten, sie wollte einfach nur den Zorn des Großvaters von ihm abwenden.
»Wenn ihr hungrig seid, verlangt ihr von mir etwas zu essen, wenn ihr friert, wollt ihr von mir etwas zum Anziehen, wie soll ich mich da auch noch um Staatsangelegenheiten kümmern?«
Das ließ den Dritten ratlos verstummen. Mit seinen schlanken, kräftigen Fingern kratzte er sich am Kopf wie beim Spiel, wenn er den Ball nicht in den Korb gebracht hatte.
Der Großvater lächelte, in seinen Augen blitzte ein wissender, schelmischer Funke auf. »Kleiner Dritter, deiner Schwägerin kommst du nicht mit billigen Ausreden davon. Ohne mich und ohne sie würdet ihr nicht einmal was zu essen kriegen, um solche Angelegenheiten könntet ihr euch erst recht nicht kümmern.«
»Wenn die japanischen Teufel Peking zerstört haben, braucht keiner mehr was zu essen«, knirschte Ruiquan mit den Zähnen. Er haßte diese Teufel richtig.
»Ach was! Als die Alliierten Truppen 1900...« Der Großvater wollte gerade ausholen, um seine altbekannten Geschichten zum Besten zu geben, als Ruiquan schon das Weite gesucht hatte. »Dieser verflixte Kerl! Haut einfach ab, wenn ihm nichts mehr einfällt!«
Draußen klopfte es ans Tor.
»Ruixuan, mach auf!« rief der alte Herr, »wahrscheinlich kommt dein Vater zurück.«
Ruixuan mußte den Bruder zu Hilfe holen, um das mit Steinen gefüllte Tonfaß wegzuräumen. Aber vor dem Tor stand nicht ihr Vater, sondern Herr Qian Moyin. Beide Brüder erstarrten. Daß Herr Qian sie aufsuchte, war ein erstaunliches Ereignis, das für den Ernst der Lage sprach.
Er trug ein weites, altes blaues Baumwollhemd, das an den Ärmeln und am Kragen bereits stark abgewetzt war, trat freundlich und gelassen auf, wußte aber, daß sein Erscheinen gegen seine sonstige Gewohnheit verstieß und daher kein Zeichen von Gelassenheit war. Lächelnd fragte er leise: »Sind die älteren Herrschaften zu Hause?«

»Kommen Sie bitte herein, Onkel Qian!« Herr Qian zögerte einen Moment, trat dann aber ein. Ruixuan ließ ihn vorbei, während Ruiquan voranging und dem Großvater meldete: »Herr Qian ist da.«
Der alte Herr ging ihm entgegen, er war erschrocken und gleichzeitig so froh, daß er kein Wort herausbrachte.
Ungezwungen und mit leichtem Bedauern in der Stimme sagte Herr Qian: »Es ist das erste Mal, daß ich zu Ihnen komme! Ich bin zu träge, mag mein Haus einfach nicht verlassen!«
Als sie sich im Wohnraum niedergelassen hatten, erklärte Herr Qian, an Ruixuan gewandt, entschieden: »Keine Umstände, keinen Tee, sonst traue ich mich nicht wieder her!« Damit deutete er zugleich an, daß er ohne Umschweife zur Sache kommen wollte und nicht erst alle Familienmitglieder zu begrüßen gedachte.
Der alte Herr Qi stellte zuerst eine ganz praktische Frage: »Ich habe in diesen Tagen viel an Sie gedacht, wir sind doch alte Nachbarn, alte Freunde, da darf sich keiner genieren, seien Sie ehrlich, haben Sie genug Getreide? Wenn nicht, sagen Sie es mir. Getreide ist wichtiger als alles andere, daran darf es nicht fehlen.«
Herr Qian sagte nicht ja und nicht nein, er lächelte nur vielsagend, als ob er darauf keine besondere Aufmerksamkeit zu verwenden wünsche.
»Ich ...«, er lächelte und schloß die Augen, »ich wollte mich mit Ruixuan beraten.« Er schaute auch Ruiquan kurz an. »Wie weit wird sich denn die Lage ändern? Ich kümmere mich sonst ja nicht um Staatsangelegenheiten, aber natürlich verdanke ich dem Staat, daß ich in Freiheit leben kann. Seit ein paar Tagen geht mir nichts mehr von der Hand. Ich fürchte nur, daß unsere Stadt Peking den Japanern in die Hände fällt. Eine Blüte ist bloß am Baum wunderschön, sobald sie gepflückt wird, geht sie ein. Genauso ist es mit unserer Stadt. Sie ist wunderschön, sollte sie aber vom Feind eingenommen werden, erginge es ihr wie einer gepflückten Blüte! Hab ich recht?«
Als sie schwiegen, fügte er noch hinzu: »Wenn Peking ein Baum ist, dann bin ich eine Blüte, wenn auch eine nutzlose. Sollte Peking fallen, mag auch ich nicht mehr weiterleben.«

Herr Qi hätte zu gern seinen Glauben an Peking dargelegt und Herrn Qian geraten, sich nicht zuviel Sorgen zu machen. Aber er konnte dessen Worte nicht ganz verstehen, sie waren wie die Zeichen auf einem Pfandschein, wohl Zeichen, aber verschlüsselte – riet man einfach drauflos und traf daneben, löste man das Falsche ein, das gab Ärger! So kam es, daß sein Mund zwar zuckte, er aber nichts sagte.

Ruixuan war schon seit Tagen ziemlich beunruhigt, er hätte gern seine Sorge geäußert, aber in Gegenwart des alten Herrn wollte er nicht reden.

Ruiquan dagegen hatte keinerlei Skrupel. Er suchte schon lange jemanden, mit dem er sich endlich einmal unterhalten konnte. Der ältere Bruder besaß zwar reichlich Bildung und Erfahrung, war aber immer so verschwiegen, daß man ihn nur mit vielen Tricks zum Reden bewegte. Und der zweite Bruder, pah, mit dem und seiner Frau war nur über Filme und Vergnügungen zu reden. Da unterhielt er sich doch lieber mit dem Großvater und der ersten Schwägerin über alltäglichen Kleinkram. Das war zwar langweilig, aber es hatte immerhin noch etwas mit der Realität zu tun. Herr Qian kam ihm daher sehr gelegen. Er reckte sich und stieß hervor: »Meiner Meinung nach gibt es Krieg oder Kapitulation!«

»So schlimm?« Die Lachfältchen gefroren auf Herrn Qians Gesicht, seine rechte Wange zuckte.

»Solange Tanaka an der Macht ist, werden die japanischen Generäle China angreifen. Und da es ihnen am 18. September so leicht gemacht wurde, werden sie nicht zögern. Ihre Invasion ist nicht aufzuhalten. Wenn sie die ganze Welt unterworfen haben, werden sie sich dem Mars zuwenden!«

»Dem Mars?« Der Großvater glaubte dem Enkel nicht, außerdem wußte er nicht, in welcher Straße der Mars liegen sollte.

Ruiquan beachtete den Großvater nicht und fuhr eifrig fort: »Die Religion der Japaner, ihre Erziehung, ihre Einstellung, ihre geographische Lage, ihre Aufrüstung, ihre Industrie, ihre Seeräubernatur und der Ehrgeiz ihrer Kriegsgeneräle, all das treibt sie geradezu zur Invasion anderer Länder! Überfall und Unterdrückung sind ihre Methoden! Genauso haben sie an der Marco-Polo-Brücke gehandelt. Und da sie dort so billig davongekommen sind, werden sie es nach zehn oder vierzehn

Tagen erneut versuchen, und zwar noch schlimmer, dieses Mal vielleicht in Xiyuan oder am Huguosi. Japan reitet jetzt auf einem Tiger, das kann nicht gutgehen!«

Auf Ruixuans Gesicht lag noch ein Lächeln, aber seine Augen waren bereits feucht.

Als der alte Herr Qi »Huguosi« hörte, gab es ihm einen Stich – der Tempel zum Schutze des Reiches lag ganz in der Nähe der Schafhürdengasse.

»Ruiquan«, wollte Herr Qian leise wissen, »was sollen wir denn machen?«

Der war vor Erregung heiser geworden und konnte nicht mehr weitersprechen. Sein Verstand sagte ihm, daß China militärisch nichts gegen Japan ausrichten konnte. Käme es wirklich zum Krieg, würde es den Chinesen schlecht ergehen. Sein Gefühl drängte ihn zum sofortigen Widerstand, jeder verlorene Tag brachte den Japanern einen weiteren Vorsprung. Wenn sich der Feind erst in Stellung gebracht hatte, war es zu spät dafür. Er war bereit, sein Leben für China einzusetzen. Allerdings fürchtete er die Frage: »Und du meinst, wenn du dein Leben opferst, ist uns der Sieg gewiß?« Er ließ sich nicht gern in die Enge treiben, schließlich stand er kurz vor dem Abschluß der Universität. Da konnte er es sich nicht leisten, vor anderen munter drauflos zuschwatzen, aber im Grunde selbst nicht mehr weiterzuwissen. Schweiß brach ihm aus, er kratzte sich am Kopf, auf seinem Gesicht bildeten sich rote Flecken.

»Ruixuan?« Herr Qian bat mit Blick und Tonfall dringend um seine Meinung.

Der lächelte und antwortete leise: »Kämpfen wäre besser!«

Herr Qian schloß nachdenklich die Augen. Ruiquan sprang auf, packte Ruixuan bei den Schultern. »Bruder! Bruder!« stieß er mehrmals hervor, brachte aber sonst keinen Ton heraus. Sein Gesicht war puterrot.

In diesem Moment kam der kleine Shun angerannt: »Pa, am Tor...«

Der alte Herr Qi, der bei der Unterhaltung soeben nicht zum Zuge gekommen war, stürzte sich sogleich auf den Urenkel: »Sehe sich einer das an! Da machen wir mal das Tor auf und schon rennst du davon! Paß bloß auf, draußen treiben sich die japanischen Teufel rum!«

Der kleine Shun rümpfte die Nase und sagte verächtlich: »Diese Japan-Zwerge, vor denen hab ich doch keine Angst! Es lebe die Chinesische Republik!« Er reckte seine kleine Faust.
»Xiao Shun, wer ist da?« erkundigte sich Ruixuan.
Der Kleine wies mit der Hand nach draußen und sagte geheimnisvoll: »Dieser Gewisse ist da, er will zu dir!«
»Wer ist da?«
»Na, der Gewisse aus der Nummer drei!« Da er wußte, daß dieser Mann hier unbeliebt war, wollte er dessen Namen nicht nennen.
»Herr Guan?« Der kleine Shun nickte seinem Vater zu.
»Wer? Ach, der!« Herr Qian wollte aufstehen.
»Verehrter Herr Qian, Sie bleiben sitzen!« rief der alte Herr Qi.
»Ich bleibe nicht länger!« Er erhob sich.
»Wenn Sie nicht mit ihm reden wollen, gehen wir zu mir hinein«, versuchte Herr Qi ihn zum Bleiben zu bringen.
»Nein danke. Wir reden ein andermal weiter, ich komme wieder. Keine Umstände!« Und schon war Herr Qian an der Zimmertür. Als der alte Herr, auf Xiao Shun gestützt, hier anlangte, strebte Herr Qian bereits dem Tor zu. Ruixuan und Ruiquan eilten ihm hinterher.
Guan Xiaohe stand direkt an der Schwelle. Er trug ein körperbetontes, elegantes blaues Seidengewand mit rundem Drachenmuster, wie es vor dreißig Jahren modern gewesen und seit kurzem wieder in Mode gekommen war. Dazu weiße Popelinehosen mit blauen Streifen, die er unten nicht zusammengebunden hatte, dunkle Seidenstrümpfe sowie dunkle Brokatschuhe mit dicken weißen Mehrschichtsohlen. Selbst sein Schatten nahm sich noch bildschön aus. Als er Herrn Qian erblickte, hob er mit einer Hand den Rand seines blauen Seidengewandes an, die andere streckte er ihm mit strahlender Miene entgegen.
Ohne seine gelassene Haltung zu verlieren, ging Herr Qian stolz und erhaben hinaus, so daß Herrn Guans Hand ins Leere stieß. Der ließ sich dadurch jedoch nicht beirren und streckte seine Hand, als sei nichts geschehen, Ruixuan hin und schüttelte sie herzlich. Dann nahm er Ruiquans Hand, legte noch die linke darauf und drückte sie leicht, um besondere Vertrautheit zu zeigen.

Der alte Herr mochte Herrn Guan nicht, daher zog er sich mit dem kleinen Shun zurück. Ruixuan und Ruiquan leisteten dem Gast im Wohnzimmer Gesellschaft.

Herr Guan war erst zweimal bei den Qis gewesen. Das erste Mal, als die alte Frau Qi verstorben war, hatte er Opferwein gebracht und war bald wieder gegangen. Das zweite Mal, als das Gerücht umging, Ruixuan würde Direktor der Ersten Kommunalen Mittelschule werden, kam er, um zu gratulieren. Als sich das Gerücht nicht bestätigte, war er nicht wieder aufgetaucht. Heute war er vor allem Herrn Qians wegen gekommen.

Während des Bürgerkrieges zwischen den Warlords hatte Guan Xiaohe einige nicht sehr bedeutende, doch einträgliche Ämter bekleidet. Er war Leiter des Steueramtes, Kreisvorsteher und Beamter in der Provinzregierung gewesen. Seit einigen Jahren war seine Karriere ins Stocken geraten, deshalb verabscheute er die Nanjing-Regierung und vertrieb sich die Zeit mit gescheiterten Berühmtheiten, Beamten und Militärs. Er verließ sich darauf, daß unter seinen Freunden der eine oder andere sein Banner wieder aufrichten und an die Macht gelangen würde, dann könnte auch er noch eine schöne Karriere – gutes Geld – machen. Sein Äußeres entsprach dem Umgang mit diesen Freunden, dazu paßte auch, daß er ein paar Opern-Arien singen konnte und das Mah-Jongg-Spiel beherrschte. In letzter Zeit hatte er sich dem Buddhismus gewidmet, er studierte einige magische Zeichen und Künste und errang damit die Kompetenz, Mitglied bei so religiösen und wohltätigen Institutionen wie der Gesellschaft der ewigen Güte zu werden, die häufig von ehemaligen Höflingen aufgesucht wurde. Er glaubte nicht besonders an Buddha und Götter, sondern nutzte die buddhistischen Übungen und göttlichen Lehren lediglich der Geselligkeit halber, genauso wie man Gesang und Glücksspiel können mußte.

Nur eines schaffte er nicht, er brachte keine Gedichte zustande und konnte weder Pflaumenblüten noch Landschaften malen. Selbstverständlich beherrschten die berühmten Persönlichkeiten unter seinen Bekannten diese Spielereien. Selbst einige der reichen, entmachteten Militärs und Beamten, die in Tianjin residierten, kannten sich bis zu einem gewissen Grade darin aus. Auch künstlerisch völlig unbegabte Snobs verbreiteten sich gern über dieses Thema. Solcherart »Spielereien« waren Zierat für den »Überfluß«, wie für reiche Damen Diamanten und Perlen.

Er wußte seit langem, daß Herr Qian Moyin Dichter und Maler und nicht besonders wohlhabend war. Schon immer hatte er ihm mit ein paar Kleinigkeiten seine Aufwartung machen wollen, um sich bei den Qians einmal richtig umzusehen. Er wollte nicht etwa Dichten oder Malen ernsthaft erlernen, hätte aber gern ein paar Fachausdrücke und Namen von Malern, Dichtern und Schulen erfahren, um sich vor den Berühmtheiten keine Blöße zu geben.

Mehrmals bereits hatte er versucht, Herrn Qian kennenzulernen, aber der hatte stets wie ein Baum reagiert – nahm einfach keinen Gruß zur Kenntnis. Er wagte aber auch nicht, sich geradewegs in die Höhle des Löwen zu begeben und Herrn Qian seine Aufwartung zu machen. Denn stieße er auf Ablehnung, könnte er es kaum ein weiteres Mal versuchen. Heute hatte er Herrn Qian zu den Qis gehen sehen und war deshalb sogleich herbeigeeilt. Hatten sie sich erst bekannt gemacht, konnte er ihm umgehend ein paar Blumentöpfe bringen oder auch einige Flaschen Wein und sich umschauen. Außerdem könnte es sein, daß Qian Moyin trotz seiner bescheidenen Lebensweise in seinem Haus einige wertvolle Kalligraphien und Bilder verwahrte. Natürlich, hätte er die Absicht, für solche Dinge Geld auszugeben, wußte er genügend Orte wie die berühmte Gasse »Liulichang«, wo Antiquitäten zu haben waren. Aber er wollte kein Geld dafür ausgeben. Wäre er mit Herrn Qian erst etwas vertrauter, wüßte er schon, wie er zu einigen Wertstücken käme. Wäre das nicht viel billiger? Die könnte er bei sich zur Schau stellen, dann hätte er außer dem Markenschnaps »Immergrüne Bambusblätter« und seiner hübschen Nebenfrau noch etwas vorzuzeigen und würde an Ansehen gewinnen.

Er hatte jedoch nicht erwartet, daß Herr Qian ihn einfach ignorieren würde, und war deshalb zutiefst verstimmt. Qian Moyin war eine Berühmtheit, das akzeptierte er, aber es gab viele imposantere Berühmtheiten, die bei weitem nicht so eingebildet waren. »Da gewährt man ihm Ehre, aber er schlägt sie aus. Nun gut!« Er sann auf Rache. »Warte nur, bei der nächsten Gelegenheit zahle ich dir's heim!« Nach außen bewahrte er aber die übliche Ruhe und plauderte lächelnd mit den Brüdern Qi.

»Die Situation ist in den letzten Tagen wirklich nicht besonders! Gibt es irgendwelche Neuigkeiten?«

»Wir haben keine neuen Informationen«, auch Ruixuan mochte Herrn Guan nicht, mußte sich aber ein wenig mit ihm unterhalten. »Was meinen Sie denn dazu, Verehrtester?«

»Tja...« Herr Guan senkte die Augenlider und öffnete leicht den Mund, was nach einer festen Meinung aussehen sollte. »Tja, das... ist sehr schwer zu sagen! Insgesamt liegt es wohl daran, daß die Behörden nicht damit umzugehen verstehen. Hätten sie richtig reagiert, wäre es erst gar nicht so weit gekommen.«

Ruiquans Gesicht lief wieder rot an, ziemlich barsch fragte er: »Herr Guan, wie sollte man denn Ihrer Meinung nach reagieren?«

»Meiner Meinung nach?« Herr Guan erstarrte einen Moment, lächelte aber gleich wieder. »Da halte ich es mit den Alten: Was nicht meines Amtes ist, darum kümmere ich mich nicht! Ich habe mich zur Zeit in buddhistische Studien vergraben und kann Ihnen versichern, die Lehren Buddhas sind wirklich eine unergründliche Schatzgrube. Hat man ein wenig davon begriffen, fühlt man sich innerlich wie berauscht, wunderbar benommen! Vorgestern habe ich es doch wirklich bei dem verehrten Herrn Sun Qing und seinen Gästen geschafft, die Königinmutter des Westens zu uns herabzubitten und sogar zu fotografieren. Das war ungeheuerlich, unbeschreiblich geheimnisvoll! Stellt Euch das vor, die Königinmutter des Westens! Auf dem Foto ist sie deutlich zu erkennen, auf der Oberlippe hat sie zwei lange Bartsträhnen wie ein Wels, sie reichen von hier...«, er zeigte auf seinen Mund, »bis...«, seine Hand fuchtelte vom Mund bis zu den Schultern, »bis hierher, unheimlich!«

»Ist das etwa auch Buddhismus?« fragte Ruiquan unhöflich.

»Aber natürlich!« antwortete Herr Guan pikiert und setzte eine ernste Miene auf. »Der Buddhismus ist gewaltig und unendlich, er befindet sich in ständiger Wandlung und kann sich auch in den Bartsträhnen eines Wels offenbaren.«

Gerade wollte er sich weiter über den Buddhismus ausbreiten, als aus seinem Hof Geschrei ertönte. Er erhob sich und lauschte. »Oh, wahrscheinlich ist das Zweite Fräulein zurückgekommen. Sie war gestern im Beihai-Park und ist wohl eingeschlossen worden, als auf der Straße die Unruhen ausgebrochen sind und die Parktore geschlossen wurden. Meine Frau war sehr beunruhigt, ich weniger. Das ist der Vorzug der Buddhisten, sie regen sich über nichts auf, Buddha regelt alles für uns! Nun gut, ich muß gehen, wir unterhalten uns ein andermal weiter.« Sprach's und ging ziemlich schnell davon. Die Brüder Qi geleiteten ihn nach draußen. Ruixuan blickte den Dritten an, der hatte kleine rote Flecken im Gesicht.
Am Hoftor angelangt, sagte Herr Guan leise, aber freundlich zu Ruixuan: »Nur nicht aufregen! Selbst wenn die Japaner in die Stadt kommen sollten, werden wir einen Ausweg finden! Wenn es Schwierigkeiten gibt, kommt ruhig zu mir, wir sind doch alte Nachbarn und müssen uns helfen!«

4

Draußen war es heiß, aber die Menschen im ganzen Land überlief ein Kälteschauer – Peking war gefallen!
Der Vierte Li stand im Schatten des Schnurbaumes und sagte mit trauriger Stimme zu den anderen: »Bereitet ein weißes Stück Stoff vor! Und falls unbedingt Fahnen rausgehängt werden müssen, dann malt mit Schminke einen roten Kreis hinein! Damals, 1900, haben wir es so gemacht!« Er war zwar körperlich noch recht kräftig, aber heute fühlte er sich erschöpft. Er hockte sich auf den Boden und starrte vor sich hin.
Großmutter Li hatte seit Tagen ein unbestimmtes Gefühl geplagt, sie ahnte Gefahr, konnte aber nichts Genaues in Erfahrung bringen. Als ihr heute klar wurde, daß die Japaner in der Stadt waren, blinzelten ihre großen kurzsichtigen Augen lange und sie wurde eine Spur bleicher. Sie beschimpfte ihren Mann nicht mehr, sondern ging hinaus und hockte sich neben ihn.
Rikschafahrer Cui lief mit bloßem Oberkörper aufgeregt hin

und her. Er hatte kein Körnchen Reis mehr im Haus, konnte aber heute keinesfalls ausfahren. Schließlich trat er vor die alten Eheleute: »Großmutter Li, Sie müssen noch mal barmherzig sein!«
Der Vierte Li schaute nicht auf. Großmutter Li, gar nicht so munter und laut wie sonst, antwortete gedämpft: »Warte mal, ich bring dir nachher zwei Pfund Mischmehl rüber!«
»Oh! Ich bedanke mich vielmals, Großmutter Li!« Auch seine Stimme klang leise.
»Hör mal, Junge, fang zu Hause nicht wieder Streit an, die japanischen Teufel sind in der Stadt!« Noch bevor sie zu Ende gesprochen hatte, stieß sie einen Seufzer aus.
Barbiermeister Sun-Sieben arbeitete nicht in einem Barbierzelt, sondern hatte sich in Läden der Nachbarschaft als Monatslöhner verdingt. Die althergebrachten Künste wie Löcher bohren, Ohren säubern, Rücken massieren und Rasieren beherrschte er hervorragend, die neumodischen dagegen wie gescheitelte Haare schneiden oder Dauerwellen brennen kannte er nicht und hatte auch nicht vor, sie zu erlernen, denn bei seiner Arbeit in den Läden brauchte er das alles nicht. Da die Geschäfte heute geschlossen blieben, hatte er zu Hause zwei Becher getrunken und kam nun, hochrot im Gesicht, herausgestolpert. Angetrunken versuchte er seinen Sorgen Luft zu machen: »Vierter Herr, Sie meinen es gut, wenn Sie die Leute auffordern, eine weiße Fahne rauszuhängen. Soll sie doch raushängen, wer will, aber ich, Sun-Sieben, werde das nicht tun! Ich hasse die japanischen Teufel! Sollten sie sich in unsere Schafhürdengasse wagen, werde ich's ihnen zeigen!«
In normalen Zeiten hätte der junge Cui bestimmt Sun-Sieben widersprochen. Die beiden waren seit jeher erbitterte Gegner bei der Erörterung des Weltgeschehens. Jetzt gab der Vierte Li nur ein Zeichen mit den Augen, und der junge Cui zog sich wortlos zurück. Das enttäuschte Sun-Sieben, aber er hoffte, der Alte Li würde ein wenig mit ihm plaudern. Der gab jedoch keinen Ton von sich, knurrte nur nach einer Weile fast wütend: »Sun-Sieben, geh nach Hause und schlaf dich aus!«
Der wagte keinen Widerspruch, lächelte kurz und ging.
Aus der Nummer sechs kam überhaupt niemand heraus. Die jungen Eheleute Wen waren wie üblich beim Stimmtraining,

heute allerdings nur sehr leise, und Meister Liu putzte kräftig sein Schwert.
Alles war still, über den Köpfen gab es keine Flugzeuge, vor der Stadt keinen Kanonendonner mehr. Nur am klaren Himmel schien sich etwas zu bewegen, folgte dem Pulsschlag der Menschen, etwas flirrte golden und weiß. Die unheimliche Stille des Untergangs!

Ruixuan, rundlich und füllig, in allem seinem Vater ähnlich, wirkte in jeder Kleidung stets natürlich und elegant. So kultiviert und vornehm benahm sich sonst niemand in der Familie Qi. Der alte Herr Qi und sein Sohn Tianyou pflegten ihr Image als Kaufleute, dem entsprach ihr Auftreten und ihre Sprache. Auch Ruifeng hatte Bildung genossen, fühlte sich deshalb Großvater und Vater überlegen und war eifrig um Eleganz und Modernität bemüht, wodurch er jedoch genau das Gegenteil erreichte. Der Dritte, Ruiquan, war ein Heißsporn, er scherte sich nicht um vornehmes oder ungehobeltes Verhalten. Nur Ruixuan besaß die natürliche Vornehmheit, es war schwer zu sagen, wo er das gelernt hatte, aber so etwas konnte man wohl nicht erlernen. Wie sein Großvater und Vater war er äußerst gewissenhaft. Doch im Unterschied zu ihnen wahrte er stets eine natürliche Gelassenheit, niemals »zog er das Schwert oder spannte den Bogen«. Er verschwendete nicht einen Kupferling, konnte aber auch großzügig sein. War er bedrückt, wirkte das wie Wolken im Frühling – jeder konnte beruhigt sein, es würde keinen Sturm geben. War er fröhlich, dann lächelte er nur, gerade als wolle er sich über seine eigene Fröhlichkeit lustig machen.
Er war fleißig und verfügte über gute Kenntnisse der chinesischen wie der westeuropäischen Literatur und Kunst. Leider hatte er nicht die finanziellen Mittel, sich im Ausland weiterzubilden. Unter seinen Lehrerkollegen an der Schule gehörte er nicht zu den beliebten, weil er die Aufgaben der Schüler sehr genau nahm und den Umgang mit den Kollegen auf das Nötigste beschränkte. Er hielt zu jedem einen gewissen Abstand, war zu niemandem besonders kühl, bemühte sich aber auch um niemandes Gunst.
In der Familie stand ihm der dritte Bruder am nächsten, sie

dachten ähnlich, nur mit ihm konnte er reden. Anders als dieser liebte er es jedoch nicht, ständig seine Meinung kundzutun – nicht etwa aus Stolz oder weil er vor Ochsen nicht Zither spielen wollte, sondern weil er wußte, was erstklassig war, aber bestenfalls zweitklassiges oder nur dritt- oder viertklassiges zustande brachte. In seinem Umgang mit anderen war er stets auf Harmonie bedacht, da wirkte er ein wenig weiblich. Als er zum Beispiel ins heiratsfähige Alter kam, wußte er längst Bescheid über Liebe und Freiheit der Partnerwahl, aber dennoch heiratete er die vom Vater ausgewählte Yunmei. Ihm war klar, daß man sich nicht ein Leben lang an eine ungeliebte Frau binden sollte, konnte aber die Tränen und traurigen Gesichter des Großvaters und der Eltern nicht ertragen. Er versetzte sich in sie und er versetzte sich in seine Verlobte, und nachdem er alles gründlich überdacht hatte, verstand er den Kummer aller Beteiligten und wollte nur noch Harmonie. Ihm blieb also nichts mehr anderes übrig, als sie zu heiraten. Er lachte über seine Schwäche und fühlte gleichzeitig doch auch einen gewissen Stolz, wenn sich die Traurigkeit in den Gesichtern des Großvaters und der Eltern in Freude verwandelte – Stolz über die Selbstaufopferung.

Immer, wenn es geschneit hatte, ging er in den Beihai-Park, bestieg die kleine Weiße Pagode und blickte auf die schneebedeckten Westberge. Hier konnte er eine ganze Stunde verweilen. Die weißen fernen Gipfel trugen seine Gedanken davon. Gern hätte er all die Banalitäten des Alltags hinter sich gelassen und wäre in die Berge gezogen, um zu studieren, oder hätte auf einem Schiff die Welt bereist. Wenn er dann wieder von der Pagode herabsteigen mußte, wandte sich sein Herz von den hohen Bergen und dem wilden Meer wieder der Verantwortung für Familie und Schule zu. Er war außerstande, seine diesseitige weltliche Verantwortung abzuwerfen und davonzulaufen in die Welt der Ideale. So kam es, daß er unterwegs schnell ein paar Naschereien für den Großvater und die Kinder kaufte. Er war eben ein pflichtbewußter Enkel und treusorgender Vater! Kann man schon nicht weglaufen und davonfliegen, geht man eben nach Hause und macht Alt und Jung eine Freude! Das hilflose Lächeln lag wieder auf seinem von der Kälte ganz roten Gesicht.

Er hatte keine besonderen Vorlieben. Reiswein rührte er höchstens zu Fest- und Feiertagen an, obwohl er einen halben Liter vertrug. Er rauchte nicht. Zwischen Tee und Wasser sah er keinen Unterschied. An Vergnügungen kannte er nur, dem Großvater beim Blumenzüchten zu helfen und jede Woche ein oder zwei Filme im »Frieden« zu sehen. Mit den Filmen verfolgte er ein praktisches Ziel: Sein Englisch war nicht schlecht, aber er sprach es nicht sehr flüssig, daher lernte er gern etwas aus den Tonfilmen. Er ging immer sehr früh ins »Frieden«, um Karten für die vorderen Plätze zu bekommen, die waren billiger, und man konnte den Ton besser hören. Er blickte sich nicht um, denn falls Bruder Ruifeng und seine Frau auch da waren, saßen sie stets auf guten Plätzen. Nicht etwa, daß er sich für den billigen Platz schämte, aber ihnen könnte es peinlich sein.

Seit Peking besetzt war, fühlte er sich wie eine Ameise auf dem Kochtopf, rannte hin und her, ohne zu wissen, was zu tun war. Seine ihm eigene Gelassenheit hatte er verloren und bemühte sich auch nicht, das zu vertuschen. Blickte er zum Himmel auf, der immer noch klar und schön war, wußte er, daß er noch immer unter Pekings blauem Himmel lebte. Senkte er den Kopf, war er wie geblendet und ihm wurde schwarz vor Augen – der Himmel war zwar derselbe, aber Peking gehörte nicht mehr den Chinesen! Am Schreibtisch grübelte er über den chinesisch-japanischen Krieg und dessen Verhältnis zum Weltgeschehen nach. Hörte er dann plötzlich seine Frau oder den kleinen Shun, schrak er zusammen und fiel aus den Wolken der Weltgeschichte zurück auf den Boden. Er war überzeugt, der chinesisch-japanische Krieg würde die Weltkarte und die Geschichte verändern, aber vor ihm stand die Aufgabe, für Sicherheit, Nahrung und Kleidung seiner Familie zu sorgen. Der Großvater war in den Siebzigern, der konnte kein Geld mehr beschaffen. Auch die Verdienstmöglichkeiten des Vaters waren begrenzt, außerdem war er schon weit über die Fünfzig. Die Mutter war krank und hielt keinerlei Belastungen mehr aus. Die Einkünfte des zweiten Bruders reichten gerade für das Ehepaar, und der dritte Bruder studierte noch. In Friedenszeiten hätten sie ohne Kummer und Sorgen leben können, aber jetzt? Durch die Besetzung Pekings war seine Verantwortung als Haushaltvorstand um ein Vielfaches gestiegen. Aber er war auch Bürger und mußte etwas für das Land tun, wenn es in so großer Gefahr schwebte. Konnte er die Familie einfach abschütteln und weggehen? Nein! Aber hierzubleiben bedeutete, unter den Füßen der Feinde als Sklave zu leben, das hielt er nicht aus.

Er ging hinaus, lief wieder hinein, rannte wieder hinaus, aber eine rettende Idee kam ihm nicht. Sein Verstand riet ihm zu jener höchsten Verantwortung, aber sein Streben nach Harmonie trieb ihn dazu, sich den Kopf über die nächstliegenden Probleme zu zerbrechen.

Der zweite Bruder hörte in seinem Zimmer Radio, die Meldungen der Japaner. Der Dritte sprang im Hof hoch: »Zweiter, wenn du das Ding nicht sofort ausmachst, schlage ich es kaputt!«

Der kleine Shun lief erschrocken zur Großmutter, die mahnte nur mit schwacher Stimme: »Dritter, Dritter!«

Ruixuan zog den Bruder wortlos zu sich ins Zimmer. Beide blickten sich lange schweigend an, dann rief der Dritte: »Bruder!« Ruixuan antwortete nicht, ihm schien eine Dattel im Hals zu stecken. Der Dritte vergaß, was er sagen wollte.

Im Zimmer, im Hof, überall herrschte Totenstille. Der Himmel war so klar, das Licht so grell, aber die ganze Stadt lag mit ihren neun geschlossenen Toren wie ein uraltes Grab in diesem gleißenden Licht. Doch plötzlich ertönte aus der Ferne ein Grollen, als rollten Steine einen Berg hinab.

»Dritter, hör mal!« Ruixuan hielt es für einen schweren Bomber.

»Das sind feindliche Panzer, die Japaner demonstrieren ihre Stärke!« Der Dritte lächelte kläglich, um das Zittern seiner Mundwinkel zu verbergen.

Der Ältere lauschte angestrengt. »Richtig! Das sind Panzer! Und zwar ziemlich viele!« Er biß sich auf die Lippen.

Das Rollen der Panzer wurde lauter, Luft und Boden erzitterten. Das friedfertige Peking im friedfertigen China, seine mit der Weisheit und dem Herzblut vieler Epochen errichteten künstlichen Seen und Berge, Paläste, Tempel, Pagoden, Wohnhöfe, Türme, seine Neun-Drachen-Mauer, die uralten Zypressen, schwingenden Jadeweiden, Marmorbrücken, Blumen zu allen Jahreszeiten, seine klare Sprache, warmherzige Höflichkeit, ehrlichen Geschäfte, sein geruhsamer Gang und seine für die Paläste gespielten Opern … dieses Peking wurde nun ohne jeden Grund plötzlich in seinem Himmel und auf seinen Straßen von Flugzeugen und Panzern vergewaltigt.

»Bruder!« schrie der Dritte auf.

Die Panzer auf der Straße donnerten ohrenbetäubend. Ruixuans Ohren und Herz schienen taub geworden zu sein.

Er neigte den Kopf, um den Dritten zu verstehen: »Red schon!«

»Ich muß weg, Bruder, kann hier nicht als Sklave leben!«

»Hä?« Ruixuan war in Gedanken noch bei den Panzern.

»Ich muß weg!« wiederholte Ruiquan lauter.

»Weg? Wohin denn?«

Das Rasseln der Panzer war leiser geworden.

»Egal wohin, alles ist besser als hierzubleiben und unter dem Sonnenbanner zu leben!«

»Da hast du recht!« Ruixuan nickte, auf seinem runden Gesicht erschienen kleine weiße Flecken. »Aber überstürze nichts. Vielleicht ist in ein paar Tagen alles ›friedlich‹ gelöst, dann ist das gar nicht mehr nötig. Dir fehlt doch nur noch ein Jahr zum Abschluß des Studiums!«

»Denkst du vielleicht, die Japaner geben sich mit Peking zufrieden?«

»Es sei denn, man überließe ihnen Nordchina.«

»Ohne den Norden gibt es auch kein Peking!«

Ruixuan starrte eine Weile vor sich hin. »Wenn wir ihnen die wirtschaftliche Invasion gestatten, würden sie vielleicht ihre Armee abziehen. Die wirtschaftliche Ausbeute lohnt sich doch viel eher als eine militärische Unterwerfung.«

Der Lärm der Panzer hörte sich inzwischen wie ein fernes leichtes Donnergrollen an. Ruixuan lauschte einen Moment lang, dann sagte er: »Ich halte dich nicht auf, bitte dich nur um etwas Geduld!«

»Und wenn ich mich so lange gedulde, bis ich nicht mehr weg kann?«

Ruixuan seufzte. »Du – ich komme niemals von hier weg!«

»Bruder, laß uns zusammen weggehen!«

Ruixuans flüchtiges und klägliches Lächeln erschien wieder

auf seinem traurigen Gesicht: »Wie sollte ich denn...? Was soll aus all den anderen werden?«
»Ein Jammer, so ein gebildeter und fähiger Mensch wie du...«
»Ich kann nicht!« Der Ältere seufzte wieder, »da mußt eben du dem Land gegenüber deine Pflicht tun, ich tue sie für die Familie.«

Zu dieser Zeit hatte sich der Vierte Li aufgemacht und sprach leise mit dem Polizisten Bai. Wachtmeister Bai war etwas über vierzig, stets glatt rasiert, wohlgemut und redegewandt. Wenn es unter den Bewohnern Streit gab, konnte er ziemlich sarkastische Bemerkungen machen. Er brachte es fertig, große Probleme kleinzureden und kleine ganz verschwinden zu lassen. Wegen seines Mundwerks war er bei den Bewohnern der Schafhürdengasse zwar gefürchtet, doch wegen seiner Gutmütigkeit auch geachtet.
Heute allerdings war Wachtmeister Bai in keiner guten Stimmung. Er kannte die Schwere seiner Verantwortung sehr wohl – ohne Polizei konnte von Ruhe und Sicherheit keine Rede sein. Obwohl er nur für die Gegend um die kleine Schafhürdengasse zuständig war, fühlte er sich, als gehöre ihm ganz Peking. Er liebte die Stadt und war stolz darauf, hier Polizist zu sein. Jetzt aber war Peking von den Japanern besetzt, das hieß, er mußte von nun an im Dienste der Japaner für Ruhe und Sicherheit sorgen! Er wußte nicht recht, was er tun sollte, denn Ruhe und Ordnung waren in einer besetzten Stadt ohnehin nichts mehr wert.
»Was meinen Sie, Wachtmeister«, fragte der Vierte Li, »ob die einfach so Leute umbringen?«
»Ich wage überhaupt nichts zu sagen, Vierter Herr Li!« Wachtmeister Bai sprach sehr leise. »Ich komme mir wie in einem Faß vor, sehe weder Himmel noch Erde.«
»Und unsere vielen Soldaten, wo sind die denn geblieben?«
»Die sind alle in den Krieg gezogen, aber die anderen waren stärker. Man kann eben heute Krieg nicht nur mit Mut und Muskelkraft führen! Die anderen haben gewaltige Geschütze und Kanonen, Flugzeuge und Panzer, aber wir...«
»Dann ist Peking wirklich verloren?«

»Haben Sie etwa gerade eben die Panzerkolonne nicht gehört?«
»Was soll nun werden?« Der Vierte Li senkte seine Stimme. »Ich sage Ihnen was, ich hasse die japanischen Teufel!«
Wachtmeister Bai blickte sich nach allen Seiten um: »Wer haßt die denn nicht! Aber lassen wir das, reden wir von was Ernsthaftem. Vierter Herr Li, gehen Sie nachher zu den Qis und den Qians, und sagen Sie ihnen, sie sollen Bücher und so was verbrennen. Die Japaner hassen gebildete Leute! Und wenn jemand die ›Drei Volksprinzipien‹ oder gar ausländische Bücher im Hause hat, ist es noch schlimmer! Ich glaube, hier haben nur diese zwei Familien Bücher, schauen Sie mal nach, ich kann schlecht...« Er blickte auf seine Uniform.
Der Vierte Li nickte zustimmend. Wachtmeister Bai ging niedergeschlagen durch die Taille des Flaschenkürbisses davon.
Als der Vierte Li bei den Qians ans Tor klopfte, antwortete niemand. Er wußte, daß Herr Qian recht eigenwillig war, und wollte auch in diesen unruhigen Zeiten keine Aufmerksamkeit erregen, daher wartete er nur kurz und ging dann zu den Qis. Die herzliche Begrüßung des alten Herrn Qi stimmte ihn ein wenig froher. Da er aber fürchtete, der alte Herr könnte ins Plaudern kommen und er würde darüber sein Anliegen vergessen, fiel er sogleich mit der Tür ins Haus. Der alte Herr Qi hatte zu Büchern keinerlei Beziehung, da sie aber gekauft worden waren, tat es ihm leid, sie zu verbrennen. Er beauftragte die Enkel, einige auszusuchen und zum Trödler zu bringen.
»Das geht nicht!« Der Vierte Li war ernsthaft um die Sicherheit des alten Nachbarn besorgt. »Jetzt kommt doch kein Trödler mehr! Und wenn einer käme, der würde sich doch nie trauen, Bücher zu kaufen.«
Der alte Herr rief im Hof nach Ruiquan: »Dritter, verbrenne die ausländischen Bücher und all die anderen auch. Die haben wir für gutes Geld gekauft, aber sollen wir sie behalten, damit sie uns Unglück bringen?«
Ruiquan raunte dem Ältesten zu: »Siehst du? Bücher verbrennen und Gelehrte ausrotten! Was sagst du nun?«
»Du hast recht, Dritter, du mußt weggehen! Ich kann nicht, ich muß mich fügen. Geh du aber! Ich verbrenne die Bücher, hänge eine weiße Fahne raus und mache mich zum Sklaven.«

Ihm kamen die Tränen.
»Hast du mich verstanden, Dritter?« rief der alte Herr nochmals.
»Ja, es geht gleich los!« antwortete Ruiquan dem Großvater ungeduldig. Und leise, an Ruixuan gewandt: »Ältester, wenn du das so siehst, kann ich ja nicht einfach gehen!«
»Geh du deinen Weg, Dritter! Aber merk dir und vergiß es nie: dein ältester Bruder zu Hause ist kein Schlappschwanz...« Er schluckte mehrmals, konnte nicht mehr weitersprechen.

5

Ruiquan hatte die Auswahl und Vernichtung der Bücher dem ältesten Bruder überlassen. Er liebte Bücher, hatte nun aber keine besondere Beziehung mehr zu ihnen. Er mußte die Bücher weglegen und zu den Waffen greifen. In diesen Tagen träumte er selbst im Schlaf von Flucht. Noch hatte er sich nicht entscheiden können, wie und wohin er gehen wollte, aber sein Herz schien bereits davongeflogen zu sein. Wenn er im Zimmer oder im Hof stand, sah er Gebirge und Flüsse und helleuchtende Fahnen vor sich. Er wollte dahin gehen und kämpfen, wo der Kampf am heftigsten tobte, wo es Blut und Geschützfeuer gab. Dort müßte er das Sonnenbanner niedertreten und die chinesische Fahne hissen.
Das seit über hundert Jahren unterworfene China hatte solche jungen Leute hervorgebracht, die es drängte, sich von der Unterdrückung durch Familie und Gesellschaft zu befreien. Sie wollten sich auch aus den Zwängen durch Nation und Staat befreien und als freie Bürger von der Welt anerkannt werden. Das Leben hatte für sie nur einen Sinn, wenn sie ein neues Kapitel in Chinas Geschichte aufblättern konnten. Ihr Herz schlug für den Widerstand. Ruiquan war einer von ihnen. Für ihn war die Familie, die in China seit mehreren Tausenden von Jahren als unantastbar galt, lediglich eine soziale Institution. Wenn China ihn um Hilfe rief, konnte ihn nichts aufhalten. Wie ein flügge gewordener Vogel würde er bedenkenlos aus dem Nest davonfliegen.

Der alte Herr Qi war über die Bemerkung des Vierten Li sehr beunruhigt, daß bei den Qians keiner geöffnet hatte. Er wußte, daß sie viele Bücher besaßen. Daher wollte er Ruixuan losschicken, um Herrn Qian zu warnen, aber der kleine Dritte erbot sich freiwillig.

Es war bereits Zeit, die Lampen anzuzünden. Die zwei großen Schnurbäume draußen vor dem Tor sahen wie zwei riesige Glucken aus, die mit ihren Flügeln die umliegenden Häuser zudecken wollten. In allen Höfen war es dunkel, nur in der Nummer drei bei den Guans – dem einzigen Anwesen in der Gasse mit elektrischem Licht – war der Hof hell erleuchtet wie an Feiertagen. Die Blätter, die über der Geistermauer hingen, leuchteten in hellem Grün. Ruiquan verweilte einen Moment vor der Geistermauer. Er wagte nicht, laut bei Nummer eins anzuklopfen, sondern bewegte den Klopfer behutsam und hustete dann kurz, um sicher zu sein, daß er im Hof gehört wurde. Nachdem er das mehrmals wiederholt hatte, fragte jemand drinnen sehr leise: »Wer ist da?« Er erkannte Onkel Qians Stimme. »Ich bin's, Ruiquan!« antwortete er mit dem Mund durch den Türspalt.

Das Tor wurde leise und schnell geöffnet. Im Eingang war es stockfinster. Ruiquan wußte nicht, ob er eintreten sollte. Es war wohl das Beste, zunächst den Grund seines Kommens zu nennen und dann abzuwarten, ob Onkel Qian ihn hineinbitten würde.

»Onkel Qian! Wir werden wohl unsere Bücher verbrennen müssen! Wachtmeister Bai hat heute den Vierten Li geschickt, er hat uns gewarnt!«

»Reden wir doch drinnen weiter!« Herr Qian schloß das Tor. »Ich gehe voran, es ist zu dunkel hier!«

Vor dem Haus ließ er Ruiquan einen Moment warten, um eine Lampe zu holen. Als Ruiquan abwinkte, sagte er mit einem traurigen Lächeln: »Noch haben die Japaner nicht verboten, Licht zu machen!«

Als es im Zimmer hell wurde, sah Ruiquan, daß er von allerlei Blumen und Grünpflanzen umgeben war. Noch ehe er sich gesetzt hatte, fragte der Ältere: »Was ist los? Wir sollen unsere Bücher verbrennen?«

Ruiquan blickte sich um. »Vielleicht müssen diese fadengehef-

teten Bücher gar nicht vernichtet werden? Die Japaner hassen vor allem gebildete Leute, besonders solche, die neumodische Bücher lesen. Vielleicht sind alte Bücher nicht so schlimm?«
Qian Moyin schloß die Augen. »Unter unseren Soldaten gibt es aber viele, die weder lesen noch schreiben können und trotzdem den Japanern den Kopf abschlagen, stimmt's?«
Ruiquan lächelte. »Wenn Leute, die ein Land überfallen, die anderen auch als Menschen mit Vernunft und Gefühlen betrachten würden, dann wären sie keine Invasoren. Die Japaner halten uns seit jeher für Hunde, die nicht murren, wenn sie getreten und geschlagen werden!«
»Das ist ihr größter Fehler!« Herr Qian streckte seine kurze, fleischige Hand vor und bat den Gast, Platz zu nehmen. »Ich bin ein Mensch, der sich noch nie um öffentliche Angelegenheiten gekümmert hat, weil ich nicht gern über Dinge rede, von denen ich nicht viel verstehe. Aber wenn mein Land zugrunde gerichtet wird, kann ich das nicht mit ansehen. Daß mir ein Landsmann Befehle erteilt, kann ich ertragen, aber nicht, daß sich jemand aus einem fremden Land als mein Verwalter aufspielt.« Seine Stimme war so leise wie immer, aber nicht mehr so weich. Er schaute vor sich hin und sagte noch leiser: »Hör mal, mein Zweiter war heute da!«
»Wo ist er, ich möchte ihn sehen!«
»Er ist schon wieder weg!« Dabei klang Herrn Qians Stimme irgendwie geheimnisvoll.
»Was hat er denn erzählt?«
»Er?« Herr Qian flüsterte fast: »Er wollte sich von mir verabschieden!«
»Wo ist er denn hin?«
»Nirgendwohin! Er kommt nicht mehr zurück, hat er gesagt. In Zukunft soll ich seinen Namen bei der Anmeldung nicht mehr angeben, er gehöre nicht mehr zu unserer Familie!« Herr Qian sprach zwar leise, aber in seinen Augen funkelte ein ungewöhnliches Leuchten, es lagen Aufregung, Freude und auch Stolz darin.
»Was hat er denn vor?«
Der alte Herr lachte leise auf. »Mein Zweiter ist ein Mensch, der weder fadengebundene noch moderne Bücher liebt. Aber er fügt sich den Japanern nicht, verstehst du?«

Ruiquan nickte. »Der zweite Bruder will sich mit den Japanern anlegen? Aber das darf doch nicht rauskommen?«
»Wieso denn nicht?« Herr Qian hob plötzlich die Stimme, als sei er wütend. Frau Qian hüstelte leise im Hof.
»Schon gut! Ich unterhalte mich mit dem Jüngsten der Qis!« sagte er zum Fenster hin. Dann fuhr er wieder fort: »Darauf kann man doch stolz sein! Ich – ein Mensch, der keinem Grashalm etwas zuleide tun kann – habe so einen Sohn, was soll ich da noch fürchten? Ich kann nur mit Worten Gedichte schreiben, aber mein Sohn, ein Kraftfahrer, der schreibt in Zeiten, da unserem Land der Untergang droht, mit seinem Herzblut ein Gedicht. Ich verliere einen Sohn, aber das Land wird um einen Helden reicher. Wenn die Japaner mich heimsuchen und fragen, ob das mein Sohn war, der ihre Leute getötet hat, werde ich meine Brust vor ihren Gewehren recken und sagen: ›Das stimmt! Es gibt bei uns noch eine Menge Leute wie meinen Sohn! Ihr kommt hier mit großem Troß an, aber wir werden euch Stück für Stück aufreiben! Die Fahrzeuge, in denen ihr sitzt, die Häuser, in denen ihr wohnt, das Wasser, das ihr trinkt, das Essen, das ihr verspeist, all das wird euch vernichten, vergiften! ...‹« Herr Qian sprach in einem Zug zu Ende und schloß die Augen, um seinen Mund zuckte es leicht.
Ruiquan war sprachlos, bis er plötzlich aufsprang, zu ihm hinüberstürzte und einen Kotau vor ihm machte: »Onkel Qian! Ich hab Sie immer für einen Müßiggänger gehalten, der nur so daherredet! Jetzt ... bitte ich um Verzeihung!« Ohne eine Reaktion von Herrn Qian abzuwarten, stand er schnell auf. »Onkel Qian, ich will auch weggehen!«
»Weggehen?« Herr Qian musterte Ruiquan eingehend. »Gut, du mußt gehen, du kannst gehen, dein Herz brennt, du bist gesund!«
»Sonst haben Sie mir nichts zu sagen?« Ruiquan fand Herrn Qian in diesem Moment sympathischer als alle anderen, sogar sympathischer als Vater, Mutter und den großen Bruder.
»Nur etwas noch! Du darfst dich niemals entmutigen lassen! Sobald ein Mensch verzagt, sieht er nur noch Fehler bei anderen, aber nicht mehr seinen eigenen Verfall! Das merk dir, Dritter!«

»Ich merke es mir! Ich mache mir nur Sorgen um den ältesten Bruder, wenn ich gehe. Ruixuan ist so ein kluger und fähiger Mensch, aber er ist an die Familie gefesselt, kann nicht weglaufen, kann sich mit niemandem aus der Familie aussprechen, muß aber zu allen ein freundliches Gesicht machen wie ein Familienoberhaupt. Wenn ich gehe, reden Sie dann ab und zu mit ihm, er hat großen Respekt vor Ihnen!«
»Na, da kannst du beruhigt sein. Wir können doch nicht alle Pekinger fortgehen lassen. Auch wir Alten und Schwachen, die hierbleiben müssen, brauchen Mut, genauso wie ihr, die ihr geht. Ihr müßt im Kugelhagel vorangehen, uns werden sie in Ketten legen, und wir müssen trotzdem unsere Würde wahren. Komm, ich lade dich zu einem Glas ein!«
Herr Qian holte unter dem Tisch eine Flasche hervor, seinen selbstgebrauten Beifußschnaps. Ohne erst nach Gläsern zu suchen, schenkte er zwei Teeschalen ein. Er setzte an und trank die halbe Schale in einem Zug aus, danach schnalzte er ein paarmal mit der Zunge.
Ruiquan vertrug nicht viel Alkohol, aber er wollte sich keine Blöße geben und trank aus. Die Hitze ging von der Zunge sofort in die Brust.
»Onkel Qian!« Ruiquan mußte mehrmals schlucken, bevor er reden konnte, »ich kann mich wahrscheinlich nicht mehr verabschieden, bitte Sie aber, mein Geheimnis zu wahren!«
»Wer spricht denn noch von Abschied nehmen? Ehrlich gesagt, ich habe nicht allzuviel Hoffnung, euch noch einmal wiederzusehen! Der Wind weht, der Fluß rauscht, ein Held geht – und kehrt niemals zurück!« Er hielt die Flasche umklammert, seine Augen waren feucht.
Als sich der Schnaps in Ruiquans Magen verteilt hatte, wurde ihm leicht schwindelig, er wollte hinaus an die frische Luft. »Ich gehe dann.«
Herr Qian starrte, die Hand noch an der Flasche, vor sich hin. Erst als Ruiquan zur Tür hinaus war, lief er hinterher. Wortlos öffnete er das Tor und blickte ihm nach. Dann schloß er es leise und stieß einen langen Seufzer aus.
Ruiquan hatte die halbe Schale zu schnell geleert, an der frischen Luft kam sein Blut in Wallung, als ob ein Fluß sein Schleusentor öffnete. Er blieb im Schatten des Schnurbaumes

stehen, in seinem Kopf drehte sich alles, unzählige Bilder zogen an ihm vorüber. Er sah die Gegend um die Meishi-Straße und die Fischgasse, wo die Leute abends mit einer Schnapsfahne und erhitzten Gesichtern laut rülpsend in die Theater drängten, wo auf der hell erleuchteten Bühne eine Kampfszene gespielt wurde. Dann erschienen vor ihm die Boote auf dem See des Beihai-Parks, die im Schatten von Lampions zwischen den Lotusblättern schaukelten, dann wieder flanierten unter den alten Zypressen im Sun-Yatsen-Park moderne junge Damen. Um diese Zeit war überall etwas los, Rikschas, Pferdewagen, Straßenbahnen, Autos bewegten sich lärmend durch die Straßen.
Ein kühles Lüftchen wehte seine Phantasien davon. Er lauschte angespannt, auf den Straßen war nichts zu hören. Das sonst so laute Klingeln der Straßenbahnen und die Schreie der Händler waren heute verstummt. Peking schien traurig vor sich hin zu weinen.
Plötzlich wurde es über dem Schnurbaum ganz hell, und er sah unversehens viele Dächer. Dann verschwand das Licht ebenso schnell, alles war wieder schwarz vor seinen Augen, schwärzer als vorher. Dann erschien weiter weg am Himmel plötzlich wieder ein Lichtstrahl, der wild hin und her tanzte, dann noch einer, der sich mit dem ersten kreuzte und einen Moment verweilte. Die Sterne hatten ihren Glanz verloren, der Himmel war von dem zitternden weißen Kreuz hell erleuchtet. Unten war es stockdunkel. Die Monsteraugen der Invasoren kontrollierten das nächtliche Peking! Die ganze Stadt ertrug schweigend die Machtdemonstration der Scheinwerfer.
Ruiquans Rausch war fast verflogen, sein Gesicht tränennaß. Er weinte normalerweise nie, aber der Rausch, die Stille, das Scheinwerferlicht und sein klopfendes Herz hatten ihm unwillkürlich Tränen abgepreßt. Er wischte sie nicht weg, fühlte sich eher erleichtert.
Da öffnete sich das Tor von Nummer drei. Fräulein Zhaodi kam heraus, blieb auf der Stufe stehen und schaute nach dem Scheinwerferlicht. Sie war wie ihr Vater von kleinem Wuchs, zierlich und hübsch. Am schönsten waren ihre Augen, tiefliegend und mit doppelfaltigen Lidern, und ihre glänzenden,

schwarzen Pupillen, die stets lebhaft und anmutig blickten. Ohne diese Augen hätte sie kaum Aufmerksamkeit erregt. Ihre Augen belebten die ganze Erscheinung und kaschierten alle Mängel, sie konnten ihre innersten Gedanken und Gefühle aussprechen, die der Mund nicht in Worte zu fassen vermochte. Obwohl Zhaodi nicht sehr gebildet war, auch über keinen außerordentlichen Charakter und Tatendrang verfügte, konnte sie mit ihren Augen alles erreichen. Wer ihre Augen sah, vergaß alle Bedenken und fand sie nur noch liebenswert.

In ihrem weißen, sehr kurzen, weiten Seidengewand ohne Kragen, das ihren Hals völlig frei ließ, sah sie aus wie eine Fee, die nach dem Himmel Ausschau hält. Vom Hof fiel das Licht auf den Schnurbaum, dessen Grün spiegelte sich in ihrem weißen Seidengewand wider, als hätte jemand feine Schatten darauf gezeichnet. Im Spiel von Licht und Schatten schien die Seide leicht zu flattern wie Libellenflügel.

Ruiquans Herz schlug schneller. Ohne zu überlegen, ging er hinüber. Er lief leicht und schnell und stand plötzlich wie vom Himmel gefallen vor ihr. Erschrocken legte sie ihre Hand auf die Brust. »Ach, du?« Zwei durch den Schreck noch dunklere und leuchtendere Augen fixierten sein Gesicht.

»Laß uns ein wenig gehen«, sagte Ruiquan leichthin.

Sie schüttelte den Kopf, in ihren Augen lag leises Bedauern: »Ich war erst neulich eine ganze Nacht im Beihai-Park eingesperrt, das will ich nicht wieder riskieren.«

»Ob wir jemals wieder im Beihai spazierengehen können?«

»Aber wieso denn nicht?« Sie stützte sich mit der rechten Hand an den Torpfosten und neigte den Kopf leicht zur Seite.

Ruiquan gab ihr keine Antwort. Er war ziemlich verwirrt.

»Vater sagt, es sei alles nicht so schlimm.«

»Ach.« In seinem Ton schwang Verwunderung und Ablehnung.

»Mach nicht so ein Gesicht! Komm rein, wir spielen ein paar Runden Karten, ja? Es ist so langweilig!« Sie trat näher.

»Ich kann nicht! Dann bis morgen!« Mit großen Schritten sprang er zu seinem Tor, öffnete es und schaute zurück. Sie stand noch immer da. Er wäre gern umgekehrt und hätte noch

mit ihr geplaudert, warf aber, als sei er böse, das Tor geräuschvoll zu.
Fast die ganze Nacht konnte er nicht schlafen. Sein Verstand forderte, alle Liebesgefühle – die zwischen Mann und Frau, zu den Eltern, den Brüdern, Freunden – abzulegen und sich in den Strom des Krieges zu werfen. Aber seine Gefühle und besonders die Liebe bedrängten ihn, beeinflußten seine Überlegungen und verlangten von ihm, einen Weg zu finden, wo es keinen gab. Er malte sich eine gemeinsame Flucht mit Zhaodi aus Peking aus und wie beide sich im Widerstandskrieg engagieren würden. Dann aber schwor er, sich vor Beendigung des Krieges keine Liebe zu erlauben. Er hoffte lediglich, an seiner Seite eine ihm sympathische Freundin zu haben, die mit ihm ginge, mit ihm arbeitete.
Zhaodis Worte hatten ihn enttäuscht. Nie hätte er gedacht, daß sie in diesen Zeiten, da Peking gefallen war, noch ans Kartenspielen denken konnte. Als er aber nachdachte, verzieh er Zhaodi und schob alle Schuld auf ihren Vater. So leichtfertig konnte sie nicht sein. Wenn sie ihn wirklich liebte, dann könnte er sie sicherlich mit Worten, Taten und Liebe bewegen und ihr helfen, eine nützliche junge Frau zu werden. Immer, wenn er sie traf, fühlte er, wie sein ganzer Körper und sein Herz von ihren dunklen Augen angezogen wurden. Sie war alles, er war nichts. Er fühlte nur Freude, Wärme und ein Hochgefühl, wie es ihm sonst niemand geben konnte. In ihrem Angesicht fühlte er sich wie ein kleiner jadegrüner Frosch auf einem Blatt im Lotusteich, eingehüllt in Duft, Schönheit und Wärme!
Verdammt! Die Japaner waren in der Stadt, und er dachte an so etwas! Er war wirklich zu nichts zu gebrauchen! Fest schloß er die Augen, konnte aber nicht schlafen. Er ließ sich alles noch einmal durch den Kopf gehen, ohne zu einem Ergebnis zu kommen, wälzte seine Gedanken hin und her.
Nun versuchte er, sich in Zhaodi hineinzuversetzen. Was würde aus ihr werden, bliebe sie hier in Peking? Womöglich würde ihr Vater sie, um zu einem Posten zu kommen, einem Japaner geben? Bei diesem Gedanken fuhr er hoch. Sie sollte Japaner bedienen, sollte ihre wunderbaren, warmen, anmutigen Töne, Blicke, Bewegungen wilden Tieren schenken?

Wenn das wirklich eintreffen sollte, was konnte er dagegen tun? Zuallererst mußten eben doch die japanischen Teufel vertrieben werden. Er legte sich hin. Da krähten schon die ersten Hähne. Schweigend zählte er eins, zwei, drei, vier...

6

Wie der alte Herr Qi hatten viele alte Leute gehofft, den Lebensabend in Frieden verbringen zu können, doch diese Hoffnung war von den Geschützen der Eindringlinge zerstört worden. Sie waren schwach und gebrechlich, bei all ihrer Liebe zum Land konnten sie nichts tun. Sie mußten ausharren. Aber wie lange? Würden sie durchhalten bis zum Ende? Mit sechzig, siebzig Jahren für den Rest des Lebens von fremden Leuten regiert zu werden? Da auch die Gräber in Feindeshand waren, bot selbst die Aussicht auf ein baldiges Ende keinen Trost.

Leute an der Schwelle zum Alter wie Qi Tianyou, mit gefestigten Positionen, aber bereits schwindender Energie, die ihre Fähigkeiten klar einschätzten, hegten nur noch den Wunsch, sich so gut wie möglich zu betätigen, um Kindern und Enkeln eine Lebensgrundlage zu schaffen und selbst noch ein paar ruhige Jahre zu verbringen. Ihr Ehrgeiz war nicht sonderlich groß, erstreckte sich lediglich darauf, den täglichen Bedarf für Haus und Geschäft durch eigene Anstrengungen zu sichern. Nun aber war der Feind in ihre Stadt eingedrungen. Institutionen, Schulen, Geschäfte, Firmen: alles war geschlossen. Sollte man Peking verlassen? Darauf war man überhaupt nicht vorbereitet. Auch banden familiäre Sorgen an das Haus. Sollte man die restlichen zehn oder zwanzig Jahre etwa wie Zugvieh in den Sielen verbringen? Sie waren ratlos.

Menschen in den besten Jahren wie Qi Ruixuan, mit Bildung, Beruf, Familie und Vaterlandsliebe, wären dem Land sofort zu Hilfe geeilt, hätten sie eine Möglichkeit gesehen. Sie verabscheuten die Japaner aus tiefstem Herzen, wußten sie doch, daß die einen besonderen Haß gegen Intellektuelle hegten. Aber wie bei Ruixuan lastete die Sorge um die Familie wie ein schwerer Fels auf ihren Rücken, so daß sie den Kopf nicht heben konnten und den Blick starr auf den Boden richteten. Jetzt waren die Schulen geschlossen, keiner wußte, ob sie je wieder eröffnet würden. Und wie sollte er überhaupt vor die Schüler treten, was konnte er sie lehren? Sollte er sie auffordern, brave Knechte zu sein? Und blieben die Schulen ganz geschlossen, mußte er sich einen anderen Broterwerb suchen. Aber könnte er es über sich bringen, bei den Japanern oder ihren Handlangern um Arbeit zu betteln? Er war verzweifelt.

Wie Ruiquan wären viele junge Leute unverzüglich an die Front geeilt, hätten sie über Waffen verfügt. Sie hielten ihr Land für das beste, sie waren selbstbewußt, und dies war ein in der chinesischen Geschichte völlig neues Bürgerbewußtsein. Sie haßten die Japaner, weil diese seit Jahrzehnten Tag für Tag die Würde Chinas mit Füßen traten. Sie mußten vor allem Widerstand gegen Japan leisten. Aber mit leeren Händen kann man schlecht gegen feindliche Flugzeuge und Panzer kämpfen. Dann sollten sie sich wenigstens schnell den kämpfenden Truppen anschließen. Doch wie konnten sie aus Peking hinausgelangen? Wohin sollten sie sich wenden? Nichts war vorbereitet. Außerdem wußte niemand, ob sich die Sache nicht doch zum Guten wenden würde. Wenn sich die Lage entschärfte, könnten sie ihre Ausbildung abschließen und danach ihrem Lande dienen. Sie waren in heller Aufregung, aber keiner konnte ihnen sagen, wie es weitergehen sollte.

Wie der junge Rikschafahrer Xiao Cui verloren viele ihre Arbeit. Andere wie das Ehepaar Wen schwiegen, verzichteten auf Singen und Musizieren. Es gab viele Sun-Sieben, die die Japaner verfluchten, aber keinen besseren Weg fanden, ihrem Zorn Luft zu machen. Es gab genug Streiter wie Meister Liu, die mit ihrer Kampfkunst gern gegen den Feind angetreten wären, doch der rollte mit Panzern über Asphaltstraßen. Viele ... alle hatten die Hände voll zu tun, die dringendsten alltäglichen Probleme zu lösen, jeder empfand Scham und Schande und fragte sich besorgt, was kommen würde, aber keiner wußte es.

Peking hatte sich in ein ruderloses Boot verwandelt, das im Wildwasser trieb. Die im Boot hätten gern etwas Nützliches getan, aber die Kraft des einzelnen reichte nicht einmal aus, sich selbst zu retten.

Vom Jadequellenberg plätscherte das Wasser wie immer, grüner Lotus duftete nach wie vor aus den Teichen in den Parks der Stadt. Die Berge im Norden und Westen lagen majestätisch unter dem blauen, leuchtenden Himmel, im Himmelstempel und in den Parks wetteiferten dunkle Kiefern und Jadezypressen wie stets mit dem Glanz und der Schönheit der roten Mauern und goldenen Dachziegel, aber die Pekinger hatten ihre innige Beziehung zur Stadt verloren. Peking gehörte schon nicht mehr den Pekingern. Über den schwarzen Kiefern und gleißenden Ziegeln wehte die japanische Fahne! Die Augen der Menschen, die Hände der Maler, die Herzen der Dichter wagten es nicht mehr, die Größe und Pracht Pekings zu bewundern, denn sie war mit Schmach und Schande bedeckt. Man fragte sich stumm mit den Augen: »Was sollen wir tun?« Die Antwort war nur Kopfschütteln und Scham.
Einzig Herr Guan Xiaohe hegte keinerlei unangenehme Gefühle. Worte wie »Staat«, »Nation«, »Gesellschaft« waren ihm weitaus geläufiger als dem Vierten Li, dem Rikschafahrer Cui, als Sun-Sieben oder Meister Liu. Bei Bedarf brächte er es fertig, auf die Rednertribüne zu steigen und zu diesem Thema eine Rede zu halten. Doch ohne solche Worte im Munde zu führen, verfügten Leute wie der junge Cui über die Kraft, sich nicht zu beugen, vor allem nicht vor den Japanern. Herr Guan konnte zwar großspurig Reden führen, doch ihm fehlte diese Kraft. Reden und Handeln waren für ihn zwei grundverschiedene Dinge. Er sprach von »Staat und Nation«, dachte aber eigentlich nur an sich selbst. Denn er war sich selbst genug, er war ein leuchtender Stern am Himmel. Rotkürbis, You Tongfang und seine Töchter waren seine Trabanten, der Wohnhof Nummer drei in der Schafhürdengasse sein Kosmos. Essen, Bechern, Karten spielen, Arien singen, schöne Kleider anziehen, seine Launen auslassen, das waren die Jahreszeiten und das Wetter in dieser Welt. Konnte man das Land für besseres Essen, schönere Kleidung verkaufen, so war der Herrscher dieses Universums, Guan Xiaohe, dazu bereit, ohne mit der Wimper zu zucken. Für ihn bedeutete leben in Luxus leben. Dafür war ihm jedes Mittel recht.
Lange schon hegte er einen Haß auf die Nanjing-Regierung. Und spann er weiter an seinem Haß, erstreckte sich dieser

bald auf ganz China. China war hoffnungslos verloren, denn die Regierung hatte ihm kein Amt gegeben! Die Japaner hatten Peking erobert, vielleicht hätten sie Verwendung für ihn? Bei diesem Gedanken tauchte auf seinem Gesicht ein Lächeln auf, wie wenn Frühlingswind Eis schmilzt. Es dürfte den Japanern schwerfallen, sofort Tausende und Abertausende von Beamten herzuholen, sie müßten also Leute einsetzen, die keinen Widerstand geleistet hatten. Dann wäre er bestens geeignet, denn er konnte mit gutem Gewissen sagen, daß er niemals auch nur an Widerstand gegen Japan gedacht hatte. Außerdem gab es unter seinen Freunden viele Leute, die gute Beziehungen zu den Japanern unterhielten. Wenn sie den Japanern halfen, warum sollte er abseits stehen? Er betrachtete sich im Spiegel, seine Stirn glänzte und die Augen leuchteten. Da fiel ihm ein, daß der Wahrsager Götterauge im Laden »Glückverheißung« davon geredet hatte, er werde in den nächsten beiden Jahren Glück haben.

Vor dem Spiegel rief er: »Tongfang!« Sein Mund sah gebieterisch aus, und seine Stimme klang hell und deutlich. Das gab seiner Überzeugung von einem bevorstehenden glücklichen Schicksal gewaltigen Auftrieb.

»Was ist?« fragte Tongfang kokett vom Hofe her.

Weil er in Stimmung war, fand er ihre Stimme besonders wohlklingend und glaubte, ihren stets rotgeschminkten, breiten Mund vor sich zu sehen. Wie von ihr angesteckt erwiderte er mit einer süßlich schrillen Stimme: »Für wann hatte Götterauge mir neulich Glück prophezeit?« Er neigte den Kopf zur Seite und erwartete lächelnd ihre Antwort.

»Doch für dieses Jahr, nicht wahr?« Kaum daß sie geendet hatte, schob sie ihren Zweifel auch schon beiseite: »Genau für dieses Jahr! Wir haben doch das Jahr des Büffels?«

»Ja, doch! Hat er mir das Glück für das Büffeljahr prophezeit?«

»Ja, ich erinnere mich ganz genau.«

Er fühlte, wie es heiß in ihm aufstieg. Es mußte nicht ausgesprochen werden, für ihn stand fest: Die Japaner sind liebenswert, denn sie bringen ihm Glück!

Während die meisten Pekinger verwirrt und bestürzt waren, begann Guan Xiaohe zu handeln. Bei seinem ersten Ausflug

war er noch ziemlich beunruhigt. An allen wichtigen Kreuzungen wie den vier Pailou-Torbogen, der Xinjiekou-Straße und der Huguosi-Straße standen japanische Posten mit aufgepflanztem Bajonett. Wer vorbeikam, mußte sich tief vor ihnen verneigen. Er verbeugte sich gern, und er konnte sich auf japanische Art verbeugen. Aber er trug keinerlei Abzeichen oder Fähnchen. Wenn die Japaner ihm nun, da sie ihn nicht kannten, Schwierigkeiten bereiteten? Diese Leute hatten Munition genug und brachten es fertig, einfach so aus Spaß Leute zu erschießen!
Es gab noch ein Problem. Wie sollte er ausgehen? Zu Fuß? Oder sollte er den Rikschafahrer Xiao Cui vorübergehend fest engagieren? Zu reichen Leuten ging man doch nicht zu Fuß. War Guan Xiaohe wegen der Besetzung der Stadt etwa so weit gesunken, daß er nicht fahren durfte? Aber wenn er in der Rikscha plötzlich an einer Kreuzung einem japanischen Soldaten begegnete, konnte er doch nicht einfach ruhig darin sitzen bleiben? Das war ein Problem.
Nach langem Überlegen beschloß er, mit Xiao Cuis Rikscha zu fahren. Er ließ ihn rufen: »Xiao Cui, wie geht's dir?«
Rikschafahrer Cui, ein Kerl mit einem kantigen Kürbisschädel, antwortete unlustig: »Wie schon? Man hungert sich so durch!« Herr Guan war zweifellos sein wichtigster Kunde, aber er hegte keine besondere Achtung für ihn.
»Schon gut«, lächelte Herr Guan herablassend, »heute wirst du schon nicht verhungern, fährst mich aus!«
»Ausfahren? Vor der Stadt wird noch geschossen!« Xiao Cui hatte keine Angst vor den Kanonen, aber er erriet, warum Herr Guan ausfahren wollte: Wer bei dem Geschützdonner hinausging, der mußte etwas mit den Japanern vorhaben. Er haßte Leute, die in diesen Zeiten mit Japanern verkehrten. Lieber schnallte er den Gürtel noch enger und hungerte ein paar Tage mehr, ehe er diese Leute zu solchen Unternehmungen fuhr. Wer ein so hartes Leben führte wie er, der hatte oft mit der größten Geißel der Menschheit und aller Lebewesen – dem Hunger – zu tun. Der war aber besser dagegen gefeit und nicht so leicht unterzukriegen.
Herr Guan jedoch hatte keine Ahnung davon, sondern setzte nur verächtlich hinzu: »Du sollst es ja nicht umsonst tun, ich

bezahle dich! Und zwar...«, er hob leicht das Kinn, »nicht schlecht! Sonst kriegst du acht Mao pro Tag, heute einen Kuai! Einen ganzen Kuai!« Die Worte kamen heraus wie ein Bonbon, das man sich auf der Zunge zergehen läßt. Er war überzeugt, jeden armen Schlucker damit rumzukriegen, trotz Kugelhagel durch die Straßen zu rennen.
»Die Rikschaverleiher haben alle geschlossen, wo soll ich eine Rikscha herkriegen? Außerdem...« Der junge Cui sprach nicht weiter, doch auf seinem eckigen Kürbisgesicht breitete sich ein verächtlicher Zug aus.
»Erledigt!« Herr Guan kam in Wut. »Wenn du nicht fahren willst, sag es gleich! Tsts, Leute wie ihr, die kurz vor dem Verhungern stehen!«
Rotkürbis hatte seit Tagen niemanden zum Kartenspiel gehabt und auch das Haus nicht verlassen können, sie war voller Streitsucht. An You Tongfang und den beiden Töchtern hatte sie ihre Wut bereits ausgelassen, jetzt ergriff sie die Gelegenheit zu einer neuen Schlacht. Mit hocherhobenem Kopf stampfte sie wie eine Walze wütend heran. Ohne den jungen Cui auch nur anzusehen – das war unter ihrer Würde –, wies sie mit der Hand auf Herrn Guan: »Was verschwendest du Worte an den, schmeiß ihn raus!«
Der junge Cui lief rot an. Schnell wollte er weggehen, konnte sich aber nicht mehr beherrschen. Schon in normalen Zeiten war ihm Rotkürbis zuwider, jetzt aber fand er sie besonders abstoßend. »Halten Sie Ihre Zunge im Zaum! Ein anständiger Kerl kämpft nicht mit Frauen. Wenn ich dagegenhalten würde, erginge es Ihnen schlecht!«
»Waas?« Rotkürbis richtete ihre Augen mordlustig wie zwei Maschinengewehrläufe auf Cuis Gesicht. Ihre dunklen Sommersprossen schimmerten blutig, sie sah wie ein violett bemaltes Gesicht auf der Bühne aus. »Waas?« Drohend näherte sie sich.
»Was haben Sie gesagt?« Der junge Cui hatte keine Angst, aber ihm war nicht ganz wohl bei der Sache, denn wenn sie wirklich zuschlagen würde, zöge er den kürzeren. Sie war eine Frau, da konnte er sich nicht wehren.
Er hatte richtig geraten. Rotkürbis versetzte ihm plötzlich eine kräftige Ohrfeige. Er wurde zornig: »Was soll das? Prü-

geln?« Aber er mochte nicht zurückschlagen. Peking war zwar gefallen, aber noch existierten Sitte und Moral für den jungen Cui. »Wenn Sie Prügel austeilen wollen, dann fangen Sie doch mit den Japanern an!«

»Schon gut, schon gut.« Nachdem der junge Cui eine Ohrfeige bekommen hatte, war für Herr Guan die Sache erledigt. Er zog Rotkürbis zur Seite. »Xiao Cui, was stehst du immer noch da?«

»Weglaufen? Das wäre ja noch schöner! Wie kommt Ihr dazu, Leute zu schlagen? Ihr seid wohl alle Japaner?« Er rührte sich nicht.

Da trat Tongfang eilig hinzu. Sie ließ ihre stets verführerisch blickenden Augen schweifen, dachte sich ihren Teil und ergriff Partei für den jungen Cui. Als Trommelsängerin stammte sie aus armen Verhältnissen und hatte Verständnis für die Armen. Und schließlich ging es gegen Rotkürbis. »Schon gut, Xiao Cui, ein anständiger Kerl kämpft nicht gegen Frauen. Rege dich wegen ihr doch nicht auf!«

Der junge Cui beruhigte sich bei diesen Worten etwas: »Sie sagen es, Zweite Madame! Hören Sie sich das mal an!«

»Nicht nötig! Ich weiß Bescheid! Wenn es in ein paar Tagen draußen wieder ruhig ist, mußt du mich ausfahren! Aber jetzt geh nach Hause!« Tongfang wußte, daß Rotkürbis von nun an nie wieder die Rikscha des jungen Cui nehmen würde.

Der begriff, daß er zwei Kunden – Herrn Guan und Rotkürbis – verärgert hatte. Nun, da Tongfang ihm Verständnis und Umsicht entgegenbrachte, nutzte er die Gelegenheit zum Rückzug. »Schon gut, Zweite Madame, Ihnen zuliebe!« Er rieb sein brennendes Gesicht und ging.

Als er fast am Tor war, erhob Herr Guan seine Stimme: »Dieser Kerl! Man gibt ihm die Ehre, und er schlägt sie aus. Ab jetzt fahre ich nicht mehr in seiner Rikscha.« Dann lief er hastig im Zimmer hin und her, als hätte er jemanden verprügelt und müßte sich abreagieren.

»Tu nicht so, du«, Rotkürbis war es nun, die etwas loswerden mußte, »du wirst nicht einmal mit einem Rikschamann fertig, hast du denn keine Hände? Du zuckst ja nicht einmal, wenn dein Hausdämon für einen Rikschafahrer Partei ergreift, und so was will ein Mann sein? Wenn das Weibsstück eines Tages mit so einem verschwindet, traust du dich wohl auch nicht zu mucksen, ein richtiger Hahnrei bist du!«

Ihre Worte waren auch gegen Tongfang gerichtet, aber die hatte sich schon in ihr Zimmer zurückgezogen und war zufrieden wie eine Grille im Topf, die im Nahkampf gewonnen hatte.

Guan Xiaohe genoß lächelnd die keineswegs lustige Schimpferei. Er hatte beschlossen, nichts zu erwidern, da er fürchtete, Streit und böse Worte könnten womöglich sein glückliches Schicksal vertreiben. Er ging wieder zum Spiegel und musterte aufmerksam Stirn und Augenbrauen: Die Stirn glänzte tatsächlich, das war ihm ein gewaltiger Trost.

Nach einer Weile fragte Rotkürbis mürrisch: »Wozu brauchst du eigentlich eine Rikscha? Hast du etwa eine Verabredung mit irgendwelchen Weibern?«

Herr Guan wandte ihr das Gesicht mit einem reizenden Lächeln zu: »Ich habe etwas Seriöses vor, werte Gattin!«

»Was kannst du schon Seriöses vorhaben! Seit über zehn Jahren hast du nicht mal einen furzgroßen Posten bekommen.«

»Bald aber werde ich einen haben.«

»Wie das denn?«

»Jeder Hof hat seine Beamten, verstehst du immer noch nicht?«

»Ach!« Rotkürbis stieß, nicht sehr überzeugt, einen Ton durch die Nase. Aber dann ging ihr ein Licht auf. Sie preßte die Lippen fest zusammen und zog die Mundwinkel herunter, in der Nasengrube zeigte sich die Andeutung eines Lächelns. Sie pflegte ihren Gefühlen stets ungestümen Lauf zu lassen und tat umgehend, was sie sagte. Das war ihre Art, darin ähnelte sie der Kaiserinmutter Cixi. Ihre Stimme war plötzlich ganz klar: »Warum hast du das nicht gleich gesagt. Komm, ich gehe mit dir.«

»Wollen wir zu Fuß gehen?«

»Können wir denn kein Auto nehmen?«

»Die Läden sind doch alle geschlossen.«

»Ich werde die Türen schon öffnen, selbst wenn sie aus Eisen sind! Komm.«

7

Sun-Sieben stritt sich zwar gewöhnlich mit dem jungen Cui, aber wenn dem Unrecht geschah, fühlte er mit ihm. »Was war denn los? Rotkürbis hat ausgeschlagen? Die traut sich was!« Sun-Sieben kniff die Augen zusammen, weil er nach mehr als zwanzigjährigem Scheren kurzsichtig geworden war.
»Verdammt! Wie die sich schon jetzt benehmen, wo sie noch nicht mit den Japanern angebändelt haben. Was soll da aus uns werden, wenn die demnächst den Teufeln den Arsch lecken!« Der junge Cui sprach absichtlich laut, damit man es in Nummer drei hören konnte.
»Wenn die das wagen! Dann werden sie schon noch sehen, Barfüßige fürchten keine Leute in Schuhen!«
Durch die vereinte Front von Sun-Sieben und Xiao Cui wurden die Aktivitäten der Familie Guan in der ganzen Gasse bekannt, und alle waren sich einig, daß Guan Xiaohe kein anständiger Mensch war.
Diese »öffentliche Meinung« kam bald darauf auch Wachtmeister Bai zu Ohren. Er rief den jungen Cui an einen abgelegenen Ort und belehrte ihn: »Du solltest nicht so viel rumerzählen. In solchen Zeiten weiß keiner genau, wo einer steht, da verärgert man am besten niemanden, hörst du?«
»Hab's verstanden.« Als Rikschafahrer hatte der junge Cui noch nie viel für Polizisten übrig gehabt, aber Wachtmeister Bai war eine Ausnahme. Wie oft hatte er ihn laufenlassen, wenn er betrunken krakeelt oder wegen seiner Armut getobt hatte. Sein Mundwerk war zwar scharf, aber im Grunde war er gutmütig. Er fügte sich, obwohl ihn die Worte des Wachtmeisters nicht ganz überzeugten. »Wachtmeister Bai, werden denn die japanischen Soldaten Peking ewig besetzt halten?«
»Hm, das weiß ich nicht. Ich weiß nur, daß das Gesindel bald sein Haupt erheben wird.« Er stieß einen langen Seufzer aus.
»Wie das?«
»Na, wie schon. In jedem Krieg sind bisher die Diebe, Opiumschmuggler und der ganze Abschaum aus den Löchern gekrochen. Das weiß ich als Polizist sehr genau. Trotzdem können wir nichts machen. Diesmal wird es noch verrückter zugehen, diesmal sind es Japaner, die werden erst recht die

Gauner und Lumpen beschützen. Du wirst sehen, bald bieten sie offen auf der Straße Opium an, das wette ich um meine Augäpfel!«

»Na, dann bleibt uns anständigen Menschen wohl gar kein Ausweg?«

»Was heißt hier anständig? Die ganze Stadt ist eingenommen worden, wieviel ist da ein Anständiger noch wert? Aber zurück zu uns, auch wenn die Miesen jetzt kopfnickend und schwanzwedelnd herumlaufen, man muß anständig bleiben. Wir müssen uns eben ein wenig zusammennehmen und keinen unnötig verärgern. Mit guten Schuhen tritt man nicht in stinkenden Hundekot, verstehst du?«

Der junge Cui nickte verwirrt.

Tatsächlich wußten nicht einmal die Japaner, woran sie waren. Vor der Besetzung hatten sie in Peking, Tianjin und Baoding ein paar ortsansässige Schurken gedungen, die für sie die schamlosesten Dinge erledigen sollten, die selbst ihnen zu anrüchig waren. Als Peking dann gefallen war, hatten diese Schurken weder den Mut noch die Fähigkeit, offen in Erscheinung zu treten. Japan verfügte aber auch nicht über genügend Beamte, die es hätte in Marsch setzen können. Deshalb war Peking zunächst nur militärisch besetzt, alles andere unterblieb.

Die Beine des jungen Cui, die Hände von Sun-Sieben, die Stimmen der Wens, alles war zum Müßiggang verurteilt. Nur Guan Xiaohe war ständig in Bewegung, doch vergebens. Nachdem er mehrere Tage mit Rotkürbis unterwegs gewesen war, begriff er: das politische und militärische Hauptquartier befand sich in Tianjin. Peking war zwar eine Weltstadt, eine Schatztruhe kultureller Güter, aber politisch und militärisch war es ein Anhängsel Tianjins. Dort saßen die Japaner, die den Überfall auf China strategisch geplant hatten, dort saßen auch die Chinesen, die am eifrigsten dabei waren, den Japanern zu helfen.

Aber Guan Xiaohe gab nicht auf. Er glaubte fest an sein glückliches Schicksal. Die Ermunterung und Hilfe durch Rotkürbis spornte ihn an. Seitdem You Tongfang seine Nebenfrau geworden war, hatte er immer zu ihr gehalten und mit ihr gemeinsam Rotkürbis attackiert. Die gab zwar gern an, hatte ein scharfes Mundwerk und eine lockere Hand, war aber unkompliziert und schnell bereit, ein paar gute Worte für bare Münze zu nehmen und zu verzeihen. Normalerweise unterstützte Guan Xiaohe heimlich die Nebenfrau und speiste Rotkürbis mit süßen Worten ab, weshalb diese You Tongfang abgrundtief haßte. Dabei wußte sie, daß sie es in Aussehen und Alter nicht mit ihr aufnehmen konnte, daher war das Verzeihen wohl eher eine Methode, der unabänderlichen Niederlage wenigstens einen Sieg abzugewinnen. Daß sie so aktiv war und ihrem Mann so eifrig half, geschah auch aus der Überlegung heraus, mit You Tongfang gleichzuziehen. Jetzt, da die Stadt besetzt war, fehlte ihr nichts, nur hatte sie niemanden zum Kartenspielen und konnte nicht ins Theater gehen. Sie hatte auch nicht erwartet, daß sich eine so gute Gelegenheit für Xiaohe bieten würde. Aber seine Erklärungen machten sie sofort hellwach. Schon sah sie einen Posten, Geld, Essen und Trinken und prächtige Kleider vor sich. Dafür mußte sie ihrem Mann mit vollem Elan helfen. Ihre Emsigkeit rührte Xiaohe, weshalb er seit ein paar Tagen ausgesucht freundlich zu ihr war und sie sogar wohlmeinend darauf hinwies, daß ihre Haare wieder ein paar Dauerwellen vertrügen. Das tat ihr sehr gut, weshalb sie vorübergehend den Kampf gegen Tongfang einstellte.

Am dritten Tag beschloß sie, unabhängig von Xiaohe zu handeln. Aus den Erfahrungen der letzten Tage wußte sie, daß die in Peking verbliebenen Freunde über keinen besonderen Einfluß verfügten. Deshalb schickte sie zwar Xiaohe zu ihnen – ein paar Verbindungen mehr konnten nicht schaden –, doch sie selbst suchte andere Wege. Sie besuchte Frauen, Mütter, Gattinnen, Nebenfrauen, Töchter jener in Tianjin lebenden Reichen, die in Peking geblieben waren, weil sie entweder gern ins Theater gingen oder sonst ihre Gründe hatten. Dieser Weg schien ihr erfolgversprechender, da sie von ihren Fähigkeiten überzeugt war und wußte, daß man die »innere Linie«, den Weg über die Frauen, nutzen mußte, wollte man bei einem Beamten etwas erreichen. Nachdem sie Xiaohe losgeschickt hatte, überließ sie Tongfang die Aufsicht über das Haus und drängte auch ihre beiden Töchter auszugehen.

»Hockt nicht nur zu Hause rum! Unterstützt euren Vater ein

wenig. Seit die Regierung in Nanjing sitzt, wurde er vernachlässigt. Wir nagen zwar noch nicht am Hungertuche, aber auf die Dauer schmilzt auch das größte Vermögen. Solange euer Vater noch so beweglich ist, sollten wir in dieser sich ständig wandelnden Zeit alles tun, um ihn zu unterstützen, versteht ihr?«

Gaodi und Zhaodi waren nicht wie ihre Mutter so eifrig bei der Sache. Sie waren zwar an ständigen Trubel, Luxus und Vergnügungen gewöhnt, gehörten aber zu der jungen Generation, die ein gewisses Empfinden für nationale Schande hatte.

Zhaodi machte als erste den Mund auf. Sie war Mutters Jüngste und wurde der älteren Schwester vorgezogen. Weil man die Hausdurchsuchungen der Japaner befürchtete, hatte sie sich nur leicht gepudert. »Ma, ich habe gehört, daß die Japaner auf den Straßen jeden kontrollieren und den Frauen nach der Brust grapschen!«

»Laß sie doch grapschen! Sie werden dir schon nichts weggrapschen!« Wenn Rotkürbis einmal entschlossen war, konnte sie nichts schrecken. »Und du?« wandte sie sich an Gaodi.

Gaodi war einen Kopf größer als die Schwester. Von hinten sah sie sehr gut aus, ihr Gesicht war jedoch nicht besonders hübsch – die Lippen waren zu dick, die Nase zu kurz, nur ihre Augen konnten sehr lebendig strahlen. In Figur und Temperament kam sie nach ihrer Mutter, weshalb diese sie nicht mochte. Trafen zwei solche Charaktere aufeinander, gab keiner nach, da mußten Funken sprühen. Sie war die Verständigste in der Familie, manchmal traute sie sich, Dinge auszusprechen, die andere nicht gern hörten. Niemand wagte es, sich mit ihr anzulegen, deshalb war sie auch nicht sonderlich beliebt.

»Wenn ich du wäre, Ma, würde ich meine Töchter in solchen Zeiten nicht rausschicken und sie nach einem Posten für ihren Vater suchen lassen. Das ist ja eine Schande.« Gaodi rümpfte ihre kurze Nase zu einem Knäuel.

»Schon gut! Bemüht euch nicht! Wenn euer Vater dann aber Geld heimbringt, kommt nicht und verlangt es von ihm!« Rotkürbis griff mit einer Hand nach ihrer bestickten Handtasche, mit der anderen den kleinen Sandelholzfächer und stürmte wie ein Soldat hinaus.

»Ma!« Zhaodis Ruf bremste die Mutter. »Sei nicht böse, ich gehe ja schon! Sag mir nur, wohin ich gehen soll.«
Geschäftig zog Rotkürbis einen kleinen Zettel und ein paar Geldscheine aus ihrer Handtasche: »Zu diesen Familien hier. Du mußt aber nicht gleich mit der Tür ins Haus fallen, sondern vorsichtig herauskriegen, welche Möglichkeiten sich dort ergeben. Ich kann dann morgen hingehen. Könnte ich das allein schaffen, würde ich euch doch nicht damit belasten, und ich renne mir die Füße doch nicht für mich alleine wund.«
Murmelnd ging sie hinaus. Zhaodi, Zettel und Geldscheine in der Hand, streckte Gaodi die Zunge heraus. »Das hätten wir! Erst muß etwas Geld her, dann kann man weitersehen! Gaodi, laß uns ausgehen! Wenn Mutter wiederkommt, erzählen wir ihr einfach, daß wir alle aufgesucht, aber niemanden angetroffen hätten, ja?«
»Wohin willst du denn? Wie kannst du jetzt überhaupt an so was denken?« fragte Gaodi stirnrunzelnd.
»Daß wir nirgendwohin gehen können, stimmt. Alles wegen diesen blöden Japanern.« Sie verzog ihren kleinen Mund. »Und wann gibt's endlich Frieden?«
»Wer weiß! Zhaodi, was machen wir, wenn unsere Truppen die Japaner nicht vertreiben und Vater wirklich für die Teufel arbeiten sollte?«
»Wir?« Zhaodi blinzelte mit den Augen und dachte eine Weile nach, »ich hab keine Ahnung. Und du?«
»Na, ich bleibe dann nicht mehr zu Hause.«
»Du hast gut reden. Kannst du dich etwa selber ernähren?«
»Hm...« Gaodi stieß einen langen Seufzer aus.
»Ich nehme an, du denkst dabei wieder an Zhongshi, nicht wahr?«
»Ich würde ihn tatsächlich zu gern fragen, was das alles zu bedeuten hat.«
Zhongshi war der zweite Sohn der Qians, der als Kraftfahrer arbeitete. Er sah ziemlich gut aus. Wenn er, hochrot im Gesicht und mit zerzausten Haaren, hinter dem Steuer saß, wirkte er locker und lebhaft. Vertauschte er aber die blaue Arbeitsmontur mit normaler Kleidung und kämmte sich das Haar, konnte man ihn für einen sauberen, flinken kleinen

Ingenieur halten. Die Guans waren zwar Nachbarn, aber er hatte sie noch nie wahrgenommen, denn er war selten zu Hause und interessierte sich vor allem für Maschinen. An Frauen hatte er offenbar überhaupt noch nicht gedacht. Seine Verlobte war eine Cousine seiner Schwägerin. Die Mutter hatte sie ihm ausgesucht. Er hielt seine Schwägerin für ehrlich, weshalb er annahm, ihre Cousine müsse auch anständig sein. Er war zwar nicht gegen die Heirat, war aber auch nicht darauf erpicht. Wenn die Mutter ihn fragte, wann das glückliche Ereignis denn stattfinden sollte, winkte er ab: »Nur keine Eile! Erst muß ich eine Autoreparaturwerkstatt eröffnen!« Er träumte von einer kleinen Werkstatt, die er allein betreiben würde und die alle Ersatzteile parat hätte.

Eine Zeitlang war er für eine Gesellschaft gefahren, die Fahrten nach Klein-Tangshan veranstaltete. Gaodi hatte eines Tages mit einer Gruppe einen Ausflug dorthin unternommen. Da ihr leicht schlecht wurde, setzte sie sich vorn zum Fahrer. Sie erkannte Zhongshi, aber der beachtete sie kaum. Erst im Laufe des Gesprächs erfuhr er, daß sie eine Tochter der Guans war. Er war sehr höflich zu ihr – für ihn eine Selbstverständlichkeit. Weil sie ihn so nett fand, glaubte Gaodi, es sei der Beginn einer Romanze.

Sie hatte schon mehrere Freunde gehabt, aber sobald die Zhaodi erblickten, ließen sie von Gaodi ab wie Bienen, die eine stärker duftende Blüte ausmachen. Wenn sie sich deshalb mit der jüngeren Schwester stritt, ging diese zum Gegenangriff über: »Ich will dir deine Freunde nicht wegschnappen, was kann ich dafür, wenn sie sich an mich heranmachen? Vielleicht gefällt ihnen deine Nase nicht?«

Wegen solcher unbarmherziger Attacken hatte Gaodi sich schon die Augen rotgeweint, aber ihre Mutter goß noch Öl ins Feuer: »Ganz recht, wenn du dich ein bißchen besser benehmen und mit den Leuten vertragen könntest, wärst du längst verheiratet, und ich hätte ein paar Sorgen weniger!«

Gaodi wußte sehr wohl, was die Mutter meinte. Wäre sie so hübsch wie ihre Schwester und heiratete einen Geldsack, wäre das für die Familie Guan von großem Nutzen.

So lernte Gaodi nach und nach, sich mit Phantasien zu trösten. Sie stellte sich vor, eines Tages träfe sie plötzlich einen wunderschönen jungen Mann an einem entlegenen Ort. Es wäre Liebe auf den ersten Blick, aber erst bei der Hochzeit erführe die Familie, wie gut er aussähe. Sie würden staunen.

Nach der Begegnung mit Zhongshi glaubte sie, daß ihre Träume doch noch wahr werden könnten. Sie klebte mit ihren Ohren an der Mauer zum Nachbarhof, jedes Geräusch dort versetzte sie in Erregung. Geduldig und ohne Mühe zu scheuen suchte sie alles über die Familie Qian in Erfahrung zu bringen. Aber kaum einer wußte etwas. Im Telefonbuch fand sie die Adresse des Fuhrunternehmens und schlenderte dort häufig in der Hoffnung herum, Zhongshi zu sehen, was ihr aber nie gelang. Je weniger sie erreichte, um so mehr empfand sie einen wohltuenden Schmerz. In ihrer Phantasie konnte sie all das erleben, was ihr in der Realität fehlte. So schuf sie sich ein Bild von Zhongshi, das ihn in Gestalt, Charakter und Fähigkeiten zum idealen jungen Mann machte.

Sie begann, Romane zu lesen, und schrieb heimlich auch ein paar Geschichten. Sie waren alle nichts Besonderes, und es gab viele falsche und falsch geschriebene Zeichen. Der männliche Held war stets Zhongshi, die Heldin manchmal sie selbst, manchmal Zhaodi. War es Zhaodi, wurde es unweigerlich eine Tragödie.

Zhaodi las die unfertigen Geschichten. Sie war die erste, die Gaodis Geheimnis erfuhr. Um sich zu rächen, daß Gaodi sie zur Heldin einer Tragödie gemacht hatte, hänselte sie die Schwester ständig mit Zhongshi. Sie hielt alle Qians für ein wenig verschroben. Zhongshi sah zwar gut aus, stand aber nach Beruf und Herkunft auf einer sehr niedrigen Stufe. Auch wenn die ältere Schwester nicht hübsch war, brauchte sie deshalb noch lange keinen Kraftfahrer zu heiraten. In Gaodis Vorstellung war Zhongshi ein Mensch, der alles wußte, alles konnte und nur vorübergehend aus Spaß Kraftfahrer war, eines Tages aber als Held hervortreten oder eine gewaltige Erbschaft machen würde, wie das in Romanen geschah. Jedesmal, wenn Zhaodi sie mit Zhongshi ärgerte, antwortete sie fest: »Ich würde mich gern mit ihm unterhalten, er weiß bestimmt alles!«

Als Zhaodi heute wieder Zhongshi erwähnte, nahm Gaodi das ernst und fügte hinzu: »Selbst wenn er ein hundertprozentiger Kraftfahrer ist, so ist er immer noch viel besser als jemand, der auf Knien von den Japanern einen Posten erbettelt, viel besser!«

8

Qi Ruixuan war in ziemlicher Verlegenheit. Mitte August beging der Großvater seinen fünfundsiebzigsten Geburtstag. Zu normalen Zeiten hätte er drei, vier Tafeln mit den wichtigsten Dingen – Seegurken, einem Huhn und einem Fisch – bestellt, um Verwandte und Freunde einen Tag lang zu bewirten. Aber was sollte er dieses Jahr tun? Er konnte es nicht einmal mit dem alten Herrn besprechen, weil es dann danach aussähe, als wollte er das Fest ausfallen lassen. Nach außen hin würde er vielleicht zustimmen, aber innerlich wäre er traurig, denn mit dem Alter ist es wie mit dem Kalender gegen Jahresende, mit jedem Blatt wird er dünner, und bald ist er am Ende angelangt. Alte Leute nehmen den Geburtstag besonders wichtig, weil der Tag des endgültigen Abschieds immer näher rückt.

»Meiner Meinung nach«, schlug Shuns Ma nach reiflicher Überlegung vor, »sollten wir es so wie immer machen. Wenn wir es stillschweigend übergehen, wird uns der alte Herr mit Sicherheit krank. Ob du es glaubst oder nicht!«

»Meinst du, daß es so weit kommt?« Er lächelte hilflos.

»Hast du nicht bemerkt, wie er dauernd auf den Busch klopft?« Wenn es drauf ankam, deutlich zu werden, hatte Shuns Ma einen reichen Wortschatz an Pekinger Ausdrücken parat, und ihr Tonfall war klar und durchdringend wie eine Nachtwächtertrommel. »Er redet ununterbrochen davon, alles sei in Ordnung, sobald die Läden wieder aufmachen. Das ist doch für unsere Ohren bestimmt! Selbst wenn es ihm gutgeht, wie viele Jahre hat er denn noch zu leben? Auf jeden Fall müssen wir etwas zu trinken und essen vorbereiten, denn wenn wirklich Gäste kommen, können wir doch nicht mit leeren Händen dastehen, oder?«

»Die kommen doch in diesen Zeiten nicht ohne Einladung.«

»Das weiß man nicht! Die Pekinger pflegen ihre Sitten auch in schlimmen Zeiten.«

Ruixuan schwieg. Normalerweise war er stolz darauf, in Peking geboren zu sein, die als Norm geltende Sprache zu sprechen, von Kaisern errichtete Tempel und Gärten als Parks nutzen zu dürfen, Zugang zu wertvollen Büchern zu haben, interessante Reden hören zu können, unmerklich von seiner Umgebung geprägt zu werden und dabei vielfältige Einblicke zu gewinnen. Selbst Handlanger und Straßenhändler hatten hier ihren besonderen Stil! Als er jetzt aber Yunmei so hörte, waren ihm die Pekinger ein bißchen verleidet. Ganz gleich wie chaotisch es draußen auch zuging, selbst unter fremder Besatzung mußte ein solcher Geburtstag gefeiert werden!

»Du brauchst dich nicht darum zu kümmern, überlaß das mir. Und wenn es nur gebratene Nudeln sind, irgend etwas werden wir den Gästen schon vorsetzen!« Shuns Mutter war zufrieden, sie ließ ihre lebhaften Augen schweifen, als ob Himmel, Menschen und Hölle ganz in ihrer Hand lägen.

Qi Tianyou schaute kurz zu Hause vorbei. Sein Gesicht war schmal geworden, er lächelte gezwungen. »Die meisten Geschäfte haben geöffnet, auch wir haben das Ladenschild aufgehängt. Da fühlt man sich gleich wohler, ob das Geschäft läuft oder nicht«, berichtete er seinem Vater mit leichtem Bedauern.

»Hauptsache, der Laden ist geöffnet. Dann wird auch Markt abgehalten, und alles sieht gleich viel friedlicher aus.« Auf dem Gesicht des alten Herrn erschien ein Lächeln.

Nachdem er mit dem Vater ein paar Worte gewechselt hatte, ging Tianyou zu seiner Frau. Sie war nach wie vor recht kränklich, aber geistig hellwach und fragte ihn nach der Lage im Land und im Geschäft. Tianyou war sich über die politische Lage nicht ganz im klaren. Stets hielt er sich an die Handelskammer. Wenn die zu Spenden aufforderte, wußte er, es würde bald Krieg geben, und wenn sie Leute ausschickte, die für Ruhe und Ordnung sorgen sollten, würde es bald ruhig sein. Diesmal war die Handelskammer nicht in Erscheinung getreten, die Läden wurden auf eine Verordnung der Polizei hin geöffnet. Deshalb konnte Tianyou noch nichts Endgültiges sagen.

Das Geschäft hing natürlich von der Wiederherstellung der Ordnung ab. Doch in Anbetracht der allgemeinen Unsicherheit wagte Tianyou keine Entscheidung zu treffen, ob er jetzt beispielsweise Ware annehmen sollte oder nicht.

»Die japanischen Teufel sind in der Stadt, da floriert der Handel bestimmt nicht. Wenn die Preise fallen, müßte ich eigentlich kaufen, damit wir, wenn es ruhig wird und die Preise wieder steigen, etwas gutmachen können. Aber ich kann das nicht allein entscheiden, und die Bosse werden kein Geld rausrücken wollen, also muß ich abwarten, das bedrückt mich. Diesmal weiß man überhaupt nicht, woran man ist! Sonst bekämpften sich die eigenen Leute, jetzt bekriegen uns die Japaner.«

»Nimm's wie's kommt, reg dich nicht auf!«

»Nicht aufregen? Nur wenn der Laden was einbringt, kriege ich auch etwas mehr ab.«

»Wenn der Himmel einstürzt, begräbt er viele unter sich, dagegen kann man nichts machen.«

Da trat Ruixuan ins Zimmer und brachte den Geburtstag des Großvaters zur Sprache. Der Vater zog die Brauen hoch. Für ihn war die Geburtstagsfeier des betagten Vaters fast so wichtig wie das Opfer für den Gott des Reichtums am 26. Januar und durfte auf keinen Fall vernachlässigt werden. Doch jetzt konnte er dafür keine Kraft erübrigen. Nach langem Grübeln sagte er leise: »Mach's, wie du denkst, mir ist alles recht.« Aber Ruixuan fiel auch nichts ein.

Alle schauten sich schweigend an. In dem Augenblick ertönte nebenan bei den Wens eine Huqin-Geige, er spielte, Frau Wen probierte ein paar Töne, oh – oh –, wie beim Stimmtraining an der Stadtmauer.

»Dafür haben die jetzt noch Sinn!« Ruixuan runzelte die Stirn.

»Die Leute leben davon!« Eigentlich verabscheute Tianyou Operngesang, aber es mußte einmal gesagt werden: Wie sehr einer auch unterdrückt werden mochte, essen mußte er!

Ruixuan ging hinaus. Er glaubte zu ersticken. Dieser Satz des Vaters ließ ihn in Dantes Hölle blicken, wo die Geister es sich wohl sein ließen! Auch er mußte schließlich weiterleben, also blieb ihm nichts weiter übrig, als sich genauso unter die Geister zu mischen.

»Ruixuan!« rief Tianyou noch von der Tür her. »Geh doch mal in die Schule und schau nach, was los ist!«

Xiao Shun warf mit Steinen nach den halbreifen Datteln am

Baum. Ruixuan blieb stehen und wandte sich zu ihm: »Datteln kriegst du damit nicht runter, aber wenn du nicht aufpaßt, schlägst du in Großmutters Zimmer die Scheibe ein, das fehlte noch!«
»Draußen kommt ja keiner mehr mit Süßigkeiten, darf ich nicht mal ein paar Datteln essen?« gab der Kleine beleidigt zurück.
Die Großmutter rief ihm von drinnen zu: »Laß ihn werfen, er hat ja in den letzten Tagen gar nichts bekommen!«
Xiao Shun war zufrieden, strengte sich noch mehr an und warf die Steine ein bißchen höher.
Ruixuan fragte den Vater: »Welche Schule meinst du?«
»Die zur Kirche gehört. Als ich soeben vorbeikam, habe ich es klingeln gehört. Womöglich halten sie schon wieder Unterricht.«
»Gut, ich geh mal nachsehen.« Ruixuan hatte ohnehin vor, hinauszugehen und sich den Ärger von der Seele zu laufen.
»Ich gehe mit!« Xiao Shun hatte zwar viele Blätter, aber keine einzige Dattel heruntergeholt, deshalb wollte er lieber mit dem Vater draußen herumschlendern.
Da meldete sich die Großmutter wieder: »Das geht nicht, draußen sind die Japaner! Dein Vater soll dir ein paar Datteln runterholen!«
Ruixuan rannte ohne Kopfbedeckung davon.
Er unterrichtete an einer kommunalen Mittelschule achtzehn Stunden Englisch und an einer von der Katholischen Kirche unterhaltenen Schule vier Stunden Chinesisch. Diese vier Stunden hatte er übernommen, weil er von den dort lehrenden ausländischen Priestern gern etwas Latein und Französisch lernen wollte. Er mochte seinen Kopf nicht rasten und rosten lassen.
Auf den Straßen hatte sich nichts geändert. Seine Hoffnung, irgendeine erschreckende Veränderung vorzufinden, die von ihm einen Einsatz für sein Vaterland ohne Rücksicht auf Eltern und Kinder verlangte, erfüllte sich nicht. Alles war beim alten geblieben, nur weniger Fußgänger und Fahrzeuge waren unterwegs. Er fühlte sich einsam, leer und niedergeschlagen. Die meisten Geschäfte hatten geöffnet, aber es war nichts los. All die biederen, höflichen Gehilfen saßen brav hinter den Ladentischen, einige machten ein Nickerchen, andere schau-

ten nach draußen. An der Gassenecke gab es schon Rikschas, aber die Fahrer scherzten nicht freundlich lächelnd wie sonst, sondern lehnten an der Mauer oder saßen auf ihrer Rikscha. Ein Mantel der Stille lag über der Schande.
Am Ende der Huguosi-Straße sah er zwei bewaffnete japanische Soldaten wie dicke Bären auf der Straße stehen. Schweiß trat ihm auf die Stirn. Er hielt den Kopf gesenkt und lief auf dem Fußweg ganz dicht an den Geschäften entlang. Seine Beine waren wie Watte. Erst als er weiter weg war, wagte er aufzublikken. Er glaubte, seinen Namen zu hören, und starrte wieder nach unten. Sogar der eigene Name war beschämend.
In der Schule hatte der Unterricht tatsächlich schon wieder begonnen, aber die Schüler waren nicht vollzählig erschienen. Er hatte heute keine Stunden, wollte nur zu dem italienischen Priester Dou, der normalerweise sehr freundlich war. Heute allerdings kam er ihm ausgesprochen kühl und abweisend vor, doch Ruixuan war sich nicht sicher, ob es nur an seiner Überempfindlichkeit lag. Nach wenigen Sätzen verzog der Priester das Gesicht und hielt Ruixuan die ausgefallenen Stunden vor. Ruixuan antwortete beherrscht: »In so einer Situation nahm ich an, daß der Unterricht ausfällt!«
»Ach«, entgegnete der Priester pikiert, »ihr seid doch sonst immer alle so patriotisch, aber sobald es knallt, verkriecht ihr euch!«
Ruixuan schluckte und schwieg. Wieder unterdrückte er seinen Zorn. Der Tadel des Priesters kam in gewisser Weise der Wahrheit sehr nahe. Den Pekingern fehlt wirklich jener Abenteuergeist und jenes Heldentum der Westler. Ein Priester war als Vertreter Gottes verpflichtet, die Wahrheit zu sagen. Bei diesem Gedanken lächelte er, dann bat er aufrichtig um Rat: »Hochwürden Dou, wie wird sich Ihrer Meinung nach der chinesisch-japanische Krieg entwickeln?«
Der Priester wollte ebenfalls lächeln, aber eine verächtliche Eingebung holte das Lächeln ein. »Das weiß ich nicht! Ich weiß nur, daß in der chinesischen Geschichte die Dynastien häufig gewechselt haben.«
Ruixuans Gesicht brannte heftig. Die Miene des Priesters zeigte ihm die Bösartigkeit der Menschheit: die Anbetung des Sieges, gleich, mit welch verwerflichen Mitteln der errungen

wurde, und die Verachtung und Demütigung des Besiegten. Wortlos ging er hinaus.
Nach einer Weile machte er kehrt und schrieb im Aufenthaltsraum der Lehrer einen Zettel für den Priester – er käme nicht mehr zum Unterricht.
Als er die Schule verließ, fühlte er sich etwas erleichtert. Doch bald empfand er keinerlei Grund mehr zur Zufriedenheit. Was hatte es für einen Sinn, wenn ein im Käfig eingesperrter Vogel beschließt, nicht mehr zu singen? Niedergeschlagen kam er in der Schafhürdengasse an, als plötzlich Lärm entstand. Die Rikschafahrer schoben eilig ihre Gefährte in die Gasse, die Ladenbesitzer brachten die Holzläden an, Polizisten trieben die Leute von der Straße: »Nicht weitergehen! Zurück, in die Gasse!« Das Anbringen der Holzläden hatte schon immer etwas Unfreundliches an sich gehabt. Ruixuan blieb erstaunt stehen. Dann sah er Wachtmeister Bai, den er fragte: »Luftangriff?« Das war ihm plötzlich in den Sinn gekommen, und da ihm die Frage herausgerutscht war, fiel ihm plötzlich ein: »Wenn unsere Luftwaffe nun Peking bombardierte! Und wenn ich mit den Japanern umkäme, es wäre mir gerade recht!«
Das Lächeln des Wachtmeisters war eine Mischung aus Scham, Ratlosigkeit und unaussprechlichen Kränkungen: »Von wegen Luftangriff. Die Straßen sind freizumachen. Für die...«, er blickte schnell nach allen Seiten, »für die japanischen Herren!« Ruixuan wurde es schwer ums Herz, niedergeschlagen ging er in die Gasse hinein.
Unter dem Schnurbaum stand, achtlos hingestellt, die Rikscha des jungen Cui. Mit roten und weißen Flecken im kantigen Gesicht, mit Händen und Füßen gestikulierend, sprach er zum Vierten Li: »Wo gibt's denn so was! Grade hab ich die Rikscha rausgeholt, schon heißt es, runter von der Straße! Wie soll unsereiner da durchkommen? Sollen die mich doch mit einem Säbelhieb umbringen, dann wäre wenigstens alles vorbei! Dieses stückweise Zersägen halt ich nicht aus!«
Der Vierte Li hatte die Nachricht heute erst ziemlich spät erhalten, entschuldigend nickte er Ruixuan zu: »Was ist auf den Straßen los, Herr Qi?«
»Ach, Großvater Li, wie geht's Ihnen denn?« Ruixuan blieb

stehen und zwang sich zu einem Lächeln. »Wahrscheinlich wollen Japaner vorbeifahren, man räumt die Straßen.«
»Die Stadttore werden nicht geschlossen?« Der Vierte Li glaubte, solange die Tore nicht geschlossen würden, könne es nicht so schlimm sein.
»Wohl kaum.«
»Seit über dreißig Jahren hat es das nicht mehr gegeben«, seufzte der Vierte Li. »Früher wurden die Straßen nur geräumt, wenn der Kaiser kam. Wollen die Japaner etwa unsere Kaiser sein?« Ruixuan lächelte nur bitter.
»Herr Qi!« Der junge Cui stieß Ruixuan leicht mit seiner pechschwarzen Hand an und hinterließ zwei Fingerabdrücke auf dem Gewand. »Was sagen Sie? Verdammt, wollen die uns wirklich so langsam zersägen? Dann gehe ich zu den Soldaten!«
Ruixuan konnte mit den beiden mitfühlen, wußte aber keine Antwort auf ihre Fragen.
Großmutter Li kam in alten Pantoffeln heraus, sie kniff ihre großen kurzsichtigen Augen zusammen. »Wer redet da, wer will zu den Soldaten? Wohl wieder der junge Cui? Du bist mir vielleicht einer, läßt deine Frau im Stich und wirst Soldat? Da soll wohl ich mich um deine Frau kümmern? Sieh zu, daß du nach Hause kommst und dich ausschläfst. Wenn die Geschäfte wieder öffnen, kriegst du zu tun!«
»Großmutter Li, wer weiß, wie lange die geschlossen bleiben. Und sobald es dunkel wird, ist Ausgangssperre, wen soll ich denn da fahren?«
»Egal, ob Ausgangs- oder Eingangssperre, ich erlaube dir nicht, hier herumzuquasseln!«
Der junge Cui wußte, daß es zwecklos war, mit Goßmutter Li zu streiten, deshalb schob er seine Rikscha knurrend in den Hof.
»Du alter Kerl!« Großmutter Li faßte ein neues Ziel für ihre Attacken ins Auge. »Die Geschäfte haben alle zugemacht, warum hast du nicht früher Bescheid gesagt?« Erst jetzt bemerkte sie Ruixuan: »Oh, Herr Qi, da sehen Sie, was ich für Augen habe! Was hat das alles zu bedeuten, mal schließen sie die Stadttore, mal räumen sie die Straßen?«
Ruixuan wußte keine Antwort. Schon in normalen Zeiten ließ

die Regierung von Nordchina die Bevölkerung im unklaren, hielt sie wie in einem Tonfaß. Aber sobald Gefahr drohte, machte sie sich auf und davon und überließ das abgedichtete Faß dem Feind. Dabei lehrte doch die Geschichte, daß mit dem Beistand des Volkes viel zu erreichen war, aber...
»Ich verstehe das auch nicht! Wollen wir hoffen, daß es in ein paar Tagen besser wird.« Er konnte nur so daherreden und machte sich verlegen davon.
Als er den Hof betrat, standen unter dem Schnurbaum Großvater Qi, Vater Tianyou, Bruder Ruifeng und dessen Frau und unterhielten sich. Ruifeng hielt ein paar halbrote Datteln in der Hand und erklärte kauend: »Ist doch egal, ob Japaner oder Chinesen, Hauptsache, jemand fühlt sich verantwortlich, dann läuft schon alles. Und dann verschwindet auch unser Widerwille gegen die Japaner.« Dann spuckte er einen Dattelkern auf den Boden, warf geschickt eine Dattel hoch und fing sie mit dem Mund auf.
Ruifeng war von Natur aus klapperdürr, als hätte er nirgendwo auch nur ein Gramm Fett auf den Rippen. Daher verwendete er viel Sorgfalt auf sein Äußeres. Für Mittel, die der Natur nachhalfen, scheute er weder Mühe noch Kosten. Die Haare trug er in der Mitte gescheitelt und schmierte reichlich Pomade hinein. Sein kleines, trockenes Gesicht war stets glattrasiert und sah aus wie eine frisch geschälte Wasserkastanie. Die Fingernägel wurden sorgfältig gefeilt und eingeölt. Seine Kleidung fiel immer weit und locker, damit die Leute, wenn er durchs Himmelsbrückenviertel schlenderte, ihn für den Lautenspieler einer berühmten Sängerin halten sollten. Vielleicht lag es an seinem kleinen Kopf, daß er nicht viel Verstand hatte. Jedenfalls kümmerte er sich um reelle Dinge, Ideale hatte er keine, kannte aber für alle Wege stets die sparsamste Abkürzung. Zur Zeit war er Verwaltungsleiter einer Mittelschule.
Ruixuan und Ruiquan hatten nichts übrig für ihren zweiten Bruder. Aber der alte Herr, Tianyou und seine Frau mochten ihn. Wegen seines Realitätssinns hielten sie ihn für zuverlässig, er würde draußen keinen Ärger machen oder Unheil heraufbeschwören. Hätte er nicht aus Liebe diese neumodische Frau geheiratet, wäre er von den Älteren gewiß zum Haushalts-

vorstand bestimmt worden. Wo er doch so gut einzukaufen verstand, so gesellig und fürsorglich war, mit jedem zurechtkam, ob siebte Tante oder achte Großcousine. Aber diese Frau! Er war praktisch, sie egoistisch. Eines kam zum anderen; die älteren sahen auf einmal seine schwachen Seiten, und so bekam er die wichtigste Position in der Familie nicht. Er rächte sich, indem er sich nicht mehr um Haushaltsfragen kümmerte oder abwartete, bis die Schwägerin etwas zu teuer eingekauft oder falsch entschieden hatte, um sie dann großspurig zu kritisieren.

»Bruder!« rief Ruifeng jetzt enthusiastisch, um seine Freude zu zeigen, »unsere Schule hat beschlossen, daß wir uns zunächst mit den Spareinlagen über Wasser halten, jeder – Direktor, Lehrer oder Angestellter – erhält monatlich zwanzig Kuai Unterhaltsgeld. Bei euch werden sie es wohl auch so machen. Zwanzig Kuai reichen ja nicht einmal fürs Fahrgeld und für die Zigaretten. Aber es ist immerhin ein Versuch, nicht wahr? Ich habe gehört, daß die japanische Militärregierung Leute in die Botschaft gerufen hat; wahrscheinlich wird demnächst die Liste mit den Namen von Chinesen und Japanern, den Verantwortlichen eben, veröffentlicht. Sobald die Kompetenzen klar verteilt sind, werden auch Mittel für Gehälter zur Verfügung stehen. Na also, es scheint in Gang zu kommen. Ist ja schließlich egal, wer die Regierung bildet, Hauptsache, wir verdienen Geld und haben zu essen.«

Ruixuan stieß ein kurzes Lachen aus, seine Meinung zu sagen wagte er nicht. Schweigen zwischen Vätern und Söhnen und unter Brüdern war mitunter das Sicherste.

Der alte Herr nickte, er stimmte dem zweiten Enkel völlig zu, sagte aber nichts, weil dessen Frau dabei war und er den Enkel nicht vor den anderen loben wollte, um das junge Ehepaar nicht noch arroganter zu machen.

»Du warst in der Kirche? Was gab's?« fragte Tianyou den Sohn.

Da mischte sich Ruifeng ein: »Bruder, diese Schule ist dein Stützpunkt! Was aus den kommunalen oder – genauer – den chinesischen Schulen wird, wagt niemand zu sagen. Aber die ausländischen sind Gewächse mit eisernen Wurzeln. Du mußt dir sofort ein paar Stunden mehr organisieren! Ausländer zahlen doch mehr als nur ein Unterhaltsgeld.«

Ruixuan hatte vorerst zu Hause nichts von dem soeben in der Schule Vorgefallenen erzählen wollen. Wenn er etwas anderes gefunden und den Verlust wettgemacht hätte, wollte er es erwähnen. Aber die Auslassungen seines Bruders versetzten ihn in Wut. Er verzog sein Gesicht zu einem gezwungenen Lächeln, sagte leise, aber deutlich: »Diese vier Stunden habe ich soeben zurückgegeben!«

»Waa…«, dem Zweiten blieb sogar das »s« im Halse stecken. Er stritt sich öfter mit dem Dritten, der hatte keine Angst vor ihm, und er hatte keine vor dem Dritten. Aber gegenüber dem Ältesten wagte er nur verdeckte Attacken, denn den fürchtete er ein wenig. Als er jetzt sah, daß mit Ruixuan nicht zu spaßen war, hielt er den Mund.

Der alte Herr war mit der Art und Weise des ältesten Enkels, den Broterwerb abzulehnen, gar nicht einverstanden, aber es wäre unpassend gewesen, seine Meinung kundzutun, deshalb tat er, als habe er nichts gehört.

Tianyou wußte, daß sein Ältester alles mit Bedacht tat, er wußte aber auch, daß jemand, der in der Öffentlichkeit wirkte, manchmal einen Schritt tun und manchmal zurückweichen mußte und daß die Gründe hierfür in Bruchteilen einer Sekunde entschieden werden. Um daher Fragen zu vermeiden, warf er schnell hin: »Es waren nur vier Stunden, macht nichts. Ruh dich aus, Ältester!«

Shuns Ma war in der Küche beschäftigt, ihre Hände waren naß und rot. Sie wischte sich mit dem Handrücken den Schweiß von der Stirn und streckte den Kopf zur Tür hinaus. Die Unterhaltung hatte sie nur zum Teil gehört, fühlte aber instinktiv, daß irgend etwas nicht war, wie es sein sollte. Als sie ihren Mann in die Nordräume gehen sah, fragte sie: »Ich hab kalte Bohnensuppe, möchtest du?« In ihrem Tonfall lag leichtes Bedauern, als sei sie es gewesen, die allen die Laune verdorben hatte.

Ruixuan schüttelte den Kopf und ging ins Zimmer des Dritten. Der lag auf dem Bett mit einem fadengebundenen Buch – die ausländischen hatte der ältere Bruder ja alle verbrannt. Er las aus Langeweile, aber auch, um herauszufinden, warum die Japaner diese fadengebundenen alten Bücher für so ungefährlich hielten. Erst nach geraumer Weile entdeckte er, daß es

sich um einen Band der »Großen Lehre« aus den kanonischen »Vier Büchern« handelte. Geduldig folgte er den großen Zeichen. Die waren zwar klar und deutlich gedruckt, wirkten aber blaß wie alte Statisten auf der Bühne, die in abgetragenen Kostümen lahm ihre Kreise zogen. Wenn er fremdsprachige oder chinesische wissenschaftliche Bücher las, erschienen ihm die enganeinandergereihten Zeichen oder Buchstaben wie schwarzglänzende Flöhe. Mit gerunzelter Stirn pflegte er jeden »Floh« mit den Augen zu packen und ins Gehirn zu befördern. Das war eine ziemliche Kraftanstrengung, aber nach jedem Abschnitt gewann er neues Wissen, sein Gehirn schien immer aufnahmefähiger zu werden. Er stellte sich das Reglement des Kosmos vor, erhaben, präzis und schön. Aber mit diesem alten Buch und seinen großen Zeichen wußte er nichts anzufangen und begriff nicht, wovon die Rede war. Da dämmerte ihm, warum der Feind diese Bücher nicht fürchtete.
»Bruder! Du warst draußen?« Er warf das Buch beiseite und richtete sich auf.
Ruixuan erzählte dem Jüngeren den Vorfall mit Priester Dou, dann fügte er hinzu: »Das war natürlich Unsinn, aber irgendwie fühlt man sich ein wenig besser.«
»Gut, daß du noch diesen Mumm hast, Bruder«, freute sich Ruiquan.
»Wozu soll das gut sein? Wie lange kann man das durchhalten?«
»Ohne diese Kraft würde sich der Mensch ja nicht vom Huhn unterscheiden, das mit hängendem Kopf nach Körnern pickt. Schwer zu sagen, wie lange das auszuhalten ist. Dein Pech ist eben, daß die ganze Familie, mich eingeschlossen, dir wie ein Klotz am Bein hängt!«
»Wenn ich an die Miene des Priesters denke, möchte ich mit den Füßen stampfen und losziehen. Wenn schon ein Priester uns so verachtet, kann man sich ausmalen, was andere tun. Und wenn wir uns noch mehr ducken und uns feige drücken, wird uns auf der ganzen Welt niemand mehr verstehen und achten.«
»Du redest zwar so, aber gehen läßt du mich nicht.«
»Nein, ich hindere dich nicht! Sobald ich die Zeit für gekommen halte, lass ich dich bestimmt gehen.«

»Aber du mußt es geheimhalten, nicht mal der Schwägerin darfst du es sagen.« Der Dritte sprach sehr leise.
»Natürlich.«
»Ich mach mir bloß Sorgen um Mutter. Sie ist in so einer schlechten Verfassung, wird sie sich nicht die Seele aus dem Leib weinen, wenn ich heimlich weggehe?«
Nach einer Weile sagte Ruixuan: »Das ist nicht zu ändern! Wenn das Land untergeht, fällt auch die Familie unweigerlich auseinander.«

9

Nach den Vorstellungen der japanischen Militärs wäre es das Beste und Einfachste, nach der Einnahme einer Region sofort eine Militärregierung einzusetzen, Offiziere an deren Spitze zu stellen und Politik mit dem Gewehr zu machen. Dazu hätte es jedoch einer durchgehenden militärischen Planung und starker Armeekräfte bedurft. In Wirklichkeit hatten die Militärs zwar gewaltige Eroberungspläne, aber nicht genügend Truppen, um Nordchina auf einen Schlag einzunehmen. Obgleich sie Peking und Tianjin eingenommen hatten, war der Krieg nicht beendet. Sie mußten weiterkämpfen und die Beute mit Politikern und Kapitalisten teilen, die sie verabscheuten. Noch mehr haßten sie die chinesischen Verräter, aber gerade die waren ihnen behilflich, eine Stadt oder einen Kreis nur mit einer kleinen Streitmacht einzunehmen. Wieviel sollten sie ihnen von der Beute abgeben? Und was? Geraubtes ließ man sich nicht gern aus der Hand nehmen. Ginge es nach ihnen, hätten sie Maschinengewehre in Stellung gebracht und Peking binnen einer Viertelstunde in ein riesiges Schlachtfeld verwandelt, anschließend die Schätze aus dem Kaiserpalast, die Schriften aus den Bibliotheken und die wertvollen Gegenstände aus Tempeln und Parkanlagen weggeschleppt, ohne Umschweife. Doch in Peking gab es noch viele Westler, weshalb die Militärs aus dem Ostmeer eine Maske aufsetzen mußten, um ihre häßliche Fratze zu verbergen. Die Politiker wiederum behaupteten, das sei eine politische Frage, für die nicht noch mehr Kugeln verschossen werden dürften. Auch die Kapitalisten versicherten lächelnd und katzbuckelnd, daß Morden der Wirtschaft abträglich sei. Schließlich beteuerten die chinesischen Handlanger mit tiefen Verbeugungen, die Pekinger seien die friedlichsten Menschen und würden sich keinesfalls widersetzen, sondern der »Kaiserlichen Armee« die Hände entgegenstrecken. Auf diese Weise wurde die einfachste Sache zu einer sehr komplizierten Angelegenheit, statt zu morden und zu rauben mußten sie Regierungen einsetzen und zivile Prinzipien beachten.

Das stürzte die in Tianjin untergekrochenen chinesischen Lakaien, gescheiterten Bürgerkriegsgeneräle und Beamten in tiefe Hoffnungslosigkeit. Sie hatten angenommen, sie brauchten nur ihren Kotau vor den Militärs zu machen, und schon seien Reichtum und Ruhm gesichert. Nun wunderten sie sich, daß die Japaner sorgfältig auswählten und nichts dem Zufall überließen. Zudem gab es unter den Militärs Fraktionen, und auch die Politiker und Kapitalisten hatten eigene Gruppierungen. Da Japaner gegen Japaner kämpften, mußten auch die Chinesen in ihrem Gefolge höllisch aufpassen. Sie waren verwirrt, liefen sich die Hacken wund, hörten sich um, verbündeten sich und bekämpften sich stets in der Angst, nicht zu den Auserwählten zu gehören. Denn nur wer dieses Mal die Bühne betrat, konnte den Ruf »Verdienstvoller Mitbegründer des Staates« erringen. Sie krochen umher wie Maden in der Jauchegrube zur Sommerzeit.

Unter den hübschen Augen Guan Xiaohes lagen schwarze Ringe, auch seine Gesichtsfarbe war dunkler geworden. Doch er verzagte keineswegs und glaubte fest an sein glückliches Schicksal, ließ aber deshalb nicht in seinen Anstrengungen nach. Überall redete er selbstbewußt und wortgewandt, bis seine Stimme heiser wurde und er aus dem Munde roch. Er kaufte sich Huada-Pillen zum Lutschen, so daß sein Mund, auch wenn er nicht sprach, immer in Bewegung war. Sein Anliegen hatte zwar noch keine konkreten Formen angenommen, aber weil er viel herumkam, hatte er schon zahlreiche neue Worte und Theorien gelernt. Was er bei A erworben hatte, verkaufte er an B. Hatte er danach bei B einen Satzfetzen aufgeschnappt, trug er ihn zu C. Und wenn er seine Reden nirgendwo mehr anbringen konnte, hielt er sie zu Hause vor Frauen und Töchtern.

Hätte sich bereits ein gewisser Erfolg abgezeichnet, wäre er nie auf die Idee gekommen, sich für seine Nachbarn zu interessieren oder sich gar um sie zu kümmern. Doch nun fragte er sich: Warum saßen Leute wie Qi Ruixuan mäuschenstill zu Hause? Was hatten sie für Pläne und Ansichten? Ganz besonders interessierte ihn Qian Moyin. Er war der Meinung, daß jemandem wie Herrn Qian mit der Ankunft der Japaner unbedingt ein glückliches Schicksal beschieden sei. Während seiner Laufereien in den vergangenen Tagen hatte er bemerkt, daß sich eine ganze Reihe bekannter Persönlichkeiten anschickte, Dichterkreise zu gründen und über die Poesie Freundschaften zu Japanern zu knüpfen. Aus dem Munde solcher Dichter hatte Guan Xiaohe Redewendungen wie diese übernommen: »Die Japaner dichten gern, und zwar in der alten traditionellen chinesischen Form. Deshalb sind Gedichte in der Umgangssprache für sie wertlos.« Andere versuchten, sich den Japanern über Malerei und Kalligraphie anzudienen. Dort hatte er die Wendung gehört: »Kunst kennt keine Ländergrenzen, die Chinesen malen genauso wie die Japaner, weil sie das Schöne lieben, von daher gibt es keinen Unterschied zwischen Siegern und Besiegten!« Wieder andere hielten Blumenzucht für die rettende Idee. Sie verkündeten: »Die Japaner sind große Blumenliebhaber, sie haben sehr genaue Vorstellungen vom Blumenarrangement. Laßt uns Ikebana betreiben, da ist es gleich, wer Chinese und wer Japaner ist!«

Bei diesen Äußerungen fiel Guan Xiaohe Qian Moyin ein. Herr Qian konnte dichten und malen, und er züchtete außerdem Blumen, ein Genie! Könnte man nicht unter seinem Namen einen Dichterkreis gründen oder einen Blumenladen eröffnen, den er, Guan Xiaohe, leiten würde? Da würde man die Japaner direkt anlocken und brauchte nicht mehr draußen herumzurennen und sich nach einer Beschäftigung umzusehen.

Bei diesen Gedanken ging ihm plötzlich ein Licht auf, aber ja! Kein Wunder, daß Herr Qian widerborstig und unnahbar war, er hatte seine eigenen Pläne. Zu gerne hätte er ihn besucht, fürchtete aber Schwierigkeiten. So eine Begegnung wie letztens am Tor der Qis wollte er nicht noch einmal erleben. Es wäre besser, zunächst bei den Qis vorzufühlen. Wenn er von Qi Ruixuan etwas über Qian Moyin erführe, könnte er

entscheiden, wie er weiter vorgehen würde. Gleichzeitig würde er herausfinden, welche unerfindlichen Überlegungen es Qi Ruixuan ermöglichten, so ruhig zu Hause zu hocken. Er nahm eine Huada-Pille, kämmte sich und ging zu den Qis.
»Ruixuan!« Nachdem er am Eingang die Hände zum Gruß ineinandergelegt hatte, rief er sehr herzlich: »Ich störe doch nicht? Ich wollte mal nach euch schauen.«
Er folgte Ruixuan ins Zimmer und kam, nachdem er den kleinen Shun ein bißchen gelobt hatte, auf sein Anliegen zu sprechen: »Gibt es was Neues?«
»Nein, nichts!«
»Es ist bedrückend!« Guan Xiaohe nahm an, Ruixuan sage absichtlich nichts, weshalb er versuchte, seine Quellen gegen ein paar Neuigkeiten einzutauschen: »Ich war in den letzten Tagen viel unterwegs, es gibt ja kaum echte Nachrichten, aber im großen und ganzen sehe ich doch eine klare Tendenz; alle sind der Meinung, daß China und Japan zusammenarbeiten müssen.«
»Wer alle?« Bei Leuten wie Guan Xiaohe wurde der gewöhnlich um Ausgleich bemühte Ruixuan unwillkürlich spitz.
Der spürte den Stich und verdrehte die Augen: »Natürlich hoffen wir alle, daß China die Eindringlinge mit Waffengewalt aufhalten kann, aber ob wir in der Lage sind, Japan zu schlagen, ist fraglich. Peking jedenfalls wird eine Zeitlang von Japanern besetzt bleiben, da sollten Leute wie wir, die doch über gewisse Fähigkeiten verfügen, etwas unternehmen, damit unsere Bevölkerung weniger Schaden erleidet. In dieser Gasse achte ich nur Sie, Verehrter, sowie Herrn Qian Moyin und mache mir Sorgen um Sie. Was macht denn der liebe Herr Moyin jetzt?«
»Ich habe ihn seit Tagen nicht gesehen.«
»Hat er irgend etwas vor?«
»Das weiß ich nicht. Aber er unternimmt sicherlich nichts, er ist ein Dichter.«
»Es gibt auch Dichter, die nicht untätig sind! Du Xiuling zum Beispiel soll eventuell ein Amt bekommen!«
Ruixuan hatte keine Lust, sich weiter zu unterhalten.
»Gehen wir zusammen zu Herrn Moyin, ja?«
»Ein andermal!«

»Wann? Legen Sie eine Zeit fest!«
Ruixuan fühlte sich in die Ecke gedrängt, er mußte von der Abwehr zum Angriff übergehen. »Was wollen Sie denn von ihm?«
»Genau das wollte ich ja besprechen«, Xiaohes Augen leuchteten. »Mir ist bekannt, daß Herr Qian dichtet, malt und außerdem gern Blumen züchtet. Genau das tun auch die Japaner gern. Wir – Sie, ich und Herr Qian – sollten so etwas wie einen Dichter- und Malerkreis organisieren. In jedem Fall könnten wir damit unser Leben sichern, eventuell sogar Verbindung zu den Japanern bekommen, und vielleicht ergäbe sich daraus noch mehr.«
»Sie gehen also davon aus, daß die Japaner unser Peking auf ewig besetzen werden?«
»Egal, ob einen Monat oder hundert Jahre, wir müssen gewappnet sein. Mal ganz ehrlich, Bruderherz, Sie sind zu passiv! In solchen Zeiten muß man alles Mögliche unternehmen, um die Schale Reis zu sichern, nicht wahr?«
»Ich nehme an, Herr Qian ist unter keinen Umständen bereit.«
»Wie soll man das wissen? Wir haben ihn ja noch gar nicht gesprochen. Was einer vorhat, weiß man erst, wenn man sich eingehend mit ihm unterhalten hat.«
Ruixuans Gesicht lief rot an. »Ich mache da nicht mit!« Er glaubte, mit diesem Satz Herrn Guan endgültig verärgert zu haben, und hielt die Unterhaltung für beendet.
Aber Herr Guan ließ sich nicht verdrießen, ja er lächelte sogar: »Wenn Sie nicht dichten und malen, ist das nicht weiter von Belang. Ich kann es ja auch nicht. Ich meine, das überlassen wir Herrn Qian, wir beide übernehmen die Geschäftsführung. Wir sollten es nur bald tun und einen Laden eröffnen, dann werden die Japaner schon kommen, und unsere kleine Schafhürdengasse wird zu einem kulturellen Anziehungspunkt.«
Ruixuan konnte sich nicht länger beherrschen, er stieß ein kaltes Lachen aus.
»Überdenken Sie alles noch einmal.« Herr Guan erhob sich. »Ich finde, es würde sich lohnen. Geht es gut, bringt es uns etwas ein, wenn nicht, entsteht uns auch kein Schaden! Wir

könnten auch so vorgehen: Ich lade ein, wir bitten Herrn Qian dazu und bereden alles, ja? Sollte er nicht zu mir kommen wollen, kann ich ja Speisen und Getränke hierher bringen, was halten Sie davon?«
Ruixuan wußte nichts zu antworten.
Am Tor fragte Herr Guan noch einmal: »Was meinen Sie?«
Ruixuan antwortete etwas Unverständliches, drehte sich um und ging hinein. Ihm fiel ein, was Priester Dou gesagt hatte. Faßte er dessen und Guans Gerede zusammen, überlief es ihn kalt.
Als Guan Xiaohe nach Hause kam, war seine Frau soeben zurückgekehrt. Sie zog sich um und rief nach Waschwasser und Sauerpflaumensaft. Ihr gesprenkeltes Gesicht war kaum noch gepudert, sie atmete geräuschvoll durch Mund und Nase und machte ein Aufheben, als hätte sie einige feindliche Maschinengewehre erobert. Im Hinblick auf das Beamtengehalt ihres Mannes war sie absolut zuversichtlich. Nicht etwa, weil sie seinen Fähigkeiten vertraute, sondern weil sie überzeugt war, daß sie ihre Ziele erreichen könne. In den vergangenen Tagen hatte sie schon fünf reiche Nebenfrauen zu ihren Adoptivschwestern gemacht und ganz nebenbei beim Spiel noch gute zweitausend Kuai gewonnen. Sie prophezeite, demnächst mit japanischen Damen Schwesternschaft zu schließen und wichtige Persönlichkeiten der japanischen Militärregierung bei sich zum Kartenspiel zu empfangen.
Höchst zufrieden mit sich selbst, mußte sie natürlich an den anderen herummäkeln. »Zhaodi, was hast du gemacht? Und du, Gaodi? Was denn, wo vermehrter Einsatz erforderlich ist, macht ihr's euch gemütlich?« Sie schimpfte mit den Töchtern, zielte aber auf jemand anderen: »Was denn, draußen in der Sonne könnte wohl das Gesicht zu viel Farbe bekommen? Meine Haut ist alt, ich habe keine Angst vor der Sonne! Ich weiß, was ich zu tun habe, um dem Mann zu einer Stellung zu verhelfen! Das ist nicht mit einem vornehm blassen Gesicht zu machen, elendes Weibsstück!« Dann lauschte sie angespannt. Sollte You Tongfang eine Reaktion zeigen, würde sie einen ganz großen Angriff starten. Doch die rührte sich nicht.
Da richtete Rotkürbis ihr Maschinengewehr gegen den Mann. »Was ist denn heute mit dir los? Du bleibst auch zu Hause?

Überläßt die ganze Sache mir allein? Schämst du dich denn gar nicht? Du bist doch kein kleines Mädchen mit frisch gebundenen Füßen, das Angst vorm Laufen hat!«

»Ich gehe ja schon«, rief Herr Guan pikiert, »reg dich nicht auf, Gnädigste!« Dann nahm er seinen Hut und schlenderte lustlos davon.

Als er gegangen war, eröffnete You Tongfang das Feuer auf Rotkürbis. Sie verstand es, die richtige Zeit abzupassen. War Herr Guan zu Hause, hielt sie nach Möglichkeit an sich, um nicht als Anstifterin dazustehen. Aber sobald er das Haus verlassen hatte, feuerte sie ihre Geschosse ab. Schon Rotkürbis hatte ein schlimmes Mundwerk, aber You Tongfangs war noch um einiges schlimmer. Wurden die Beschimpfungen selbst ihr zu grob, pflegte sie ganz offen zu erklären: »Das macht mir überhaupt nichts aus, ich komme aus einer Schauspielerfamilie!«

Sie konnte sich aber gar nicht an ihre Eltern erinnern. »You« war der Familienname ihrer Ziehmutter. Im Alter von vier Jahren war sie entführt und verkauft worden. Mit acht lernte sie Trommelgesang, mit zehn trat sie auf der Bühne auf und verdiente Geld. Mit dreizehn wurde sie von ihrem Lehrer vergewaltigt, was Folgen für ihre körperliche Entwicklung hatte, denn sie blieb ziemlich klein. Sie hatte ein längliches Gesicht, zarte Haut, reizvolle Augen und verfügte über eine gute Stimme. Nur ihr Atem war zu kurz, sie wurde beim Singen schnell heiser. Die Augen mußten ihr helfen, die Mängel ihrer Stimme auszugleichen. Wenn sie auf der Bühne erschien, ließ sie ihre Augen schweifen, so daß jeder im Publikum meinte, sie blicke ihn an. Eine Zeitlang hatte sie damit ziemlichen Erfolg. Als sie mit ihrer Kunst nach Peking kam, war sie bereits zweiundzwanzig. Da es aber hier viele bekannte Künstler gab und sie inzwischen zwei Aborte hinter sich hatte und noch weniger Luft bekam, war sie nicht sehr erfolgreich. In dieser schwierigen Zeit kaufte Herr Guan sie los. Rotkürbis war ihm – mal ganz abgesehen von allem anderen – zu groß, er wollte schon lange eine Kleinere zur Frau haben.

Hätte Tongfang ein paar Jahre richtig zur Schule gehen können, wäre aus ihr, bei ihrer Geschicklichkeit und Klugheit, bestimmt eine ordentliche Frau geworden. Selbst ohne Bil-

dung, aber in einer richtigen Ehe, wäre sie nach allem, was sie durchgemacht hatte, eine gute Hausfrau geworden. Sie wußte sehr wohl, daß prächtige Kleider, schrilles Gelächter, üppige Bankette für sie Gift waren, die ihren Körper und Geist verdarben. Nach außen hin warf sie schöne Augen, sang und machte Späße, doch heimlich badete sie ihr Gesicht in Tränen. Ohne Eltern, Geschwister und Verwandte war die Welt für sie leer. Aber für das tägliche Brot mußte sie jedem schöne Augen machen. Mit zwanzig hatte sie begriffen, daß alles Heuchelei war, aber noch gehofft, einem rechtschaffenen Mann zu begegnen, mit dem sie ein richtiges Leben beginnen könnte. Doch sie kam nur als Nebenfrau in Betracht. Eine Nebenfrau war das Spielzeug eines Mannes, sie hatte ihre Verführungskünste zum Vergnügen dieses einen zu gebrauchen. Da Rotkürbis eifersüchtig und despotisch war, mußte sie um so mehr um die Gunst ihres Mannes buhlen. Doch sie war entschlossen, keine Beleidigungen hinzunehmen. Da sie viel unter Schauspielern herumgekommen war, hatte sie einen ausgeprägten Sinn für Gerechtigkeit. Auch besaß sie nicht weniger Moral als andere Frauen. Was ihr in jungen Jahren zugestoßen war, war nicht ihr Verschulden. Rotkürbis hatte kein Recht, sie zu beschimpfen, je mehr die gegen sie wütete, desto kräftiger hielt sie dagegen. Aber Schmähungen erzeugten kein Verständnis, sondern immer neue Angriffe und neuen Haß.
Heute wehrte sie sich nicht nur ihretwegen, sondern auch wegen ihrer alten Heimat Liaoning. Sie wußte nur, daß sie aus dem Nordosten stammte, aber nicht genau, aus welcher Gegend. Aber sie sprach den Nordostdialekt. Sie wußte, daß die Japaner dieses Gebiet beanspruchten und die dortige Bevölkerung drangsalierten. Deshalb haßte sie Rotkürbis dafür, wie diese um die Gunst der Japaner buhlte.
In der Familie vertrug sie sich nur mit Gaodi. Guan Xiaohe war ziemlich freundlich zu ihr, aber sie war für ihn eben nur ein Spielzeug, da war keinerlei Zeichen von Achtung. Gaodi, die bei ihren Eltern nicht beliebt war, behandelte Tongfang wie eine Freundin. Deshalb war auch Tongfang Gaodi aufrichtig zugetan.
Nachdem Tongfang eine Weile ordentlich geschimpft hatte, beruhigte Gaodi sie. Sie kamen ins Plaudern, und Gaodi er-

zählte ihr kleines Geheimnis, worauf Tongfang ergriffen seufzte. »Wenn man als Frau wiedergeboren wird, hat man keine Wahl! Ich sag dir, Erstes kleines Fräulein, eine Frau ist wie ein Drache an der Leine. Er sieht zwar bunt aus und flattert am Himmel, wird aber von fremder Hand gehalten. Fügst du dich nicht und zerreißt die Schnur, tja, dann kannst du kopfunter auf einen Baum oder eine Stromleitung stürzen und Schwanz und Flügel zerfetzen. Stockhäßlich siehst du dann aus!« Nachdem sie eine Weile ihr Leid geklagt hatte, kam sie zum Thema zurück: »Ich habe den zweiten Sohn von nebenan noch nie gesehen. Aber wenn du heiraten willst, dann nimm einen ordentlichen Kerl. Armut ist nicht schlimm, Hauptsache, ihr kommt gut miteinander aus! Überstürze nichts, ich höre mich mal für dich um! Für mich ist sowieso in diesem Leben alles vorbei! Ich habe niemanden auf dieser Welt! Zwar einen Ehemann, aber eben keinen richtigen. Wenn ich nicht so hartgesotten wäre, hätte ich mich schon längst in die Jauchegrube gestürzt! Jetzt erhoffe ich nur noch für dich eine gute Heirat, dann wäre unsere Freundschaft nicht umsonst gewesen!«

Die Fältchen auf Gaodis kurzer Nase verdichteten sich zu einem Lächeln.

10

Pekings Himmel war wieder weit! Das machte der Kanonendonner in Shanghai vom 13. August! Er hatte die schwarzen Wolken über den Köpfen der Pekinger weggefegt.

Qi Ruixuans Stirn glättete sich, sein volles Gesicht zeigte viele Lachfältchen, unwillkürlich summte er den Vers »Röte über dem Fluß« von Yue Fei.

Ruiquan sprang mit dem kleinen Shun im Hof herum. Dann hob er Niuzi hoch, warf sie in die Luft und fing sie wieder auf. Sie jauchzte vor Freude, aber ihrer Mutter blieb vor Schreck fast das Herz stehen.

»Dritter! Du könntest ihr Arme und Beine brechen, was machst du da!« protestierte sie lautstark.

Für den alten Herrn war Shanghai lediglich ein Name, ihn

interessierte der Widerstandskrieg dort überhaupt nicht, er seufzte nur: »So ein Unglück! Wer weiß, wie viele Menschen da umgekommen sind.«

Tianyou freute sich, daß China zum Entscheidungskampf mit Japan angetreten war, fürchtete aber auch um das Geschäft: »Jetzt ist es erst recht aus, die Waren kommen aus Shanghai!«

»Vater, dir geht's immer nur um deine Waren! Denkst du denn gar nicht an China?« tadelte Ruiquan ihn lächelnd.

»Ich habe doch nicht behauptet, es sei schlecht, gegen Japan zu kämpfen«, verteidigte sich Tianyou.

Shuns Mutter sah, daß sich alle freuten, wußte jedoch nicht, warum, und wollte auch nicht fragen, aber sie strengte sich noch mehr an und schlug vor, Teigtaschen mit Anisfüllung zu machen. Das war ja ein Volltreffer! Ruiquan glaubte, die Schwägerin wolle mit den Teigtaschen dieses historische Datum begehen, und lobte sie überschwenglich.

»Erste Schwägerin, ich helfe dir beim Füllen.«

»Du? Laß das lieber! Meinst du, deine Basketballhände brächten das zustande? Gib nicht so an!«

Tianyous Frau hörte den Lärm und mischte sich ein: »Was ist denn los?«

Ruiquan lief zu ihr ins Südhaus, öffnete die Fenster und erklärte ihr dann: »Ma, auch in Shanghai kämpfen sie!«

»Gut! Dann ist Tschiang Kaischek Generalissimus geworden?«

»Ja! Was meinst du, Mutter, ob wir es schaffen?« Ruiquan vergaß in seiner Begeisterung, daß die Mutter nichts von militärischen Dingen verstand.

»Das ist schwer zu sagen! Sollen sie doch erst mal Zehntausende Japaner erschlagen, dann sehen wir weiter!«

»Genau! Ma, du bist ja im Bilde.«

»Ihr wollt Teigtaschen essen, stimmt's?«

»Darauf kam die erste Schwägerin, die weiß Bescheid!«

»Hilf mir mal hoch, ich rühr die Füllung an, sie macht sie immer zu salzig.«

»Bleib du liegen, wir sind genug, sogar ich helf mit.«

»Du?« Die Mutter lächelte und richtete sich langsam auf. Ruiquan eilte hinzu, um sie zu stützen.

»Schon gut, ich komme allein zurecht. Seit ein paar Tagen geht es mir viel besser.« In der Tat, mit ihrer Krankheit war es wie mit dem Regen im Sommer, ehe man sich versah, kam er, und ebenso schnell war er vorbei. Wenn sie guter Stimmung war, wirkte sie beinahe gesund. Aber ganz plötzlich konnte es ihr wieder schlechter gehen, und sie mußte sich schnell hinlegen.
Langsam zog sie die Schuhe an und stand auf. Ruiquan erschrak, wie klein und schmal sie war. Er liebte seine Mutter sehr, aber ihm war noch nie zu Bewußtsein gekommen, daß sie bereits eine alte Frau war. Er betrachtete sie genauer, sie ähnelte weder dem Großvater noch dem Vater. Sie war ja auch keine Qi, aber sie war seine Mutter, stellte er erstaunt fest und liebte sie noch mehr. Er schaute sie näher an, ihre Gesichtsfarbe war gelb, ihre Ohren ganz zart, fast durchsichtig. Plötzlich gab es ihm einen Stich. In Shanghai hatte der Krieg begonnen, er würde früher oder später von zu Hause weggehen. Wer weiß, wann er seine Mutter dann wiedersähe? Ob er sie überhaupt wiedersähe?
»Ma!« entfuhr es ihm, gern hätte er ihr sein Geheimnis anvertraut.
»Ja?«
»Ach, nichts weiter!« Er rannte hinaus, schaute in den hohen, blauen Himmel und holte tief Luft.
Dann ging er in die Küche, und als er sah, daß die Schwägerin offenbar nicht mit seiner Hilfe rechnete, machte er stillschweigend kehrt und ging zum älteren Bruder.
»Bruder, kann ich jetzt nicht endlich gehen? Denk doch mal nach, wieviel Leute sie in Shanghai brauchen, nachdem es dort losging. Ich kann schließlich nicht ewig hier rumsitzen und auf gute Nachrichten warten.«
»Du willst nach Shanghai?«
»Klar! Vorher wußten wir nicht, wohin. Und nun, da wir ein Ziel haben, läßt du mich immer noch nicht gehen? Ich platze bald!«
»Und wie willst du gehen? Tianjin ist in der Hand der Japaner, wenn sie dich zu Gesicht kriegen, einen Studenten, jung und stark, denkst du, die lassen dich einfach so laufen? Das läßt mir keine Ruhe.«
»Du bist ängstlich wie ein altes Weib, Bruder! Das ist nun mal

eine gefährliche Angelegenheit, da kannst du nichts genau vorausplanen. Erst mal aus Peking raus, dann werden wir weitersehen.«

»Laß uns das noch genauer überlegen«, bat Ruixuan. »Wie kommst du raus? In welcher Aufmachung? Was nimmst du mit? Das will alles genau überlegt sein.«

»Na, dann kann ich gleich hierbleiben!« Ruiquan ging zwar nicht zornig, aber doch sehr ungeduldig hinaus.

Ruifeng, der Zweite, pflegte sein Segel nach dem Wind zu richten. Als er sah, wie sich die meisten über die Nachricht vom Ausbruch der Kämpfe in Shanghai freuten, glaubte er, mithalten zu müssen. Er hatte nicht ernsthaft darüber nachgedacht, ob es besser war zu kämpfen oder stillzuhalten. Ihm war nur wichtig, keinen Anstoß zu erregen. Gerade als er die Kämpfe in Shanghai gutheißen wollte, äußerte seine Madame eine »abweichende« Meinung, und er änderte sein Vorhaben.

Madame Ruifeng war, wollte man es freundlich beschreiben, äußerst korpulent. Weniger freundlich gesagt, hieß das, sie war einfach ein Berg Fleisch. Sie war nicht groß und hatte zudem keinen Hals, blickte man nur flüchtig hin, konnte man sie für ein Bierfaß halten. Ihr einfältiges Gesicht beschmierte sie immerfort mit Schminke. Dazu kamen die wie ein Glukkennest aussehenden Dauerwellen, die sie noch einfältiger erscheinen ließen. Ruifeng war ausgemergelt, seine Madame dagegen reichlich üppig. Wenn der Dritte zornig war, nannte er die beiden »Hart und Weich gesellt sich gern«. Sie war nicht einfach nur ein Berg Fleisch, sondern auch ein außergewöhnlich selbstsüchtiger Klumpen Fleisch.

»Was ist denn daran so schön, daß in Shanghai gekämpft wird?« Ihre dicken Lippen bewegten sich träge, sie sprach nicht laut, als sei ihre Kehle mit Schminke verklebt. »Ich war noch nie dort. Wenn es nun eingeäschert wird, was dann?«

»Es wird nicht eingeäschert«, sagte Ruifeng lachend. »Gekämpft wird auf chinesischem Territorium, die großen Häuser der Ausländer stehen in der Konzession, meinst du etwa, die werden bombardiert? Na und wenn schon, ehe wir Geld haben, um hinfahren zu können, sind die längst wieder aufgebaut. Die Ausländer sind reich, die fackeln nicht lange.«

»Ist mir egal, ich kann es jedenfalls nicht leiden, daß es in

Shanghai Krieg gibt. Können die nicht warten, bis ich dort gewesen bin, und dann ihren Krieg machen?«
Ruifeng bedauerte, daß er nicht in der Lage war, den Krieg in Shanghai aufzuhalten, wollte aber auch seine Frau nicht kränken. Deshalb erwähnte er die Angelegenheit lieber gar nicht mehr.
»Was heißt, wenn wir Geld für eine Reise nach Shanghai haben?« Sein Schweigen hatte ihren Zorn keineswegs beruhigt. »Wann hast du denn endlich welches? Wie konnte ich dich bloß heiraten? Guck sie dir doch an, deine Familie, alles Geizhälse. Ins Kino zu gehen ist ja fast schon ein Verbrechen! Von morgens bis abends keine Unterhaltung, kein Spaß, kein Spiel, alle gucken verbissen drein, als ob sie auf einer Beerdigung wären!«
»Warte doch ab!« Ruifeng wollte sich totlachen und erklärte ernst: »Warte, bis es bei mir etwas besser läuft, dann haben wir genug und ziehen aus!«
»Warten! Immer nur warten! Wie lange denn noch?« Madame Ruifengs dickes Gesicht schwoll rot an, in der Nasengrube bildeten sich Fetttröpfchen.

Chinesische Flugzeuge waren unterwegs! Die Herzen der Pekinger schlugen höher. Der junge Cui glaubte ständig, Motorenlärm zu hören, dauernd suchte er den Himmel ab. Sah er ein feindliches Flugzeug, behauptete er fest, es sei ein chinesisches gewesen. Sein Kürbisgesicht war rot angelaufen, er stritt mit Sun-Sieben: »Im Scheren und Rasieren bist du mir überlegen, da komm ich nicht gegen dich an. Aber was die Sehkraft anbelangt, da hast du nichts zu sagen, deine verehrten Augen sind etwas kurzsichtig. Ich hab's genau gesehen, das Flugzeug hatte auf der Tragfläche eine weiße Sonne auf blauem Grund, da irre ich mich bestimmt nicht! Es war unsres! Wer Shanghai bombardieren kann, der schafft auch Peking.«
Sun-Sieben hätte sehr gern die chinesischen Flugzeuge über Peking gesehen. Xiao Cuis Behauptungen reizten ihn, auch etwas zu diesem Thema beizutragen. Seine Kurzsichtigkeit mußte er allerdings zugeben. So ging er, sein Päckchen unter dem Arm, lächelnd in den Laden und machte sich an die Arbeit. Dort bauschte er das Gehörte ein wenig auf und gab es den Ladengehilfen zum besten. Mit einer Hand hielt er den

Kopf des Kunden fest, mit der anderen schabte er Gesicht und Kinn und beteuerte leise, aber inbrünstig: »Ich habe soeben sieben chinesische Bomber gesehen, riesengroße! Auf den Tragflächen hatten sie eine weiße Sonne auf blauem Grund, das konnte man ganz deutlich sehen.« Mit dem Messer in bedrohlicher Nähe wagte kein Kunde zu widersprechen.

Xiao Cui zog, ein Liedchen summend, seine Rikscha heraus. Auf der Straße posaunte er weiter, er habe chinesische Flugzeuge gesehen. Wenn ihm unterwegs japanische Soldaten begegneten, wandte er das Gesicht zur Seite und fuhr in Windeseile vorüber. Dann rief er aus sicherer Entfernung: »Euch verdammte japanische Bastarde bringen wir alle um!« Danach erzählte er dem Fahrgast von dem chinesischen Flugzeug, das er am Himmel gesichtet hatte.

Der Vierte Li hatte schon lange keine Aufträge mehr bekommen – wer zog schon um, wenn vor der Stadt Kanonen donnerten. Heute hatte er einen Auftrag angenommen, keinen Umzug zwar, aber einen Leichenzug. Wer Truhen und Kisten, Tische und Stühle sicher verschnüren und schultern konnte, der vermochte natürlich auch einen Sarg würdevoll zu transportieren. Am Eingang zur Huguosi-Straße wurde der Sarg auf Tragestangen gehoben. Ein Stoß Papiergeld flatterte wie ein großer weißer Schmetterling in die Luft, dazu rief die schrille, klare Stimme des Vierten Li: »Die Familie opfert achtzig Schnüre zu zehntausend Käsch!« Die Sargträger riefen gleichzeitig: »Aaah!« Der Vierte Li, im weißen Trauergewand, schlug hingebungsvoll die Trauerklapper und schien seine Sorgen vergessen zu haben.

Großmutter Li stand am Ausgang der Schafhürdengasse, um ihren Mann in seiner verantwortungsvollen Aufgabe als Anführer des Leichenzuges in voller Würde zu sehen. Sie rieb sich immer wieder die Augen, ehe sie ihn erblickte. Lächelnd murmelte sie: »Sieh einer an, dieser alte Kerl!«

Zeltmeister Liu hatte auch wieder zu tun. Polizisten erklärten den Familien mit einem Mattenzelt im Hof, daß sie die Zelte abreißen sollten. Sie nannten zwar keinen Grund, aber allen war klar, daß die Japaner fürchteten, die Matten könnten leicht Feuer fangen, falls chinesische Flugzeuge Bomben abwerfen würden. Daher hatte Meister Liu alle Hände voll zu

tun. Wenn er auf dem Zeltdach stand, hielt er erwartungsvoll Ausschau nach den Flugzeugen. Das Ehepaar Wen ging heute sogar zum Stimmtraining in den Hof, als brauchten sie das nun nicht mehr verschämt zu verbergen.
Auch Witwe Ma aus Nummer vier kam bis vor das Tor. Sie war ängstlich, seit den Schüssen an der Marco-Polo-Brücke hatte sie keinen Fuß mehr vor die Tür gesetzt. Auch ihrem Enkel, dem neunzehnjährigen Cheng Changshun, hatte sie nicht erlaubt, seinem Geschäft nachzugehen, denn es könnte ja etwas passieren. Ihr Haar war völlig ergraut. Sie war sehr sauber und ordentlich gekleidet und trug noch immer ihren dicken silbernen Fingerring in der Mode von vor vierzig Jahren. Sie war noch freundlicher als Großmutter Li und auch fast so hilfsbereit, aber bei weitem nicht so flink. Seit dem fünfunddreißigsten Lebensjahr verwitwet, lebte sie zurückgezogen, bescheiden und ruhig. Sie verfügte über ein paar Ersparnisse, verschwieg das aber. Ihren Enkel hielt sie zur Arbeit an. Cheng Changshun hatte mit acht die Eltern verloren und lebte seitdem bei der Großmutter. Sein Kopf war außergewöhnlich groß, und er näselte ein wenig, als sei er ständig erkältet. Und weil sein Kopf so groß war, klang seine Stimme besonders laut, was immer etwas dümmlich wirkte. Er war aber keineswegs dumm. Die Großmutter behandelte ihn gut, sie gab immer ein wenig Fett oder Fleisch in sein Essen, während sie sich das nie leistete. Seine Berufswahl bereitete ihr große Sorgen. Schließlich kaufte sie ihm ein altes Grammophon und ein paar Platten, mit denen er nachmittags durch die Straßen zog. Changshun gefiel diese Arbeit, denn er sang gern Opernarien. Er kannte alle Arien auf den Schallplatten, war eine Platte kaputt oder fiel mal kurz aus, sang er den fehlenden Part nach. Manchmal bat man ihn auch, etwas zusätzlich zu singen. Beim Sprechen klang seine Stimme zwar etwas seltsam, nicht aber beim Singen. Im Gegenteil, wenn sein Gesang in der Nase nachklang, wirkte er besonders kräftig. Sein Geschäft ging recht gut, in einigen Gassen war er sehr beliebt. Die Nase war sein Markenzeichen. Sein heimlicher Wunsch war, später im Theater als Jing-Darsteller die Rolle des Schwarzköpfigen zu spielen, eben weil er einen großen Kopf und diesen nasalen Klang mitbrachte.

In den letzten Tagen hatte er es kaum noch ausgehalten. Die Großmutter ließ ihn nicht auf die Straße, erlaubte aber ihm zu Hause auch nicht, das Grammophon anzustellen. »Sei bloß still, wenn das die Japaner hören.«
Heute sagte er deshalb zur Großmutter: »Keine Bange, jetzt kann ich mein Geschäft wieder aufmachen, unsere Truppen haben Shanghai bombardiert, tausend Flugzeuge, die zerfetzen die japanischen Teufel! Sobald Shanghai gesiegt hat, kehrt hier wieder Frieden ein.«
Die Großmutter glaubte ihm nicht und ging deshalb vor das Tor, um sich selbst zu überzeugen, als könne sie von dort bis nach Shanghai schauen. Im Licht der Sonne strahlte ihr weißes Haar silbern. Das Grün des Schnurbaumes auf ihrem Gesicht ließ ihre gelbe Haut blasser erscheinen, die Falten zeichneten sich nur schwach ab. Da niemand in der Gasse war, ging sie nach einer Weile wieder zurück.
»Was gibt's, Großmutter?« fragte Changshun drängend.
»Merkwürdig, gar nichts, vielleicht ist wirklich Frieden.«
»Nachdem es in Shanghai angefangen hat, ist uns der Sieg gewiß, bestimmt, Großmutter, glaub mir!« Er packte die Sachen zusammen, um am Nachmittag loszuziehen.
Alle in der Gasse freuten sich und bereiteten sich auf einen Sieg vor, nur Guan Xiaohe war schlechter Laune. Er hatte noch immer nichts erreicht. Wären die Dinge endlich geregelt, könnte es ihm egal sein, ob Shanghai Krieg führte. Falls in Shanghai der Widerstandskrieg vielleicht doch mit einem Sieg Chinas endete, wäre er aber der Dumme. Verdrossen beschloß er, sich erst einmal ein paar Tage ruhig zu verhalten und abzuwarten, woher der Wind weht.
Da war Rotkürbis aber ganz anderer Meinung: »Es fängt gerade erst an, und da machst du schon schlapp? In Shanghai ist Krieg? Na und, was schert uns das? Die paar Soldaten der Nanjinger sollen die Japaner schlagen? Das ist ja ein Witz!« Sie war wie verhext.
Glücklicherweise kam in diesem Augenblick John Ding aus Nummer sechs zu ihnen. Sein Vater, ein Christ, war 1900 von den »Boxern« umgebracht worden. Dieser Märtyrertod brachte dem Sohn die außerordentliche Fürsorge der Ausländer ein. Mit dreizehn kam er als Laufbursche ins »Englische

Amt«. Nach und nach stieg er zum Kellner auf. Obwohl das keine besonders gehobene Stellung war, galt er in den Augen der Bewohner aus der Schafhürdengasse als etwas Besseres. Er verstand es, viel Wind zu machen. Sobald seine Herkunft erwähnt wurde, bezeichnete er sich als Erbchristen, kam die Rede auf seinen Beruf, erklärte er, im »Englischen Amt« – so pflegte er die Botschaft zu nennen, weil »Amt« gleich nach »Palast« kam – eine »ausländische« Arbeit zu verrichten. Anders als Sun-Sieben und Xiao Cui, die in einer winzigen Kammer hausten, bewohnte er drei geräumige Zimmer in der Nummer sechs. Sie waren sauber und sogar ein wenig nach der Sitte der Ausländer eingerichtet. Auf dem Tisch lagen allerhand fremdländische Bücher in unterschiedlichen Einbänden, jedoch gleichen Inhalts – das Neue und das Alte Testament. Im Schrank standen zahlreiche beschädigte, aber noch benutzbare Biergläser und Sektkelche, Glasflaschen in verschiedenen Formen und Kaffeebüchsen. Auch in der Kleidung war er eigen: Er zog gerne alte Anzugjacketts wie eine Mandarinjacke über sein langes Gewand, aber eben eine ausländische.

In der Gasse pflegte er nur mit Guan Xiaohe Umgang, weil er die anderen verachtete. Aber die hatten auch keinen besonderen Respekt vor ihm, man ließ sich in Ruhe und ging einander aus dem Wege. Die Guans schätzte er, da sie Sinn für sein ausländisches Faible hatten, was schon die Basis für eine Freundschaft war. Außerdem brachte er aus dem »Amt« mal ein bißchen Butter, Kaffee oder gar den echten Newton Orange Jam mit, Dinge, die nur die Guans mochten und zu würdigen wußten. Diese ausländischen Waren verkaufte er ihnen stets zu fairen Preisen. Jetzt wollte er mit einer halben Flasche Scotch Herrn Guan besuchen.

Wäre John Ding in einem gewöhnlichen europäischen Lokal angestellt gewesen, hätte sich Rotkürbis keinesfalls für ihn interessiert, selbst wenn er täglich Butter und Konserven hergebracht hätte. Aber er deckte die Tische im Englischen Amt, das war etwas anderes. So wie man einen Palasteunuchen, der doch eigentlich nur ein schwerbeschädigter Sklave ist, wegen seiner Tätigkeit im Palast achtete, betrachtete Rotkürbis John Ding mit anderen Augen. Er selbst und alles, was er anbrachte, waren nicht der Rede wert, es zählten allein die Worte »Englisches Amt«. Wenn Rotkürbis Gäste mit Kaffee oder Jam bewirtete, pflegte sie mehrfach zu betonen: »Das kommt aus dem Englischen Amt!« Dabei ließ sie »Englisches Amt« wie feinste Pralinen auf der Zunge zergehen.

Als sie ihn hereinkommen sah, stellte sie das Verhör ihres Mannes flugs ein und zauberte alle Freundlichkeit, die sie zusammenraffen konnte, auf ihr Gesicht: »Oh, Ding John!« Ihr gefiel der Name John besonders gut. Er hörte sich zwar nicht so großartig an wie »Englisches Amt«, konnte sich aber in seinem ausländischen Klang durchaus mit »Sardine« und »Whisky« messen.

John Ding war stets gut rasiert, hielt sich sehr gerade, pflegte aber die Leute nie direkt anzuschauen, sondern blickte immer auf ihre Hände, vielleicht um zu sehen, wie sie Messer und Gabel hielten. Als er jetzt hörte, wie herzlich ihn Rotkürbis empfing, spielte in seinen Augenwinkeln ein Lächeln. Schließlich stand er lange genug in englischen Diensten und riskierte daher niemals ein lautes Lachen.

»Was haben Sie denn da?« fragte Rotkürbis.

»Whisky! Der ist für Sie, gnädige Frau Guan!«

»Für mich, ist der geschenkt?« Sie frohlockte heimlich. Sie liebte solch kleine Schnäppchen und nahm die Flasche wie ein Baby an die Brust. »Da bedanke ich mich aber bei Ihnen, John! Was für Tee möchten Sie, grünen? Im Englischen Amt sind Sie doch sicher an schwarzen gewöhnt, probieren Sie mal was anderes!«

»Nehmen Sie Platz, John!« Auch Herr Guan war recht höflich. »Was gibt's Neues? Wie beurteilt man denn im Englischen Amt die Kämpfe in Shanghai?«

»Na, glauben Sie etwa, China schafft es, Japan zu besiegen? Die Ausländer meinen alle, in drei Monaten, höchstens einem halben Jahr sei alles vorbei!« John Ding äußerte das sehr objektiv, als sei er gar kein Chinese, sondern ein britischer Diplomat.

»Wie vorbei?«

»Die chinesische Armee geschlagen!«

Rotkürbis ließ vor Begeisterung fast die Flasche fallen. »Guan Xiaohe, hast du das gehört? Ich bin zwar nur ein Frauenzim-

mer, aber meine Ansichten sind nicht schlechter als die von euch Männern! Raff dich auf, laß dir diese Gelegenheit nicht entgehen!«
Guan Xiaohe stutzte einen Moment, dann lächelte er: »Du hast recht, du bist ja ein Panzer, der denken kann!«

11

Die Japaner hatten nicht erwartet, daß nach dem Fall von Peking und Tianjin in ganz China der Widerstandskrieg ausbrechen würde. Die Militärs glaubten, nachdem sie Peking und Tianjin mit Waffengewalt genommen hatten, könnten sie das Land militärisch besetzen und so tun, als warteten sie eine politische Lösung ab, unterdessen aber sich die Taschen mit Gold und Silber füllen. Das würde ihnen zu Reichtum verhelfen und ihr Ansehen im eigenen Lande erhöhen. Aber der Widerstandskrieg in Shanghai versetzte die Räuber in Peking und Tianjin in Panik. Sie mußten den Kampf erwidern und zugleich Peking und Tianjin befrieden. Sie konnten doch die Schätze Pekings und Tianjins nicht alle in die Schlacht mitnehmen. Und wie sollten sie die beiden Städte niederhalten? Freilich wäre willkürliches Morden das Einfachste gewesen, doch nach dem Widerstandskrieg der Nanjinger Regierung verstanden sie allmählich, daß das gefährlich sein könnte. Da wäre es schon besser, die von ihnen angefütterten chinesischen Hunde hervorzuholen und zur Bewachung Pekings und Tianjins einzusetzen.
Nachdem an der politischen Organisation Pekings und Tianjins lange gebastelt worden war, kamen nur der scheintote Verwaltungsrat und das nutzlose regionale Komitee zur Aufrechterhaltung der öffentlichen Ordnung zustande und die für die Japaner agierenden Stadtregierungen. Die chinesischen Handlanger waren nach anfänglicher Begeisterung verstimmt, weil von den wenigen Leuten, die sich zur Verfügung gestellt hatten, trotzdem nicht alle einen ordentlichen Posten erhielten. Spötter bezeichneten das Ganze als Affentheater.
Nach John Dings Ausführungen beschloß Guan Xiaohe, in dem Affentheater mitzuspielen und sich nicht weiter um den

Krieg in Shanghai zu kümmern. Da Bürgermeister und Polizeipräsident ernannt worden waren, entschied er sich, seine Aktivitäten in Richtung Stadtregierung und Polizeipräsidium zu lenken. Von Verwaltung und Polizei verstand er nichts, aber er war der Meinung, ein Beamter müsse eine bestimmte Methode, kein Spezialwissen beherrschen. Zusammen mit Rotkürbis lief er drei, vier Tage geschäftig umher, ohne etwas zu erreichen. In seiner Ratlosigkeit redete er sich heraus: »Vielleicht ist der Krieg in Shanghai nur eine Finte. Wenn es doch zum Frieden kommen sollte, werden die Pekinger Beamten immer noch von Nanjing aus benannt. Da werden sie jetzt natürlich kaum etwas unternehmen. Denn sonst hätten sie mich wegen meiner Fähigkeiten und Erfahrungen längst genommen.«

»Rede keinen Blödsinn!« Rotkürbis war auch enttäuscht, wollte sich aber die Niederlage noch nicht eingestehen und biß weiter die Zähne zusammen. »Wo sind denn deine Fähigkeiten? Das frage ich dich! Hättest du welche, wärst du auch längst im Amt! Statt zuzugeben, daß du ein Nichtsnutz bist, läßt du hier deine Launen aus. Reiß dich zusammen und tu was!«

Herr Guan lächelte verkrampft. Er stritt nicht weiter, nahm sich aber fest vor, auf jeden Fall, gleich mit welchen Mitteln, einen Posten zu ergattern, um es ihr zu zeigen.

Zu dieser Zeit tobten echte Nachrichten und allerhand Gerüchte durch Peking wie Stürme, die unvermittelt Richtung und Temperatur wechseln. Während Peking in den Augen der Welt bereits gestorben war, lebten die Pekinger und China weiter und gaben nicht auf. Im Nordosten operierte die Freiwilligenarmee erneut, in Nankou verlor der Feind zweitausend Tote und Verwundete, in Qingdao vereitelte die chinesische Armee ein feindliches Landemanöver, Shijiazhuang wurde in die Luft gesprengt ... solche wahren und falschen Nachrichten jagten einander und verbreiteten sich in der Stadt. Besonders erregte die Bewohner der Schafhürdengasse die Nachricht über einen jungen Kraftfahrer, der in der Nähe von Nankou einen Lkw in eine Schlucht gesteuert und dabei sich und über dreißig feindliche Soldaten umgebracht hatte. Wer war dieser junge Bursche? Das wußte niemand. Aber man rätselte, ob es etwa der zweite Sohn der Qians sein könnte. Er war jung, Lastwagenfahrer, fast nie zu Hause ... er mußte es sein! Aber das Tor der Qians war nach wie vor fest verschlossen, da erfuhr man nichts.

Das Geflüster kam auch Ruixuan zu Ohren, er staunte und freute sich. Aus Erzählungen der Großmutter wußte er, daß im Jahre 1900 beim Einfall der Alliierten Armeen viele angesehene Familien gemeinsam in den Freitod gegangen waren. Welche Gründe sie auch dazu bewogen haben mochten, für ihn war der Mut zum Tod ein Ausdruck moralischer Integrität. Diesmal schienen die Menschen klüger als damals zu sein, es gab keine Selbstmorde unter Beamten oder Bürgern. Ob das wirklich klug war, wagte er nicht zu entscheiden. Als er von der mutigeren und sinnvolleren Tat des Qian-Sohnes hörte, sagte er sich, daß die Pekinger doch nicht alle so brav ergeben waren wie er selbst, es gab noch Helden. Die Nachricht hielt er für wahr, weil er vom dritten Bruder wußte, daß Herr Qian vom Abschied des Sohnes gesprochen hatte. Er fürchtete aber Schlimmes für die Familie Qian, wenn die Sache draußen mit Namen und Adresse herumerzählt würde. Er suchte den Vierten Li auf.

Der erklärte sich bereit, die anderen vorsichtig darauf hinzuweisen, es nicht mehr weiterzuerzählen. »Ja, wenn alle so wären wie der zweite Qian-Sohn«, seufzte er, »dann würde uns selbst ein Großjapan, ganz zu schweigen von diesem Zwerg, kein Haar krümmen.«

Ruixuan wäre gern zu Herrn Qian gegangen, ließ es aber sein, weil er nicht die Aufmerksamkeit der Nachbarn erregen wollte und fürchtete, Herrn Qian zu beunruhigen, falls der noch nichts wußte.

Nach der Warnung des Vierten Li waren alle etwas vorsichtiger. Aber bevor er den jungen Cui traf, hatte dieser es bereits You Tongfang erzählt, die ihm als Kundin treu geblieben war. Sie hatte ein Herz für die Armen, rief ihn daher öfter und bezahlte stets etwas mehr, weil sie ihn auch für die Ohrfeige von Rotkürbis entschädigen wollte. Der Mutter zum Trotz benutzte Gaodi seine Rikscha jetzt ebenfalls öfter.

Fuhr Tongfang mit dem jungen Cui, schwatzte sie gern ein wenig. Zu Hause hatte Rotkürbis alles in der Hand, sie hatte nichts zu sagen und fühlte sich wie eine Prostituierte im Hotel. Sie fragte Xiao Cui, wie es bei ihm daheim zuginge, und beneidete seine Frau sogar ein wenig – die war zwar arm und bezog oft Prügel von ihm, aber sie war eben die Frau im Hause. Er erzählte nicht nur von sich, sondern auch von den Nachbarn, darunter auch diese in seinen Augen ehrenvolle Tat. »Madame Guan!« Wenn die anderen Guans nicht dabei waren, nannte er sie immer so, um Gutes mit Gutem zu vergelten. »In unserer Gasse ist was Besonderes passiert!«

»Was denn?« Sie fragte auch, weil sie ihn ein wenig verschnaufen lassen wollte.

»Der zweite Sohn der Qians hat einen Lkw, vollbesetzt mit japanischen Soldaten, in den Abgrund gefahren!«

»Wirklich? Wer sagt denn das?«

»Darüber reden doch alle!«

»Na, der ist ja in Ordnung!«

»Nicht alle Pekinger sind eben Versager!«

»Und was ist mit ihm?«

»Na, der ist natürlich tot! Das geht nicht anders!«

Zu Hause erzählte Tongfang alles Gaodi. Die beiden wurden von Zhaodi belauscht. Und diese berichtete es umgehend als Sondermeldung ihrem Vater.

Guan Xiaohe bewegte der Bericht in keiner Weise. Er fand den zweiten Sohn der Qians nur ein bißchen blöd: Jeder Mensch hat nur ein Leben, es hinzugeben, um andere umzubringen, das lohnte sich doch nicht! Außer diesem Einwand fand er nichts an dieser Meldung, aber nebenbei erzählte er es Rotkürbis.

Wenn Rotkürbis sich für etwas entschieden hatte, träumte sie sogar nachts davon. Jetzt, da sie jeden Gedanken darauf verwandte, Guan Xiaohe einen Posten zu verschaffen, wertete sie jede Schwalbe, die sich auf dem Dach niederließ, und jedes Lüftchen unter diesem Blickwinkel. Als sie jetzt diese Nachricht hörte, faßte sie sofort einen Entschluß. »Xiaohe!« Sie blinzelte, ihr Gesicht nahm einen ernsten und geheimnisvollen Ausdruck an, etwa wie Kaiserin Cixi, wenn sie sich mit den Ministern des Kabinetts beriet. »Das meldest du! Damit machst du dir den Weg frei!«

Guan Xiaohe erstarrte. Bestechungsgelder anzunehmen oder

auszuteilen, machte ihm nichts aus. Aber geradewegs jemanden in den Tod zu schicken, dazu fehlte ihm der Mut.

»Was ist mit dir, du...!«

»Melden? Dann wird doch das ganze Haus durchsucht.« Da bei dieser Art »Hausdurchsuchung« die ganze Familie Qian umkommen konnte, würde Herr Qian ihn dann gewiß als Geist heimsuchen.

»Du bist aber auch ein zu blöder Kerl! Sorge dich um deine eigene Zukunft, nicht darum, was bei anderen Leuten passiert. Wolltest du es dem alten Qian nicht immer schon heimzahlen, daß er dich hat abblitzen lassen? Das ist die Gelegenheit!«

Bei dem Wort »heimzahlen« wurde er munter. Er sagte sich, Herr Qian könne ja nicht so unerreichbar sein. Fände bei den Qians eine Durchsuchung statt, hätte er sich das schließlich selbst zuzuschreiben. Und dann könnte er auch nach dem Tod nicht als Geist umgehen. Vielleicht hatte Qian keine Verbindung zu den Japanern, sondern zur Nanjing-Regierung. Und wenn Nanjing den Sieg davontrug, behielte Qian Moyin die Oberhand, was wäre dann mit ihm?

»Ist das wahr?« fragte er.

»Tongfang hat es gehört, frag sie!« Rotkürbis gab sich neidlos.

Die Befragung Tongfangs ergab, daß die Nachricht keinesfalls so glaubwürdig war. Er hatte keine Lust, sich mit einer halben Sache um eine Belohnung zu bewerben. Aber Rotkürbis war wieder anderer Meinung.

»Wahr oder nicht, melde es erst einmal, dann wird man weitersehen! Was macht es schon, wenn sie sich als nicht echt herausstellt. Sie sehen dann immerhin, daß wir den Japanern ehrlichen Herzens ergeben sind, das bringt doch auch etwas. Wenn du keinen Mumm hast, gehe ich!«

Xiaohe war nicht sehr wohl dabei, aber er konnte schlecht die Herrin im Hause persönlich bemühen, also willigte er ein.

Tongfang sagte Gaodi umgehend Bescheid. Gaodi lief aufgeregt im Zimmer auf und ab. Zhongshi, der Held ihrer Phantasie, war nun wirklich ein Held. Er sollte ihr gehören. Aber er war tot. Ihre Liebe, ihre Ahnungen, all die schönen Träume waren ins Wasser gefallen. Wenn sie nicht ins Kloster ginge, sondern auf dieser Welt noch etwas Nützliches vollbringen könnte, dann sollte sie etwas für die Rettung der Familie Qian tun. Aber wie konnte sie Herrn Qian treffen? Er ging selten aus, und das Tor war immer verschlossen. Wenn sie klopfte, könnten es die eigenen Leute hören. Ob sie einen Brief schreiben und ihn durch die Ritze stecken sollte? Das war auch nicht das Richtige. Sie mußte ihn unbedingt persönlich sprechen, um alles glaubhaft erklären zu können.

Sie bat Tongfang um Hilfe. Die schlug vor, über die Mauer zu klettern. »Hinter unserm Südflügel steht doch der kleine Schnurbaum, über den kommst du hoch!«

Gaodi gefiel dieses Abenteuer. In ihrer Vorstellung rankte sie wundersame Dinge um Zhongshis Ende. Sein Tod hatte vielleicht auch etwas mit ihr zu tun, weshalb sie nun auch Ungewöhnliches vollbringen müsse. Sie entschied sich, über die Mauer zu klettern, und bat Tongfang, Wache zu stehen.

Es war gegen neun Uhr. Herr Guan war noch nicht zurück. Rotkürbis hatte sich wegen Kopfschmerzen früh hingelegt. Zhaodi las in ihrem Zimmer einen Liebesroman. Diesen Moment wollte sie für ihren Ausflug nutzen. Sie schärfte Tongfang ein, auf das Tor achtzugeben, damit sie auf dem Rückweg nicht mehr über die Mauer zu klettern brauchte.

Kleine Schweißperlen traten auf ihre Nasenspitze, ihre Hände und Lippen zitterten leicht. Das Abenteuerliche ihres Unternehmens begeisterte und ermutigte sie, machte ihr aber auch angst. Ihr Herz schlug aufgeregt. Hätte Tongfang sie nicht kräftig geschoben, wäre sie nicht auf den Baum gekommen. Hier oben wurde sie hellwach. Die Augen weit aufgerissen, umklammerte sie mit zitternden Händen die Mauer, bis es ihr gelang, sich mit großem Kraftaufwand zu drehen und auf die andere Seite zu kommen. Krampfhaft hielt sie sich an der Mauer fest und rang nach Atem, während ihre Beine in der Luft hingen. Sie vergaß alles und wagte weder nach unten zu blicken noch loszulassen. So hing sie eine ganze Weile, bis sie keine Kraft mehr hatte, losließ und auf den Boden fiel. Der war zum Glück wegen der vielen Blumen weich, sie spürte daher nur eine leichte Erschütterung, hatte sich aber nicht weh getan. Nun war sie völlig ernüchtert, ihr Herz raste. Als sie sich umsah, erblickte sie einen schwachen Lichtschein, der aus dem einzigen erleuchteten Zimmer drang, dessen Fenster verhängt

waren. Der Hof war uneben und mit vielen Büschen bepflanzt. Sie faßte Mut, drückte eine Hand auf ihre Brust und tastete sich voran, wobei ihr Blusensaum ständig an Stacheln hängenblieb. Als sie sich bis zum Fenster vorgeschlichen und dort hingehockt hatte, vernahm sie zwei leise Stimmen, eine ältere und eine junge, sie nahm an, sie gehörten Herrn Qian und vielleicht seinem ältesten Sohn. Dann hörte sie, daß die junge Stimme nicht Pekinger, sondern nordöstlichen Dialekt sprach. Das machte sie neugierig. Als sie sich vorsichtig dem Fenster nähern wollte, stieß sie mit dem Kopf gegen die Fensterbank. Ihr entfuhr ein leiser Schrei. Sofort ging das Licht im Zimmer aus. Dann fragte eine Stimme, es war Herr Qian: »Wer ist da?«
Sie geriet vollends aus der Fassung. Eine Hand auf dem Herzen, die andere am schmerzenden Kopf, stand sie halb gebückt, halb aufgerichtet da. Herr Qian kam vorsichtig heraus und fragte nochmals leise: »Wer ist da?«
»Ich bin's!« antwortete Gaodi leise.
Herr Qian erschrak: »Wer?«
Gaodi richtete sich vorsichtig auf. »Leiser! Ich bin die älteste Tochter von nebenan, ich muß mit Ihnen sprechen.«
»Komm rein!« Herr Qian ging voran und zündete die Lampe an. Gaodi folgte ihm langsam und rieb sich immer noch die Beule am Kopf.
Herr Qian trug nur ein Unterhemd, eilig zog er eine Jacke über, dabei knöpfte er einen Knopf falsch. »Von nebenan? Wie bist du reingekommen?«
Gaodi schaute an sich herunter. Die Füße vom nassen Gras feucht, die Bluse an mehreren Stellen eingerissen, mit zerzausten Haaren und der Beule am Kopf, fand sie sich ziemlich komisch. Sie sah Herrn Qian an und lächelte. Der blieb ruhig, er war immer noch überrascht, blinzelte mehrmals und sah sie fragend an.
»Ich bin über die Mauer geklettert, Onkel Qian!« Sie zog einen Hocker heran und setzte sich.
»Über die Mauer?« Der Dichter machte eine Kopfbewegung in die Richtung. »Warum denn über die Mauer?«
»Es geht um etwas ganz Dringendes!« Sie fand Herrn Qian so sympathisch, daß sie ihn nicht länger auf die Folter spannen wollte. »Es ist wegen Zhongshi!«

»Was ist mit Zhongshi?«
»Onkel, Sie wissen es noch nicht?«
»Ich weiß nichts. Er ist nicht zurückgekommen.«
»Es heißt überall, alle sagen...« Sie senkte betreten den Kopf.
»Was sagen alle?«
»Sie sagen, er hätte in einem Lkw japanische Soldaten zu Tode gefahren!«
»Wirklich?« Mit leicht geöffnetem Mund, aus dem die glänzenden kleinen Zähne hervorlugten, erwartete er ihre Antwort.
»So erzählt man!«
»Aha. Und er?«
»Auch...«
Der Kopf des alten Mannes ging langsam nach unten, er wandte den Blick zur Seite und erhob sich eilig. Sie dachte, er würde in Tränen ausbrechen. Da hob er plötzlich den Kopf, seine Augen waren nur ein wenig feuchter als soeben. Er verzog die Nase, dann langte er unter dem Tisch eine Schnapsflasche hervor. »Fräulein, du wirst ja...«, er sprach undeutlich, außerdem verschluckte er den Rest, »wohl keinen Schnaps trinken?« Seine fleischige Hand zitterte leicht, als er sich eine Teeschale halbvoll goß und sie in einem Zug leerte. Er wischte sich mit dem Ärmel über den Mund, seine Augen blitzten, dann richtete er den Blick nach oben und sagte leise: »Gut gestorben, gut!« Der Schnaps stieß ihm auf, und er biß sich mit seinen kleinen Zähnen auf die Unterlippe.
»Onkel Qian, Sie müssen weggehen!«
»Weggehen?«
»Ja! Alle erzählen diese Sache jetzt groß und breit herum, da kann sie auch den Japanern zu Ohren kommen. Das ist doch ein Verbrechen, darauf steht die Todesstrafe.«
»Aha!« Ganz unerwartet lachte Herr Qian kurz auf, dann griff er noch einmal zur Schnapsflasche. »Ich kann nirgendwohin gehen. Hier ist mein Heim und auch mein Grab! Außerdem wäre es gar zu kleinmütig, jetzt, wo das Messer am Hals sitzt, wegzulaufen. Vielen Dank, Fräulein, geh jetzt besser nach Hause. Aber wie?«
Gaodi war in großer Verlegenheit. Sie konnte Herrn Qian doch nicht von der Absicht ihrer Eltern erzählen, aber er war

so aufrichtig, anständig und sympathisch. Da vergaß sie alles, was sie sich seit langem zusammengesponnen hatte, ihre Liebe zu Zhongshi und daß sie sich das »Heldenhaus« hatte ansehen wollen. Der liebenswerte alte Mann war in Gefahr, sie mußte versuchen, ihn zu retten. Aber ihr fiel im Augenblick nichts ein. Mit einem Lächeln wollte sie ihre Unruhe überspielen. »Über die Mauer muß ich ja wohl nicht mehr klettern?«
»Natürlich nicht! Ich mache das Tor auf!« Er trank den Rest der Teeschale aus und erhob sich leicht schwankend, als sei ihm schwindlig.
Gaodi stützte ihn. Er faßte sich und sagte: »Ist weiter nichts, ich öffne das Tor!« Er ging hinaus, dabei murmelte er: »Gut gestorben! Gut gestorben! Mein...« Er wagte nicht, den Namen seines Sohnes auszusprechen, stützte sich mit einer Hand auf den Türpfosten und blieb einen Augenblick stehen. Im Hof lag ein starker Duft von Jasmin und Tuberose. Er atmete ganz tief durch.
Gaodi konnte die komplizierten Gefühle des Dichters nicht begreifen, sie fand nur, daß Herr Qian völlig anders als ihr Vater war. Nicht in der Kleidung und im Aussehen, sondern in einem schwer zu benennenden Etwas. Am Tor sagte sie ganz spontan und von Herzen: »Onkel Qian, seien Sie nicht traurig!«
Der alte Mann nickte zustimmend.
Kaum aus dem Tor, vollführte Gaodi ein paar schnelle Sprünge. Über die Mauer war sie aus Spaß, Abenteuerlust und heimlicher Liebe geklettert, Herrn Qian zu retten, war eher nebensächlich gewesen. Jetzt hatte sie Zhongshi vergessen, sie dachte nur noch an Herrn Qian, war voller Tatendrang und Begeisterung. Am liebsten hätte sie alles sofort Tongfang erzählt. Die erwartete sie hinter der Tür. Noch ehe sie geklopft hatte, wurde ihr geöffnet.
Herr Qian Moyin stand vor seinem Tor und blickte in das Dickicht der dunklen Blätter des großen Schnurbaums. Er stieß einen tiefen Seufzer aus. Plötzlich gab er sich einen Ruck und lief schnell zum Tor der Qis. Ruixuan war gerade dabei, es für die Nacht zu schließen. »Hast du einen Moment Zeit? Ich muß etwas mit dir besprechen«, fragte er leise.
»Habe ich. Gerade wollte ich das Tor schließen und schlafen

gehen. Es gibt ja nichts zu tun, nicht einmal lesen mag ich«, antwortete Ruixuan.
»Gut, gehen wir zu mir rein.«
»Ich sag nur schnell Bescheid.«
Herr Qian Moyin ging vor und erwartete Ruixuan am Eingang. Der folgte kurz darauf. Obwohl es nur ein paar Schritte waren, rang er leicht nach Atem. Er wußte, wenn Herr Qian ihn nachts aufsuchte, war es dringend.
Drinnen drückte der ihm die Hand und stieß hervor: »Ruixuan!« Er hätte gern mit ihm über Zhongshi gesprochen. Nicht nur von seinem Märtyrertod fürs Vaterland, sondern vieles aus dem Leben des Sohnes hätte er Ruixuan gern erzählt. Aber er schluckte mehrmals, ließ die Hand los, seine Lippen zuckten, als ermahne er sich: »Wozu darüber reden, was soll's!«
Er forderte Ruixuan mit einer Handbewegung zum Sitzen auf, dann stützte er sich mit beiden Ellenbogen auf den Tisch, das Gesicht ganz nah an Ruixuans, und sagte leise und eindringlich: »Ich möchte dich um etwas bitten.«
Ruixuan nickte. Wenn Onkel Qian ihn um Hilfe bat, mußte er sofort zustimmen.
Herr Qian zog einen Hocker heran und setzte sich, das Gesicht immer noch dicht vor Ruixuans. Dann schloß er für einen Moment die Augen. Als er sie wieder öffnete, war er um vieles ruhiger, die Muskeln in seinem Gesicht entspannten sich.
»Vorgestern nacht«, begann er leise und ruhig, »konnte ich nicht schlafen. Das passiert mir jetzt oft. Ich dachte mir, wer sein Land verloren hat, dem muß das ja wenigstens schlaflose Nächte bereiten. Ich konnte also nicht schlafen und ging spazieren. Als ich leise das Tor öffnete, sah ich einen Menschen neben dem Schnurbaum stehen. Da machte ich kehrt, du weißt, ich komme nicht gern mit den Nachbarn in Berührung. Dann überlegte ich. Ich hatte zwar sein Gesicht nicht gesehen, aber er kam mir überhaupt nicht bekannt vor. Das erregte meine Neugier. Ich pflege mich sonst nicht um Dinge zu kümmern, die mich nichts angehen, aber jemandem, der nicht schlafen kann, geht so allerlei durch den Kopf. Jedenfalls wollte ich wissen, wer das ist und was er unter dem Baum macht.« Er schloß die Augen und ließ sich die restlichen Trop-

fen aus der Schale auf der Zunge zergehen. »Ich dachte nicht etwa an einen Dieb oder Räuber, denn ich besitze ja nichts Wertvolles, um das ich fürchten müßte. Ich hielt ihn auch nicht für einen Bettler, er mußte in großer Not sein. Ich machte die Tür nur einen ganz kleinen Spalt auf und sah mit einem Auge nach draußen. Wirklich, ich hatte mich nicht geirrt. Er lief ganz langsam unter dem Baum hin und her, blieb stehen, blickte nach oben, dann ließ er den Kopf hängen. Plötzlich ging er schnell auf das versperrte Tor an der Westseite zu und löste seinen Gürtel! Ich wartete, mußte warten, bis er den Gürtel richtig angebracht hatte, denn käme ich zu früh, wäre er bestimmt weggerannt.«

»Richtig!« Ruixuan wollte den Älteren eigentlich nicht unterbrechen, als er aber sah, daß er schon Schaum in den Mundwinkeln hatte, flocht er ein paar Worte ein, um ihm eine Pause zu gönnen.

»Dann rannte ich hin!« Seine Augen leuchteten. »Mit einem Ruck umklammerte ich ihn. Er wurde zornig, versetzte mir Faustschläge. Ich rief kurz: ›Gut Freund!‹ Da wehrte er sich nicht mehr, sondern fing an zu zittern. Hätte er noch länger mit mir gekämpft, hätte er mich abgeschüttelt, jung und stark wie er war! Ich ließ ihn los und sagte nur: ›Komm mit!‹, da folgte er mir wie ein Schäfchen!«

»Ist er jetzt noch hier?« Herr Qian nickte.

»Was macht er?«

»Er ist ein Poet!«

»Ein Poet?«

Herr Qian lächelte: »Ich meine vom Charakter her, in Wirklichkeit ist er ein Soldat, Zugführer. Er heißt Wang, Zugführer Wang. Als in der Stadt gekämpft wurde, konnte er nicht mehr hinaus. Ohne Geld und in zerschlissener Kleidung kann er nicht fliehen; versteckt er sich aber, fürchtet er, andere mit hineinzuziehen. Außerdem könnte er jederzeit gefangengenommen werden, da bringt er sich lieber selbst um! Ich sagte, er sei ein Poet, weil für mich gefühlsstarke und offenherzige Menschen eben Poeten sind. Ich hab dich seinetwegen hergebeten. Wir müssen herausfinden, wie wir ihn aus der Stadt schaffen können. Mir fällt nichts ein, außerdem ...«

Herr Qian verstummte. »Was, außerdem? Onkel Qian!«

Die Stimme des alten Mannes wurde so leise, daß sie kaum zu vernehmen war: »Außerdem fürchte ich nun auch, ihn in etwas hineinzuziehen. Weißt du, Zhongshi…«, ihm schien etwas im Halse zu stecken, »Zhongshi ist vielleicht schon tot. Wahrscheinlich muß ich bald folgen. Es heißt, er habe Japaner in den Tod gefahren. Die kennen doch keine Gnade, die werden mich nicht ungeschoren davonkommen lassen. Wenn sie nun herkommen, würden sie ihn doch auch entdecken.«
»Woher wissen Sie das von Zhongshi?«
»Das tut nichts zur Sache!«
»Onkel Qian, Sie sollten besser eine Zeitlang untertauchen!«
»Das kommt für mich nicht in Frage! Ich kann kein Huhn fesseln und keinen Feind erschlagen. Aber ich werde mich im Angesicht der Gefahr nicht beugen. So wie der Sohn gestorben ist, so werde auch ich sterben. Ich denke, die Japaner werden herausfinden, daß er mein Sohn ist, und das kann ich ja nicht leugnen! Wenn sie mich abführen, werde ich ihnen laut ins Gesicht sagen: ›Jawohl, der eure Leute getötet hat, das war Qian Zhongshi, mein Sohn!‹ Aber lassen wir das jetzt. Wir müssen schnellstens eine Lösung für Zugführer Wang finden. Er ist Soldat, er kann Feinde töten, wir dürfen ihn nicht hier sterben lassen.«
Ruixuan rieb sich das Gesicht, er dachte angestrengt nach.
Herr Qian schenkte sich noch eine halbe Schale Schnaps ein und trank langsam.
Nach geraumer Weile stand Ruixuan plötzlich auf. »Ich muß erst einmal schnell nach Hause, etwas mit dem Dritten besprechen. Bin gleich zurück!«
»In Ordnung. Ich warte hier auf dich!«

12

Der Dritte, ziemlich bedrückt, hatte sich schon hingelegt. Ruixuan weckte ihn und erzählte ihm von Zugführer Wang. Die schwarzen Bohnen-Augen des Dritten waren weit aufgerissen und funkelten wie nachts bei einer Katze. Auf seinen Backenknochen zeigten sich rote Flecken. Er stieß hervor: »Wir müssen ihn unbedingt retten!« Ruixuan war ebenfalls sehr aufgeregt, bemühte sich aber um Ruhe, um das Ganze nicht durch Leichtsinn zu gefährden. Langsam brachte er heraus: »Ich habe mir schon etwas überlegt, weiß aber nicht, wie du das siehst.«

Der Dritte zog hastig seine Hose an und stand auf, als wollte er sofort Zugführer Wang auf die Schultern nehmen und aus der Stadt tragen. »Was schlägst du vor, Großer?«

»Nun bleib ganz ruhig, wir müssen uns sehr genau bereden, das ist nämlich kein Spaß!« Als sich der andere langsam wieder hinsetzte, fuhr er fort: »Dritter! Ich dachte, du könntest mit ihm gehen.«

Der sprang auf: »Na wunderbar!«

»Das hätte Vor- und Nachteile. Der Vorteil wäre, daß Zugführer Wang als Soldat natürlich wüßte, was zu tun ist, sobald ihr aus der Stadt seid. Der Nachteil ist, daß man ihm auf den ersten Blick ansieht, woher er kommt. Die Japaner bewachen die Stadttore, es wird schwer sein, da durchzukommen. Wird er aber erkannt, bist auch du dran!«

»Ich habe keine Angst!« Der Dritte preßte die Lippen so fest zusammen, daß seine Gesichtsmuskeln hervortraten.

»Das weiß ich«, gab Ruixuan zurück und verbiß sich ein Lächeln. »Aber Mut allein reicht nicht. Wenn wir sterben, dann unter unserer Fahne mit der weißen Sonne auf blauem Grund und nicht unnütz, weil wir dumm oder feige sind. Ich will noch rasch zum Vierten Großvater Li.«

»Das ist ein guter Kerl, aber ob er in solchen Angelegenheiten eine Idee hat...«

»Ich ... habe eine Idee! Wenn er mitmacht, könnte es klappen!«

»Was denn für eine Idee?«

»Wenn Großvater Li in den nächsten Tagen einen Leichenzug anführt, könntet ihr zwei euch verkleidet unter die Trauernden mischen und hinausgelangen, denn da wird ja wahrscheinlich nicht kontrolliert.«

»Bruder, du bist ein toller Kerl!« Ruiquan sprang hoch.

»Bleib ruhig! Verrat niemandem etwas. Wenn ihr dann aus der Stadt seid, hörst du auf Zugführer Wang, der ist Soldat, er wird die Armee schon finden!«

»So wird es gemacht, Bruder!«

»Möchtest du das denn wirklich tun? Tut es dir nicht leid?«

»Wie kommst du darauf? Ich wollte doch selbst gehen, wie sollte es mir da jetzt leid tun?«

Ruixuan schwieg eine Weile, dann sagte er: »Wenn ihr rauskommt, heißt das ja nicht, daß ihr von der Hölle ins Paradies gelangt, denn dann fangen die Schwierigkeiten erst richtig an. Deshalb habe ich dich auch vor einigen Tagen nicht gehen lassen. Mit einer Begeisterung, die gerade mal fünf Minuten anhält, kann jeder zum Helden werden. Der wahre Held aber hält durch, egal, wie lange die Schwierigkeiten auch dauern und wie unüberwindbar sie auch sein mögen. Er bereut nichts und verzagt nicht. Das merk dir, lieber Dritter! Du darfst den Mut nie verlieren, mußt immer so entschlossen sein wie heute abend, dann wäre ich beruhigt. Aber Schluß jetzt mit weisen Ratschlägen, ich muß zu Großvater Li.«

Ruixuan mußte den Alten Li erst wecken. Großmutter Li stand ebenfalls auf und fragte, ob die junge Frau Qi etwa ein Baby bekäme oder jemand krank sei und der Arzt geholt werden solle. Als sie nach längerer Erklärung begriff, daß Ruixuan mit ihrem Mann etwas Geschäftliches besprechen wollte, bestand sie darauf, Wasser zu kochen. Da sie deswegen hinausgehen mußte, willigte Ruixuan schließlich ein, immerhin brauchte er dann keine weiteren Ausflüchte zu machen. Sie suchte draußen umständlich nach einem Scheit, um das Feuer anzuzünden. Indessen erklärte Ruixuan dem Alten Li den Grund seines Kommens. Der rieb sich die Nase und war bereit, mitzumachen.

»Ältester, Sie sind eben ein Gebildeter, haben an alles gedacht.« Dann senkte er die Stimme: »An den Stadttoren und auf den Bahnhöfen wird streng kontrolliert, da kommt keiner leicht durch. Soldaten scheinen an Händen und Füßen, ja am ganzen Körper gezeichnet zu sein, die Japaner erkennen sie auf den ersten Blick. Wer geschnappt wird, ist erledigt. Bei Leichenzügen klopfen die Wachen sogar den Sarg ab, aber die Leute im Trauerzug haben sie bisher kaum belästigt. Ich übernehme es, morgen habe ich einen Leichenzug. Die beiden gehen mit mir, schicken Sie sie ganz früh her. In der Leichenhalle besorge ich zwei Trauerkittel. Ob sie dann besser als Trauernde oder als Sargträger durchkommen, sehe ich erst, wenn es soweit ist.«

Als sich Ruixuan verabschiedete, bedauerte Großmutter Li sehr, daß das Wasser noch immer nicht kochte, weil die Scheite im Regen gelegen hatten. »Daran ist nur der alte Kerl schuld, der kümmert sich um gar nichts! Läßt das Feuerholz im Regen liegen!«
»Halt deinen Mund! Was schreist du hier zu nachtschlafender Zeit rum?« rügte sie der Alte leise.
Ruixuan ging zurück zu Herrn Qian.
Unterdessen saß Ruiquan in seinem Zimmer und bekam vor lauter Aufregung einen Schluckauf. Alle möglichen Gedanken und Bilder zogen an ihm vorüber, als drehte sich eine Laterne mit Papierfiguren in seinem Kopf, er konnte sich nicht konzentrieren. Am liebsten wäre er mit einem Satz über die Stadtmauer gesprungen, Soldat geworden und in den Krieg gezogen. Dann sah er sich plötzlich mit Zhaodi im Boot zwischen Lotusblumen im Beihai-Park. Er hätte sie gern sofort gesehen und ihr gesagt, daß er fliehen wolle, um gegen Japan zu kämpfen, aber nein, das ging nicht, ihr würde sein Mut nicht imponieren. Das Hin und Her seiner Gedanken erschöpfte ihn, allmählich wurde er ungeduldig. Warten ist zermürbend, im Geist war er schon weit weggeflogen, aber noch immer saß er in seinem Zimmer.
Da hustete die Mutter. Sofort legte sich seine Unruhe. Arme Mutter! Wenn ich weggehe, sehen wir uns wohl nie wieder. Leise trat er auf den Hof hinaus. Der Himmel war sternübersät, die Milchstraße ganz weiß. Er trug nur ein Unterhemd, im Nachttau fröstelte ihn leicht, die Arme überzog eine Gänsehaut. Er wollte zur Mutter hineingehen und mit ihr ein paar herzliche Worte wechseln. Blitzschnell war er an ihrem Fenster. Dort blieb er stehen, hatte aber nicht den Mut einzutreten. Nie hätte er gedacht, daß die Beziehungen zwischen Mutter und Sohn so innig sein könnten. Seinen Freunden pflegte er zu sagen: »Die Jugend von heute ist wie ein Küken, das von Geburt an auf eigenen Füßen steht und sich allein ernähren kann!« Jetzt stand er reglos da. Er bereute seinen Entschluß nicht, er würde gehen. Aber er mußte sich doch eingestehen, daß er kein solches Küken war, sondern ein starkes Band ihn mit seiner Mutter verknüpfte, das niemals reißen würde. Nach einer Weile hörte er drinnen den kleinen Shun etwas murmeln.

Daraufhin antwortete die Mutter: »Du bist mir einer, genau wie dein dritter Onkel, als der klein war, hat er auch immer die Stinkkäfer gefangen und dabei den Lampenschirm umgeworfen!« Ihm wurde weich in den Knien, er stützte sich auf die Fensterbank. Seinen Entschluß bereute er nicht, schämte sich aber auch nicht der weichen Knie. Ehe er sich darüber klar wurde, ob er genug Mut, zu viel Gefühl oder nur schwache Nerven hatte, fiel ihm ein anderes Verbrechen der Japaner ein – wie viele Mütter, Söhne und Ehepaare wurden erbarmungslos getrennt und würden sich nie wiedersehen! Er straffte den Nacken und ging wieder vom Fenster weg.

Er lief eine Runde durch den Hof. Im Zimmer der Ersten Schwägerin war noch Licht. Sie kam ihm nicht mehr so kleinmütig vor. Gern hätte er sie mit ein paar Worten getröstet und gezeigt, daß seine Unstimmigkeiten mit ihr nur kleine, zwischen Schwager und Schwägerin übliche Scherze waren, und daß er sie von Herzen gern habe und ihr sehr dankbar sei. Aber er traute sich nicht hinein. Junge Münder sind nicht dafür geschaffen, um Verzeihung zu bitten!

Ruixuan war leise zurückgekommen und ging direkt ins Zimmer des Bruders. Der kam aufgeregt hinterher und fragte: »Wie steht's, Ältester?«

»Morgen früh geht's los!« Ruixuan ließ sich völlig erschöpft auf das Bett fallen.

»Morg...« Ihm verschlug es die Sprache. Als Ruixuan ihn zuerst nicht gehen lassen wollte, war er ungeduldig, jetzt aber kam ihm alles überstürzt vor. Er rieb sich die Arme. Nichts war vorbereitet, schon gar nicht eine weite Reise. Nach einer Weile fragte er: »Was nehme ich mit?«

»Hm?« Ruixuan starrte den Bruder verständnislos an.

»Ich meine, was soll ich mitnehmen?«

»Ach so!« Er dachte nach. »Nur etwas Geld. Und, und ... und dein reines Herz, das mußt du immer bei dir haben!«

Er hätte dem Bruder noch viel mit auf den Weg geben wollen, brachte aber kein Wort mehr heraus. Mit leicht zitternden Händen zog er sein Portemonnaie hervor, entnahm ihm dreißig Kuai und legte sie behutsam auf den Tisch. Dann stand er auf, nahm den Bruder bei den Schultern und schaute ihn genau an: »Ich wecke dich morgen früh. Wir müssen uns hinausschleichen, ehe Großvater aufsteht, Bruderherz!« Er wollte noch etwas hinzufügen, schluckte es aber hinunter. Dann wandte er den Kopf und ging eilends aus dem Zimmer. Ruiquan folgte ihm bis vor die Tür, sagte aber auch nichts mehr.

Beide Brüder fanden keinen Schlaf. An dem Tag, als Peking gefallen war, hatten sie auch kein Auge zugetan. In jener Nacht war alles ungewiß, erst jetzt spürten sie, wie auch sie in diesen Krieg verwickelt wurden. Ruixuan wartete, bis seine Frau eingeschlafen war, dann zog er sich an und ging zu seinem Bruder hinüber. Sie redeten bis zum Morgengrauen.

Als sie den Großvater husten hörten, schlichen sie sich hinaus. Der Vierte Li, an frühes Aufstehen gewöhnt, erwartete sie bereits am Tor. Nachdem ihm Ruixuan den Bruder anvertraut hatte, wußte er nichts mehr zu sagen. Nach der schlaflosen Nacht und den Sorgen tat ihm der Kopf weh, als wollte er zerspringen. Unruhig lief er hin und her.

»Ältester, geh nach Hause«, sagte Ruiquan leise und setzte, als der immer noch keine Ruhe gab, hinzu: »Hör mal, du machst mich ganz nervös!«

Ruixuan ergriff die Hand des Bruders. »Dritter! Paß gut auf dich auf!« Sprach's und rannte nach Hause.

Weil er ein wenig schlafen wollte, ging er hinein, fand aber keine Ruhe. Er war total erschöpft, doch wenn er die Augen schloß, schreckte er hoch, weil er eine schlimme Nachricht über den Dritten zu hören glaubte. Er liebte seinen Bruder und hatte ihn gerade deshalb auch gehen lassen. Aber er war in großer Sorge, ob der wirklich durchkommen würde. Einmal dachte er, wie ehrenhaft eine Teilnahme am Widerstandskrieg sei. Dann wieder schreckten ihn Vorstellungen, der Bruder könne gefaßt worden sein und die beiden Flüchtigen würden grausam gefoltert. Unangenehmer kalter Schweiß brach ihm aus allen Poren.

Zugleich mußte er sich eine Erklärung für die Familie einfallen lassen. Auf keinen Fall konnte er sofort mit der Wahrheit herausrücken, das würde alle beunruhigen und die Alten vielleicht aus lauter Sorge krank machen. Er mußte eine Gelegenheit abwarten und beweisen können, daß der Dritte in Sicherheit war.

Dauerte dieser Tag aber lange! Die Schatten der Sonne schienen stehenzubleiben, auch die Zeiger der Uhr. Endlich, gegen vier Uhr, hörte er Großmutter Li unter dem Schnurbaum laut mit ihrem Mann reden. Schnell lief er hinaus. Großvater Li raunte ihm leise zu: »Sie sind aus der Stadt!«

13

Immer wieder fragte der alte Herr Ruixuan: »Wo ist denn der kleine Dritte?« Ruixuan hatte sich eine Lüge ausgedacht und behauptete, die Japaner wollten die Universität als Heerlager nutzen, deshalb seien die Studenten in die Universität gezogen, um das zu verhindern. Aber er wußte sehr wohl, daß die Japaner niemand und nichts aufhalten würde. Seine Lüge hielt er keineswegs für besonders gescheit, aber da der Großvater sie glaubte, blieb er dabei.

Der Zweite, Ruifeng, sah die Ungereimtheiten und befragte den Ältesten. Obwohl der sonst nicht viel für Ruifeng übrig hatte, sagte er ihm die Wahrheit, da er meinte, Brüder müßten in Notzeiten zusammenhalten.

»Was denn, Ältester, du hast ihn einfach gehen lassen?« Ruifeng blies sein Gesicht wie einen Luftballon auf.

»Er war fest entschlossen, ich konnte ihn schlecht aufhalten. Ein junger Mann voller Elan, der muß das tun!«

»Ältester, du hast gut reden! Überleg doch mal, er stand kurz vor dem Examen, danach hätte er Geld verdienen und die Familie unterstützen können. Wie konntest du nur ein Huhn, das bald Eier legt, laufen lassen? Wenn demnächst die Meldebücher überprüft werden, ist einer von uns im Widerstandskrieg, weißt du, was das bedeutet?«

Hätte der Zweite ihn aus Sorge um den Dritten beschimpft, wäre Ruixuan keineswegs böse geworden, Mut ist nun einmal nicht jedermanns Sache! Aber das Gezeter des Zweiten war von keinerlei brüderlichen Gefühlen, sondern reinen Nützlichkeitserwägungen bestimmt. Doch dann schluckte er mehrmals und beherrschte sich. Er war verantwortlich für die Familie, er mußte seinen Zorn unterdrücken. Krampfhaft machte er gute Miene zum bösen Spiel. »Du hast recht, Zweiter, daran hab ich gar nicht gedacht.«

»Jetzt ist das Allerwichtigste, es unter keinen Umständen weiterzuerzählen«, belehrte der Zweite den Älteren stolz. »Wenn das rauskommt, ist es mit unserer Familie vorbei. Ich habe dir schon immer gesagt, Ältester, du darfst den Jüngsten nicht so verwöhnen, aber du hast ja nicht auf mich gehört. Wir sollten doch besser getrennt wohnen. Verdammt, so ein Mist! Der Dritte stürzt uns alle ins Verderben, vielleicht reißt man mir seinetwegen noch den Kopf ab!«

Ruixuan konnte sich nicht mehr beherrschen. Seine Augen zogen sich zu Schlitzen zusammen, das ganze Gesicht war verkniffen. Noch immer leise, aber so deutlich wie Steinchen, die in die Tiefe fallen, sagte er: »Verschwinde, Zweiter!«

Das hatte der nicht vom Ältesten erwartet. Sein Gesicht lief puterrot an, es sah wie eine blankgeriebene Vogelbeere aus. Er wollte gerade explodieren, da sah er die Augen und die Miene des Bruders und hielt seine Wut im Zaum. »Gut, also verschwinde ich!«

Der Älteste hielt ihn auf: »Warte, ich habe dir noch etwas zu sagen!« Sein Gesicht war leichenblaß. »Ich habe dich immer gewähren lassen und hatte auch als Familienvorstand keine Lust, mich dauernd mit dir zu streiten. Aber das war ein Fehler! Du hast daraus geschlossen, du seist immer im Recht gewesen, und hast dir eine ziemlich schlechte Angewohnheit zugelegt: Wenn du etwas leicht und billig kriegen kannst, dann findest du das gut, wenn du aber etwas dafür tun mußt, dann findest du es schlecht. Ich bedaure sehr, dir das nicht gleich abgewöhnt zu haben. Heute muß ich dir aber ein paar Wahrheiten sagen. Daß der Dritte gegangen ist, war richtig! Wenn du dich noch zu den jungen Leuten zählst, solltest du ebenfalls gehen, solltest Nützlicheres tun als nur zu essen, zu trinken und dich herauszuputzen. Ich kann nicht gehen, es sind noch zwei ältere Generationen hier, aber ich verzeihe es mir nicht. Da uns jetzt die Japaner im Nacken sitzen, kannst du doch nicht nur an den Alltag denken, sondern auch einmal ein bißchen vorausschauen. Ich will dich ja nicht zum Gehen zwingen, will lediglich, daß du ein wenig mehr nachdenkst!« Sein Zorn hatte sich schon etwas gelegt, sein Gesicht wieder ein wenig Farbe angenommen. »Entschuldige meinen Wutausbruch! Aber, das weißt du ja, die Wahrheit ist meist unangenehm! Nun gut, geh schon!« Jetzt spielte er wieder den Älteren und schickte ihn hinaus, um weiteren Diskussionen zu entgehen.

Der Zweite fügte sich. Aber um sich einzuschmeicheln, erzählte er es heimlich dem Großvater und der Mutter. Die Mutter machte dem Ältesten dafür keine Vorwürfe, wagte auch nicht, laut zu schluchzen, sie hatte nur einen Tag lang Tränen in den Augen und aß nichts.

Der alte Herr Qi machte seiner Unzufriedenheit laut Luft: »So kurz vor meinem Geburtstag läßt du den Dritten laufen. Er hätte ja erst seinen Kotau machen und dann gehen können.«

Als Shuns Ma das hörte, sagte sie augenblicklich zu ihrem Mann: »Nun müssen wir erst recht seinen Geburtstag feiern! Mit Gutem das Schlechte vergelten, auf keinen Fall Schlechtes auf Schlechtes häufen!« Und Ruixuan entschied, den Geburtstag zu feiern, aber etwas bescheidener als in den vergangenen Jahren.

Solange der Ausgang der Kämpfe in Shanghai noch offen war und die Japaner keinen Erziehungsinspektor geschickt hatten, erschien es der Schulleitung ratsam, den Unterricht umgehend aufzunehmen, um die Schüler nicht zu entmutigen. Ruixuan wurde zu einer Versammlung in die Schule gerufen. Nicht alle Lehrer waren erschienen, denn einige waren bereits aus Peking geflohen. Die Anwesenden schämten sich. Jeder hatte seine Gründe, warum er nicht fliehen konnte, aber je mehr diese erörtert wurden, desto verlegener wurde man.

Dann kam der Direktor, ein aufrechter, korrekter Mann über fünfzig, ein in der Mittelstufe erfahrener Pädagoge. Die Versammlung wurde eröffnet. Der Direktor erhob sich, starrte auf die gegenüberliegende Wand und schwieg etwa drei Minuten lang. Mit gesenktem Kopf bat ihn Ruixuan: »Bitte, Herr Direktor, setzen Sie sich!« Wie ein Schüler, der etwas falsch gemacht hat, setzte sich der Mann langsam wieder hin.

Der jüngste Lehrer sprach aus, was allen zwar am Herzen lag, sich aber alle zu fragen scheuten: »Herr Direktor, sind wir, die wir hier weiterunterrichten, nun Landesverräter?«

Alle hefteten ihre Augen auf den Direktor. Der erhob sich

steif, spielte mit einem Bleistift und räusperte sich mehrfach, ehe er zum Sprechen ansetzte: »Verehrte Lehrer! Meine Wenigkeit ist der Meinung, daß der Krieg nicht binnen kurzem beendet sein wird. Eigentlich hätten wir alle Peking verlassen müssen. Aber mit Mittelschulen wird anders verfahren als mit Universitäten. Letztere können sich mit Anfragen direkt an das Bildungsministerium wenden, wir aber können nur die von der Schulbehörde erlassenen Anordnungen ausführen. Nach dem Fall der Stadt ist in der Schulbehörde niemand mehr für uns zuständig, wir müssen selbst entscheiden. Wenn Universitäten den Befehl zum Verlassen Pekings erhalten, können die Studenten selbständig reisen und – da sie aus allen Provinzen kommen – sich an bestimmten Orten versammeln. Unsere Schüler sind dafür noch zu jung, und die meisten, etwa ...«, er hüstelte mehrmals, »etwa neunzig Prozent wohnen hier in der Stadt. Würden wir sie aus der Stadt hinausführen, müßten wir die großen Straßen meiden, denn die sind von den Japanern blockiert, aber Umwege können wir mit den Schülern nur schwer bewältigen. Eine andere Frage ist, ob die Eltern ihre Kinder mitgehen lassen würden. Ich weiß sehr gut, Hierbleiben bedeutet, sich Unannehmlichkeiten auszusetzen. Denn sobald die Japaner sich in Peking niedergelassen haben, werden sie ihre Aufmerksamkeit auf die Schüler und Studenten richten. Vielleicht werden sie massenweise umgebracht oder zu Landesverrätern. Beides können wir nicht dulden. Doch im Augenblick möchte ich die Schule noch weiterführen. Solange die Japaner keine Anweisungen erlassen, unterrichten wir weiter. Kommen die Anordnungen, müssen wir beherrscht und beherzt mit allen Mitteln versuchen, den größten Schaden von den Schülern abzuwenden – physisch und psychisch. Verehrte Kollegen, wer von Ihnen gehen kann, sollte es tun, ich halte niemanden auf. China braucht Leute in allen Bereichen. Wer nicht gehen kann, den bitte ich, wie eine entehrte Witwe auszuharren und für ihre Kinder weiterzuleben. Sind wir Landesverräter? Ich denke, in Kürze wird die Regierung sich uns gegenüber äußern. Sie wird uns nicht vergessen und Verständnis haben für unsere ausweglose Situation!« Er räusperte sich einige Male und stützte sich auf den Tisch. »Es gäbe noch sehr viel zu sagen, aber das ist schwer

in Worte zu fassen. Wenn Sie einverstanden sind, beginnen wir am kommenden Montag mit dem Unterricht.« In seinen Augen standen Tränen, langsam setzte er sich.
Nach langem Schweigen sagte jemand leise: »Wir sind einverstanden mit dem Unterrichtsbeginn.«
»Gibt es andere Meinungen?« Der Direktor machte Anstalten, sich zu erheben, schaffte es aber nicht. Keiner gab einen Ton von sich. Er wartete, dann fügte er hinzu: »In Ordnung, wir nehmen den Unterricht wieder auf und werden dann weitersehen. Uns stehen noch große Veränderungen bevor, tun wir unser Bestes, solange wir können!«
Als Ruixuan aus der Schule kam, fühlte er sich so zerschlagen, als hätte er Fieber. Er versuchte sich zu beruhigen, um klar denken zu können und einen Ausweg zu finden. Doch er war zu verwirrt und murmelte vor sich hin. Normalerweise bemitleidete er Menschen mit nicht ganz gesunden Nerven, die unterwegs mit sich selbst redeten. Heute tat er das selbst. Wird er womöglich verrückt? Ihm fiel Qu Yuans Elegie »Mit wehendem Haar ziehe ich von dannen« ein. Aber worin konnte er sich mit diesem großen Dichter vergleichen? »Qu Yuan hatte immerhin den Mut zum Freitod, hast du ihn?« fragte er sich und wagte keine Antwort. Gern wäre er in den Beihai- oder den Sun-Yatsen-Park gegangen, um auf andere Gedanken zu kommen, aber er hielt sich zurück. »Parks sind für friedliche Zeiten geschaffen, du hast kein Recht, jetzt dorthin zu gehen!« Dann schlug er den Heimweg ein. »Ein geschlagener Hund kann nur mit eingezogenem Schwanz nach Hause trotten, sonst nichts!« flüsterte er.
Am Eingang zur Gasse hielt ihn ein Polizist auf. »Ich wohne hier«, erklärte er höflich.
»Warten Sie einen Moment«, der Polizist war ebenfalls höflich, »es wird gerade jemand abgeholt.«
»Abgeholt?« Ruixuan erschrak. »Wer? Was liegt denn vor?«
»Das weiß ich auch nicht«, bedauerte der Polizist, »ich soll hier lediglich Wache stehen und niemanden durchlassen.«
»Japanische Gendarmen?« fragte Ruixuan gedämpft.
Der Polizist nickte. Als er sah, daß niemand in der Nähe war, setzte er hinzu: »Vom Monatsgehalt noch keine Spur, aber denen helfen, Chinesen abzuholen. Was sind wir für Schlapp-

schwänze! Hören Sie, gehen Sie lieber eine Runde spazieren, hier dürfen Sie nicht stehenbleiben!«

Ruixuan hatte hier warten wollen, aber nun mußte er weitergehen. Wenn die Japaner jemanden abholten, durchsuchten sie bestimmt alles genau, das konnte ein bis zwei Stunden dauern.

»Wen holen sie nur ab?« grübelte er. Zuerst dachte er an Qian Moyin. »Wenn er es ist, na dann...« Er konnte sich zwar nicht vorstellen, was nach dem »dann« käme, aber seine Knie wurden weich. Dann dachte er an seine eigene Familie, vielleicht war der Dritte gefaßt worden? Schweiß brach ihm aus. Was konnte er tun, wenn sie den Dichter Qian oder jemanden aus seiner Familie abführten? Gar nichts! Lange stand er wie erstarrt. Dann bemerkte er, daß er sich in der Huguosi-Straße befand, vor der Tür eines Blumenladens, und morgen war Jahrmarkt im Tempel zum Schutze des Reiches. Sonst wurden um diese Zeit mit Tragstangen frische Blumen in großen Sträußen von außerhalb geliefert, dann lag der ganze Eingang voller Blumen, die anderntags verkauft werden sollten. Heute war von alledem nichts zu sehen. Vor dem Laden herrschte gähnende Leere, nur ein paar verwelkte Blätter lagen herum. Ruixuan hatte sonst für das Treiben vor dem Tempel nicht viel übrig, er ging lieber durch den Blumenladen. Zwar kaufte er nichts, erfreute sich aber an den taufrischen Gewächsen, die ihm ein Gefühl von Lebensfreude vermittelten. Jetzt blickte er auf die welken Blätter, und es beschlich ihn das Gefühl, etwas Wichtiges verloren zu haben, so als könne er sich nie mehr über etwas Schönes freuen. Doch gleich korrigierte er sich: »Warum legst du in Kriegszeiten ständig die Maßstäbe des Friedens an?«

Währenddessen verhafteten die japanischen Gendarmen den Dichter Qian, der sich nie etwas hatte zuschulden kommen lassen. An beiden Enden der Gasse waren Wachen aufgestellt. Guan Xiaohe ging voran. Eigentlich hatte er nicht in Erscheinung treten wollen, aber die Japaner bestanden darauf. Denn hätte man den Betreffenden nicht gefunden, hätte man sich an ihn gehalten, er hatte es schließlich gemeldet! Das hatte Guan Xiaohe vorher nicht bedacht. Verzweifelt bemühte er sich um Gelassenheit, aber sein Herz schlug heftig. Die Mütze tief ins

Gesicht gezogen, blickte er vor lauter Angst, die Nachbarn könnten ihn erkennen, wie ein von Jagdhunden umzingelter Fuchs um sich. Allein in der Gasse waren alle Tore verschlossen, nur die von den Schnurbäumen herabhängenden Kätzchen schaukelten im Wind. Da sich offenbar alle versteckt hatten, beruhigte er sich wieder ein wenig. Doch Meister Liu und ein paar andere spähten durch die Ritzen und erkannten ihn.

Wachtmeister Bai schritt mit blutleerem Gesicht und wie leblos direkt hinter Guan Xiaohe einher. Nahezu alle Bewohner der Gasse waren seine Freunde. Wenn er es schon sonst nicht übers Herz brachte, jemanden mit auf die Wache zu nehmen, konnte es ihn jetzt erst recht nicht kaltlassen, wenn seine Freunde von den Japanern abgeführt wurden. Qian Moyin kannte er kaum, denn der kam selten heraus und bat ihn nie um Hilfe. Aber Wachtmeister Bai wußte genau, daß er ein überaus anständiger alter Herr war. Wären alle Menschen so wie er, hätten die Polizisten nichts zu tun. Erst als sie vor Qians Eingangstor standen, wußte er, daß es sich um ihn handelte. Am liebsten hätte er sich auf Guan Xiaohe gestürzt und ihn totgeschlagen. Aber hinter dem gingen vier bis an die Zähne bewaffnete Bestien, da mußte er seinen Zorn unterdrücken. Seit die Stadt gefallen war, hatte er befürchtet, zum Helfershelfer des Feindes zu werden, die eigenen Leute demütigen zu müssen, oder er hätte sofort die Uniform ausziehen können. Doch das ging nicht – er hatte eine Familie. Um sie über Wasser zu halten, mußte er solche entwürdigenden Dinge tun. Heute nun war es soweit, er führte diese Soldaten hierher, um den braven Herrn Qian, der keiner Fliege etwas zuleide tun konnte, zu verhaften.

Obwohl sie lange geklopft hatten, rührte sich nichts. Als einer der Bewaffneten gerade die Tür eintreten wollte, wurde sie vorsichtig geöffnet. Es war Herr Qian. Sein Gesicht hatte ein paar rote Falten, als habe er geschlafen. Er war in Pantoffeln und knöpfte sich mit der linken Hand noch das Gewand zu. Zunächst sah er nur Guan Xiaohe, er senkte sofort die Augenlider. Als nächstes fiel sein Blick auf Wachtmeister Bai, der sich abwandte. Beim dritten Mal sah er, wie Guan Xiaohe den Bestien hinter sich zunickte, wie Judas, als er Jesus verriet.

Blitzschnell jagten ihm zwei Dinge durch den Kopf: Entweder war Zugführer Wang etwas zugestoßen, oder die Sache mit Zhongshi war herausgekommen. Und blitzschnell begriff er, es war Zhongshis wegen, denn beim Anblick von Guan Xiaohe erinnerte er sich an Fräulein Gaodis Warnung.

Stolz und ganz natürlich fragte er: »Was gibt es?«

Das saß wie rotglühendes Eisen. Guan Xiaohe wich zurück und senkte den Kopf, als wolle er den rotglühenden Funken entgehen. Wachtmeister Bai schaute zur Seite. Zwei der Japaner stürzten wie zum Kampf vor. Herr Qian, die Hand am Türpfosten, hielt sie auf und wiederholte seine Frage: »Was gibt es?« Da traf ihn eine Faust am Handgelenk, das zurückschnellte und ihm ins Gesicht schlug. Aus seinem Mund tropfte Blut. Der Soldat ging hinein. Der Dichter blickte einen Moment verdutzt, dann packte er den Soldaten beim Kragen und schrie laut: »Was ist los?« Der wehrte sich mit seiner ganzen Körperkraft, aber Herr Qian umklammerte ihn wie ein Ertrinkender ein Stück Holz. Wachtmeister Bai fürchtete, Herr Qian würde den kürzeren ziehen, trat schnell hinzu und drückte ihm den Ellenbogen zur Seite. Herr Qian ließ los, und Wachtmeister Bai drängte sich mit einem Ruck zwischen beide, der Fußtritt des feindlichen Soldaten traf ihn. Er verbiß seinen Schmerz und tat, als bedränge er Herrn Qian. Der sagte nichts mehr.

Ein Soldat bewachte den Eingang, die anderen drängten in den Hof. Wachtmeister Bai zog auch Herrn Qian hinein und sagte leise: »Regen Sie sich nicht so auf, alter Herr! Ein ganzer Kerl legt sich nicht mit einer Übermacht an!«

Guan Xiaohe hatte zwar ein riesiges Geltungsbedürfnis, aber keinen Mut, er traute sich weder hinein, noch wollte er draußen stehenbleiben. Er stellte sich in den Eingang und zog sein silbern eingefaßtes Zigarettenetui aus Fujianlack hervor, um zu rauchen. Beim Öffnen fiel ihm der Soldat vor dem Eingang ein. Eilig hielt er es ihm als freundliche Geste hin. Der blickte ihn an, dann das Etui, nahm es, schloß es und steckte es ein. Herr Guan lächelte kläglich und sagte, den Tonfall der Japaner, wenn diese Chinesisch sprechen, nachahmend: »Gutt! Gutt! Riesengroßes Gutt!«

Der älteste Sohn der Qians, Mengshi, litt seit Tagen an Dysen-

terie. Ohnehin schon sehr dünn, war er durch die Krankheit noch abgemagerter. Mit zerzaustem langem Haar und bleichem Gesicht, die Hose mit beiden Händen haltend, ging er gerade stöhnend über den Hof. Als er sah, wie der Vater mit blutendem Mund von Wachtmeister Bai gezerrt wurde und drei feindliche Soldaten wild durch den Hof wirbelten, vergaß er seine Krankheit und stürzte schwankend zum Vater. Blitzschnell überlegte Wachtmeister Bai: Auch wenn die Japaner ursprünglich nur den alten Qian verhaften wollten, würden sie ohne weiteres noch einen dazu nehmen. Sollte sich der junge Herr Qian jetzt auf die Japaner stürzen, würde er unweigerlich auch verhaftet. Bei diesem Gedanken biß er die Zähne zusammen und versteifte sich. Mit einer Hand hielt er weiter Herrn Qian fest, die andere ballte er zur Faust. Als der junge Mann herankam, knallte er sie ihm direkt ins Gesicht. Mengshi fiel um. Wachtmeister Bai schrie laut: »Opiumteufel! Opiumteufel!« und zeigte auf Mengshi. Dann krümmte er vor den Japanern Daumen und kleinen Finger, legte sie an den Mund und zog geräuschvoll den Atem ein. Er wußte, daß sie Opiumsüchtige »nachsichtig behandelten«.
Die Soldaten kümmerten sich nicht um Mengshi, stürmten ins Nordzimmer und durchwühlten es. Wachtmeister Bai nutzte die Gelegenheit, um Herrn Qian zu erklären: »Wenn Sie sich in Ihrem Alter mit denen anlegen wollen, dann tun Sie es. Aber der Sohn darf nicht auch noch verhaftet werden.« Herr Qian nickte. Er hielt den Tod des Zweiten Sohnes – daran war kein Zweifel mehr –, die Demütigung des Ersten und seine eigenen Schwierigkeiten für unausbleiblich und fand nichts Verwunderliches daran. In Zeiten des Friedens hatte er Blumen, Gedichte, Tee und Wein geschätzt. Jetzt, da das Land untergegangen war, trafen ihn Opfer und Tod, er war es zufrieden. Gefängnis, Folter und Tod erwarteten ihn, aber sie flößten ihm keine Angst ein. Er hoffte nur, daß der älteste Sohn nicht auch noch verhaftet werden würde, damit seine Frau und die Schwiegertochter eine Stütze hätten und nicht noch schlimmere Demütigungen und Entbehrungen erleiden mußten. Von seiner Frau wollte er sich nicht verabschieden, denn er hoffte, sie würde ihn verstehen. Sie hatte ein Leben lang schweigend Not gelitten, sie würde auch den Sinn seines

Todes begreifen, wenn er jetzt sterben sollte. Guan Xiaohe wollte er nicht verurteilen. Er war überzeugt, die Menschen hätten wie die fünfhundert Luohans im Tempel ihren festen Platz. So wie es ihm vorgegeben war, zu sterben, mußte Guan Xiaohe um der Karriere willen Leute verraten. Bei diesen Gedanken wurde er gelassen. Sonst pflegte er Gedichte zu lesen, wenn er aufgewühlt war, jetzt schien er sich von der Poesie ganz verabschiedet zu haben.

In diesem Augenblick wurde Frau Qian von den Soldaten aus dem Zimmer gestoßen, fast wäre sie hingefallen. Aufgeregt kam sie herüber: »Sie nehmen unsere Sachen, sieh dir das mal an!«

Herr Qian lachte laut heraus. Wachtmeister Bai stieß ihn mehrmals an und flüsterte: »Nicht lachen!«

Jetzt erst sah Frau Qian das Blut im Gesicht ihres Mannes. Sie wischte es mit ihrem Ärmel ab. »Was ist denn los?«

Als ihm seine Frau über das Gesicht fuhr, gab es ihm einen Stich ins Herz. Er hielt sie fest, schloß die Augen und beruhigte sich. Dann öffnete er die Augen und sagte leise zu ihr: »Ich habe dir noch nicht gesagt, daß unser zweiter Sohn nicht mehr lebt, jetzt holen sie auch mich. Du mußt nicht traurig sein!«

Frau Qian glaubte zu träumen. Was sie sah und hörte, gab keinen Sinn. Seit den Schüssen an der Marco-Polo-Brücke hatte sie um ihren Jüngsten gebangt, aber ihr Mann und der älteste Sohn hatten ihr immer versichert, er käme bald zurück. Dann neulich nachts war plötzlich jener Gast aufgetaucht, der wie ein Bauer oder ein Soldat aussah. Sie wagte nicht, sich danach zu erkundigen, und sie sagten ihr auch nicht, wer er war. Dann war dieser Mensch plötzlich wieder verschwunden. Als sie ihren Mann ausfragte, lächelte er nur und schwieg. Dann hatte sie eines Abends ganz deutlich Geräusche im Hof gehört und das Zischeln einer Frauenstimme, aber als sie ihn anderntags fragte, bekam sie wieder keine Antwort. Was hatte das alles zu bedeuten? Jetzt blutete der Mann aus dem Mund, japanische Soldaten durchwühlten das Haus, und er sagte, der zweite Sohn sei tot! Sie wollte weinen, aber Schreck und Angst hielten die Tränen zurück. Sie zog am Ärmel ihres Mannes, um Genaueres von ihm zu erfahren.

Noch ehe sie etwas sagen konnte, kamen die Soldaten heraus und warfen Wachtmeister Bai einen Ledergürtel hin.

Herr Qian sagte: »Nicht nötig, ich komme so mit.«

Wachtmeister Bai nahm den Gurt und flüsterte: »Ich feßle Sie nur locker, sonst schlagen sie wieder zu!«

Die alte Frau erschrak und schrie: »Was macht ihr da? Wohin bringt ihr ihn? Laßt ihn los!« Sie umklammerte den Arm ihres Mannes.

Wachtmeister Bai wurde nervös, er befürchtete, die Soldaten könnten auch sie schlagen. In diesem Augenblick erwachte Mengshi und rief nach ihr.

Herr Qian flüsterte ihr ins Ohr: »Kümmere dich um den Ältesten. Ich bin bald zurück, ganz ruhig!« Dann drehte er sich um, schüttelte ihren Arm ab und ging aufrecht hinaus. In seinen Augen standen zwei Tränen aus Zorn und Stolz. Nach ein paar Schritten wandte er sich den Blumen zu. Eine entengelbe Aster stand in voller Blüte.

Als Ruixuan aus der Huguosi-Straße kam und in die Schafhürdengasse einbog, stieß er direkt auf Herrn Qian, der von vier Soldaten abgeführt wurde. Um die allgemeine Aufmerksamkeit zu erregen, mußte Herr Qian mit entblößtem Kopf zu Fuß gehen, den linken Fuß in einem Pantoffel, den rechten nackt. Er schaute geradeaus und verzog den geschlossenen Mund zu einem halben Lächeln. Seine Hände waren auf dem Rücken zusammengebunden. Am liebsten hätte Ruixuan geheult. Herr Qian hatte ihn nicht gesehen. Ruixuan stand da und starrte ihm hinterher, bis sich nur noch einige dunkle Schatten auf der Straße bewegten. Verwirrt ging er weiter. Nur beim Vierten Li stand ein Torflügel halb offen, sonst waren alle Türen fest geschlossen. Er wollte gerade zu den Qians gehen, um Frau Qian und den ältesten Sohn ein wenig zu trösten, als ihn der Vierte Li rief, der hinter dem Tor stand. »Gehen Sie lieber nicht gleich zu den Qians«, sagte er und zog ihn in den Eingang. »In solchen Zeiten kann keiner für seine Verwandten einstehen, erst recht nicht für seine Freunde, seien Sie vorsichtiger!«

Ruixuan antwortete nicht, blickte nur vor sich hin und ging dann wieder weiter. Zu Hause legte er sich gleich aufs Bett und stöhnte leise vor sich hin, da ihm der Kopf zu platzen drohte.

Seit Peking gefallen war, fühlten sich alle in der Gasse bedroht und niedergeschlagen, aber die Nachricht von den Kämpfen in Shanghai hatte sie hoffnungsfroh gestimmt. Bisher hatten sie keine Vorstellung vom Feind gehabt und nicht geahnt, in welche Nöte sie selbst geraten konnten. Heute hatten sie zum ersten Mal gesehen, was jeden Moment passieren konnte. Sie alle kannten zwar Herrn Qian nicht näher, wußten aber, daß er nicht einmal einen streunenden Hund beleidigen würde. Daran, wie er behandelt und auch noch verhaftet wurde, erkannten sie die Grausamkeit des Feindes. Gleichzeitig blickten die Bewohner der Gasse argwöhnisch auf das Tor der Guans, sie wußten, daß sie nun vorsichtiger sein mußten, denn es gab Nachbarn, die sich für den Feind gern zum Hund erniedrigten! Sie haßten Guan Xiaohe mehr als die Japaner, aber sie würden sich nie zusammenschließen und gegen ihn vorgehen.

Guan Xiaohe verriegelte sein Tor, er war zutiefst beunruhigt. Nach Sonnenuntergang fürchtete er sich noch mehr vor der Rache der anderen. Er fand, nachts müsse nun immer jemand Wache stehen.

Rotkürbis aber war sehr zufrieden, sie verkündete lauthals: »Das wäre geschafft, eine erste verdienstvolle Tat! Selbst wenn wir zurück wollten, wir können nicht mehr umkehren; nun heißt es, mit voller Kraft voraus!« Alle fünf Minuten erteilte sie ein Dutzend Befehle und scheuchte die drei Dienstboten durch den Hof. Einmal verlangte sie Wein, um den Mann zu beglückwünschen, dann wieder wollte sie die Adoptivschwestern zum Kartenspiel einladen. Bald darauf wollte sie sich umkleiden, um draußen Neues über Herrn Qian zu erfahren, dann wollte sie sich wieder ausziehen und Reisbrei essen, den der Koch schnellstens zubereiten sollte.

Als sie Guan Xiaohes Angst bemerkte, packte sie die Wut: »Du weißt ja wirklich nicht, was du willst! Möchtest essen, aber fürchtest dich, den Mund zu verbrennen! Da haben wir uns endlich Verdienste erworben, wieso kriegst du es jetzt auf einmal mit der Angst zu tun? Ist der alte Qian vielleicht dein ältester Sohn, daß du befürchtest, man könnte ihn mit einer Ohrfeige erschlagen?«

Guan Xiaohe nahm sich zusammen: »Ein ganzer Mann steht ein für das, was er tut, ich fürchte mich überhaupt nicht!«

»Dann ist's ja gut!« Ihr Ton klang friedlicher. »Wollen wir acht Runden spielen oder etwas trinken?« Ohne eine Antwort abzuwarten, entschied sie: »Wir spielen Karten, ich bin heute gut in Form! Gaodi, spielst du mit? Und du, Tongfang?«
Gaodi sagte, sie wolle schlafen gehen. Tongfang lehnte ab. Als Rotkürbis gerade einen Wutanfall kriegen wollte, rief Zhaodi: »Ma, hör doch mal!«
Im westlichen Nachbarhof war Frau Qian in lautes Weinen ausgebrochen, so daß selbst Rotkürbis verstummte.

14

Die Zeit nach dem Mittherbstfest, nach dem fünfzehnten Tag des achten Monats, in der zweiten Septemberhälfte also, war die schönste Zeit in Peking: das Wetter nicht zu kalt und nicht zu heiß, Tag und Nacht nahezu gleich lang. Es gab keine Sandstürme, die im Winter aus der Mongolei kommen, und auch keine Hagelstürme, die sich gern während der Hundstage einstellten. Der Himmel war hoch, blau und hell, als wollte er den Pekingern lächelnd sagen: Von der Natur habt ihr jetzt nichts zu befürchten! Das Blau der Berge im Westen und Norden strahlte noch um einiges blauer als sonst. Und wenn sich der Tag neigte, legte sich das Abendrot wie ein bunter Umhang darüber.
Zu Friedenszeiten wurden in den Straßen überall Früchte angeboten, deren Namen allein Pekinger zu nennen wußten. Alle Arten von Weintrauben, die verschiedensten Sorten Birnen und Äpfel, an denen allein man sich hätte satt sehen, satt riechen und satt essen können. Damit nicht genug, es gab auch noch eine Menge anderer Pekinger Spezialitäten: Flaschenkürbisförmige Riesendatteln, delikat duftende, süße, kleine Birnen, holzapfelgroße, weißliche Zieräpfel, nur zum Riechen auserwählte Haitang-Quitten, goldgesprenkelte Duft-Zwergäpfel, mit Goldpapierstreifen beklebte, als Mondopfer geeignete flache Wassermelonen, gelblichroter Hahnenkamm. Das alles wollte nicht nur genossen sein, nein, am Ende wußte man nicht mehr, welcher Duft der beste, welche Farbe die schönste war. Man war wie berauscht!

Alle Früchte wurden wunderschön dargeboten, nichts von dem Tau auf ihrer Schale war entfernt worden, sie lagen zu duftenden, plastisch geformten Bildern arrangiert. Die Obsthändler waren Künstler, die Schönes noch zu verschönern wußten. Und sie konnten auch noch singen! Nachdem sie ihren Stand sorgfältig aufgebaut hatten, schmetterten sie mit klarer Stimme ihr melodisches »Loblied«: »Ai, ai, ai, kommt schnell herbei, für einen Fen gibt's Birnchen fein, die Schale zart, der Saft wie Wein, kein Madenloch, sei's noch so klein, kauft, kauft meine Birnchen ein!« Das Lied mischte sich unter die Düfte und umgab die Pracht der Äpfel und Trauben mit Musik, so daß die Menschen ihre Schritte verlangsamten, um die Schönheit des Pekinger Herbstes zu genießen.

Edle, dicke Eßkastanien wurden zwischen Sandkörnern und Zucker zischend in großen Pfannen gleich an der Straße geröstet, sogar der Rauch der Holzscheite unter der Pfanne duftete nach Kastanien. Vor dem Eingang zum »Weinfaß« wurde schneeweißer Lauch mit zartem Hammelfleisch gebraten, die Portion und eine Schale Wein für zwei, drei Mao füllte selbst den hungrigsten Magen. Auch in Schilf gewickelte puterrote Süßwasserkrabben wurden zum Kauf angeboten, und wer sie richtig zu genießen verstand, der ging hinauf ins Restaurant auf dem Tor der Mittagssonne, wo die Krabbenbeinchen mit einem winzigen Holzhammer aufgeklopft wurden.

Zur gleichen Zeit standen neben den duftenden Früchteständen andere mit Hasengöttern, in deren fein säuberlich aufgereihten, buntbemalten Teigkörpern auf dem Rücken Fähnchen steckten. Die Hasengötter waren ein Tribut der Pekinger an den Jadehasen, der in den Mond verbannt wurde; ihm galten die Opfergaben genauso wie dem Mond. Angeboten wurden große und kleine Hasengötter, alle kunstvoll bearbeitet, manche ritten auf Tigern oder thronten auf Lotusblumen, manche hatten einen Barbierschemel geschultert, andere trugen einen kleinen knallroten Schrank auf dem Rücken. Diese zierlich geformten Kleinode legten in die Herzen Tausender und Abertausender von Kindern den Samen für die Schönheit.

Es war auch die Zeit, da in der Stadt die Herbstchrysanthemen eintrafen, die in großen Sträußen an Tragstangen aus Fengtai gebracht wurden. Die Gärtner der Parks bereiteten

mit den Chrysanthemenzüchtern die alljährliche Ausstellung vor, auf der die erstaunlichsten Züchtungsergebnisse der letzten Monate vorgestellt wurden. Die Vielfalt der Chrysanthemensorten Pekings suchte ihresgleichen in der Welt.
Junge Studenten, strotzend vor Stolz und Schönheit, strömten aus allen Teilen der Stadt in den Beihai-Park zum Rudern. Die Lotusblüten waren längst verwelkt, aber für die jungen Leute in den Booten dufteten sie noch immer.
Seit Wochen waren die kulturbegeisterten Pekinger emsig dabei, Geschenke für Verwandte und Freunde vorzubereiten. In den Geschäften wurden verschiedene Schnaps- und Weinflaschen und unterschiedlich gefüllte Mondkuchen wie herausgeputzte Bräute präsentiert. Selbst Läden, die keine Geschenkartikel anboten, hängten lange Seidenbahnen hinaus, auf denen sie Preissenkungen anläßlich des Festes verkündeten.
Der Pekinger Herbst war das Paradies auf Erden, nur vielleicht noch ein wenig üppiger!
Der Geburtstag des alten Herrn Qi lag zwei Tage vor dem Mittherbstfest. Er sprach es nicht aus, hoffte aber innig, dieser Tag möge so ereignisreich verlaufen wie immer in den letzten Jahren. Nach einem solchen Tag zeigte er am Mittherbstfest stets Freude und Interesse, auch wenn ihm manchmal nicht danach war. Nachdem er die Sechzig überschritten hatte, war es ihm fast schon zu einer religiösen Zeremonie geworden, Geburtstag und Mittherbstfest zusammen zu feiern. Er trug sein Lieblingsgewand und hatte schon lange vorher viele kleine rote Papierpäckchen vorbereitet. Die darin eingewickelten neuen Münzen verteilte er an die Kinder, die gratulieren kamen. Behutsam erkundete er die jüngsten Ereignisse bei Verwandten und Freunden, um entsprechende Ermunterungen und Ratschläge erteilen zu können. Er mußte sorgsam darüber wachen, daß jeder Gast satt wurde, mußte Früchte und Naschereien, die er nicht besonders mochte, zum Verschenken bereitlegen. Und er mußte, da er der Älteste, der Stern des langen Lebens war, auch barmherzig, höflich und großzügig sein wie ein solcher, damit keiner der Gäste unzufrieden war und ihn vielleicht im stillen tadelte, was der Zahl seiner Lebensjahre schaden würde. War der Geburtstag vor-

über, fühlte er sich erschöpft. Obwohl er Interesse bekundete, wie die anderen das Mittherbstfest feierten, war es für ihn lediglich der »Schwanz«, nämlich der Ausklang seines Geburtstages.

In diesem Jahr hatte er schon etwa zehn Tage vor dem Geburtstag nicht mehr ruhig schlafen können. Da Peking besetzt war, erwartete er keine so lebhafte Geburtstagsfeier wie sonst. Trotzdem wollte er die Hoffnung nicht aufgeben. War Qian Moyin nicht von den japanischen Gendarmen verhaftet worden, und bis heute wußte keiner etwas von ihm? War es nicht ein Glück, selbst noch am Leben zu sein? Warum sollte man da nicht froh und munter Geburtstag feiern? Innig hoffte er, bei diesem Fest möge es noch lebhafter zugehen als bei allen anderen! Es konnte ja das letzte Mal sein. Außerdem war er ganz sicher, den Japanern nie etwas zuleide getan zu haben, warum sollten diese, wie unanständig sie auch sonst sein mochten, einen ordentlichen Menschen daran hindern wollen, seinen fünfundsiebzigsten Geburtstag zu feiern?

Er beschloß, sich draußen einmal umzusehen. Wie sich Pekings Straßen zum Mittherbstfest schmückten, sah er mit geschlossenen Augen vor sich, dazu mußte er nicht hinausgehen. Er wollte nur schauen, ob draußen Festtagsstimmung herrschte. Wäre das wie üblich der Fall, könnte er zweifellos seinen Geburtstag fröhlich begehen. Auch die militärische Besetzung Pekings hätte dann nichts weiter zu bedeuten.

Auf der Straße roch er nichts von dem Duft der Früchte, ihm begegneten keine Leute mit Geschenken, er sah auch nur vereinzelt Mondkuchen. Normalerweise lief er ohnehin schon langsam, nun aber kam er kaum noch voran. Ihm dämmerte allmählich, daß es in der Stadt kein Obst gab, weil von außerhalb nichts hierher gelangen konnte und die spärlichen Mondkuchen ein Zeichen dafür waren, daß man nicht zu feiern wagte. Plötzlich spürte er am ganzen Körper ein Frösteln. Solange die Japaner ihn nicht persönlich behelligten, dachte er nicht daran, sie zu hassen. Er wollte nur in Frieden leben und seinen Geburtstag fröhlich feiern können. Nun erst war ihm klar, daß ihm die Japaner weder Fest noch Geburtstag gönnten.

Der alte Herr Qi hatte viele Katastrophen und Nöte durchgemacht, und die Tränen kamen ihm nicht leicht. Doch jetzt verschwamm alles vor seinen Augen. Er suchte einen Stand für Bohnensaft, wo er sich eine Weile hinsetzen konnte. Langsam beruhigte er sich wieder. Dann machte er sich auf den Heimweg. Am Straßenrand sah er zwei Stände mit Hasengöttern in allen Farben und Größen. Früher hatte er – den Sohn an der Hand, später einen Enkel oder den Urenkel – stundenlang vor solchen Ständen verweilt und die Hasen genußvoll betrachtet, bekrittelt, schließlich jedoch ein oder zwei zierlich gearbeitete, nicht allzu teure erstanden. Als er jetzt allein an den beiden einsam dastehenden Ständen vorüberging, war ihm eigenartig zumute, ja er hatte sogar ein wenig Angst.

Er wollte für Shun und Niuzi einen Hasenmann kaufen, fragte sich aber, ob man denn in solchen Zeiten den Kindern überhaupt Spielzeug kaufen solle? Da rief ihm der Mann vom Stand, ein etwa dreißigjähriger Hagerer, mit breitem Lächeln zu: »Alter Herr, seien Sie so nett!« An dem Lächeln und dem warmen Ton erkannte Herr Qi, daß der sich schon freuen würde, wenn er nur ein wenig mit ihm plauderte, selbst wenn er nichts kaufte. Aber er blieb nicht stehen, ihm war nicht nach Kaufen und auch nicht nach Reden zumute. Der Hagere rannte ihm nach: »Seien Sie doch so nett! Es ist ganz billig!« Als der Alte »billig« hörte, blieb er instinktiv stehen. Das Lächeln des Hageren wurde noch breiter. Er stieß einen Seufzer aus, als wollte er sagen: »Hab ich endlich einen Gott des Reichtums erwischt.«

»Alter Herr, bitte nehmen Sie doch Platz, ruhen Sie Ihre Beine aus.« Der Hagere zog einen Schemel heran und wischte mit dem Ärmel kurz darüber. »Ich kann Ihnen sagen, seit drei Tagen stelle ich die Hasen aus, habe aber noch nichts eingenommen, was sind das nur für Zeiten? Den ganzen Sommer habe ich damit zugebracht, sie herzustellen, jetzt muß ich sie loswerden! Aber ...« Als er sah, daß der alte Mann sich hingesetzt hatte, ging er gleich zum eigentlichen Thema über: »Na gut, nehmen Sie zwei große, ich überlasse sie Ihnen ganz billig! Welche Sorte soll's denn sein? Wie wär's mit dem Pärchen hier, einer reitet auf einem schwarzen Tiger, einer auf einem gelben, das ist doch sehr schön! Und wie akkurat sie gearbeitet sind!«

»Ich kaufe für zwei Kinder ein, da müssen es zwei gleiche sein, damit es keinen Streit gibt!« Herr Qi fühlte sich von dem Hageren eingekreist und mußte wenigstens mit Worten dagegenhalten.
»Ich habe eine Menge doppelte, suchen Sie sich selbst welche aus!« Der Hagere wollte den Alten nicht laufen lassen. »Wie ist es, möchten Sie zwei auf schwarzen Tigern oder zwei auf Lotussitzen? Der Preis ist derselbe, ich lasse sie Ihnen billiger!«
»So große will ich nicht, die gehen schnell kaputt bei kleinen Kindern!« Nach dieser Abwehr fühlte sich der alte Herr etwas wohler.
»Na, dann nehmen Sie zwei kleine, in Ordnung.« Der Hagere war entschlossen, den Handel zustande zu bringen. »Der Preis ist fast derselbe, weil die kleinen zwar mehr Arbeit machen, man aber Material spart.« Vorsichtig stellte er einen keine drei Zoll großen Hasenmann auf seine Handfläche und betrachtete ihn eingehend. »Schauen Sie, wie fein er gearbeitet ist.«
Das Gesicht des kleinen Hasen aus Teig glänzte, Augen und Brauen leuchteten, daß selbst ein Fünfundsiebzigjähriger nicht umhin konnte, sich wie ein Kind zu freuen. Das Gesicht war nicht gefärbt, nur den kleinen Dreiecksmund zierte eine dünne rote Linie. Die schlanken weißen Ohrlöffel waren leicht mit Rot betupft. Er trug einen purpurroten Kittel, darunter sah man jadegrüne Blätter und rosa Blüten, so sorgfältig und gleichmäßig bemalt, daß beides ganz lebendig wirkte.
Die winzigen Augen des alten Mannes strahlten. Aber er wußte sich zu beherrschen, konnte sich doch von den kleinen Figuren nicht betören und zum Geldausgeben verleiten lassen. Er verstand, sein Geld festzuhalten und wie ein wildes Pferd zu zügeln, weshalb er es auch zu Haus und Besitz gebracht hatte.
»Ich glaube, ich nehme doch zwei nicht zu große und nicht zu kleine!« Die mittleren wirkten weder so eindrucksvoll wie die großen, noch waren sie so kunstvoll wie die kleinen gearbeitet, mußten also im Preis etwas annehmbarer sein.
Der Hagere war enttäuscht. Aber er wußte, was er sich als Pekinger Straßenhändler schuldig war, und schob die Enttäu-

schung von sich. »Suchen Sie welche aus, die Ihnen gefallen, es sind ja alles nur Spielsachen ohne große Bedeutung.«

Der alte Herr brauchte fünfundzwanzig Minuten, um welche auszuwählen, dann dauerte es noch einmal fast genauso lange, ehe der Preis ausgehandelt war. Danach setzte er sich nochmals hin – denn erst, wenn es sich wirklich nicht mehr vermeiden ließ, rückte er Geld heraus. In seiner Tasche waren die Münzen so sicher wie ein zu Hause angebundener Hund.

Der Hagere regte sich nicht auf. Gern hatte er solch einen Alten hier sitzen, der kostenlos Reklame für ihn machte. Außerdem waren sie nach Abschluß des Handels gute Freunde geworden, und er konnte dem alten Herrn sein Herz ausschütten: »Wenn das so weitergeht, stirbt mein Handwerk aus!«

»Wieso denn?« fragte Herr Qi und zog seine Hand vom Portemonnaie zurück.

»Schauen Sie, wenn ich dieses Jahr meine Ware nicht absetzen kann, werde ich doch nächstes Jahr nicht so dumm sein und wieder welche anfertigen! Und wenn das ein paar Jahre so weitergeht, ist das Handwerk ausgestorben, stimmt's?«

»Ein paar Jahre?« Der alte Herr war erschrocken.

»Die drei Nordostprovinzen ... sind ja schließlich schon seit vielen Jahren verloren, nicht wahr?«

»Hm!« Die Hand des alten Mannes zitterte leicht, als er das Geld ziemlich schnell hervorholte. »Hm! In ein paar Jahren bin ich längst unter der Erde!« Er wollte schon losgehen. Hätte der Hagere ihm nicht vorsichtig die beiden Hasenmänner zugeschoben, hätte er sie womöglich vergessen.

»Ein paar Jahre«, murmelte er im Gehen vor sich hin. Vor seinem geistigen Auge sah er schon, wie sein Sarg durch ein von japanischen Soldaten bewachtes Stadttor hinausgetragen wurde und seine Enkel in einem Peking ohne Hasenmänner leben mußten. Auch unzählige andere beliebte und für Peking typische Dinge würden unweigerlich aussterben! Worte wie »Untergangsstimmung«, die seinen Kummer treffend charakterisiert hätten, kamen ihm nicht in den Sinn, er fühlte nur, daß »aussterben«, wer oder was auch immer, etwas äußerst Schlechtes war. In seinem fünfundsiebzigjährigen Leben hatte er das Wörtchen »äußerst« stets zu vermeiden gesucht und sich bemüht, schlimme Dinge behutsam zu mildern und nie etwas unbesonnen zu tun. Lieber nahm er einen Verlust in Kauf, ehe er seinem Zorn nachgab. Obwohl er keine Bücher studiert hatte, glaubte er, dieses Verhalten direkt von den Meistern Konfuzius oder Menzius gelernt zu haben.

Ganz in Gedanken versunken, war er unmerklich an der Schafhürdengasse angelangt, wie ein altes Pferd, das mit halbgeschlossenen Augen nach Hause findet. Am Tor der Qians fiel ihm unwillkürlich Qian Moyin ein, und er stellte fest, daß es da nichts zu lindern gab. Gleichzeitig empfand er die beiden Hasenmänner in seiner Hand als unpassend. Wie ging es Herrn Qian, war er bereits von den Japanern erschlagen worden, oder wurde er grausam im Gefängnis gefoltert? Er wußte nicht, ob der Freund noch lebte, brachte es aber fertig, für die Enkel Hasenmänner zu kaufen! Bei diesem Gedanken war er fast so weit, das Verhalten des jungen Qian, der Japaner in den Tod gefahren hatte, und das Verschwinden des Enkels Ruiquan als vernünftig zu bezeichnen.

Da öffnete sich das Tor der Nummer eins. Er erschrak, lief instinktiv schneller, weil er nicht wollte, daß einer der Qians ihn mit den Hasenmännern sah. Nach einigen Schritten tat es ihm leid. Konnte er denn – bei der Freundschaft, die ihn mit Herrn Qian verband – dessen Angehörigen ausweichen? Sogleich verlangsamte er seine Schritte und schaute sich beschämt um. Am Tor stand Frau Qian, eine kleine Frau von bald fünfzig Jahren, zerbrechlicher als ein Schmetterling, erbarmungswürdiger als ein Schäfchen. Unter ihrem rechten Arm klemmte ein kleines blaues Stoffbündel, ihre eingefallenen Augen wanderten vom Schnurbaum auf das Bündel, als habe sie sich vor ihrer eigenen Tür verlaufen. Der alte Herr Qi machte kehrt. Frau Qian ergriff ein Stück ihres sehr alten und viel zu langen Gewandes und schien ebenfalls umkehren zu wollen. Er ging schnell auf sie zu und grüßte. Sie rührte sich nicht, sah ihn nur starr an. Ihre Gesichtsmuskeln schienen jedes Mienenspiel verlernt zu haben, nur die Augenlider bewegten sich langsam.

»Frau Qian«, rief er.

Sie brachte kein Wort heraus. Vor lauter Kummer war alles völlig leer in ihr. Der alte Herr schnaufte mehrmals, dann fragte er: »Was ist mit Herrn Qian?«

Sie senkte den Kopf leicht, weinte aber nicht. Ihre Tränen waren schon lange versiegt. Dann drehte sie sich schnell um und ging hinein. Er folgte ihr. Erst am Tor fand sie ihre Stimme wieder, eine heisere Stimme, die jede Musikalität verloren hatte: »Überall habe ich mich erkundigt, konnte aber nicht in Erfahrung bringen, wo er ist! Ich setze sonst keinen Fuß vor die Tür, aber jetzt habe ich alle neun Stadttore abgelaufen.«

»Und Ihr ältester Sohn?«

»Der, der ... liegt im Sterben! Die Verhaftung seines Vaters, der Tod des Bruders und dann noch seine Krankheit. Seit drei Tagen hat er nichts gegessen, kein Wort gesagt! Ach, Onkel Qi, hätten die Japaner doch die Stadt mit ihren Kanonen eingeäschert, es wäre besser gewesen als jetzt diese Quälerei!« Sie hob ihren Kopf. Statt Tränen blitzte Zorn aus ihren Augen. Sie blinzelte unaufhörlich, als ob ihr Rauch in die Augen stieg.

Der alte Mann war bestürzt. Er hätte ihr gern geholfen, aber hier ging es um Großes, das überstieg seine Kräfte. Wäre so ein Unglück über andere hereingebrochen, hätte er einfach gesagt: »Das ist Schicksal!« Aber damit konnte er diese Angelegenheit nicht abtun, er wußte zu genau, daß alle aus der Familie Qian hochanständige Menschen waren und niemals solche Qualen hätten erleiden dürfen. »Wohin wollten Sie gerade gehen?«

Sie blickte kurz auf das Bündel aus blauem Stoff, in ihrem Gesicht zuckte es leicht, dann aber unterdrückte sie entschlossen ihre Scham und hob den Kopf: »In die Pfandleihe.« Gleich darauf erschien auf ihrem Gesicht ein kleines, mit großer Kraftanstrengung hervorgezaubertes Lächeln, so wie ein Sonnenstrahl, der sich durch dichte Wolken kämpft. »Sonst traue ich mich kaum etwas einzukaufen, jetzt aber gehe ich sogar in die Pfandleihe.«

Das war die Gelegenheit für den alten Herrn, seine Hilfe anzubieten: »Ich könnte Ihnen ein paar Kuai borgen!«

»Nicht doch, Onkel Qi!« Das sagte sie sehr entschieden, ihre heisere Stimme klang ein wenig schrill.

»Bei uns kommt etwas mehr herein, Frau Qian!«

»Nein, nein! Mein Mann hat sein Leben lang niemanden um

etwas gebeten, da kann ich doch jetzt, wo er nicht da ist, auf einmal...« Sie sprach nicht zu Ende, wollte stark sein, aber sie kannte den Preis für diese Stärke. Plötzlich änderte sie das Thema: »Was meinen Sie, Onkel Qi, ob Moyin lebt? Ob er noch einmal zurückkommt?«

Die Hände des alten Herrn begannen zu zittern. Er wußte keine Antwort. Nach langem Grübeln sagte er sehr leise: »Frau Qian, ob wir nicht Guan Xiaohe um Hilfe bitten sollten?« Er würde nie sagen: »Wer die Suppe eingebrockt hat, soll sie auch auslöffeln«, aber sein Ton und Gesichtsausdruck sagten es Frau Qian.

»Den? Den bitten?« Sie runzelte die Stirn.

»Ich gehe, ich tue es«, beeilte er sich zu sagen, »wissen Sie, ich kann ihn auch nicht leiden!«

»Sie sollen auch nicht hingehen, das ist kein Mensch!« Frau Qian hatte noch nie ein schmutziges Wort in den Mund genommen, in »der ist kein Mensch« lag bereits ihr ganzer Haß. »Oh, nun muß ich aber schnell in die Pfandleihe«, murmelte sie und ging los.

Der alte Herr verstand sie nicht mehr. Eine wohlgesittete, zurückhaltende Frau war plötzlich so entschieden, hart und mutig! Als er sah, daß sie schon zum Tor hinaus war, lief er hinterher, um sie aufzuhalten. Aber sie war bereits um die Ecke. Sie achtete nicht einmal mehr darauf, das Tor zu schließen, das Tor, das sonst immer so fest verriegelt war. Er stieß einen Seufzer aus und hätte am liebsten die Hasenmänner an den Stamm des Schnurbaumes geworfen. Aber das erlaubte er sich nicht. Er wäre auch gern zu dem jungen Qian hineingegangen, doch er war in zu gedrückter Stimmung.

Dann wollte er zur Nummer drei und Herrn Guan aufsuchen. Das mußte er sich jedoch erst noch überlegen. Der Wunsch, Herrn Qian zu retten, war ehrlich, aber das hieß nicht, daß er bereit war, sich wegen anderer Leute selber Scherereien einzuhandeln. Mehr als siebzig Jahre lang hatte er unter schwierigen Umständen gelebt und wußte daher, was Vorsicht heißt.

Zu Hause angekommen, konnte er sich kaum noch aufrecht halten. Er übergab die beiden Hasenmänner Shuns Mutter und ging wortlos in sein Zimmer. Sie war so mit den Figuren beschäftigt, die sie lobte und bewunderte, daß sie sein Gesicht

gar nicht sah. »Es gibt jetzt wirklich noch Hasenmänner!« Dann tat es ihr leid, denn ihr Tonfall hatte es an Respekt vor dem alten Herrn fehlen lassen und konnte auch so verstanden werden: »In solchen Zeiten hast du noch Sinn für so etwas!« Um ihre Ratlosigkeit zu überspielen, rief sie die Kinder: »Kommt, Urgroßvater hat euch Hasenmänner gekauft!«
Shun und Niuzi kamen angeschossen. Shun riß einen Hasen an sich, während Niuzi einen Zeigefinger an den Mund legte und den Hasen staunend betrachtete, vor Freude hochrot im Gesicht.
»Wollt ihr nicht schnell zum Urgroßvater laufen und euch bedanken?« forderte ihre Mutter die Kinder auf.
Niuzi nahm den Hasenmann mit beiden Händen und folgte dem Bruder ins Zimmer des Urgroßvaters.
»Urgroßvater!« Der Kleine strahlte über das ganze Gesicht, daß sogar die Brauen lachten. »Das hast du für uns gekauft?«
»Urgroßvater!« Auch Niuzi bedankte sich, fand aber keine weiteren Worte.
»Ist ja gut, geht spielen!« Der Urgroßvater hielt die Augen halb geschlossen. »Dieses Jahr gibt es noch welche, nächstes Jahr...« Den Rest verschluckte er.
»Was ist nächstes Jahr? Kaufst du uns dann noch größere, noch viel größere?« erkundigte sich der kleine Shun.
»Noch großer, großer«, ahmte Niuzi den Bruder nach. Die Augen des Alten blieben fest geschlossen, er antwortete nicht.

15

Peking war zwar über viele Jahrhunderte hinweg »Kaiserliche Hauptstadt« gewesen, aber ihre Umgebung hatte daraus kaum Vorteile gezogen. Gleich vor der Stadt begannen die Felder. Es gab nur wenige Wege und Straßen, erst recht keine Fabriken, nur ein paar Gemüsegärten und nicht allzu ertragreiche Felder. Dazwischen lagen verstreut unzählige baumlose Gräber. Auch in normalen Zeiten litten die Bauern hier wie überall im Norden unter heftigen Stürmen, Dürren oder Heuschreckenplagen und die Hälfte des Jahres unter Hunger. In Kriegszeiten waren die Stadttore Pekings fest geschlossen, und die

Sicherheit außerhalb der Stadt oblag fast allein den Bauern, die Leben und Tod wiederum nur in die Hand des Schicksals legen konnten. Sie kamen in ihrem Leben vielleicht nur ein paarmal in die Stadt, verstanden sich aber als Pekinger, waren höflich und erlaubten sich – auch wenn sie hungerten – keinerlei Unredlichkeiten. Sie ertrugen die Beleidigungen anderer, erlaubten sich selbst aber nicht, anderen Leid zuzufügen. Erst wenn sie keinen Ausweg mehr sahen, schickten sie ihre Söhne oder Brüder als Rikschafahrer, Polizisten oder Kleinhändler in die Stadt, damit sie mit dem bißchen Lohn den Mangel ausgleichen halfen. In Zeiten großer Umbrüche erging es ihnen am schlimmsten, sie konnten nirgendwohin fliehen und wurden als erste von Mord, Raub und Vergewaltigung heimgesucht. Hatte sich die Lage wieder beruhigt, konnte es passieren, daß der neue Kaiser ihre Felder und Gräber mit einem Pinselstrich konfiszierte und sie denen schenkte, die ihm auf den Thron geholfen hatten. So verloren sie ihren Besitz und ihre Grabstätten und mußten nun die Gräber anderer Leute bewachen.

Die Ruhestätte der Eltern des alten Herrn Qi lagen außerhalb des Desheng-Tores, westlich der alten Lehmmauer, auf einem ziemlich trockenen Feldstück. Nach Aussagen des Geomanten war die Lage – im Rücken die Lehmmauer, vorn die Westberge – günstig für Familie und Besitz. Das Ganze umfaßte lediglich drei Mu Boden, die vom alten Herrn Qi zunächst gepachtet und dann nach und nach mit mühsam erspartem Geld erworben worden waren. Er hatte darauf keine Bäume zum Gedenken an die Vorfahren gepflanzt, sondern sie dem ursprünglichen Besitzer zum Bestellen überlassen, was ihm selbst jährlich ein wenig Getreide einbrachte. Das Grün der Mais- oder Kartoffelfelder rund um die Gräber unterschied sich in nichts vom Grün der Bäume, und die Totengeister konnten zufrieden sein, fand er.

Einen Tag vor dem Geburtstag des alten Herrn kam der Zweite Herr Chang, der für die drei Mu Land sorgte, zu Besuch, ein eigenwilliger, aber grundanständiger, etwas grobschlächtiger Mann um die Sechzig. Da das Desheng-Tor seit der Besetzung geschlossen war, mußte er durch das Westtor. Mit einem Sack Hirse auf dem Rücken war er von zu Hause bis zu den Qis in einem Zug gelaufen. Außer einer dünnen Sandschicht auf Gesicht und Körper sah man ihm nicht an, daß er viele Li mit einer schweren Last zurückgelegt hatte. Gleich beim Betreten des Hofes warf er den Sack hin und trat sich geräuschvoll die Füße ab, dann wischte er sich mit seiner großen Pranke kräftig übers Gesicht und klopfte sich die Kleidung ab. Erst danach nahm er den Sack und ging laut rufend hinein: »Älterer Bruder Qi!« Obwohl er fast zwanzig Jahre jünger als Herr Qi war, hatten sie seinerzeit Brüderschaft geschlossen.

Jeder Besuch des Zweiten Chang war ein Freudentag für die Familie Qi. Sie wohnten schon so lange in der Stadt, daß sie den Zweck und die Farbe der Erde längst vergessen hatten. Ihre »Erde« war nicht nur der schwarze Dreck der Wege, sondern die aus Steinen und stinkendem Asphalt gebauten Straßen. Wenn der Zweite Chang, ganz mit dem feinen Staub der Lößerde bedeckt, bei ihnen erschien, spürten sie die Verbundenheit von Mensch und Erde, spürten Vertrautheit und Freude. Sie hörten ihm gern zu, wenn er von Dingen sprach, die keinerlei Bezug zu Politik, internationalen Beziehungen, Mode oder Filmstars hatten, aber doch eng mit dem Leben zusammenhingen, praktisch und notwendig waren. Ihm zuzuhören war, als hätte man die Nase voll von Geflügel, Fisch und Gemüse und beiße statt dessen genußvoll in eine frische, knackige Schlangengurke, die noch gelbe Blüten trägt.

Der alte Herr Qi war in keiner guten Stimmung. Seit er den Urenkeln die Hasenmänner gekauft hatte, wollte keine Freude mehr in ihm aufkommen. Und er sprach auch nicht mehr von seinem Geburtstag, um zu zeigen, daß der ihm gleichgültig geworden war. Zu den Qians hatte er Ruixuan mit zehn Kuai geschickt, aber Frau Qian nahm sie nicht an. Er wollte zu den Guans, um ein gutes Wort für Herrn Qian einzulegen, war sogar schon ein paarmal bis vor ihr Tor gegangen, aber immer wieder umgekehrt. Er verabscheute die Familie Guan wie einen Schwarm Fliegen. Aber würde er den Gang nicht tun, fühlte er sich den Qians gegenüber schuldig. Es war schon richtig, daß man sich in solchen Zeiten nicht um Dinge kümmern sollte, die einen nichts angingen, so wie Katzen sich nicht um die Angelegenheiten von Hunden scheren sollten.

Aber einem Sterbenden nicht zu helfen, hinterließ ein bohrendes Gefühl. Und außerdem war Herr Qian sein Freund! Doch er mochte nicht darüber reden. Fragte ihn jemand, was in ihm vorgehe, überspielte er das und gab vor, er denke an den »kleinen Dritten«.

Als er die Stimme des Zweiten Chang hörte, freute er sich von Herzen und ging ihm eilends entgegen. Das breite Gesicht mit dem graumelierten Bart des Besuchers entlockte ihm ein strahlendes Lächeln. »Bruder Chang! Geht's dir gut?«

»Aber ja! Und dir, älterer Bruder, geht's dir gut?« Er stellte den Getreidesack ab, legte die Hände vor der Brust ineinander und vollführte eine riesengroße Verbeugung.

Im Zimmer musterten sich die beiden alten Männer und versicherten einander, wie gut sie aussähen, dachten aber bei sich: »Wieder um einiges gealtert!«

Shuns Ma brachte Waschwasser und Teekanne herein. Der Zweite Chang wusch sich das Gesicht und meinte: »Gibt's feinen Tee?!« In ihrer herzlichen Art fragte sie ganz direkt: »Na klar! Aber erst sagen Sie mir, Zweiter Großvater, ob Sie schon gegessen haben?«

Ruixuan, der hereinkam, lächelte: »Was gibt's da zu fragen, geh und mach uns etwas zurecht.«

Der Zweite Chang trocknete sich die Ohren ab, sein Bart tropfte. »Bloß keine Umstände, eine Suppe aus Resten reicht völlig!«

»Eine Restesuppe?« Die Augen des alten Herrn Qi wurden groß. »Du bist hier bei mir zu Hause! Shuns Ma, mach schnell vier große Schalen Hackfleischnudeln in Bohnenmehlschwitze, die Nudeln schön fest!«

Sie ging zurück in die Küche. Shun und Niuzi stürmten herein. Der Gast umarmte die Kinder und hob erst Niuzi, dann Shun hoch, daß sie fast an den Himmel stießen – für sie war der Himmel gerade mal die Zimmerdecke. Dann zog er aus seiner Jacke fünf rotgefärbte Hühnereier und sagte bedauernd: »Es gibt einfach nichts mehr! Nehmt die fünf Eier, sonst hab ich nichts.«

Nun kam auch Tianyous Frau, die sich hochgerappelt hatte, langsam herein. Auch Ruifeng wäre gern hingegangen, aber seine Frau hielt ihn zurück. Mit heruntergezogener Lippe mä-

kelte sie: »Was gibt's denn da zu sehen, ein läppischer Bauerntölpel!«
Alle umringten den Besucher, sahen ihm beim Trinken und Essen zu, lauschten seinen Erzählungen über die diesjährige Ernte, die großen und kleinen Nöte der Familie und fanden alles interessant. Am meisten amüsierte sie, daß er die vier Schalen Nudeln, die Schale mit Hackfleisch und zwei Knollen Knoblauch restlos verspeiste. Schließlich erbat er noch eine große Schale Nudelwasser, die er in wenigen Zügen austrank. Dann richtete er sich auf: »Das Nudelwasser muß zu den Nudeln!«
Leider währte die Freude nicht lange. Nachdem der Zweite Chang mehrmals kräftig und vernehmlich gerülpst hatte, warnte er: »Älterer Bruder! Draußen vor der Stadt ist es in letzter Zeit sehr unsicher, es gibt viele Grabräuber!« Alle schauten betroffen drein.
»Was gibt es?« fragte der Alte erschrocken.
»Grabräuber! Bedenke doch, ich weiß zwar nicht, wie es in der Stadt zugeht, aber draußen schert sich keiner mehr um irgend etwas! Man sagt, die Japaner treiben sich herum, ich habe aber noch keinen gesehen, keinen einzigen. Wenn es aber nicht die Japaner sind, wer ballert dann Tag und Nacht mit Kanonen herum? Hast du ein bißchen Getreide geerntet, traust du dich nicht, es zu verkaufen. Verkaufst du es aber nicht, kriegst du nichts, was du sonst im Haushalt brauchst. Der Winter steht vor der Tür, die Kinder brauchten etwas Warmes zum Anziehen. Aber es kommt noch schlimmer: die Gräber von Herrn Wang und dem verehrten Zhang wurden sogar aufgewühlt. Ich weiß nicht, woher all diese Räuber plötzlich kommen, aber ich platze bald vor Wut. Von meinen wertlosen paar Mu Acker und den windschiefen und morschen Strohhütten will ich gar nicht sprechen, dein Gräberfeld beunruhigt mich. Bruder, du hast mir die Aufsicht anvertraut, ich habe keinen Kupferling dafür genommen, und du hast mich nie wie einen Grabwächter behandelt. Wir sind Freunde. Jedes Frühjahr und jeden Herbst klopfe ich die Gräber schön rund und werfe Erde auf. Und wenn ich von dem Stückchen Land fünf Dou geerntet habe, sage ich dir nicht, es wären nur 4,9 Dou gewesen. Herz und Augen immer gerade und weit,

der Herr im Himmel weiß Bescheid! Wo nun schon das Wang-Grab zerwühlt wurde, wer weiß…«
Alle saßen wie erstarrt. Der kleine Shun merkte, daß etwas nicht stimmte, und schubste Niuzi an: »Komm, wir gehen in den Hof spielen!« Niuzi sah die anderen an und wiederholte leise: »Pomm!«
Jeder spürte den Ernst der Lage, aber niemand wußte einen Ausweg. Ruixuan preßte die Lippen zusammen und wollte sagen: »Wer unterjocht ist, wird noch als Toter bestraft!« Aber das hätte auch nichts geholfen und die Alten noch mehr beunruhigt. Tianyous Frau meldete sich: »Zweiter Onkel, paß noch ein wenig besser auf, wir sind nun seit Generationen miteinander verbunden!« Sie wußte, es waren leere Worte, aber die mußte sie einfach aussprechen, so daß alle erst einmal aufatmen konnten.
»So ist es, Zweiter Bruder«, fiel auch dem alten Herr ein, »gib noch etwas besser acht!«
»Das brauchst du mir nicht zu sagen, Älterer Bruder! Was ich tun kann, tue ich auf jeden Fall! Ich wollte nur klarstellen, daß ich nichts mehr ausrichten kann, wenn es so weit kommen sollte, ihr mir deswegen keine Vorwürfe macht und sagt, ich sei ein schlechter Freund! Oh, das sind Zeiten, so was nennt man Chaos, und die Menschen werden immer schlechter!«
»Zweiter Bruder, sei ganz unbesorgt! Wir alle wissen, daß du dein Bestes tust, wir sind dir von Herzen dafür dankbar! Wir können dir keinerlei Vorwürfe machen! Die Gräber unserer Familie Qi sind uns eben wichtig!«
Nach diesen Worten hingen zwei Tränen in seinen Augenlidern. Es war ihm wirklich nahegegangen. Wenn nun tatsächlich die Särge seiner Eltern ausgeraubt würden, wäre dann nicht die ganze Mühe und Arbeit seines Lebens zunichte gemacht? Würden die Knochen seiner Eltern von Hunden verschleppt, hätte er mehr als siebzig Jahre umsonst gelebt und könnte keinem Menschen mehr unter die Augen treten.
Der Zweite Chang sah die Tränen des Freundes. »Schon gut, Älterer Bruder! Wir können nur hoffen, daß der Herr im Himmel uns anständige Leute nicht im Stich läßt!« Dann ging er in den Hof hinaus, denn bei jedem seiner Besuche pflegte er die Räume und den Hof in Augenschein zu nehmen, als spa-

ziere er durch das Museum des Kaiserpalastes. Laut lobte er die Granatäpfel, um den alten Herrn abzulenken. Der folgte ihm und rief nach dem Zweiten Enkel, er solle eine Schere bringen und dem Zweiten Herrn Chang zwei Granatäpfel für seine Kinder abschneiden. Ruifeng kam und begrüßte den Gast.

»Zweiter, laß sie dran!« hielt er Ruifeng zurück. »Am Baum sind sie am schönsten! Wenn ich sie mit nach Hause nehme, reicht das nicht einmal für drei Bissen. Dorfkinder haben einen Bärenhunger.«

»Ruifeng, schneid sie ab!« rief der alte Herr entschieden, »und zwar ein paar große!«

Jetzt verlangte Tianyous Frau drinnen leise nach Ruixuan: »Ältester, stütz mich mal, ich komme nicht hoch!«

Ruixuan sprang hinzu: »Ma, was ist los?«

»Was haben wir bloß verbrochen, Ältester, daß sogar unsere Gräber aufgewühlt werden?«

Ihre Hände waren eiskalt, als er sie berührte. Ihm fielen keine Worte ein, aber er mußte irgend etwas sagen: »Ma, es ist wirklich nicht so schlimm! Warum sollte es denn gerade uns treffen? So weit wird es schon nicht kommen!« Dabei führte er sie langsam in ihr Zimmer. »Ma, möchtest du etwas Sirup?«

»Nein, ich leg mich einen Moment hin!«

Nachdem er ihr aufs Bett geholfen hatte, betrachtete er nachdenklich ihre hagere Gestalt. Unwillkürlich stellte er sich vor, daß sie irgendwann sterben und später womöglich ausgegraben würde! Sollte er hier bei ihr bleiben oder nicht vielmehr – genau wie der Dritte – draußen gegen die Feinde kämpfen? Er konnte sich nicht entscheiden.

»Geh schon, Ältester!« sagte die Mutter leise. Still entfernte er sich.

Als der Zweite Chang bei seinem Rundgang in der Küche angelangt war und sah, wie Shuns Mutter dort mit Bergen von Gemüse und Schweinefleisch geschäftig hantierte, fiel ihm plötzlich ein: »Oh, morgen hat der Ältere Bruder Geburtstag! Was ist bloß mit meinem Gedächtnis?« Er rannte in den Hof und ging gleich neben den Granatäpfeltöpfen vor dem Freund auf die Knie: »Älterer Bruder! Nimm drei Kotaus von mir entgegen! Ich wünsche dir noch weitere zehn, zwanzig rüstige Jahre!«

»Das ist zu gut gemeint«, der alte Herr wußte sich vor Freude kaum zu beherrschen. »Unter Freunden ist das doch nicht nötig!«

»Mehr als die drei Kotaus kann ich dir nicht geben«, sagte der Zweite Chang. »Zu einem Geschenk reicht es nicht!« Er erhob sich wieder und klopfte den Staub von den Knien.

Ruixuan eilte herbei und bedankte sich, indem er sich förmlich mit ineinandergelegten Händen verbeugte. Xiao Shun fand es recht lustig, wie ein Frosch auf dem Boden zu kriechen. Er machte mehrere Kotaus vor seiner kleinen Schwester, die laut lachte und ebenfalls Kotaus vor dem Bruder vollzog, bis beide mit den Köpfen zusammenstießen. Die Erwachsenen, die sich um die Sicherheit der Gräber große Sorgen machten, mußten lachen, als sie dem Spiel der Kinder zusahen.

»Zweiter Bruder«, forderte der alte Herr Qi den Zweiten Chang auf, »bleibe hier, und iß morgen eine Schale Langlebigkeitsnudeln mit uns, ehe du zurückkehrst!«

»Hm, das...«, überlegte der, »ich habe keine Ruhe, wer weiß, was zu Hause los ist. Ich kann zwar auch nicht viel ausrichten, wäre dann aber wenigstens bei ihnen. Die letzten Wochen waren verdammt...!«

»Ich finde, der Zweite Großvater sollte besser gehen«, mischte sich Ruixuan leise ein, »sonst machen sich beide Seiten Sorgen.«

»Das ist wahr«, der Besucher nickte. »Ich breche lieber gleich auf, je früher, desto besser! Älterer Bruder, bald komme ich wieder! Ich habe noch Buchweizen stehen, wenn der eingeholt ist, bringe ich dir etwas davon!«

»Du sollst nicht gehen!« rief der kleine Shun und hielt ihn an den Beinen fest.

»Nicht gehen!« rief auch Niuzi, die immer den Bruder nachahmen mußte.

»Brave Kinder, ihr seid wirklich brav«, der Zweite Chang streichelte ihre Köpfe. »Das nächste Mal bringe ich euch eine große Melone mit.«

Auf einmal ertönte von draußen die wohlklingende Stimme des Vierten Li: »Die Stadttore sind zu, bleibt alle drin!«

Die beiden alten Herren hatten schon viele Katastrophen erlebt und das Fürchten verlernt, sie waren nur etwas vorsichtig geworden. Als sie jetzt aber den Ruf des Vierten Li vernahmen, zogen sich ihre Gesichtsmuskeln zusammen, daß sogar die Barthaare sich ein wenig sträubten.

»Was ist denn los?« Shuns Ma streckte den Kopf aus der Küchentür. »Schon wieder geschlossen? Ich brauche unbedingt noch Holzohren und Goldnadeln, die habe ich vergessen!«

Alle fanden, daß das jetzt wirklich nicht die rechte Zeit zum Holzohrenkauf war, aber da man wußte, wie sie sich anstrengte, wollte sie keiner tadeln. Als niemand antwortete, zog sie sich wie eine Schnecke in ihr Haus zurück.

»Zweiter Bruder, gehen wir zu mir hinein!« Der alte Herr ließ den Zweiten Chang vorangehen, als sei es drinnen sicherer.

Der sagte nichts, war aber sehr beunruhigt. Abends ging er in die Küche, um beim Fladenbacken zu helfen und mit der jungen Frau Qi zu plaudern. Sobald aber die Rede auf seine Familie kam, wurde er noch unruhiger, und es wollte keine fröhliche Stimmung aufkommen. Kurz nachdem die Lampe angezündet wurde, legte er sich schlafen, um am andern Morgen so früh wie möglich loszugehen.

Als es hell wurde, stand er auf, wollte aber nicht ohne Abschied fort, um das Tor nicht offenlassen zu müssen. Schließlich wachte Shuns Ma auf und machte Feuer, da gurgelte er mit klarem Wasser und verabschiedete sich von ihr. Sie steckte ihm ein paar Fladen vom vorhergehenden Abend zu, schenkte ihm warmes Wasser ein und zwang ihn, erst etwas zu essen, bevor er aufbrach.

Die Stadttore waren noch immer geschlossen. Auch ein Polizist konnte ihm keine Auskunft geben, wie lange es noch dauern würde, aber der ermahnte ihn, sich nicht in der Nähe aufzuhalten. Da ging er wieder zurück zu den Qis.

Shuns Ma hatte es auf wundersame Weise fertiggebracht, »Gebratene Nudeln« für drei Gästetafeln zuzubereiten. Sie war erschöpft, aber auch stolz. Als jetzt der Zweite Chang zurückkam, freute sie sich noch ein wenig mehr, denn sie wußte, selbst wenn ihre Kochkunst nicht alle zufriedenstellen konnte, aus seinem Mund hatte sie das schönste Lob zu erwarten.

Auch der alte Herr freute sich, daß der Zweite Chang nicht weggekommen war, und scherzte: »Sieh mal, Zweiter Bruder, die Stadttore bewahren mir meine Gäste!«
Es ging schon auf zehn Uhr zu, aber noch war kein einziger Gast erschienen. Der alte Herr schwatzte zwar mit dem Zweiten Chang, aber sein Gesicht wurde immer länger. Das sah der Zweite Chang wohl und versuchte, den Freund mit ein paar witzigen Sätzen aufzuheitern, aber da er selbst in größter Unruhe war, hielt er es nicht lange durch, so daß die beiden sich schließlich schweigend gegenübersaßen. Als die Stille nicht mehr auszuhalten war, räusperten sie sich, räusperten sich immer wieder und wieder, unterhielten sich sogar über das Räuspern, aber nur in wenigen Sätzen, sonst wären sie auf das Alter und die Gesundheit zu sprechen gekommen und noch trauriger geworden. Und hätten sie aus Versehen die japanischen Teufel erwähnt, wäre es noch schlimmer gewesen, denn die vernichteten alles – alles, ohne Rücksicht auf Alter und Rechtschaffenheit.
Tianyou kam früh am Vormittag zurück und machte seinen Kotau vor dem Vater. Es war ihm äußerst peinlich, ihm mit leeren Händen zu gratulieren. Er hatte ein paar Blumen, Krabben und anderes besorgen wollen, aber da die Stadttore geschlossen waren, gab es weder am Xidan-Pailou noch am Xisi-Pailou auf den dortigen Fleisch- und Gemüsemärkten etwas zu kaufen. Der betagte Vater war nicht unbedingt erpicht auf diese Sachen, aber als Sohn hätte er damit seiner Kindespflicht besser Genüge getan. Aber nun hatte er nichts mitbringen können! Er mochte auch nicht gern hier beim Vater bleiben, denn wenn der ihn nach dem Geschäft fragte, hätte er noch mehr Grund zur Sorge. Er wagte aber auch nicht, sich in sein Zimmer zurückzuziehen, das könnte als mangelnde Aufrichtigkeit seiner Glückwünsche ausgelegt werden. Mal schenkte er dem Vater und dem Zweiten Chang Tee nach, mal redete er im Hof besonders freundlich mit dem kleinen Shun: »Sieh doch, wie schön rot die Granatäpfel des Urgroßvaters sind!« Und zur kleinen Niuzi: »Ach, den Hasengott hat dir der Urgroßvater gekauft, ja? Der ist aber schön! Halt ihn fest, laß ihn nicht fallen!« Das konnte der alte Herr im Zimmer bestimmt hören.

Dabei ging ihm aber etwas ganz anderes durch den Kopf. Alljährlich vervollständigten die Pekinger um diese Zeit ihre Garderobe. Auch aus dem Umland kamen die Leute nach der Ernte und kauften ganze Stoffballen. Solange nur der Preis fair und das Maß großzügig war, riß der Kundenstrom nicht ab. Sein kleiner Stoffladen hatte immer feste Preise, maß dafür aber etwas großzügiger. Er brauchte seine Kunden nicht mit großen Preissenkungen anzulocken, seine Großzügigkeit war die beste Reklame. Doch in diesem Jahr hatte er keinen einzigen Kunden vom Lande zu Gesicht bekommen, die Stadttore waren ja geschlossen! Wer in der Stadt Geld hatte, wagte nicht, es auszugeben, und wer keines hatte, bekam nicht einmal etwas zu essen, geschweige denn neue Kleider. Tianyou sah es kommen, daß die Japaner allein durch die Art ihrer Besetzung ganz ohne Blutvergießen Zehntausende umbringen konnten, ohne Bajonette und Gewehre. Gern hätte er das mit der Familie besprochen, aber heute war der Geburtstag des alten Herrn, da konnte er nichts sagen, mußte den Kummer tief in sein Innerstes verbannen und seine Sohnespflicht wie ein neues Gewand zur Schau stellen.

Tianyous Frau nahm sich mit aller Kraft zusammen. Sie war zeitig aufgestanden und hatte dem Schwiegervater in einer neuen Bluse ihre Ehrerbietung erwiesen. Während sie sich verbeugte, waren heimlich ein paar Tränen in ihre Augen gestiegen. Sie fürchtete, noch vor dem Schwiegervater zu sterben und möglicherweise nach der Beerdigung von Räubern wieder ausgegraben zu werden.

Am meisten ärgerte sich Shuns Ma. Essen und Trinken standen auf dem Tisch, aber es kam niemand! Wenn die Gerichte und Nudeln übrigblieben, würde sie besonders der Zweite Schwager Ruifeng kritisieren. Selbst wenn er den Mund nicht aufmachte, so hatte doch alles Geld gekostet, und sie brachte es nicht über sich, etwas einfach wegzuwerfen. Gern wäre sie unauffällig hinausgegangen, um den Vierten Herrn Li einzuladen, aber könnte der denn mit leeren Händen kommen? Vor lauter Aufregung lief sie ruhelos in der Küche umher. Schließlich huschte sie hinüber und erkundigte sich: »Soll ich euch beiden alten Herren erst einmal etwas zu trinken bringen?«

Obwohl er eigentlich schon lange hungrig war, wehrte der

Zweite Chang aus Höflichkeit ab: »Keine Eile, es ist ja noch früh am Tag!«
Der alte Herr schwieg einen Moment, dann raunte er ihr zu: »Warten wir noch ein Weilchen!« Mit einem gekünstelten Lächeln lief sie in die Küche zurück.
Auch Ruifeng war enttäuscht. Normalerweise ging er gern von Tür zu Tür und besuchte Freunde und Verwandte. Bei den einen versuchte er etwas in Erfahrung zu bringen, was er den anderen dann brühwarm erzählen konnte. Und was er bei denen wiederum aufschnappte, trug er dann den anderen zu. So glaubte er, sich bei Mädchen und alten Ehefrauen unentbehrlich zu machen. Gab es bei Verwandten oder Freunden eine Hochzeit oder ein Begräbnis, war er zur Stelle, um zu reden, zu speisen und seine neue Kleidung und Kopfbedeckung vorzuführen. Wie ein schwanzwedelnder und schmeichelnder Hund war er stets dort anzutreffen, wo viele Leute zusammenkamen. Aber seit der Heirat setzte seine Frau diesem Treiben Grenzen. Ihrer Meinung nach waren nur das »Gartenhaus bei Regen« im Sun-Yatsen-Park, der Fünfdrachen-Pavillon im Beihai-Park, der Dongan-Basar sowie Kinos und Theater gut genug und lohnenswert, dort zu essen, sich zu unterhalten sowie Kleider und Schmuck zur Schau zu stellen. Sie verabscheute solche Tantchen, die nicht einmal die Namen von Filmstars kannten. Heute hatte Ruifeng mit vielen Verwandten und Freunden gerechnet, um mit Gleichaltrigen Scherze und mit Älteren Banalitäten austauschen zu können. Dann hätte er mit seiner trockenen, schrillen Stimme etwas über die Qualität von Wein und Schnaps zum Besten geben und mit den Männern Fingerknobeln spielen können. Wenn er sich satt gegessen, voll getrunken und genug schwadroniert hätte, hätte er es fertiggebracht, der Älteren Schwägerin zu erklären: »Dein Essen war nichts Besonderes, nur weil ich alle gut unterhalten habe, wurde es kein Reinfall, stimmt's?« Als nach elf Uhr aber noch immer niemand erschienen war, kühlte Ruifengs Begeisterung ab. Seine Rede, seine Trinkfestigkeit, sein Unterhaltungstalent würden heute nicht zur Geltung kommen! »Das ist ja seltsam! Kommt denn wegen der geschlossenen Stadttore keiner, sind die Pekinger feige und nachlässig?« schimpfte er, mit einer Zigarette im Munde nervös auf und ab gehend, vor sich hin.

»Bloß gut, daß keiner kommt! Ich kann die alten Weiber und Greise, die sich keine Zähne putzen, nicht ausstehen«, zischte die Zweite Madame. »Ich will dir mal eines sagen, wenn sich die Sache mit dem Dritten erst herumspricht, kommt nicht einmal mehr ein Hund in diesen Hof! Schau dir die Qians an, dann weißt du Bescheid!«

Ruifeng ging ein Licht auf: »Richtig! Es liegt nicht nur an den Stadttoren. Wahrscheinlich hat sich die Flucht des Dritten schon herumgesprochen.«

»Das begreifst du erst jetzt, du Holzkopf? Red ich nicht schon seit langem mit dir, daß wir hier rausmüssen? Aber du hörst ja nicht auf mich! Wenn das vom Dritten rauskommt, führt die japanische Gendarmerie sogar den hochverehrten Alten gefesselt ab.«

»Was soll denn deiner geschätzten Meinung nach geschehen?« Ruifeng ergriff ihre dicke Hand und tätschelte sie.

»Nach den Feiertagen teilst du dem Älteren Bruder mit, daß wir ausziehen!«

»Unser Monatseinkommen ist zu gering.« Sein vertrocknetes Gesicht zog sich wie ein unreifer Sonnenblumenkern zusammen. »Hier haben wir die Ältere Schwägerin als kostenlose Haushälterin. Du kannst ja nicht kochen.«

»Was kann ich nicht? Natürlich kann ich das, ich tu's bloß nicht!«

»Auf jeden Fall müßten wir eine Dienerin anstellen, das kostet noch mehr.«

»Beweg dich ein bißchen, mußt eben suchen!« Die Zweite schien ermüdet, sie riß ihren Rouge-Mund zu einem riesigen Gähnen auf, daß er wie ein Vulkankrater aussah.

»Ach, vielleicht hast du zu viel geredet und dich übernommen?« sorgte sich Ruifeng.

»Beim Tanzen, im Park oder im Kino bin ich nie müde, nur hier fühle ich mich immer so schlapp. Es ist die Hölle hier. Aber vielleicht ist in der Hölle noch mehr los als hier.«

Das konnte er schlecht zugeben, wagte aber nicht zu widersprechen: »Also was wollen wir tun?«

Mit ihrem dicken Zeigefinger wies sie in südwestliche Richtung: »Familie Guan!«

»Familie Guan?« Auf Ruifengs Quittengesicht erschien ein

Leuchten. Schon lange hatte er sich mehr Kontakt zu den Guans gewünscht, weil er Xiaohe um dessen Speisen und Kleider beneidete und weil er sich gern ein wenig mit den beiden Töchtern amüsiert hätte. Aber da seine Familie etwas gegen die Guans hatte, konnte er kaum eine Sonderrolle spielen. Außerdem hielt ihn seine Gattin so in Schach, daß er keinen direkten Blick auf Gaodi und Zhaodi riskierte. Jetzt freute er sich wie ein hungriger Hund über einen Knochen.

»Herr und Frau Guan sind fähige Leute, von denen kannst du etwas lernen! Aber«, hier reckte Dickmadam ihren kurzen Hals, »wenn du gehst, dann nur mit mir! Solltest du dich heimlich an die beiden Töchter ranmachen, breche ich dir die Knochen!«

»Na, so ein großes Verbrechen wäre das ja auch nicht!«

Sie beschlossen, mit einem kleinen Geschenk morgen den Guans einen Besuch abzustatten.

Ruixuan machte sich große Sorgen, durfte das aber nicht zeigen. Für seine Pläne mußte er den Großvater und die Mutter bei guter Laune halten. Würden sie krank, hätte er noch mehr Schwierigkeiten. Er instruierte Ruifeng, sagte dem Vater Bescheid und ermunterte den Zweiten Chang: »Trinkt beim Essen reichlich und sorgt für Stimmung, damit der alte Herr nicht traurig wird und sich beklagt.«

Sogar Ruifengs Frau unterbreitete er ein Angebot: »Der alte Herr ist heute gar nicht froh, da mußt auch du versuchen, ihn zum Lachen zu bringen! Wenn du es schaffst, lade ich dich nach den Feiertagen ins Kino ein!«

Nur deshalb ließ sich Dickmadam herab, an dem gemeinsamen Essen teilzunehmen.

Nachdem er alle entsprechend eingestimmt hatte, rief Ruixuan mit fröhlicher Stimme: »Shuns Ma! Wir eröffnen die Tafel!« Und dann zu Ruifeng: »Zweiter, hilf beim Auftragen!«

Der Zweite hatte aber gar keine Lust, mit seinem blauseidenen, gefütterten Gewand in die Küche zu gehen. Da er zögerte, sprang der Zweite Chang ein. Ruifeng lief hinterher und griff sich ein paar Stäbchen.

Xiao Shun, Niuzi und ihre Hasengötter – einer hatte bereits

einen Löffel eingebüßt – saßen schon am Tisch, um den alten Herrn aufzumuntern. Nur Yunmei wollte sich nicht setzen, sie mußte sich um das Essen kümmern. Tianyou und Ruixuan legten alles, was sie an Lächeln aufbieten konnten, in ihre Gesichter. Der Zweite Chang, der selten trank, aber viel vertrug, war entschlossen, heute tief ins Glas zu schauen. Ruifeng litt nicht unter Sorgen wie der Vater und der ältere Bruder, er griff daher unbekümmert mit seinen Stäbchen immer nach den besten Happen.

Auf dem Gesicht des alten Herrn zeigte sich nicht die Spur eines Lächelns. Lustlos trank er einen halben Becher Schnaps und würgte ein Häppchen hinunter. Alle mühten sich krampfhaft um gute Stimmung, die aber blieb regnerisch und neblig. Der Nebel wurde immer dichter und schlug sich an den Wimpern des alten Herrn in zwei Wassertropfen nieder. Er war kein Trauerkloß und kein Gefühlsmensch, aber wenn er an so einem Tag wie heute fröhlich sein könnte, hätte er sicher zerrüttete Nerven oder einen anderen Schaden.

Als die Nudeln kamen, nahm er nur ein wenig von der Soße. Dann wischte er sich über den Bart und fragte Tianyou: »Hat sich der kleine Dritte gemeldet?« Tianyou schaute zu Ruixuan, der jedoch keine Reaktion zeigte.

Nachdem die Nudeln verspeist waren, meldete der Vierte Li unter dem Schnurbaum, die Stadttore seien wieder geöffnet. Da verabschiedete sich der Zweite Chang schnell. Der alte Herr legte sich hin und kam auch zum Abendessen nicht heraus.

16

Zwei Tage später war Mittherbstfest. Cheng Changshun hatte früh zu Mittag gegessen und sich für den Nachmittag ein gutes Geschäft erhofft. Doch er war durch mehrere Gassen gelaufen und hatte sich die Stimme heiser geschrien, ohne etwas auszurichten. Enttäuscht und verschwitzt kam er zurück. Mit Tränen in den Augen und noch näselnder als sonst sagte er zur Großmutter: »Was ist denn nur los? Wieso ist zur besten Festzeit kein Geschäft zu machen? Vor einem Jahr um diese Zeit habe ich fünfundvierzig Kuai und acht Mao eingenommen!«

»Ruh dich ein bißchen aus, Guter«, suchte ihn Witwe Ma zu trösten. »Voriges Jahr war voriges Jahr, heute ist heute.«

Barbier Sun-Sieben, der ein paar Becher gegen den Ärger getrunken und nun rote Äderchen in den Augäpfeln hatte, mischte sich vom Hof aus ein: »Frau Ma, so kann es nicht weitergehen! Überall in den Geschäften entlassen sie Leute, ich habe immer weniger zu tun. Es kommt noch so weit, daß ich mit meinem Schemel durch die Gassen laufen und nach Kunden rufen muß. Soll ich als Barbiermeister mich vielleicht mit den Lehrlingen vom Dorfe auf der Straße um Kunden streiten? Wenn wir anständig leben wollen, müssen wir die japanischen Teufel hinausjagen!«

»Leiser, Meister Sun! Wenn die das hören«, flüsterte Witwe Ma durch den Torspalt. Sun-Sieben brach in lautes Lachen aus. Da schloß Witwe Ma schnell das Tor und raunte dem Enkel ins Ohr: »Hör nicht auf Sun-Sieben! Wir bleiben lieber anständig und machen keinen Ärger. Irgendwann muß es ja wieder Frieden geben. Die Japaner sind zwar schlimm, aber wir können eine Menge aushalten.« Die alte Frau war überzeugt, ihre Philosophie sei die beste der Welt, denn das Wort »aushalten« hatte sie ihre Witwenschaft und viel Not gelehrt.

Es war schon vier Uhr nachmittags, als der junge Cui wutentbrannt nach Hause kam. Sun-Sieben hatte mit seinen kurzsichtigen Augen dessen Gesichtsausdruck nicht gesehen und erkundigte sich: »Wie geht's? Alles gut gelaufen heute?«

»Gut gelaufen?« ahmte Xiao Cui schlecht gelaunt nach. »Von wegen gut! Hast du schon mal gehört, daß zum Mittherbstfest Rikschamiete in voller Höhe gezahlt werden muß?«

»Ist mir neu! Das ist wohl so 'ne verdammte japanische Art?«

»Genau! Der Verleiher behauptet, daß er nichts verdient, wenn dauernd die Tore geschlossen oder die Straßen geräumt werden, deshalb könne er selbst heute im Preis nicht nachlassen.«

»Und du hast alles brav bezahlt?«

»Bis Mittag kriegte ich gerade zwei Kunden, das reichte nicht mal für die Miete. Da habe ich erst mal mich bedient und mir ein Pfund Fladen, Lauchsoße und vier Liang in Sojasoße eingelegtes Eisbein besorgt, verdammt! Und mich noch 'ne ganze Weile im Teehaus rumgedrückt. Als ich genug hatte, habe ich beide Reifen zerstochen und die Karre zurückgebracht. Im Verleih rief ich nur noch: ›Beide Räder sind platt, also dann bis morgen‹, und bin abgehauen.«

»Gut gemacht, Xiao Cui, du bist in Ordnung!«

Seine Frau rief von drinnen: »Meister Sun-Sieben, wie können Sie in Ihrem Alter so etwas sagen! Zu solch einem Feiertag bringt er keinen Kupferling nach Hause, und Sie loben ihn auch noch dafür! Was haben Sie denn für ein Herz?« Ordentlicher gekleidet und besser genährt hätte sie sicherlich gut ausgesehen, doch unter den zerlumpten Sachen und wegen des Hungers war nichts von ihrer Jugend geblieben. Sie war erst dreiundzwanzig, aber ihre Augen und ihre Bewegungen waren die einer Vierzig- oder Fünfzigjährigen. Ihr Gesicht schien nahezu ausdruckslos zu sein und nur noch mechanisch auf Demütigungen und Kummer zu reagieren. Ihre Gliedmaßen, Brust und Rücken glichen flachen Brettern und Stöcken, die nur mehr Wäsche waschen, Laufen und andere Arbeiten verrichten konnten. Heute sah sie besonders mitgenommen aus. Ungewaschen und ungekämmt trug sie nur eine Hose und einen dünnen Kittel, die wie aus dem Müll gezogen aussahen. Am rechten Ellenbogen und rechten Oberschenkel lugte das nackte Fleisch hervor. Ihr schien nicht mehr bewußt zu sein, daß sie eine Frau war. Tatsächlich hatte sie alles vergessen, außer, daß sie heute noch nichts zu Mittag bekommen hatte – es war bereits nach vier.

Sun-Sieben, sonst nie um ein Wort verlegen, stahl sich betreten davon. Sie tat ihm leid, deshalb wollte er nicht mit ihr streiten. Aber er konnte sie auch nicht verteidigen und sich mit Xiao Cui anlegen, heute war schließlich Mittherbstfest.

Xiao Cui hatte seine Frau gern, nur, wenn er zu viel getrunken hatte, konnte er seine Fäuste nicht zähmen und schlug auf sie ein. Heute hatte er nichts getrunken und also auch keine überschüssigen Kräfte in seinen Fäusten. Als er sie jetzt so zerzaust sah, erstarrte er und brachte kein Wort hervor. Trotzdem war er nicht bereit, sich bei ihr zu entschuldigen, schließlich mußte er seine männliche Autorität wahren.

Die alte Frau Ma kam leise aus ihrer Stube und tastete sich

langsam vorwärts. Sie stieß den jungen Cui leicht an und wandte sich zu seiner Frau: »Regt euch nicht auf an so einem Feiertag! Ich habe hier noch zwei Schalen Jiaozi mit Kürbisfüllung, nehmt die erst mal!«
Xiao Cuis Frau zog die Nase hoch und stammelte weinerlich: »Nicht doch, Frau Ma! An Hungern bin ich gewöhnt, aber daß es das ganze Jahr über so geht, ohne Aussicht, ohne Hoffnung, wie kommt das bloß? Ich bin nun drei Jahre mit ihm verheiratet, schauen Sie mich doch mal an, sehe ich noch aus wie ein Mensch?« Sie drehte sich schnell um und ging in ihre Stube.
Xiao Cui stöhnte, die Muskeln in seinem kantigen Gesicht arbeiteten wie wild.
Frau Ma tippte ihn noch einmal an: »Komm, bring ihr die Jiaozi und schenk ihr ein paar gute Worte! Daß du dich nicht mir ihr streitest, hörst du?«
Xiao Cui rührte sich nicht und wollte die Jiaozi nicht nehmen. Er wußte, die alte Frau sparte wie eine Glucke jedes Korn, das sie fand, für den Enkel auf. Er räusperte sich: »Gute Frau, heben Sie die Jiaozi für Changshun auf!«
Der meldete sich mit seiner näselnden Stimme von drinnen: »Ich esse nichts, mir ist eher zum Heulen zumute! Bin stundenlang gerannt an diesem Feiertag und habe nicht einen Kupferling eingenommen.«
Frau Ma hob ihre Stimme: »Du sei still, Changshun!«
»Gute Frau Ma«, sprach Xiao Cui weiter, »ich hab's mir überlegt, ich muß weg! Ich kann sie nicht ernähren.« Er wies auf seine Stube. »Wenn das so weitergeht, kann ich nicht einmal mich selbst durchbringen! Ich werde Soldat, dann hat Sterben wenigstens einen Sinn, dann muß sie ... eben einen anderen heiraten. Jedenfalls besser, als hier zu verhungern!«
Sun-Sieben trat hinzu. »Ich weiß nicht, ob die Armee Leute wie mich noch nimmt, aber ich würde gerne mit dir gehen! Wie konnte das bloß passieren, daß unser schönes Peking von diesen Teufeln besetzt wurde!«
Als Frau Ma die beiden so reden hörte, bereute sie, sich eingemischt zu haben. Wäre nicht Mittherbstfest, hätte sie es bestimmt nicht getan. Nicht, daß sie kein Mitleid hatte. Aber ihr Leitsatz als Witwe gebot ihr, »sich lieber einmal weniger

als einmal zuviel um Dinge kümmern, die einen nichts angehen«. Daran hielt sie sich streng.
»So darf man nicht reden«, betonte sie leise und inbrünstig. »Als Pekinger darf man so etwas nicht sagen. Wir müssen alles aushalten, den Zorn unterdrücken, erst dann wird uns Gott behüten, nicht wahr?« Da sie fürchtete, die Japaner könnten etwas hören, ging sie verlegen in ihre Stube. Nach einer Weile schickte sie Changshun mit den Jiaozi hinüber.
Auch die Vierte Großmutter Li kam von nebenan mit einer Schüssel voll duftendem Schweinskopf zum Tor herein. Sogleich rief sie mit ihrer Stimme, die noch wärmer als das dampfende Fleisch klang: »Xiao Cui, ich bringe dir ein bißchen Fleisch! Es gibt nichts zu kaufen, aber mein alter Kerl hat irgendwoher einen Schweinskopf besorgt!«
»Großmutter Li! Haben Sie sich wieder Mühe gemacht!« wehrte Xiao Cui verlegen ab.
»Hier, nimm schnell!« Ihr gegenüber hatte er keine Hemmungen. Lächelnd nahm er die Schüssel entgegen.
»Guter Junge, gib mir nur die Schüssel zurück, ich komme erst gar nicht mit rein!« Dann erblickte sie Sun-Sieben: »Siebenter, hast du schon gegessen? Komm, trink mit dem Vierten einen Schnaps! Was scheren uns die Japaner, wir feiern unser Mittherbstfest.«
Bei den Qians brachen auf einmal die alte und die junge Frau in lautes Weinen aus. Sun-Sieben lauschte angestrengt, dann sagte er: »Großmutter Li, hören Sie doch mal!«
Sie hatte zwar recht schlechte Augen, aber ihre Ohren waren in Ordnung. »Was ist los? Xiao Cui, bring mir nachher die Schüssel, jetzt muß ich schnell zu den Qians!« Sun-Sieben folgte ihr.
Da der junge Cui bereits eine Schüssel Fleisch bekommen hatte, nahm Frau Ma die Hälfte der Jiaozi zurück und schickte Changshun nur mit einer Schale hinüber: »Komm schnell zurück und geh mir ja nicht mehr hinaus, wer weiß, was bei den Qians wieder passiert ist.«

Familie Qi verbrachte ein bescheidenes Mittherbstfest. Der alte Herr und Tianyous Frau lagen krank im Bett. Sohn Tianyou aß etwas von dem übriggebliebenen Geburtstagsmahl und begab sich in den Laden. Seine Gehilfen hatten heute frei, da mußte er sich schon alleine um das Geschäft kümmern. Am dritten Feiertag machte er immer selbst Dienst und gab den anderen frei. So verdienten sie zwar etwas weniger, arbeiteten aber gern bei ihm, denn er glich die finanzielle Einbuße durch Freundlichkeit aus.

Nach dem nicht sehr fröhlichen Mittagessen hatte sich Yunmei sogleich an die Vorbereitung der Gaben für das Mondopfer gemacht. Sie glaubte zwar nicht unbedingt an den Mann im Mond, falls der aber doch über ein paar Kräfte verfüge, konnte es in solch schlimmen Zeiten nicht schaden, ihn so gut wie möglich zu bewirten. Außerdem hatte man jedes Jahr dem Mond geopfert, warum sollte man es in diesem Jahr unterlassen, noch dazu, wo die Schwiegermutter krank daniederlag. Sie mußte ihr ihre Fürsorge beweisen, damit die in Ruhe ihre Krankheit kurieren konnte.

Ruixuan wußte vor Sorgen kaum, wo ihm der Kopf stand. Als er Yunmei so rumhantieren sah, brauste er auf: »Also wirklich, was willst du noch mit diesem sinnlosen Zeug?«

Hätte sie ihm in Ruhe ihre Absicht erklärt, wäre sie sicher verstanden worden. Aber sie war auch nicht bei guter Laune und fand, daß ihr Mann nur seinen Ärger bei ihr ablud, weshalb sie keine Lust verspürte, ihm das Ganze zu erklären. »Ach so!« Ihre Stimme war nicht laut, aber sehr deutlich. »Du findest also, daß ich von morgens bis abends nur sinnloses Zeug und nichts Ordentliches mache, was?« Dabei waren ihre Blicke noch um einiges schärfer als ihre Worte. Ruixuan wollte sich nicht weiter streiten, da es sonst immer lauter geworden wäre und die Kranken es womöglich gehört hätten. Er unterdrückte seinen Unmut, aber sein Gesicht war bewölkt wie der Himmel vor einem Regenguß. Er zog sich in den Hof zurück und starrte die Granatäpfel an.

Gegen drei Uhr sah er den Bruder und seine Frau festlich gekleidet das Haus verlassen. Ruifeng trug ein kleines Päckchen in der Hand. Er fragte nicht, wohin sie gingen, denn ihn interessierte das ganze Getue mit den Besuchen und Geschenken überhaupt nicht.

Herr und Frau Guan begrüßten die Gäste ausgesucht freundlich. Xiaohe drückte Ruifengs Hand drei Minuten lang und wollte sie immer noch nicht loslassen. Rotkürbis wackelte mit ihren neuen Dauerwellen und drückte die Dame Ruifeng an ihre Brust. Der Besuch des Ehepaars kam zur rechten Zeit. Seit Herr Qian verhaftet worden war, mieden alle Bewohner der Gasse die Guans. Auch wenn Rotkürbis ständig beteuerte, daß sie das nicht störe, fühlte sie sich nicht wohl in ihrer Haut. Die Kritik der anderen, die ja alle nur kleine, unbedeutende Leute waren, konnte sie zwar nicht an ihrem Vorhaben hindern. Daß aber solche gewöhnlichen Personen wie Rikschafahrer Cui, Sun-Sieben, Meister Liu oder der Vierte Li es wagten, sie schief anzusehen, war ihr durchaus nicht gleichgültig. Als heute nun die beiden Qi erschienen, glaubte sie, die öffentliche Meinung in der Gasse habe sich geändert, denn Familie Qi war hier die älteste und angesehenste Familie und stellte so etwas wie die öffentliche Meinung dar. Ruifengs Geschenk war wirklich nicht der Rede wert, aber Rotkürbis nahm es so erhaben entgegen, als sei es ein Symbol, das ausdrücke, daß die ganze Gasse sie nach wie vor achtete.

Das Ehepaar Ruifeng fühlte sich ausnehmend wohl bei den Guans, wie eine Pflanze, die der Regen nach langer Dürre erfrischt. Rotkürbis bereitete persönlich für sie den Kaffee aus dem Englischen Amt und bot einen Mondkuchen in der Kreation eines großen Hotels der Oststadt an. Ruifeng war von dem langsamen Kaffeegenuß wie berauscht. Auch die simpelsten Bemerkungen des Herrn Guan trafen wunderbarerweise bei ihm genau ins Schwarze. Es war so angenehm und kitzelig, als ob kleine dicke Kinderfinger an einer juckenden Stelle kratzten. Herrn Guans Einstellung flößte ihm Respekt und Neid ein, er wäre gern öfter gekommen, um von ihm zu lernen. Wenn er nicht gerade heimlich You Tongfang oder Zhaodi musterte, schloß er wie benommen die Augen, als ob ihm scharfer Schnaps in den Magen laufe.

Madame Ruifeng hatte ihren stets behäbigen Körper und das füllige Gesicht gestrafft. Plötzlich hatte sie einen Hals und schien um einen Zoll größer. Sie schwatzte und lachte und vertraute Rotkürbis sogar ihren Kinderkosenamen Pfirsichhaut an. »Spielen wir ein paar Runden«, schlug Rotkürbis vor. Ruifeng hatte nicht viel Geld eingesteckt, konnte aber das Spiel keinesfalls ablehnen, denn heute war Mittherbstfest, an dem man seiner Meinung nach spielen mußte. Außerdem wäre es anstößig gewesen, den Guans ein Spiel abzuschlagen, zumal er von seinen Fähigkeiten so überzeugt war, daß er auch mit ziemlich leeren Taschen keine Pleite erleben würde.

Madame Ruifeng war sofort einverstanden: »Wir beide spielen zusammen, ich fange an!« Dabei spielte sie an ihrem goldenen Fingerring, um ihrem Mann anzudeuten: »Lieber verlieren wir den Ring, aber nicht unser Gesicht!« Ruifeng bewunderte im stillen die Haltung seiner Frau, fand es aber nicht gut, daß gerade sie anfangen wollte. Er wußte, daß sie nicht besonders gut spielte und außerdem stur war – je mehr sie verlor, desto weniger wollte sie aufhören. Stellte er sich hinter sie und gäbe ihr Hinweise, würde sie die Schuld für ihre Verluste auf ihn schieben, es wäre also nicht nur verlorene Mühe, es würde ihm auch nicht verziehen werden. Sein ausgelaugtes Gesicht machte einen etwas verkrampften Eindruck.

Da fragte Rotkürbis Xiaohe: »Spielst du mit?«

»Ich lasse den Gästen den Vortritt«, erklärte dieser bedeutsam und setzte fröhlich hinzu: »Ruifeng, machen Sie doch auch mit!«

»Nein, sie spielt für uns beide!« Ruifeng hielt sich für gewitzt, daß er trotz der Verlockung hart blieb.

»Na dann, Madame, Tongfang oder Gaodi und Zhaodi, die vier Damen spielen! Wir Männer reichen den Tee!« Xiaohe glich in seiner Höflichkeit einem englischen Lord.

Ruifeng konnte Herrn Guan seine Anerkennung nicht versagen und verzichtete darauf, sich hinter seine Frau zu stellen und mit verrenktem Nacken auf den Sieg zu hoffen.

Auf ein Klingeln von Rotkürbis eilten Diener und Dienerinnen herbei und bauten den Spieltisch auf, schnell und korrekt wie eine eingespielte Truppe. Tongfang ließ Zhaodi den Vortritt, in Wirklichkeit hatte sie keine Lust, sich womöglich wegen eines Steins schon wieder mit Rotkürbis zu streiten.

Die Damen nahmen Platz. Xiaohe unterhielt sich mit Ruifeng und würdigte den Spieltisch keines Blickes. »Zum Spiel und Alkohol«, erläuterte er dem Gast, »darf man niemanden zwingen. Das wäre genauso unsinnig, wie jemanden beim Ohr zu nehmen und ihm Schnaps einzuflößen. Beides tue ich niemals, genausowenig wie jemanden zu zwingen, mir Gesell-

schaft zu leisten. Ich finde, daß diese meine Einstellung für den gesellschaftlichen Verkehr genau richtig ist.«
Ruifeng nickte zustimmend. Er verfiel häufig in den Fehler, beim Spielen oder Trinken aufdringlich zu werden, er sollte bei Herrn Guan in die Lehre gehen. Verstohlen beobachtete er Rotkürbis. Sie ähnelte einer Löwin. Mit dem rechten Auge prüfte sie ihre eigenen Steine, mit dem linken musterte sie die Mienen der Mitspieler und die ausgespielten Steine. Dann schweiften beide Augen über den Tisch hin zu den anderen Gästen und lächelten. Dieses Lächeln hatte etwas Gebieterisches und Hinterhältiges, als ob eine Löwin mit einem Hasen spielen würde. Die Steine schienen ihr aus der Hand zu springen oder von ihrem Fleisch magnetisch angezogen zu werden. Ihre Ellenbogen, Handgelenke, sogar ihr Busen schienen die Steine aufnehmen und wieder abgeben zu können. War sie am Zug, griff sie ihren Stein so geräuschvoll, daß es den anderen auf die Nerven ging. Keiner sah, wo der Stein blieb, das verunsicherte zusätzlich. War jemand unschlüssig und erkundigte sich: »Was wird gespielt?«, war ihre Antwort wieder so ein gebieterisches und hinterhältiges Lächeln, das den Fragenden erröten ließ. Gewann sie, gab sie die Höhe des Gewinns an und mischte sofort wieder die Steine. Keiner wagte nachzufragen oder zu zweifeln, ihr ganzer Körper schien wie unter Strom zu stehen und die anderen zu elektrisieren. Was sie sagte, galt. Gewann aber ein anderer und verzählte sich zu seinen Ungunsten, so ließ sie das nicht gelten: »Bei mir kommt keiner zu kurz! Beim Spiel muß man verlieren und gewinnen können, die Spielerehre ist das Wichtigste!« Jeder mußte dann einräumen, daß Verlieren – nämlich das eigene Geld an sie zu verlieren – großen Spaß machte.
Ruifeng sah, daß seine Gattin neben der Löwin einem fetten, aber bedauernswerten Lämmchen glich. Ihre Augen mühten sich hektisch, die Steine zu überschauen und dabei noch aufzupassen, ob jemand von den Guans sich lustig über sie machte. Ihre linke Hand preßte zwei Steine auf den Tisch, als fürchte sie, die könnten ihr heimlich davonlaufen. Mit der rechten nahm sie die Steine und suchte sie zu ordnen. Oft streckte sie, bevor sie noch an der Reihe war, die Hand aus, die dann mit einer anderen Hand zusammenstieß. Zog sie

diese dann erschrocken zurück, warf sie mit dem Ärmel die eigene Mauer aus Bambussteinen um. Ihr Gesicht war verkniffen, mit der oberen Zahnreihe biß sie sich auf die Unterlippe, um ja keinen Fehler zu machen, aber die anderen drei spielten so schnell, daß sie kaum mitkam. »Oh!« Sie hatte nicht bemerkt, daß jemand den Stein mit den zwei Kreisen Ersuo ausgespielt hatte. Auf den hatte sie es nämlich abgesehen, ihr fehlte noch einer, dann hätte sie einen Drilling. Sie stöhnte auf, sagte aber nichts, weil das alles nur noch verschlimmert hätte. Sofort blockierten die drei Mitspieler ihren Wunschstein, so daß sie anders kombinieren mußte. Dann spielte sie ihren Ersuo aus, doch Rotkürbis holte ihn! Die sagte nichts, aber ihre Stromsignale funkten: »Auf deinen Ersuo hab ich schon lange gelauert!«
Ruifeng suchte krampfhaft nach einem Gespräch mit Herrn Guan, war aber in größter Sorge um den Goldring seiner Frau. Als man bereits die Westwindrunde spielte und Rotkürbis dreimal hintereinander gewann, schlug sie schließlich vor: »Ruifeng, ich habe so unverschämtes Glück, spielen Sie für mich weiter, sonst denkt Ihre Frau noch, meine Töchter und ich wollen sie in die Enge treiben. Ich kann ja nicht dauernd den Spielführer machen, kommen Sie!«
Ruifeng wäre zu gern eingeschritten, aber Xiaohe fesselte ihn. Er hatte doch gerade von ihm ein wenig Großzügigkeit gelernt, wie konnte er die schon wieder aufgeben? Dessen Lächeln nachahmend, erwiderte er: »Sie waren dreimal Spielführerin, woher wissen Sie denn, ob sie es nicht neunmal wird?« Dabei blickte er seine Gattin an, die sich lächelnd eine Schweißperle von der Nase wischte. Er war sehr zufrieden mit seinem Ratschlag und dankbar für die Unterweisung des Herrn Guan. Seine früheren Spielereien mit Tantchen Drei und Cousinchen Sechs um ein paar Erdnüsse, zwei, drei witzige Bemerkungen oder das Unterschlagen einer Karte betrachtete er jetzt als albern und banal.
»Sie kommen nicht?« Die zehn elektrisierten Finger von Rotkürbis hatten die Steine schon wieder gemischt. »Neulich bei den Caos war ich vierzehnmal hintereinander ... Spielführer, ob Sie es glauben oder nicht!« Sie wußte, daß sie Madame Ruifeng damit noch mehr einschüchterte.

Sie hatte ihre Steine bestens geordnet, der Sieg, die ununterbrochene Spielführung war ihr gewiß. Aber gerade, als sie überlegte, wie sie den Triumph noch erhöhen könnte, brachen im Hof nebenan die zwei Frauen in lautes Wehklagen aus. Das Geschrei bohrte sich wie Nadeln in ihre Ohren. Als sei nichts geschehen, wollte sie weiterspielen, aber die Nadeln drangen wie scharfe Geschosse in ihr Gehirn. Ihr war, als platze der Kopf. Sie gab sich alle Mühe, Muskeln und Nerven zu beherrschen, um nicht zu zeigen, wie angespannt sie war. Nur einen Schweißausbruch konnte sie nicht verhindern. Plötzlich wurden ihre Achseln naß und, sehr unangenehm, Stirn und Nasenspitze feucht. Statt ihre Augen schweifen zu lassen, starrte sie nun verkrampft auf die Steine. Sie wußte, daß die Ungezwungenheit der Unterhaltung verlorenging und die anderen ihre Betroffenheit durchschauten. Nicht, daß sie ihre Tat etwa bereute, sie ärgerte sich nur über ihre Schwäche, nicht einmal das Heulen der anderen zu ertragen.
Dies geriet von einem lauten Wehklagen zum Weinen, das stockte und dann wieder einsetzte. Auch der Spiellärm ebbte ab, aus lautem Klopfen wurde ein leises Gleiten auf der Tischdecke. Das Tempo beim Nehmen und Auslegen verlangsamte sich, Gaodis und Zhaodis Hände begannen leicht zu zittern. Rotkürbis setzte einen falschen Stein, was von Madame Ruifeng zu einem Volltreffer genutzt wurde.
Das Lächeln auf Xiaohes Gesicht breitete sich über das ganze Gesicht, wo es in den Lachfältchen gefror. Bei Madame Ruifengs Volltreffer wollte er gerade Beifall klatschen, als er merkte, daß seine Handflächen mit kaltem Schweiß bedeckt waren. Unauffällig wischte er sie an der Hose ab. Seit bestimmt dreißig Jahren hatte er so etwas Dummes nicht mehr getan, den Schweiß an der Hose abgewischt! Das Gewicht dieser Schande schlechten Benehmens überstieg fast das Verbrechen, andere Leute dem Henker auszuliefern, denn die größten Anstrengungen und höchsten Erfolge seines Lebens waren stets auf die Schönheit und Harmonie der Bewegung von Händen und Füßen gerichtet. So viel Sorgfalt, wie er auf seine Handbewegungen und den Ausdruck seiner Augen verwendete, hatte er niemals für sein Inneres aufgebracht. Lieber pflegte er zwei Stunden seine Füße, als mit geschlossenen Augen ein Weilchen

nach innen zu horchen. Nun führte das Weinen von nebenan tatsächlich dazu, daß er sich den Schweiß an der Hose abrieb! Er erschrak. Es hatte ihn offensichtlich getroffen. Und wer getroffen war, hatte seine Hände und Füße nicht mehr unter Kontrolle. Eilig setzte er sich auf, befeuchtete unauffällig die Lippen und wollte Ruifeng gerade erklären: »Das ist...« Aber er fand keine passenden Worte für diese verfahrene Situation und geriet in Verlegenheit. Gewissensbisse waren ihm fremd, aber ihm war doch etwas unwohl in seiner Haut.

Da rief Gaodi: »Pa!«

»Ja?« reagierte Xiaohe freudig auf Gaodis Ruf, der ihm aus der Klemme half. »Spielst du ein bißchen für mich weiter?«

»In Ordnung!« Noch bevor sie einen Grund genannt hatte, sprang er auf und eilte zum Spieltisch. So hatte alles, was nebenan passierte, selbst wenn die ganze Familie Qian stürbe, plötzlich überhaupt nichts mehr mit ihm zu tun.

Kaum hatte er sich gesetzt, begann das laute Klagen nebenan erneut. Rotkürbis schlug einen Ein-Kreis-Stein heftig auf den Tisch und sagte mit einem Blick nach nebenan wütend: »Eine Unverschämtheit, diese beiden elenden Weiber! Am Feiertag hier so rumzuschreien.«

»Das macht doch nichts«, Xiaohe hielt einen Stein zwischen zwei Fingern und blinzelte seine Frau an. »Laß sie heulen, das braucht uns nicht weiter zu kümmern, wir spielen weiter.«

»Wieviel fehlt denn noch?« Ruifeng kam verlegen lächelnd näher. »Wie wär's, wollt ihr nicht mal eine Pause einlegen?«

Aus den Augen seiner Taitai schossen tödliche Blitze: »Wenn du gehen willst, dann geh! Jetzt, wo ich gerade gute Steine habe!«

»Natürlich spielen wir weiter! Mindestens sechzehn Runden, das sind die Regeln!« Herr Guan zündete sich eine Zigarette an und blies zwei kleine Rauchdrachen elegant durch die Nase.

Ruifeng kehrte an seinen Platz zurück. Er fand seine Frau unvernünftig, wußte jedoch, daß die Harmonie zwischen Ehepartnern nur dann aufrechterhalten werden kann, wenn der Mann lächelnd die Unvernunft seiner Frau akzeptiert.

»Wenn ich etwas zu sagen hätte«, dabei knallte Rotkürbis ein Paar Neunzigtausender-Steine hin, »würde ich solche Weiber

umbringen, dann wäre mir wohler! Die als Nachbarn zu haben, ist eine Strafe, nicht einmal ein paar Runden Mah-Jongg kann man in Ruhe spielen!«
Die Tür wurde geöffnet. Rotkürbis sah zu ihrem Erstaunen Tongfang und Gaodi hinausgehen. »He, wohin?« wollte sie wissen. Tongfangs Gang war zu entnehmen, daß sie sich flink davonschleichen wollte, aber Gaodi hatte keine Angst vor ihrer Mutter, herausfordernd erklärte sie: »Wir gehen mal nach nebenan, schauen was los ist.«
»Eine Frechheit!« Rotkürbis stand halb auf und befahl Xiaohe: »Halte sie auf!«
Ohne sich bei Madame Ruifeng zu entschuldigen, rannte Xiaohe mit einem Roten-Drachen-Stein hinaus. Wegen des Steins gelang es ihm nicht, Tongfang festzuhalten. Beide Frauen entwischten. An ein Weiterspiel war nicht mehr zu denken. Herr und Frau Guan gaben sich große Mühe, sich vor den Gästen zusammenzunehmen. Man mußte das Gesicht, den äußeren Schein wahren. Heute war das offensichtlich nicht gelungen. Aus unerfindlichen Gründen schien das Wehklagen von nebenan Rotkürbis dermaßen getroffen zu haben, daß sie explodierte. Die traurigen Töne ergriffen ihr Inneres wie eine Spinne, die ein Insekt umgarnt. Vergeblich versuchte sie, sich mit Späßen und Witzen loszumachen. Das Jammern forderte seinen Tribut: Entwaffnung, Kapitulation. Aber nein, das ging nicht, sie konnte nicht klein beigeben! Sie mußte ihre Wut herauslassen und die Spinnweben, die ihr Inneres fesselten, zerreißen. Sie wollte in den Hof hinausgehen, mit den Füßen stampfen und die Nachbarsfrauen wild beschimpfen. Doch sie fand nicht den Mut dazu. Ihre Wut schlug einen Haken und richtete sich gegen Xiaohe: »Du taugst auch zu gar nichts, kannst nicht einmal die beiden aufhalten? Was haben die nebenan zu suchen? Du gehst sofort hinterher! Da soll doch der Himmel einstürzen, hat man schon einmal so einen Feigling gesehen! Du nimmst dir ’ne Nebenfrau, zeugst Töchter, aber du wirst nicht fertig mit ihnen!«
Xiaohe drehte den Roten-Drachen-Stein in seiner Hand und grinste: »Die Nebenfrau hab ich mir genommen, das stimmt, aber die Töchter stammen ja wohl von uns beiden, die kann ich nicht allein verantworten!«

»Schwafele nicht blöd herum. Wenn du dich nicht traust, hole ich die beiden zurück!« Rotkürbis erhob sich und ging in den Hof hinaus.
Madame Ruifengs dickes Gesicht wechselte von Rot nach Violett und sah nun wie eine überreife Aubergine aus. Diese Runde war für sie nicht schlecht gelaufen, aber nun war Rotkürbis ohne einen Ton weggegangen. Sie fühlte sich ungerecht behandelt und beleidigt. Die Klagelaute nebenan waren ihr fast völlig entgangen, sie war eben eine sehr engstirnige Frau.
Ruifeng beeilte sich, sie zu trösten: »Bei den Qians scheint jemand gestorben zu sein! Entweder ist der Alte von den Japanern erschossen worden, oder der älteste Sohn ist an seiner Krankheit gestorben. Laß uns nach Hause gehen. Von unserem Hof aus ist es nicht so deutlich zu hören. Gehen wir?«
Madame Ruifeng griff mit einer Hand ihre Handtasche, mit der anderen warf sie die für sie ziemlich günstigen Steine um und rauschte wutentbrannt davon. »Bleiben Sie doch noch!« rief Xiaohe, gab aber den Weg frei.
Sie antwortete nicht. Ruifeng folgte ihr verlegen und murmelte Unverständliches.
»Kommen Sie bald wieder!« Xiaohe wußte nicht recht, ob er sie bis vor das Tor oder nur an die Tür begleiten sollte. Er ging nicht gern hinaus.
Bei Rotkürbis war die Courage auf halbem Wege verpufft. Als sie das Ehepaar Ruifeng herauskommen sah, wollte sie diese festhalten und zurück ins Zimmer ziehen. »Gehen Sie noch nicht! Das ist einfach zu kränkend! Kommen Sie bald wieder!« Sie fand, daß ihre Stimme ganz kraftlos klang und wie ein vom Wind gebeugter Baum ächzte. Ruifeng stammelte wieder etwas und hüpfte wie ein verschrecktes Karnickel dicht hinter seiner Gattin her.
Das Ehepaar war gerade gegangen, da schoß Rotkürbis einen Torpedo auf Xiaohe ab. »Kannst du nicht einmal die Gäste hinausbegleiten? Du hast Angst, vors Tor zu gehen, stimmt's? Die Nachbarweiber sind wohl Tigerinnen, die dich fressen könnten?«
Xiaohe beschloß, keinen Gegenangriff zu unternehmen. Er fühlte sich so benommen, als hätte er eine ganze Nacht durch-

gezecht. Das Lächeln lag nur deshalb noch auf seinem Gesicht, weil ihm keine andere Miene einfiel. Eine Weile starrte er vor sich hin, dann murmelte er: »Vielleicht ist das Vergeltung!«

»Waas?« Rotkürbis stemmte die Hände in die Hüfte. »Du spinnst, du furzt wie ein Esel!«

»Ich furze, wie ich will, warum ausgerechnet wie ein Esel?« Xiaohe fand die Attacke gut gekontert und fühlte sich ein wenig erleichtert.

17

Sun-Sieben, Großmutter Li, Ruixuan und der Vierte Li stürzten zu den Qians. Mengshi war gestorben, seine Mutter und Frau weinten.

Großmutter Li war klar, daß sie die beiden Frauen trösten mußte. Aber sie selbst war auch ganz in Tränen aufgelöst. »Was soll bloß werden?« klagte sie und schlug sich mit beiden Händen auf die Schenkel.

Sun-Sieben stahl sich mit Tränen in den Augen davon. »Was ist das für eine Welt! Den Alten abgeholt, den Jungen in den Tod getrieben. Ich ...« Er hätte am liebsten laut geflucht, doch wagte es nicht.

Ruixuan, der hinter dem Vierten Li stand, beschloß es diesem nachzutun und die Dinge so zu nehmen, wie sie sind. Mit Trauer, Wut und Aufregung konnte man nichts ausrichten. Auch wenn der alte Herr Qian sein Freund und Mengshi sein Schulkamerad war, nahm er sich vor, seinen Gefühlen nicht freien Lauf zu lassen, sondern nüchtern zu bleiben und für Frau Qian das Nötige zu erledigen. Als er aber den Toten und die beiden weinenden Frauen sah, vergaß er die praktischen Dinge wie Sarg, Totenkleid und Beerdigung. Mengshi gehörte für ihn zur Tragödie seines Landes. Das Leben der beiden Qians, deren Bildung und moralische Integrität waren auf einmal und mit einem Schlag ausgelöscht worden. Es stand zu befürchten, daß das Leben Tausender und Abertausender ebenso beendet würde. Wie reifes Getreide würden die Menschen dahingemäht, auch ihm würde das widerfahren. Dabei bekümmerte ihn nicht so sehr der eigene Tod, sondern vielmehr der Grund für diesen Tod. Warum mußte Mengshi sterben? Und warum mußte er selbst sterben? Was für Leid und welche Qualen mußten die hinterbliebenen Eltern und Kinder ertragen? Schließlich konnte auch er seine Tränen nicht mehr länger zurückhalten.

Mengshi lag noch angekleidet auf dem Bett, als ob er schliefe. Sein Gesicht war zu einem dünnen Strich abgemagert und zeigte keine Spur von Kummer, nichts, nicht einmal das Anzeichen einer Krankheit. Er lag einfach nur mit geschlossenen Augen tot da. Ruixuan wollte hinzutreten, seine schmale, blasse Hand ergreifen und ihn rufen: »Wie konntest du, ohne ein Wort zu sagen, gehen? Weißt du nichts von Zhongshis Heldentat? Warum zeigst du kein Lächeln? Weißt du nicht, daß dein Vater im Gefängnis sitzt? Warum hast du nicht wenigstens ein ärgerliches Gesicht?« Doch er faßte nicht nach der Hand des Toten. Er wußte, daß alle, die nicht gegen den Feind gekämpft hatten, so brav die Augen schließen würden. Das betraf neunundneunzig von hundert Pekingern, auch er würde eines Tages darunter sein, und auch auf seinem Gesicht würde kein Zorn zu sehen sein. Er schluchzte laut auf. Die lange angestaute Scham, die Zweifel und Sorgen, das ständige Zögern, seine Unzufriedenheit, alles brach aus ihm heraus. Er weinte nicht nur um einen verstorbenen Freund, sondern um Peking.

Großmutter Li ergriff die Hände der beiden Frauen und weinte mit ihnen. Frau Qian und die Schwiegertochter hatten sich schon mit weitgeöffnetem Mund und geschlossenen Augen um den Verstand geweint. Das Wasser lief ihnen aus Augen und Nase auf die Brust, sie kehrten ihr Innerstes heraus, hatten keine Worte mehr, ihre Kehle stieß nur noch Trauerlaute aus. Nach einer Weile hielten sie inne, schienen einer Ohnmacht nahe zu sein. Großmutter Li klopfte ihnen eilig den Rücken und rief dabei unter Tränen: »Regt euch nicht so auf, ihr dürft nicht auch noch sterben, Frau Qian, junge Frau Qian, hört auf!« Sie bekamen wieder Luft, stöhnten und schluchzten, ihr Leben schien nur noch an einem dünnen Faden zu hängen. Über all das Unrecht, den Zorn und die eigene Ohnmacht hätten sie sich am liebsten in den Tod geheult.

Mit Tränen in den Augen stand der Vierte Li daneben und wartete. Alter und Erfahrungen als Begräbnisführer hatten ihn geduldiges Warten gelehrt. Schließlich erklärte er: »Es reicht jetzt. Davon wird der Tote nicht wieder lebendig. Wir müssen etwas tun, können den Toten doch nicht hier verwesen lassen.«

Sun-Sieben konnte es nicht mehr mit ansehen, er schlich in den Hof hinaus. Am liebsten hätte er ein paar Hahnenkammblumen ausgerissen: »Er ist gestorben, und ihr blüht hier ganz unbekümmert, verdammt noch mal!«

Ruixuan flüsterte: »Tante Qian, Tante Qian!« Er suchte nach Worten, die ihren Tränen Einhalt gebieten könnten.

Frau Qian weinte stumm, ohne Tränen, sie bekam kaum noch Luft. Ihre Hände und Füße waren eiskalt und hatten jedes Gefühl verloren. Sie hatte vergessen, warum sie weinte und um wen sie weinte, ihr Körper bewegte sich nicht mehr. Obwohl ihre Augen starr auf den toten Sohn gerichtet waren, sahen sie nichts mehr. Sie schien dem Tod ganz nah, brauchte nur die Augen zu schließen und den Kopf sinken zu lassen, dann könnte sie diese qualvolle Welt verlassen.

Die junge Frau Qian schluchzte ununterbrochen. Großmutter Li ergriff ihre Hand und redete ihr zu, wobei ihre rotgeweinten Augen unaufhörlich blinzelten: »Liebes Kind, gutes Kind, du mußt weiterdenken. Wenn dir etwas zustößt, wer soll sich dann um deine Schwiegermutter kümmern?« Die junge Frau nahm sich zusammen, stierte einen Moment vor sich hin, kniete plötzlich nieder und machte vor den anderen einen Kotau, mit dem üblicherweise die Todesnachricht überbracht wurde. Alle blickten erstaunt, verstanden aber schnell. Großmutter Lis Tränen liefen erneut: »Steh auf, armes Kind!« Aber die junge Frau kam nicht hoch. Die Anstrengung, den übergroßen Kummer zu unterdrücken, hatte ihr die letzte Kraft geraubt. Sie lag wie gelähmt am Boden, ihre Hände und Füße zitterten.

In diesem Moment spie Frau Qian einen Klumpen Schleim aus und stöhnte mehrmals. »Sie dürfen es nicht so schwer nehmen, Frau Qian«, redete ihr der Vierte Li zu. »Wir sind ja auch noch da, wir helfen Ihnen!«

»Tante Qian, ich auch«, sprach Ruixuan leise.

Sun-Sieben trat behutsam näher: »Frau Qian, in unserer Gasse gibt es Leute, die anderen schaden, aber es gibt auch welche, die anderen helfen. Ich, der Sun, stehe zu Ihrer Verfügung.«

Frau Qian blickte alle an und nickte, als erwache sie aus einem Traum.

Tongfang und Gaodi hatten schon länger im Toreingang gestanden, erst als das Weinen verstummte, traten sie vorsichtig näher. Sun-Sieben ging eilends auf sie zu. Schon lange hatte er eine Gelegenheit gesucht, um loszupoltern: »Meine Damen, hier gibt es kein Theater und keinen Zirkus, hier gibt es nichts zu gaffen, bitte gehen Sie!«

Tongfang reagierte ruhig: »Siebenter Herr, Sie sind auch hier? Gibt es etwas, was ich tun könnte?« Sun-Sieben besann sich, er hatte vom jungen Cui gehört, Tongfang sei ein anständiger Mensch. Da war es ihm peinlich, daß er sie verkannt hatte.

Tongfang und Gaodi gingen verlegen auf das Haus zu. Ruixuan kannte sie, hatte aber noch nie ein Wort mit ihnen gewechselt. Großmutter Li sah ohnehin schlecht, sie war außerdem zu sehr mit den beiden Frauen beschäftigt und bemerkte die zwei überhaupt nicht. Frau Qian und ihre Schwiegertochter kannten sie nur vom Sehen, ohne sich zu grüßen. Jetzt blickten die beiden vom einen zum anderen und fühlten sich gar nicht wohl in ihrer Haut. Der Vierte Li hatte zwar oft etwas für die Guans erledigt, rührte sich aber nicht. Tongfang zupfte ihn schließlich am Ärmel und bat ihn hinaus. Gaodi folgte ihr.

»Vierter Herr Li«, sprach ihn Tongfang leise, aber herzlich an. »Ich weiß, wie sehr unsere Familie von allen in der Gasse gehaßt wird. Aber nicht ich und Gaodi hatten die Idee, anderen zu schaden. Das wollten wir der alten Frau Qian sagen, aber da sie so verzweifelt weint, brachten wir es nicht heraus. Bitte, seien Sie so freundlich, und legen Sie ein gutes Wort für uns ein!« Der Vierte Li wußte nicht recht, ob er ihnen vertrauen konnte. Anfangs hatte er angenommen, die beiden seien von den Guans vorgeschickte »Spione«. Da aber Tongfang jetzt so eindringlich sprach, sollte er ihr eigentlich nicht übermäßig mißtrauen. Er konnte aber schlecht etwas sagen, nickte daher nur.

»Vierter Herr Li«, auf Gaodis Nase bildeten sich mitfühlende Fältchen, »ist Frau Qian sehr arm?«

Der Vierte Li verachtete Gaodi noch mehr als Tongfang, schließlich war sie die Tochter von Rotkürbis. Schroff antwortete er ihr: »Was heißt schon Armut? Die Familie Qian stirbt damit aus, es gibt keine Nachkommen mehr!«
»Ist Zhongshi wirklich tot? Und der alte Herr Qian auch...«
Gaodi konnte nicht weitersprechen. Sie hatte inständig gehofft, der Tod Zhongshis sei ein Gerücht und Herr Qian würde bald wieder freikommen. Dann könnte sie ihren geheimnisvollen Traum verwirklichen. Als sie nun aber den Kummer der beiden Frauen sah und begriff, daß Mengshi wirklich tot war, wußte sie, daß ihr Traum ein Traum bleiben würde. Sie hatte das Gefühl, in die Trauer der beiden einstimmen zu müssen, da auch sie Witwe geworden war – in ihrem Traum zumindest.
Der Vierte Li wurde langsam ungeduldig, unhöflich fügte er hinzu: »Wenn Sie beide keine weiteren Anliegen haben, dann bitte, ich habe noch zu tun...«
Tongfang ergriff schnell das Wort: »Vierter Herr Li, hier ist eine Kleinigkeit von mir und Gaodi!« Dabei überreichte sie ihm ein kleines Papierpäckchen, das sie die ganze Zeit über in der Hand gedreht hatte und das inzwischen schweißgetränkt und zerknittert war. »Die beiden Frauen müssen es nicht unbedingt erfahren, auch die anderen nicht, verwenden Sie es, wie Sie es für gut halten, für Totengeld oder etwas anderes. Keiner hat uns geschickt, es war unser eigener Wunsch. Dafür bekommen wir zu Hause wahrscheinlich noch Ärger.«
Um einiges milder gestimmt, nahm der Vierte Li das Päckchen entgegen. Die Qians lebten sehr kärglich, und eine Beerdigung kostete Geld. Er öffnete es vor ihren Augen; darin lagen ein dünner Goldreif von Tongfang und fünfundzwanzig Kuai in Banknoten von Gaodi. »Ich nehme es erst einmal an mich«, erklärte der Alte. »Wenn es nicht benötigt wird, erhalten Sie es zurück. Wird es gebraucht, rechne ich es bei Ihnen ab. Ich sage den beiden nichts davon, denn sie können ohnehin nicht mit Geld umgehen.«
Tongfangs und Gaodis Gesichter strahlten, sie hatten das Gefühl, etwas Bedeutsames getan zu haben.
Als sie gegangen waren, rief der Vierte Li Ruixuan in den Hof, um die Dinge zu besprechen. »Es muß jetzt schnell etwas

getan werden. Wenn sich das noch lange hinzieht, den jungen Herrn Qian umzukleiden, wann können wir ihn dann hinaustragen? Ruhe findet er erst in der Erde. Eile ist geboten, erst recht in diesen Zeiten.«
Ruixuan nickte. »Vierter Herr Li, wir sollten auf den Kauf der Totenkleider verzichten und anziehen, was da ist. In diesen Zeiten kann man keine Rücksicht auf die Etikette nehmen. Wir sollten einen festen Sarg kaufen und sechzehn Träger besorgen, die ihn schnell hinausbringen. Was meinen Sie?«
Der Alte Li rieb sich den Knubbel am Hals. »Das denke ich auch! Sollten wir nicht wenigstens noch einige Mönche herbitten für den Sühnegesang? Alles andere können wir uns sparen, aber dafür muß Geld dasein.«
Sun-Sieben trat hinzu: »Vierter Herr Li, müssen denn nicht zumindest die Familien der beiden Frauen benachrichtigt werden? Wenn ich sonst nichts tun kann, das übernehme ich. Schaffe ich es alleine nicht, kann ja Xiao Cui helfen.«
»Großvater Li«, gab Ruixuan jetzt zu bedenken, »wir müssen das mit Frau Qian besprechen, auch wenn es möglicherweise sinnlos ist. Sie ist schon fast bewußtlos vom vielen Weinen.«
Der Alte Li erriet, was Ruixuan eigentlich sagen wollte: »Allein können wir nichts entscheiden, Herr Qi! Erledigen kann ich die Dinge zwar – ich kenne den Sargladen und die Trägertruppe, das kann ich billiger bekommen –, aber ohne ihre Zustimmung wage ich nichts zu unternehmen.«
»Genau!« Ohne ein weiteres Wort lief Ruixuan hinein und holte Großmutter Li. »Liebe Frau, bitte fragen Sie doch die beiden nach ihren Verwandten, damit wir sie herbitten können, um alles zu regeln.«
Großmutter Li hatte sich ganz dem Kummer hingegeben und dachte an nichts anderes, zudem war sie ja fast taub, sie hörte kaum etwas.
Schnell änderte Ruixuan seinen Plan: »Großvater Li, Meister Sun, am besten Sie beide gehen nach Hause und überlassen Großmutter Li die Sorge um die Frauen. Ich hole Shuns Ma, sie soll Frau Qian nach ihren Verwandten fragen. Sobald wir etwas wissen, benachrichtige ich Sie, ja?«
Sun-Sieben hakte schnell ein: »Vierter Herr Li, gehen Sie et-

was essen, auch Sie, Herr Qi, ich bewache hier das Tor.« Wie ein Wachsoldat stellte er sich in die Toröffnung hinein. Der Vierte Li und Ruixuan entfernten sich.

Ruixuan vergaß alle großen Sorgen und stürmte wie ein Pfeil nach Hause. Seine Augen waren gerötet, aber innerlich fühlte er sich viel wohler. Den Kummer hatten die Tränen hinweggewaschen, wie ein Regenguß, der Blätter und Schmutz aus der Gasse spült. Als er auf Yunmei traf, hatte er den Streit mit ihr schon völlig vergessen. Kurz erklärte er ihr die Lage der Dinge. Sie hatte ihren Kummer zwar noch nicht verwunden, als sie aber hörte, was den Qians passiert war, wischte sie sich ruhig die Hände ab und lief hinüber.

Der alte Herr rief Ruixuan zu sich. Der wußte, daß eine Todesnachricht den Großvater treffen würde, aber er durfte ihn auch nicht hinhalten, denn das Wehklagen der Qians konnte jederzeit an sein Ohr dringen. Nach dem Bericht des Enkels schwieg der alte Mann lange. Kummer konnte seinen Optimismus nicht bezwingen, aber kam die Rede auf den Tod, vermochte er seinen Starrsinn nicht länger zu behaupten. Der Fall der Stadt hatte ihn nicht übermäßig beunruhigt, denn er beharrte auf seinen alten Prinzipien. Sobald er einen Entschluß gefaßt hatte, meinte er, daß selbst Gott im Himmel ihn nicht ins Wanken bringen könne. Nun aber hatte ihn ein Ereignis nach dem anderen wie ein Giftpfeil ins Herz getroffen: das Verschwinden des kleinen Dritten ohne Abschied, die Verhaftung von Qian Moyin, der mißglückte Geburtstag, die Gefahr der Grabschändung und schließlich der Tod des jungen Qian am Mittherbstfest. Würde er nun geradeheraus zugeben, es sei an der Zeit, seinen Optimismus abzulegen, könnte er auch gleich den letzten Atemzug tun. Er wollte aber noch ein paar Jahre leben! Doch Qians Sohn war so jung gestorben. In seiner üblichen praktischen Art wollte er eine Reihe von Vorschlägen unterbreiten: wie die Beerdigung bei den Qians ablaufen sollte, wie sich Frau Qian und ihre Schwiegertochter weiter verhalten sollten, wie Familie Qi den Qians helfen könnte ... aber nicht ein einziges Wort hatte er gesagt. Er schien auf einmal seiner eigenen Klugheit und Erfahrung zu mißtrauen.

Ruifeng lauschte heimlich vor dem Fenster. Dickmadam war

der Meinung, der »Spiel-Ausflug« des Ehepaars zu den Guans sei nicht sonderlich erfolgreich verlaufen, und zwar ausschließlich wegen des abgebrochenen Spiels. Hätten sie weitergespielt – davon war sie überzeugt –, wäre ihr ein großer Sieg sicher gewesen. Von dem gewonnenen Geld hätte sie etwas zum Essen gekauft, um noch mehr Speck anzusetzen. Das war das einzige, was sie sich als Trost vorstellen konnte. Für Rotkürbis empfand sie seitdem keinerlei Achtung mehr.

Ruifeng sah das allerdings anders. Herrn Guans versöhnlichen, eleganten Gesichtsausdruck und Tonfall nachahmend, meinte er: »Unter den heutigen Bedingungen können wir ihr nur schwer einen Vorwurf machen. Wir müssen die Dinge objektiv beurteilen. Ihr Kaffee, ihr Gebäck, die Herzlichkeit ihrer Bewirtung ist einmalig in unserer Gasse, das findest du nirgends!« Er war sehr zufrieden mit seiner Wortwahl, nur leider fehlte es der Stimme etwas an Klang. Herrn Guans Stimme dagegen hörte sich immer an, als habe er gerade in einen Honigpfirsich gebissen.

Zu Ruifengs Erstaunen brachte seine Gattin keine Einwände vor. Wohl, weil sie zugeben mußte, daß bei den Guans – außer dem unglücklichen Ende des Spiels – sonst alles ihren Idealvorstellungen entsprach. Deshalb schlug Ruifeng sogleich vor: »Wir sollten sie öfter besuchen. Wir müssen Kennerblick beweisen, die anderen haben keine Ahnung! Ich denke, daß Guan Xiaohe mein Busenfreund werden könnte.« Er verdrehte mehrmals die Augen und war zufrieden mit seinen Formulierungen »Kennerblick« und »Busenfreund«, die er so treffend empfand wie poetische Formulierungen, von Dichtern gewählt.

Er belauschte Ruixuans Gespräch mit dem Großvater, um es den Guans weitererzählen zu können. Nur wenn er bei Xiaohe und Rotkürbis ankam, war seine Zukunft aussichtsreich. Selbst wenn die Guans ihm keinen Nutzen bringen sollten, waren die Besuche dennoch nicht vergeblich, denn so hätte er öfter die Gelegenheit, eine Tasse Kaffee und ausländischen Kuchen zu bekommen und ein Auge auf Tongfang und Zhaodi zu werfen.

Als Ruixuan herauskam, trafen die Brüder aufeinander. Aus den geröteten Lidern des älteren Bruders schloß Ruifeng, daß dieser viel Mitgefühl für Frau Qian empfand. Er zog ihn unter den Dattelbaum. Für die noch in den oberen Zweigen hängenden roten Datteln, die er dem kleinen Shun sonst streitig machte, hatte er jetzt jedoch kein Auge. Er wollte dem Bruder etwas aufzeigen, was ihm ein ernstes Anliegen war. »Älterer Bruder«, sprach er gedämpft, eindringlich und geheimnisvoll, »Mengshi von den Qians ist nun auch tot.« Das »auch« betonte er so, als sei Mengshis Tod eine Attraktion.

»Ach!« Ruixuan sprach ebenfalls gedämpft, aber nicht sonderlich freundlich, »er ist auch dein Schulkamerad.« Er betonte das »auch« fast genauso wie sein Bruder.

Ruifeng blickte zu den Datteln hoch und lächelte gekünstelt. »Schulkamerad, na und? Ich rede mit dir Klartext, schließlich hast du das Unglück heraufbeschworen und kommst mir nicht ungeschoren davon. Wir sollten weniger zu den Qians gehen. Noch ist völlig unklar, ob Herr Qian noch lebt, ob nicht japanische Spitzel die Familie Qian beobachten. Außerdem geht es den Qians doch gut. Wir sollten nicht dem einen Nachbarn helfen und damit einen anderen vor den Kopf stoßen!«

Ruixuan leckte sich stumm die Lippen.

»Die Familie Qian«, Ruifeng hatte beschlossen, den Bruder zu überzeugen, »fällt nun einmal auseinander, wie sehr wir uns auch um Hilfe bemühen. Die Familie Guan dagegen ...«, hier änderte er plötzlich seinen Ton, »hast du keine Zeitung gelesen, Bruder?«

Ruixuan schüttelte den Kopf. Tatsächlich, seit der Feind in Peking eingerückt und die Presse geknebelt worden war, hatte er die Zeitungslektüre eingestellt, die in normalen Zeiten seiner Entspannung diente. Die Zeitung gab einem nicht nur viele Informationen, man konnte sein Gesicht auch dahinter verstecken. In dieser bedrückenden Zeit keine Zeitung zu lesen, bedeutete für ihn eine ziemliche Qual. Aber er hatte sich entschlossen, diese Abstinenz nicht zu durchbrechen. Sich von blutigen Lügen betrügen und von Rechtfertigungstheorien der Verräter berieseln zu lassen, dazu hatte er keine Lust.

»Ich schaue mir täglich mit einem Auge die Überschriften an«, verbreitete sich Ruifeng. »Auch wenn man den Japanern nicht alles glauben kann, aber daß der Krieg für uns nicht gut steht, ist wahr! In Shanxi, Shandong, Hebei sieht es schlecht aus, meinst du, daß Nanjing dann noch zu halten ist? Deshalb ist die Methode von Herrn Guan nicht zu verachten. Denn wenn Nanjing wirklich verlorengeht, fällt das gesamte Land ohnehin an die Japaner. Und selbst wenn es zu halten wäre, wird es nicht leicht sein, den Rest zurückzugewinnen. Meinst du, unsere Familie kann sich als einzige widersetzen und die Japaner schlagen? Denk ein bißchen weiter. Kümmere dich weniger um die Qians, sei lieber etwas freundlicher zu den Guans, du mußt dich nicht unbedingt in eine Sackgasse verrennen.«

»Bist du nun fertig?« fragte Ruixuan kalt. Der Zweite nickte. Er suchte Klugheit, Aufrichtigkeit, Geistesgegenwart und Ernst in sein Quittengesicht zu legen, um den Bruder von der Überlegenheit seiner Intelligenz und der Ehrlichkeit seiner Absicht zu überzeugen. Aber er brachte nur schlecht verhohlene Ungeduld und Unruhe zum Ausdruck. Er wischte sich mit dem Handrücken etwas Schaum von den Mundwinkeln.

»Zweiter Bruder«, wollte Ruixuan gerade Anlauf zu einer heftigen Entgegnung nehmen. Nachdem er aber einen Blick auf den Zweiten geworfen hatte, beschloß er, seine Energie lieber zu sparen. Er lächelte kalt, wie wenn Eis einen Sprung bekommt: »Ich habe nichts mehr dazu zu sagen.«

Das Quittengesicht des Zweiten erstarrte. »Bruder, ich möchte ein für allemal klarstellen, damit du Bescheid weißt. Sie ...«, dabei wies er respektvoll in Richtung seines Zimmers, als throne dort eine Göttin, »sie drängt mich dauernd, endlich auszuziehen. Ich habe es bis jetzt nicht fertiggebracht, darüber zu reden. Aber wenn du weiter solchen Mist machst, wie den Dritten weglaufen zu lassen und nun auch noch den Qians zu helfen, habe ich keine Lust mehr, mich da hineinziehen zu lassen!« Er hatte seine Stimme ziemlich angehoben.

Ihre Mutter rief aus dem Südzimmer herüber: »Was habt ihr beiden denn da zu flüstern?«

Der Älteste antwortete eilig: »Wir unterhalten uns bloß, Ma!«

Der Zweite wollte den Druck noch ein wenig erhöhen: »Wenn du es nicht entscheiden kannst, bespreche ich es mit Mutter!«

»Mutter und Großvater sind krank«, Ruixuan sprach noch immer gedämpft, »kannst du nicht damit warten, bis sie wieder gesund sind?«

»Rede du doch mal mit ihr«, er wies wieder auf sein Zimmer, »das ist ja nicht nur meine Idee.«
Ruixuan hatte eine moderne Erziehung genossen, er wußte, was eine Kleinfamilie bedeutete. Falls der Zweite auszog, hatte er überhaupt nichts dagegen. Allerdings waren Großvater, Vater und Mutter keinesfalls für die Trennung. Das mußte er berücksichtigen und daher den Zweiten hinhalten. Ob der dablieb oder auszog, stellte für Ruixuan im Haushalt, finanziell und moralisch, einen Unterschied dar. Aber die drei alten Herrschaften würden ihm die schlimmsten Vorwürfe machen. Also nahm er lieber ein paar Launen des jungen Ehepaars in Kauf, als den alten Leuten Kummer zu bereiten. Die neue Erziehung hatte er zwar genossen, gehorchen mußte er aber den alten Sitten. Immer wenn ihm dieser Widerspruch bewußt wurde, verlor er seine Gelassenheit und verfiel in stummes Grübeln. So auch jetzt.
»Was ist?« bedrängte ihn der Zweite.
»Hm?« Ruixuan blinzelte mehrmals, ehe ihm das Gespräch wieder einfiel. Wie ein Philosoph, dem beim Nachdenken über die Rätsel des Kosmos bewußt wurde, daß kein Reisvorrat mehr im Hause war, geriet er plötzlich in Wut. Sein Gesicht wurde puterrot, dann blaß. »Was willst du eigentlich?« Er vergaß die Krankheit des Großvaters und der Mutter, vergaß alles, seine Stimme war tief, aber kräftig wie ein verhaltenes Gewitter. »Du willst ausziehen? Dann hau doch gleich ab!«
Die alte Dame im Südzimmer fuhr erschrocken hoch und rief durch das Fenster: »Was ist denn los?«
Der Älteste war in die Falle gegangen. Der Zweite trat ans Fenster und sagte: »Ma, hast du es gehört, er sagt, ich soll abhauen!«
Zum Glück hing ihr Mutterherz zu gleichen Teilen an allen Kindern. Sie wollte nicht über sie urteilen und Partei für einen ergreifen. Lediglich mit der Autorität ihrer Stellung und ihrer Liebe übte sie ein wenig Druck aus: »Und so etwas am Feiertag! Es wird sich nicht gestritten!«
Der Zweite ging noch ein Stück auf das Fenster zu, als sei er zutiefst verletzt und verlange den Schutz der Mutter. Der Älteste verfiel wieder ins Grübeln. Er bereute seine Grobheit,

daß er die Beherrschung verloren und die kranke Mutter beunruhigt hatte.

Ruifengs Frau kam wie ein Fleischbällchen herausgerollt. »Feng, du kommst sofort herein! Wir sollen abhauen, also packen wir schnellstens unsere Sachen und machen uns davon, das lassen wir uns nicht zweimal sagen. Oder willst du warten, bis man uns noch einen Fußtritt versetzt?« Ruifeng ließ von der Mutter ab und schoß wie ein Pfeil zu seiner Frau.

»Ruixuan...«, rief der alte Herr langgezogen aus seinem Zimmer, »Ruixuan...« Ohne dessen Antwort abzuwarten, nörgelte er zu seiner eigenen Erleichterung vor sich hin: »So geht das nicht! Wie kannst du, wo wir noch nicht einmal Nachricht vom Dritten haben, den Zweiten rauswerfen! Heute ist Mittherbstfest, da wird überall auf den Zusammenhalt der Familien geachtet, wieso wird bei uns gerade über Trennung geredet? Wartet doch damit, bis ich tot bin.«

Ruixuan gab dem Großvater keine Antwort und tröstete auch die Mutter nicht. Mit hängendem Kopf ging er zum Tor. Draußen lief ihm Yunmei über den Weg. Sie berichtete mit roten Augen: »Mach schnell, Frau Qian hat sich etwas beruhigt. Meister Sun-Sieben ist schon unterwegs, um ihre Angehörigen und die der Schwiegertochter zu benachrichtigen. Du mußt mit dem Vierten Li bereden, wie es weitergehen soll.«

Ruixuans Zorn war zwar noch nicht verflogen, aber er beschloß, den Qians mit ganzer Kraft unter die Arme zu greifen. Er hatte das Gefühl, daß er seine Sorgen ein wenig erleichtern konnte, wenn er anderen behilflich war, und vielleicht auch die Schuld, die er auf sich lud, weil er nicht wie der Dritte an die Front ging. Die ganze Nacht hielt er bei den Qians Totenwache.

18

Als ihre Angehörigen eintrafen, brachen Frau Qian und die Schwiegertochter noch einmal in heftiges Schluchzen aus, sonst hörte man nichts mehr. Frau Qians Augenhöhlen und

Wangen waren tief eingefallen, so daß Nase und Wangenknochen besonders kantig hervortraten. Waren ihre Tränen versiegt, oder hatte sie vielmehr beschlossen, nicht mehr zu weinen? In ihren Augen lag ein seltsamer Funke aus Härte, Mut und wilder Entschlossenheit. Sie weinte nicht mehr, sprach auch nicht viel, nur manchmal tauchte dieses Funkeln in ihren Augen auf, verschwand, um nach einem Weilchen wieder zu erscheinen. Dieser Funke versetzte die anderen in Unruhe.

Der Vierte Li begann Gefallen an Frau Qian zu finden, weil sie so unkompliziert und geradeheraus war. Sobald er etwas vorschlug, nahm sie den Vorschlag an, ohne Umstände und Scherereien zu machen. Sie schien von Preisen keinerlei Ahnung zu haben, stimmte jedoch nicht wahllos zu. Sie nickte, als er sagte, der Sarg müsse haltbar sein, auf Schönheit komme es nicht an. Und als er meinte, der Sarg mit dem Toten dürfe nur fünf Tage im Hause bleiben und für das Hinaustragen genügten sechzehn Träger sowie ein paar Bläser und Trommler, nickte sie auch. Als er aber vorschlug, Mönche für Opfergaben zu holen, schüttelte sie den Kopf, denn Vater und Sohn waren keine Buddhisten, in ihrem Haus war niemals irgendeinem Gott oder Buddha geopfert worden. Das erstaunte den Vierten Li. Gern hätte er erfragt, ob die Qians vielleicht dem ausländischen Glauben anhingen. Aber er traute sich nicht, konnte sich auch nicht besinnen, jemals gesehen zu haben, daß sie in die Kirche gingen. Der Vierte Li verstand das alles nicht, und es war ihm ein wenig unangenehm, denn in seiner Vorstellung konnte es nichts schaden, nach dem Tode ein paar Sutren zu verlesen, ob einer an Buddha glaubte oder nicht. Aber Frau Qian hatte zweimal energisch abgelehnt.

Der Vierte Li erkannte noch etwas anderes – sie lehnte die Mönche nicht aus Geldgründen ab, denn sie hatte beim Kauf des Sarges und der anderen Dinge, ohne nach dem Preis zu fragen, zugestimmt. Sie schien fest darauf zu vertrauen, daß er so wenig wie möglich ausgab, kümmerte sich aber ansonsten nicht um Geld. Ihm gefiel ihre Konsequenz, aber eines beunruhigte ihn doch: wieviel Geld hatte sie wirklich?

Er suchte etwas von der Schwiegertochter zu erfahren, doch die hatte gar keine Meinung, alles sollte nach dem Willen der Schwiegermutter geschehen. Absichtlich sprach er noch ein-

mal die Einladung von Mönchen an, worauf sie erwiderte: »Schwiegervater und Mengshi haben gern Gedichte geschrieben, sie haben an keinen Gott oder Buddha geglaubt.«
Der Vierte Li kannte keine Gedichte, auch leuchtete ihm nicht ein, warum jemand, der gern Gedichte machte, nicht an Buddha glauben sollte. So mußte er sein Vorhaben schließlich aufgeben, fünf sehr gläubige und billige Mönche herzubitten. Als er dann fragte, wieviel Geld Frau Qian denn nun wirklich habe, antwortete die Schwiegertochter ohne Zögern: »Gar keins!«
Der Vierte Li faßte sich an den Kopf. Er selbst hatte zwar vor, den Trauerzug unentgeltlich hinauszubegleiten. Aber die Kosten für die Träger, den Sarg und die anderen Ausgaben mußten sofort in bar beglichen werden. Er zog Ruixuan beiseite und beriet sich flüsternd mit ihm.
Ruixuan überschlug nach den Vorgaben des Vierten Li im Kopf grob eine Summe und raunte ihm zu: »Die meisten Leute in der Gasse wären sicher bereit zu helfen, aber Frau Qian wird keinesfalls wollen, daß wir für sie sammeln. Jeder von uns könnte höchstens acht oder zehn Kuai aufbringen, aber das reicht bei weitem nicht. Sollten wir uns nicht an die Familienangehörigen wenden?«
»Die müssen wir fragen«, nickte der Vierte Li. »In solchen Zeiten kriegt man alles nur für Bargeld. Wenn die Japaner nicht wären, könnte ich bestimmt einen Sarg auf Kredit besorgen, aber jetzt kriegt man nicht einmal ein Pfund Reis auf Kredit, geschweige denn etwas für eine Beerdigung.«
Frau Qians jüngerer Bruder und der Vater der jungen Frau waren gekommen. Der jüngere Bruder, Herr Chen, war ein ziemlich gebildeter, gutherziger, langer, hagerer Mensch mittleren Alters. Da er ein schmales Gesicht hatte, sahen seine Augen darin besonders groß aus. Wenn sie zur Ruhe kamen, wirkte er tiefsinnig und charakterstark. Aber sie kamen selten zur Ruhe, vielmehr tanzten sie gerne wild herum, wodurch er oberflächlich und neugierig wirkte. In Wirklichkeit war er weder das eine noch das andere. Die ständige Bewegung seiner Augen war einfach eine Angewohnheit, und das viele Reden lag an seinem Geltungsbedürfnis. Er war ein freundlicher Mensch. Eine Frau, die bereits im Grab lag, und eine andere, die ständig krank war, hatten ihm acht Kinder hinterlassen.

Mit ein wenig mehr Anstrengung wäre er ein Gelehrter geworden, aber die acht Heuschreckenmäuler und die sechzehn zappelnden Beine beraubten ihn dieser Möglichkeit. Wie sehr er sich auch bemühte, Schuhe und Strümpfe von acht Kindern machten ihn für immer handlungsunfähig.

Er war nicht nur ein naher Verwandter von Qian Moyin, er war auch ein guter Freund. Beide hatten zwar nicht die gleichen Studien betrieben, jeder respektierte jedoch die Bildung des anderen. Das Leben zu genießen, verstand Qian Moyin aber weitaus besser, darum beneidete der Schwager ihn sehr. Moyin verfügte über Gedichte und Bilder, Gewächse und Beifußschnaps, er dagegen nur über Kinder, die sich wie eine Horde hungriger Wölfe balgen konnten. Er besuchte seine Schwester und den Schwager gern, denn selbst wenn auch ihnen der Reis ausgegangen war, konnte man immer noch nach Herzenslust über Vergangenes, Gegenwärtiges und Kommendes plaudern. Er nannte das: »Den Rost vom Herzen kratzen«. Leider hatte er nur selten die Gelegenheit zu diesen Besuchen, denn acht Kinder und die meist kränkelnde Frau fesselten ihn an den Alltag. Als ihm Sun-Sieben die Todesnachricht überbrachte, war er gerade beim Essen und rannte sofort, ohne nach einer Kopfbedeckung zu suchen, mit ihm los. Unterwegs weinte er vor sich hin.

Mit ihm durchwachte Ruixuan die erste Nacht. Ruixuan mochte diesen Menschen. Die Sorge um das Land und daß sie sich trotz dieser Sorge außerstande sahen, ihrem Land die Treue zu erweisen, brachte die beiden einander näher. Er erklärte Ruixuan: »Historisch betrachtet ist es durchaus keine Schande, Chinese zu sein. Wer letztlich aber nur das Private und nicht das Gemeinwesen bedenkt, nur vom Kämpfen redet wie ich, ohne wirklich zu den Waffen zu greifen, der hat nicht verdient, ein Chinese zu sein. Peking ist schon lange besetzt, aber ich habe niemanden gesehen, der sich dem Feind tatsächlich entgegengestellt hätte. Es ist wirklich eine Schande, wie die Chinesen am Leben hängen und was sie an Schmach ertragen! Aber auch Sie und ich ...« Schnell hielt er inne und korrigierte sich: »Nein, so etwas sollte ich nicht sagen!«

»Das macht nichts«, lächelte Ruixuan resigniert, »wir beide sind uns da sehr ähnlich!«

»Wirklich? Lassen Sie mich von mir reden. Mit acht Kindern und einer kränkelnden Frau komme ich mir vor wie ein Insekt, das auf dem Fliegenfänger klebt, ich möchte davonfliegen, komme aber nicht los!« Um Ruixuan nicht zu Wort kommen zu lassen, sprach er schnell weiter: »Ich weiß ja, daß nicht einmal eine Schwalbe allein gen Süden fliegt und ihre Jungen im Nest sitzen läßt. Aber Helden wie Yue Fei und Wen Tianxiang hatten schließlich auch Familie. Wir, oh, Entschuldigung, nicht wir, ich, ich bin ein Weib, kein echter Mann! Und schauen wir doch die Pekinger Kultur an. Sie bringt nur solche halbherzigen Nichtsnutze wie mich hervor, keine mutig entschlossenen Kerle.«

Ruixuan stieß einen langen Seufzer aus: »Auch ich bin ein Weib!« Da verstummte der redelustige Herr Chen.

Als sich Ruixuan und der Vierte Li ratsuchend an Herrn Chen wandten, wurde dessen ohnehin nur schwach durchblutetes Gesicht fahl. Er schnappte ein paarmal nach Luft, ehe er stammelte: »Ich habe kein Geld, wahrscheinlich ergeht es meiner Schwester so wie mir!« Um ihm aus seiner Verlegenheit zu helfen, murmelte Ruixuan: »Wir sind alle gleich arm!«

Sie suchten den Vater der jungen Frau Qian auf, den Dritten Herrn Jin. Der war zwar nicht so groß wie der Vierte Li, aber bedeutend breiter mit seinen ausladenden Schultern, dickem Nacken und beinahe quadratischem Kopf, der nur spärlich behaart war, das Gesicht bartlos, die breite Nase tiefrot. Er vertrug einen oder anderthalb Liter Gaoliangschnaps. In seiner Jugend hatte er auf Pfählen gekämpft, Steinschlösser geworfen, gerungen und geboxt, aber kein einziges Buch gelesen. Das war zwar schon lange her, aber er wirkte immer noch stark wie ein Ochse. Er agierte von einem kleinen Teehaus aus. Bei einer selbstgebrühten Tasse Tee und pfeifeschmauchend beobachtete er die aus- und eingehenden Besucher, lauschte dem Geplauder ringsum und sinnierte über sein Geld. Interessierte ihn jemand oder hörte er etwas Brauchbares, stürzte er sich ins Geschäft. Er vermittelte Ehen und Geschäfte, vergab Kredite. In seinem Kopf existierte kein einziges chinesisches Schriftzeichen, dafür wimmelte es von fein aufgereihten Zahlengruppen. Er liebte das Geld, Geld war sein ein und alles, auch wenn er nicht wußte, wie das Schrift-

zeichen dafür aussah. Allerdings konnte er auch sehr großzügig sein. Wenn es darum ging, sein Ansehen herauszukehren, warf er bedenkenlos Geld hinaus.
Herr Jin und Qian Moyin hatten früher im selben Hof gewohnt. Qian Moyin hatte kein Geld von ihm geliehen, ihm aber öfter Beifußschnaps geschenkt, so waren beide Freunde geworden. Qian Moyin hatte nur Gedichte im Kopf, Herr Jin nur Zahlen. Waren beider Gesichter vom Trinken hochrot, kamen Gedichte und Zahlen nicht zur Sprache, und sie entdeckten, daß sie beide Menschen waren.
Durch ihre Freundschaft wurden sie auch zu Schwiegereltern ihrer Kinder. Nachdem die Tochter aus dem Haus war, tat es Herrn Jin ein bißchen leid, weil die Qians überhaupt nicht mit Geld umgehen konnten und auch gar keines hatten. Aber er merkte, daß die Tochter nichts von der Schwiegermutter auszuhalten hatte und die jungen Leute gut miteinander auskamen. Auch wenn die Qians arm waren, sie waren stolz, sie liehen sich nie etwas von ihm, schienen gar nicht zu wissen, was Geld bedeutet. Und schließlich war der Beifußschnaps des Freundes Qian gut und stark – und umsonst. Daher bereute er die Heirat nicht, sondern steckte der Tochter hin und wieder etwas zu, das er gleich mitsamt den Zinsen abschrieb.
Als er jetzt zu den Qians kam, war ihm klar, daß die Ausgaben für den Sarg und alles andere ihm zufielen. Aber er drängte sich nicht vor. Geld mußte er sicht- und hörbar ausgeben. Er fragte Frau Qian nicht nach ihrer finanziellen Situation, und sie ließ auch keinerlei Bitte um Hilfe verlauten. So wartete er geduldig ab. Sein Geld war wie ein berühmter Darsteller, der erst unter lautem Trommelwirbel auf die Bühne tritt. Da nun der Vierte Herr Li und Ruixuan die Trommel schlugen, stimmte er großmütig zu: »Bis zu zweihundert Kuai übernehme ich. Was darüber geht, kümmert mich nicht. In solchen Zeiten ist keiner flüssig!« Dann besprach er noch mit dem Vierten Herrn Li dessen Vorschläge und stimmte allem zu. Aus den wenigen Sätzen erkannte er, daß der Fachmann war und seine Spende nicht leichtfertig ausgeben würde. Um Ruixuan kümmerte er sich nicht, er fand ihn zu vornehm und hielt ihn für unpraktisch.

Der Vierte Li machte sich ans Werk. Nachdem das Grundkapital für die Beerdigung gesichert war, hatte Ruixuan Muße, mit Herrn Chen zu plaudern. Als gäbe es eine heimliche Übereinkunft zwischen ihnen, vermieden sie es, Herrn Qian zu erwähnen, obwohl das ein wichtiges Thema gewesen wäre, denn nun waren beide Söhne tot und niemand wußte, ob er selbst noch lebte. Sie hofften, daß er leben und wieder freikommen möge und die Familie durchkäme. Aber sie brachten es nicht über die Lippen, weil sie nicht das Geringste zu seiner Rettung beitragen konnten. Und obwohl ihre Münder nicht stillstanden, waren sie doch im Innersten sehr niedergeschlagen. Mit Blicken bedeuteten sie sich gegenseitig: »Was sind wir doch für nutzlose Dummköpfe!«
Sie kamen auch auf die Situation der Mutter und Schwiegertochter zu sprechen. Da hatte Ruixuan plötzlich eine Idee: »Wissen Sie nicht, ob sie ein wertvolles Sammlerstück haben, eine Kalligraphie oder eine bibliophile, alte, fadengebundene Buchausgabe? Dann könnten wir es für sie verkaufen, damit wenigstens etwas Geld da wäre.«
»Das weiß ich nicht«, Herr Chen ließ seine Augen schweifen, »aber selbst, wenn es so etwas gäbe, wer kauft denn heutzutage Kalligraphien oder Bücher?« Er preßte seine dünnen Lippen aufeinander.
»Könnten wir nicht Frau Qian fragen?« Ruixuan drängte es, ihr etwas Geld zu beschaffen.
»Nun«, Herr Chen ließ seine Augen wieder wandern, »da kennen Sie meine Schwester schlecht, sie betete meinen Schwager an!« Vorsichtig vermied er es, seinen Namen zu nennen. »Ich weiß, daß der Schwager keiner Fliege etwas zuleide tun konnte, er hat meine Schwester nie zu etwas gezwungen. Aber jedes Wort von ihm, jede kleine Gewohnheit hat sie als heilig und unwiderruflich betrachtet. Sie würde lieber hungern, damit er seinen Schnaps kriegt, sofort ihre Silberspange aus dem Haar nehmen, damit er sich ein Buch kaufen kann. Selbst wenn er etwas Wertvolles besäße, würde sie es nicht anrühren, geschweige denn zu Geld machen!«
»Aber was soll dann nach der Beerdigung werden?«
Herr Chen, der sonst so gern redete, wußte keine Antwort. Stockend stammelte er: »Damit jemand bei ihnen ist, könnte

ich herziehen. Sie brauchen die Fürsorge von Verwandten, Sie haben doch den Ausdruck in den Augen meiner Schwester gesehen?« Ruixuan nickte.
»Dieses Funkeln irritiert mich, wer weiß, was sie vorhat! Der Mann verhaftet, beide Söhne tot, sie hat wohl schon einen Plan. Ich mache mir große Sorgen, muß auf sie aufpassen, mich um sie kümmern. Aber ich komme nicht einmal selber zurecht, wie könnte ich da noch zwei Leute mehr ernähren? Nur auf sie aufzupassen und zuzusehen, wie sie verhungern? Mit unserem Land ist auch die Hilfsbereitschaft unter Freunden und Verwandten untergegangen. Die Besatzer sind Wölfe und die Unterworfenen Schafe, die – jedes für sich – um ihr Leben rennen. Außerdem sind die beiden Frauen an Stille gewöhnt. Wenn ich mit meinen acht Kindern herkomme, sind alle Pflanzen im Hof schon am ersten Tag zertrampelt, und in Kürze sind die beiden taub, sie würden das nicht lange aushalten.«
Der Sarg traf ein, unförmig, grob, häßlich, unlackiert, man sah jede Unebenheit und jedes Loch. Mengshi wurde in seinen alten Kleidern in diese abstoßend helle, kalte Kiste gelegt.
Herr Jin klopfte einige Male mit seiner großen Faust an den Sarg, der rote Glanz war völlig aus seinem Gesicht gewichen, schwach rief er: »Mengshi, Mengshi! Willst du uns wirklich verlassen?«
Frau Qian weinte nicht. Als der Sarg geschlossen werden sollte, holte sie eine kleine Rolle aus ihrer Bluse, vergilbtes Papier, das sie neben die Hand des Sohnes legte. Ruixuan warf Herrn Chen einen Blick zu. Sie errieten, daß das wohl Bilder waren, doch sie wagten nicht zu fragen. Die unförmige große helle Kiste verursachte ihnen ein Kratzen im Hals. Sie hatten alle schon Särge gesehen, aber dieser hier war anders, er war wie ein böses Omen.
Die junge Frau Qian schluchzte laut. Als Herr Jin die Tochter weinen hörte, verloren auch seine Augen die Kontrolle über die Tränen. Das machte ihn wütend. Er ging zur Tochter, ergriff ihre Hand und mahnte sie streng: »Es wird nicht geweint!« Die junge Frau schluchzte aber weiter. Da fiel ihm nichts mehr ein, und auch seine Tränen rollten.
Der Tag der Beerdigung war der traurigste, den die Gasse je

erlebt hatte. Sechzehn Habenichtse, nicht einmal in Trauerkleidung, hoben bei den Schnurbäumen nach den Schlägen der Trauerklapper des Vierten Li langsam und vorsichtig den gräßlich hellen Sarg an den Tragestangen. Ohne Trauerglocke lief die junge Frau mit aufgelösten Haaren in einem langen groben Trauergewand als Wegweiser für die Seele vor dem Sarg her. Sie sah aus wie ein Gespenst. Ihr Vater, traurig, zornig, ratlos, stützte sie. An seiner roten Nase hingen ein paar Tränen. Als der Sarg hochgehoben wurde, stampfte er ein paarmal kräftig mit den Füßen. Die Musikanten spielten ein einfaches Stück. Mit klarer Stimme rief der Vierte Li: »Und jetzt das Toten...geld.« Bei der letzten Silbe versagte ihm die Stimme. Das durfte eigentlich nicht passieren. Denn beim Schlagen der Totenklapper, Auge und Ohr der Träger, mußte er sehr genau auf den Rhythmus achten, immer gleichmäßig und nicht zu laut schlagen, durfte keine Gefühlsregung zeigen. Dem Zug folgte Frau Qian auf einem schäbigen Karren, der von einem dürren Esel gezogen wurde. Ihre Augen schauten starr auf den Sarg, sie waren trocken, funkelten aber immer noch seltsam. Mit jeder Bewegung des Karrens schwankte ihr Kopf leicht. Der alte Herr Qi, noch benommen von seiner Krankheit, stand auf Xiao Shun gestützt im Tor. Er traute sich nicht hinaus. Die kleine Niuzi wollte auch zuschauen, aber ihre Mutter holte sie zurück. Sie hatte das weichste Herz von allen. Als sie Niuzi in den Hof schob, fragte die Schwiegermutter aus dem Südzimmer: »Ist heute die Beerdigung?«
Sie rief nur ein kurzes »Ja!« und begab sich schnell in die Küche, dort konnte sie beim Gemüseschneiden ihren Tränen freien Lauf lassen.
Ruixuan, der junge Cui und Meister Sun-Sieben begleiteten den Zug. Außer den Guans standen alle Nachbarn mit Tränen in den Augen vor der Tür. Als Witwe Ma die junge Frau Qian erblickte, hätte sie beinahe laut geweint. Ihr Enkel Changshun führte sie hinein: »Großmutter, weine nicht!« Dabei kitzelte ihn selbst etwas in der Nase. Frau Wen lehnte an der Tür, ging aber sogleich wieder hinein, nachdem sie den Sarg gesehen hatte. Großmutter Li hatte es übernommen, im Hause Qian zu bleiben. Sie folgte dem Sarg laut weinend bis zum Ausgang der Gasse, dort schickte ihr Mann sie barsch zurück.

Geht ein Land unter, tritt auch der Tod nicht selten in Erscheinung. Das tragische Bild der Familie Qian traf alle mitten ins Herz. Jeder fragte sich, wie sicher er selbst überhaupt noch sei, und begriff, daß der Tod jedermanns Nachbar war.

19

Die dicken Wolken im Anwesen der Guans konnten das Gewitter nicht mehr länger zurückhalten. Seit Tagen lag über dem Gesicht von Rotkürbis eine grau glänzende Fettschicht. Schon längst wollte sie das Feuer auf Tongfang und Gaodi eröffnen. Solange aber im Nachbarhof noch der Sarg stand, war ihre Stimme wie ein verrosteter Gewehrlauf, sie kam nicht in Gang. Ihr war, als ströme Grabesluft von nebenan über die Mauer. Eines Abends glaubte sie sogar, im Mondlicht eine Gestalt auf der Mauer zu sehen. Sie wagte nicht zu schreien, aber ihr standen die Haare zu Berge.

Als der Sarg endlich weggetragen wurde, fiel ihr ein Stück Eis vom Herzen. Die graue Fettschicht auf ihrem Gesicht färbte sich langsam wieder rot, sie thronte wie die Kaiserinmutter Cixi auf dem größten Sessel im Salon. Wie eine Explosion im Munitionsdepot schrie sie plötzlich: »Gaodi, komm her!«

Gaodi, obgleich solche Töne gewohnt, fuhr unwillkürlich zusammen. Die Nase unerschrocken gerümpft, kam sie langsam zu ihr. Ohne den Kopf zu heben, fragte sie aus der Mitte des Zimmers: »Was ist?« Ihre Stimme klang tief und schwer.

Die Sommersprossen im Gesicht von Rotkürbis funkelten wie kleine Geschosse. »Ich will wissen, was du neulich mit dem Weibsstück bei den Nachbarn wolltest, rede!«

Tongfang – weil sie die Bezeichnung »Weibsstück« nicht auf sich sitzen lassen wollte und um Gaodi beizustehen – sprang wütend in den Hof und schrie so laut sie konnte: »Sprich es ruhig deutlich aus, wer mit dem Weibsstück gemeint ist!«

»Wem die Jacke paßt, der zieht sie sich an!« Rotkürbis hob die Stimme noch um einiges an, um Tongfang zu übertönen. »Komm rein, wenn du dich traust!«

Tongfang war klein und nicht kräftig, im Handgemenge wäre sie Rotkürbis unterlegen. Aber ihr Mut trieb sie voran, wie ein

Sperber, der den Adler nicht fürchtet. Rotkürbis, Tongfang und Gaodi redeten gleichzeitig los, jede so laut sie konnte, keine hörte auf die andere. Wie Vögel im Wald, wo jeder einfach vor sich hin zwitscherte. Sie verloren bald den eigentlichen Grund aus dem Auge und schimpften nur noch nach Herzenslust, reihten schmutzige Wörter aneinander, ohne auf Grammatik und Satzbau zu achten. Das tat ihren Mündern und Herzen wohl. Sie öffneten alle Schleusen und kippten allen Schmutz heraus, der sich im Alltag angesammelt hatte. Damit ging auch die Maske zu Bruch, die sie gewöhnlich vor anderen Menschen aufsetzten, und ihr wahres Gesicht trat zutage.

Guan Xiaohe verbarg sich in Tongfangs Zimmer, leise summte er eine Arie aus der Pekingoper »Die List der leeren Stadt«, dazu klopfte er mit dem Zeige-, Mittel- und Ringfinger der rechten Hand locker den Takt aufs Knie. Er wußte genau, zum Eingreifen und Schlichten war es noch zu früh. Solange es nicht ausreichend geregnet hatte, würde der Himmel trotz Gewitter nicht aufklaren. Erst wenn Schaum in ihren Mundwinkeln stünde, ihre Gesichter nicht mehr rot, sondern blaß und ihre Zungen schlaffer geworden wären, würde er hinübergehen und sich ohne Anstrengung mit großem Erfolg als Schlichter und Oberhaupt der Familie präsentieren.

Auch Ruifeng eilte auf Anweisung seiner Gattin zum Schlichten herbei. Aus zwei Gründen fühlte er sich dazu bemüßigt: er wollte das Vertrauen der Guans erlangen und sein eigenes Ansehen erhöhen. Selbst für den Fall, daß er nichts erreichte, konnten die Guans seinen guten Willen kaum übersehen. Er mußte hingehen, wie ein Keil in ihr Haus eindringen, damit sie ihn ganz als ihren Freund anerkennen mußten. Außerdem durfte ein Befehl von Dickmadam nicht ignoriert werden. Er kämmte sein Haar, bis es glänzte, zog ein Paar neue Schuhe an und entschied sich für ein nicht zu neues, aber auch nicht zu altes gefüttertes Seidengewand, dessen Ärmel er sorgfältig ein wenig umschlug, damit das weiße Hemd vorschaute. Ein neues langes Gewand schien ihm unpassend zu sein, um einen Streit zu schlichten, auch kam man sich in neuen Kleidern immer etwas unnatürlich vor, und er ging doch zu den Guans, wo der elegante Stil des Herrn Guan vor allem durch Natürlichkeit überzeugte.

Auf dem Schlachtfeld angelangt, sagte er zunächst kein Wort, sondern legte sein vertrocknetes Gesicht in angestrengte Falten und runzelte die Stirn, als sei der Streit der Guans eine äußerst ernste Angelegenheit, die ihm allergrößten Kummer bereitete. Als die drei Frauen ihn erblickten, wurden ihre bereits ermatteten Zungen wieder munter und ihre Worte ergossen sich wie drei Bottiche heißen Wassers über seinen Kopf. Er schluckte. Dann sandten seine Augen flehentlich besorgte Blicke zu Rotkürbis, sein Kopf nickte ununterbrochen Gaodi zu, sein rechtes Ohr richtete sich auf Tongfang, und aus Mund und Nase stöhnte, schnaufte und seufzte er. Er konnte kein einziges Wort unterscheiden, tauchte aber mit Ohren, Augen, Mund und Nase in ihren Lärm ein, als sei nur er in der Lage, sie zu verstehen.
Als ihre Zungen wieder etwas schlapper klangen, nutzte er die Chance: »Es reicht! Ich bitte um Ihre Aufmerksamkeit! Mir zuliebe. Frau Guan!«
»Das ist eine Unverschämtheit!« Da Rotkürbis schon ziemlich erschöpft war, knirschte sie mit den Zähnen, um ihre Empörung zu unterstreichen.
»Fräulein Guan, gehen Sie und ruhen sich aus! Zweite Frau Guan, mir zuliebe!« Gaodi und Tongfang hatten nicht einmal mehr die Kraft zu einem bösen Blick auf den Feind, verlegen traten sie den ehrenvollen Rückzug an.
Rotkürbis trank einen Schluck Tee und wollte Ruifeng ihren Kummer erzählen. Der runzelte erneut die Stirn und schickte sich an, ihren Bericht wie die schwierigste mathematische Aufgabe anzuhören. Da trat Guan Xiaohe in einer hellgrauen, gefütterten Jacke und Hose aus Hunanseide, darüber eine kleine dunkelgraue Strickweste mit Chrysanthemenmuster, mit einem breiten Lächeln ein. »Ruifeng! Heute so müßig?« Er schien von dem soeben beendeten Streit überhaupt nichts zu wissen. Ohne eine Antwort des Gastes abzuwarten, wandte er sich an seine Frau: »Willst du Ruifeng nicht etwas zu essen anbieten?«
Rotkürbis hätte zwar ihren Kummer gern noch ausgebreitet, aber nach diesem langen Streit fand sie es nicht schlecht, Gedanken und Rede in eine andere Richtung zu lenken. »Richtig, Ruifeng, heute müssen Sie sich einladen lassen. Was würden Sie denn gern essen?«
Ohne Genehmigung seiner Frau wagte er keine Einladung der

Guans anzunehmen. Er rollte seine Augäpfel ein wenig, dann erfand er eine Lüge: »Nein, Frau Guan, man erwartet mich zu Haus zum Essen, heute hat uns jemand eine Pekingente geschickt! Ich ziere mich bestimmt nicht. Ein andermal, dann komme ich mit meiner Frau.«
»Abgemacht, wie wäre es morgen?« Das Gesicht von Rotkürbis hatte sein normales Aussehen wiedererlangt, freundliche Eindringlichkeit paarte sich mit würdevollem Ernst. Als sie sah, daß Ruifeng Anstalten zum Gehen machte, fügte sie hinzu: »Trinken Sie doch erst noch etwas Tee, es ist ja noch nicht Essenszeit!« Sie befahl dem Diener, Tee zu brühen.
Ruifeng hatte es eilig, der Gattin die Siegesmeldung zu überbringen, wollte sich aber auch nicht die Gelegenheit zu einer Unterhaltung mit den Guans entgehen lassen. Da entschied er, noch ein Weilchen zu bleiben.
Guan Xiaohe war auf seine gelassene Ruhe und sein gezieltes Vorgehen stolz und fand, er besäße durchaus etwas von der Haltung und Weisheit des großen Strategen Zhuge Liangs. Auch mit dem Benehmen seiner Frau war er zufrieden. Hätte sie unaufhaltsam weiter gestritten und geschimpft, hätte er gar nichts ausrichten können. Er mußte zeigen, daß er den Streit der Frauen schon ernst nähme, auch um Rotkürbis zu beruhigen und der Gefahr zu entgehen, nach dem Abschied des Gastes von ihr angegriffen zu werden.
Bevor er aber den Mund aufmachte, seufzte er erst einmal kräftig, dann folgte ein ratloses, nichtssagendes Lächeln: »Wenn junge Männer heranwachsen, müssen sie sich eine Frau nehmen, wenn Mädchen erwachsen werden, muß man sie verheiraten, das ist richtig! Meiner Meinung nach ...« Er blickte zu Rotkürbis, um nach ihrer Stimmung zu entscheiden, ob es ratsam war weiterzusprechen. Da ihr Gesicht entspannt war, Fleischwülste und Falten inzwischen sogar einige Sommersprossen verdeckten, schloß er, daß ihre Stimmung nicht umschlagen würde, und fuhr fort: »Meiner Meinung nach sollten wir Gaodi eine Schwiegerfamilie suchen. In letzter Zeit ist sie schlecht gelaunt und benimmt sich unmöglich.«
Ruifeng wagte nicht, ohne weiteres seine Meinung zu äußern, runzelte die Stirn, blinzelte und leckte sich die Lippen, um seine Anteilnahme und Aufmerksamkeit kundzutun.

Rotkürbis wurde nicht zornig, sie zog lediglich die Mundwinkel so weit nach unten, bis eine dünne, lange gekrümmte Linie entstand, die sich dann öffnete: »Du wagst bloß nicht zuzugeben, daß Tongfang es eigentlich ist, die sich unmöglich benimmt!«

Sofort stellte Ruifeng das Stirnrunzeln und Augenblinzeln ein. Sein Quittengesicht wurde zu einer Stele ohne Inschrift. Er wollte keineswegs wegen solcher Grimassen parteiisch wirken und den Verdruß einer Seite erwecken.

Xiaohe erriet aus Tonfall und Gesichtsausdruck der Gemahlin, daß sie nicht sofort zum Generalangriff übergehen würde, deshalb suchte er das Peinliche zu überspielen: »Nein, wirklich, ich mache mir ernsthaft Sorgen um Gaodi.«

»Ruifeng«, Rotkürbis hatte sogleich eine Idee, »Sie müssen uns helfen! Kennen Sie jemanden, der zu ihr passen würde und den Sie ihr vorstellen könnten?«

Ruifeng traf diese Schmeichelei unerwartet, dann aber strahlte er: »Ich werde mein Bestes tun!« Danach durchforstete er sein Gehirn, denn er hätte Rotkürbis zu gern auf der Stelle ein paar geeignete Schwiegersöhne präsentiert. Schmunzelnd dachte er: »Oh, ich als Vermittler! Für die Guans!« Vielleicht weil er zu aufgeregt war, fielen ihm im Moment keine Ehrenmänner ein, die als Schwiegersöhne der Familie Guan in Frage kämen. Daher wechselte er das Thema: »Jede Familie hat eben ihr Päckchen zu tragen.«

»Wie das? Hat etwa Ihre...« Xiaohe legte die Stirn in Falten, nun war er an der Reihe, Mitgefühl und Anteilnahme zu zeigen.

»Das ist nicht so einfach erzählt!« Auf Ruifengs Gesicht erschien ein Hauch von Feuchtigkeit, als ob es aus allen Poren Tränen vergießen wollte.

»Sprechen Sie sich aus, ich werde das jedenfalls nicht weitererzählen!« Xiaohe war begierig, von den Auseinandersetzungen bei den Qis zu hören.

Eigentlich hatte Ruifeng nichts Unrechtes zu berichten, doch jetzt mußte er über irgendein Unrecht klagen, um seine Herzensgüte und Großzügigkeit zu offenbaren. Gab es nichts, mußte er etwas erfinden. Er schlürfte den frischgebrühten Tee und berichtete wie eine herumgestoßene Schwiegertochter, die

den Eltern ihr Leid klagt, von den Straftaten aller vier Generationen. Schließlich erwähnte er, wohl nicht länger zu Hause wohnen bleiben zu können, weil der ältere Bruder Ruixuan und dessen Frau ihn drängen würden, die Familie zu verlassen. Das war zwar eine hundertprozentige Lüge, aber genau das richtige Mittel, um das Mitleid anderer zu erregen.
Xiaohe fühlte mit Ruifeng, hielt es aber nicht für geraten, ihm einen Vorschlag zu unterbreiten, sonst bestand die Gefahr, daß er dann wirklich auch helfen mußte. Am meisten an der Sache freute ihn die Disharmonie bei den Qis. Das tat ihm gut und ließ ihn die Streitigkeiten in der eigenen Familie als unausweichlich und selbstverständlich betrachten.
Auch Rotkürbis fühlte sehr mit Ruifeng und hatte zudem gleich eine Idee. »Ruifeng, ziehen Sie sofort zu uns herüber! Mein kleines Südstübchen steht leer. Wenn es Ihnen nicht zu eng ist, ziehen Sie ein und fertig! Sie brauchen sich nicht zu genieren, ich lasse Sie bestimmt nicht umsonst da wohnen, ich kassiere Miete, seien Sie ganz unbesorgt.«
Das allerdings erschreckte Ruifeng. So eine schnelle Lösung hatte er nicht erwartet. Nun war er ratlos und wagte nicht, das hochherzige Angebot von Frau Guan abzulehnen, aber auch nicht, es sofort anzunehmen. Sein stets auf das Praktische gerichteter Sinn sagte ihm, daß er, wenn er hier einzöge, beim Kartenspiel und all dem anderen nicht mithalten konnte. Sein kleines Gesicht zog sich zusammen. Er bereute schon, sich durch sein Gerede in eine Klemme gebracht zu haben.
Herr Guan erkannte die Not des Gastes und sagte zu Rotkürbis: »Du solltest niemanden zum Wegziehen überreden!«
Vorschläge von Rotkürbis durften keinesfalls abgelehnt werden. Nur sie selbst konnte sie beliebig verändern. »Was weißt denn du schon! Ich kann es nicht mit ansehen, wie Ruifeng, ein so guter Mensch, von seiner Familie wie ein Ball herumgeschubst wird.« Und zu Ruifeng: »Wann immer Sie kommen wollen, das kleine Zimmer steht für Sie bereit! Dem Edlen genügt ein Wort, dem Hengst ein Peitschenhieb!«
Ruifeng spürte die zwingende Pflicht zu nicken. Eigentlich hätte er auch ein paar Worte der Dankbarkeit sagen müssen. Xiaohe sah seine Verlegenheit und lenkte ab: »Ruifeng, Ihr werter Bruder hat doch den Qians geholfen, wie haben die

denn die Beerdigung bewerkstelligt, hat er Ihnen das erzählt?«

Nach kurzer Überlegung antwortete Ruifeng: »Ach, der versteht sich nicht mit mir. Wir haben nur den gleichen Namen, aber nicht die gleichen Gefühle.« Die Sentenz schien dem Aufsatz eines Mittelschülers zu entstammen, er war sehr zufrieden mit seinem Redetalent.

»Ach, lassen wir das!« Guan Xiaohes Sinn und Ton zielten eher darauf ab, den Freund anzustacheln, als ihn zu beruhigen.

Ruifeng wollte sich einschmeicheln und das Gespräch nicht dabei bewenden lassen. »Verehrter Xiaohe, was wollen Sie denn wissen? Ich kann Ruixuan fragen, und wenn er mir nichts erzählen will, kann ich immer noch woanders etwas in Erfahrung ...«

»Ach, nichts Besonderes«, lächelte Xiaohe gelangweilt. »Ich wollte nur wissen, ob die Qians Kalligraphien oder Bilder verkaufen. Da Vater und Sohn gemalt haben, haben sie wohl auch etwas gesammelt. Falls sie für die Beerdigung Geld brauchen und etwas davon verkaufen möchten, würde ich ihnen gern behilflich sein.« Sein Lächeln gewann an Stärke, er war mit sich zufrieden. Wie geschickt hatte er doch formuliert: Statt »die Not anderer nutzen« wollte er ihnen »behilflich« sein.

»Was willst du denn mit Kalligraphien und Bildern? In diesen Zeiten Geld für Papierfetzen ausgeben? Du bist wohl verrückt?« Rotkürbis fand, mit einem hübschen Kleidungsstück könnte man sich wenigstens noch für die Straße schön machen, während Bilder nur dazu taugten, an die Wand gehängt zu werden. Wenn schon Geld ausgeben, dann nur für Dinge, mit denen man draußen angeben konnte.

»Das verstehst du nicht!« sagte Xiaohe mit einem aufgesetzten Lächeln. »Ich habe da meine eigenen Pläne. Ach«, wandte er sich Ruifeng zu, »bringen Sie das doch für mich in Erfahrung. Ich werde mich auch erkenntlich zeigen.« Er straffte seinen Rücken, senkte den Kopf, legte die ineinander verschränkten Hände auf den Kopf und verharrte so fünf, sechs Sekunden.

Ruifeng beeilte sich, die Hände ebenfalls ineinanderzulegen, aber ihm gelang das nicht so würdevoll wie Herrn Guan. Er

war ein wenig irritiert und beschloß, sich zu verabschieden und sich zu Hause mit Dickmadam zu beraten.
Dort wagte er nicht, sogleich mit der Tür ins Haus zu fallen, sondern lief mit gerunzelter Stirn im Zimmer auf und ab. Er war ratlos, fühlte sich aber höchst bedeutsam. Erst als Madame es befahl, erstattete er wahrheitsgemäß Bericht. Als sie hörte, man könne zu den Guans ziehen, war das für sie wie für einen Hund, der einen Knochen erblickt: »Das ist ja herrlich! Da hast du mal was geleistet!«
Das Lob nahm er zwar lächelnd entgegen, aber: »Unsere Einkünfte sind doch...«, er sprach nicht zu Ende, um sich nicht völlig seiner Bedeutsamkeit zu berauben.
»Du verdienst wenig, weil du trübe Augen hast, die Leute nicht zu nehmen weißt!« Dickmadam reckte ihren Nacken. Sie sprach, als hätte sie einen Kloß im Mund. »Jetzt haben wir endlich was zu den Guans angebahnt, warum sollten wir uns nicht gleich richtig mit ihnen zusammentun? Ich habe noch keinen gesehen, der so wie du zu gar nichts taugt.«
Ruifeng wartete eine Weile, bis ihre Wut nachgelassen hatte, dann machte er den Mund auf: »Wenn wir rüberziehen, haben wir nicht einmal das Geld fürs Essen.«
»Warum können wir nicht dort wohnen und hier essen? Ruixuan wird uns doch nicht etwa drei Mahlzeiten verweigern?«
Nach kurzem Nachdenken fand Ruifeng: Das war die Lösung!
»Geh, sag's ihnen! Wenn du es nicht machst, tue ich es!«
»Ich gehe ja! Dem älteren Bruder wird das bißchen Essengeld nicht so wichtig sein. Außerdem werde ich ihm klar sagen, daß wir unser Essen selbst bestreiten, sobald ich eine gute Stelle gefunden habe. Es sei also nur vorübergehend.«

Das Feld mit den Gräbern der Familie Qian lag außerhalb des Osttores. Als der Zug mit dem Sarg den Trommelturm erreichte, schlug Herr Jin Frau Qian vor, die Freunde von der weiteren Begleitung zu entbinden. Ruixuan war solche Märsche nicht gewohnt, doch er wollte bis zum Stadttor mitgehen. Aber Frau Qians Bruder, Herr Chen, nahm den gutgemeinten Vorschlag gern an, denn sein blutarmes, dünnes Gesicht war bereits ganz blaß. Um nicht als einziger umzukehren, mußte er noch jemanden finden, der ihn begleitete, denn nach Pekinger Brauch war es üblich, daß Verwandte bis zum Grabe mitgingen. Er flüsterte Ruixuan etwas zu. Als der seine Gesichtsfarbe sah, willigte er ein, gemeinsam mit ihm zurückzubleiben.

Xiao Cui und Sun-Sieben beschlossen, weiterzugehen.

Herr Chen trat zu dem Karren und verabschiedete sich von der Schwester. Es war ihm sehr unangenehm. Frau Qian schien nicht recht zu verstehen, vielleicht aber doch, sie nickte eher zufällig mit dem Kopf. Er lief noch einige Schritte nebenher. »Schwester, nimm es nicht zu schwer. Wenn ich morgen nicht komme, dann bestimmt übermorgen.« Offensichtlich wollte er noch mehr sagen, aber die Knie wurden ihm weich. So fuhr der Karren vorüber. Er blieb nachdenklich am Straßenrand stehen.

Auch Ruixuan hätte sich gern von Frau Qian verabschiedet, doch als er ihr Gesicht sah, ließ er es sein. Beide blickten dem Sarg hinterher. Der Himmel war klar, und sie konnten die lange Straße hinunter bis zum Osttor schauen, das in leichten Staub gehüllt schien. Der klare Herbsthimmel bereitete ihnen kein wohliges Gefühl, er schien sie niederzudrücken und hier festnageln zu wollen. Sie sahen das Licht, das über dem häßlichen Sarg lag, der sich mühsam vorwärts bewegte. Es schien aber gar kein Licht zu sein, eher ein Schabernack, der wie eine Fliege über dem Toten schwirrte. Langsam entfernte sich der Sarg. Die Strommasten zu beiden Seiten der Straße schienen in der Ferne zusammenzustoßen und ihn einzukeilen, während das Torgebäude ihn still und kalt anzuziehen schien, um ihn für immer darin verschwinden zu lassen. In sich gekehrt, machten sie sich auf den Heimweg.

Für Ruixuan wäre es am besten gewesen, die Straßenbahn bis zur Taipinggasse zu nehmen oder aber über die Schräge Yandai-Straße, vorbei am Shishahai, den Drei Seen, dann über die Wangfu-Straße zum Huguosi-Tempel zu laufen. Aber er achtete überhaupt nicht auf den Weg, den er einschlug. Immer weiter in westlicher Richtung ging er, als wollte er zum Desheng-Tor. Herr Chen folgte ihm. Hinter dem Trommelturm hob Ruixuan plötzlich den Kopf: »Oh, wo bin ich denn hier?«

»Ich bin auch falsch, ich müßte zum Hintertor hinaus.« Herr Chen blickte zu Boden, als sei ihm etwas sehr peinlich.
Ruixuan dachte, der geht aber zu weit mit seiner Höflichkeit. Er schlug einen Bogen, doch Herr Chen folgte ihm weiter. Am Eingang zur Schrägstraße verabschiedete er sich von ihm. Der folgte ihm wieder. Ruixuan fühlte sich unwohl, wollte jedoch auch nichts sagen. Anfangs hatte er angenommen, Herr Chen wolle sich unterhalten und könne sich deshalb nicht trennen, der hatte aber kein Wort gesagt. Verstohlen blickte er zu ihm, seine Gesichtsfarbe war noch immer aschfahl, er schien sichtlich erschöpft. Ruixuan fragte sich, wie jemand, der schon so müde ist, solche Umwege machen kann, nur um einen Freund zu begleiten? Als sie die Gasse fast durchquert hatten, hielt Ruixuan es nicht mehr aus: »Herr Chen, warum begleiten Sie mich? Wollten Sie nicht zum Hintertor?«
Herr Chen senkte den Blick, soweit es ging, und wischte sich mit dem Ärmel über den Mund. Seine redegewandten Lippen begannen zu zucken. Schließlich stieß er schweißgebadet hervor: »Herr Qi!«, nur kurz schlug er die Augen auf, um sie sofort wieder niederzuschlagen, »Herr Qi, eh...«, er stöhnte, »hätten Sie, hätten Sie vielleicht einen Kuai? Ich muß fünf Pfund Mischmehl mit nach Hause bringen, die acht Kinder...«
Ruixuan fand keine Worte, zog schnell einen Fünfkuaischein heraus und drückte ihn Herrn Chen in die Hand. Der seufzte wieder. Er hätte gerne seine Schwierigkeiten und die peinliche Ungehörigkeit erklärt.
Ruixuan ließ jedoch keine Erläuterungen zu, murmelte nur: »Uns geht es allen ähnlich!« Er sah es ziemlich deutlich vor sich: Wenn die Japaner Peking ewig besetzt hielten, würde es ihm eines Tages ebenso ergehen wie Herrn Chen. Er empfand keine Verachtung, hatte aber das dringende Bedürfnis, diese tragikomische Szene so schnell wie möglich zu beenden. Ohne ein weiteres Wort lief er in Richtung der Drei Seen davon.
Dort waren nur wenige Passanten unterwegs. Außer dem fernen, vom Wind herangetragenen Klingeln der Straßenbahn hörte er keinen Laut. Die Wassernüsse, Seerosen und der

Lotus waren längst verwelkt, nur noch ein paar Blattreste schauten aus dem Wasser oder schwammen obendrauf. Auch die Weiden am Ufer trugen nur noch spärlich und zumeist schon gelb gefärbte Blätter. Mitten im See verharrte ein weißer Reiher, der als Sinnbild der Herbststimmung erschien, so still, weiß, erhaben und einsam. Ruixuan fühlte sich von ihm angezogen, lange stand er unter einer Herbstweide. Ihm gingen die Ereignisse durch den Kopf, er ließ die Geschichte des Untergangs noch einmal an sich vorüberziehen, um seine Zukunft zu bestimmen. Nur gelang es ihm nicht, sich zu konzentrieren. Immer, wenn er einen Gedanken fassen wollte oder ihm eine Idee kam, tauchte in seinem Innern eine spöttische Stimme auf: »Wozu denkst du dir das aus? Du wagst es doch sowieso nicht, gegen den Feind zu kämpfen, du kannst dich ja nie entscheiden!« Er hätte eine Menge Gründe gewußt, um sich zu rechtfertigen, aber die Stimme in seinem Innern ließ ihm keine Gelegenheit dazu. Sie schien ihr Urteil schon gefällt zu haben: »Wer keinen Mut hat, aufrecht stehend zu kämpfen, wird am Boden liegend verfaulen!« Schnell lief er am Ufer weiter.

Zu Hause wollte er erst einmal einen Tee trinken, sich etwas ausruhen und dann nach den Qians sehen. Er hatte das Gefühl, wenn er den anderen helfen könne, würde er die eigenen Sorgen eine Weile vergessen. Er hatte den Tee noch nicht ausgetrunken, als Ruifeng erschien und mit ihm reden wollte.

Nachdem Ruixuan den Zweiten Bruder angehört hatte, stieg Wut in ihm hoch. Plötzlich ging ihm auf, daß er im Angesicht seines Bruders mildernde Umstände für sich selbst fand – es gab noch größere Schwächlinge als ihn! Das stimmte ihn allerdings nicht froher, im Gegenteil, er wurde noch schwermütiger. Leute wie er durchschauten zwar die Dinge, waren aber zu gehorsam und hatten daher dem Feind die Einnahme Pekings ermöglicht. Außerdem würde sich mit Leuten wie vom Schlag des Zweiten Bruders und Guan Xiaohes in Peking nie etwas ändern. Und wenn die Intellektuellen im ganzen Land es nicht wagten, die Fäuste zu ballen, es überall solche Würmer wie den Zweiten und Guan Xiaohe gäbe, was sollte dann aus China werden? Nach dieser Erkenntnis lohnte es sich nicht, mit dem Zweiten zu streiten. Als der ausgeredet hatte,

sprach er leise, als fürchte er, ihn zu verletzen: »Wenn du ausziehen willst, besprich das mit Vater, ich kann das nicht entscheiden. Falls ihr auszieht, werde ich, solange ich noch eine Schale Reis habe, sie immer mit dir teilen, das steht außer Frage. Hast du sonst noch etwas?«
Nun war Ruifeng verblüfft. Er hatte eigentlich mit dem Bruder bis aufs Messer streiten wollen, aber bei dessen Haltung und Ton mußte er wohl das Messer wegstecken. Nach einer Weile hellte sich sein Gesicht auf: Sein Entschluß mußte völlig richtig sein, sonst hätte der Ältere Bruder in seiner Klugheit doch nicht ohne weiteres zugestimmt! Mit dieser Erklärung gewann er dem Bruder durchaus auch liebenswerte Züge ab. Er nahm sich vor, das Eisen zu schmieden, solange es heiß war, und alles auszusprechen. Überaus herzlich sagte er: »Älterer Bruder!« Erschrocken fuhr Ruixuan zusammen, ihm wurde auf einmal bewußt, daß er ja wirklich »sein« älterer Bruder war. »Älterer Bruder!« rief der Zweite noch einmal, zu größter Herzlichkeit entschlossen. »Weißt du, ob die Qians irgendwelche wertvollen Bilder haben?« Er sprach mit hoher Stimme, sehr zufrieden mit sich.
»Wozu willst du das wissen?«
»Ich meine nur, wenn sie so etwas hätten, wäre ich bereit, einen Käufer zu suchen. Die beiden Witwen...«
»Herr Qian ist noch nicht tot!«
»Meinetwegen! Ich denke, die beiden Frauen brauchen Geld, das stimmt doch wohl?«
»Frau Qian hat die Bilder bereits in den Sarg zu Mengshi gelegt!«
»Wirklich?« Der Zweite war erschrocken. »Diese Weiber sind aber auch zu...« Da ihn der Bruder streng musterte, schwieg er verlegen. Dann setzte er noch einmal an: »Sieh mal nach, vielleicht findest du doch noch etwas, wir möchten ihnen ja alle gern helfen.« Etwas betreten ging er hinaus, aber mit dem Satz auf den Lippen: »Wir haben gesiegt!« Den wollte er seiner Gattin sagen, um ein paar dicke Lachfalten auf ihr Gesicht zu zaubern.
Als der Zweite gegangen war, hätte Ruixuan am liebsten ein schreckliches Lachen ausgestoßen. Aber sogleich bereute er es. Nein, er durfte den Zweiten nicht so nachsichtig behan-

deln. Er war der Ältere, er mußte dem Jüngeren seine Fehler aufzeigen, konnte ihn nicht in den Abgrund stürzen lassen. Einen Augenblick lang dachte er daran, ihm nachzulaufen und ihn zurückzurufen, tat es dann doch nicht. Er legte seine leicht erhitzte Hand auf die Stirn und sagte sich: »Schließlich bin ich ein genauso heimatloser Knecht wie er!«

20

Ruixuan und Großmutter Li waren bereits in großer Sorge, es wurde schon dunkel, aber keiner war von der Beerdigung zurück. Großmutter Li hatte drinnen längst aufgeräumt, sie wartete nur die Rückkehrer ab, um nach Hause zu gehen und sich ein wenig auszuruhen. Da sie aber nicht müßig sein konnte, nahm sie einen alten Besen und kehrte hier und da etwas zusammen. Ruixuan hatte ihr oft genug gesagt: »Ruhen Sie sich doch aus, Großmutter Li!« Aber sie ging geschäftig hin und her und schimpfte dabei ständig auf »den alten Kerl«, als sei er an allem schuld.
Am Himmel stand pfirsichfarbenes Abendrot, in dessen Licht die Hahnenkammblüten an der Mauer wie Blutflecke wirkten. Als etwas später dann graue Stellen das Rot durchzogen, erschienen die Hahnenkammblüten dunkelviolett. Dann teilte sich der Abendhimmel in einen roten und einen grauen Fetzen, die in viele kleine Teile zerfielen und wie Weintrauben und Äpfel aussahen. Plötzlich verblaßten die Weintrauben, wurden dünn und durchscheinend, waren weder blau noch grau und nahmen eine ganz seltsame, furchterregende Farbe an. Die roten Äpfel wurden zu violett eingefärbten Feuerbällen. Unmittelbar darauf verwandelte sich alles, so wie Blüten plötzlich verwelken, in schwarzgrauen Nebel, der Himmel wurde dunkel und schien sich herabzusenken. Ruixuan schaute nach oben, dann wieder zu den Hahnenkammblüten. Es war, als senke sich mit dem Dunkel ein Stück Blei in sein Herz.
»Die Stadttore werden doch nicht wieder geschlossen worden sein? Oder aber ...« Die ersten Sterne zeigten sich schon, sehr klein und fern blinkten sie schwach am Himmel, der sein Blau

noch nicht ganz eingebüßt hatte. Leise rief er: »Großmutter Li, gehen Sie doch nach Hause, Sie haben den ganzen Tag geschuftet, jetzt müssen Sie aber Schluß machen!«
Doch sie ließ sich nicht beirren, sie wollte die Rückkehr von Frau Qian abwarten und ihr alles wieder übergeben.
Inzwischen wurde es völlig dunkel. Ruixuan zündete eine Lampe an. Das Summen und Schwirren der Insekten im Hof verschmolz zu einem eindringlich bohrenden Geräusch, das ihm auf die Nerven ging. Er griff nach einem Buch, das zwischen den anderen auf dem Tisch lag, eine Gedichtsammlung von Lu You. Um ein wenig darin zu lesen und seine innere Unruhe zu dämpfen, rückte er näher zur Lampe hin. Beim Aufschlagen fand er ein Stück Papier mit flüchtig hingeworfenen Zeichen, er erkannte Mengshis Handschrift. Noch bevor er etwas gelesen hatte, beschloß er wie selbstverständlich, dieses Blatt als Andenken zu behalten. Aber nein, das konnte er nicht tun, er mußte Frau Qian darum bitten. Aber wozu ein Andenken? Wer weiß, wann mich der Tod einholt! Dann las er: »Der Herbst beginnt. Leuchtfeuer lodern über Tausenden von Li, sie schrecken den Einsamen auf dem Turm. Über den wolkenverhangenen Gipfeln liegt ein letzter Hauch von Sommerstimmung. Die Ernte versinkt in einem Meer von Blut.« Es folgten noch drei, sehr undeutlich geschriebene und mehrmals durchgestrichene Zeichen, die er nicht entziffern konnte. Das Gedicht war ein unvollendeter Achtzeiler mit je fünf Zeichen.
Ruixuan las noch einmal, als habe er nicht alles verstanden. Normalerweise mochte er chinesische Gedichte nicht besonders, die meisten, die er gelesen hatte, wirkten auf ihn wie Opium – machten ihn träge. Ganz anders waren die Gedichte aus dem Westen, die das menschliche Herz wie Feuer entfachten. Doch diese Ansicht war vielleicht nur ein oberflächliches Vorurteil, deshalb mochte er sie nicht vor anderen äußern. Gegenüber Vater und Sohn Qian vermied er geflissentlich, über Literaturtheorie zu sprechen, um ihrer Freundschaft nicht zu schaden. Auch Mengshis unvollendetes Gedicht hatte seine Meinung über die Dichtung nicht beeinflussen können. Dennoch wollte er sich nicht davon trennen. Immer wieder versuchte er die verwischten Zeichen zu entziffern. Gelänge

ihm das, wollte er das Gedicht zu Ende schreiben. Er fand nichts Besonderes daran, und eigentlich war es auch nicht seine Art, sich mit solchen Kleinigkeiten aufzuhalten. Aber er wollte es vollenden.
Doch auch nach längerem Grübeln fiel ihm nichts ein. Er legte das Papier an seinen alten Ort zurück und schlug das Buch zu. »Das Land ist untergegangen, aber nicht die Dichtung! Nein, auch Sprache und Schrift können aussterben!« Er nickte bekräftigend. »Mengshi müßte man rächen und nicht Gedichte machen!« Dann dachte er an Herrn Chen, an die Leute in der Gasse, an sich selbst und stöhnte: »Alle bringen sich nur gerade mal so durch, nicht ein einziger wagt es, zum Schwert zu greifen.«
Großmutter Lis Stimme schreckte ihn auf: »Herr Qi, hören Sie, sie kommen.« Sie rannte los und wäre beinahe über die Schwelle gestolpert.
»Langsam, Großmutter Li!« Ruixuan eilte zu ihr.
»Macht nichts, ich stürze mich schon nicht zu Tode. Na, und wenn schon«, murmelte sie und lief hinaus.
Das Geräusch des alten Karrens verstummte vor dem Tor. Herr Jin rief erzürnt: »Gibt's hier denn gar keine Lebenden mehr? Und kein Licht?«
Als Ruixuan mit einer Lampe wiederkam, sah er staubige Gestalten umherhuschen, einen total verstaubten Karren mit einem Zugtier, das nicht einmal mehr mit dem Schwanz wedelte und so voller Staub war, daß es ein Maultier oder ein Esel sein konnte.
Herr Jin schrie wieder: »Hebt sie endlich raus, ihr Schlafmützen!«
Der Vierte Li, Sun-Sieben, Xiao Cui, Gesicht und Kopf völlig mit Staub bedeckt, so daß nur die Augen aus schwarzen Höhlen herausstarrten, traten wie Erdgespenster wortlos hinzu und packten mit an.
Ruixuan kam mit der Lampe näher heran und sah, daß sie die junge Frau Qian heraushoben. Er stellte sich auf die Zehenspitzen und schaute durch die Luke ins Innere des Karrens, er war leer, Frau Qian war nicht darin.
Großmutter Li rieb sich die kurzsichtigen Augen, sah aber immer noch nichts. »Was ist denn los?« Ihre Hände zitterten.

Da befahl Herr Jin wieder: »Platz da!«
Großmutter Li trat schnell zur Seite und wäre beinahe mit Xiao Cui zusammengestoßen.
»Hierher mit dem Licht, geh voran und steh da nicht rum«, rief Herr Jin in Richtung Lampe. Ruixuan machte eilig kehrt, schirmte mit einer Hand das Licht ab und ging vorsichtig durchs Tor.
In der Stube ließ sich Herr Jin auf den Fußboden fallen. Trotz seiner Konstitution war er völlig entkräftet.
Der Vierte Li lief stark gekrümmt, seine Füße schienen kaum den Boden zu finden, aber gefaßt wie stets regelte er alles umsichtig. »Brühe etwas Ingwer mit Zucker auf. Wenn es hier kein Feuer gibt, geh nach Hause, beeile dich!« raunte er seiner Frau zu.
»Hier ist Feuer«, erwiderte Großmutter Li. »Ich wußte doch, daß ihr etwas trinken wollt, wenn ihr zurückkommt. Was ist denn los?«
»Mach schon, jetzt ist keine Zeit zum Tratschen!« Und zu Sun-Sieben und Xiao Cui gewandt: »Geht ihr erst einmal nach Hause und macht euch frisch, später kommt ihr dann zu mir zum Essen. Wo ist der Kutscher?«
Der war ihnen gefolgt und wartete vor der Tür.
Der Vierte Li holte Geld hervor. »Schon gut, Kutscher, war heute ein anstrengender Tag. Demnächst lade ich dich zu einem Schnaps ein.« Er gab ihm keinen Kupferling mehr als vereinbart. Der Kutscher, ein Mann in mittleren Jahren mit einem Eselsgesicht, steckte das Geld ohne hinzugucken weg. »Wir verstehen uns schon, Vierter Herr Li. Ich gehe also.«
»Bis morgen.« Der Vierte Li begleitete ihn nicht hinaus, sondern lief zu Herrn Jin: »Wer benachrichtigt die Familie Chen, Herr Jin?«
»Das geht mich nichts an!« Herr Jin saß noch immer am Boden. Seine staubbedeckte Nase sah aus wie eine frisch geerntete Möhre. »Dieser Chen ist eine Null! Das ist mir ein Verwandter, der sich auf halbem Wege davonmacht und nicht mal wartet, bis der Tote unter der Erde ist! Ich kann jedenfalls nicht zu ihm gehen, meine Fußsohlen sind aufgerieben!«
»Was ist denn passiert, Großvater Li?« fragte Ruixuan.
Der Vierte Li hatte einen Kloß im Hals. »Frau Qian hat sich am Sarg den Kopf eingeschlagen, sie ist tot!«

»Waas?« stammelte Ruixuan und bereute bitter, daß er den Sarg nicht bis zum Grab begleitet hatte. Vielleicht hätte einer mehr etwas ausrichten und sie retten können. Außerdem hatten er und Herr Chen doch das seltsame Leuchten in ihren Augen bemerkt.
Inzwischen hatte Großmutter Li der jungen Frau Qian das Zuckerwasser eingeflößt, sie begann zu stöhnen.
Als Herr Jin seine Tochter hörte, vergaß er die wunden Füße und erhob sich. »Mein armes Mädchen! Uns hat es schwer getroffen, wie stehen wir bloß da«, murmelte er vor sich hin und ging zu ihr. Sein Zorn war verebbt, ihm kam sogleich eine Idee. »Mädchen, nimm es dir nicht so zu Herzen, du hast ja deinen Vater, der läßt dich nicht verhungern und erfrieren. Wenn du mitkommen willst, gehen wir sofort nach Hause, ja?«
Ruixuan war sofort klar, daß er Herrn Jin nicht gehen lassen durfte. Leise fragte er den Vierten Li: »Was ist mit der Leiche?«
»Ohne mich wäre gar nichts zu machen gewesen. Im Tempel dürfen die Seelen verweilen, aber keine Leiche ohne Sarg! Ich habe erst einmal am Osttor einen Brettersarg auf Kredit besorgt und bin dann ins Lotuskloster. Dort habe ich fast auf Knien gefleht, bis die endlich bereit waren, sie dort ein paar Tage aufzubewahren. Ob es bei diesem Sarg bleibt oder nicht und wie beerdigt werden soll, das muß jetzt schnell entschieden werden. Ich habe mein Leben lang anderen Leuten geholfen, aber so etwas habe ich noch nicht erlebt!« Der so besonnene und umsichtige Vierte Li war aufgeregt und nervös.
»Frau, gib mir doch endlich mal was zu trinken, mir brennt die Kehle wie Feuer!«
»Gleich, ich komme schon!« Großmutter Li hörte heraus, daß etwas nicht stimmte, und nannte ihn nicht mehr »alter Kerl«.
»Wir dürfen Herrn Jin nicht gehen lassen!« entfuhr es Ruixuan.
Herr Jin kam gerade heraus. »Wieso wollt ihr mich nicht gehen lassen? Schulde ich etwa jemandem was, he? Ich habe schon einen Schwiegersohn verabschiedet, vielleicht soll ich auch noch die Schwiegermutter beerdigen? Geht doch zu dem

Chen Soundso, diesem Kerl! Die Tote ist schließlich seine leibliche Schwester!«

Ruixuan holte tief Luft und stieß ein trauriges Lachen aus: »Lieber Dritter Onkel Jin, Herr Chen hat sich von mir gerade fünf Kuai geliehen, wie soll er denn da eine Beerdigung bestreiten?«

»Wenn ich fünf Kuai hätte, ich würde sie diesem Kerl nicht borgen!« Herr Jin hockte auf einem Schemel und rieb sich mit einer Hand die wunden Füße, mit der anderen wischte er sich den Staub aus dem Gesicht.

»Hm ...«, Ruixuans Haltung war immer noch höflich bittend, er wollte Herrn Jin keinesfalls noch mehr reizen. »Er ist wirklich arm. Jetzt, da die Japaner unsere Stadt besetzt halten, kriegen die Leute kein Gehalt mehr, und er hat noch acht Kinder, was soll er tun? Verehrter Onkel, tun Sie Gutes, ohne Sie sind wir verloren!«

Großmutter Li kam mit einer großen Kanne heißen Wassers und schenkte jedem eine Schale voll. Großvater Li, der auf der Erde hockte, und Herr Jin auf seinem Schemel schlürften das heiße Wasser. Dessen Hitze schien das Eis im Herzen von Herrn Jin geschmolzen zu haben. Er stellte die Schale ab, ließ den Kopf sinken und weinte und schluchzte. Die Tränen hinterließen zwei dicke Rinnen auf seinem staubigen Gesicht. Dann drückte er kräftig seine rote Nase, spuckte einen Klumpen Schleim aus und hob den Kopf. »Wer hätte das gedacht! So viele Menschen zwischen den neun Toren und acht Alleen, zwischen Dongdan, Xisi und dem Trommelturm, und wir alle zusammen werden nicht fertig mit den kleinen Japanern und lassen uns alles gefallen! Es war doch eine ganz normale Familie, aber einer nach dem anderen wurde in den Tod getrieben. Schon gut, Herr Qi, gehen Sie zu Herrn Chen. Das Geld bringe ich auf, aber er muß es wenigstens wissen. Der Kluge gibt sein Geld nicht heimlich aus!«

Obwohl Ruixuan auch ziemlich erschöpft war, entschloß er sich, zu Herrn Chen zu laufen. Der Vierte Li wollte Xiao Cui schicken, aber Ruixuan blieb fest. Er wollte selbst mit Herrn Chen reden und die Absicht von Herrn Jin übermitteln. Außerdem war Xiao Cui heute schon den ganzen Tag herumgelaufen.

Im Toreingang war es dunkel, der Mond war noch nicht aufgegangen. Unweit der Schwelle trat Ruixuan auf etwas Rundes, vielleicht ein Stück Holz, nur nicht so hart, vielleicht eine große Schlange. Unwillkürlich hielt er inne. Noch ehe ihm einfiel, daß es hier im Norden keine armdicken Schlangen gibt, kam es von unten: »Schlagt nur, ich sage nichts, ich sage nichts!« Ruixuan erkannte die Stimme: »Oh, Onkel Qian!«
Am Boden blieb es ruhig. Er beugte sich hinunter und bemühte sich angestrengt, etwas zu erkennen: Qian Moyin lag mit dem Gesicht nach unten im Eingang und versuchte über die Schwelle zu kriechen. Er ertastete einen Arm, der war weich, aber naß und kalt. Er rief in den Hof: »Onkel Jin, Großvater Li, kommt schnell!« Seine erschrockene Stimme ließ die beiden Alten hochfahren. Sie kamen rasch heraus. Herr Jin brummte: »Was ist denn nun schon wieder los, so ein Geschrei!«
»Schnell, faßt an, Onkel Qian!« rief Ruixuan aufgeregt.
»Wer? Qian Moyin?« Herr Jin prallte mit Ruixuan zusammen. »Qian Moyin? Du kommst ja gerade recht, es ist höchste Zeit!« murmelte er vor sich hin, erfaßte aber sogleich die Lage und packte mit beiden Händen Herrn Qians Beine.
»Frau!« rief der Vierte Li und ertastete im Dunkeln Herrn Qians Hals. »Schnell, die Lampe!«
Großmutter Lis Hände zitterten wieder, hastig griff sie nach der Lampe, brauchte aber lange, um sie auf den Fenstersims zu stellen. »Wer ist da? Was ist los? Hier spukt es wohl!«
Sie legten ihn im Zimmer auf den Boden. Ruixuan holte die Lampe und stellte sie auf den Tisch. Dort auf dem Boden lag wirklich Herr Qian, aber es war nicht mehr der Poet, den sie in Erinnerung hatten. In seinem Gesicht hing die dunkle Haut nur noch schlaff herunter. Die langen Haare klebten wie mit Kleister verschmiert am Kopf, vermischt mit Dreckklumpen und Strohhalmen. In der Nähe seiner Schläfen war die Haut verbrannt, fleckig und zerfetzt, als sei er »geschröpft« worden. Die Augen waren geschlossen, der Mund stand offen, er hatte keine Zähne mehr. Bekleidet war er noch immer mit dem alten Kittel und der Hose, vor lauter Flecken war keine Farbe mehr auszumachen, an einigen Stellen hingen Fetzen herab, andere klebten fest am Körper, manche hart vom ge-

ronnenen Blut. Die nackten Füße, geschwollen und dreckverschmiert, sahen aus wie gerade dem Schlamm entkrochene Ferkel.
Sie starrten auf ihn. Schreck, Mitleid und Wut schnürten ihnen das Herz ab. Sie vergaßen, daß er auf dem kalten Boden lag. Nur Großmutter Li, die ihn noch nicht erkannt hatte, bewegte sich und brühte ein Glas Zuckerwasser auf.
Als Ruixuan das Glas in ihrer Hand sah, rührte er sich. Behutsam stützte er den Nacken des alten Mannes, damit Großmutter Li ihm das Zuckerwasser einflößen konnte. Als sie näher kam und sein Gesicht sah, stieß sie einen Schrei aus, das Glas fiel ihr aus der Hand. Der Vierte Li wollte sie anfahren, unterließ es aber.
Herr Jin kam näher und rief mit leiser, warmer Stimme: »Moyin, Moyin, wach auf!« Der weiche, flehentliche Ton aus dem Munde des rauhen, ungehobelten Kerls wirkte so entsetzlich traurig, daß Ruixuans Augen unwillkürlich feucht wurden.
Herr Qian bewegte die Lippen und murmelte Unverständliches. Dem Vierten Li fiel plötzlich etwas ein, er holte einen alten Rohrsessel von nebenan. Ruixuan und Herr Jin richteten Herrn Qian langsam auf, um ihn auf den Sessel zu heben. Unversehens schrie Herr Jin auf, er war fast so erschrocken wie eben Großmutter Li. Der Kittel war am Rücken völlig zerfetzt, nur noch die Schultern waren vorhanden, die restlichen Fetzen klebten an den blutigen Wunden. In einigen der dicken Striemen hatte sich bereits schwarzer oder gelber Schorf gebildet, andere klafften hellrot und sonderten eine gelbe Flüssigkeit ab, dazwischen hoben sich straff gespannte, bläuliche, dickgeschwollene Blutergüsse ab und schwarze Blasen voll weißem Eiter. Ein paar Stoffetzen, dazwischen schwarze, rote, blaue und weiße Striemen – sein Rücken war ein einziges blutverkrustetes Netz!
»Moyin, Moyin!« Herr Jin war erschüttert. Um ehrlich zu sein, nicht einmal Mengshis Tod hatte ihn so ergriffen, denn er hatte ihm seine Tochter nur aus Sympathie zu Moyin zur Frau gegeben. »Moyin, wie ist denn das passiert? So haben dich die Japaner zugerichtet? Ihre Ahnen sollen bis in die achtzehnte Generation verflucht sein!«

»Lieber kein Geschrei!« Ruixuan hielt den Dichter noch immer fest. »Großvater Li, holen Sie schnell einen Arzt!«
»Ich habe das Wundpulver Baiyao«, sagte der Vierte Li und wandte sich zum Gehen, um es von zu Hause zu holen.
»Baiyao hilft da nicht, holen Sie einen Arzt der westlichen Medizin, einen Chirurgen!« Ruixuan sprach sehr bestimmt.
Der Vierte Li schwor zwar auf Baiyao, mochte aber keine Einwände vorbringen. Er setzte seine Beine, die ihn kaum noch aufrecht hielten, in Marsch.
Herr Qian öffnete die Augen, stöhnte und schloß sie wieder.
Um das Mißgeschick von soeben wiedergutzumachen, brachte Großmutter Li noch ein Glas Zuckerwasser, versuchte aber nicht, es ihm selbst einzuflößen, sondern gab es Herrn Jin.
Da rief der junge Cui draußen vor dem Fenster: »Kommen Sie nicht essen, Großmutter Li? Es ist schon spät!«
»Iß du schon mal mit Sun-Sieben, wartet nicht auf mich!«
»Und Großvater Li?«
»Der holt einen Arzt!«
»Warum habt Ihr denn nicht mich geschickt?« Er trat ein. Als er die Lage erfaßte, machte er beinahe einen Satz: »Was denn, Herr Qian?«
Ruixuan, der neben dem Verletzten hockte, bat: »Lieber Cui, würden Sie noch einmal losgehen, zum Hintertor, und Herrn Chen herbitten, es ist dringend!«
»Guter Junge«, die Aufregung verursachte Großmutter Li einen Schluckauf, »iß ein paar Mantous und lauf schnell los!«
»Das...« Xiao Cui wollte wissen, was mit Herrn Qian passiert war.
»Lauf schnell los!« flehte Großmutter Li.
Zögernd machte sich Xiao Cui erneut auf den Weg.
Nachdem Herrn Qian das Zuckerwasser eingeflößt worden war, knurrte es in seinem Magen. Die Augen blieben geschlossen, aber sein zahnloser Mund bewegte sich. Ruixuan konnte einzelne Worte verstehen, sich aber ihren Zusammenhang nicht erklären. Nach einer Weile redete Herr Qian jedoch deutlicher:
»Na, prügelt weiter! Ich hab nichts zu sagen, nichts!« Dabei stemmte er seine Hände, die schwarz wie seine Füße waren, fest gegen den Boden, zwängte die Fingernägel in die Ritzen

zwischen den Steinen, offenbar um sich besser gegen den Schmerz zu wehren. Seine Stimme klang tief und heiser wie immer, aber es schwang eine andere Kraft mit, jenseits von Leben und Tod. Plötzlich riß er die Augen auf, weit und groß wie bei einem Buddha, aber er konnte nichts erkennen.
»Moyin! Ich bin's, der Schwiegervater deines Sohnes, der Dritte Jin!« Herr Jin hockte sich direkt vor ihn hin.
»Onkel Qian! Ich bin's, Ruixuan!«
Herr Qian schloß die Augen wieder für einen Moment, vielleicht, weil er von dem Licht geblendet war. Als er sie wieder öffnete, starrte er immer noch geradeaus, als suche er sich krampfhaft an etwas zu erinnern.
Im hinteren Zimmer erklärte Großmutter Li halb flehend, halb tadelnd der jungen Frau Qian: »Du sollst nicht aufstehen, gutes Kind, bleib liegen. Wenn du nicht auf mich hörst, kümmere ich mich nicht mehr um dich.«
Herr Qian schien das Grübeln vergessen zu haben, er schloß die Augen zu einem schmalen Spalt, neigte den Kopf zur Seite und schien angestrengt zu lauschen. Als er die Stimmen von nebenan hörte, zeigte sich ein Schimmer von Zorn auf seinem Gesicht, und er bewegte schmatzend die Unterlippe: »Nummer drei wird wohl wieder gefoltert. Bleib stark, schrei nicht, beiß dir auf die Lippen, beiß sie kaputt!«
Die junge Frau Qian war schließlich doch herausgekommen. »Vater!« schrie sie auf und weinte dann still vor sich hin.
Ruixuan glaubte, daß ihre Stimme und die Trauerkleidung seine Aufmerksamkeit erregen würden, aber der alte Herr nahm nichts wahr. Er begann, sich mit beiden Händen fest auf den Boden zu stützen, als wollte er aufstehen. Ruixuan versuchte die Situation zu nutzen, um ihn in den Sessel zu heben. Aber Herr Qian entwickelte plötzlich ungeheure Kräfte. Er richtete sich auf, rollte seine tiefliegenden, glänzenden Augen und sagte: »Jetzt erinnere ich mich, er heißt Guan! Ha! Ich werde ihm zeigen, daß ich noch nicht tot bin!« Mit großem Kraftaufwand stand er auf. Er schwankte ein wenig, dann stand er ruhig da. Ruixuan sah er zwar, erkannte ihn aber nicht. Seine eingefallenen Wangen zuckten leicht, er wich zurück: »Wer? Holt ihr mich schon wieder zur Elektrofolter?« Hastig drückte er beide Hände an die Schläfen.

»Onkel Qian, ich bin's, Qi Ruixuan! Sie sind bei sich zu Hause!«
Herr Qian sah ihn an wie ein hungriger Tiger im Käfig, erkannte ihn aber auch jetzt noch nicht. Da kam Herrn Jin eine Idee: »Moyin, Mengshi und seine Mutter sind tot!« Er ging davon aus, daß Herr Qian einen Schock hatte und man ihn mit einer so schrecklichen Nachricht erschüttern und in die Wirklichkeit zurückholen könnte.
Doch Herr Qian verstand nicht. Er fuhr sich mit der rechten Hand über die Stirn, als denke er nach, und begann, sich vorwärts zu bewegen. Seine geschwollenen Füße konnte er kaum heben und wußte nicht, wie er damit auftreten sollte. Doch nach ein paar Schritten schien es ihm etwas besser zu gehen. »Das vergesse ich nicht, natürlich, wie könnte ich auch! Ich gehe zu diesem Guan!« Mühsam bewegte er sich vorwärts, so schwer und langsam, als hätte er Ketten an den Füßen.
Da Ruixuan keinen besseren Einfall hatte, mußte er sich wohl an den von Herrn Jin halten. War Herr Qian wirklich verwirrt und wußte nur noch, daß er zu den Guans gehen wollte, sollte man ihn nicht daran hindern. Bei einer Begegnung mit Herrn Guan wären Konflikte unausbleiblich, vielleicht würde sich Herr Qian auf ihn stürzen und beide kämen um. Er wollte ihn nicht hindern, aber Schlimmes möglichst vermeiden, deshalb entschloß er sich, mitzugehen.
»Weg da!« Er ließ sich nicht helfen. »Weg da! Wozu faßt du mich an, ich kann allein laufen! Zur Folter bin ich auch immer allein gegangen!«
Ruixuan blieb nichts anderes übrig, als hinterherzugehen. Mit dem Blick auf seine Tochter zögerte Herr Jin einen Moment lang, folgte ihnen aber dann. Großmutter Li brachte die junge Frau ins Zimmer zurück.
Unterwegs wäre Herr Qian mehrmals um ein Haar gestürzt, aber schließlich erreichte er den Eingang zu Nummer drei. Die beiden folgten ihm dicht auf den Fersen, immer besorgt, er könne hinfallen.
Das Tor stand offen. Die Lampen im Hof beleuchteten den Weg einigermaßen. Herr Qian versuchte einige Male vergeblich, über die Schwelle zu steigen. Ruixuan wollte ihn zurück-

holen, fand dann aber, er solle ruhig hineingehen und Guan Xiaohe eine Lektion erteilen. Herr Jin dachte wahrscheinlich das gleiche, denn er half ihm durch das Tor.
Das Ehepaar Guan saß gerade mit zwei Gästen beim Kartenspiel. Die Gäste wirkten wie ein Ehepaar, waren aber nicht verheiratet. Der Mann, hochgewachsen, sah aus wie ein hoher Offizier der Bürgerkriegszeit. Die Frau in den Dreißigern wirkte wie eine ehemalige Dirne. Man sah ihnen ihre Geschichte an – er ein kleiner Kriegsherr, sie eine Prostituierte, die eine Zeitlang zusammenlebten. Vor kurzem war er von Tianjin nach Peking gekommen, weil er hoffte, vielleicht Leiter einer Sonderabteilung im Polizeipräsidium zu werden. Deshalb hatten ihn die Guans zum Essen eingeladen und ausdrücklich auch seine Freundin. Nach dem Essen hatten sie Karten gespielt. Er war ein sehr schlechter Spieler. Wenn er ein As, einen König oder eine Dame bekam, knickte er die Karten mit seiner plumpen Hand ein. Beim Geben guckte er einfach in die Karten der anderen und rief dazu noch: »Oh, ein Herz-As!« Waren die Karten verteilt, hob er die oberste des Stapels ab und schaute sie sich an. Er wirkte so unbeholfen wie seine Hände und war nicht in der Lage, irgendeine Strategie oder Intrige zu entwickeln. Er mißachtete einfach die Regeln, nur um zu Geld zu kommen. Hatte er ein paarmal gewonnen, schob er das Gesicht vor und verkündete: »Das habe ich alles von Militärgouverneur Zhang Zongchang gelernt!« Den beiden Guans, die durchtriebene Spieler waren, paßte das natürlich nicht, aber sie hatten beschlossen, sich heute zu fügen. Denn gegenüber jemandem, der morgen vielleicht schon zum Chef aller Spitzel aufsteigen würde, mußte man sich unterwürfig zeigen. Xiaohe hatte wirklich Format, er wurde immer gesprächiger und lustiger, je mehr er verlor. Von Zeit zu Zeit zwinkerte er sogar jener »Freundin« zu. Rotkürbis' Sommersprossen hüpften jedoch vor Wut auf und nieder. Xiaohe stieß sie von Zeit zu Zeit unauffällig mit dem Fuß an, um ihr zu verstehen zu geben, daß sie sich beherrschen und die Gäste nicht verärgern solle.
Xiaohe saß mit dem Gesicht zur Tür. Er erblickte Herrn Qian zuerst. Sofort wich alles Blut aus seinem Gesicht. Er legte die Karten auf den Tisch und wollte aufstehen.

»Was ist los?« fragte Rotkürbis. Noch bevor er antwortete, sah auch sie die Eintretenden. »Was soll das?« fuhr sie Herrn Qian wie einen Bettler an, denn sie hielt ihn zunächst wirklich für einen. Als sie ihn jedoch erkannte, legte auch sie die Karten auf den Tisch.

»Spielen Sie schon, Sie sind dran!« Der Offizier hatte zwar aus den Augenwinkeln jemanden hereinkommen sehen, war aber noch ganz ins Spiel vertieft.

Beim Anblick von Herrn Guan begannen sich Herrn Qians Lippen zu bewegen, etwa so, wie ein Schüler Auswendiggelerntes überprüft. Herr Jin stellte sich neben ihn.

Ruixuan wollte eigentlich nicht mit hineingehen, er zögerte, schalt sich dann aber feige. Er verzog das Gesicht zu einem Lächeln und folgte den beiden.

Als Ruixuan eintrat, wollte Guan Xiaohe seine Hände zum Gruß ineinanderlegen und ein paar Worte stammeln. Aber er bekam die Hände nicht hoch. Steif stand er da.

»Verdammt noch mal, was ist hier eigentlich los?« polterte der Offizier, als er alle so verdutzt sah.

Ruixuan war immer noch aufgeregt, bemühte sich jedoch angestrengt um Ruhe. Er hoffte, Herr Qian möge das, was er vorhatte, möglichst schnell erledigen und die unangenehme Situation beenden.

Herr Qian trat einen Schritt näher. Seit seiner Rückkehr hatte er noch niemanden erkannt, doch beim Anblick von Guan Xiaohe wußte er sofort, wer er war! Seine Worte flossen aus seinem Innersten wie ein auswendig gelerntes Gedicht: »Guan Xiaohe!« Seine Stimme klang fast so tief und weich wie sonst, auch seine Miene hellte sich ein wenig auf. »Sie brauchen keine Angst zu haben, ich bin ein Dichter, ich greife nicht zur Waffe. Ich bin gekommen, um Sie zu sehen und mich Ihnen zu zeigen. Ich bin nicht tot! Die Japaner verstehen es, Menschen zu prügeln. Sie haben meinen Körper wundgeschlagen, mir die Knochen gebrochen, aber sie ändern mich nicht! Mein Herz bleibt das eines Chinesen. Und Ihres, ich frage Sie, welchem Land gehört Ihr Herz? Bitte antworten Sie mir!« Als er ausgeredet hatte, schwankte er total erschöpft ein paarmal. Ruixuan trat schnell hinzu und stützte ihn.

Guan Xiaohe bewegte sich nicht, leckte sich nur unentwegt

die Lippen. Herrn Qians Haltung und Worte hatten ihn keineswegs erschüttert, er fürchtete nur, daß er sich auf ihn stürzen könne.

Der Offizier brach das Schweigen: »Frau Guan, was hat das zu bedeuten?«

Als Rotkürbis begriff, daß Herr Qian nicht handgreiflich werden wollte und sie zudem die Unterstützung des eventuellen Chefs aller Spitzel genoß, der ihr gerade Geld aus der Tasche gezogen hatte, trumpfte sie auf. »Das ist eine Unverschämtheit, verschwindet von hier!«

Herrn Jins Schädel und seine rote Nase glänzten beunruhigend, mit einem Schritt trat er vor den Spieltisch. »Wer verschwindet hier?«

Xiaohe wollte davonlaufen. Herr Jin beugte sich über den Tisch und packte ihn am Kragen, zog ihn vor und schob ihn wieder zurück, so daß er mitsamt Stuhl umkippte.

»Du willst Schläge austeilen?« Rotkürbis war aufgestanden und blickte den Offizier hilfesuchend an. Der taugte bestenfalls zu Häscherdiensten, er sprang eilig beiseite. Die Prostituierte versteckte sich wie eine Ratte hinter ihm.

»Ein ganzer Kerl schlägt sich nicht mit Frauen!« Herr Jin wollte den wie eine umgedrehte Schildkröte daliegenden Guan Xiaohe packen. Aber als er sich kampfentschlossen die Ärmel hochkrempelte, kam ihm Rotkürbis, die aus Prestigegründen etwas zu spät auswich, in die Quere, und seine Hand traf sie mitten ins Gesicht. Diese Hand, die Steinschlösser werfen konnte, reichte schon aus, ihr zwei Zähne auszuschlagen, sofort tropfte Blut aus ihrem Mund. Sie hielt die Backe und schrie: »Hilfe!«

»Schrei nicht so, oder ich schlag dich tot!«

Sie hielt die Hände vor das Gesicht, gab keinen Mucks mehr von sich und verkroch sich. Am liebsten wäre sie hinausgelaufen und hätte nach der Polizei gerufen. Aber sie wußte, daß die sich heute nicht wirklich um so etwas kümmern würde.

Der Offizier und die Prostituierte wollten weglaufen, doch Herr Jin, der befürchtete, sie könnten Lärm schlagen, rief: »Rührt euch nicht!« Der Militär, an Befehle gewöhnt, blieb in Habacht-Stellung in der Ecke stehen.

Ruixuan verspürte zwar keine Lust zum Schlichten, doch aus

Besorgnis, Herr Qian könne wieder ohnmächtig werden, hielt er ihn mit beiden Händen an den Oberarmen fest und sagte zu Herrn Jin: »Lassen wir es, gehen wir!«
Doch Herr Jin ging sehr gewandt und ruhig um den Tisch herum. »Dem muß ich eine Lehre erteilen! Keine Angst, ich weiß, wie man jemanden verprügelt, verletzen werde ich ihn nicht, aber weh tun soll es!«
Xiaohe hatte sich mit heftigen Bewegungen endlich vom Stuhl befreit. Da er nicht entkommen konnte, kroch er unter den Tisch. Herr Jin packte ihn am linken Fußgelenk und zog ihn wie einen toten Hund hervor. Xiaohe, dem die Regeln der Pekinger Faustkämpfer geläufig waren, lenkte ein und »bekannte«: »Vater, schlag nicht!«
Da war Herr Jin machtlos. Wenn sich jemand auf diese Weise »bekannt« hatte, durfte man nicht mehr schlagen. Er rieb sich seine rote Nase und sagte notgedrungen: »Diesmal lass ich dich Milchgesicht laufen, hm!« Dann reckte er sich, ging in die Hocke und nahm Herrn Qian auf die Schulter. Er nickte Ruixuan zu: »Gehen wir!« Draußen wandte er sich noch einmal um und rief: »Ich heiße Jin Drei, Jin wie Gold, und wohne im Jiangyang-Viertel. Wer mich besucht, dem wird Tee angeboten!«
Zhaodi hatte Angst, sie verkroch sich ins Bett, zog die Decke über ihr schönes Gesicht und rührte sich nicht.
Tongfang und Gaodi standen im Hof. Im Licht der Hoflampe erkannte Herr Qian Gaodi. »Bist ein gutes Mädchen!«
Herr Jin fragte: »Was ist?« Da er keine Antwort erhielt, schritt er mit seinen Boxerbeinen kräftig aus und trug den Dichter nach Hause.
Nachdem der »Feind« abgezogen war, fanden beide Guans ihre Stimmen wieder und schimpften, was das Zeug hielt, daß es nicht nur nebenan zu hören war. Nachdem sich Rotkürbis den Mund gespült hatte, verkündete sie, sie werde sich rächen. Sogleich entwarf sie Pläne, die ausgereicht hätten, die Leiche des Jin Drei in tausend Stücke zu schlagen. Xiaohe erklärte den Gästen wortreich, warum er sich nicht gewehrt hatte – nicht etwa, weil er feige war, nein: Ein guter Schuh tritt nicht in Hundekot! Der Offizier erzählte mit großem Pathos, er sei nicht handgreiflich geworden, denn hätte er sich gerührt, zehn

solcher Jin Drei wären keine Gegner für ihn. Die Tochter sagte nichts, sie lächelte nur dazu.

21

Mit geschlossenen Augen konnte der Vierte Li bestimmt die Hälfte aller Ärzte der Weststadt aufzählen, ihre Adressen und ihr Spezialgebiet. Von den westlichen Medizinern dagegen kannte er nur ein paar Namen und Adressen, und schon gleich gar nicht ihr Fach. Erst nach zwei, drei Versuchen fand er in der Wudinghou-Gasse einen Chirurgen, einen sehr redseligen Mann mit einem schmalen Gesicht, hochgewachsen, aber mit den bedächtigen Bewegungen eines starken Opiumrauchers. Nachdem er den Vierten Li einiges gefragt hatte, begann er entsetzlich langsam Messer, Scheren und ein paar Fläschchen in sein Köfferchen zu packen. Jedes Stück besah er sich wiederholt und unentschlossen, ehe er es hineinlegte, wieder herausnahm, wieder verpackte. Der Vierte Li schwitzte vor Aufregung, doch der andere ließ sich nicht aus der Ruhe bringen. »Nur keine Hast! Das bißchen Krankheit heilen wir im Handumdrehen, garantiert! Ich bin nicht nur mit der westlichen Medizin vertraut, ich verstehe auch Knochenbrüche und Muskelrisse nach chinesischer Methode zu heilen. Chinesische und westliche Medizin kombiniert, da unterläuft mir kein Fehler!« Diese »Selbstvorstellung« beruhigte den Vierten Li ein wenig, er glaubte an Baiyao und die chinesische Methode, mit Knochenbrüchen umzugehen.

Als wäre er noch nie außer Haus gerufen worden, machte der Arzt endlich das Köfferchen fertig. Dann begann er, sich umzuziehen. Mitten in der Nacht war es wirklich nicht nötig, sich fein anzuziehen, aber der Vierte Li wagte nicht, dies laut auszusprechen. Endlich erschien der Doktor in einem geschmackvollen, gefütterten Seidengewand und Atlasschuhen. Wie er die Ärmel bedächtig ein wenig nach oben krempelte, ähnelte er einem Rezitator, der sich zum Auftritt anschickt.

Der Vierte Li ergriff das Medizinköfferchen. Aber der Doktor war noch nicht soweit. Er zündete sich eine Zigarette an, zog kräftig daran und blies den Rauch, den er nicht verschluckt

hatte, kräftig durch die Nase. Nach zwei solchen Zügen schlug er vor: »Lassen Sie uns zunächst über das Honorar reden? ›Erst Krämer, dann Edler‹!«
Der Vierte Li hatte es sein Leben lang immer so gehalten: zuerst die Freundschaft, dann das Geld. Unter den ihm bekannten Ärzten gab es keinen, der sich im voraus nach dem Honorar erkundigt hätte. Sie kamen, wenn er sie rief, vertrauten auf sein Alter und seine Freundlichkeit. Er fühlte sich daher beinahe persönlich beleidigt, doch hatte er weder Zeit noch Lust, den Koffer wieder hinzustellen und einen anderen Arzt zu suchen. »Wieviel verlangen Sie?« Das kam sehr barsch heraus, als wolle er sagen: Wenn du keine Freundschaft kennst, kenne ich auch keine Höflichkeit!
Der Arzt nahm noch einen tiefen Zug: »Zwanzig Kuai für die Behandlung, ohne Arzneikosten.«
»Dann machen wir auch die Arzneikosten fest. Alles in allem, was verlangen Sie für heute?« Der Vierte Li wußte, daß acht Kuai Behandlungskosten bereits viel waren, er konnte sich zu den zwanzig nicht noch einen Brocken aufbürden lassen. Ehe der Arzt antwortete, stellte er den Koffer ab. »Rundheraus, alles in allem fünfundzwanzig Kuai. Entweder Sie kommen dafür mit, oder wir lassen es!« Fünfundzwanzig Kuai waren eine ziemlich hohe Summe, die Pelzjoppe, die er sich im vergangenen Jahr gekauft hatte, kostete samt Futter nur neunzehn Kuai. Doch mit Feilschen wollte er keine Zeit verlieren, die Behandlung drängte. Glücklicherweise hatte er das Geld von Gaodi und den kleinen Goldring von Tongfang.
»Wenig, ein bißchen wenig!« Das schmale Gesicht des Arztes war hart wie Stein, gefühllos, entschlossen. »Arznei ist teuer! In Shanghai wird schon ewig gekämpft, von dort wird nichts geliefert.«
Erschöpfung und Aufregung ließen den Vierten Li die Geduld verlieren: »Gut, dann lassen wir es!« Er wollte gehen.
»Einen Moment!« Das Gesicht des Arztes zeigte etwas Bewegung. »Gut, ich komme mit, aber bei der Arznei setze ich zu. Insgesamt fünfundzwanzig Kuai, und fünf Kuai Fahrgeld.« Der Vierte Li seufzte resignierend und nahm den Koffer.
Es war Nacht, niemand wagte sich auf die Straße, in der Gasse gab es keine Rikscha. Als der Vierte Li vorn an der Straße eine

rufen wollte, winkte der andere ab: »Ich brauche keine Rikscha, das Stückchen Weg schaffe ich auch so. Das sind schlimme Zeiten. Ich hab das Fahrgeld verlangt, um etwas mehr einzunehmen.«

Der Vierte Li stieß nur ein kurzes Knurren aus. Er hielt diesen Doktor für einen waschechten Betrüger und bereute, daß er nicht darauf bestanden hatte, Herrn Qian mit Baiyao zu versorgen oder einen chinesischen Mediziner zu holen. Sollte dieser Kerl nur auf Geld aus sein und den Kranken nicht ordentlich behandeln, würde er ihm ein paar kräftige Ohrfeigen verabreichen.

Doch der Doktor wurde allmählich freundlich. »Ich kann Ihnen sagen, wenn die diese Stadt noch lange besetzt halten, werden ihre kurzbeinigen Ärzte haufenweise hierher strömen und unsereiner kann verhungern. Denen werden dann alle Vorteile eingeräumt, wir haben gar nichts.«

Der Alte Li hatte zwar keinerlei Bildung genossen, war aber ein weitsichtiger Mensch. Er sorgte sich nicht nur um das Wohl der irdischen Welt, er machte sich auch Gedanken darüber, was nach dem Tode kam. Seine Welt war nicht nur das vertraute Peking, sondern auch der Himmel und die Erde. Kriege und Naturkatastrophen gingen vorüber, doch ein Grundsatz würde sich niemals ändern, das glaubte er jedenfalls: Menschen müssen Gutes tun, damit sie es nach dem Tode besser haben, auch wenn sie im Leben alles Leid der Welt erfuhren. Je größer die Not auf der Erde, um so erfindungsreicher wurde er in seiner Bereitschaft, anderen zu helfen. Zur Linderung von Elend und Not aufgewandte Herzenskraft könne Glück nach dem Tode und im kommenden Leben bringen. Er konnte nicht sagen, woher dieser Glaube kam, denn an Buddha, den Jadekaiser und den Heiligen Konfuzius glaubte er nicht so recht, vielleicht aber doch. Einher mit dieser Verehrung ging auch so allerlei abergläubisches Zeug, allein er ging nicht soweit zu glauben, bloß durch Verbrennen von Weihrauchstäbchen und Beten sei schon Gutes zu erwarten. Er mußte sich für andere, für das Gemeinwohl einsetzen. Sein Herz schien eine Art Institution zwischen Mensch und Gott zu sein. Allerdings lebte auch er seit der Besetzung Pekings in ständiger Unruhe. Aber über die augenblickliche Gefahr hinweg sah er noch etwas anderes. Das Wüten der Japaner hielt er für zeitweilig, darüber durfte er das Große Ganze nicht aus den Augen verlieren. Die Worte des Doktors erinnerten ihn an die zerstörte Familie Qian. In seiner Vorstellung standen Herr Qian und der Arzt weit über ihm, aber was hatten die Japaner aus ihnen gemacht. Sie konnten ihnen jederzeit den Kopf abschlagen. Da mußte er erst recht auf das Schlimmste gefaßt sein.

Der Mond ging auf, die Sterne verblaßten langsam, der Himmel wurde höher. Mit einem Windhauch verwobenes Licht schnitt die breite stille Straße wie ein eiskaltes Messer in zwei Hälften, eine dunkle, geheimnisvolle sowie eine helle, kalte und einsame. Der kalte Wind trieb dem Vierten Li Tränen der Erschöpfung in die Augen. Er rieb sich kräftig die Nase und fühlte sich etwas besser. Da sah er zwei feindliche Soldaten an der Ecke zur Huguosi-Straße stehen. Eine Gänsehaut überlief ihn. Der Arzt hörte auf zu reden. Die Augen auf die Soldaten gerichtet, von denen nur Stahlhelm und Bajonett im Licht zu sehen waren, lief er dicht hinter dem Vierten Li, als erflehe er von diesem Hilfe. Auch dem Vierten Li war die Ungezwungenheit abhanden gekommen, seine Füße, die sonst stets fest und sicher aufsetzten, schienen zu schwanken und traten ins Mondlicht wie ins Leere. Ihn beunruhigte der Medizinkoffer in der Hand. Wenn die Soldaten nun mißtrauisch würden? Er spürte eine Wut auf das Ding, das wie ein Munitionskoffer aussah, und Wut auf die Soldaten.

Die kümmerten sich jedoch nicht um sie. Ihnen aber lief es kalt den Rücken hinunter, denn wo feindliche Soldaten standen, ob sie nun drohten oder lächelten, war die Hölle. Ihre Füße bewegten sich zwar auf dem Boden des eigenen Landes, aber wie Diebe wagten sie nicht richtig aufzutreten. Angespannt und verschreckt kamen sie in der Schafhürdengasse an und schlüpften hinein wie eine Maus, die ein Loch entdeckt hat und sich nun sicher fühlt.

Herrn Qian hatten die anderen bereits auf das Bett gelegt. Auf dem Rücken konnte er nicht liegen, aber sie brachten es auch nicht übers Herz, ihn mit dem Gesicht nach unten zu legen. Schließlich schlug Ruixuan vor, ihn vorsichtig auf die Seite zu drehen, nachdem er sein gefüttertes Gewand über ihn ausgebreitet hatte, um seine schmerzenden Wunden nicht zu berühren. Er schien vor sich hin zu dämmern, aber von Zeit zu Zeit zuckten Mundwinkel und Wangen heftig zusammen und seine Beine bewegten sich ruckartig. Manchmal stieß er einen leisen Schrei aus, als habe ihn ein Skorpion gestochen. Als er den alten Mann so vor sich sah, brach Ruixuan der Schweiß aus. Das abstrakte »Grauen der Unterwerfung« wurde zu etwas sehr Konkretem. Ein gebildeter Dichter mit hohen moralischen Grundsätzen wurde zu einem streunenden Hund, den man grausam peinigte. Ihm war zum Heulen zumute, aber Zorn versperrte sein Inneres, so daß die Tränen zu kleinen Funken wurden, die ihm in Augen und Hals brannten.

Großmutter Li brachte die junge Frau Qian ins Nebenzimmer, sie sollte sich schlafen legen. Sie selbst spürte keinen Hunger, nur großen Durst. Nachdem sie zwei, drei Schalen heißes Wasser getrunken hatte, setzte sie sich neben das Bett, wischte sich den Schweiß von der Stirn und murmelte vor sich hin: »Das war doch so eine ordentliche Familie, wie konnte das nur passieren?« Ihre großen kurzsichtigen Augen sahen durch den Schweiß alles noch verschwommener, die ganze Welt schien sich in unklare schwarze Schatten verwandelt zu haben.

Herr Jin hatte sich draußen ein paar trockene, harte Bobo-Kuchen gekauft, die er mit heißem Wasser hinunterwürgte. Ab und zu rückte er näher heran, um nach dem Verletzten zu schauen. Da der aber immer noch wie tot dalag, stopfte er die Bobo weiter in sich hinein. Die waren so trocken, daß er ständig rülpsen mußte, doch nach einem Schluck Wasser bekam er wieder Luft. Am liebsten wäre er nach Hause gegangen, um sich auszuruhen, das brachte er jedoch nicht über sich. Hatte er Guan Xiaohe einmal provoziert, mußte er standhaft dem Kommenden ins Auge sehen.

Als der Arzt eintraf, drängte Herr Jin aufgeregt den Vierten Li, nach Hause zu gehen: »Vierter Herr Li, Sie müssen sich jetzt unbedingt ausruhen, um alles Weitere kümmere ich mich!«

Nachdem Herr Jin so deutlich geworden war, konnte der Vierte Li schlecht widersprechen. Leise nannte er Ruixuan das vereinbarte Honorar und übergab ihm Ring und Geld. »In

Ordnung, ich gehe nach Hause. Ein Ruf genügt, wenn etwas los ist!«

Der Doktor klopfte sich den Staub von den Schuhen, wischte sich mit dem Taschentuch das Gesicht ab, krempelte die Ärmel ein wenig hoch und nahm dann Herrn Jin gegenüber Platz. Sein Blick gab zu verstehen, daß er erst einmal Tee trinken und ein wenig plaudern wollte und es nicht eilig hatte, zu dem Kranken zu kommen. Es war das typische Benehmen eines Pekingers – in jeder Lebenslage Gelassenheit zu demonstrieren und in der größten Eile erst einmal plaudern zu wollen.

Herrn Jin war nicht nach Unterhaltung zumute, besonders nachdem er Guan Xiaohe besiegt hatte: »Der Kranke liegt in dem Zimmer dort!« Er wies mit der Pfeife in die Richtung.

»Hm!« Unlust und Erstaunen klangen aus dem Ausruf des Doktors. Da er fürchtete, nicht verstanden zu werden, wiederholte er sein »Hm!« diesmal etwas gewichtiger.

»Der Kranke liegt im Zimmer dort! Beeilen Sie sich!« Herr Jin erhob sich, die rote Nase seines Quadratschädels heischte Achtung.

Der Doktor, der rote Nasen genauso fürchtete wie feindliche Bajonette, sagte nichts mehr und schlich davon. Als er Ruixuan erblickte, spürte er sofort, daß das »ein umgänglicher Mensch« war. Er krempelte wieder an seinen Ärmeln herum, würdigte den Kranken keines Blicks und wandte sich ihm zu. Ruixuan war ebenfalls erregt, aber wie ein braver Hund, der selbst beim Anblick des Diebes nicht laut bellt, redete er ihm zu: »Doktor, bitte kommen Sie, er ist schwer krank!«

»Schwer erkrankt heißt noch nicht schwer heilbar. Hauptsache ist, die Diagnose richtig zu stellen und die passende Arznei zu verordnen. Das Schwierigste ist die Diagnose.« Er vermied es nach wie vor, zu dem Kranken hinzuschauen, sondern blickte Ruixuan eindringlich an. »Selbst der berühmte Dr. Nikolaus, der zweihundert Kuai Honorar verlangt und sich mit dem Auto holen läßt, ist bei der Diagnose nicht sicher. Ich selbst wage mich nicht als weise zu bezeichnen, aber meine Diagnosen sind mit ziemlicher Wahrscheinlichkeit korrekt.«

»Dieser Mann wurde von den Japanern zusammengeschlagen, mein Herr.« Ruixuan hoffte mit der Erwähnung der Japaner

seinen Zorn zu erregen und ihn endlich zur Behandlung zu bewegen. Doch damit lenkte er nur die Rede des Doktors in eine andere Richtung. »Ja, wenn mit dem Sieg lauter japanische Ärzte herkommen, werde ich verhungern! Ich war in Japan, ihre Medikamente sind weit entwickelt!«
Herr Jin meldete sich im vorderen Zimmer: »Was reden Sie da für Zeug, behandeln Sie ihn endlich!«
Ruixuan war das sehr peinlich, und er sagte entschuldigend lächelnd: »Er ist wirklich in Sorge. Doktor, bitte sehen Sie sich ihn an!«
Der warf einen bösen Blick nach draußen, zog dann lustlos das Gewand zur Seite, das über Herrn Qian gebreitet worden war, und betrachtete ihn kurz ohne jedes Interesse, wie eine Ware, die man nicht zu kaufen gewillt ist.
»Wie steht es?« fragte Ruixuan ungeduldig.
»Oh, es ist weiter nichts, erst mal muß ein wenig Baiyao drauf.« Der Doktor wandte sich nach dem Medizinkoffer um.
»Waas?« fragte Ruixuan entsetzt, »Baiyao?«
Der Doktor öffnete seinen Koffer und entnahm ihm ein Fläschchen Baiyao. »Wenn ich dem einen ausländischen Namen gäbe und sagte, es sei ein hochwirksames Medikament von Bayer, wären Sie wohl zufrieden? Aber ich bin kein Betrüger. Wo westliche Medikamente nötig sind, benutze ich sie, und wo chinesische Medikamente hingehören, nehme ich diese. Ich kombiniere die westliche und die chinesische Medizin, das ist meine eigene Methode.«
»Sollten Sie nicht das Herz abhören?« Wenn Ruixuan schon das Baiyao nicht abwenden konnte, hoffte er wenigstens noch auf eine weitere Behandlung. »Nicht nötig! Ich habe ein gutes entzündungshemmendes Medikament, einige Tabletten davon genügen!« Der Doktor wühlte in seinem Koffer und holte ein paar »Belladonna« hervor.
Ruixuan kannte Wirkung und Anwendung dieser kleinen weißen Tabletten. Hätte er geahnt, daß der Doktor nur solch einfache Dinge verordnet, er hätte die Behandlung selbst übernommen und dafür nicht dreißig Kuai verschleudert. In der Hoffnung, daß der Arzt immerhin ein bißchen mehr als er selbst wisse, setzte er noch einmal zu einer Frage an: »Der alte Herr ist durcheinander, vielleicht...«

»Das macht nichts! Die Schmerzen wirken sich auf die Nerven aus. Wenn er meine Tabletten schluckt, hat er keine Schmerzen mehr und wird allmählich zur Ruhe kommen. Sonst geben Sie ihm Dreigelb-Edelwachs oder etwas fiebersenkendes Qilisan, das wirkt sehr gut. Solange es wirksame chinesische Medikamente gibt, braucht man den westlichen Apotheken unser Geld nicht in den Rachen zu werfen.«

Ruixuan war machtlos. Am liebsten hätte er einen kompetenteren Arzt geholt, aber angesichts des Mondschattens vor dem Fenster mußte er Baiyao und Belladonna akzeptieren. »Sollten die Wunden nicht zuerst desinfiziert werden?«

Der Doktor lächelte. »Sie halten sich wohl für einen Fachmann? Baiyao erfordert keine Desinfektion. Chinesische Medizin mit chinesischer Methode, westliche Medizin mit westlicher Methode! Ich weiß schon meine Medikamente zu wählen und kenne deren Anwendung. Das war's!« Er schloß sein Köfferchen, als sei alles in bester Ordnung, und erwartete das Honorar.

Ruixuan war nicht bereit, dem Arzt dreißig Kuai zu geben. Das Geld war noch das geringere Übel, aber er konnte nicht zulassen, daß der Arzt den Dichter Qian zum besten hielt.

Er riß seine Augen weit auf, daß sich die Pupillen zu zwei kleinen tiefschwarzen Punkten verengten, und erkundigte sich barsch: »Sind Sie fertig?«

»Fertig?« fragte der Doktor pikiert. »Es ist nichts weiter. Wenn die Wunden bestrichen sind und er die Tabletten eingenommen hat, geht es ihm mit Sicherheit besser! Morgen komme ich nicht, aber übermorgen, alles in allem höchstens vier, fünf Mal, öfter nicht.«

»Sie brauchen nicht wiederzukommen!« Ruixuan war wirklich wütend. »Mit Ärzten wie Ihnen muß China ja untergehen.«

»Warum sagen Sie so etwas?« Sein schmales Gesicht wurde hart, jedoch nicht wütend. »Ich behandele meine Patienten so, wie es angebracht und nötig ist. Was heißt hier untergehen? Sobald die japanischen Ärzte herkommen, werde ich Hunger leiden. Was ich heute verdienen kann, nehme ich, da zählt jeder Kupferling.«

Ruixuans Gesicht war weiß vor Zorn. Er hatte keine Lust,

noch weitere Worte an den Doktor zu verschwenden, zog fünf Kuai heraus und legte sie auf dessen Koffer: »Gut, und nun gehen Sie bitte!«
Als der Doktor Geld sah, hellte sich sein Gesicht auf. Doch als er nur fünf Kuai erblickte, verdunkelte es sich wie nach einem Blitzschlag. »Was soll das heißen?«
Herr Jin war im vorderen Zimmer eingenickt, der Ausruf schreckte ihn hoch. Er schmatzte kurz mit den Lippen und erhob sich. »Was ist los?«
»Für dieses Fläschchen und die paar Tabletten verlangt er dreißig Kuai!« Das hatte Ruixuan noch nie getan. In normalen Zeiten hätte er seinen Zorn hinuntergeschluckt und die Schlappe eingesteckt, sich aber niemals kleinlich gezeigt.
Herr Jin kam näher, er schnaubte. Mit einem Griff packte er das Köfferchen. Der Arzt wurde nervös. Er glaubte, er wolle ihn auf den Boden werfen. »Den darf man nicht werfen!«
Herr Jin wollte ganz sicher gehen. In einer Hand den Koffer, packte er den Doktor mit der anderen am Kragen: »Raus!« So schob er ihn bis zur Tür. Draußen vor dem Tor stellte er den Koffer ab und sagte: »Verschwinden Sie schleunigst, diesmal verschone ich Sie!«
Der Doktor, mit fünf Kuai und dem Koffer in der Hand, schickte einen Seufzer zu dem großen Schnurbaum.
Ruixuan traute dem Arzt zwar nicht, wußte jedoch um die Wirkung von Belladonna und Baiyao. Daher öffnete er Herrn Qians zahnlosen Mund und schob eine Tablette hinein. Dann wusch er seinen Rücken behutsam mit klarem Wasser ab und betupfte ihn mit Baiyao. Herr Qian rührte sich nicht, er schien bewußtlos zu sein.
In diesem Moment kam Xiao Cui mit Herrn Chen zurück. Chens Gesicht war von kleinen Schweißperlen bedeckt. Er schwankte hin und her, als wollte er umfallen. Xiao Cui stützte ihn. Nachdem er mehrmals Speichel ausgespuckt hatte, brach ihm erneut Schweiß aus, aber er bekam wieder Luft. Er hielt sich die Stirn und wartete, bis er mühsam hervorbrachte: »Herr Jin, ich gehe erst mal zum Schwager!« Er war grün im Gesicht, seine Stimme war so gedrückt, und die Augen wanderten so bedauernswert unruhig hin und her, daß selbst Herr Jin nichts sagte. Zu Xiao Cui meinte er nur: »Geh

nach Hause und leg dich schlafen! Über alles andere reden wir morgen.«
Xiao Cui war erschöpft, konnte sich aber nur schwer losreißen. Respektvoll flüsterte er: »Wie geht es denn Herrn Qian?«
Herr Qian war wahrscheinlich derjenige aus der Gasse, der am wenigsten mit Xiao Cui zu tun hatte. Er ging nicht einmal vor das Tor, geschweige, daß er Xiao Cuis Rikscha gerufen hätte. Daß der junge Cui jetzt solche Achtung für ihn empfand, lag nicht an ihren alltäglichen Beziehungen, sondern weil Herr Qian gewagt hatte, es mit den Japanern aufzunehmen. »Er ist eingeschlafen«, antwortete Herr Jin. »Geh schon, bis morgen dann!«
Xiao Cui hätte gern noch mehr gesagt, um seinen Respekt und seine Sorge für den alten Herrn Qian zu zeigen, aber er war nicht sonderlich redegewandt. So wischte er sich die Handflächen an der Hose ab und ging mit hängendem Kopf davon.
Als Herr Chen den Schwager sah, fiel ihm gleich die Schwester wieder ein, und seine Tränen strömten wie aus einer geöffneten Schleuse. Erschöpfung, Sorge, Schmerz und die schlechte Ernährung ließen ihn stumm und wie gelähmt vor dem Bett zusammenbrechen.
Herr Jin, der ihn ansonsten tief verachtete, sah ihn umfallen und wurde weich. »Stehen Sie auf! Wer weint, kann nichts tun. Draußen vor der Stadt liegt noch jemand!« Seine Worte klangen zwar noch immer hart, aber er wollte Herrn Chen nicht kränken.
Der ängstigte sich stets ein wenig vor Herrn Jin und stand sogleich unbeholfen auf. Die Tränen liefen immer noch, aber sein Gesicht war frei von Kummer wie ein aufklarender Himmel nach einem Gewitter. »Kommen Sie her!« Herr Jin rief Herrn Chen und Ruixuan ins vordere Zimmer. »Kommen Sie alle her, wir müssen uns beraten, bevor ich mich wenigstens noch ein bißchen aufs Ohr legen kann.«
Seit die Japaner in Peking waren, hatte Herr Jin noch keinen Anlaß zur Sorge gespürt, nur daß die Geschäfte eben schlechter gingen. Für ihn war Peking wie eine Ziegelei. Stand er auf irgendeinem erhöhten Punkt, schien er die Westberge oder das Nordgebirge gar nicht wahrzunehmen, auch nicht die gelb- oder grüngedeckten Paläste, sondern lediglich die grauen, in

Streifen verlaufenden Dachziegel der Wohnhäuser. Das war sein Feld, seine Ware. Wenn um ihn herum Käufer und Verkäufer von Häusern die Besitzurkunden tauschten, konnte er drei Zehntel vom Käufer und zwei Zehntel vom Verkäufer kassieren. Die Japaner bombardierten zwar Nanyuan und Xiyuan in der Umgebung, verschonten aber Peking und seine Dachziegel. Es gab also Wohnhäuser, folglich auch Käufer und Verkäufer, die von Herrn Jin bevorzugte »Spezies«. Deshalb hatte er bisher stets das Gefühl, die Besetzung Pekings durch die Japaner gehe ihn kaum etwas an. Da er nun aber den Tod des Schwiegersohnes und dessen Mutter erlebte und die Wunden Qian Moyins sah, merkte er, daß der Einfall der Japaner doch etwas mit ihm zu tun hatte – seine Tochter war Witwe geworden, und sein bester Freund war schwer verletzt. Als er mit Guan Xiaohe in Konflikt geriet, begriff er, daß die Besetzung ihn nicht nur anging, sondern er mitten in ihren Strudel hineingeraten war.

Herrn Chens bedauernswerte Verfassung und Ruixuans aufrichtige Hilfsbereitschaft rührten ihn. Ursprünglich hatte er die beiden verachtet, jetzt wollte er das Ganze mit ihnen besprechen, so wie man sich mit Freunden berät.

Ruixuan hätte Herrn Jin die kühle Behandlung ohnehin nicht nachgetragen. Nachdem er gesehen hatte, wie der mit Guan Xiaohe umgegangen war, forderte ihm dieser Alte durchaus Respekt ab. In Gefahr kann man sich selbst und andere nur durch Taten retten. Wer weiß, vielleicht hatte Herrn Jins Faustschlag sogar Guan Xiaohe in die Schranken gewiesen, und er besserte sich? Wenn nun alle Leute in der Stadt zum Faustschlag ausholten? Ob Herr Jin nun gebildet war oder nicht, ob er sein Land liebte oder nicht, seine Fäuste hatten ihm einen Heiligenschein verliehen. Er selbst verfügte nur über zwei Hände, keine Fäuste. Er hatte Bildung, konnte Englisch und liebte sein Land, aber als die Stadt besetzt wurde, hatte er sich wie eine Maus verkrochen! Weil er sich schämte, empfand er Respekt vor Herrn Jin.

»Setzen Sie sich!« befahl Herr Jin. Er war erschöpft, in seinen Augäpfeln waren einige Äderchen geplatzt, aber er nahm sich zusammen, um die Angelegenheit durchzusprechen. »Erstens«, er streckte den Daumen der linken Hand hoch, »wie beerdigen wir morgen Frau Qian?«

Herr Chen, der, ohne sich die Tränen aus dem Gesicht zu wischen, auf Herrn Jins rote Nase gestarrt hatte, senkte bei dessen Worten den Kopf. Obwohl Herr Jin ihn nicht anblickte, fühlte er ein Augenpaar auf sich gerichtet. Auch Ruixuan wußte nichts zu sagen. Sie schienen Herrn Jin durch ihr Schweigen anzuflehen, Großzügigkeit walten zu lassen.
Der bewegte die Lippen und lächelte resigniert. »Meiner Meinung nach sollten wir wieder den Vierten Herrn Li damit beauftragen, das Geld...« Seine Augen wanderten zu Herrn Chen. Der senkte den Kopf noch mehr, sein Kinn stieß fast an das Schlüsselbein.
»Das Geld, oh, muß ich wohl wieder bezahlen?«
Herr Chen schluckte so krampfhaft, daß man es hörte.
»Zweitens, wie soll es nach der Beerdigung weitergehen? Ich könnte die Tochter mit nach Hause nehmen, nur, wer kümmert sich dann um den Schwiegervater? Wenn sie ihn hier aber versorgen soll, wer bezahlt den Unterhalt für beide?«
Herr Chen hob den Kopf. Er wollte vorschlagen, daß er mit der ganzen Familie herzöge, dann aber wagte er das nicht auszusprechen. Seine finanziellen Mittel reichten nicht aus, für beide täglich drei Mahlzeiten zu bestreiten, zumal die Pflege noch weitere Ausgaben erforderte.
Ruixuan war ziemlich durcheinander. Wäre all das in normalen Zeiten passiert, hätte er bestimmt einen Weg gefunden. Doch jetzt, da niemand garantieren konnte, daß sich nicht morgen in der Stadt alles wieder änderte? Wer wußte schon, ob Herr Qian morgen nicht wieder verhaftet werden würde? Wer konnte wissen, wie sich Guan Xiaohe rächen würde? Wer wagte zu sagen, ob nicht Herrn Jin oder ihm selbst etwas zustoßen würde? Durften Schlachttiere unter dem Beil noch Wünsche äußern? Er hüstelte mehrmals, ehe er zum Sprechen ansetzte, da er wußte, daß seine Worte naiv und kraftlos waren, aber er mußte sie aussprechen. »Onkel Jin! Die junge Frau muß hier für Herrn Qian sorgen. Ich und meine Frau werden ihr dabei helfen. Für beider Lebensunterhalt müssen wir alle zusammenlegen. Das gilt natürlich nicht für lange, es kann uns nur über den Tag hinweghelfen, morgen müssen wir dann weitersehen. Wer weiß denn, ob wir nicht schon morgen von den Japanern abgeholt werden!«

Herr Chen stieß einen langen Seufzer aus. Herr Jin legte seine Pranke auf den Schädel und strich sich mehrmals kräftig darüber. Er war drauf und dran, wütend zu werden, denn er glaubte, dank seiner Kampfkunst und seines Mutes hätte er nichts zu fürchten, ihn würde niemand beleidigen.
Plötzlich schrie Herr Qian im Hinterzimmer auf, schrill, schmerzvoll und verzweifelt. Herrn Chens Gesicht, das gerade wieder etwas Farbe bekommen hatte, wurde sofort blaßgrün. Ruixuan sprang auf. Herrn Jin standen die wenigen Haare zu Berge, er vergaß Kampfkunst und Mut, ihm war, als habe ihn ein Messer mitten ins Herz getroffen.
Alle drei stürzten ins andere Zimmer. Herr Qian lag nicht mehr auf der Seite, sondern mit dem Gesicht nach unten, beide Arme ausgebreitet. Die Hände waren in das Bettlaken verkrallt, die Nägel stießen fast hindurch. Er schien noch zu schlafen, murmelte aber etwas vor sich hin, was durch das Laken nicht deutlich zu verstehen war. Erst als Ruixuan angestrengt hinhörte, verstand er: »Schlagt nur, schlagt zu! Ich habe nichts zu sagen, nichts, schlagt zu!«
Herr Chen begann zu zittern. Herr Jin wendete den Kopf ab, biß die Zähne zusammen und brummte dann leise: »Lassen wir es dabei, Herr Qi, erst einmal soll Qian Moyin gesund werden, dann sehen wir weiter.«

22

Egal ob es stürmte oder regnete, kalt oder heiß war, ob es daheim etwas Dringendes gab, ob er sich nicht wohl fühlte, Ruixuan nahm sich nie frei, erlaubte sich keine Nachlässigkeit. Wer sich selbst genau kennt, der muß einfach bescheiden sein. Bescheidenheit macht das Herz kleiner, wie einen Kieselstein, klein, aber fest. Ruixuan kannte sich. Seine Begabung, seine Intelligenz, sein Mut boten nichts, was ihn berechtigt hätte, auf andere hinabzuschauen. Er konnte lediglich Menschen und Dingen gegenüber sein Bestes geben. Er war sich bewußt, daß sein Tun lediglich einem Stein entsprach, den man ins Meer warf. Aber deshalb würde er den Stein nicht an seiner Brust bergen oder ihn achtlos in eine Schlammkuhle

werfen. In der Klasse zu unterrichten machte ihm keine besondere Freude – es war seine Pflicht, die er erfüllen mußte, um sich wohl zu fühlen.
Der Unterricht wurde wieder aufgenommen. Aber er ging nicht gern hin, er fürchtete sich vor der Begegnung mit der zweiten Generation der Besiegten. Daß er die Schmach der Besetzung ertrug und hierblieb, konnte er mit vielen Gründen entschuldigen. Aber es wäre unververzeihlich, sich erhobenen Hauptes an das Katheder zu stellen, als akzeptiere er seine Schande und empfehle den Schülern ein Gleiches.
Doch er mußte gehen. Wegen der Einkünfte, um die Alten zu beruhigen, aus Verantwortungsgefühl gegenüber der Schule konnte er sich einfach nicht zu Hause verstecken. Er mußte die Folter ertragen, daß ihn die Schüler mit Augen wie Nägel anstarrten, die sich in sein Gesicht und Herz bohrten.
Trotz Schulanfang hing keine Staatsflagge am Schultor. Unterwegs war er kleinen Schülergruppen begegnet, denen er jedoch nicht zuzunicken wagte. Mit gesenktem Kopf eilte er an der Mauer entlang. Vor der Schule standen noch mehr Schüler. Er wußte nicht, wie er durch das Tor ohne Flagge gelangt war.
Im Lehrerzimmer, das den ganzen Sommer über nicht gelüftet worden war und feucht und muffig roch, saßen nur drei Lehrer. Keiner stand auf, als Ruixuan hereinkam. Sonst ging es beim Schulanfang immer wie bei Familienfesten zu, man begrüßte alte Bekannte, die man in den Ferien nicht gesehen hatte, und neu eingestellte Kollegen. Anschließend ging man gemeinsam essen, oder der Direktor lud ein, um den Tag fröhlich zu beschließen. Lächelnd und mit weingerötetem Gesicht verabschiedete man sich dann herzlich. Heute war es klamm und still im Raum wie im Grabe. Die drei Lehrer waren Ruixuans alte Freunde. Zwei rauchten, der dritte starrte auf eine Unebenheit in der Tischlackierung. Sie hatten nur leicht genickt, etwa wie Straftäter, die das gleiche Verbrechen begangen haben und sich nun unerwartet im Gefängnis wiedertreffen. Ruixuan, der auch sonst Zurückhaltung übte, hatte nicht vor, die drückende Stimmung im Raum zu durchbrechen. Nur Kühle war angemessen, nur kühles Schweigen konnte dem Kummer aller Ausdruck verleihen. Man konnte förmlich hören, wie den anderen die

Tränen aufstiegen. Er setzte sich und blätterte in einem Klassenbuch des vergangenen Schuljahres, schlug es aber gleich wieder zu. Trotzdem hatte er eine Reihe von Namen erkannt. Im vergangenen Schuljahr waren das noch Schüler mit Namen und Vornamen gewesen, jetzt waren es alle ausnahmslos Besiegte. Es hielt ihn kaum noch auf dem Stuhl.
Er lauschte zum Hof hin in der Hoffnung, das Lachen und Lärmen der Schüler zu hören. Doch heute war kein Laut aus dem Hof zu vernehmen. Die Schüler, nein, die Besiegten, sie... sie schwiegen wie er aus Scham. Das war noch grausamer als der Lärm von explodierenden Bomben. Es waren immerhin Vierzehn- oder Fünfzehnjährige, die lebten nicht ohne Gewissen in den Tag hinein. Doch wenn sie wirklich nie mehr toben und schreien würden? Er wußte keine Antwort, er fühlte nur, daß die feuchte Luft im Raum sich wie ein Betäubungsmittel auf seine Nase legte und er kaum noch atmen konnte. Wenn doch der Direktor endlich erschiene!
Der Direktor kam nicht. Sein Stellvertreter öffnete vorsichtig die Tür. Er war ein Faktotum und seit zehn Jahren für Unterrichtsangelegenheiten zuständig. Mit flachem Gesicht, von kleinem Wuchs, redselig, ohne viel zu sagen, ein Mensch, der nur fleißig seine Pflicht erfüllte. Er trat ein und schaute sich um. Als er die vier Kollegen erkannt hatte, stürzte er auf Ruixuan zu und schüttelte ihm herzlich die Hand. Dann begab er sich zu den drei anderen und drückte ihnen ebenfalls die Hand. Gewöhnlich ging dem Händeschütteln ein langer Wortschwall voraus. Heute dauerte es etwas länger und ging wortlos vor sich. Dann standen alle im Kreis und hatten das Gefühl, jemand müsse das Schweigen brechen.
»Und der Direktor?« fragte Ruixuan.
»Hm...«, antwortete der Stellvertreter zögernd, »der Direktor fühlt sich nicht wohl, er kommt heute nicht. Ich soll Ihnen ausrichten, daß heute keine Eröffnungszeremonie stattfindet. Sobald es klingelt, möchten Sie sich in die Klassen begeben. Reden Sie ein wenig mit den Schülern. Morgen beginnt dann der Unterricht, hm, erst morgen.«
Alle schwiegen betreten und rätselten, ob der Direktor wirklich krank war und worüber sie mit den Schülern reden sollten.

Der Stellvertreter hätte die Lehrer gern ein wenig aufgeheitert, aber ihm fiel nichts ein. Er rieb sich das Gesicht, machte ein paar hilflose Mundbewegungen und ging verlegen davon. Die vier Lehrer ließ er stumm zurück.
Ruixuan, der das Klingelzeichen sonst nie fürchtete, da er stets gut auf den Unterricht vorbereitet war, graute es heute davor wie einem zum Tode Verurteilten, der auf das Signal zur Vollstreckung wartet. Er war immer gefaßt gewesen, selbst vor zehn Jahren, als er seine erste Unterrichtsstunde hielt, hatten seine Hände nicht gezittert. Jetzt aber konnte er sie nicht kontrollieren.
Das Klingelzeichen ertönte. Benommen lief er wie auf Watte hinaus. Seine Beine führten ihn nach alter Gewohnheit in die Klasse. Mit gesenktem Kopf betrat er den Raum. Drinnen war es so still, daß er nur seinen eigenen Herzschlag hörte. Er ging zum Pult, stützte die zitternde rechte Hand auf und hob langsam den Kopf. Die Schüler saßen aufrecht in Reih und Glied und blickten ihn voll an. Ihre Gesichter waren blaß, wie aus Stein gemeißelt. Etwas Scharfes steckte ihm im Hals, er räusperte sich ein paarmal. Tränen traten ihm in die Augen.
Er mußte sie trösten, aber wie? Er sollte ihren Patriotismus anspornen, sie zum Widerstand gegen den Feind auffordern. Aber warum stand er dann wie taub und blind hier und war nicht schon längst auf dem Schlachtfeld? Er mußte sie zu Geduld ermahnen, aber wie geduldig sollten sie sein? Er legte auch die linke Hand auf das Pult und stützte sich mit dem ganzen Körper darauf ab, um Kraft zu finden, den Mund zu öffnen. Ein paarmal machte er ihn auf und zu, ohne auch nur einen Ton herauszubringen. Er hoffte, die Schüler würden ihn etwas fragen. Aber die rührten sich nicht. Einigen älteren liefen Tränen über die Wangen, sonst gab es keinerlei Regung.
Endlich stammelte er verwirrt: »Der Unterricht beginnt morgen. Heute, heute – ist frei!«
Die Augen der Schüler bewegten sich. Alle schienen zu hoffen, daß er etwas zur Lage im Lande, eine Information oder eine Meinung äußern würde. Das hatte er auch tun wollen, aber wirkliche Not läßt sich nicht in Worte fassen. Abrupt verließ er das Pult. Enttäuscht folgten ihm alle Augen. Als er zur Tür hastete, hörte er jemanden stöhnen. Beim Hinausge-

hen stolperte er über die Schwelle und wäre beinahe gestürzt. Jetzt kam Bewegung in die Klasse, aber es blieb leise. Ohne noch einmal in das Lehrerzimmer zurückzugehen, eilte er geradewegs nach Hause, als sei ein Gespenst hinter ihm her.

Zu Hause legte er sich sofort, ohne die Schuhe abzustreifen, auf das Bett. Sein Kopf war leer, weiße Seidenfäden schienen darin umherzuschwirren, tanzten herum. Fest schloß er die Augen. Die wilden Fäden drehten sich immer langsamer. Einzelne zusammenhanglose, auf einmal auftauchende und ebenso plötzlich wieder verschwindende Begriffe sprangen wie Sternchen aus dem Fadenknäuel. Er hatte nicht die Kraft, sie in einen Zusammenhang zu bringen.

Plötzlich fuhr er ruckartig hoch. Wie in einem Kaleidoskop ordnete sich mit einemmal alles zu einem einzigen Bild in seinem Kopf. »Ist das etwa Vaterlandsliebe?« fragte er sich. Dann mußte er selbst lachen. Das Bild veränderte sich wieder: »Vaterlandsliebe ist, wenn man aus Begeisterung handelt! Bloß daran denken und darüber reden, wem nützt das?«

Er rannte zu den Qians. Die Sorge um Herrn Qian war das einzige, das gegen seine Schande half.

Herr Jin, der Vierte Li, Herr Chen und Xiao Cui hatten sich gleich morgens auf den Weg vor die Stadt gemacht, um Frau Qian zu begraben. Das Haus wurde von Großmutter Li gehütet. Als Ruixuan kam, bat sie ihn, bei Herrn Qian zu bleiben, während sie sich um die junge Frau Qian kümmerte.

Die Nachrichten von der Front klangen nicht gut. Auf den Straßen Pekings sah man immer mehr kurzbeinige Männer und Frauen, auch eine Behelfswährung der japanischen Armee tauchte auf. Wenn Ruixuan auf der Straße größere Gruppen von Japanern, Männern und Frauen, begegneten, wußte er – auch ohne die Zeitung zu lesen –, daß die eigenen Truppen wieder eine Schlacht verloren hatten. Nur die Kämpfe in Shanghai munterten ihn noch ein wenig auf. Aber natürlich konnte jeder vermuten, daß auch die nicht aussichtsreich waren, solange es an den anderen Fronten Niederlagen gab. Anfangs hatte er seine Hoffnungen auf die natürlichen Hindernisse im Norden und auf die Neue Armee im Süden gesetzt. Die Nordarmee konnte es in Organisation und Waffenausstattung zwar nicht mit den Japanern aufnehmen, aber vielleicht würden natürliche Hindernisse wie die schwer zugänglichen Gebirge dies ausgleichen. Doch diese Barrieren fielen, als wären sie aus Papier. Bei jedem neuen Verlust hatte er das Gefühl, ihm würde ein Messer ins Herz gestoßen. Denn darunter befanden sich wohlklingende Namen, die als unüberwindliche Hürden in die Geschichte eingegangen waren. Aber alle diese Orte vermochten den Feind nicht aufzuhalten. Er verlor allen Glauben an sein Land. Nur die Neue Armee im Süden, die in Shanghai kämpfte, gab ihm noch Hoffnung. Wie lange würde sich die Nationalarmee in Shanghai halten können? Wie viele Divisionen hatte sie wirklich? Und wie viele Flugzeuge? Shanghai lag am Meer, und das gehörte den Japanern. Er hatte seine Zweifel, ob die eigene Armee nur mit Landtruppen gegen die Japaner, die zu Wasser, zu Land und in der Luft losschlugen, überhaupt siegen konnte? Er müßte sofort in den Kampf ziehen. Aber er kam nicht weg, die Familie begrub sein Leben in Peking, der Stadt, die ihre Geschichte bereits verloren hatte und nur noch ein Name auf der Karte war.

Sein Gesicht wurde schmal, die Augen erschienen dadurch noch größer. Fast verabscheute er sein Zuhause. Er hatte keine Freude mehr an der Schule. Nur die Sorge um Herrn Qian hielt ihn noch aufrecht. Die Schmerzen des alten Mannes wirkten wie eine Warnung, die Grausamkeit des Feindes nicht zu vergessen. Das Stöhnen des Alten und der allgegenwärtige Kanonendonner schienen den Untergang der Vergangenheit mit all ihren Gedichten und Gemälden einzuläuten, aber gleichzeitig den Beginn einer neuen blutigen Epoche. Doch auch diese Erkenntnis veranlaßte ihn nicht, sofort aus Peking zu fliehen, aber sie half ihm, in der Verzweiflung nicht die moralische Integrität zu verlieren. Das hatte immerhin ein wenig Sinn und war jedenfalls besser, als nur zu Hause auf das Greinen der Kinder und das Gerede der Alten zu hören.

Außerdem wollte er zu gern wissen, wie es Herrn Qian gelungen war, der Höhle des Löwen zu entrinnen. Waren die Japaner etwa vom Ausgang des Krieges nicht überzeugt und schreckten deshalb vor weiteren Morden zurück? Oder gab es zwischen Militärs und Politikern Kämpfe und Widersprüche, die es Herrn Qian ermöglicht hatten, einen Spalt zu finden, durch den er entweichen konnte? Oder hatten die Japaner

trotz siegreicher Schlachten große Verluste, die Militärs und Politiker in Panik versetzten, so daß jeder planlos tat, was er wollte, und die von X Verhafteten von Y wieder freigesetzt wurden? Er wartete gespannt darauf, das alles ganz genau von Herrn Qian zu erfahren. Der konnte allerdings noch nicht sprechen. Ruixuan pflegte ihn hingebungsvoll, damit er bald gesund würde und dieses kleine Geheimnis enthüllte.
Nachdem Herr Qian die schmerzstillenden, beruhigenden Medikamente eingenommen hatte, schlief er tief. Die Wunden und Nerven ließen ihn oft zusammenzucken und aufstöhnen, aber die Augen hatte er bisher noch nicht geöffnet. Beim Anblick des in tiefen Schlaf versunkenen, zeitweise ohnmächtigen Moyin schickte Ruixuan bisweilen unwillkürlich ein Stoßgebet gen Himmel. Er wußte nicht, zu wem er beten sollte, er erflehte nur aufrichtig Schutz von irgendeiner »Gerechtigkeit« oder »Barmherzigkeit«. Manchmal fühlte er sich nach diesen Gebeten erleichtert. Dann bedauerte er fast, daß er die Religion bisher verachtet hatte und es ihm daher an Begeisterung und Energie mangelte. Doch alle japanischen Soldaten, die in China mordeten und brandschatzten, führten buddhistische Schriften, Göttersymbole oder Amulette mit sich, dennoch führten sie sich wie Tiere auf.
Diese Gedanken gingen Ruixuan durch den Kopf, wenn er vor dem schlafenden Qian Moyin saß. Mal hielt er sich selbst für einen Menschen von höchster Kultur, fried- und freiheitsliebend, mit Idealen und ästhetischem Sinn, ohne Laster, ohne Aberglauben und Egoismus. Dann wieder sah er sich als den hoffnungslosen Versager – er hatte nichts unternommen, als die Stadt fiel, nichts, als das Land fiel. Seine ganze Kultur war nicht das geringste wert.
Wenn er vom vielen Nachdenken Kopfschmerzen bekam, ging er leise hinaus und betrachtete im Hof die Herbstblumen. Da Herr Qian sie nicht in Töpfe, sondern direkt in die Erde gepflanzt hatte, blühten die Hahnenkämme und Sonnenblumen an der Mauer immer noch, obwohl sie seit Tagen nicht gegossen worden waren. Ihr Anblick gab ihm ein wenig Kraft.
In diesem Moment kam der alte Herr Qi mit dem kleinen Shun an der Hand langsam in den Hof. Zeit heilt Wunden.

Die Krankheit des alten Herrn war weniger körperlicher als psychischer Art. Er konnte sich nicht mehr freuen. Doch langsam spürte er, daß das tagelange Liegen die Schmerzen nur verstärkte und es besser war, sich ein wenig zu bewegen. Krankheiten, die aus Kummer entstehen, können nur durch den Kranken selbst geheilt werden. Die Zeit kann auf meisterliche Weise Selbstmordgedanken wandeln in »Lieber lausig leben als schön sterben«. Also stand er auf, und schon drehte sich nicht mehr alles nur um ihn. Als erstes dachte er an seinen guten Freund Herrn Qian. Als Mengshi beerdigt wurde, hatte er vom Tor aus hinausgeschaut und sich den Rest des Tages ins Bett gelegt und gestöhnt. Alte Leute meinen, jeder Sarg könne der ihre sein. Über Mengshi hatte er nicht weiter nachgedacht, weil er sich ständig vorstellte, wie es wäre, wenn seine eigenen Knochen in dem Sarg lägen. Er hatte große Angst vor dem Tod. Leute, die am Rande des Grabes stehen, scheinen ewig leben zu wollen. Shuns Mutter fragte er immer wieder: »Was meinst du, was ist los mit mir?«
In ihren Augen standen wegen der Qians Tränen, aber für ihn legte sie Fröhlichkeit in ihre Stimme: »Großvater, Sie sind völlig gesund. Alte Leute haben bei Wetterumschwung schnell mal Rückenschmerzen oder Beinreißen, das geht nach zwei Tagen wieder weg. Mit soviel Energie können Sie mindestens noch zwanzig Jahre leben!«
Die Worte der Schwiegerenkelin wirkten wie ein Wundermittel, das alles und nichts heilt. Das Fahrwasser nutzend, schob sie ihr Boot noch ein Stück weiter und schlug vor: »Großvater, Sie sind doch sicher hungrig? Ich mache Ihnen ein paar Fadennudeln, ja?«
Der alte Herr genierte sich, vom Tod gleich auf Fadennudeln überzugehen. Er überlegte eine Weile, dann wandelte er ihren Vorschlag ein wenig ab: »Brühe mir ein bißchen Suppe aus Lotuswurzelmehl, ich hab gar keinen Geschmack mehr im Mund!«
Als er von Herrn Qians Rückkehr hörte, wollte er ihn gleich besuchen.
Er bat den Zweiten, Ruifeng, ihn hinüberzubegleiten. Der traute sich nicht zu den Qians und fürchtete überdies, die Guans könnten es sehen. Auch könnte er dort womöglich

Ruixuan treffen. Abgrundtiefer Haß schien ihn von dem älteren Bruder zu trennen, seit dieser sich erlaubt hatte, die Guans offen als Feinde zu betrachten und Qian Moyin und Herrn Jin dort bei ihrem Streit zu unterstützen. Als der Großvater nach ihm rief, legte er sich schnell ins Bett, zog die Decke über den Kopf und ließ Dickmadam zischeln: »Ihm geht es nicht gut, er hat gerade Aspirin genommen.«
»Oh, nimm lieber eine Kugel Antilopenhorn zum Entgiften, das ist bestimmt die Herbstgrippe.«
So kam es, daß der alte Herr den kleinen Shun als Begleitung erwählte. Der Kleine war höchst zufrieden. Als er drüben seinen Vater sah, trompetete er mit schriller Stimme: »Vater, der Urgroßvater ist da!«
Ruixuan winkte erschrocken ab, da er fürchtete, Herr Qian und die junge Frau könnten es hören. Aber der kleine Shun trompetete weiter: »Wo ist denn Großvater Qian? Die Japaner haben ihn blutig geschlagen, ja? Diese stinkenden Teufel!«
Herr Qi nickte beifällig, man konnte stolz auf den Urenkel sein. »Dieser kleine Kerl, der weiß genau Bescheid!«
Mit einer Hand den Großvater stützend, an der anderen den Sohn, führte Ruixuan sie langsam ins Zimmer. Dort fühlte sich selbst der kleine Shun unsicher und wagte keinen Ton mehr. Der alte Herr Qi erblickte sofort den Freund, der jetzt mit dem Gesicht nach oben lag. Es sah völlig blutleer, aber nicht blaß aus, wohl weil der Gefängnisschmutz nie wieder abzuwaschen war. Es bestand nur aus Haut und Knochen, war ohne jede Bewegung, aber auch ohne die Ruhe des Schlafes. Die Wangen tief eingefallen, die Lippen leicht geöffnet, der Mund eine dunkle Höhle. Die Augen waren nicht ganz geschlossen, von Zeit zu Zeit schimmerte das Weiß der Augäpfel durch. Mit den Narben an Schläfen und Stirn sah das Gesicht wie ein nur von Haut überzogener Totenkopf aus. Der Atem ging unregelmäßig. Ab und zu öffnete sich der Mund, um Luft zu holen, und die Augen zuckten, als wollten sie aufgehen. Der kleine Shun schlug die Hände vors Gesicht. Herr Qi starrte auf das Antlitz des Freundes, er spürte etwas Scharfes, dann etwas Feuchtes in seinen Augen. Er hätte gern etwas gesagt, aber Mund und Zunge waren wie gelähmt. Ein Gedanke ging ihm durch den Kopf, den er aber nicht in Worte fassen konnte: »Ruixuan, dein

Vater ist genauso alt wie Herr Qian. Ich weiß nicht weshalb, aber mir kommt es vor, als sähe ich deinen Vater vor mir.«
Von dieser Schreckensvorstellung wanderten seine Gedanken zu den Japanern. Er war ein leidgeprüfter alter Mann, der sehr nüchtern sein konnte und sich von dem, was er nicht sah, nicht in Aufregung versetzen ließ, und der anderen einfach nicht glaubte, wenn ihn etwas zu beunruhigen drohte. Seit dem 18. September hatte er viel von den Grausamkeiten der Japaner gehört, aber nicht glauben wollen. In der Tiefe seines Herzens wußte er längst, daß das nicht alles Lügen sein konnten, aber er wollte es nicht zugeben, denn sonst hätte er auch die Gefahr sehen und sein bißchen Hoffnung auf ein ruhiges Leben bis zum achtzigsten Geburtstag sogleich verwerfen müssen. Jetzt, im Angesicht des Freundes, mußte er an seinen Sohn und auch an sich denken. Die Bajonette der Japaner machten nicht vor dem Alter halt. Er konnte zwar den Worten anderer den Glauben versagen, aber dem Gesicht seines Freundes mußte er glauben. Dieses Gesicht war eine grausame lebendige Vorankündigung.
Nach langer Erstarrung tat er unbewußt einen Schritt nach vorn. Er wollte Herrn Qians Körper sehen.
»Großvater«, rief Ruixuan leise, »störe ihn nicht!« Er wollte verhindern, daß der Großvater die Wunden des Freundes sähe, er würde tagelang keinen Bissen hinunterkriegen.
»Urgroßvater«, der kleine Shun zog ihn am Gewand, »laß uns gehen!«
Der mühte sich, die Japaner hinter sich zu lassen und sich zu dem zu äußern, was er vor sich sah, etwa welche Arznei Ruixuan für Herrn Qian kaufen, welchen Arzt er herbitten solle und woher er spezielle Mittel für Verletzungen und Verrenkungen, wie man sie sich auch bei Faustkämpfen zuzog, beziehen konnte. Wenn Herr Qian jedoch die Augen aufschlagen würde, damit er mit ihm reden könnte, ginge seinem Freund bestimmt das Herz auf. Und wenn das Herz weit wird, heilt alles schneller. Aber er brachte immer noch kein Wort heraus. Sein Alter, seine Erfahrungen, sein Wissen, alles schien nutzlos zu sein. Die Japaner hatten seinen Freund verletzt und damit auch sein Herz getroffen. Lippen und Bart zuckten, er stammelte nur: »Gehen wir, Xiao Shun!«

Als Ruixuan den Großvater stützte, kam ihm dessen Arm bleischwer vor. Der alte Mann gelangte mühsam bis zur Mitte des Hofes, blieb dort stehen und sagte mit einem Nicken in Richtung der Blumen, als ob er zu sich sprechen würde: »Die müssen auch alle sterben. Ach!«

23

Herrn Qian ging es langsam besser. Er schlief zwar tagsüber und nachts immer noch länger, als er dann wach lag, hatte aber wieder Hunger und Durst. Ruixuan verpfändete heimlich sein pelzgefüttertes Gewand, um dem Kranken ab und zu eine Hühnerbrühe anbieten zu können. Ob er es später wieder einlösen könnte oder im Winter darauf verzichten müßte, wußte er nicht, aber für Herrn Qians Genesung tat er es gern. Die junge Frau Qian, obwohl noch sehr blaß, wies Großmutter Lis Hilfe zurück und bestand darauf, aufzustehen und sich selbst um ihren Schwiegervater zu kümmern.

Da ihr Vater, Herr Jin, ohnehin täglich ins Teehaus ging, kam er morgens und abends vorbei, um nach der Tochter und Qian Moyin zu sehen. Herr Qian erkannte noch immer kaum jemanden. Deshalb neigte Herr Jin in der ersten Zeit immer nur seinen Kopf über das Bett des Kranken, um zu schauen, ob der schlief oder wach lag, und war nicht enttäuscht, daß sich kein Gespräch ergab. Dann pflegte er sich eine Pfeife zu stopfen und ein paar Züge zu schmauchen, als wollte er sagen: »Schon gut, Moyin, deine Angelegenheiten habe ich geregelt. Hauptsache, du lebst, dann war meine Mühe nicht umsonst.« Ein fröhliches Leuchten erschien auf seinem Gesicht, denn nun gab es etwas Erinnernswertes in seinem Leben – er hatte den Schwiegersohn und dessen Mutter beerdigt und den Freund gerettet.

Auch mit der Tochter redete er nicht viel, Witwe sein hieß eben Witwe bleiben, das war eine unverrückbare Tatsache. Wenn er vermutete, daß sie kein Geld mehr hatte, legte er ein paar Kuai auf das Krankenbett und verkündete der Tochter so laut, als solle es die ganze Welt wissen: »Das Geld liegt auf dem Bett.« Jedesmal, wenn er kam und wieder ging, blieb er einen Moment vor dem Tor stehen, um zu zeigen, daß er keine Angst vor einer Begegnung mit den Guans hatte. Tauchte keiner von ihnen auf, hüstelte er einige Male laut, um seine Anwesenheit kundzutun. Bald darauf ahmten alle Kinder aus der Gasse sein Hüsteln nach, besonders gern hinter dem Rücken von Herrn Guan.

Der ließ sich dadurch jedoch nicht abschrecken. Er hatte seine eigenen Pläne und konnte seinen Zorn zügeln. »Ihr kleinen Bastarde«, schimpfte er bei sich. »Wartet nur, wenn euer gnädiger Herr Guan das Rennen gemacht hat, dann wird er euch wie Wanzen zerquetschen.« Er war in diesen Tagen häufiger als sonst unterwegs. Erst vor kurzem hatte er durch eifriges Ohrenoffenhalten eine gewisse Vorstellung von der politischen Lage bekommen. Von einem kleinen Politikaster, der um ein Mehrfaches raffinierter als er war, hatte er folgendes vernommen: Die japanischen Militärs planten ursprünglich, in Nordchina alle Macht selbst zu übernehmen, weshalb sie die Reste des Nordchinesischen Verwaltungsrates beibehielten. Gleichzeitig organisierten sie zur Kontrolle Pekings mit ein paar vertrottelten Verrätern die »Vereinigung zur Aufrechterhaltung der öffentlichen Ordnung«. Das war ein Greisenklub ohne jede reale Befugnis. Die Stadtregierung war die Institution, die für die Japaner die Straßen räumte und Ordnung schaffte. Hier besaß die Tianjin-Clique die stärksten Machtpositionen. Die feindlichen Armeen waren in den Provinzen Shandong, Hebei, Henan und Shanxi auf dem Vormarsch. Da sie nicht hinter jedem Chinesen ein Bajonett aufpflanzen konnten, mußten sich japanische Politiker und chinesische Verräter zusammentun, um eine Organisation zu schaffen, die den »Verwaltungsrat« ersetzen und Nordchina beherrschen konnte, indem die chinesischen Handlanger das Notgeld der »Kaiserlichen Truppen« in Umlauf brachten, Wertsachen konfiszierten und Befehle herausgaben. Solch eine Institution zu bilden war schwierig, denn die Militärs verabscheuten Politik und waren nicht bereit, sich durch eine politische Institution einschränken zu lassen. Solange sie noch keine chinesischen Lakaien gefunden hatten, die sich ihnen bedingungslos unterordneten und gleichzeitig in der Lage waren, die einheimische Bevölkerung zu beschwichtigen,

dachten sie überhaupt nicht daran, eine Regierung ins Leben zu rufen. Am liebsten hätten sie einen Generalgouverneur eingesetzt, der Nordchina und alle besetzten Gebiete sowie Korea beherrscht. Aber eine Armee braucht Proviant, Kleidung, Transportmittel und eine Strategie, wie mit geringstem Truppenaufwand größtmögliche Siege zu erzielen sind. Wie sehr sie auch Zivilbeamte und Politik verabscheuten, die Militärs brauchten eine Verwaltung und die Hilfe von Intriganten und Verrätern. Das ständige Ärgernis der Militärs war, daß sie zwar »alles sofort erobern, nicht aber sofort beherrschen« konnten.
Als die japanische Armee in Peking einzog, trat als erste Organisation das »Neue Bürgerkomitee« in Erscheinung, eine aus dem Geschützrauch hervorgekrochene Propagandaeinrichtung. Guan Xiaohe hatte von ihr gehört, sie aber nicht ernst genommen, da er eine propagandistische Tätigkeit für minderwertig hielt. Ihn gelüstete es nach einem Posten im Salzamt oder in der Steuerbehörde, und zwar im Range eines Kreisvorstehers, Abteilungsleiters oder Bürochefs. In einem »Komitee« gab es seiner Meinung nach weder solche Einkünfte wie im Steuer- oder Salzamt noch Ränge, also keine Schmiergelder und auch keine Zukunft. Jetzt erst verstand er, daß dieses »Komitee« durchaus Zukunft hatte, weil es der Armee auf den Fersen folgte und daher als ihr treuester Diener deren Moral und Tugend pries. Nur durch dieses »Komitee« gelang es der japanischen Armee, die Spuren ihres Mordens zu verwischen und sich friedfertig zu geben: Nachdem die Militärs eine Stadt in Schutt und Asche gelegt hatten, strich das Komitee flugs eine schmerzlindernde Salbe darüber in Form eines »Friedensliedes«.

Jener Intrigant hatte Guan Xiaohe belehrt: »Wenn Sie einen großen Posten wollen, dann bekommen Sie den nur aus der Hand japanischer Offiziere. Die Vereinigung zur Aufrechterhaltung der öffentlichen Ordnung wird sich nicht lange halten können. In der Stadtregierung kommen Sie bloß über die Tianjin-Clique zu einem Posten. Am einfachsten kann man in das Neue Bürgerkomitee hineingelangen, weil es dort nur ganz folgsame Lakaien erster Ordnung gibt, die nichts von den japanischen Militärs verlangen, außer einer Schale Reis und etwas Geld natürlich, dafür aber im Gefolge der japanischen Geschütze nach weiteren Lakaien suchen. Von solchen Leuten nehmen die Japaner gern noch mehr auf. Kann man irgendein Talent vorweisen, beispielsweise eine Zeitung machen, Theater spielen, singen, malen oder Dialoge rezitieren, hat man die Aufnahmekriterien bereits erfüllt. Doch auch eine andere Kraft darf keinesfalls unterschätzt werden, nämlich die regionalen Bosse der Geheimgesellschaften. Ihre Macht ruht auf den Mängeln der öffentlichen Ordnung und Gesetzgebung. Sie verstehen nichts von Politik, ihnen geht es nur um die eigene Sicherheit und die ihrer Parteigänger. Sie hassen den Feind vielleicht, aber sobald der ihnen ein wenig Gesicht zubilligt, sind sie um ihrer eigenen Sicherheit willen zur Zusammenarbeit mit ihm bereit. Sie selbst würden kaum ein Amt übernehmen, betätigen sich aber gern als Berater des Feindes bei der Personalwahl. Sie sind die stabilste Kraft.«

Diese Analyse war für Guan Xiaohe völlig neu. Er hatte zwar schon zwanzig, dreißig Jahre im Beamtenmilieu zugebracht, aber seine Aufmerksamkeit niemals auf seine Umgebung gerichtet. Ihm genügte es, mit Tricks beim Trinken und Spielen etwas zu erleben, er glaubte, seine Schäfchen könne er spielend ins trockene bringen.

Während er dem anderen zuhörte, schloß er die Augen und fand sich sehr klug, als seien diese Überlegungen seine eigenen. Später erzählte er das Gehörte überall weiter und erklärte, sofort nach Tianjin reisen und alte Freunde besuchen zu müssen. Dann bekannte er bescheiden, wie oberflächlich er doch einst gewesen sei: »Früher habe ich immer gesagt, Kunst kennt keine Grenzen und solche weitschweifigen Dinge. Der Mensch kann alt und grau werden, aber er lernt nicht aus. Jetzt aber habe ich das Problem bei der Wurzel gepackt!« Doch nach Tianjin traute er sich nicht. Früher hatte er zwar an unterschiedlichen Orten gearbeitet, aber tief in seinem Innern steckte die allen Pekingern eigene Abneigung gegen jede Art von Bewegung. Die dreistündige Fahrt nach Tianjin war eben eine »weite Reise«. Und eine Reise war nun mal eine gefährliche und unangenehme Sache. Außerdem hatte er in Tianjin gar keine richtigen Freunde. Also, umsonst Geld auszugeben und dann vielleicht trotzdem keinen Posten zu bekommen, das lohnte sich doch nicht!

Er kannte keinen hohen japanischen Militär. Mühsam prägte er sich die Zeichen einiger japanischer Namen ein, »Duftmond«, »Großhorn« und »Holzmauer« oder gar »ein Stück Herr«, was das nun wieder sollte! Dann wiederholte er die Zeitungsmeldungen über deren Taten, obwohl er eigentlich genau wußte, daß sie für ihn unerreichbar waren.
An die »Bosse« der Geheimgesellschaften kam er erst recht nicht heran und war auch nicht begierig darauf. Seine Wertgegenstände waren zwar nicht bedeutend, und auf der Bank hatte er auch kein Geld liegen, aber er hielt sich für einen Shenshi, einen Angehörigen des Landadels. Er fürchtete die Kommunisten genauso wie diese Bosse. Für ihn waren sie wie der legendäre kaiserliche Inspektor Dou Erdun, der den Reichen nahm, um den Armen zu geben, und das lag nicht in seinem Interesse.
Er sollte in Richtung der Neuen Bürgerkomitees denken. Was die im einzelnen zu tun hatten, interessierte ihn nicht, er meinte jedoch, die Überzeugung und Fähigkeit zu einem erstklassigen, gefügigen Untergebenen zu haben. Damit nicht genug, er konnte Arien aus Pekingopern singen oder auch Szenen aus Trommelgesängen, die ihm Tongfang beigebracht hatte, und er konnte aus komischen Dialogen rezitieren. Schließlich war er früher Kreisvorsteher und Amtsleiter gewesen. Nachdem er mehrere Tage erfolglos umhergerannt war, sagte er sich: »Was von Herzen kommt, wird erhört!« Eines Tages würde er schon sein Glück machen.
Ruifeng konnte er mit dieser Analyse einschüchtern. Als Herr Guan sie ihm ungerührt vortrug, wurde der blaß. Nie hätte er Herrn Guan solche Weitsicht und Gedankentiefe zugetraut. Womöglich hatte er ihm nicht genug geschmeichelt!
Herr Guan hatte Ruifeng gegenüber das Neue Bürgerkomitee nicht erwähnt, da er sich gerade selbst darum bemühte und Ruifeng nicht als Konkurrenten dulden wollte. Er wußte sehr wohl, wo die Propagandatrommel gerührt und wo ein Geheimnis bewahrt werden mußte.
Ruifeng, der eine Bildung genossen hatte, bei der nur Stipendium und Zeugnis zählten, beneidete Herrn Guan selbstverständlich. Er war nie Beamter gewesen und hatte auch keine Verbindung zu den Militärs. Da er lediglich aufgrund eines

Zeugnisses seinen Lebensunterhalt erwerben konnte, beneidete er verständlicherweise Herrn Guan um die Annehmlichkeiten seines Lebensstils. Er hielt ihn für eine welterfahrene »Persönlichkeit« und sich selbst für einen Anfänger. Daher beschloß er, umgehend in das kleine Stübchen umzuziehen. Das war so klein, daß darin nur ein Bett Platz hatte. Es gab kein Fenster, nur eine schmale Tür. Als er einmal kurz hineinguckte, sah er gar nichts, roch aber feuchten Katzengestank. In diese Kammer wollte er ziehen – er würde sogar im Stehen schlafen, könnte er nur bei den Guans wohnen.

Zur selben Zeit tauchte über dem Gebäude der Zeitungsredaktion Xinminbao in der westlichen Changan-Allee ein weißer Luftballon auf, der in der ganzen Stadt zu sehen war. Daran hing eine lange Fahne mit der Losung »Glückwunsch zum Fall von Baoding!«. Baoding war für viele Pekinger einfach ein geographischer Name, nicht einmal so wichtig wie Tongzhou oder gar Tianjin und Shijiazhuang. Sie wußten lediglich, daß aus Baoding das in Sojasoße eingelegte Gemüse und die klingenden Eisenkugeln kamen, die man zur Förderung der Durchblutung in einer Hand drehte. Als jetzt der »Fall Baodings« am Ballon allen in die Augen stach, erinnerten sie sich plötzlich wieder daran, wie man sich an einen lange verschwundenen Freund oder Verwandten erinnert. Alle neigten die Köpfe. Was für eine Stadt Baoding auch sein mochte, es war eine chinesische! Jede gefallene Stadt verringerte die Hoffnung auf die Rückeroberung Pekings. Eigentlich müßten sie für Baoding Trauer tragen, aber sie sahen einen Freudenballon mit einem Glückwunsch. Die Unterwerfung des Landes war schon schmerzhaft und schändlich genug, jetzt sollten sie diese noch bejubeln.

Die japanischen »Chinakenner« kannten China keineswegs. Sie verstanden die Pekinger überhaupt nicht. Hätten sie den Sieg stillschweigend hingenommen, die Pekinger hätten so getan, als bemerkten sie nichts. Aber die engstirnigen Japaner konnten weder Haß noch Schadenfreude verbergen. Wie eine Katze, die eine soeben erlegte Maus nicht sogleich auffrißt, sondern erst lange mit ihr herumspielt, war es für sie eine Genugtuung, die Besiegten mit Krallen und Zähnen zu traktieren.

Das Neue Bürgerkomitee sah seine Chance gekommen, sich verdient zu machen. Selbst wenn die Japaner sich zurückhalten wollten, die vortrefflichen Lakaien des Bürgerkomitees mußten ein großes Aufsehen machen. Sie hatten keinen Nationalstolz, wer ihnen zu essen gab, dem unterwarfen sie sich. Sie beschlossen, eine Demonstration zur Feier der eigenen Unterwerfung zu veranstalten. Mit der Vorbereitung und Durchführung beauftragten sie die Grund- und Mittelschüler, denn es gab keine Organisation, die das sonst hätte übernehmen können.
Ruifeng war immer da, wo etwas los war. Selbst bei Beerdigungen drängte er sich vor. Er hielt es nicht für geraten, sich in den Schmerz der Hinterbliebenen zu versetzen, denn auf diese Weise würde er sich ja um den Spaß bringen. Er ging hin, um die weißgekleideten trauernden Frauen mit den rotgeweinten Augen zu sehen, und fand sie noch hübscher als gewöhnlich. Er begutachtete Speisen und Getränke, ob der Mönchsgesang schrill genug und das Rezitieren buddhistischer Sutren interessanter als Arien-Gesang war. Das gab er dann zu Hause kritisch zum besten. Ihm blieb der Genuß, beerdigt wurden andere, das mußte fein säuberlich getrennt werden. Die eigene Unterwerfung aber zu feiern, das war selbst ihm etwas peinlich. Als er jedoch auf der Straße die bunten Fahnen an den Geschäften sah, die Girlanden an den Straßenbahnen, die Fähnchen an den Rikschas, war er von der Farbenpracht fasziniert und merkte, daß sich die Beerdigung eines Staates gar nicht so sehr von anderen Begräbnissen unterschied. Wenn man nüchtern das Ganze betrachtete, konnte man auch daran durchaus seine Freude haben. Er war in Hochstimmung. Dieses Ereignis durfte er sich nicht entgehen lassen.
Gleichzeitig hatte ihn auch sein Kollege Lan Ziyang lächelnd mit der Aufforderung beehrt: »Lao Qi, bei der großen Demonstration müssen Sie uns aber tüchtig unter die Arme greifen.« Daher wollte er sich besonders anstrengen, denn seine Verehrung für Lan Ziyang war nicht geringer als für Guan Xiaohe.
Herr Lan war Stellvertreter des Direktors für Unterrichtsangelegenheiten und Lehrer für Chinesisch, sein Einfluß in der

Schule überstieg den des Direktors. Sein größter Stolz war jedoch, daß er Essays und moderne Gedichte schrieb. Er liebte es, wenn man ihn als Literaturschaffenden bezeichnete. Seine Werke ähnelten seinem Aussehen: Er war klein, hatte ein schmales Gesicht, seine Nase hatte einen Linksdrall, während das rechte Auge nach rechts oben strebte. Durch diesen Kontrast von links und rechts sah er ständig so aus, als wolle er sein Gesicht auseinanderreißen. Seine Gedichte waren kurz wie sein Körper. In die wenigen Zeilen pflegte er viele »jedoch« und »aber« zu setzen, um die Leser in tiefe Grübeleien zu stürzen. Da die Verlage seine Verse schnell oder erst nach einer Weile zurückschickten, ließ er sich herab, sie in der Schulwandzeitung zu veröffentlichen, und trug den Schülern auf, diese beispielhaften literarischen Exempel zu studieren. Die bekannten Schriftsteller haßte er. Dachte er an sie, strebten seine Nase und das rechte Auge mit aller Kraft schräg in die jeweils entgegengesetzte Richtung. Berühmt wurden seiner Meinung nach nur Schriftsteller, die sich einschmeichelten und andere hofierten. Wenn die Zeitungen über Vorträge, Reisen oder Besichtigungen berichteten, zu denen Schriftsteller eingeladen worden waren, diente das seiner Meinung nach nur der Werbung. Ihre Bücher las er nicht, denn er war überzeugt, daß diese ihm die Möglichkeit raubten, eigene Werke zu veröffentlichen.

Er war bereits zweiunddreißig, aber noch unverheiratet. Dachte er an Frauen, fielen ihm nur seine sexuellen Bedürfnisse ein. Da sein Gesicht und seine Verse nicht dazu angetan waren, Frauen zu faszinieren, und er mit keiner etwas zu tun hatte, haßte er sie. Sah er Männer mit einer Frau auf der Straße, stellte er sich schmutzige und häßliche Bilder vor und schrieb, um seinen Zorn loszuwerden, ein paar Zeilen oder Verse nieder, die er zwar für äußerst scharfsinnig hielt, die aber keinen Sinn ergaben. In seinen Versen beschimpfte er eigentlich nur andere Leute, hielt sich jedoch selbst für sehr gerecht.

Stets versprühte er Gift und Galle gegen andere, denn trotz schlechten Mundgeruchs putzte er sich ungern die Zähne. Was er sagte, stank, ganz gleich, ob es aus den sogenannten Essays oder seinem Munde kam. Deshalb legte sich von den Kollegen

in der Schule keiner gern mit ihm an, was ihn zu noch wilderem Treiben veranlaßte, so daß er bald zum Schuldespoten wurde. Hätte sich nur einer getraut, ihn mit einer Ohrfeige aus der Schule zu werfen, wäre er davongelaufen, ohne es auch nur zu wagen, seine Sachen abzuholen. Aber seine Kollegen waren Pekinger, und die wagten gegen niemanden und nichts die Hand zu erheben. Sie arrangierten sich lieber mit ihm.
Herr Lan hatte vor keinem großen Philosophen und keiner bedeutenden Persönlichkeit der Weltgeschichte Respekt, weshalb er auch deren Zielen nicht nacheiferte. Den Kollegen gegenüber redete er abscheuliches Zeug und benahm sich widerwärtig, weshalb er meist allein unterwegs war, es sei denn, er benötigte Schutz. Er hielt sich für einen Sonderling. Ruifeng gegenüber war er allerdings recht höflich, denn der war der Verwalter. Wenn er in Herrn Lans Auftrag ein paar private Dinge besorgen sollte wie Handtücher oder Schreibpapier, kaufte er stets das Beste, ohne den Preis zu erwähnen. Herr Lan fragte manchmal danach und ließ dann eine lange Litanei los, Korruption komme nicht in Frage! Keinen Strohhalm der öffentlichen Hand rühren wir umsonst an! Ruifeng hörte sich diese »Ermahnung« lächelnd an und entgegnete knapp: »Reden wir ein andermal davon, es eilt nicht!« Aus »ein andermal« wurde mit der Zeit »keinmal«, und Herr Lan fand, daß Ruifeng ziemlich vernünftig sei und viel angenehmer im Umgang als die großen Philosophen!
Als die Japaner die Stadt besetzten, änderte Herr Lan seinen Namen von »Ziyang« in »Dongyang«, was statt »violette Sonne« nun »östliche Sonne« bedeutete, und begann, Manuskripte an Zeitungen von Japanern oder chinesischen Lakaien zu verschicken. Denen mangelte es an Stoff, und seine Verse, wenn sie auch kaum Sinn ergaben, attackierten die aus Peking geflüchteten, an die Front oder ins Hinterland gegangenen Schriftsteller. Fast täglich tauchten deshalb die beiden Zeichen des Pseudonyms »Dongyang« wie zwei kleine Leberflecken am Ende der Zeitung auf. Er hatte jene Schriftsteller schon immer gehaßt, und jetzt, da sie Peking verlassen hatten, konnte er sie beliebig beschimpfen. Tote Tiger zu prügeln, darauf verstand er sich. Was von ihm in der Zeitung erschien,

schnitt er fein säuberlich aus, klebte es auf Schulbogen und hängte es an die Wand. Wenn er diese Ausschnitte sah, lachte er vor Freude laut heraus, was ihm sonst nicht leicht passierte. Er war den Japanern dankbar, daß sie ihm Gelegenheit gaben, »berühmt« zu werden, doch am meisten erfreute ihn, daß er acht Mao Honorar erhielt. Beim Anblick dieser acht Groschen stellte er sich vor, es wären acht Kuai, achtzig Kuai, achthundert Kuai! Da wollte er sein Gesicht nicht länger auseinanderreißen, vielmehr drückte er mit der rechten Hand das nach oben strebende Auge herunter und mit der linken die Nase so, daß sich beide näher kamen. Und laut rief er: »Dongyang, Dongyang! Früher wurdest du stets unterdrückt, jetzt kannst du dir dein eigenes Himmelreich schaffen!«
Er trat in das Bürgerkomitee ein. Seit Tagen war er mit der Vorbereitung der Festveranstaltung beschäftigt und fertigte eilig Propagandaschriften an. Darin war nicht die Rede vom chinesisch-japanischen Krieg, sondern nur von den verhaßten Schriftstellern, die er verspottete mit Sprüchen wie: »Schriftsteller, Baoding ist gefallen, wo seid Ihr? Ihr sitzt gewiß wieder in den Shanghaier Cafés am Bund, trinkt Kaffee und tanzt?« Wenn er sich anstrengte, schaffte er an einem Vormittag vierzig bis fünfzig solcher »Dolchtexte«. Die Vorbereitung der Festveranstaltung dagegen war nicht so einfach. Er konnte nur auf seine Kollegen, die Angestellten und die Schüler hoffen, die er alle informiert und kräftig eingeschüchtert hatte. Trotzdem war er sich ihrer nicht sicher. Normalerweise wurden Schüler, die in geschlossener Formation die Schule verließen, vom Sportlehrer begleitet. Den Sportlehrer zu offensichtlich unter Druck zu setzen, traute er sich nicht, denn der könnte die Fäuste gegen ihn erheben. Ein anderer Lehrer, dessen Fäuste nicht so kräftig waren, äußerte sich nur sehr unbestimmt. Deshalb hielt er sich an Ruifeng.
»Qi Ruifeng!« Gewaltig strengte er sich an, in seiner Augenpartie ein Lächeln anzudeuten. »Wenn die alle nicht mitmachen, gehen eben wir beide! Ich mache den Anführer, nein, den Oberkommandierenden, Sie sind der stellvertretende Kommandeur!«
Ruifengs kleines Gesicht strahlte. Er wollte nicht nur überall dabeisein, wo etwas los war, ihm imponierte auch der Rang

eines stellvertretenden Kommandeurs. »Ich bin mit von der Partie! Was aber, wenn die Schüler nicht parieren?«

»Nichts einfacher als das!« Dongyangs Nase und Augen strebten wieder auseinander. »Wer nicht mitkommt, fliegt von der Schule! Ganz einfach!«

Zu Hause berichtete Ruifeng zuerst Dickmadam von seinen Erfolgen: »Lan Dongyang ist ins Bürgerkomitee eingetreten. Er hat mich gebeten, ihn zu unterstützen, wenn er die Schüler zur Demonstration führt. Er ist der Oberkommandierende, ich bin der stellvertretende Kommandeur. Wenn ich mich bei dem ordentlich einkratze, brauche ich mir um einen lukrativen Posten keine Sorgen zu machen.« Aber er fand zu wenig Selbstlob in seinen Worten, daher fügte er nach kurzem Überlegen hinzu: »Warum sucht er sich denn keinen anderen, sondern ausgerechnet mich?« Er wartete auf Dickmadams Antwort. Die aber reagierte nicht. Da mußte er es selbst aussprechen: »Das kommt daher, weil unsereins ständig auf der Höhe ist! Sieh mal, immer, wenn ich für ihn etwas besorgen soll, kaufe ich gute Qualität, rede aber nie über den Preis. So ein Handtuch oder zwei Lagen Manuskriptpapier, die könnte er sich doch auch selbst kaufen und müßte nicht mich damit beauftragen. Also bezweckt er damit etwas! Aber unsereins hat auch so seine Pläne! Das Handtuch oder die paar Lagen Papier werde ich doch noch irgendwo auftreiben. Ich besorge es und schenke es ihm, das nennt man ohne jeden Aufwand eine Gunst erweisen. Was wäre ich für ein Verwalter, wenn ich nicht einmal so ein kleines Ding drehen könnte.«

Dickmadam nickte ein wenig, lobte ihn aber nicht ausdrücklich. Das stellte ihn nicht zufrieden, deshalb suchte er die Schwägerin auf und erzählte ihr alles noch einmal, um die erwartete Zustimmung zu erhalten. »Schwägerin, du wirst schon sehen, da wird was los sein!«

»In solchen Zeiten, was soll denn da schon los sein?« Die sonst so klaren Augen der Schwägerin waren in letzter Zeit ständig mit einem dunklen Schleier überzogen. Das Unwohlsein des alten Herrn, die Krankheit der Schwiegermutter, die Sorgen des Mannes, der Weggang des Dritten und die Schwierigkeiten des Haushalts bereiteten ihr viele Sorgen. Ihr war nicht klar, warum die Japaner Krieg führten und warum sie

Peking besetzt hatten. Aus all den Schwierigkeiten und Mühen spürte sie nur heraus, daß ihr Unglück und Leid von den Japanern herrührte. Diese Häufung von Problemen war sicherlich vom Schicksal vorbestimmt, sie konnte sich nicht vorstellen, was es da noch zu sehen geben sollte. Und wenn, dann interessierte es sie nicht.

»Eine richtig tolle Demonstration! Ich führe die Schule an. Schwägerin, ich prahle nicht, unsereins kann es eben doch zu etwas bringen! Hast du schon mal gesehen, daß ein Verwalter die Schule anführt?«

»Wirklich?« Da sie keine Antwort wußte, zeigte sie mit dieser vieldeutigen Frage einfach nur ihre freundliche Anteilnahme. Der Zweite verstand es als Bestätigung und erzählte die Sache mit vielerlei Ausschmückungen und seinen Zukunftsvorstellungen noch einmal von vorne.

»Muß dein Bruder auch dahin?« Yunmei waren bei den Worten des Zweiten Zweifel gekommen. Sie wußte, daß die Stadt, aus der das Sojagemüse kam, eine chinesische war, und war der Meinung, daß Chinesen deren Fall nicht unbedingt feiern sollten. Wenn sie richtig vermutete, würde das Ruixuan in weitere Schwierigkeiten bringen, was bedeuten könnte, daß er seinen Ärger wieder an ihr ausließ. Vor der Hochzeit hatte sie dem Verhalten ihrer Familie und dem leisen Geflüster entnommen, daß ihr Bräutigam sie nicht besonders mochte. Obwohl sie innerlich gegen die freie Partnerwahl war, hätte sie gern gesehen, daß es in der Welt heute tatsächlich etwas freier zuginge. Vielleicht rührte die Abneigung des Bräutigams gegen sie daher, daß er nicht genug Freiheiten hatte. Sie war der festen Überzeugung, daß sie ganz ohne ihre Schuld ein schweres Schicksal trug. Hätte Ruixuan sie abgelehnt, wäre sie bereit gewesen, dieses Leben zu beenden. Doch Ruixuan wies sie glücklicherweise nicht ab und heiratete sie. Sie war ihm deshalb aber nicht zu Dank verpflichtet, da eine richtige Heirat über Vermittler auch ihr Würde und Ansehen verlieh. Von Anfang an verhinderte das ständige Gefühl, daß zwischen ihrem Mann und ihr etwas Trennendes lag, ein inniges Zusammenleben. Ihr blieb nichts anderes übrig, als sich durch »äußerste Pflichterfüllung« ihre Würde und ihren Platz zu sichern. Sie mußte die Schwiegermutter überzeugen, daß sie eine fähige Schwiegertochter war, mußte Freunden und Verwandten zeigen, daß sie eine ordentliche junge Frau Qi war, und mußte dem Mann beweisen, was er schließlich anerkennen mußte, daß sie eine kluge Gattin war. Aber solch widerliches Getue wie die »freien« Weiber, die den Männern schöne Augen zuwarfen, würde sie nicht nachahmen. Als Ehefrau würde sie auch nicht zur Dämonin werden wie die Zweite Schwägerin. Sie konnte sich nur bemühen, dem Mann keinen Ärger zu bereiten und dafür zu sorgen, daß sie ruhig miteinander auskamen. In seinem Denken und Reden sowie in einigen seiner Handlungen blieb Ruixuan für sie ein ewiges Rätsel. Sie hatte keine Lust, ihren Kopf anzustrengen, es zu lösen, sondern hoffte vielmehr, durch stete Pflichterfüllung würde sich das Geheimnis langsam von selbst offenbaren. Natürlich, auch sie stritt sich manchmal unversehens mit ihm, aber danach fand sie stets, daß sie sich dadurch nur weiter voneinander entfernten. Durch Streit würde das Rätsel sich noch schwerer lösen, nur durch Ruhe und Gelassenheit konnte man in Frieden leben.

In letzter Zeit aber war ihr Mann zusehends rätselhafter geworden, jedoch anders als früher. Wegen der Japaner war sein Gesicht ständig mit dunklen Sorgenwolken bedeckt und zeigte den ganzen Tag lang kein einziges Lächeln. Er tat ihr leid, aber sie konnte ihn nicht trösten. Weder wußte sie, was die Japaner Teuflisches im Schilde führten, noch hatte sie eine Ahnung, inwiefern dies Auswirkungen auf ihren Mann hatte. Sie wollte nicht danach fragen, machte sich aber große Sorgen um ihn. Lächelnd mußte sie alles regeln und durfte ihn nicht durch überflüssiges Reden in Wut bringen. Hauptsache war, ihr gegenüber geriet er nicht außer sich, dann war sie schon einigermaßen beruhigt und konnte alles auf die Japaner schieben. Deshalb hoffte sie auf ein schnelles Ende des Krieges und der Besetzung Pekings, damit Ruixuan wieder wie früher nur ihr ganz persönliches Rätsel sei, und der Familienvorstand, der lachte, scherzte und Lebensfreude verbreitete.

Ruixuan kam gerade von den Qians zurück. Er hatte von der Schülerdemonstration gehört und beschlossen, nicht hinzugehen. Sein Schuldirektor war am ersten Tag des Schuljahres nicht erschienen und hatte sich bis jetzt beurlauben lassen. Er vermutete, daß der Direktor, falls die Demonstration tatsächlich stattfand, kündigen würde. Gern hätte er ihn zu Hause aufgesucht, um mit ihm zu reden. Kündigte der, müßte auch er sich schnell nach einer anderen Arbeit umsehen. Der Direktor war ein verantwortungsbewußter Mensch und würde niemals Gleichgesinnte mit hineinziehen. Mit so jemandem hätte er gern gesprochen.

Als er am Dattelbaum war, kam ihm der Zweite aus der Ostkammer entgegen. »Wie weit seid ihr in eurer Schule mit den Vorbereitungen? Bei uns mache ich den Anführer!«

»Fein!« Ruixuans Gesicht war völlig ausdruckslos, und dieses »fein« klang so tonlos wie ein Stein.

Yunmei hörte das in der Küche und erschrak. Sie fürchtete den Zorn ihres Mannes, noch mehr aber fürchtete sie seinen Zorn gegen andere. Nur zu gut wußte sie, daß er sich normalerweise zu beherrschen und mit allen gut umzugehen wußte, damit unterschwellige Unstimmigkeiten in der Familie keine großen Wellen schlugen. Jetzt war sie sich nicht mehr sicher, ob ihr Mann sich noch unter Kontrolle hatte. Wo doch ganz Peking von den Wellen geschüttelt wurde, wie sollte da ein kleines Boot nicht schwanken? Sie schritt ein. Lieber wollte sie etwas Unpassendes sagen und den Zorn ihres Mannes auf sich lenken, als mit anzusehen, wie die Brüder sich stritten.

»Kommst du gerade von den Qians? Wie geht es denn Herrn Qian? Kann er wieder etwas essen? Bei solchen Verletzungen muß man tüchtig zulangen!«

»Hm – es geht etwas besser!« Ruixuan zog nach wie vor ein Gesicht, aber seine Antwort beruhigte sie und zeigte ihr, daß er ihre Absicht verstanden hatte. Er ging in sein Zimmer. Sie war zufrieden. Der Zweite lachte lautlos, er fand, der ältere Bruder verstand die Zeichen der Zeit nicht.

Nebenan in der Nummer eins trat Herr Guan in einem schon etwas abgetragenen Seidengewand aus dem Tor. An seiner Kleidung war ersichtlich, daß er keine hochgestellte Persönlichkeit aufsuchen wollte. Er lief auf Nummer sechs zu.

24

In der Familie Guan hatte es eine Zeit gegeben, da sich Rotkürbis und You Tongfang gemeinsam gegen Guan Xiaohe verbündeten. Die »Missetäterin«, die beide Frauen zusammengeführt hatte, war Ruoxia, die Frau des jungen Wen aus Nummer sechs.

Der junge Wen kam 1911, am Gründungstag der Republik, in einem großen Anwesen mit Garten, Pavillons und Bäumen zur Welt. In seiner Kindheit wurde jede Sekunde seines Lebens mit Gold aufgewogen. Unter den zahlreichen Spielsachen stellten kleine Kännchen aus reinem Gold und großen Jadestücken keine Seltenheit dar. Wäre er zwanzig, dreißig Jahre früher geboren, hätte er auf jeden Fall den Rang eines Ersten Fürsten geerbt und wäre von acht Trägern in einer Sänfte zur kaiserlichen Audienz gebracht worden. Ihm gehörten Taubenpaare, die täglich zur festgesetzten Zeit wie eine sonnenbestrahlte Wolke über den blauen Himmel zogen, und unzählige Goldfischpärchen, die ihren Kopf mit der langen Schwanzflosse verhüllen konnten und in uralten edlen Glasbehältern herumtänzelten. Er besaß zahllose Döschen mit Grillen, für deren Kämpfe viele weißglänzende, ausländische Münzen den Besitzer wechselten, und jadegrüne Heuschrekken, die noch im Winter flattern und zirpen konnten und in wunderschön geschnitzten, mit Edelsteinen verstöpselten feinen Flaschenkürbissen steckten, die er an seiner Brust trug. Er aß, trank, spielte und lebte leicht wie ein Prinz, ohne den Beschränkungen eines Prinzen unterworfen zu sein. Oft aber war er krank. Ein Leben zwischen Gold und Edelsteinen ist eben manchmal nicht sonderlich bekömmlich. Aber wenn er erkrankte, kümmerte man sich noch aufmerksamer um ihn, und er konnte noch mehr Geld verschwenden, deshalb empfand er die Unpäßlichkeiten als eine interessante Abwechslung. Das Krankenbett feiner Leute ist oft beneidenswerter als die Gesundheit armer Schlucker. Er war ziemlich intelligent. Zwar kam er selten mit Büchern in Berührung und konnte deshalb nur ein paar Zeichen lesen und schreiben, doch erfaßte und beherrschte er jedes Spiel auf den ersten Blick. Bereits im Alter von acht Jahren sang er die Partien alter Männer

im Rollenfach Laosheng aus mehreren Opern, und zwar in Klang und Aussprache des berühmten Tan Xinpei. Mit zehn Jahren spielte er bereits hervorragend Laute und Huqin-Geige.
In den letzten Jahrzehnten der mandschurischen Qing-Dynastie schienen die Bannerleute Tag für Tag, jahraus, jahrein nur noch mit der Kunst beschäftigt zu sein, zu leben und zu genießen. Abgesehen davon verspeisten sie den von Han-Chinesen gelieferten Reis und verschleuderten deren Tribut-Silber. Angefangen vom König über Fürsten bis hinab zum gemeinen Bannersoldaten sangen alle die typischen Erhuang-Melodien, die Balladen zur großen Trommel und die gerade beliebten Gassenhauer. Sie verstanden sich auf Fisch-, Vogel- und Hundehaltung, auf Blumenzüchten und Grillenkampf. Es gab unter ihnen auch einige, die wunderschöne Zeichen schreiben, Landschaftsbilder malen oder auch Gedichte verfassen konnten, manche brachten sogar sehr wohlklingende, humorvolle Trommelverse zustande. Für sie war Unterhaltung und Zeitvertreib höchste Lebenskunst, und daher fühlten sie sich außerstande, die Grenzgebiete zu verteidigen und die Macht zu stabilisieren. Doch der Umgang mit Hühnern, Vögeln, Fischen und Insekten war hochkultiviert. Als sie die Schüsse der Revolution hörten, steckten sie die Köpfe unter die Bettdecke. Ihre Lebenskünste verdienen es jedoch, daß wertvolle und interessante Bücher darüber geschrieben werden. An den heute noch in Peking auffindbaren Überbleibseln wie Taubenglöckchen, Drachen, Schnupftabakdosen, Grillenkörbchen, Vogelkäfigen und Hasengöttern kann man bei intensiver Betrachtung feststellen, wie die Bannerleute auf kleinste Details allergrößte Aufmerksamkeit verwendeten.
Fürst Wen war kein Bannermann. Aber aus seinem Adelsrang ergab es sich, daß er diese Kultur der Bannerleute ganz selbstverständlich übernahm. Wäre er nicht im Gründungsjahr der Republik geboren, hätte er vielleicht die hervorragendste Persönlichkeit aller Paläste und Ämter werden können und wegen seiner Fähigkeiten im Singen und Spielen, Hahnenkampf und Hundewettlauf sicherlich einen einträglichen Posten erhalten. Unglücklicherweise hatte er am selben Tag wie die Republik das Licht der Welt erblickt. Sein Denken – soweit

man davon sprechen konnte –, sein Geschmack und seine Lebensgewohnheiten gehörten der verflossenen Dynastie an, lediglich mit seinen zwei Beinen stand er auf dem Boden der Republik. Die Bürger waren nun keine Sklaven mehr, die Abgaben in Form von Reis und Silber zu leisten hatten. So kam es, daß die königlichen Paläste mit ihren Edelholzsäulen und ihren lasierten Dachziegeln innerhalb weniger Jahre verkauft wurden. Einige gelangten in den Privatbesitz von Militärs, andere wurden zu Schulen umgebaut, wieder andere riß man nach und nach ab, und ihre Ziegel wurden einzeln für etwas Reis und Mehl verkauft. Der Verfall des Adels ähnelte Pilzen nach dem Regen, soeben noch riesig groß, anderntags schon eingegangen.

Als Fürst Wen dreizehn, vierzehn Jahre alt war, wurden die Pavillons und Tempelchen sowie seine Goldfische und weißen Tauben mitsamt dem Adelsanwesen nach und nach gegen Reis und Mehl eingetauscht. Er empfand das nicht als besonders tragisch, aber ziemlich unbequem. Alle diese Wertsachen hatten andere für teures Geld erworben, weshalb er auch nicht sehr an ihnen hing. Er wußte weder, was diese Dinge wert waren, noch kannte er den Preis für ein Pfund Reis oder Mehl, fand es nur unterhaltsam, daß man sie gegen Reis und Mehl eintauschen konnte. Nachdem er sich ein paarmal auf diese Weise amüsiert hatte, stellte er fest, daß ihm nur noch seine Huqin-Geige geblieben war.

Seine Frau, Wen Ruoxia, die Morgenröte, war ihm schon lange von den Eltern zugedacht. Ihre Familie war nicht so groß und reich wie seine, aber ebenso plötzlich verarmt und nun in der gleichen Situation. Beide besaßen nichts, mußten aber mit achtzehn selbst einen Haushalt von der Zwiebel bis zum Tisch bestreiten. Aber sie waren jung und schön wie Blumen und brauchten ein Dach über dem Kopf, um fröhlich wie ein Vogelpärchen im Frühling zu sein. Staat und Land waren ihnen kein Begriff, sie wußten auch nicht, wie viele Kontinente es auf der Erde gab. Sie trauerten der Vergangenheit nicht nach und kannten keine Zukunftsängste. Hatten sie heute etwas zu essen, genossen sie es und summten nach dem Essen ein Liedchen. Ihr Gesang brachte ihnen nach und nach etwas Reis und Mehl ein, weshalb sie sorglos lebten und alles so nahmen, wie es kam. Sie waren durch gewaltige historische Veränderungen gegangen, lebten aber unwissend und unbeschwert wie kleine Kinder. Ihre Naivität sorgte für ihr höchstes Glück.

Xiao Wen, er selbst hatte inzwischen sogar seinen Fürstenrang vergessen, hatte sich nach der Hochzeit gesundheitlich etwas stabilisiert. Von kleinem Wuchs, mit einem viereckigen Gesicht, langen schmalen Augenbrauen und einem Paar wacher Augen, sah er zierlich und hübsch aus und hatte dazu eine ebenso nette, sympathische Art. Wenn er in den Klub für Amateurschauspieler oder zu einem Gastspiel ging, zog er sich stets sehr gut an, ohne exzentrisch zu wirken. Gewöhnlich achtete er jedoch nicht auf seine Kleidung, man sah ihm weder den Fürsten noch den Amateurschauspieler an. Sein Auftreten blieb immer gleich, er war nicht stolz, gab sich aber selbstbewußt, ungezwungen und locker, blickte geradeaus und blieb bei seinem gemessenen Schritt. Zu jedem war er höflich, schmeichelte aber niemandem. Gerieten Nachbarn in Schwierigkeiten und baten ihn um Hilfe, lehnte er niemals ab, sondern gab von dem, was er gerade hatte. Deshalb schätzten ihn die Nachbarn als Menschen, auch wenn sie wegen seines Berufes auf ihn herabsahen.

Dem Aussehen nach wirkte Ruoxia noch schlanker und zerbrechlicher als ihr Mann. Aber sie verfügte über sehr viel mehr Energie. Mit ihrem schmalen Gesicht, dem langen Hals, der kleinen Statur und einer Schlangentaille sah sie wirklich der Lin Daiyu aus dem »Traum der roten Kammer« ein wenig ähnlich. Ihr Teint war zart und hell, die Augen klar. Stets ging sie langsam und schaute zu Boden, als fürchte sie, einen Wurm zu zertreten. Wenn sie so langsam und verschämt einherschritt, glaubte ihr niemand, daß sie auf einer Bühne auftreten könne. Doch dort waren ihre Brauen lang und schwarz, und ihre blau unterlegten Augen blickten klar und blitzten scharf. Bei ihrem Auftritt wurde sie stets mit Begeisterungsrufen empfangen. Ihr schlankes Gesicht, von den Wangen bis in die Augenwinkel fein geschminkt, sah wie eine zartrosa gefärbte Pfirsichblüte aus. Und was für einen Hals sie hatte! Mit ihrer Schlangentaille war sie beweglich und biegsam, konnte sanft und hart zugleich sein. Sie trat sehr sicher auf und beherrschte

Trommel und Gong geradezu spielend. Wenn es nötig war, konnte sie auch schnell laufen. Das war aber kein Laufen, sie flog beinahe über die Bühne. Sie spielte die Qingyi-Rollen edler Damen in Gewändern mit gedeckten Farben, aber ihre Stärke lag in den Huadan-Rollen temperamentvoller junger Frauen. Ihre Stimme war nicht kräftig, aber wohlklingend.
Mit ihrem Gesang, den pantomimisch-tänzerischen Bewegungen sowie ihrer Schminkkunst hätte sie die Schauspielerei professionell betreiben können, aber sie trat lieber als Amateurin auf, statt sich in eine Truppe einzugliedern.
Sie sang, und Xiao Wen begleitete sie auf der Huqin-Geige. Er spielte ohne jeden Schnörkel und richtete sich in seiner Begleitung ganz nach ihr. Wenn Fachleute manchmal noch etwas an Gesang und Gesten von Ruoxia auszusetzen hatten, im Lob seines Huqin-Spiels aber waren sich alle einig. Zu seiner Begleitung konnte sich ihre Stimme mühelos entfalten und den erwarteten Beifall erringen. Zum Lebensunterhalt trug er mehr bei als sie, da er keine so aufwendige Ausstattung benötigte, sondern nur sein Instrument. Zudem wurde er oft zu Privatvorstellungen gebeten.
Als das junge Ehepaar gerade eingezogen war, erhöhte sich der Gebrauch von Pomade bei den jungen Burschen in der Gasse. Und wer sich Pomade nicht leisten konnte, nahm etwas mehr Wasser. Man lief dauernd müßig auf und ab in der Hoffnung, »sie« zu treffen. Aber sie kam selten heraus, und wenn, dann ging sie mit gesenktem Blick, und es gab keine Möglichkeit, sich ihr zu nähern. Nach einiger Zeit wurde die Lebensart des Paares akzeptiert, und die jungen Leute reduzierten den Pomadenverbrauch. Sie fanden sie nach wie vor schön, stellten ihr aber nicht mehr nach.
Am häufigsten war Guan Xiaohe ihretwegen herausgekommen. Er war ihr nicht nur in der Gasse begegnet, sondern hatte auch ihre Vorstellungen gesehen. Sie übertraf You Tongfang bei weitem. Er wußte, daß die Burschen der Umgebung viel Aufwand mit Pomade trieben, aber keine Chancen hätten, wenn er forsch vorginge. Außerdem drohte dem jungen Ehepaar zwar nicht der Hunger, aber als reich konnte man sie auch nicht gerade bezeichnen. Ein paar Geschenke wie Seidenstrümpfe oder dergleichen könnten da bestimmt von Vor-

teil sein. Ginge er also in dieser »wirtschaftlichen« Angelegenheit nicht aktiv voran, bliebe er sich selbst etwas schuldig. Er beschloß, die Fühler auszustrecken.
Ruoxia war er bereits ein paarmal begegnet. Er war neben ihr hergelaufen, hatte kokett gehüstelt, ihr Blicke zugeworfen, alles vergeblich. Nun änderte er seine Taktik und stattete den Nachbarn mit einem kleinen Geschenk einen Besuch ab.
Die Wens bewohnten zwei Stuben, die vordere war Wohn-, die hintere Schlafraum. In der Schlafstubentür hing ein sauberer weißer Vorhang, die Wohnstube enthielt außer einem Tischchen und zwei, drei Hockern fast nichts. Die Tapeten hatten sich teilweise schon von der Wand gelöst. In der Ecke standen ein paar Stöcke aus Rohr. Sie waren die Erklärung für die einfache Möblierung, die Platz schuf für akrobatische Übungen.
Xiao Wen plauderte mit Herrn Guan in der Wohnstube. Herr Guan verstand »ein wenig« von Pekingoper, es reichte gerade so für die übliche gesellschaftliche Plauderei. Er beschloß, mit Xiao Wen über Theater zu reden. Wer vor einem Fachmann sein Halbwissen zu zeigen wagt, muß entweder der Kaiser oder ein noch größerer Dummkopf sein. Herr Guan war nicht dumm. Er kannte nur keine Scham. »Finden Sie Gao Qingkui oder Ma Lianliang besser?« fragte er.
Xiao Wen gab wie selbstverständlich zurück: »Und Sie?« Er verhielt sich ganz natürlich, damit Herr Guan nicht den Eindruck erhielt, er wolle den Gast einer Prüfung unterziehen. Nein, das traute ihm niemand zu. Er war arglos, ein Adliger eben. Er hatte gelernt, nicht voreilig seine Meinung kundzutun, sondern den anderen stets den Eindruck natürlicher Aufmerksamkeit zu vermitteln, ohne sich selbst durchschauen zu lassen.
Herr Guan wußte keine Antwort. Er kannte die Vorzüge und Schwächen der beiden berühmten Darsteller nicht. »Hm ...«, runzelte er die Stirn, »ich fürchte, Gao Qingkui ist ein wenig besser!« Um nur nichts Falsches zu sagen, fügte er eilig hinzu: »Ein wenig, ein klein wenig!«
Xiao Wen schüttelte zwar nicht den Kopf, nickte aber auch nicht. Er überging das Problem einfach und wechselte zum nächsten Thema. Man sah seiner Miene nicht im geringsten

an, daß er Herrn Guan nicht ausstehen konnte. Während der Unterhaltung hatte er bemerkt, daß Herr Guan unverwandt nach dem weißen Vorhang schaute, deshalb rief er: »Ruoxia, Herr Guan ist zu Besuch gekommen!«, als sei er ein langjähriger alter Freund.
Herr Guan starrte auf den Vorhang und bekam plötzlich Herzklopfen. Langsam hob Ruoxia den Vorhang und trat mit einer schnellen Wendung ein, wie wenn sie auf die Bühne treten würde. Sie war nur leicht geschminkt und trug einen halblangen Kittel aus blauem Stoff und weiße Atlasschuhe. So stand sie dem Gast direkt gegenüber und blickte ihn unbefangen an. In ihrer einfachen Aufmachung erschien sie viel kleiner als auf der Bühne, ihr Gesicht war nicht so schön wie dort, aber ihr zarter Teint und die natürliche Augenpartie machten sie jünger, liebenswerter. Ihre Stimme allerdings schien Respekt einzufordern. Sie hatte einen kräftigen, reinen Klang, der jedem klarmachte, daß es sich um die Stimme einer großzügigen, welterfahrenen, schönen Frau handelte, die sich nichts gefallen ließ. »Nehmen Sie doch bitte Platz, Herr Guan!«
Noch bevor er richtig aufgestanden war, setzte sich Guan Xiaohe wieder hin. Er war verwirrt. Sie war wirklich sehr schön, aber er wagte nicht, sie lange anzuschauen. Ihre Worte klangen zwar angenehm, aber sie ernüchterten ihn, hörten sich ganz anders an als ihr lieblicher Gesang.
Bevor Herr Guan die Wohnung betreten hatte, war er der Meinung, man würde ihn hier als jemanden willkommen heißen, der nach Stellung und Herkunft über ihnen stand. Daß er sich »herabließe«, dafür müßten sie ihm eigentlich dankbar sein. Doch mit einem so edelmütigen, großzügigen und natürlichen Verhalten der beiden hatte er überhaupt nicht gerechnet und wurde nervös.
Worüber er auch schwatzte, sie hielten mit, wobei ihre Worte und Mienen bestimmte Grenzen nie überschritten. Und das erlaubten sie auch Herrn Guan nicht. Doch gerade exaltierte Gebärden waren seine Stärke. So hatte er, als er You Tongfang zum ersten Mal zum Essen einlud, sie gleich wild auf den Mund geküßt. Heute kam er mit seinen Tricks nicht weit.
Viele Leute besuchten das Ehepaar Wen. Manche baten sie um

etwas, andere wollten Ruoxia vorsprechen oder von ihr unterwiesen werden, wieder andere kamen zum Geigenunterricht zu Xiao Wen und ... Da gab es Männer und Frauen, alte und junge, sie alle schienen nichts Nützliches zu tun, aber trotzdem einen Platz in dieser Gesellschaft zu haben. Selbstbewußt nickten sie Guan Xiaohe beim Eintreten nur leicht zu, und beim Weggehen sagten sie »Auf Wiedersehen« oder »Bleiben Sie sitzen«, aber nichts Vertraulicheres. Herr Guan saß geschlagene vier Stunden bei den Wens. Sie probten, trainierten, spielten Geige und ließen sich in keiner Weise durch seine Anwesenheit stören, gaben sich natürlich, schienen ihn aber kaum zu beachten. Wer etwas zu singen hatte, sang, und wer trainieren wollte, griff zu den Rohrstangen in der Ecke. Sie lachten und scherzten auch, sprachen von Dingen und Personen, die Herrn Guan größtenteils kein Begriff waren. Sie lebten in einer anderen Welt, nahmen auch schmutzige Worte in den Mund, aber da sie zutrafen, wirkten sie nicht ordinär. Ihr Benehmen wirkte durchaus nicht vulgär und chaotisch, wie es Herr Guan eigentlich angenommen hatte.

Er fühlte sich übergangen. Schon einige Male hatte er sich verabschieden wollen, es dann aber nicht fertiggebracht. Nach einer Weile merkte er, daß es an ihm lag: Er erwartete zu viel, verlangte von allen besondere Freundlichkeit. Sobald sie nicht »außerordentlich« freundlich zu ihm waren, hielt er sie für kühl. Nun wollte er nicht mehr unbeteiligt daneben sitzen, sondern mitmachen. In einem passenden Moment bemerkte er zu Xiao Wen, daß er auch ein paar Pekingopern-Arien singen könne, und er erwartete, der würde ihn auf der Huqin begleiten. Xiao Wen nickte weder, noch lehnte er ab. Er überging Herrn Guans Bemerkung einfach. Der kannte zwar keinerlei Scham, geriet aber nun doch in Verlegenheit. Wieder wollte er sich verabschieden. Just in diesem Moment schob Xiao Wen den weißen Vorhang beiseite, denn es waren zu viele Leute im Raum. Guan Xiaohe gingen die Augen über.

Decke und Wände der hinteren Stube waren geweißt, frisch und anheimelnd wie in einem Brautgemach. Das Bett war aus Stahlrohr, die wenigen Möbelstücke aus edlem Rotholz. An der Wand hingen vier oder fünf Opernmasken von bekannten Schauspielern, eine Bühnenfotografie und ein wertvolles

Landschaftsgemälde. Solange das Ehepaar Wen auf einem Holzbett mit Strohmatratze schlafen mußte, vergossen sie um ein Bett aus Stahlrohr keine Träne. Sobald sie aber etwas Geld hatten, erwarben sie, was bequem und elegant war. Mit solchen Stahlrohrbetten, Rotholzmöbeln und wertvollen Gemälden waren sie aufgewachsen.
Guan Xiaohe erstarrte. Dieses Schlafgemach war eleganter eingerichtet als sein eigenes. Anfangs stand er nur an der Tür und schaute hinein. Dann tat er, als wolle er das Gemälde genauer betrachten, und musterte dabei das ganze Zimmer. Anschließend setzte er sich auf den Bettrand und betrachtete die Stickerei auf dem Kopfkissen. Eine weitere Stunde saß er und mutmaßte, Ruoxia müsse noch einer gewissen Nebenbeschäftigung nachgehen, wie sonst könnten sie sich eine so wertvolle Ausstattung leisten? In dieses Bett mußte er unbedingt steigen, und zwar gleich ein paarmal!
Am andern Morgen erschien er ganz früh. Das Ehepaar begrüßte ihn weder herzlich noch kühl, eher etwas distanziert, so wie gestern. Als die Essenszeit nahte, lud er sie in ein kleines Restaurant ein, aber sie hatten ein privates Gastspiel und lehnten ab. Am dritten Tag tauchte er noch früher auf. Die Eheleute behandelten ihn mit freundlicher Zurückhaltung. Er mußte sich eingestehen, nicht weitergekommen zu sein, aber gerade deshalb durfte er nicht aufgeben. Denn hier fühlte er sich wohl, selbst wenn man sich nichts zu sagen hatte.
Nach wenigen Tagen hatte sich Rotkürbis bereits mit You Tongfang verbündet. Rotkürbis stammte aus einer begüterten Familie. Hätte Guan Xiaohe nicht ständig deren Geld im Kopf gehabt, wäre die Heirat niemals zustande gekommen. Obwohl es die vielen Sommersprossen schon damals gab. Rotkürbis hatte Guan Xiaohe wirklich geliebt, er war ein netter, flotter Kerl. Gleichzeitig fürchtete sie, daß er nicht allen Dampf ausschließlich bei ihr abließ. Deshalb spann sie mit Augen und Ohren ein dichtes Netz um ihn. Solange er brav in ihrer Nähe blieb, wußte sie ihn zu hegen und pflegen, zu kleiden und zu bedienen wie eine Schwester ihren jüngeren Bruder. Sobald sie jedoch sah oder ahnte, daß er dem Netz entrinnen wollte, konnte sie ihn barsch behandeln und sich in eine Stiefmutter verwandeln, die erbarmungslos prügelt.

Leider hatte sie ihm keinen Sohn geboren. Wie bissig sie auch sein mochte, sie konnte der Welt schlecht verkünden: Geschieht ihm recht, daß er keinen Sohn hat! Sie war in allen Frauenkliniken gewesen, hatte vor allen für das Kinderkriegen zuständigen Göttern und Feen Weihrauch verbrannt und doch nicht verhindern können, daß Guan Xiaohe sich eine Nebenfrau nahm. Seine Absicht war ja so edel – nur um einen Sohn zu bekommen, nahm er sich eine weitere Frau! Sie tobte, vergoß eimerweise Tränen, erklärte, sie würde sich umbringen, flehte und bettelte. Jedenfalls hatte sie nichts unversucht gelassen und doch nicht verhindern können, daß er You Tongfang heiratete. Das hatte Guan Xiaohe schlau eingefädelt. Innerhalb von drei Tagen war alles arrangiert. Den Freunden, die er zum Festessen einlud, erklärte er, eines Sohnes wegen nähme er eine Nebenfrau. In der Südstadt mietete er ein kleines Nordzimmer als zweites Brautgemach.

Noch bevor man im Brautgemach ausgeschlafen hatte, erschien Rotkürbis mit großem Gefolge zum Überfall. Das wenige, was im Zimmer vorhanden war, wurde restlos zertrümmert. You Tongfang sollte von Anfang an sehen, wer die Macht hatte. Dann mietete sie ein Auto und führte Tongfang und Xiaohe nach Hause ab. Konnte sie Tongfangs Existenz schon nicht umgehen, mußte sie wenigstens erreichen, daß die Nebenfrau unter ihrer Fuchtel lebte. Und wenn es ihr gelänge, würde sie Tongfang zu Tode quälen!

Zum Glück hielt Tongfang ihre Stellung und erteilte jedem Angriff eine angemessene Abfuhr. So gab es zwar Anlaß zu Streit, aber insgeheim erkannte jede die andere an, und Tongfangs Leben und ihre Bedürfnisse waren gesichert.

Als Guan Xiaohe sich jetzt täglich zu den Wens begab, wurden die Todfeinde Rotkürbis und Tongfang zu Partnern. Rotkürbis wollte keinesfalls dulden, daß er sich noch so ein Weibsstück holte. Auch Tongfang, die es ebenfalls zu keinem Sohn gebracht hatte, war klar, daß ihre Zukunft ziemlich düster aussähe, falls sich Guan Xiaohe ein weiteres Heim leistete. Das Bündnis sah so aus: Tongfang hielt sich im Hintergrund und machte Rotkürbis zur Generalbevollmächtigten. Die fiel sogleich mit der Tür ins Haus: »Xiaohe, gehe nicht mehr zur Nummer sechs! Falls du es doch tun solltest, brechen wir dir die Beine und machen dich zum Krüppel, das habe ich mit Tongfang besprochen. Wir beide pflegen und ernähren dich gern.«

Xiaohe wollte einwenden, er ginge nur zu den Wens, um Arien zu lernen, er hege keinerlei andere Absichten.

Doch Rotkürbis ließ ihn nicht zu Worte kommen. »Jetzt sind deine Beine noch in Ordnung, gehe, wenn du es nicht lassen kannst! Dann allerdings sind deine Beine ... Was ich sage, tue ich auch!« Sie sprach ziemlich leise, aber ihr Gesicht war kreidebleich und zeigte überdeutlich, daß sie tatsächlich zu allem entschlossen war.

Xiaohe hätte sie gern ein wenig geärgert, aber immer, wenn er gerade gehen wollte, fiel ihm ihr bleiches Gesicht ein, und er ließ es sein.

You Tongfang hatte Ruoxia einmal besucht. Da ihre Berufe ähnlich waren – Trommelsängerin und Laienschauspielerin –, glaubte sie, Ruoxia und sie nähmen sich nicht viel in ihrer Stellung, also könne sie deutlich werden.

Ruoxia zeigte keinerlei Reaktion, sondern warf nur leicht hin: »Wenn er kommt, kann ich ihn nicht hinauswerfen. Wenn er nicht kommt, werde ich ihm keine Einladung schicken.« Dann lachte sie leise und liebenswürdig auf.

Mit dieser Antwort war Tongfang nicht ganz zufrieden. Eigentlich sollte Ruoxia vorbehaltlos zustimmen, Guan Xiaohe nicht mehr einzulassen. Da sie das nicht tat, nahm sie an, daß Ruoxia Guan Xiaohe wirklich mochte. Vor ihr hatte sie keinen Wutausbruch gewagt, zu Hause aber beschloß sie zusammen mit Rotkürbis, abwechselnd im Tor Wache zu stehen, um ihn zu kontrollieren.

Den Augen dieses Wachpostens konnte Guan Xiaohe nicht entkommen. Ihm blieb nur übrig herauszufinden, wann und wo Ruoxia sang oder auftrat, hinzugehen und sie vielleicht hinter der Bühne aufzusuchen und zum Essen einzuladen. Er sah zwar ihren Auftritt, aber sie würdigte ihn keines Blickes. Wollte er sie dann hinter der Bühne treffen, war sie schon verschwunden!

Binnen kurzem war sein Geheimnis, das »Gott allein« kennen sollte, von seiner Frau durchschaut. Kaum, daß Herr Guan im Theater saß, nahmen auch die beiden Damen hinter ihm Platz,

und kaum, daß er heftig Beifall zollte, um Ruoxia auf die Bühne zu rufen, wurde er an den Ohren aus dem Theater gezerrt. Total verwirrt erkannte er erst nach einigen Schritten, daß er Gefangener seiner beiden Gemahlinnen war. Seitdem hatte Guan Xiaohe zwar seine Absichten nicht aufgegeben, fügte sich aber förmlich den Forderungen der Gemahlinnen und warf nicht einmal mehr einen Blick auf Nummer sechs.
Nach der Besetzung der Stadt durch die Japaner machte er sich große »Sorgen« um das Ehepaar Wen. In ihrer Wohnung standen zwar Edelholzmöbel, aber alle Theater und die Orte, an denen sonst Auftritte stattfanden, waren geschlossen. Privateinladungen zu Auftritten gab es nicht, also mußten sie womöglich Hunger leiden. Er hätte ihnen gern etwas Reis oder Geld gebracht. Ginge er heimlich, gäbe es unweigerlich Streit. Sagte er es aber seiner Frau, glaubte sie ihm seine »gute Absicht« nicht. Je mehr er sich um die Wens sorgte, desto mehr bedauerte er, in der eigenen Familie Vertrauen und Respekt eingebüßt zu haben.
Nun war er auf das Bürgerkomitee aufmerksam geworden und hatte in Erfahrung gebracht, daß es die Demonstration zum Fall von Baoding organisierte und dafür Zünfte und Händler zur Teilnahme mobilisierte. Diese Zünfte waren Organisationen, die bei großen Tempelfesten auf dem Miaofeng-Hügel oder im Niangniang-Tempel die Prozessionen und Weihrauchopfer mit ihren Künsten eröffneten. Da gab es die Löwentänzer, Stelzenläufer, Jongleure, Yangge-Tänzer und viele mehr. Da große Teile der Bevölkerung verarmten, der Aberglaube zurückging und sich auch die Lebensgewohnheiten veränderten, waren diese Zünfte während der letzten Jahre fast ausgestorben. Erst wenige Jahre vor Ausbruch des Widerstandskrieges hatte die Armee diese fast vergessenen Volkskünste wiederentdeckt und gefördert, wobei sie jetzt nicht mehr bei Tempelfesten vorgeführt wurden, und es nicht mehr um Götter, sondern um Wettstreit ging. Der Anblick dieser altvertrauten Spiele löste bei vielen Älteren Erinnerungen an die Friedenszeit und Trauer aus. Das Bürgerkomitee erinnerte sich ihrer, weil in diesen Zünften beinahe alle Berufe vertreten waren und daher die breiten Kreise erreicht werden konnten. Die Spiele hatten nichts mit Leichtathletik, Boxen oder ähn-

lichen westlichen Sportarten zu tun, sondern waren durch und durch chinesisch, was den Japanern gefallen mußte, die China auf chinesische Weise vernichten wollten.
Dieses Mal hatte Guan Xiaohe für seinen Gang die Genehmigung der Gattin eingeholt. Er wollte Meister Liu aufsuchen. Das Steckenpferd der Mattenzeltbauer war der Löwentanz. Wenn die verschiedenen Zunft-Künstler durch die Straßen zogen und an einer Brücke vorbeikamen, mußten die Löwen gefährliche Kunststückchen vorführen. Nur die Mattenzeltbauer, die an Arbeit auf hohen Leitern gewohnt waren, beherrschten diese Kunst. Und Meister Liu war ein berühmter Löwentänzer.
Guan Xiaohe ging nicht im Auftrag anderer zu Meister Liu, sondern hatte vor, ihn in seinem eigenen Namen für eine Darbietung zu gewinnen, die er persönlich dem Bürgerkomitee anbieten wollte. Ganz gleich, was das Bürgerkomitee organisieren wollte, würde er ein oder zwei Darbietungen beisteuern, dann müßte es auf ihn aufmerksam werden. Er hatte bereits mit einem Journalisten Verbindung aufgenommen, der ein wenig Propaganda für ihn machen sollte.
Als er vor dem Tor der Nummer sechs stand, klopfte sein Herz. Am liebsten wäre er wie eine Rakete in die Oststuben gestürmt. Aber er bremste mit Macht den Sog seines Herzens und lenkte seine Schritte zur kleinen Nordstube. »Ist Meister Liu zu Hause?« fragte er leise.
Meister Liu war nicht gerade ein Hüne, da sein ganzer Körper aber Kraft ausströmte, wirkte er groß. Er war bald vierzig, hatte aber keine einzige Falte in seinem dunklen Gesicht, aus dem die Augäpfel und die ebenmäßigen Zähne besonders weiß strahlten. Leute mit solchen Zähnen wirken immer stark und kräftig. Als er seinen Namen hörte, kam er geschmeidig wie ein Leopard heraus. Er hatte ein Lächeln parat, doch als er Herrn Guan vor der Tür stehen sah, verdunkelte und verhärtete sich sein Gesicht. »Ah, Herr Guan!« Er hielt den Gast an der Schwelle auf und machte damit deutlich, daß er nicht die Absicht hatte, ihn hereinzubitten. Seine Stube war tatsächlich eng und nicht für Besuche geeignet, einem anderen Besucher gegenüber hätte er sich allerdings nicht seiner Gastgeberpflicht entzogen, sondern ihm Platz und Tee angeboten.

Herr Guan ignorierte diese Geste und strebte großspurig auf die Stube zu. Bei Leuten höheren Ranges nahm er auch einen Furz als Wink, bei Leuten unterhalb seines Ranges war jedoch jeder Wink nur ein Furz.
»Was möchten Sie, Herr Guan?« Meister Liu versperrte dem Gast weiterhin den Eingang. »Wenn Sie etwas besprechen möchten, können wir das im Teehaus tun, meine Stube ist wirklich nicht geeignet dafür.« Er glaubte, Herr Guan müßte nun verstanden haben, und wich ein wenig zur Seite.
Guan Xiaohe schien überhaupt nichts gehört zu haben. Sowie Meister Liu ein wenig zurücktrat, griff er nach der Tür. Meister Lius Gesicht verfinsterte sich. »Herr Guan, die Stube ist wirklich unpassend. Sagen Sie hier, was Sie zu sagen haben!«
Als Meister Liu ärgerlich wurde, fiel Herrn Guan ein, daß er ihn um etwas bitten wollte, da durfte er wohl doch nicht derart unhöflich sein. Er lächelte, um zu zeigen, daß er Meister Liu die Unhöflichkeit nicht verüble. Dann flötete er in süßlichem Ton wie ein Frauendarsteller auf der Bühne: »Meister Liu, ich wollte Sie um etwas bitten!«
»Reden Sie, Herr Guan!«
»Nein, erst müssen Sie mir zusagen.«
»Solange Sie nicht sagen, worum es sich handelt, kann ich nicht zusagen«, antwortete Meister Liu entschieden.
»Aber, das ist nicht so schnell erklärt, sollten wir nicht doch woanders hingehen?« Herr Guan sah sich suchend um, er schien hier nicht offen reden zu können.
»Das macht nichts, wir einfachen Leute machen nicht viel Worte und kommen schnell überein, das geht überall.« Dabei zeigte Meister Liu seine weißen Zähne und sah ziemlich finster drein.
»Meister Liu, Sie wissen doch sicher...«, er blickte nach allen Seiten und senkte die Stimme, »daß wegen Baoding ... eine Demonstration stattfindet?«
»Ah!« lachte Meister Liu auf, es klang nicht gut. »Sie wollen mich zum Löwentanz bestellen?«
»Leiser!« Herr Guan wurde nervös, »woher wissen Sie...?«
»Da waren schon andere da!«
»Wer denn?«

»Irgendein Bürgerkomitee.«
»Ach!«
»Ich habe ihnen erklärt, ich trete nicht für die Japaner auf! Ich stamme aus Baoding, meine Ahnen sind dort beerdigt! Den Fall von Baoding kann ich nicht feiern!«
Guan Xiaohe stierte einen Moment vor sich hin, dann lächelte er schmeichlerisch: »Meister Liu, wenn Sie denen nicht helfen, geben Sie wenigstens mir die Ehre? Wir sind doch alte Freunde!« Er runzelte die Stirn, um überzeugender zu wirken.
»Selbst wenn mein Vater mich darum bitten würde – ich trete nicht vor den Japanern auf!« Sprach's, öffnete die Tür und ging stolz hinein.
Herrn Guan packte die Wut. Am liebsten wäre er hinterhergelaufen und hätte den Zeltmeister ordentlich verprügelt. Aber er unterdrückte den Zorn, denn Meister Liu würde es spielend mit Fünfen seinesgleichen aufnehmen, und auch mit Worten war er nicht zu schlagen. Wie angenagelt stand er im Hof.
Xiao Wen kam gelassen herein. In höchster Bedrängnis kam Herrn Guan eine Idee. Flink drückte er ein paarmal gegen Meister Lius Tür und rief: »Sie müssen mich nicht begleiten, ich gehe allein!« Dabei klang seine Stimme so flehend und aufgeregt, als müsse sich Meister Liu unbedingt fügen. Xiao Wen hatte seine Bewegung beobachtet, er meinte, noch Meister Liu von innen zu hören: »Na, dann gehen Sie mal allein!« Ein Lächeln breitete sich auf seinem schmalen Gesicht aus, als er sich Herrn Guan zuwandte.
»Herr Wen, wo kommen Sie denn her?« begrüßte ihn Herr Guan.
Xiao Wen lächelte offenherzig und zeigte ihm die linke Hand: »Aus der Pfandleihe!«
Guan Xiaohe erkannte einen Leihschein. Der böte ihm die Gelegenheit, sein Hilfsangebot vorzubringen, überlegte er. Aber Xiao Wens Miene zeigte keinerlei Verlegenheit wegen der Verpfändung und schien sich auch durch diese Lebensverhältnisse nicht sonderlich bedroht zu fühlen. Er zeigte den Schein offenbar aus reinem Spaß, keineswegs, um bedauert zu werden. Herr Guan wußte nicht, was er sagen sollte. Während er noch verlegen dastand, nickte Xiao Wen ihm zu und ver-

schwand. Jetzt stand er zum zweiten Mal allein im Hof. Sein Zorn wuchs. Er hatte gedacht, mit Xiao Wen ein Gespräch anzufangen und dann mit ihm hineinzugehen, um Ruoxia zu treffen. Für ein Zusammensein mit ihr nahm er gern zu Hause Schelte in Kauf. Xiao Wen machte es ihm jedoch unmöglich, ihm nachzueilen. Er ließ den Kopf hängen und ging hinaus. Aber wer stand denn da unter dem Schnurbaum? Qi Ruifeng. Herr Guan frohlockte und stürzte zu ihm wie ein Kind zur Mutter.

Ruifeng gab auf Niuzi acht, die draußen spielte. Er hatte noch keine Kinder, hing aber sehr an seinem Neffen und seiner Nichte. Niuzi mochte er noch lieber, denn ein Junge rief eher so etwas wie »Nachkommensneid« hervor, was bei einem Mädchen keine Rolle zu spielen schien. Wegen des zu erwartenden Ruhmes als Anführer einer Demonstration war er heute besonders guter Laune und würde Niuzi sogar fünf Fen für ein paar Bonbons spendieren, falls ein Bauchhändler mit Zuckerwerk vorbeikäme. Er wartete erst gar nicht ab, bis Herr Guan fragte, sondern erzählte ihm alles über Lan Dongyang und die Demonstration. So sehr war er mit sich zufrieden, daß er beim Reden auf den Zehenspitzen wippte, als ob er dadurch an Größe und Ansehen gewinnen würde.

Herr Guan war ein wenig neidisch, zeigte es aber nicht, sondern zwang sich zu einem Lachen, obwohl es gar keinen Grund gab. Dann ergriff er Ruifengs Hand: »Könnten Sie mich mit diesem Herrn Lan bekannt machen? Oder besser, ich lade ihn gleich zum Abendessen ein. Sie und Ihre Frau leisten uns doch sicherlich Gesellschaft?«

In Ruifengs Herz erblühte eine gewaltige Blume. Essen war sein ein und alles! Doch konnte er keine Zusage für Herrn Lan geben, also schwieg er nur vielsagend.

»So gehen wir vor!« Herr Guan gestattete Ruifeng keine weiteren Zweifel. »Ich muß Sie mit diesem Anliegen belästigen, ich selbst bereite eine schriftliche Einladung vor! Sollte er heute verhindert sein, vereinbaren Sie einen anderen Termin mit ihm!«

Ruifeng war entzückt. Zu gern hätte er Herrn Guan als Zeichen seiner Verehrung etwas gesagt, was aus tiefstem Herzen kam. Angestrengt dachte er nach, als ihm plötzlich die Er-

leuchtung kam: »Oh! Herr Guan, Herr Lan ist noch unverheiratet! Hatten Sie mir nicht aufgetragen, mich für Ihre älteste Tochter umzuschauen?«
»Richtig! Na, um so besser! Sein Fach ist...«
»Die Literatur! Da ist er ganz groß, wirklich, sehr bedeutend!«
»Ausgezeichnet! Gaodi hat sehr viele Romane gelesen. Ich denke, wenn sie die Literatur liebt, wird sie auch den Literaten lieben! Das ist ... ausgezeichnet!«
Zwei fröhliche Gesichter lachten minutenlang gemeinsam unter dem Schnurbaum, ehe sie sich schweren Herzens trennten.

25

Peking, das bei seiner Geburt schon altersschwach, im Sterben aber schöner denn je aussah, hier, wo alles etwas anders und verwunderlich verlief, es aber nichts wirklich Verwunderliches gab, diesem Peking geschah nun doch etwas Erstaunliches.
Die Pekinger sind immer da, wo etwas los ist, ob bei der Bestattung eines hochrangigen Adligen mit meilenlangem Trauerzug und Hunderten von Musikern oder einer einfachen Beerdigung mit vier Trägern, wo bloß ein Päckchen Papiergeld verbrannt wird. Stets gaffen sie, aber zu trauern verstehen sie nicht.
Die Pekinger tragen immer ein freundliches Lächeln zur Schau. Ob sie zuschauen, wie ein grüngesichtiger einen weißgesichtigen Ganovenchef verprügelt oder wie die Alliierten Truppen 1900 den Kaiser aus Peking vertreiben, sie lächeln freundlich, ohne eine Träne zu vergießen. Nun allerdings erlebte Peking – vielleicht zum ersten Mal – eine Demonstration echter Trauer.
Der Einfluß des Neuen Bürgerkomitees war gering, es hatte noch nicht viele aktive Mitstreiter. Daher mißlang es, alle Schichten der Pekinger Bevölkerung zu mobilisieren. Die Teilnehmer der Demonstration waren fast ausschließlich Schüler.
Die Schüler, wie naiv und jung sie auch sein mochten, wußten

im Unterschied zu den Alten, was Nationalbewußtsein war. Gesenkten Hauptes, Tränen in den Augen, Fähnchen in den Händen, marschierten sie in Reih und Glied wie zur Beerdigung ihrer Eltern in Richtung Tiananmen-Platz. Hätten die Japaner ein wenig Sinn für Humor, dann müßten sie den Hohn spüren und dem Bürgerkomitee vorwerfen, überwiegend Schüler zu dieser stummen Feier beordert zu haben.

Nachdem Ruixuan die Aufforderung der Schule zur Teilnahme gelesen hatte, zerriß er sie und beschloß zu kündigen.

Ruifeng war frisch gewaschen und gekämmt aufgebrochen, noch bevor der ältere Bruder aufstand. Er wollte frühzeitig in der Schule sein, um Lan Dongyang zu unterstützen, wollte aber auch eine Begegnung mit dem Bruder vermeiden. Ziemlich mutig hatte er seinen Sun-Yatsen-Anzug angezogen. Seit dem Einfall der Japaner waren diese Anzüge versteckt worden, genauso wie die Pekinger und ein paar Bannerleute ihre Zöpfe zeitgemäß unter den Hut gesteckt hatten, als die Revolutionsarmee in Wuhan siegte. Ruifeng verstand sich bestens auf die Zeichen der Zeit. Er hatte seinen dunkelblauen Sun-Yatsen-Anzug nicht nur ausgezogen, sondern auch zuunterst in den Koffer gepackt. Aber heute sollte er Schüler anführen. Er fand es sehr unpassend, im langen Gewand zu erscheinen. Schweißgebadet kramte er den Anzug hervor und zog ihn kurzentschlossen an. Selbst die Japaner sollten begreifen, daß das nichts mit Revolution, sondern nur mit dem Aussehen zu tun hatte.

Er ging auf den freien Platz im »Bauch« des Flaschenhalses, um dort seine Stimme zu erproben: Richtet ... euch! Vorwärts ... marsch! Er wußte nicht, ob er tatsächlich heute die Kommandos geben würde, aber vorbereitet zu sein, schadete nicht. Seine Stimme klang schrill und trocken, aber das machte nichts.

Als er in der Schule ankam, war Herr Dongyang, der dort wohnte, noch nicht aufgestanden und kein einziger Schüler erschienen. Ruifeng fühlte sich unwohl, er brauchte Betriebsamkeit. Er wollte seine Kommandos vorführen, seinen Anzug zeigen, doch auch nach einer Ewigkeit ließ sich immer noch keiner blicken. Ihm kamen Zweifel. War es klug, das

Kommando anzunehmen? Erst jetzt fiel ihm ein, daß er für die Japaner agierte, mit denen, wie man hörte, nicht zu spaßen war. Wollte er wirklich mit den Schülern vor den Japanern erscheinen? Er bekam es mit der Angst. Am liebsten wäre er schnell nach Hause gerannt, hätte den Anzug ausgezogen und wieder ganz unten im Koffer versteckt. Zwar hatte er die Japaner als Sieger akzeptiert und sich mit ihrer Anwesenheit abgefunden, dank seiner Klugheit sich sogar einige kleine Vorteile verschafft, aber merkwürdig, daß er heute plötzlich solche Angst vor ihnen hatte. Wenn nun die Japaner auf die Schüler unglücklicherweise das Feuer eröffneten? Er, der bereit war, für Essen, Trinken und Unterhaltung vor den Japanern zu kapitulieren, sogar er fürchtete sich plötzlich und zitterte, als sei ihm ein Stück Eis auf den Rücken gefallen.

Allmählich trafen die Schüler gruppenweise ein. Sogleich fühlte er sich wieder sicher. Normalerweise pflegte er keine besonders engen Beziehungen zu ihnen. Er war Angestellter und wurde von den Schülern nicht wie ein Lehrer geachtet. Daher glaubte er, seine Autorität eher durch eine größere Distanz wahren zu können. Heute jedoch entschloß er sich, sie zu grüßen.

Die Schüler verhielten sich abweisend. Anfangs meinte er, es läge daran, daß er sonst wenig mit ihnen zu tun hatte. Als sie später aber immer noch bedrückt und traurig dreinblickten, überkam ihn wieder eine gewisse Unruhe. Daß die Schüler niedergeschlagen waren, weil sie den Fall von Baoding feiern sollten, kam ihm nicht in den Sinn, doch ihn überfiel erneut die Angst, die Japaner könnten das Feuer eröffnen. Die Sache wurde brenzlig. Wenn keiner lachte und scherzte, drohte sicherlich ein Unglück.

Er ging zu Herrn Lan, der noch keine Lust zum Aufstehen hatte und genüßlich rauchte: »Sind Sie munter, Herr Lan?«

Der konnte es nicht leiden, wenn man ihn im Morgenschlummer oder im Genuß der ersten Zigarette störte. Er gab keine Antwort.

Ruifeng probierte es noch einmal: »Die Schüler sind schon fast vollzählig da.«

Lan Dongyang geriet in Wut: »Dann marschiert doch los und stört mich hier nicht!«

»Der Direktor ist nicht erschienen, nur ein einziger Lehrer, da können wir doch nicht aufbrechen!«
»Na, dann eben nicht!« Er rauchte gierig zu Ende, warf die Kippe auf den Boden und zog die Decke über den Kopf.
Ruifeng blieb die Sprache weg. Er war zwar oberflächlich und dumm, aber das Gesicht mußte gewahrt werden. Herrn Lan zu schmeicheln war wichtig für seine Zukunft, aber eine solche Unhöflichkeit konnte er sich nicht bieten lassen. Als Sklave zu dienen, war er bereit, aber man mußte ihn mit »Herr« ansprechen. Heucheln gehörte zum guten Benehmen! Zunächst dachte er daran, sich überhaupt nicht mehr um die Demonstration zu kümmern, wollte aber auch keinen Ärger mit Herrn Lan riskieren. Einem Pekinger macht es nichts aus, etwas Gesicht zu verlieren, um sein Gesicht zu wahren! Ganz ruhig mußte er abwarten, bis Herr Lan richtig munter war. Vielleicht kam dann alles wieder ins rechte Gleis.
Während Ruifeng noch unentschlossen dastand, streckte Lan Dongyang seinen Kopf unter der Decke hervor, sprang dann urplötzlich aus dem Bett und schrie, ohne sich mit Ruifeng zu besprechen: »Antreten lassen!«
»Wollen wir denn so früh schon losgehen?«
»Früher oder später, was macht das schon!«
»Rufen wir die Namen auf?«
»Selbstverständlich! Damit ich die Drückeberger bestrafen kann!«
»Nehmen wir die Schulfahne mit?«
»Klar!«
»Wer gibt die Kommandos?«
»Sie natürlich! Tun Sie, was Sie für richtig halten, fragen Sie nicht dauernd!«
»Sollten wir nicht auf den Direktor warten?«
»Wozu?« Sein rechtes Auge schnellte plötzlich nach oben und erschreckte Ruifeng. »Auch wenn er kommt, ich leite das Ganze! Schließlich bin ich im Neuen ... Bürger ... komitee!« Die letzten Worte hüpften wie Erbsen aus seinem Munde, wobei sich sein rechter Daumen bei jedem Wort in die eigene Brust bohrte.
Ruifeng war äußerst beunruhigt, er hatte keine Lust, allein die Verantwortung zu übernehmen, aber Herr Lan zündete sich

an der glühenden Kippe eine neue Zigarette an, tat einen tiefen Zug, warf sich wieder aufs Bett und schloß die Augen.

Ruifeng wagte nicht, allein zu den Schülern zu gehen, mochte aber auch Herrn Lan nicht weiter belästigen. Der konnte sich nur deshalb so aufspielen, weil Leute wie Ruifeng bereit waren, ihm den Rücken zu stärken. Seine soziale Erfahrung hatte Herrn Lan nur eines gelehrt: Höherstehenden muß man schmeicheln, denn wie sehr sie Lobhudelei auch verabscheuen mögen, sie gefällt ihnen. Gleichgestellten oder Niedrigerstehenden gegenüber muß man in Zorn geraten, seinen Launen freien Lauf lassen. Wichen Gleichgestellte ihm aus, weil sie Ärger vermeiden wollten, hatte er schon gewonnen.

Ruifeng suchte die Schulfahne und die Namenslisten hervor. Ein paarmal wollte er schon mit den Listen auf den Sportplatz gehen, legte sie aber immer wieder beiseite. Er hatte nicht bedacht, daß das Kommandieren der Schüler so schwierig werden könnte. Jetzt fielen ihm Dinge ein, die ihm kalte Schauer über den Rücken jagten. Wenn er nun mit der Schulfahne auf den Sportplatz kam und die Schüler ihn verprügelten? Wenn die Japaner auf dem Tiananmen-Platz das Feuer eröffneten? Schweiß brach ihm aus. Er mußte Herrn Lan zum Mitgehen bewegen.

Als der hörte, daß Ruifeng nicht allein auf den Sportplatz gehen wollte, bekam er wieder einen Wutanfall. Denn er hatte nicht die Absicht, ihn zu begleiten, vielmehr wollte er der Truppe heimlich folgen und verschwinden, falls etwas passierte, oder dableiben, wenn alles ruhig verlief. Ebenso würde er auf dem Tiananmen-Platz verfahren. Herrschte der große Frieden, würde er den Japanern auf der Tribüne die Seidenschärpe des Veranstalters mit tiefen Verbeugungen überreichen. Ginge etwas schief, machte er sich auf leisen Sohlen davon.

Doch Ruifeng war entschlossen. Zwar wagte er keinen Zornausbruch gegen Herrn Lan, kam aber dem Zorn schon gefährlich nahe.

Als schließlich das Klingelzeichen zum Antreten ertönte, nahm Herr Lan die Namenslisten, Ruifeng die Schulfahne, und beide gingen mit dem anderen Lehrer auf den Sportplatz. Zwei Schuldiener folgten ihnen mit bunten Fähnchen.

Ruifeng trug zentnerschwer an seinem Sun-Yatsen-Anzug. Er fürchtete, die Schüler würden ihn auslachen oder heimlich tuscheln. Aber gegen seine Erwartung standen sie zu zweit oder zu dritt stumm und mit hängenden Köpfen auf dem Platz. Sie schienen krank zu sein. Unwillkürlich hob Ruifeng den Kopf und blickte nach dem Himmel, trübe Wolken verursachten manchmal so eine trübe Stimmung. Aber der Himmel strahlte in leuchtendem Blau, nicht ein Wölkchen war zu sehen. Er wurde nervös, ob die Schüler etwas im Schilde führten? Schnell lehnte er die noch zusammengerollte Fahne an die Wand.

Als die Schüler die Lehrer kommen sahen, stellten sie sich schweigend in Zweierreihen auf.

Herrn Lan zitterten anfangs die Lippen, als er aber die folgsamen Schüler sah, fühlte er sich sofort besser und demonstrierte auch sogleich seine Macht. Da die Schüler schwiegen, glaubte er, sie hätten Angst vor ihm. Die Listen unter dem Arm, das Gesicht nach links geneigt, bemühte er sich, sie mit dem nach oben abdriftenden Auge anzuschauen und zu drohen: »Die Namen brauchen nicht aufgerufen zu werden, ich weiß ohnehin, wer nicht erschienen ist. Die werden aus der Schule ausgeschlossen! Wer sich weigert, mit der befreundeten japanischen Armee zusammenzuarbeiten, hat sich die Folgen selbst zuzuschreiben. Wer relegiert wird, darf an keiner Pekinger Schule mehr aufgenommen werden. Darüber hinaus betrachten die Japaner diese Leute als Aufrührer und werden sie ins Gefängnis stecken. Habt ihr verstanden?« Herr Lan blinzelte, weil ihm noch Schlaf in den Augenwinkeln hing, den er sich abwischte und an die Jacke schmierte.

Die Schüler schwiegen. Manchmal kann Schweigen Protest sein, doch Herrn Lan fiel die Peinlichkeit der Lage überhaupt nicht auf, und er hieß die beiden Schuldiener, die bunten Fähnchen an die Schüler zu verteilen. Dann befahl er Ruifeng: »Abmarsch!«

Der holte die Schulfahne, eine rechteckige, schlichte blaue Seidenfahne, die etwas dunkler war als der blaue Himmel. Ohne Einfassung und Fransen, in der Mitte eine Reihe aus weißer Seide geschnittene Zeichen. Als sich die Fahne entfaltete, stellten sich die Schüler auf und hoben die Köpfe. Ruifeng wollte sie einem in der ersten Reihe stehenden Schüler übergeben, doch der nahm sie, ohne mit dem Kopf zu schütteln oder ein Wort zu sagen, einfach nicht an. Das war ein fünfzehnjähriger, ziemlich kräftiger Schüler, der mit seinen dicken Brauen und seinem drallen Gesicht ein wenig dümmlich aussah. In jedem Augenwinkel hing eine dicke Träne, seine Wangen waren puterrot, er atmete schwer und preßte die herunterhängenden Arme fest an den Körper. Seine Haltung zeigte deutlich, sollte ihn jemand zwingen, die Fahne zu tragen, würde er um sich schlagen!

Als Ruifeng begriff, daß mit dem dicken Schüler nicht zu spaßen war, reichte er die Fahne schnell an einen dahinterstehenden weiter, der auf gleiche Weise ablehnte. Langsam stieg Wut in ihm auf, aber er unterdrückte sie. Wie ein Lauffeuer gelangte die Nachricht über die beiden Schüler bis in die letzten Reihen. Keiner gab einen Ton von sich, aber ihre Gesichter zeigten, daß niemand die Fahne annehmen würde. Als Ruifeng einen Blick über die Reihen riskierte, verstand er, daß sich unter den undurchdringlichen Gesichtern Wut verbarg. Sollte die jemand unbedachterweise anstacheln, würde sie wie eine Rakete explodieren und ihn und Lan Dongyang in Stücke reißen. Er mochte die Fahne nicht länger halten, aber keiner war bereit, sie ihm abzunehmen.

Herr Lan neigte sein Gesicht, ihm war ebenfalls klargeworden, daß er mit Drohungen nichts erreichen würde. Er wandte sich an einen Schuldiener: »Sie tragen die Fahne, dafür bekommen Sie zwei Kuai gegen den Durst!«

Der Schuldiener war fast fünfzig und diente hier schon seit fünfzehn Jahren. Er war zwar nur als Schuldiener angestellt, hatte sich aber um die Aufrechterhaltung der Disziplin Verdienste erworben, die denen eines Lehrers nicht nachstanden. Aufgrund seiner langjährigen Tätigkeit konnte er sich Lehrern und Schülern gegenüber offene Worte gestatten, die sie beschämten. So brachte er es fertig, kleinere Streitigkeiten zu schlichten und mitunter sogar große Stürme im Keim zu ersticken. Alle achteten ihn, und er liebte die Schule. Direktoren, Lehrer, Schüler wechselten jedes Jahr, nur er war immer da.

Nach Alter und Ansehen hätte man Lao Yao, so hieß der

Schuldiener, keinesfalls das Fahnentragen für eine so weite Strecke zumuten dürfen. Lao Yao war über den Fall Baodings ebenso schockiert wie die Schüler. Und er wollte die Fahne natürlich auch nicht tragen. Aber wegen der Fahne war eine Verständigung zwischen Lehrern und Schülern nicht mehr möglich. Wenn er jetzt auch noch ablehnte, würde das Unannehmlichkeiten heraufbeschwören. Er stieß einen Seufzer aus, schlug die Augen nieder, nahm die Fahne entgegen und stellte sich an die Spitze der Truppe.

Jetzt mußte Ruifeng das Kommando geben. Er trat ein paar Schritte zurück, nahm Haltung an, stellte die Füße parallel, holte tief aus dem Zwerchfell Luft und setzte an zu einem spitzen, schrillen, langgezogenen »Aus...«. Dann reckte er den Kopf, daß die Nackenmuskeln hervortraten, hob die Fersen an, schloß die Augen und wollte ein kräftiges »...richten« hinterherschicken. Er hatte sich wirklich angestrengt, aber das »...richten« verpuffte wie ein tauber Knallfrosch. Sein Quittengesicht lief rot an. Er war sicher, die Schüler würden gleich losprusten. Aber sie lachten nicht, verzogen nicht einmal das Gesicht. Er räusperte sich ein paarmal, um dann einfach, als sei nichts geschehen, die nächsten Kommandos, rechts um, im Gleichschritt, marsch, zu geben. Aber seine Stimme versagte. Ein paarmal machte er den Mund auf, aber es kam kein Laut.

Lao Yao war mit den Kommandos und dem Drumherum bestens vertraut. Als Ruifeng den Mund öffnete, wandte er sich nach rechts, nahm die Fahne auf und ging langsam los. Die Schüler folgten ihm. Ihre Köpfe senkten sich immer weiter nach unten, die Fähnchen in ihren Händen ebenfalls. Sie wagten keinen Ton und keinen Blick auf die Passanten, denn sie mußten sich heute vor den Japanern in aller Form als Unterworfene bekennen. Für sie gab es keinen Widerstand. Seit sie die Schüsse der Japaner gehört und die feindlichen Panzer bei ihrer Machtdemonstration auf den Straßen gesehen hatten, wußten sie, daß ihre Väter, Brüder und Lehrer nicht die Absicht hatten, Widerstand zu leisten. Ihnen blieb nur, die Köpfe zu senken und dem Befehl zu folgen. Auf den Fähnchen in ihren Händen stand: »Hoch lebe das große Japan!«

Diese Schmach verschloß auch den noch nicht Zehnjährigen

den Mund. Autos, Straßenbahnen, Rikschas, Häuser und Geschäfte waren zwar mit Fahnen und Girlanden geschmückt, aber die Stadt lag wie ausgestorben da. Eine Gruppe schweigender Schüler folgte der anderen, einer Straße nach der anderen stockte der Atem. Normalerweise konnten schon zwei sich raufende Hunde Schaulustige um sich scharen, heute gab es keine Gaffer. Die Demonstranten wagten nicht, nach rechts und links zu schauen, die Passanten wagten keinen Blick auf die Marschierer. Allen wurde auf einmal klar, das war heute keine Demonstration, sondern die erste öffentliche Anerkennung der Feinde als Herren von Peking.

Ruifeng hatte teilgenommen, um etwas zu sehen und zu erleben, nie hätte er gedacht, daß die Straßen so leer sein würden. Erschöpft sagte er sich bereits nach einem Li, daß dies keine Demonstration, sondern eine Beerdigung sei! Ja, schlimmer noch als eine Beerdigung! Sein Hirn arbeitete zwar langsam, aber beim Anblick der Straßen und Schüler konnte auch er nicht leugnen, daß igend etwas nicht stimmte. Als der Zug auf die Straße gelangte, rannte er anfangs noch hin und her wie ein Hund, der eine Horde Schafe beaufsichtigt, um seine Begeisterung als Anführer unter Beweis zu stellen. Bald hörte er auf zu zählen, dann rannte er auch nicht mehr umher, sondern lief brav inmitten der Menge. Mit der Zeit senkte sich auch sein Kopf, er wußte nicht, warum. Er bereute, mitgemacht zu haben. Verstohlen blickte er sich nach Lan Dongyang um. Der war nirgends zu sehen. Trotz des herrlich blauen Himmels und der geschmückten Straßen bekam er es plötzlich mit der Angst.

Die Demonstranten gelangten zum Pailou an der Dongsi-Kreuzung. Hier hätte er sich gern davongemacht, aber er hatte Angst vor Herrn Lan. So marschierte er verkniffen weiter.

Unterdessen saß Ruixuan zu Hause und stierte auf den Kalender. Heute war der 10.10., der Feiertag der Doppel-Zehn, an dem die Republik gegründet wurde. Er hatte abgelehnt, sich an der Demonstration zu beteiligen, also mußte er nun über seine Kündigung nachdenken. Sein einziger Ehrgeiz in der Schule war, guten Unterricht abzuhalten. Wechselten Direktoren oder Stellvertreter, hatte man ihn zwar häufig wegen seiner Kompetenz und seines Charakters für den aussichtsreichsten Kandidaten gehalten, aber er hatte nie etwas unternommen. An Aktivitäten von Schülervereinen beteiligte er sich außerhalb des Unterrichts, soweit man ihn offiziell dazu einlud. Erziehung bestand für ihn nicht nur in Wissensvermittlung, auch der menschliche Kontakt zwischen Lehrern und Schülern war ihm wichtig, obwohl er in dieser Beziehung nicht besonders aktiv war. Er mochte keine Demonstrationen von Schülern und Studenten, nahm aber immer daran teil, weil er als Lehrer für die Schüler Verantwortung trug, vor allem, wenn sie geschlossen außerhalb der Schule auftraten.

Heute war er also nicht mitgegangen! Er konnte einfach nicht, konnte nicht zuschauen, wie sich die Jungen und Mädchen am Nationalfeiertag vor den Japanern und ihrer Fahne verbeugten. Aber das war eine Pflichtverletzung. Er mußte kündigen. Stets hatte er die Leute am meisten verabscheut, die ein Gehalt bezogen, ohne ihrer Verantwortung nachzukommen. Aber mit der Kündigung konnte er auch nur sein Gewissen beruhigen, nicht die drohende Gefahr abwenden. Wenn die Japaner nun die Schüler nur deshalb auf dem Tiananmen-Platz versammelten, weil sie ein Massaker veranstalten wollten? Sein Verstand konnte zwar eine Reihe von Gründen anführen, daß die Japaner so grausam nicht sein würden. Aber was könnte er schon mit seiner Präsenz verhindern, könnte er die Japaner etwa aufhalten?

Wie er es auch drehte und wendete, er kam zu keinem Ergebnis, und je weniger er sich entscheiden konnte, desto nervöser wurde er. Schweißtropfen traten auf seine Stirn. Schließlich fiel ihm ein, auch wenn die Japaner heute kein Massaker planten, konnte doch einer der Schüler eine Bombe auf die Japaner werfen. Sollte es unter den vielen Schülern wirklich keinen einzigen Mutigen geben? Aber heute in Peking eine Bombe zu zünden, bedeutete, einen Ziegelstein ins Meer zu werfen. Wenn es allerdings zur rechten Zeit geschah, konnte es einen gewaltigen Trommelwirbel oder Gongschlag geben! Er mußte zum Tiananmen-Platz, selbst unter Lebensgefahr. Er zog das lange Gewand über und eilte schon davon. Während er noch die Stoffknöpfe durch die Ösen schob, überhörte er sogar die Frage seines Sohnes: »Pa, wohin gehst du?«

Vor dem Tor stieß er auf Xiao Cui, der seine Rikscha unter-

stellen wollte. Er hatte gerade vorbeigehen wollen, zögerte aber einen Moment. Es wäre praktisch, eine Rikscha zu nehmen, weil der Weg ziemlich weit und er zu aufgeregt war, um die Strecke zu Fuß zurückzulegen.
Wenn Xiao Cui unterwegs war, grüßte er die Nachbarn nicht, denn er fürchtete, es könnte als Aufforderung verstanden werden, seine Rikscha zu benutzen. Die war neu, und er war schnell, also konnte er einen guten Preis verlangen. Und den wiederum wollte er den Nachbarn nicht zumuten. Als er Qi Ruixuan jetzt zögern sah, sprach er ihn an, denn er rechnete ihn zu den Leuten, die sich seine Rikscha leisten konnten.
»Herr Qi, brauchen Sie eine Rikscha? Wenn ja, fahre ich Sie!« Ohne eine Antwort abzuwarten, redete er drauflos: »Draußen sind nur Schülertrupps unterwegs, nicht einer, der eine Rikscha will! Schüler und Studenten, die machen aber auch alles, wirklich ohne Scham. Voriges Jahr haben sie die Fahnen für Chiang Kai-shek geschwenkt, heute schwenken sie die Fahnen für die Japaner! Was sind das für Schüler, die müssen ja den Zorn der Leute auf sich ziehen, finden Sie nicht auch?«
Ruixuans Gesicht verfärbte sich. Er wußte, daß Xiao Cui die Schüler meinte und nicht ihn. Trotzdem war er außerstande, seiner Schamröte Einhalt zu gebieten. Xiao Cui schimpfte auf die Schüler, aber er war ihr Lehrer! Und er selbst war im Begriff, auch zum Tiananmen-Platz zu gehen. Egal, ob Xiao Cui recht hatte oder nicht, seine Sicht entsprach höchstwahrscheinlich der allgemein verbreiteten Meinung. Er wußte nicht, ob es die Japaner oder ihre chinesischen Lakaien gewesen waren, die diese ehrabschneidende Idee gehabt hatten, die Schüler am chinesischen Nationalfeiertag zum Kotau vor den Japanern auf den Tiananmen-Platz zu beordern. Wie heißt es doch so schön: Nur Bildung und Gelehrsamkeit zählen, alles andere ist wertlos! Xiao Cui vergötterte Leute, die eine Schule besuchten oder studierten. Sie hatten den Boykott japanischer Waren betrieben, unterstützten die republikanische Regierung, traten ein für die ihm unverständliche Gleichberechtigung zwischen Mann und Frau, für Freiheit und Unabhängigkeit … Und heute gingen sie voran bei den Jubelrufen auf Großjapan!
Diese Gedanken gingen Ruixuan in Windeseile durch den

Kopf, und ebenso schnell verwarf er sie wieder. Er mußte entscheiden, ob er noch zum Tiananmen-Platz wollte oder nicht. Ginge er, würde er sich in Xiao Cuis Rikscha setzen und ihm etwas von den Leiden und Nöten der Schüler erzählen. Doch er beschloß, nicht zu gehen. Seine Worte könnten Xiao Cui nicht überzeugen, denn sein emotionales Urteil stand unverrückbar fest, es sei denn, ein oder zwei der Schüler warfen heute wirklich eine Bombe. Aber gab es denn solche Schüler?

Herr Guan trat in einem blauseidenen, gefütterten Gewand aus dem Tor, sein Gesicht strahlte vor Freude. Er blinzelte, und schon hatte er Xiao Cui wie ein Steinchen zwischen Reiskörnern aussortiert. Dann richtete er seine ganze Freundlichkeit auf Ruixuan. Überaus herzlich rief er: »Sie wollen zum Tiananmen-Platz? Dieser Trubel ist wirklich sehenswert! Wenn Sie wollen, können wir ja zusammen hingehen?«

Mit Xiao Cui könnte sich Ruixuan einen ganzen Tag lang unterhalten, aber mit Guan Xiaohe mochte er nicht einen Satz wechseln. Xiao Cui verabscheute die Schüler, Herr Guan dagegen wollte sich ihren Trubel ansehen. »Das...« Ruixuan murmelte etwas und kehrte benommen in den Hof zurück.

Herr Guan ging weniger wegen des Trubels hin, sondern weil er von den Japanern gesehen werden wollte. Er hatte noch keinen Zugang zum Neuen Bürgerkomitee gefunden. Die Idee, über Meister Lius Kunst die Aufmerksamkeit der Japaner zu erregen, war durch dessen brüske Ablehnung gescheitert. Wenn er schon mit keiner Aufführung dienen konnte, wollte er wenigstens selbst dabeisein. Freilich, bei der Verhaftung von Qian Moyin hatten ihn die japanischen Gendarmen bemerkt. Aber Gendarmen waren nur Gendarmen, die hatten keine Posten zu vergeben. Heute würden am Tiananmen-Platz bestimmt auch wichtige Persönlichkeiten erscheinen, die mußten ihn wahrnehmen.

Ruifeng war mit seiner Truppe als einer der ersten auf dem Tiananmen-Platz. Er hatte erwartet, daß sich rings um den Platz wie bei Jahrmärkten Verkäufer von Zuckerwerk und Obst tummelten und sich die buntgekleideten Besucher entlang der roten Mauern in Scharen drängten, lärmten, hin und her schoben, und es weiter weg sogar Schausteller und Zauberer gab, die mit Gong und Trommel Zuschauer anlockten. Er hoffte auf Militärmusik von allen Seiten, auf den Lärm der Trompeten und Pauken, auf flatternde Fahnen. Die Fahnen der Pekinger Schulen und Lehranstalten waren etwas Besonderes, jede hatte ihre eigene Farbe und Form, keine glich der anderen. Er freute sich auch über die hinter der Fahne marschierenden, schwertschwingenden Sportler. Ganz besonders liebte er das Tamtam der Militärmusik, die simple Melodie ließ sein Herz höher schlagen. In solchen Momenten meinte er, die Blut-und-Eisen-Philosophie zu begreifen.

Nun aber sah alles ganz anders aus, als er es erwartet hatte. Die roten Mauern des Tiananmen-Tors, des Kaiserlichen Ahnentempels Taimiao und der Opferhalle Shejitan, die Marmorbrüstungen und die hinter den Mauern aufragenden, dunkelgrünen Kiefern wirkten so majestätisch, daß selbst das einfallende Sonnenlicht etwas von seinem Glanz zurücknahm, um die ganze Szenerie feierlicher zu gestalten. Hier verbot sich Lärmen und Toben. Gegenüber dem gewaltigen Tiananmen-Tor lag das ebenso hohe Tor der Mittagssonne Zhengyangmen, beide schienen sich so nahe und doch so fern zu sein. Passanten kamen sich zwischen beiden Toren wie Ameisen vor.

Der arme Ruifeng und seine Truppe standen verloren hier. Ruifeng sah keinerlei Trubel, er spürte vielmehr einen Hauch bedrückender Luft auf seinem Nacken, der den Toren, den Mauern und den Balustraden zu entströmen schien und seinen Kopf hinunterdrückte. Für die Veranstaltung war vor der Marmorbrücke eine einfache Rednertribüne aus Matten und Brettern errichtet worden. Trotz des reichlichen Fahnenschmucks sah sie schäbig aus, ein einziger Windstoß konnte sie davonblasen. Ruifeng blickte zu der leeren Tribüne, von da zu den Toren und bekam Angst. In der klaren Herbstsonne sahen die kleinen schwarzen Löcher im Torturm wie Augen aus, die langsam blinzelten. Wer konnte garantieren, daß darin keine Maschinengewehre standen? Er hoffte innigst, daß mehr Leute kämen und der Platz sich fülle, dann hätte er nicht mehr so viel Angst auszustehen. Langsam näherten sich von Osten, Westen und Süden Schüler. Ohne Gong und Signalhorn, fast lautlos kam Trupp für Trupp schweigend, widerwillig heran und stellte sich auf. Fahrzeuge durften nicht passieren. Es gab keine Straßenhändler, keine Schaulustigen. Ruifeng hatte an vielen pompösen Beerdigungen teilgenommen, aber nicht eine war so still verlaufen wie diese, und heute sollte es eine Siegesfeier sein!

Immer mehr Schüler kamen. Trotzdem war der Tiananmen-Platz noch lange nicht voll. Aber je mehr Menschen es wurden, desto höher schienen sich die roten Mauern und die Tortürme zu recken und die Menschen niederzudrücken. Menschen und Fahnen erschienen wie leichtgewichtige Federn, das Tiananmen-Tor dagegen kam einem vor wie ein ehrwürdiger, anmutiger Berg. Auch Polizisten drängten immer mehr herbei, heute ganz ohne ihr sonstiges Getue. In der Vergangenheit hatten sie die Schüler und Studenten manchmal beschützt, manchmal geprügelt, heute waren sie selbst unsicher. Träge und verschämt standen sie neben den Schülern und Studenten, keiner wagte einen Ton. Die feierliche Würde des Tiananmen-Tors machte sie schweigen, beschämte sie. Welch stolze Bauten, was für jämmerliche Gestalten!

Lan Dongyang verbarg die Seidenschärpe noch in seiner Tasche, er wagte nicht, sie offen zu tragen. Er wagte sich auch nicht unter die Menge, stand ein gutes Stück von den Schülern entfernt, stellte sich oft auf die Zehenspitzen und hielt nach der Tribüne Ausschau, auf der er seine Vorgesetzten und die Japaner zu erspähen hoffte. Dann könnte er die Schärpe ausbreiten und Eindruck schinden. Er ließ seine Augen rundum wandern, um wenigstens einen Bekannten zu finden. Aber vergeblich, der Platz war zu groß, da konnte man ebensogut eine Stecknadel suchen. Wie ein verängstigter Vogel blickte er in höchster Unruhe um sich. Die Ruhe des Tiananmen-Tors, das Schweigen der Schüler flößten ihm Angst ein. Die vielen Leute, die hier unbeweglich verharrten, führten doch sicher etwas im Schilde, das war ihm nicht geheuer.

Die Schüler bekamen schon steife Beine, aber auf der Tribüne rührte sich noch immer nichts. Sie waren hungrig, durstig und müde, aber keiner sagte einen Ton. Selbst die kaum Zehnjährigen wußten, daß die Japaner sie herbestellt und sie zu schweigen hatten. Sie haßten die Japaner, mußten aber hierher kommen. Auch sie fürchteten das Tiananmen-Tor, das Turmgebäude und die vielen schwarzen Löcher hoch oben. Blinzelnd schauten sie zur Tribüne, auf der die japanische Flagge und eine andere, ihnen unbekannte fünffarbige flatterte. Sie wagten nicht, die Lehrer zu fragen, die hielten heute alle die Köpfe gesenkt und hatten Tränen in den Augen. Deshalb senkten auch sie wieder ihre Blicke und zerknitterten unauffällig die Papierfähnchen mit der Aufschrift »China und Japan sind Freunde«.

Inzwischen waren die Schüler fast vollzählig eingetroffen, aber trotz der vielen Leute herrschte vor dem Tiananmen-Tor immer noch gähnende Leere und eine unheimliche Stille.

Der Veranstaltung war eine gewisse Dramatik nicht abzusprechen, denn plötzlich setzten Lautsprecher ein, sie spielten getragene japanische Lieder. Rundherum tauchten plötzlich japanische Soldaten mit Maschinengewehren auf, die den Platz umstellten. Und plötzlich standen auch Leute in einer Reihe auf der Tribüne, Chinesen in langen Gewändern mitten unter japanischen Militärs. Und auf einmal erschienen, wie aus dem Boden gestampft, Leute mit Seidenschärpen – darunter auch Lan Dongyang –, die sich durch die Menge drängelten. Es blieb unklar, wer dies gesteuert hatte. Vor dem majestätischen Tiananmen-Tor jedenfalls verfehlte sie völlig ihre Wirkung. Die Lautsprechermusik konnte den Platz nicht füllen, die Soldaten zwischen den beiden gewaltigen Toren nahmen sich so klein wie schwarze Holzstöckchen aus. Die Leute auf der Tribüne wirkten wie Marionetten unter bunten Fähnchen. Lan Dongyang und seinesgleichen glaubten, mit den jetzt entfalteten Seidenschärpen Glanz zu verbreiten und von den anderen ehrfürchtig betrachtet zu werden. Aber der Platz und die Schüler waren still wie ehedem, ohne Bewegung, ohne Laut, als hätten sie diese Leute gar nicht wahrgenommen.

Einer in einem langen Gewand stand auf und sprach in ein Mikrophon. Die Lautsprechertöne prallten auf die dicken roten Mauern und die hohen Turmtore und verflüchtigten sich in der endlosen Weite des Platzes. Sie klangen wie ein heiseres Husten. Die Schüler hörten nichts und wollten auch nichts hören.

Dann stand ein uniformierter Japaner auf. Lan Dongyang und seinesgleichen hatten sich inzwischen an entscheidenden Positionen plaziert, um die Schüler und Studenten »zu führen«. Sie klatschten aus Leibeskräften, aber das klang auf dem Platz wie der Flügelschlag eines Spätzchens in der Wüste. Sie gaben den Schülern Zeichen, ebenfalls zu klatschen, aber die blickten zur Erde und rührten sich nicht. Von der Tribüne ertönte ein katzenartiges Grummeln. Der japanische Offizier erläuterte auf chinesisch die Unbesiegbarkeit der japanischen Armee, aber auch das war vergebliche Mühe, da man unten nichts hörte, nichts hören wollte. Die Zuhörer verharrten in Schweigen. Das war ihre Waffe. Damit konnten sie zwar nicht kämpfen, aber Furcht einflößen.

Die Organisatoren auf und vor der Tribüne schrien Losungen. Sie rissen ihre Münder weit auf und reckten die Arme hoch, aber ihre Rufe verhallten im Nichts. Die Schüler schwiegen. Den Sieg über Baoding feiern?

Die Marionetten stiegen von der Tribüne herab und verschwanden. Die Organisatoren mit den Seidenschärpen verteilten aus großen Körben Bonbons, japanische Kaiserbonbons. Nachdem Baoding mit Bomben und Gift vernichtet wurde, landeten Bonbons und Fähnchen auf der Erde.

Herr Guan war schon früh erschienen, aber aus Angst vor Bomben traute er sich nicht nach vorne. Erst als mehrere Redner gesprochen hatten, wagte er sich mutig bis zur Tribüne vor. Gern wäre er hinaufgestiegen, wurde aber unsanft von Polizisten daran gehindert. So mußte er vor den Schülern stehenbleiben. Die erste Reihe war jedoch mindestens ein Dutzend Meter von der Tribüne entfernt, von dort würde ihn also niemand erkennen. Ihm blieb nur, sich aus der Ferne einige Male tief in Richtung Tribüne zu verbeugen. Dann lauschte er andächtig mit erhobenem Kopf auf alles, was von dort kam, und hoffte inständig, daß man wenigstens seine Blicke sähe. Zuletzt nahm er auch noch ein Bonbon entgegen und erklärte dem Verteiler: »Das war eine sehr gute Veranstaltung!« Es war das einzige Lob für die Posse vor dem Tiananmen-Tor.

26

Ruixuan lief wie eine Ameise auf dem heißen Topf im Hof umher. Auf dem Tiananmen-Platz würde heute bestimmt etwas passieren. Es war die erste öffentliche Begegnung der Japaner mit der Pekinger Bevölkerung. Die Japaner traten selbstverständlich als Sieger auf. Und die Pekinger? Ruixuan wußte, daß sie schwach waren, er wußte aber auch, daß es in Zeiten der Unterjochung selbst unter den Schwächsten Menschen gab, die es wagten, ihr Leben zu opfern. In dieser großen Stadt würden sich doch bestimmt einige finden lassen, die zu allem entschlossen waren. Gab es auch nur einen oder zwei, mußte es heute auf dem Tiananmen-Platz zu einem Blutbad kommen. Wie die Pekinger mochte auch Ruixuan kein Blutvergießen. Heute aber fand er, mußte auf dem Tiananmen-Platz Blut fließen. Doch warum sollten gerade die Schüler die Schande der Niederlage, die andere zu verantworten hatten, mit ihrem Blut abwaschen? Gespannt erwartete er Ruifengs Rückkehr und seinen Bericht über den Verlauf der Veranstaltung.

Es war fast drei Uhr, als Ruifeng ziemlich erschöpft, aber munter zurückkam. Als die Veranstaltung vorüber war, hatte er mit knurrendem Magen nach einer Gelegenheit gesucht, sich davonzumachen, ohne erst die Schüler in die Schule zurückzubegleiten. Durch Lan Dongyangs Benehmen fühlte er sich betrogen, deshalb wollte er auch nicht weiter die Verantwortung des Anführers tragen. Aber noch bevor er sich heimlich davonstehlen konnte, hatten sich die Gruppen von selbst aufgelöst. Die Schüler mochten nicht geschlossen zur Schule zurücklaufen und ihr Gesicht ein weiteres Mal verlieren. Die jüngeren unter ihnen, die den Weg nicht kannten, folgten dem Schuldiener Lao Yao. Andere Schulen verfuhren ebenso, so daß ganz schnell sämtliche Schüler in alle Winde verstreut waren und nur zerrissene Fähnchen und weggeworfene Bonbons zurückblieben. Ruifeng atmete auf. Er ging und las unterwegs ein Bonbon auf, wickelte es aus und steckte es sich in den Mund. Dann schlenderte er langsam und lustlos in Richtung Westen.

Eigentlich wollte er durch den in »Zentralpark« umbenannten

Sun-Yatsen-Park schlendern. Als er aber bemerkte, daß am Eingangstor niemand ein oder aus ging, änderte er seine Absicht. Er fürchtete einsame Orte. So ging er die Straße entlang und wollte sich in der Nähe des Xidan-Pailou ein kleines Lokal suchen und etwas essen. Daß Lan Dongyang so gerissen sein würde, hatte er nicht erwartet. Es gehörte sich einfach nicht, daß er ihm die Leitung der Truppe aufbürdete und ihn jetzt auch noch für sein Essen selbst bezahlen ließ. »Was ist das für ein Freund?« Je länger er darüber nachdachte, um so mehr ereiferte er sich: »Wenn er mich wenigstens irgendwohin zu zwei Liang Schnaps und einem Teller Salzbohnen eingeladen hätte!« Plötzlich lachte jemand hinter ihm, und zwar sehr freundlich. Jäh wandte er sich um.

Da stand Herr Guan nur einen Schritt von ihm entfernt. Sein Lachen verstummte, lag aber noch auf seinem Gesicht. »Sie trauen sich ja allerhand«, rief Herr Guan.

»Was denn?« wollte Ruifeng wissen.

»Den Sun-Yatsen-Anzug anzuziehen!« Herr Guan blickte verschmitzt drein, offensichtlich höchst belustigt. Ohne Ruifengs Antwort abzuwarten, fuhr er fort: »Ich bewundere Ihren Mut!«

Als Ruifeng dieses Lob vernahm, schob er augenblicklich den ganzen Ärger beiseite und lachte einfältig. Beide gingen Schulter an Schulter weiter, Ruifeng mußte immer wieder lachen, ehe er ansetzte: »Wirklich, das kann man als riskant bezeichnen! Ich war der erste, der es wagte, vor den Augen der Japaner den Sun-Yatsen-Anzug zu tragen, ich, Qi Ruifeng!« Dann setzte er leiser hinzu: »Gesetzt den Fall, die Chinesen kommen wirklich zurück, so wird mir dieser Streich vielleicht zum Vorteil gereichen.«

Herr Guan war nicht gewillt, diesen »Fall« zu erörtern. Er wechselte das Thema: »Die heutige Veranstaltung war nicht schlecht!«

Ruifeng fand eigentlich, daß sie nicht gerade lebhaft, sondern eher befremdlich war, aber nach Herrn Guans Worten bezeichnete er sie ebenfalls als nicht allzu schlecht.

»Nicht wegen der paar Bonbons!« erläuterte Herr Guan Ruifeng, »wären wir etwa ohne diese Bonbons nicht gekommen? Will sagen, die Veranstaltung ist friedlich und ruhig über die

Bühne gegangen, die Japaner haben nicht geschossen, unsere Schüler haben keine Bomben geworfen – Amithaba! Schon gut, das Roß hat seinen Reiter gefunden! Heute haben sich alle gesehen, in Zukunft kann man also besser miteinander reden. Um ehrlich zu sein, anfangs habe ich mich kaum hingetraut. Ein einziger Knallfrosch hätte Maschinengewehrfeuer ausgelöst, das ist schließlich kein Spaß! Nun ist mir ein Stein vom Herzen gefallen! Von heute an tun wir das, was wir tun wollen, in aller Offenheit und nicht mehr heimlich. Wo sich doch heute die Schüler auf dem Tiananmen-Platz am hellichten Tage vor den Japanern verbeugten und Bonbons bekamen. So ist es doch, nicht wahr?«
»Genauso ist es!« Ruifeng nickte energisch. Herrn Guans Worte hatten ihm auf einmal gezeigt, daß er Lan Dongyang nicht wegen dessen Gerissenheit hassen, sondern ihm dankbar sein sollte. Schließlich hatte der ihm die Leitung der Truppe übertragen und ihn zur Teilnahme an der Veranstaltung gedrängt. Herrn Guans Meinung nach hatte sein heutiges Verhalten geradezu historische Bedeutung. Er war ein erfolgreicher Beamter, der sich Verdienste um die Gründung des Staates erworben hatte. Er geriet in Hochstimmung. Hochstimmung macht großzügig, und er fragte, ob er Herrn Guan zu einem bescheidenen Essen einladen dürfe.
»Ruifeng!« Herr Guan schien empört. »Sie mich einladen? Das wäre ja ein Scherz! Wieso sollten Sie mich einladen? Mir steht es zu, Sie einzuladen.« Vor lauter Heuchelei wirkte die Einladung schon wieder ehrlich.
Ruifeng erwiderte nichts. Er konnte doch die gegenseitige Ehrlichkeit und Begeisterung nicht zerstören.
»Was essen wir, Ruifeng?« Das war wieder reine Höflichkeit. Denn wenn Herr Guan beschlossen hatte, jemanden einzuladen, entschied er auch, was und wo gegessen wurde. Bei Speisen kannte er sich aus, da enttäuschte er niemanden. »Wie wäre es mit etwas Gebratenem in der An'er-Gasse?« meinte er, ohne Ruifengs Vorschlag abzuwarten.
Als der An'er-Gasse und Gebratenes hörte, lief ihm das Wasser im Mund zusammen, so daß er vor Schlucken nicht sprechen konnte und nur krampfhaft nickte. Sein Magen knurrte nachhaltig. Unmerklich beschleunigten beide ihre Schritte.

Das berühmte kleine Restaurant aber war geschlossen, da es weder Rind- noch Hammelfleisch gab. Angesichts der verschlossenen Tür kamen beiden fast die Tränen.
Bedauernd führte Herr Guan Ruifeng in ein kleines Sichuan-Lokal an der westlichen Changan-Straße, wo er ein Séparée nahm. Ruifeng vertrug nichts Scharfes, wollte es aber nicht sagen, weshalb ihm ganz unwohl war. Herr Guan flüsterte mit dem Kellner, ohne erst auf die Speisekarte zu schauen. Kurz darauf brachte der schon eine wunderschön angerichtete kalte Platte und eine gut gewärmte Kanne »Immergrünen Bambus«. Nachdem Ruifeng daran genippt hatte, stieß er ein »Wunderbar!« aus.
Mit einem listigen Lächeln sagte Herr Guan: »Warten Sie ab, probieren Sie erst einmal das Gericht!«
»Ist es auch nicht scharf?« Ruifengs Eßlust siegte nun doch über seine Höflichkeit.
»Echte Sichuan-Gerichte sind durchaus nicht scharf, seien Sie ganz beruhigt!« Herrn Guans Augen verstrahlten etwas von dem Glanz großen Wissens. Er nippte genüßlich am Schnaps. »Der hat genau die richtige Temperatur!«
Der Kellner schien Herrn Guan gut zu kennen, während er bediente, unterhielt er sich mit ihm. Herr Guan plauderte angeregt, wohl um zu demonstrieren, daß es sich bei diesem Essen um eine simple Einladung handelte, bei der keinerlei Etikette zu beachten war. Als der Kellner dann ein heißes Gericht brachte, fragte Herr Guan wie nebenbei: »Wie geht das Geschäft?«
»Schlecht!« Der Kellner, ein kleiner, etwa dreißigjähriger Mann, der jedem Satz unvermeidlich ein Lächeln hinterherschickte, runzelte die Stirn, lächelte dann aber schnell wieder. »Ganz schlechte Zeiten fürs Geschäft! Bereitet man keine Speisen vor, kommen womöglich Gäste. Bereitet man etwas vor, kommt den ganzen Tag bestimmt kein einziger!« Er lächelte wieder, diesmal aber ziemlich hilflos.
»Leeren wir das Glas!« forderte Herr Guan Ruifeng auf, ehe er den Kellner tröstete, »das Geschäft geht bald besser!«
»Wirklich?« Jetzt lachte der Kellner gleich zweimal. Dann aber hielt er inne, denn er fand sein Lachen plötzlich kindisch. »Baoding ist auch verloren, wie soll da das Geschäft...«

»Wieso glauben Sie mir so wenig, habe ich denn je die Zeche geprellt?« Herr Guan legte zum Schein die Stirn in Falten und trieb seinen Spaß mit dem Kellner. »Ich sage Ihnen, je mehr Orte verlorengehen, desto besser gehen die Geschäfte. Jeder Kaiser braucht seine Beamten. Schlimm ist nur, wenn jeder Ort seinen eigenen Kaiser hat, zu viele Kaiser verderben genau wie zu viele Köche den Brei, verstehen Sie, was ich meine?« Der Kellner konnte seine Gäste schlecht verprellen, aber auch seinem Gewissen nicht zu viel zumuten. Da lächelte er nur ratlos und entfernte sich.

Nachdem Ruifeng ein paar Gläser »Immergrünen Bambus« getrunken hatte, vergaß er allen Ärger und fand die Welt heil und schön wie eine soeben erblühte Knospe. Hätte heute vormittag in der Schule oder vor dem Tiananmen-Tor jemand ein ehrliches Wort zu ihm gesprochen, hätte er vielleicht einiges verstanden und seine Gleichgültigkeit aufgegeben. Leider traf er ausgerechnet auf Guan Xiaohe, dessen »Immergrünen Bambus« und das gute Sichuan-Essen. Wenn seine Eßlust befriedigt wurde, konnte er seine Seele für ganze fünf Fen veräußern. Er vergaß Lan Dongyangs Abscheulichkeit, das Schrecknis auf dem Tiananmen-Platz und die Grausamkeit der Japaner, die ihm dort beinahe bewußt geworden wäre. Der gelbliche »Immergrüne Bambus« rann ihm, einem Bächlein während der Frühlingsblüte gleich, durch den Körper. Seine dünnen Lippen – benetzt vom Fett des gekochten Huhns – fühlten sich voller und kräftiger an. Das Leben war liebenswert, wenn das Fleisch schmeckte und der Schnaps gut roch. Wer ihm Schnaps und Fleisch spendierte, dem mußte er dankbar sein. Zu diesem Mahl hatte ihn Herr Guan eingeladen, also mußte er ihm in allem zustimmen. Sein Gesicht war rot angelaufen, leise rauschte der Schnaps in seinem Köpfchen, in den Äuglein standen Tränchen. Er war Herrn Guan so dankbar!

Der hatte sich seit dem Einzug der Japaner in die Stadt zwar eifrig umgetan, bisher aber nicht den kleinsten Posten ergattert. Trotzdem blieb er weiterhin optimistisch, denn in Zeiten des Wandels fand er es besonders leicht, etwas zu unternehmen. Ruifeng gegenüber lobte er zunächst den Verlauf der Veranstaltung, dann pries er die Erfolge des Neuen Bürgerkomitees: Niemand hatte bisher etwas erreicht, nur das Bürgerkomitee hatte vor dem Tiananmen-Tor Gesicht gezeigt und die Schüler mit den Japanern zusammengebracht. Dann kam er auf Lan Dongyang zu sprechen: »Haben Sie die Verabredung mit ihm getroffen? Noch nicht? Warum nicht? Sie müssen die Einladung unbedingt festmachen! Was? Morgen abend, na bestens! Ruifeng, ich sage Ihnen, Sie müssen optimistisch sein, sich fleißig umtun und viele Verbindungen knüpfen, mit diesen drei Dingen können Sie alt und jederzeit satt werden.«

Ruifeng nickte bei jedem Satz. Dabei wurde ihm immer wohler, beim Essen langte er kräftig zu. Seit der Einnahme Pekings hatte er keine so angenehme Mahlzeit mehr gehabt. Er war Herrn Guan dankbar und von jedem seiner Sätze überzeugt. Und weil er Herrn Guan vertraute, sah er auch für sich eine helle Zukunft.

Nach dem Essen verabschiedete sich Guan Xiaohe von Ruifeng am Xidan-Pailou, er wollte noch zwei Freunde besuchen. »Wir sehen uns dann bei mir zu Hause. Und vergessen Sie nicht, Lan Dongyang einzuladen. Auf Wiedersehen!«

Ruifeng kam müde, aber freudig erregt nach Hause.

Ruixuan beruhigte sich ein wenig, als der Bruder wohlbehalten zurück war. Aber gleich darauf wurde er wieder traurig: »Nicht einer unter den vielen Schülern und Lehrern, der etwas gewagt hätte.« Er verachtete sie deshalb nicht, schließlich war er selbst ein Intellektueller und hatte nicht einmal gewagt, zum Tiananmen-Platz zu gehen. Über Mut oder Feigheit eines Menschen hatte er kein Urteil zu fällen, mußte vielmehr die Erziehung dafür verantwortlich machen, die aus Friedensliebe verlangte, Demütigungen mit gebeugtem Knie zu ertragen. Nein, nicht einmal der Erziehung durfte er einen Vorwurf machen. War Liebe zum Frieden denn etwas Falsches? Er war völlig verwirrt. Mit dem zweiten Bruder unterhielt er sich nicht gern, aber jetzt mußte er wenigstens ein paar Worte mit ihm wechseln, um sich etwas Luft zu verschaffen.

Der Wein gab Ruifeng ein Gefühl von Vollkommenheit und Größe. Anfangs war ihm nicht klar, woher dieses Gefühl rührte. Zu Hause begriff er dann plötzlich, daß er sich so wunderbar fühlte, weil er an der Veranstaltung teilgenommen hatte. Er war von seinem Mut überzeugt. Wie sonst hätte er gewagt, sich den Japanern von Angesicht zu Angesicht zu zeigen. So schenkte er den Worten Guan Xiaohes immer mehr Glauben, daß nach dieser Begegnung China und Japan eine Familie seien und Frieden herrsche, und es bald wieder Hammelfleisch im Feuertopf gäbe. Wenn er sich nur fleißig rührte, wäre ihm das Feuertopfessen sicher. Noch mehr erfreute ihn, daß der ältere Bruder bei seiner Rückkehr ihm nicht nur kühl zunickte, sondern lächelnd herankam und fragte: »Zweiter, bist du wieder da?« Die Frage erfüllte ihn mit Stolz, und plötzlich spürte er seine Müdigkeit.

Yunmei hatte besorgt beobachtet, wie ihr Mann unruhig im Hof auf und ab ging. Sie wagte nicht, ihm zuzureden, aber so schweigen zu müssen, bedrückte sie. Sie konnte ihn nur mit ihren klaren, großen Augen beobachten und den rechten Moment abpassen, um Xiao Shun oder die kleine Niuzi zu ihm zu schicken, damit sie mit ihm sprachen. Sie wußte, ihr Mann übertrug seinen Ärger niemals auf die Kinder. Als sie ihn jetzt lächeln sah, eilte sie zu ihm, um die Neuigkeiten des Zweiten mit anzuhören.

Wenn dem alten Herrn Qi eine schlechte Nachricht zu Ohren kam, mußte er immer an den kleinen Dritten denken. Er wußte von ihm nur eines genau, daß er hartnäckig war und deshalb erst nach dem Sieg zurückkommen würde. Doch jede Niederlage der chinesischen Truppen entfernte ihn immer mehr von zu Hause. Der alte Herr hatte keine Lust, sich um Staatsangelegenheiten zu kümmern, das war Sache des Kanzlers und seiner Beamten, er war nur ein kleiner ungebildeter Bürger. Dem Enkel gegenüber glaubte er allerdings ein Recht auf Anteilnahme zu haben. Wer wollte bestreiten, daß sich ein Großvater nach dem Enkel sehnte. Als er von dem Fall Baodings hörte, hatte er ständig den Namen des kleinen Dritten vor sich hin gemurmelt. Als jetzt der Zweite zurückkehrte, kam auch er heraus, um ein paar Neuigkeiten zu hören.

Sobald der alte Herr den kleinen Dritten erwähnte, fühlte sich dessen Mutter, Tianyous Frau, gleich kränker. Ein Großvater kann sich mit dem Gedanken an den Enkel ablenken, eine Mutter denkt immer mit ganzem Herzen an den Sohn. Außer den Sorgen um den Dritten kam heute noch dazu, daß der

Zweite so früh weggegangen und der Älteste den ganzen Tag so nervös war. Als sie deshalb jetzt den Zweiten hörte, kam auch sie keuchend heraus.

Alle umringten Ruifeng. Er war höchst zufrieden. An Klugheit und Mut, meinte er, kamen sie bei weitem nicht an ihn heran, deshalb mußte er ihnen etwas Aufmunterndes sagen. »Ich hätte nicht gedacht, daß die Schüler heute alle so brav sein würden. Zu brav, nicht einer hat einen Ton von sich gegeben! Von der Veranstaltung ganz zu schweigen, die ging reibungslos über die Bühne. Kein Spatz hat gepiepst! Die japanischen Beamten waren höflich und haben sich sehr vornehm ausgedrückt. Die Schüler haben Taktgefühl bewiesen, die japanischen Beamten ebenfalls, es ist nicht das Geringste passiert. Das hätte ich nie gedacht! Jetzt ist alles in Ordnung, die häßliche Braut ist der Schwiegermutter vorgestellt worden, jetzt kann man besser miteinander reden. Heute können wir alle ein wenig aufatmen, was heißt da, besiegt oder nicht besiegt, du ...« Er blickte suchend um sich, aber Ruixuan war verschwunden. Unwillkürlich stieß er ein »Hm?« aus. Die kleine Niuzi verstand den Zweiten Onkel und brabbelte: »Pa weglaufen.« Und wies mit dem dicken kleinen Zeigefinger die Richtung.

Ruixuan konnte das nicht länger anhören. Wäre er geblieben, hätte er Ruifeng wahrscheinlich giftigen Speichel ins Gesicht gespuckt. Ihm war klar, hätten sich die Schüler und Lehrer nur irgend etwas erlaubt, es wäre ein sinnloses Opfer gewesen. Durch den Tod von ein, zwei wichtigen Japanern bekommen wir Peking nicht zurück. Und wenn die Japaner unsere jungen Leute töteten, würde das auch nicht viel bewirken. Das wußte er. Aber er hätte sich irgendeine kämpferische Reaktion gewünscht, egal, ob sie nützlich oder schädlich gewesen wäre. Doch das ernste Schweigen bewies immerhin, daß keiner lächelnd kapitulieren wollte, wenn auch niemand zu sinnlosen Opfern bereit war. Er entnahm Ruifengs Worten, daß sich alle durch Schweigen widersetzt hatten. Dieses Schweigen wurde von Ruifeng doch tatsächlich als »sehr brav!« interpretiert. Offenbar wollten das viele Menschen so sehen, weil Schüler und Studenten bisher stets vorne standen, wenn es um Opfer für Gerechtigkeit und Patriotismus ging.

Dieses Mal wird es bestimmt heißen, die Schüler sind entmutigt. Heute ging alles lautlos über die Bühne, aber das nächste Mal? Ruixuan lief draußen vor dem Tor hin und her, er fürchtete sich vor seinen Gedanken.
Xiao Cui kam ohne seine Rikscha und hatte eine violette Beule am Kopf.
Ruixuan war nicht zum Reden aufgelegt, aber Xiao Cui stürzte auf ihn zu, als sei er froh, endlich jemanden gefunden zu haben. Seine Einleitung war dramatisch: »Sagen Sie mal, gibt es denn so etwas Gemeines?«
»Was ist denn los?« Ruixuan mußte schon etwas verwundert tun, denn nur ganz herzlose Menschen lassen so dramatische Worte kühl an sich abprallen.
»Was los ist? Was ganz Gemeines!« Xiao Cui war sehr erregt, »ich hatte soeben einen Kunden«, er blickte sich nach allen Seiten um, »einen japanischen Soldaten.«
»Einen Japaner«, wiederholte Ruixuan unwillkürlich und lief dann langsam auf die Flaschenkürbis-Taille zu. Da Xiao Cuis Geschichte etwas mit Japanern zu tun hatte, fand er es besser, dies nicht in der Gasse zu erörtern. Xiao Cui folgte ihm und flüsterte: »Ein etwa zwanzigjähriger Soldat. Wohlgemerkt, ein japanischer Soldat, weil alles an ihm danach aussah. Ich kann Ihnen sagen, Herr Qi, ich hasse die Japaner. Ich mag sie auch nicht ziehen, wieviel Geld man mir auch bietet. Heute vormittag war doch diese Sache mit Baoding...«
»... zum Fall von Baoding«, ergänzte Ruixuan.
»Richtig! Ich brauche wohl nicht zu sagen, wie mies ich mich gefühlt habe, bin erst nach dem Mittag mit meiner Kutsche raus. Gleich nach dem ersten Kunden kommt doch dieser japanische Soldat!« Sie waren unterdessen schon im breiten Flaschenkürbis-Bauch angelangt. Hier konnte sie keiner hören. Etwas weiter vorne war der Durchgang zum Huguo-Tempel, da gab es kaum Passanten. »Als er ankam, war gerade keine andere Rikscha in der Nähe, so ein Mist! Er wollte fahren, ich konnte nicht anders, schließlich war er japanischer Soldat. Also zog ich los, was sollte ich sonst machen? Als wir bis zum Lamakloster gekommen waren, dachte ich, er wollte in den Tempel gehen. Aber ich hatte falsch geraten. Er zeigte auf eine stille Nebengasse. Ich also da rein. In der Gasse

schien es nicht einmal einen Hund zu geben, ich kriegte es mit der Angst und guckte mich dauernd um, lief zwei Schritte und guckte mich wieder um. Verdammt noch mal, koreanische Schläger hatten doch schon Rikschafahrer an entlegenen Orten niedergestochen und waren mit der Rikscha abgehauen, ich mußte vorsichtig sein! Die wurden doch alle von Japanern ausgebildet. Und jetzt saß ein echter Japaner in meiner Rikscha! Da mußte ich doch noch vorsichtiger sein! Ich zischte also ganz schnell gen Westen ab. Plötzlich gab er einen Ton von sich. In der Gasse gab es keine Türen. Während ich noch verblüfft dastand, stieg er aus. Ich wußte nicht, was er vorhatte. Erst als er schon ein ganzes Stück gelaufen war, fiel mir auf, daß er nicht bezahlt hatte. Wahrscheinlich hatte er aus diesem Grund die abgelegene Gasse gewählt. Was sollte ich tun? Aber dann stellte ich die Rikscha ab und schoß wie ein Pfeil hinterher. Da flog er auf die Schnauze. Ich hatte nämlich schon gesehen, daß er Mann gegen Mann nicht gegen mich ankäme, meine Arme waren kräftiger als seine. Wer nicht bezahlt, dem schlag ich die japanische Scheiße heraus. Er kam hoch und schlug auf mich ein. Dabei beschimpfte er mich noch auf japanisch, ich verstand nur Bakayaro ... sagte nichts und schlug weiter zu, ich kam richtig in Form. Heute morgen haben Tausende und Abertausende Schüler die Kapitulationsfahne durch die Straßen getragen, aber seht her, Xiao Cui zeigt es hier einem japanischen Soldaten mit den bloßen Händen! Hab ich mich gefühlt. Beim Weiterprügeln passierte es dann. Er sprach plötzlich Chinesisch, Nordost-Dialekt, er war ein Chinese aus dem Nordosten. Da kriegte ich noch größere Wut, aber zum Prügeln verspürte ich keine Lust mehr. Mir war, als müßte ich kotzen, dann wieder, als müßte ich ... ich kann's nicht sagen. Er flehte um Nachsicht, und ich ließ ihn wie einen Furz laufen. Ich frage Sie, Herr Qi, wie kann so einer denn zu einem Japaner werden?«

Sie waren bis zu der verfallenen Mauer des Huguosi gekommen, wo es noch ruhiger war. Ruixuan antwortete lange nicht, bis Xiao Cui schließlich mit einem »Hm?« nachfragte. Da erst raunte er: »Erinnerst du dich noch an den 18. September?«

Xiao Cui nickte. »Das war 1931!«

»Die alten Nordostler bleiben ewig Chinesen. Aber die, die

damals erst zehn Jahre alt waren wie der Soldat, den du verprügelt hast, die haben Japanisch gelernt, japanische Lehrbücher gehabt, die japanische Propaganda gehört. Niemand ist gern Sklave, aber keiner kann sich ewig dagegen wehren, wenn ihm tagtäglich, monatelang, jahrelang eingetrichtert wird: ›Du bist kein Chinese!‹«

»Wirklich?« fragte Xiao Cui verwundert. »Wenn mir zum Beispiel einer dauernd sagt, ich sei kein Chinese, dann würde ich das glauben?«

»Nein, heute nicht mehr, aber einige Jahre früher, und du hättest es geglaubt.«

»Herr Qi, heißt das, wenn die Japaner Peking ewig besetzen, daß sich unsere Grundschüler dann in ein paar Jahren auch verändern?«

Daran hatte Ruixuan noch nicht gedacht. Ihn überlief plötzlich eine Gänsehaut, in seinem Kopf gab es einen heftigen Ruck, ihm brach der Schweiß aus. Er stützte sich an der Mauer, seine Beine drohten zu versagen.

»Was ist denn?« fragte Xiao Cui aufgeregt.

»Nichts! Mir drückt es nur das Herz ab.«

27

Ruixuan ging nicht mehr in die Schule. Allerdings hatte er weder offiziell gekündigt noch Urlaub genommen. Er hatte sich stets korrekt verhalten und sich noch nie etwas zuschulden kommen lassen. Kündigung oder Urlaub waren für ihn offenbar Kleinigkeiten, auf die man nicht mehr zu achten brauchte, und es zählte nur noch, daß er Sklave einer fremden Macht war. Nachts träumte er davon, daß die eigenen Truppen siegten oder eine weitere Stadt verloren.

Doch er mußte Geld verdienen. Die Einkünfte des Vaters wurden erst am Jahresende anteilig berechnet. Ein Geschäftsführer hatte nach alter Sitte kein monatliches Einkommen, und das Geschäft des Vaters wurde eben nach diesem Brauch geführt. Außer in Getreide- und Kohlenhandlungen war aber seit Kriegsbeginn in den Geschäften nicht mehr viel los. Der Stoffhandel des Vaters ging erst recht schlecht. Wer ließ in solch chaotischen Zeiten schon neue Kleider nähen? Dem Vater würde wohl auch am Jahresende kaum etwas zufallen. Der Zweite, Ruifeng, würde ausziehen, sobald er eine bessere Anstellung fände, das war für Ruixuan jetzt klar. Von dem und dessen Frau war keine Hilfe zu erwarten.

An Ersparnissen besaßen der Großvater und Mutter vielleicht einige zehn oder auch einige hundert Kuai in bar. Aber diese geringen Beträge gingen keinen etwas an, es sei denn, die alten Herrschaften legten sie von sich aus offen auf den Tisch. Mit dem Geld war es bei alten Leuten anders als mit den Krankheiten, darüber redete man nicht gern. Ruixuan selbst verfügte über ein kleines Sparbuch bei der Post, aber darauf lagen weniger als hundert Kuai.

Also konnte er die Hände nicht in den Schoß legen und mußte sich sofort eine Arbeit suchen. Andernfalls müßte er weiter unterrichten und das Unterhaltsgeld in Anspruch nehmen, bis die Schulbehörde Mittel und Wege fände, wieder Gehälter auszuzahlen. Wie auch immer, er konnte nicht untätig herumsitzen. Aber warum ging er nicht einfach wie sein jüngster Bruder auf und davon? Weil er für die ganze Familie sorgen mußte. Wenn er sie nicht im Stich lassen wollte, mußte er sich also etwas einfallen lassen, um zu Geld zu kommen. Wenn er schon dem Land gegenüber seine Pflicht nicht erfüllen konnte, durfte er nicht auch noch seine Pflicht gegenüber den Eltern verletzen. Aber er sah sich einfach außerstande, über Reis und Brennholz nachzudenken, jetzt, da in Nordchina eine Stadt nach der anderen in die Hände der Feinde geriet. Er wagte nicht mehr, seine Schüler anzusehen, die auf dem Tiananmen-Platz den Fall Baodings gefeiert hatten. Wenn nun ganz Nordchina unter feindliche Herrschaft geriet und nicht bald zurückzugewinnen war, würden sich dann alle diese Schüler so verändern wie der junge Soldat, den Xiao Cui verprügelt hatte? Doch außer Unterricht geben würde er nur schwer eine passende Arbeit finden. Aber er konnte doch nicht bloß des Geldes wegen die Augen davor verschließen, daß die Schüler allmählich zu Sklaven gemacht wurden. Immer wieder rissen ihn Zweifel hin und her.

Trotz seiner Sorgen vergaß er nicht, täglich nach Qian Moyin zu schauen. Ihm ging es langsam besser. Am meisten freute

Ruixuan, daß Herr Qian sein Gedächtnis und seine Denkfähigkeit nicht eingebüßt hatte. Der alte Herr konnte allmählich wieder zusammenhängende Sätze sprechen. Ruixuan wußte von der Grausamkeit der Japaner. Daß sich der Geist des alten Herrn Qian langsam wieder klärte, war seiner Ansicht nach ein Beweis dafür, daß die Japaner einen Dichter nicht unterkriegen konnten. Er betrachtete den alten Herrn als Kämpfer, der zwar verloren, sich aber nicht unterworfen hatte. Dichter Qian erschien ihm wie ein Symbol Chinas. Er brannte darauf, mehr über die Haft und die Folter zu erfahren, um sie ausführlich aufzuschreiben und historisches Material über die Besetzung der Stadt zu sammeln.

Herrn Qians Mund wollte jedoch das Vorgefallene keinem zweiten Menschen weitererzählen. Je öfter er wieder zu Bewußtsein kam, desto vorsichtiger wurde er. Jedesmal, nachdem er aufwachte, fragte er: »Habe ich auch nicht im Schlaf geredet?« Er sprach tatsächlich oft im Traum, aber wegen seiner ausgeschlagenen Zähne und dem zeitweiligen Versagen seiner Stimme war, selbst wenn er zusammenhängende Sätze sagte, nichts zu verstehen. In wachem Zustand sprach er nicht über die Haft. Ruixuan versuchte alles, um ihm etwas zu entlocken, aber vergeblich. Sobald die Rede auf seine Zeit im Gefängnis zu kommen drohte, wurde Herr Qian bleich, und in seinen Augen erschien ein hilfloses Funkeln wie bei einer Maus, die von der Katze in die Enge getrieben wird. In solchen Momenten schien er ein ganz anderer Mensch zu sein. Früher war er fröhlich, offen und großzügig. Jetzt waren seine Schläfen und Wangen eingefallen, ihm fehlten die Zähne, er sah ängstlich und unruhig aus. Wenn Ruixuan das merkte, schämte er sich. Dennoch konnte er seine Neugier nicht bezähmen. Denn die Sache war doch zu seltsam – von der japanischen Gendarmerie verhaftet werden und lebendig davonkommen. Und warum weigerte sich der alte Herr so hartnäckig zu reden?

Langsam ahnte Ruixuan, daß ihn die Japaner bei seiner Freilassung schwören ließen, niemandem etwas über die Dinge im Gefängnis zu erzählen. War seine Ahnung richtig, dann nahm der alte Mann, ehrlich wie er war, den Schwur auch ernst. Doch warum sollte er einen erzwungenen Schwur so ernst nehmen?

Dann mußte Ruixuan unwillkürlich an die Zukunft des alten Mannes denken. Hatten ihn die Japaner so in Angst und Schrecken versetzt, daß er von nun an keinen Ton mehr von sich geben würde? Oder hatten sie ihn so geschlagen, daß er begriff, was Haß bedeutete, und auf Rache sann? Er wagte nicht zu entscheiden, was zutraf. Schlimme Folter konnte auch gefügig machen. Er wollte aber nicht mit ansehen, daß sich Herr Qian mit der Niederlage abfand. Und Rache? Über was für eine Kraft verfügte ein Mensch schon? Er wollte auch nicht, daß sich der alte Mann sinnlos opferte. Seine Familie war ohnehin schon beinahe ausgestorben.
Nach und nach erfuhr der alte Herr auch alles über den Tod seiner Frau und seines ältesten Sohnes. Im Traum weinte er, weinte um die beiden. Aber war er wach, vergoß er keine Träne. Er biß nur die Lippen zusammen. Um die eingefallenen Wangen zuckte es. Seine Augen konnten lange, ohne einmal zu blinzeln, in die Ferne schauen, als sei er zu Selbstmord oder Mord entschlossen. So verharrte er ohne ein Wort. Ruixuan bekam es mit der Angst, wenn er ihn so vor sich sah. Da er nicht wußte, ob er das aus Verzweiflung tat oder weil er sich rächen wollte, wußte er auch nicht, wie er ihn trösten könnte.
Weil er gern Nachrichten über den Krieg hörte, erzählte Ruixuan sie ihm, aber nur ganz vorsichtig. Doch sobald die Nachrichten nicht besonders gut waren, sagte der alte Mann nichts und starrte wieder vor sich hin. Auch wenn Freunde da waren, war er nicht mehr so gesprächig wie früher, sondern machte sich schweigend seine eigenen Gedanken. Er wurde immer verschlossener, schien einen großen Plan zu hegen, der höchste Geheimhaltung erforderte und am sichersten in seinem Herzen aufbewahrt war. Das brachte Ruixuan in Verlegenheit, denn er konnte nicht schwindeln und bessere Nachrichten erfinden, wollte aber den Kummer des alten Mannes möglichst ein wenig erleichtern. Doch sobald der eine gute Nachricht hörte, verlangte er nach Schnaps, und das war der Heilung wiederum abträglich.
Obwohl ihn die Veränderung des Dichters ängstigte, besuchte Ruixuan ihn täglich, pflegte ihn und unterhielt sich mit ihm. Die Sorge um den Dichter wurde für ihn fast zu einer religiösen Pflicht. Kam er einen Tag nicht, plagte ihn außer der

eigenen Traurigkeit auch noch ein unverzeihliches Schuldgefühl.

Herr Qian kümmerte sich auch nicht mehr um Guan Xiaohe. Wenn Herr Jin oder Ruixuan die Guans zufällig erwähnten, sagte er nichts. Nur wenn er sich körperlich nicht wohl fühlte oder auch psychisch angespannt war und von den Guans der Spiellärm herüberdrang, stieß er schon einmal ein »Widerlich« hervor, schloß die Augen und tat, als schliefe er.

Ruixuan wußte nicht, woran er mit dem Dichter war. Hatte er alles vergessen, was einmal war? Oder tat er nur so, um ungestört auf Rache sinnen zu können? Herr Qian war zu einem Rätsel geworden! Ruixuan hatte ihn wegen seiner Ehrlichkeit und Offenheit verehrt und weil er wirklich ein Dichter war. Jetzt befürchtete er, der alte Mann könne den Mut verloren haben und kein offenes Wort mehr wagen.

Herr Jin kam jetzt seltener. Als er sah, daß es Herrn Qian von Tag zu Tag besserging und auch die Guans kein Öl ins Feuer gossen, meinte er, seiner Verantwortung Genüge getan zu haben und nicht mehr so häufig erscheinen zu müssen.

Wenn er aber kam, freute sich Herr Qian jedesmal sehr. Da wurde Ruixuan fast ein wenig neidisch. Er wußte, daß Herr Jin früher in den Augen Qian Moyins einfach nur ein guter Verwandter und Bekannter war. Wenn für den Dichter Rangunterschiede auch keine Rolle spielen mochten und er alle als Freunde betrachtete und gleich behandelte, so wußte Ruixuan, daß der alte Mann früher doch ein paar feine Unterschiede machte und Herr Jin ihm nicht immer so willkommen war. Wenn Herr Jin nun den Kranken besuchte, lauschte Ruixuan stets gespannt ihrer Unterhaltung, um herauszufinden, warum Qian Moyin diesen so mochte. Er konnte sich nur wundern. Was Herr Jin erzählte, war einfach und banal, es gab nichts Anregendes oder Bedenkenswertes.

Am Tag nach der Zeremonie auf dem Tiananmen-Platz traf er Herrn Jin bei den Qians. Es war ein Tag, an dem ein Wetterumschlag zu erwarten war. Der Himmel hing voller grauer Wolken, die zwar keinen Regen brachten, aber die Sonne verdeckten. Es wehte ein kühler Westwind, die Blätter fielen schon von den Bäumen. Ruixuan hatte ein leicht gefüttertes, altes Gewand übergezogen. Herr Jin dagegen trug nur einen

weiten Kittel aus grobem, weißem Stoff und eine alte Weste mit Kupferknöpfen, die vorn schon zerschlissen und deren ursprünglich dunkle Farbe ausgeblichen war. Über der Weste trug er eine blaue Umhängetasche.
Wegen der vielen Wunden am ganzen Körper spürte Dichter Qian die Wetteränderung besonders deutlich, ihm tat alles weh. Sobald er Herrn Jin erblickte, sagte er: »Das Wetter schlägt um, so ein kalter Wind!«
»Kalt? Ich schwitze noch.« Tatsächlich standen auf seiner Stirn ein paar große Schweißtropfen. Er zog ein Taschentuch aus dem Gürtel, das wie ein kleines Päckchen aussah, und wischte sich damit kräftig den Schweiß von seinem kahlen Schädel. Dabei nickte er Ruixuan zu. Er setzte sich und erkundigte sich nach geraumer Zeit bei ihm: »Geht es ein bißchen besser?«
Der alte Herr Qian krümmte sich sichtlich zusammen, als wollte er bedauert werden, und antwortete ziemlich kläglich: »Ein bißchen. Aber heute tut mir wieder alles weh.« Blinzelnd wartete er auf einen tröstenden Zuspruch.
Herr Jin rieb sich die rote Nase: »Mag sein, daß es anderes Wetter gibt. Du mußt Geduld haben, die Wunden müssen heilen, und das tut weh, aber du mußt durchhalten. Und langsam läßt dann auch der Schmerz nach.« Der alte Herr Qian nickte zustimmend, als hätte er soeben einen großen Trost erfahren. Ruixuan wußte, daß Herr Jin früher den Dichter Qian angebetet und nur deshalb seine Tochter dem Mengshi zur Frau gegeben hatte. Jetzt kam es ihm vor, als ob der Dichter Qian Herrn Jin anbetete. Aber warum?
Herr Jin blieb nur ein paar Minuten. Zu allem, was Herr Qian sagte, brummte er etwas Belangloses. Sonst aber saß er schweigend und starr da. Unvermittelt konnte Herr Jin dann aufstehen und zur Tochter ins Zimmer gehen. Dort wechselte er ein, zwei Sätze mit ihr, nahm sich einen Hocker, setzte sich in den Hof und rauchte ernst und in Gedanken versunken eine Pfeife. Dann klopfte er sie an der Stufe aus, erhob sich und rief zum Fenster hin: »Ich komme bald wieder.«
Lange nachdem er gegangen war, bemerkte der alte Qian zu Ruixuan: »So eine Statur wie seine ist in diesen Zeiten viel mehr wert als unsere ganze Bildung. Drei Gebildete können einen Kämpfer nicht aufwiegen.«

Unverwandt blickte er den Dichter lange an. Qian Moyin hatte sich verändert. Wer hätte gedacht, daß ein Dichter, der keiner Ameise etwas zuleide tun konnte, jemanden um seine Kraft beneidete? Wenn Ruixuan die eingefallenen Wangen des Alten und seine zuweilen noch immer starren, leeren Augen betrachtete, zweifelte er, ob er je wieder völlig gesund werden und seine Rachepläne verwirklichen könne. Allerdings begriff er: Sein eigener Pazifismus beruhte auf einer naiven Vorstellung von einer ländlichen Idylle in Ruhe und Frieden, die allerdings leicht von Gewalttätern verletzt, ja vernichtet werden konnte. Erstaunt stellte er fest, daß Herr Qian, dessen ganzes Leben und Streben auch dieser Vorstellung verschrieben war, jetzt nur noch über einen starken Körper und Rache nachdachte. Er bewunderte den Mut des alten Mannes. Dieser schien überhaupt nicht über seine physischen Möglichkeiten nachzudenken, sondern meinte wohl, sich von einem schnapstrinkenden und blumenzüchtenden Eremiten sofort in einen schwertschwingenden Kämpen verwandeln zu können. Weil er den alten Herrn verehrte, verachtete er sich selbst um so mehr. Als Herr Qian die Augen geschlossen hatte, schlüpfte Ruixuan leise hinaus. Im Hof sah er die junge Frau Qian beim Wäschewaschen. Sie war bereits seit mehr als drei Monaten schwanger. Als Mengshi starb, hatte wegen ihrer weiten Kleidung keiner etwas bemerkt. Vor ein paar Tagen hatte Herr Jin dem Schwiegervater diese freudige Nachricht überbracht. Seit seiner Rückkehr hatte Herr Qian nicht gelacht, doch bei dieser Nachricht lächelte er und sagte etwas, was Herr Jin nicht so recht verstand: »Hoffentlich wird es ein Kind, das kämpfen kann!«

Ruixuan hatte das gehört, aber damals den Sinn nicht begriffen. Beim Anblick von Frau Qian fiel ihm der Satz wieder ein, und er verstand nun, was damit gemeint war.

Die Augen der jungen Frau waren ebenmäßig und schön, die nicht sehr schwarzen, aber dichten Haare trug sie in zwei locker geflochtenen Zöpfen, die sie mit weißem Band umwickelt hatte. Sie war nicht groß, aber kräftig. Taille und Rücken hielt sie gerade, als könnte sie jedes Unrecht ertragen. Sie redete nicht gern. Selbst dann, wenn sie unbedingt etwas sagen mußte, wich sie häufig aus. Wußte das jemand nicht und

wollte sie zu einer Antwort drängen, wurde sie rot und brachte erst recht kein Wort heraus.
Ruixuan traute sich nicht, viel mit ihr zu reden, er wies nur auf das Nordzimmer und sagte: »Er schläft wieder.« Sie nickte. Immer, wenn er sie traf, sah er sogleich Mengshi vor sich, seinen guten Freund. Ein paarmal hätte er beinahe gefragt: »Was macht Mengshi?« Um das zu vermeiden, blickte er stets auf ihre weißen Trauerzopfbänder. Heute jedoch wollte er nicht viele Worte machen, schaute sie aber ein wenig länger an. Sie war nun nicht nur eine junge, bedauernswerte Witwe, sondern auch eine Mutter mit großer Verantwortung.
So ganz in Gedanken versunken ging er nach Hause. Yunmei war gerade dabei, den kleinen Shun zu tadeln und ihm einen Klaps zu geben. Sie liebte die Kinder sehr und kümmerte sich nachdrücklich um ihre Erziehung. Sie hatte zwar keine Schulbildung genossen, war aber im Haushalt und bei der Kindererziehung gebildeten Frauen weit überlegen, die keine »klugen Frauen und gute Mütter« sein wollten, aber leider doch geheiratet und Kinder bekommen hatten und dann der eigenen Familie die Hölle bescherten. Sie ließ den Kleinen keine schlechten Angewohnheiten durchgehen und verwöhnte sie auch nicht. Und sie hielt Strafen für mitunter nötig.
Ruixuan war seinen Kindern eher ein Freund als ein Vater, schwatzte und spielte gern mit ihnen. Hatte er allerdings schlechte Laune, hielten sich die Kinder fern. Wenn Yunmei sie ermahnte, wahrte er strenge Neutralität, half den Kindern nicht, stand ihr aber auch nicht zur Seite. Er war der Auffassung, wenn sich die Eltern wegen der Kindererziehung stritten, könnten sie die Kinder nicht erziehen und zerstörten obendrein den Familienfrieden.
Er überließ Shuns Ma zwar das »Privileg« der Kindererziehung, aber auch sie hatte ihre liebe Not damit. Die Schwiegermutter war in jungen Jahren bei der Erziehung ihrer eigenen Kinder ebenso gerecht und energisch wie Yunmei vorgegangen. Jetzt war sie alt, hätte sich aber gern auch um die Erziehung ihrer Enkel gekümmert. Aus unerfindlichen Gründen hielt sie nun die Erziehungsmethoden der Schwiegertochter für zu streng, denn sie entsprachen ihrer Meinung nach nicht dem goldenen Mittelweg. Eigentlich wollte sie sich

nicht einmischen, aber die Worte entschlüpften ihr wie von selbst.
War die Hürde mit Hilfe der Großmutter glücklicherweise genommen, kam es aber vor, daß die Kinderchen noch beim Urgroßvater Beistand erflehten, wodurch dann die Backpfeife der Mutter oder der Klaps mit dem Staubwedel ins Leere trafen. In den Augen des alten Herrn Qi waren Urenkel und Urenkelin beinahe kleine Engel, die niemals etwas falsch machten. Und wenn sie es doch einmal taten, sagte er gewiß: »Kinder sind eben manchmal unartig.«
Außer dem alten Herrn und Frau Tianyou gab es da noch den Schwager, Ruifeng. Wenn er gut gelaunt war, nahm er Xiao Shun und Niuzi nicht nur vor Schlägen in Schutz, sondern brachte ihnen auch noch bei, wie man sich mit Lügen der Verantwortung entzog.
Als Ruixuan jetzt durch das Tor trat, hörte er Shunchens schrilles, offensichtlich hilfesuchendes Heulen. Yunmei konnte dieses Geheul nicht ausstehen, weil es nicht echt war, sondern nur eine Aufforderung an die Großmutter oder den Urgroßvater, sich einzumischen. Und tatsächlich, die Kranke hatte sich schon erhoben und kam ans Fenster. Als sie Ruixuan erblickte, rief sie ihn: »Ältester, laß nicht zu, daß Shuns Ma dauernd die Kinder schlägt. Es gibt nichts Ordentliches zu essen und zu trinken, wie sollen sie da noch Schläge ertragen.«
Ruixuan brummte in sich hinein: »Was macht das schon, Mutters Worte sind wahrscheinlich genauso belanglos wie Shuns Vergehen«, nickte aber, denn er stritt nicht gern mit der kranken Mutter, und betrat das »Schlachtfeld«. Dort blickte Yunmei den kleinen Shun mit großen Augen vorwurfsvoll an, aber der hatte sich schon beim Urgroßvater in Sicherheit gebracht. Er heulte immer noch lautstark, um die Mutter zu provozieren.
Der Urgroßvater wischte dem Urenkel die Tränen ab und murmelte etwas in seinen Bart, denn er konnte schlecht die Schwiegerenkelin laut tadeln und wußte natürlich genau, daß sie die Kinder niemals grundlos schlug. »So ein braves Kind«, flüsterte er, »weine nicht mehr, so ein braves Kind schlägt doch keiner mehr.«
Ruixuan streifte alle mit einem kurzen Blick und lief wortlos in sein Zimmer. Das ist also Familienerziehung der Besiegten,

nur Tränen, Geschrei, unvernünftiges Beschützen, aber kein Durchgreifen! Der alte Qian hofft auf ein Kind, das kämpfen kann, das ist seine Konsequenz aus der Folter. Solche Kinder müßten schnellstens geboren werden. Ob es dafür nicht zu spät ist? Werden die Japaner, nachdem sie Peking besetzt haben, den Chinesen etwa gestatten, ihre Kinder zu Kämpfern zu erziehen? Kommt das Erwachen des Dichters Qian nicht schon zu spät?

28

Ob nun absichtlich oder unabsichtlich, jedenfalls schien Herr Guan bei seinen Freundschaften eine bestimmte Linie zu verfolgen, nämlich zu den neuen Freunden immer außerordentlich herzlich zu sein. Das konnte natürlich daran liegen, daß er sich nur deshalb mit jemandem anfreundete, weil er ein Anliegen hatte. Kühlte das anfängliche Interesse ab, war wie bei einem erkalteten Hefekloß auch der Dampf raus! Im Augenblick war Lan Dongyang der Favorit Guan Xiaohes.

Auch wenn wir den Grund für seine Begeisterung kennen, können wir nicht umhin, Herrn Guans Gewandtheit zu bewundern. Es schien beinahe, als sei dieses Geschick nicht angelernt, sondern eine Begabung, gerade in Nichtigkeiten besondere Sorgfalt walten zu lassen. Für alle Äußerlichkeiten den Verhaltenskodex zu beherrschen wollte gelernt sein. Man mußte in bestimmter Weise lächeln, fragen und antworten, die Zähne zeigen oder blinzeln, feststellen, daß der Erdball rund ist oder nur heiße Sesambrötchen schmecken, dann, erst dann konnte man jemanden, den man zum ersten Mal sah, wie einen alten Vertrauten behandeln. Nur durch eine Erziehung, wie sie in Peking üblich war, bei der alles Nützliche zu unterbleiben hatte, Zeitverschwendung aber Pflicht war, konnten solche Nichtigkeitstalente sich bewegen wie Fische im Wasser. Herr Guan war ein solches Talent und überdies Pekinger.

Dagegen verfügte Lan Dongyang über keinerlei Bildung und Benehmen, obwohl er schon mehr als zehn Jahre in Peking lebte. Wenngleich er sich unverfroren für einen Fachmann der Erziehung hielt, hatte er sich weder praktisches noch theoreti-

sches Wissen angeeignet. Ihn interessierte ausschließlich, wie er zu Macht, Frauen, Geld und Ansehen gelangen konnte. Daher staunte er über Guan Xiaohe. Fast alles, was Herr Guan an Arten der Zubereitung und des Konsums von Tabak, Wein, Speisen und Tee erwähnte, war ihm unbekannt. Und was bei den Guans an Speisen und Getränken aufgetischt wurde, steigerte seine Achtung vor ihm, denn der redete nicht bloß von Genuß, er verstand etwas davon. Als Lan Dongyang gerade nach Peking gekommen war, hatte er geglaubt, es sei schon ein Genuß, im Dongan-Basar Tianjiner Baozi-Klöße oder Wickel-Fladen zu essen und Hirsebrei-Suppe zu schlürfen. Erst nach einigen Jahren entdeckte er, daß nur das europäische Essen im Westbahnhof und die chinesischen Gerichte des Restaurants »Aufschwung Ost« wirklich der Rede wert waren. Und heute wurde ihm bewußt, daß keineswegs alle angebotenen Gerichte, wie sorgfältig sie auch zubereitet sein mochten, schon zur Lebenskunst gehörten. Hier bei Herrn Guan wurde jedes Tellerchen Salzgemüse mit Sorgfalt behandelt, und man trieb mit Farbe, Geruch und Geschmack sowie der Auswahl eines jeden Teeglases und jeden Weinbechers ein Höchstmaß an Aufwand. Zum einen ging es zwar nur um Speise und Trank, aber zugleich um Geschichte und Kunst! Es stimmte, Herr Guan hatte kein riesiges Bankett vorbereitet, die Gerichte jedoch, die hier im Hause zubereitet wurden, fand man in keinem Pekinger Restaurant. Außer den Japanern respektierte Lan Dongyang so leicht keinen Menschen, aber jetzt hegte er Achtung vor Herrn Guan.
Herrn Guans Herzlichkeit und Umsicht rührten Dongyang zutiefst. Er hatte sich unterdrückt empfunden, weil seine Manuskripte ständig zurückkamen. Doch Herr Guan hatte ihn sogleich Dichter genannt und nach zwei Glas Wein zum Vortrag seiner Gedichte aufgefordert. Das dauerte nicht lange, da seine Verse kurz waren. Danach applaudierte Herr Guan mit offenem Munde, der auch offen blieb, als er schon nicht mehr applaudierte. Nur mit Mühe brachte er hervor: »Exzellent, wirklich exzellent.« Der Dichter Lan lachte, daß sein Auge mit dem Aufwärtsdrall bis in die Schläfe rutschte und lange nicht zurückkam. Schmeichelei bedarf ziemlichen Mutes. Herr Guan besaß diesen reichlich. »Gaodi!« rief er vertraulich seine Tochter, »du bist doch für die neue Literatur, da könntest du doch etwas

von Herrn Lan lernen?« Und gleich darauf wandte er sich an ihn: »Dongyang, nehmen Sie sie als Schülerin an!«
Der antwortete nicht. Er dachte zwar Tag und Nacht an Frauen, stand er ihnen aber gegenüber, brachte er keinen ordentlichen Satz zustande.
Gaodi beugte den Kopf, sie mochte diesen dürren, schmutzigen und häßlichen Dichter nicht. Herr Guan hatte gehofft, die Tochter würde etwas Freundliches sagen, als sie nun aber schwieg, hob er schnell die kleine Weinkanne aus Porzellan und forderte den Gast auf: »Dongyang, trinken Sie, das ist alles, was wir haben, mehr Schnaps ist nicht da, selbst wenn Sie noch mehr trinken wollten. Oder besser, Sie nehmen die Kanne für sich allein, bedienen Sie sich selbst. Ich mache mir mit Ruifeng eine andere Kanne warm!«
Ruifeng und Dickmadam fühlten sich zwar ein wenig bedroht – Lan Dongyang gehörte eigentlich ihnen, jetzt aber schien Herr Guan ihn an sich reißen zu wollen –, behielten aber ihre gute Laune. Denn Rotkürbis bemühte sich aufmerksam um sie, damit sie sich nicht vernachlässigt vorkamen. Außerdem liebten alle beide geselliges Treiben. Für Ruifeng war gutes Essen ohnehin das Höchste, selbst wenn er danach hingerichtet werden würde. Für Dickmadam gab es noch etwas Genierlich-Erfreuliches: Dongyang schaute sie unverwandt an. Stolz bildete sie sich ein, die Guan-Töchter aus dem Felde geschlagen zu haben. In Wirklichkeit dachte Dongyang immer nur an das eine, wenn er Frauen sah, und dafür war eine üppige Frau natürlich besser geeignet als junge Mädchen.
Zhaodi hielt einen Gernegroß mit Vorliebe zum besten. Sie fragte Dongyang verführerisch lächelnd: »Könnten Sie mir bitte sagen, wie man Literat wird?« Und ohne seine Antwort abzuwarten, tat sie ihre Meinung kund: »Kann man wohl gut schreiben, wenn man sich keine Zähne putzt und nicht wäscht?«
Dongyang wurde rot, Gaodi und You Tongfang kicherten.
Herr Guan nahm gemächlich sein Glas und nickte Dongyang zu: »Zhaodi muß zur Strafe ein Glas trinken, wir trinken eins mit, warum ist sie auch ein Mädchen!«
Nach dem Essen wurde Tongfang gebeten, etwas vorzusingen. Sie haßte es, neuen Freunden »vorgeführt« zu werden,

und erklärte, sie sei seit Tagen erkältet und habe keine Stimme. Ruifeng, der sie schon lange heimlich verehrte, kam ihr zu Hilfe, so daß ihr ein Auftritt erspart blieb. Dann schlug Tongfang vor, Karten zu spielen. Ruifeng, der am eigenen Leib erfahren hatte, wie scharf bei den Guans gespielt wurde, hielt sich zurück. Dickmadam war zwar etwas mutiger als ihr Mann, zeigte sich aber auch nicht sonderlich begeistert. Lan Dongyang war ansonsten ein Geizkragen, jetzt aber, ziemlich betrunken und angesichts so vieler Frauen, rief er kühn: »Ich bin dabei, abgemacht, sechzehn Runden, nicht mehr und nicht weniger, sex ... zehn Runden.« Seine Zunge gehorchte ihm schon nicht mehr.

Rotkürbis, Tongfang, Zhaodi und Dongyang setzten sich an den Spieltisch. Um das Ehepaar Ruifeng nicht abseits zu lassen, forderte Zhaodi Dickmadam auf, die ersten Runden für sie zu spielen.

Herr Guan, auch ein wenig angeheitert, nahm zwei dünnschalige, goldgesprenkelte Pekinger Entenbirnen und nickte Ruifeng zu. Der nahm eine der Birnen und folgte dem Gastgeber in den Hof. Sie liefen unter der Lampe auf und ab. Herr Guan prustete plötzlich sehr vertraut heraus: »Ruifeng, Ruifeng!« Der hatte gierig wie ein hungriger Affe in die Birne gebissen und schlang sie gerade hinunter, konnte daher nur mit einem »Hm« durch die Nase reagieren. »Kritisieren Sie mich bitte!« Herr Guan sprach bescheiden, war aber insgeheim stolz: »Bitte keine Höflichkeiten, kritisieren Sie mich ehrlich und sagen Sie mir, wenn ich meine Gäste unzureichend bewirte.«

Ruifeng war leicht zu beeindrucken. Bei dieser so »selbstlosen« Frage erzitterte sein Herz. Flugs spuckte er ein paar Birnenüberbleibsel aus und beteuerte: »Ich sage die reine Wahrheit, an Ihrer ... gibt es nichts auszusetzen.«

»Wirklich? Was meinen Sie, ob man mit dieser ...« Er fand nicht das rechte Wort, »in dieser, äh, dieser Vertrautheit auch mit Japanern verkehren kann? Sagen Sie ruhig Ihre Meinung.«

»Aber ja doch, das kann man bestimmt!« Ruifeng hatte zwar noch nie Japaner bewirtet, aber wenn man ihnen guten Wein und erlesene Speisen vorsetzte, würden sie wohl niemanden bei lebendigem Leibe verschlingen.

Herr Guan lächelte, schickte dann aber einen Seufzer hinter-

her. Der Wein stimmte ihn sentimental: »Das Talent ist zwar vorhanden, wird aber leider nicht benötigt!«
Ruifeng hatte den Seufzer vernommen, wußte aber nichts zu erwidern. Er ging schnell hinein. Xiaohe blieb mit der halben Birne allein im Hof zurück.
Es heißt, daß Leute, die schlecht schreiben, meist gut spielen können. Dongyangs Spiel war nicht schlecht. Gleich zu Anfang gewann er zweimal hintereinander. Beide Male hatte Madame Ruifeng etwas übersehen. Mit einigem Fingerspitzengefühl hätte sie sofort aufhören und Zhaodi weiterspielen lassen müssen, aber sie hatte noch nie welches besessen, warum sollte es heute anders sein? Da war selbst Ruifeng sensibler, aber er wagte nicht, die Spielfreude seiner Gemahlin zu bremsen. Denn er wußte, holte er sie jetzt dort weg, müßte er sich die ganze Nacht ihre Vorwürfe anhören. Rotkürbis machte der Dicken eine Andeutung, wenn bei den Japanern jemand etwas beim Kartenspiel falsch mache, müsse er zahlen. Aber Dickmadam hörte noch immer nicht auf. Nach der ersten Runde rief Rotkürbis lachend Zhaodi: »Übernimm doch mal deine Karten, das strengt Frau Qi ja viel zu sehr an, gönne ihr doch eine Pause!« Da erst übergab sie widerwillig und verabschiedete sich mit hochrotem Kopf. Ruifeng fürchtete, daß sie so keinen guten Eindruck hinterlassen würde, und redete ihr verlegen zu: »Schau noch ein bißchen zu, es ist doch noch nicht spät!«
In der zweiten Runde hätte Dongyang zweimal einen Stein bekommen können, aber er reagierte nicht, weil er eine bessere Chance abwarten wollte. Doch er hatte den Bogen überspannt. Beide Male gewann er nicht, verlor das Selbstvertrauen und spielte immer nervöser. Er konnte gewinnen, aber nicht verlieren! In seinen Abhandlungen, die er für kritisch hielt, attackierte er gewöhnlich anderer Leute Unzulänglichkeiten in Dingen, die er selbst nicht zuwege brachte. Die Einladung anderer zu einem Vortrag bezeichnete er als Angeberei, nur weil er selbst nicht eingeladen wurde. Sein Neid wurde zu Spott, und seine Sturheit sah wie Mut aus. So war es auch beim Spiel. Lief es schlecht für ihn, stieß er die Steine um, beschimpfte den Würfel, warf den anderen zu langsames Spiel, zu schlechte Beleuchtung vor oder fand den Tee zu kalt.

Als die Lage immer mißlicher wurde, zog Ruifeng Dickmadam beiseite, und sie machten sich unauffällig davon. Herr Guan folgte ihnen schnell und begleitete sie bis zum Tor.
Anderntags wollte Ruifeng in der Schule halb im Scherz Dongyang gegenüber Gaodi erwähnen. Sollte der wirklich Absichten hegen, könnte er einmal den Vermittler spielen und so auf einen Schlag beide, Lan und Guan, in der Hand haben. Als er aber Dongyang sah, war er nicht mehr so optimistisch. Der war graugrün im Gesicht und machte eine Miene, als würde er platzen. Sogleich wollte er wissen: »Was hat das gestern bei den Guans gekostet, Essen und Trinken und alles zusammen?«
Ruifeng spürte, daß die Frage wohl nicht in guter Absicht gestellt wurde, antwortete jedoch freundlich: »Oh, bestimmt über zwanzig Kuai, wenngleich es zu Hause zubereitet billiger kommt als im Restaurant. Der Wein war auch nicht schlecht, mindestens vier oder fünf Mao der halbe Liter!«
»Die haben achtzig von mir gewonnen. Das reicht für vier solche Essen!« Seine Wut zog wie ein Sommergewitter herauf. »Wieviel geben sie Ihnen davon ab?«
»Mir?« wunderte sich Ruifeng mit weit aufgerissenen Augen.
»Na klar! Sonst hätten Sie mich denen doch nicht so schnell vorgestellt, wo ich doch überhaupt nichts mit ihnen zu tun habe.«
Selbst der oberflächliche und gleichgültige Ruifeng konnte eine solch herzlose schmutzige Attacke nicht unerwidert lassen. Die Muskeln an seinem Quittenkopf traten hervor. Er wußte zwar, daß mit Dongyang nicht gut Kirschen essen war und er ihn besser nicht verärgerte, durfte aber auch um seines Gesichtes willen nicht zu nachgiebig sein. Er griff zu der üblichen Pekinger Methode: Erst höflich, dann grob!
»Soll das ein Witz sein oder ...?«
»Mir ist nicht nach Späßen zumute, ich habe Geld verloren!«
»Beim Spiel wird nun mal gewonnen und verloren! Wer nicht verlieren kann, sollte eben nicht spielen!«
Mit Worten kam Dongyang nicht gegen Ruifeng an. Aber Dongyang war das egal, er fürchtete Ruifeng nicht. Wie redegewandt der auch sein mochte, es machte ihm überhaupt nichts aus, ob seine Worte logisch und einleuchtend waren.

»Hören Sie mir mal gut zu!« Dongyang fletschte seine häßlichen gelben Zähne wie ein Kampfhund. »Ich bin hier Leiter der Verwaltungsabteilung und demnächst Direktor. Ihre Stellung liegt in meiner Hand. Sobald ich Sie fallenlasse, gehen Sie zu Boden. Wenn Sie mir die achtzig nicht ersetzen, entlasse ich Sie!«

Ruifeng lachte. Er war zwar oberflächlich und blasiert, aber eben ein Pekinger, der wußte, was man sich erlauben und was man sich bieten lassen konnte. Selbst die Pekinger Marktweiber wären nicht so unverfroren wie Dongyang. »Herr Lan, Sie haben sich die halbe Nacht mit den Spielsteinen amüsiert, und ich soll dafür zahlen? Wenn ich das Geld hätte, wäre ich selbst dabeigewesen, da wären Sie, Verehrtester, überhaupt nicht zum Zuge gekommen!«

Dongyang wagte nicht, handgreiflich zu werden, er konnte kein Blut sehen. Wenn er in seinem Bett eine Wanze fing – und davon gab es dort viele –, zerdrückte er sie nur mit geschlossenen Augen. Aber jetzt verstieg er sich in seiner Wut zu der Äußerung: »Wenn Sie es mir nicht ersetzen, sehen Sie sich vor, eines Tages verprügele ich Sie!«

Ruifeng hätte nicht gedacht, daß Dongyang es so ernst meinen könnte. Er bereute, sich um Dinge gekümmert zu haben, die ihn nichts angingen. Aber er hatte es ja nicht ohne Absicht getan, hatte Dongyangs Gefallen erwecken und dadurch auf lange Sicht etwas mehr Geld verdienen wollen. Das war doch kein Fehler! Das kleine Reuegefühl streifte ihn nur leicht wie eine Libelle das Wasser. Geld hatte er nicht. Seit drei Monaten war kein Gehalt mehr ausgezahlt worden. In der »Schatztruhe« der Schule lagen nicht viel mehr als zehn Kuai. Als er über seine und die Geldnot der Schule nachdachte, fiel ihm auf, daß Dongyang Geld hatte. Ein Teil kam vom Neuen Bürgerkomitee, nahm er an, der andere war wahrscheinlich eisern erspart, denn Dongyang hing am Geld wie an seinem Leben. Daher wollte er es natürlich nicht so einfach verlieren und verspielen. Und dann gleich achtzig Kuai. So gesehen, verstand Ruifeng Dongyangs Zorn und war bereit, seine Grobheit zu entschuldigen. Er lächelte also und sagte: »Na gut, es war mein Fehler, ich hätte Sie nicht zu den Guans bringen dürfen. Aber es geschah in bester Absicht, ich wollte

Ihnen das Fräulein Gaodi vorstellen und konnte nicht ahnen, daß Sie so hoch verlieren würden.«
»Reden Sie nicht drum herum, her mit dem Geld!« Dongyangs Prosa war viel klarer und eindeutiger als seine Verse.
Ruifeng war in großer Verlegenheit, denn er hatte kein Geld und sah auch nicht ein, warum er es ersetzen sollte.
Aber Dongyang war unverfroren. »Das sage ich Ihnen!« Dongyangs Muskeln sträubten sich wie bei einem vergifteten Gecko, »wenn Sie nicht zahlen, melde ich, daß Ihr Bruder aus Peking abgehauen und zu den Partisanen gegangen ist. Das haben Sie mir selbst erzählt. Sie sind genauso einer wie er!«
Ruifeng wurde blaß. Er bereute, so sorglos gewesen zu sein und ihm von seiner Familie erzählt zu haben. Aber für Reue war es nun zu spät, er mußte sich etwas ausdenken. Doch ihm fiel nichts ein. Er wurde nervös. Wenn Lan Dongyang das tatsächlich meldete, gäbe es eine Hausdurchsuchung.
Er war ein ängstlicher Mensch. Aus Angst war er brav und gehorsam und hielt sich deshalb für einen pietätvollen Sohn und Enkel. Aber nun hatte er eine Katastrophe heraufbeschworen. Völlig unerwartet sah er auf einmal diese furchtbaren Japaner mit den elektrischen Schlagstöcken vor sich. Schweiß brach ihm aus allen Poren. Er war so aufgeregt, daß er nicht daran dachte, die Sache erst einmal abzuwiegeln und dann in Ruhe nach einem Ausweg zu suchen. Nervosität und Wut sind oft unzertrennliche Brüder. Vor Schreck riß er erst einmal die Augen weit auf.
Dongyang hatte Angst vor einer Prügelei, aber nicht vor Ruifengs Augen. Der hatte gewöhnlich einen so schlechten Eindruck auf ihn gemacht, daß er gar nicht auf die Idee kam, er könne in einem Anfall von Wut wirklich zuschlagen. »Also was ist? Zahlen Sie, oder wollen Sie warten, bis ich es melde?«
Ruifeng geriet in Panik, und da denkt der Mensch meist eingleisig. Er konnte nur noch in die schlimmste Richtung denken. Bei der letzten Drohung überlegte er, daß Dongyang es auch dann noch melden könnte, wenn er ihm die achtzig ersetzte.
»Was ist?« drängte Dongyang weiter und rückte noch ein Stück näher.
Wie ein räudiger Hund in die Enge gedrängt, mußte Ruifeng

nun wohl die Zähne zeigen. Als gehöre ihm seine Faust nicht mehr, ließ er sie irgendwohin niedersausen. Weder wußte er, wohin er schlagen sollte, noch, daß er zugeschlagen hatte, er spürte nur, er hatte getroffen. Dongyang fiel zu Boden. Er schaute geschwind nach unten, aber Dongyang hatte die Augen geschlossen und bewegte sich nicht mehr. Ruifeng erschauerte. »Verdammt! Den hab ich erschlagen.« Er wagte keinen zweiten Blick und kümmerte sich nicht darum, ob Dongyang noch atmete, sondern rannte in Panik davon, wie ein Siebenjähriger, der ein Unheil angerichtet hat.

So schnell war er in seinem Leben noch nicht gelaufen. Als sei ein Dämon hinter ihm her, rannte er wie ein Dieb nach Hause. Atemlos kam er an, hielt sich am Torpfosten fest und schloß die Augen, während ihm große Schweißtropfen von der Stirn rollten. Einen kurzen Augenblick lang verharrte er so, dann wischte er sich mit dem Ärmel übers Gesicht und ging in den Hof. Er lief direkt in das Zimmer des älteren Bruders.

Der lag auf dem Bett. Er rief so innig wie seit fünf Jahren nicht: »Bruder!« Gleichzeitig stürzten ihm Tränen aus den Augen.

Dieses »Bruder« traf Ruixuan ins Herz. Eilig richtete er sich auf und fragte: »Was ist los?«

Der stieß zwischen den Zähnen hervor: »Ich habe jemanden erschlagen!«

Ruixuan stand erschrocken auf. Aber seine Erfahrung hieß ihn Ruhe bewahren. Mit leiser Stimme fragte er besorgt, aber nicht aufgeregt: »Was ist denn passiert? Setz dich und erzähle!« Dann schenkte er dem Bruder ein Glas heißes Wasser ein.

Der Zweite trank das Wasser in einem Zug aus. Die Ruhe des Bruders und das wohltuende Wasser entspannten seine Nerven ein wenig. Kurz und bündig berichtete er über den Verlauf des Streites mit Dongyang, wagte aber auch nicht, sein Verhalten zu beschönigen. Als er geendet hatte, zog er mit zitternden Händen eine Schachtel Zigaretten heraus und zündete sich eine an.

Ruixuan fragte leise, aber eindringlich: »Vielleicht ist er nur ohnmächtig geworden? So schnell stirbt doch keiner!«

Der Zweite tat einen tiefen Zug. »Das weiß ich nicht!«

»Das ist doch leicht herauszufinden, ein Anruf genügt.«
»Wie denn?« Der Zweite schien dem Bruder alle Verantwortung übergeben zu haben.
»Du rufst an und verlangst ihn«, ermunterte ihn Ruixuan geduldig, »dann wirst du schon hören, ob er tot ist.«
»Und wenn er nicht tot ist, muß ich dann mit ihm reden?«
»Wenn er nicht tot ist, wird der am Telefon sagen, du möchtest warten, und dann legst du auf.«
»Richtig!« Der Zweite lachte tatsächlich, als löste sich alles Unglück in Nichts auf, sobald er auf den Bruder hörte.
»Gehst du oder soll ich gehen?« fragte der Ältere.
»Gehen wir zusammen, ja?« Ruifeng wollte den Bruder nicht gehen lassen. Dafür gab es viele Gründe, er wollte das Ganze noch nicht seiner Frau erzählen. Erst da wurde ihm bewußt, daß er dem Bruder alles sagen konnte, seiner Frau aber nicht.
In der Nachbarschaft hatte nur eine Familie ein Telefon, die Nius im Bauch des Flaschenkürbisses, wo vor dem Tor große Weiden in einer Reihe und im Hof viele Bäume und Sträucher standen. Im Bauch sah es ziemlich öde aus. Rundum wohnten zwar sechs oder sieben Familien, doch die Häuser waren ärmlich, nur das Anwesen der Nius hob sich ab, lag aber in der nordwestlichen Ecke ganz versteckt unter den Bäumen, wo man gar kein Wohnhaus mehr vermutete.
Herr Niu war ein bekannter Universitätsprofessor, aber ohne jeden Ehrgeiz. Er wohnte schon zwölf oder dreizehn Jahre hier, hatte aber fast keine Beziehungen zu den Nachbarn. Das mochte daran liegen, daß er genügsam war und andere nicht belästigen wollte, vielleicht aber auch, daß ihn die anderen für hochgelehrt hielten und sich nicht »bloßstellen« wollten. Ruixuan hätte zwar Gelegenheit zu Besuchen gehabt, gehörte aber zu denen, die sich eher zurückhielten, und hatte daher seine Visitenkarte nicht überreicht.
Ruifeng war schon oft zum Telefonieren hier gewesen, Ruixuan ging zum ersten Mal durch das Tor mit den vier großen Weiden. Der Zweite nahm den Hörer, bat aber den Bruder, zu sprechen. Die Verbindung kam zustande, Herr Lan war soeben weggegangen.
»Aber damit ist das doch nicht erledigt, oder?« gab der Zweite zu bedenken, als sie wieder herauskamen.

»Das werden wir ja sehen!« antwortete Ruixuan matt.
»Das geht aber nicht. Ich muß mir unbedingt eine andere Arbeit suchen, ich kann doch nicht weiter in die Schule gehen. Wenn mich dieser miese Lan nicht sieht, vergißt er die Sache vielleicht.«
»Vielleicht.« Ruixuan sah, daß der Zweite feige war und sich deshalb nicht mehr in die Schule traute, genierte sich aber, ihm direkt ins Gesicht zu sagen: »Diesen Menschen hast du vor ein paar Tagen noch angebetet! Nun siehst du, was das für einer ist!« Aber er hielt den Mund. Er wollte den Bruder nicht noch mehr in Verlegenheit bringen.
»Was soll ich denn für eine Arbeit suchen?« murmelte der Zweite. »Egal, was passiert, ich darf mich erst einmal ein paar Tage lang nicht blicken lassen!«
Ruixuan schwieg, obwohl er ihm gern deutlich gemacht hätte: »Wenn du nicht in die Schule gehst, muß ich gehen.« In der Tat, sie konnten nicht beide zu Hause hocken und die Alten beunruhigen. Seit der Demonstration hatte er sich weder beurlauben lassen noch gekündigt, war aber seit Tagen nicht mehr in der Schule gewesen. Da der Zweite jetzt ebenfalls seinen Posten verloren hatte, mußte er wieder gehen. Er war sehr niedergeschlagen. Noch nie im Leben hatte er plötzlich die Schule gemieden und war dann ebenso plötzlich wieder erschienen! Wann die Schule wieder Gehalt zahlen würde, wußte er nicht. Es interessierte ihn auch nicht. Hauptsache, er behielt den Posten. Heute wagte der Zweite ganz sicher kein Wort zu irgendeinem aus der Familie über seine Schande und den Verlust der Arbeit. Aber in ein paar Tagen würde er den Mund aufmachen und von allen Mitleid erheischen. Ginge er selbst dann noch immer nicht zur Schule, machten ihm die Alten aus Mitleid mit dem Bruder sicherlich Vorwürfe.
»Was ist?« fragte der Zweite.
»Nichts«, antwortete der Ältere.
Als die beiden Brüder bei Nummer sieben anlangten, hielten sie unwillkürlich inne. Alles Blut wich aus dem Gesicht des Zweiten. Drei, vier Leute liefen von Nummer drei zu Nummer fünf, zwei davon trugen Uniformen.
Ruifeng wollte davonrennen, aber der Bruder hielt ihn auf: »Die zwei in Uniform sind Polizisten. Siehst du dort nicht

Wachtmeister Bai? Sie kontrollieren wahrscheinlich die gemeldeten Personen.«

Der Zweite war in Panik: »Ich muß verschwinden. Die in Zivil sind vielleicht Spitzel!« Ohne Ruixuans Antwort abzuwarten, bog er eilig um die Ecke und verschwand.

Ruixuan ging allein nach Hause. Als er ans Tor kam, klopften die Polizisten gerade an. Lächelnd fragte er: »Was gibt es denn, Wachtmeister Bai?«

»Wir überprüfen nur die Anmeldungen, weiter nichts.« Der Wachtmeister sprach betont ruhig, um die Bewohner nicht zu erschrecken.

Ruixuan betrachtete die beiden in Zivil, sie sahen tatsächlich wie Spitzel aus. Wenn sie nicht wegen des dritten Bruders hier waren, dann bestimmt, um Wachtmeister Bai zu beaufsichtigen. Ruixuan konnte solche Leute nicht ausstehen.

Wachtmeister Bai wandte sich an die Zivilisten: »Das ist die Familie, die am längsten hier wohnt!« Dabei öffnete er sein Heft und fragte Ruixuan: »Gibt es außer, daß der Dritte wegen Krankheit verstorben ist, noch Veränderungen?«

Ruixuan war Wachtmeister Bai sehr dankbar, wagte es aber nicht, sich etwas anmerken zu lassen, und antwortete nur leise: »Es ist alles beim alten.«

»Es wohnen auch keine Verwandten oder Freunde hier?« erkundigte sich der Wachtmeister weiter mit amtlicher Stimme.

»Nein, keine«, antwortete Ruixuan.

»Gehen wir noch hinein?« wandte sich der Wachtmeister an seine Begleiter.

In diesem Augenblick kam der alte Herr Qi heraus und nickte dem Wachtmeister grüßend zu. Ruixuan hatte Angst, der Großvater könnte etwas über den Dritten ausplaudern. Aber glücklicherweise schienen die in Zivil vom Anblick des Alten mit dem weißen Haar und weißen Bart eher beruhigt zu sein. Sie sagten nichts, schienen aber zu zögern. Diesen Moment nutzte der Wachtmeister und wandte sich lächelnd der Nummer sechs zu.

Als Ruixuan gerade mit dem Großvater kehrtmachen wollte, drehte sich einer der beiden in Zivil um und erklärte von oben herab: »Hört, in Zukunft gibt es nach dieser Meldekartei den Guten-Bürger-Ausweis. Wir kommen irgendwann, vielleicht

nachts um zwölf, wieder kontrollieren. Wenn etwas nicht stimmt, werdet ihr bestraft, aber hart, merkt euch das!«
Ruixuan unterdrückte seine Wut und gab keinen Ton von sich. Aber der alte Herr nahm die Belehrung geduldig entgegen und erwiderte freundlich lächelnd: »Aber ja! Sie machen sich so viel Mühe! Wollen Sie nicht auf einen Schluck Tee hereinkommen?« Denn das wichtigste Prinzip im Leben des Alten war stets »in Frieden Reichtum mehren« gewesen.
Die Kontrolleure gingen wortlos weiter. Der Alte blickte ihnen mit einem Lächeln hinterher. Ihre Macht schien noch nachzuwirken, und seine Devotheit war grenzenlos. Ruixuan konnte den Großvater nicht tadeln. Er hatte seine übertriebene Unterwürfigkeit nicht selbst erfunden, sie rührte aus seinen Lebenserfahrungen. Von diesem Standpunkt aus war auch der Zweite nicht zu rügen. China verfügte in der Tat über eine alte Kultur, nur leider war sie schon ein wenig moderig. Und wenn eine Kultur modert und fault, dann verbeugt sich eben ein ehrenwerter alter Herr mit über siebzig Jahren vor »zivilen« Geheimpolizisten und lächelt sie breit an!
»Wer weiß«, sagte sich Ruixuan, »vielleicht ist das die Weichheit, die Härte überwindet. Mit dieser Geschmeidigkeit bleibt man sogar bei der Unterwerfung des Landes weich und brav, geschmeidig bis zur Selbstaufgabe!«
Herr Qi verschloß das Tor und legte noch einen Querbalken vor, ehe er mit seinem ältesten Enkel hineinging. Mit dem Querbalken fühlte er sich sicher, ganz gleich, von wem Peking besetzt war.
»Was hat Wachtmeister Bai gesagt?« fragte der Alte leise, als fürchte er noch immer, die in Zivil könnten es hören. »Er hat doch den Dritten erwähnt?«
»Der Dritte gilt als verstorben«, antwortete er gedämpft, denn ihm war schwer ums Herz.
»Der Dritte gilt als verstorben? Das heißt, er kommt nie wieder zurück?« Der Alte war vor Entsetzen zornig. »Wer hat das gesagt? Und mit welcher Begründung?«
Tianyous Frau hatte etwas gehört und rief sogleich aus ihrem Zimmer: »Wer ist gestorben, Ältester?«
Ruixuan wußte, sagte er das, gäbe es Tränen. Aber er mußte es aussprechen: Alle in der Familie mußten übereinstimmend

erklären, der Dritte sei tot, sogar Xiao Shun und die kleine Niuzi mußten diese Lüge kennen. In der toten Stadt mußte man den einzigen, der wirklich lebte, für tot erklären. Das teilte er der Mutter mit.
Sie begann lautlos zu weinen. Was sie am meisten fürchtete, nämlich ihren Jüngsten nie wieder zu sehen, war schon zur Hälfte wahr geworden. Ruixuan sagte vieles, das er sich selbst auch nicht so recht abnahm, um sie zu trösten. Die Mutter hörte zwar zu weinen auf, aber sie glaubte seinen Worten nicht.
Der alte Herr war zwar fast ebenso bekümmert wie die Schwiegertochter, aber weil er sie trösten mußte, versiegten seine Tränen.
Mehr Schwierigkeiten bereiteten Ruixuan die Kinder. Xiao Shun und Niuzi stellten viele bohrende Fragen. Wann war der dritte Onkel gestorben? Wo war der dritte Onkel gestorben? Wie war er gestorben? Ob er wieder lebendig werden kann? Er hatte keine Antworten und verspürte auch keine Lust, welche zu erfinden. Ihm war nicht danach zumute, mit den Kindern Späße zu machen, und so übergab er sie Yunmei. Sie hatte zwar keine große Phantasie, verstand es aber ausgezeichnet, ihre Fragen zu beantworten. Das mußte schließlich jede gute Mutter können.
Guter-Bürger-Ausweis! Dieses Wort hatte sich Ruixuan genau eingeprägt! Wer war ein guter Bürger? Wie konnte man einer werden? Und wem sollte man ein guter Bürger sein? Die Antwort war schnell zur Hand: Wer sich nicht gegen die Japaner stellte, war ein guter Bürger. Aber so einfach wollte er nicht akzeptieren, daß er ein Knecht war. Er hoffte auf einen Weg, dieser größten Schande zu entgehen. Aber es gab keinen anderen Weg außer dem Sieg Nanjings! Bei diesem Gedanken hätte er sich am liebsten niedergekniet und zu Gott gebetet, aber er glaubte nicht an Gott.
Der Guter-Bürger-Ausweis war der Stempel für den Knecht, und dennoch mußte er stellvertretend für die ganze Familie dieses Dokument entgegennehmen. Vier Generationen unter einem Dach bedeutete nun: Alle vier Generationen waren Knechte.
In diesem Augenblick kam der Zweite zurück. Er hielt einen

Brief in der Hand, den offenbar niemand sehen sollte. Dem Bruder zunickend, ging er schnell in dessen Zimmer. Ruixuan folgte ihm. »Das war nur eine Meldekontrolle«, sagte er.
Der Zweite nickte, er wußte es schon. Dann schlug er sich mit dem bereits geöffneten Brief erregt auf den Handrücken: »Wenn er einen umbringen will, soll er es doch tun, aber nicht scheibchenweise!«
»Was ist denn los?«
»Ich habe in meinem dreißigjährigen Leben noch keinen so gewissenlosen Menschen gesehen!« Der Zweite sagte das mit zusammengebissenen Zähnen, sein kleines Quittengesicht hatte rote und weiße Flecken.
»Um wen geht es denn?«
»Um wen denn schon!« Der Zweite schlug wieder mit dem Brief auf seinen Handrücken. »Ich wollte gerade hineingehen, da kam der Briefträger. Ich nahm den Brief und sah sofort, daß es die Schrift des Dritten war! Wie kann man bloß so blöde sein. Wenn er abhaut, na gut, aber warum muß er unbedingt mich, den Zweiten, mit hineinziehen?« Er knallte dem Bruder den Brief hin.
Der Brief trug die nachlässig hingeworfenen, aber kräftigen Schriftzeichen des Dritten. Ruixuans Augen wurden feucht. Er hatte Sehnsucht nach dem Dritten, seinem jüngsten Bruder und guten Freund. Der Brief war an den Zweiten gerichtet: »Bruder Feng: hier draußen ist es gut, es ist viel los. Da du keine Kinder hast, muß ja auch die Zweite Schwägerin nicht zu Hause bleiben, hier gäbe es auch für sie viel zu tun, hier werden alle jungen Leute gebraucht. Geht es Mutter gut? Der ältere Bruder...« Hier brach der Brief plötzlich ab. Was war mit dem älteren Bruder? Hatte er plötzlich an ihn denken müssen und nicht mehr weitergeschrieben, weil er traurig war? Wer weiß! Es ging nicht weiter, es gab kein Datum, mittendrin hörte der Brief auf.
Ruixuan kannte seinen dritten Bruder gut, aus diesem Brief konnte er dessen Gedanken lesen. Der Dritte war aus irgendeinem Grund in Hochstimmung gewesen, hatte darüber sogar die Schlappheit des Zweiten vergessen und erwartete, daß auch er aus Peking fliehen möge, denn draußen brauchte man junge Leute. Er hatte noch viel schreiben wollen, aber plötz-

lich überlegt, daß der Brief kontrolliert würde. Unvermittelt fragte er nach der Mutter. Und gleich darauf nach dem ältesten Bruder. Was er dem hatte sagen wollen, hätte vielleicht zehn oder zwanzig Seiten gefüllt, und das ging nicht. Also hörte er gleich auf.
Ruixuan blickte auf den Brief und sah den temperamentvollen, mutigen Bruder vor sich. Er konnte den Blick nicht von dem Brief lassen. In seinen Augen standen Tränen, Freude, Trauer, Hoffnung und große Erregung. Ihm war zum Heulen zumute und zum Lachen.
Ruifeng hatte keinerlei Verständnis für den älteren Bruder, ebensowenig für den jüngeren. »Sagen wir es Mutter oder nicht? Er sorgt sich noch um sie! Wenn die Japaner den Brief finden, muß selbst sie sterben!« nörgelte er.
Ruixuans erregte Stimmung war von diesem kalten Erguß wie weggeblasen. Er fand so schnell keine Worte, steckte aber den Brief in seine Tasche.
»Willst du den noch aufheben? Verbrenne ihn lieber, der bringt Unglück!« rief der Zweite bleich und gereizt.
Der ältere Bruder lächelte. »Wenn ich ihn noch ein paarmal gelesen habe, verbrenne ich ihn!« Er hatte keine Lust zu streiten. »Wirklich, willst du nicht mit deiner Frau fliehen? Du willst den Schuldienst doch sowieso quittieren!«
»Bruder!« Der Zweite machte ein langes Gesicht. »Du willst, daß ich Peking verlassen soll?« Dabei betonte er »Peking« so klar und langgezogen, als ob Peking sein Leben sei, als ob er von hier nie auch nur einen Schritt weichen könne.
»Ich sage das nur so, du mußt natürlich allein entscheiden«, erwiderte Ruixuan geduldig. »Ich fürchte bloß, daß Herr Lan dir etwas antun könnte!«
»Ich habe mir schon etwas überlegt«, gab der Zweite selbstbewußt zurück, »sage dir aber noch nichts davon. Im Moment ärgere ich mich nur, daß ich dem Dritten nicht Bescheid geben kann. Er soll ja nicht noch mal einen Brief hierher schicken! Er hat keinen Absender angegeben, so ein schusseliger Kerl!«
Dann ging er hinaus.

29

Es wurde immer kälter. In den vergangenen Jahren hatten die Qis stets im Mai, Juni eine große Fuhre Kohlenstaub und zwei Karren Erde kommen lassen, dann von der Straße zwei Kohlenmänner geholt, die daraus Eierkohlen machten, die den ganzen Winter reichten. In diesem Jahr war es seit dem siebten Juni, seit die Stadttore unregelmäßig geöffnet wurden, nicht mehr möglich, ein Fahrzeug zu mieten und Kohlenstaub heranzukarren. Unter der Herrschaft der Japaner schien niemand mehr so recht auf diese Dinge zu achten, obwohl das angesichts der Pekinger Winterkälte tatsächlich eine wichtige Angelegenheit war. Selbst Shuns Ma und Tianyous Frau hatten es vergessen. Nur der alte Herr Qi dachte darüber nach, wenn es in der Frühe noch dunkel war und er nicht mehr schlafen konnte. Als ihm aber die älteste Schwiegerenkelin die Schwierigkeiten nannte, murrte er bloß, wie schlecht sich die anderen um den Haushalt kümmerten, die Kohlen hätten eben vor dem siebten Juni besorgt werden müssen.

Der Kohlepreis stieg täglich. Blies der Nordwind heftig, stieg auch der Preis heftig. Die Kohle aus Tangshan hatten die Japaner größtenteils beschlagnahmt, das Kohlenrevier in den Westbergen hatte wegen der Kämpfe zwischen den Japanern und den Partisanen die Arbeit eingestellt. So war Peking von allen Kohlelieferungen abgeschnitten.

Im Hause Qi stand nur noch in Tianyous Zimmer und in dem des alten Herrn ein Kang, in den anderen Räumen war er im Gefolge der »Reform« und des »Fortschritts« abgerissen und durch Holz- oder Metallbetten ersetzt worden. Dem alten Herrn gefiel der Kang, den mochte er ebenso wie Socken mit Hundefellrand. Er gehörte nicht zu jenen, die jede neue Mode mitmachten, außerdem hatten die alten Dinge wirklich ihre Vorzüge, und man mußte sie nicht alle abschaffen. Als es nach der Wintersonnenwende zum dritten Mal neun Tage hintereinander kalt war, biß ein eisiger Wind den Alten nach Mitternacht heftig in Stirn und Schultern, obwohl er im Nordzimmer wohnte, das dicke Mauern und festverklebte Fenster hatte. Er rollte sich wie eine Katze zusammen und deckte sich mit einer dicken Decke und dem Fellmantel zu, wurde aber

nicht warm. Nur wenn im Kang ein kleines Feuer knisterte, verbrachte er eine angenehme Nacht.
Tianyous Frau schlief nicht gern auf dem warmen Kang. Sie hatte ihn nur behalten, weil sie genau wußte, daß die Enkel, sobald sie drei, vier Jahre alt wären, bestimmt zum Schlafen zur Großmutter geschickt würden und dann ein Kang sehr bequem war. Er war groß, die Kinder fielen nicht so leicht herunter, und falls es ihnen zu heiß oder zu kalt wurde, waren sie auch nachts gut zu betreuen. Aber ihre Südstube war die feuchteste und kälteste im Haus. Während der dritten neuntägigen Kälte konnte nachts eine Wasserflasche gefrieren und platzen. Deshalb sah sie sich doch ab und zu gezwungen, im Kang Feuer zu machen.
Es gab keine Kohle. Der alte Herr Qi fürchtete sich. Die Japaner brauchten ihm gar nichts weiter anzutun. Einen Winter lang auf dem kalten Kang liegen zu müssen, war für ihn eine Folter. Tianyous Frau empfand das zwar nicht so, aber sie wußte natürlich auch, was ein Winter ohne Feuer bedeutete.
Ruixuan wagte nicht, der Sache ins Auge zu sehen. Hätte er Geld, könnte er sofort für den ganzen Winter oder das ganze Jahr Eierkohle und Kohlenbruch kaufen, solange der Kohlenstaub in der Stadt noch nicht restlos ausverkauft war. Aber er und der Zweite hatten seit Monaten kein Gehalt bekommen, und die Einkünfte des Vaters waren sehr bescheiden.
Shuns Ma hatte in ihrer Eigenschaft als verantwortliche Hausfrau ihren Mann schon einige Male gefragt: »Wie sollen wir denn ohne Kohle über den Winter kommen? Da muß ja die Hälfte der Pekinger erfrieren.«
Jedesmal hatte ihr Ruixuan nicht richtig geantwortet. Mal hatte er nur hilflos gelacht, mal hatte er sich taub gestellt.
Einmal hatte Xiao Shun an Vaters Statt geantwortet: »Ma, wenn wir keine Kohlen haben, kann ich doch Kohlenreste sammeln gehen!« Nach einer Weile war ihm noch eine andere Idee gekommen: »Ma, kann es sein, daß wir auch keinen Reis und kein Mehl mehr haben?«
»Rede keinen Unsinn«, sagte seine Mutter schon fast böse, »du willst doch nicht verhungern? So ein Spinner.«
Ruixuan erschrak: »Wieso sollte es dazu nicht kommen?« Daran hatte er noch nie gedacht. Durch Xiao Shuns Bemerkung sah er plötzlich weit in die Zukunft hinein. Heute fehlte

es an Kohle, warum sollte es morgen nicht an Getreide mangeln? Früher hatte er geglaubt, das schlimme Ende der unterworfenen Stadt sei ein schneller Bajonettstich oder Gewehrschuß. Heute erkannte er, daß ein langsames, unblutiges Erfrieren und Verhungern wahrscheinlicher war. Bei diesem Gedanken verwarf er alle Gründe, deretwegen er nicht geflohen war. Erfrieren und Verhungern bedeutete den Tod für alle. Würden seine Leute etwa, nur weil er zu Hause geblieben war, ohne Kohlen nicht erfrieren, ohne Reis nicht verhungern? Er hatte sich verrechnet.
Er zog den Brief des Dritten hervor und las ihn wieder und wieder. Zu gern hätte er mit ihm gesprochen. Nur sein Bruder verstand ihn, wußte eine Lösung.
Er mußte sehr niedergeschlagen sein, daß er am Abend diese Fragen mit Yunmei erörterte. Normalerweise kümmerte er sich überhaupt nicht darum, wieviel Zucker und Bohnen, Knoblauch oder Datteln benötigt wurden, sondern überließ das alles seiner Frau. Jetzt mußte er den Mund aufmachen, sein Kopf drohte zu platzen.
Yunmei schaute nicht gern so weit voraus und wollte auch nicht, daß ihr Mann das tat. »Kindergerede, darauf gibt man doch nichts. Wir werden mit der Zeit schon Kohle beschaffen können. Aufregen bringt jedenfalls gar nichts! Und mit dem Verhungern geht es nicht so schnell! Du willst auch weg? Der Zweite ist jedenfalls nicht bereit, für die Familie zu sorgen. Ich schon, aber ich kann kein Geld verdienen! Gib dich zufrieden, grüble nicht so viel und nimm jeden Tag so, wie er kommt. Warum machst du dir so viele unnütze Gedanken?«
Ihren Worten fehlte zwar der Idealismus und die Phantasie, aber jeder Satz hatte sein Gewicht, dagegen konnte er nichts einwenden. Die Familie konnte er ja nicht mitnehmen, falls er wegginge. Blieb sie in Peking, konnte also auch er nicht weg. Das war so klar, wie zwei mal zwei vier war. Ihm blieb nur die Hoffnung, daß die Nationalarmee siegte und bald zurück nach Peking kam.

Taiyuan fiel. Über der Rundfunkstation erschienen wieder Luftballons: »Glückwunsch zum Fall von Taiyuan.« Die Schüler mußten erneut aufmarschieren.

Ruixuan unterrichtete wieder, seitdem sich sein zweiter Bruder nicht mehr in die Schule traute. Sollte er an dem Umzug zur Feier des Falls von Taiyuan teilnehmen oder nicht? Als Lehrer im Amt mußte er sich um die Schüler kümmern. Aber auch aus Neugier trieb es ihn hin. Er wollte wissen, ob die Schüler und Pekinger immer noch so schweigsam waren wie beim Fall von Baoding. Blieben sie weiter so ernst, würden sie auch die Rache nicht vergessen.
Doch gleichzeitig fürchtete er sich auch davor hinzugehen. Wenn die Schüler nun völlig abgestumpft waren? Er wußte, die Gesichtshaut eines Menschen ist dünn. Ist sie erst einmal zerstört, kann sie nicht mehr gerettet werden. Er erinnerte sich eines Zwischenfalls, als eine ganze Klasse geschlossen von der Schule abging, der Direktor und die Lehrer aber nicht nachgaben und die Schüler schließlich von ihren Eltern gezwungen wurden, zurückzukehren. Ihnen blieb nur eine Rückkehr in Schmach und Schande. Als Ruixuan danach die erste Unterrichtsstunde hielt, saßen die Schüler stumm und reglos mit gebeugten Köpfen da. Sie waren gescheitert und schämten sich. Anderntags jedoch waren sie wieder völlig normal, lachten und scherzten, als sei nichts geschehen. Es waren eben Kinder. Einmal gedemütigt, hatte man leichtes Spiel mit ihnen! Eine Demonstration, eine zweite, dritte, vierte oder fünfte, und die Schüler würden die Schmach lächelnd hinnehmen und allmählich gar nichts mehr empfinden. Wenn es schon den Schülern und Studenten so erging, würde die Bevölkerung erst recht die Demütigung schlucken und sich fügen. Er wußte weder ein noch aus, schimpfte sich einen Versager, der keinen Mumm hatte, Frau und Kinder zu verlassen und dem Land zu Hilfe zu eilen.
In dieser Zeit sah die Stirn des Zweiten so gerunzelt aus, als wollten Schweißperlen herausfallen. Dickmadam sprach bereits seit Tagen nicht mehr mit ihm. Als er anfangs nicht zur Arbeit ging, hatte sie seinem Gerede noch geglaubt, er habe etwas Besseres gefunden. Doch seit sie bei den Guans waren, machte sie den Mund nicht mehr auf und hatte nur noch böse Blicke und Grimassen für ihn übrig. Sie waren hingegangen, um Lan Dongyangs verletzendes Benehmen klarzustellen und Herrn Guan und seine Frau um Hilfe für Ruifeng bei der

Suche nach einer anderen Anstellung zu bitten. Wäre die gefunden, das versicherten beide einstimmig, würden sie zu ihnen ziehen, damit sie von dem Treiben des Dritten nicht noch weitere Nachteile zu erleiden hätten. Ruifeng meinte, die Eheleute Guan wären gewiß dazu bereit, da der Grund seines Zerwürfnisses mit Dongyang in dem Gewinn lag, den sie erzielt hatten.

Herr Guan war zwar höflich, drückte sich aber nicht gerade eindeutig aus. Er überließ Rotkürbis die Szene. Die trug heute ein violettes, gefüttertes Seidengewand. Dazu hatte sie ein halbes Pfund blutrote Schminke auf ihre Lippen geschmiert. Mit den frischen Dauerwellen sahen ihre Haare wie ein Hammelschwanz aus. Ihr Gehabe war protzig wie nie, jede Sommersprosse schien Stolz und Zufriedenheit zu verströmen.

Damals, als Herr Jin bei den Guans seinen Auftritt hatte, war auch ein Offizier mit einer Prostituierten anwesend, der in Kürze ein Sonderressort im Polizeipräsidium übernehmen sollte. Er hieß Li Kongshan und hatte schon viele Frauen gehabt, meistens Prostituierte. Da er nun wieder einen Posten besaß, jagte er sie alle weg und wollte ganz traditionell ein Fräulein aus gutem Hause ehelichen. Es mußte aber gebildet sein. Er hatte sich Zhaodi ausgeguckt. Rotkürbis aber wollte die hübsche Zhaodi nicht billig hergeben, sondern trennte sich lieber erst von Gaodi. Li Kongshan war einverstanden. Auch wenn Gaodi nicht schön war, sie war ein echtes Fräulein, das studiert hatte. Er konnte ja notfalls noch ein, zwei Prostituierte dazunehmen. Gaodi wäre dann die rechtmäßige Herrin und die anderen die Konkubinen, er sah da keine Probleme. Doch Rotkürbis wollte ihre Töchter nicht umsonst abgeben. Li Kongshan versprach, ihr den Posten des Direktors der Prostituierten-Inspektion zu verschaffen. Seit die Hauptstadt nach Süden verlegt worden war und in den Pekinger Bordellen kaum noch was los war, sanken diese Institutionen zur Bedeutungslosigkeit herab. Jetzt allerdings sollte sie wiederbelebt werden, um der japanischen Armee zu Diensten zu sein und gleichzeitig der Verbreitung von Geschlechtskrankheiten vorzubeugen. Li Kongshan war der Meinung, daß Rotkürbis die Fähigkeiten eines solchen Direktors besaß. Außerdem würden die Mittel für diese Institution aufgestockt, und wenn man scharf kontrollierte, konnten sicherlich noch eine Menge Nebeneinnahmen erzielt werden. Es war noch nicht allgemein bekannt, aber Li Kongshan hatte schon in Erfahrung gebracht, daß sich hier demnächst neue Pfründe auftaten. Würde er die seiner Schwiegermutter in spe verschaffen, könnte er immer etwas davon für sich herausholen, indem er Gaodi zusetzte und dann wieder ein paar Tage freundlich war, wenn Rotkürbis zahlte. Nachdem er das alles durchgerechnet hatte, begann er sich ernsthaft für Rotkürbis zu verwenden. Die letzten Nachrichten besagten, daß er durchaus Aussicht auf Erfolg hatte.

Seitdem führte Rotkürbis stets das Wort »Direktor« leise im Mund. Beim Aufstehen, beim Hinlegen, auf der Toilette sprach sie es vor sich hin und ließ es wie ein Bonbon auf der Zunge zergehen. Das Wasser lief ihr im Munde zusammen. Sie war in Hochstimmung und wäre am liebsten auf das Dach gesprungen, um laut zu verkünden: »Ich bin Direktor!« Für ihren Mann hatte sie nur ein leichtes Kopfnicken übrig, aber zur ältesten Tochter war sie freundlich, um ihr die Einwilligung zur Heirat abzugewinnen und ihrer Widerspenstigkeit vorzubeugen. Sie provozierte auch Tongfang nicht mehr, denn: »Hochgestellte streiten sich nicht mit Niederen!« War sie erst Direktor, würde sie viel Einfluß haben. Sie stellte sich ihre künftige Macht vor und sagte sich: »Ich kontrolliere alle bei jeder Gelegenheit. Wer Angst hat, daß es Scherereien gibt, der soll zahlen, her mit dem Geld!« Dabei nickte sie so energisch, daß einige Haarnadeln herausfielen. Ruifeng gab sie unverblümt zu verstehen: »Bei uns findet bald eine Hochzeit statt, wir brauchen das kleine Zimmer. Warum sind Sie auch nicht früher hergezogen. Und Lan Dongyang, den finde ich in Ordnung. Was denn? Sie haben sich unseretwegen mit ihm gestritten? Das tut mir leid, aber wir sind nicht verpflichtet, Ihnen den Schaden zu ersetzen. Oder sind wir das?« fragte sie hochmütig Guan Xiaohe.

Der kniff die Augen zusammen, nickte leicht, dann schüttelte er den Kopf, ohne etwas zu sagen. Ruifeng und Dickmadam standen eilig auf und liefen wie zwei geprügelte Hunde nach Hause.

Beide litten darunter, daß Lan Dongyang weiterhin bei den

Guans verkehrte. Er war den Guans sehr willkommen als der zuständige Mitarbeiter im Neuen Bürgerkomitee, den konnten sie doch nicht verärgern. Rotkürbis gab ihm im Vorgefühl des Glücks vierzig Kuai zurück: »Beim Spielen geben wir immer Rabatt, neulich ging es so schnell, daß wir Ihnen alles abgezogen haben, was Sie verspielt hatten. Entschuldigen Sie bitte!« Da hatte auch Dongyang eine Anwandlung von Großzügigkeit, er kaufte den Schwestern ein halbes Pfund Erdnüsse. Über dieses Geschenk ließ sich Rotkürbis groß aus: »Dongyang, das haben Sie richtig gemacht! In diesen Zeiten muß ein junger Mann das Geld zu schätzen wissen und für die Hochzeit sparen. Das Geschenk ist bescheiden, aber der Mensch ist wichtig, in dem halben Pfund Erdnüsse steckt Ihre gute Absicht. Hätten Sie ihnen für viel Geld etwas Teures, aber Nutzloses gekauft, hätte ich Sie nicht unbedingt geachtet!«

Daraufhin bleckte Dongyang seine gelben Zähne und lachte so sehr, daß er beinahe Seitenstechen bekam. Er betrachtete sich nun als Freier der Mädchen, da beide von seinen Erdnüssen gegessen hatten.

All das teilte Tongfang flüsternd Dickmadam mit, als sie diese draußen traf. Die platzte fast vor Wut, ihre Fleischmassen zitterten kämpferisch.

Ruifeng hielt in diesen Tagen seine Ohren verschlossen. Selbst bei dem in letzter Zeit mageren Essen war er zu jedem höflich und bemäkelte nicht mehr die Haushaltführung der Schwägerin. Manchmal gab es wegen geschlossener Stadttore nicht einmal mehr Weißkohl, dann wurde nur etwas scharfer Doufu in Sesamöl gebraten. Auch wenn das Essen kärglich war, nahm er die Schale, kratzte alles zusammen und kaute geräuschvoll darauf herum. Er nörgelte nicht mehr, nein, er lobte die Schwägerin sogar dafür, daß sie in schweren Zeiten immer noch für alle etwas auf den Tisch brachte. Dadurch gerieten Ruixuan und Yunmei noch mehr in Schwierigkeiten, denn der zweite Bruder war nur deshalb so höflich, weil er ihnen Kleingeld für Zigaretten und dergleichen abluchsen wollte. So blieb dem Ältesten nur übrig, einmal mehr in die Pfandleihe zu laufen.

Dickmadam packte heimlich ihr Bündel und verschwand zu

ihren Eltern. Das machte den Zweiten vollends konfus, er lief wie ein verirrtes Huhn durch den Hof und blickte sich hilflos um. Ursprünglich hatte er den Verlust seiner Arbeitsstelle den Alten verheimlichen wollen, jetzt aber konnte er den Mund nicht mehr halten, denn er brauchte ihr Mitleid. Wer sich mit der Frau zerstritten hat, erinnert sich meist der Eltern. Aber er erzählte ihnen nicht die Wahrheit, sondern erfand eine Geschichte. In Hollywood galt der Schläger vielleicht als Held, bei den Qis aber war es klug und pietätvoll, sich schlagen zu lassen. Deshalb wagte er nicht zu erzählen, daß er Lan Dongyang einen kräftigen Hieb versetzt hatte, sondern berichtete, der hätte ihn geschlagen und habe das auch weiterhin vor. Großvater und Mutter zeigten großes Mitgefühl. Der alte Herr stellte fest: »Na so was! Er prügelt einen von uns, er ist im Unrecht, aber wir schlagen nicht zurück!«

Auch die Mutter meinte: »Wenn er keine Ruhe gibt, gehen wir ihm aus dem Weg.«

Der Zweite hörte das gern. »Und genau deswegen gehe ich nicht mehr in die Schule! Ich suche mir schnell etwas anderes, damit ich seine Beleidigungen nicht mehr ertragen muß.« Den Dritten und das Thema Haushaltstrennung und Umzug erwähnte er nicht mehr, denn als Arbeitsloser mußte er von der Familie leben. Sollte in den nächsten Tagen tatsächlich die Polizei kommen und ihn wegen des Dritten verhaften, müßte er sich in sein Schicksal fügen. Aber er würde nicht freiwillig ausziehen und hungern.

Ruixuan hatte sich anfangs gefürchtet, wieder in die Schule zu gehen, jetzt tat er es gern, um nur ja nicht seinem zweiten Bruder zu begegnen. Er verachtete ihn nicht wegen seiner Feigheit, wußte er doch, daß aus einer bestimmten Sicht alle feige waren, die in Peking geblieben waren, da bildete der Zweite keine Ausnahme. Auch dessen Arbeitslosigkeit machte ihm keine großen Sorgen. Eine große Familie war eine Gemeinschaft, da ließ sich nichts aufrechnen. Ihn störte nicht, daß der Zweite ein paar Tage umsonst aß. Aber ihn widerte es an, daß er immer noch nichts begriffen hatte und so gleichgültig blieb. Er hatte gehofft, der Zweite würde durch diesen Rückschlag begreifen, daß Dongyang ein Landesverräter und fieser Kerl war, und Ruifeng nach diesem Reinfall nie wieder mit solchen Leuten verkehren würde. Er müßte wenigstens ein bißchen Stolz besitzen. Aber Ruifeng hatte nichts verstanden. Weil sich der Großvater, die Eltern, der Bruder und dessen Frau genierten, ihm Vorhaltungen zu machen, fühlte er sich wohl und sicher. Er schien die Arbeitslosigkeit als neuen Zeitvertreib zu betrachten und genoß das Mitleid der anderen. Vielleicht konnte er sich sogar einen Bart wachsen lassen und wie Großvater in Ruhestand gehen!

Um dem Zweiten auszuweichen, ging Ruixuan auch an dem Tag in die Schule, als der Fall Taiyuans gefeiert wurde. Er war noch unentschlossen, ob er teilnehmen sollte, aber er wollte sich einfach in der Schule umsehen. Er hatte damit gerechnet, alle mit traurigen Gesichtern herumlaufen zu sehen. Aber niemand fragte ihn. Er war enttäuscht, doch dann wurde ihm klar: Niemand spricht gern über seine Niederlagen, und junge Leute erst recht nicht. Er ging auf den Sportplatz, wo einige Fußball spielten. Als sie ihn sahen, hielten sie inne, als schämten sie sich, etwas getan zu haben, was sich nicht gehört. Kurz darauf spielten sie jedoch weiter und schielten nur noch zu ihm hin. Schnell ging er davon.

Ohne noch einmal ins Lehrerzimmer zurückzukehren, verließ er die Schule. Auf der Straße kam ihm ein Dutzend Lastwagen mit Bettlern entgegen. Sie steckten alle in bunten Kleidern, die zu diesem Zwecke aus Hochzeitsläden entliehen wurden. Auf jedem Wagen stand eine Truppe Begräbnistrommler. Die Lkws fuhren langsam vorüber, die Trommler schlugen gleichgültig ihren Takt, die Bettler hatten die Köpfe eingezogen und die Fähnchen auf ihre Kleidung gesteckt, damit sie die Hände reiben konnten, denn es war kalt. So saßen oder standen sie mit ausdruckslosen Gesichtern und schienen alles und nichts zu verstehen. Wohl weil sie an Ausweglosigkeit und Diskriminierung gewöhnt waren und das Leben nur in Apathie ertrugen, war es ihnen gleichgültig, ob sie auf einem Lkw oder auf dem Schafott standen. Als die Wagen an seinen Augen vorüberfuhren, schrie jemand, der wie Lan Dongyang aussah, in ein Megaphon: »He, ruft mir nach: China und Japan sind Freunde! Glückwunsch zum Fall Taiyuans!« Die Bettler wiederholten es ohne jede Anteilnahme, ohne die Stimme anzuheben oder den Kopf hochzunehmen. Ihr Land war wohl schon oft untergegangen, darauf konnten sie keine Gefühle mehr verschwenden. Ihre Unerschütterlichkeit schien ihnen schon wieder Würde zu verleihen, die Würde von tönernen Wächtern im Tempel des Stadtgottes, die sogar Krieg und Vernichtung in den Schatten stellte. Ruixuan begann am ganzen Körper zu zittern. Von ferne näherten sich Schüler. Er schloß die Augen. Bettler und Schüler auch nur in Gedanken zu verbinden, ertrug er nicht. Sollten diese temperamentvollen, unverdorbenen Schüler auch wie die Bettler ... Er mochte nicht weiterdenken. Aber die Schüler waren schon nicht mehr weit von den Lkws entfernt.

Er wußte nicht, wie er in die Schafhürdengasse gelangt war. Als er am Eingang auf Meister Liu stieß und der ihn grüßte, fuhr er zusammen. Erst dann bemerkte er, wo er war. Als beide die menschenleere Gasse betraten, sagte Meister Liu: »Herr Qi, was meinen Sie, sind wir erledigt? Baoding, Taiyuan, alles verloren! Daß Taiyuan so schnell fiel, dort sind doch ...« Er brachte »natürliche Hindernisse« nicht heraus.

»Wer kennt sich da aus.« Ruixuan sagte es lächelnd, aber seine Augen waren feucht.

»Und was ist mit Nanjing?«

Ruixuan sah sich außerstande, noch einmal irgend etwas Tröstendes zu sagen.

»Hm!« Meister Liu sprach noch leiser, aber eindringlich: »Sie lachen mich vielleicht aus, aber ich habe gestern abend ein Bündel Weihrauchstäbchen gen Südosten verbrannt und den Sieg für Shanghai erfleht!«

»Es muß ein Sieg werden!«

»Aber wieso gibt es Leute, die schon fest mit einer Unterwerfung rechnen, obwohl in Shanghai noch nichts entschieden ist?«

»Wer denn?«

»Wer? Sehen Sie, als neulich Baoding fiel, haben mich einige Leute gefragt, ob ich den Löwentanz zeigen würde. Ich hab es nicht getan und ein paar andere auch nicht. Gestern kam wieder jemand, ich habe wieder abgelehnt, aber andere sollen zugesagt haben. Aber ich frag mich, wie können die Menschen bloß so leichtfertig und ohne Rückgrat sein?« Ruixuan schwieg.

»Bei der heutigen Demonstration waren einige Zünfte beteiligt!« Meister Liu betonte Zünfte ganz besonders. »Die sind eigentlich für Prozessionen in den Bergen zur Götterverehrung da, aber heute haben sie das zur Unterhaltung der Japaner vorgeführt! Die haben wirklich keinen Stolz!«
»Meister Liu!« Ruixuan blieb unter den Schnurbäumen vor seinem Eingangstor stehen. »Sie sind doch so ein geübter Kämpfer, warum gehen Sie nicht weg?«
Meister Liu lachte unangenehm berührt. »Ich wäre schon längst fort! Aber was mache ich mit der Frau? Und wohin sollte ich gehen? Ohne einen einzigen Schein in der Tasche? Wenn Nanjing heimlich jemanden schickte, um Soldaten zu rekrutieren, bezahlten die ja auch die Reise und man wüßte, daß man auch wirklich hinkommt, da ginge ich sofort mit! Ich kann nur Mattenzelte bauen, meine Arme und Beine sind bloß zwei Schwerter, aber ich würde es zu gerne mit den Japanern aufnehmen.«
Da kam Ruifeng aus dem Hof, hinter ihm schrie der kleine Shun: »Zweiter Onkel, ich will mit, ich will mit!«
Als er den Bruder und Meister Liu sah, blieb Ruifeng stehen. Der Kleine holte ihn ein und packte ihn bei den Kleidern: »Nimm mich mit, du sollst mich mitnehmen.«
»Was gibt es, Xiao Shun? Laß Onkels Sachen los!« sagte Ruixuan mit ernster Miene, ohne wirklich böse zu sein.
»Der zweite Onkel will zu einer Vorstellung gehen und mich nicht mitnehmen«, schmollte der Kleine und ließ den Onkel noch immer nicht los.
Ruifeng lachte. »Aber nicht doch! Ich habe gehört, daß es im Zentralpark eine Vorstellung geben soll, lauter berühmte Darsteller und Amateure, ich will mich bei den Wens danach erkundigen. Sollten sie mitmachen, gehe ich mit ihnen hin. Ich habe Frau Wens berühmten Gesang noch nicht gehört.«
Meister Liu sah die beiden Brüder nur wortlos an.
Ruixuan war peinlich berührt, aber er konnte den Bruder schlecht vor Fremden rügen. Außerdem wußte er genau, was der antworten würde: »Die singen auch, wenn ich nicht hingehe!« Reglos stand er unter dem Baum.
Da fiel eine halbvertrocknete Schote herunter, sie sah aus wie eine schwarze Raupe. Der kleine Shun hob sie eilig auf, da-

durch entspannte sich die Situation etwas. Meister Liu ging mit einem knappen Gruß davon. Ruixuan hielt den kleinen Shun fest. Ruifeng folgte Meister Liu in die Nummer sechs.
Xiao Shun wollte immer noch mit zur Theatervorstellung. Ruixuan erklärte ihm geduldig: »Der zweite Onkel geht sich doch nur erkundigen, ob Theater gespielt wird, in Nummer sechs gibt es doch jetzt kein Theater.«
Mit einiger Mühe folgte er dem Vater in den Hof. Dort zog er ihn ins Zimmer der Großmutter.
Da es bei ihr sehr kalt war, saß die alte Dame in eine Decke eingewickelt auf dem Kang und stopfte Shuns Strümpfe. Ihr ging es heute gut. Nach einigen Stichen mußte sie die Arbeit weglegen und die Hände zum Aufwärmen unter die Decke stecken. Als Ruixuan sah, daß im Zimmer der Mutter nicht geheizt war, verfinsterte sich sein Gesicht. Sie erkannte sofort, daß mit dem Sohn etwas nicht stimmte. »Was gibt es denn wieder, Ältester?«
Er hätte beinahe geheult, beherrschte sich aber.
»Mein ältester Sohn!« Die Mutter holte unter der Kangmatte ein paar Eßkastanien hervor und schickte Xiao Shun damit hinaus. »Was ist eigentlich mit dem Zweiten los?« Ruixuan berichtete der Mutter wahrheitsgemäß und endete mit den Worten: »Er dürfte mit solchen Leuten überhaupt nicht verkehren, dürfte ihnen erst recht keine Familiengeheimnisse verraten. Lan Dongyang ist ein Lump, der Zweite ist auch einer. Aber Lan Dongyang ist ehrgeizig, während der Zweite völlig ohne Ziel vor sich hin lebt. Deshalb hat er auch den kürzeren gezogen. Wäre der Zweite nicht so entsetzlich gleichgültig und haltlos, hätte Lan Dongyang ihn überhaupt nicht zu beleidigen gewagt, und er brauchte keine Angst vor dem zu haben. Er kümmert sich gern um Dinge, die ihn nichts angehen, ist dann aber feige. Das hat er nun davon!«
»Aber ist es denn damit getan, daß er sich zu Hause versteckt, ist er da denn sicher? Wenn es dieser Lan nun nicht vergißt und ihn trotzdem anzeigt?«
»Na, aber...« Ruixuan verstummte. Er sah vor allem die Gleichgültigkeit seines Bruders und dachte, der traue sich nicht mehr in die Schule, weil er bei Tage Gespenster sähe. Er hatte nicht bedacht, daß Lan Dongyang jemanden denunzie-

ren könne, um sich bei den Japanern anzubiedern. »Aber ... der Zweite würde nicht flüchten, ich habe ihn gefragt.«
»Wenn dieser Lan es meldet, würden doch wahrscheinlich du und der Zweite von den Japanern verhaftet werden. Hat man Herrn Qian nicht so übel mitgespielt, weil ihn jemand angezeigt hat?« Jetzt schlug eine Trommel in seinem Herzen Alarm. Er sah die Gefahr. Um die Mutter zu beruhigen, sagte er lächelnd, allerdings ohne einen Grund zu nennen: »So schlimm wird es schon nicht werden.«
Als er die Mutter verließ, überfielen ihn Skrupel. Wie hatte er nur – er, der ständig Selbstanalyse betrieb – bloß die Stumpfheit des Zweiten sehen, aber völlig aus dem Auge verlieren können, daß sich die Lage drastisch verschlimmern konnte. Würden sie beide verhaftet, was sollte dann aus der Familie werden? Gleichgültigkeit konnte lebensgefährlich sein. Er rief über die Mauer nach dem Zweiten. Der kam unlustig zurück. Wäre da nicht die übliche Strenge bei ihm zu Hause, könnte er von morgens bis abends bei den Wens herumhocken. Er verfolgte kein bestimmtes Ziel, er wollte einfach dort sein, wo etwas los war, außerdem fand er es angenehm, Frau Wen anschauen zu können. Ohne Grund hinzugehen, wagte er jedoch nicht, aber wenn es sich ergab, saß er stundenlang dort. Wie alle Faulpelze hatte er einen schweren Hintern. »Was gibt's denn?« fragte er mürrisch.
Ruixuan scherte sich nicht um die unbekümmerte Miene des jüngeren Bruders: »Wenn Lan Dongyang uns wirklich anzeigt und die Polizei dich oder mich oder auch uns beide abholt, was machen wir dann?« Das Gesicht des Zweiten verfärbte sich. Anfangs hatte er tatsächlich große Angst gehabt, als aber nichts passierte, beruhigte er sich mit dem Glauben, es drohe keine Gefahr mehr, solange er sich nur zu Hause versteckte. Das Haus war seine Festung, Eltern und Brüder die Wächter. Es war sein Mauseloch, aus dem er wieder hervorkam, wenn die Gefahr vorüber war. Ausweichen war das einzige, was er konnte, Kampf oder Widerstand waren nicht seine Sache. Jetzt aber hatte er Angst. »Ja, was machen wir denn dann?« hauchte er und zerkaute sich die Lippen.
»Die Kriegslage ist ungünstig, ich fürchte, in Peking zu bleiben, ist im Moment auch nicht die Lösung. Sollten wir eines

Tages siegen, werden Leute wie Lan Dongyang bestraft, er ist ein Verräter! Sollten wir unterliegen, sterben wir lieber fürs Vaterland. Wenn das nicht geht, dürfen wir dennoch niemals freiwillig dem Feind dienen wie Lan Dongyang und Guan Xiaohe. So viel müßte jeder Bürger eigentlich begreifen. Über deinen früheren Fehler wollen wir nicht mehr reden. Jetzt erwarte ich von dir, daß du dich aufraffst, alle Pekinger Annehmlichkeiten und Blasiertheiten beiseite läßt und schnell fliehst. Wenn du keine großen Fähigkeiten hast und nichts vollbringen kannst, was für alle von Nutzen wäre, kannst du wenigstens ein freier Chinese sein. Denke nicht, daß ich dich wegjage. Wenn ich meine Brüder gehen lasse und allein für Großvater und die Eltern sorge, ist das eine schwere Verantwortung. Sollten wir eines Tages erschlagen werden oder verhungern, so werde ich mit den Alten sterben. Aber es wird mir eine Genugtuung sein, draußen zwei Brüder zu wissen, die gegen Japan kämpfen. Du mußt gehen! Falls Lan Dongyang das über den Dritten wirklich meldet, droht uns beiden unmittelbar die Verhaftung!«

Die Ehrlichkeit und Eindringlichkeit des älteren Bruders trafen Ruifeng. Es war nicht schwer, einen oberflächlichen Menschen wie ihn zu rühren. Wenn er sich auch sonst nicht um Dinge wie Staat und Land kümmerte, jetzt war er den Tränen nahe, beherrschte sich aber mühsam und sagte mit zitternder Stimme: »Schon gut, ich bespreche es schnellstens mit deiner Schwägerin!«

Ruixuan wußte, daß ein Gespräch zwischen seinem Bruder und Dickmadam zu nichts Gutem führen konnte, da diese noch gleichgültiger und oberflächlicher war als er, doch er versuchte nicht, ihn daran zu hindern. Niemals trieb er jemanden in die Enge. Der Zweite machte sich schnell auf den Weg.

30

Der Mensch wird nicht für die Peitsche geboren. Starke Menschen allerdings fürchten Schläge nicht, obwohl sie den Schmerz kennen. Andere wiederum sinken auf die Knie und flehen um Gnade, sobald sie den Schläger mit der Peitsche auch nur von ferne sehen. Lan Dongyang war so einer.

Als er sich mit Ruifeng stritt, dachte er nicht im geringsten daran, daß der tatsächlich zuschlagen könnte. Er hatte fürchterliche Angst vor einer Prügelei. Deshalb beschimpfte er in seinen »Kritiken« Leute, die er beneidete, auch immer nur versteckt. Deshalb auch hielt er den Kampf der chinesischen Regierung gegen Japan für unklug, seine Haltung dagegen, schon von weitem vor den Japanern auf die Knie zu fallen, war die einzig kluge Verhaltensweise. Da er von schwächlicher Konstitution war, hatte ihm der Faustschlag Ruifengs den Atem genommen. Aber kurz darauf kam er wieder zu Bewußtsein, trank einen Schluck und rannte davon, weil er weitere Schläge fürchtete. Da er schon lange in Peking lebte, wußte er, daß Pekinger sich nicht prügeln. Aber Ruifeng hatte doch tatsächlich zugeschlagen. »Dieser Kerl muß irgendwas in der Hand haben«, überlegte er, als er in einem kleinen Teehaus saß. Er wollte in die Schule zurückgehen und sich bei diesem Menschen, der ihn zu schlagen gewagt hatte, entschuldigen. Nein, das ginge ja nicht, sonst würde er die Autorität in der Schule verlieren und alle könnten annehmen, daß seine Unverfrorenheit nur daher rührte, weil ihm Prügel fehlten. Plötzlich wurde ihm klar, man mußte die Japaner, aber keinesfalls die Chinesen wissen lassen, daß man Angst vor Schlägen hatte. Chinesen mußte man einschüchtern.

Aber Ruifeng traute sich nicht mehr in die Schule. So konnte Lan Dongyang Gerüchte über ihn verbreiten, wie es ihm gerade gefiel. Ruifeng schulde ihm Geld, sei deshalb von ihm verprügelt worden und traue sich nun nicht mehr zur Arbeit. Da Ruifeng nicht mehr auftauchte, mußten ihm die anderen Glauben schenken. Selbst wenn alles erlogen war, das Gegenteil war nicht zu beweisen! Sein Gesicht zuckte in diesen Tagen besonders heftig, und er war zufrieden. Neben Dutzenden von Versen, die er zu zehn, zwanzig, manchmal zu dreißig, vierzig Zeichen pro Gedicht geschrieben hatte und die er als Prosagedichte bezeichnete, wollte er noch einen Roman verfassen, der speziell für die Japaner gedacht war. Über den Inhalt war er sich noch nicht im klaren, aber einen wohlklingenden Titel hatte er schon: Die Auferstehung des Fünffarbenbanners! Er fühlte sich im Vollbesitz seiner Kräfte, und wenn ihm streunende Hunde begegneten, schnitt er ihnen eine Grimasse, waren es kleine Katzen, setzte er noch ein »Puh!« drauf.

Da Ruifeng nun aus Angst vor einer Strafe geflohen war, wollte Dongyang es ihm erst recht geben, anzeigen würde er ihn. Doch als er in Erfahrung gebracht hatte, daß es dafür keine Prämie gäbe, unterließ er es. Dann war es doch besser, sich ein paar Scheine von Ruifeng zu holen. Aber wenn der nervös wurde und wieder zuschlug? Das lohnte sich also auch nicht.

Er mußte die Sache mit Guan Xiaohe besprechen. Vor dem empfand er schlicht Hochachtung, der wußte einfach zu viel. Eines Tages würde er selbst sicherlich enge Beziehungen zu den Japanern knüpfen und müßte dann so viel wissen wie Guan Xiaohe, um deren Wohlwollen zu erringen. Aber auch schon wegen seiner Schriftstellerei sollte er ein enges Verhältnis zu Herrn Guan pflegen. Denn könnte er so viele Erfahrungen und Weisheiten von sich geben wie der, würden seine schriftlichen Ergüsse so mühelos wie Wasser fließen. Außerdem besaßen auch die Frauen der Familie Guan eine gewisse Anziehungskraft. Bei seinen zahlreichen Gesprächen hoffte er, zu gewissen Ergebnissen zu kommen.

Da erschien er wieder bei den Guans. Daß ihm Rotkürbis die vierzig Kuai zurückgab, erstaunte und erfreute ihn. Als Zeichen seiner Dankbarkeit kaufte er das halbe Pfund Erdnüsse für die beiden Guan-Töchter.

An den Spieltisch wagte er sich jedoch nicht mehr. Er wollte mit Guan Xiaohe besprechen, wie er die Familie Qi anzeigen könnte, konnte sich aber nicht dazu entschließen. Er fürchtete, Guan Xiaohe würde ihm sein Geheimnis stehlen. Zwar bewunderte er ihn, noch mehr aber beneidete er Herrn Guan. Seine Mißgunst hinderte ihn, mit jemandem zu kooperieren. Aus diesem Grund auch kannte er keinen Unterschied zwischen Bekannten und Fremden. Er hatte keine chinesischen Freunde und betrachtete die Japaner nicht als seine Feinde. Er hütete daher sein Geheimnis und beschloß, eine bessere Gelegenheit abzuwarten, um es zu verkaufen.

Die Kundgebung zum Fall von Taiyuan erfüllte ihn mit großer Befriedigung, denn es hatten viel mehr Leute teilgenommen und es gab auch viel mehr Darbietungen als damals bei Bao-

ding. Eines war allerdings nicht zu übersehen: Den Japanern gefielen die im Zentralpark aufgeführten traditionellen Stücke nicht. Das Programm war nicht sorgfältig ausgewählt worden. Die Sippschaft, die für das Programm verantwortlich war, wohnte seit Jahren in Peking und wußte zwar genau, daß Pekingopern gut sind, war aber noch nie dort gewesen. Aber diese Leute hielten sich für eingefleischte Pekinger. Sie holten berühmte Pekingoperndarsteller und bekannte Amateure zusammen, hatten aber keine Ahnung, welche Stücke sie auf das Programm setzen sollten. Am meisten enttäuschte die Japaner, daß man zu wenig obszöne Szenen ausgewählt hatte. Die japanische Obrigkeit wünschte Ausschweifungen zu sehen, und dem hatte man nicht entsprochen. Viele dieser pornographischen Stücke waren seit zwanzig, dreißig Jahren verboten, man kannte nicht einmal deren Namen und auch nicht, welcher Darsteller sie singen konnte.
Lan Dongyang dachte, es wäre gut für sie, einen Guan Xiaohe zu haben, dann wären sie nicht in solcher Verlegenheit. Wie man sich einschmeichelte, wußten sie, aber nicht, womit. Lan Dongyang hatte zwar nicht die Absicht, Guan Xiaohe ins Neue Bürgerkomitee zu holen, denn er fürchtete, der könnte ihn verdrängen. Nur öfter mit ihm unterhalten wollte er sich, um dabei unauffällig sein Wissen zu bereichern.
Das Eingangstor der Guans war von einer Schar Kinder umringt. Zwei alte Bettler klebten rote Glückssprüche an die Türpfosten, wobei sie laut riefen: »Der Hausherr dieses Anwesens ist befördert worden. Wir kommen, um zu gratulieren.« Der Direktorposten für Rotkürbis war bekanntgegeben worden. Um seiner Frau eine Freude zu bereiten, hatte Guan Xiaohe heimlich ein paar Glückssprüche geschrieben und den Vierten Li gebeten, zwei Bettler zu organisieren, die am Tor gratulieren sollten. Das kannte er noch von seinem Schulabschluß. Zur Zeit der Republik war diese Sitte dann in Peking ausgestorben. Aber heute hatte Guan Xiaohe beschlossen, sie wieder aufleben zu lassen. Die Bettler hatten schon dreimal die Hand aufgehalten und Guan Xiaohe hatte ihnen dreimal etwas gegeben, jedesmal nur sehr wenig, damit sie ihre Tour wiederholten und es noch mehr Lärm am Tor gäbe. Als Lan Dongyang ankam, hoben sie zum vierten Mal an, aber Guan

Xiaohe hielt seine kleinen Scheinchen fest umklammert, um sie zu mehr Geschrei anzustacheln. Er hoffte, die Einwohner der ganzen Gasse kämen an sein Tor. Doch es erschienen nur Kinder, das älteste war Cheng Changshun.
Der Spruch war gut formuliert. Rotkürbis war Direktor der Prostituierten-Inspektion geworden, aber Herr Guan wollte das Zeichen »ji« für Prostituierte nicht ans Tor kleben, wußte aber nicht, wie man es umschreiben konnte. Nach langem Grübeln kam er auf die Idee, einfach ein anderes, ähnlich klingendes Zeichen zu nehmen, und machte aus dem »ji« ein »zhi«, was Weberin bedeutete. Also schrieb er lächelnd: »Die Dame dieses Hauses Guan wurde mit der Erhebung in das Amt des Direktors der Weberinnen geehrt...«
Dongyang verzog das Gesicht und starrte auf die Zeichen, verstand aber nicht, was »Weberin« bedeuten sollte. Barsch fragte er Cheng Changshun: »Was macht eine Weberin?«
Changshun, bei der Großmutter aufgewachsen und ansonsten immer sehr brav, glaubte auf eine so unhöfliche Frage auch keine brave Antwort geben zu müssen und schnob durch die Nase: »Na, das ist die Alte vom Hirten.«
Dongyang ging ein Licht auf: »Oh, sie kümmert sich um Schauspielerinnen. ›Hirte und Weberin treffen sich auf der Milchstraße‹, das ist doch ein Theaterstück, nicht wahr?« Bei dieser Erkenntnis bereute er noch mehr, nicht beizeiten wegen der Stückauswahl hergekommen zu sein. Gleichzeitig nahm er sich vor, Herrn Guan – sollte er dazu bereit sein – für das Neue Bürgerkomitee zu gewinnen. Das rote Plakat am Eingang hatte diesen Sinneswandel bewirkt. Mit den Guans mußte er kooperieren, denn sie hatten nicht bloß Geld, sondern auch Macht, wie das rote Plakat bewies. Sogar die Frau war Direktor. Er nahm sich vor, nicht wieder neidisch zu sein, sondern daran zu denken, daß Beamte stets Brüderschaft schlossen und sich miteinander verschwägerten.
Herr Guan breitete die Arme aus, als scheuche er Hühner, und zischte: »Verschwindet, meine Ohren sind ganz taub von eurem Gebrüll!« Dann warf er die schon zerdrückten zwei Scheinchen auf die Erde. »Mehr gibt's nicht, habt ihr verstanden?« Um das zu unterstreichen, wandte er den Blick ab. Die Bettler hoben die Scheine auf und gingen brummend davon.

Als Guan Xiaohe den Besucher erblickte, legte er sofort die Hände zum Gruß ineinander. Lan Dongyang war nicht viel herumgekommen, er verstand nichts von Höflichkeit und Ritualen, von denen die Pekinger nicht genug kriegen konnten. Seine Maxime war stets Unhöflichkeit gewesen. Doch Herr Guan beschloß, ihm seine Unhöflichkeit nicht durchgehen zu lassen. Er legte die Hände ineinander und sagte: »Zuviel der Ehre!«
Dongyang kam nicht auf »Herzlichen Glückwunsch!«, sondern legte nur ebenfalls die Hände ineinander. Damit war Herr Guan schon zufrieden und sagte mehrmals: »Bitte, kommen Sie doch herein!«
Als sie den Hof betraten, ertönte ein Geräusch, das Dongyang und das Fensterpapier erzittern ließ. Xiaohe erklärte schnell: »Die Gemahlin hat Husten! Nun, da sie Direktor geworden ist, hustet sie etwas lauter.«
Rotkürbis saß in der Mitte der Empfangshalle. Sie hustete, räusperte sich und lachte lauthals. Selbst ihr Atem schien über einen Lautsprecher zu laufen. Als sie Dongyang kommen sah, stand sie nicht auf, sondern nickte nur und wies mit der weißgepuderten Hand auf einen Stuhl. Ihr Imponiergehabe ging so weit, daß die Töchter sie nicht mehr Mutter und der Mann sie nicht mehr mit Gemahlin, sondern alle nur noch mit Direktor anreden durften. Als Dongyang sich gesetzt hatte, fand sie ihre Stimme wieder, die gedehnt, aber voller Autorität, ein wenig heiser, aber bedeutungsschwer klang: »Wo bleibt ihr denn, schenkt ihm Tee ein!«
Der arme Lan Dongyang, der nur ein paar verworrene Sätze zu Papier brachte, hatte noch nie eine Frau mit einem solchen Gehabe erlebt, er wußte nicht, was er tun sollte. Sie war nicht mehr dieselbe wie vor ein paar Tagen, sondern Inbegriff eines Direktors! Da er um Worte verlegen war, schwieg er. Er bereute ein wenig, bei seinem Eintritt ins Bürgerkomitee nicht auch so viel Macht demonstriert zu haben. Denn in gewisser Hinsicht war man doch nur deshalb Beamter, um Autorität und Macht zu zeigen. Xiaohe kam Dongyang zu Hilfe und säuselte: »Ich habe der Gemahlin eine Meldung zu machen!«
Halb wütend, halb lachend fuhr sie dazwischen: »Sag Frau Direktor, oder nein, klipp und klar Di-rek-tor! Merk dir ein für allemal: Ich bin der Direktor!«

Xiaohe lächelte, verbeugte sich und rief gekünstelt: »Melde dem Direktor, Dongyang will Ihnen seine Glückwünsche aussprechen!«
Dongyang verzog das Gesicht, erhob sich, fand aber keine Worte, machte nur den Mund auf und entblößte seine großen, gelben Zähne.
»Zu freundlich, Sie schmeicheln mir.« Rotkürbis stand immer noch nicht auf, sondern gab sich wie Kaiserin Cixi, die auf dem Juwelenthron die Audienz abnimmt.
Auf einmal tönte es schrill vom Hof: »Ich möchte meine Glückwünsche darbringen, meine Glückwünsche!«
»Ruifeng!« flötete Xiaohe leicht irritiert.
»Ich lasse bitten!« Rotkürbis verachtete Ruifeng zwar, aber seine Glückwünsche konnte sie nicht ablehnen, das brachte Unglück.
Xiaohe empfing ihn an der Tür: »Zu viel der Mühe, das haben wir nicht verdient.«
Ruifeng hatte sein bestes Übergewand und eine Mandarinjacke angelegt wie für eine Hochzeitsfeier. Vor der Schwelle hielt er an und ließ seiner Gattin den Vortritt – eine ausländische Sitte, die er sich aus Filmen abgeschaut hatte. Dickmadam hatte sich ebenfalls in ihre besten Kleider geworfen. Ihr dickes Gesicht strahlte vor Stolz und wirkte dadurch noch feister. Mit erhobenem Kopf und wackelndem Hintern trat sie keuchend über die Schwelle. In der Hand hielt sie einen Geschenkkorb, der hübsch aussehende, aber nicht unbedingt wohlschmeckende Dinge enthielt.
Rotkürbis hatte eigentlich nicht aufstehen wollen, als sie aber den buntgemusterten Korb sah, konnte sie schlecht sitzen bleiben.
In Umgangsformen war Ruifeng zehnmal beschlagener als Dongyang. Als Pekinger liebte er Begrüßungszeremonien. Er gratulierte überschwenglich, verbeugte sich tief, nahm dann Dickmadam den Korb aus der Hand und stellte ihn auf den Tisch. Der Korb war billig und kitschig, gab dem Zimmer aber ein wenig Glanz. Als Ruifeng fertig war, wandte er sich freudestrahlend an Dongyang: »Bruder Dongyang, Sie sind auch hier? Ich war in den letzten Tagen so beschäftigt, daß ich gar nicht in die Schule gekommen bin. Wie geht es Ihnen, sind Sie wohlauf?«

Dongyang beherrschte diese Floskeln nicht, er verzog nur das Gesicht, ließ ein Auge nach oben und wieder hinunter wandern, sagte aber nichts. Im stillen dachte er allerdings: »Warte nur, dich kriege ich schon noch hinter Gitter, brauchst gar nicht so deine Zunge zu wetzen.«

Inzwischen hatte Dickmadam schon neben Rotkürbis Platz genommen und ihr erzählt, daß ihr Mann die Unterabteilung Verwaltung im Schulamt übernommen habe. Sie war nämlich nicht wegen des Glückwunsches gekommen, sondern um die Schande des Rausschmisses abzuwaschen – ihr Mann war jetzt Abteilungsleiter!

»Was?« staunten die Guans wie aus einem Munde. Rotkürbis bestand darauf, ihr Mann solle ihr den Vorrang lassen: »Laß mich erst einmal reden, ja?« Xiaohe trat eilig zwei Schrittchen zurück und sagte lachend: »Selbstverständlich, Direktor! Ich bitte vielmals um Vergebung.«

»Was?« Rotkürbis stand auf und streckte ihre goldbereiften Arme vor: »Sie kommen mir gratulieren, Abteilungsleiter Qi? Sie sind mir einer! Kein Wort zu sagen!« Sie schüttelte Ruifengs Hand so kräftig, daß ihm die Finger weh taten. Dann ließ sie los und rief nach dem Diener: »Bring den Brandy aus dem Englischen Amt!« Und zu den anderen gewandt: »Trinken wir auf Abteilungsleiter Qi und die Abteilungsleitersgattin, Glückwunsch!«

»Nein«, rief Ruifeng, der bei nichtigen Anlässen immer Talent bewies, »nein, trinken wir zunächst auf die Frau Direktor und den Direktorsgatten, Glückwunsch!«

»Glückwunsch für alle!« warf Xiaohe sanft dazwischen.

Lan Dongyang stand da, voller Neid und Haß. Sein Gesicht wurde allmählich grün. Schade, daß er nicht schon vor ein paar Tagen zugeschlagen und Ruifeng ins Gefängnis gebracht hatte. Jetzt mußte er ihm schöntun, denn er war Abteilungsleiter.

Als der Brandy kam, stießen alle an.

Ruifeng konnte seinen Mund nicht halten, er begann zu erzählen, wie er zu dem Posten gekommen war: »Das habe ich meiner Gattin zu verdanken! Ihr Onkel ist ein Schwurbruder vom soeben ernannten Leiter des Schulamtes. Dieser wollte den Posten keinesfalls ohne ihren Onkel übernehmen, denn

der hat dieses Amt schon einmal geleitet und noch dazu in Japan studiert, spricht Japanisch wie ein Japaner! Aber der Onkel wollte kein Amt mehr, er hat einige Ersparnisse und ist auch nicht mehr gesund. Da der Amtsleiter aber so inständig bat, versprach der Onkel, ihm einen Helfer zu suchen, und dachte dabei an mich! Zum Glück war meine Gattin gerade bei ihrer Familie zu Besuch und gab zu verstehen: ›Onkel, Ruifeng nimmt bestimmt nichts unterhalb eines Stellvertreters an.‹ Da flehte der Onkel sie an, ihr Gatte möge sich erst einmal mit einer Abteilung abfinden, der Stellvertreter sei schon von den Japanern bestimmt, das könne man nicht sofort ändern. Sie wollte dem kranken Onkel nicht widersprechen und willigte in die leitende Stellung ein, zumal es auch noch die Abteilung Verwaltung ist.«
»Sicher wird Ihnen bald das Amt des Stellvertreters zufallen. Ich wünsche Ihnen baldige Beförderung!« Xiaohe hob wieder das Glas.
Dongyang wollte sich verabschieden. Er hielt die Luft im Raum nicht länger aus. Aber Rotkürbis ließ ihn nicht gehen. »Sie wollen wirklich schon gehen, wo Sie doch so selten unser Gast sind. Sie müssen noch ausgiebig mit uns feiern! Na gut, ich kann Sie nicht aufhalten. Aber dann lassen Sie mich zu Ende sprechen!« Sie stand auf, legte eine Hand auf das Herz, die andere stützte sie auf die Tischecke und sagte in Schauspielermanier: »Dongyang, Sie sind im Bürgerkomitee. Ruifeng, Sie gehören zum Schulamt. Ich selbst habe einen bescheidenen Direktorposten erhalten. Xiaohe wird demnächst ebenfalls einen Posten erhalten, einen höheren als wir alle. In diesen Zeiten des Umbruchs haben wir es weit gebracht. Wir müssen zusammenhalten, uns gegenseitig unterstützen, damit wir erfolgreich für uns den Himmel öffnen, auf daß jeder unserer Familienangehörigen Amt, Würden und Vermögen gewinnt! Den Japanern gebührt natürlich die erste Reihe, aber die zweite steht uns und unseren Anverwandten zu. Wir sollten innigen Herzens darum bemüht sein, eine einige Kraft zu bilden, auf die alle, selbst die Japaner, hören, damit wir stets das Beste bekommen!«
Ruifeng lauschte angestrengt mit geneigtem Kopf wie ein horchendes Huhn. Als Rotkürbis sich steigerte, bewegten sich

seine Lippen mit. Xiaohe stand ehrfurchtsvoll und nickte nach jedem Satz, dabei leuchtete etwas Feuchtes in seinen Augen. Dongyang verdrehte die Augen nach oben und ließ sie wieder herunter. Er nahm sich fest vor: Ich lasse mich nicht von euch benutzen, aber ausnutzen werde ich euch. Du brauchst gar nicht so schön zu reden, mich betrügst du nicht.

Dickmadam verzog die Lippen zu einem Lächeln und sagte sich: »Ich bin zwar kein Abteilungsleiter geworden, habe aber meinem Mann den Posten verschafft! Ich kann auch etwas, genauso wie du, ich habe keine Angst mehr vor dir!«

Als Rotkürbis geendet hatte, schnaufte sie ein wenig, weil sie zu erregt war, und rieb sich mit der Hand die Brust. Xiaohe klatschte als erster. Dann bat er äußerst charmant und nett Frau Qi um ein paar Worte.

Dickmadam errötete. Sie klammerte sich mit beiden Händen an den Stuhl, um nicht aufstehen zu müssen. Sie fühlte sich geschmeichelt, brachte aber keinen Ton hervor. Xiaohes Hände klatschten wieder schnell und leicht: »Wir bitten Sie, Abteilungsleitersgattin, bitte!«

Ruifeng wußte, daß ihre Redegewandtheit zu wünschen übrigließ, außer nachts, wenn sie mit ihm zeterte. Aber er wagte nicht, für sie einzuspringen, vielleicht gab ihr heute das Glücksgefühl die richtigen Worte ein. Er blickte ihr gebannt ins Gesicht, hielt sich aber zurück. Früher hatte er sie nur als seine Frau gefürchtet, jetzt fürchtete er sie wie einen allmächtigen Gott!

Dickmadam erhob sich. Xiaohes Hände klatschten lauter. Aber sie hatte nicht vor, etwas zu sagen. Sie lächelte und meinte dann zu Ruifeng: »Laß uns nach Hause gehn, wir haben noch so viel zu tun...«

Rotkürbis erklärte sofort: »Richtig! Wir veranstalten demnächst eine richtige Feier, heute sind wir alle sehr beschäftigt!«

Das Abteilungsleiterehepaar Qi ging, das Direktorenehepaar Guan begleitete sie hinaus. Kurz vor dem Tor besann sich Rotkürbis: »Was ich noch sagen wollte, Abteilungsleiter Qi, wenn Sie zu uns ziehen möchten, würden wir uns sehr freuen!«

Jetzt fand Dickmadam ihre Stimme wieder: »Wir ziehen demnächst zu meinem zweiten Onkel. Von da ist es näher zum

Schulamt, und wir haben auch genügend Platz, außerdem ...«
Eigentlich wollte sie noch klarstellen: »Der Großvater und die Eltern sind überängstlich, für einen Abteilungsleiter sind sie nicht der richtige Umgang«, aber mit Blick auf Ruifeng genierte sie sich. Da er nun mal Abteilungsleiter geworden war, mußte sie sein Gesicht wahren, sich zumindest Mühe geben.
Dongyang verabschiedete sich noch nicht. Ginge er mit Ruifeng und Frau hinaus, müßte er womöglich mit zu den Qis hinein und sie beglückwünschen. Er verachtete Ruifeng.
Beim Hineingehen schlug Rotkürbis Xiaohe vor: »Gehen wir noch schnell zu den Qis. Laß uns nach einem Geschenk sehen!« Sie wußte, daß eine Menge solcher Geschenkkörbe, wie Ruifeng einen gebracht hatte, im Hause vorrätig waren. Sie brauchte nur zwei hervorzuholen, den Staub abzuklopfen und weiterzugeben. Diese Körbe wanderten unaufhörlich von einer Familie zur anderen. »Zwei, einen für Sie, Dongyang, Sie müssen auch mitgehen!«
Dongyang hatte keine Lust, Ruifeng seine Kapitulation kundzutun, aber der »Abteilungsleiter« fiel natürlich ins Gewicht. So würde er gern den Schuldirektor vertreiben und selbst den Posten übernehmen. Dafür wäre es sehr angenehm, einen Bekannten im Schulamt zu haben. Also mußte er ihm diese Höflichkeit erweisen. Außerdem wußte er, wenn man Pekingern nur das kleinste Geschenk macht, erweisen sie einem beinahe jeden Dienst. Er nickte und war bereit, mit dem Ehepaar Guan zu den Qis zu gehen.
Xiaohe kramte zwei Geschenke hervor, eine Flasche Wein, der nicht zu trinken war, und eine Schachtel mit kandierten Dörrpflaumen, Lotuswurzelmehl und Keksen. Beides hatte bestimmt schon zwanzigmal seinen Besitzer gewechselt. Xiaohe trug dem Diener auf, das Geschenkband zu erneuern. »So geht es, so ist es gut! Das Geschenk kann klein sein, die Person ist wichtig!«
Als der alte Herr und Tianyous Frau hörten, daß Ruifeng einen Posten als Abteilungsleiter bekommen hatte, freuten sie sich natürlich. Um ehrlich zu sein, der alte Herr hatte wohl nie erwartet, daß ein Enkel Beamter würde. Er wußte, große Bäume zaust der Wind, hohe Ämter bringen Unglück! Daher wünschte er sich für seine Kinder und Enkel keine allzu stei-

len Karrieren. Schließlich kam er aus armen Verhältnissen. Daß Tianyou Geschäftsführer und Ruixuan Lehrer geworden waren, empfand er schon als ehrenvoll für seine Vorfahren, nicht als unglückbringend. Eine Familie entwickelte sich besser ruhig und stetig, als plötzlich emporzuschießen. Nun bedeutete »Beamter werden« nicht unbedingt Emporschießen, aber in den Augen des alten Herrn war »Beamter« eben etwas Erschreckendes.
Tianyous Frau dachte fast genauso wie der Schwiegervater. Sie hatte für ihre Söhne niemals etwas Außergewöhnliches erhofft, sondern erwartete nur, daß sie verläßlich und anständig ihre Arbeit verrichteten, die nichts Besonderes, aber geachtet sein mußte.
Daß Ruifeng nun Abteilungsleiter geworden war, freute die beiden doch sehr. Ein Beamter im Hause gab in Zeiten solchen chaotischen Treibens der Japaner etwas Mut. In der Familie Qi hatte es seit Generationen keinen Beamten gegeben. Wenn sie jetzt nicht wenigstens ein bißchen Freude zeigten, verstieße das gegen die menschliche Natur. Und daß es nach so vielen Generationen nun doch plötzlich einen Beamten gab, erinnerte den alten Mann daran, daß das Haus eben doch eine gute Geomantik hatte. Wenn der Ahnherr schon wegen des Hauses stolz sein konnte, dann erst recht Tianyous Frau, denn sie hatte den »Beamtensohn« schließlich geboren! Auch wenn sie nicht auf oberflächlichen Ruhm aus war, durfte sie sich freuen.
Als sie aber hörten, daß der Zweite ausziehen wollte, verdunkelten sich ihre Augen. Der alte Herr fand, daß die Geomantik des Hauses dann nur Ruifeng etwas gebracht hätte, aber auf ihn selbst gar kein Ruhm fiele. Und überhaupt, wer gerade einen Posten bekommen, etwas erreicht hat und sofort sein Nest verläßt, der besitzt keine Pietät! Der alte Herr beschloß, auf seinem Kang liegen zu bleiben, sollte Ruifeng ruhig einmal die »Teilnahmslosigkeit« des Großvaters erfahren! Tianyous Frau war sehr bekümmert. Sie ärgerte sich. Wie egoistisch war es, auszuziehen, nachdem man gerade einen Posten bekommen hatte! Aber sie konnte ihn schlecht zurückhalten, wußte sie doch, daß man in diesen Zeiten die Söhne nicht zu Hause anbinden konnte. Jetzt ging es nach dem Motto: »Nach der

Heirat braucht der Sohn die Mutter nicht mehr.« Außerdem befürchtete sie, wenn der Zweite völlig unter die Fuchtel seiner dicken Frau geriete, würde er verdorben. Sie wollte ihn wenigstens mit ein paar Worten warnen, hatte aber nicht viel Lust, den Mund aufzumachen. Ist der Sohn erwachsen, verliert das Wort der Mutter an Autorität. Ihr war bewußt, daß der Zweite sich lieber von seiner Frau betrügen ließ, als auf seine Mutter zu hören. Schließlich entschied sie sich, in ihrem Zimmer liegen zu bleiben und Krankheit vorzutäuschen.

Shuns Ma beschloß, ihren Zorn wegzustecken und nicht neidisch auf den Zweiten zu sein. Sie war immer großzügig. Fröhlich gratulierte sie den alten Herrschaften und den Eheleuten. Sie war auch nicht böse, als sie hörte, daß der Zweite ausziehen wollte. Denn sie wußte genau, daß es schwierig sein würde, mit ihm als Beamtem und seiner Frau als Beamtengattin auszukommen. Sollten die beiden ruhig gehen. Ohne sie könnte sie die Alten in Ruhe umsorgen. Denn sie fand, das sei ihre eigentliche Aufgabe. Überlegte sie es recht, war es gar nicht schlecht, wenn sie mehr Zeit für die Alten und weniger sinnlosen Ärger mit Schwager und Schwägerin hätte!

Als Ruixuan davon erfuhr, dachte er zunächst gar nichts, sondern war nur erleichtert. Egal, was der Zweite machte, Hauptsache, er verdiente sich seinen Lebensunterhalt wieder selbst und fiele ihm nicht mehr so oft auf die Nerven, da wäre er schon heilfroh. Nach einer Weile änderte er allerdings seine Ansicht. Nein, er durfte den Zweiten und die Schwägerin nicht ausziehen lassen. Beide gehörten zur Familie Qi und waren chinesische Staatsbürger. Qi Ruixuan konnte doch keinen Bruder dulden, der den Japanern diente. Ruifeng hatte sich nicht einfach nur eine Arbeit gesucht, um sich eine Weile über Wasser zu halten, er wurde Beamter, Verräter. Ruixuan wurde es plötzlich heiß, er hatte ein abscheuliches Gefühl. Es gab einen Verräter im Hause Qi! Der Dritte war geflohen, um dem Lande zu dienen. Der Zweite blieb zu Hause und wurde Beamter im Dienste der Japaner. Wie sollte man das aufrechnen? Genaugenommen gab es bei Ruixuan viele verschwommene Linien, schwarz und weiß waren nicht immer fein säuberlich getrennt. Seine Ideale wurden häufig von der Wirklichkeit besiegt, seine Entschlossenheit von den kleinen Bitternissen des Lebens aufgeweicht. Daher konnte er oftmals nicht an seinen Entschlüssen festhalten, sondern mußte sich mit einem offenen und einem zugedrückten Auge in der Familie und im Alltag durchschlagen. In den großen Fragen wie Loyalität oder Verrat allerdings erlaubte er sich keine unscharfen Linien. Loyalität war Loyalität. Und Verrat war Verrat.

Im Hof erwartete er den Zweiten. Die Granatäpfelbäume und Oleanderstöcke waren schon in die Abstellkammer gebracht worden, der Hof nahm sich leer aus. Die Jadepfeil-Lilien und Begonien am Sockel der Südmauer waren vertrocknet, nur ein paar gelbe Blätter hingen kraftlos herab, die jederzeit vom Wind abgerissen werden konnten. Sonst hatte der alte Herr sie um diese Zeit längst mit Asche und Kohleresten abgedeckt und leere Blumentöpfe darüber gestülpt. In diesem Jahr tröstete er zwar die anderen immer wieder, daß »alles bald vorüber sein« werde, selbst schien er aber nicht so recht daran zu glauben. Daß er sich kaum noch um seine Blumen kümmerte, war der beste Beweis dafür. Die Dattelbäume hatten kein einziges Blatt mehr, auf einem Zweig hockte ein Spatzenpärchen mit eingezogenen Köpfen. Am Himmel war keine Wolke, aber die Sonne wirkte blaß, sie strahlte keine Wärme aus. Auf dem Dach schwankten ein paar trockene Grasbüschel im Wind. Ruixuan lief lustlos und traurig im Hof auf und ab.

Als Ruifeng und seine Frau hereinkamen, bat er ihn sofort zu sich. Er sprach sonst gern in Andeutungen. Da er aber wußte, daß sein Bruder das meist nicht recht verstand, konnte er es sich heute nicht leisten. Der Ernst der Dinge erlaubte keinerlei Umwege. Also fiel er sogleich mit der Tür ins Haus: »Du willst den Posten annehmen?«

Der Zweite zog den Kragen seiner Mandarinjacke zurecht und antwortete, um Fassung bemüht: »Selbstverständlich! Einen Abteilungsleiter findet man nicht alle Tage einfach so auf der Straße!«

»Bist du dir darüber im klaren, daß du damit zum Verräter wirst?« Ruixuan sah den Zweiten fest an.

»Ver...« Daran hatte der Zweite wirklich nicht gedacht. Mit offenem Mund stand er wohl eine halbe Minute lang da, ohne etwas entgegnen zu können. Dann überlegte er krampfhaft, was er erwidern sollte: »Abteilungsleiter ... und ... Landesverräter! Das sind doch zwei völlig verschiedene Dinge, die nichts miteinander zu tun haben.«

»In Friedenszeiten, ja«, erklärte Ruixuan, »aber jetzt ist Peking von den Japanern besetzt!«

Der Zweite hätte gern klargestellt: »Ganz gleich, worum es sich handelt, einen Abteilungsleiterposten läßt man nicht einfach sausen!«, aber das wagte er nicht. Deshalb ging er zum Gegenangriff über: »Das heißt also, daß Vater, wenn er im Geschäft japanische Ware verkauft, und du, wenn du in der Schule unterrichtest, daß auch ihr Verräter seid?«

Am liebsten hätte Ruixuan nichts mehr gesagt und seinen Bruder gewähren lassen. Aber er durfte nicht klein beigeben. Er lächelte: »Das ist doch wohl etwas anderes. Meiner Meinung nach ist jemand, der wegen der Sorge um die Familie oder wegen anderer Gründe nicht aus Peking fliehen kann, aber auch nicht die Absicht hat, den Japanern zu dienen, kein Landesverräter. Peking hat so viele Einwohner, die können nicht alle fliehen. Und wer nicht wegkann, der muß sehen, wie er hier sein Brot verdient. Wer aber wegen seinem Lohn freiwillig einen Kotau vor den Japanern macht, wie Lan Dongyang und Guan Xiaohe und du, von dem kann man schlecht sagen, er sei kein Landesverräter. Du hättest fliehen können, du hättest es tun müssen! Aber du wolltest nicht. Solange du nur dageblieben bist und weitergemacht hast wie bisher, konnte man dir nur das Bleiben vorwerfen, aber keinen Verrat. Jetzt, da du mit Freuden unter einem von den Japanern ernannten Leiter im Schulamt arbeiten willst, kapitulierst du vor den Japanern. Heute bist du bereit, den Abteilungsleiter zu machen, morgen würdest du vielleicht schon den Amtsleiterposten nicht mehr ablehnen. Deine Einstellung macht dich zum Verräter, nicht unbedingt die Höhe des Postens. Höre auf mich, fliehe mit der Schwägerin und lebe als anständiger Mensch. Ich habe keine andere Wahl, ich bringe es nicht fertig, Großvater und die Eltern hier sich selbst zu überlassen. Aber ich werde keinesfalls die Japaner um Arbeit und Brot anbetteln. Solange ich unterrichten kann, tue ich es. Wenn es nicht mehr geht, muß ich mir etwas anderes suchen. Notfalls bin ich auch bereit, Erdnüsse zu verkaufen, aber für die Japaner werde ich keinesfalls arbeiten! Ich müßte mich

schon Landesverräter nennen, wenn die Japaner mich heute zum Schuldirektor ernannt hätten, gar nicht zu reden davon, wenn ich mich aktiv um dieses Amt bemüht hätte!«
Als er sich ausgesprochen hatte, fühlte sich Ruixuan wie von einer Gräte befreit, die ihm im Halse steckte.
Ruifeng war erstarrt. So große Worte hatte er nie von seinem Bruder erwartet. Es gab doch nichts Besseres und Erfreulicheres, als auf der Suche nach einer neuen Anstellung Erfolg zu haben und damit auch noch Lan Dongyang ein wenig einschüchtern zu können! Also mußte er sich himmlisch freuen und sein glückliches Schicksal und seine Zukunftsaussichten preisen! Wie konnte da jemand einen Verräter herbeireden? Er war ziemlich verwirrt und erfaßte nicht genau, was der Bruder eigentlich meinte, wollte aber nicht weiter fragen, sondern dachte nur: Ruixuan hatte eine bessere Bildung genossen als er, war aber nicht Beamter geworden, deshalb war er bestimmt neidisch. Dann sollte er eben neidisch sein! Er hatte nun mal Glück gehabt, daran war nichts zu ändern! Er stand auf, zog die Jacke zurecht und tat, als setze er zum Lächeln und Sprechen an, und ging verlegen, jedoch nicht ohne Stolz hinaus. Da er die Worte des älteren Bruders nicht recht begriffen hatte und auch nichts zur Entkräftung vorbringen konnte, blieb Ruifeng nichts anderes übrig, als den Rückzug anzutreten.
Als Ruifeng gerade sein Zimmer betreten wollte, trafen Herr Guan, Rotkürbis und Lan Dongyang ein. Die Geschenke trug der Diener, der ihnen ehrfurchtsvoll folgte.
Rotkürbis verfügte über eine kräftige Stimme, ihr erstes Lachen verscheuchte die Spatzen vom Dattelbaum. Das zweite schreckte Xiao Shun und Niuzi auf, die sich in die Küche verkrochen. Der kleine Shun rief aufgeregt und mit weit aufgerissenen Augen: »Ma, Ma, die mit den knallroten Kleidern von nebenan sind gekommen!« Wirklich, Rotkürbis trug ein dattelrotes Gewand. Das dritte Lachen warf den alten Herrn und Tianyous Frau zum Schlafen auf den Kang, von dorther ließen sie ein unhöfliches Schnarchen hören.
Keiner erschien, um die Gäste zu begrüßen. Shuns Ma wollte ihnen eigentlich Tee anbieten, aber Ruixuan warf ihr durch das Fenster so einen Blick zu, daß sie sich schnell in die Küche zurückzog.

31

Noch eine Kundgebung und noch eine, langsam gewöhnten sich die Schüler und die Bettler daran, auch Xiao Cui und Sun-Sieben. Sie warfen den Schülern nichts mehr vor, und die Schüler senkten die Köpfe nicht mehr so tief. Alle mußten sich fügen und lebten so vor sich hin. Kummer, Sorgen, Zweifel, Kälte und Schande machten ihnen das Leben schwer. Trotzdem mußte es irgendwie weitergehen.

Es gab nur eine Hoffnung: Hoffnung auf Sieg an allen Fronten. Peking war wie eine abgeregnete Wolke, die nur noch nutzlos am Himmel treibt. Man konnte nur hoffen, daß andere Wolken Regen brachten. Von allen Kriegsschauplätzen wurde vor allem Shanghai mit besonderer Aufmerksamkeit verfolgt. Nachrichten aus Shanghai interessierten jeden zu jeder Zeit, auch wenn es nur Gerüchte waren. Nur ein Sieg in Shanghai konnte von diesem Niederlagen-Syndrom heilen. Die Leute verbrannten sogar Weihrauchstäbchen in den Tempeln und beteten in den Kirchen für den Sieg. Sie mochten die Zeitungsjungen auf der Straße, weil die mit schriller Stimme stets gute Nachrichten verkündeten, auch wenn sie den Meldungen in der Zeitung widersprachen. Sie glaubten lieber deren »Prophezeiungen« als den von Japanern redigierten Zeitungen.

Aber die Truppen erlitten in Shanghai eine Niederlage.

Und was war mit Nanjing? Konnte es nach dem Verlust von Shanghai überhaupt noch gehalten werden? Vielleicht kam es zu Friedensverhandlungen? Dann würde Nordchina wohl abgetreten werden müssen, und Peking bliebe ewig japanisch?

Sun-Sieben rasierte gerade in einem kleinen Laden einem Gehilfen den Kopf, als draußen eine Sonderausgabe verkauft wurde. In den letzten Monaten kamen Sonderausgaben meistens Todesanzeigen gleich. Die Zeitungsjungen kündigten diese teilnahmslos an, sie mochten die Siege des Feindes nicht laut herausschreien. Ein Junge mit rotgefrorener Nase steckte den Kopf zur Tür herein und fragte aus reinem Geschäftsinteresse leise, nicht etwa um Propaganda für den Feind zu machen: »Nehmen Sie eine Extra-Ausgabe, Chef?«

»Was gibt's denn?« fragte Sun-Sieben, während das Messer weiter an derselben Stelle schabte. Der Junge rieb sich die Nase: »Shanghai...«
»Was ist mit Shanghai?«
»... wurde aufgegeben!«
Sun-Sieben fiel das Messer aus der Hand. Es rutschte dem Gehilfen von der Schulter auf die Beine und fiel auf die Erde. Zum Glück trug er eine wattierte Hose und war nicht verletzt.
»Was sind das für Scherze, Meister Sun!« brummte der Gehilfe böse.
»Shanghai ist erledigt!« Sun-Sieben bückte sich verstört nach dem Messer.
»Oh...!« Der Gehilfe erschrak, er wußte, was das bedeutete. Der Zeitungsjunge war ebenso durcheinander. Sun-Sieben reichte ihm einen Kupferling. Der Junge seufzte, ließ ein Blättchen zurück und ging.
Barbier und Kunde stürzten sich auf die Zeitung. »Endsieg der Kaiserlichen Armee in Shanghai!« Der Gehilfe ergriff das Blatt, zerknitterte es, warf es zu Boden und trampelte darauf herum. Sun-Sieben rasierte ihn weiter, dabei blinzelten seine kurzsichtigen Augen unentwegt und sahen noch schlechter als sonst.
Xiao Cui, das Kürbisgesicht hochrot, und Cheng Changshun, wie immer näselnd, stritten sich heftig. Changshun war der Meinung, daß Nanjing unbedingt gehalten werden müßte, trotz des Verlustes von Shanghai. Könnte es noch ein halbes Jahr verteidigt werden, scheiterte jeder Angriff des Feindes, und Japan wäre am Ende. Dieses kleine Japan hat doch nicht so viele Leute, wie viele wollen sie denn noch in den Tod schicken?
Xiao Cui war heilfroh, daß Nanjing gehalten werden konnte, aber der Verlust Shanghais setzte ihm ordentlich zu, er wagte nicht mehr, optimistisch zu sein. Er, der den ganzen Tag auf der Straße verbrachte, wußte, daß es bei Prügeleien und Kämpfen Sieger und Verlierer gab, »Hauptsache, man wagte den Kampf, dann war Verlieren auch keine Schande«. Doch ihm kamen Zweifel, ob Nanjing den Kampf fortsetzen würde. Zwar hoffte er es und wartete auf einen Sieg nach all den Niederlagen, aber Hoffnung blieb Hoffnung, und Realität

war Realität. Hatte Shanghai nicht am 28. Januar 1932 sofort nach der ersten Niederlage Friedensverhandlungen angeboten?
Changshun kramte ein Lehrbuch aus der Grundschule hervor und zeigte es Xiao Cui: »Sieh dir doch bloß mal die Karte von Nanjing an! Schau, das ist die Yuhuatai-Terrasse und das der Jangtse. Mann, wenn das ordentlich verteidigt wird, kommt da nicht einmal ein Vogel rein.«
»Nankou und der Niangzi-Paß, die sind schwer zugänglich … aber wenn …«
Changshun unterbrach ihn: »Nanjing ist Nanjing, und der Niangzi-Paß ist der Niangzi-Paß!« Sein Gesicht lief rot an, vor Aufregung traten ihm Tränen in die Augen. Anfangs hatte er leise gesprochen, damit es die Großmutter nicht hörte, aber nun wurde er lauter. Er stritt sich nicht so leicht mit jemandem, wenn es aber passierte, nahm er es ernst und vergaß darüber alle Vorsicht.
»Changshun!« Das war die Stimme der Großmutter. Da er den nächsten Satz genau kannte, wartete er ihn nicht erst ab, sondern ging gleich hinein. Mit Xiao Cui würde er später weiterstreiten.
In Nummer sechs hätte sich Meister Liu beinahe mit John Ding geprügelt. Gewöhnlich nickten sie sich nur leicht zu, sprachen aber kaum miteinander. John Ding fühlte sich zum Englischen Amt und zu Jesus gehörig, daher verachtete er den Zeltebauer. Meister Liu indessen wußte, daß John Ding dem Englischen Amt und Jesus gehörte, weshalb er ihn erst recht verachtete. Heute war John Ding aus dem Englischen Amt gekommen und hatte etwas Butter mitgebracht, die er den Guans bringen wollte, denn er hatte das rote Spruchband am Tor gesehen. Im Hof traf er Meister Liu. Sie hatten sich seit Tagen nicht gesehen, und er beabsichtigte nicht, ein Gespräch anzufangen. Nur kurz nickte er ihm kühl und hochmütig zu.
Meister Liu hatte beschlossen, den Hochmut dieser Ausländerkopie zu übersehen und ihn nach Neuigkeiten zu befragen. Er meinte, im Englischen Amt verfüge man über viele und zuverlässige Nachrichten. Freundlich lächelnd ging er auf ihn zu: »Sie kommen gerade zurück? Was gibt es denn?«

»Was soll es denn geben?« John Ding sah mit glattrasiertem Gesicht und kurzem geradem Rücken wie aufgezogen aus.
»Shanghai!« Meister Liu trat ein bißchen näher und versperrte ihm den Weg, Shanghai interessierte ihn wirklich.
»Och, Shanghai!« John Ding lächelte verstohlen, »ist erledigt!« Damit meinte er, seiner Pflicht Genüge getan zu haben, und wollte gehen. Aber Meister Liu fragte weiter: »Und was ist mit Nanjing?«
John Ding runzelte die Stirn und wurde ärgerlich. »Nanjing? Was kümmert mich Nanjing?« Er sprach die Wahrheit, er gehörte zum Englischen Amt, warum sollte er sich da um Nanjing sorgen.
Der andere geriet in Wut. Er fragte scharf: »Nanjing ist doch wohl unsere Hauptstadt? Oder sind Sie kein Chinese?«
John Ding machte ein langes Gesicht. Diese Frage bedeutete, daß der Liu ihn einen Ausländersklaven schimpfte. Er hatte keine Angst, so genannt zu werden, aber der Liu, ein stinkender Zeltebauer, hatte kein Recht, ihn so zu nennen. »Ach, ich bin kein Chinese, aber Sie, was? Ich habe nicht gesehen, daß Sie einen Japaner niedergeschlagen haben!«
Meister Liu wurde rot bis hinter die Ohren. John Ding hatte seine wunde Stelle getroffen. Er beherrschte ein wenig Kampfkunst, empfand viel Liebe für sein Land, auch ein bißchen Stolz, aber er war nicht gegen die Japaner angetreten! Wenn John Ding ein Sklave Englands war, dann war er, Zeltebauer Liu, ein Sklave der Japaner, denn Peking war von den Japanern besetzt. Er war keinen Deut besser als der.
John Ding trat einen Schritt zur Seite und wollte gehen.
Lao Liu tat ebenfalls einen Schritt und versperrte ihm erst einmal den Weg, bis er die richtigen Worte fände, um ihm den Unterschied klarzumachen.
Als Meister Liu nicht antwortete, wußte John Ding, daß er Oberwasser behalten würde. Trotz der Kampfkünste des anderen konnte er sich eine weitere spitze Bemerkung nicht verkneifen: »Mich hier aufhalten, das können Sie! Halten Sie doch die Panzer der Japaner auf!«
Meister Liu prügelte sich nicht gerne, seine Hände und Füße waren kräftig und konnten schnell jemand verletzen. Aber jetzt brachten ihn Scham und Ärger in Wut, er sah John Ding

mit wilden Blicken an. Der wußte Bescheid und ging eilends davon. Ihm war klar, daß der Sieg erst vollkommen war, wenn er nicht nur beim Reden Oberwasser hätte, sondern auch den Fäusten entginge.
Meister Liu hatte zwar eine gewaltige Wut, setzte ihm aber nicht nach. Wer sich nicht schlagen wollte, den zwang er nicht.

Xiao Wen stand, die Hände in die Ärmel gesteckt, reglos unter dem Dachfirst. Zwischen den Lippen hielt er eine Zigarette, deren langer Aschenrest nach und nach auf seine Brust fiel. Er komponierte gerade eine neue Melodie für seine Frau und hatte nicht darauf geachtet, worüber sich Liu und Ding gestritten hatten. Ihm war auch entgangen, wer in Shanghai gesiegt und wer verloren hatte. Die Komposition nahm ihn voll in Anspruch. Die neue Melodie würde die Pekinger Theater, Teehäuser und Amateurgruppen in Bewegung versetzen, Ruoxia noch mehr Ruhm einbringen und auch ihm Freude machen. In seinem Herzen gab es weder China noch Japan, nur die Gewißheit, daß die Welt wunderschöne Geigenklänge und liebliche Gesänge brauchte. Nachdem Ding und Liu verschwunden waren, drehte sich Xiao Wen plötzlich um, ging schnell ins Zimmer und griff zur Geige.
Ruoxia war leicht erkältet, sie traute sich nicht aus dem Bett, doch für die neue Melodie interessierte sie sich sehr. »Wie ist es, hast du sie?«
»Laß mich erst mal in Ruhe, es ist bald soweit!«

John Ding ging mit der Butter zu den Guans, um zu gratulieren. Rotkürbis überlegte einen Moment, ob sie es sich als »Direktor« noch erlauben könne, diesen Kellner wie ihresgleichen zu behandeln. Als sie aber die Butter sah, gab sie ihm ohne Zögern die Hand. Sie schwärmte für Butter. Sie verstand keine Fremdsprache, wußte kaum etwas vom Ausland, verwendete aber das Wort Butter gerne für Beschreibungen wie: »Ihr Gesicht war weich wie Butter!« So hatte sie das Gefühl, etwas vom Ausland zu verstehen und fast schon »ausländisch« zu sprechen.
John Ding wußte durch die lange Zeit im Englischen Amt

genau, wie man jemanden anzureden hatte. Er nannte sie dauernd »Direktor«, was ihr Herz höher schlagen ließ.
Als Xiaohe sah, daß John der Dame des Hauses noch immer willkommen war, behandelte er ihn wie einen ausländischen Gast, einen Abgesandten des Völkerbundes, und erkundigte sich: »Wie sieht man denn im Englischen Amt die Kämpfe in Shanghai?«
»China wird jedenfalls nicht siegen!« Johns Antwort kam ruhig und gelassen, objektiv, kühl und arrogant wie von einem britischen Adligen.
»Oh, nicht siegen?« Xiaohe kniff die Augen zusammen, um seine Freude etwas zu verbergen. John Ding nickte.
Herr Guan zwinkerte seiner Gattin zu, was heißen sollte: »Laß uns etwas mutiger vorgehen, die Japaner verlassen Peking nicht so schnell.«

»Sieh mal an, mich hat er eingekauft, die Tochter will er verkaufen!« Tongfang sprach leise, aber empört.
»Ich werde diesen Kerl auf keinen Fall heiraten!« Gaodi war den Tränen nahe. Der Kerl war Li Kongshan. Da Rotkürbis ihren Direktorposten hatte, verlangte er Gaodi.
»Jammern hilft nicht, wir müssen uns etwas überlegen!« Sie selbst wußte zwar auch nicht weiter, aber sie mußte nachdenken, das war viel wichtiger als reden.
»Ich habe keine Idee«, gestand Gaodi. »Vor ein paar Tagen habe ich noch gedacht, wenn Shanghai siegt, hauen alle diese Kerle wie Li Kongshan nach Tianjin ab, deshalb habe ich mich überhaupt nicht aufgeregt. Jetzt aber heißt es, Shanghai ist verloren und Nanjing wahrscheinlich auch nicht mehr zu halten...« Sie sparte sich die Mühe, fortzufahren, Tongfang konnte den Rest erraten.
Tongfang war die einzige bei den Guans, die das Schicksal des Landes aufmerksam verfolgte. Als Nordostchinesin wäre sie gern dorthin zurückgekehrt, wo ihre Sprache gesprochen wurde. An das Vergnügungsviertel von Shenyang konnte sie sich noch gut erinnern und hoffte, es noch einmal besuchen zu können.
Nun aber erkannte sie mit einem Male, daß die privaten Angelegenheiten jedes Menschen auch mit den großen Dingen zu

tun haben und daß Gaodis Heirat mit dem Schicksal des Landes zusammenhängt. Sie bekam es mit der Angst zu tun. Wenn Nanjing nicht siegte und Peking für lange Zeit von den Japanern besetzt bliebe, würde Gaodi diesem Li Kongshan, für den Frauen nur Spielzeug waren, nicht entgehen. Gaodi war ihre gute Freundin. Wenn sie schon in der Familie nur Bettgefährtin für den Herrn des Hauses und ansonsten lediglich ein essender und trinkender Nichtsnutz war, so wünschte sie das keiner anderen Frau, schon gar nicht ihrer guten Freundin.

»Gaodi, du mußt fort!« erklärte Tongfang kühn.

»Fort?« Gaodi erschrak. Mit einem jungen Mann wie Qian Zhongshi hätte sie keine Angst gehabt, wegzugehen. Jedes junge Mädchen fliegt gern einmal aus Liebe davon. Aber sie hatte weder eine Liebe noch ein richtiges Ziel.

»Ich könnte mit dir verschwinden.« Tongfang sah, daß Gaodi nicht alleine gehen würde. »Du, warum solltest du?« Empfand Gaodi sich selbst als heimatlos, so war Tongfang für sie wie ein Vogel im Käfig, für den alles bestens geregelt war: Essen, Trinken, eine feste Schlafstatt. So ein Vogel konnte doch nicht mehr davonfliegen!

»Warum sollte ich unbedingt hierbleiben?« Tongfang lächelte. Sie hatte eigentlich sagen wollen, deine Mutter kann ich sowieso nicht ertragen, nun, da sie Direktor geworden ist, erst recht nicht! Aber sie schluckte es schnell hinunter. Ihre Erfahrungen im Umgang mit Menschen rieten ihr, nicht zu weit zu gehen. Wie schlecht Rotkürbis auch sein mochte, Gaodi würde nicht gern Schlechtes über die eigene Mutter hören wollen.

Gaodi schwieg, sie war ganz durcheinander. Sie konnte sich nicht zum Weggehen entschließen, und schon gar nicht etwas für Tongfang entscheiden. Sie stieß einen langen Seufzer aus.

Tianyou hatte am Eingang zur Gasse den Vierten Li getroffen. Sie unterhielten sich angeregt und waren unversehens an der Nummer fünf angelangt.

Der alte Herr Qi fühlte sich seit Tagen unwohl, selbst seinen weißen Bart pflegte er kaum noch. Für das Weggehen des zweiten und dritten Enkels fand er viele Gründe, sie zu tadeln, und ebenso viele, sie zu entschuldigen. Aber er tat beides nicht. Ihm drückte es das Herz ab. Der Zusammenhalt der vier Generationen unter einem Dach, auf den er so stolz war, zerbröckelte. Die von ihm zu Beginn des Krieges erhoffte Ruhe nach spätestens drei Monaten hatte sich nicht erfüllt. Und Shanghai war auch verloren! Selbst wenn er nicht viel von der großen Politik verstand, soviel stand fest: Nachdem Shanghai in Feindeshand gefallen war, gab es noch weniger Hoffnung, daß Peking bald wieder frei sein würde. Solange es aber von den Japanern besetzt blieb, konnte hier alles passieren! War nicht nach dem Weggang des Dritten auch der Zweite ausgezogen? Der Anblick der leeren Räume, die Ruifeng und Ruiquan bewohnt hatten, führte ihm eindringlich die Bedeutung von Krieg und Trennung vor Augen. Als er jetzt jedoch den Sohn kommen sah, der außerdem den Vierten Li mitbrachte, umspielte ein Lächeln seine Augen.

Tianyou besaß einen weiteren Horizont und war großzügiger als sein Vater. Die Flucht des Dritten und der Auszug des zweiten Sohnes bereiteten ihm keinen Kummer. Er hätte es gern gesehen, daß Jung und Alt harmonisch zusammenlebten, allein er wußte, daß die jungen Leute in den letzten Jahren gefragt und die Alten nicht mehr so viel wert waren wie früher. Die Söhne gingen ihre eigenen Wege, und die Alten taten gut daran, ein Auge offenzuhalten, das andere zu schließen und alles nicht so genau zu nehmen.

Doch in den letzten Monaten hatte er graue Haare bekommen. Zwar betrachtete er die Beziehungen in der Familie nicht ganz so eng wie sein Vater, doch das Schicksal des Landes bereitete ihm weit mehr Sorgen als diesem. Der alte Herr hatte über die Hälfte seines Lebens unter dem Qing-Kaiser verbracht, Tianyou dagegen in seinen besten Jahren die Revolution erlebt. Das Schicksal des Landes und seines kleinen Geschäfts waren wie Haut und Haare fest miteinander verbunden. Er war nicht dagegen, reich zu werden, achtete aber streng auf die Moral. Was er erworben hatte, war redlich erworben. Nie wäre er auf die Idee gekommen, chaotische Zeiten zu nutzen, um auf Abwegen reich zu werden. Daher wußte er auch, es würde schlecht um seine Geschäfte stehen, sobald Krieg im Lande herrschte, und sein anständiges Vor-

gehen wäre völlig vergebens, all sein Planen und Hoffen dahin. Das brachte ihm die grauen Haare ein.
Unter den drei Alten war der Vierte Li der gesündeste und kräftigste, doch auch sein Rücken war in den letzten Monaten krumm geworden. Um Essen und Kleidung machte er sich keine Sorgen, und das Schicksal des Landes bedrückte ihn nicht sonderlich. Was ihm jedoch die Japaner direkt und indirekt zufügten, empfand er als eine zusätzliche, schwere Last auf seinem Buckel. Ob bei einem Leichenzug oder einem Umzug, dauernd wurde er an den Stadttoren kontrolliert und mit dem Bajonett bedroht. Nur nach vielen Worten und unzähligen Bücklingen konnte er jeweils entkommen. War aber die Leiche begraben oder der Umzug erledigt, waren die Tore bei der Rückkehr geschlossen, und er mußte in einer Herberge nächtigen. Ein Siebzigjähriger, der den ganzen Tag geschuftet hat, braucht zu Hause seine Ruhe, etwas Warmes zum Essen, heißen Tee und warmes Wasser für ein Fußbad. Saß er draußen fest, mußte er in der Herberge zwischen Bettlern nächtigen. Manchmal blieben die Tore tagelang geschlossen. Um nicht zu hungern, sah er sich gezwungen, ein Kleidungsstück oder etwas anderes zu versetzen. Damit verschwendete er seine Zeit. Deshalb haßte er die Japaner.
Das Lächeln um die Augen des Herrn Qi hielt sich nicht lange. Er hatte sich auf eine muntere, ein- oder zweistündige Unterhaltung mit dem Vierten Li und Tianyou gefreut, in der er alles, was ihm auf dem Herzen lag, auspacken wollte. Er fand jedoch keine Worte. Seine sonst gültige Prophezeiung »In Peking dauern Katastrophen nie länger als drei Monate« war nicht eingetroffen. Er mußte neue Vermutungen anstellen. Über das Schicksal des Landes wagte er keine Voraussage mehr. Er hatte das Gefühl, in ein Labyrinth geraten zu sein, wo Ost und West, Nord und Süd durcheinandergeraten waren. Sein Selbstvertrauen war verlorengegangen.
Da der alte Herr schwieg, konnte Tianyou schlecht sein eigenes Leid klagen. Spräche er seine Sorgen aus, würde der Vater bestimmt aufmerksam, auch auf seine grau gewordenen Haare. Und dies wiederum würde beide nur traurig stimmen. Der Vierte Li hätte weitaus mehr als Vater und Sohn Qi zu reden gehabt. Den ganzen Tag war er auf der Straße, hörte

und sah so manches, was er zum besten geben konnte. Aber er hatte keine Lust. Alles, was er jüngst gehört und gesehen hatte, machte einem das Herz nur schwer, darüber zu reden, bereitete einem noch mehr Kummer.

Die drei Alten verstummten zwar nicht ganz, doch die Worte fielen nur tröpfchenweise. Sie lächelten gequält, räusperten sich absichtlich. Shuns Ma, die hereinkam, um Tee einzuschenken, spürte die Beklemmung, die über dem Raum lag. Sie lud Großvater Li ein, Nudeln in Hammelfleischbrühe mit ihnen zu essen. Die Einladung wurde angenommen, konnte aber Gast und Gastgeber nicht aufheitern.

Tianyous Frau kam, auf Xiao Shun gestützt, herein und begrüßte den Vierten Li. Bei der Kälte litt sie wieder an Asthma, raffte sich aber auf, weil sie ein paar Neuigkeiten hören wollte. Sie hatte sich noch nie so sehr für das Schicksal des Landes interessiert wie jetzt. Ihre größte Sorge galt ihrem jüngsten Sohn, die nächste, daß sie womöglich im besetzten Peking sterben könnte. Vor allem wegen dieser Sorgen, die ihr von morgens bis abends großen Kummer bereiteten, hoffte sie auf einen Sieg der Chinesen. Nur wenn die siegten, könnte ihr Lieblingssohn zurückkommen und sie beruhigt sterben.

Als Zeichen des Vertrauens unterbreitete sie dem Vierten Li ihre Bedenken. Die Herzen der Alten krampften sich zusammen. Sie waren alle älter als Tianyous Frau. Der sonst immer optimistische alte Herr sprach das Traurige aus: »Vierter Herr Li, ein Leben lang Not gelitten zu haben, ist nicht schlimm, aber im Alter, im Tode von den Japanern ... das, das ist ...« Er konnte nicht weitersprechen.

Großmutter Li gehörte inzwischen fast zur Familie Qian. Die junge Frau Qian war stark und ließ sich nicht gern helfen. Nachdem sie aber Großmutter Li näher kennengelernt hatte, war sie nicht mehr so stur. Der Schwiegervater war krank, und ihr Vater kam jetzt nicht mehr so oft. Sie brauchte eine Vertraute. Auch wenn sie nicht gern redete, hatte sie viel auf dem Herzen. Großmutter Li konnte ihr zwar nicht den Mann ersetzen, aber die Schwiegermutter konnte sie gut vertreten. Sie sehnte sich nach ihrem Mann. Und weil sie das tat, war sie sehr besorgt um das Kind in ihrem Leib. Sie würde ihren

Mann nie wiedersehen, wußte aber, daß aus ihrem Körper ein neues Leben geboren und durch dieses neue Wesen auch ein Teil ihres Mannes noch auf dieser Welt leben würde. Dafür brauchte sie auch die Erfahrungen einer älteren Frau. Es war ihre erste Geburt und auch die letzte. Sie mußte das Kind gesund zur Welt bringen und dann allein großziehen. Würde es ein Junge, wie sie hoffte, dann wäre es ein zweiter Mengshi. Sie würde ihn nach seinem Vorbild großziehen, er müßte alle seine Vorzüge, durfte aber keine seiner Schwächen haben. So schweiften ihre Gedanken in weite Fernen. Aber je tiefer sie in ihre Gedanken versank, desto verwirrter geriet alles und desto mehr fürchtete sie sich. Sie trug kein Kind, sondern eine immerwährende Hoffnung und Verantwortung unter dem Herzen. Großmutter Li konnte ihr vieles erzählen, das ihr etwas von der übertriebenen Furcht nahm, und so verstand sie allmählich, daß eine Geburt eine ganz natürliche und nicht etwa eine unheimliche Angelegenheit war. Großmutter Lis Offenheit und Ehrlichkeit nahmen der jungen Frau Qian viele Bedenken.

Der alte Herr Qian konnte sich zeitweise schon wieder aufrichten. Im Sitzen allerdings fühlte er sich noch einsamer als im Liegen. Da konnte er mit geschlossenen Augen seinen Gedanken nachhängen. Saß er, brauchte er jemanden zum Reden. Hörte er nebenan Großmutter Li mit der jungen Frau Qian munter plaudern, versuchte er, sie zu sich herüberzuholen. Seine Unterhaltung mit ihr endete meistens mit dem Kind, doch das war nicht immer erfreulich. Großmutter Li begriff nicht, warum sich Herr Qian manchmal so freute und dem Baby, das erst in vier oder fünf Monaten zur Welt kommen würde, sogar Namen gab.

»Großmutter Li, finden Sie Qian Yong, das Yong von Mut, besser oder Qian Chou, das Chou von Haß? Ich glaube, das Chou klingt besser, kräftiger!«

Darauf wußte sie nichts zu sagen. Sie fürchtete sich gewöhnlich ein wenig vor Herrn Qian, da seine Sprache so schwer verständlich war. Und als er nun nach den Zeichen fragte, war sie ganz verwirrt. Solange es ihm allerdings Freude machte, nahm sie auch ein bißchen Verlegenheit in Kauf. Manchmal jedoch geriet er richtig in Wut, wenn er von dem künftigen

Baby hörte. Das machte sie völlig ratlos. Warum bekam er eine solche Wut? Erst nachdem sie die junge Frau Qian deswegen gefragt hatte, verstand sie, daß er kein »Wangguonu« haben wollte. Sie hatte zwar in letzter Zeit gelernt, daß »Wangguonu« soviel wie »Knecht einer fremden Macht« bedeutete, begriff aber nicht, warum das Herrn Qian so erzürnte. Für sie war »Wangguonu« einfach nur ein häßliches Schimpfwort. Da es ihr nicht ganz einleuchtete, blinzelte sie mit ihren kurzsichtigen Augen oder lächelte einfältig.

Das störte Herrn Qian nicht weiter, er mochte Großmutter Li sehr. Blieb sie einmal längere Zeit aus, fragte er nach ihr. Kam sie dann, entschuldigte er sich weitschweifig. Das verwirrte sie noch mehr. Er glaubte, sie womöglich durch ein unbedachtes Wort beleidigt zu haben, und sie fand, daß eine kleine Unstimmigkeit, falls es sie gegeben haben sollte, solchen Aufwand nicht lohne.

Ruixuan hatte Herrn Qian die schlechte Nachricht über Shanghai mitgeteilt. Als er gegangen war, kam Großmutter Li. Der alte Herr sprach kein Wort und verlangte auch nicht nach Essen. Großmutter Li war deswegen sehr beunruhigt. Sie nahm ein paarmal Anlauf, um hineinzugehen und mit ihm zu sprechen, wagte es dann aber doch nicht. Sie lief immer wieder vor sein Fenster und lauschte auf die Geräusche. Lediglich einmal hörte sie ihn sagen: »Es wird bestimmt ein kleiner Wangguonu!«

Nachdem er Herrn Qian die Nachricht überbracht hatte, ging Ruixuan allein in das »Weinfaß« und trank sechs Liang Klaren. Er schwankte nach Hause, legte sich hin und schlief. Als er erwachte, war es schon an der Zeit, die Lampe anzuzünden. Er trank zwei Schalen Tee und schlief weiter. Am liebsten hätte er immer nur geschlafen, um nie wieder schlechte Nachrichten zu hören. So ausschweifend war er noch nie gewesen, aber heute mußte es sein!

32

Nanjing war gefallen.

Es war kalt. Ein paar grauweiße Wolken verdeckten die Sonne. Auf den Boden geschüttetes Wasser gefror sofort. Spatzen verkrochen sich unter Dachfirsten.

Doch Ruixuan trat Schweiß auf die Stirn. Ihn ereilte die Nachricht auf dem Weg zur Schule, eine Nachricht, die in der Geschichte nur selten ihresgleichen findet. Er machte kehrt. Bloß nicht nachdenken, ihm war nur nach Heulen zumute. Irgendwie gelangte er nach Hause. Ohne sich darum zu kümmern, warf er sich in seinem Zimmer auf das Bett und wühlte den Kopf in die Kissen. In seinen Ohren rauschte es.

Yunmei, die bemerkt hatte, daß etwas nicht stimmte, kam aus der Küche und erkundigte sich: »Was ist los? Du bist nicht zum Unterricht gegangen?« Da stürzten Ruixuan Tränen aus den Augen.

»Was ist denn?« fragte sie besorgt.

Er konnte nicht sprechen. Wie man den Tod von Vater, Mutter und Bruder beklagt, weinte und schluchzte er hemmungslos. Yunmei wagte zwar nicht, weiter in ihn zu dringen, fand es aber auch unerträglich, nicht weiter zu fragen. Vor lauter Aufregung rieb sie sich die Hände.

Mit großer Mühe gelang es ihm, das Schluchzen zu unterdrücken. Großvater und Mutter sollten es nicht hören. Er schluckte und äußerte noch unter Tränen: »Geh nur, ich bin in Ordnung. Nanjing ist gefallen!«

»Nanjing ist gefallen?« Yunmei verfügte zwar nicht über so viel Wissen und Vaterlandsliebe wie er, aber daß Nanjing die Hauptstadt war, wußte sie schon. »Na, dann sind wir wohl erledigt?«

Er schwieg. Da mußte sie schließlich gehen.

Über dem Rundfunkgebäude flatterten wieder stolz die großen Luftballons, so daß kein Pekinger aufzusehen wagte. »Glückwunsch zum Fall Nanjings!« Nicht genug, daß die Pekinger schon ihre eigene Stadt verloren hatten, nun war es auch um ihre Hauptstadt geschehen.

Ruifeng und Dickmadam besuchten Ruixuan. Zuerst gingen sie aber zu den Guans. Herr Guan und Rotkürbis begrüßten sie herzlich. Rotkürbis hatte ihr Amt bereits angetreten. Sie schmiedete eifrig Pläne. Erstens mußte geklärt werden, wie Verbindungen zu den Zuhältern der jeweiligen Bezirke aufgenommen werden konnten. Guan Xiaohe schlug vor, deswegen Herrn Jin aufzusuchen. Seit der ihn zu Boden geschlagen und er »Vater« gerufen hatte, wußte er nicht recht, ob er Rache üben oder Freundschaft mit ihm schließen sollte. Rache war eigentlich nicht seine Sache, das Wort hörte sich schrecklich an! Xiaohe hatte nicht viel übrig für Helden, konnte auch den Roman »Die Helden vom Liangshan-Moor« nicht leiden, lauter mordbrennende Tyrannen, wie langweilig. Er hatte vor, Herrn Jin einzuladen, ausgiebig mit ihm zu essen und zu trinken und die alte Feindschaft zu vergessen. Er fand, dieser habe in seinem Verhalten etwas von einem fahrenden Ritter, er war mindestens der Boß irgendeiner Geheimgesellschaft. In diesem Falle hätte er ihn sogar als seinen Lehrmeister verehrt. Um jetzt Rotkürbis zu helfen, Beziehungen zu den Zuhältern zu knüpfen, war es erst recht wichtig, ihm die nötige Ehre zu erweisen. So kam es, daß Herrn Jins Bild dauernd vor seinem inneren Auge erschien. Außerdem konnte er dadurch ganz nebenbei auch den Zwist mit der Familie Qian beilegen, denn er war überzeugt, daß Herr Qian nach der »Belehrung« durch die Japaner jeden Ausweg annehmen und eine Versöhnung nicht ausschlagen würde.

Rotkürbis hieß den Vorschlag gut. Erhaben schloß sie die Augen: »So müssen wir es anstellen! Selbst wenn er in keiner Gesellschaft sein sollte, mit seiner Kampfkunst kann er bei uns als Schläger arbeiten!« Xiaohe lachte zufrieden.

Zweitens ging es darum, wie Li Kongshan und Lan Dongyang gefügig zu machen waren. Obwohl Dongyang in letzter Zeit oft erschien, hielt er offiziell nicht um die Hand der Tochter an, brachte aber jedesmal ein halbes Pfund Erdnüsse oder zwei gefrorene Persimonen mit. Rotkürbis durchschaute dies als Investition in die Liebe. Doch sie machte allen klar, daß Zhaodi nicht angerührt werden durfte. Die wollte sie mindestens an einen japanischen Kommandeur verheiraten. Aber sie wußte auch, daß Gaodi den Plänen der Mutter nicht folgen würde, die mit einem Pfeil gleich zwei Geier abschießen und beide Männer umgarnen wollte. Eigentlich stand Gaodi Li

Kongshan zu. Doch Rotkürbis erwartete, daß er ihr noch ein paar »Dienste« mehr leistete, bevor er der Schwiegersohn einer »Kaiserin« würde. Denn hätte er die Prinzessin erst geehelicht, verlöre die Schwiegermutter an Autorität. Während Kongshan noch zu warten hatte, könnte Gaodi doch ein bißchen freundlicher zu Dongyang sein, damit dieser Xiaohe im Bürgerkomitee einen Posten verschaffte. Aber Gaodi war zu beiden abweisend. Nachdem sie die Tochter nicht ins Rennen schicken konnte, fiel Rotkürbis Tongfang ein. Sie erklärte Xiaohe: »Tongfang macht doch gern schöne Augen, soll sie die doch Kongshan machen, vielleicht bedrängt der dann Gaodi nicht mehr so sehr. Du weißt ja, die muß sich ein wenig um Lan Dongyang kümmern.«
»Ist das nicht ein bißchen peinlich?« brachte Xiaohe mit einem breiten Lächeln vor.
»Was ist denn daran peinlich? Wenn du meinst, das sei Ehebruch, dann trägst du schon lange Hörner. Was ist denn Tongfang für eine? Sollte Kongshan wirklich Gefallen an ihr finden, soll er sie mitnehmen. Dann kann ich meine Tochter noch behalten und sie einem Würdigeren geben.«
Xiaohe wagte nicht, den Befehlen der Gattin zuwider zu handeln, aber sie auszuführen, fand er wirklich unangenehm. Auch ein ziemlich abgefeimter Mann kann Eifersucht nicht ganz ausmerzen. Tongfang gehörte schließlich ihm! Jedenfalls willigte er nur ein, mit ihr darüber zu reden. Das verstimmte wiederum Rotkürbis, die schließlich laut verkündete: »Ich bin der Direktor! Ihr lebt alle von meinem Geld, also habt ihr auf mich zu hören! Sonst verdient euer Geld allein!«
Drittens mußte sie als Direktor ihre Tätigkeit in zwei wichtige Richtungen entfalten: streng kontrollieren und streng beschützen. Kontrolliert werden mußten die Prostituierten verschärft und brutal. Wem das nicht paßte, der konnte von dieser Überwachung ausgenommen werden, wenn er dafür zahlte. Zum anderen mußte sie die Prostituierten überzeugen, sie als ihre Adoptivmutter zu betrachten. Da zwischen Mutter und Töchtern ein sehr inniges Verhältnis herrscht, mußten sie eine ordentliche Adoptionsgebühr entrichten und zu den drei großen Feiertagen Geschenke bringen. Um diese beiden Aufgaben in Angriff zu nehmen, bedurfte es eines tüchtigen Angestellten,

der unauffällig agierte und die Beziehungen der beiden Seiten regelte. Guan Xiaohe hätte diese Aufgabe gern übernommen, aber Rotkürbis fürchtete, bei so direktem Kontakt mit den Prostituierten könnte er über die Stränge schlagen, weshalb sie sich nach jemand anderem umsah. Dieser andere war jener Arzt, den der Vierte Li damals zu Herrn Qian geholt hatte. Er hieß Gao Yituo. Der gefiel Rotkürbis, aber mehr noch gefiel ihr sein Begrüßungsgeschenk von zweitausend Yuan.
Viertens schließlich mußte Rotkürbis gegen die nicht gemeldeten Prostituierten vorgehen. Sie wußte, daß Krieg und andere Katastrophen die Frauen auf den Strich trieben. Daraus wollte sie Kapital schlagen – dem Schein nach die illegale Prostitution streng verbieten, in Wirklichkeit aber die Nichtgemeldeten zur Kasse bitten. Um ihr Leben fristen und ein letztes bißchen Würde bewahren zu können, also um nicht angezeigt zu werden, mußten sie zahlen. Allein aus diesen Einnahmen konnte Rotkürbis ein Vermögen zufließen.
Um diese Pläne umzusetzen, betätigte sich Rotkürbis bis zur Erschöpfung, so daß sie immer wieder mit den Fäusten leicht ihre Brust beklopfen mußte. Die große, anderthalb Liter fassende Thermosflasche war ständig mit Hühnerbrühe gefüllt, damit sie jederzeit einen Schluck nehmen konnte, auf daß ihre Gesundheit wegen der übergroßen Belastung keinen Schaden nehme. Sie arbeitete verzweifelt, immer voller Angst, der Krieg könne plötzlich aufhören und die Beamten der Zentralregierung wieder nach Peking zurückkehren. Jeder Betrag, den sie ergattern konnte, war ihr recht. Hätte sie genügend eingeheimst, wäre es nicht weiter schlimm, wenn Peking wieder in seinen alten Trott verfiele.
Nanjing war gefallen. Nun brauchte sich Rotkürbis keine Sorgen mehr zu machen und nicht mehr abzurackern, nun konnte sie in aller Ruhe und dauerhaft ihren Direktorposten wahrnehmen. Dieser sollte die erste Stufe auf einer Leiter sein, auf der sie Schritt für Schritt den höchsten Gipfel erklimmen wollte. Sie würde die First Lady von Peking sein, mit eigenem Auto. Sie würde zwischen Diplomaten-Viertel und Peking-Hotel ein und aus gehen, mit dem größten Brillanten am Finger und in Mäntel, Hüte, Kleider und Schuhe gehüllt, welche die Mode der Frauen ganz Ostasiens verändern würden!

Sie hieß das Ehepaar Ruifeng überschwenglich willkommen. »Nun ist uns aber ein Stein vom Herzen gefallen, jetzt können wir in Ruhe arbeiten! So schnell ist Nanjing nicht zurückzuerobern, da können wir es uns erst einmal hier in Peking gutgehen lassen.« Und zu Dickmadam meinte sie: »Frau Qi, wir beide müssen uns zusammentun. Sollte ich die Nummer eins unter Pekings Frauen werden, müssen Sie die Nummer zwei werden! Wenn ich mir heute eine Eulenfrisur machen lasse, müssen Sie das auch tun, dann drehen wir beide eine kleine Runde im Beihai- oder im Zentral-Park, und Sie werden sehen, morgen drängeln sich alle Frauen Pekings danach, sich eine Eulenfrisur legen zu lassen! Und wenn sie die alle haben, lassen wir uns schnell eine neue Frisur machen! Wir bringen die anderen in Trab, daß sie gar nicht nachkommen und ganz nervös werden, bis sie uns um Gnade bitten und als ihre Lehrmeister anerkennen!«
Hier fuhr Ruifeng dazwischen: »Direktor Guan, entschuldigen Sie, daß ich Sie unterbreche. Ich denke seit Tagen über einen schönen Namen für meine Frau nach, um Visitenkarten drucken zu lassen. Ich bin nun Abteilungsleiter, da hat sie natürlich sehr viel mehr Umgang und braucht Visitenkarten! Finden Sie Qi Meiyan, ›die Schönheit Qi‹, besser oder Qi Juzi, ›Chrysantheme Qi‹? Eigentlich heißt sie Yuzhen, ›Perle‹, das ist doch zu banal.«
Ohne nachzudenken entschied Rotkürbis sofort: »Chrysantheme ist gut, klingt japanisch. Alles, was japanisch wirkt, kommt in Mode.«
Xiaohe bemerkte wie ein Archäologe: »Ist Madame Chrysantheme nicht der Name eines berühmten Films?«
»Aber natürlich«, rief Ruifeng bewundernd aus, »seit diesem Film ist dieser Name ein Begriff!« Alle lachten und fanden sich sehr gebildet.
»Abteilungsleiter Qi«, tönte Rotkürbis, »könnten Sie nicht Ihrem verehrten Bruder sagen, er möchte Herrn Jin zu uns bitten?« Nachdem sie die Lage kurz erläutert hatte, fügte sie hinzu: »Die Welt gehört uns, da brauchen wir viele Freunde, nicht wahr?«
Ruifeng willigte sogleich ein. »Ich habe ohnehin noch etwas mit Ruixuan zu besprechen.« Er erhob sich. »Chrysantheme, gehst du nicht mit nach nebenan?«

Dickmadam schüttelte den Kopf. Die Nummer fünf wollte sie im Leben nicht mehr betreten. Ruifeng ging allein nach Hause, wünschte dem Großvater und der Mutter einen guten Tag, als erledige er ein Geschäft, und begab sich zu Ruixuan.

»Du, der Direktor eurer Schule hat sein Amt niedergelegt. Das ist noch nicht überall bekannt, behalte es bitte für dich. Du mußt etwas unternehmen. Da ich im Schulamt bin, brauchst du nicht allzuviel zu tun, und die Aufwendungen halten sich in Grenzen. Bedenke, Nanjing ist nun mal verloren, wir sind alle unterworfen, was sperrst du dich da noch? Die Gelder für die Schulen kommen in den nächsten Tagen. Wenn du ein bißchen mehr abkriegen könntest, käme das auch den Alten zugute! Was meinst du? Du mußt dich aber beeilen, denn im Augenblick findet man so leicht keine Anstellung!« Dabei schnippte er ständig mit der neugekauften Zigarettenspitze aus falschem Elfenbein. Dann nahm er sie in den Mund und schob sie wie eine Flugzeugabwehrkanone hin und her. Mit diesem Ding aus falschem Elfenbein im Mund fand er sich eindrucksvoll, beinahe imposanter, als es einem Abteilungsleiter eigentlich zustand!

Ruixuans Augenränder waren noch gerötet, das Gesicht wirkte ein wenig aufgedunsen, gelb und schlaff. Als der Bruder geendet hatte, sagte er lange nichts. Es war schade um jedes Wort! Der Bruder hatte keinen Landesverrat im Sinne eines Verbrechens begangen, aber seine ganze Haltung roch danach. Der Zweite war einfach nur oberflächlich und desinteressiert, aber in Zeiten größter Gefahr konnte einer durch Oberflächlichkeit und Mittelmäßigkeit zum Landesverräter werden. Da war selbst sein Bruder nur ein kleiner Statist mit bemaltem Gesicht. Von den bedeutenden Rollen, den wirklichen Bösewichtern, war er weit entfernt. Er war hassenswert, zugleich aber auch bedauernswert.

»Also was ist, wieviel willst du investieren?« wollte Ruifeng wissen.

»Hör mal, ich will nicht Direktor werden.« Ruixuan sprach völlig emotionslos.

»Nun tue bloß nicht immer so«, Ruifeng zog ein Gesicht, »andere haben keine Chance, selbst wenn sie noch soviel Geld haben, aber du schiebst den Fleischklos einfach beseite.

Dauernd sprichst du vom Land, aber du siehst nicht, was aus diesem Land geworden ist! Nanjing ist längst verloren, was bringt es da schon, wenn nur du allein hart bleibst?« Der Zweite ereiferte sich. Er wollte dem älteren Bruder wirklich helfen, dann würden sie im Schulbereich so etwas wie einen kleinen Machtfaktor bilden und könnten sich gegenseitig unterstützen.
Der Ältere schwieg wieder. Mit dem Zweiten zu streiten, war verlorene Liebesmühe. So oft hatte er ihn schon ermahnt, aber alles war wie in den Wind geredet.
Eigentlich hatte der Zweite ziemliche Angst vor dem Älteren, aber jetzt war er Abteilungsleiter.
»Du kannst einen wirklich aufregen! Wenn du jetzt die Gelegenheit verpaßt, mach mir später keine Vorwürfe, wenn du nichts zu beißen hast! Auf meinem jetzigen Posten habe ich viele Kontakte und verdiene viel, gebe aber auch viel aus. Denk nicht, daß ich für deinen Haushalt aufkommen kann.«
Ruixuan hatte immer noch keine Lust, ein Wort an den Zweiten zu verschwenden. Lieber wollte er allein für die Familie aufkommen, als mit dem Zweiten nutzlos zu palavern. »Richtig, ich kümmere mich um meine Angelegenheiten, und du kümmerst dich um deine, und Schluß!« tat er leise, aber entschieden kund.
Ruifeng glaubte, der Bruder sei nicht bei Sinnen, wie sonst konnte er wagen, seinen Bruder, einen Abteilungsleiter, zu verärgern. »Gut, dann geht eben jeder seiner Wege!« Der Zweite war schon im Begriff zu gehen, hielt aber wieder inne. »Ich hab noch ein Anliegen. Jemand hat mich darum gebeten, ich muß es dir also ausrichten.« Er erklärte, daß die Guans Herrn Jin einladen wollten und Ruixuan um Vermittlung bäten, hielt sich jedoch sehr kurz, als lohne es sich nicht, mit dem Bruder viele Worte zu verlieren. Zum Schluß setzte er eine ernste Miene auf und meinte belehrend: »Bei den Guans hat sogar die Taitai einen Beamtenposten, du solltest also etwas höflicher zu ihnen sein! In solchen Zeiten bringt es nichts, Leute zu verärgern!«
Ruixuan wollte schon explodieren, beherrschte sich aber. Noch immer friedlich, erwiderte er: »Ich habe keine Zeit, mich um solchen Kram zu kümmern, entschuldige!«

Der Zweite stieß die Tür mit einem Ruck auf und ging hinaus. Er beschloß, nichts mehr mit diesem verbohrten Bruder zu tun zu haben. Im Hof brummte er so laut, damit es die Alten hören sollten: »Das ist ja die Höhe! So was läßt er sich entgehen! Er bräuchte nur ein bißchen nachzuhelfen! Als ob es eine Schande wäre, Schuldirektor zu sein!«

»Was ist denn los, Zweiter?« rief der alte Herr von drinnen.

»Was gibt's denn?« fragte auch Tianyous Frau im Zimmer.

Yunmei spähte durch ein kleines Fenster in der Küchentür, verstand aber nicht, um was es ging.

Der Zweite ging nicht zum Großvater hinein, sondern verkündete vom Hof aus wie ein Marktschreier: »Mach dir keine Sorgen, Großvater! Ich wollte dem Bruder nur eine gute Anstellung besorgen, aber der will nicht. In Zukunft habe ich höhere Ausgaben und kann nicht mehr so viel für euch tun. Aber der Bruder ist nicht bereit, sich um bessere Einkünfte zu bemühen, wohin soll das führen? Ich habe jedenfalls mein Bestes getan, mich könnt ihr nicht für das, was dann passiert, verantwortlich machen!«

»Lao Er«, rief die Mutter, »komm mal einen Moment herein, ich hab ein paar Fragen an dich!«

»Ich habe zu tun, Ma! Ich komme demnächst wieder vorbei!« Schnell entwischte er und eilte zu den Guans, denn dort fühlte er sich unbelästigt.

Auf dem Gesicht der Mutter, das sich ansonsten nicht ohne weiteres verfärbte, erschienen zwei kräftig rote Flecken. Ihre Augen funkelten. Sie war böse. Das war ihr Sohn, den sie geboren und großgezogen hatte! Kaum hatte er einen Posten, nahm er nicht einmal mehr die Mutter zur Kenntnis! Ihr kranker Körper vertrug keinen Zorn, deshalb hatte sie in den letzten zwei, drei Jahren gelernt, manches zu übersehen und zu überhören. Heute aber konnte sie diesen Zorn nicht hinunterschlucken. Ihre Hände begannen zu zittern, und unversehens rutschte ihr heraus: »So ein elender Bengel, nicht mal die eigene Mutter kennt er mehr. Bloß wegen so eines jämmerlichen Postens!«

Sofort eilten die Eheleute Ruixuan herbei. Sie wußten beide nur zu gut, daß Zorn die Mutter krank machte. Ruixuan hatte immer befürchtet, daß es in der Familie wegen Nichtigkeiten

Streit geben könnte. Das war für ihn das Schlimmste in einer Großfamilie. Die seit Jahrhunderten überlieferten Konventionen waren ihm fast zum Instinkt geworden. Wie elend ihm auch zumute sein mochte, er mußte der erzürnten Mutter ein lächelndes Gesicht zeigen. Zum Glück reichte sein Erscheinen, er konnte sich auf Yunmei verlassen, die in solchen Situationen viel klüger und redegewandter war als er.

Yunmei meisterte die Lage ausgezeichnet. Sie fragte nicht, worüber sich die Schwiegermutter ärgerte, sondern ging gleich der Sache auf den Grund: »Nicht aufregen! Die eigene Gesundheit ist wichtig!« Diese Worte lenkten die Aufmerksamkeit der alten Dame auf sich selbst, und sie meinte, ein wenig stöhnen und klagen zu müssen. Dabei verflüchtigte sich die halbe Wut und ihre Schimpferei. »Ich hätte nicht gedacht, daß es heute so weit kommt. Ich habe meine Kinder doch immer gleich behandelt, keinen vorgezogen, habe den Zweiten bestimmt nicht vernachlässigt, aber was er heute...« Ihr kamen die Tränen, und da fühlte sie sich sogleich erleichtert.

Der alte Herr kam dazu, er hatte nicht verstanden, was passiert war, und wollte wissen: »Was hat denn das alles zu bedeuten? So ein Durcheinander!«

Ruixuan stützte den Großvater, Yunmei brachte der Schwiegermutter ein heißes Handtuch zum Gesichtabwischen und schenkte beiden Tee ein. Dann nahm sie die Kinder mit in die Küche, damit ihr Mann in Ruhe mit den alten Herrschaften reden konnte.

Ruixuan fühlte sich gedrängt, ihnen die Dinge zu erklären. Der Fall Nanjings bedeutete, daß China zum größeren Teil unterworfen war. Als Sohn und Enkel brachte er es nicht übers Herz, die Alten dem Feind zu überlassen und selbst zu flüchten, doch er mußte zwischen sich und den Japanern einen klaren Trennstrich ziehen. Auf diese Weise hoffte er auf die Unterstützung der Alten. Sollten diese allerdings auf gutem Essen und Trinken bestehen und nicht bereit sein, Entbehrungen hinzunehmen, müßte er vor dem Feind kapitulieren wie sein Bruder. Aber dazu war er nicht bereit. Gleichwohl wußte er, daß die Alten lieber angenehm lebten, vor allem jetzt, da ihr Leben dem Ende zuging. Würden sie allerdings auf mehr Annehmlichkeiten bestehen, verließe er Peking!

Bei seinen Ausführungen mußte er ruhig bleiben, aber deutlich werden, mußte den alten Herrschaften Kummer bereiten, obwohl er das gerne vermieden hätte. Erst als er geendet hatte, wurde ihm wohler, als hätte er eine Krankheit abgeschüttelt.
Die Mutter unterstützte ihn: »Im Glück sind wir vereint, aber auch im Unglück. Lao Da, sei ganz beruhigt, ich mache dir keine Scherereien!«
Der alte Herr fürchtete sich. Der langen Rede des Enkels entnahm er, daß die Japaner Peking so schnell nicht wieder verlassen würden. In den zurückliegenden Monaten hatten die ihm zwar nicht direkt etwas getan, aber immerhin schon zwei seiner Enkel genommen. Wer konnte sagen, ob die Familie nicht noch weiter auseinanderfallen würde, wenn die Japaner Peking langfristig besetzt hielten? Lieber stürbe er gleich, als dies mit ansehen zu müssen. Ohne Kinder und Enkel um ihn herum war das Leben genauso einsam wie der Tod. Er konnte nicht auch noch Ruixuan gehen lassen! Zwar fand er es übertrieben, daß der älteste Enkel ablehnte, Direktor zu werden, mochte es aber nicht aussprechen. Er wollte ihn trösten: »An dir hängt die ganze Familie, mach, was du für richtig hältst. Im Guten wie im Schlechten müssen wir zusammenhalten. Ich lebe ja nicht mehr lange, du wirst es schon noch erwarten können und mich mit einer Handvoll Erde begraben!« Bei den letzten Worten zitterte seine Stimme leicht.
Ruixuan konnte nichts mehr erwidern. Er hatte sich sehr deutlich ausgedrückt, mehr zu sagen wäre unangebracht gewesen. Als jetzt aber der Großvater diese Bemerkung machte, lächelte er gezwungen: »Du hast recht, Großvater, das müssen wir gemeinsam schaffen.«
Das war leicht gesagt, denn er wußte genau, wie schwer diese Verantwortung wog. Er hatte versprochen, sich die Familie mit allen vier Generationen auf die Schultern zu laden, gleichzeitig mußte er ständig vor den Japanern auf der Hut sein. Schon tat es ihm leid. Seine Möglichkeiten, Geld zu verdienen, waren beschränkt, und er war wählerisch. Wie also sollte er die Familie durchbringen? Hinzu kam, daß in Peking die Japaner die Herren waren. Würden sie ihn gewähren lassen? Wie auch immer, nach dieser Klarstellung fühlte er sich ein wenig besser.

Um diese Zeit kam Lan Dongyang zu den Guans. Wegen der Feierlichkeiten zum Fall Nanjings war er in der Weststadt unterwegs und wollte bei der Gelegenheit den Damen der Familie seine Aufwartung machen. Dafür besorgte er dieses Mal fünf gefüllte Bonbons. Unterwegs hatte er beschlossen, kein Wort über die Feier zu sagen. Wenn er anderen etwas verheimlichen wollte, fühlte er sich stets wichtig und tiefgründig, auch wenn es da eigentlich nichts zu verheimlichen gab.

Er behielt zwar gern etwas für sich, wollte aber von den anderen alles wissen. Ihm war zu Ohren gekommen, daß demnächst in Peking eine Regierung für Nordchina ernannt werden sollte. Nachdem Nanjing gefallen war, konnten die japanischen Militärs in Nordchina nicht mehr länger zögern, sie mußten eine Nordchinesische Regierung bilden als Gegengewicht zu Nanjing. Nun wollte er in Erfahrung bringen, wie er weiter aufsteigen könnte. Seine Ambitionen ähnelten seinen Schreibversuchen, gleichgültig, ob sie gelangen oder nicht, sie wurden vorangetrieben. Er hatte beschlossen, eine Zeitung oder eine Literaturzeitschrift herauszubringen, Direktor zu werden, im Neuen Bürgerkomitee vom Geschäftsführer zum leitenden Geschäftsführer aufzusteigen, in der zu bildenden Regierung einen Posten zu ergattern. Je mehr Posten, desto besser! Solange ihm keine weiteren einfielen, wollte er sich erst einmal alle genannten Posten beschaffen, sie standen ihm zu, denn er war ein bisher unentdecktes Talent. Jetzt war die Gelegenheit gekommen, und er konnte sie nicht verstreichen lassen.

Er trat ein, schleuderte die fünf Bonbons auf den Tisch, zerrte den Mund breit und warf sich dann wie ein Stück Holz auf einen Stuhl. Höflichkeit pflegte er nur im Umgang mit Japanern.

Ruifeng ließ sich gerade mit Inbrunst über seinen Bruder aus. Jetzt, da er Abteilungsleiter im Schulamt geworden war – etwas, wovon er nicht einmal zu träumen gewagt hätte –, mußte ihm einfach die Brust schwellen. Er besaß nicht Herrn Guans Raffinesse und konnte nicht schweigen wie Lan Dongyang. »Wirklich, als ob es eine Schande wäre, Schuldirektor zu sein! Daß es solche Menschen gibt, nein so was! Dabei tut er immer so fein und gebildet, alles vergebens.«

Guan Xiaohe hatte sich eigentlich selbst vorschlagen wollen. Da er schon einmal ein kleiner Beamter war, konnte er jetzt mit vollem Recht Direktor einer Mittelschule werden. Aber er fand es unpassend, sofort den Mund aufzumachen und den Hunger vor Eröffnung der Tafel zu zeigen. Doch nun hatte er verspielt, denn Lan Dongyang riß den Mund auf: »Was? Ein Direktorposten ist frei? Wieviel muß man dafür zahlen?« Xiaohe stieß es sauer auf, als habe er eine Süßkartoffel gegessen, er schluckte, lächelte aber weiter und ließ keinerlei Unmut erkennen, blickte nur zu Rotkürbis hinüber. Die zeigte keine Regung. Da sie nicht wußte, daß auch Schuldirektoren sich Nebeneinnahmen verschaffen konnten, blickte sie auf diese herab. Guan Xiaohe beruhigte sich wieder, denn er wurde nicht gern vor Gästen als unfähig bezeichnet.

Nie und nimmer hätte Ruifeng gedacht, daß Lan Dongyang so unverschämt sein könnte. Ihm verschlug es die Sprache.

Dongyang näherte sich ihm, seinen rechten Augapfel zog es wieder kräftig nach oben, im Kehlkopf rasselte es, die Lippen zitterten. Erregt wie eine Katze, die einen Wurm erspäht hat, stürzte er nach vorn, sein Gesicht war grün und gespannt. Als wollte er jemanden beißen, trompetete er: »Wenn Sie das für mich regeln, zahle ich zweitausendfünfhundert Yuan! Wieviel Sie davon behalten, ist mir egal. Wenn es perfekt ist, zahle ich weitere dreihundert. Hier sind erst einmal die zweitausendfünfhundert, innerhalb einer Woche erwarte ich die Berufung.«

»Das Schulamt gehört nicht mir allein!« Ruifeng beherrschte den Amtsjargon noch nicht, er hatte vergessen, daß er Abteilungsleiter war.

»Tja, jedenfalls sind Sie Abteilungsleiter. Wenn andere Vorschläge machen können, warum nicht auch Sie? Wozu sind Sie Abteilungsleiter, wenn Sie nicht einmal ein gutes Wort für mich einlegen können?« Dongyangs Rede strebte wie seine Artikel nicht nach Logik, sondern nur nach Macht. »Egal wie, regeln Sie das! Sonst zeige ich Sie doch noch an.«

»Was wollen Sie denn anzeigen?« Dongyang hatte den armen Ruifeng völlig durcheinandergebracht.

»Na, Ihr Bruder kämpft doch draußen gegen Japan, stimmt's? Prächtig, Sie mimen hier den Abteilungsleiter, und Ihr Bruder

ist Partisan, da haben Sie bei jeder Seite einen Stein im Brett, gekonnt!« Er lebte mehr und mehr auf, sein grünes Gesicht rötete sich sogar ein wenig.
»Eh, das, das ...«, Ruifeng fand keine Worte, sein Quittengesicht war gelb vor lauter Aufregung.
Rotkürbis empfand Verachtung für Dongyang, hielt sich jedoch zurück, wie es sich für einen Direktor geziemte. Xiaohe aber erkannte nun: Kein Wunder, daß er tagelang vergeblich herumgerannt war. Die Zeiten hatten sich geändert, seine Methode war zu altmodisch, überholt. Er sprach Einladungen aus, überreichte Geschenke, machte Komplimente und einen anständigen Eindruck. Aber sieh einer doch den Lan Dongyang an! Er verlangte Gefälligkeiten und bemühte sich um Posten, wie bei einer Prügelei, ohne jeden Anstand! Und so einer war für den Unterricht verantwortlich und Geschäftsführer im Neuen Bürgerkomitee. Und nun wollte er sich mit Drohgebärde den Schuldirektorposten »kaufen«. Er empfand Respekt vor Dongyang. Er mußte umgehend sein eigenes Vorgehen ändern, sonst gehörte die Welt Dongyang, und für ihn selbst blieb nichts übrig.
Dickmadam, skrupelloser als Ruifeng und noch eingebildeter, seitdem sie ihm den Posten verschafft hatte, preschte nun vor, um es Dongyang zu zeigen. Bevor sie zu sprechen begann, schob sie ihn erst ein Stück zur Seite, fast hätte sie ihn umgeworfen. Dann legte sie los: »Sie elender Kerl, was reden Sie da, so spricht man nicht mit einem Abteilungsleiter. Gehen Sie doch, zeigen Sie uns an! Schnell, laufen Sie! Jetzt gleich! Das wollen wir doch einmal sehen, wer da den kürzeren zieht. Sie trauen sich, meinen Sie etwa, ich traue mich nicht? Ich kenne genügend Leute, weshalb ist mein Mann Abteilungsleiter geworden? Zeigen Sie uns doch an, sagen Sie, unser Dritter kämpft gegen die Japaner, dann sage ich, Sie halten es mit den Kommunisten! Was bilden Sie sich eigentlich ein!« Dickmadam hatte noch nie so viel auf einmal gesprochen, vor Erschöpfung traten ihr Schweißperlen auf die Nase, ihre Brust hob und senkte sich beim Atmen. Das Gesicht war knallrot, aber sie schien einigermaßen gelassen, denn sie hätte nicht gedacht, daß sie so kräftig und lange schimpfen könnte. Sie war zufrieden. Stets hatte sie Rotkürbis bewundert. Daß sie

heute in deren Anwesenheit aber auch einmal zeigen konnte, daß etwas in ihr steckte, machte sie stolz.
Dickmadams Schimpfkanonade stimmte Dongyang um. Seine Wut war plötzlich aus seinem Gesicht gewichen. Als ob die Drohungen ihm gutgetan hätten, lächelte er. Doch bevor er etwas erwidern konnte, meldete sich Xiaohe: »Ich war noch nicht Direktor, würde es aber gern einmal versuchen, was halten Sie davon, Abteilungsleiter Qi? Oh, Dongyang, ich will Ihnen keineswegs ins Gehege kommen, keine Angst! Ich spreche es nur aus, damit alle überlegen können, welches die beste Lösung ist.«
Das wurde so sanft und umsichtig vorgebracht, daß sich die Atmosphäre im Raum sofort entspannte. Lan Dongyang warf sich wieder auf einen Stuhl und kaute mit seinen gelben Zähnen an den Fingernägeln. Ruifeng überlegte, daß er natürlich, ging es um Herrn Guan oder Dongyang, Herrn Guan unterstützen müßte. Dickmadam sagte nichts mehr. Sie versuchte sich einzuprägen, was sie vorhin so schön formuliert hatte, um es ihren Freunden vorzutragen.
Rotkürbis sprach. Der erste Redner braucht Mut, der letzte hat es immer am leichtesten. Was sie sagte, hörte sich deshalb klüger und vernünftiger an als bei den anderen: »Ich denke, wie der Schuldirektorposten zu besetzen ist, ist zweitrangig. Sie drei, Dongyang, Ruifeng und Xiaohe, sollten sich zuerst verbrüdern. Wenn Sie eine Brüderschaft nicht unter dem Zeichen der gleichzeitigen Geburt – gleiches Jahr, gleicher Monat, gleicher Tag, gleiche Zeit –, sondern unter dem Zeichen des gleichzeitigen Todes – gleiches Jahr, gleicher Monat, gleicher Tag, gleiche Uhrzeit – eingehen, werden Sie sich einmütig, aufrichtig und ehrlich gegenseitig helfen. Und so werden Sie nach und nach zu einer Macht in der neuen Dynastie werden. Wie finden Sie das?«
Für Ruifeng war Guan Xiaohe im Alter eines Onkels, er hatte keine Lust, gleich um eine ganze Generation älter zu werden. Dongyang wollte in die Familie Guan einheiraten, da war es auch nicht sehr angemessen, mit dem angehenden Schwiegervater Brüderschaft zu schließen.
Als die beiden schwiegen, ergriff Xiaohe lächelnd das Wort: »Wie es die Frau Direktor vorgeschlagen hat, ist es bestens!

Wir sind Brüder Schulter an Schulter, genieren Sie sich nicht, weil ich ein paar Jahre älter bin als Sie. Frau Direktor, darf ich Sie bitten, ein Weihrauchopfer für mich vorzubereiten?«

33

Da die Bildung der nordchinesischen Regierung viel Zeit in Anspruch nahm, rechnete Ruixuan mit neuen, ihm unbekannten Gesichtern darin. Doch es waren dieselben wohlbekannten, verhaßten Militärs und Beamten. Schon daran erkannte er, daß die Japaner nicht die geringste Absicht hatten, ihre wohlklingenden Losungen und Schlagworte in die Tat umzusetzen. Nichtswürdige, unfähige Leute entsprachen ihrem Geschmack – die Chinesen verdienten es, nur von habgierigen und korrupten Beamten regiert zu werden, denn für die Japaner waren sie Einfaltspinsel und Narren.
Als Ruixuan die Liste der Regierungsmitglieder in der Zeitung las, bekam er fast keine Luft mehr. Er konnte nicht begreifen, warum es in China so viele Leute gab, die sich zu Lakaien machten. Woran lag das? Natürlich konnte die chinesische Geschichte und Kultur, Bildung und Umgebung, Politik und Charakter sowie persönliche Ambitionen einiges erklären, aber nichts erklärte dieses schändliche Katzbuckeln vor allem, was aus dem Ausland kam. Diese Leute waren keineswegs repräsentativ für die Bevölkerung Nordchinas, formal repräsentierten sie diese aber. Er haßte sie, ja verfluchte sie.
Doch dann fielen ihm Ruifeng, Dongyang und Guan Xiaohe ein. Die Stellung dieser drei Kleingeister war bedeutend niedriger als die der Regierungsleute, aber in ihrem Charakter und ihren Absichten glichen sie den großen Verrätern. Wer garantierte, daß Ruifeng nicht Schulinspektor und Guan Xiaohe nicht Leiter der Finanzbehörde wurde?
Die Feierlichkeiten zum Fall von Nanjing gingen noch lebhafter vor sich als die vorangegangenen. Mit roten Flecken im Gesicht hörte Ruixuan im Zimmer die Rufe der Bettler und den Lärm der Trommler auf der Straße. Er war deprimiert, hoffte schon nicht mehr auf einen Protest auf dem Tiananmen-Platz oder anderswo.

Als Ruixuan bald darauf die Erklärung Chiang Kai-sheks zur Fortsetzung des Widerstandskrieges hörte, verwarf er jedoch die Verachtung sich und anderen gegenüber. Diese Erklärung schreckte die Japaner, ernüchterte die Landesverräter und ermunterte Ruixuan, nicht aufzugeben. Andere würden Peking verlassen und dem Lande dienen, wenn die Regierung den Widerstand fortsetzte. Dann würde sie auch Leute schicken, um die Bevölkerung zu ermutigen und die Verräter zu bestrafen. Vor Freude trieb seine Phantasie Blüten, er stellte sich vor, wie der Dritte heimlich zurückkehrte und eine wichtige Aufgabe erfüllte, vielleicht sogar die Bestrafung der Abtrünnigen.

Als Intellektueller konnte Ruixuan keinen Gott um Hilfe für sich und sein Land anflehen. Den einzigen Ausweg sah er in der Fortsetzung des Widerstandskrieges. Die unterschiedliche militärische Stärke Chinas und Japans interessierte ihn nicht. Liebe zum Land war fortan seine Religion. Solange wir der Invasion widerstehen, gibt es Hoffnung für China.

Er ging zu Herrn Qian, denn er hatte das dringende Bedürfnis, sein Herz auszuschütten. Der Verlust Nanjings war wie das Fallen des Vorhangs auf der Bühne, das Ende eines Kampfes. Doch der Krieg war noch nicht vorüber, denn der Vorhang konnte immer wieder aufgezogen werden. Und dann wollte er seine Position klarstellen: Seine Mühen würden nicht geringer als die anderer gewesen sein, auch wenn er nicht mit geschultertem Gewehr an die Front gehen oder im Hinterland dienen konnte. Er war fest entschlossen, durchzuhalten, auch wenn das nicht so einfach war, vergleichbar mit einem Sturz ins Meer, ohne Meerwasser zu schlucken. Da der Dritte nicht da war, konnte er seinen Entschluß nur Herrn Qian mitteilen. Denn erst, wenn er diesen einem guten Freund erklärt hätte, könnte er danach handeln und sich um eine Arbeit bemühen. Andernfalls wäre ihm eine Anstellung so schmählich vorgekommen wie eine Kapitulation.

Als die Nachricht vom Fall Nanjings eintraf, hatte Herr Qian gerade beschlossen, aufzustehen und ein paar Schritte zu versuchen. Die Wunden an seinem Körper waren größtenteils verheilt. Auch sein Gesicht war ein wenig voller geworden, und die Wangen sahen nicht mehr so hohl aus, nur der Mund war noch stark eingefallen. Da er sich lange nicht rasiert hatte, war ihm ein weicher, dunkler Bart gewachsen, mit dem er erst recht wie ein Dichter aussah. Sorgen bereiteten ihm seine Beine. Die Knöchel waren ständig geschwollen und schmerzten. Er fürchtete, die Beine könnten ihm für immer den Dienst versagen. Heute fühlte er sich besser, also wollte er einmal aufstehen. Der Schwiegertochter hatte er nichts gesagt, damit sie ihn nicht daran hinderte. Vorsichtig setzte er sich auf und ließ die Beine baumeln. Aber vor dem Bett standen keine Schuhe. Sollte er die Schwiegertochter deshalb rufen? Als er unschlüssig überlegte, hörte er Großmutter Li in ihren dicken Watteschuhen heranschlürfen.

»Sind Sie es, Großmutter Li?« fragte er ruhig.

»Ja!« rief sie vom Hof aus, »habe mich wieder mit dem alten Kerl gestritten.«

»Mit über siebzig streitet man sich doch nicht mehr«, ging Herr Qian gut gelaunt darauf ein.

»Was meinen Sie«, sagte sie noch vor dem Fenster, damit es auch die junge Frau Qian hören konnte, »er kommt von draußen herein, zieht ein Gesicht und murmelt etwas von Nanjing ist gefallen vor sich hin, ist übel gelaunt und will nichts essen und nichts trinken. Was kann ich denn dafür, ich habe nichts mit Nanjing zu schaffen.«

Herr Qian hörte nur »Nanjing ist gefallen« und achtete nicht mehr auf sie. Seine Füße berührten den Boden. Am liebsten wäre er sofort aufgestanden. Als er aber auftreten wollte, knickten seine Füße wie Halme um, und er fiel hin. Fast verlor er das Bewußtsein. Erst nachdem er eine geraume Weile auf dem kalten Boden herumgekrochen war, konnte er wieder ruhig atmen. Seine Füße waren wie abgestorben, dann spürte er leichte und schließlich heftig stechende Schmerzen. Er preßte die Lippen aufeinander, um nicht laut zu stöhnen. Der Schmerz trieb ihm erbsengroße Schweißperlen auf die Stirn, doch er biß die ihm noch verbliebenen Zähne zusammen, um nicht schreien zu müssen. Er versuchte, sich aufzusetzen und seine Füße zu umfassen. Der Schmerz setzte ihm arg zu, aber mehr noch interessierte ihn, ob die Füße nur vom langen Liegen abgestorben waren oder ob die Japaner sie ihm so zerschlagen hatten, daß er nie mehr würde laufen können.

Diesen Unterschied mußte er sofort herausfinden, denn er brauchte zwei bewegliche Beine, um mit den Japanern abzurechnen. Er stützte sich auf den Bettrand und stand mit einem Ruck auf. Zehntausende von Nadeln schienen gleichzeitig seine Knöchel zu traktieren, aber er blieb stehen. Er wollte sich zum Stehen zwingen, doch ihm wurde schwarz vor Augen, und er ließ sich aufs Bett fallen. So lag er lange Zeit, bis es ihm gelang, ins Bett zu kriechen und sich zuzudecken. Die Füße schmerzten immer noch, aber er glaubte, wenn er sie nur ganz allmählich belasten würde, könnte er wieder laufen. Denn immerhin hatte er soeben einen Moment lang stehen können. Er schloß die Augen. Ihn beschäftigten nur zwei Dinge, der Fall Nanjings und seine Schmerzen.

Langsam wich das Gefühl aus seinen Füßen, es kam ihm vor, als habe er gar keine mehr. Schnell zog er die Beine an und faßte nach den Füßen, sie waren wirklich noch da, alle beide. Er mußte lachen. Solange man Füße hatte, konnte man auch laufen und noch vieles unternehmen. Und alles, was er dann tun würde, hätte etwas mit dem Fall von Nanjing und dem Tod von Mengshi, Zhongshi und seiner Frau zu tun.

Noch einmal dachte er über alles nach. Er mußte dringend einen Plan für die Zukunft entwerfen, aber es war ihm zur Gewohnheit geworden, das Vergangene noch einmal zu überdenken, erst dann würde er aufatmen können.

Er erinnerte sich an den Tag seiner Verhaftung. Sobald er die Augen schloß, sah er Wachtmeister Bai, Guan Xiaohe, die Gendarmen, seine Frau und Mengshi vor sich, dort, wo sie an jenem Tag gestanden hatten. Sogar an die Astern vor der Mauer erinnerte er sich. Mit den Gendarmen war er bis in eine Gasse in der Nähe des Xidan-Marktes gelaufen. Der Name der Gasse war ihm bis heute nicht eingefallen. Von ihr zweigte eine schmale Sackgasse mit einem kleinen Tor ab. Durch diese wurde er in einen ziemlich großen Hof geführt, auf dessen Nordseite sich etwa zehn Räume befanden, die wie Kasernen aussahen, auf der Südseite etwa sieben oder acht Pferdeställe, die man umgebaut hatte. Der Hof aus glatter, festgetretener Erde sah wie ein kleiner Sportplatz aus. Beim Eintreten hörte er jemanden verzweifelt schreien. Er war vom Laufen schweißgebadet, aber bei diesem Schrei wurde ihm eiskalt.

Wie ein Tier, das zur Schlachtbank geführt wird und instinktiv die Gefahr spürt, blieb er stehen. Der Gendarm stieß ihn vorwärts. Trotzig hob er den Kopf. »Schlimmer als der Tod kann es ja nicht werden«, murmelte er.
Im hintersten der Kasernenräume wurde er von einem japanischen Gendarmen durchsucht – er trug nur Hose und Kittel, ein Unterhemd und einen Schuh, sonst nichts. Dann wurde er in den Nebenraum geführt. Hier fragte ihn ein Chinesisch sprechender Japaner nach Name, Herkunft, Alter, Beruf und trug alles in eine Karteikarte ein. Als er sagte, er habe keinen Beruf, kaute der Japaner am Stift und musterte ihn aufmerksam. Es war ein bleicher, abgemagerter Mensch. Dann nahm der den Stift aus dem Mund, fixierte ihn fest und fragte: »Welches Delikt?«
Da er nicht wußte, was er verbrochen haben sollte, lächelte er naiv und schüttelte den Kopf. Noch ehe er den Kopf wieder still hielt, sprang der Dünne wie ein hungriger Wolf auf und ohrfeigte ihn blitzschnell. Er spuckte einen Zahn aus. Noch immer stehend, fragte der Dünne, dessen bleiches Gesicht wie von einer Frostschicht überzogen schien: »Welches Delikt?«
Seine Wut bändigte den Schmerz, ruhig und stolz betonte er jedes Wort einzeln: »Ich weiß es nicht!«
Der andere schlug ihm wieder ins Gesicht. Er wollte diesen Menschen laut zur Rede stellen, ihn fragen, mit welchem Recht er ihn schlage. Doch er besann sich, es war ja ein Japaner. Die waren rationalen Gründen nicht zugänglich, sonst hätten sie China nicht überfallen. Wozu also mit Bestien sprechen? Aber wenigstens hätte er sagen müssen: »Ich weiß nicht, weshalb ihr mich verhaftet habt. Ich müßte euch fragen, was ich verbrochen haben soll!« Aber selbst dazu hatte er keine Lust. Er betrachtete das Blut auf seinem Hemd, schloß die Augen und dachte: »Schlagt mich, zerschlagt mir das Gesicht, meine Gedanken könnt ihr mir nicht zerschlagen!«
Der dünne Japaner schluckte und bohrte wieder: »Hast du was verbrochen oder nicht?« Danach brachte er seine Hand in den richtigen Abstand, um sofort, falls er ein »Nein« oder ein Kopfschütteln zur Antwort bekäme, wieder kräftig zuschlagen zu können. Er erkannte zwar die Absicht seines Gegenübers, ließ sich aber nicht einschüchtern. Er schluckte den mit

Blut vermischten Speichel hinunter, spreizte die Beine ein wenig, um fester zu stehen, und beschloß, den Mund nicht mehr aufzumachen und sich auf Schläge einzustellen. Was sollte er anderes tun? Die Behandlung verursachte ihm heftige Schmerzen, aber plötzlich empfand er ein gewisses Ehrgefühl. Er biß die Zähne zusammen, um die kommenden Qualen auszuhalten, aber auch, um dieses Ehrgefühl stärker zu spüren.

Hände prasselten auf sein Gesicht, wohl ein dutzendmal. Er gab keinen Ton von sich, war nur bemüht, seinen Körper aufrecht zu halten und psychisch zu widerstehen. Der Schläger lächelte ein wenig, er fand ihn wohl ziemlich dumm. Sein Nacken beugte sich langsam, die Beine wurden weich. Die wie Pfeile herabsausenden Ohrfeigen ließen ihn wie ein Stehaufmännchen von einer zur anderen Seite schwanken. Der Schläger lachte laut. Er genoß es, daß er schlagen und siegen durfte. Der Geschlagene senkte den Kopf. Da änderte der Schläger sein Vorgehen, er versetzte dem Häftling plötzlich einen Hieb in die Rippen, daß der zu Boden ging. Der Schläger lachte nicht mehr, er musterte das am Boden liegende, über fünfzig Jahre alte, hilflose Häufchen Fleisch.

Im Lampenlicht, erinnerte sich Herr Qian, war er dann in ein großes Auto gestoßen worden. Da das Gesicht stark geschwollen war, konnte er die Augen kaum öffnen. Ihm war auch nicht danach. Auf dem schwankenden Fahrzeug kam er sich vor wie auf einem Schiff. Ein kalter Wind machte ihn schließlich munter. Durch seine halb geschlossenen Lider sah er draußen Lampen vorbeihuschen. Ihm wurde schwindlig, er schloß die Augen wieder und dachte an gar nichts. Seine Frau und seine Söhne, seine Gedichte, Bilder, Blumen und sein Beifußschnaps schienen nie zu ihm gehört zu haben. Las er früher Verse von Tao Yuanming oder wollte er selbst ein Gedicht zu Papier bringen, empfand er seine Frau und Kinder, ja den ganzen Haushalt lästig und erdschwer, während Gedichte im freien Wind und Mondenschein auf hohen Bergen und weiten Ebenen schwebten. Dachte er an Poesie, löste sich seine Seele sofort in einem abstrakten Kosmos auf. Dort waren selbst die wunderschönsten Landschaften und Blumen nur vergängliche Dinge und behinderten die Gedanken. Er strebte nicht nach schönen Äußerlichkeiten, sondern wollte erfahren, was den Kosmos im Innersten zusammenhält, wollte alle Hindernisse abstreifen und selbst aufgehen in diesem Universum, zu Musik ohne Sprache werden. Aber er konnte dieses Gefühl niemals niederschreiben. Dafür reichte seine Sprache nicht aus. Fand er Worte, so schränkten sie sogleich sein Inneres ein, sie konnten dem Flug seiner Seele nicht folgen und sich nicht in der gestaltlosen Musik des Kosmos wiegen, sondern nur auf das Papier gebannt werden. Hing er solchen Gedanken nach, bereiteten sie ihm auch dann Freude, wenn sie sich nicht in Verse bannen ließen. Diese Freude manifestierte sich nicht in faßbaren Dingen. Sie war etwas Seelisches, lebendig und angenehm wie grüne Wogen, und sie schuf Freiheit und Schönheit. In solchen Momenten entschwebte er seinem Körper so weit, daß er zusammenzuckte, wenn er unbewußt seine Kleider oder seinen Körper streifte.

Jetzt schloß er die Augen und wollte an nichts mehr denken, doch der erste Gedanke, der ihm kam, war: »Wahrscheinlich fahren sie uns zur Erschießung.« Er kniff die Augen noch fester zusammen und fragte sich: »Hast du Angst?« Er zwang sich, keinen Unsinn zu denken, sondern versuchte – wie beim Dichten – sich selbst und alles rundherum zu vergessen. »Was bedeutet Sterben schon!« murmelte er vor sich hin. Und nach einer Weile: »Sterben heißt vergehen, vergehen!« Er spürte ein klein wenig Freude. Obwohl Gesicht und Körper noch heftig schmerzten, ließ ihn diese Freude Schmerzen vergessen, sich selbst vergessen. Plötzlich fiel ihm ein: Es war nicht die Poesie, die ihn jetzt »vergehen« ließ, sondern irgend etwas aus dieser irdischen Welt. Es entführte seinen Geist nicht in weite Landschaften, die ihm den großen Frieden und Ruhe brachten, sondern er fühlte sich eins mit etwas sehr Starkem, das den Kräften des Bösen widerstehen konnte. Er mußte widerstehen, kämpfen. Richtig, er mußte sein Fleisch und Blut dem Feind vor die Füße werfen und dieses Leben mit Mut und Anstand auslöschen. Wärme durchströmte seine Brust, er lachte auf.

Der Wagen hielt an. Er wußte nicht, wo er war, und wollte es auch nicht wissen. Er erinnerte sich lediglich, daß es ein großes Haus, vielleicht eine Schule war. Da er Ketten an den Füßen trug, konnte er nur langsam gehen. Solch starke Fesseln erstaunten ihn, offenbar fürchteten sie, er könnte fliehen, oder sie wollten ihn zusätzlich quälen. Er wurde wieder geschlagen, weil er zu langsam war. Benommen von den Schmerzen konnte er nicht unterscheiden, ob sie eher von den Fesseln oder von den Schlägen herrührten. Er wurde in einen dunklen Raum gestoßen, fiel auf einen anderen Menschen. Der schimpfte und schob ihn weg. Er kroch weiter und lag schließlich auf dem blanken Boden. Der andere schimpfte nicht mehr, und auch er gab keinen Ton von sich, sondern schlief ein.

Am nächsten Tag passierte nichts, doch zwei Neue kamen hinzu. Er kümmerte sich nicht darum, wer die Mitgefangenen waren und wie der Raum aussah. Sein Gesicht spannte von den Schwellungen, er konnte den Mund nicht spülen und sich nicht waschen, fühlte sich am ganzen Körper unwohl. Am Vormittag gegen zehn brachte jemand etwas zu essen und eine Schale Wasser. Das Wasser trank er, das Essen rührte er nicht an. Mit geschlossenen Augen und ausgestreckten Beinen lehnte er sich an die Wand und erwartete den Tod. Er wollte nur schnell sterben, um die anderen kümmerte er sich nicht.

Als am dritten Tag immer noch nichts passierte, wurde er zornig. Er öffnete die Augen. Der Raum war klein und völlig leer, durch ein winziges Fenster fiel helles Licht. Davor waren Eisenstäbe angebracht. In der Mitte des Raumes lag ein etwa Vierzigjähriger, wahrscheinlich der, über den er gestolpert war. Sein Gesicht, voll blutiger Striemen, sah aus wie aufgeplatzter Lack. Er hielt die Augen geschlossen und lag mit angewinkelten Beinen und ausgebreiteten Armen da. Ihm gegenüber saß ein junges Pärchen dicht beieinander, er sah ganz gewöhnlich aus, aber das Mädchen war sehr schön. Der junge Mann starrte zur Decke und rührte sich nicht, die Frau hielt mit einer Hand seinen Arm, die andere lag auf ihren Knien. Ihre schönen Augen blinzelten unaufhörlich, als sei sie zutiefst erschrocken. Beim Anblick der beiden vergaß er seine Todessehnsucht. Er öffnete den Mund, konnte aber nicht sprechen, das verwirrte ihn. Am Hinterkopf spürte er einen stechenden Schmerz. Er schloß die Augen und konzentrierte sich. Als er sie jetzt wieder öffnete, konnte er die Lippen bewegen. Anteilnehmend fragte er die beiden leise: »Warum seid ihr hier?«

Der junge Mann fuhr zusammen und wandte seinen Blick von der Decke weg. Das Mädchen blickte erschrocken um sich, als suche es etwas Schreckliches.

»Wir...«, der junge Mann stieß das Mädchen an, das noch näher an ihn heranrückte.

»Ihr wollt euch wohl Schläge holen, seid ruhig«, zischelte der Liegende. Dabei schien er seine Hände vergessen zu haben. Er bewegte sie, verzog vor Schmerz das Gesicht und warf den Kopf hin und her. »Au!« stieß er zwischen den Zähnen hervor, als er den Schrei nicht länger unterdrücken konnte, »sie haben mich drei Stunden hängen lassen, die Gelenke sind gebrochen!«

Das Mädchen barg ihr Gesicht an der Brust des jungen Mannes. Der schluckte.

Draußen schien sich etwas zu bewegen. Das Geräusch schwerer Lederschuhe hallte über den Flur. Der Vierzigjährige setzte sich plötzlich auf, Zorn blitzte aus seinen Augen, er wollte laut schreien. »Ich...« Herr Qian hielt ihm schnell den Mund zu, die Lippen bewegten sich noch, die Luft zog an seinen Fingern vorbei. »Ich schreie, sollen die Bestien doch kommen«, brachte er mühsam heraus. Im Raum herrschte wieder Stille, auf dem Flur klapperten die Ledersohlen. Leise erfuhr er von dem Mann, daß er nicht wußte, was ihm vorgeworfen wurde, er sähe lediglich jemandem ähnlich. Die Japaner hatten denjenigen nicht angetroffen und statt seiner ihn festgenommen. Da er nichts gestand, hängten sie ihn auf.

Das junge Paar wußte auch nicht, warum sie in der Straßenbahn verhaftet worden waren, ein Studentenpärchen, das sich liebte. Bis zu diesem Zeitpunkt hatte man sie noch nicht verhört, aber sie fürchteten sich, denn sie wußten, beim Verhör wurde gefoltert.

Als Herr Qian begriffen hatte, worin ihr »Verbrechen« bestand, war sein erster Gedanke, sie zu retten. Sein Blick fiel auf die Fußfesseln, da stieß er ein heiseres Lachen aus und schwieg. Ihm fiel sein Sohn ein. Äußerlich glich der junge Student seinen Söhnen Mengshi und Zhongshi überhaupt

nicht, aber je länger er ihn anschaute, fand er eine innere Ähnlichkeit. Er hätte diesen Mann gern getröstet. Dann wieder meinte er, daß er ganz anders war. Zhongshi hatte sich zusammen mit Japanern in den Tod gefahren, war zu einem Haufen Fleisch geworden. Und dieser junge Mann? Der könnte wahrscheinlich mit seiner Geliebten in einer ländlichen Idylle leben. Er machte den Mund auf: »Kopf hoch, keine Angst! Wir müssen alle sterben, aber stark! Verstanden?« Er hatte leise, wie zu sich selbst gesprochen. Der junge Mann verdrehte nur die Augen.
An jenem Abend war ein japanischer Soldat mit einer Taschenlampe erschienen. Er leuchtete den Raum ab und zog das Mädchen hoch. Sie schrie. Der Student sprang auf, aber der Soldat schlug ihn nieder, daß er in eine Ecke flog. Der Soldat zerrte sie hinaus, sie wehrte sich. Da kam ein zweiter hinzu, sie schleppten sie weg. Der junge Mann rannte hinterher, die Tür schlug vor seiner Nase zu. Er lehnte sich starr dagegen.
Von ferne drangen schrille Schreie des Mädchens herein, wie Nadelstiche, wie Blitze. Dann schrie sie nicht mehr. Der junge Mann weinte leise.
Er wollte aufstehen, dem jungen Mann die Hand drücken. Aber seine Gelenke waren gefühllos, er kam nicht mehr hoch. Er wollte etwas Tröstendes sagen, aber seine Zunge war wie gelähmt. Plötzlich dachte er: »Ich darf nicht sterben! Ich muß weiterleben, muß hier rauskommen! So wie die uns töten, so will ich sie töten! Ich muß leben, um Rache zu nehmen!«
Gegen Morgen zitterte etwas Licht wie durch ein Spinnennetz in den Raum. Beim Anblick des kleinen Fensters fröstelte ihn, der Morgenwind war kühl. Als ob er dann hinausgehen könnte, hoffte er, es möge schnell Tag werden. Suchend blickte er sich um, konnte den jungen Mann aber nicht entdecken. Er hätte ihm gern gesagt: »Ich habe früher oft an christlichen Kirchen gelesen: Glaube, Liebe, Hoffnung. Ich habe nie verstanden, was das bedeuten sollte, aber heute weiß ich es: Glaube an deine eigene Kraft, liebe dein Land und hoffe, daß du nicht sterben mußt!«
In diesem Moment ging die Tür auf. Wie ein toter Hund wurde das Mädchen hereingeworfen. Es trug nur ein kurzes

weißes Hemd, darunter war es völlig nackt. Es konnte sich nicht mehr bewegen. Die Blutspuren auf ihren Oberschenkeln waren bereits angetrocknet.
Der junge Mann zog seine Jacke aus und bedeckte ihre Beine, dann rief er sie leise: »Cuiying, Cuiying!« Sie rührte sich nicht. Er ergriff ihre Hand, sie war bereits eiskalt. Den Mund ganz dicht an ihrem Ohr rief er: »Cuiying, Cuiying!« Sie bewegte sich nicht, sie war schon seit einer Stunde tot.
Der junge Mann rief nicht mehr, er faßte sie auch nicht mehr an. Die Hände in den Hosentaschen, starrte er auf das kleine Fenster. Die Sonne war aufgegangen, die Eisenstäbe funkelten in ihrem Glanz. So stand er etwa eine halbe Stunde lang. Plötzlich sprang er nach vorn, umklammerte den Fensterrahmen und wollte den Kopf gegen die Stäbe stoßen. Aber er erreichte die Stäbe nicht. Verzweifelt sprang er wieder herunter.
Herr Qian verstand nicht recht, ob der junge Mensch fliehen oder sich umbringen wollte. Der drehte sich um und blickte wieder auf den Körper des Mädchens. Nach einer Weile rollten Tränen über seine Wangen. Dabei trat er immer weiter nach hinten zurück. Als der Abstand weit genug war, nahm er wieder Anlauf, wahrscheinlich wollte er den Kopf gegen die Wand schlagen.
»Was soll das?« rief Herr Qian. »Sie ist tot, müssen deshalb auch Sie sterben? Und wer rächt sie? Junger Mann, nehmen Sie Rache!«
Der steckte die Hände wieder in die Taschen und stand wie versteinert da. Dann nickte er der Toten zu und nahm sie zärtlich in die Arme. Er flüsterte ihr etwas ins Ohr. Dann legte er sie an die Wand und nickte auch Herrn Qian zu, als nähme er dessen Ermahnung ernst.
In diesem Moment ging die Tür auf, und ein Soldat kam mit einem anderen, wohl einem Arzt, herein. Der sah die Leiche an, dann zog er ein Stück Papier heraus, das der junge Mann unterschreiben sollte.
»Infektionskrankheit!« schnaufte der Arzt auf chinesisch. »Unterschrift!« Er hielt dem jungen Mann einen Stift hin.
Der biß die Lippen zusammen und nahm ihn nicht in die Hand. Herr Qian räusperte sich und machte ein Zeichen mit den Augen. Der junge Mann unterschrieb.

Der Arzt steckte den Schein sorgfältig ein und ging dann zu dem Vierzigjährigen, der die Nacht über keinen Ton von sich gegeben hatte. Aus dessen Kehle kam ein kurzes Geräusch, aber die Augen öffneten sich nicht. Er war eine bescheidene Natur, selbst mit dem letzten Atemzug wollte er keinen unnötigen Lärm machen, noch in bewußtlosem Zustand schluckte er Unrecht und Schmerz hinunter. Der Arzt blinzelte höchst zufrieden und sagte dann höflich zu dem Soldaten: »In die Desinfektion!« Der zog den Halbtoten hinaus.

Im Raum blieben der Arzt und die beiden noch Lebenden zurück. Der Arzt schien nicht recht zu wissen, was er tun sollte, wischte sich die Hände ab, atmete tief durch, verbeugte sich und ging hinaus. Die Tür schloß er sorgsam ab. Der junge Mann zitterte am ganzen Körper, die Knie wurden ihm weich, er sank zu Boden.

»Das ist eine ansteckende Krankheit«, murmelte der alte Qian. »Die Japaner sind die Bazillen. Lassen Sie sich nicht anstecken, sehen Sie zu, daß Sie hier rauskommen. Nur ein Feigling denkt an Selbstmord!«

Da öffnete sich die Tür wieder, ein japanischer Soldat brachte die Kleider des Mädchens und warf sie dem jungen Mann hin. »Du, für sie, gehen!« Der warf die Kleider auf den Boden und stand wie ein hungriger Wolf auf. Herr Qian hüstelte wieder und sagte: »Gehen!«

Der junge Mann zog dem toten Mädchen die Kleider an und nahm sie in den Arm. Der Soldat brummte: »Draußen steht Auto! Wenn du reden, Kopf ab!«

Der junge Mann stand mit der Toten im Arm neben Herrn Qian, er schien etwas sagen zu wollen.

Der alte Mann senkte den Kopf, der junge Mann ging langsam hinaus.

34

Allein zurückgeblieben, kam der Raum ihm plötzlich sehr groß und erschreckend leer vor, so als fehlte irgend etwas. Als er die Augen schloß, fühlte er sich ein wenig besser. Er stellte sich vor, der Vierzigjährige und das junge Paar wären noch da, auf diese Weise kam ihm die Einsamkeit nicht so schrecklich vor. Er hörte ihre Stimmen, sah ihre Gesichter, dachte an ihr Schicksal. Dann fiel ihm der junge Mann ein, was würde er tun? Ob er sich zur Armee durchschlug? Oder ...

Was immer der junge Mann auch tun würde, er jedenfalls hatte ihm den besten Rat gegeben. Befolgte er ihn, könnte er es wie Zhongshi mit den Japanern aufnehmen. Er öffnete die Augen. Die Japaner hatten den Vierzigjährigen und das schöne Mädchen grundlos umgebracht, aber solch willkürliches Morden ruft Haß und Rachegefühle hervor. Der Feind machte es richtig! Wie sonst wäre ein solcher Bücherwurm wie er, der sich Beifußschnaps braute und ein Blumenliebhaber war, mit Sein oder Nichtsein des Landes in Berührung gekommen?

Er wurde gelassener. Die Grausamkeit des Feindes versetzte ihn nicht mehr in Wut. Jetzt ging es nicht mehr darum, wer recht hatte, sondern darum, wer wen umbringen würde. Zwar trug er Fesseln an den Füßen, viele seiner Zähne wackelten, er war in diesem verfluchten Raum eingesperrt, doch innerlich hatte er sich noch nie so reich gefühlt. Der Körper saß fest in diesem Verließ, aber sein Geist flog hinaus zu den Plätzen, wo China Krieg geführt hatte. Er war völlig wehrlos, aber noch regte sich Leben in ihm. Er hatte einen jungen Mann ermutigt und würde hier noch auf viele Menschen warten, sie anspornen, bis der Feind seinem Leben ein Ende bereitete. Käme er hier lebend heraus, wünschte er sich, wie Zhongshi viele Feinde mit in den Tod reißen zu können.

Er vergaß seine Gedichte, Bilder, den Schnaps, die Blumen und seinen Körper, er spürte nur diesen Hauch von Leben in sich. Der kleine Raum, sein Gefängnis und das vieler anderer, kam ihm jetzt sogar schön vor. Er sah die Fesseln an den Füßen, berührte die Verletzungen im Gesicht und lächelte. Er beschloß, alles, was ihm an Eßbarem gebracht würde, zu verschlingen, um sich so gegen die unbarmherzigen Schläge zu wappnen. Er mußte weiterleben. Nur wenn er lebte, könnte er eines Tages auch sterben. Wie ein Ertrinkender klammerte er sich an einen Balken und setzte alle Hoffnung darauf. Nicht noch einmal durfte er sich den Tod wünschen.

Fünf oder sechs Tage wurde er nicht zur Vernehmung geholt.

Anfangs regte er sich auf. Langsam wurde ihm jedoch klar, daß es ganz beim Feind lag, ob man ihn holte oder nicht, es hatte also gar keinen Zweck, sich aufzuregen. Er besänftigte seine Wut. Als einmal ein Bündel Stroh zur Tür hereingeworfen wurde, hob er ein paar Halme auf und spielte damit. Dazwischen entdeckte er einen Käfer, den er behutsam auf den Boden setzte wie einen neugefundenen Freund. Der Käfer lag reglos da, leicht gekrümmt. Ihm fiel nichts ein, womit er ihn hätte ermuntern können. Fast entschuldigend sagte er: »Da hast du nun gedacht, im Stroh sei es ganz sicher, aber nun bist du mir in die Hände gefallen. Ich habe früher auch gedacht, ich sei in Sicherheit, aber alles, woran ich mich klammerte, war auch nur ein Strohhalm! Sei nicht böse, dein Leben ist genausoviel wert wie meines. Könnten wir es allerdings bewahren, wäre es wertvoller. Entschuldige, daß ich dich gestört habe, warum vertraust du auch auf Stroh?«
An dem Abend, als er den Käfer gefunden hatte, wurde er zur Vernehmung geholt. Sie fand im Obergeschoß in einem großen, dunklen Raum statt. Aber als er eintrat, strahlte ihm eine helle Lampe direkt ins Gesicht, so daß er einen Moment wie blind war. Er wurde vor den Schreibtisch des Vernehmers gezerrt. Als er die Augen wieder öffnete, sah er drei glänzende, grüngeschminkte Gesichter vor sich, die ihn unbeweglich anblickten. Sechs Augen fixierten ihn wie drei Katzen eine Maus. Plötzlich reckten alle drei den Kopf vor und bleckten ihre weißen Zähne.
Starr sah er sie an. Er war ein chinesischer Dichter, der noch nie an irgendwelche »Geister und Dämonen« geglaubt hatte und erst recht jegliche Tricks verabscheute. Es war lächerlich, daß die Japaner allen Ernstes damit arbeiteten. Aber er lachte nicht, denn er kannte ihre satanische Gründlichkeit.
Nachdem sie mit ihrem Theater fertig waren, machte der mittlere grüne Teufel eine Kopfbewegung nach beiden Seiten, als wollte er sagen: »Ein harter Bursche!« Dann begann er in gebrochenem Chinesisch: »Du sein was?«
Beinahe wäre ihm herausgerutscht: »Ich bin Chinese!« Aber er beherrschte sich. Er mußte seinen Körper schützen, weshalb sollte er wegen einer kurzen Genugtuung Haut und Knochen riskieren. Aber ihm fiel nichts Passenderes ein.

»Du sein was?« fragte der Teufel wieder und erklärte nun auch, was er meinte, »du Kommunist?«
Er schüttelte den Kopf. Gern hätte er spöttisch hinzugefügt: »Die Nanjing-Regierung, die den Krieg gegen Japan führt, ist nicht die Kommunistische Partei!« Aber er hielt sich zurück.
Das linke Grüngesicht fragte: »Erster August, wo du waren?«
»Zu Hause!«
»Was du machen zu Hause?«
»Ich weiß es nicht mehr!«
Das linke Grüngesicht warf den anderen beiden einen Blick zu: »Ein harter Bursche!«
Jetzt reckte das rechte Grüngesicht seinen Hals und zischte wie eine Schlange: »Du kriegen Schläge, ganz große!« Dann zog es seinen Hals wieder ein und gab ein Zeichen mit der rechten Hand. Qian Moyin spürte einen heftigen Luftzug, dann sauste eine Lederpeitsche wie heißes Eisen auf seinen Rücken nieder, er stolperte nach vorn und schlug mit dem Kopf auf den Tisch. Jetzt konnte er sich nicht mehr länger beherrschen, er brüllte wie ein wütender Tiger, die Hand auf den Tisch gestützt: »Schlagt doch, ich habe nichts zu sagen!«
Die drei Grüngesichter lächelten mit gefletschten Zähnen. Sie genossen das Zischen der Peitsche und das Brüllen des alten Mannes. Sie haßten ihn nicht. Da sie sein Verbrechen nicht in Erfahrung bringen konnten, wollten sie sich einfach nur an der Folter und an seinen Schreien weiden.
Die Peitsche sauste gleichmäßig, wie von einer Maschine gesteuert, ohne Unterbrechung und immer in gleicher Stärke auf dieselbe Stelle nieder. Mit der Zeit konnte der alte Mann nur noch röcheln wie ein Pferd, dem die Beine eingeknickt waren und die Augäpfel hervortraten. Nach weiteren Schlägen fiel er in Ohnmacht.
Als er erwachte, befand er sich wieder in dem kleinen Raum. Er hatte Durst, aber nichts zu trinken. Das Blut auf dem Rücken war angetrocknet, aber bei der kleinsten Bewegung war ihm, als risse jemand an den Wunden. Er unterdrückte den Durst, verbiß sich die Schmerzen und setzte sich so in die Ecke, daß er sich mit den Schultern an die Wand lehnen konnte, ohne sie mit dem Rücken zu berühren. Immer wieder fiel er in Ohnmacht. Dabei war ihm jedesmal, als entweiche sein Leben wie Dampf

aus ihm. Er dachte an nichts mehr, rief nur seinen Namen, wenn eine Ohnmacht nahte, wußte nicht, ob es Tag oder Nacht war, hatte Zorn und Ärger vergessen, rief nur immer wieder seinen Namen, als wollte er sich einschärfen: »Weiterleben, weiterleben!« So konnte das letzte Stückchen Leben, wenn es seinem Körper wie ein Atemhauch entweichen und ins Dunkel davonfliegen wollte, von ferne seinen Namen hören und zurückkehren. Dann biß er die Zähne zusammen und kniff die Augen fest zu, um diesen Atemzug in seinem Körper einzuschließen. Dieser Schwebezustand des Lebens verringerte seine körperlichen Schmerzen, so gewann er Ruhe und Abstand. Aber die Erlösung erlaubte er sich nicht, lieber wollte er Schmerzen erleiden. Er hielt das Leben fest umklammert!

Die Japaner entwickelten die Menschenquälerei mit Kunstfertigkeit. Das nächste Mal holten sie ihn an einem schönen Nachmittag. Es gab nur einen Vernehmer in Zivil. Der saß in einem sehr kleinen, hellgrün getünchten Zimmer. Alle Fenster waren geöffnet, Sonnenlicht strömte herein und fiel auf einen zinnoberroten Hortensienstock am Fenster. Auf einem kleinen runden Tisch mit grüner Tischdecke standen eine schöne Vase mit einer Herbstaster, zwei kleine Becher und eine Flasche mit gelblichem Schnaps. Der Vernehmer hielt einen Band chinesischer Gedichte in der Hand.

Als Herr Qian eintrat, las er in dem Band und schien so vertieft, als sei er in weite Fernen entrückt und habe alles um sich herum vergessen. Dann legte er wie erschrocken das Buch beiseite, erhob sich eilig, entschuldigte sich mehrmals und bat »den Gast«, Platz zu nehmen. Er sprach ein sehr gepflegtes, häufig sogar affektiertes Chinesisch.

Der alte Mann setzte sich. Der andere holte mehrmals tief Luft, schenkte ein, hob das Glas und sagte: »Bitte, trinken Sie!« Herr Qian warf den Kopf zurück und trank aus. Der andere trank ebenfalls, atmete wieder tief durch und schenkte erneut ein. Nach dem zweiten Glas bemerkte er lachend: »Das ist alles nur ein Mißverständnis, bitte nehmen Sie es nicht übel!«

»Was für ein Mißverständnis?« Nach den zwei Gläsern Schnaps wurde ihm ganz heiß. Er hatte eigentlich nichts sagen wollen, aber der Schnaps öffnete ihm den Mund.

Der Japaner antwortete nicht direkt, sondern lächelte nur listig und schenkte erneut ein. Als der andere ausgetrunken hatte, fragte er: »Sie schreiben Gedichte?«
Als Antwort schloß der alte Mann die Augen.
»Moderne oder klassische?«
»Moderne beherrsche ich noch nicht!«
»Ausgezeichnet! Wir Japaner lieben klassische Gedichte!«
Er dachte einen Moment lang nach, dann sagte er: »Die klassische Dichtung haben Sie von den Chinesen gelernt, mit der modernen dauert es eben noch!«
Der Japaner lachte, lachte laut heraus. Er hob das Glas: »Trinken wir auf die Kultur Japans und Chinas, die sich gleich ist, gleich in Ruhm und Schmach! Alle Menschen sind Brüder, wir sind fast Blutsbrüder!«
Der alte Mann faßte das Glas nicht an. »Brüder? Wenn Sie uns ermorden, sind wir Erzfeinde! Von wegen Brüder! Das soll wohl ein Scherz sein!«
»Ein Mißverständnis, nur ein Mißverständnis!« Der andere lachte noch immer, aber eher gekünstelt. »Sie gehen hier rücksichtslos vor, mir gefällt das auch nicht!«
»Wen meinen Sie?«
»Das sind ...« Der Japaner verdrehte die Augen. »Ich bin Ihr Freund, wäre gern Ihr bester Freund, wenn Sie meinen gutgemeinten Rat befolgten. Sie gehören zur Generation der älteren Chinesen, die gern etwas trinken und dazu Gedichte rezitieren. Solche Menschen wie Sie gefallen mir! Die schießen zwar manchmal über das Ziel hinaus, aber sie halten dabei die Augen immer offen. Und sie mögen die jungen Leute nicht, die neue Gedichte bevorzugen und diese sogar selbst schreiben. Diese jungen Leute sind gar nicht wie Chinesen, sie sind von den Engländern und Amerikanern verdummt und gegen Japan voreingenommen. Das ist sehr unklug. Die japanische Militärmacht ist unbesiegbar. Wer sie anzutasten wagt, stürzt sich nur selbst ins Verderben! Ich kann den Einsatz des Militärs nicht verhindern, und ich kann eure jungen Leute nicht vom Widerstand abhalten, aber ich kann versuchen, chinesische Freunde zu gewinnen, solche Freunde wie Sie. Sobald wir uns näherkommen und verstehen, können wir unsere Macht und unseren Einfluß nach und nach ausbreiten. Wir könnten die

japanisch-chinesischen Beziehungen in Ordnung bringen und zu echten Freunden werden, die in Freud und Leid zusammenhalten und im Leben wie im Tod füreinander einstehen! Was würden Sie gern tun? Reden Sie freiheraus, es gibt nichts, was unmöglich wäre! Ich kann Sie freilassen und Ihnen helfen, zu Amt und Würden zu gelangen!«

Herr Qian sagte lange nichts.

»Wie steht's?« drängte der Japaner. »Oh, ich sollte Sie nicht drängen. Ein echter Chinese braucht Zeit. Wollen Sie es in Ruhe überdenken?«

»Ich brauche keine Bedenkzeit. Wenn Sie mich freilassen wollen, tun Sie es schnell.«

»Und danach?«

»Ich gehe auf keine Bedingungen ein. Verhungern ist nicht schlimm, schlimm ist nur, seine Ehre zu verlieren.«

»An mich denken Sie gar nicht? Wie soll ich das denn erklären, wenn ich Sie einfach so laufenlasse?«

»Das ist Ihre Sache. Ich liebe mein Leben, aber mehr noch liebe ich meine moralische Integrität!«

»Was denn für eine moralische Integrität? Wir haben nicht vor, China zu vernichten!«

»Wozu dann der Krieg?«

»Das ist ein Mißverständnis!«

»Ein Mißverständnis? Dann wollen wir uns konsequent bis zum letzten mißverstehen! Sollte die Geschichte nicht immer nur Lügen verbreiten, werden wir eines Tages erfahren, was ein Mißverständnis ist!«

»Na gut!« Der Japaner rieb sich langsam das Gesicht, kniff ein Auge zusammen und riß das andere auf. »Sie sagten, Verhungern sei nicht schlimm. Ich lasse Sie mal ein bißchen hungern, dann sehen wir weiter! Sie bekommen drei Tage nichts zu essen!«

Der alte Mann erhob sich, ihm war schwindlig. Um sich zu sammeln, stützte er sich am Tisch ab. Der Japaner streckte die Hand vor. »Sollten wir uns nicht die Hand geben?«

Ohne Reaktion ging der alte Mann langsam hinaus. Als er schon draußen war, rief eine Stimme hinter ihm: »Wenn Sie es sich überlegt haben, lassen Sie es mich wissen, ich möchte gern Ihr Freund sein!«

Zurück in dem kleinen Raum, schob er alle Gedanken beiseite und stellte sich auf den Hunger ein. Wirklich, die Japaner verstanden es, Menschen zu quälen. Erst verletzten sie einen äußerlich, dann suchten sie einen im Innersten zu treffen. Er mußte lachen.
An jenem Abend kamen drei neue Gefangene, alles Männer um die Dreißig, Vierzig. An ihrem erschrockenen Verhalten konnte er ablesen, daß sie ebenfalls unschuldig waren. Wer wirklich etwas getan hatte, wartete gelassen auf sein Urteil. Er mochte sie nicht fragen, gab ihnen nur leise mit auf den Weg: »Ihr müßt keine Angst vor der Folter haben! Gebt ihr ein Verbrechen zu, werdet ihr getötet, gebt ihr es nicht zu, werdet ihr auch getötet! Wozu sollt ihr also etwas zugeben? Ihr dürft keine Angst haben. Das Land ist nun mal unterworfen, es geht euch so oder so miserabel! Haltet aus! Wenn ihr durchhaltet, könnt ihr Rache üben!«
Drei Tage gab es für ihn nichts zu essen. An diesen Tagen wurden die Neuen abwechselnd gefoltert, als wollte man ihm die Qualen vorführen. Der Hunger, die Schmerzen und das blutige Geschehen um ihn herum schlossen ihm Augen und Mund. Er wollte nicht sterben, sollte aber der Tod kommen, würde er nicht ausweichen. Nach wie vor wußte er nicht, welches Verbrechen man ihm vorwarf, und er kam nicht dahinter, warum die Japaner gerade ihn zur Kollaboration aufforderten. Das quälte ihn. Aber nach drei Tagen Hungern war sein Kopf klarer: Was die Japaner auch tun würden, er mußte standhaft bleiben. Wenn sie ihn für schuldig erklärten, war er schuldig, dann mußte er mit seinem zerschundenen Körper die Foltern hinnehmen. Forderten sie ihn zur Kapitulation auf, wäre er unschuldig, würde aber, selbst um den Preis seines Lebens, seine Integrität zu wahren suchen. Nun quälte er sich nicht mehr; begegnest du einem Tiger, versuche nicht erst, mit ihm zu rechten, sondern entscheide, ob du dich ihm stellen willst. Denke nicht darüber nach, warum der Tiger dich beißen will, sondern finde heraus, wie du dich wehren kannst!
Er dachte an seinen jüngsten Sohn Zhongshi und konnte sich nicht erklären, warum die Japaner ihn noch nicht erwähnt hatten. Ob er diese ruhmreiche Tat vielleicht gar nicht voll-

bracht hatte? Ob Guan Xiaohe möglicherweise etwas anderes angezeigt hatte? Sollte er wirklich wegen Zhongshis Tat verhaftet worden sein, würde er ohne Zögern gestehen und in Ruhe die Todesstrafe erwarten. Natürlich würde er gern sein Leben behalten und noch ein paar nützliche Dinge tun. Um aber Zhongshis Heldentat zu vervollkommnen, fürchtete er den Tod nicht. Er war über fünfzig und hatte noch nichts von Bedeutung geleistet. Aber er hatte auch nichts getan, was Land und Gesellschaft geschadet hätte. Weshalb betrachteten ihn die Japaner wie einen Verräter? Ach, ach! Ihm fiel ein, daß die Leute in weiten Roben mit Reifgürtel auf den alten Landschaftsbildern nur dazu taugten, der Zither zu lauschen und Blumen zu betrachten, dem Schicksal des Landes gegenüber aber stets gleichgültig geblieben waren. Natürlich gefielen den Japanern solche Leute. Die würden sich höchstens in die Berge zurückziehen, aber niemals gegen die Japaner kämpfen! »In Ordnung, in Ordnung!« redete er sich zu, »ganz gleich, ob Zhongshi es getan hat oder nicht, ich will von nun an fest mit dem Land verbunden sein, um wiedergutzumachen, daß mir sein Schicksal früher gleichgültig war.« Da fühlte er sich rein wie ein Kristall, obwohl er voller Schmutz und Wunden war. Doch die Japaner hörten mit der Folter nicht auf. Er hielt durch und gab keinen Ton von sich, solange es eben nur ging. Konnte er gar nicht mehr, brüllte er: »Schlagt zu! Ich habe nichts zu sagen!« Er biß die Zähne zusammen, aber sie wurden ihm ausgeschlagen. Fiel er in Ohnmacht und drohte zu sterben, begossen sie ihn mit kaltem Wasser. Sie flößten ihm eimerweise kaltes Wasser ein, das er dann wieder ausbrechen mußte, quetschten ihm die Beine zwischen Stöcke, rieben seinen Kopf mit Feuerschwamm. Er hielt alles aus. War er bei Bewußtsein, verging die Zeit langsam, aber sie raste, wenn er ohnmächtig war. Er hatte beschlossen, sich nicht zu beugen und das Leben wie Speichel zu betrachten, den er, statt ihn auszuspucken, immer wieder hinunterschlucken wollte.
Fast jedesmal wurde er von einem anderen verhört. Sie verwendeten unterschiedliche Foltermethoden und fragten immer etwas anderes. Er machte sich nicht mehr die Mühe, erraten zu wollen, was man ihm vorwarf. Würde er etwas zugeben, dann wäre er sämtlicher Verbrechen schuldig, und

für jedes einzelne könnte er geköpft werden. Gestände er aber nichts und bliebe hart, würde er gefoltert werden, weil er sich nicht fälschlich selbst bezichtigte. Er begriff, daß die Japaner auch nicht genau wußten, wessen er eigentlich beschuldigt wurde. Aber da sie ihn schon einmal verhaftet hatten, konnten sie ihn nicht ohne weiteres wieder laufenlassen.

Die Menschen in seinem Raum kamen und gingen, er wußte nicht, wieviel es waren, und wenn sie nicht mehr da waren, wußte er nicht, ob sie freigelassen oder ermordet wurden. Erwachte er manchmal nach langer Ohnmacht wieder, waren ganz andere Leute im Raum. So zerschlagen wie er aussah, trauten sie sich offenbar nicht, mit ihm zu sprechen. Sobald er aber ein wenig Kraft fand, forderte er sie auf, ihren Haß nicht zu vergessen und auf Rache zu sinnen. Das schien sein einziges Lebensziel und seine Berufung geworden zu sein. Sich selbst hatte er völlig vergessen, er spürte nur, daß er eine Stimme war. Solange er noch atmen konnte, würde er diese Stimme gebrauchen – nicht zum Jammern, sondern als Signal, um durchzuhalten und Rückgrat zu wahren. Doch schließlich waren auch seine Kräfte erschöpft. Er hatte keine Schmerzen mehr, kein Gedächtnis. Viele Tage schwebte er bewußtlos an der Grenze zwischen Leben und Tod.

Eines Tages, die Sonne stand schon tief im Westen, erwachte er. Sein Blick fiel auf einen gutaussehenden Mann, der ihn von der Mitte des Raumes her fixierte. Er schloß die Augen wieder. Der andere schien ihn etwas gefragt zu haben, aber er wußte nicht, ob er in seiner Benommenheit geantwortet hatte. Doch erinnerte er sich, daß dieser Mann warm und innig seine Hand ergriffen hatte, so daß er plötzlich wach wurde. Die Wärme jener Hand schien in sein Herz gelangt zu sein. Er hörte ihn sagen: »Man hat mich versehentlich hierher gebracht, ich komme binnen kurzem hier heraus. Ich kann Sie retten. Ich gehöre einer Geheimgesellschaft an und könnte sagen, daß auch Sie dazugehören, ja?« Was dann folgte, daran erinnerte er sich nur lückenhaft. Er hatte einen Fingerabdruck auf ein Blatt gedrückt und versichert, daß er niemals zu jemandem über die erlittene Folter sprechen würde. Unter dem Licht der Laternen wurde er dann durch ein großes Tor hinausgeschoben. Halb wach lag er an einer Mauer.

Der kühle Herbstwind weckte ihn. Es war stockdunkel, nur in der Ferne strahlte etwas Licht und ertönte Hundegebell. Er hatte alles vergessen und wußte nicht, was er weiter tun wollte. Die wenigen ihm verbliebenen Kräfte reichten nur dazu aus, ein paar Meter vorwärts zu kriechen, nur vorwärts, egal, wohin. Wenn seine Arme versagten, legte er sich wieder auf den Boden. Er war noch nicht tot, hatte nur keine Kraft mehr, Arme und Beine zu bewegen. Als er gerade einschlafen wollte, sah er plötzlich jemanden vor sich – Guan Xiaohe.

Wie ein Ertrinkender, der in Bruchteilen von Sekunden sein Leben an sich vorüberziehen sieht, erinnerte er sich plötzlich. Mit Guan Xiaohe hatte alles angefangen. Da strömte ihm Kraft zu, die ihn den Kopf heben ließ. Hinter ihm befand sich der Ort, an dem er eine Zeitlang gewohnt hatte, die Peking-Universität. Er kroch weiter gen Westen, denn Guan Xiaohe befand sich in westlicher Richtung. Daß sich in dieser Richtung auch sein Zuhause befand, fiel ihm nicht ein, nur, daß er Guan Xiaohe dort finden könnte. Guan Xiaohe hatte ihn ins Gefängnis gebracht, er würde ihn jetzt zurückleiten. Zuerst mußte er bei Guan Xiaohe auftauchen und ihm zeigen, daß er noch nicht tot war! Er kroch, rollte, blutete, Schweiß ätzte seine Wunden, aber er hielt nicht an. Er sah immer nur Guan Xiaohe vor sich. Der ging ihm lächelnd voran.

Als er in der Schafhürdengasse ankam, war bloß noch ein letzter Atemzug in ihm. Er kroch zu seinem Tor und wußte nicht, wie er in sein Zimmer gelangt war, erkannte es auch nicht. Beim Erwachen fiel ihm wieder Guan Xiaohe ein. Wer einem guten Menschen schadet, den kann die Strafe ewigen Lebens treffen. Er mußte Guan Xiaohes Strafe sofort verkünden.

Nach und nach erkannte er die Menschen wieder und konnte sich an Vergangenes erinnern. Er war Guan Xiaohe beinahe dankbar. Ohne ihn wäre er vielleicht wie ein verletzter herrenloser Hund auf der Straße umgekommen. Als er wieder lachen konnte, lachte er oft darüber, daß jemand, der ihm so geschadet, ihn auf so unvorstellbare Weise auch gleichzeitig gerettet hatte.

Er war Ruixuan, Herrn Jin und Großmutter Li sehr dankbar für ihre Fürsorge. Aber nicht nur Dankbarkeit und die Frage, wie er sich ihnen erkenntlich zeigen könnte, beschäftigte sein Denken. In seinem Kopf kreiste bloß ein Gedanke – er wollte seine Verhaftung bis zum Wegkriechen aus dem Gefängnis rekapitulieren. Täglich dachte er darüber nach. Je mehr er genas, desto besser erinnerte er sich. Natürlich gab es viele kleine weiße Flecken, aber allmählich hatte er den gesamten Verlauf vor Augen. Besann er sich auf ein Vorkommnis, war er in der Lage, die entsprechenden Zusammenhänge herzustellen, so wie er als Kind, wenn der Lehrer ein Zitat begann, die kanonischen Werke hersagen konnte. Seine inzwischen fast auswendig gelernte Geschichte ließ ihn trotz der langsam, aber stetig voranschreitenden Genesung und der liebevollen Fürsorge der Verwandten und Freunde keinesfalls vergessen, was er nie versäumen durfte – die Rache.

Daß er auf die wiederholten Fragen Ruixuans nicht einging, lag nicht an dem Versprechen, das er den Feinden gegeben hatte, sondern weil er das Vorgefallene wie etwas Kostbares, das man niemandem zeigt, in seinem Herzen bewahren wollte. Nur wenn er es ganz fest in seinem Innern verschloß, konnte er ernsthaft an die Verwirklichung seines Racheplanes gehen.

Im Verlaufe der Gefängnisgeschichte gab es nur eine bedauerliche Tatsache: Er wußte nicht, wer ihn gerettet hatte. Verschwommen erinnerte er sich an sein Aussehen, aber Name, Beruf, Herkunft hatte er vergessen oder vielleicht auch nie erfragt. Nicht, daß er ihm seine Güte vergelten wollte. Haß mußte vergolten werden. Trotzdem hätte er gern gewußt, wer er war, hätte Freundschaft mit ihm schließen können.

Häufig dachte er an seine Frau und seinen Sohn, aber immer in Verbindung mit seiner Haft, um seinen Haß zu schüren. Er hätte nicht ins Gefängnis gemußt, und sie hätten nicht sterben müssen. Er begann neu zu überlegen. Für die Zukunft hatte er keinerlei Bedenken, außer der Sorge um die Schwiegertochter. Eigentlich war das kein Problem, nur, sie war jetzt schwanger. Alles konnte er außer acht lassen, aber nicht seinen ungeborenen Enkel oder die Enkelin.

»Junge Frau!« keuchte er leise.

Sie kam herein. Erst nachdem er sie lange angeschaut hatte, bat er: »Bist du gut zu Fuß? Könntest du mir deinen Vater herholen?«

Sie stimmte sofort zu. Sie war wieder gesund, ihr Gesicht hatte schon ein wenig Farbe angenommen. Die Wunde in ihrem Herzen war zwar noch nicht verheilt, aber um des Kindes willen und wegen der aufrichtigen Ermahnungen von Großmutter Li hatte sie beschlossen, nicht mehr so viel zu weinen und ihrem Kummer nachzugeben, damit das Ungeborene keinen Schaden nähme.

Nachdem sie gegangen war, setzte er sich auf und wartete mit geschlossenen Augen auf Herrn Jin. Er wünschte sich sehr, der möge schnell kommen, bereute aber, ihr nicht ausdrücklich ans Herz gelegt zu haben, sich nicht zu überstürzen. Doch er beruhigte sich: »Sie weiß sich schon zu schützen, das arme Kind!« Dann mußte er wieder über sich lachen: »Was denn, benimmst dich wie ein altes Weib, und so was will Feinde töten und Rache üben.«

Die junge Frau kam erst nach etwa einer Stunde zurück. Auf der glänzenden roten Stirn ihres Vaters standen Schweißperlen. Nicht vom schnellen Laufen, sondern vom Schritthalten mit der Tochter, die ihm viel zu langsam lief, worüber er sich aufgeregt hatte. Die junge Frau hatte noch nie gerne geredet, aber jetzt kokettierte sie ein wenig vor dem Vater: »Dabei war ich doch so schnell.«

»Schon gut, schon gut! Ruh dich jetzt ein bißchen aus.« In den Augen des alten Qian zeigte sich ein gütiges Leuchten. Er hätte gar nicht sagen können, ob er sie eigentlich mochte. Die Schwiegertochter war zwar da, aber zwischen ihnen schien ein Vorhang zu hängen. Jetzt hielt er sie für den bedauernswertesten und respektabelsten Menschen. Würde demnächst alles untergehen, müßte sie weiterleben, da jedes neue Leben die Toten unsterblich machte.

»Vater meiner Schwiegertochter, hol doch bitte mal die Schnapsflasche unter dem Tisch hervor«, bat der Dichter lächelnd.

»Wo es dir gerade ein bißchen besser geht, willst du schon wieder trinken?« Seinem Anverwandten und guten Freund gegenüber hielt sich Herr Jin nicht zurück. Doch er holte die Flasche und zwei Teegläser und schenkte sie halb voll: »Reicht das?«

Herr Qian schien leicht erregt: »Gib her! Ich schenke ein.«

Herr Jin atmete schwer, goß das Glas voll und gab es ihm. »Und du?«

»Ich soll auch trinken?«

Herr Qian nickte: »Und zwar ebenfalls ein volles Glas!«

Herr Jin mußte auch für sich einschenken.

»Trinken wir!« Herr Qian hob das Glas.

»Langsam!« bremste Herr Jin leicht beunruhigt.

»Keine Angst!« Herr Qian trank das Glas in zwei Zügen leer. Er wartete, daß auch der andere austrank, dann rief er dessen Namen und warf sein Glas an die Wand, daß es zerschellte.

»Was soll das?« erkundigte sich Herr Jin erstaunt.

»Von nun an trinke ich nicht mehr!« Herr Qian schloß die Augen.

»Dann ist es ja gut.« Herr Jin blinzelte und zog einen Hocker an das Bett. Als er Platz genommen hatte, rutschte Herr Qian urplötzlich aus dem Bett, kniete nieder, und ehe der andere sich versah, machte er einen Kotau vor ihm.

Eilig zog Herr Jin ihn hoch. »Was hat das zu bedeuten?« Er stützte den Kranken, bis der wieder auf dem Bettrand saß.

»Vater meiner Schwiegertochter, setz dich! Ich habe eine Bitte an dich. Aber obwohl ich den Kotau vor dir gemacht habe, mußt du es in aller Ruhe bedenken, darfst dich nicht gedrängt fühlen!«

»Rede schon, deine Angelegenheiten sind auch meine!« Herr Jin griff nach der Pfeife und stopfte sie gemächlich.

»Es handelt sich um keine Kleinigkeit.«

»Du willst mich wohl erschrecken!« Herr Jin lächelte.

»Die junge Frau ist schwanger. Ich als Schwiegervater kann mich nicht um sie kümmern. Ich will...«

»Du willst sie ins Elternhaus zurückschicken, nicht wahr? Sag's und es geschieht, dafür brauchst du doch keinen Kotau zu machen. Sie ist nun mal meine Tochter.« Herr Jin fand sich klug und großzügig.

»Nein, es gibt da noch etwas Schwierigeres. Ganz gleich, ob sie einen Jungen oder ein Mädchen zur Welt bringt, du sollst das Kind für die Familie Qian großziehen. Ich vertraue dir Schwiegertochter und Nachfahren an! Die Schwiegertochter ist noch jung, wenn sie nicht Witwe bleiben möchte, soll sie wieder heiraten, ihr braucht das nicht mit mir zu besprechen.

Aber wenn sie heiratet, muß das Kind bei dir bleiben, du mußt es wie dein eigenes Enkelkind aufziehen. Ich bitte dich nur, ihm oft zu sagen, wie seine Großmutter, sein Vater und sein Onkel gestorben sind. Mein Guter, das ist keine einfache Sache, denke in Ruhe darüber nach, ehe du antwortest. Stimmst du zu, werden dir die Seelen aller Vorfahren der Familie Qian dankbar sein. Stimmst du nicht zu, kann ich dir nicht böse sein. Überlege es dir gut.«

Herr Jin wußte nicht recht, was das sollte, er kaute an der Pfeife und starrte vor sich hin. Rechnen konnte er, aber nicht nachdenken. Die Tochter nach Hause holen und den Tochterenkel großziehen, das war zu schaffen. Zwei Esser mehr bereiteten ihm keine Schwierigkeiten. Aber was bezweckte Qian Moyin damit? Das war ihm nicht klar. Um nicht länger vor sich hin zu starren, fragte er: »Und was machst du?«

Der Alkohol hatte Herrn Qians Gesicht gerötet. Er war nervös. »Um mich mache dir keine Sorgen, ich weiß, was ich tue! Nimmst du die Schwiegertochter mit, bitte ich den Vierten Li, daß er die paar alten Möbel hier verkauft. Dann gehe ich vielleicht aus Peking weg oder ziehe in ein kleines Stübchen und schlage mich allein durch. Ich weiß jedenfalls, was ich tue!«

»Na, da mache ich mir aber Sorgen!« Die rote Hitze war aus Herrn Jins Gesicht gewichen. Er selbst genoß kein Ansehen in der Gesellschaft. Leute, die ärmer waren als er und ihn als geldgierig und raffiniert kannten, nickten ihm nur von weitem zu. Und die, die reicher waren als er, grüßten ihn nur, wenn sie ihn brauchten. Er hatte nur Herrn Qian zum Freund, mit dem er trinken und sich unterhalten konnte, und wollte ihn daher nicht aus Peking weggehen oder gar in ein kleines Stübchen ziehen lassen. »Na, das gibt es nicht! Du ziehst mitsamt der Tochter zu mir. Ich kann euch beide ernähren. Du bist über fünfzig, ich gehe auf die Sechzig zu! Wir könnten jeden Tag einen zusammen heben.«

»Ich bitte dich!« Mehr brachte Herr Qian nicht heraus. Er konnte doch seinen Plan nicht ausplaudern, spürte aber, daß das gegen die Regel verstieß. Herr Jin meinte es ehrlich, und er sollte ihm die Wahrheit nicht verschweigen. Nach einer langen Pause fügte er hinzu: »Mein Lieber, die Zeiten sind schlecht,

da muß jeder seinen eigenen Weg gehen. Also sage es offen heraus, stimmst du zu oder nicht?«
»Ich bin einverstanden. Aber du mußt auch mir zustimmen und zu mir ziehen.«
Die Notlüge fiel dem Dichter schwer: »Wir machen es so: Ich versuche erst einmal, ob ich allein auskomme. Wenn nicht, ziehe ich zu dir.« Erst nach sehr langem Zögern nickte Herr Jin.
»Dann nimm deine Tochter mit, je schneller, desto besser. Die junge Frau soll sich aussuchen, was sie mitnehmen möchte. Sage du es ihr, ich geniere mich. Du hast mir sehr geholfen, ich werde dir deine Güte niemals vergessen.«
Herrn Jin wollten die Tränen kommen, deshalb stand er schnell auf und klopfte die Pfeife aus. Dann tat er einen langen Seufzer und ging in das Zimmer der Tochter.
Herr Qian saß noch auf dem Bettrand und wußte nicht, ob er froh oder traurig sein sollte. Seine Frau, Mengshi, Zhongshi, keinen würde er wiedersehen. Nun hatte er sich auch noch von dem Freund, der Schwiegertochter – und dem ungeborenen Enkel – für immer verabschiedet. Wenigstens hätte er warten sollen, bis er das Gesicht des Kleinen sehen würde. Er war überzeugt, es würde Mengshis ähnlich sein. Aber er wußte auch, daß er so hart bleiben mußte. Denn hätte er den Enkel erst gesehen, wäre er womöglich nur noch Großvater und vergäße alles andere. »So ist es doch besser. Ich habe mein Leben doch nicht zurückerhalten, damit ich es nur mit der Sorge um die Enkel verbringe! Ich sollte feiern, daß ich so entschlossen bin – der Feind ist es noch viel mehr!« Er blickte auf die Flasche und hätte gern noch ein Glas getrunken, rührte sie aber nicht an, sondern schluckte einen Mundvoll Speichel hinunter. Nur Schnaps hätte ihn aufheitern können, er mußte jedoch vor dem zerschellten Glas bestehen.
Als er so in Gedanken versunken dasaß, kam sein Schwager Chen. Der alte Mann lächelte. Nach diesem Entschluß machte ein Freund oder Verwandter mehr schon nichts mehr aus. Aber er freute sich, noch jemanden zu sehen. Schwager Chen kam zur rechten Zeit. »Was denn, du kannst schon wieder sitzen?« freute der sich.
Herr Qian nickte lächelnd. »Bald kann ich auch wieder gehen!«

»Das ist ja bestens!« Der Schwager rieb sich die Hände.
Herr Chen sah im Gesicht schon besser aus. Es war zwar noch nicht voller geworden, aber die grüne Farbe war gewichen. Er trug ein neues wattiertes Gewand aus dunklem Stoff und neue gefütterte Schuhe. Während er sich unterhielt, fingerte er die innerste Brusttasche hervor und zog fünfzehn Scheine zu je einem Kuai heraus, die er lächelnd auf das Bett legte.
»Was soll das?« fragte Herr Qian.
Schwager Chen kicherte mehrmals, ehe er herausbrachte: »Kauf dir ein bißchen was zum Essen!« Dann verschloß er seine dünnen Lippen ganz fest, als fürchte er, der Schwager könne es nicht annehmen.
»Seit wann hast du denn Geld zu verschenken?«
»Ich, ich – habe eine recht gute Anstellung gefunden!«
»Wo denn?«
Herrn Chens Augäpfel hörten zu kreisen auf. »Da ist doch die neue Regierung gegründet worden, nicht wahr?«
»Was für eine neue Regierung?«
Der Schwager seufzte. »Schwager, du kennst mich doch, weißt, daß ich Rückgrat habe. Aber mit acht Kindern und einer kranken Frau, wie soll ich da durchkommen? Soll ich etwa zusehen, wie sie verhungern?«
»Und deshalb hast du dir in der von den Japanern eingesetzten Regierung eine Anstellung gesucht!« Herr Qian blickte den Schwager unverwandt an.
Dessen Gesicht zuckte. »Ich habe niemanden aufgesucht! Ich würde mich schämen! Sie sind zu mir gekommen und haben mich um Unterstützung gebeten. Mein Gewissen ist rein!«
Herr Qian nahm langsam die fünfzehn Scheine und warf sie dem Schwager mit einem Ruck ins Gesicht: »Verschwinde! Und komme nie wieder her, so einen Verwandten wie dich habe ich nicht. Geh!« Seine Hand wies zitternd zur Tür.
Schwager Chens Gesicht wurde grün. Er war wirklich in bester Absicht hergekommen, wollte dem Schwager eine Freude machen. Statt dessen hatte er sich einen kräftigen Nasenstüber geholt. Er konnte nicht streiten, denn der Schwager hatte in allem recht. Er wollte ihn nur um Verständnis bitten, aber wenn der ihm nicht verzieh, konnte er nichts ausrichten. Doch schließlich ging es auch nicht an, einfach wegzugehen,

sein Schwager war krank und regte sich vielleicht schnell auf. Er sollte sich vielmehr zurückhalten und die Sache friedlich zu beenden suchen, damit sie sich später noch in die Augen sehen konnten. Der Schwager war nicht nur sein Verwandter, er war auch ein guter Freund, dem er die größte Hochachtung entgegenbrachte. Unschlüssig leckte er seine dünnen Lippen.
»Bist du noch immer da?« trieb der erzürnte Qian Moyin den Schwager an.
Mit Tränen in den Augen stand der langsam auf. »Moyin, soll das wirklich...« Scham und Trauer schnitten ihm die Worte ab. Er ging mit hängendem Kopf hinaus.
»Warte!« hielt ihn Herr Qian auf.
Wie eine gedemütigte Schwiegertochter blieb er stehen.
»Öffne mal die Truhe dort. Da sind zwei Bilder, eines von dem Maler Shi Xi und eines von Shi Gu, meine einzigen Schätze. Ich habe sie sehr billig erworben, für insgesamt etwa zweihundert Yuan. Allein für das von Shi Xi könnte man vier- oder fünfhundert bekommen. Verkaufe es und mache einen kleinen Handel auf. Selbst Erdnüsse zu verkaufen ist besser als zu den Feinden überzulaufen!« Damit war sein Zorn zur Hälfte verflogen. Ihm imponierte das Wissen des Schwagers, er kannte seine Not und wollte ihm gern helfen. Einem Freund zu helfen war viel wichtiger, als ihn zu beschimpfen. »Geh schon!« Sein Ton war friedlich wie sonst. »Nimm es, für mich ist es nur Spielerei, ich brauche es nicht mehr!«
Schwager Chen überlegte nicht, ob er das Bild annehmen durfte oder nicht, sondern machte sich schnell daran, die Truhe zu öffnen. Er tat einfach, was ihm befohlen, und hoffte, so das Wohlwollen des Schwagers zu erringen. In der Truhe war nicht viel, nur ein paar alte Bücher und zerlesene Heftchen. Er hätte die Bilder gern schnell herausgeholt, wollte aber auch nicht wühlen, denn er achtete Bücher, vor allem die des Schwagers. Je zerlesener sie waren, um so vorsichtiger ging er mit ihnen um. Aber auch nach längerem Umschichten fand er das Gesuchte nicht. »Sind sie nicht da?« fragte Herr Qian.
»Ich finde sie nicht.«
»Nimm das alte Zeug da alles heraus und leg es hierher«, er klopfte auf das Bett, »ich suche selbst.«
Schwager Chen nahm ein altes Buch nach dem anderen und

legte es behutsam wie etwas sehr Wertvolles auf das Bett. Herr Qian drehte und wendete jedes einzelne, aber sie fanden die Bilder nicht.

»Junge Frau«, rief Herr Qian, »komm doch mal her!«

Er hatte so laut gerufen, daß auch ihr Vater gleich mitkam.

Als Herr Jin die Aufregung und die über das ganze Bett verstreuten alten Blätter und Bücher sah, entfuhr ihm: »Was ist denn das nun wieder für ein Auftritt?«

Die junge Frau wollte Herrn Chen begrüßen, aber der Schwiegervater fragte sofort: »Wo sind die beiden Bilder?«

»Welche Bilder?«

»Die beiden aus der Truhe, die wertvollen!«

»Das weiß ich nicht«, antwortete die junge Frau verwundert.

»Denk doch mal nach, wer die Truhe aufgemacht hat!«

Da fiel es der jungen Frau ein.

Auch ihrem Vater fiel es ein.

Die junge Frau mußte sogleich an ihren Mann und die Schwiegermutter denken, sie spürte ein Stechen in der Nase, wagte aber nicht zu weinen.

»War das eine Papierrolle?« fragte Herr Jin.

»Ja, ja! Die Bilder waren noch nicht aufgezogen!«

»Die Rolle liegt in Mengshis Sarg!«

»Wer hat sie dort hineingelegt?«

»Die Schwiegermutter!«

Herr Qian blickte lange vor sich hin, dann stieß er einen Seufzer aus.

35

Unbekümmert um die Nöte der Menschen hielt der Frühling mit seiner Wärme, seinen Düften und Farben Einzug in Peking. Das Eis auf der Erde, auf den Flüssen und Seen schmolz dahin. An Flußufern und Mauern zeigten sich dünne grüne Hälmchen, an den Weiden die Spitzen der Kätzchen. Wildgänse kreisten in Scharen am Himmel und stießen ihre schrillen Schreie aus. Alles gewann neue Lebenskraft, nur die Pekinger waren noch in Eis eingeschlossen.

Xiao Shun und die kleine Niuzi traf es hart. Zum Frühlingsfest gab es sonst allerhand Musterformen zu kaufen, nach denen man Lehmkuchen knetete. Man stellte die fertigen Figuren auf ein kleines Bänkchen, ordnete dazwischen noch Grashalme an und sang dann: »Backe, backe Kuchen, kannst den Alten suchen, hast ihn nicht gefunden, Schnaps läßt er sich munden, ganz allein, hollah!« Das machte vielleicht Spaß! Aber ihre Mutter rückte kein Geld für die Formen heraus. Hatten sie ein Grasbüschel ausgegraben und sangen: »Beifuß, Beifußdüfte, ziehen durch die Lüfte...«, rief auch der Vater immer gleich unwirsch: »Seid still, seid still!«

Sie verstanden nicht, warum die Mutter in letzter Zeit so geizig war und nicht einmal Musterformen für die Lehmfiguren kaufte. Noch seltsamer benahm sich der Vater, er war immer gleich zornig und starrte einen böse an. Urgroßvater, der stets ihr Retter gewesen war, hatte sich in letzter Zeit auch verändert. Früher war er immer mit ihnen in den Huguo-Tempel gegangen, sobald die Weiden ausschlugen, um Setzlinge für Rot- und Flaschenkürbisse und alle möglichen Samen zu kaufen. In diesem Jahr hatte er nicht einmal Rübchen und Weißkohl gepflanzt, von Blumen ganz zu schweigen.

Der Großvater kam nicht oft nach Hause, und jedesmal vergaß er, ihnen etwas zum Naschen mitzubringen. Dabei gab es doch zum Frühlingsfest Erbsmehlkuchen, Maismehlbrötchen mit süßer Füllung, Rosendatteln, Persimonengebäck und Tianjiner Rüben! Warum behauptete der Großvater ständig, es gebe draußen nichts zu kaufen? Shun erklärte seiner kleinen Schwester: »Der Großvater veralbert uns bestimmt wieder.«

Großmutter war nach wie vor sehr freundlich zu ihnen, kränkelte aber dauernd, stöhnte und hatte schlechte Laune. Sie sprach viel vom dritten Onkel und hoffte auf seine baldige Rückkehr. Wenn der kleine Shun sich dann mutig erbot, den Onkel suchen zu gehen, erlaubte sie es nicht. Xiao Shun war überzeugt, daß er den Onkel finden würde, ließe Großmutter ihn gehen. Ganz bestimmt! Auch Niuzi dachte häufig an den dritten Onkel, sie wäre gern mit dem Bruder losgezogen, um ihn zu suchen. Darüber gerieten die Geschwister oft in Streit. Xiao Shun warnte: »Du kannst das nicht, du würdest dich nicht zurechtfinden.« Niuzi hielt dagegen: »Ich weiß doch sogar, wo alle vier Pailou-Torbogen stehen.«

In der Familie war nur der zweite Onkel in Hochstimmung. Aber auch der ließ sich lange nicht blicken, was der kleine Shun überhaupt nicht verstand. Bloß zu Neujahr war er gekommen, hatte vor dem Urgroßvater und der Großmutter seinen Kotau gemacht und war wieder verschwunden. Ihnen hatte er nicht einmal etwas Trockenobst mitgebracht, weshalb sie es beide ablehnten, vor ihm einen Kotau zum neuen Jahr zu machen, selbst als Mutter ihnen Schläge androhte. Stinkender zweiter Onkel! Die fette zweite Tante ließ sich gar nicht erst sehen, wahrscheinlich brachte sie ihre Fleischmassen nicht mehr von der Stelle, vermuteten die beiden.
Am meisten beneideten sie die Guans. Die feierten das neue Jahr! Wenn die Mutter mal nicht achtgab, schlichen sie durch das Tor und schauten sich das ganze Theater an. Oh, wie viele schöne Mädchen zu den Guans kamen! Eine farbenfreudiger angezogen als die andere, die kleine Niuzi sperrte vor Staunen den Mund auf und bekam ihn gar nicht wieder zu! Die Mädchen waren nicht nur auffällig gekleidet, sondern auch schön frisiert und geschminkt. Sie waren sehr lebhaft, ganz anders als Mutter mit ihrem ewigen Sorgengesicht, lachten und schwatzten laut. Alle brachten den Guans ein Geschenk mit. Der kleine Shun lutschte am Zeigefinger. Niuzi zählte: »Eins, zwei, drei«, die größte Zahl in ihrer Vorstellung war zwölf. Aus tiefster Seele entfuhr es ihr: »Zwölf Flaschen! Zwölf Päckchen Kuchen! Zwölf Schachteln! Die können aber eine Menge feine Sachen zum Fest essen.«
Einmal sahen sie auch ihre fette Tante mit einem Geschenk in der Hand in die Gasse kommen. Anfangs glaubten sie noch, sie brächte ihnen etwas Schönes, rannten auf sie zu und begrüßten sie. Aber sie beachtete die beiden gar nicht und ging zu den Guans hinein. Darum beneideten sie die Guans, haßten sie aber auch – sie stahlen ihnen ihre Naschereien. Zu Hause meldeten sie der Mutter, daß die dicke Tante mit Absicht nicht zu ihnen kam, und nicht etwa, weil sie ihre Fleischmassen nicht mehr bewegen konnte. Die Mutter schärfte ihnen leise ein, kein Wort darüber gegenüber der Großmutter und dem Urgroßvater zu verlieren. Das verstanden sie nicht, fanden es nur seltsam, gehörte die dicke zweite Tante denn nicht mehr zu ihrer Familie, sondern zu den Guans? Aber

Mutters Worten durfte man nicht widersprechen, sie mußten dieses Ärgernis also in ihren Herzen bewahren. Xiao Shun ermahnte seine Schwester: »Wir müssen tun, was Mutter sagt!« Dazu nickte er wie ein Erwachsener, als sei er um vieles klüger geworden.

Tatsächlich, der kleine Shun hatte viel dazugelernt. Keiner der Erwachsenen zu Hause wollte zwar etwas von den Guans wissen, aber dauernd tuschelten sie über die Qians. Von den Qians war aber, das hatte er ihren Gesprächen entnommen, nur noch das leere Haus übrig. Die junge Frau Qian war ins Elternhaus zurückgekehrt, der alte Mann, der so gern Blumen züchtete, war plötzlich verschwunden. Wohin? Niemand wußte es. Urgroßvater sprach oft mit Vater darüber. Einmal vergoß Urgroßvater deshalb sogar Tränen. Da verkroch sich der kleine Shun schnell, denn die Großen wollen nicht, daß Kinder ihre Tränen sehen, Mutter weinte doch auch immer heimlich in der Küche am Ofen.

Den kleinen Jungen aber ängstigte noch mehr – ohne daß er darüber zu sprechen wagte –, was er gehört hatte: Die Guans hätten das leere Grundstück der Qians gepachtet, um es an Japaner zu vermieten. Obwohl Japaner noch nicht eingezogen waren, wurde das Haus renoviert, die Fenster verkleinert und Fußböden gelegt, damit die ihre »Tatami« ausbreiten konnten. Xiao Shun wäre gern einmal gucken gegangen, aber er fürchtete, auf Japaner zu stoßen. So rührte er ein bißchen Lehm an, ernannte die kleine Schwester zum Töpfer und hieß sie Häuser bauen. Er selbst übernahm die Oberaufsicht. Wie niedrig die Schwester die Fenster auch legte, immer meckerte er: »Noch zu hoch, zu hoch!« Er formte einen ganz kleinen Lehmmenschen. »Guck mal, Schwesterchen, solche Knirpse sind die Japaner, nur so groß.«

Aber auch dieses Spiel verbot die Mutter. Sie schien der Meinung zu sein, daß die Japaner im Gegenteil recht groß und auch ziemlich furchtbar waren. Denn sie hatte ja offensichtlich ziemlich Angst davor, sie zu Nachbarn zu bekommen. Als aber Xiao Shun sah, daß die Mutter auf einmal ganz seltsam aussah, fragte er nicht weiter. Er befahl der Schwester, das Lehmhaus einzureißen, zerrieb den Winzling zwischen den Fingern zu einem Ball und warf ihn zum Tor hinaus.

Am meisten bedrückte die beiden und all die anderen in der Familie, daß der Zweite Herr Chang, der ihr Gräberfeld betreute, von den Japanern geschlagen worden war und zur Strafe vor dem Stadttor hatte knien müssen.
Der Zweite Chang hatte stets ein geregeltes Leben geführt, das sich nach einer natürlichen inneren Uhr richtete. Daher fühlte er sich, obwohl er schon über sechzig war, überhaupt nicht alt. Sein Alter schien nur für die anderen eine Bedeutung zu haben. Auch wenn er bescheiden aß, in alten Kleidern herumlief und in einem Haus wohnte, das wie eine Ziegelei aussah, sobald man Feuer machte, war er seit seiner Jugend immer munter und kräftig gewesen und auch heute noch eine stattliche Erscheinung.
Am ersten Tag des ersten Monats verneigte er sich stets um Mitternacht vor den Göttern und opferte den Ahnen, dann aß er Jiaozi mit vegetarischer Füllung, die wirklich nur aus ein paar zusammengesuchten Sesamkörnern bestand. Das bißchen Schweinefleisch brachte er dem Gott des Reichtums am zweiten Feiertag dar, es reichte gerade für eine Festsuppe. Wenn er die Jiaozi verspeist hatte, mußte er die Nacht durchwachen. Er spielte nicht und hatte auch sonst nichts vor, mußte aber wach bleiben, das Feuer im Ofen schüren und dem an der Wand hängenden Küchengott ein Weihrauchstäbchen nach dem anderen anzünden. Das war seine Religion. Er glaubte nicht an die übernatürlichen Kräfte des Küchengottes oder des Gottes des Reichtums, hatte es aber gern warm und hell in der Stube. Feuerwerkskörper und große Kerzen konnte er sich nicht leisten, daher begnügte er sich mit einem Bund Weihrauchstäbchen und dem Feuerholz zum Empfang des neuen Jahres und hoffte, sein Herz möge so rein wie das neue Jahr sein. Wenn er dann nach Mitternacht müde wurde, ging er hinaus und betrachtete die Sterne. Der kalte Wind machte ihn wieder hellwach. Drinnen griff er sich eine Handvoll speziell für den Jahreswechsel vorbereitete Saubohnen, die er krachend kaute. Er aß sie nicht besonders gern, gönnte sie aber seinen Zähnen. Sobald es hell wurde, dehnte und reckte er sich und machte sich auf den Weg zum Glockentempel. Um diese Zeit war noch niemand dort. Das geschäftige Treiben liebte er ohnehin nicht, die Bohnensaftverkäufer, die Stände

mit kandierten Früchten, Drachen und Windmühlen und dann noch die aufgetakelten Männer und Frauen. Er lief diese ganze Strecke nur, um einen Blick auf den alten Tempel zu werfen. Solange der existierte, schien die Welt in Ordnung zu sein, und er war beruhigt.

Hatte er den Tempel gesehen, machte er kehrt und wünschte unterwegs Verwandten und Freunden ein gutes Jahr. Gegen zehn Uhr war er zurück, aß ein wenig und schlief sich ordentlich aus. Am zweiten Feiertag opferte er sehr früh dem Gott des Reichtums, verspeiste drei große Schalen Huntun-Suppe und begab sich zu Neujahrsbesuchen in die Stadt. Familie Qi war stets die erste.

In diesem Jahr war er nicht zum Glockentempel gegangen und hatte auch keine Neujahrsbesuche in der Stadt gemacht. Seine Welt hatte sich verändert, er fand sich nicht mehr zurecht. Nachts krachten in der Ferne Gewehrschüsse, manchmal auch Kanonendonner. Er war immer in Sorge und wußte nicht, wer wen beschoß. Wie ein erschrockenes Kind fuhr er aus dem Schlafe hoch. In manchen Nächten bellten die Hunde aus der Nachbarschaft und sein eigener so wild, daß ihn die Angst packte. Anderntags erzählte ihm jemand, Soldaten seien vorübergezogen. Was für Soldaten, chinesische oder japanische, das wußte keiner.

Konnte er nachts nicht schlafen, fühlte er sich tagsüber nicht wohl. Es gab viele Gerüchte. Zwar wohnte er sehr abgelegen, kam aber ein Fahrzeug oder ein Fußgänger vorbei, ging ihm mit Bestimmtheit ein Gerücht voraus. Einige besagten, daß in Beiyuan viele feindliche Soldaten stationiert seien, andere wußten, daß in Xiyuan ein Flugplatz gebaut wurde, wieder andere berichteten, die Japaner wollten Tausende zum Militär einziehen und für ihren Vormarsch Straßen bauen. Zur Armee einziehen? Sein Sohn war jung und kräftig! Er mußte ihn verstecken. Straßen bauen? Seine paar Mu Ackerland lagen genau am Wege, selbst wenn er nur zwei davon verlöre, könnte er nicht mehr existieren. Er beschloß, keinen Fuß mehr außer Haus zu setzen, Tag und Nacht auf seinen Sohn und sein Feld achtzugeben.

Andere erzählten, die Japaner hätten nordwestlich von Xiyuan ganze Dörfer niedergemacht, weil sich dort unsere

Partisanen verschanzt hatten. Das konnte kein Gerücht sein, sinnierte der Zweite Chang, denn die Gewehrschüsse nachts kamen stets aus dem Nordwesten. Er wollte glauben, daß es auf der chinesischen Seite noch Partisanen gab, die es wagten, gegen die Japaner zu kämpfen. Zugleich fürchtete er, daß auch sein Dorf vom Feind dem Erdboden gleichgemacht werden könnte. War nicht das Gefängnis draußen vor dem Desheng-Tor von den Partisanen aufgesprengt worden? Und von hier bis zum Desheng-Tor waren es nur wenige Li.

Was er aber nicht nur hörte, sondern mit eigenen Augen sah, waren die vielen Menschen, die, Junge wie Alte, mit Sack und Pack aus dem Nordwesten kamen und in die Stadt zogen. Alles Leute mit kleinem Besitz an Haus und Boden. Sie hatten den Boden für fast nichts verkauft, ihre Häuser verlassen und waren in die Stadt gezogen, weil sie Massaker fürchteten. Diese Leute erzählten ihm auch, daß die Japaner demnächst keine Bodenpacht, sondern Getreide samt Stroh eintreiben würden. Sie schickten Aufseher, damit alles, was geerntet, auch abgeliefert wird. Du darfst nichts behalten. Und wenn du dein Feld nicht bestellst, verlangen sie die Abgaben genauso. Lieferst du nichts, bist du erledigt.

Dem Zweiten Chang schlug das Herz bis zum Hals. Die Hände auf dem Rücken umkreiste er sein Feld. Er mußte sehr genau nachdenken. Er hatte Verstand, aber der arbeitete langsam. Sollte auch er in die Stadt ziehen? Er schüttelte den Kopf in Richtung der Westberge. Die Berge, ihn und sein Feld durfte niemand anrühren! Die paar Mu hatten ihm keinerlei Reichtum verschafft. Im ganzen Jahr brachte er es höchstens ein-, zweimal zu einer Portion Schweinefleisch und besaß nur ein einziges, ziemlich verwaschenes, langes Gewand aus blauem Stoff. Von seinem Feld konnte er sich trotzdem nicht trennen. Der Boden gab ihm die Arbeit, die er leisten konnte, nur hier hatte er seine Wurzeln.

Nein, alles mögliche konnte passieren, aber daß die Japaner Getreide raubten, das war sicher ein Gerücht, erstunken und erlogen! Gerüchten konnte er doch keinen Glauben schenken, davon durfte er sich nicht verschrecken lassen. Er nickte in Richtung Erdwall. Daß das ein Überbleibsel aus der Jin- und Yuan-Zeit war, wußte er nicht, seit seiner Kindheit hatte er

ihn tagtäglich vor Augen gehabt, und kein noch so starker Sturm hatte ihn abtragen können. Vom Erdwall kehrte sein Blick zurück auf den Boden, auf die Weizenhalme, die kurz und dunkelgrün einer neben dem anderen standen, bis hin zum Nachbarfeld und weiter in weite Ferne, zu den Westbergen. Es konnten nur Gerüchte sein! Das hier war sein Feld, das daneben gehörte den Wangs und weiter weg den Dings und dann kamen auch schon die Westberge.
Aber wenn der Feind wirklich die Ernte raubte? Oder einfach nur niedertrampelte, was dann? Er wußte es nicht. Ihm juckte der Rücken wie vor einem Schweißausbruch. Er konnte lediglich Tag und Nacht hier Wache halten. Kämen wirklich Räuber, würde er es mit ihnen aufnehmen! Nach diesem Entschluß fühlte er sich etwas besser. Er sammelte den Pferdemist vom Wege. Nach jedem eingesammelten Haufen blickte er zurück auf sein Feld und sagte sich, alles Gerüchte, der Boden gehört mir. Gold und Silber verliert man schnell, nur den Boden kann man nicht verlieren.
Als das Qingming-Fest zum Totengedenken nahte, hatte er mehr als sonst zu tun. Bei so viel Arbeit fühlte er sich gleich wohler. Zwar hörte er nachts noch manchmal Schüsse, aber niemand kam, um sein Getreide einzufordern. Die Weizenhalme lagen nicht mehr am Boden, sondern reckten ihr saftiges Grün in den Frühlingswind. Was gab es Schöneres auf Erden als Reihen von grünem Weizen, umrahmt von braunem Boden? Zufrieden betrachtete er sein sauber abgestecktes Feld und die schnurgerade wogenden Halme. Der Boden hier war ursprünglich nicht besonders gut, aber er hatte keine Mühe gescheut. Wenn der alte Herr im Himmel keinen oder zu viel Regen schickte, konnte er Dürre und Hochwasser nicht verhindern. Sobald es aber das Wetter zuließ, schuftete er, daß der Schweiß nur so floß. Er konnte stolz sein. Der Boden brachte nicht nur Getreide hervor, er zeigte auch seinen Charakter. Mit diesem Stück Boden gehörten ihm Sonne, Mond und alle Sterne!
Auf das Gräberfeld der Familie Qi verwendete er nicht weniger Mühe als auf sein eigenes. »Bald ist Qingming«, sagte er sich, »ihre Gräber müssen neu befestigt werden, ganz gleich ob sie opfern oder nicht!« Er fügte frische Erde hinzu und klopfte alles ordentlich fest. Dabei dachte er an die Qis, denn

es beunruhigte ihn, daß er es in diesem Jahr nicht geschafft hatte, sie am zweiten Neujahrstag zu besuchen. Er hoffte, daß sie zum Qingming herauskämen. Das würde heißen, daß die Leute sich wieder aus der Stadt trauten, und das Gerede über den Getreideraub der Japaner wäre tatsächlich zu acht, neun Zehnteln nur ein Gerücht.
In der Familie Ma, die nicht weit von ihm entfernt wohnte, hatte der älteste Sohn eine Mandelentzündung bekommen und konnte schon einen Tag lang nichts essen. Die Mas besaßen ein paar Mu Boden, die aber nicht zum Leben reichten. Glücklicherweise hatte der älteste Sohn in der Stadt eine Anstellung als Gerichtsdiener gefunden und konnte monatlich ein paar Kuai abgeben. Da er jetzt ernsthaft erkrankt war, machten sie sich große Sorgen und baten den Zweiten Chang um Rat. Der steckte gerade mitten in der Arbeit, aber eine Bitte bei Lebensgefahr konnte man schlecht ablehnen. Er war kein Arzt, aber aufgrund seiner Lebenserfahrung und seines Charakters vertrauten ihm die Nachbarn mehr als einem Arzt, denn er kannte eine Menge Heilkräuter, die man im Nu aus der Erde grub und die ganz sicher halfen, das war billig und bequem. Seiner Meinung nach brauchten nur Städter einen Arzt. Der einzige Grund dafür: sie hatten Geld. Bei der Erkrankung des jungen Mannes versuchte er es mit verschiedenen Rezepten, die aber alle nicht anschlugen. Schließlich besann er sich auf die Sechs-Energie-Kugeln Liushenwan. Er gab zu bedenken: »Das ist keine Arznei aus Kräutern, die muß in der Stadt gekauft werden, sie ist teuer.«
Auch wenn sie teuer war, hier ging es um Leben und Tod. Als der Zweite Chang den Namen der Arznei aussprach, glaubten die Mas den Sohn schon geheilt. Sie zweifelten nicht an den Liushenwan. Was der Zweite Chang sagte, und wären es Sieben-Energie-Kugeln gewesen, das half. Das Problem bestand darin, woher das Geld zu beschaffen war und wer den Einkauf besorgen konnte.
Unter großen Mühen kamen zehn Kuai zusammen. Aber wer ging nun in die Stadt? Natürlich der Zweite Chang, der kannte die Arznei, also wußte er auch, wo man sie bekam! Würde sie jemand anderer besorgen, dann wirkte sie vielleicht nicht!

»Da muß man zum Vordertor.« Der Zweite Chang mochte nicht von zu Hause weggehen, konnte aber auch schlecht ablehnen. Denn das Vordertor gab ihm zu bedenken. In der Vorstellung der meisten Leute war das eine schlimme Gegend. Tag und Nacht drängten sich Massen von Leuten und Fahrzeugen, da konnte man unversehens verletzt werden. Gingen die Geldsäcke vom Lande, die ihr Geld in der Stadt verprassen wollten, nicht auch stets in die Gegend um das Vordertor? Dort gab es Frauen in goldgewebten Kleidern, und die Reichen vom Land wurden von ihnen hektarweise um ihren Boden »erleichtert«, als handele es sich um Sesambrötchen. Außerdem war das Vordertor noch über zehn Li vom Westtor Xizhimen entfernt.
Aber gerade weil das Vordertor etwas Anrüchiges hatte, mußte unbedingt der Zweite Chang den Gang machen. Leute ohne Bart konnten sich doch überhaupt nicht dorthin wagen. So saß er in der eigenen Falle. Alle setzten große Erwartungen in ihn, was sollte er da noch sagen? Er steckte das Geld unter die Kleidung, schnallte den Gürtel fester und machte sich auf den Weg. Unterwegs sagte ihm jemand, er könne gleich am Westtor in eine Straßenbahn steigen, die im Nu am Vordertor sei. Er nickte, war aber ziemlich verwirrt, denn er wußte nicht, welche Formalitäten man dafür erledigen mußte. Sein Leben lang war er gelaufen und fand es schon umständlich, mit einem Karren zu fahren, geschweige denn mit einer Elektrischen!
Kaum war er durch das Westtor getreten, hielten ihn japanische Soldaten auf. Er erschrak ein wenig, nahm sich aber vor, ruhig zu bleiben, sagte er sich doch: »Ich bin der bravste Mensch auf Erden, was habe ich zu fürchten?« Die Japaner wiesen ihn mit einer Handbewegung an, die Jacke zu öffnen. Er verstand sofort und freute sich über seine Ruhe und Schläue. Bevor er die Knöpfe aufmachte, nahm er die zehn Kuai heraus und preßte sie in die Faust. Er sagte sich: »Außer diesem Geld findet ihr bestimmt nichts bei mir. Wenn ihr euch anstrengt, vielleicht eine Laus.«
Der Japaner entriß ihm das Geld und ohrfeigte ihn anschließend links und rechts, daß er Sterne sah. »Du ganz groß schlecht!« donnerte der Soldat und zeigte mit dem Finger auf

die Nase des alten Mannes. Dann packte er ihn an der Nase und zog ihn an die Mauer. Dort stieß er ihn mit dem Kopf an die Wand und brüllte: »Lesen!«
Der alte Mann sah einen Anschlag, kannte aber nicht alle Zeichen. Er starrte darauf und schluckte. Langsam stieg Wut in ihm hoch, er ballte die Fäuste. Er war Chinese, Nordchinese aus der Umgebung von Peking, kannte zwar nicht viele Zeichen, aber die von Konfuzius überkommenen Riten, Anstand und Ehrgefühl hatte er verinnerlicht. Er konnte sich nicht einfach gefallen lassen, geschlagen und beleidigt zu werden. Auf sein Leben konnte er verzichten, nicht aber auf »Recht und Vernunft«.
Doch er war auch der friedfertigste Mensch der Welt. Nach und nach löste er die geballten Fäuste. Seine Nachbarn warteten auf die Arznei. Er durfte nicht nur an sein Gesicht denken und das Leben des jungen Ma vergessen. Er unterdrückte den Zorn, wandte sich langsam um und sprach flehend, wie zu einem tollen Hund: »Das Geld ist für Arznei, geben Sie es mir bitte zurück! Wenn es meins wäre, würde ich darauf verzichten, ihr Soldaten habt es ja auch nicht leicht.«
Der Japaner verstand ihn nicht, wütend gab er einem chinesischen Polizisten ein Zeichen. Der kam heran, packte den alten Mann am Arm und zog ihn vor die innere Mauer. Der Alte protestierte leise: »Was soll das?«
Der Polizist flüsterte ihm ins Ohr: »Es ist verboten, unser Geld mitzuführen, es gibt nur noch japanisches Geld. Zum Glück hatten Sie ja nicht viel bei sich, es ist nicht so schlimm, Sie müssen es nur über sich ergehen lassen!«
»Was soll ich?«
»Eine Zeitlang knien!«
»Knien?« Der alte Mann befreite seinen Arm aus dem Griff des Polizisten.
»Der kluge Mann legt sich nicht wegen Kleinigkeiten an! In Ihrem Alter sollten Sie keine Schläge von denen riskieren, das halten Sie nicht aus. Hier lacht niemand über Sie, so etwas kommt dauernd vor. Wenn unsere Armee zurückkommt, macht sie diese Hunde alle einen Kopf kürzer!«
»Ich knie nicht!« Der alte Mann reckte sich.
»Ich meine es gut, alter Herr! Wenn es nach dem Alter geht,

könnten Sie mein Vater sein. Bin ich deutlich genug geworden? Ich fürchte, sonst kriegen Sie noch mehr Schläge.«
Der Alte war ratlos, der japanische Soldat hatte ein Gewehr, er hatte nichts in der Hand. Selbst wenn er sich wehrte, was würde aus dem Kranken werden? Der Zorn sprühte aus seinen Augen, aber langsam, ganz langsam ging er in die Knie. Er zitterte an Händen und Füßen. Außer vor seiner Frau und dem Alten im Himmel war er noch vor keinem auf die Knie gegangen. Jetzt kniete er innerhalb der Stadtmauer, wo der größte Trubel herrschte. Er wagte nicht, den Kopf zu heben, und biß die Zähne zusammen, daß sie knirschten. Heiße Tränen rollten ihm übers Gesicht.
Obwohl er den Kopf nicht hob, spürte er, daß keiner der Passanten ihn anschaute. Seine Schmach war auch ihre Schmach. Als er etwa eine Minute gekniet hatte, kam ein Begräbniszug trommelschlagend heran. Plötzlich verstummte die Musik. In Erwartung der Kontrolle stand der ganze Trupp neben ihm. Verstohlen hob er den Kopf. Die Leute in Trauerkleidung starrten auf die Japaner, schweigend und nervös, womöglich würde der Sarg nicht durchgelassen. Er seufzte vor sich hin: »Nicht einmal die Toten kommen drum herum.«
Nachdem die Japaner alle kontrolliert hatten, winkten sie den Trauerzug mit Handzeichen durch, und die Trommeln ertönten wieder. Ein Packen Papiergeld, den wohl jemand aus Versehen fallen gelassen hatte, löste sich auf und fiel direkt auf seinen Kopf. Ein Japaner lachte. Der chinesische Polizist nutzte diesen Moment und rief absichtlich drohend: »Bist du noch nicht verschwunden, hau ab, das nächste Mal kommst du nicht so glimpflich davon!«
Der Alte stand steif da, als verstünde er gar nichts mehr. Nur einen Gedanken hatte er, dem Japaner den Kopf runterzudrücken. Sein Leben lang hatte er sein schweres Schicksal akzeptiert. Deshalb fand er es schon unbillig, dem Alten im Himmel Vorwürfe zu machen, wenn kein Regen fiel. Heute war ihm aber nichts vom Alten im Himmel widerfahren, sondern von einem Soldaten, der noch dazu viel jünger war als er. Das konnte er nicht schlucken. Wie kann ein Mensch einen anderen so erniedrigen, ihn knien zu lassen.
»Weitergehen!« forderte ihn der Polizist besorgt auf.

Mit einem Ruck strich er sich sein graues Bärtchen, schluckte und ging langsam in die Stadt.

Er wollte Ruixuan aufsuchen. Als er eintrat, klopfte er sich nicht wie sonst den Staub ab. Unter dem Dattelbaum rief er fast weinerlich: »Bruder Qi!«

Die Qis erschraken und riefen wie aus einem Munde: »Zweiter Onkel Chang!« Er stand im Hof.

»Ja, ich bin's, aber ich bin kein Mensch mehr!«

Der kleine Shun kam als erster angerannt, begrüßte ihn und zog ihn an der Hand.

»Was ist denn los?« Hatte es der alte Herr eilig, kam er noch langsamer voran als sonst. »Zweiter Bruder, komm herein!«

Ruixuan und Frau eilten herbei. Der kleine Shun drängelte so, daß er fast gestolpert wäre.

»Zweiter Bruder!« Der alte Herr freute sich so über den Freund, als sähe er nach einem Schneesturm endlich die Sonne wieder. »Zu Neujahr warst du nicht da. Ich sage das nicht als Vorwurf, ich habe viel an dich gedacht!«

»Da bin ich doch! Man hat mich vor der Stadt geschlagen, ich mußte zur Strafe knien! In meinem Alter, zur Strafe knien!« Er blickte in die Runde und unterdrückte mit Mühe die Tränen. Aber die Gesichter vor ihm waren alle so vertraut und freundlich, daß die Tränen doch flossen.

»Was ist denn passiert, Großvater Chang?« drängte ihn Ruixuan.

»Komm doch erst einmal herein!« Der alte Herr wußte zwar nicht, was passiert war, aber die Tränen beunruhigten ihn. »Bring heißes Wasser, brühe Tee auf, Shuns Ma!«

Drinnen erzählte er den Hergang. »Was hat das alles zu bedeuten? Bruder, ich habe das Leben satt, bin bald siebzig, aber alles wird immer schlimmer, das halte ich nicht aus!«

»Wirklich. Nicht mal unser Geld gilt«, stöhnte der alte Herr.

»Aber draußen benutzen wir es«, erklärte der Zweite Chang.

»Zur Strafe knien ist noch gar nichts, Onkel Chang, aber daß unser Geld nicht mehr gilt, ist wirklich schlimm!« Ruixuan wollte Verständnis zeigen, versuchte aber auch, ihn aufzuheitern: »Ach ja, ich wollte noch ein gutes Jahr wünschen, etwas verspätet zwar, aber immerhin.« Sprach's und kniete nieder.

Das erheiterte nicht nur den Zweiten Chang, sondern auch den Großvater, der den Enkel lieb und nett fand. Das brachte

ihn auf eine Idee: »Ruixuan, geh du die Arznei kaufen! Shuns Ma, mach dem Großvater Chang was zu essen!«
Der alte Mann wollte Ruixuan nicht gehen lassen, aber der bestand darauf: »In einer Apotheke hier an der Kreuzung Xinjiekou gibt es die Medizin auch. Bin gleich zurück.«
»Wirklich? Aber es muß echt sein!« Wenn er für andere etwas besorgte, nahm er es besonders genau.
Als das Essen fertig war, wollte der Zweite Chang nichts zu sich nehmen, sein Zorn war noch immer nicht verflogen. Alle redeten ihm gut zu, sogar Tianyous Frau, so daß er sich schließlich doch erweichen ließ. Nach dem Essen unterhielt man sich noch, und er erzählte von den Gerüchten, die draußen kursierten. Sein Kommentar war: »Seit heute glaube ich das, die Japaner kriegen alles fertig.«
Ruixuan kam mit der Arznei und sprach ihm nochmals Mut zu. Beim Abschied sagte der Zweite Chang: »Älterer Bruder, ohne besonderen Anlaß komme ich so schnell nicht wieder in die Stadt, wir denken auch so aneinander.«
Xiao Shun und Niuzi hatten nur die Hälfte des Vorgefallenen verstanden. Nachdem der Onkel gegangen war, spielten sie, er sei Japaner, sie der Onkel, sie mußte auf der Stufe zur Strafe knien. Als die Mutter vorbeikam, gab sie ihm ein paar Schläge auf den Hintern: »Du bist mir vielleicht einer, sonst lernst du nichts, aber das kannst du, Japaner spielen!« Unter Tränen beklagte sich Shunchen bei der Großmutter.

36

Als die Pfirsichbäume blühten, gab's bei Tai'erzhuang endlich einen chinesischen Sieg.
Die Japaner beschlagnahmten alle Rundfunkgeräte in der Stadt. Anschließend verlangten sie, in jedem Hof solle ein japanisches Gerät mit vier Röhren angeschafft werden, mit dem nur die Sender der Stadt und aus dem Nordosten empfangen werden konnten. Die Guans leisteten dem Befehl als erste Folge, sie ließen das Gerät Tag und Nacht laufen. Da aber wegen des Zeitunterschiedes das Programm aus dem Nordosten eine Stunde später als in Peking gesendet wurde,

lärmte und trommelte es bei den Guans bis weit nach Mitternacht. In der Nummer sechs hatte der junge Wen ein Gerät aufgestellt, um Pekingopern zu hören. Die Qis wohnten genau zwischen beiden und wurden von vorne und hinten beschallt, so daß Ruixuan ständig schimpfte. Er hatte beschlossen, kein Radio zu kaufen, zum Glück ließ sich mit Wachtmeister Bai reden. »Herr Qi, machen Sie es doch so«, schlug der Wachtmeister vor, »kaufen Sie erst dann eins, wenn ich eine Vollzugsmeldung machen muß. Wenn Sie der Lärm stört, schalten Sie das Radio eben nicht ein. Das ist in erster Linie ein großes Geschäft für die Japaner. Ob man den Nachrichten allerdings Glauben schenken kann...«

Der Vierte Li kaufte ebenfalls eins, um keinen Ärger zu bekommen. Er hatte aber kein Interesse an Opern und konnte das ausländische Ding auch nicht in Gang setzen. Sein Sohn jedoch schaltete es oft an, nicht etwa, um sich etwas anzuhören, sondern weil es Geld gekostet hatte und deshalb nicht unnütz herumstehen sollte.

In Nummer sieben, wo viele Familien wohnten, wollte keiner allein ein Radio kaufen, aber ein gemeinsamer Kauf kam nicht zustande, weil dann jeder der Besitzer gewesen wäre und keiner auf den anderen gehört hätte, dieses kleine Ding aber auch nicht von jedem beliebig an- und ausgedreht werden durfte. Schließlich kaufte Fang-Sechs, ein Kleinkünstler, der witzige Dialoge drechselte, eins von dem Entgelt, das er für einen Auftritt im Rundfunk erhalten hatte. Er erklärte seiner Frau: »Man hat mich, Fang-Sechs, zum Vortrag in den Rundfunk gebeten. In der ganzen Stadt konnte man mich hören, selbst in dem gottverlassenen Tianjin. Glaubst du es nicht? Jetzt hast du keinen Grund mehr, immer so verächtlich auf mich herabzuschauen! Hör doch selbst!«

Sun-Sieben und Xiao Cui in Nummer vier hatten kein Geld und keine Lust, sich so ein Ding anzuschaffen. »Wer sich den ganzen Tag abrackert, muß abends schlafen und hat keine Zeit für so was!« erklärte Rikschafahrer Cui. Sun-Sieben war auch dieser Meinung, mußte aber noch eins draufsetzen: »Es geht ja nicht nur ums Schlafen. Wer sendet denn da? Das sind doch die Japaner. Ich gebe kein Geld aus, um mir deren Gerüchte anzuhören!«

Die beiden folgten der Aufforderung einfach nicht, aber Witwe Ma machte sich Sorgen, Wachtmeister Bai hatte doch ganz klar gesagt, daß in jedem Wohnhof eins aufzustellen sei, wie konnten sie da als einzige ausscheren? Wenn das die Japaner herausbekämen! Aber sie sah auch nicht ein, daß sie alles alleine bestreiten sollte. Sie hätte das Geld zwar gehabt, fürchtete aber nichts mehr, als daß die Leute von ihren Ersparnissen erfuhren. Sie beschloß, erst einmal mit Cuis Frau darüber zu reden. Wenn dann die Cuis immer noch nicht bereit waren, etwas Geld draufzulegen, sollten sie wenigstens wissen, daß auch sie knapp bei Kasse war. »Was ich sagen wollte, junge Frau Cui«, Witwe Ma tat sehr geheimnisvoll, »die anderen Höfe haben alle schon so ein lautes Ding, wir können uns nicht ewig ausschließen. Ich denke, wir müssen uns auch ein Radio anschaffen, damit die Japaner uns nichts anhängen können.«

Cuis Frau antwortete nicht direkt, sie zupfte nur ihren an Ecken und Enden zerschlissenen, wattierten Kittel zurecht und sagte mit gesenktem Blick: »Es wird schon wärmer, aber ich trage immer noch dieses gefütterte Zeugs, schon schlimm.«

Natürlich waren Kleider wichtiger als ein Rundfunkgerät. Witwe Ma fand es nicht angebracht, noch nachzuhaken. Sie seufzte und ging, um sich mit dem Enkel zu beraten.

Der war bei schlechter Laune und näselte: »Das hat mir mein Geschäft total ruiniert! Wenn alle so einen Empfänger haben, kann jeder, ob er Geld hat oder nicht, Opern hören. Wer braucht da noch mein Grammophon? Das Geschäft ist hin, und da sollen wir selber noch so einen Empfänger kaufen? Wenn die Japaner kommen, werde ich es ihnen schon klarmachen.«

»Sie müßten das eigentlich auch einsehen. Wenn man mit ihnen vernünftig reden könnte, wäre ja alles gut. Changshun, ich habe dich mit großen Mühen großgezogen, beschwöre mir jetzt ja kein Unglück herauf!«

Changshun blieb hart, er kaufte keines. Um die Großmutter zu beschwichtigen, stellte er häufiger das Grammophon an. »Sollten uns die Japaner wirklich kontrollieren, haben wir hier eben auch so ein lautes Ding.« Dabei hatte er gar keine Lust, dauernd zu Hause herumzusitzen und sich immer nur die

Platten anzuhören, die er schon hunderttausendmal gehört hatte. Er mußte sich etwas anderes suchen. Das wiederum bereitete der Großmutter solche Sorgen, daß sie Tag und Nacht grübelte. Erdnüsse oder so etwas zu verkaufen, war unter seiner Würde. Aber für einen größeren Handel fehlte es an Kapital. Und für körperliche Anstrengungen war er nicht geschaffen, das hielte er nicht durch, und für ein Handwerk war er auch nicht geeignet. Dies bereitete ihr schlaflose Nächte. Wenn sie dann das gleichmäßige Atmen des Enkels hörte, schimpfte sie schon mal auf die Japaner. Sie hatte gedacht, daß sie und ihr Enkel, die keiner Fliege etwas zuleide tun konnten, von den Japanern unbehelligt bleiben würden. Es stimmte, sie hatten sie zwar nicht umgebracht, aber daß Changshun kein Einkommen mehr hatte, war doch ihre Schuld, oder? Langsam begriff sie, warum Sun-Sieben und Xiao Cui die Japaner haßten. Sie wagte zwar nicht, offen und direkt den beiden zuzustimmen, aber wenn die sich draußen im Hof unterhielten, hörte sie von drinnen aufmerksam zu. Und war der Enkel nicht in der Nähe, nickte sie schon einmal mutig mit dem Kopf, um ihre Zustimmung zu bekunden.

Changshun konnte nicht immer nur Grammophon spielen, er fing damit an, von Tür zu Tür zu gehen. Er wußte, zu den Guans durfte er nicht gehen. Seine Großmutter hatte ihn dazu erzogen, solche Leute zu verachten. Zu den Wens wäre er gern gegangen, um ein paar Arien zu lernen, aber die Großmutter wollte nicht, daß er etwas mit »Theater« zu tun hätte oder auch nur mit den Wens verkehrte. Gegen den Vierten Herrn Li hatte sie nichts einzuwenden, aber Changshun fand keinen Gefallen an ihm, denn der Vierte Li war zwar hochbetagt und angesehen, aber nicht sonderlich gebildet. Er selbst konnte auch nur mit Mühe ein paar Arienbücher entziffern, beherrschte aber immerhin die Grundlagen. Denn wer Arienbücher lesen konnte, würde auch nach und nach richtige gelehrte Bücher verstehen. Deshalb ging er zu John Ding, wenn der nicht arbeiten mußte. Er hoffte, ein paar englische Brocken auffangen zu können, um den Text auf den Schallplatten lesen zu können. Doch John Ding verstand den Text überhaupt nicht und erklärte dies mit einer Theorie: »Englisch ist genau wie Chinesisch, da gibt es eine Umgangssprache und eine

Schriftsprache, zwischen beiden besteht ein himmelweiter Unterschied! Für meine Arbeit im Englischen Amt reicht mein Englisch aus. Lesen hätte man als Kind in der Schule lernen müssen, dazu hatte ich leider keine Zeit. Mein Englisch ist ganz gut. Sieh mal, Butter ist ba-te-er, Tee ist ti und Wasser wo-te-er!«

Das konnte Changshun zwar nicht völlig zufriedenstellen, aber er mochte John Ding seine Achtung nicht versagen. Er merkte sich ba-te-er und bezeichnete zu Hause Speck als Weiß-ba-te-er, was die Großmutter zur Weißglut brachte.

Da John Ding ihn nicht zufriedenstellen konnte und auch oft nicht da war, suchte Changshun schließlich Ruixuan auf. Er hätte sich ihm gern schon früher genähert, aber vor dessen vornehmer Art kam er sich ungehobelt vor. Eines Tages sah er Ruixuan mit der kleinen Niuzi am Tor stehen und zwei Elstern auf dem großen Schnurbaum beobachten. Er grüßte verlegen lächelnd. Ruixuan hatte tatsächlich etwas Respekteinflößendes an sich, aber er war nicht stolz oder gar abweisend. Dennoch folgte er ihm etwas unsicher in den Hof. In Ruixuans Zimmer fragte er nach den englischen Wörtern auf den Schallplatten. Ruixuan kannte sie alle und erklärte sie ihm geduldig. Seine Hochachtung nahm noch zu. Sicherlich, so dachte er, hatte Ruixuan als Kind fleißig gelernt.

Changshuns Bedürfnis nach einem verständnisvollen Freund war groß, aber er wagte nicht, oft zu kommen und Ruixuan zu stören. Bei jedem Besuch näselte er daher besonders stark und wußte nie, wohin mit seinen Händen und Füßen. Hatte er sich aber eine Weile mit Ruixuan unterhalten, freute er sich und stellte Ruixuan viele Fragen. Er war ziemlich intelligent und wißbegierig. Als Ruixuan seine Befangenheit und seine Wißbegierde erkannte, forderte er ihn auf, jederzeit zu kommen, wenn er Lust hatte. Seitdem traute sich Changshun ohne Scheu zu den Qis.

Ruixuan war es recht, jemanden zur Unterhaltung zu haben. Nachdem Nanjing vor einem Jahr gefallen war, sah er nur noch schwarz. Damals konnte er sich trösten: »Zwischen Japan und China wird es niemals Ruhe geben, verlieren wir, müssen wir weiterkämpfen!« Nachdem er die Erklärung der Regierung zur Fortsetzung des Widerstandskrieges gehört

hatte, war er nicht mehr ganz so pessimistisch. Oft sagte er sich. »Solange gekämpft wird, gibt es einen Ausweg!« Den Winter über trug er keine pelzgefütterte Jacke, denn die hatte er wegen Herrn Qians Krankheit in der Pfandleihe versetzt. Das war ihm aber keineswegs unangenehm. Immer, wenn ihn seine Frau zum Einlösen aufforderte, lachte er nur: »Mir ist innerlich warm, da friere ich nicht!« Selbst zu Neujahr, als nichts mehr im Hause war, regte er sich nicht auf, als habe er gänzlich vergessen, was das Neujahrsfest eigentlich bedeutete. Yunmei allerdings blieb nicht so gelassen. Um die Alten ein wenig zu erfreuen und auf die Fragen der Kinder eine Antwort zu haben, mußte sie schon etwas auftreiben. Für sie allein hätte Neujahr ohne weiteres ausfallen können. Da sie Ruixuan nicht zu drängen wagte, wurde sie immer nervöser. Als sie es gar nicht mehr aushielt, fragte sie schließlich: »Und wie feiern wir Neujahr?« Ruixuan lächelte nur, er hatte keine Lust mehr, sich um solche Dinge wie Neujahr oder eine pelzgefütterte Jacke Gedanken zu machen. Sein Blick hatte sich geweitet, sein Pessimismus ihn nicht hartherzig werden lassen. Auch im Zorn war er nicht gleichgültig gegenüber dem Leben. Nur nahm er diese kleinen Dinge nicht mehr so wichtig, weil er sich innerlich entschieden hatte. Wer Berge sieht, der spielt doch nicht mehr mit Kieseln! Ob er die warme Jacke hatte oder nicht, ob Neujahr gefeiert wurde oder nicht, das war ihm jetzt egal.
Als seine Frau gar nicht lockerließ, schlug er vor, ihr pelzbesetztes Gewand, das sie nur zu besonderen Anlässen trug, in die Pfandleihe zu bringen. Da wurde Yunmei böse: »Wieso fällt dir immer nur die Pfandleihe ein? Man lebt doch schließlich, um ein paar Sachen zu besitzen, wieso schleppen wir aber unsre immer nur weg?« Es handelte sich zwar um das einzige Kleidungsstück, an dem sie wirklich hing, aber das war nicht der Grund für ihren Zorn. Ihr ging es ums Prinzip. Ruixuan regte sich über diese barsche Zurechtweisung nicht auf. Er hatte entschieden, sich von solchen Kleinigkeiten überhaupt nicht mehr beeindrucken zu lassen. Hoffnung in der Not hatte seine Seele geläutert. Und Yunmeis pelzbesetztes Gewand wanderte in die Pfandleihe.
Als nach Neujahr die Schule wieder begann, fehlten fünf Kol-

legen. Sie waren aus Peking geflohen. Ruixuan schämte sich sehr, daß er selbst nicht dazu in der Lage war. Und er änderte seine Meinung, daß es in Peking nur Jammerlappen gäbe. Seine Kollegen und noch viele andere Leute waren keine Schlappschwänze, sie hatten die Flucht riskiert. Und geflohen waren sie nicht, um das Leben zu genießen, sondern weil sie keine Sklaven sein wollten.

Von Ruifeng hörte er, jede Schule bekäme einen japanischen Inspektor, der alle schulischen Aktivitäten beaufsichtigen sollte. Er wußte, das war unvermeidlich, und er wollte beobachten, wie dieser Inspektor die Schüler seelisch foltern würde. Dann müßte er versuchen, die Schüler heimlich zu ermuntern. Sollte ihm das nicht gelingen, konnte er immer noch kündigen und sich etwas anderes suchen. Wegen der Alten und seiner Kinder mußte er die größte Gefahr meiden, aber im Rahmen des Möglichen wollte er tun, was er konnte.

Ihn beunruhigte, daß Herr Qian plötzlich verschwunden war, aber schnell fand er heraus, daß der sich nicht versteckte, sondern etwas vorhatte. Herr Qian wollte ihn nur nicht mit hineinziehen. Zwar konnte er sich nicht so recht vorstellen, was der Poet Qian anstellen würde, aber er war überzeugt, daß der alte Herr nicht mehr am Leben und an seinen Gedichten und Bildern hing. Sein ganzes Tun schien eng mit dem Widerstandskrieg zusammenzuhängen. Heimlich trank Ruixuan ein Glas Schnaps auf den Erfolg des alten Dichters.

Da bereitete ihm das Verbot der bisherigen chinesischen Währung viel mehr Sorgen. Er selbst verfügte über kein Bankguthaben und brauchte deshalb auch nichts umzutauschen, aber er hatte das Gefühl, daß sich ein Strick um seinen und aller anderen Leute Hals legte. Die Japaner konfiszierten das Geld, um es im Ausland gegen Devisen einzutauschen, im Lande betrogen sie die Leute mit simplem Papier. In Nordchina würde künftig wertloses Papier zirkulieren, dort hatte der Feind die Bevölkerung zur Ader gelassen. Die chinesischen Banken hatten zwar weiterhin geöffnet, aber Ruixuan konnte sich nicht vorstellen, was für Geschäfte sie tätigten und warum sie nicht schlossen. Die schönen Gebäude kamen ihm wie zusammengeklebte Papierhäuser vor, die man als Grabbeigabe verbrannte. Doch die Dörfler im Umland hielten dem alten Geld weiterhin die Treue. Für ihn war das ein Zeichen von Patriotismus.

Ähnlich wie die Banken sahen die Buchläden aus. Die Bücher mit modernem Gedankengut waren von den Japanern verbrannt worden, und was jetzt dort angeboten wurde, waren lediglich die alten »Vier Bücher«, das »Lehrbuch der Pietät« und ähnliches. Nicht einmal mehr ihre Gedanken durften die Chinesen veröffentlichen. Da könnten auch die Buchläden gleich schließen, dachte Ruixuan.

Peking hatte tatsächlich seine Kultur verloren. Trotzdem fühlte sich Ruixuan innerlich freier als ein paar Monate zuvor. Er hatte sich nicht etwa an die Grausamkeiten der Japaner gewöhnt, nein, er entdeckte jetzt eine andere Seite. Die Erklärung über die Fortsetzung des Widerstandskrieges hatte wie eine Medizin sein Inneres gereinigt. Es stimmte, die Regierung hatte nach Wuhan umziehen müssen, aber sein Herz war ihr dadurch ein Stück näher gekommen. Er fürchtete nicht mehr, daß dieser Krieg im Sande verlaufen könne. Mit diesem Vertrauen wuchs auch sein Mut. Er meinte nicht, verrückt geworden zu sein und sich von einem friedliebenden in einen kriegslüsternen Menschen verwandelt zu haben. Tolstois, Rousseaus, Romain Rollands pazifistische Schriften hatte er gelesen, aber der Widerstandskrieg Chinas rührte nicht aus einer Lust am Krieg. Es war vielmehr Widerstand erforderlich, um eine friedliche, hochzivilisierte, alte Kultur zu bewahren. Wer nur den Frieden liebt, aber keinen Mut aufbringt, ihn zu verteidigen, der verunglimpft den Frieden. Wer um jeden Preis überleben will, der vegetiert nur noch dahin.

Nachdem er diese Zusammenhänge erkannt hatte, fielen ihm auch die alltäglichen Kleinigkeiten auf: daß die anläßlich des Sieges hochgelassenen Luftballons, die über der Zeitungsredaktion schwebten, öfter abgeschnitten wurden, daß ein Verräter einen Brief mit einem Geschoß erhielt, daß irgendwo antijapanische Plakate aufgetaucht waren. Er wußte, daß solch kleine Stiche den Feind nicht abschreckten, konnte sich aber die Freude trotzdem nicht verkneifen.

Der Sieg in Tai'erzhuang bekräftigte ihn in dieser Überzeugung. Wieder flatterten über der westlichen Changan-Straße die Luftballons, der Pekinger Rundfunk und alle Zeitungen feierten einhellig einen weiteren Triumph der Japaner. Japanische Militärspezialisten schrieben unzählige Artikel, in denen sie diese Schlacht als den entscheidenden Vernichtungsschlag bezeichneten. Ruixuan war der einzige, der wußte, daß die eigene Armee gesiegt hatte. Natürlich konnte er das nicht laut herausschreien und die Leute auffordern, nicht auf die Falschmeldungen des Feindes hereinzufallen, konnte auch keinen Luftballon steigen lassen, nur still freuen konnte er sich und den von den Guans herüberschallenden Lärm mit einem verächtlichen Lächeln quittieren.

Aber, um ehrlich zu sein, selbst wenn es möglich gewesen wäre, hätte er nicht laut geschrien. Schließlich war er Pekinger. Seine Stimme eignete sich viel eher dazu, Gedichte vorzutragen. Trotzdem hätte er zu gern mit jemandem gesprochen. Da kam ihm Changshun gerade recht. Der war jung und besaß, obwohl von der Großmutter sehr streng erzogen, noch jugendlichen Elan, den auch eine Großmutter nicht ganz kleinkriegen konnte. Changshun hörte Ruixuan gern zu. Begann Großmutter ihre Sätze zumeist mit »nicht« – nicht zu viel reden, sich nicht um Dinge kümmern, die einen nichts angehen, nicht dies und nicht jenes –, fing Ruixuan meist mit »wir müssen« an. Großmutters Worte machten sein Herz klein wie eine Kugel, die man in der Hand halten konnte. Bei Ruixuan war das anders, seine Worte regten ihn an, begeisterten ihn, ließen seine Augen leuchten. Am liebsten hörte er Ruixuans »China geht ganz bestimmt nicht unter!« Manchmal war es schwer, Ruixuan zu folgen, aber ganz gleich, ob er ihn verstand oder nicht, er hörte stets aufmerksam zu. Die Hauptsache war, daß er »China geht nicht unter!« begriff.

Changshun hätte das alles gern weitererzählt. Die Großmutter durfte es natürlich nicht wissen. Sie hatte ihn schon gefragt, weshalb er so oft zu den Qis gehe. Er verdrehte die Augen – wenn sie es nicht sah – und schwindelte: »Herr Qi bringt mir ein paar ausländische Wörter bei.« Großmutter glaubte, alle Ausländer sprächen das gleiche Ausländisch, so wie alle Pekinger eben Pekingdialekt sprechen. Da Peking nun von den Japanern besetzt war, konnte es nicht schaden, wenn der Enkel ein bißchen Ausländisch beherrschte. Also ließ sie ihn gehen.

Aber lange konnte der den Mund nicht halten. Er prahlte bei Sun-Sieben und Xiao Cui mit seinem Wissen. Eigentlich hatten alle drei etwa den gleichen Wissensstand, und wenn Sun-Sieben und Xiao Cui Changshun einmal nicht überzeugen konnten, brachten sie gewöhnlich ihr Alter ins Spiel. Changshun gab sich innerlich zwar nicht geschlagen, konnte aber schlecht etwas dagegenhalten. Hatte Großmutter nicht stets gesagt, man dürfe Älteren nicht widersprechen? Jetzt redete er die beiden nieder, daß ihnen ihr Alter überhaupt nichts mehr nützte.
Witwe Ma hatte zwar in letzter Zeit einige Sympathien für die japanfeindlichen Bemerkungen von Sun-Sieben und Xiao Cui, als sie jetzt aber den Wortschwall des Enkels hörte, bekam sie es mit der Angst: Changshun war bei den Qis »verdorben« worden. Sie mußte schnellstens eine Arbeit für ihn suchen, das ständige Herumlungern konnte so nicht weitergehen. Und hätte er dann ein reguläres Einkommen, würde sie ihm eine Frau suchen, die sein Herz fesselte. Sie hatte nur diesen einen Enkel und trug daher eine schwere Verantwortung. Die Japaner mordeten und brandschatzten, aber die Heirat des Enkels und die Geburt von Kindern konnten sie nicht verhindern. Wenn sie schon ihr Leben lang die Herrschaft der Japaner ertragen mußte, konnten vielleicht Changshuns Kinder glücklich und in Frieden leben. Eine glückliche Nachkommenschaft der Familie Cheng würde auch die alte Frau nicht vergessen, und nach ihrem Tode gäbe es jemanden, der für sie Weihrauchstäbchen opferte.
Die alte Frau stellte sich alles ganz genau vor und freute sich schon. Wie unruhig und schwer die Zeiten und wie schlimm die Japaner auch sein mochten, ihr konnte nichts passieren, denn sie setzte auf etwas, das seit urtümlichen Zeiten unveränderlich existierte, und das bis in alle Ewigkeit so weitergehen würde. Ihre Augen strahlten, ihre Wangen röteten sich.
Ruixuan hatte nicht erwartet, daß Changshun seine Worte so rasch aufnehmen würde, ja daß sie ihn verändern konnten. In der Schule hatte er sich niemals ungezwungen mit Schülern unterhalten, und wenn, dann konnte er nie eine unmittelbare Wirkung feststellen. Die Schüler hörten allerlei, kein Wunder, daß ihre Ohren und ihr Herz ziemlich verschlossen waren.

Changshun war nicht in die Mittelschule gegangen, außer einfachem Rechnen und den notwendigsten Zeichen hatte er fast nichts gelernt. Daher war er leicht beeinflußbar, etwa wie bei einem Grobian, der sich schnell durch ein paar provokante Worte zum Prügeln anstacheln ließ. Eines Tages, nachdem er lange herumgedruckst hatte, rückte Changshun schließlich mit der Frage heraus: »Herr Qi, sollte ich nicht zur Armee gehen?«

Ruixuan fiel darauf lange keine Antwort ein. Daß die Gespräche eine solche Wirkung auf Changshun haben könnten, hätte er nicht gedacht. Da ergriff Changshun wieder das Wort: »Hätten die Japaner nicht verlangt, überall Radios anzubringen, wäre mein Geschäft ruhig so weitergegangen. Aber was hätte ich dann schon bewirken können? Wenn das Land untergeht, retten mich die paar Schallplatten auch nicht. Ich hänge sehr an der Großmutter, aber ich kann ja nicht ewig für sie dasein. Die Leute an der Front haben doch alle eine Familie, für die sie sorgen müßten. Wenn andere bereit sind, ihr Leben für das Land zu opfern, dann muß ich das auch tun, hab ich recht, Herr Qi?«

Ruixuan wußte noch immer keine Antwort. Sein Verstand sagte ihm, daß jeder Chinese für den Erhalt der Gräber und der Kultur seiner Urahnen kämpfen mußte. Sein Gefühl drängte ihn aber, immer erst die Nöte des einzelnen zu bedenken. Wenn Changshun seine Großmutter verläßt und zur Armee geht, was wird dann aus ihr? Andererseits konnte er Changshun auch nicht hindern, so wie er den Dritten nicht von der Flucht aus Peking abgehalten hatte.

»Was meinen Sie, Herr Qi, soll ich lieber zur Infanterie oder zur Artillerie?« trompetete Changshun wieder. »Ich ginge lieber zu den Kanonen, wenn man die auf den Feind abschießt, dann knallt es tüchtig und schlägt mächtig ein, da sterben die Feinde gleich reihenweise!« Das kam so aufrichtig in seiner Naivität, daß er sogar sein Näseln vergaß.

Ruixuan konnte nicht länger schweigen. Er schmunzelte: »Warten wir noch ein Weilchen, bis wir alles gründlich überlegt haben!« Das war ziemlich zögerlich und kam sehr unentschieden heraus, als hätte er den Mund voller Sägespäne.

Nachdem Changshun gegangen war, machte sich Ruixuan

Vorwürfe: »Ruixuan, so bringst du nie etwas zustande! Dein Herz ist zu weich, du willst immer andere Leute vor Unbill bewahren, aber der Feind vor deiner Nase ist tausendmal erbarmungsloser und grausamer als jede noch so schlimme Bestie! Wegen einer alten Frau willst du einen entschlossenen jungen Mann nicht zur Armee gehen lassen!«
Dann fiel ihm ein, daß seine Selbstvorwürfe nicht viel Sinn machten. Über kurz oder lang würde Changshun ihn wieder fragen. Wie sollte er dann antworten?

37

Rotkürbis war zur Adoptivmutter der Huren in der ganzen Stadt geworden, Gao Yituo war ihr tüchtiger »Eunuch«. Herr Gao stammte aus einer Familie, die vom Verkauf von Kräuterarznei lebte. Auf unerfindliche Weise war er einmal nach Japan gelangt, und als er wiederkam, nannte er sich Arzt, hängte ein Schild aus und praktizierte. Das Geheimnis seiner Herkunft hütete er sorgsam, aber Patienten gegenüber verfiel er beim Verkauf seiner Arznei immer wieder in maßlose Übertreibungen. Jedenfalls versprachen seine Worte mehr, als seine medizinischen Kenntnisse hielten. Außerdem trug er auffallend gute Kleidung, wenn er ausging.
In China pflegt man die Erfahrungen, die im Laufe der Jahrhunderte über das Heilen von Krankheiten gesammelt wurden. Wer diese Kenntnisse bewahrt und anwendet, gilt als Arzt. Als die Medizin als westliche Wissenschaft nach China gelangte, wurde die Allheil-Pille Wanyingding durch Aspirin und das Frostbeulen-Heilpflaster durch Salbe ersetzt. Chinesen verwenden gern alte Rezepte, lehnen aber Neues nicht leichtfertig ab. Unter diesen Umständen war es am sichersten, Chinesisches und Westliches gleichzeitig anzuwenden, neue Rezepturen aus alten Arzneien zu mischen, geradeso, wie wenn man chinesische Speisen mit Messer und Gabel ißt. Man brachte außen einen neuen Aufkleber an und ließ die Leute raten.
Herr Gao Yituo suchte in diesem kulturellen Niemandsland sein Auskommen. Aber sein Geschäft ging nicht besonders

gut. Er hinterfragte jedoch nicht seine Fähigkeiten und Kenntnisse, sonst hätte er sein Selbstbewußtsein völlig eingebüßt und das Schild mit dem Zusatz »Versiert in chinesischer wie westlicher Medizin« abnehmen müssen. Er konnte nur das Schicksal dafür verantwortlich machen und neidisch auf andere Ärzte sein. Er kritisierte sowohl die westliche Medizin, die nichts von der chinesischen verstünde, als auch die chinesische, die nichts von der westlichen Wissenschaft begriffe, und bezeichnete beide als mörderische Quacksalberei.

Daß Rotkürbis ihn um Hilfe bat, war mehr als ein glücklicher Zufall. Hatte ihm schon seine Berufsbezeichnung »Versiert in chinesischer wie westlicher Medizin« das Gefühl gegeben, die Bedürfnisse der Zeit genau erfaßt zu haben, empfand er den Posten als Sekretär der Prostituierteninspektion als einen vom Himmel bescherten Glücksfall. Er sprach ein paar Brocken Japanisch und wußte mit Japanern umzugehen. Bereits seine Aufmachung schüchterte die Prostituierten ein. Mit dieser Ernennung hatte er es in jeder Beziehung gut getroffen, da konnte er seine Talente voll entfalten. Eigentlich war er opiumsüchtig, aber seine spärlichen Einkünfte erlaubten ihm regelmäßiges Rauchen nicht. Zwar war auch jetzt sein Lohn nicht besonders hoch, doch es sprang etwas heraus für ihn, wenn er den Prostituierten die Einnahmen für Rotkürbis abpreßte. Daher entschloß er sich sofort, täglich zwei Pfeifen zu rauchen. Zum einen hatten die Japaner eine Vorliebe für solche Chinesen, zum andern war es für den Umgang mit den Huren wichtig, sie mit Opiumrauchen zu beeindrucken.

Rotkürbis gegenüber konnte er sich so gut anpassen, daß es fast so aussah, als hätte er von jeher bei den Guans gelebt. Wurde gespielt, machte er nur dann mit, wenn ein Spieler fehlte. Er spielte gut, kannte aber die Regel »Vom Wein zu viel, kein Glück im Spiel« und stand daher meistens hinter Rotkürbis, half ab und an mit einem Rat. Er schenkte ihr Tee ein, gab ihr Feuer, brachte Süßigkeiten und ordnete manchmal sogar ihr aufgelöstes Haar. In seinem Aussehen und seinem Verhalten glich er jungen Snobs, die reiche Herrensöhnchen auf Reisen begleiteten und sich der Völlerei hingaben. Rotkürbis vertraute ihm völlig, weil er sie so wohltuend zu verhätscheln wußte. Stieg sie in ein Auto oder eine Rikscha ein oder aus, war er stets zur Stelle und stützte sie. Entwarf sie eine neue Frisur oder ein Kleidungsstück, steuerte er seine Meinung bei. Ihr Ehemann dagegen war nie so umsichtig gewesen.

Er verfolgte jedoch seine eigenen Pläne, wollte ihre Stellung festigen, ihr volles Vertrauen erringen, um erst einmal zu Geld zu kommen. War er dann erst einmal gut bei Kasse, mußte er die Japaner dazu bewegen, Rotkürbis abzusetzen oder, noch besser, ihm selbst das Hygiene-Amt zu übertragen. Wäre er erst Gesundheitsminister, dann müßte Rotkürbis hinter ihm stehen und ihn beim Spiel bedienen.

Guan Xiaohe war für ihn lediglich der Ehemann der Frau Direktor, er beachtete ihn nicht weiter. Da der nicht einmal eine Anstellung hatte, wahrte er auch keine besondere Form. Ständigen Besuchern der Guans wie Li Kongshan, Lan Dongyang und dem Ehepaar Ruifeng schmeichelte er auf jede erdenkliche Art. Nur wenn er sich allen als erbarmungswürdig präsentierte, würden sie ihn auch fördern. Sobald er sich mit ihnen dienstlich und pekuniär auf gleicher Ebene befände und sie einander mit Bruder ansprächen, würde er seinen Stil und seinen Stolz wieder hervorkehren. Hatte er den Gruppenführer und Abteilungsleiter wohlklingend angesprochen, pflegte er eiskalt »Herr« Guan zu rufen, daß diesen eine Gänsehaut überlief.

Guan Xiaohe hatte mit Dongyang und Ruifeng Brüderschaft geschlossen. Er beneidete Dongyang und Ruifeng ebenso um ihre Karriere wie um ihre Jugend und Tatkraft. Anfangs war er froh, ihr älterer Bruder zu sein. Als aber auch nach Neujahr nicht der Schatten eines Postens für ihn in Aussicht war, spürte er eine gewisse Bedrohung. Er zog sich zwar jedes graue Haar nach wie vor sofort aus, fragte sich aber dennoch, ob er nicht vielleicht wirklich alt und zu nichts mehr zu gebrauchen sei. Wie sonst konnten ihn – mit seinen Fähigkeiten, Erfahrungen und Manieren – dieser schlecht riechende, häßliche Dongyang oder der Einfaltspinsel Ruifeng überflügeln? Langsam wurde er nervös. Gao Yituo regte ihn noch mehr auf, dessen eiskaltes »Herr« bohrte sich wie ein erbarmungsloser Dolch in sein Herz. Gern hätte er ein paar forsche Worte von sich gegeben, um Gao Yituo auch einmal zittern zu lassen, aber er konnte nicht auch noch seine Frau verärgern. Gao Yituo war ihr Liebling! Selbst wenn er innerlich wie ein Wasserkessel kochte, durfte er sich nicht das Geringste anmerken lassen. Er mußte besonders freundlich zu seiner Frau sein und, wenn sie in Hochstimmung war, ein paar Sticheleien gegen Gao fallenlassen, damit sie etwas auf Distanz ginge. Auch wenn Gao den ganzen Tag hier verbrachte, sie war schließlich seine Frau, und er konnte abends auf dem Kopfkissen mit ihr flüstern. Deshalb schlief er kaum noch bei Tongfang.

Wie sehr sich Rotkürbis auch als Mann gab, sie blieb eine Frau, und Frauen brauchen die Liebe der Männer. Da war wohl selbst die Kaiserinmutter keine Ausnahme. Rotkürbis entdeckte nicht nur Gao Yituos sachliche Fähigkeiten, sie spürte auch seine aufmerksame Fürsorge. Ihr Alter und ihre Ambitionen ließen sie nicht mehr Jungmädchenträumen nachhängen. Daß sie sich aber immer noch gern schmückte, war kein Zufall. Das von ihr so heißgeliebte Rot sollte wahrscheinlich das Grau in ihrem Innern aufhellen. Seit Jahren schon wußte sie, daß ihr Mann sie nicht wirklich liebte. Sie genoß zwar das Ansehen, das ihr von den Prostituierten entgegengebracht wurde, beneidete diese aber auch um ihre Freizügigkeit. Sich in deren Lage zu versetzen und über deren Nöte nachzudenken, dazu hatte sie jedoch keine Zeit. Stets nahm sie nur ihre eigene Existenz wahr, spürte lediglich, daß von den Damen etwas ausging, das einem Frühlingswind glich und die Sehnsucht nach einer wunderschönen Blume in ihrem Herzen weckte. Sie achtete Gao Yituo keineswegs, aber seine Aufmerksamkeiten waren eben nicht zu verachten. Wer hatte ihr diese in den vergangenen zwanzig, dreißig Jahren schon zuteil werden lassen? Sie war eigentlich niemals richtig jung gewesen. Wie sehr sie sich auch herausputzte, auf die anderen wirkte sie stets wie ein großer Kragenbär, wenn auch ein schöner. Jetzt sahen sich die Gäste entweder nach Gaodi und Zhaodi oder nach Tongfang um, niemals nach ihr. Und wenn sie Rotkürbis einmal anschauten, dann mußte sie ihnen schon Tee oder Essen anbieten. In deren Augen war sie immer nur die Hausfrau, und dazu wirkte sie noch nicht einmal sonderlich weiblich.

Als sie Direktor geworden war, hatte sie sich wirklich sehr gefreut und sich vorgenommen, zu allen Menschen großzügig zu sein, sogar zu Tongfang. Als der Posten aber den Reiz des Neuen verloren hatte, brauchte sie etwas anderes. Als erstes fiel ihr Tongfang ein. Gut, sie als Frau hatte den Direktorposten zwar bekommen, da durfte sie sich schon als Heldin fühlen. Aber sie hatte ihr Ziel noch nicht erreicht. Ihr Mann gehörte ihr nicht allein, und häufig bevorzugte dieser Tongfang. Jetzt mußte sie mit der Autorität eines Direktors Druck auf ihn ausüben, diesen Dorn endlich aus ihrem Auge entfernen.

Als Xiaohe aus Abneigung gegen Gao Yituo besonders herzlich zu ihr war, durchschaute sie seine Absicht nicht – ihre Handlungsweise unterlag keiner Kritik. Sie glaubte, er habe sie richtig verstanden und wollte – bei Anerkennung der Beziehung zwischen Herrscher und Untergebenem – die eheliche Liebe wieder herstellen. Also eröffnete sie den Generalangriff auf Tongfang.

Dieser unterschied sich gewaltig von allen vorherigen Attakken. Bisher waren ihre Waffen nur gehässige Worte, Waffen, die Tongfang ebenfalls beherrschte, vielleicht sogar noch besser. Jetzt konnte sie eine Armee von Helfershelfern aus den Bordellen in den Kampf schicken. Nur Mächtige sind grausam, denn Grausamkeit bedeutet Autorität. Anfangs hatte sie Tongfang einfach nur wegjagen wollen, aber sie wurde immer unerbittlicher und beschloß, sie ins Bordell zu stecken. Dort könnte Rotkürbis sie durch ihre Soldaten und Generäle bewachen und für immer einsperren lassen. Einen Erzfeind einfach nur zu besiegen, war bei weitem keine so süße Rache, wie ihn gezielt an einem selbstgewählten Ort festzusetzen.

Rotkürbis ging nicht oft in ihr Büro, denn als sie einmal gerade am Eingangstor der Prostituierteninspektion angelangt war, beschimpften ein paar fünfzehn-, sechzehnjährige Bengel sie laut als Zuhälter. Sie lief hinterher, aber die waren schneller und schrien ihr noch im Wegrennen böse Worte zu. Die zwei Zeichen für Prostituierte hätte sie natürlich gern gegen elegantere ausgetauscht, aber den Namen einer Institution konnte man nicht einfach verändern. So mußte sie ihre Würde eben durch selteneres Auftreten wahren. Wichtige Dokumente legte ihr Gao Yituo zu Hause vor. Die alltäglichen Geschäfte konnte sie beruhigt den Angestellten überlassen. Die Posten hatte sie alle mit entfernten Verwandten mütterlicherseits besetzt. Die wußten, mit ihr war nicht zu spaßen, als ihre Untergebenen wagten sie daher erst recht keine Mätzchen.

Nachdem sie entschieden hatte, zu Hause zu arbeiten, beorderte sie Tongfang in die kleine Kammer, in die Ruifeng ziehen sollte, und machte Tongfangs Zimmer zum dritten Salon. Der Salon im Nordzimmer war der erste, Gaodis Schlafzimmer der zweite. Alle hohen Gäste und Huren erster Klasse wurden im ersten Salon von ihr persönlich begrüßt. Auf diese Weise war bei den Guans stets Hochbetrieb, weil sich die werten Gäste nebenbei prächtig amüsierten. Der zweite Salon war den Verwandten und Freunden der mittleren Klasse und den Huren zweiter Klasse vorbehalten, hier bewirtete Gaodi. Arme Verwandte und Freunde sowie drittklassige Huren kamen in den dritten Salon, wo Tongfang Tee einschenkte und bediente.

Im ersten und zweiten Salon blieben die Spieltische Tag und Nacht aufgestellt. Mah-Jongg, Kartenspiele, Würfelspiele, Dominosteine standen stets für die Gäste bereit. Spielzeiten und Einsatzhöhe waren unbegrenzt. Egal, was auch gespielt wurde, vom Gewinn wurden immer Anteile eingezogen. Die Anteile waren hoch, denn allein an teuren Zigaretten wurde ein reichliches Dutzend Stangen benötigt. Es gab sie in jeder Ecke, die Gäste brauchten nur die Hand auszustrecken. Heißes Wasser ging nie aus, je nach den Wünschen der hohen Gäste wurden sofort Teeblätter der feinsten Sorten oder Longjing aufgebrüht. Ein »bescheidener Imbiß« wurde täglich vier, fünf Mal aufgetischt, und obwohl die Gäste zahlreich waren, blieb es bei dem bekannten Guanschen Niveau. Alle paar Minuten reichten hübsche Dienerinnen heiße Handtücher. Sie waren desinfiziert, ein Vorschlag von Gao Yituo.

Nur ganz besondere Gäste wurden ins Schlafgemach von Rotkürbis vorgelassen. Hier gab es schwarzen Tee, Brandy und Zigaretten der Marke Great Fort. Und ein fein ziseliertes Besteck zum Opiumrauchen.

Rotkürbis war in letzter Zeit noch voller geworden, jede Sommersprosse in ihrem Gesicht glänzte wie mit Butter aus dem

Englischen Amt bestrichen. Ihre Finger glichen frisch gefüllten Würsten, die Fingerringe verschwanden fast unter dem Fleisch. Je fülliger sie wurde, desto mehr protzte sie. Täglich puderte und schminkte sie sich sorgsam, zog einen Überwurf oder ein langes Gewand in ihrem geliebten Rot über und ließ sich im Salon nieder, um zu arbeiten oder Gäste zu empfangen. Mit Augen und Ohren beherrschte sie den Hof, jedes Husten und Gähnen von ihr war ein Signal. Waren ihr die Gäste im zweiten und dritten Salon zu laut, hustete sie wie Kanonendonner, womit sie sich Ruhe erbat. Fühlte sie sich müde, gähnte sie wie eine Sirene bei Fliegeralarm, um die Gäste zum Aufbruch zu bewegen. Hatte sie das Sitzen satt, begab sie sich wie der Kapitän eines Kriegsschiffes auf Inspektion, was den zweit- und drittklassigen Besuchern dann Gelegenheit verschaffte, ihre Anliegen vorzutragen. Nickte sie, hieß das »möglich«, runzelte sie die Stirn, bedeutete es »eventuell möglich«, zeigte sie keinerlei Regung, hieß es »unmöglich«. Drangen Gäste, die mit dieser Mimik nicht vertraut waren, trotzdem weiter in sie, hielt sie sich an You Tongfang und beschimpfte sie.

Nach dem Mittagessen mußte sie ein Weilchen ruhen. Wurden die Vorhänge in ihrem Schlafzimmer heruntergelassen, hielt jeder im Hof sofort die Luft an und ging auf Zehenspitzen. Hatte sie allerdings besondere Gäste, konnte sie auf ihren Mittagsschlaf verzichten und war auch nicht müde. Sie war der geborene Politiker.

Bei schönem Wetter ging sie mit Zhaodi oder Madame Ruifeng, manchmal auch mit ein oder zwei besonders bevorzugten »Mädchen« im Zentral- oder im Beihai-Park spazieren, um bei der Gelegenheit eine neue Frisur oder Kleidermode vorzuführen. Denn dort erwarteten sie schon viele »neufeine« Hausfrauen, die sie nachahmen wollten. Auf diesem Gebiet entfaltete sie eine erstaunliche Schöpferkraft, die sie zwei ganz offensichtlichen Quellen entnahm: den Prostituierten und den Gemäldeausstellungen. Die Huren mußten sich stets wunderschön aufmachen. Historisch betrachtet kamen bekannte Kurtisanen vor Gründung der Republik stets aus Shanghai und Suzhou, sie brachten die neue Mode nach Peking, die von den Pekingerinnen bewundert wurde. Nach Gründung der

Republik besserte sich die Stellung der Frau etwas, nach und nach wurde Frauen Bildung ermöglicht, wodurch sie im Hinblick auf Frisur und Kleidung mehr Freiheit erhielten und dort zuerst ihre Phantasie entfalteten. So verdrängte die weibliche Eleganz das Vulgäre der Prostituierten, und die Prostituierten büßten ihre führende Rolle ein. Rotkürbis hatte Augen, sie erkannte am Gesicht ihrer »Adoptivtöchter«, am Kopf, Körper und an den Füßen Stil- und Mode-Elemente zurückliegender Jahre. Nach einiger Überlegung schaffte sie es erwartungsgemäß, die Haartracht von früher wieder einzuführen und sie mit der neuesten Kleidermode zu komplettieren. Sie bewies Mut, auch was nicht zusammengehörte, wurde zusammengebracht. Paßte das dann unglücklicherweise überhaupt nicht, setzte sie es durch, daß ihre erstaunliche Kreation als mutiges Experiment anerkannt wurde, wie die chinesische Mauer, die zwar nicht schön, aber eindrucksvoll ist. In einem solchen Aufzug ließ sie sich meist von Zhaodi begleiten. Zhaodi war konsequent modern, sie lehnte es rundweg ab, die Kapriolen der Mutter mitzumachen. In dieser Konstellation von jung und alt, normal und verrückt, fiel das Besondere der Mutter noch mehr auf, und die Tochter wirkte dagegen sehr alltäglich. War Rotkürbis einmal nicht so aufgedonnert, ließ sie sich lieber von Madame Ruifeng begleiten, weil die natürliche Schönheit und Jugend Zhaodis eine große Bedrohung für sie darstellten.

Wurden im Park Gemälde ausgestellt, ging sie hin. Sie interessierten nicht die Landschaftsbilder mit Blumen und Vögeln, sondern die Schönheiten in historischen Gewändern. Gefiel ihr eine, kaufte sie das Bild. Sie ließ ihren Namen »Direktor Guan« auf einem langen roten Papierstreifen am Bild anbringen, in besonders großen Zeichen, damit er möglichst lange allen Leuten ins Auge springe. Holte sie es dann ab, gewährte sie sich, ohne mit dem Maler zu verhandeln, sofort einen Rabatt von zwanzig Prozent. Andernfalls meinte sie, ihre Autorität nicht zur Geltung gebracht zu haben. Zu Hause ließ sie es sich von Guan Xiaohe erst in der Nacht, wenn niemand mehr da war, ausrollen, ausgiebig betrachtete sie, wie die Kleider der Schönheiten an den Rändern gesäumt und abgepaspelt waren, welche Frisur sie trugen, ob es auf den Wangen oder

der Stirn »Blüten« gab und was für Fächer sie in den Händen hielten. Nach mehrmaliger Begutachtung entwarf sie den weiten Ärmel mit breitem Rand oder den Dutt zum langen Haar wie in der Tang-Zeit oder eine »Blüte« zwischen den Augen oder einen Rundfächer aus Seide. Jede ihrer Kreationen wurde sofort zur Mode.

Nahm Zhaodi die Vorbilder für Kleidung und modisches Zubehör aus Filmen, so gewann Rotkürbis neue Einsichten aus dem Studium der alten Kultur, die sie dann veränderte. Sie verstand nicht, was Schönheit bedeutete, war aber irgendwo – vor sehr langer Zeit – in dieser Kultur verwurzelt, so daß sie immerhin deren Farben und Formen verwendete. Verglich man die Kultur mit einem Bach, so war sie wie eine Schaumblase auf diesem Wasser. Auch eine Blase kann gut aussehen, wenn sie auf den rechten Platz und das rechte Licht trifft.

Ihr ging es stets darum, sich hervorzutun und angenehm zu leben. Damit offenbarte sie die Psyche eines Teils der Pekinger Bevölkerung unter japanischer Besatzung. Diese Leute kapitulierten vor den Japanern. Sie glaubten nicht, sich schämen zu müssen, waren jedoch immer ein wenig beunruhigt, weshalb sie nur in den Tag hinein leben konnten. Daher waren materieller Genuß und sexuelle Zügellosigkeit die einzige Möglichkeit, ihre Gefühle auszuleben. Empfanden sie aus Gründen der »Moral« Furcht, konnten sie sich durch Genuß und Ausschweifung an den Rand des Abgrunds bringen und selbst vernichten. Sie rauchten Opium, tranken Elixiere, schmeichelten Schauspielern, amüsierten sich mit Frauen und legten großen Wert auf Kleidung und Aufmachung. Unter diesen Leuten wurde Rotkürbis zum weiblichen Vorbild. Ihr Erfolg bestand darin, daß sie unbewußt in ihrer Mentalität mit den Verrätern übereinstimmte. Begriffe wie »unterworfenes Land« waren ihr noch nie in den Sinn gekommen. Sie fand, daß sie Talent hatte, Glück und Geschick, und daß sie das genießen sollte. Sie war eine Heldin, die die Gelegenheit zur Karriere beim Schopfe packte und nicht bei ihrem Mann die Hand für Schminke und Diamanten aufhielt.

In ihren Salons redete sie über alles, nur nicht über politische Dinge. Daß Nanjing gefallen war und Wuhan zur neuen Hauptstadt erklärt wurde, ließ sie im Glauben, allen ihren

Geschäften in Ruhe nachgehen zu können. Sie war sogar der Meinung, daß die Besetzung Pekings ihr neue Horizonte eröffnet hatte. Ohne sie hätten die in Peking stationierten japanischen Truppen keine Blumenmädchen bekommen und nichts gegen die Verbreitung von Geschlechtskrankheiten unternommen, und die Familie Guan einschließlich all ihrer Anverwandten wäre nicht in den Genuß dieses ganzen Luxus gelangt. Sie fand sich bedeutender als die Japaner, ihre Beziehung zu ihnen war nicht wie zwischen Herr und Diener, sondern wie zwischen einem Helden und einem edlen Rekken; trafen Held und Recke aufeinander, ergänzten sie sich vorteilhaft.

Lud sie Japaner ein, tischte sie stets das Allerbeste auf, um sie in Staunen zu versetzen. Mit dem Besten aus der Pekinger Kultur wollte sie ihnen imponieren. Sie war kein Landesverräter, kein Knecht einer fremden Macht, sondern Lehrmeister der Japaner. Diese waren, genau wie die Prostituierten, alle ihre Schätzchen, denen sie gutes Essen und gute Unterhaltung bieten mußte. Sie war die Kaiserin von Peking für diese Landpomeranzen.

Fühlte sich Rotkürbis so wohl, als habe sie Energiepillen geschluckt, hatte Guan Xiaohe stets das Gefühl, als liege ihm etwas quer in der Brust. Als die Japaner in Peking einmarschierten, hielt er seine große Stunde für gekommen. Aber nichts war geschehen. Mehr als jeder andere lief er sich die Füße wund, erreichte aber weniger. Er wurde nervös, haderte mit sich. Seine Vergangenheit und Qualifikation halfen ihm nicht, sondern waren im Gegenteil eher hinderlich. Für Höheres nicht geschaffen, mit Niedrigerem nicht zufrieden, fiel er einfach ins Leere. Fast verlor er sein Selbstbewußtsein und zweifelte an seiner Fähigkeit, Situation und Zeit richtig einschätzen zu können. Vor dem Spiegel fragte er sich: »Haftet dir vielleicht ein Makel an? Wie kommt es, daß du hinter all den anderen zurückbleibst?« Das begriff er nicht.

Anfangs hatte er sich ehrlichen Herzens gefreut, daß Rotkürbis den Posten erhielt. Wenn sogar Frauen Beamte werden konnten, dann erst recht er. Als aber kein Amt für ihn abfiel und die Frau die Nase mit jedem Tag höher trug, hielt er es kaum noch aus. Andererseits war er Realist, es war richtig, daß die Taitai den Posten bekommen hatte. Und war einer Beamter, mußte er entsprechend auftreten, das galt auch für sie. Also mußte er aushalten und den Zorn stillschweigend hinunterschlucken. Eine Gattin mit Beamtenposten verärgerte man nicht! Er sollte nett zu ihr sein und sie seiner Treue und Mitarbeit versichern. Also mußte er zu Tongfang, obwohl er sie liebte, Distanz wahren. Bevorzugte er sie weiter so wie früher, riefe das unweigerlich Feindseligkeiten bei Rotkürbis hervor, die auch ihm schaden könnten. So opferte er Tongfang schweren Herzens in der Hoffnung, den gewohnten Lebensrhythmus wiederherstellen zu können, sobald er einen Posten erhalten hätte. Selbst als er den teuflischen Plan hörte, Tongfang ins Bordell zu stecken, wagte er keinen offenen Widerspruch. Er durfte seine Gattin nicht verärgern, sie verkörperte Macht und ein glückliches Schicksal: Ein Ei stieß besser nicht an einen Stein.

Trotzdem gab er nicht auf. Jede Gelegenheit zu einem Vorstoß nahm er wahr. Das Schicksal konnte ihn enttäuschen, er selbst aber durfte nicht versagen. Neben den Versuchen, sich bei einflußreichen Persönlichkeiten einzuschmeicheln, achtete er auf Kleinigkeiten, die seine Klugheit offenbaren konnten. Die Idee, das Haus der Familie Qian anzumieten, stammte von ihm. Sie fand das höchste Lob der Taitai. Das Haus dann an Japaner zu vermieten, war ein ausgezeichneter Plan. Ihm war klar, daß ihn die Nachbarn, seit er Herrn Qian angezeigt hatte, nicht gerade achteten. Das rührte wohl daher, weil er nicht genügend Autorität besaß, sie einzuschüchtern. Als Rotkürbis Direktor wurde, hatte er erwartet, daß man um seine Gunst buhlen würde. Aber man hielt sich fern, kein einziger gratulierte ihm. Jetzt war er Untervermieter, und Japaner, sogar Japaner, mieteten sich bei ihm ein. Untervermieter war zwar kein Beamtenrang, da aber Japaner die Mieter waren, machte das schon etwas her. Hochnäsig belehrte er zuweilen Wachtmeister Bai: »Was ich sagen wollte, Wachtmeister Bai«, dabei blinzelte er lebhaft, »wie Sie wissen, gehört Nummer eins jetzt mir, und demnächst ziehen da Japaner ein. Sie wissen, daß die sehr auf Sauberkeit achten. Sie müssen sich etwas einfallen lassen, unsere Gasse sieht ziemlich verdreckt aus.«

Wachtmeister Bai konnte Guan Xiaohe nicht ausstehen, durfte sich aber nichts anmerken lassen. Lächelnd erwiderte er: »Herr Guan, in der Gasse wohnen viele arme Leute, die bringen die Reinigungsgebühren nicht auf.«

»Das ist Ihre Sache, nicht meine«, entgegnete Herr Guan wichtigtuerisch. »Lassen Sie sich etwas einfallen, damit gewinnen Sie auch das Wohlwollen der Japaner. Sonst melden die es direkt nach oben, und das kann nicht gut für Sie ausgehen. Sie sollten den anderen zureden, etwas Geld zusammenzulegen und jemanden zum Reinigen anzustellen. Wenn Sie sie dazu überreden, ist das auch Ihr Verdienst.« Ohne Wachtmeister Bais Antwort abzuwarten, ging er, mit sich höchst zufrieden, wieder hinein. Mieteten sich Japaner bei ihm ein, hätte er Wachtmeister Bai in der Hand und damit auch alle Leute in der Gasse.

Immer wenn Rotkürbis Silberbecher, Brokatbanner oder andere Auszeichnungen verschenkte und Guan Xiaohe seinen Namen eingravieren, einsticken oder darauf schreiben wollte, protestierte sie. »Laß das!« befahl sie barsch, »willst du vielleicht noch hinzufügen, daß du mein Ehemann bist?«

Xiaohe fühlte sich ziemlich miserabel, trotzdem strengte er sich an, die passenden Inschriften zu finden, und zermarterte sich das Hirn. Erst pflegte er zu erklären: »Ich meine es ehrlich, in diesen Dingen darf man nicht schludern!« Dann legte er die Stirn in Falten, zündete sich eine Zigarette an, rieb sich Tusche zurecht, legte Papier bereit, stapelte Nachschlagewerke wie »Sammlung aller vorkommenden Spruchpaare« und »Wie schreibt man einen Brief« vor sich auf, schärfte den Töchtern ein, nicht zu lärmen und zu streiten, und begann dann mit seiner Denkarbeit. Er hüstelte künstlich, trank Tee, schloß die Augen oder lief, die Hände auf dem Rücken verschränkt, im Zimmer auf und ab. Hatte er diesen Zirkus lange genug veranstaltet, brachte er mit Mühe ein paar Zeichen zu Papier. War das erledigt, nahm er das Blatt wie einen kaiserlichen Erlaß in beide Hände und begab sich leichtfüßig zu Rotkürbis. Von oben herab warf sie mit zusammengekniffenen Augen einen oder auch keinen Blick auf die Zeichen und nickte leicht: »In Ordnung!« Meistens hatte sie es gar nicht gelesen. Für sie zählte nur, daß der Becher oder das Schild aus

Silber und die Fähnchen aus Brokat waren, was darauf stand, war unwichtig. Um mit seinem Wissen zu prahlen, bemerkte Xiaohe mit einem Lächeln: »Es ist noch nicht gut genug, laß mich noch einmal darüber nachdenken.«
War Lan Dongyang anwesend, erörterte er es ausgiebig mit ihm. Der konnte aber nur Verse und Essays schreiben, von Widmungen und Parallelsprüchen verstand er gar nichts. Das wollte er aber nicht offen zugeben, statt dessen kaute er mit seinen gelben Zähnen ständig an seinen schwarzbraunen Fingernägeln, um angestrengtes Nachdenken vorzutäuschen.
Schließlich siegte Xiaohe, denn wenn an seinen Nägeln absolut nichts mehr abzukauen war, beteuerte Dongyang stets: »Ich kann meinen Kopf nur in der Nacht anstrengen, wenn absolute Stille herrscht. Lassen Sie es dabei, nehmen Sie es so, wie es ist!« Nachdem er Dongyang auf diese Weise überflügelt hatte, fühlte sich Xiaohe sehr gebildet und als unentdecktes Talent, was ihn mit stolzer Trauer erfüllte.
Jemand, der sein Talent für unentdeckt hält, möchte sich natürlich gern produzieren. Deshalb entwarf Xiaohe ein Adreßbuch für Rotkürbis. Der Teil »A« enthielt nur Japaner, der Teil »B« hohe Beamte der Marionettenorganisationen, Teil »C« angesehene Veteranen ohne reale Macht, die die Japaner berieten, Teil »D« angesehene Leute der Region. In Anlehnung an die »Vier kanonischen Bücher« nannte er es die »Vier gesammelten Werke«. Unter jedem Namen verzeichnete er Alter, Adresse, Geburtstag und Hobbys. Jeden, der hier verzeichnet war, hielt er für seinen Freund und beschenkte ihn nach Möglichkeit. Geschenke betrachtete er als das wirkungsvollste Zaubermittel, um sich Menschen gefügig zu machen. Deshalb hatte er schon mit Ruifeng gewettet, aber der hatte verloren. Ruifeng hielt Xiaohes Methode im allgemeinen für gut, nur bezweifelte er, daß die Japaner die Geschenke annehmen würden. Von Freunden, die für die Japaner als Spitzel arbeiteten, hatte er erfahren, daß die japanischen Offiziere nach dem Fall Nanjings den Befehl erhalten hätten, die Chinesen zum Opiumrauchen anzuhalten, selbst aber unter keinen Umständen an Orten mit Opium zu verweilen, um nicht durch den Geruch verführt zu werden. Und keine Geschenke von Chinesen anzunehmen. Nachdem Ruifeng diese war-

nende Nachricht übermittelt hatte, schloß Xiaohe die Augen und sprudelte lachend heraus: »Ruifeng! Sie sind zu naiv! Ich habe selbst gesehen, wie Japaner Opium rauchen. Befehl ist Befehl, aber auch ein Befehl kann das Opium nicht abschaffen! Und was die Geschenke anbelangt, da können wir sofort eine Wette abschließen!« Er öffnete seine »Vier gesammelten Werke«: »Benennen Sie einen beliebigen Japaner, auch wenn heute nicht sein Geburtstag und kein japanischer und kein chinesischer Feiertag ist, schicke ich ihm ein Geschenk. Nimmt er es an, schulden Sie mir ein Essen mit Wein, einverstanden?«

Ruifeng nickte. Ihm war klar, daß er verlieren würde, aber er konnte schlecht durchblicken lassen, daß es ihm um das Essen mit Wein leid tat. Xiaohe schickte jemanden mit dem Geschenk los, der kam mit leeren Händen zurück, es war angenommen worden. »Also?« spöttelte er höchst zufrieden.

»Ich habe verloren.« Als Abteilungsleiter mußte er dazu stehen.

»Wenn Sie wegen solcher Dinge mit mir wetten, werden Sie immer verlieren«, witzelte Xiaohe. Er war nicht nur zufrieden, ein Essen mit Wein gewonnen zu haben, viel zufriedener war er, daß der Japaner sein Geschenk angenommen hatte. »Ich sage Ihnen, Sie müssen Geschenke verteilen, da werden Sie fast nie auf Ablehnung stoßen! Sobald einer nicht ablehnt, steht er, wie stolz er auch sein mag, mit unsereinem auf gleicher Stufe. Ich kann es Ihnen ja sagen, ich ärgere für mein Lebtag gern Leute, die sich wer weiß was einbilden. Und wie? Indem ich ihnen Geschenke schicke. Geschenke verschließen noch jedermanns Mund, erweichen jedermanns Herz. Die Japaner sind auch nur Menschen, also nehmen sie meine Geschenke an. Hat er mein Geschenk akzeptiert, ist jede Autorität dahin, glauben Sie mir das!«

Ruifeng konnte nur nicken und schweigen. Seitdem er Abteilungsleiter geworden war, blickte er ein wenig auf Bruder Guan herab. Aber diese Erklärung des Älteren nötigte ihm wirklich Anerkennung ab. Würde er Herrn Guan in seinen Umgangsformen nacheifern, könnte er vielleicht eines Tages dem japanischen Kaiser ein Geschenk überreichen, und der würde ihm die Schulter klopfen und ihn jüngeren Bruder nennen.

Bei seinen Geschenken entdeckte Guan Xiaohe, daß Japaner sehr abergläubisch waren. Er bemerkte nicht nur, daß die Militärs Göttersymbole und Buddhaporträts am Körper mit sich führten, sondern hörte auch, daß die Japaner nicht nur an Götter und Buddha glaubten, sondern auch an alle anderen auf der Welt verbreiteten Tabus. Sie teilten den Aberglauben der Westler im Hinblick auf den Freitag, die Dreizehn und das Streichholz, mit dem man nicht drei Zigaretten anzünden darf. Da sie sehr militant waren, mußten sie sich vielseitigen Schutzes versichern. Sie verabscheuten alle Prophezeiungen. Der Brite Herbert George Wells hatte den chinesisch-japanischen Krieg vorausgesagt und den Untergang der japanischen Armee durch Seuchen in einem Sumpfgebiet. Die japanische Theorie »von der Vernichtung Chinas im März« war durch den Fall Nanjings ohne nachfolgende Kapitulation und den chinesischen Sieg bei Tai'erzhuang ein Wunschtraum geblieben. Da erinnerten sie sich der Wellsschen Vorhersage und hatten große Angst, durch eine Epidemie ins Grab gerissen zu werden. Entdeckten sie in einem Dorf Cholera oder Scharlach, schreckten sie nicht davor zurück, alle Bewohner umzubringen. Ihr Bushido-Geist ließ sie den Tod nicht fürchten, ging es aber wirklich ans Sterben, bekamen sie es doch mit der Angst. So wie sie Vorhersagen fürchteten, mieden sie auch das Wort »tot«. Aufgrund dieser Tatsache schenkte Xiaohe den Japanern immer drei Dinge, niemals vier, weil »vier« genauso ausgesprochen wird wie »tot«. Diese Entdeckung machte ihn in der ganzen Stadt bekannt, die Zeitungen meldeten es und priesen überschwenglich seine Klugheit.
Aber diese kleinen Erfolge konnten seinen Herzenskummer nicht restlos beseitigen. Er war ein bekannter Mann in Peking, die Gesellschaft zum Studium der Kunst des Ostens, die Vereinigung der Schriftsteller und Künstler Großostasiens – die Lan Dongyang gegründet hatte –, die Drei-Reinheits-Gesellschaft – ein neuer daoistischer Verein mit vielen Japanern – und zahlreiche weitere Organisationen hatten ihn um seine Mitgliedschaft gebeten und zum Vorstandsmitglied oder Geschäftsführer gewählt. Beinahe täglich mußte er auf Versammlungen Reden halten oder bei einem Kulturprogramm etwas vortragen. Aber Beamter wurde er nicht! Auf seiner Visiten-

karte stand reihenweise Vorstandsmitglied, Geschäftsführer und dergleichen, aber nichts von Bedeutung. Neuen Freunden mußte er die Karte schon vorweisen, aber ob all dieser Ränge ohne Gehalt verdrehten die nur die Augen. Wenn er in einigen dieser Gesellschaften zum Wahrsagen oder Beten ging, klagte er den Dämonen und Göttern heimlich sein Leid: »Vor Göttern und Genien sage ich bestimmt die Wahrheit! Mit Essen und Trinken und Kleidern kann ich zufrieden sein, seit meine Frau Direktor geworden ist. Aber daß ich bei meinem Talent und meinen Erfahrungen gar kein Amt bekomme! Es geht mir auch nicht ums Geld, sondern um Stellung und Ansehen! Ich selbst bin ja nicht so wichtig, aber findet ihr Götter nicht, daß ihr etwas gerechter sein müßtet? Wenn ich keinen Posten bekomme, ist das nicht auch eine Schande für euch?« Hatte er mit geschlossenen Augen halb flehentlich, halb spöttisch seinen Kummer abgeladen, fühlte er sich etwas wohler. Als aber auch das alles nichts nützte, verspürte er fast Haß auf die Götter. Allein, die durfte man auch nicht verärgern, das konnte Unglück bringen! Also vermochte er nur still vor sich hin zu seufzen. Doch dann mußte er wieder schwatzend und lächelnd mit Freunden schöntun. Dabei stach der Schmerz von Zeit zu Zeit in seiner Brust! Bei einem solchen Stich konnte er sich ein leises Fluchen nicht verkneifen: »Das Land ist ja ganz umsonst unterworfen worden, wenn nicht einmal ein Posten für mich herausspringt, verdammt noch mal!«

38

Ehe man es sich versah, war der fünfte Monat mit seinem Drachenbootfest gekommen. Nur einer der Granatapfelbäume, die im Winter schlecht versorgt worden waren, zeigte spärliche Triebe. Die Begonien und Jadepfeil-Lilien an der Südmauer trugen noch keine Blätter, dafür aber wucherte allerhand Löwenzahn. Der alte Herr Qi sah nur das traurige Resultat, ohne zu bedenken, daß die ungenügende Winterpflege daran schuld war. Für ihn war der kümmerliche Pflanzenwuchs ein böses Vorzeichen. Häufig träumte er vom »kleinen Dritten«, aber der schickte nicht einmal einen Brief. Ob ihm etwas zugestoßen war? Er fragte Shuns Ma, doch die konnte ihm auch keine rechte Antwort geben. Sie versuchte nur, Träume mit Träumen zu deuten. In letzter Zeit war sie im Gesicht sehr viel schmaler geworden, dadurch wirkten die Augen noch größer. Mit der ganzen Herzlichkeit, die sie noch aufbringen konnte, beteuerte sie: »Auch ich habe vom Dritten geträumt, der hat sich vielleicht gefreut. Es geht ihm draußen bestimmt gut. Ist eben doch ein kluges Bürschchen! Großvater, machen Sie sich nicht so viel Sorgen um ihn, er ist klüger, als wir denken.« In Wirklichkeit hatte sie nichts dergleichen geträumt. So beschäftigt, wie sie war, hatte sie gar keine Zeit dazu. Immerhin entlockte ihr erfundener Traum dem Alten ein Lächeln. Ob er aber tatsächlich daran glaubte, blieb offen. Doch wenn es gar nicht mehr anders ging, hielt er sich schon mal an solche Notlügen, um sich über die wirklichen Sorgen hinwegzuhelfen.

Außer den gutgemeinten Schwindeleien mußte sich Shuns Ma noch so manches einfallen lassen, um die Dinge für den Feiertag zu besorgen. Sie wußte zwar, daß die Feier die Sorgen nicht schmälern würde, doch einfach so über das Fest hinweggehen, das brachte sie nicht übers Herz.

Früher hatte man – zwischen dem ersten und dem fünften Tag des fünften Monats – schon früh am Morgen die Rufe der Händler vernommen: »Dunkle und helle Maulbeeren, große und süße Kirschen!« Einer kam nach dem andern, so ging es bis in die Mittagsstunden. Man rief aber nicht nur wegen des Handels, sondern weil es Spaß machte, denn unter den Verkäufern gab es nicht nur professionelle Obsthändler, sondern auch junge Burschen, die normalerweise Rikscha fuhren oder heißes Wasser verkauften, zum Fest aber Obst feilboten. Schließlich brauchte jeder Haushalt in Schilfblätter eingewickelte Klebreisklößchen, Maulbeeren und Kirschen als Opfergabe. Da winkte ein gutes Geschäft.

In diesem Jahr hatte Shuns Ma keinen dieser Rufe gehört, die auf das Drachenbootfest hinwiesen. Der Obstmarkt der Nordstadt wurde frühmorgens innerhalb des Desheng-Tores abgehalten. Gleich dahinter, nur durch die Stadtmauer getrennt, gab es einen kleinen Trödelmarkt für Gebrauchtwaren, der ebenfalls vor Sonnenaufgang begann. Da aber das Gefängnis vor dem Desheng-Tor schon einmal überfallen worden war, verboten die Japaner den gesamten Morgenmarkt und riegelten das Desheng-Tor ganz ab; sie hatten Angst, die Partisanen könnten den Markt für einen Angriff nutzen. Die Kirschen und Maulbeeren waren zumeist aus den Nordbergen und dem Umland gekommen, jetzt aber gab es zwischen den West- und den Nord-Bergen dauernd irgendwelche Kampfhandlungen, so daß sich niemand mit Obst in die Stadt wagte. »Ach!« seufzte Shuns Ma zum Küchengott hin, »dieses Jahr müssen wir dich enttäuschen, es gibt keine Kirschen zu kaufen.« Die Entschuldigung hielt sie aber nicht ab, nach Ersatz zu suchen. »Dann mußt du eben mit ein paar Klebreisklößchen in Schilfblättern vorliebnehmen.«

Aber nicht einmal die waren aufzutreiben. Unter den Pekinger Händlern, die Klebreisklößchen verkauften, gab es viele Sparten. »Reisduftdorf« verkaufte Guangdonger Klebreisklößchen, große, mit verschiedenen Füllungen und ziemlich teure. Sie entsprachen eigentlich nicht ganz dem Geschmack der Pekinger, denn die Füllung enthielt auch Schinken oder Speck. Nordchinesen mögen Klebreis nicht gern und schon gar nicht mit Schinken oder dergleichen. Trotzdem wurde er gerne gekauft, weil die Pekinger einerseits alles, was aus Guangdong kam, für revolutionär hielten und nicht offen zugeben wollten, daß es ihnen nicht schmeckte. Andererseits waren sie teuer, eigneten sich also zum Verschenken – denn was teuer ist, ist auch gut –, wen kümmerte es da schon, ob es schmeckte oder nicht.

Die traditionellen Pekinger Klebreisklößchen werden vor allem in den alten mandschurisch-chinesischen Kuchenbäckereien verkauft. Aus feinstem Klebreis rollt man sie zu kleinen Klößchen und zuckert sie etwas beim Essen. Sie schmecken zwar nach nichts, sind aber schneeweiß und niedlich und nehmen sich auf hübschen bunten Tellern sehr apart aus. Auf Eis gelegt, werden die kleinen Dingerchen auch von Straßenhändlern angeboten, die Honiggebäck ausrufen. Und schließlich gibt es im Straßenverkauf auch ziemlich große und mit Datteln gefüllte Klebreisklößchen. Das sind die gängigsten.

Daneben fertigten Leute vom Lande auch Klößchen aus Kleb-

hirse an, mal mit Datteln gefüllt, mal ohne Datteln, aber immer ziemlich große. Die waren, ähnlich wie Roggenfladen oder salziges Ölgebäck, eher für das allgemeine Volk gedacht.
Shuns Ma dachte an Klößchen aus Klebreis mit Dattelfüllung. Sie wartete geradezu auf »Große Klebreisklößchen mit kleinen Datteln!«, aber es tat sich nichts. Das war nicht mehr ihr Peking, ein Drachenbootfest ohne Kirschen, Maulbeeren und Klebreisklößchen! Sie hätte sich darüber nicht zu wundern brauchen, denn seit vergangenem Herbst fehlte es in Peking an allem. Wenn manchmal unerwartet die Stadttore geschlossen wurden, bekam man nicht einmal mehr Weißkohl. Aber heute empfand sie das als ganz besonders schlimm, denn heute war Feiertag. Für sie selbst war es eigentlich nicht wichtig, ob man feierte, für sie bedeutete das vor allem Arbeit. Erst mußte sie einkaufen, dann am Ofen stehen und für alle kochen. Waren endlich alle satt und zufrieden, war sie so erschöpft, daß sie nichts mehr zu sich nehmen mochte. Aber das war eben ihr Leben. Wären die Alten und die Kinder nicht gewesen, bräuchte sie sich um den Feiertag natürlich nicht zu kümmern, aber dann machte das Leben auch keinen Spaß. Sie hätte nicht sagen können, was Alltagskultur war, aber an den althergebrachten Sitten und Gebräuchen festzuhalten, gehörte einfach dazu, war die Würze ihres Lebens.
Da sie also weder Klößchen noch etwas anderes bekam, wollte sie wenigstens ein paar Rohrkolben und Beifußgräser kaufen und an der Tür befestigen und auch ein Göttersymbol, um wenigstens ein bißchen feierliche Stimmung zu verbreiten. Sie mochte diese Amulette. Jedes Jahr kaufte sie ein größeres aus gelbem Papier mit dem Teufelsbezwinger, Zhong Kui, in Rot und fünf Fledermäusen darauf, das sie ans Tor klebte, dazu mehrere kleine rote Scherenschnitte auf weißem Hintergrund mit den »Fünf Gifttieren«, die sie an jeden Türrahmen klebte. Ob sie nun glaubte, diese Bilder könnten Unheil abwenden, oder nicht, jedenfalls fand sie Gefallen an ihren Farben und Mustern, mehr als an Spruchbändern. Aber auch die waren nirgends zu bekommen. Sie hatte zwar ein, zwei Amulettverkäufer gesehen, aber die Preise waren sehr hoch, da die Japaner keine Papierverschwendung gestatteten und die Farben täglich teurer wurden. So viel Geld konnte sie dafür nicht

ausgeben. Und Rohrkolben und Beifußgras gab es wegen der unregelmäßig geöffneten Stadttore nicht.
Xiao Shuns Plappermaul machte der Mutter ziemlich zu schaffen. »Ma, ziehen wir zum Fest etwas Neues an? Gibt es Klebreisklößchen? Und etwas Feines zu essen? Malst du mir das Zeichen Wang auf die Stirn? Ma, du mußt losgehen, Fleisch einkaufen, die Guans haben schon so viel Fleisch gekauft, und Fisch! Ma, bei den Guans klebt schon der Zhong Kui an der Tür, geh mal gucken, wenn du es nicht glaubst.« Jede Frage war wie ein Vorwurf.
Sie konnte ihm nicht böse sein, Kinder standen an Feiertagen im Mittelpunkt. Sie fand jedoch gar nichts, um sie zu erfreuen. Beschämt sagte sie schließlich: »Erst am fünften wird das Zeichen Wang aufgemalt, keine Bange, du kriegst schon noch eines auf die Stirn.«
»Aber da gehören doch noch die Flaschenkürbisketten dazu!« Damit war eine Kette aus bunten Figuren gemeint, etwa kleinen Tigern aus Stoffresten, die mit Wollfäden umwickelt waren, dazu Kirschen, Maulbeeren und kleinen Flaschenkürbissen, die den Mädchen umgehängt wurde. »Wozu brauchst du denn so eine Kette?« schalt die Mutter halb lachend, halb erzürnt.
»Na, für die kleine Schwester!« Xiao Shun hatte immer hinreichend Gründe.
Niuzi wollte nicht zurückstehen: »Ma, für Niuniu!«
Der Mutter blieb nichts anderes übrig, als sich die Zeit zu nehmen und für Niuzi eine Flaschenkürbiskette anzufertigen. Als sie einen kleinen Tiger gebastelt hatte, schob sie den Nähkorb beiseite. Sie hatten sonst nichts zum Feiern, was sollte da so eine Kette? Wenn die Kinder nur so ein buntes Ding zum Umhängen bekämen, aber nichts Besonderes zu essen, hieße das nicht, sie zu hintergehen? Als sie allein war, weinte sie.
Tianyou kam am fünften frühmorgens nach Hause und brachte ein Pfund Schweinefleisch und zwei Knoblauchzöpfe mit. Selbst der kleine unerfahrene Shun sah, daß es ein jämmerliches Stückchen Fleisch war. »Großvater, hast du bloß so ein kleines Stück gekauft?« spöttelte er kichernd.
Der Großvater erwiderte nichts darauf, suchte seinen Vater und seine Frau auf und ging verlegen wieder ins Geschäft zurück. Er war sehr niedergeschlagen, wollte es aber zu Hause

nicht erzählen. Er konnte sein Geschäft nicht mehr weiterführen, durfte aber nicht schließen. Die Japaner erlaubten das nicht, ganz gleich, ob ein Geschäft gut oder schlecht ging. Nachdem sich die großen und kleinen Landesverräter etabliert hatten, war im Seidenhandel ein gewisser Umschwung eingetreten. Tianyou handelte aber nur mit Baumwollstoffen. Wer wirklich Wert auf gute Kleidung legte, kaufte nicht bei ihm. Seine Kunden waren die einfachen Leute aus der Stadt und der Umgebung, denen es bei den ständig steigenden Preisen erst einmal ums Essen ging. Außerdem hatte der Krieg die Warenlieferung unterbrochen. Er bekam also keine neuen Stoffe, hatte aber auch keine ausreichenden Vorräte wie die großen Läden, die damit Profit erzielen konnten. Sein Geschäft florierte überhaupt nicht. Zwei Zeitungen mußte er halten, obwohl ihm beide zuwider waren. Auch die Teilhaber wußten keinen Ausweg, sooft er sich auch mit ihnen beriet. Sie schienen sich eher an seinem Elend zu weiden. Außerdem mußte er Personal abbauen, das bekümmerte ihn zusätzlich. Sein Ladengehilfe hatte sich nie etwas zuschulden kommen lassen, nun sollte er ihn in diesen unsicheren Zeiten einfach wegschicken? Zum Drachenbootfest hatte er wieder zwei Leute entlassen müssen. Beide waren bei ihm in die Lehre gegangen. Da sie seine Schwierigkeiten kannten, verloren sie kein böses Wort. Sie kehrten gern nach Hause zurück, ihre Familien hatten Land und konnten sie notdürftig ernähren. Doch je mehr sich alle zerstreuten, desto unfähiger und ungerechter kam er sich vor. Je mehr sie ihm verziehen, desto unwohler fühlte er sich.
Noch mehr Kummer bereitete ihm, daß den Gerüchten zufolge die Japaner demnächst die Warenbestände aller Geschäfte kontrollieren und je nach Menge der Vorräte weitere Waren zuteilen würden. Ganz gleich, was und wieviel zugeteilt würde, es müßte verkauft werden. Es könnten drei Ballen Baumwollstoff und zwei Packen Schirme sein. Zu jedem Stoff müßte der Kunde dann Regenschirme dazu kaufen, ob er sie brauchte oder nicht.
In Tianyous dunklem Bart tauchten schon weiße Härchen auf. Aber nach außen hin tat er, als verkrafte er alles, und verzog keine Miene. Als Inhaber eines Ladens und als Pekinger konnte er doch nicht vor den Angestellten und Lehrlingen

herumnörgeln. War jedoch niemand in der Nähe, bewegten sich Lippen und Bart unaufhörlich: »Was sind das für Bräuche! Der Stoffladen verkauft Regenschirme. Bin ich Inhaber oder sind es die Japaner?« Und er schickte unwillkürlich ein »Verdammt noch mal!« hinterher. Ein anderes Schimpfwort kannte er nicht, es war das einzige, mit dem er sich etwas Luft verschaffen konnte.

Die Sorgen und Nöte konnte er im Laden mit niemandem besprechen, aber zu Hause wollte er sie auch nicht ausbreiten. Dem alten Vater gegenüber tat er ohnehin immer so, als sei alles in bester Ordnung. Doch auch Ruixuan mochte er sich nicht anvertrauen. Da schon zwei Söhne weggegangen waren, konnte er doch dem ältesten, der die ganze Verantwortung für den Haushalt trug, nicht ununterbrochen etwas vorjammern. Jede Begegnung war für Vater und Sohn etwas Schmerzliches. Ruixuan betrachtete den Vater verstohlen, traf ihn der Blick des Vaters, wich er ihm schnell aus. Denn fingen sie erst einmal zu reden an, kämen sie bald auf den Untergang des Landes und den Zerfall der Familie zu sprechen, was sie nur noch trauriger gestimmt hätte. Daher lächelten sie sich nur kurz zu, gekünstelt und traurig, aber ein Lächeln mußte schon sein. Tianyou zog es deshalb noch weniger nach Hause. Im Laden mangelte es an Personal, aber da wenig los war, hätte er sich schon ab und zu einen Abstecher nach Hause gönnen können. Er wollte sich aber nicht nur die schmerzlichen Begegnungen mit den Seinen ersparen, sondern auch seine Entschlossenheit zeigen, bis zuletzt seine Pflicht im Laden zu erfüllen.

Tianyou fühlte sich von Ruixuan am besten verstanden. Tianyou hatte in Autorität und Alter stets seinem Vater den Vortritt zu lassen, und in Bildung und Kenntnissen waren ihm die Söhne überlegen. So mußte er sich zu Hause als pietätvoller Sohn und weitherziger Vater erweisen. Alle sahen daher nur seine Redlichkeit, nicht aber seine wirkliche Rolle. Nur Ruixuan begriff, daß der Vater sowohl Fleiß und Genügsamkeit des Großvaters weiterführte, als auch neue Entwicklungen ermöglichte, indem er den Söhnen eine Hochschulausbildung zuteil werden ließ. Er achtete den Vater und hätte ihm gern öfter Trost gespendet. Als ältester Sohn hatte er engere Beziehungen zu ihm als die beiden jüngeren Brüder. Besonders in den letzten Monaten war ihm aufgefallen, welche Sorgen den Vater bedrückten. Aber wie konnte er ihn trösten? Er wußte, daß sich der Vater nach dem Dritten sehnte, aber was sollte er ihm sagen? Der Vater war mit dem Zweiten unzufrieden, aber was konnte er ihm erzählen, um ihn mit dem Zweiten auszusöhnen? Wenn man aber nicht einmal über das reden konnte, was gab es dann überhaupt noch miteinander zu bereden? Er hatte das Gefühl, als trenne sie ein Gazevorhang, durch den sie einander zwar sehen, aber nicht berühren konnten.

Als alle eben dabei waren, das dürftige Mittagessen zu beenden, stellte sich Ruifeng, vollgegessen und angeheitert, beim Großvater ein. Eigentlich sah es gar nicht so aus, als wollte er den Großvater besuchen. Denn kaum in der Tür, verlangte er Tee: »Schwägerin, brühe mir eine Kanne guten Tee, habe wohl zu viel Schnaps getrunken. Hast doch hoffentlich guten da, sonst geh welchen kaufen!« Er schien vielmehr seine Selbstzufriedenheit und Blasiertheit zur Schau stellen zu wollen.

Shuns Ma hatte die Antwort schon auf der Zunge: »Nicht einmal für Großvater haben wir guten Tee, wenn du ein bißchen Anstand hättest, brächtest du welchen mit!« Aber dann sagte sie sich: »Wozu, am Feiertag? Er hat zwar kein Benehmen, aber muß ich ihm das unbedingt vorhalten?« Nachdem sie sich wieder beruhigt hatte, setzte sie den Wasserkessel auf.

Ruixuan verkroch sich in seinem Zimmer und tat, als halte er Mittagsschlaf. Aber der Zweite wollte sich unbedingt unbeliebt machen. »Wo ist denn der Älteste?« Er rief und riß auch sogleich die Tür auf. »Schlafen nach dem Essen ist nicht gesund!« Ruixuan mußte sich wohl oder übel aufsetzen. »Wie ist der japanische Inspektor in eurer Schule?« Er setzte sich auf einen Hocker und ließ seiner Schnapsfahne mit zwei kräftigen langen Rülpsern freien Lauf.

Ruixuan blickte den Bruder schweigend an.

Ruifeng fuhr fort: »Weißt du, der Inspektor steht immer weit über dem Direktor. Er verdient viel mehr und hat natürlich auch mehr Macht. Kennt der Direktor ein paar einflußreiche Japaner, dann ist der Inspektor ein wenig umgänglicher. Sonst ist schwer mit ihm auszukommen. Ich habe in letzter Zeit ein paar Japaner kennengelernt und mich mit ihnen angefreundet. Falls ich meinen Posten einmal verlieren sollte, kann ich, da ich schon Abteilungsleiter war, immer noch Direktor werden. Und damit ich als Direktor nicht von dem japanischen Inspektor drangsaliert werde, brauche ich japanische Freunde. Das heißt vorbeugen, findest du nicht auch?« In Erwartung eines Lobes blinzelte er. Ruixuan schwieg.

»Ach ja«, der Alkohol kreiste unaufhörlich in seinem Kopf, »ich habe gehört, im nächsten Semester wird in allen Schulen der Englischunterricht abgesetzt oder zumindest weitgehend zugunsten des Japanischen gekürzt. Du gibst Englisch, du mußt dir früh genug etwas einfallen lassen, ist ja egal, was du unterrichtest, Hauptsache du kommst mit dem Inspektor klar! Du darfst nicht nur ständig mit so einem Gesicht herumlaufen, das geht nicht in diesen Zeiten. Du mußt dich bewegen, mußt was springen lassen, Geschenke machen. Die Japaner sind lange nicht so schlecht, wie du denkst; wenn du ihnen Geschenke machst, sind sie ganz umgänglich!« Ruixuan schwieg nach wie vor.

Der Zweite bemerkte die abweisende Haltung des Bruders überhaupt nicht. Er war stolz darauf, daß er als jüngerer Bruder dem älteren einfach alles so erzählte. Er stand auf, stieß die Tür auf und rief: »Schwägerin, ist der Tee fertig? Bring ihn bitte in Großvaters Zimmer!«

Ruixuan mußte an den Inspektor Yamamoto in seiner Schule denken. Das war ein kleiner Mann über fünfzig, mit länglichem Gesicht, graumeliertem Haar und einer starken Brille. Biologe von Hause aus – sein Werk über die Vögel Nordchinas war ziemlich bekannt –, war er ganz anders als die von Ruifeng geschilderten Inspektoren. Außer seinem Japanischunterricht interessierte ihn kaum etwas in der Schule. Meistens hockte er in seinem Zimmer, las oder präparierte irgend etwas. Er sprach gut Chinesisch, aber wenn ihn die Schüler beschimpften, tat er, als habe er nichts gehört. Manchmal legten die Schüler auch den Schwamm auf die Tür, so daß er ihn auf den Kopf bekam, wenn er öffnete, aber er meldete auch das nicht. Das wunderte Ruixuan, denn er hatte gehört, daß andere Inspektoren ähnliche Vorkommnisse angezeigt hatten, woraufhin Schüler verhaftet und ins Gefängnis geworfen worden waren. Deshalb hatte Ruixuan angenommen, daß dieser Inspektor ein Gelehrter war, der den Krieg ablehnte.

Aber ein Ereignis hatte ihn eines anderen belehrt. Eines Tages, alle Lehrer waren im Pausenraum, kam er leise herein, verbeugte sich vor allen und erklärte dem stellvertretenden Direktor, er wolle zu den Schülern sprechen und bitte auch die Lehrer dazu. Da er so höflich bat, konnten sie schlecht ablehnen. Als die Schüler in der Aula versammelt waren, betrat er ernst das Rednerpult. Seine Augen waren klar, die Stimme tief und kräftig, er sprach Chinesisch: »Ich habe Ihnen ein Ereignis zu melden, ein großes Ereignis. Mein Sohn, Leutnant Yamamoto, ist in Henan gefallen! Das ist eine große Ehre für mich. China und Japan sind befreundete Staaten. Japan führt den Krieg in China nicht, um China zu vernichten, sondern um es zu retten. Die Chinesen begreifen nicht, daß mutige Japaner ihr Leben für die Rettung Chinas einsetzen. Der Tod meines Sohnes, meines einzigen Sohnes, in China ist ruhmreich. Ich sage Ihnen das, damit Sie wissen, mein Sohn ist für Sie gestorben! Ich liebe meinen Sohn sehr, aber ich wage nicht zu weinen. Ein Japaner weint nicht, wenn jemand eines so mutigen Opfertodes stirbt.« Seine Stimme war noch ebenso tief und kräftig, jedes Wort war wie ein gebändigter Sturm. Seine Augen blieben trocken, ohne jede Spur von Tränen. Seine Lippen waren fest zusammengepreßt wie eine Schere. Er sprach beinahe durchgängig ein gepflegtes, wohlklingendes Chinesisch. Seine Gefühle schienen unter einem starken Druck zu stehen, so daß er ihren Ansturm in Vernunft verwandeln und sie logisch und kraftvoll in einer Fremdsprache in Worte fassen konnte. Als er geendet hatte, blickte er nach unten ins Publikum, als verachte und verabscheue er alle diese Menschen zutiefst, verbeugte sich jedoch sehr höflich, sehr tief und verließ das Podium gemessenen Schrittes. Dann hob er den Kopf, lächelte, blickte in die Runde und ging schnell hinaus.
Ruixuan hätte sich gern einmal mit ihm unter vier Augen unterhalten. Er wollte ihm sagen: »Ihr Sohn ist keineswegs für die Rettung Chinas gefallen, er und die Hunderttausende von Soldaten wollen China vernichten!« Und er hätte ihm gern zu verstehen gegeben: »Ich hätte nicht gedacht, daß Sie, ein Wissenschaftler, genauso verbohrt sind wie alle Japaner. Euer Starrsinn macht euch wahnsinnig, ihr haltet euch für die beste

Nation, die über alle herrschen muß, aber kein Volk ist bereit, euer Sklave zu sein. Der Widerstandskrieg Chinas sollte euch klarmachen, daß ihr nicht zur Herrschernation berufen seid, daß der Frieden in der Welt auf der Gleichberechtigung und Freiheit der Nationen beruht. Ihr denkt, ihr habt uns schon unterworfen, aber der Krieg ist noch lange nicht zu Ende, euer Sieg noch nicht erwiesen. Eure These von der Vernichtung Chinas in drei Monaten ist schon geplatzt, jetzt versucht ihr, unser Land mit Hilfe von Verrätern langsam zu vernichten. Ihr habt nur eure Methode geändert, aber eure Fehler nicht begriffen. Mit den Verrätern werdet ihr nicht viel erreichen, sie können uns zwar schaden, aber euch auch. Denn China wird niemals in die Knie gehen, und Chinesen werden Verrätern niemals trauen. Ihr müßt aufwachen und euren Irrsinn einsehen.«

Er war mehrmals um den Sportplatz gegangen, hatte dann aber seine zurechtgelegten Worte hinuntergeschluckt. Wenn schon ein Gelehrter so wahnsinnig war, konnte man sich die anderen, weniger gebildeten Japaner erst recht vorstellen. Was hätte es für einen Sinn, einen Yamamoto zu überzeugen. Und wer weiß, ob er ihn überhaupt überzeugen konnte. Nur Kugeln sprachen eine deutliche Sprache.

Mit diesem Gedanken hatte er die Schule verlassen. Yamamoto zu überzeugen, war noch das Geringste, viel wichtiger war, die Schüler davor zu bewahren, auf die Propaganda des japanischen Inspektors und der gleichgeschalteten Zeitungen hereinzufallen. Aber wie? Im Unterricht durfte er nicht offen reden, er vermutete, daß es unter den Schülern und Lehrern Spitzel gab. Außerdem unterrichtete er Englisch, er konnte nicht einfach von den legendären Patrioten Wen Tianxiang und Shi Kefa erzählen, um bei den Schülern Assoziationen zu erwecken. Behandelte er aber weiter wie bisher nur den Unterrichtsstoff, dann ginge er wirklich nur wegen des bißchen Geldes zur Schule und hätte nicht einmal vor sich irgendwelche Entschuldigungen. So wollte er nicht weitermachen, das war einfach zu entwürdigend.

Ruifengs Worte soeben hatte er zwar nicht ernst genommen, aber wohl verstanden, daß nach den Ferien der Englisch-Unterricht gekürzt würde. Auch wenn alles andere widerlich war, diese Information war wichtig. Wovon sollte er leben, wenn seine Stunden um die Hälfte oder gar mehr gekappt würden? Um die Familie zu ernähren, reichte es nicht, nur ein paar Stunden in der Woche zu unterrichten. Wenn er den Schülern sonst nichts Sinnvolleres zu bieten vermochte, konnte er auch genausogut gehen. Das war zwar nicht besonders mutig, aber es beruhigte ihn. Wegen einer neuen Arbeit von Tür zu Tür zu laufen, kam ihm schrecklich vor. Doch jetzt blieb ihm nichts anderes übrig.

Gerade als er über den Hof ging, kamen Xiao Shun und Niuzi an Ruifengs Hand aus Großvaters Zimmer.

»Pa«, rief der Kleine fröhlich, »wir gehen zur Vorstellung.«

»Zu welcher Vorstellung?« fragte Ruixuan.

»Stelzenläufer, Löwentänzer, Trommler, Läufer, Stabschwinger und noch mehr. Die treten heute alle auf«, anwortete Ruifeng für den Neffen. »Das Neue Bürgerkomitee wollte es ursprünglich organisieren, wie es vor zwanzig Jahren stattgefunden hatte, nämlich als Prozession mit dem Stadtgott und allen möglichen Gauklern im Gefolge. Aber die Statue ist so verfallen, daß sie unmöglich herausgeholt werden kann. Deshalb findet alles nur im Beihai-Park statt. Das lohnt sich, es treten viele auf, die man schon lange nicht mehr gesehen hat. Das muß man den Japanern lassen, sie haben etwas übrig für unsere alten Bräuche.«

»Pa, komm doch mit«, bettelte der kleine Junge.

»Ich habe keine Zeit«, entgegnete Ruixuan brüsk, meinte damit aber nicht seinen Sohn.

Er ging hinaus, Ruifeng folgte ihm mit den Kindern. Gleich am Tor erblickte er Rotkürbis, Gaodi, Zhaodi und Dickmadam, die unter dem Schnurbaum standen und auf Ruifeng zu warten schienen. Sie hatten sich so herausgeputzt, als wollten sie auch für irgendeine »Zunft« im Beihai-Park auftreten. Ruixuan senkte den Kopf und ging schnell vorbei. Er bekam plötzlich Herzklopfen und Magendrücken, ihm wurde speiübel. Eben noch hatte er gedacht, Inspektor Yamamoto und alle anderen wahnwitzigen Japaner müßten von den Chinesen zur Vernunft geprügelt werden. Aber Rotkürbis und Ruifeng waren in anderer Hinsicht wahnwitzig, für sie waren Unterwerfung und Demütigung ein Genuß. Die Japaner erlaubten den Pekingern keine Klebreisklößchen, veranstalteten statt dessen allerhand Klamauk, und diese Leute putzten sich schreiend bunt heraus und gingen auch noch hin! Träfen die Japaner überall auf Leute wie Rotkürbis und Ruifeng, würden sie nie etwas begreifen. Am liebsten wäre er zurückgegangen und hätte Ruifeng ordentlich geohrfeigt. Er blickte auf seine Hände, weiß und weich, und lachte bitter. Er konnte niemanden schlagen. Er hatte ja die gleiche Erziehung wie Ruifeng genossen, seine und Ruifengs Schwäche unterschieden sich nur graduell. Verachtete er ihn, so war das, als lache einer, der fünfzig Schritte wegrennt, über einen, der hundert Schritte gerannt war.

Noch mehr bedrückte ihn, daß er jetzt Leute bemühen mußte, um eine neue Anstellung zu finden. Er war nicht ehrgeizig, hatte noch nie Beziehungen für sich genutzt. Baten ihn Freunde um etwas, tat er sein Bestes, dachte aber nie daran, daraus Kapital zu schlagen. Nach einiger Zeit merkte er, daß ihm diese Großzügigkeit Freunde und Achtung eingetragen hatte. Nun sah er sich gezwungen, bei Freunden ein gutes Wort für sich selbst einzulegen.

Gleichzeitig hing er sehr an seinen Schülern. Unterrichten war zwar nicht immer leicht, hatte aber auch sein Gutes. Er war immerhin noch ein aufrechter Mensch, auch wenn er nicht wagte, mit den Schülern offen über die politischen Ereignisse zu sprechen. Er konnte ihre Fehler noch mit ein paar Worten korrigieren, sie anhalten, trotz der Schmach die Revanche nicht zu vergessen. Verließ er die Schule, verzichtete er auch darauf ganz. Außerdem war es ein ausländischer Freund, den er um Hilfe bitten wollte. Er verabscheute »Westlakaien«: Leute, die ihre Mütze schief aufsetzten, die Hände in den Taschen, den Mund voller Goldzähne, zwischen den Zähnen Fremdwörter nuschelnde Vertreter ausländischer Zigarettenkonzerne oder Dolmetscher, die Ausländer auf einem Bummel durch den Sommerpalast begleiteten. Er gab zwar Englisch, mischte aber niemals englische Brocken in seine Unterhaltung, trug auch nie einen westlich geschnittenen Anzug. Er verabscheute die Oberflächlichkeit und Versnobtheit von Leuten, die sich schon mit einem Schlips für den Hund eines Ausländers hielten. Diese »Ausländerhunde« verachtete er noch mehr als Ruifeng. Ruifeng konnte wenigstens den Immergrünen Bambusschnaps genießen, während diese Leute Limonade dazuschütteten und fanden, daß es »ausländisch« schmeckte. Zu ihnen gehörte John Ding, den er von allen Nachbarn am widerlichsten fand.

Aber heute mußte er sich dorthin begeben, wo John Ding ein und aus ging, mußte sich um eine »ausländische« Tätigkeit bemühen! Wenn er wirklich entschlossen war, »keine Hirse von den neuen Herrschern anzunehmen«, gab es für ihn im japanisch besetzten Peking keine Arbeit mehr. Doch er mußte etwas tun, sonst verhungerte die Familie.

An der westlichen Changan-Straße sah er eine Gruppe von Löwentänzern. Einer rannte schweißüberströmt mit einer aprikosengelben dreieckigen Fahne hinterher, als fürchte er zu spät zu kommen, es war Meister Liu. Ihn durchfuhr es eiskalt, auch der hatte also aufgegeben? Er wagte nicht, ihn zu grüßen, wußte, es würde ihn zutiefst beschämen.

Ruixuan wollte jemanden aufsuchen, den zu sehen er ebenso wünschte, wie er es fürchtete. Es war ein Engländer, bei dem er in der Universität Englisch gelernt hatte, Mister Goodrich. Ein typischer Engländer, der zu allem eine eigene Meinung vertrat, die er niemals leichtfertig aufgab, es sei denn, er wäre restlos widerlegt und in Grund und Boden geredet worden. Doch selbst dann suchte er die ausgefallensten Argumente und begann die Diskussion immer wieder von vorn. Streiten, Diskutieren war ihm ein Vergnügen. Seine Rede war stets spitz, sie raubte dem andern die Luft. Doch er nahm es auch nicht übel, wenn ein anderer ihm zusetzte. Fühlte er sich ganz in die Ecke gedrängt, lief sein Nacken puterrot an, und er schüttelte unablässig den Kopf. Anschließend pflegte er seinen Widersacher zu einem Drink einzuladen. Er gab nicht auf, zollte aber dem Gegner, der gesiegt hatte, Respekt.

Schon über dreißig Jahre lebte er in Peking und liebte die Stadt. Seine Liebe zu Peking war der zu England sehr ähnlich. Für ihn war alles an Peking gut, selbst der Sandsturm und die Fäkalienträger. Natürlich hätte er niemals gesagt, Peking sei besser als England, war er aber angeheitert, gab er ehrlich zu: »Meine Knochen sollen in den Westbergen am Park der Stille begraben werden!«

Er kannte mehr Pekinger Sitten und Bräuche als die normalen Leute. Die waren an vieles gewöhnt und wunderten sich über nichts mehr. Er als Ausländer beobachtete den Alltag genau und fällte dann erst sein Urteil. Mit der Zeit war er selbst ein Pekinger geworden, ja er zählte sich zu den Alteingesessenen. Die in Peking herumschwärmenden Touristen konnte er nicht ausstehen. »Die wollen Peking in einer Woche begreifen? Das ist Geldverschwendung und eine Beleidigung für Peking«, pflegte er wütend festzustellen.
Seine Lebensaufgabe sah er darin, ein Buch über Peking zu schreiben. Tagtäglich arbeitete er an seinen Manuskripten, aber immer gab es da noch eine Kleinigkeit, die ergänzt werden mußte.
Mr. Goodrich war nicht nur im Hinblick auf England konservativ, auch in Peking hätte er am liebsten alles Alte bewahrt. Traf er auf einem Spaziergang an der Stadtmauer oder vor der Stadt einen »Überlebenden« der Mandschu-Dynastie, der einen Vogelkäfig trug oder zwei Walnüsse in einer Hand bewegte, konnte er sich stundenlang mit ihm unterhalten. In solchen Momenten vergaß er England, vergaß Shakespeare, sah nur noch diesen Alten mit seinem Vogel und den Nüssen.
»Moderne« Chinesen verabscheute er ganz besonders. Die wollten Revolution machen, Reformen durchführen, die langen Gewänder ablegen und kurze Jacken tragen, den Frauen das Füßebinden verbieten und eingesperrte Vögel freilassen. Er hatte zwar nicht die Absicht, die Chinesen in einem toten Gewässer verharren zu lassen, fürchtete aber, sie könnten über den Reformen das alte Peking verlieren. Er holte den Holzschnitt eines dreißig Jahre alten Neujahrsbildes aus seiner Sammlung hervor und fragte einen Pekinger: »Was finden Sie besser, das alte Bild oder den neuen Steindruck? Sehen Sie doch die Farben! Sehen Sie diese Augenbraue, das Papier, nichts ist so gut wie damals. Ihr habt vergessen, was Schönheit und Kultur bedeuten. Ihr wollt Euch wandeln, vom Tiger zur Katze!«
Neben den Neujahrsbildern hatte er auch eine Menge anderer alter Dinge gesammelt, darunter Bestecke für Opiumraucher, Schuhe für Lilienfüße, Barette mit Pfauenfedern und Ketten von Würdenträgern. »Natürlich ist Opiumrauchen nicht gut,

aber sehen Sie doch nur, wie schön diese Pfeife gearbeitet, wie zierlich sie ist!« begeisterte er sich.
Als er das erste Mal nach Peking kam, arbeitete er in der Botschaft, die von John Ding immer als Englisches Amt bezeichnet wird. Da er Peking liebte, mußte er auch ein chinesisches Mädchen heiraten. Er wußte noch wenig über diese Stadt, wollte schnell mehr erfahren und meinte, mit einer chinesischen Frau ginge das am besten. Aber sein Vorgesetzter warnte ihn: »Sie sind Diplomat, sehen Sie sich vor!« Er schlug die Warnung in den Wind und fand tatsächlich ein Mädchen, das ihm gefiel. Ihm war klar, heiratete er sie, bedeutete dies das Ende seiner Karriere. Er kümmerte sich aber nicht um die Zukunft, sondern setzte seinen »Traum« in die Tat um. Leider erkrankte das Mädchen ganz plötzlich und starb noch vor der Heirat. Er war schwer getroffen und kündigte trotzdem. War er schlechter Laune, pflegte er vor sich hin zu murmeln: »Der Osten ist der Osten, und der Westen ist eben der Westen!« Oder: »Es hat nicht geklappt, daß ich sinisiert wurde!« Nach seiner Kündigung unterrichtete er an chinesischen Lehranstalten oder half zeitweilig in ausländischen Unternehmen aus. Er war ein fähiger Mann, lebte aber sehr bescheiden, daher reichten ihm seine spärlichen Einkünfte. Im Südosten der Stadt mietete er ein altes Haus mit einem kleinen Garten und drei Zimmern. Alle Zimmerwände behängte er mit chinesischen Bildern, chinesischen Schriftzeichen und allen möglichen lustig-bunten, chinesischen Spielereien. Von einem chinesischen Gelehrten ließ er sich ein Schild malen, »Kleine Liuli-Gasse«, in Anspielung auf die berühmte Pekinger Gasse für Antiquitäten. Im Garten hielt er Goldfische in mehreren Aquarien, Vögel in verschiedenen Käfigen, und er züchtete Blumen und Sträucher. Am Tor errichtete er ein kleines Häuschen, in dem er einen Eunuchen als Wächter unterbrachte, der noch dem Kaiser Guangxu gedient hatte. Zu allen Feiertagen mußte er die schwarze Beamtenmütze mit der roten Troddel aufsetzen und ihm Jiaozi zubereiten. Er feierte Weihnachten und Ostern, aber auch das Drachenboot- und das Mittherbstfest. »Hielten es alle so wie ich, könnten sie jedes Jahr öfter feiern«, bedeutete er lachend dem Eunuchen.
Er wollte nicht mehr heiraten. Redeten ihm Freunde davon,

schüttelte er stets den Kopf und antwortete mit einem Sprichwort: »Ein alter Mönch sieht auf die Mitgift – und heiratet erst im nächsten Leben!« Er hatte sich eine Reihe solcher Pekinger Sprüche und Wortspiele angeeignet, die er treffend anzuwenden wußte. Als die englische Botschaft nach Nanjing zog, trat er wieder in ihre Dienste und bat, ihn in Peking zurückzulassen. Damals war er schon weit über sechzig.
Er hatte Ruixuan unterrichtet und mochte ihn, weil ihn dessen vornehme Zurückhaltung ein wenig an das alte China erinnerte. Ruixuan war ihm auch bei der Recherche für sein vielleicht niemals erscheinendes Meisterwerk behilflich gewesen und hatte ihm chinesische Gedichte und Artikel übersetzt, die er zitieren wollte. Ruixuans Englisch war gut, sein Chinesisch ausgezeichnet. Mr. Goodrich machte es Freude, mit Ruixuan zusammenzuarbeiten. Stritten sich die beiden auch oft heftig, nahmen ihre Gefühle füreinander keinen Schaden. Als Peking besetzt wurde, ließ er Ruixuan einen Brief zukommen, in dem er die japanische Invasion mit dem Einfall der nördlichen Barbaren in Rom verglich. Er habe drei Tage nichts essen können. Der Brief endete mit den Worten: »Wenn ich Ihnen irgendwie helfen kann, bitte kommen Sie zu mir, ich werde mein Mögliches tun. Während meiner dreißig Jahre in China habe ich von den Chinesen gelernt, was Freundschaft und Hilfsbereitschaft bedeuten.«
Ruixuan antwortete mit einem höflichen Brief, suchte Mr. Goodrich aber nicht auf. Er fürchtete seine Vorwürfe, konnte sich vorstellen, wie der alte Herr auf die Invasion der Japaner, aber auch auf die Unfähigkeit der Chinesen schimpfen würde.
Doch heute mußte er unter allen Umständen hingehen. Er war sicher, daß der alte Herr ihm helfen würde, rechnete aber mit einer ordentlichen Schimpfkanonade. Jedenfalls war es immer noch viel besser, seine Predigt zu ertragen, als von den Japanern Geld anzunehmen.
Wie erwartet, machte Mr. Goodrich zunächst den Chinesen eine Viertelstunde lang Vorwürfe. Er hatte Ruixuan zwar nicht persönlich beschimpft, aber der konnte das nicht unwidersprochen lassen. Auch wenn er mit einem Anliegen gekommen war, wollte er nicht schweigen.

Mr. Goodrich war nicht sehr groß. Längliches Gesicht, kleine Nase, tief in den Höhlen liegende, graublaue Augen. Er hielt sich noch sehr aufrecht, nur seine schütteren Haare waren fast völlig ergraut. Wenn er viel redete, reckte er den Hals, als bekäme er keine Luft mehr; er sah dann aus wie ein Hahn, der zum Krähen ansetzt.

Nachdem sie länger als eine halbe Stunde gestritten hatten, fiel Mr. Goodrich plötzlich ein: »Verdammt, vor lauter Reden habe ich die chinesischen Sitten vergessen!« Er klingelte hastig und ließ Tee kommen. Den Tee brachte John Ding. Sein Staunen, als er Ruixuan gleichberechtigt mit Mr. Goodrich plaudern sah, ist schwer zu beschreiben.

Nach dem ersten Schluck Tee legte der alte Herr von sich aus die Waffen nieder. Da er Ruixuan nicht widerlegen, seine Meinung aber auch nicht einfach aufgeben konnte, mußte er auf eine spätere Gelegenheit zu einem Wortgefecht warten. Er erriet, daß Ruixuan aus einem anderen Grund kam. Lächelnd erkundigte er sich in seinem ein wenig stotternden, aber doch recht fließenden Chinesisch: »Wie ist es, Sie haben doch etwas auf dem Herzen? Kommen wir zur Sache!« Ruixuan unterbreitete sein Anliegen.

Der alte Herr reckte mehrmals seinen Hals: »Kommen Sie zu mir. Ich suche gerade einen tüchtigen Assistenten. Unsere Zusammenarbeit wird uns beide sicher zufriedenstellen. Sehen Sie, die Chinesen alten Schlages können kein ordentliches Englisch, dafür kann man sich auf ihr Chinesich hundertprozentig verlassen. Die jetzigen Absolventen chinesischer Universitäten können weder Englisch noch Chinesisch. Sie nehmen zwar das heutige China dauernd in Schutz, aber das können Sie ja wohl nicht bestreiten, Ruixuan.«

»Wenn sich ein Land von einem alten zu einem modernen wandelt, kann es nicht gleich mit einem Satz im Paradies landen«, entgegnete Ruixuan lachend.

»Hm?« Der alte Herr hätte sich beinahe verschluckt. »Fangen Sie wieder an? Peking ist schon verloren, aber ihr ›wandelt‹ euch noch, wohin soll das führen?«

»Wir holen uns das Verlorene zurück!«

»Schon gut, schon gut! Ich glaube Ihnen kein Wort, aber ich achte Ihre Überzeugung. Machen wir Schluß für heute, wir

haben später genug Gelegenheit zum Streiten. Kommen Sie am nächsten Montag hier zur Arbeit. Schreiben Sie mir jetzt noch Ihren Lebenslauf in Chinesisch und Englisch auf.«
Als Ruixuan fertig war, steckte der alte Herr das Papier in seine Jackentasche. »Trinken wir einen, ja? Heute ist doch Drachenbootfest.«

39

Den ganzen Weg von der Oststadt bis nach Hause fühlte sich Ruixuan nicht wohl in seiner Haut. Zumindest im Hinblick auf die Verbesserung seiner unmittelbaren Umstände hätte er Erleichterung verspüren müssen, aber das »Ausländische« an der Arbeit bereitete ihm Unbehagen. Er hatte seine Schüler im Stich gelassen und bei einem Ausländer eine Arbeit angenommen, das glich selbst bei freundlichem Wohlwollen einer Flucht. Mit hängendem Kopf schlich er dahin und konnte den Vorübergehenden nicht ins Gesicht sehen, auch wenn es meist Leute waren, die gedankenlos zu den Veranstaltungen im Beihai-Park strömten.
Zweifelsohne löste diese Chance erst einmal seine augenblicklichen Probleme, und eigentlich mußte er sich beglückwünschen, daß er nicht ganz in die Fänge der Japaner geraten war. Bei diesem Gedanken hob er den Kopf wieder. Er mußte den Älteren etwas zum Essen mitbringen, um ihnen eine Freude fürs Fest zu bereiten. Dann lachte er über sich selbst: Wie er immer den braven Sohn markierte! Doch eigentlich war das besser, als immer nur Trübsal zu blasen und die Alten damit noch mehr zu beunruhigen. Am Pailou an der Xidan-Kreuzung kaufte er zwanzig Kekse mit »Fünf Gifttier«-Abbildungen.
Es war ein alter Laden, links und rechts neben der Tür hingen noch rote Holztafeln mit den goldenen Schriftzeichen »Mandschurisch-chinesisches Gebäck«, »Feinstes Kuchenangebot« und dergleichen. Der Laden war blitzsauber und vornehm, und in ein paar purpurroten Truhen wurde das Gebäck aufbewahrt. Die Wände waren kahl bis auf ein paar große, bereits vergilbte Bilder, die Szenen aus den »Drei Reichen«

und dem »Traum der roten Kammer« zeigten. Ruixuan mochte solche Läden mit den weichen Bonbons und den zarten Gebäcksorten, über denen stets ein Hauch von Sahne lag, der einem das Herz aufgehen ließ. Drinnen war es ziemlich dunkel, aber sobald er sich dem Ladentisch näherte, kam ihm der stets glattgeschorene und blitzsaubere Ladengehilfe leise lächelnd entgegen und fragte ruhig und freundlich: »Was wünschen Sie?«
Es gab hier keine buntlackierten Glasschränke, keine auffallenden Konservenbüchsen und Schachteln, keine Witze reißenden Gehilfen, keine marktschreierischen Ankündigungen »Große Preissenkung« oder »Zwanzigjähriges Jubiläum«. Hier gab es Markenwaren, Verkaufskultur, und die Preise entsprachen der Qualität. Es war ein echter Pekinger Laden, der zu den Sitten und Bräuchen der Stadt paßte. Diese Läden wurden immer seltener, es gab davon nur noch vier oder fünf, und auch diese würden bald »Duftreisdorf« heißen und neben den Kuchen Schinken und Tee anbieten müssen, wenn sie nicht untergehen wollten.
Ruixuan fragte nach verschiedenen Kuchensorten, aber der Gehilfe antwortete nur immer bedauernd: »Nicht vorrätig.« Es gab entweder keine Zutaten oder keine Käufer. Zur Zeit war nur das Gebäck mit den »Fünf Gifttieren« im Angebot. Ruixuan wußte zwar, daß es nicht besonders gut schmeckte, doch er kaufte zwanzig Kekse, denn schon im nächsten Jahr war vielleicht selbst dieser Name mitsamt Peking ganz verschwunden.
Beim Hinausgehen sagte er sich: »Nächstes Jahr müssen wir womöglich japanischen Kuchen essen. Selbst ich bin in ausländischen Dienst getreten. Wenn wir nichts tun, um unsere Tradition mit Klauen und Zähnen zu bewahren, gehen Anstand und Ehrlichkeit völlig verloren.«
Auf dem Heimweg traf er Zeltebauer Meister Liu. Der errötete vor lauter Schreck. Auch Ruixuan war verlegen. Meister Liu hielt den Kopf gesenkt, hob ihn aber wieder, um die Sache klarzustellen, er wollte nichts verschweigen. »Herr Qi, ich war im Beihai-Park, bin aber nicht aufgetreten. Der Anführer unserer Zunft hat meinen Namen gemeldet, da hätte ich Ärger bekommen, wenn ich nicht erschienen wäre. Was ist mir denn

anderes übriggeblieben? Ich hab mich nur mal kurz blicken lassen, sonst nichts! Ich...« Er schien ziemlich durcheinander zu sein und wußte nicht, was er sagen sollte. Er wollte Ruixuan seine Zwangslage erklären, damit der ihn auch weiterhin achte. Daß er dieses Mal noch davongekommen war, hieß noch lange nicht, daß er das nächste Mal unbehelligt bliebe. Ihm war das Sprichwort »Unter einem niedrigen Dach muß jeder den Kopf einziehen« wohlbekannt. Sein Leben lang hatte er sich anständig durchgeschlagen, sollte das alles nun nichts mehr wert sein? Sollte er doch vor dem Feind den Kopf einziehen müssen? Er kannte sich zwar in der Kampfkunst ein wenig aus, aber die Japaner hatten Maschinengewehre.

Ruixuan konnte Meister Lius Sorgen und Zweifel gut nachempfinden, aber er fand keine passenden Worte. Mit seiner Kampfkunst hätte er die Stadt verlassen können. Er war aber nicht gegangen, was gab es da also noch zu reden? Hätte er sagen sollen: »Wer nicht weggegangen ist, muß eben seine Gesichtshaut abstreifen und auf den Müll werfen.« Das war kein Trost für einen guten Nachbarn. Er konnte ihm auch nicht länger raten fortzugehen, denn Meister Liu wäre auch ohne sein Zureden längst gegangen, wenn er gekonnt hätte. Wozu also unnütze Worte vergeuden? Die Japaner hatten ihn zwar noch nicht gefoltert, aber innerlich spürte er die Marter bereits.

In diesem Moment stürzte Cheng Changshun aus dem Tor und fragte entgeistert: »Meister Liu, stimmt es, daß Sie beim Löwentanz mitgemacht haben?« Der brachte kein Wort heraus, seine Augen sprühten Funken. Er konnte sich doch nicht vor einem Kind rechtfertigen, aber es gelang ihm nicht, seine Wut zu bändigen. Er blickte Changshun an, als wollte er ihn verschlingen. Changshun bekam es mit der Angst und merkte, daß er etwas Falsches gesagt hatte. Wortlos zog er sich zurück.

»Verdammter Mist!« schimpfte Meister Liu, dann verabschiedete er sich kurz, wandte sich ab und ging.

Ruixuan starrte noch einen Moment vor sich hin. Wie sollte er Meister Liu und Cheng Changshun beurteilen? Beide waren rechtschaffen. Ihre Lage unterschied sich von der seinen nicht wesentlich. Er konnte sie nicht loben, aber sie zu tadeln, stand ihm auch nicht zu.

Seine Gifttier-Kekse waren ein Erfolg. Großvater Qi hatte zwar keinen Appetit, aber er schmunzelte. In seinem mehr als siebzigjährigen Gedächtnis hatte jedes Ding und jede Jahreszeit seine Besonderheiten, und zum Drachenbootfest gehörten nun einmal die Gifttier-Kekse ebenso wie der Mondkuchen zum Mittherbstfest und die Neujahrskuchen zum Jahreswechsel. Essen wollte er diese Kekse nicht unbedingt, aber er freute sich an ihrem Anblick und verglich sie mit seinen Erinnerungen, um anschließend beruhigt festzustellen, daß die Welt sich nicht verändert hatte. Alles war also in Ordnung. Zum diesjährigen Drachenbootfest hatte er keine Kirschen, Maulbeeren, Klebreisklößchen und Amulette gesehen, das stimmte mit seinen Erinnerungen nicht überein und beunruhigte ihn. Jetzt aber nahm das Drachenbootfest Gestalt an, nicht einmal die Japaner hatten es unterdrücken können. Schnell griff er nach zwei Keksen und gab sie Xiao Shun und Niuzi. Sie nahmen sie mit beiden Händen entgegen, die kleine Niuzi schnaufte vor Freude. Xiao Shun fragte, nachdem er hineingebissen hatte: »Ist Fünfgift-Kuchen giftig?«
Der Urgroßvater seufzte lächelnd: »Kröten und Skorpione darauf wurden mit einer Backform gemacht, sie sind nicht giftig!«
Ruixuan saß daneben, anfangs taten ihm die Kinder leid, die seit der Besetzung Pekings keine Süßigkeiten mehr bekommen hatten. Dann aber ging ihm ein Licht auf: »Kein Wunder, daß es Kollaborateure gibt – etwas Gutes zu essen und zu trinken gehört zu den Freuden des Lebens. Und gibt es die, dann sind die Kinder lieb wie Engel.« Er nickte Shunchen zu.
»Pa«, der Junge löste seine Zunge einen Moment vom Kuchen, »warum nickst du dauernd?«
Die kleine Niuzi, die fürchtete, getadelt zu werden, weil sie so hastig aß, echote: »Warum nickst du?«
Ruixuan verzog das Gesicht, antwortete aber nicht. Er hätte nur sagen können: »Trotzdem kann ich für ein Lächeln der Kinder doch nicht meine Seele verkaufen.«
Er war nicht wie der Zweite, der nichts für sich behalten konnte, und deshalb wollte er der Familie eigentlich nicht gleich erzählen, daß er eine neue Arbeit gefunden hatte. In

Friedenszeiten hätte er sich bestimmt sehr gefreut, etwas mehr Geld zu verdienen und Gelegenheit zu haben, täglich Englisch zu sprechen, ausländische Zeitschriften zu lesen und fremdsprachige Rundfunksendungen zu hören. Diese Vorteile sah er auch jetzt, sie stimmten ihn aber nicht glücklich. Er hatte seine Schüler im Stich gelassen, das war eine Flucht vor der Verantwortung. Er konnte sich vorstellen, daß seine Familie über seine neue Arbeit froh wäre, aber ihre Freude würde seine Scham und seinen Schmerz nur steigern.

Doch als er das Lächeln sah, das diese paar Stückchen Kuchen bei Alt und Jung hervorriefen, konnte er seine Zunge nicht mehr im Zaum halten.

Tatsächlich freuten sich Großvater und Yunmei so, wie er es erwartet hatte. Die Nachricht gelangte auch ins Südzimmer. Vor Freude stand die Mutter sofort auf, kam herüber und unterhielt sich angeregt mit ihrem Schwiegervater. Erzählte ihm, wie sie die ganze Nacht kein Auge zugetan hatte, als Ruixuan das erste Mal zum Unterricht gegangen war. Und wie sie für den Zweiten, als der seine Arbeit aufgenommen hatte, die ganze Nacht ein Paar schwarze Samtschuhe mit Stoffsohlen genäht hatte, der aber, als sie fertig waren, ein Paar Lederschuhe kaufte, was sie tagelang geärgert hatte.

Die Worte der Schwiegertochter öffneten auch dem Schwiegervater den Mund. Er erzählte Begebenheiten aus Tianyous besten Jahren, die allen wie Geschichten aus uralten Zeiten vorkamen, dabei lebte Tianyou doch noch. Vieles von dem, was er zum besten gab, kannte selbst Tianyous Frau noch nicht, was den Alten sehr zufrieden stimmte, da seine Geschichten, nur weil sie so alt waren – ob nun interessant oder nicht –, die üblichen Histörchen der Schwiegertochter in den Schatten stellten.

Yunmei freute sich mehr als alle anderen. Seit Monaten hatte sie sich den Kopf zerbrochen. Nun war alles gut, der Mann hatte eine ausländische Stelle. Sie sah schon das künftige ausländische Geld vor sich. Endlich brauchte sie sich keine Sorgen mehr um Reis, Schuhe und Strümpfe zu machen. Sie müßte auch nicht mehr auf die Japaner schimpfen. Selbst wenn sie Peking weiter besetzt hielten – mit ihr hatte das nichts mehr zu tun. Als der Großvater und die Schwiegermut-

ter »von früher« erzählten, hätte sie durchaus auch ein paar Geschichten über die Kinder beisteuern können, aber sie traute sich nicht, den Mund aufzumachen. Denn was die Alten erzählten, waren schon ausgewachsene Bäume, während das, was sie zu berichten wußte, höchstens kleinen Pflänzchen glich. Macht nichts, mit dem gesicherten Einkommen ihres Mannes könnten sie in Ruhe und Frieden alt werden, und in zwanzig, dreißig Jahren würde sie sich dann gelassen auf den Kang setzen und den Kindern von früher erzählen.
Ruixuan hörte beklommen zu und wagte nicht, sich davonzustehlen. Er mußte zuhören, lachen oder den Kopf schütteln. Ihm fiel Inspektor Yamamoto ein: wie der nicht weinen durfte, als sein einziger Sohn gefallen war, so mußte auch er nach dem Fall der Stadt mit den Alten lachen. Die Sorge um die Familie hielt ihn und wahrscheinlich noch viele andere davon ab, die Pflicht gegenüber dem Land zu erfüllen. Er fühlte sich außerstande, die tiefverwurzelten familiären Bindungen einfach zu kappen. Wie konnte ein einzelner Finger jahrtausendealte Sitten in Bewegung setzen?
Als die beiden Alten endlich in ihren Erzählungen innehielten, hoffte Ruixuan, in sein Zimmer entfliehen zu können. Aber der Großvater wollte sich draußen umsehen und bei Tianyou vorbeigehen, damit auch er Anteil an der Freude hätte. Xiao Shun und Niuzi wollten natürlich mitgehen, aber Yunmei fürchtete, daß Großvater mit den beiden Frechdachsen nicht allein fertig würde, also mußte Ruixuan mit. In der Absicht, die Kinder zurückzuhalten, fragte er den Kleinen: »Wart ihr nicht gerade erst im Beihai-Park?«
»Fang bloß nicht damit an«, warf Yunmei ein. »Soeben hat es deshalb großes Geheul gegeben. Der Zweite wollte sie mitnehmen, aber der dicken Tante war es zuviel, sie ließ sie nicht mitgehen, sieh nur, wie verheult die beiden noch aussehen.«
Ruixuan konnte nichts mehr einwenden; mit den Kindern zu gehen, gehörte eben auch zu seinen Verpflichtungen!
Zum Glück trafen sie vor dem Tor Xiao Cui. Ruixuan hatte wirklich keine Lust, noch einmal eine längere Strecke zu laufen, er übergab ihm den Großvater und die Kinder. »Herr Cui, würden Sie den Großvater bitte ins Geschäft fahren? Xiao Shun und Niuzi, ihr bleibt brav sitzen, tobt nicht herum!

Herr Cui, wenn es sich einrichten läßt, bringen Sie sie bitte auch wieder zurück!«
Rikschafahrer Cui nickte. Ruixuan half dem Großvater in die Rikscha, Xiao Cui hob die Kinder hinein, lachend und schwatzend fuhren sie davon. Ruixuan atmete auf.
Die Mutter stand unter dem Dattelbaum und betrachtete die gerade erbsengroßen, grünen Datteln. Ruixuan blieb erstaunt stehen. Die Blätter des Baumes warfen ein blaßgrünes Licht auf das Gesicht der alten Frau, das gelb und ruhig wirkte. Ihm war, als sähe er ein wunderschönes, anrührendes Gemälde, das ihn an früher erinnerte. Verglichen mit der Zeit, als er zehn oder auch zwanzig Jahre alt war, war sie nicht wiederzuerkennen. Er stutzte, dann blickte er sie lange versunken an. Langsam wandte sie den Blick von den kleinen grünen Datteln zu ihm. Ihre Augen lagen tief in den Höhlen, sie waren ein wenig eingefallen und starr, blickten aber noch immer gütig und sanft. Ruixuan stieg es plötzlich heiß auf, er wäre gern zu ihr gegangen, hätte ihre Hand ergriffen und sie »Ma« gerufen, all ihre Zärtlichkeit und Güte hervorgelockt, ihre Augen und alles andere aus der Vergangenheit zurückgerufen. Dann wäre er bestimmt wieder ebenso naiv wie Shunchen und Niuzi und könnte alles, was ihn bedrückte, auf einmal loswerden. Aber er rief nicht, er war über dreißig und kein Kind mehr.
»Ruixuan«, rief die Mutter sanft, »komm doch mal, ich habe mit dir zu reden.« Ihr Ton hatte beinahe etwas Flehendes.
Freudig willigte er ein, so eine Bitte konnte er nicht ablehnen. Nachdem die beiden Brüder weggegangen waren, fühlte sich die Mutter sicherlich allein gelassen. Er schämte sich, daß ihm das nicht früher aufgefallen war und er ihr nicht mehr Wärme und Trost hatte zukommen lassen. Er folgte ihr ins Zimmer.
»Mein Großer«, sie setzte sich auf den Rand des Kangs und sprach mit einem etwas gezwungenen Lächeln, »du hast zwar etwas gefunden, bist aber trotzdem nicht glücklich, stimmt's?«
»Ähm ...« Er geriet in Verlegenheit.
»Sei ehrlich, mir kannst du doch nichts vormachen.«
»Du hast recht, Mutter, ich kann mich nicht richtig freuen.«
»Warum nicht?« Sie lächelte wieder, als wollte sie ihm Mut

zusprechen; egal, wie seine Antwort auch ausfiele, sie würde nicht böse werden.

Ruixuan wußte, daß er ihr nichts vormachen konnte. »Ma, wenn ich mich um die Familie kümmere, kann ich nichts für das Land tun, und täte ich etwas für das Land, könnte ich mich nicht um die Familie kümmern! Das quält mich seit Monaten, es quält mich auch jetzt, und so wird es auch in Zukunft sein. Wenn unser Land in so einer mißlichen Lage ist und ich nichts tun kann, dann ist das ... das ist ganz ...« Ihm fiel kein passendes Wort ein, er lächelte beschämt und hilflos.

Die Mutter blickte lange starr vor sich hin, dann nickte sie: »Ich verstehe, ich und der Großvater, wir sind eine Last für dich.«

»Ich hab doch selbst auch noch Frau und Kinder. Die brauchen mich auch.«

»Wirst du deshalb häufig verspottet? Heißt es, du seist feige, unfähig?«

»Nein! Es ist mein eigenes Gewissen.«

»Ach, wäre ich doch schon tot.«

»Mutter!«

»Ich sehe schon, die Japaner werden so schnell nicht aus Peking verschwinden. Solange sie hier sind, wirst du nicht glücklich werden! Ich beobachte dich doch täglich durchs Fenster, du bist mein Ältester. Wenn du nicht froh bist, geht es auch mir nicht gut!«

Ruixuan brachte lange kein Wort heraus. Er ging ein paar Schritte durch das Zimmer und lächelte dann: »Ma, sei unbesorgt, mit der Zeit werde ich mich schon wieder freuen können!«

»Du?« Auch die Mutter lächelte, »ich kenne dich doch!«

Ruixuan gab es einen Stich ins Herz, ihm fehlten die Worte. Die Mutter sagte nichts mehr.

Schließlich schlug Ruixuan verlegen vor: »Ma, leg dich doch ein wenig hin und ruh dich aus. Ich muß noch einen Brief schreiben.« Schleppend ging er hinaus.

In seinem Zimmer wollte er nicht mehr über die Worte der Mutter nachdenken, denn es blieb immer bei diesem einen Satz, und das Problem ließ sich nicht lösen. Er konnte nur die jeweilige Situation notdürftig überbrücken, aber keine neue Lage schaffen, sein Leben war sinnlos vergeudet.

Er mußte wirklich einen Brief schreiben, seine Kündigung. Schnell griff er nach dem Stift, um auf andere Gedanken zu kommen, die Worte der Mutter zu vergessen. Aber er brachte nichts zu Papier. In die Schule müßte er gehen, die Schüler noch einmal sehen, ihnen auftragen: Wer kann, soll Peking verlassen, wer nicht gehen kann, soll fleißig lernen. China geht nicht unter, ihr braucht viel Wissen, damit ihr später dem Land dienen könnt. Ihr solltet die Japaner nicht absichtlich reizen, euch aber auch nicht zu deren willfährigen Lakaien machen. Ihr müßt durchhalten!

Diese Worte sprach er immer wieder vor sich hin, als könnte er nur mit ihnen ein wenig Sühne tun für das Vergehen, die Schüler allein zu lassen. Wie aber sollte er ihnen das alles sagen? Würde er es offen vom Katheder aus tun, ließe man ihn sofort verhaften. Verhaftungen hatte es an allen Schulen gegeben. Nur die eigene Haut retten zu wollen, war in dieser gefährlichen Zeit nicht unbedingt weise, doch würde er abgeholt, grämten sich Großvater und Mutter bestimmt zu Tode. Er legte den Stift hin und ging im Zimmer auf und ab. Ja, so war es: Die Japaner hatten ihn zwar noch nicht geholt und gefoltert, aber sein Mund, seine Hände, sogar seine Seele waren bereits gefesselt. Nach einer langen Weile setzte er sich wieder, griff nach dem Stift und schrieb einen sehr knappen Brief an den Direktor. Dann klebte er ihn zu, frankierte ihn, rannte im Dauerlauf zum Briefkasten an der Straße und warf ihn ein. Er fürchtete, er könnte es sich anders überlegen und den Brief womöglich nicht abschicken, weil es ihm leid täte, sich nicht von den Schülern verabschiedet zu haben.

Kurz vor dem Abendessen brachte Xiao Cui den Großvater und die Kinder wieder zurück. Wegen der Hitze und vor lauter Aufregung glänzten die Gesichter der Kinder ganz rot. Der alte Mann hatte zwar kein so gerötetes Gesicht, dafür aber spielten Freudenfünkchen in seinen Augenwinkeln. Er wandte sich an Yunmei: »Auf der Straße ist überhaupt nichts los, die Japaner haben es wohl aufgegeben, weiter Ärger zu machen.« Wo Hoffnung ist, da ist auch der Irrtum nicht weit. Dem alten Mann ging Frieden über alles, deshalb interpretierte er die Stille auf der Straße als solchen.

Xiao Cui winkte Ruixuan unter den großen Schnurbaum: »Raten Sie mal, wen ich getroffen habe.«
»Wen denn?«
»Herrn Qian!«
»Herrn Q ...« Ruixuan packte Xiao Cui am Arm und zog ihn in den Toreingang. Er schloß das Tor und wiederholte deutlich: »Herrn Qian?«
Xiao Cui nickte. »Ich habe in dem Teehaus gegenüber dem Stoffgeschäft auf den alten Herrn gewartet. Als der Tee aufgebrüht wurde, sah ich ihn. Er lahmte etwas mit einem Bein und ging sehr langsam. Dann kam er herein, aber im Teehaus war es ziemlich dunkel, nach der Helligkeit draußen war er wohl zuerst ein wenig geblendet und sah die Tische nicht gleich richtig.«
»Was hatte er denn an?« Ruixuan sprach sehr leise, aber sein Herz pochte heftig.
»Eine schmutzige Jacke und Hose aus weißem Drillich. Die Füße waren nackt und steckten in alten Stoffschuhen.«
»Oh!« Der Dichter Qian trug also kein langes Gewand mehr. Wenn ein Pekinger es fertigbrachte, dies abzulegen, war er zu allem fähig. »War er dünner oder dicker als früher?«
»Ziemlich dünn! Das lag aber vielleicht an den Haaren, die sahen aus, als seien sie seit Monaten nicht mehr geschnitten worden. Und mit langen Haaren wirkt doch jedes Gesicht kleiner.«
»Hatte er graue Haare?«
Xiao Cui überlegte: »Ja, ja, doch! Aber seine Augen leuchteten. Sonst sahen seine Augen doch immer so vertränt aus, und er lächelte immer, stimmt's? Gelächelt hat er auch jetzt noch, aber seine Augen waren hell und trocken. Wie er mich plötzlich so ansah, wurde es mir ganz anders.«
»Haben Sie nicht gefragt, wo er wohnt?«
»Habe ich, da hat er nur gelacht und nichts gesagt. Ich habe ihn gefragt, wo er wohnt, was er macht, ob es Herrn Jin gutgeht, aber er hat nicht geantwortet. Er setzte sich zu mir und verlangte eine Schale heißes Wasser. Dann lockerte sich seine Zunge. Er sprach sehr leise, aber es war ja kaum einer im Teehaus.«
»Was hat er denn erzählt?«

»Oh, vieles, aber er sprach so leise und hat auch keine Zähne mehr, da hab ich nicht alles mitbekommen. Eines aber habe ich verstanden, er sagte, ich soll abhauen.«
»Wohin denn?«
»Zur Armee!«
»Und was haben Sie dazu gesagt?«
»Ich?« Xiao Cui errötete. »Wissen Sie, Herr Qi, ich habe gerade eine Stelle gefunden, und da soll ich weggehen?«
»Was denn für eine Stelle?«
»Ihr Herr Bruder hat mir eine Monatsstellung angeboten. Also jemand, den ich kenne, und ich muß ein bißchen weniger schuften, da werde ich doch nicht alles aufgeben.«
»Aber Sie hassen doch die Japaner immer noch?«
»Natürlich! Ich habe Herrn Qian gesagt, daß ich gerade eine Stelle gefunden habe und nicht wegkann, daß wir aber später noch einmal darüber reden könnten.«
»Und was hat er dazu gemeint?«
»Wenn ich mein Leben verloren hätte, dann wäre es zu spät.«
»War er böse?«
»Nein, er hat nur gesagt, ich soll noch mal drüber nachdenken.« Als ob er fürchtete, Ruixuan könnte ihn weiter bedrängen, fügte er schnell hinzu: »Er hat mir noch ein Amulett gegeben.« Er zog ein gelbes Papieramulett mit roten Schriftzeichen aus der Jackentasche. »Ich weiß nicht, warum er mir das gegeben hat. Zum Drachenbootfest klebt man Amulette doch nur bis zum Mittag an, jetzt wird es ja gleich dunkel.«
Ruixuan nahm das Amulett, öffnete es, drehte und wendete es, sah aber außer dem in roten Zeichen aufgedruckten Reim und dem Stempel des berühmten Daoisten Zhang nichts Besonderes. »Herr Cui, überlassen Sie das mir?«
»Aber ja, Herr Qi! Ich muß jetzt gehen. Das Geld für die Fahrt habe ich ja schon bekommen.« Er erhob sich, öffnete die Tür und ging eilig hinaus, als fürchte er weitere Fragen.
Nachdem Ruixuan die Lampe angezündet hatte, betrachtete er das Amulett genauer und erkannte auf der Rückseite Zeichen. Sie waren rot in das durchscheinende Rot des Spruches hineingeschrieben. Bei flüchtigem Hinschauen konnte man sie für stark transparente Punkte und Striche halten. Er rückte näher an die Lampe und entdeckte ein Gedicht:

Ich beschwör Euch:
Verlaßt das Land, das seine Flagge verlor,
zögert nicht noch länger!
Wie die liebende Mutter ihr Kind,
so ruft das Land nach Euch!
Streift ab die langen Gewänder!
Ihr stolpert nur damit
und stürzt in Euer Grab.
Nur wenn das tote Peking Ihr verlaßt,
wird Euer Atem wieder frei.
Hierbleiben heißt, am Sarg verweilen.
Geht fort, ich fleh Euch an!
Jeder, der geht – ein Kämpfer mehr,
jeder, der geht – ein Sklave weniger!

Als Ruixuan zu Ende gelesen hatte, war seine Hand schweißnaß. Es war kein besonders gutes Gedicht, aber jedes Wort stach ihm wie eine spitze Nadel ins Herz. Er konnte sich nicht dazu entschließen, das lange Gewand abzulegen, er glich diesem erbarmungswürdigen Menschen, der am Sarg verweilte. Bald konnte er es auswendig. Aber was half das? Sein Gesicht wurde ganz heiß.
»Xiao Shun, ruf Vater zum Essen!« Das war Yunmei.
»Pa! Essen kommen!« rief der Junge schrill.
Ein Zittern ging durch Ruixuans Körper, als er das Papier in die Tasche steckte.

40

Ruixuan hatte die ganze Nacht nicht richtig geschlafen. Es war heiß, kein Lüftchen regte sich, ein Gewitter schien heraufzuziehen. Er lag auf dem Bett, konnte aber kein Auge schließen. Noch im Dunkeln sah er das Gedicht des alten Mannes vor sich, es tanzte wie goldene Sternchen vor seinen Augen. Am nächsten Tag wollte er das von Xiao Cui beschriebene Teehaus aufsuchen und auf den Dichter Qian warten, der das lange Gewand und die klassischen Verse abgestreift hatte. Er hatte Herrn Qian schon immer verehrt, aber jetzt kam er ihm wie der ans Kreuz geschlagene Jesus vor. Der hatte sich zwar nur um die Seelen der Menschen und nicht um Staatsangelegenheiten und die Befreiung der Nationen gekümmert. Für den Mut, das Kreuz auf sich zu nehmen, verdiente Herr Qian wirklich Anerkennung.

Es war anzunehmen, daß Herr Qian erneut verhaftet und gefoltert würde. Doch er konnte sich auch vorstellen, daß der Dichter glücklich war, Verhaftung und auch Folter in Kauf nahm, um bis zum letzten Atemzug zu kämpfen. Eine solche Entscheidung mußte einem das Herz ganz einfach leicht machen.

Und er selbst? Er war unentschlossen, ungläubig und sah keinen Weg vor sich, dem er nur zu folgen brauchte. Vielleicht würde er nie verhaftet, nie gefoltert werden, aber auch nie so froh und heiter sein. Innerlich stand er ja bereits schlimme Qualen aus. Er hoffte sehr, den Dichter zu treffen und sich mit ihm auszusprechen.

Nachdem Herr Qian aus der Schafhürdengasse verschwunden war, hatte Ruixuan angenommen, er habe Peking verlassen. Er hatte nicht erwartet, daß der vor der Nase des Feindes für den Widerstand arbeiten würde. Natürlich hatte er bedacht, daß die Beine des alten Herrn zu einem weiten Marsch nicht mehr taugten. Doch der war absichtlich hiergeblieben, denn er wollte hier sein Blut vergießen. Nachdem Ruixuan das erkannt hatte, wünschte er sich die Begegnung mit dem alten Herrn noch sehnlicher herbei. Drei Kotaus mußte er vor ihm machen. Die Entschlossenheit des alten Herrn galt nicht nur der kleinen persönlichen Rache, sie legte auch ein positives Zeugnis ab für eine Kulturgeschichte. Herr Qian war ein echter Chinese, der sich mit all seinen Gedichten, Bildern, seinen Riten und Tugenden für eine Überzeugung opfern und sterben konnte. Lan Dongyang, Ruifeng und Guan Xiaohe hingegen wußten lediglich, daß das chinesische Essen gut schmeckt, und sie vergaßen darüber alles andere. Kultur und Bildung müssen durch ein Sieb gefiltert werden, damit die Rückstände sichtbar werden und ein paar Körnchen pures Gold übrigbleiben. Dichter Qian war Gold, Leute wie Lan Dongyang waren die Rückstände.

Mit diesen Überlegungen klärte sich Ruixuans Seelenleben ein wenig. Er entdeckte die wahre Kraft der chinesischen Kultur, weil er so ein Körnchen Gold gesehen hatte. Herr Qian war der Beweis dafür, daß er die chinesische Kultur nicht länger in Frage stellen mußte. Er hatte sich immer für einen modernen Chinesen gehalten und oft mit Mr. Goodrich über den Weg gestritten, den die Chinesen gehen sollten. Stets war er dafür eingetreten, Altes zu tilgen und Neues zu schaffen. Erst jetzt erkannte er, daß die Tradition, die Herr Qian verkörperte, das Fundament war, das reformiert werden konnte. Würde man Ruifeng eine Reform nahebringen wollen, trüge der höchstens westliche Anzüge. Reformiert werden kann nur dort, wo ein Fundament besteht; mit einer Wüste kann man machen, was man will, sie bleibt eine Wüste!

Doch anderntags wurde er im Hof aufgehalten, als er gerade ausgehen wollte. John Ding versperrte ihm, zwei Bierflaschen in der Hand, ehrerbietig den Weg. Dessen Ehrfurcht und Unterwürfigkeit hätten ausgereicht, den lieben Gott zu erweichen. »Herr Qi!« Er machte eine kurze, eckige, äußerst respektvolle Verbeugung, »ich habe extra einen halben Tag frei genommen, um Sie zu beglückwünschen.«

Ruixuan verabscheute John Ding. Er war für ihn ein lebendes Beispiel der hundertjährigen schmachvollen Geschichte Chinas. Ruixuan stutzte und überlegte, wie er ihn abweisen konnte. Er hatte keine Lust, ihn hereinzubitten, sein Zimmer und sein Tee waren dem Vierten Li, Xiao Cui oder Sun-Sieben vorbehalten. Er konnte doch einer personifizierten nationalen Schande nicht gestatten, seinen Stuhl und sein Teeglas zu beschmutzen.

Mit gesenktem Kopf beobachtete John Ding Ruixuan verstohlen aus den Augenwinkeln. Dessen ablehnende Haltung verwunderte ihn nicht. Wer gleichberechtigt neben Mr. Goodrich sitzen durfte, der konnte sich beinahe mit dem lieben Gott duzen. Er wollte sich doch nicht mit den Freunden Gottes anlegen. »Herr Qi, wenn Sie jetzt zu beschäftigt sind – ich wollte Ihnen nur zwei Flaschen Bier bringen, eine ganz kleine Aufmerksamkeit meinerseits!«

»Nein!« Ruixuan hatte mit einiger Mühe seine Stimme wiedergefunden, »nein, ich nehme keine Geschenke an!«

John Ding flehte fast schluchzend: »Aber Herr Qi, ich werde

Sie in Zukunft oft um Ihren Rat bitten müssen, da darf ich Ihnen doch wenigstens hochachtungsvoll diese kleine Aufmerksamkeit überreichen.«

»Ich will Ihnen etwas sagen«, Ruixuans Gesicht war rot angelaufen, was selten passierte, »hätte ich mein Geld anders verdienen können, ich hätte gut und gerne auf das Ausländerbrot verzichtet. Da ist überhaupt nichts Erfreuliches dabei, mir ist eher zum Heulen zumute, verstehen Sie, was ich meine?«

John Ding verstand nicht. Er begriff nur, daß Ruixuan ein seltsamer Mensch war. »Na, aber so etwas!« Er fand keine Worte.

»Vielen Dank! Nehmen Sie es wieder mit!« Ruixuan war traurig, so unhöflich war er noch nie gewesen. John Ding mußte unverrichteter Dinge wieder kehrtmachen. Ruixuan ging ebenfalls hinaus.

»Sie müssen mich doch nicht hinausbegleiten, das kann ich nicht annehmen, keinesfalls!« Er hielt Ruixuan auf, der widersprach leicht verlegen: »Ich begleite Sie nicht hinaus, ich will selbst gerade ausgehen.« Er blieb zurück und wartete im Hof.

Als er etwas später dann endlich ging, lief er Meister Liu direkt in die Arme. Der machte ein besorgtes Gesicht und runzelte die Stirn. »Herr Qi, Sie wollen ausgehen? Ich wollte etwas sehr Dringendes mit Ihnen besprechen.« Der Ton sagte Ruixuan, daß er ihn zuerst anhören mußte.

Ruixuan bat ihn in sein Zimmer. Kaum hatte er Platz genommen, legte Meister Liu los. »Herr Qi, ich muß Sie mit einem schwierigen Problem belästigen. Ich war doch gestern im Beihai-Park, bin zwar nicht aufgetreten, fühle mich aber miserabel. Sie wissen ja, unsereiner achtet auf sein Gesicht, aber gestern hat Meister Liu es verloren! Bei Cheng Changshuns Bemerkung – ich weiß, er ist noch ein Kind und hat es nicht so gemeint – hätte ich mich am liebsten in ein Mauseloch verkrochen! Ich habe mir das so zu Herzen genommen, daß ich das Abendessen nicht runterkriegen konnte. Um mich abzulenken, bin ich nach dem Essen noch ein bißchen herumgelaufen, da habe ich Herrn Qian getroffen.«

»Wo denn?« Ruixuans Augen strahlten.

»Gleich hier auf dem freien Platz!« Meister Liu schien ungehalten über die Unterbrechung. »Er kam wohl von den Nius.«

»Von den Nius?«
Ohne sich um Ruixuans Frage zu kümmern, fuhr er fort: »Er fragte mich gleich, was ich mache. Und warum ich nicht wegginge. Ohne meine Antwort abzuwarten, ermahnte er mich: In der Stadt seien bloß noch Gespenster, nur draußen gäbe es wahre Menschen! Ich verstand ihn nicht ganz, konnte mir aber einiges denken. Ich erklärte ihm meine Lage, daß ich zu Hause noch eine Frau habe. Er lachte auf und sagte, auf sich zeigend: Auch ich hatte eine Frau und noch dazu Söhne! Und jetzt? Wo sind sie? Wer Angst vor dem Sterben hat, stirbt bestimmt, wer keine Angst hat, kommt vielleicht davon. Hat er gesagt! Dann hat er noch gesagt, gehen Sie doch mal zu Herrn Qi, vielleicht kann der Ihnen helfen. Schließlich bog er in den schmalen Gang ein, drehte sich noch einmal um und rief: ›Grüßen Sie die Qis von mir!‹ Herr Qi, ich habe die ganze Nacht gegrübelt und mir folgendes ausgedacht: Ich gehe weg! Aber meine Frau braucht jeden Monat sechs Kuai zum Leben! Nach dem jetzigen Marktpreis für Reis und Mehl müßte sie von sechs Kuai die Miete und ein bescheidenes Essen bestreiten können. Später wird alles vielleicht viel teurer, wer weiß! Herr Qi, wenn Sie ihr monatlich mit sechs Kuai unter die Arme greifen könnten, würde ich sofort gehen. Und noch etwas. Wenn wirklich alles viel teurer werden sollte, könnten Sie sie bitten, daß sie Ihrer Frau hilft, und ihr dafür täglich zwei Mahlzeiten geben, das reicht! Das habe ich mir alles so zurechtgelegt, ich weiß nicht, was Sie davon halten, aber sagen Sie ehrlich Ihre Meinung!« Meister Liu holte tief Luft. »Ich möchte weg, hier ersticke ich noch! Bei jedem Gang durchs Stadttor muß man sich vor den Japanern verbeugen, und wenn sie Langeweile haben, soll unsereiner ihnen noch den Löwentanz vorführen, ich mache das nicht mehr mit!«
Ruixuan überlegte kurz, dann lächelte er: »Meister Liu, ich bin gern einverstanden. Ich habe gerade eine Anstellung gefunden, da fallen mir die sechs Kuai im Monat wohl nicht allzu schwer. Wie es allerdings später aussehen wird, kann ich nicht sagen.«
Meister Liu stand auf und stieß einen tiefen Seufzer der Erleichterung aus. »Was später wird, werden wir später sehen.

Wenn ich nur jetzt sicher weiß, daß Sie helfen, kann ich beruhigt gehen. Herr Qi, ich kann keine großen Worte machen, Sie sind mein Wohltäter!« Er machte eine gewaltige Verbeugung und verschränkte dabei seine Hände vor der Brust.

»Sobald ich das Gehalt bekomme, schicke ich Shuns Ma mit dem Geld hinüber.«

»Herr Qi, sollte ich draußen umkommen, muß ich Sie aber nochmals um etwas bitten; nämlich, sich dann um meine Frau zu kümmern!«

»Ich werde mein Bestes tun! Wäre mein Problem so einfach zu lösen wie Ihres, ginge ich mit Ihnen.« Meister Liu sagte nichts mehr und entfernte sich eilig, sein hartes Gesicht strahlte ein wenig.

Ruixuans Herz schlug heftig. Nachdem er sich etwas beruhigt hatte, lächelte er unwillkürlich. Seit dem Ausbruch des Krieges war dies das einzige, womit er vor den Menschen bestehen konnte. Er hätte es gern sofort Herrn Qian erzählt und ging noch einmal hinaus. Da kamen ihm am Tor Guan Xiaohe, Rotkürbis, Lan Dongyang, Dickmadam und John Ding entgegen. Er war überzeugt, daß John Ding das Bier Guan Xiaohe überreicht und dabei seine Geschichte zum besten gegeben hatte. Dickmadam gähnte und riß dabei ihren Mund wie eine riesige rote Schaufel auf. In Lan Dongyangs Augenwinkeln türmte sich der Schlaf, die Lippen waren an mehreren Stellen von Zigaretten versengt. Es sah ganz danach aus, als hätten sie wieder eine Nacht am Spieltisch durchgemacht.

Rotkürbis tat als erste den Mund auf. Sie hatte die vielen Falten in ihrem Gesicht mit reichlich Puder zuzudecken versucht, der aber beim Sprechen abblätterte. Mit der ihr verbliebenen Kraft verkündete sie: »Sie sind mir einer, Herr Qi! Ihre Lippen sind ja fester verschlossen als eine Muschel. Haben so einen guten Posten gefunden, ohne etwas verlauten zu lassen. Meine Anerkennung! Nun sagen Sie schon, laden Sie uns ein, oder sollen wir Sie einladen?«

Xiaohe neben ihr nickte beständig, was ebensogut als Zustimmung zu den Worten seiner Frau wie als Anerkennung Ruixuans verstanden werden konnte. Als seine Frau zu Ende gesprochen hatte, tat er flink und ehrerbietig einen Schritt nach vorn, legte die Hände ineinander, lächelte mehrmals und sprach: »Glückwunsch! Wer hätte das gedacht, in unserer kleinen Gasse. Aber auch in abgelegenen Dörfern gibt es guten Wein! Meine Gemahlin hat ein japanisches Amt inne, Sie ein englisches, unsere kleine Gasse ist ja ein richtiger Völkerbund.«

Ruixuan hätte am liebsten einen nach dem anderen zu Boden geschlagen und ihnen ein paar ordentliche Fußtritte versetzt. Aber so wild würde er sich nie gebärden. Sein Anstand band ihm stets Hände und Füße. Er konnte nichts entgegnen, beschloß aber, sie keinesfalls hereinzulassen.

Doch Dickmadam wälzte sich zwei Schritte vorwärts. »Und die Schwägerin? Ich geh mal zu ihr, muß ihr doch gratulieren!« Sie drängelte sich durch.

Den eigenen Angehörigen konnte Ruixuan schlecht den Zutritt verweigern, obwohl er sie ob ihrer gar so plötzlichen Besinnung auf ihre ältere Schwägerin gern ordentlich geknufft hätte. Als Dickmadam sich hineindrängelte, schlüpften die anderen mit durch, John Ding ebenfalls, als könnte er Ruixuan nicht genug anstaunen.

Lan Dongyang hatte kein Wort verloren. Ruifeng haßte er ohnehin, jetzt haßte er auch Ruixuan. Wer eine Anstellung hatte, den haßte er. Doch seinen Haß mußte er zunächst einmal unterdrücken und ein wenig schöntun. Er folgte den anderen, als ginge er zum Begräbnis eines ihm nicht sehr nahestehenden Verstorbenen.

Der alte Herr Qi und Tianyous Frau waren plötzlich in der Achtung der anderen gestiegen. Als feiere man eine Hochzeit, stürmten Rotkürbis und die anderen zu den Alten und umschmeichelten sie. Xiao Shun und Niuzi waren nun auch Schätzchen. Lan Dongyang gähnte hinter dem Rücken der Guans so unverschämt, daß Rotkürbis ihn scharf ansah. John Ding benahm sich nach wie vor äußerst höflich, auf seinem Gesicht lag eine unbeschreibliche, beinah naive und unschuldige Freude. Dickmadam begab sich eigens in die Küche zu Yunmei und säuselte ihrer Schwägerin die Ohren voll.

Der alte Herr Qi verachtete die Guans nicht weniger als Ruixuan. Heute allerdings freute er sich aufrichtig über deren Glückwünsche. Denn am meisten fürchtete er die Auflösung der Familie, das Einreißen der Festung »Vier Generationen unter einem Dach«, die er mit eigener Hand aufgebaut hatte. Da Ruixuan jetzt eine ordentliche Anstellung gefunden hatte, blieben die vier Generationen zusammen, auch wenn der zweite und dritte Enkel ausgezogen waren. Hauptsache, Ruixuan war zu Hause. Darüber durfte er sich doch wohl freuen.

Da Tianyous Frau die Verfassung ihres ältesten Sohnes kannte, hatte sie nicht viel Lust, große Freude zu zeigen, die ihn nur verärgert hätte. So wechselte sie bloß einige belanglose Worte mit den Gästen und zog sich auf ihren Kang zurück.

Yunmei geriet in ziemliche Verlegenheit. Sie wußte, daß ihr Mann die Guans und die dicke Schwägerin verabscheute, konnte aber doch deswegen kein böses Gesicht aufsetzen. Das brachte in diesen Zeiten Unglück. Auch konnte sie den Leuten schlecht etwas vormachen und so tun, als gäbe es keinen Anlaß zur Freude. Sie als Hausfrau wußte, wie wichtig ein festes Einkommen des Mannes war. Gern hätte sie mit der dicken Schwägerin einmal nach Herzenslust über den ganzen Haushalt geschwatzt, wie schwer Schweinefleisch zu ergattern war, wie die Preise für Gemüse tagtäglich stiegen. Vielleicht würde ein richtiges Gespräch über diese Dinge ihre Beziehungen ein wenig verbessern. Aber sie wagte nicht, den Mund aufzumachen, ihr Mann könnte sie für oberflächlich und geschwätzig halten. So mußte sie ihren schönen Pekingdialekt auf der Zunge liegenlassen und konnte nur ihre großen Augen scharfsichtig in die Runde schicken, auf daß sie immer den richtigen Gesichtsausdruck und das passende Lächeln parat hatte.

Ruixuan wurde immer bleicher. Er mochte nicht mit diesen Leuten palavern, konnte sich aber auch nicht entschließen, ihnen kurzerhand die Tür zu weisen. Fast haßte er sich für diese Unentschlossenheit.

Nachdem Rotkürbis alle Hausbewohner mit ihrem Besuch beglückt hatte, gab sie ihre Idee zum besten: »Herr Qi, wenn Ihnen eine Einladung jetzt ungelegen kommt, hätte ich einen Vorschlag. In diesen Zeiten sollten wir alle keinen großen Aufwand treiben, wirklich. Aber ein freudiges Ereignis kann man auch nicht einfach vorüberstreichen lassen. Wollen wir nicht ein Spielchen machen, uns ein bißchen amüsieren? Das ist zwar nicht neu, aber jetzt sollte man sich mehr denn je daran halten. Der Gewinnanteil reicht für Essen und Trinken. Das kostet Sie nichts, wir brauchen keine Geschenke zu bringen, können uns aber alle zusammen einen Tag lang bei ausreichend Speise und Trank amüsieren, ist das nicht eine tolle Idee?«

»Aber ja!« Xiaohe begann sogleich, den Vorschlag seiner Frau in die Tat umzusetzen: »Mit meiner Frau und mir, Dongyang, den Eheleuten Ruifeng sind wir schon fünf, da brauchen wir noch drei, dann reicht es. Also, Ruixuan, mit wem möchten Sie spielen?«

»Der alte Herr erlaubt keine Spiele, das ist bei uns Familientradition«, entgegnete Ruixuan kühl.

Rotkürbis' Gesicht verdunkelte sich, als sei ein Vorhang heruntergefallen. Niemand durfte jemals ihre wunderbaren Vorschläge in Frage stellen. Xiaohe erklärte eilig: »Wenn es hier nicht geht, machen wir es bei uns. Es wäre uns eine Ehre, Ruixuan.«

Ehe Ruixuan antworten konnte, kam Ruifeng hereingestürmt. Sein Gesicht war rot angelaufen, der Mund stand offen, er hatte Schweißperlen auf der Stirn. Ohne die anderen zu begrüßen, stürzte er auf den Bruder zu und begrüßte ihn so innig, daß alle sofort verstummten und Dickmadam fast in Tränen ausbrach. Nachdem Ruifeng ein paarmal tief Luft geholt hatte, konnte er wieder einigermaßen zusammenhängend sprechen. »Zum Glück war ich heute bei Vater im Geschäft, sonst wüßte ich ja noch immer nicht Bescheid! Bruder, in der englischen Botschaft! Du bist mir einer!« Offensichtlich hatte er noch eine Menge auf dem Herzen, aber der Ansturm der Gefühle überwältigte ihn, vor lauter Verwirrung vergaß er alles, was er noch sagen wollte.

Ruixuan erstarrte, lachte aber nach einer Weile plötzlich laut auf. Für solche Leute hatte er nur dieses Lachen übrig, ansonsten war er ihnen gegenüber machtlos. Er hätte seinen Bruder am liebsten gepackt und ihm ordentlich etwas an den Kopf geworfen in der Hoffnung, daß dann auch die anderen endlich begriffen und sich zurückziehen würden. Aber er hielt seine Worte zurück. Jemand, der mit Leib und Seele Lakai war, ließ sich durch ein paar unangenehme Worte nicht abschrecken.

Yunmei sah die mißliche Lage ihres Mannes. Vorsichtig tastete sie sich an einen Vorschlag heran: »Wolltest du nicht in die Oststadt gehen?«
Rotkürbis verstand die Andeutung als erste, ihren Ärger unterdrückend, stieß sie hervor: »Schon gut, wir wollen Herrn Qi nicht länger von wichtigeren Dingen abhalten, gehen wir!«
»Gehen?« Ruifeng war wie vom Donner gerührt. »Willst du nicht wenigstens ein bißchen Schnaps besorgen und uns etwas zu trinken anbieten?« Ruixuan sagte nichts. Schweigen war wirkungsvoller, auch konnte er so seine Würde wahren.
»Ruifeng«, schwindelte jetzt die Schwägerin lächelnd, »er hat wirklich etwas vor. Ich mache dir ein andermal gefüllte Mehlfladen.«
Rotkürbis wartete keine weitere Ausrede mehr ab, sondern ging hinaus. Die anderen folgten ihr unwillig. Ruixuan begleitete sie hinaus wie einen Trupp Gefangener zur Exekution.
Für Xiao Cui war das der erste Tag seiner Monatsanstellung bei Ruifeng. Er hatte seine Rikscha aber nicht direkt vor dem Tor der Qis geparkt, da er keinem der Guans begegnen wollte. Die Rikscha stand etwas weiter westlich unter dem großen Schnurbaum, er saß mit abgewandtem Gesicht da. Als die Leute jetzt alle herauskamen, tat er, als habe er nichts gesehen. Nachdem sie im Hof der Guans verschwunden waren, schoß er wie ein Pfeil auf Ruixuan zu.
»Herr Qi! So ein Zufall«, tuschelte er freudig erregt. »Ich habe gehört, daß Sie auch gerade eine gute Anstellung gefunden haben, ich gratuliere!« Er legte die Hände ineinander und verbeugte sich.
Ruixuan lächelte hilflos. Er hätte Xiao Cui gern ein paar aufrichtige Worte gesagt, denn der war ihm weitaus sympathischer als die ganze Guan-Bande. »Herr Cui, da gibt's nichts zu freuen, wir sind und bleiben in der Hand der Japaner!«
Xiao Cui überlegte einen Moment, dann wandte er ein: »Aber Herr Qi, wenn die japanischen Knirpse hier nicht herumtobten, hätten wir diese Anstellung doch vielleicht gar nicht bekommen?«
»Herr Cui! Nehmen Sie es mir nicht übel, aber Sie denken ja fast genauso wie die da.« Er wies in Richtung der Guans.
»Ich, ich...«, stotterte Xiao Cui, »genauso wie die da?«

»Denken Sie mal in Ruhe darüber nach!« sagte Ruixuan mit einem schwachen Lächeln und ging hinein. Xiao Cui setzte sich wieder auf die Rikscha und starrte in die Blätter des Baumes.

Bei den Guans fanden sich heute keine Gäste ein, nicht einmal Gao Yituo und Li Kongshan erschienen. Vor dem Fest hatten sich die Leute in allen drei Räumen gedrängt, und Xiaohe legte ein Ein- und Ausgangsbuch für Geschenke an, das aber noch viel Platz bot. Heute, nach dem Fest, schienen die Gäste des »Direktors« sich einen freien Tag zu gönnen.

Rotkürbis war kaum zur Tür herein, als sie sich schon auf ihren Thron fallen ließ und einen langen Seufzer tat. »Ruifeng! Und das soll Ihr leiblicher Bruder sein? Wieso ist der denn so komisch? So einen Menschen habe ich noch nicht erlebt!«

»Das will nichts heißen«, Xiaohe schloß die Augen und kramte aus seinem Innersten ein Stückchen Weisheit hervor, »ein Drachen kann neun Junge haben, und jedes ist anders.«

»Um ganz ehrlich zu sein«, stöhnte Ruifeng, »mein ältester Bruder ist nun mal so. Ich habe wirklich Angst, daß er es auf dieser guten Stelle nicht lange aushält. Seine ganze hervorragende Bildung ist umsonst: Englisch beherrscht er wie ein Engländer, aber von den Gepflogenheiten in der Gesellschaft hat er keine Ahnung, das kann ja nicht gutgehen. Er hätte das Zeug für einen Leiter des Schulamtes, aber er zieht ständig ein Gesicht und mag sich nicht einmal vor einem Japaner verbeugen. Da kann man nichts machen!« Alle seufzten, Lan Dongyang schlief mit offenem Munde.

Da räusperte sich John Ding leise. Da allen klar war, daß das etwas zu bedeuten hatte, wandten sie ihm ihre Blicke zu. Er lächelte bescheiden und beteuerte: »Die Engländer sind alle so steif, und Herr Qi hält es eben mit den Engländern, deshalb konnte er überhaupt nur in englische Dienste treten. Ich weiß nicht, ob ich recht habe.«

Xiaohe ließ seine Augen hin und her wandern, dann nickte er: »Das hat etwas für sich, jawohl! Bemalte Gesichter sollen grob sein, Darsteller von Frauenrollen zart, jeder hat so seine Art!«

»Ah!« Rotkürbis schnalzte mit der Zunge, »so gesehen haben

wir ihm also nichts vorzuwerfen, jeder hat eben so seine Methoden!«

»Das, das hätte ich nicht gedacht«, gab Ruifeng ehrlich zu. »Soll er doch, meinetwegen, ich kann ihm nicht reinreden!«

»Er dir auch nicht!« Dickmadam gähnte wieder.

»Das war gut gesagt, gut!« Xiaohe applaudierte mit den Fingerspitzen. »Jeder der Brüder hat eben seine Vorzüge!«

41

In normalen Zeiten war der Pekinger Sommer wunderschön. Von den ersten Kirschen, die aus der Umgebung der Minggräber auf den Markt kamen, bis hin zu den Datteln, die sich langsam röteten, waren diese Monate eine einzige Obstschau. Die ersten, noch grünen Aprikosen kamen – mit einer Zukkerglasur versehen und in faustgroße Flechtkörbchen verpackt – noch als Seltenheit in die Stadt. Etwas später dann, ausgewachsen, aber mit einer grünen Schale, priesen sie immer mehr Händler an: »Aprikosen, die ganz großen!« Bei diesen Rufen lief den Kindern das Wasser im Munde zusammen, die Alten dagegen befühlten ihre wackligen Zähne und lächelten resigniert. Bald darauf kamen die grünroten »Bauernaprikosen« auf den Markt. Die Angebote steigerten sich ins Musikalische, als inspiriere die Schönheit der Früchte die Händler. Dann aber wetteiferten die verschiedensten Aprikosensorten auf dem Markt: große tiefgelbe, kleine rote, manche dickschalig mit besonderem Aroma, wieder andere sehr saftig mit ganz kleinen, süßen Kernen. Den Höhepunkt bildete die berühmte »Weiße Aprikose«, die einzeln, fein säuberlich in Seidenpapier gewickelt, auf den Markt kam. Noch vor den Aprikosen kamen die Pfirsiche: runde, ovale, blutrote, kräftiggrüne, blaßgrüne mit einem roten Strich an der Kerbe, harte, weiche, große saftige, kleine knackige. Sie alle bereiteten den Augen, Nasen und Mündern unbeschreibliche Genüsse.

Nach und nach tauchten auch rote Zwetschgen, Jadepflaumen, Holzäpfel und Augustäpfel auf. Der Händler mußte seine Stimme ganz schön in Schwung bringen, wenn er sie alle in einem Atemzug anpreisen wollte. »Kauft Pflaumen, kandierte Früchte, saftige Honigpfirsiche, süße knackige Zwergäpfel...«

Erst wenn die Früchte ganz ausgereift waren, schleppten die Bauern aus den Bergen sie, in großen Körben sorgfältig verpackt, auf dem Rücken herbei. Mit ihren schwerfälligen Stimmen riefen sie einfach nur: »Äpfel!« oder »Honigpfirsiche!« Sie verkauften wirklich nur Bergobst aus eigenem Anbau.

Die Birnen, Datteln und Weintrauben wurden erst ziemlich spät angeboten, aber wegen ihrer Vielfalt und hervorragenden Qualität verübelten das die Pekinger nicht. Die waren vielmehr stolz auf die großen blassen Datteln, die kleinen Weißbirnen und die Milchweintrauben. Die Birnen und Datteln kündigten den Herbst an, da wußte man, daß es Zeit war, die gefütterte Kleidung zu lüften und die wattierten Jacken und Hosen zum Waschen aufzutrennen.

Die heißeste Zeit war in Peking zugleich die Zeit der Feinschmecker. Außer dem vielen Obst gab es zahlreiche Kürbisarten wie beispielsweise Wassermelonen und Zuckermelonen. Die Wassermelonen sahen zwar sehr schön aus, aber im Aroma konnten sie mit den Zuckermelonen nicht mithalten. Der Artenreichtum an Zuckermelonen suchte seinesgleichen: da gab es die silberweiße, herzhaft-süße Honigmelone, dann jene harten, dicken, grünschaligen, gelbfleischigen »Dreierlei Weiß« und »Froschknack«, eher für junge Burschen als Zahnprobe geeignet, während »Altenglück«, wie der Name schon sagt, auch von zahnlosen Alten nicht verschmäht wurde.

Zum Drachenbootfest konnten Begüterte auch schon die ersten zarten Lotussprossen probieren. Etwas später kamen die frischen Lotuswurzeln auf den Markt. Wer nicht so viel Geld hatte, nahm mit den »Eisschalen« vorlieb: eine Schale voller Eisstückchen, bedeckt mit Lotusblättern, darauf frische Wassernüsse, Walnüsse, Mandeln, Lotuswurzeln und Zuckermelonen, ein köstlicher, knackiger, erfrischender kühler Imbiß. Und wer sich nicht einmal diese »Eisschale« leisten konnte, der wich auf Wassernüsse mit Wasserhirse aus, um etwas Frisches zu genießen.

Nähmen die Unsterblichen nur frisches Obst und sonst nichts zu sich, sie hätten auf Erden bestimmt Peking als ihre Heimstatt gewählt!

Trotz der Hitze war es morgens und abends angenehm kühl. Wer zu genießen verstand, stellte sich einen Eisschrank ins Haus und ein Mattenzelt in den Hof, da konnte ihm die Hitze nichts antun. Wer nicht zu Hause bleiben wollte, ging in den Beihai-Park und ruderte auf dem Lotusteich, nippte im Ahnentempel oder unter den alten Zypressen des Zentralparks Tee oder spielte Schach. Wer gerne unter Menschen war, konnte im Schattenzelt aus Weiden an den drei Seen des Shishahai in angenehmer Kühle Tee trinken, Sauerpflaumen-Kekse knabbern oder eine Schale Lotusblättermus mit »acht Kostbarkeiten« verspeisen. Wer es etwas ruhiger haben wollte, vertrieb sich am entlegeneren der drei Seen oder in der Nähe der Gao-Liang-Brücke mit einer Angel die Zeit. Und wer es lebhaft mochte, der ging ins Theater, denn je wärmer es draußen war, desto heißer ging es auf der Bühne zu, die berühmten Darsteller traten jeweils zweimal auf. Die Nachtvorstellung endete meistens ziemlich spät, wenn schon ein kühles Lüftchen von den Schnurbäumen und den Lotusteichen her wehte, das die Leute wieder aufmunterte. Und auf einmal schienen sie nicht umsonst die vier, fünf Stunden da drinnen gebrütet zu haben, und eine Arie aus der Oper »Der Vierte Herr besucht seine Mutter« vor sich hin summend, trabten sie fröhlich nach Hause. Kurzum, es herrschte zwar große Hitze, aber man konnte ihr ausweichen. Wer gern ein Stück lief, begab sich in die Westberge zum »Tempel des Schlafenden Buddha« oder in den »Tempel der Azurblauen Wolke« oder zog gar für ein paar Tage in den »Park der Wohltuenden Stille«. Hier in den Bergen fand man mit etwas Glück in einem einfachen Teehaus oder einer kleinen Gastwirtschaft sogar noch einen Hofkoch, der einem ein Lieblingsgericht des Kaisers zubereitete.
Selbst im Hause Qi war die Schönheit des Sommers zu spüren, auch wenn es weder Mattenzelt noch Eisschrank, weder die Eisschale noch das Lotusblättermus mit den acht Kostbarkeiten gab. Jeden Morgen, wenn der alte Herr die Tür aufstieß, erblickte er seine blauen, weißen, roten und buntgesprenkelten Trichterwinden, die ihre taubenetzten Trichter mit den Blütenstempeln der Sonne entgegenreckten, als wollten sie dem Schöpfer ein Loblied schmettern. Vielleicht ließ

sich auf der Muskatkürbis-Blüte gerade eine rote Libelle nieder. Er war nicht gewohnt, in den Beihai- oder einen anderen Park zu gehen, aber nach dem Mittagsschläfchen bummelte er manchmal hinüber zum Huguosi. Dort im Tempel, in der Halle des Himmelskönigs, wurden, wenn nicht gerade Jahrmarkt war, Geschichten über den Richter Shi oder ritterliche Helden zum besten gegeben. Bei einer Kanne Tee hörte er eine Weile zu. Die Hallen waren hier sehr hoch, ständig wehte ein kleines Lüftchen, so daß es angenehm kühl war. Stand die Sonne dann im Westen, ging er gemächlich wieder nach Hause und brachte Xiao Shun und der kleinen Niuzi ein Stückchen Erbsmehlkuchen oder zwei, drei Zuckermelonen mit. Die Kinder tummelten sich stets unter den beiden großen Schnurbäumen, um Blüten zu sammeln und den Urgroßvater und seine Naschereien nicht zu verpassen. Wenn die Westmauer bereits Schatten spendete, zog sich der alte Herr einen Hocker unter den Dattelbaum und schlürfte den von Shuns Ma bereiteten Bohnensaft. Hier im kühlen Schatten wurde auch das Abendessen eingenommen, vielleicht nur Salat aus Doufu und Surenbaumblättern oder Frühlingszwiebeln mit gesalzenem Kürbis, aber der alte Herr nörgelte nie. Er kam aus armen Verhältnissen und fand, daß Doufu und Kürbis genau das Richtige für ihn waren. Danach griff er zu Krug und Gießkanne und sprengte seine Blumen. War er damit fertig, setzte er sich unter den Dachvorsprung und beobachtete mit den Kindern die tief fliegenden Fledermäuse oder erzählte eine nicht gerade spannende Geschichte zum soundsovielten Male. So endete sein Tag.

Tianyous Frau hatte im Sommer nicht so stark unter dem Asthma zu leiden und konnte – sehr langsam – einige leichte Arbeiten verrichten. Gab es Jiaozi, saß sie mit verschränkten Beinen auf dem Rand des Kang und half beim Formen. Ihre Teigtaschen waren schön dünn und fest verschlossen, die Ränder meistens noch gemustert. Sie half auch, wenn Spinat und Auberginenschalen getrocknet wurden, die man im nächsten Winter für Jiaozi-Füllungen brauchte. Wurden Muskatkürbis oder Wassermelonen gegessen, trocknete sie die Kerne auf dem Fensterbrett und röstete sie dann, um bei Regenwetter, wenn es keine Naschereien zu kaufen gab, den Kindern den

Mund zu stopfen. Diese kleinen Verrichtungen ließen sie den drohenden Tod für ein Weilchen vergessen. Wenn manchmal Verwandte oder Freunde kamen, sie so beschäftigt sahen und dafür lobten, entgegnete sie müde: »Ja, ja, ich bin wieder ein wenig zu Kräften gelangt, aber wer weiß, was im Winter wird!«

Selbst Shuns Ma, die auch in der größten Hitze für alle kochen und waschen mußte, konnte mal einen kurzen Moment ausspannen, ein Vergnügen, das ihr wirklich nur im Sommer vergönnt war. Manchmal erstand sie am Tor zwei Nachthyazinthen, die sie sich ins Haar steckte, oder sie suchte sich Fingernagelkraut, das sie mit Alaun verrieb, um der kleinen Niuzi damit die Nägel rot zu färben.

Ruixuan, der keiner Leidenschaft frönte, genoß in den Sommerferien die himmlische Ruhe in vollen Zügen. Es kam vor, daß er sich ein Buch auslieh und fast einen ganzen Tag still in der Peking-Bibliothek zubrachte. Anschließend bummelte er durch den Beihai-Park zum Hintertor hinaus und warf noch einen Blick auf die Seen. Er mochte sich nicht zu einem Tee hinsetzen, nur wenn er sehr durstig war, genehmigte er sich eine Schale wirklich eisgekühlten Sauerpflaumensaft. Wenn ihm danach zumute war, ging er auch schon einmal zum Fluß vor dem Westtor Xizhimen, lieh sich eine Matte aus und las unter den Weiden Shelley oder Shakespeare. Nahm er seinen kleinen Sohn mit hierher, angelte der sich ein paar Lotusblätter und Wasserpflanzen und bettelte dann zu Hause den Urgroßvater um zwei Goldfische an.

Die größten Freuden aber schien der Sommer für Xiao Shun und Niuzi bereitzuhalten. Sie durften barfuß und nur mit einer leichten Hose bekleidet herumlaufen und hatten immer noch, falls sie sonst nichts Unterhaltsames zum Spielen fanden, die beiden großen Schnurbäume vor der Tür. Sie konnten die Blüten aufsammeln und dann Großmutter bitten, ihnen zwei Blumenkörbchen zu flechten. Oder sie spielten mit den Schoten, aus denen sie Wächter formten, deren Köpfe beweglich waren. Fragte man die, wo Ost oder wo West sei, drehten sie sofort den Kopf in die richtige Richtung. Das Essen war im Sommer wegen der Hitze zwar etwas einfacher, aber man konnte notfalls aus der Küche ein Stückchen Kürbis mopsen!

Zudem kaufte ihnen stets irgend jemand mal eine Melone, einen Apfel, eine Birne oder einen Pfirsich, so daß sich der kleine Shun wiederholt zu der Erklärung veranlaßt sah: »Dreihundert Pfirsiche schaff ich im Nu, an einem Tag ohne anderes dazu!« Und selbst bei heftigem Regen hörte man von draußen noch rufen: »Erbsen, Zuckererbsen!« Es gab eine Menge lustiger Dinge. Da tapste der Kleine barfuß, ein altes Stück Ölpapier auf dem Kopf, durch die Pfützen bis zum Tor und kaufte dort mit Blütenpfeffer und Sternanis gekochte Erbsen. Der kleine Erbsenverkäufer in seinem breitkrempigen Bambushut und aufgekrempelten Hosen trug einen flachen, schaufelartigen Korb. Er maß die Erbsen mit einem kleinen Schnapsbecher ab, den Becher zu einem Kupferling. Hatte Xiao Shun sie erstanden, kam er zurück, setzte sich aufs Bett und teilte mit Niuzi. Niuzis Hälfte schmeckte aber bestimmt lange nicht so köstlich wie seine, denn ihr fehlte ja der abenteuerliche Einkauf. War der Regen vorüber, flogen Scharen von Libellen durch den Hof, und am Himmel stand ein siebenfarbiger Regenbogen.

In diesem Jahr jedoch hatte der Sommer nur die Hitze und sonst nichts Gutes zu bieten. Was war mit Spinattrocknen? Man bekam nicht einmal genug für den täglichen Bedarf, da war an das Trocknen von großen Mengen überhaupt nicht zu denken. Die Stadttore blieben mal drei, mal zwei Tage lang geschlossen, da kam nicht täglich frisches Gemüse in die Stadt. Wenn dann auch noch zur Verhütung von Epidemien gespritzt wurde, verfaulten durch die Kalkmilch die Auberginen und Muskatkürbisse, die auf der Stadtmauer zum Trocknen ausgebreitet lagen. Dann stiegen die Preise weiter an, bis Gemüse teurer war als Fleisch. Tianyous Frau sinnierte, daß man in solchen Zeiten überhaupt nicht an die Zukunft denken durfte. Wer weiß, wie das mit den Preisen weitergehen würde? Ihr verging die Lust zum Aufstehen.

Xiao Shun wagte sich nicht mehr allein vor das Tor. Dort standen zwar die beiden Schnurbäume noch, und die Schoten-Wächter in den Mauerecken warteten auf ihn, aber er traute sich nicht mehr hinaus. In die Nummer eins waren zwei japanische Familien gezogen, zwei Männer, zwei junge Frauen, eine alte Frau und zwei acht- oder neunjährige Jungen. Seitdem sie hier wohnten, fühlte sich vor allem Wachtmeister Bai unter Druck gesetzt. Guan Xiaohe führte sich als Oberwachtmeister auf und befahl Wachtmeister Bai, die Gasse zu fegen und die Nachbarn zu instruieren, ihren Kindern das Kacken und Pinkeln unter den Schnurbäumen zu verbieten. Er sollte eine Lampe an den Bäumen anbringen und dem Wasserfahrer einschärfen, immer zuerst Nummer eins zu beliefern, egal, wie knapp das Wasser und wie leer der Brunnen auch sei. »Denn Sie müssen wissen, die Japaner baden jeden Tag, sie brauchen viel Wasser. Die übrigen Familien kann er auslassen, aber nie Nummer eins.«

Die anderen Bewohner der Gasse spürten zwar nicht diesen direkten Druck, aber auch sie fühlten sich psychisch bedroht. Da Peking schon jahrhundertelang Hauptstadt war, waren die Pekinger an Fremde gewöhnt und keineswegs fremdenfeindlich. Die Leute aus der Schafhürdengasse würden eine englische oder türkische Familie durchaus nicht diskriminieren. Diese zwei japanischen Familien jedoch beunruhigten sie. Sie konnten nicht übersehen, daß sie erst nach der Unterwerfung Pekings hergezogen waren, ihre neuen Nachbarn waren also ihre Bezwinger. Sie hatten einiges darüber gehört, wie die Japaner zunächst Korea vernichtet, dann Taiwan erobert und wie sie die Koreaner und Taiwanesen behandelt und versklavt hatten. Jetzt waren diese Leute bis zu ihnen vorgedrungen! Zudem war die Schafhürdengasse eine ziemlich ärmliche Gegend, wenn die Japaner sogar hierher kamen, dann gehörte ihnen offensichtlich ganz Peking! Instinktiv empfanden sie die beiden Familien nicht nur als Nachbarn, sondern auch als Spione und die Nummer eins wie eine Zeitzünderbombe.

Die beiden Männer aus diesem Anwesen waren kleine Geschäftsleute um die dreißig. Jeden Morgen machten sie in aller Frühe mit den beiden Jungen – nur mit einer sehr knappen Hose bekleidet – unter den Schnurbäumen Gymnastik. Die Befehle dazu kamen aus dem Radio, wahrscheinlich mußten alle Japaner in der Stadt zur selben Zeit ihre Leibesübungen verrichten.

Gegen sieben Uhr dann rannten die beiden Kinder, die Schulmappe auf dem Rücken, pfeilschnell auf die Straße hinaus und drängelten sich zwischen den Beinen anderer Leute hindurch mit aller Gewalt in den Bus hinein. Es war kein Einsteigen, eher ein Hineinbohren. Ganz gleich, wieviel Leute im Bus waren und noch davor standen, sie mußten hinein. Nach der Schule belegten sie in der Schafhürdengasse den Flaschenkürbis-Bauch mit Beschlag. Sie rannten um die Wette, kletterten auf die Bäume, rollten sich am Boden und prügelten sich, manchmal bis aufs Blut. Sie machten, was sie wollten, als seien sie als die Herren dieses schattigen Plätzchens unter den Schnurbäumen zur Welt gekommen. Hatten sie Lust, über die Mauer irgendeines Anwesens zu klettern oder irgend jemandes Hund zu schlachten, so taten sie es ohne Zögern. Ihre Mütter lächelten dazu, als seien die beiden der liebe Gott in zweifacher Ausführung. Selbst wenn sich die beiden blutig prügelten, kamen sie zaudernd heraus, um sie ohne ein Wort des Tadels zu verbinden. Die beiden waren eben japanische Jungen, die »Helden« der Zukunft, die mordeten, ohne mit der Wimper zu zucken.

Die beiden Männer gingen jeden Morgen gegen acht Uhr weg und kamen nach fünf zurück. Sie gingen stets zusammen aus und unterhielten sich leise. Sobald aber auch nur ein Hund auftauchte, verstummten sie und blickten schräg aus den Augenwinkeln um sich. Am liebsten wären sie mit geschwellter Brust in deutscher Manier mit schnurgeraden und weithallenden Schritten geradeaus gelaufen, ohne sich umzuschauen. Aber sobald jemand kam, senkten sie instinktiv den Kopf, als schämten sie sich. Sie grüßten die Nachbarn nicht, die Nachbarn grüßten sie nicht. Sie wirkten einsam, aber auch von einer ganz besonderen, ihnen eigenen Freude erfüllt.

In der Gasse verkehrte nur Guan Xiaohe mit ihnen. Alle paar Tage ging er sie mit einigen Zuckermelonen, einem Blumenstrauß oder zwei Pfund Gelbfisch »besuchen«. Sie machten ihm aber keine Geschenke. Der einzige Dank, den er erntete, war, daß ihn die gesamte Familie stets bis zur Tür hinaus begleitete und mit einer tiefen Verbeugung verabschiedete. Seine Verbeugung war allerdings noch tiefer und bereitete ihm offensichtlich Genuß. Hatte er sie beendet, schritt er gemächlich auf sein Haus zu, damit die Nachbarn sehen konnten, daß er aus der Nummer eins kam und trotzdem Haltung bewahrte. Wenn er nicht zu ihnen ging, spazierte er um die Zeit, da die Männer zurückkommen mußten, unter den Schnurbäumen auf und ab, lediglich, um sich vor ihnen zu verneigen. Liefen ihm dabei die beiden unbeliebten Kinder über den Weg, drückte er ihnen seine Hochachtung aus und spielte ein wenig mit ihnen. Die aber benahmen sich gar nicht anständig, manchmal rannten sie sogar mit aller Wucht gegen seinen Bauch, daß ihm die Luft wegblieb. Oder sie befummelten mit extra schmutzigen Händen seine schneeweiße Kleidung. Er aber regte sich keineswegs darüber auf, sondern streichelte ihnen lächelnd über den Kopf. Kam ein Nachbar vorbei, bemerkte er verlegen: »Was für interessante Kinderchen!«

Die Nachbarn konnten diesem »interessant« von Herrn Guan überhaupt nicht beipflichten. Sie verabscheuten die beiden Kinder mindestens genauso wie Herrn Guan selbst. Die Kinder rammten nicht nur Herrn Guan, sondern auch andere Leute. Am liebsten die alte Frau Li oder die anderen Kinder. Sie hatten Großmutter Li schon mehrmals umgeworfen und alle Kinder der Gasse zu Testobjekten für die Stoßkraft ihrer Köpfe gemacht. Sie warfen Xiao Shun um, setzten sich rittlings auf ihn und zogen an seinen Haaren, als seien es Zügel. Er konnte in diesem Moment nur nach der Mutter schreien, typisch für ein chinesisches Kind.

Shuns Ma kam heraus. Mit einem Blick erfaßte sie, daß ihr Sohn das Pferd war, und geriet in Wut. Gewöhnlich war sie keine Frau, die immer ihr Kind in Schutz nahm. Hatte der Junge Streit mit anderen Kindern, holte sie ihn meistens nach Hause zurück, ohne die Schuld anderen Kindern zuzuschieben. Heute war das anders. Xiao Shun wurde von japanischen Kindern geritten. Hätten die Japaner Peking nicht besetzt, wäre sie vielleicht nicht so in Wut geraten, sondern hätte großzügig gesagt, Kinder sind Kinder und auch japanische sind mal frech. Jetzt aber gingen ihre Gedanken einen anderen Weg. Sie nahm an, daß sich die japanischen Kinder das nur erlaubten, weil die Japaner Peking besiegt hatten. Sie wollte ihr Kind aber einfach nur nach Hause holen, rannte hin, packte den »Reiter« am Kragen und stieß ihn – schwupp – hinunter, daß er zu Boden fiel. Dann zog sie Xiao Shun hoch, faßte ihn an der Hand und wartete ab, ob die kleinen Erzfeinde noch einen Angriff wagen würden. Die beiden sahen zu ihr hin und traten schweigend den Rückzug an. Sie glaubte, sie würden die Erwachsenen holen, aber es kam niemand. Nachdem sie sich etwas beruhigt hatte, rügte sie den Sohn: »Du hast wohl keine Hände? Kannst dich nicht wehren? Du Nichtsnutz!« Da fing der Kleine wieder an zu heulen, und zwar ganz jämmerlich. »Was heulst du denn, du kannst immer nur heulen!« Erbost zog sie ihn zum Tor hinein.

Der alte Herr fand es gar nicht gut, wie Yunmei sich auf diese Weise Feinde schuf. Das erboste sie noch mehr. Normalerweise legte sie sich nicht mit den Älteren an, aber heute hatte sie eine solche unbezähmbare Wut, daß sie ihre übliche Zurückhaltung vergaß. Sie sprach nicht besonders laut, aber jeder konnte ihre Entschlossenheit und Wut heraushören: »Das stört mich nicht! Wären es nicht gerade japanische Kinder gewesen, hätte ich es vielleicht lachend abgetan. Da es aber Japaner waren, mußte ich mich mit ihnen anlegen!« Als der alte Herr sah, daß sie richtig böse war, wagte er nichts mehr zu sagen, sondern zog den Urenkel in sein Zimmer. »Kannst du nicht im Hof spielen? Warum mußt du draußen Stunk machen? Die sind nicht fein, halte dich da raus, mein braver Junge.«

Kaum daß Ruixuan am Abend zum Tor hereinkam, flüsterte ihm der Großvater zu: »Shuns Ma hat was angerichtet!« Ruixuan erschrak. Er wußte, daß Yunmei nicht leichtfertig etwas heraufbeschwor. »Was denn?« fragte er aufgeregt. Der alte Herr schilderte den Kampf unter den Schnurbäumen in allen Einzelheiten. Ruixuan lächelte nur: »Sei ganz beruhigt, Großvater, da passiert nichts. Shunchen soll ruhig ein bißchen üben, sich zu wehren!«

Der alte Herr verstand nicht recht, was der Enkel meinte, und mißbilligte auch seine etwas leichtfertige Einstellung. Seiner Meinung nach mußte er mit dem Kleinen nach Nummer eins gehen und sich entschuldigen. Als die Acht Alliierten Armeen 1900 in Peking eingefallen waren, hatte er als junger Mann zur Genüge gesehen, wie Fürsten und hohe Würdenträger, sogar die Kaiserinmutter Cixi und der Kaiser nicht wagten, sich mit den Ausländern anzulegen. Jetzt waren die Japaner in Peking eingefallen, und er meinte, daß alles genauso wie vor vierzig Jahren sein müsse.

Yunmei erzählte Ruixuan ebenfalls von dem Vorfall, allerdings viel lebhafter als der Großvater. Ihr Zorn war noch nicht verraucht, ihre Augen sprühten, die Wangen waren leicht gerötet. Er lächelte nur und mochte diese Kleinigkeit nicht so ernst nehmen.
Doch er empfand eine gewisse Freude, denn er hatte nicht erwartet, daß Yunmei so wütend und mutig sein würde. Er war einverstanden mit ihrer Haltung. Ihre Reaktion zeigte ihm, daß in einer unausweichlichen Situation auch noch so fügsame Menschen Widerstand leisten konnten. Im Prinzip war ihre Haltung mit dem Widerstand von Herrn Qian, Qian Zhongshi und Meister Liu auf eine Stufe zu stellen.
Den ganzen Sommer hatte er in Sorge und Bitternis verbracht, jedes größere oder kleinere Vorkommnis bereitete ihm Ärger und Unruhe. Fast hatte er zu lächeln verlernt. Die Sommerferien der Botschaft waren nicht so lang wie die Schulferien, so daß er keine Gelegenheit hatte, wie sonst in der Bibliothek zu schmökern. Wenn er morgens aus dem Haus ging und abends zurückkam, traf er in acht von zehn Fällen die beiden Japaner. Es war richtig, daß man seit dem Fall Nanjings überall in Peking sehr viel mehr Japaner traf. Ihnen aber in der eigenen Gasse zu begegnen, das war um einiges beschämender. Grüßen oder sich verbeugen wollte er nicht, vermochte sie aber auch nicht böse anzustarren. Er konnte nur aufpassen, bevor er aus dem Tor oder in die Gasse trat. Waren sie vor ihm, verlangsamte er seine Schritte, waren sie hinter ihm, beschleunigte er sie. Das waren zwar Kleinigkeiten, aber sehr unangenehme.
Am Sonntag war ihm besonders traurig zumute. Die beiden Kinder maulten: »Pa, wir wollen raus, wir waren so lange nicht mehr im Park bei den Affen! Oder im Haustierzoo! Wir könnten mit der Straßenbahn fahren, vor die Stadt, die Elefanten ansehen!« Er konnte ihre Wünsche nicht ablehnen, wußte aber, daß an Sonntagen alle Parks, der Beihai, der Himmelstempel, der Haustierzoo, alles den Japanern gehörte. Die Japanerinnen, diese ewig lächelnden Porzellanpüppchen, liefen herausgeputzt mit ihren Kindern auf dem Arm oder auf dem Rücken, mit Sake und Eßgeschirr herum. Die Männer, diese Kerle, die ständig nur aus den Augenwinkeln blinzelten,

hatten sich entweder auch feingemacht oder absichtlich nicht, liefen in Scharen mit leeren Händen neben ihren versklavten Frauen und ihren herumtobenden Söhnen in allen Parks herum und belegten die schönsten Plätze. Sie hatten immer etwas zu trinken dabei. Schnaps macht kleine Leute erhaben. Nachdem sie getrunken hatten, gebärdeten sie sich wie wild und warfen die Flaschen auf die Straße oder in den Teich.
Außerdem drängten sich in den Parks auch solche widerlichen, aufgetakelten Männer und Frauen wie Ruifeng und Rotkürbis. Sie waren bunt gekleidet, lachten sinnlos und hielten sich immer da auf, wo sich Japaner und Japanerinnen versammelt hatten. Sie schienen mit Freuden ihren neuen Lebensstil vorzuführen, nur um offenbar die Japaner zu noch hemmungsloserer Invasion zu ermutigen. Am traurigsten waren solche Herrensöhnchen, die nach dem Fall der Stadt genauso unbekümmert wie vorher mit ihrer Geliebten am Arm flanierten, ruderten oder ein Liedchen summten. Sie kannten nur Vergnügungen, die sich mit ihrem Geld erkaufen ließen.
Ruixuan konnte das alles nicht mit ansehen, mußte also zu Hause ausharren. Er fand es zwar schlimm für Shunchen und Niuzi, aber ihm fiel nichts Besseres ein.
Hatte er den Sonntag endlich überstanden, war der Gang zur Arbeit am Montag die nächste Hürde. Mr. Goodrich konnte er nicht ausweichen. Der verließ Peking nicht einmal in den Sommerferien. Hier war seiner Meinung nach die Hitze am besten zu ertragen. Qingdao, Moganshan, Beidaihe? »Puh!« Er stieß heftig die Luft aus. »Da sieht es überhaupt nicht chinesisch aus! Wenn ich westliche Bauten und westliches Treiben haben will, kann ich ja zurück nach England fahren.« Er fuhr aber nicht, sondern genoß die Lotusblüten im Zhonghai und Beihai, die Päonien im Zentralpark, die Granatäpfel, den Flieder, Oleander und all die anderen Blumen in seinem Garten in vollen Zügen. »Peking selbst ist eine einzige große Blume«, sagte er, »die Verbotene Stadt und die drei Seen sind das Herz, das andere sind die Blütenblätter und Blütenkelche, die weiße Pagode im Beihai-Park ist ein gen Himmel ragender Blütenstempel. Es ist wirklich eine Blume, zumal es überall Bäume und viel Grün gibt.«
Da er also nicht wegfuhr, kam er auch in die Botschaft, wenn

nichts anstand. Dann fügte er Ruixuans »Herzschmerz« jedesmal ein paar Stiche hinzu. »Oho! Anqing ist auch gefallen«, konnte Mr. Goodrich Ruixuan zur Begrüßung an den Kopf werfen.

Dabei hatte Mr. Goodrich wirklich nicht die Absicht, Ruixuan zu verletzen. Er machte sich ehrlichen Herzens Sorgen um China, weshalb er unwillkürlich die neuesten Meldungen erörterte, auch wenn es Niederlagen für China waren. Es geschah keinesfalls aus Schadenfreude. Aber Ruixuan spürte stets einen Stachel hinter seinen Worten. Außerdem häuften sich solche schlechten Nachrichten wie »Oho, die Festung Madang ist auch gefallen!«, »Oho, im Hafen von Jiujiang wird gekämpft!«, »Oho, Liu'an ist auch gefallen!« – alle paar Tage eine neue, so daß Ruixuan den Kopf gar nicht mehr hoch bekam. Beschämt mußte er diese Realitäten anerkennen, er wagte nicht mehr, Mr. Goodrich frei und gerade in die Augen zu sehen.

Wortreich hätte er erklären können, der chinesisch-japanische Krieg sei keineswegs kurzfristig zu beenden und für China bestünde Hoffnung, solange gekämpft würde. Jedesmal, wenn er Mr. Goodrichs Meldungen hörte, hätte er ihm zu gern seine hundert-, ja tausendmal im Geiste gedrehten und gewendeten Sätze vorgetragen. Er wußte jedoch nur zu gut, wie gern der alte Herr stritt und daß er beim Streiten seine Sympathien für China vorübergehend verbergen und alles Chinesische bissig kritisieren konnte.

Seinen Mund zu halten, fiel Ruixuan ziemlich schwer, aber es war immer noch besser, als mit Mr. Goodrich scharf Worte zu wechseln. Ein Engländer, selbst einer wie Mr. Goodrich, der den Orient liebte, schätzte eine reale, feurige revolutionäre Theorie, wenn sie aus Rußland, Frankreich oder auch Irland kam, nur nicht aus England. Engländer hängen keinen Traumvorstellungen nach, deshalb hätte er von Mr. Goodrich nur ein kaltes Lächeln und Kopfschütteln geerntet.

Viele Gerüchte waren in Umlauf. Die Pekinger Zeitungen prophezeiten allesamt Frieden. Auch die Diplomaten der verschiedenen Länder schienen zu glauben, daß die Japaner nur bis Wuhan zu kommen brauchten, denn die Regierung der Republik China würde nicht noch einmal ihre Hauptstadt verlegen. Selbst Mr. Goodrich glaubte an einen baldigen Frieden. Er konnte die Japaner nicht leiden, hielt es aber für besser, wenn die Chinesen weniger bluten mußten. Er hatte das Ruixuan mehrfach angedeutet, aber der war nicht darauf eingegangen. Ihm war hingegen klar, schlösse man jetzt Frieden, brächen die Japaner bald die zweite Invasion vom Zaun. Aber dies würde nicht nur noch viel mehr Chinesen das Leben kosten, sondern unweigerlich auch die Engländer und Amerikaner aus China vertreiben. »Dann müßte auch Mr. Goodrich seine Sachen packen«, dachte Ruixuan.

Aber er war tief beunruhigt. Wenn es nun wirklich zum Frieden käme? Frieden würde zum jetzigen Zeitpunkt das Ende Nordchinas bedeuten. Und was würde er dann persönlich tun? Müßte er wirklich sein Leben lang unter der Knute der Japaner dahinvegetieren? Aus diesem Grunde war er begierig auf Nachrichten über den Widerstand, auch wenn sie noch so unbedeutend waren. Selbst so geringfügige Dinge wie Yunmeis Streit mit den japanischen Kindern hörte er mit Wohlbehagen. Deshalb mußte er auch Cheng Changshun zur Flucht raten und Xiao Cui vor der Illusion warnen, daß mit einer Monatsanstellung alles bestens geregelt sei. Und John Ding sollte bloß nicht das »Englische Amt« für eine eherne Stütze halten. Solange England China nicht half, konnte auch das »Englische Amt« eines Tages von den Japanern eingeäschert werden.

Zum Jahrestag des Kriegsausbruchs hörte er am 7. Juli die Rede Chiang Kai-sheks an die Armee und die Bevölkerung. Offenbar waren seine Hoffnungen im Hinblick auf China auch die des ganzen Landes. Er wußte, daß Mr. Goodrich die Nachrichten gehört hatte, erzählte ihm aber trotzdem davon. Zu Ruixuans Verwunderung stritt Mr. Goodrich nicht mit ihm, sondern drückte ihm ernst die Hand. Ruixuan verstand nicht, was Mr. Goodrich dabei im Kopf herumging.

Womöglich glich Mr. Goodrich seinem ehemaligen Schuldirektor, Pater Dou, der zwar nach außen hin friedfertig schien, aber im Grunde seines Herzens Waffengewalt anbetete. Am liebsten wäre er zu Pater Dou gegangen, um zu sehen, ob der ihm ebenfalls ernst die Hände schütteln würde, weil China seit einem Jahr Widerstand leistete und auch in Zukunft leisten wollte.

Er nahm sich einen halben Tag frei. Die Japaner gedachten auch des 7. Juli. Er konnte es nicht mit ansehen, wie Chinesen, erwachsene Menschen und Schüler, vor dem Tiananmen-Tor ihre Verbeugungen vor den gefallenen »Helden« des Feindes machten. Da verkroch er sich lieber zu Hause. Zutiefst bedauerte er, die Rede Chiang Kai-sheks nicht sofort drucken und an alle Pekinger verbreiten zu können. Aber dazu fehlten ihm ja das Werkzeug und der Mut. »China wird zwar nicht untergehen, aber was hast du schon dafür getan?« seufzte er.

42

Auch wenn Ruixuan sonntags zu Hause blieb, fand er keine Ruhe. Ruifeng und Dickmadam erschienen zu seinem Ärger pünktlich jeden Sonntag. Sie kamen immer in größter Eile angerannt und liefen nach kurzer Zeit ebenso schnell wieder davon, nur um zu zeigen, daß sie selbst in der größten Hektik es nicht versäumten, den älteren Bruder zu besuchen. Ruifeng kaute ständig auf seiner Zigarettenspitze aus falschem Elfenbein, fuchtelte mit den Fingern herum und meldete dem Bruder: »Heute habe ich wieder vier Bankette! Und keines darf ich auslassen. Ich esse ja wirklich gern etwas Gutes und trink gern einen guten Tropfen, aber ich verkrafte diese vielen Einladungen nicht mehr. In letzter Zeit habe ich dauernd Durchfall. Beim Trinken vertrage ich allerdings inzwischen viel mehr. Wenn du es nicht glaubst, gehen wir beide mal einen heben, wenn ich Zeit habe. Beim Armdrücken habe ich auch große Fortschritte gemacht. Letzten Sonntag abend habe ich den Amtsleiter Zhang siebenmal hintereinander besiegt, siebenmal habe ich ihm den Arm runtergedrückt!« Er tippte kurz an die Zigarettenspitze: »Allein wegen der vielen Freunde, die ich da kennengelernt habe, hat sich mein Aufstieg schon gelohnt. Man muß überall Beziehungen haben und pflegen, dann ist einem immer ein Posten sicher und man braucht sich um seine Reisschale nicht zu sorgen! Ich...«, er senkte die Stimme, »werde neuerdings sogar von vielen Spitzeln eingeladen, von japanischen genauso wie von chinesischen, die gehen bei mir ein und aus. Von meinem Sitz in der

Schulbehörde breite ich mich wie eine Liane aus und lasse es mir wohl sein, ich schlemme mich durch, stimmt's?«
Ruixuan brachte vor Ekel kein Wort heraus.
Zur gleichen Zeit faßte Dickmadam die Hand der Schwägerin, sie sollte ihre kragen- und ärmellose Bluse bewundern: »Fühl mal, wie dünn und weich der Stoff ist! Da kostet die Elle nur zwei Kuai sieben.« Dann führte sie stolz ihre Handtasche, einen kleinen Seidenschirm, Seidenstrümpfe und weiße Lacksandalen, die die Zehen frei ließen, vor und sagte selbstverständlich jedesmal den Preis dazu.
Nachdem die Besucher berichtet hatten, was zu berichten war, brachen sie auf. »Die Wangs erwarten uns noch zum Kartenspiel!« Und in traulicher Zweisamkeit eilten sie davon.
Waren die beiden endlich gegangen, hatte Ruixuan bestimmt eine halbe Stunde lang Kopfschmerzen. Die hielten an, falls danach auch noch Guan Xiaohe zu Besuch kam. Dessen widerliches Benehmen flößte Ruixuan schon fast Respekt ein, weshalb die Kopfschmerzen nicht zu umgehen waren. Lebten die Eheleute Ruifeng stets nur sich selbst, redete Xiaohe nie von sich, sondern quoll über vor Lob für das Englische Amt. Seinen Besuch bei Ruixuan nannte er ein »englisch-japanisches Bündnis«.
War Xiaohe schließlich gegangen, haßte sich Ruixuan dafür, daß er ihm nicht ins Gesicht gespuckt hatte. Kam der aber das nächste Mal, ließ er sich wieder nicht dazu hinreißen, sondern quälte sich mit ihm ab. Die Zeit war aus Stahl, er selbst nur aus Bohnenquark.
Um solchen Besuchern auszuweichen, ging er hin und wieder den Tag über weg. Er suchte Herrn Qian überall, traf ihn jedoch nie. Kam er an ein kleines Teehaus, sah er sich dort um und fragte nach ihm. »Richtig, so einer kommt manchmal her, aber selten«, lautete zumeist die Antwort. Hatte er sich müde gelaufen, ging er entmutigt nach Hause. Würde er doch nur Herrn Qian treffen! Dann könnte er den Ärger des ganzen Sommers mit einem Male ausschütten. Aber Herr Qian war verschwunden wie ein Stein im Meer.
Ein wenig freute ihn noch Cheng Changshun, wenn auch seine Besuche nicht ganz ohne Unbehagen verliefen. Der war immer noch so wißbegierig und voll patriotischer Begeiste-

rung, beinahe jedesmal fragte er Ruixuan: »Soll ich nun gehen oder nicht?« Ruixuan mochte solche jungen Leute. Selbst wenn Changshun nicht ernsthaft die Absicht hatte, Peking zu verlassen, hörte sich doch allein schon die Frage gut an. Dachte er allerdings an Changshuns Großmutter, wurde ihm schwer ums Herz, und die Freude wandelte sich in Traurigkeit.

Eines Tages kam Changshun unmittelbar nach Guan Xiaohe. Er hatte sich noch nicht wieder gefaßt und brummelte: »Wer Mumm hat, der sollte weggehen!« Changshun strahlte: »Ich soll gehen?« Ruixuan nickte.

»Gut! Ich gehe.«

Ruixuan konnte seine Worte nicht mehr zurücknehmen. Was sollte nun aber aus der alten Frau werden, die auf Leben und Tod mit Changshun verbunden war? Er bekam wieder Kopfschmerzen. Changshun lief nach Hause, als wollte er sofort seine Sachen packen und losgehen. Ruixuan fühlte sich noch unwohler in seiner Haut. Einem jungen Menschen zu raten, aus dem Gefängnis zu fliehen, war nicht zu tadeln. Falls Changshun jedoch umkäme, wäre er verantwortlich dafür.

Während der nächsten zwei, drei Tage schickte er Yunmei täglich nach Nummer vier, um nachzufragen, ob Changshun nun gegangen war. Aber der war noch da. Das bedrückte ihn. Nach drei Tagen traf er ihn unter den großen Schnurbäumen. Changshun nickte ihm nur kurz zu und verschwand, als schäme er sich. Ob seine Großmutter ihn umgestimmt hatte? Oder bereute er seinen Entschluß, weil er nicht mutig genug war? Wie auch immer, er konnte Changshun zwar nichts vorwerfen, seinen Wankelmut oder seine Reue aber auch nicht gutheißen.

Es war fünf Abende später. Der Himmel sah nach Regen aus, und es wehte ein kühler Wind, weshalb sich nach dem Abendessen alle sehr früh zurückgezogen hatten. Da kam Changshun verlegen herein. Ruixuan war feinfühlig genug, ihm nicht gleich mit Fragen zuzusetzen, aber Changshun mußte sofort etwas loswerden: »Herr Qi!« Sein Gesicht lief rot an, er näselte stärker als sonst, »ich kann nicht weggehen.«

Ruixuan wagte nicht zu lachen oder irgend etwas zu erwidern, nickte nur mitfühlend und ernst.

»Großmutter hat ein bißchen Geld«, Changshun sprach leise, »aber alles in chinesischer Währung. Sie hat es nicht mit Zinsen verliehen und mag es auch nicht auf der Post anlegen. Nur wenn sie es selbst in ihrer Hand hat, ist sie beruhigt!«
»Das tun alle alten Leute«, warf Ruixuan ein.
Daß Ruixuan offenbar die Psyche der alten Leute verstand, beflügelte sogleich Changshuns Zunge: »Ich weiß nicht, wieviel sie hat, das hat sie mir nie gesagt.«
»Keiner weiß, wo alte Leutchen ihr Geld versteckt haben und wieviel sie eigentlich haben.«
»Das ist ja das Schlimme!« Changshun wischte sich mit dem Ärmel über die Nase. »Vor ein paar Monaten haben die Japaner doch durch Aushänge angekündigt, daß unser Geld gegen neues eingetauscht werden muß. Als ich das sah, habe ich der Großmutter Bescheid gesagt, aber sie tat, als hätte sie es nicht gehört.«
»Die alten Leute haben natürlich kein Vertrauen in die Scheine der Teufel.«
»Richtig, das dachte ich auch. Und deshalb hab ich sie auch nicht gedrängt. Ich nahm an, daß sie gar nicht viel Geld hat und es deshalb nicht darauf ankommt, ob sie es umtauscht. Erst als immer mehr gemunkelt wurde und ich nachfragte, erklärte sie mir: ›Ich habe gestern vorm Tor von einem Dörfler fünf Pfund Reis gekauft, der gab mir zu verstehen, daß er chinesisches Geld haben will.‹ Seitdem gibt die Großmutter das Geld erst recht nicht aus der Hand. Vor ein paar Tagen hat Wachtmeister Bai mit Großmutter ein wenig geplaudert. Da hat sie schließlich erfahren, daß die Umtauschfrist für die alte Währung abgelaufen ist und jeder, der sie noch weiter benutzt, mit einem Jahr Gefängnis bestraft wird. Großmutter hat die ganze Nacht geweint. Sie hat tausend Kuai, lauter Einkuai-Scheine, neue, von der Verkehrsbank! Tausend! Aber jetzt sind alle hin. Deshalb schimpft sie auf die Japaner und will es ihnen zeigen. Da kann ich doch nicht auf und davon. Das Geld war ihr ganzer Besitz, sie wollte auch davon ihren eigenen Sarg bestreiten. Ohne dieses Geld sind unsere täglichen drei Mahlzeiten gefährdet. Was soll ich tun? Vom Weggehen brauche ich nicht mehr zu reden, Großmutter würde sich aufhängen! Ich muß eine Arbeit finden, um sie ernähren

zu können. Sie hat mich großgezogen, jetzt muß ich ihr dafür danken! Herr Qi?« In seinen Augenwinkeln hingen zwei Tränen, auf seiner Nase stand Schweiß. Händereibend wartete er auf Ruixuans Antwort.

Der erhob sich und ging im Zimmer auf und ab. In Changshuns Rede erkannte er sich selbst. Die Familie und die Pietät fesselten ihn genauso wie Changshun an die Schafhürdengasse. Das Land rief nach ihnen, aber sie konnten sich nur taub stellen. Blieben sie hier, rettete das den Alten kaum das Leben – wahrscheinlich kamen dann alle zusammen um. Er holte tief Luft: »Diese tausend Yuan müßt ihr guten Bekannten aus Shandong oder Shanxi mitgeben, damit sie die Scheine ins unbesetzte Gebiet mitnehmen, dort ist ein Yuan immer noch ein Yuan wert. Natürlich werden sie es euch nicht eins zu eins umtauschen, etwas werdet ihr einbüßen, aber das ist immer noch besser, als es einfach wegzuwerfen.«

»Ja!« Changshun ließ den Kopf nicht mehr hängen, sondern blickte gespannt in Ruixuans Gesicht, als verkünde jeder Satz eine frohe Botschaft. »Ich kenne den Geschäftsführer Yang vom Lokal Tianfuzhai, er ist aus Shandong. Der kann uns bestimmt helfen. Herr Qi, was könnte ich denn tun?«

Ruixuan fiel keine passende Beschäftigung ein. »Überlegen wir erst einmal und reden später darüber!«

»Gut, Sie denken darüber nach und ich auch!« Changshun wischte sich den Schweiß von der Nase und bat leise: »Herr Qi, Sie lachen mich doch nicht aus, weil ich mich nicht wegtraue?«

Ruixuan lächelte hilflos. »Wir sind vom selben Schlag!«

»Was?« Changshun verstand nicht.

»Nichts weiter!« Ruixuan hatte keine Lust auf Erklärungen. »Wir sehen uns morgen wieder. Die Großmutter soll sich nicht aufregen!«

Nachdem Changshun gegangen war, lauschte Ruixuan dem einsetzenden Regen, er konnte die ganze Nacht nicht schlafen.

Noch beschäftigte ihn Changshuns Geschichte, als Herr Chen auftauchte. Er war recht sorgfältig gekleidet, sah aber im Gesicht grüner aus, als Ruixuan in Erinnerung hatte. Nachdem er Platz genommen hatte, kamen seine Pupillen zur Ruhe, die dünnen Lippen legten sich aufeinander. Mehrmals nahm er Anlauf zum Sprechen, schloß aber die bereits geöffneten Lippen immer wieder. Seine Hand zitterte leicht, wenn er nach dem Teeglas griff. »Wie geht's in letzter Zeit?« suchte Ruixuan ihn langsam zum Reden zu bringen.

Die Augen des Besuchers wanderten umher: »In diesen Zeiten ist es ja schon viel, wenn man nicht stirbt!« Dann schwieg er wieder. Er hätte wohl gern ein paar freundliche Worte von sich gegeben, doch Scham und Unruhe erlaubten ihm keine Floskeln. Also stierte er weiter vor sich hin. Nach einer langen Weile schien er mit einer gewaltigen Kraftanstrengung das hervorzuholen, was ihn beschämte und beunruhigte: »Ruixuan, haben Sie in letzter Zeit Qian Moyin gesehen?«

»Viele Freunde haben ihn gesehen, nur ich bin ihm noch nicht begegnet, obwohl ich ihn überall gesucht habe.«

Herr Chen leckte seine Lippen, das bedeutete, er wollte fortfahren. »Ja, ja, mir geht es genauso. Mir haben zwei befreundete Maler erzählt, daß sie ihn gesehen haben.«

»Wo denn?«

»In einer Ausstellung. Er kam, um Bilder anzusehen. Wissen Sie, daß mein Schwager selbst auch malt?« Ruixuan nickte. »Aber er kam nicht wegen der Bilder. Sie haben mir erzählt, daß Moyin gemächlich eine Runde durch die Halle gedreht und sie dann höflich hinausgebeten hat. Er stellte ihnen eine Frage: ›Zu welchem Zweck malen Sie diese Vögel, Blumen und Landschaften? Zum eigenen Vergnügen? Inzwischen sind all Ihre Landschaften in der Wirklichkeit von Blut getränkt, sogar die Vögel und Blumen sind von den Kanonen vernichtet, da steht Ihnen der Sinn nach Zerstreuung? Malen Sie das für die Japaner? Die haben Ihre Berge zerstört, die Flüsse mit Blut gefärbt. Aber Sie bringen es fertig, Frühlingsblüten und Herbstmond zu malen, um den Japanern gefällig zu sein. Sie täuschen Frieden vor! Sammeln Sie Ihre Sachen ein, die sind eine Beleidigung für die Kunst! Wenn Sie malen wollen, dann malen Sie die Schlachten und die Helden, die gegen die Japaner kämpfen!‹ Dann verbeugte er sich tief vor ihnen und ermahnte sie, seine Worte zu bedenken, und ging davon. Meine Freunde kennen ihn nicht, aber ihren Beschreibungen entnehme ich, daß es Moyin war.«

»Was haben Ihre Freunde an ihm auszusetzen, Herr Chen?«
»Sie meinen, er sei ein Halbverrückter!«
»Ein Halbverrückter? Hat er denn nicht irgendwo auch recht?«
»Ach die«, lachte Herr Chen, als wollte er sich für sie entschuldigen, »natürlich haben sie nicht gesagt, es sei verrückt gewesen, was er gesagt hat. Aber sie können nichts anderes als malen und müssen ausstellen, um zu verkaufen, sie leben davon. Das ist ja kein großes Verbrechen. Außerdem meinen sie, wenn er überall so freiweg daherredet, wird er über kurz oder lang verhaftet und umgebracht, deshalb ...«
»Deshalb wollen Sie ihn suchen und ihn warnen?«
»Ich ihn warnen?« Seine Pupillen standen wieder still wie bei einem toten Fisch. Er preßte die Lippen zusammen und schwieg. Nach einer Weile tat er einen langen Seufzer, auf seinem grünen Gesicht traten vereinzelt winzige Schweißperlen hervor. »Ruixuan, Sie wissen wohl nicht, daß er die Beziehungen zu mir abgebrochen hat?«
»Er hat die Beziehungen abgebrochen?«
»Ja, abgebrochen!«
Herr Chen nickte mehrmals. »Mein Herz ist eine versteckte Folterkammer, es kennt sämtliche Folterwerkzeuge und Methoden.« Er erzählte, wie es dazu kam. »Aber das war alles meine Schuld! Ich kann ihm jetzt nicht mehr unter die Augen treten, weil ich nicht auf ihn gehört habe. Ich habe die von dem japanischen Geld gekauften Sachen nicht ausgezogen, sondern statt dessen weiter Kleider und Reis für die Kinder gekauft. Dabei bin ich mir bewußt, daß mit jedem Tag, den ich bei den Japanern arbeite, mit jeder Sache, die ich für sie erledige, mein Name für immer mit dem der Landesverräter in einem Atemzug genannt wird. Ich kann ihm nicht unter die Augen treten, wünsche mir aber Tag und Nacht, ihn zu treffen, er ist mein Verwandter, mein Lehrer und ein Freund. Dafür würde ich gern ein paar Ohrfeigen von ihm in Kauf nehmen. Das würde meinen Schmerz, meine inneren Qualen mindern. Ich kann ihn nicht finden, mache mir Sorgen um seine Sicherheit und Gesundheit, möchte ihn auf Knien bitten, ein wenig Geld, ein Kleidungsstück von mir anzunehmen. Ich weiß aber auch, daß er nichts aus meinen beschmutzten Hän-

den annähme, nichts! Was also sollte eine Begegnung? Sie würde doch nur meine Qualen verschlimmern.« Er kippte einen Schluck Tee hinunter und stieß hervor: »Mein Innerstes scheint nur aus Qualen zu bestehen! Die Kinder hungern nicht mehr und haben etwas anzuziehen. Sie singen und springen, und ihre Gesichter sind ein wenig voller geworden. Aber ihr Singen und Springen sticht mir wie eine giftige Nadel ins Herz. Was soll ich tun? Ich kann mich nur ununterbrochen betäuben, aber dafür leide ich dann hinterher um so mehr.«
»Herr Chen, rauchen Sie Opium?« Auf Ruixuans Nase zeigten sich kleine Schweißperlen. Der bedeckte sein Gesicht mit beiden Händen und rührte sich nicht. »Herr Chen«, Ruixuan drang in ihn, »Sie dürfen sich nicht selbst so zerstören!«
Allmählich ließ Herr Chen die Hände sinken und stammelte: »Ich weiß! Aber ich habe keine Gewalt mehr über mich. Der Schwager hatte mir geraten: ›Geh Erdnüsse verkaufen, das ist immer noch besser, als für die Japaner zu arbeiten.‹ Aber unsereiner, der gewohnt ist, ein langes Gewand zu tragen, deckt die Schmach lieber mit dem Gewand zu, als es abzulegen und Handel zu treiben. Deshalb muß ich rauchen. Das kostet viel Geld, also übernehme ich weitere Aufträge. Je mehr ich aber zu tun habe, desto weniger reicht meine Kraft und desto mehr muß ich rauchen. Ich bin jetzt von morgens bis abends unterwegs, ständig auf der Jagd nach Geld für das Opium. Nur im Rausch kann ich das Leid vergessen, mich vergessen, alles vergessen. Ruixuan, ich bin erledigt!« Langsam erhob er sich. »Sollten Sie Moyin treffen, sagen Sie ihm, daß ich leide, daß ich rauche, daß ich erledigt bin!« Er ging hinaus. Ruixuan folgte ihm wie erstarrt, wollte etwas sagen, brachte aber keinen Ton hervor.
Kurz vor dem Tor blieb Herr Chen plötzlich stehen und drehte sich um. »Beinahe hätte ich es vergessen, ich schulde Ihnen ja noch fünf Kuai!« Er steckte die rechte Hand ins Gewand.
»Herr Chen, die fünf Kuai können wir doch wohl verschmerzen?« Herr Chen zog die Hand heraus. »Wir sind ... also gut, ich füge mich. Vielen Dank!«
Mit Blick auf Nummer eins wollte er dann wissen: »Wohnt da jetzt jemand?«

»Ja, Japaner!«
»Oh!« Herr Chen schluckte, dann nickte er Ruixuan zu und ging davon.
Ruixuan schaute ihm hilflos hinterher, bis er um die Ecke bog. In seinem Zimmer hatte er dann das Gefühl, Herr Chen sei noch da. Selbst wenn er die Augen schloß, sah er noch sein schmales Gesicht. Ganz langsam, nach und nach sah er darin sein eigenes Gesicht, es fehlte nur, daß er Opium rauchte. Jeder, der in Peking blieb, zerstörte sich selbst! Er setzte sich, griff gedankenlos zum Stift und schrieb etwas auf ein Blatt, dann las er: »Wir vernichten uns alle selbst!« Er stierte auf die Worte, wollte sie in ein Kuvert stecken und an Herrn Chen schicken. Aber da fiel ihm Herr Qian ein. Er knüllte das Blatt zusammen und warf es zu Boden. Herr Qian richtete sich nicht zugrunde. Sicher, er würde über kurz oder lang wieder verhaftet und dann getötet werden. Aber in Zeiten des Untergangs machte nur ein solcher Tod noch Sinn! Leute, die zwar ein Gewissen, aber keinen Mut hatten wie er und Herr Chen, konnten sich bloß selbst umbringen!

43

Kanton fiel. Unsere Truppen zogen sich aus Wuhan zurück. Die Japaner in Peking gerieten wieder in Ekstase. Sieg! Dem Sieg folgte der Frieden, und Frieden bedeutete die Kapitulation Chinas, die Abtrennung des Nordens! Die Pekinger Zeitungen druckten die Friedensbedingungen: Japan beanspruchte weder Kanton noch Wuhan, sondern nur Nordchina.
Auch die Lakaien frohlockten, Nordchina würde auf immer Japan gehören, also auch ihnen!
Aber der Rückzug aus Wuhan war noch lange keine Kapitulation!
Nachdem die wahnwitzigen Japaner zur Besinnung gekommen waren, merkten sie, daß sie keinen Frieden gefunden hatten, und bekamen Kopfweh. Sie hatten den Krieg entfesselt und wollten ihn schnell beenden, um in den Genuß des vom Frieden bescherten Glücks zu gelangen. Doch nun machte China einfach weiter und ließ sie den Sieg gar nicht genießen.

Ruixuan traf der Rückzug aus Wuhan nicht so sehr wie der Verlust Nanjings. In einer alten Truhe fand er eine Landkarte der Qing-Dynastie, die irgendwer irgendwann einmal dort hineingepackt hatte. Er klebte dieses alte Stück Papier an die Wand und sah sich Chongqing an, die neue Hauptstadt in Sichuan. Früher war Chongqing nur ein Name und hatte mit ihm überhaupt nichts zu tun. Heute lag ihm die Stadt sehr nahe. Solange Chongqing weiter zum Widerstand aufrief, würden alle Intrigen der Feinde in Nordchina eines Tages wie auf einer Schiefertafel angeschriebene Schulden weggewischt und spurlos verschwinden. Er sah auf die Landkarte und biß die Zähne zusammen. Chinesen kapitulieren nicht!

Während Ruixuan solchen Gedanken nachhing, wurde bei den Guans der Rückzug aus Wuhan mit großem Jubel gefeiert. Ein zusätzlicher Grund zum Feiern war die Beförderung Lan Dongyangs.

Nordchina lag fest in ihrer Hand, meinten die Japaner. Deshalb gingen sie bei der Beseitigung der gegnerischen Elemente besonders rabiat vor und vergrößerten das Neue Bürgerkomitee, um die Bevölkerung zu besänftigen. In einer Hand hielten die Japaner das Schwert, in der anderen die Zuckerstückchen!

Das Neue Bürgerkomitee wurde umgebildet. Künftig sollte es eine Institution mit Bereichen für Propaganda, Öffentlichkeit, Parteien und Jugendverband sein, denen jeweils verschiedene Abteilungen unterstanden. Das Komitee sollte die verschiedenen Branchen von Industrie und Handel erfassen und dort Propagandaarbeit leisten, eine Jugend- und eine Kinderorganisation gründen, also wie eine politische Partei wirken mit dem Hauptziel, einen willfährigen Bürger heranzuziehen. Im Verlauf der Reorganisation zitierten die Japaner alle bisherigen Mitarbeiter heran und überprüften sie persönlich, um Abteilungsleiter und andere Verantwortliche auszuwählen. Lan Dongyangs Aussehen erweckte die Aufmerksamkeit des Examinators, der fand, er sähe zu drei Zehnteln wie ein Mensch, zu sieben wie ein Dämon aus. Für Japaner war sein Aussehen ein Kriterium und eine Garantie – solche Leute waren die geborenen Lakaien, ihrem Herrn stets treu ergeben, immer geneigt, die Anständigen niederzudrücken.

Dongyangs Gesicht erregte schon hinreichend Beachtung, dazu kam noch seine auffallend unterwürfige Haltung, und alles zusammen verschaffte ihm den Posten eines Abteilungsleiters für Propaganda. Als der Prüfer ihn aufrief, war sein Gesicht so grün wie aufgebrühte Teeblätter, seine nach oben zielenden Pupillen blieben hängen und kamen gar nicht wieder herunter, Hände und Lippen zitterten, etwas steckte ihm im Halse. Noch bevor er den Japaner zu Gesicht bekam, hatte er schon drei allertiefste Verbeugungen vollzogen, die ihn beinahe das Gleichgewicht gekostet hätten. Als er schließlich vor ihn trat, vergoß er vor lauter Ehrfurcht Tränen.
Die ersten, die ihn feierten, waren die Guans. Er hatte die Einladung erhalten, erschien aber absichtlich anderthalb Stunden zu spät. Bei seinem Eintreffen war er so blasiert, daß nicht einmal der wortgewandte Xiaohe ihn dazu bringen konnte, seine gelben Zähne zu zeigen. Drinnen lümmelte er sich schweigend auf dem Sofa. Sein Gesicht glänzte ölig. Als ihm Tee und Gebäck angeboten wurden, verharrte er träge und hochnäsig, den Kopf in die Sofaecke gelehnt, ohne das Gesicht zu verziehen. Selbst als man ihn an den Tisch bat, war er zu faul, sich zu erheben. Schließlich wölbte er sich wie eine Raupe hoch und ließ sich auf den Ehrenplatz fallen. Sobald sein Hintern den Stuhl unter sich spürte, stützte er die Ellenbogen auf den Tisch, wie um ein Nickerchen zu machen. Sein Inneres war völlig leer, nur der leise Ruf »Abteilungsleiter« hallte mit jedem Herzschlag wider. Er wollte eigentlich keinen Alkohol trinken, lehnte auch das Essen ab, als ob er zeigen wolle, daß ein Abteilungsleiter die Welt gesehen hat und nicht gierig ist. Als ihm aber das Wasser im Munde zusammenlief, griff er plötzlich einen riesigen Happen, stopfte sich den Mund voll und begann schmatzend zu schlingen, als sei er allein.
Rotkürbis und Guan Xiaohe wechselten einen Blick, sie hatten sich verständigt, unablässig »Abteilungsleiter« zu rufen, so wie man ein geistig abwesendes Kind ruft. Wer Abteilungsleiter geworden war, mußte sich groß aufspielen, sie hätten Dongyang für verloren gehalten, hätte er es nicht getan. So riefen sie »Abteilungsleiter« in allen Tonlagen, manchmal auch gleichzeitig.

Egal, wie sehr sich die Eheleute auch bemühten, Dongyang blieb stumm. Er war nun Abteilungsleiter, und große Persönlichkeiten reden nicht einfach so drauflos. Als das Dessert kam, stand er abrupt auf, lief hinaus und brabbelte: »Hab noch was vor!«

Xiaohe erging sich in den höchsten Tönen über Dongyangs Aussehen: »Seit ich ihn kenne, wußte ich, daß Abteilungsleiter Lan ein ungewöhnliches Gesicht hat. Ist es euch auch aufgefallen? Es hat zwar einen Stich ins Grüne, wenn man aber genauer hinsieht, erkennt man eine zarte Schicht Lila, das nennt man ein Zinnobergesicht, es deutet auf Macht hin.«

Rotkürbis war da realistischer: »Meinetwegen sonstwas für ein Gesicht, nur der Posten eines Abteilungsleiters ist etwas wirklich Handfestes, nicht wahr!« Sie schaute Gaodi an. Als sie mit Xiaohe allein war, erklärte sie ihm: »Ich werde Gaodi doch dem Dongyang geben. Schließlich ist ein Abteilungsleiter mehr als ein Gruppenführer.«

»Ganz recht, die Frau Direktor hat recht! Rede du mit Gaodi, das Kind ist so schwierig, es hört ja nicht auf uns.«

»Ich habe meine Pläne, du halt dich da raus!«

In Wirklichkeit hatte Rotkürbis überhaupt keine klugen Pläne. Sie wußte genau, daß Gaodi nicht sonderlich gehorsam war. Das war nichts Neues. Sie hatte sich noch immer nicht den Anweisungen der Mutter gefügt, mit Li Kongshan »anzubändeln«. Kam der, rechnete er mit Rotkürbis das Geld ab, das sie von den illegalen Prostituierten erpreßten und von dem sie ihm drei Zehntel abtreten mußte. Dann ging er direkt in Gaodis Zimmer, ganz gleich, ob sie bekleidet war oder gerade im Bett lag. Er hielt sich bereits für Gaodis Ehemann. Sobald er eintrat, ließ er sich auf ihr Bett fallen, schwatzte ein wenig oder starrte sie stillschweigend an. Er war gewohnt, die Bordelle zu durchstreifen und mit Prostituierten zu schlafen, und meinte, alle Frauen seien wie die Huren im Bordell.

Gaodi konnte das nicht ertragen. Sie protestierte bei ihrer Mutter, doch die belehrte ihre Tochter unmißverständlich: »Du bist schön dumm! Denk doch mal nach, wäre ich ohne seine Hilfe Direktor geworden? Natürlich habe ich die Fähigkeiten dazu, aber wir dürfen auch nicht so tun, als würden wir ihm gar nichts verdanken. Du sagst selbst, daß du nicht wie eine Fee aussiehst, und er ist immerhin Gruppenführer. Ich kann an dieser Heirat nichts Unpassendes finden. Du läufst mit geschlossenen Augen herum und träumst, öffne sie und sieh dich um! Die Teilung drei zu sieben bedeutet, daß ich allein mich anstrengen muß und er das Geld umsonst bekommt. Ich kann aber den Mund nicht aufmachen und komme mir vor wie eine Taubstumme, die bittere Huanglian-Pillen schlucken und schweigen muß. Gerechterweise mußt du ihn umgarnen. Wenn du ihn heiratest, kann er von seiner Schwiegermutter ja schlecht immer noch die drei Anteile fordern. Begreife endlich, ich allein verdiene das Geld, das ihr alle ausgebt.«

Da Gaodis Widerspruch nichts nützte, schloß sie sich Tongfang noch mehr an. Das aber verstärkte nur die Abneigung der Mutter gegen ihre Konkurrentin, die sie am liebsten sofort ins Bordell gejagt hätte. Deshalb vermieden es die beiden, oft zusammenzusein. Wenn sich Li Kongshan auf Gaodis Bett breitmachte, lief sie grollend mit Sonnenschirm und Handtasche draußen herum, manchmal sogar einen ganzen Tag lang. Sie stieg auf den Felshügel im Beihai oder saß versunken unter alten Zypressen im Park. Wurde es ihr zu langweilig, begab sie sich auch manchmal in die Vereine, denen ihr Vater vorstand, und schlug die Zeit mit den reichen Müßiggängern tot.

Da sich Gaodi auf diese Weise drückte, mußte Rotkürbis wohl oder übel Zhaodi bitten, sich ein bißchen um Li Kongshan zu kümmern. Sie wollte Zhaodi nicht ohne weiteres freigeben, aber jetzt zwangen sie die Umstände dazu. Sie durfte Li Kongshan um keinen Preis verärgern. Ihn zu erzürnen hieße, ihre eigene Reisschale zu zerschlagen.

Seitdem die Mutter den Direktorposten innehatte und Zhaodi tagtäglich mit den Prostituierten Umgang pflegte, hatte sie ihre Naivität und jugendliche Schönheit eingebüßt. Sie besaß keine schlechten Anlagen. Früher hatte sie die gleichen romantischen Träume wie alle jungen Mädchen. Sie putzte sich gern, wollte einen Freund haben, alles harmlose Jugendspielereien. Sie war noch nicht darauf gekommen, daß zwischen Mann und Frau ganz bestimmte Beziehungen bestanden, sondern wollte sich einfach genauso vergnügen wie in den Romanen und Filmen, nichts weiter. Nun aber, im täglichen

Umgang mit den Huren, wurde sie plötzlich erwachsen. Dort lernte sie den menschlichen Körper kennen, nicht mehr nur in ihrer Phantasie, sondern direkt und eindeutig. Sie hing keinen Träumen mehr nach, sondern wollte es selbst probieren.
Ihre Aufmachung, Kleider, Frisur und ihre Schminke waren die einer modernen jungen Frau und noch nicht von den Straßenmädchen beeinflußt, doch ihr Gesichtsausdruck und ihre Sprache hatten sich sehr verändert. Sie war selbstherrlich, ahmte die Sprechweise der Prostituierten nach und benutzte schlüpfrige Ausdrücke. Dabei lächelte sie zufrieden über ihre eigene Kühnheit und ließ sich die verborgene Bedeutung dieser Obszönitäten auf der Zunge zergehen. Sie besaß kaum Bildung, aber Instinkt. Dieser ist normalerweise durch Schamgefühl und Vorsicht gesichert. Entfällt diese Sicherung, bedarf es immer stärkerer, primitiverer Freuden. Zhaodi verwarf ihren Instinkt und akzeptierte den Befehl der Mutter, sich um Li Kongshan zu kümmern.
Li Kongshan interessierte bei Frauen stets nur ihr geheimster Teil. Als Zhaodi zu ihm kam, ergriff er augenblicklich ihre Hand, küßte und begrapschte sie. Das hatte er schon längst auch mit Gaodi machen wollen, aber die war unfolgsam. Als er das jetzt bei der hübscheren und jüngeren Zhaodi nachholen konnte, kam er sofort in Stimmung und besorgte Seide für drei Kleider.
Als Rotkürbis die Stoffe sah, erschrak sie. Zhaodi war ihr Schatz, der durfte nicht einfach von Li Kongshan gehoben werden. Aber Seide war Seide, und die sprach für Li Kongshan. Sie konnte Zhaodi schlecht dazu raten, den Stoff zurückzugeben. Außerdem hielt sie ihre Tochter für zu klug, leichtfertig hereingelegt zu werden. Deshalb griff sie nicht ein.
Zhaodi mochte Kongshan überhaupt nicht. Sie dachte nicht an Heirat, wollte ein Abenteuer, wollte ausprobieren, was am meisten reizte. Sollte Li Kongshan sie anzurühren wagen, was andere nicht getan hatten, wäre alles möglich. Oft genug hatte sie gesehen, wie ihr Vater die Huren heimlich geküßt hatte. Jetzt war sie zu mehr bereit, das konnte ja nicht so furchtbar falsch oder schlimm sein.
Nach dem Fall von Wuhan verstärkten die Japaner die Säuberung Pekings, es gab massenweise Verhaftungen. Li Kongshan

hatte alle Hände voll zu tun, und ihm fehlte nun die Zeit, sich auf Gaodis Bett zu legen. Er war seinen japanischen Herren durchaus nicht treu ergeben, sondern wirtschaftete in seine eigene Tasche, verhaftete willkürlich irgendwelche Leute nach dem Motto: Je mehr, desto besser. Dann wurde mit jedem einzeln der Preis ausgehandelt. Wer zu zahlen bereit war, wurde freigelassen, wer kein Geld hatte, ganz gleich, ob schuldig oder nicht, verlor sein Leben. Beim Hinmorden Unschuldiger ging er fast ebenso entschieden vor wie beim Betatschen von Frauen.

Rotkürbis beunruhigte Li Kongshans Ausbleiben. Hatten die Töchter ihn etwa verärgert? Sie schickte Zhaodi zu ihm: »Das sage ich dir, Zhaodi, benimm dich! Sage ihm: Wuhan ist erledigt, wir feiern hier alle schön und vermissen ihn sehr! Er soll sich unbedingt die Zeit nehmen und zu uns kommen. Zieh das Kleid an, das er dir geschenkt hat. Hast du verstanden?«

Nachdem sie Zhaodi losgeschickt hatte, rief sie Gaodi zu sich, legte die Stirn in Falten, als sei sie sehr erschöpft, und keuchte leise: »Gaodi, deine Mutter hat mit dir zu reden. Ich habe gesehen, daß du Li Kongshan nicht magst, also zwinge ich dich nicht mehr.« Daraufhin blickte sie die Tochter lange an, um herauszufinden, ob diese ihre Güte auch zu schätzen wisse. »Jetzt, da Lan Dongyang Abteilungsleiter ist, müßte er doch deinen Wünschen entsprechen, oder? Er achtet zwar nicht besonders auf Reinlichkeit, aber doch nur, weil er nicht verheiratet ist. Kümmert sich erst eine Frau um ihn, läuft er sicher nicht mehr so schlampig herum. Ehrlich, wenn er sich ordentlich aufmacht, sieht er doch ganz manierlich aus. Außerdem ist er jung und schon jetzt Abteilungsleiter, wer weiß, ob er es nicht bis zum Gouverneur bringt. Sei ein braves Kind und höre auf deine Mutter! Sie würde doch nichts tun, was dir schaden könnte. Du bist nicht mehr so jung, mach deiner Mutter nicht noch dauernd Sorgen! Ich muß mich allein um alles kümmern, da habe ich schon genug am Hals. Freunde dich mit ihm an! Sollte die Hochzeit zustande kommen, profitieren wir doch alle davon, nicht wahr?« Als sie ihre Predigt beendet hatte, klopfte sie sich mit den Fäusten leicht auf die Brust.

Gaodi sagte nichts. Sie verabscheute Lan Dongyang nicht weniger als Li Kongshan. Sollte sie wirklich gezwungen werden, Dongyang zu akzeptieren, mußte sie sich mit Tongfang beraten. Bei wichtigen Dingen war sie stets unentschieden.

Als Rotkürbis außer Haus war, schlenderten Gaodi und Tongfang zum Fluß vor das Xizhimen-Tor, um in Ruhe miteinander zu reden. Der Fluß lag nur einige hundert Meter von der Stadtmauer entfernt, hier war es still und menschenleer. Die Weiden am Ufer hatten ihre Blätter schon verloren, die blanken Zweige schaukelten in der Herbstsonne. Aus einem Lotusteich ragten nur ein paar Stengel mit Blättern, die so trocken waren, daß sie im Winde leise raschelten. Mittendrin stand reglos ein Seidenreiher. Im Teich war noch reichlich Wasser, aber im Fluß floß es nur noch in der Mitte und umspielte lange, tiefgrüne Algen. Das Ufer war feucht. Da und dort lugte eine Flußschnecke halb aus dem Schlamm, aber kein Kind holte sie sich. Der Herbst hüllte die Umgebung Pekings in Stille, wohin man auch sah, herrschte Herbststimmung.

Nachdem sie eine Weile spaziert waren, setzten sie sich unter der größten Weide auf Wurzeln, die aus der Erde ragten. Schauten sie sich um, konnten sie die Gao-Liang-Brücke sehen, auf der reger Verkehr herrschte. Aber sie wollten für eine Weile vergessen, daß sie in dem großen Käfig Peking eingesperrt waren, wollten ungezwungen die frische Luft genießen, die nach Erde und Fluß roch.

»Ich möchte doch nicht weggehen!« Tongfang legte die Stirn in Falten und zog an ihrer Zigarette, dann blickte sie dem davonziehenden Rauch nach.

»Nicht weggehen?« staunte Gaodi erleichtert. »Wunderbar! Wenn ich allein zurückbliebe, wüßte ich überhaupt nicht mehr, was ich machen sollte!«

Tongfang kniff die Augen zusammen und blickte dem aus der Nase aufsteigenden Rauch nach. Auf ihrem Gesicht lag die Andeutung eines Lächelns, als genieße sie Gaodis Vertrauen.

»Aber«, auf Gaodis kurzer Nase bildeten sich kleine Fältchen, »wenn Mutter dich nun wirklich wegjagt? Dich ins ...«

Tongfang warf die halbe Zigarette zu Boden, zertrat sie mit dem Absatz und verzog den Mund: »Das werden wir sehen!

Ich habe keine Angst vor ihr. Ich wäre doch längst weggelaufen, aber du kommst ja nicht mit. Die paar Zeichen, die ich schreiben kann, mit denen komme ich nicht weit. Natürlich kann ich ein bißchen singen, aber weggehen, um dann doch wieder singen zu müssen, wie käme ich mir denn da vor? Würdest du mit mir kommen, wäre das etwas anderes. Du kannst wenigstens schreiben und rechnen, damit findest du immer eine Arbeit. Du arbeitest, und ich kümmere mich um den Haushalt. Ich garantiere dir, daß es uns beiden bestimmt gutgehen würde. Aber du willst ja nicht, und allein komme ich nicht durch!«

»Ich hänge an Peking und der Familie«, bekannte Gaodi.

Tongfang lächelte. »Peking ist von den Japanern besetzt, die Familie will dich mit einem Mörder verheiraten, aber du kannst dich nicht trennen. Du hast alles vergessen, den Zhongshi, der die Japaner in den Abgrund gefahren hat, und den alten Herrn Qian, der dir gesagt hat, daß du ein gutes Mädchen bist.«

Gaodi umschlang ihre Knie und starrte vor sich hin. Nach einer Weile sagte sie leise: »Du willst doch auch nicht weg.«

Tongfang warf den Kopf zurück, eine Haarsträhne fiel nach hinten: »Um mich brauchst du dich nicht zu kümmern, ich habe meine eigenen Pläne.«

»Was denn für welche?«

»Das kann ich dir nicht sagen.«

»Na, dann habe ich auch meine eigenen Pläne! Jedenfalls werde ich weder Li Kongshan noch Lan Dongyang heiraten! Ich heirate nur jemanden, den ich auch heiraten will!« Zum Zeichen ihrer Entschlossenheit warf sie den Kopf zurück. Sie hatte die Wahrheit gesagt. Wenn sie auch sonst nichts verstand – sie wußte, was freie Wahl des Partners bedeutete. Sie konnte zwar nicht sagen, wie frei die sein sollte, sah nur, daß andere sich daran hielten, und wollte es ihnen nachtun. Worauf hätte sie sonst stolz sein können, als dem Zug der Zeit zu folgen und eine moderne junge Frau zu sein. Was war denn eine moderne Frau? Eine Frau, die frei ihre Ehe schloß! Nur durch eine Heirat wäre ihr Leben auf dieser Welt gesichert, doch darin unterschied sie sich überhaupt nicht von den älteren Frauen. Sie mußte aber anders sein! Sie würde zwar heiraten, aber nur »frei«! Sie sehnte sich nach einer Liebe, die zur Ehe führte, und glaubte, dadurch würde sie zu einer modernen jungen Frau. An die Zukunft dachte sie nicht.

Tongfang schwieg lange. Gaodi bekräftigte noch einmal: »Ich heirate nur jemanden, den ich will!«

»Wie willst du denn mit deinen Leuten fertig werden? Du lebst nun einmal zu Hause, ißt und trinkst daheim, also mußt du auf sie hören.« Tongfang sprach leise, aber eindringlich. »Gaodi, ich kann dir in Zukunft nicht mehr helfen, habe meine eigenen Probleme! Wäre ich an deiner Stelle, ginge ich sofort weg. Bei uns im Nordosten unterstützen viele Frauen den Kampf der Männer gegen die Japaner, warum willst du da nicht mitmachen? Nur wenn du weggehst, bist du wirklich frei!«

»Was hast du eigentlich vor? Wieso kannst du mir nicht mehr helfen?«

Tongfang schüttelte nur den Kopf und schwieg.

So saßen sie lange schweigend, bis Tongfang sich einen Ring vom Finger zog und in Gaodis Hand legte: »Von nun an werden wir beide zu Hause nicht mehr miteinander sprechen. Die wissen alle, daß wir gute Freunde sind, es macht sie nur mißtrauisch, wenn wir viel zusammenhängen. Ich sehe dich nicht mehr an, vielleicht behalten sie mich dann noch etwas länger. Nimm diesen Ring als Andenken!«

Gaodi bekam Angst. »Du, du willst dich wohl umbringen?«

Tongfang lächelte traurig. »Ich bringe mich schon nicht um!«

»Aber was hast du vor ...?«

»Das wirst du später schon verstehen, jetzt sage ich es dir nicht.« Tongfang stand auf und reckte sich, dabei ergriff sie einen Zweig. Auch Gaodi erhob sich: »Aber ich weiß immer noch nicht, was ich machen soll.«

»Ich hab's dir doch gesagt, wenn du Mut hast, gibt es immer einen Ausweg. Wenn du dich aber von allem hier nicht trennen kannst ...«

Als sie zu Hause ankamen, ging die Sonne schon unter.

Zhaodi war noch nicht zurück.

Rotkürbis wollte sich ihre Unruhe nicht anmerken lassen,

aber es gelang ihr nicht. Sie war völlig von ihrer und Zhaodis Klugheit überzeugt und meinte, jeder könne einmal hereinfallen, nur nicht sie und ihre Tochter. Jetzt aber wurde es dunkel, und die Tochter war nicht zurück. Außerdem kannte sie Li Kongshans Durchtriebenheit. Sie biß die Zähne zusammen. In diesem Moment war sie fast wie eine richtige Mutter und bereute beinahe, die Tochter in die Höhle des Löwen geschickt zu haben. Aber sich Vorwürfe zu machen hieß, das Selbstvertrauen zu verlieren. Sie selbst war stets ein Luder gewesen, das sich durch nichts beirren ließ. Selbstbezichtigung kam für sie nicht in Frage! Nein, sie hatte keinen Fehler gemacht. Auch Zhaodi nicht. Nur Li Kongshan war ein Mistkerl! Nun überlegte sie, wie sie ihn bestrafen konnte. Im Moment fiel ihr nichts ein, denn mit Li Kongshan war nicht zu spaßen. Falls sie nicht das Richtige tat, konnte es ihr ergehen »wie Zhou Yu zur Zeit der Drei Reiche, der Liu Bei in eine Falle locken wollte, ihm statt dessen aber eine Frau zuführte und obendrein seine ganze Armee verlor«. Das wäre eine Schande! Unversehens geriet sie in Wut, hüstelte, Hitze stieg ihr aus dem Bauch in die Brust, daß es schmerzte. Sie zitterte leicht, ein kalter Schauer legte sich über ihr sommersprossiges Gesicht. Nur ein einziger Gedanke bohrte sich wie ein Wurm in ihr Herz – sie hatte das Gesicht verloren! Das ertrug sie nicht. Schluß, jetzt wurde nicht mehr nachgedacht, jetzt mußte sie es mit Li Kongshan aufnehmen. Sie ballte die Fäuste, daß die rotlackierten Fingernägel sich schmerzhaft in die Handflächen gruben. Was würde es ihr schon ausmachen, wenn ihr Mann sterben würde? Gaodi hatte sie nie geliebt, stieße der etwas Schlimmes zu, berührte sie das nicht weiter. Tongfang, die gehörte ins Bordell, je mehr die ihr Gesicht verlor, desto besser! In der ganzen Familie liebte sie nur Zhaodi. Sie war ihr Herzblut, eine frischerblühte Blume, die keineswegs Li Kongshan zugedacht war. Ginge Zhaodi mit einer hochgestellten Persönlichkeit Beziehungen ein, ließe sich das regeln. Leider hatte nun aber gerade Li Kongshan sie entführt, das konnte sie nicht einfach so hinnehmen! Li Kongshan war doch nur ein Gruppenführer!
Sie rief nach einem Umhang und wollte sofort zu Li Kongshan, auf ihn einschlagen, mit ihm auf Leben und Tod kämp-

fen. Aber ihre Füße bewegten sich nicht. Sie wußte, Li Kongshan behandelte Frauen nicht, wie es üblich war. Er würde zurückschlagen und womöglich noch eine Menge Polizisten zu seiner Unterstützung herbeirufen. Wenn sie ihn anprangerte, würde sie ihre Schande noch verschlimmern. Sie war ein weiblicher Draufgänger, er aber ein Schuft.
Xiaohe hatte ihre Unruhe längst bemerkt, wagte aber nichts zu sagen. Er wußte, sie ließ ihren Ärger gern an anderen aus. Würde er auch nur den Mund öffnen, riskierte er, sich selbst mit Hundedreck überschüttet zu finden. Zudem verspürte er ein wenig Schadenfreude. Rotkürbis und Li Kongshan hatten einen Beamtenposten, er aber noch nicht. Er wollte doch gern einmal sehen, daß zwei Beamte sich wie Bluthunde aufeinanderstürzen. Um die Tochter und ihre Zukunft schien er sich keine Sorgen zu machen. Ihn kümmerte nicht, ob die Tochter Li Kongshan in die Hände gefallen war und ob Rotkürbis sie da herausboxen würde. Er sah das alles ziemlich gelassen. Wenn die Tochter oder das Land in Schande fielen, darüber regte man sich doch nicht auf.
Der herbstliche Himmel stand voller Sterne, die Milchstraße erschien als schwach leuchtendes Band. Rotkürbis konnte sich noch immer nicht entscheiden, ob sie zu Kongshan und Zhaodi gehen sollte. Das versetzte sie in Wut. Sie erkor Xiaohe zum Objekt ihres Zorns, stürmte ins Zimmer und ließ sich wie ein ausgeblutetes, schlaffes Stück Rindfleisch aufs Sofa fallen.
Xiaohe sah, daß der Sturm gleich losbrechen würde. Eilends setzte er eine ernste Miene auf, legte die Stirn in Falten und tat, als sei auch er sehr um Zhaodi besorgt, als Rotkürbis losdonnerte. »Ich sage ja, du kannst dich nur dumm stellen. Schließlich habe ich Zhaodi nicht mit in die Ehe gebracht, sie hat auch etwas mit euch Guans zu tun, aber dich scheint das wohl überhaupt nicht zu interessieren.«
»Ich bin sehr beunruhigt«, widersprach Xiaohe in weinerlichem Ton. »Aber Zhaodi geht doch oft allein aus und kommt sehr spät zurück, nicht wahr?«
»Heute ist das etwas anderes, heute war sie bei...« Statt weiterzusprechen, spuckte sie kräftig aus.
»Ich habe sie nicht geschickt«, schlug Xiaohe zurück. Sollte

Zhaodi wirklich ihr Gesicht verloren haben, wäre das alles Rotkürbis' Schuld, und hatte man einen Schuldigen, war alles nicht mehr so schlimm.
Rotkürbis griff hastig nach einem Teeglas. Klirr! Glas und eine Fensterscheibe zerbarsten. Der kräftige Knall gab ihr Auftrieb. Mit voller Stimmkraft legte sie los: »Was bist du bloß für ein Kerl! Ich rackere mich den ganzen Tag ab und muß mich um alles kümmern, du aber sitzt zu Hause herum und rührst keinen Finger! Hast du überhaupt ein Herz?«
Herr Gao hatte nebenan geraucht und war eingeschlafen. Das Splittern des Glases weckte ihn, aber er stand nicht gleich auf, denn das Opium hatte ihn träge und faul gemacht. Er gähnte ausgiebig, rieb sich die Augen, nahm ein paar Schluck Tee gleich aus dem Schnabel der Teekanne und setzte sich gemächlich auf. Erst nach einer Weile ging er mit wiegenden Schritten hinaus. Nach wenigen Worten war ihm bereits klar, worum es ging, und er erbot sich freiwillig, Fräulein Zhaodi suchen zu gehen.
Auch Xiaohe hätte sich gern aufgemacht, denn er war neugierig. Sollte Zhaodi wirklich ins Netz gegangen sein, mußte er Li Kongshan gegenüber den ehrwürdigen Schwiegervater herauskehren und sogleich die Bedingung stellen, ihm einen einträglichen, aber ruhigen Posten zu verschaffen. Wenn bei dieser Gelegenheit ein Amt für ihn herausspränge, konnte man Zhaodis Verfehlung umwandeln in eine Tat, die den Ahnenruhm vermehrte. Ließe er aber diese Chance ungenutzt, könnte er sich selbst kaum noch in die Augen sehen und wohl auch nicht mehr den Japanern – die hatten Peking besetzt, da mußte doch auch etwas für ihn herausspringen, oder?
Aber Rotkürbis ließ ihn nicht gehen. Sie brauchte ihn zu Hause, um jemanden beschimpfen zu können. Gao Yituo war ihr Vertrauter, der das Ganze besser lösen würde.
Herr Gao lächelte Xiaohe hämisch zu und verließ den Raum wie ein Schauspieler die Bühne. Rotkürbis schimpfte weiter auf Xiaohe ein.
Hinter dem Rücken von Rotkürbis hatte Gao Yituo für Li Kongshan schon öfter Verabredungen mit Frauen getroffen. Daher wußte er, wo der sich mit Frauen traf, nämlich in einem

Wohnhaus in der Nähe des Pailous an der Xidan-Kreuzung. Früher befand sich hier eine angesehene Pension für Studenten. Sie wurde von einem Ehepaar betrieben, das die Fünfzig überschritten hatte. Der Mann kümmerte sich um die Finanzen, die Frau um die Küche. Eine Frau um die Vierzig säuberte die Zimmer, ein etwa vierzehnjähriger Junge sorgte für kochendes Wasser und Tee und machte den Laufburschen. Wer nicht von Bekannten empfohlen wurde, kam hier nicht unter. Fleißige Studenten rechneten es sich zur Ehre an, hier wohnen zu dürfen. Das Ehepaar behandelte die Gäste fast wie die eigenen Kinder. Sie kassierten zum Monatsanfang nicht nur den Betrag für Kost und Logis, sondern sorgten sich auch um die Gesundheit und andere Probleme der Studenten. Diese sprachen die beiden ehrfürchtig mit »Alter Herr« und »Alte Dame« an. Waren die Studenten in Schwierigkeiten und konnten nicht pünktlich zahlen, gewährte man ihnen Kredit und schoß auch ein wenig Kleingeld vor. Daher blieben die Studenten auch nach ihrem Studium mit dem Ehepaar befreundet und brachten ihnen an Feiertagen kleine Geschenke, um sich für die erwiesene Güte erkenntlich zu zeigen. Wer hier gewohnt hatte, ganz gleich, aus welchem Teil des Landes er kam, liebte Peking noch mehr. Hier hatten sie etwas fürs Leben gelernt – Lauterkeit und Anstand.
Nach dem Kriegsausbruch verwaiste diese Pension. Die Universitäten waren geschlossen, Mittelschüler wohnten hier kaum. Das Ehepaar geriet in Schwierigkeiten. Sie wollten kein Hotel aus der Pension machen, Hotels wurden von Gauklern und Vagabunden betrieben, sie aber waren anständige Pekinger. Die Pension schließen durften sie auch nicht, das hatten die Japaner verboten. Zu dieser Zeit kam Li Kongshan auf der Suche nach einer Anstellung in die Stadt. Ihm gefielen die verkehrsgünstige Lage der Pension, die Sauberkeit und der Preis. Er mietete drei Zimmer. Um zu überleben, stimmte das Ehepaar zu.
Gleich nach dem Einzug brachte Li Kongshan eine Frau und zwei, drei Männer mit. Sie spielten die ganze Nacht Karten. Als die Eheleute um Rücksichtnahme baten, sah Li Kongshan sie nur böse an. Als sie erklärten, eine Polizeikontrolle zu fürchten, befahl Li Kongshan der Frau in seiner Begleitung,

die Türen weit zu öffnen. Man würde ja sehen, ob die Polizei es wagte, hereinzukommen. Halb im Ernst, halb im Scherz meinte er: »Ihr habt wohl noch nicht mitgekriegt, daß sich die Zeiten geändert haben. Den Japanern gefallen Glücksspiele und Opium.« Dem »Alten Herrn« befahl er, eine Raucherlampe und alle anderen Utensilien zum Opiumrauchen zu besorgen. Als der ablehnte, schlug Li Kongshan zwei Stühle entzwei. Er war ein erfahrener Militär, der wußte, wie man mit dem Volk umgeht.
Anderntags kam er mit einer anderen Frau. Jetzt baten die Eheleute nicht mehr, sie waren zornig und bestanden darauf, daß er auszog. Li Kongshan schwieg, zog aber nicht aus. Der alte Herr war zu allem entschlossen: »Und wenn es mein Leben kosten sollte, ich lasse nicht zu, daß Sie sich hier derart ungebührlich benehmen!« Li Kongshan rührte sich noch immer nicht, als habe er Wurzeln geschlagen.
Schließlich konnte es seine Begleiterin nicht mehr mit ansehen und tuschelte: »Verehrter Herr Li, Sie haben doch genug Geld, um woanders etwas zu finden, Sie müssen ja nicht unbedingt dem alten Mann Ungelegenheiten bereiten.«
Gönnerhaft erwiderte er: »Du hast recht, Schätzchen.« Dann forderte er, das Ehepaar sollte fünfzig Yuan für den Umzug bezahlen. Sie bezahlten und verbrannten Weihrauch, als er verschwunden war.
Li Kongshan gab die fünfzig Yuan dieser Frau: »Zwei Tage umsonst gewohnt, umsonst Frauen gehabt, das lasse ich mir gefallen.« Er lachte unbändig und kam sich sehr komisch vor.
Nachdem Li Kongshan Leiter der Sondergruppe geworden war, bestand seine erste »gemeinnützige Amtshandlung« darin, die drei Zimmer dieser Pension zu besetzen. Er ging nicht selbst, sondern schickte vier Mitarbeiter mit Pistolen am Gürtel, die dem Inhaber verkündeten: »Gruppenführer Li, der Herr, den Sie einmal hinausgeworfen haben, verlangt seine drei Zimmer zurück.« Er schärfte ihnen ausdrücklich diesen Wortlaut ein, weil das nach Rache klang. In solchen kleinen Dingen war er nachtragend, doch seinen Erzfeind konnte er zum Vater erklären. Mit der Macht der Japaner im Hintergrund einem unschuldigen Ehepaar übel mitzuspielen,

das verschaffte ihm Genugtuung. Beim Anblick der Pistolen blieb dem Ehepaar nichts anderes übrig, als mit Tränen in den Augen nachzugeben.
Li Kongshan wohnte nicht hier, sondern erinnerte sich dieser »Villa« nur, wenn er sich mit Frauen vergnügen oder am Spieltisch sitzen wollte. Bei jedem Besuch verlangte er von dem Ehepaar, irgendwelche Gegenstände oder Ausrüstungen zu ergänzen, wobei er vorher ganz offen mit seiner Pistole spielte. Die drei Zimmer wurden immer ansehnlicher. War er bei Laune, pflegte er dem »Alten Herrn« zu sagen: »Wohne ich nicht schön bei Ihnen? Die Einrichtung wird immer besser, ist das kein Fortschritt?« Wenn der ihn aber um Erstattung der Kosten bat, blickte er ihn groß an oder klopfte auf die Pistole am Gürtel: »Ich arbeite für die Japaner, wenn Sie Geld wollen, wenden Sie sich an die! Aber so weit reicht Ihr Mut wohl nicht?«
Der alte Herr fragte nicht mehr, aber ihm ging ein Licht auf. Verstohlen sagte er zu seiner Frau: »Wir müssen uns damit abfinden, solange wir die Japaner nicht verjagen können.«
Herr Gao lauerte tagtäglich auf eine Gelegenheit, Rotkürbis zu stürzen, um sich auf ihren Posten zu setzen. Deshalb buhlte er besonders um Li Kongshans Gunst. Da dieser geil auf Frauen war, existierte er für ihn nur im Zusammenhang mit Frauen. Als Rotkürbis ihn auf die Suche nach illegalen Prostituierten schickte, tat er das, aber nicht, ohne sich bei Li Kongshan anzubiedern: »Gruppenführer Li, ich wüßte gern Ihre werte Meinung zu einem Vorschlag: Immer, wenn ich eine Neue ausfindig mache, bringe ich sie zuerst hierher, damit Sie sie taufen können, wie finden Sie das?«
Li Kongshan begriff nicht, was Taufe heißen sollte, aber als Herr Gao ein wenig den Ärmel lüftete und mit den Augen zwinkerte, verstand er und brüllte vor Lachen. Als er sich beruhigt hatte, brummte er: »Und wie soll ich Ihnen Ihren Einsatz danken? Vielleicht mit ein bißchen Opium?«
Herr Gao winkte ab: »Was heißt hier danken? Bei Ihrem Rang schafft es doch keiner, sich bei Ihnen einzuschmeicheln. Wenn ich ganz nebenbei etwas für Sie tun kann, ist das doch nicht der Rede wert. Wenn Sie weiter solche Umstände machen, verliere ich den Mut.«

Ob dieser Lobhudelei vergaß Li Kongshan beinahe seinen Namen. Er klopfte Herrn Gao auf die Schulter und nannte ihn »Jüngerer Bruder!« So begann Gao Yituo, Frauen in die »Villa« zu liefern. Sollte Zhaodi wirklich ins Netz gegangen sein, war sie bestimmt in der Pension.

Er hatte richtig vermutet. Bevor er dort eintraf, hatte sich Li Kongshan bereits drei Stunden mit Zhaodi amüsiert. Sie fühlte sich in dem gefütterten Kleid, das sie von Li Kongshan bekommen hatte, und in den Stöckelschuhen plötzlich viel größer, reckte ihren weißen Hals und ihre noch nicht voll entwickelten Brüste, als wollte sie in wenigen Stunden zu einer reifen Frau werden. Ihre schwarzen Pupillen funkelten, keß blickte sie um ich, konnte aber eine gewisse Unruhe nicht verbergen. Sie hatte ihre Lippen rot und groß geschminkt, Ränder und Winkel betont, als ob sie sich Mut machen wollte. Ihre Haare hatte sie zu langen Locken gewellt, manche waren hochgesteckt, manche kitzelten ihren Nacken. An der Stirn hatte sie sie hochgekämmt, ab und zu schielte sie nach den Strähnen. So kam sie sich erwachsen und mutig genug vor, das zu tun, was Erwachsene zu tun pflegen.

Ihre Anmut und Schönheit, ihre früheren Freunde hatte sie vergessen, ebenso all die Ideale ihres bisherigen Lebens. Wäre sie nach dem Fall Pekings noch mit dem dritten Sohn der Qis, mit Ruiquan zusammengewesen, hätte sie sich – bei ihrer Klugheit und ihrem Elan – bestimmt gegen die Eltern gestellt. Aber Ruiquan war fortgegangen. Sie sah nur noch das, was die Prostituierten und ihre Eltern veranstalteten. Was jetzt zählte, waren die augenblicklichen Freuden. Sie wäre gern wie ihre Mutter, nur schöner, moderner und noch genußsüchtiger als diese. Dann wäre sie die allermutigste junge Frau, und ihr könnte nichts geschehen, selbst wenn der Himmel einstürzte, und schon gar nicht, wenn das Land unterging.

Für Li Kongshan hatte sie nichts übrig und dachte auch nicht daran, ihn zu heiraten. Sie fand ihn nur ganz amüsant. Sie machte sich keine Gedanken über die Zukunft, hatte nur gelernt, an das Heute zu denken. Heute gab es Wein, also war man heute betrunken. In der Tiefe ihres Herzens gab es noch ein kleines Licht, das ihr ein paar warnende Signale sandte. Aber Peking lag im Chaos, alle tüchtigen Leute, die sie kannte, schlugen sich mit geschlossenen Augen durchs Leben. Sie alle interessierte nur der Genuß, allem voran das Essen – warum sollte sie allein in die entgegengesetzte Richtung laufen? Will man unter den Japanern bestehen, gibt es nur eins – ziellos in den Tag hineinleben. Nachdem sie sich auf diese Weise Mut zugesprochen hatte, fand sie alles in bester Ordnung, auch das Leben unter den Japanern hatte seine Vorzüge und Annehmlichkeiten.

Als sie bei Li Kongshan eintraf, begab sich der sofort mit ihr in die Pension. Da wußte sie, sie fiel in einen Brunnen, da kam sie nicht wieder heraus, ihr war, als liefe sie mit ihren Stöckelschuhen über dünnes Eis. Aber weglaufen war nicht ihre Sache. Lieber streckte sie die Brust noch ein wenig weiter vor. Ihre Augen wanderten ruhelos, ihre Stimme war heiser. Um das zu kaschieren, lachte sie albern. Sie fürchtete sich, aber mehr noch war sie aufgeregt. Ihr Herz pochte, als wollte es zerspringen. Mal wollte sie voranstürmen, mal zurückweichen, aber sie bewegte sich nicht, verharrte reglos wie der Frosch vor der Schlange.

In der Pension kam sie wieder ein wenig zu sich und wollte entwischen, war aber zu träge und tat keinen Schritt. Als sie jetzt Li Kongshan noch einmal betrachtete, fand sie ihn grob und widerwärtig. Er roch unangenehm. Zwei seiner Leute hatten schon im Hof Posten bezogen. Mit vorgetäuschter Gelassenheit betrachtete sie sich in ihrem kleinen Spiegel, summte einen Filmschlager. Sie hoffte, Li Kongshans Angriff abwehren zu können, wenn sie sich wie eine großzügige moderne Frau aufführte. Jetzt war sie sich ihres Wertes bewußt.

Aber sie bekam, was sie gewollt hatte. Danach war ihre Reue tief, und ihr kamen die Tränen. Li Kongshan hatte sich noch nie darum gekümmert, ob Frauen weinten. Frauen, die ihm in die Hände fielen, mußten weich wie Watte sein, damit er sie so zusammenknüllen konnte, wie es ihm beliebte. Er besaß keine Wärme, hielt sich seine Grobschlächtigkeit noch zugute und pflegte seine stolzen Erfahrungen mit folgenden Worten zusammenzufassen: »Mit Frauen darf man kein Erbarmen haben. Sie lieben dich erst richtig, wenn du ihnen die Beine kaputtschlägst!«

Da traf Herr Gao in der Pension ein.

Als Zhaodi Herrn Gao kommen sah, legte sie Schminke und Puder nach und tat, als mache ihr das Ganze überhaupt nichts aus. Da sie sich nun einmal auf das Abenteuer eingelassen hatte, würde sich das Folgende von selbst ergeben, es hatte keinen Sinn, sich zu grämen oder Gedanken zu machen. Wie selbstverständlich begrüßte sie Herrn Gao, als wollte sie damit andeuten: »Wenn Sie etwas gemerkt haben, gut, wenn nicht, auch gut, mir ist es egal!«

Herrn Gaos Augen waren wie geschaffen dafür, solche Situationen mit einem Blick zu durchschauen. Er stimmte Lobreden über Zhaodis Schönheit und Mut an. Mit keinem Wort erwähnte er das wirklich Vorgefallene, gab ihr aber zu verstehen, daß er ihr Freund sei und ihr nach Kräften helfen würde, falls sie seine Hilfe benötige. Er schwatzte drauflos, ohne aber die Kontrolle über sich zu verlieren.

Zhaodi wurde bei seinen Worten noch munterer und lachte ebenfalls, als sei nichts dabei, selbst wenn sie demnächst ständig bei Li Kongshan wohnte. Immerhin konnte sie auf diese Art zeigen, daß sie ihren ersten Schritt nicht bereute, auch wenn sie nicht wußte, wohin sie den zweiten lenken sollte. Ganz gleich, was Li Kongshan für ein Kerl war, er hatte sie heute in Besitz genommen. Würde sie jetzt die Beziehung zu ihm abbrechen, stünde sie wohl als allzu ängstlich und herzlos da. Wie dem auch war, sie mußte sich nun stillschweigend in alles fügen. Sollte die Sache nicht glatt verlaufen, konnte sie immer noch so ein Luder wie ihre Mutter werden. Sie betrachtete sich noch einmal im Spiegel und fand ihr Gesicht, die Augen, die Nase und den Mund schön – mit so viel Schönheit konnte ihr doch kein Unglück widerfahren.

Als Herr Gao lange genug mit ihr palavert hatte, zwinkerte er Li Kongshan zu und ging mit ihm ins Nebenzimmer. Dort gratulierte er Li Kongshan, indem er sich wortreich dreimal mit vor der Brust gefalteten Händen verbeugte.

Der sah keinen Grund für diese Ehrerbietung. Frauen waren eben Frauen, sie waren sich alle ziemlich gleich. Er hatte an

Zhaodis Körper nichts Besonderes entdecken können und rang sich lediglich ein »Sehr lästig!« ab.
»Lästig? Wieso?« fragte Gao freimütig.
»Sie gehört nicht zu denen, die einfach so in den Tag hineinleben, das ist schon ein bißchen anstrengend.« Li Kongshan warf sich auf einen Sessel, er sah müde und erschöpft aus, als brauche er ein wenig Trost.
»Gruppenführer Li!« Herrn Gaos schmales Gesicht nahm einen ernsten Ausdruck an: »Wollten Sie nicht immer eine moderne Frau heiraten? Bei Ihrer Stellung und Herkunft, Sie, der Sie über Leben und Tod entscheiden, brauchen eine offiziell angetraute Ehefrau! Um Fräulein Zhaodi, so jung und schön wie sie ist, haben sich schon viele mit der Kraft von neun Ochsen und zwei Tigern vergeblich bemüht, Ihnen aber fällt die Beute einfach so in den Schoß, da müssen Sie doch wohl Ihre Freunde zu einer fröhlichen Hochzeitsfeier einladen!«
Diese Worte riefen zwar ein breites Lächeln bei Li Kongshan hervor, aber er blieb bei seinem »Lästig! Lästig!« Er schien schon gar nicht mehr zu wissen, was er eigentlich damit gemeint hatte, doch er konnte mit dem ständigen Wiederholen einen entschiedenen Eindruck hervorrufen, wie das einem Soldaten zustand.
Als Herr Gao den Gruppenführer lächeln sah, ging er eilig auf ihn zu und flüsterte ihm ins Ohr: »Also wirklich eine richtige Jungfrau?«
Li Kongshans großer Körper wand sich wie eine Schlange, er stieß Herrn Gao mit dem Ellbogen in die Rippen: »Sie! Sie!« Dann verzog er den Mund zu einem Lächeln und schloß noch ein »Sie!« an.
»Das allein wäre doch schon eine Feier wert, nicht wahr?« Herr Gao lüftete wieder leicht den Ärmel und lachte über das ganze Gesicht, daß die Zigarettenasche herunterfiel.
»Lästig!« In Li Kongshans Hirn war noch immer kein anderes Wort verfügbar.
»Gar nicht lästig!« Herr Gao wurde plötzlich ernst. »Das macht gar keine Umstände! Sie informieren einfach die Familie Guan. Wie despotisch Rotkürbis sich auch gibt, sie wagt nicht, sich mit Ihnen anzulegen!«

»Na klar!« Li Kongshan nickte träge, aber zufrieden.
»Nachdem beide Familien die Einladungskarten verschickt haben, übertragen Sie alles Guan Xiaohe. Er macht so etwas ja zum Glück gerne, und er kann es. Dann fordern wir von den Guans die Mitgift. Das sage ich Ihnen, Rotkürbis hat durch Ihre Förderung eine Menge Geld angehäuft, da muß sie schon etwas lockermachen. Haben wir die Mitgift erst ausgehandelt, übernehme ich die Finanzen, sobald die Feier heranrückt. Bei der Abrechnung schlage ich die Kosten für sämtliche Spruchbänder und Wandbehänge den Guans zu, so daß Sie das ganze Bargeld erhalten. Sollte Rotkürbis Kostenverteilung zu gleichen Teilen verlangen, zeigen wir ihr unsere Pistole. Ich meine, daß diese Einkünfte ziemlich sicher sind. Entschuldigen Sie meine Offenheit, aber andere an Ihrer Stelle hätten schon längst etwas mehr herausgeholt. Sie sind zu anständig und genieren sich stets. Das schadet Ihnen nur. Diesmal heiraten Sie ganz vorschriftsmäßig, da werden Sie den anderen doch die Gelegenheit geben, Sie mit ein bißchen Bargeld zu ehren.«
Bei diesen wohlmeinenden Worten juckte es Li Kongshan schon ein wenig, aber er blieb immer noch bei seinem »Lästig! Lästig!«
»Da ist nichts Lästiges dabei!« Herr Gao wurde immer nachdrücklicher, wobei er den Ton senkte. Denn nur eine gedämpfte und nachdrückliche Sprache wirkt vertraulich und ein wenig geheimnisvoll. »Überlassen Sie alles mir, ernennen Sie mich zunächst zum Heiratsvermittler. Das einzige Problem bei der ganzen Sache ist Rotkürbis, aber ehrlich gesagt, was sie kann, das kann meine Wenigkeit auch. Wenn sie Sperenzchen macht, nehmen Sie ihr einfach den Direktorposten weg. Wir reden ja nur so unter uns, Gruppenführer, aber wenn Sie beispielsweise mich befördern wollten, würde ich Ihnen bestimmt nicht nur drei Anteile, sondern soviel wie möglich abgeben, ich wäre sicherlich nicht so undankbar wie Rotkürbis! Das sage ich aber nur so, glauben Sie ja nicht, ich wolle mich gegen Rotkürbis auflehnen. Sie ist meine Vorgesetzte, ich darf ihr gegenüber auch nicht undankbar sein! Aber zurück zur Sache, überlassen Sie alles mir, ich werde es schon zu Ihrer Zufriedenheit regeln.«

»Lästig!« Li Kongshan gefiel schon, was Gao da sagte, aber er mußte ihm zeigen, daß er seine eigenen Gedanken hatte und der Strategie anderer nicht gleich zustimmen konnte.

»Was gibt es daran noch Lästiges? Du lieber Himmel . . .!« rief Herr Gao halb verärgert, halb lachend.

»Hat man erst einmal Familie«, wandte Li Kongshan ernst ein, »ist man nicht mehr frei!«

Herr Gao brach in ein leises Lachen aus. »Aber mein lieber Gruppenführer, die Familie kann unsereinen doch nicht fesseln! Ich war in Japan, wie es anderswo ist, weiß ich nicht.«

Li Kongshan unterbrach ihn: »In Japan, Sie?«

»Für ein paar Tage«, erwiderte Herr Gao bescheiden, doch nicht ohne Stolz. »Ich kenne die Methoden der Japaner. Sie nehmen ihre Huren über Nacht mit nach Hause, und ihre Ehefrauen müssen sie emsig bedienen. So ist es richtig! Sie«, er machte eine Kopfbewegung zum Nebenzimmer hin, »sie ist ein modernes Mädchen, sie könnte eifersüchtig werden. Aber nachdem Sie es ihr ein paarmal gezeigt haben, muß sie aufs Wort hören. Schlagen Sie, kneifen Sie, beißen Sie, das wird ihr eine gute Lehre sein. Haben Sie ihr genug Lektionen erteilt, kaufen Sie ihr etwas zum Anziehen, da hört sie auf zu heulen und lächelt wieder! So kann sie Ihre Freiheit nicht stören, und Sie können auf den Empfängen der Japaner eine schöne Gemahlin vorzeigen, das ist doch wunderbar! Daran ist nichts Lästiges, überhaupt nicht! Und außerdem, sollten Sie Ihre Gemahlin wirklich satt haben, können Sie sie ja immer noch an japanische Freunde weitergeben. Ich sage Ihnen doch, Gruppenführer, seit die Japaner Peking besetzt haben, stehen uns alle Annehmlichkeiten zur Verfügung.«

Li Kongshan lächelte. Er war einverstanden mit Gaos letztem Vorschlag – Zhaodi Japanern zu geben, falls sie nicht auf ihn hörte.

»So machen wir es, Gruppenführer!« Gao ging mit energischen kleinen Schritten hinaus. Durchs Fenster rief er Zhaodi zu: »Zweites Fräulein, ich geh mal kurz Bescheid sagen, daß Sie heute nicht nach Hause kommen!« Ehe Zhaodi antworten konnte, war er verschwunden.

Er nahm eine Rikscha zu den Guans. Den ganzen Weg über lächelte er. Amüsiert erinnerte er sich an das soeben Vor-

gefallene wie an ein Theaterstück der Art »Jiang Gan tappt in die Falle«. Höchst zufrieden war er vor allem damit, daß Li Kongshan zur Kenntnis genommen hatte, daß er in Japan gewesen war und wußte, wie die Japaner mit Frauen umgingen. Dieses Wissen begann bereits seine Wirkung zu zeigen. Zweifellos würde es ihm zum Aufstieg verhelfen. Dann würde er Rotkürbis samt Li Kongshan, ja, auch Li Kongshan, einen Fußtritt versetzen. Für ihn war Peking kein originäres Gewächs mehr, sondern bereits mit einer japanischen Pflanze gekreuzt. In Zeiten solcher Mutationen war er mehr als jeder andere in der Lage, sich an die Spitze der Bewegung zu stellen und als erster zum Japaner zu wandeln, um dann auch das meiste Geld und die größte Macht zu ergattern. Früher hatte er im Himmelsbrückenviertel Medizinkräuter verkauft. In Zukunft würde er sie den Japanern verkaufen, und zwar in ganz großem Stil. Die Kräuter würden seine Argumente, seine Findigkeit und das Mittel sein, um Leute für sich zu gewinnen. Er würde allen etwas weismachen und im Trüben den größten Fisch fangen.
Erst als er bei den Guans durchs Tor trat, setzte er wieder eine ernste Miene auf. Im Hof war es sehr still. Tongfang und Gaodi waren bereits schlafen gegangen, nur in den Nordräumen brannte noch Licht.
Rotkürbis saß im Salon, die dunkelgelben Falten und großen Sommersprossen traten deutlich hervor. Ihre Nase glänzte fettig. Guan Xiaohe lief im Zimmer umher. Da er bereits genügend beschimpft worden war, zeigte sein Gesicht ein leises Lächeln wie der aufgeklarte Himmel nach einem Sturm. Doch er war jederzeit bereit, das Lächeln einzuholen und wieder Besorgnis zu zeigen. Normalerweise hatte er große Angst vor Rotkürbis, heute aber empfand er direkt ein bißchen Schadenfreude, daß sie endlich einmal auf so einen Gegner wie Li Kongshan gestoßen war. Um Zhaodi hatte er sich keine Gedanken gemacht. Sollte die Tochter wirklich Li Kongshan heiraten, hätte er endlich eine Gelegenheit, seine Fähigkeiten zu zeigen. Sehr sorgfältig und geduldig würde er ihre Aussteuer zusammenstellen, die nicht teuer, aber wunderschön sein müßte. Er würde soundsoviel Tische für die Hochzeitsfeier bestellen und herausfinden, wie durch gering-

fügige Veränderungen in der Menüanordnung ein Yuan eingespart werden könnte, ohne daß die Gäste etwas von diesem Geheimnis erfahren würden. Er überlegte, wie er sich zur Hochzeitsfeier kleiden würde, um wie ein ehrwürdiger alter Herr – aber jung genug – auszusehen. Und wie er ein wenig erschöpft, aber immer um das Wohl der Gäste besorgt dreinschauen würde. Wie er fünf Zehntel Alkohol trinken würde, um ein etwas gerötetes Gesicht zur Schau stellen zu können, ohne dummes Zeug zu reden. Er würde den Leuten einen wunderschönen und herzensguten Schwiegervater vorspielen.

Eigentlich hätte sich Guan Xiaohe zumindest ein bißchen um Zhaodi sorgen müssen, schließlich war sie seine leibliche Tochter. Aber Guan Xiaohe war vom gleichen Wahnsinn befallen wie die Japaner – so wie die nur sich selbst wahrnahmen, kreisten auch seine Gedanken nur um das eigene Ich, um Essen und Trinken, Mann und Frau, den Unterschied zwischen Jasmin- und Longjingtee. Das Schicksal seiner Tochter war ihm ebenso gleichgültig wie das seiner Stadt.

Als er jetzt Gao kommen sah, gab er sich beherrscht, doch sehr besorgt: »Was ist?«

Gao beachtete ihn nicht, sondern schaute Rotkürbis an. Die hob kurz die Augenlider. Da wußte Gao, daß das Luder tatsächlich in Rage war, und wollte sie ein wenig auf die Folter spannen. Denn Gao war von der gleichen Sorte Wahnsinn befallen. Er stellte sich erschöpft, keuchte wie mit letzter Kraft: »Ich muß erst einen Zug nehmen!« und ging ins Nebenzimmer.

Rotkürbis folgte ihm auf den Fersen. Guan Xiaohe ging weiter im Salon auf und ab. Er konnte dem Gao nicht hinterherlaufen, das wäre unter seiner Würde. Erst nachdem Gao einen tiefen Zug genommen hatte, fragte Rotkürbis: »Was ist? Haben Sie die beiden, hm, haben Sie sie gefunden?«

Die Pfeife stopfend, antwortete Gao leise und gelassen: »Ja. Das zweite Fräulein läßt bestellen, daß sie heute nicht nach Hause kommt.«

Rotkürbis fühlte sich wie von unzähligen Händen geohrfeigt. Natürlich heiraten Töchter irgendwann, aber ihre Tochter sollte nach ihren Wünschen heiraten. Daß Zhaodi ihr so einfach von Li Kongshan weggenommen wurde, das verkraftete

sie nicht. Sie hatte in der Erziehung der Tochter nicht den kleinsten Fehler gemacht, da mußte es sie einfach verletzen, daß sich Zhaodi eine solche Anmaßung erlaubte. Allerdings war Zhaodi ein junges Mädchen, ihr konnte man noch verzeihen. Li Kongshan war der Übeltäter! Er hatte sie dazu verleitet, allein hätte sie das nie gewagt. Sie biß die Zähne zusammen und schob alle Schuld auf ihn. Ha, der provozierte sie absichtlich, gäbe sie jetzt klein bei, dann brauchte sie sich in Peking nicht mehr sehen zu lassen. Das wäre noch schlimmer als Zhaodis Verschwinden. Sie wußte, daß Zhaodis »Unversehrtheit«, selbst wenn sie sie jetzt da herausholte, nicht mehr wiederherzustellen war. Aber sie mußte es tun, nicht wegen Zhaodis Ruf und ihrer Zukunft, sondern um es mit Li Kongshan aufzunehmen. Sie und Li Kongshan waren von nun an Todfeinde! »Xiaohe!« donnerte sie, »ruf ein Auto!«
Der Donner schreckte auch Gao hoch. »Wozu?«
Eine Hand in die Hüfte gestemmt, mit der anderen auf die Raucherlampe mit dem Opiumbesteck weisend, preßte sie zähnefletschend hervor: »Ich werde mir den Li, diesen miesen Kerl, vornehmen! Ich gehe zu ihm!«
Gao war aufgestanden. »Aber Frau Direktor! Das zweite Fräulein bleibt aus freien Stücken dort!«
»Quatsch! Ich habe sie großgezogen, ich kenne sie.« Rotkürbis' Gesicht war kreidebleich, ihre Hand zeigte noch immer zitternd auf die Lampe. »Xiaohe, hol ein Auto!«
Guan Xiaohe steckte den Kopf zur Tür herein.
Rotkürbis zog die Hand zurück und wandte sich ihrem Mann zu: »Du feige Memme! Die Tochter, deine Tochter ist geraubt worden, aber du ziehst wie ein Hahnrei feige den Kopf ein! Bist du eigentlich ein Mensch? Nun rede schon!«
»Lassen wir mal beiseite, was ich für ein Ding bin«, entgegnete Xiaohe gelassen. »Zuerst müssen wir uns darüber verständigen, wie wir dieses Problem lösen wollen, mit Wut allein ist da gar nichts auszurichten.« Eigentlich war er ziemlich zufrieden mit Zhaodis Verhalten, weshalb er die Angelegenheit unverzüglich zu Ende bringen wollte. Mit einem Schwiegersohn wie Li Kongshan bekäme er ganz sicher einen Posten, die Brüderschaft mit Lan Dongyang und Ruifeng hatte ihm dagegen nichts eingebracht. Schwiegervater und Schwieger-

sohn standen sich da schon um einiges näher, er brauchte nur den Mund aufzumachen, und Li Kongshan müßte ihm jeden Gefallen tun. Was nun Zhaodis Schande anbetraf, da mußte man die Hochzeit lediglich ein bißchen prunkvoller feiern, das überdeckte alles.

Rotkürbis blickte starr vor sich hin.

Da mischte sich Herr Gao flugs ein, um ja nicht Guan Xiaohe das Verdienst zu überlassen, sie beruhigt zu haben. »Aber Frau Direktor! Sie sollten sich nicht so aufregen, denken Sie an Ihre Gesundheit, sonst werden Sie womöglich noch krank!« Dabei zog er einen Stuhl heran und stützte sie beim Hinsetzen. Rotkürbis stöhnte ein paarmal und fand, daß sie sich wirklich nicht so aufregen sollte. Denn wenn sie krank würde, wäre das ein Schaden für alle.

Herr Gao nahm den Faden wieder auf: »Ich habe einen ganz kleinen Vorschlag zu unterbreiten und bitte Sie, ihn in Ihre Überlegungen einzubeziehen. Erstens leben wir in Zeiten, wo man viel über Freiheit spricht. Zhaodi hat also durchaus keinen nennenswerten Fehler begangen. Zweitens wird in Anbetracht Ihres Rufes und Ihrer Stellung als Direktor niemand wagen, irgendwelche Gerüchte in die Welt zu setzen, selbst wenn Fräulein Zhaodi sich etwas danebenbenommen hat. Drittens, auch wenn Li Kongshan sich Ihnen gegenüber etwas zuschulden kommen lassen hat, er ist schließlich Leiter der Sondergruppe, die über Tod und Leben entscheidet. Eine Heirat zwischen ihm und Ihrer Tochter wäre also nur angemessen. Macht und Stellung beider Seiten halten sich dann die Waage. Und außerdem ist Peking nicht mehr das, was es einmal war. Wir brauchen uns an die Regeln und Prinzipien der Vergangenheit nicht mehr zu halten. Um nur ein Beispiel zu nennen: Früher hätte ich nicht gewagt, offen Opium zu rauchen. Heute fürchte ich keine Polizei und finde zudem das Wohlwollen der Japaner. Lassen Sie uns von den kleinen Dingen zu den großen kommen: Das kleine Problem von Fräulein Zhaodi ist nicht schwer zu lösen, vielleicht kann sie gerade wegen dieses Problemchens noch bekannter werden. Habe ich denn nicht recht, Direktor?«

Rotkürbis hielt den Blick gesenkt, schweigend betrachtete sie das Stickmuster auf ihren Schuhen. Sie wußte, daß Gao in allen Punkten recht hatte, aber ihre Wut war noch nicht völlig verraucht. Ein bißchen fürchtete sie auch Li Kongshan, das machte ihr zu schaffen. Ginge sie tatsächlich zu ihm und stritte mit ihm, würde sie kaum mit ihm fertig werden. Aber überließ sie ihm die Tochter einfach so, würde er sich später womöglich noch anmaßender und despotischer verhalten. Ihr waren die Hände gebunden.

Jetzt ergriff Guan Xiaohe, der die ganze Zeit über in der Tür gestanden hatte, das Wort: »Ich meine, du solltest ihm Zhaodi geben und Schluß damit!«

»Du halt deinen Mund!« Rotkürbis hatte zwar Angst vor Li Kongshan, aber mit Xiaohe wurde sie allemal fertig.

»Direktor!« Gao spülte sich den Mund mit kaltem Tee und spuckte ihn in den Spucknapf, dann wiederholte er: »Direktor! Ich biete Ihnen an, selbst den Heiratsvermittler zu machen! Je schneller, desto besser! Wer lange schläft, träumt viel!«

Rotkürbis holte tief Luft, dann klopfte sie sich leicht auf die Brust, sie hatte arges Herzdrücken.

Gao nahm schnaufend noch einen Zug, dann verabschiedete er sich schnell von Rotkürbis: »Wir sehen uns morgen und besprechen dann alles ausführlich! Regen Sie sich bloß nicht auf, Direktor!«

Anderntags stand Rotkürbis spät auf. Sie war schon erwacht, als es hell wurde, und hatte sich den Kopf zermartert. Sie konnte nicht mehr einschlafen, hatte aber auch keine Lust aufzustehen und hoffte inständig, Zhaodi möge kommen. Dann könnte sie so tun, als wisse sie nicht, wann sie zurückgekommen war, und würde sich weniger schlecht fühlen. Aber sie wartete fast bis zum Mittag vergebens, ohne daß Zhaodi erschien. Da wurde sie wieder wütend. Doch einen erneuten Wutausbruch erlaubte sie sich nicht. Gestern hatte sie Xiaohe bereits wie einen räudigen Hund beschimpft, es wäre eintönig, heute wieder ihren Zorn an ihm auszulassen. Sie mußte wohl ihr Opfer unter Gaodi und Tongfang auswählen. Aber Gaodi fiel weg. Sie hatte immer Zhaodi vorgezogen und Gaodi wie einen Ladenhüter behandelt. Nun aber hatte das Hätschelkind ihr Schande bereitet und nicht etwa Gaodi. Sie durfte Gaodi nicht erzürnen, sonst würde die vielleicht

auch noch Dummheiten machen. Also blieb nur Tongfang übrig. Aber auch die ging nicht. Die brachte es womöglich fertig, sich draußen unter den großen Schnurbaum zu stellen und Zhaodis Schande in der ganzen Gasse auszutrompeten. Also vergrub sie ihre Wut in ihrem Herzen. Sie hatte Li Kongshan umschmeichelt, dafür den Direktorposten, Geld und Macht erhalten, aber heute war sie dafür hart bestraft worden. Sie bereute nichts und beschloß auch, sich keinerlei Vorwürfe mehr zu machen, hatte aber dennoch das Gefühl, daß ihr irgend etwas in der Brust steckte, das sie nicht mehr los wurde. Gegen Mittag konnte sie nicht länger liegenbleiben, denn das könnte Tongfangs Mißtrauen erwecken, und die würde ihr mit Freuden gönnen, sie möge vor Wut platzen. Sie mußte aufstehen und so tun, als sei nichts geschehen.
Ungekämmt und ungewaschen ging sie zu Tongfang hinüber. Die war nicht da. Gaodi kam ungeschminkt aus ihrem Zimmer und rief: »Ma!«
Rotkürbis sah die Tochter an. Ohne Puder und Lippenstift sah Gaodi noch ein bißchen häßlicher aus als sonst. Sofort mußte sie an Zhaodi denken. Aber die hatte sich einfach so weggeworfen. In diesem Moment dachte sie wirklich, Gaodi mache sich lustig über sie. Aber sie wagte noch immer keinen Wutausbruch, sondern erkundigte sich nur kurz: »Und sie?«
»Wer? Tongfang? Sie ist ganz früh mit Papa losgegangen, vielleicht wollten sie zu Zhaodi? Ich habe nur gehört, wie er sagte: ›Gehen wir zum Bräutigam!‹«
Rotkürbis senkte den Kopf, ballte beide Hände zur Faust und sagte eine Weile lang nichts. Gaodi kam ein paar Schritte näher und fragte etwas ängstlich, nahm aber allen Mut zusammen: »Ma, du hast doch vor einiger Zeit gesagt, ich soll nett zu Li Kongshan sein. Denkst du etwa, daß er ein anständiger Mensch ist?«
Rotkürbis hob den Kopf und fragte kühl zurück: »Na und?«
Gaodi fürchtete die Wutausbrüche ihrer Mutter, deshalb lächelte sie verkrampft. »Seit die Japaner in Peking sind, finde ich, was ihr, du und Pa, da macht, nicht in Ordnung! Wer von den Leuten aus der Gasse hat denn noch Achtung vor uns?

Alle sagen, wir profitieren von den Japanern. Meiner Meinung nach ist Li Kongshan nicht stark und gefährlich, er ist ein Hund, der die Macht seines Herrn nutzt, und nur auf die Japaner gestützt, kann er uns Angst machen. Wir sind reingefallen, weil wir auch von den Japanern Vorteile rausschlagen wollten. Wer sich mit einem Tiger anfreundet, wird früher oder später von ihm gefressen!«

Rotkürbis brach in kaltes Lachen aus. Nicht laut, aber scharf entgegnete sie: »Du willst mich wohl belehren, was? Wart's nur ab! Ich kann vor dem Herrn im Himmel bestehen. Ich plage mich nur wegen euch nichtsnutziger Fresser ab. Du willst mir Ratschläge erteilen? Das ist ja die Höhe! Ohne mich hättet ihr nichts zu beißen, nicht mal Hundekot!«

Auf Gaodis kleiner Nase zeigten sich Schweißperlen, sie wand die ineinander verschränkten Hände hin und her. »Ma, sieh dir doch mal Qi Ruixuan an, er muß für eine Riesenfamilie sorgen, aber er macht nichts...«, sie leckte sich die dicken Lippen, um das schlechte Wort zu vermeiden, weil die Mutter sonst noch böser werden könnte, »oder nimm den Vierten Herrn Li, Sun-Sieben oder Xiao Cui, die sind doch bisher auch alle nicht verhungert, warum haben wir es denn so eilig, uns mit denen gutzustellen?«

Rotkürbis lachte auf: »Schon gut, bringe mich nicht in Rage, ja? Was weißt denn du schon!«

Genau in diesem Moment kam Xiaohe, ein strahlendes Lächeln auf dem Gesicht, mit kleinen Trippelschritten herein. Wie eine Biene, die eine Blüte ausgemacht hat, steuerte er auf Rotkürbis zu. Zwei Schritte vor ihr blieb er stehen und verkündete süßlich: »Direktor, die zweite Tochter ist wieder da!«

Er hatte gerade den Satz beendet, als Zhaodi leichtfüßig eintrat, mit einem Gesicht, das nicht so recht wußte, welchen Ausdruck es annehmen sollte, aber auch kaum Spuren von Scham oder Furcht zeigte. Ihre schönen Augen wanderten von Gaodi zur Mutter, dann zur Decke. Sie waren sehr klar, aber ein wenig unruhig, mit einem leichten Flackern, das sich jederzeit verändern konnte. Sie schluckte, dann rief sie mutig und lächelnd: »Ma!« Rotkürbis schwieg.

Tongfang trat ebenfalls ein, blickte kurz zu Gaodi und ging in ihr Zimmer.

»Schwester!« Zhaodi ging betont fröhlich auf Gaodi zu und ergriff ihre Hand, dann stieß sie ein kurzes Lachen aus, von dem sie selbst nicht wußte, was es bedeuten sollte.

Xiaohe blickte zur Tochter, dann zur Frau, sein Gesicht quoll über vor Freude, als er leise verkündete: »Es ist alles geklärt, kein Problem! Das läßt sich alles lösen!«

»Und dieses Vieh?« fragte Rotkürbis Xiaohe.

»Vieh?« Erst nach einigem Nachdenken begriff Xiaohe. »Kein Problem. Direktor, geh dich doch erst einmal waschen!«

Zhaodi ließ die Hand der Schwester los, warf den Kopf in den Nacken und stürmte mit großen Schritten in ihr Zimmer.

Noch bevor Rotkürbis zu ihrer Tür gelangt war, traf auch Herr Gao ein, der stets, ob mit oder ohne Grund, zwischen zwölf und sechs Uhr nachmittags oder noch früher, Freunde zu besuchen pflegte, um dort gleich speisen zu können. Er trat schnell hinzu und half Rotkürbis die Stufen hinauf, als sei sie eine Siebzig- oder Achtzigjährige.

Rotkürbis gurgelte gerade, da kam Qi Ruifeng. Kaum eingetreten, beglückwünschte er alle. Dann äußerte er seine unerhebliche Meinung, die ebensogut auch hätte ungesagt bleiben können: »Das ist ja ausgezeichnet! Genauso mußte es kommen! Eine Eheschließung zwischen den Familien Guan und Li, das ist ja geradezu eine epochemachende, eine ...« Ihm fiel nicht ein, was für eine es denn am besten wäre, weshalb er die Rede auf reale Dinge brachte: »Bruder Guan! Wann feiern wir denn die Hochzeit? Wein und Speisen vom Feinsten, das muß einfach sein. Ich lade alle ein, allein an Blumensträußen und Blumenkörben kommen mindestens vierzig zusammen! Und noch etwas, wir müssen Gruppenführer Li auffordern, ein paar Japaner dazuzubitten, das verhilft uns zu einer gewissen Autorität, weil es sich doch um eine epochemachende, eine, eine ...« Er hatte es noch immer nicht herausgefunden, fand sich aber sehr vornehm.

Dies wiederum inspirierte Guan Xiaohe, er verzog das Gesicht und blinzelte, als ob er in seinem Gedächtnis nach einer Gedichtzeile suche. »Richtig! Wir müssen Japaner einladen. Das ist eine gute Gelegenheit, die chinesisch-japanische Freundschaft unter Beweis zu stellen. Ich denke«, seine Augen leuchteten plötzlich auf wie bei einer Katze, wenn sie eine

Maus erblickt, »wir sollten Japaner als Trauzeugen bitten, das wäre noch viel schöner!«

Ruifeng nickte anhaltend: »Das ist eine wunderbare Idee, geradezu einmalig!«

Guan Xiaohe strahlte: »Wenn meine Wenigkeit etwas übernimmt, muß dabei selbstverständlich einiges Sensationelle passieren.«

»Und die Aussteuer?« Ruifeng rückte näher an Guan Xiaohe heran und fragte sehr vertraulich: »Soll meine Frau vielleicht herziehen, um tatkräftig zu helfen?«

»Wenn es soweit ist, rufe ich sie. So wie wir zueinander stehen, werde ich mich bestimmt nicht zieren. Vorerst vielen Dank!« Als sich Xiaohe geschickt abwandte, fiel sein Blick auf den soeben eintretenden Lan Dongyang. Er eilte auf ihn zu: »Was denn, hat sich die Nachricht so schnell verbreitet?«

Seit Lan Dongyang aufgestiegen war, wurde er von Tag zu Tag eingebildeter. Seine Angeberei bestand aber nicht in der Kopf-hoch-Brust-raus-Art, vielmehr ließ er sich gehen, als könne ein Windhauch ihn jeden Moment davonwehen. Er war zu bequem zum Laufen, zu faul, sich zu bewegen, sein Hintern suchte dauernd einen Stuhl. Mußte er wirklich einmal ein paar Schritte gehen, schwankte sein Körper von einer Seite zur anderen wie bei einem Kind, das gerade laufen lernt. Sein Gesicht allerdings wirkte nicht so entspannt, die Augen schossen wie Pfeile umher, die Zähne hatte er ständig zusammengebissen. So brachte er zum Ausdruck, daß er trotz seiner Karriere unergründlichen Haß in sich trug – Haß, daß er nicht mit einem Satz gleich auf die höchste Stelle gesprungen war und es auf der Welt so viele Posten gab, die er nicht alle gleichzeitig besetzen konnte.

Guan Xiaohes Frage ließ er unbeantwortet, steuerte direkt auf das Sofa zu und warf sich hinein. Ruifeng nahm er überhaupt nicht zur Kenntnis. Ihn haßte er wegen des Schuldirektorpostens, zu dem er ihm nicht verholfen hatte. Nachdem er seine Blicke lange genug durch die Gegend geschossen hatte, machte er plötzlich den Mund auf: »Ist es wahr?«

»Was soll denn wahr sein?« fragte Guan Xiaohe lächelnd zurück. Obwohl er stets auf die richtigen Umgangsformen bedacht war, nahm er Lan Dongyang die Unhöflichkeit nicht

übel. Wer es zum Beamten brachte, war in seinen Augen ehrenwert. Also mußte er Lan Dongyang, auch wenn der ein Esel war, mit freundlicher Miene begegnen.
»Zhaodi!« preßte er zwischen den gelben Zähnen hervor.
»Warum sollte das denn nicht wahr sein, mein lieber Bruder!« lachte Guan Xiaohe laut.
Lan Dongyang gab keinen weiteren Ton von sich, er kaute verbissen an seinen Fingernägeln. Er haßte Li Kongshan, weil der die schöne Zhaodi bekam, während er leer ausging. Er überlegte, wie oft er Erdnüsse für Zhaodi gekauft hatte. Alle diese Liebesinvestitionen waren umsonst gewesen. Sein Daumennagel blutete, sein Gesicht verzog sich und sah aus wie eine vertrocknete Nuß. Der Haß inspirierte ihn zu einem Gedicht:
»Stirb dahin, du!
Umsonst fraßest du meine Erdnüsse, uh,
Hundebrut du!«
Er sprach es ein paarmal vor sich hin, um es ja nicht zu vergessen, später aufschreiben und an die Zeitung schicken zu können. Mit dem Gedicht stand immerhin ein Zeilenhonorar in Aussicht, weshalb sich seine Laune ein wenig besserte. Unvermittelt erhob er sich und ging ohne ein Wort hinaus.
»Bleiben Sie doch noch bis zum Essen!« rief Xiaohe ihm nach. Aber Lan Dongyang drehte sich nicht einmal mehr um.
»Was ist denn in den Kerl gefahren?« erkundigte sich Ruifeng, der Lan Dongyang fürchtete.
»Der?« lächelte Guan Xiaohe und sagte, als wisse er über alle Charaktere der Menschheit Bescheid, »alle wichtigen Persönlichkeiten haben irgendwelche seltsamen Angewohnheiten.«
Wie das so ist – gute Dinge dringen nicht nach außen, aber schlechte verbreiten sich in Windeseile. Der Skandal bei den Guans wurde umgehend in der Gasse bekannt. Der alte Herr Qi äußerte als erster seine Meinung: »Shuns Ma, was sagst du nun, habe ich nicht recht behalten? Der kleine Dritte hat doch mit ihr anzubandeln versucht. Wenn ich das nicht verhindert hätte, wäre sie womöglich zu uns in die Familie gekommen. Das wäre ja was geworden, noch schlimmer als mit der Frau des Zweiten. Wie heißt es doch, wer nicht auf die Alten hört, wird durch Unglück belehrt!« Der alte Mann war höchst zu-

frieden mit seiner weisen Voraussicht und streichelte sich immerzu den Bart, als sei dieser das Wahrzeichen für Weisheit und Weitblick.

Shuns Ma sah das anders: »Darum solltest du dich wirklich nicht grämen. Der Dritte hätte sich abmühen können, wie er wollte, er hätte sie nicht bekommen. Bei denen zählt doch alleine Macht und Einfluß!«

Der Alte hörte die Wahrheit heraus, die hinter diesen Worten verborgen lag, um aber seine Würde zu behaupten, ächzte er nur leicht.

Shuns Ma äußerte diese Meinung auch gegenüber ihrem Manne, doch Ruixuan runzelte nur die Stirn, er hatte keine Lust, sich darüber auszulassen. Er machte sich jedoch seine Gedanken: »Das ist nicht nur eine Schande für die Guans, sondern für uns alle, denn die Guans leben ja unter uns. Wie kommt es, daß es solche Leute gibt? Wer die Existenz der Guans akzeptiert, akzeptiert auch die Invasion der Japaner als unvermeidlich, denn stinkendes Fleisch lockt Fliegen an.« Aber er machte den Mund nicht auf, die Frau würde es ja doch nicht verstehen. Und was tat er selbst?

Am eifrigsten machten in der Gasse Xiao Cui, Sun-Sieben und Changshun »Reklame« für die Guans. Xiao Cui hatte eine persönliche Rechnung mit Rotkürbis zu begleichen, weshalb er sich diese Rache nicht entgehen ließ. Er überlegte nicht lange wie Ruixuan hin und her. »Ist doch klar, du holst dir die Huren ins Haus und nötigst andere, schwarz auf den Strich zu gehen, da muß deine Tochter ja Mist bauen! Der Alte da oben hat eben doch Augen!«

Sun-Sieben war damit zwar einverstanden, hatte aber noch einen anderen Kritikpunkt im Auge: »Das sage ich dir, Xiao Cui, das riecht nach Vergeltung! Sie kratzt sich bei den Japanern ein, kriegt einen Posten und verschafft sich einen Haufen Geld, aber die Tochter treibt sich rum! Du wirst schon sehen, alle diese aufgeblasenen Angeber, die für die Japaner arbeiten, werden ihrer Strafe nicht entgehen.«

Changshun wußte noch nicht so recht, was es mit den Beziehungen zwischen Mann und Frau auf sich hatte, weshalb er besonders genau zuhörte. Gern hätte er alle Einzelheiten in Erfahrung gebracht, um sie gegen die Guans verwenden und

eben auch seinen eigenen Horizont erweitern zu können. Eindringlich befragte er Xiao Cui und Sun-Sieben, aber sie konnten ihn nicht zufriedenstellen.
Sogar Großmutter Li fragte er, aber die schien noch nichts davon gehört zu haben und legte ihm vielmehr nachdrücklich ans Herz: »Junger Spund, wirst du wohl keine Gerüchte über andere Leute verbreiten! So ein hübsches Mädchen tut doch so etwas Unanständiges nicht. Auf gar keinen Fall! Und selbst wenn, wir sollten unsere Zungen sauberhalten.«
Trotz dieser Belehrung war Großmutter Li noch nicht beruhigt, sie erzählte es heimlich Changshuns Großmutter weiter. Die beiden alten Frauen hatten an den Guans kaum etwas auszusetzen, ihnen war nur Changshun, dieser junge Spund, zu gewitzt. Die Großmutter verwarnte ihn. Changshun tat, als füge er sich, setzte aber seine Nachforschungen verstärkt fort und verbreitete immer mehr ausgeschmückte Details.
Als der Vierte Li davon hörte, verweigerte er jede Äußerung. Seine alten Augen hatten zu viele Dinge gesehen, gute wie schlechte. Er wunderte sich auch über Absonderliches nicht mehr. Ihm war im Leben viel Widriges begegnet, wobei die Guten wie die Bösen von einer unsichtbaren Schere gestutzt wurden, nur zufällig einmal der Schere entgingen und mit dem Leben davonkamen. Er wußte, an welch dünnem Faden das Leben hing und daß die Grenzen zwischen Gut und Böse so klar nicht waren. So strebte er nur danach, sich durch seiner Hände Arbeit rechtschaffen zu ernähren, seine Ruhe zu haben und im Rahmen des Möglichen auch etwas Nützliches für andere zu tun, damit er auch nach dem Tode noch seine Ruhe hatte. Er grämte sich nicht, wenn anständigen Menschen Böses widerfuhr, und ließ sich nicht aus der Ruhe bringen, wenn Bösewichte Vorteile ergatterten. Seine Augen fixierten stets ein Licht in weiter Ferne, das ihm nach seinem Tod seligen Frieden verschaffen würde. Er war ein typischer Chinese, schien schon Tausende und Abertausende von Jahren gelebt zu haben und noch Tausende und Abertausende von Jahren weiterleben zu wollen. Er war immer in Not, manchmal auch Sklave. Geduld war seine größte Weisheit und Friedfertigkeit seine wirksamste Waffe. Sein Leben konnte er lassen, aber jenes ferne Licht würde er niemals aufgeben. Er wußte sich im

Besitz des ewigen Lebens, da wunderte er sich doch nicht über Kleinigkeiten.
Fragte ihn jemand: »Was ist denn bei den Guans los?«, lächelte er nur kurz, ohne etwas dazu zu sagen. Er schien zu wissen, daß die Guans, die Verräter und die Japaner alle untergehen würden, während er das ewige Leben behalten würde.
Nur John Ding hörte die Einwände der Leute nicht gern. Ehrlich gesagt, er fand Zhaodis Benehmen auch nicht ganz korrekt. Da er zum Englischen Amt gehörte, konnte er aber nicht alles nachplappern, was andere erzählten. Nach wie vor ging er zu den Guans und nahm auch immer ein Geschenk mit. Er fand jedoch, nur Gott dürfe richten, andere hatten sich da nicht einzumischen oder Kritik zu üben.
Die »öffentliche Meinung« wurde in den umliegenden Geschäften von Sun-Sieben und in den benachbarten Gassen von Xiao Cui verbreitet. Immer wenn Rotkürbis und Zhaodi aus dem Hause gingen, schauten die Leute sie scheel und unfreundlich an, als beobachteten sie ein ausländisches Liebespaar, das sich auf der Straße küßt. Hinter ihrem Rücken zeigten viele Finger verächtlich auf die beiden.
Rotkürbis und Zhaodi spürten diese Verachtung und gingen nun doppelt so häufig aus. Rotkürbis kleidete sich noch auffälliger und türmte ihre Haare noch höher, um die Leute zu provozieren. Auch Zhaodi putzte sich noch mehr heraus, ihr Gesicht strahlte, schwatzend und lachend zeigte sie sich mit der Mutter ungeniert vor allen Leuten.
Guan Xiaohe pflegte jeden Tag eilig das Haus zu verlassen, als habe er viel zu tun. Kam er zurück, hatte er stets irgend etwas in der Hand und ging betont gemächlich. Traf er einen Bekannten, seufzte er zunächst leicht, als sei er sehr erschöpft, dann teilte er ihnen mit: »Ach, Eltern von Töchtern haben es wirklich nicht leicht, da hilft nur, sein Bestes zu geben.«

45

Da Herr Chen den Schwager nicht fand, interessierte er sich vor allem für dessen Enkel – die junge Frau Qian hatte tatsächlich einen Knaben zur Welt gebracht. Als ihre Entbindung näher rückte, hatte Herr Chen verschiedenes eingekauft, das die Geburt erleichtern sollte. Er wußte, daß Herr Jin ihn verachtete, und wollte sein Ansehen aufbessern. Als seine Schwester und sein Neffe gestorben waren, ging es ihm gerade ziemlich schlecht, und er konnte keinen Kupferling erübrigen. Inzwischen hatte sich sein Leben um einiges gebessert, jetzt konnte er Herrn Jin zeigen, daß er kein gefühlloser Mensch war. Außerdem wäre die junge Frau Qian doch bestimmt traurig, wenn gar kein Verwandter der Qians ihr einen Besuch abstatten würde, also wollte er ihr in seiner Eigenschaft als Onkel ein wenig Trost und Wärme spenden. Jeweils am dritten und zwölften Tag sowie einen Monat nach der Geburt nahm er sich die Zeit für einen Besuch und eilte mit einem Geschenk und vielen guten Wünschen herbei. Er würde Schwager Qian niemals vergessen, auch wenn der ihn kritisiert, ja sogar die Beziehung zu ihm abgebrochen hatte. Aber da er ihn einfach nicht finden konnte, blieb ihm für seine Zuneigung nur der Weg über den kleinen Nachkommen. Er wußte, wie sehr sich der Schwager freuen würde, könnte er den Enkel sehen. Die Familie Qian war fast ausgestorben, nun aber gab es einen Jungen, der die Opfer für die Ahnen fortsetzen konnte. Da Qian Moyin den Enkel aber nicht gesehen hatte, mußte er stellvertretend für ihn seine Freude bekunden.

Außerdem hatte er, seit er der Marionettenregierung diente, keine Freunde mehr. Seine früheren Freunde kamen zumeist aus Gelehrtenkreisen. Viele von ihnen hatten Peking inzwischen verlassen oder lebten unter falschem Namen zurückgezogen nur noch für ihre Studien und lehnten es ab, den Verrätern zu dienen. Einige hatten sich wie er wegen häuslichen Verpflichtungen gezwungen gesehen, einen Broterwerb zu suchen. Diejenigen, die eine Zusammenarbeit mit den Verrätern ablehnten, traute er sich nicht mehr aufzusuchen. Selbst wenn er sie zufällig auf der Straße traf, senkte er den Kopf und wagte nicht, sie zu grüßen. Auch unter denen, die so schwach waren wie er, pflegte man keine Kontakte mehr, weil man bei einer Begegnung nur schwermütig geworden wäre. Freilich hatte er neue Kollegen, aber unter denen fand er keine Freunde. Außerdem waren die Annehmbaren unter ihnen bestenfalls Kerle wie er – sie wußten, was anständig war und was nicht, kümmerten sich aber nur um die kleinen Dinge und ließen die großen laufen. Die anderen gehörten teilweise zu den Leuten, die im trüben fischen und einen Posten ergattern wollen. Ohne Anstand und jegliches Wissen, hätten sie in Friedenszeiten niemals Aussicht auf eine gute Stellung gehabt; jetzt aber erlangten sie durch Liebedienerei und Schamlosigkeit von den Japanern oder Verrätern außergewöhnliche Förderung. Andere waren jahrzehntelang kleine Beamte gewesen und mühten sich jetzt mit allen Kräften, wenigstens ihr bisheriges Niveau zu halten, wenn sie schon nicht aufsteigen konnten. Das »Amt« war ihr Leben, egal, wer es ihnen gab. Den lieben langen Tag ging es bei ihnen nur um Richtlinien, Beziehungen und Gehalt. Herr Chen verachtete diese Leute, mit ihnen konnte er nicht warm werden. Er fühlte sich sehr einsam. Dabei wußte er ja, daß alle Krähen schwarz sind – wenn er sich schon zu ihnen gesellte, mit welchem Recht blickte er dann auf sie herab?

Also gut, wenn die alten Freundschaften abgebrochen waren und neue nicht zustande kamen, hatte er ja immerhin noch Qian Moyin, der ihm Verwandter und Freund war. Aber der wollte nichts mehr von ihm wissen. Peking war so groß, es wohnten so viele Menschen hier, aber ihm waren nur eine kranke Frau und acht Kinder geblieben, kein einziger Freund. Einsamkeit kann auch wie ein Gefängnis sein.

Oft dachte er an die Schafhürdengasse Nummer eins. Im Hof wuchsen viele Blumen, die Zimmer waren ruhig und geräumig, ohne besondere Zierde zwar, aber sie wirkten doch irgendwie vornehm. Dort lebten Moyin und Mengshi, ihnen gehörten Tee, Schnaps, Bücher und Bilder, auch wenn es vielleicht am Reis für den nächsten Tag mangelte. Dort eine Zeitlang mit ihnen zu plaudern, war fast wie ein warmes Bad für die Seele gewesen. Aber Peking war gefallen, und in der Schafhürde Nummer eins wohnten nun Japaner. Sie genossen den blumengeschmückten Hof, obwohl sie es waren, die Mengshi,

Zhongshi und seine leibliche Schwester vernichtet hatten. Allein deshalb schon dürfte er bei den Japanern nicht ums tägliche Brot betteln. Er begann Opium zu rauchen, um seine Einsamkeit und Scham zu betäuben.

Für das Opium brauchte er zusätzliche Geldquellen. Also suchte er sich immer neue Aufträge, immer mehr. Hatten die Leute, die nur im trüben fischen wollten, mal einen Fisch erwischt, so wußten sie nicht, wie man ein ordentliches Dokument anfertigte, und brauchten tüchtige Köpfe wie ihn. Sie kamen zu ihm, und er half ihnen. In solchen Momenten verspürte er schon ein wenig Genugtuung: »Wozu soll ich mich immer nur mit Armut und Moral zufriedengeben, wo es doch auch anders geht. Ich muß schließlich auch sehen, wo ich bleibe.« Nur weil er auch einmal für eine Weile glücklich sein will, kann der Mensch seine Seele vergessen.

Aber sonntags, wenn er nichts zu tun hatte und auch niemanden besuchen konnte, fielen ihm wieder seine Seele und seine Rechtschaffenheit ein. Machten die Kinder zu viel Lärm, warf er ihnen eine Handvoll Kleingeld hin und schrie: »Haut ab, von mir aus könnt ihr draußen krepieren!« Waren sie gegangen, legte er sich aufs Bett und starrte in die Opiumraucherlampe. Nach einer Weile tat es ihm leid, die Kinder so behandelt zu haben: »Es ist doch ihretwegen, daß ich so...! Wer seine Ehre verloren hat, kann es niemandem mehr recht machen.« Und so blieb er den ganzen Tag liegen. Er rauchte, schlummerte ein, träumte, haderte mit sich, starrte vor sich hin. Aber was er auch versuchte, seine Seele konnte er nicht retten! Sein Bett, sein Schlafzimmer, sein Büro, Peking – alles war für ihn eine Hölle.

Als die junge Frau Qian das Baby zur Welt gebracht hatte, wurde er etwas ruhiger. Nicht daß er Babys besonders gemocht hätte, er hatte selbst acht Kinder. Aber das Baby der Qians war etwas anderes, es war der Enkel Qian Moyins. Stand der Name Moyin mit roter Schrift in seinem Herzen, dann sollte es mit dem Enkel genauso sein. Falls er Moyin verlöre, hätte er einen neuen Freund, nämlich Moyins Enkel. Wenn Moyin ein Dichter, Maler und edler Ritter war, würde auch dieses kleine Kind etwas Besonderes sein. Die junge Frau Qian war eigentlich eine ganz gewöhnliche Frau, aber seit sie

dieses Kind geboren hatte, kam sie Herrn Chen wie eine Heilige vor.
Und es freute ihn, daß Herr Jin dem Tochterenkel eine ordentliche Feier zum dritten Tag und zum ersten Monat ausrichtete. Daß Herr Jin Geld auszugeben bereit war, geschah bestimmt in Gedanken an Qian Moyin. Also konnte er sich auch mit Herrn Jin anfreunden, wenn der ein Verehrer von Qian Moyin war. Freundschaften werden häufig aufgrund von zufälligen Begegnungen geschlossen. Außerdem hatte er nach ein paar Besuchen bei Herrn Jin bemerkt, daß der ihm durchaus nicht verächtlich begegnete. Es konnte natürlich auch sein, daß Herr Jin vergeßlich war und sich gar nicht mehr an Mengshis Tod erinnerte, oder lag es daran, daß Herr Chen jetzt ordentlich gekleidet war und Geschenke mitbrachte?
Herr Jin war sehr auf sein Gesicht bedacht. Es stimmte, er mochte diesen Tochterenkel. Wäre aber nicht Qian Moyin der Großvater, hätte er wahrscheinlich nicht so viel Geld für den dritten Tag und den ersten Monat ausgegeben. Mit diesen Überlegungen war natürlich die Hoffnung verbunden, der Großvater möge zu den Feiern vom Himmel fallen und hier auftauchen, um seine Treue und Großzügigkeit zu sehen. Dann könnte er ihn an der Hand nehmen und sagen: »Siehst du, du hast mir deine Schwiegertochter und den Enkel anvertraut, ich habe sie nicht enttäuscht. Wir beide sind wirkliche Freunde, dein Enkel ist auch mein Enkel.« Aber der gute Qian war nicht gekommen. Herr Jin erhielt keine Gelegenheit, ihm das zu sagen. Daher war seine nächste Hoffnung, daß wenigstens jemand käme, der wußte, was Moyin widerfahren war, und ihm, Herrn Jin, bestätigen konnte, daß er die Bitte des Freundes erfüllt hatte. Herr Chen kam also wie gerufen, denn er wußte alles über die Familie Qian. Daher vergaß Herr Jin auch, daß Herr Chen früher zu nichts getaugt hatte, und schüttete ihm sein Herz aus. Herr Chen, schon immer sehr redegewandt, ließ bei der Gelegenheit ein paar lobende Worte über Herrn Jin fallen, woraufhin dessen rotes Gesicht noch mehr glänzte. Leicht angetrunken gestand er Herrn Chen freimütig: »Früher habe ich Sie verachtet, jetzt finde ich Sie ganz annehmbar.« So wurden die beiden Freunde.
Wenn Herr Jin Herrn Chen so schnell verzieh, kann man

sich unschwer vorstellen, daß er den Japanern ebenso schnell verzeihen konnte. Er besaß keinerlei Wissen, das über seine Tätigkeit als Grundstücksmakler hinausging. Er kannte kein Recht oder Unrecht, handelte lediglich nach seinem Gefühl. Wer sein Freund war, hatte recht, wer nicht sein Freund war, hatte unrecht. Schloß er jemanden ins Herz, wagte er es mit jedem aufzunehmen. Das beste Beispiel dafür war, wie er Qian Moyin gegen Rotkürbis und Guan Xiaohe geholfen hatte. Genauso hatte er die Japaner gehaßt, weil sie Qian Moyin gefoltert hatten, und hätte sie, wäre er ständig mit Qian Moyin zusammengewesen, vielleicht ewig gehaßt und womöglich ein paar von ihnen getötet. Leider aber hatte Qian Moyin ihn verlassen. Langsam beruhigte er sich. Er dachte wohl noch öfter an den Anverwandten, aber das bedeutete nicht, daß ihm dabei zugleich auch Guan Xiaohe und die Japaner einfallen mußten. Diese Notwendigkeit bestand nicht für ihn. Wenn die Tochter ihn daran erinnerte, verbrannte er am Grabe der Schwiegermutter und des Schwiegersohnes Papiergeld, manchmal ging er auch am Grab des Schwiegersohnes vorbei, wenn er außerhalb der Oststadt unterwegs war. Damit hatte er doch wohl seiner Pflicht gegenüber der Familie Qian Genüge getan, es bedurfte keiner zusätzlichen besonderen Aufwendungen. Zudem gingen seine Geschäfte in letzter Zeit sehr gut.

Seit die Japaner Nanjing eingenommen hatten, verschlechterte sich die Situation Pekings vehement. Wenn das japanische Territorium an erster Stelle fungierte, dann rangierte Korea an zweiter, die Mandschurei an dritter, die Mongolei an vierter, Nanjing an fünfter – und Peking erst an sechster Stelle! Auch wenn sich die Verräter mächtig ins Zeug legten, um Peking wenigstens das gleiche Gewicht wie Nanjing zu verschaffen, so saß in Nanjing eben eine Regierung, während Peking ein Anhängsel des Oberkommandos der japanischen Armee für Nordchina war. Die Pekinger »Regierung« konnte keine Befehle für das ganze Land herausgeben, sie konnte nicht einmal für die Gebiete sprechen, die ihr von Rechts wegen unterstanden, wie die Provinzen Hebei, Henan, Shandong und Shanxi, weil Jinan, Taiyuan und Kaifeng jeweils einen eigenen japanischen Befehlshaber hatten. Jeder Befehlshaber war ein

»Kriegsherr«. Damit herrschte in Nordchina die gleiche Lage wie während des Bürgerkriegs, nur daß jetzt Japaner sich wie Provinzgeneräle aufführten. In Nordchina gab es keine Politiker, nur ein Besatzungsregime. Ein Sieg der Japaner an einem anderen Ort bedeutete für Peking und sein Umland stets nur Nachteile. Konnten die japanischen Truppen an der Front Siege verzeichnen, mußte der Kommandeur der in Peking stationierten Truppen im »Hinterland« seine Autorität demonstrieren; erlitten die Japaner hingegen eine Niederlage, traf Peking und Umgebung ebenfalls Unheil, denn dann mußte der Kommandeur dem gefesselten Hund noch ein paar Messerstiche zufügen, um die Schande der militärischen Niederlage zu kaschieren.

In Peking wurden die Wohnungen knapp. Einmal, weil die Japaner wie Bienen heranschwärmten, um scharenweise in Peking »Honig zu sammeln«. Zum anderen, weil rund um Peking die Dörfer dem Erdboden gleichgemacht wurden und die ehemaligen Bewohner in der Stadt Zuflucht suchten.

Diese Entwicklung der Dinge brachte Herrn Jins Geschäft neuen Aufschwung. Wenn auch in Peking kein Handel mehr florierte – Herrn Jins Branche blühte. Sonst hatten nur noch die Altwarenhändler zu tun, die mit einer kleinen Trommel durch die Straßen zogen.

Früher war es kein Problem in Peking, eine Wohnung zu finden. Es gab viele Menschen, aber auch viele Häuser. Und als die Hauptstadt nach Nanjing verlegt wurde, gab es in Peking beinahe mehr Häuser als Menschen. Unzählige Institutionen zogen nach Nanjing und mit ihnen nicht nur die Beamten und Hilfskräfte, sondern auch deren Familien. Ämter wie das für Maße und Gewichte, für Druck und Prägung zogen außer den Beamten auch noch eine Reihe von Technikern und Arbeitern mit. Die außerhalb des Vordertores in der Südstadt gelegenen Herbergen der einzelnen Provinzen waren früher immer ausgebucht von Leuten, die ein Anliegen oder die Suche nach Arbeit in die Hauptstadt führte. Nach dem Umzug der Regierung in den Süden war Peking zu einer reinen Kulturstadt geworden, es wäre dumm gewesen von den Arbeitsuchenden, sich noch länger in den Provinzherbergen aufzuhalten. Sie zogen nach Nanjing und warteten nun dort auf eine Anstellung. Und auch alle ehemaligen Kriegsherren und Beamten begaben sich, wenn es sich machen ließ, nach Süden, selbstverständlich nach Shanghai oder Suzhou, um aus der unmittelbaren Nähe agieren zu können. Die nicht in den Süden ziehen konnten, gingen immerhin nach Tianjin, denn Peking mit nur einer Stadtregierung und lauter Studenten und Studentinnen wirkte fast wie ausgestorben. Wer im Monat dreißig, vierzig Yuan auszugeben bereit war, konnte ein großes Anwesen mit Garten mieten. In einem großen Wohnhof bekam man eine Stube schon für dreißig, vierzig Kupferlinge, da brauchten sich selbst drittrangige Polizisten und Rikschafahrer keine Sorgen zu machen.

Doch jetzt wurden Häuser plötzlich zu einem Problem, das jedermanns Aufmerksamkeit erforderte. Mieter erhielten unvorbereitet die Mitteilung: Suchen Sie sich bitte etwas anderes! Das Haus wurde in solchen Fällen entweder ganz an Japaner vermietet, oder der Besitzer wollte es verkaufen, weil Japaner es mieten wollten. Hatte es nichts mit den Japanern zu tun, dann geschah es bestimmt, weil Verwandte oder Freunde des Besitzers vom Lande geflohen waren und dringend eine Bleibe brauchten. Auf diese Weise waren alle Mieter in Gefahr, und auch der Hausbesitzer hatte keine Ruhe – sobald ein Haus im Wohnhof frei war, auch wenn es nur ein oder zwei Räume hatte, zog es sofort Verwandte und Freunde an, ob er es vermieten wollte oder nicht. Außer Verwandten und Freunden gab es noch Leute wie Herrn Jin. Ihre Augen schienen durch Mauern hindurchzuspähen. Hatten sie einen freien Raum ausgemacht, entwickelten sie einen Spürsinn wie Journalisten. Egal, wie dicht man auch die Tür verschloß, sie verschafften sich Zutritt. Dann gab es Leute mit einigen Ersparnissen, die kein Vertrauen in das Papiergeld der Marionettenregierung hatten und sonst in nichts investieren konnten, also nutzten sie die Chance und kauften Häuser. Überall war auf einmal nur noch von Häusern die Rede, man suchte eins, wollte eins kaufen oder verkaufen.

Die Japaner kümmerte das nicht, ihnen ging es nur darum, als Sieger wie Pfauen mit gespreiztem Gefieder in Peking einzumarschieren. Hätten sie gewußt, wie sehr die Pekinger die japanischen Pfauen verachteten, und einen Bogen um Peking gemacht, dann hätten die Pekinger getan, als gäbe es die japanische Invasion gar nicht. Aber die Japaner wollten ihren Sieg genießen und hefteten sich ihn wie ein Abzeichen an die Brust. Sie reisten scharenweise in Peking an und verteilten sich auf die verschiedenen Gassen. Wo in einer Gasse auch nur eine oder zwei japanische Familien wohnten, dort wucherte der chinesisch-japanische Haß Jahrzehnte weiter. Die Pekinger wußten genau, daß die so verstreut lebenden Japaner alle Spione waren, ob sie sich als Kaufleute oder als Lehrer tarnten.

Die Japaner hinderten die Menschen aus der Umgebung nicht daran, in die Stadt zu ziehen, wahrscheinlich wollten sie Peking ein wenig beleben. Sie betrieben Erpressung und riefen gleichzeitig nach Gesetzen, sie brandschatzten und verlangten blühende Landschaften. Aber durch die Zuwanderung der vielen Flüchtlinge erfuhr man ganz nebenbei von den Greueltaten der Japaner und haßte sie dafür um so mehr.

Herrn Jin berührten solche Nebensächlichkeiten nicht, ihm stand der Sinn nach Geschäften. Als das Unternehmen florierte, vergaß er nicht nur Nation, Staat und dergleichen, er vergaß auch sich selbst. Plötzlich schien er in ein Netz von Geschäften geraten zu sein. Sein rotes Gesicht glühte wie eine elektrische Lampe. Er rechnete, rannte herum, verhandelte, gab sich erregt, ließ aber nie den Preis nach. Er schien ein Uhrwerk im Innern zu haben, das ihn den ganzen Tag in Trab hielt. Es kam vor, daß ihm nicht einmal auffiel, wenn plötzlich sein Tabaksbeutel leer war. Manchmal hatte er bei Sonnenuntergang noch nicht zu Mittag gegessen. Doch er war kräftig, das hielt er schon durch. Erst wenn er abends nach Hause kam, spürte er die Müdigkeit, dann verschlang er gierig drei große Schalen Reis und griff anschließend zufrieden nach seiner Pfeife. Noch bevor sie zu Ende geraucht war, schlummerte er ein. Sobald er ins Bett fiel, schnarchte er wie ein Blasebalg und raubte allen Hausgenossen den Schlaf.

Erst wenn er einen halben Tag frei hatte, erinnerte er sich an die Japaner. »Eigentlich sind die Japaner ja gar nicht so schlecht, sie haben mir zu so einem Aufschwung verholfen! Sie müssen doch selbst auch Häuser mieten oder kaufen, waren doch auch schon bei mir! Es sind also Freunde! Alle sind wir Freunde, ihr besetzt Peking, ich gehe weiter meinen Geschäften nach, keiner stört den anderen, ist doch nicht schlecht!«

Nachdem er sich eine Pfeife gestopft hatte, überdachte er das Ganze noch einmal und fand nichts daran auszusetzen. Und so plante er auch schon die Zukunft: »Wenn es so weitergeht, kann ich mir auch ein Haus kaufen. Bin bald sechzig. Hätte ich zwei, drei kleine Häuschen, könnte ich von der Miete leben, und die Mieten steigen ständig! Das reicht für zweimal Weizenmehl pro Tag. Wenn das gesichert ist, pfeife ich auf dieses Gewerbe. Dann gehe ich mit dem Enkel spazieren oder setze mich in ein Teehaus.«

Erst wer fürs Alter gesorgt hat, hat wirklich ausgesorgt. Als Herr Jin sich diese zwei, drei Häuschen vorstellte, die ihm Weizenmehl einbringen sollten, hielt er seine Zukunft für gesichert. Doch schon in der Gegenwart war sein Ansehen um einiges gestiegen. Früher hatten ihn die Leute, denen er Häuser vermittelte, ob Käufer oder Verkäufer, wie ein Streichholz betrachtet, das man nach Gebrauch wegwirft. Das hatte er immer deutlich zu spüren bekommen. Jetzt hatte sich alles geändert. Die Wohnungsnot hatte ihn zu einer ziemlich wichtigen Persönlichkeit werden lassen. Das hatte er wiederum den Japanern zu verdanken. Hätten sie Peking nicht besetzt, wäre das alles nicht so gekommen.

Der Enkel wuchs schnell heran, er war nicht besonders dick, aber gut beisammen. Herr Jin fand, seine Nase und die Augen ähnelten der Mutter, aber die wiederum fand, daß Nase und Augen, sogar Haare und Ohren dem Vater, Mengshi, ähnelten. Bis auf den heutigen Tag – das Kind war inzwischen ein halbes Jahr alt – war dieser Streit nicht entschieden.

Auch beim Namen konnten sich Herr Jin und seine Tochter nicht einigen. Die junge Frau Qian bestand energisch darauf, damit zu warten, bis der Großvater kam, aber Herr Jin war der Meinung, daß das Kind sofort einen Kosenamen brauche und Herr Qian ihm später einen richtigen Namen geben könne. Wie aber sollte der Kosename lauten? Hier gingen die Meinungen von Vater und Tochter ebenfalls auseinander. Wenn Herr Jin bei Laune war, rief er den Kleinen einfach »Hündchen« oder »Kälbchen«. Die junge Frau Qian mochte diese Tiere nicht. Wenn sie mit dem Kind spielte, nannte sie es mal »Dickerchen«, dann wieder »Stinkerchen«, was wiederum den Unmut ihres Vaters erregte: »Er ist nicht dick, und er stinkt auch nicht!« Mit der Zeit rief Herr Jin den Kleinen einfach »Enkel« und die junge Frau Qian »Sohn«. Daher lächelte der Kleine immer über das ganze Gesicht, wenn er »Enkel« oder »Sohn« hörte. Nur für andere war das etwas kompliziert, denn sie konnten den Kleinen ja nicht gut mit diesen Namen rufen.

Wegen dieses nicht sehr großen, aber eben ziemlich schwierigen Problems hofften Vater und Tochter inbrünstig, daß Herr Qian recht bald erscheinen und dem Kind einen Namen geben möge. Aber Herr Qian ließ sich nicht blicken.

Herr Chen mochte dieses namenlose Kind sehr. Sobald er ein wenig Zeit hatte, kam er, um nach ihm zu sehen. Er wußte natürlich, daß ein Baby noch nicht ißt und mit Spielzeug spielt, aber er kam nie mit leeren Händen. Immer brachte er ein paar Früchte oder irgendein buntes Wägelchen oder eine Klapper mit.

»Herr Chen«, Herr Jin konnte es nicht mehr mit ansehen, »er ißt noch nicht und spielt auch nicht, wozu das Geld hinauswerfen? Das nächste Mal lassen Sie das aber!«

»Nur ein bißchen!« erklärte Herr Chen beinahe entschuldigend, »die Qians haben ja nur diesen einen Nachkommen!« Dabei dachte er: »Ich habe seinen Großvater, meinen besten Freund, verloren, ich kann nicht auch noch diesen Kleinen verlieren. Wenn er groß ist, wird er mich hoffentlich ganz lieb Onkel rufen und nicht irgend etwas anderes!«

An jenem Tag war es schon lange dunkel, als Herr Chen mit einem großen Päckchen Naschereien in die Jiang-Yang-Siedlung kam. Schon von weitem reckte er den Hals, um zu sehen, ob bei Familie Jin noch Licht war, denn er wußte, daß Herr Jin und auch die junge Frau Qian früh schlafen gingen. Er hoffte, sie wären noch auf, um sein Päckchen loszuwerden. Er wollte es nicht mit nach Hause nehmen und seinen Kindern geben, denn die hatte er nicht gern – taugte der Vater nichts, konnte es mit den Kindern auch nicht weit her sein! Außerdem wäre sein Leben ganz anders verlaufen, lägen ihm nicht dauernd die acht Kinder in den Ohren. Ohne die Last der Familie wäre er bestimmt aus Peking geflohen. Obwohl die Kinder nicht schuld an seiner Misere waren, schaute er wegen seiner eigenen Not und Schande auf sie herab. Doch Qian Moyins Enkel war nicht nur ein Kind, sondern zugleich so etwas wie ein Symbol. Der Großvater dieses Kindes war Qian Moyin, seine Großmutter, sein Vater und sein Onkel waren für das Land gefallen, er stammte von Helden ab, er stand für die Zukunft. Herr Chen selbst war erledigt, wegen seiner eigenen Unfähigkeit würde wohl aus seinen Kindern auch nichts werden.

Ein paar Schritte weiter wurde er aber enttäuscht, es brannte kein Licht mehr bei den Jins. Er blieb stehen und haderte mit sich: »Zu spät! Opiumraucher haben eben kein Zeitgefühl, verdammt!« Er ging noch ein bißchen weiter, denn so schnell konnte er sich nicht zur Umkehr entschließen. Aber um anzuklopfen, fehlte ihm der Mut, er konnte ja nicht, nur weil er das Kind sehen wollte, die ganze Familie aus dem Schlaf klopfen.

Als er noch fünf oder sechs Schritte von dem Haus entfernt war, sah er plötzlich jemanden in die entgegengesetzte Richtung davongehen, der bis dahin im Toreingang gestanden hatte. Er hatte denjenigen zwar nicht deutlich gesehen, aber wie eine Katze spürt, wenn eine Maus in der Nähe ist, sagten ihm alle Fasern seines Körpers, daß es Qian Moyin war. Er stürzte vorwärts. Der Schatten vor ihm beschleunigte ebenfalls seine Schritte. Da er aber hinkte, konnte er nicht wegrennen. Herr Chen begann loszulaufen. Nach wenigen Schritten schon hatte er ihn eingeholt. Unter Tränen stieß er hervor: »Moyin!«

Herr Qian beugte den Kopf und versuchte trotz des lahmen Beins, seinen Gang zu beschleunigen. Herr Chen steuerte wie ein Betrunkener unbeirrt auf sein Ziel los, ihm war nach Weinen, Reden und Handeln zumute. Er warf das Päckchen weg und packte den Schwager am Arm. Tränenüberströmt schluchzte er: »Moyin! Überall habe ich dich gesucht, endlich treffe ich dich.«

Herr Qian verlangsamte seinen Schritt, denn das schnelle Gehen verursachte ihm Schmerzen. Er hielt den Kopf weiterhin gesenkt und sagte nichts.

Chen Yeqiu krallte auch die zweite Hand in den Arm des Schwagers. »Moyin, bist du wirklich so hart? Ich weiß, ich gebe zu, ich bin ein Trottel, schwach und unfähig. Ich flehe dich an, sage etwas, sprich mit mir! Ja, Moyin, nur einen Satz, rede! Und schau nicht weg, sieh mich wenigstens einmal an!«
Aber Herr Qian schwieg.
Inzwischen waren sie unter einer Straßenlaterne angelangt. Herr Chen flehte weiter und bückte sich, um in das Gesicht des Schwagers zu sehen – ein dunkles, eingefallenes Gesicht, der Mund war von einem strubbeligen Bart verdeckt, neben der Nase liefen zwei Tränenspuren.
»Moyin, wenn du weiter schweigst, falle ich hier auf der Straße vor dir auf die Knie!« flehte er inständig.
Herr Qian stöhnte.
»Schwager, du kommst doch auch wegen des Kindes her?«
Qian Moyin ging noch langsamer und wischte sich mit dem Handrücken die Tränen vom Gesicht, schaute aber nicht auf.
»Hm!«
Bei diesem Stoßseufzer des Schwagers lachte Chen Yeqiu wie ein Kind unter Tränen auf. »Schwager, es ist ein gutes Kind, schön und kräftig!«
»Ich habe es noch nicht gesehen«, sagte Qian Moyin leise, »aber seine Stimme habe ich schon gehört. Ich stehe jeden Tag ein Weilchen vor dem Tor, aber erst, wenn Herr Jin schlafen gegangen ist. Wenn ich das Baby weinen höre, bin ich zufrieden. Wenn es dann eingeschlafen ist, blicke ich zu den Sternen über dem Haus und bete, sie mögen meinen Enkel behüten. In Zeiten der Gefahr wird man eben leicht abergläubisch.«
Chen Yeqiu blickte wie hypnotisiert zu den Sternen hoch. Er wußte nicht, was er sagen sollte. Auch Qian Moyin schwieg wieder. Schweigend liefen sie bis zum Westausgang der Jiang-Yang-Siedlung. Chen Yeqiu umklammerte noch immer den Arm des Schwagers. Der blieb plötzlich stehen und befreite seinen Arm. Beide standen sich von Angesicht zu Angesicht gegenüber. Chen Yeqiu konnte Qian Moyins Augen sehen, sie leuchteten klar wie Herbststerne. Ein Schauer überlief ihn. In seiner Erinnerung waren die Augen des Schwagers stets ein Hort der Güte und Wärme gewesen. Jetzt ging von ihnen ein

stählernes Licht aus: sehr hell, sehr kalt, furchterregend. Qian Moyin hatte ihn nur kurz angeschaut, dann wandte er den Kopf ab: »Mußt du nicht nach Osten abbiegen?«
»Ich...«, druckste Chen Yeqiu, »wo wohnst du denn?«
»Wo ich einen ruhigen Ort finde, lege ich mich aufs Ohr!«
»Also gehen wir einfach so auseinander?«
»Hm ... wenn unser Land wieder uns gehört, können wir jeden Tag zusammensein!«
»Schwager, hast du mir verziehen?«
Qian Moyin schüttelte leicht den Kopf: »Das kann ich nicht! Dir und den Japanern werde ich nie verzeihen.«
Chens blutleeres Gesicht wurde plötzlich heiß: »Beschimpfe mich, verfluche mich, das täte mir gut!«
Ohne Antwort ging Qian Moyin weiter.
Chen Yeqiu hielt ihn wieder auf. »Schwager, ich würde gern noch so vieles mit dir bereden!«
»Mir ist jetzt nicht danach!«
Herrn Chens Augen standen still. Er war aufgewühlt wie ein Kessel brodelndes Wasser. Nur um etwas zu sagen, schlug er vor: »Warum gehen wir nicht gemeinsam das Baby besuchen? Herr Jin würde sich bestimmt freuen!«
»Der, der hat mich genauso enttäuscht wie du. Ich mag ihn nicht sehen! Soll er sich doch um seine Sachen kümmern, soll er meinen Enkel großziehen! Wenn ich könnte, würde ich ihm nicht einmal diese Verantwortung übertragen! Ich würde meinen Enkel zu gern sehen, aber erst muß ich ein Fleckchen Erde für ihn säubern, damit er in Freiheit leben kann! Vielleicht muß der Großvater erst sterben, damit der Enkel leben kann! Sonst sind sie alle, Großvater wie Enkel, unterjochte Knechte.« Er lächelte. »Geh nach Hause, wenn das Schicksal es will, sehen wir uns wieder!«
Chen Yeqiu stand wie angewurzelt da. Regungslos blickte er dem Schwager nach. Dieser hinkende schwarze Schatten war zwar wirklich sein Schwager, aber er glich ihm nicht mehr. Ein Poet, der kein grobes Wort über die Lippen brachte, aber auch ein Kämpfer, der sich freiwillig ans Kreuz schlagen ließ. Als der Schatten am Eingang der Gasse verschwand, wollte er ihm nachsetzen, aber seine Beine versagten ihm den Dienst. Er ließ den Kopf hängen und stieß einen langen Seufzer aus.

Der Schwager hatte ihm nicht verziehen, das bedrückte ihn zutiefst. Er verehrte Qian Moyin. Nur deshalb hatte der auch das Recht, über ihn zu urteilen. Ohne dessen Vergebung fühlte er sich wie gezeichnet – er trug das Wort Verräter im Gesicht! Als er aber die Hand hob, traf sie nur auf feuchtkalte Tränen.

Er lief zurück in östlicher Richtung. Bei den Jins blieb er unwillkürlich stehen. Das Kind weinte. Er stellte sich vor, wie der Schwager genauso vor dem Tor gestanden und dem Weinen gelauscht hatte. Schnell rannte er weg, das war einfach zu grausam. Der Großvater wagte sich nicht zu seinem Enkel, sondern lauschte vor dem Tor. Die Augen wurden ihm noch einmal feucht.

Nach ein paar Schritten überlegte er es sich anders. Er hatte schließlich den Schwager gesehen. Darüber sollte er sich freuen, ob der ihm nun verzieh oder nicht. Und er hatte immerhin mit ihm geredet. Vielleicht würde er ihm beim nächsten Mal verzeihen, der Schwager war doch von Natur aus gütig und friedfertig! Er beschloß, sofort Ruixuan aufzusuchen, mußte ihm die gute Nachricht sogleich überbringen, um auch ihm ein wenig Freude zu bereiten. Seine Beine funktionierten wieder, er beschleunigte den Schritt.

Ruixuan, der sich schon hingelegt, aber noch nicht geschlafen hatte, erschrak, als er das Klopfen hörte, denn seit dem Fall Wuhans verhafteten die Japaner wahllos Leute. Denn obwohl im Norden überall Kollaborateure dem Feind zuarbeiteten, hatten sie das Volk nicht für ihre Herren einnehmen können. Selbst in Peking gab es noch Leute wie Herrn Qian. Und zwanzig, dreißig Li vor der Stadt gingen bewaffnete Kämpfer entschlossen gegen den Feind vor. Die Japaner mußten die Unbeugsamen ausrotten, was sie wohlklingend »verstärkte Herstellung von Ruhe und Ordnung« nannten. Da sie die eigentlichen »Banditen« nicht zu fassen kriegten, ergriffen sie Unschuldige, um ihr Soll an Folter und Mord zu erfüllen. Neuerdings holten sie die Leute in der Nacht. Wie Eulen die Spatzenjagd, so betrieben Nippons Helden ihr Werk heimlich. Ruixuan erschrak. Er kannte sein Verbrechen – er arbeitete bei den Engländern. Schnell zog er sich etwas über und ging leise hinaus. Er hatte alles bereits bedacht, er würde nicht flüchten, wenn sie ihn wirklich holen kämen. Durch die Anstellung bei den Engländern fühlte er sich nicht sicherer und mutiger, denn er war keiner, der wie ein Hund mit der Macht seines Herrn andere einschüchterte. Müßte er ins Gefängnis, würde er gehen. Für den Großvater und die Familie hatte er mit großer Geduld und Hingabe alle Demütigungen erduldet, so daß er, sollte er gefoltert werden, sich nichts vorzuwerfen brauchte.

Draußen war es stockdunkel. An der Geistermauer fragte er: »Wer ist da?«

»Ich bin's, Chen Yeqiu!«

Ruixuan öffnete das Tor einen Spalt. Sofort fiel Licht von Nummer drei herein. Dort wurde noch gelacht. Richtig, kam ihm in den Sinn, die Schamlosigkeit der Bewohner dort war heutzutage wahrscheinlich der beste Ausweis. Bevor er diesen Gedanken zu Ende denken konnte, war Herr Chen bereits über die Schwelle gestiegen. »Oh, Sie hatten bereits geschlafen? Nein wirklich, Opiumraucher haben einfach kein Zeitgefühl! Bitte entschuldigen Sie, daß ich Sie erschreckt habe!« Er wischte sich den kalten Schweiß aus dem Gesicht.

»Das macht nichts!« Ruixuan lächelte schwach und knöpfte sich die Jacke zu. »Kommen Sie doch herein!«

Herr Chen schwankte einen Moment. »Ist es nicht zu spät?« Aber er ging bereits in den Hof hinein. Zu gern plauderte er mit Freunden, über einer solchen Gelegenheit vergaß er alles andere. Ruixuan schloß das Mittelzimmer auf.

Herr Chen fiel sogleich mit der Tür ins Haus: »Ich habe Qian Moyin gesehen.«

In Ruixuans Innerem wurde es plötzlich hell, die Helligkeit verteilte sich von den Augen her langsam über das ganze Gesicht. »Sie haben ihn gesehen?« fragte er lächelnd.

Herr Chen erzählte alles in einem Atemzug. Er berichtete, ohne seine eigene Meinung hinzuzufügen. Ruixuan sollte sich sein eigenes Urteil bilden. Er ging davon aus, daß Ruixuan klug genug war, zu erkennen, daß er, Chen Yeqiu, zwar ein Taugenichts war, daß er Qian Moyin aber ehrlichen Herzens verehrte und sich um ihn sorgte. Und deshalb war er hier einfach mitten in der Nacht aufgekreuzt.

Ruixuan sagte nichts dazu. Er hatte in diesem Moment keine Lust, sich in Chen Yeqiu hineinzuversetzen, er hatte nur den

einen Wunsch, Herrn Qian zu sehen. »Morgen abend«, er faßte sofort einen Entschluß, »morgen abend halb neun treffen wir uns vor dem Eingang zu Herrn Jins Haus!«
»Morgen?« Herr Chen rollte mit den Augen, »ich glaube nicht, daß er da...«
Ruixuan war klar, daß Herr Qian, der Herrn Jin und Herrn Chen nicht begegnen wollte, morgen kaum wieder dort erscheinen würde. Aber er wünschte so inbrünstig, den Dichter zu treffen, daß er ganz gegen seine Gewohnheit sagte: »Macht nichts, ich muß unbedingt hingehen!«
Am nächsten Tag wartete er mit Chen Yeqiu den ganzen Abend vor Jins Haus, aber Herr Qian kam nicht wieder.
»Ruixuan!« Herr Chen war dem Weinen nahe: »Ich bin ein Unglücksrabe! Nun habe ich Qian Moyin auch noch um das letzte bißchen Freude gebracht, nun kann er nicht einmal mehr seinem Enkel lauschen. Man darf eben keinen Fehler machen, macht man erst mal einen, geht es immer so weiter, und dann wird alles falsch!«
Ruixuan schwieg und blickte hinauf zu den Sternen.

46

Ruixuan hatte sich geirrt, die Japaner klopften nicht ans Tor, wenn sie Leute verhaften wollten, sondern stiegen kurz vor Morgengrauen über die Mauer. In großen Dingen wie Philosophie, Literatur und Kunst, Musik, Malerei und Wissenschaft hatten die Japaner keine erheblichen schöpferischen Leistungen aufzuweisen, weshalb sie auch nicht vorausschauend und tiefsinnig denken konnten. Doch in kleinen Dingen waren sie haargenau, da verwandten sie für das Fangen einer Maus die gleiche Kraft und Sorgfalt wie für einen Elefanten. Kleine Rechnungen erledigten sie umsichtig und penibel, was ihnen die gleiche Genugtuung verschaffte wie dem Affen eine gefangene Laus. Drei Tage, nachdem er vergeblich versucht hatte, Herrn Qian zu treffen, kamen sie ihn holen. So wie bei Herrn Qians Verhaftung gingen sie schon lange nicht mehr vor.
Ruixuan hatte nichts verbrochen, aber die Japaner mußten ihn verhaften. Dafür hätte eigentlich ein japanischer Gendarm

oder ein chinesischer Polizist genügt. Sie aber mußten alles groß aufziehen, um Klugheit und Sorgfalt zu demonstrieren. Gegen vier Uhr morgens hielt ein Lastwagen vor dem Eingang zur Schafhürdengasse mit etwa zehn Leuten, einige in Uniform, andere in Zivil. Hinter dem Lastwagen befand sich noch ein Personenwagen mit zwei Offizieren. Die stiegen zunächst aus, sichteten das Terrain und postierten Wachen am Eingang der Gasse. Dann studierten sie eifrig die Karte. Erst flüsterten sie miteinander, dann mit denen, die leise vom Lastwagen heruntersprangen. Es sah aus, als wollten sie eine Festung oder ein Munitionsdepot einnehmen. Nach langem Diskutieren und Flüstern ging einer der Offiziere zum Auto zurück, nahm Platz und verschränkte im vollen Gefühl seiner Bedeutung die Arme vor der Brust. Der andere schlich sich mit sechs, sieben Leuten katzenartig in die Gasse hinein. Alles verlief völlig geräuschlos, sie trugen Gummischuhe. Als der Offizier die großen Schnurbäume sah, winkte er, worauf zwei Leute auf die Bäume kletterten, sich in den Ästen postierten und ihre Gewehre auf Nummer fünf richteten. Beim nächsten Wink kletterten die anderen – zumeist Chinesen – über die Mauer beziehungsweise aufs Dach. Der Offizier verbarg sich hinter der Geistermauer von Nummer drei.

Die Sterne verblaßten bereits, aber es war noch nicht richtig hell. Die Gasse lag in tiefem Schweigen, alles schlief noch. Als ein Lüftchen die Zweige des Schnurbaums bewegte und aus der Ferne das Krähen der Hähne zu hören war, sprang eine Katze über die Mauer von Nummer vier nach Nummer zwei, woraufhin die Gewehrläufe sofort ihre Richtung änderten. Erst als Nippons Helden eine Katze erkannten, konzentrierten sie sich wieder auf den Eingang von Nummer fünf und waren mit noch größerem Ernst bei der Sache.

Ruixuan hörte ein Geräusch auf dem Dach. Instinktiv wußte er, was das zu bedeuten hatte. Einen Dieb vermutete er nicht, denn Diebe hatte es in all den Jahrzehnten kaum gegeben. In der Gasse lebten brave Leute, da wurde nicht gestohlen. Leise zog er sich an. Dann weckte er schnell Yunmei: »Es ist jemand auf dem Dach. Erschrick nicht. Falls sie mich holen sollten, reg dich nicht auf, geh zu Mr. Goodrich!«

Yunmei, die zwar gehört, aber nicht begriffen hatte, begann

zu zittern. »Wenn sie dich holen, was soll ich allein denn machen?« Sie klammerte sich an seiner Hose fest.
»Laß los«, flüsterte Ruixuan energisch, »ich weiß, daß du dich nicht fürchtest. Und sag es nicht dem Großvater, sag einfach, ich sei mit Mr. Goodrich aufs Land gefahren und käme in ein paar Tagen zurück.« Schnell stand er auf.
»Und wenn du nicht zurückkommst?« stammelte Yunmei.
»Wer weiß.«
Es klopfte kurz an der Tür. Ruixuan tat, als habe er nichts gehört. Yunmei zitterte, daß die Zähne klapperten.
Es klopfte wieder an der Tür. Ruixuan fragte: »Wer ist da?«
»Wohnt hier Qi Ruixuan?« fragte draußen jemand leise.
»Ja!« Ruixuan griff mit zitternder Hand nach seinen Schuhen, dann schob er den Riegel beiseite. Schwarze Schatten umringten ihn, Pistolen richteten sich auf seine Brust. Eine Taschenlampe blendete seine Augen einen Moment lang. Eine Pistolenmündung stieß in seine Rippen, dann zischte eine Stimme: »Keinen Laut, raus!« Ruixuan nahm sich zusammen und kam schweigend heraus.
Sobald es hell wurde, konnte der alte Herr Qi nicht mehr schlafen. Er hatte Geräusche gehört. Als Ruixuan an seiner Tür vorbeiging, hustete er einmal kurz und fragte träge: »Was ist denn los? Wer ist da? Hat jemand Durchfall?«
Ruixuan zögerte nur kurz, dann ging er weiter. Besser, er sagte nichts. Er wußte, was ihn erwartete. Eingedenk der Folterungen von Herrn Qian konnte er auf keine Gnade hoffen. Auch war es nicht geraten, schon vorher Angst zu zeigen, das war nutzlos. Aber ein wenig bereute er, wegen des Großvaters, der Eltern, der Frau und der Kinder Peking nicht doch verlassen zu haben. Allein die Reue ging nicht so tief, den Älteren dies vorzuwerfen. Als er jetzt die Stimme des Großvaters vernahm, krampfte sich sein Herz zusammen. Vielleicht sah er ihn nie wieder! Seine Beine wurden weich, doch er schritt energisch weiter. Er wußte, würde er auch nur ein Wort mit dem Großvater wechseln, würden seine Beine ihm den Dienst versagen. Am Dattelbaum warf er einen schnellen Blick auf das Südzimmer: »Mutter!«
Es dämmerte schon. Als er aus dem Tor trat, sah Ruixuan von beiden Schnurbäumen jemanden herunterspringen. Sein Ge-

sicht war blutleer, aber er mußte lachen: »So viele Umstände, nur um mich zu verhaften?« Als er sich umschaute, kam ihm die Gasse viel breiter vor als sonst. Er fühlte sich freier. Da gab es am Tor von Nummer vier ein Geräusch. Wie elektrisiert schwenkten die Gewehre sofort in diese Richtung. Da nichts geschah, lief er weiter. Als er zur Nummer drei kam, trat der Offizier hinter der Geistermauer hervor. Zwei Leute gingen nach Nummer fünf zurück und verschlossen das Tor von innen. Als Ruixuan diese Geräusche hörte, fühlte er sich noch etwas freier – die Familie war hinter ihm zurückgeblieben, nun konnte er sich mit ganzer Kraft auf das vor ihm liegende, eigene Schicksal konzentrieren.

Ohne sich um die Uhrzeit zu kümmern, zog Yunmei sich hastig etwas über und eilte ungekämmt und ungewaschen hinaus, um sofort Mr. Goodrich aufzusuchen. Sie ging nicht oft aus und wußte auch nicht, wie sie ihn erreichen konnte, zögerte aber keinen Moment lang. Sie war erregt, doch fest entschlossen, ihren Mann um jeden Preis zu retten. Dafür hätte sie auch ihr eigenes Leben geopfert. Normalerweise war sie sehr zurückhaltend, heute aber hatte sie beschlossen, niemanden und nichts zu fürchten. Ein paarmal schon waren ihr Tränen gekommen, aber sie riß ihre großen Augen weit auf und drückte sie jedesmal zurück. Sie wußte, Weinen war völlig sinnlos. Ganz kurz überlegte sie auch, daß Ruixuan vielleicht getötet werden könnte. Aber selbst wenn das passieren sollte, müßte sie mit letzter Kraft die Kinder durchbringen, die Schwiegereltern und den Großvater pflegen. Sie besaß nicht sehr viel Mut, sollte aber ein Dämon leibhaftig vor ihr auftauchen, würde sie sich auf ihn stürzen.

Leise schloß sie die Tür und eilte hinaus. Vor dem Tor sah sie zwei Männer stehen, einen kleinen und einen großen. Beide waren Chinesen, mit japanischen Gewehren. Die Gewehre versperrten ihr den Weg: »Was ist los? Hier darf keiner raus!«

Yunmei zitterten die Beine. Sie stützte sich an die Geistermauer, aber aus ihren Augen schossen Blitze: »Schert euch weg, ich muß rausgehen!«

»Hier darf keiner raus«, befahl der Größere. »Hör mal, mach heißes Wasser und brühe uns einen Tee auf. Und bringe uns was zu essen, los, geh hinein!«

Yunmei zitterte am ganzen Körper. Am liebsten hätte sie sich den Durchgang erzwungen, aber sie wußte, gegen zwei Bewaffnete kam sie nicht an. Außerdem war sie noch nie auf die Idee gekommen, sich mit jemandem zu prügeln. Sie konnte nichts tun, wollte aber auch nicht einfach weggehen. Es war sinnlos, aber sie mußte fragen: »Mit welchem Recht holt ihr meinen Mann ab? Er hat nichts getan.«
Jetzt machte der Kleine den Mund auf: »Quatsch nicht rum! Die Japaner haben ihn geholt, wir wissen nicht, warum. Mach jetzt heißes Wasser, schnell!«
»Ihr seid doch auch Chinesen!« Yunmei blickte sie groß an.
Der Kleine wurde böse: »Ich will dir mal was sagen, wir waren recht höflich zu dir, aber wir können auch anders. Geh sofort hinein!« Er näherte sich ihr mit dem Gewehr.
Sie wich zurück. Mit dem Mund kam sie gegen Gewehre nicht an. Nach zwei Schritten wandte sie sich plötzlich um und rannte zum Südzimmer. Eigentlich hatte sie die Schwiegermutter nicht erschrecken wollen, nun aber, da sie nicht hinauskam, brauchte sie ihren Rat.
Als sie Tianyous Frau aufgeschreckt hatte, tat es ihr sofort leid. Die Sache lag zwar klar auf der Hand, aber sie wußte nicht, wie sie es ihr beibringen sollte. Die Schwiegermutter war nicht gesund, sie durfte sie nicht erschrecken. Zugleich war die Angelegenheit so dringend, daß sie auch nicht lange herumreden konnte. Betreten stand sie im Zimmer.
Draußen war es bereits taghell, aber das Südzimmer lag noch immer im Dunkeln. Tianyous Frau konnte Yunmeis Gesicht nicht deutlich erkennen, aber sie spürte instinktiv, daß etwas nicht in Ordnung war. »Was gibt es, Shuns Ma?«
Die lange zurückgehaltenen Tränen stürzten hervor, aber Yunmei nahm sich zusammen, um nicht laut herauszuweinen.
»Was ist los?« drängte Tianyous Frau.
»Ruixuan«, Yunmei hatte alle Bedenken vergessen, »sie haben Ruixuan abgeholt.«
Tianyous Frau schüttelte sich, als seien ihr Eistropfen auf den Rücken gefallen. Doch sie beherrschte sich, sie war die Schwiegermutter, konnte der Schwiegertochter kein schlechtes Beispiel geben. Zudem hatte sie fünfzig Jahre lang in Krieg und Not verbracht, sie wußte, wie man Gefühle mit Vernunft

und Berechnung beherrschte. Sich kräftig auf den Tisch stützend, fragte sie: »Wie haben sie ihn abgeholt?« Hastig erzählte Yunmei das Vorgefallene, schnell, aber klar und ausführlich.

Tianyous Frau hatte mit einem Schlag das Ende vor Augen. Ohne Ruixuan mußte die Familie verhungern. Das sprach sie aber nicht aus, sondern unterdrückte es in ihrem Innersten. Vielleicht war es ein kleiner Trost für die Schwiegertochter, wenn sie diese pessimistischen Worte nicht aussprach. Sie verstummte, mußte sich etwas einfallen lassen. Ob die Idee gut oder schlecht war – jedenfalls wäre sie besser als Heulen und sinnlose Worte. »Shuns Ma, versuche ein paar Steine aus der Mauer herauszuziehen und sage jemandem aus Nummer sechs Bescheid, daß sie die Botschaft verständigen sollen!« Das mit der Mauer war nicht ihre Erfindung, das hatte sie von dem alten Herrn gelernt. Wenn es früher Revolten oder größere Kämpfe gab, hatte er ein Loch in die Mauer gemacht, damit sich die benachbarten Höfe verständigen und beraten konnten. Diese Methode konnte zwar keine Katastrophen verhindern, hatte aber eine große psychologische Wirkung, denn so miteinander verbunden fühlten sich die Menschen beider Höfe gestärkt und fürchteten sich weniger.

Ohne zu überlegen, rannte Yunmei hinaus. In der Küche suchte sie nach einem Werkzeug, mit dem sie die Mauer bearbeiten konnte.

Um diese Zeit war auch der alte Herr aufgestanden und ging mit einem Besen zum Tor, um den Eingang zu säubern. Das war seine allmorgendliche Übung. War ihm danach, kehrte er draußen vor seinem Eingang und dem von Nummer sechs bis hin zum großen Schnurbaum, wo er sich dann ein wenig hinhockte, den Rücken streckte und anschließend noch den Hof fegte. Hatte er keine Lust, beschränkte er sich auf die Stufen am Tor und den Hof. Ob er gut gelaunt war oder nicht, vor Nummer drei fegte er nie, denn die Guans konnte er nicht ausstehen. Diese kleine Morgenübung war seine Versicherung, denn alte Leute, die sich viel bewegen, bekamen keinen Hautausschlag und keine Furunkel. Anschließend pflegte er mit dem Besen zum Sohn und den Enkeln zu gehen, um ihnen zu zeigen, was es heißt, fleißig für die Familie zu wirken.

Tianyous Frau und Yunmei hatten den Alten nicht bemerkt. Gleich hinter der Geistermauer sah er jene beiden Männer stehen und wetterte sofort los. Das hier war sein Hof, er hatte ein Recht, Eindringlinge zur Rede zu stellen. »Was soll das, meine Herren?« Er sprach ziemlich energisch, um seine Autorität unter Beweis zu stellen, aber auch einigermaßen freundlich, um niemandem zu nahe zu treten. Selbst wenn es sich um Banditen handelte, mußte man sie ja nicht unbedingt gleich beleidigen. Als er allerdings ihre Gewehre sah, zwang er sich, ruhig zu bleiben und nicht den starken Mann zu spielen. Mehr als siebzig Jahre Erfahrungen mit dieser chaotischen Welt hatten ihn vorsichtig gemacht. »Was soll das? Den Herren mangelt es wohl an Geld? Hier wohnen arme Leute!«
»Zurück, hier darf keiner raus!« warnte der Große.
»Was?« Der alte Herr hielt seinen Zorn zurück, kniff aber die Augen zusammen. »Das ist mein Haus!«
»Gewäsch! Nur in Anbetracht Ihres Alters kriegen Sie meinen Gewehrkolben nicht zu spüren!« Der Kleine war offenbar der Miesere von beiden. Ohne den Alten zu Wort kommen zu lassen, mischte sich der Große ein: »Gehen Sie zurück, machen Sie sich keine Unannehmlichkeiten. Ist ein gewisser Ruixuan Ihr Sohn oder Enkel?«
»Mein ältester Enkel«, antwortete der mit einem gewissen Stolz.
»Er ist von den Japanern verhaftet worden. Wir haben den Befehl, hier Wache zu stehen und niemanden durchzulassen, haben Sie verstanden?« Der Besen fiel herunter. Zorn und Angst brachten das Blut des alten Mannes zum Stocken, er wurde aschfahl. »Wieso? Er hat nichts verbrochen!«
»Halten Sie den Mund, gehen Sie hinein!« Der Kleine näherte sich ihm mit dem Gewehr.
Der alte Mann tat einen Schritt nach vorn, obwohl er nicht vorhatte, dem Kleinen das Gewehr zu entwinden. Er stammte aus armen Verhältnissen, verfügte aber auch im Alter noch über eine gewisse Kraft. Die trieb ihn in seinem Zorn auf das Gewehr zu, aber prügeln wollte er sich nicht. »Das hier ist mein Haus, ich gehe hinaus, wann ich will! Was können Sie dagegen tun? Schießen Sie doch! Ich werde nicht weichen! Meinen Enkel zu verhaften, mit welchem Recht?«

Eigentlich hätte er die beiden anflehen wollen, aber der Zorn ging mit ihm durch. Unbedacht sprudelten seine Worte heraus. Dann war ihm schon alles egal, und er brüllte los: »Das gibt's ja nicht, von wegen meinen Enkel verhaften! Wenn ihn die Japaner geholt haben, was macht ihr dann hier? Ihr denkt wohl, ihr könnt mich mit den Japanern erschrecken, die kenne ich. Geht weg, ich gehe zu den Japanern! Und wenn's mir ans Leben geht, ist mir egal!« Er öffnete seine kurze, gefütterte Jacke und zeigte seine magere, aber harte Brust. »Erschießt mich doch, los!« Obwohl seine Hand vor Wut zitterte, schlug er sich damit kräftig an die Brust.

»Wenn Sie noch lange schreien, schieße ich wirklich«, knirschte der Kleine zwischen den Zähnen.

»Na los, nur zu! Hierher!« Der Alte wies mit seiner zitternden Hand auf seine Brust. Seine Augen hatten sich zu einem Spalt verengt, er stand kerzengerade, der Wangenbart zitterte.

Tianyous Frau kam als erste hinzu. Auch Yunmei, die noch keinen Ziegel aus der Mauer herausbekommen hatte, kam angelaufen. Jede faßte den Alten an einem Arm, so zogen sie ihn in den Hof. Er stampfte mit den Füßen und fluchte laut. Alle Höflichkeit und Friedfertigkeit hatte er vergessen, denn beides hatte ihm weder Frieden noch Glück gebracht.

Als ihn die zwei Frauen unter Zureden und Flehen schließlich in sein Zimmer gezogen hatten, verstummte er und zitterte nur noch.

»Alter Herr!« rief Tianyous Frau leise, »nun regen Sie sich doch nicht so auf, laßt uns lieber überlegen, wie wir Ruixuan retten können.«

Der alte Mann schluckte ein paarmal und richtete seine kleinen Augen auf Schwiegertochter und Schwiegerenkelin. Seine Augen waren hell und klar. Die Blässe im Gesicht war leichter Röte gewichen. Dann schloß er die Augen. Seinen Mut hatte er bereits gezeigt, jetzt mußte er nachdenken. Den beiden Frauen würde sicherlich nichts besonders Kluges einfallen, wie er überhaupt der Meinung war, daß Frauen nie besondere Ideen hatten. Ihm aber fiel sofort eine ein: »Wir müssen zu Tianyou gehen!« Aus Gewohnheit lächelte Yunmei: »Wir kommen doch nicht hinaus, Großvater, oder?«

Dem Alten gab es einen Stich, er senkte den Kopf. Er beachtete stets die Regeln, suchte keinen Streit. Sein Sohn und die Enkel waren ebenfalls anständige Menschen, die nichts Schlechtes taten. Nun aber saßen sie alle im Hof fest. Früher war er überzeugt gewesen, wie grausam die Japaner auch sein mochten, er würde es jedenfalls nicht mit ihnen zu tun kriegen. Der dritte Enkel war jedoch geflüchtet, der älteste verhaftet, und zwei Gewehre verbarrikadierten das Tor. Was war das nur für eine Welt? Seine Ideale waren dahin, die Mühen eines langen Lebens vergebens! Er war ein Gefangener, eingesperrt in seinem eigenen Haus. In Windeseile überschlug er sein Leben und fand nichts, was er sich vorzuwerfen hatte. Trotzdem machte er sich jetzt Vorwürfe, er mußte doch eine Menge Fehler gemacht haben, wenn die Familie in alle Winde zerstreut wurde. Der größte war offenbar, daß er die Japaner falsch eingeschätzt hatte. Er hatte angenommen, wenn er nur vernünftig, brav und unauffällig lebte, müßten sie ihm gestatten, das bißchen friedliche Glück eines Lebens mit vier Generationen unter einem Dach zu genießen. Er hatte sich geirrt, die Japaner konnten keinen einzigen Chinesen ertragen! Als ihm das bewußt wurde, meinte er, siebzig Jahre umsonst gelebt zu haben. Er hatte kein Vertrauen mehr zu sich, sein altes Leben lag völlig in der Hand der Japaner wie eine Schote vom Schnurbaum in der Hand eines boshaften Kindes.

Nicht einmal wagte er, seinen Bart zu streichen. Der war nun nicht mehr ein Zeichen von Erfahrung und Weisheit, sondern nur noch von Altersschwäche. Er stöhnte ein paarmal, dann legte er sich auf den Kang. »Unternehmt ihr irgendwas, mir fällt nichts ein!«

Bestürzt gingen die beiden Frauen hinaus.

»Ich grabe an der Mauer weiter.« Yunmeis große Augen wanderten unruhig hin und her, ohne zu wissen, wohin sie eigentlich schauen sollten, am besten gar nirgendwohin. In ihr brannte ein Feuer, aber sie mußte es niederhalten, um die Alten nicht noch mehr zu beunruhigen.

»Warte mal!« In Tianyous Frau glühte ein nicht minder heftiges Feuer, sie mußte jedoch ebenso ruhig bleiben, um die Schwiegertochter nicht zu sehr aufzuregen. Ihre Krankheit hatte sie vergessen. Wenn den ältesten Sohn ein Unglück traf, würde sie sterben. Und der Tod war noch schlimmer als

Krankheit. »Ich werde die beiden anflehen, daß sie mich rauslassen, damit ich Bescheid sagen kann.«
»Das hat keinen Zweck. Die hören nicht auf Bitten«, gab Yunmei händeringend zurück.
»Sind sie etwa keine Chinesen? Daß sie uns nicht mal ein bißchen helfen?« Yunmei schüttelte nur den Kopf.
Die Sonne ging auf, vereinzelt standen ein paar Wolken am Himmel. Als das Sonnenlicht darauf fiel, schmückte sich der Himmel da und dort mit Morgenrot. Die beiden Frauen schauten zum Himmel und glaubten zu träumen.
Schließlich ging Yunmei wieder nach hinten an die Mauer und griff zum Feuerhaken. Kraft anzuwenden war nicht möglich, den Lärm hätten die Bewaffneten gehört. Aber so brachte sie keinen Ziegelstein aus der Mauer. Sie kam ins Schwitzen. Während sie an der Mauer kratzte, rief sie immer wieder leise: »Herr Wen! Herr Wen!« Dessen Zimmer lag ganz in der Nähe, sie hoffte, daß er sie hörte. Aber ihre Stimme war zu leise. Dann rief sie nicht mehr, sondern schabte stärker. Nach geraumer Weile gelang es ihr, einen Ziegelstein zu bewegen. Sie stöhnte und starrte vor sich hin. Xiao Niuzi rief nach ihr. Sie rannte hinein und schärfte ihr ein, ja nicht in die Nähe des Tores zu gehen.
Die kleine Niuzi war noch ziemlich unverständig, entnahm aber dem Verhalten ihrer Mutter, daß etwas nicht in Ordnung war. Sie wagte keine bohrenden Fragen und blickte die Mutter nur aufmerksam an. Als sie angekleidet war, folgte sie Yunmei und blieb immer in ihrer Nähe. Sie kannte Angst, sie stammte aus der Familie Qi.
Als die Mutter in der Küche Feuer machte, reichte sie ihr Streichhölzer und Holzscheite zu. Sie wollte brav sein, der Mutter keinen Ärger bereiten. Dadurch verringerte sich ihre Angst ein wenig.
Tianyous Frau stand allein im Hof. Ihre Augen stierten auf die Blumentöpfe mit den bereits entblätterten Granatapfelbäumchen, aber sie sah nichts. Ihr Herz schlug schnell. Sie hätte sich zu gern hingelegt, beherrschte sich aber. Nein, um ihre Krankheit konnte sie sich jetzt nicht kümmern. Sie mußte sich zur Rettung des Sohnes sofort etwas einfallen lassen. Plötzlich wurden ihre Augen hell. So hell, daß sie fast in

Ohnmacht fiel. Eilig ging sie in die Hocke. Ihr war eine gute Idee gekommen. Nach einer Weile legte sich ihre Erregung. Vorsichtig erhob sie sich. Dann ging sie mit dem ihr möglichen Tempo auf ihre Stube zu. In ihrem Aussteuerkoffer befanden sich fünfzig, sechzig Yuan in Münzen, alle mit »Köpfen«. Behend öffnete sie den Koffer und holte von ganz unten einen weißen Stoffstrumpf hervor. Sie hielt ihn mit beiden Händen fest, damit es ja nicht klapperte. Dann steckte sie eine Hand hinein und befühlte die harten, kühlen Silberstücke. Ihr Herz schlug wieder schneller. Das waren ihre »persönlichen Ersparnisse«. Immer, wenn sich ihre Krankheit verschlimmerte, erinnerte sie sich an diese Barschaft. Bei dem Gedanken an ihren Tod war ihr das ein kleiner Trost, weil sie ihren Sarg bestreiten und ihren Söhnen zusätzliche Sorgen ersparen könnte. Heute entschied sie sich für einen anderen Verwendungszweck, denn jetzt mußte sie erst einmal den Ältesten retten. Käme Ruixuan im Gefängnis um, ginge die ganze Familie unter, da konnte sie doch nicht so egoistisch sein und das »Sarggeld« schonen. Sachte nahm sie Münze für Münze heraus. Jede glänzte und war mit dem Antlitz des dicken Yuan Shikai geprägt. Wie schlimm die Leute auch von Yuan Shikai reden mochten, sie hatte niemals ein Urteil über ihn gefällt. Er sah auf den Münzen so reich und respektabel aus, daß er für sie der personifizierte Gott des Reichtums war. Jetzt hatte sie keine Zeit für solche Überlegungen, sie war einfach nur froh, über ein wenig Geld zu verfügen und Ruixuans Leben zurückkaufen zu können.

Nur zwanzig Yuan nahm sie heraus. Sie verachtete diese beiden bewaffneten Büttel. Zwanzig – für jeden zehn – waren genug, um sie zu bestechen. Den Rest legte sie wieder zurück, packte die zwanzig in ein Taschentuch und steckte sie ein. Leise ging sie hinaus. Unter dem Dattelbaum blieb sie stehen. Falsch gedacht! Wenn die beiden den Japanern bei deren Untaten halfen, konnten sie keine anständigen Menschen sein! Wenn die nun erst recht loslegten, nachdem sie das Geld gesichtet hatten? Sie waren bewaffnet! Wenn sie unschuldige Leute verhafteten, waren sie noch zu ganz anderen Schandtaten bereit. Die Welt hatte sich wirklich verändert, selbst bei einer Bestechung mußte man äußerst vorsichtig zu Werke gehen.

Lange stand sie da, ohne sich entscheiden zu können. Sie hatte Anämie, schwitzte daher fast nie, jetzt aber hatte sie feuchte Handflächen. Um den Sohn zu retten, mußte sie etwas wagen. Aber sich umsonst in Gefahr zu begeben, alles noch schlimmer zu machen, das lohnte nicht. Sie war aufgeregt, wollte aber deshalb noch lange nicht wie eine aufgescheuchte Fliege herumschwirren.

Als sie noch zögerte, vernahm sie plötzlich ein helles Klingeln, der Zweite näherte sich. Ruifeng kam stets mit der gleichen Rikscha, und jedesmal, ob das Tor offen war oder nicht, betätigte er mehrmals die Rikschaklingel, denn dieses Klingeln kündete von seiner Stellung und Macht. Tianyous Frau ging zwei Schritte weiter. Aber nur zwei Schritte, dann blieb sie stehen. Der Zweite mußte sein Talent spielen lassen, sie durfte in ihrer Freude nichts verderben. Sie war eine Qi, kannte die Regeln für Frauen: was Männer erledigen konnten, überließ man ihnen, Frauen hatten sich da nicht unbescheiden einzumischen.

Auch Yunmei hatte das Klingeln gehört und eilte heraus. Als sie die Schwiegermutter sah, blieb sie stehen. Ihre Augen leuchteten, leise flüsterte sie ihr ins Ohr: »Der Zweite!«

Die alte Dame nickte, in ihren Mundwinkeln erschien ein winziges Lächeln.

Die beiden Frauen wagten nicht zu sprechen, aber ihnen wurde ein wenig wärmer ums Herz. Wie unangemessen der Zweite sich ihnen gegenüber auch sonst benommen hatte – könnte er jetzt helfen, Ruixuan zu retten, würden sie ihm vorbehaltlos verzeihen. Ihre Augen hellten sich auf, der Zweite würde helfen, Ruixuan war doch sein leiblicher Bruder.

Yunmei ging vorsichtig weiter, die Schwiegermutter hielt sie zurück. Sie verlieh ihrem Atem nur ein wenig Stimme: »Nicht hingehen, ich schau mal nach.« Sie reckte den Kopf vorsichtig über den Rand der Geistermauer und hielt Ausschau. Die beiden Büttel hatten sich dem Tor zugewandt, der Kleine öffnete.

Ruifengs Quittengesicht war der Sonne zugewandt, Stirn und Nase wirkten dadurch besonders hell. Seine Augen, von Lachfältchen umspielt, leuchteten zufrieden wie nach einem soeben beendeten ausgezeichneten Frühstück. Den Hut hielt er in der

rechten Hand. Er trug einen nagelneuen, maßgeschneiderten Sun-Yatsen-Anzug aus dunkelblauem Serge und das Abzeichen der Schulbehörde an der Brust. Bevor er eintrat, strich er mit der linken Hand kurz darüber. Sofort straffte sich seine Brust stolz, immerhin war er Abteilungsleiter im Schulamt. Heute war er mit sich besonders zufrieden, denn in dieser Eigenschaft hatte man ihn zu einem Empfang von zwei Sonderbotschaftern des japanischen Kaisers geladen.
Nach dem Fall Wuhans hatte Nordchina an Bedeutung gewonnen. Die Japaner konnten Wuhan, ja sogar Nanjing aufgeben, niemals jedoch Nordchina. Aber die »Regierung« Nordchinas hatte kaum reale Macht, sie war nicht einmal so angesehen und wichtig wie Nanjing. Deshalb schickte der japanische Kaiser zwei Sonderbotschafter, um den Pekinger Lakaien ein wenig Luft einzupumpen und festzustellen, ob Nordchina so friedlich war, wie die Militärs und Politikaster behaupteten. Heute empfingen die beiden Sondergesandten in der Banketthalle des Nanhai die Beamten der verschiedenen Institutionen vom Abteilungsleiter an aufwärts, um des Kaisers Politik zum Wohle des Volkes zu verkünden.
Der Empfang sollte um neun Uhr vormittags stattfinden. Ruifeng hatte die halbe Nacht nicht schlafen können und war kurz nach fünf Uhr aufgestanden. Er wusch und kämmte sich besonders sorgfältig, dann zog er den neuen Sun-Yatsen-Anzug an, der fünfmal geändert worden war und nun nicht den kleinsten Makel aufwies. Bevor er losging, weckte er Dickmadam: »Schau doch mal, ob auch wirklich alles richtig sitzt? Ich finde, die Ärmel sind ein bißchen zu lang, einen Zentimeter zu lang.« Dickmadam kümmerte sich nicht um ihn und schlief einfach weiter.
Für den Empfang war er zwei Stunden zu früh dran. Er wollte zu Hause seinen neuen Anzug vorzeigen und seine Leute wissen lassen, daß er zu den Sonderbotschaftern ging – das hieß, vom Kaiser selbst empfangen zu werden, meine Herrschaften.
Bevor er in die Rikscha stieg, ließ er sie von Xiao Cui erst noch einmal richtig blank putzen. Dann setzte er sich in Positur, lehnte sich zurück und reckte den Nacken, die bekannte Zigarettenspitze zwischen den Lippen. Ein frisches Lüftchen

kühlte sein Gesicht, die aufgehende Sonne schien auf seinen neuen Anzug und das Abzeichen, zufrieden blickte er nach allen Seiten. Mehrmals hätte er beinahe laut gejubelt, er beherrschte sich jedoch und ließ sein Lächeln lediglich Nase und Mund umspielen. Sah er einen Bekannten, reckte er seinen Hals so lang wie möglich, um dessen Aufmerksamkeit auf sich zu lenken. Dann spitzte er die Lippen und verzog das ganze Gesicht zu einem Lächeln wie eine gerade aufgeplatzte Nuß. Dabei legte er beide Hände zum Gruß ineinander und hob sie links neben das Gesicht, über die linke Schulter. Auch als die Rikscha längst vorbeigefahren war, verharrte er in dieser Pose, um seinen hohen Status und seine guten Manieren zu zeigen. Kaum hatte er die Hände heruntergenommen, betätigte er, ob nötig oder nicht, mit den Füßen die Klingel. Er war stolz, ganz Peking schien nur ihm allein zu gehören.

Als das Tor geöffnet wurde, erblickte er den Bewaffneten. Er erstarrte. Das Leuchten verschwand aus seinen Augen, er witterte Gefahr. Mut war seine Sache noch nie gewesen.

»Reinkommen!« befahl der Kleine.

Ruifeng wagte nicht, sich zu rühren.

Der Große trat hinzu. Ruifeng, der in letzter Zeit viele Spitzel kennengelernt hatte, kannte ihn. Wie ein Kind, das beim Anblick eines bekannten Gesichts sofort jede Furcht verliert, fand er sein Lächeln wieder: »Lao Meng!« Der nickte leicht.

Der Kleine packte Ruifeng und zog ihn hinein. Ruifeng blickte immer noch zu Lao Meng: »Was ist los, Lao Meng?«

»Eine Verhaftung«, antwortete der mit unbewegtem Gesicht.

»Wer denn?« Ruifengs Gesicht war eine Spur bleicher geworden.

»Wahrscheinlich Ihr Bruder!«

Ruifeng gab es einen Stich. Bruder ist Bruder. Aber immerhin kam er nicht selbst dran. Er trat einen Schritt zurück, leckte sich die Lippen und brachte mit einem gezwungenen Lächeln hervor: »Oh, wir wohnen getrennt, keiner kümmert sich um die Angelegenheiten des andern, ich will zum Großvater.«

»Immer rein!« Der Kleine wies in den Hof.

Ruifeng verdrehte die Augen. »Ich denke, ich gehe lieber nicht hinein.«

Der Kleine packte ihn am Handgelenk: »Wer reingekommen

ist, darf nicht wieder raus, das ist Befehl!« Lao Meng und der Kleine hatten das Tor zu bewachen, wer hereinkam, wurde festgehalten.
»So ist das nicht gemeint, so nicht, Lao Meng«, Ruifeng wich dem Kleinen bewußt aus. »Ich bin Abteilungsleiter im Schulamt.« Da er keine Hand frei hatte – in einer hielt er den Hut, die andere hielt der Kleine fest –, wies er mit dem Kinn auf das Abzeichen.
»Ganz gleich wer, wir halten uns nur an den Befehl!« Der Kleine packte fester zu, Ruifeng schmerzte das Gelenk.
»Ich bin eine Ausnahme!« Ruifeng wurde ein wenig energischer. »Ich gehe zum Empfang der Sonderbotschafter des Kaisers! Wenn ihr mich nicht gehen laßt, müßt ihr mich dort entschuldigen.« Dann fügte er etwas weicher hinzu: »Lao Meng, was soll das, wir sind doch Freunde!«
»Abteilungsleiter Qi! Das bringt uns beide in Schwierigkeiten. Sie haben etwas Dienstliches vor, wir auch. Wir haben Befehl, jeden, der hereinkommt, zu verhaften. Das wird jetzt immer so gemacht. Wenn wir Sie freilassen, riskieren wir unsere Stellung! Wir werden doch nicht freiwillig unsere eigene Reisschale zerschlagen!«
Ruifeng setzte sich den Hut auf und fuhr mit der Hand in die Hosentasche. Eine Schande, er ertastete nur zwei Kuai. Sein ganzes Geld mußte er Dickmadam abgeben und dann von ihr jeden Tag das nötige Kleingeld erbitten. Die zwei Scheine wagte er nicht herauszuholen. Mit einem heuchlerischen Lächeln säuselte er: »Lao Meng, ich muß unbedingt ins Nanhai! Ich schlage vor, daß ich euch beide demnächst zu einem Schnaps einlade, wir sitzen doch alle im gleichen Boot.« Und zu dem Kleinen gewandt: »Wie ist denn der werte Name dieses älteren Bruders?«
»Guo. Tut nichts zur Sache!«
Da Yunmei am ganzen Körper zitterte, war Tianyous Frau hinzugetreten und hatte ihre Hand ergriffen. So konnte sie auch den Dialog hören, der Yunmei zittern ließ. Plötzlich ließ sie die Hand der Schwiegertochter los und trat hinter der Geistermauer hervor. »Ma!« Ruifeng stieß den Ruf nur zur Hälfte aus, denn der könnte ja beweisen, daß er wirklich Ruixuans leiblicher Bruder war und nicht gehen durfte.

Die alte Dame blickte zu ihrem Sohn, dann wieder zu den beiden und schluckte. Langsam zog sie das Taschentuch mit den zwanzig Kuai aus der Tasche. Als sie es behutsam öffnete, kamen die glänzenden Münzen zum Vorschein. Sechs Augen, die so etwas lange nicht gesehen hatten, spähten wie verzaubert auf die schneeweiß glänzenden Silberlinge. Dem Kleinen fiel die Kinnlade herunter. Er war skrupellos, daher auch besonders geldgierig.
»Hier, nehmt, und laßt ihn laufen!« Die alte Dame warf jedem zehn Münzen vor die Füße. Sie ihnen in die Hand zu geben, hielt sie für unter ihrer Würde.
Der Kleine ließ Ruifeng los und sammelte hastig das Geld ein. Lao Meng atmete auf, lächelte der alten Dame zu und bückte sich ebenfalls nach den Münzen. Der Kleine suchte eine aus, hauchte sie an und hielt sie lauschend ans Ohr. Dann lächelte auch er: »Lange nicht gesehen, schöne Stücke!« Ruifeng schnappte ein paarmal nach Luft und rannte hinaus.
Mit dem leeren Taschentuch in der Hand ging die alte Dame hinein. Hinter der Geistermauer stand sie der Schwiegertochter Auge in Auge gegenüber. Yunmei hatte Tränen in den Augen, aber die konnten ihren Zorn nicht verbergen. In all den Jahren, seit sie hier lebte, hatte sie noch nie mit der Schwiegermutter gezürnt. Aber heute konnte sie es nicht verhindern. Ihre flinke Zunge brachte kein Wort heraus, aber sie blickte die alte Dame böse an. Die stützte sich an die Geistermauer und sagte tonlos: »Der Zweite taugt nichts, aber auch er ist mein Sohn!«
Yunmei ließ sich auf den Boden fallen, verbarg ihr Gesicht in beiden Händen und weinte leise.
Nachdem Ruifeng entkommen war, wäre er am liebsten sofort in die Rikscha gestiegen und weggefahren. Aber ihn packte eine solche Angst, daß er am ganzen Körper zitterte. Xiao Cuis Rikscha stand noch immer abseits unter dem Schnurbaum. Als er an Nummer drei vorbeikam, hielt er inne. Zu gerne hätte er einem Bekannten von seinem Schreck und der Gefahr erzählt. Den Bruder hatte er vergessen. Was ihm höchstpersönlich widerfahren war, mußte erzählt, vielleicht sogar in einem Roman verarbeitet werden. Ginge er jetzt zu den Guans, redete, lachte und scherzte mit ihnen, fühlte er

sich bestimmt getröstet und beruhigt. Ob Ruixuan in der Hölle war oder nicht, er mußte ins Paradies – sein Paradies waren die Guans.

Gewöhnlich erhoben sich die Guans nicht so früh. Da heute Rotkürbis aber auch in den Bankettsaal ging, waren alle bereits auf. Rotkürbis war voller Freude und Stolz, doch je mehr sie sich freute, desto weniger durfte sie es zeigen. Eine Stunde hatte sie mit Brauennachziehen, Pudern und Schminken verbracht, war aber noch immer nicht zufrieden; sie schimpfte über den schlechten Puder und den schwachen Lippenstift. Nachdem das Gesicht einigermaßen hergerichtet war, folgte die nervenaufreibende Wahl der Kleidung. Sie sah heute die Sonderbotschafter, da mußte sie sich äußerst gewählt kleiden, selbst auf den kleinsten Knopf war größte Sorgfalt zu verwenden. Alle Truhen waren offen, die Kleider türmten sich auf Bett und Sofa. Sie probierte, zog sich wieder aus, zog etwas anderes an und wieder aus, fand nichts Passendes. »Schade, daß sie keinen Befehl erlassen haben, was zu tragen ist, da wäre es leichter«, maulte sie, während sie sich im Spiegel betrachtete.

»Steh doch mal still, ich schau mal von weitem!« Xiaohe ging ans Ende des Zimmers und betrachtete sie, den Kopf zur Seite geneigt, mit verdrehten Augen. »So geht es, finde ich! Lauf doch mal ein paar Schritte!«

»Laß mich bloß mit deinem Mist in Ruhe!« schmollte Rotkürbis ärgerlich lachend.

»Oh, oh! Nur keine Beleidigungen!« entgegnete Xiaohe. »Wer würde denn heute wagen, dich zu reizen, um Himmels willen, wo dich die Sonderbotschafter eingeladen haben! Bestens!« Xiaohe war äußerst angetan. »Um ehrlich zu sein, das ist eine nie dagewesene, unerhört große Ehre! Wenn das mich auch beträfe, ich wäre schon ins Zittern gekommen. Direktor, du hast die Ruhe weg! Nun reicht's aber mit Umziehen, mir flimmert es schon vor Augen.«

In diesem Moment trat Ruifeng ein. Er war noch immer bleich, beruhigte sich aber, sobald er die Stimmen der Guans hörte.

»Seht den neuen Sun-Yatsen-Anzug!« witzelte Xiaohe beim Anblick Ruifengs. »Männer haben es eben leichter! Allein so ein neuer Anzug macht Ruifeng zehn Jahre jünger.« Aber es wurmte ihn doch ein wenig. Zu den Sonderbotschaftern waren seine Frau und Ruifeng eingeladen, er nicht. Trotzdem konnte er sich über die Aufmachung der Gattin und Ruifengs neuen Anzug freuen. Wie Ruifeng beurteilte er die Dinge nicht nach ihrem Wesen, sondern nach ihrem Unterhaltungswert. War etwas unterhaltsam, machte es ihm Freude.

»Entsetzlich!« stieß Ruifeng tief erschrocken hervor und ließ sich auf das Sofa fallen. Er brauchte Trost.

»Was gibt es denn?« Rotkürbis musterte seinen Anzug.

»Entsetzlich! Ich wußte ja, daß es früher oder später so kommen würde. Ruixuan, Ruixuan...« Er zögerte bewußt die Spannung hinaus.

»Was ist mit Ruixuan?« bedrängte ihn Xiaohe.

»Er ist abgestürzt!«

»Was?«

»Abgestürzt, eh, er ist abgeholt worden!«

»Ist das wahr?« Guan Xiaohe atmete auf.

»Wie denn?« fragte Rotkürbis.

»So ein Mist!« Ruifeng antwortete nicht gern auf Fragen, er wollte nur sich selbst darstellen. »Beinahe hätte es mich auch noch erwischt! Verdammt! Ohne meinen Anzug, mein Abzeichen und ohne die Erklärung, daß ich zu den Sonderbotschaftern eingeladen bin, wäre es auch um mich geschehen gewesen! Wirklich! Wie oft habe ich es dem älteren Bruder gesagt, er soll sich nicht mit den Japanern anlegen, aber er macht eben einen Stiernacken. Nun haben wir es, er ist abgeholt worden, und hinter dem Eingangstor stehen noch zwei Tempelwächter.« Beim Erzählen fühlte sich Ruifeng schon viel wohler, langsam kehrte Farbe in sein Gesicht zurück.

»Das stimmt, das ist richtig!« pflichtete Xiaohe nickend und lippenleckend bei. »Es ist ganz klar, daß Ruixuan geglaubt hat, mit dem Englischen Amt im Hintergrund könnte ihm nichts passieren. Aber er hat nicht bedacht, daß jetzt, da Peking den Japanern gehört, Old England und Old America ihre Macht verloren haben.« Nach dieser Kritik an Ruixuan nickte er Rotkürbis zu, um anzudeuten, daß allein ihre Methode richtig war.

Rotkürbis äußerte sich nicht. Sie hatte kein Mitleid mit Rui-

xuan, verachtete aber auch Ruifeng ein wenig, denn sie fand sein feiges Verhalten ziemlich unmännlich. Die Sache von sich schiebend, fragte sie Ruifeng: »Fahren Sie in Ihrer eigenen Rikscha? Dann müssen Sie sich aber aufmachen!«
Ruifeng erhob sich: »Richtig, dann gehe ich schon vor, Frau Direktor. Sie haben ein Auto bestellt?«
»Ja, für den ganzen Vormittag!«
Ruifeng ging. Als er in der Rikscha saß, fühlte er sich nicht recht wohl. Rotkürbis war soeben ziemlich kühl zu ihm gewesen. Statt ihn zu trösten, hatte sie ihn zum Gehen aufgefordert. Ziemlich kühl! Ja, richtig! Er war ja, nachdem er von zu Hause entkommen war, direkt zu ihnen gegangen. Bestimmt fürchtete Rotkürbis, auch in das Ganze hineingezogen zu werden, und fand ihn panisch. Ja, das mußte es sein! Ruixuan war auch zu blöd. Soll er sich doch verhaften lassen, meinetwegen, aber mir nicht auch noch Scherereien mit meinen Freunden machen! Er haßte Ruixuan direkt ein wenig.
Plötzlich sprach Xiao Cui ihn an: »Herr Qi, wieso sind Sie eben eigentlich nicht bei sich zu Hause reingegangen?«
Ruifeng wollte nicht darüber reden. Er nahm an, daß Lao Meng und Lao Guo nicht wollten, daß das bekannt wurde. Aber er konnte es nicht für sich behalten. Wie alle geschwätzigen Leute schickte er voraus: »Aber nicht weitererzählen! Verstanden? Ruixuan ist reingefallen!«
»Was?« Xiao Cui hielt inne, er ging vom Laufschritt zum Schreiten über.
»Sag bloß nichts weiter! Ruixuan ist abgeholt worden!«
»Na, gehen wir da zum Nanhai, oder ... muß man nicht sofort etwas zu seiner Rettung unternehmen?«
»Zu seiner Rettung? Beinahe wäre ich auch irrtümlicherweise geschnappt worden«, schimpfte Ruifeng.
Xiao Cuis Gesicht war gewöhnlich hochrot, jetzt wurde es dunkelviolett. Er lief noch ein paar Schritte, dann setzte er die Rikscha ab. Sehr barsch forderte er: »Aussteigen!«
Ruifeng war dazu natürlich nicht bereit. »Was soll das?«
»Aussteigen!« Xiao Cui war fest entschlossen. »Leute wie Sie fahre ich nicht! Er ist Ihr leiblicher Bruder, aber Sie, Sie rühren keinen Finger? Sind Sie überhaupt noch ein Mensch?«
Nun geriet auch Ruifeng in Wut. Egal, wie feige er war, von

einem Rikschakuli konnte er sich nicht belehren lassen. Aber er schluckte. Er mußte heute mit seiner eigenen Rikscha ins Nanhai. Das fehlte noch, so viele Leute kamen im Auto, da sollte er mit einer herbeigerufenen Rikscha vorfahren? Das wäre zu blamabel. Lieber wollte er sich das Gerede von Xiao Cui anhören, als sich vor dem Nanhai blamieren. Eine eigene Rikscha war auch ein Ausweis! Er heuchelte ein Lächeln: »Schon gut, Xiao Cui! Nach dem Empfang lasse ich mir etwas einfallen für Ruixuan, bestimmt!«
Xiao Cui war einen Moment unschlüssig. Am liebsten wäre er sofort umgekehrt und für die Qis herumgelaufen. Er verehrte Ruixuan, wollte helfen. Ihm war aber auch klar, daß er selbst nicht viel ausrichten konnte, da war es schon besser, Ruifeng zu überzeugen, sich für Ruixuan einzusetzen. Als leiblicher Bruder konnte Ruifeng sich doch nicht einfach heraushalten. Sollte sich aber herausstellen, daß er wirklich keinen Finger krumm machte, konnte er ihn ja immer noch an eine entlegene Stelle fahren und ihn ordentlich verprügeln. Abteilungsleiter oder nicht, Prügel waren immer richtig! Als er sich das vor Augen geführt hatte, nahm er die Rikscha wieder hoch. Eigentlich hatte er noch mehr fragen wollen, aber nachdem er die Prügel als letzte Lösung vor sich hatte, wollte er keine Worte mehr verlieren.
Den ganzen Weg über sprach Ruifeng kein Wort mehr. Xiao Cui hatte ihn in die Enge getrieben. Er hatte beschlossen, sich nicht um Ruixuan zu kümmern, aber sollte Xiao Cui nicht lockerlassen, würde es schwierig werden. Er traute sich nicht, Xiao Cui zu entlassen, denn der würde seine Fäuste gebrauchen. Ihm fiel nichts ein. Er haßte Ruixuan nur um so mehr. So ein Mensch konnte die ganze Welt in Unruhe versetzen.
Als sie sich dem Nanhai näherten, vergaß er seine Sorgen. Sieh einer an, Militärpolizei war beiderseits der Straße aufgezogen, in Dreierreihen. Die Läden hatten alle geschlossen, aber Fünffarbenbanner und japanische Flaggen herausgehängt. Außer den Autos, Kutschen und Rikschas, die zum Empfang fuhren, waren keine Fahrzeuge oder Passanten auf der Straße. Sogar die Straßenbahn fuhr nicht. Als Ruifeng zur Straßenmitte und dann auf die Militärpolizei blickte, zitterte sein Herz. Zugleich war er stolz, der Verkehr war unterbrochen, aber er

durfte sich noch auf der Straße bewegen – man war eben jemand! Zum Glück hatte er richtig entschieden und Xiao Cui nicht weglaufen lassen. Das hätte noch gefehlt! In einer abgerissenen Rikscha hätte ihn die Militärpolizei gewiß aufgehalten! Er wollte die Klingel betätigen, zog aber schnell den Fuß zurück. Die Straße war so breit und still, ein plötzliches Klingeln hätte womöglich eine Salve Schüsse ausgelöst! Sein Rücken schob sich vor, er saß kerzengerade, sein Herz krampfte sich zusammen. Selbst Xiao Cui wurde nervös, er lief wie im Flug, blickte sich aber dauernd nach Ruifeng um, dieser fluchte leise: »Verdammt! Guck dich nicht nach mir um! Das erregt Verdacht, die schießen noch!« An der Ecke zur letzten Querstraße, der Fuyoujie, streckte ein Hüne von Militärpolizist einen Arm vor. Xiao Cui bog ein. Rikschas mußten außerhalb der Westmauer des Nanhai haltmachen. Hier sorgten zwanzig, dreißig Militärpolizisten mit gezogenen Pistolen für Ordnung.

Als Ruifeng ausgestiegen war und zwei bekannte Gesichter sah, wurde er etwas ruhiger. Er nickte ihnen zu und schloß sich ihnen an, wagte aber nicht zu sprechen. Als die beiden Bekannten miteinander flüsterten, fand er das gefährlich, traute sich jedoch nicht, es ihnen zu sagen. Als er dann hörte: »Nachmittags gibt es Theater, die besten Darsteller der ganzen Stadt treten auf«, war seine Furcht vergessen, denn es winkte Unterhaltung. »Es wird noch Theater gespielt? Auch für uns?«

»Keine Ahnung, ob Abteilungsleiter auch hingehen dürfen...«

Der andere, wahrscheinlich auch einer, lächelte gekünstelt.

Ruifeng setzte schnell sein Gehirn in Bewegung, er mußte das Theater sehen, ob sein Rang nun dafür reichte oder nicht.

Vor dem Eingang zum Nanhai wurden sie von Militärpolizei umringt, die sie registrierten, Abzeichen und Ausweise kontrollierten und sie durchsuchten. Ruifeng fühlte sich keineswegs gedemütigt, er hielt solche Maßnahmen für notwendig, für »Privilegien«, die überdies erst Leute vom Abteilungsleiter an aufwärts »genossen«.

Als er das Tor passiert hatte und um die Ecke bog, weiteten sich seine Augen. Zwar verwandte er keinen Blick auf die Schönheit der Gewässer, künstlichen Berge und Paläste, denn

ihn zog es in die Bankethalle Huairentang, wo ihn vielleicht ein ausgezeichneter Imbiß erwartete. Erst einmal etwas zwischen die Zähne bekommen, dann würde man weitersehen.
Da erblickte er Rotkürbis. Er wollte sich zu ihr durchdrängeln. Aber wegen der vielen Militärpolizisten wagte er nicht, schnell zu gehen. Außerdem war er neidisch: Rotkürbis war im Auto gekommen und vor ihm eingetroffen, obwohl sie später aufgebrochen war. Auto blieb eben Auto!
In diese Überlegungen hinein ertönte Militärmusik von der Balustrade. Sein Herz klopfte, die Sonderbotschafter! Ein Polizist fuhr ihn an, er solle zur Seite treten und stehenbleiben. Gehorsam befolgte er den Befehl. Als er eine Ewigkeit so dagestanden hatte, verstummte die Musik. Ringsum war es totenstill. Er bekam Angst, seine Hände schwitzten.
Plötzlich fielen ganz in der Nähe zwei Schüsse, wahrscheinlich direkt vor dem Eingang. Dann noch ein paar Schüsse. Er geriet in Panik und wollte wegrennen. Zwei Bajonette klemmten ihn ein: »Keine Bewegung!« Draußen fielen ununterbrochen Schüsse. Ihm schlug das Herz bis zum Hals.
Ohne in den Bankettsaal gelangt zu sein, wurde er zusammen mit vielen anderen, darunter auch Rotkürbis, in einen Raum innerhalb des Eingangstores gesperrt. Im besten Aufzug, mit Abzeichen an der Brust, sah man sich plötzlich in einen kalten und feuchten Raum verfrachtet, es gab nichts zu trinken, nicht genügend Stühle, lediglich Militärpolizei und Bajonette. Niemand wußte, was draußen passiert war, man konnte nur vermuten, daß jemand ein Attentat auf die Sonderbotschafter verübt hatte.
Um die Sonderbotschafter machte sich Ruifeng keine Sorgen, er war nur sehr enttäuscht, denn er würde kein Theater sehen, und aus dem Imbiß würde nichts werden! Der Mensch lebt ja nicht fürs Brot allein, auch Ruifeng lebte nicht nur fürs Brot, etwas Butter dazu mußte es schon geben. Immerhin gehörte er zu der ersten Gruppe, die hierhergetrieben wurde, deshalb hatte er wenigstens einen Stuhl abbekommen. Danach mußten viele stehen. Er saß steif auf seinem Stuhl und wich keinen Millimeter von seinem Platz.
Rotkürbis konnte sich durchsetzen. Resolut schob sie jemanden beiseite und belegte seinen Sitzplatz. Von da aus be-

schwerte sie sich laut bei den Militärpolizisten: »Was soll das bedeuten? Ich bin eingeladen zu einem Empfang und nicht, um hier belästigt zu werden!«
Ruifengs Magen sagte ihm die Zeit an, es mußte längst Mittag sein, er rumorte jedenfalls vernehmlich. Wenn man sie hier weiter festhielt und nicht einmal zum Essen hinausließ! Wurde er hungrig, fielen ihm sogleich Worte wie »Opfertod«, »Pflichterfüllung« und »Sterben« ein.
Gegen zwei Uhr nachmittags kamen endlich etwa zehn Gendarmen. Alle machten Gesichter, als sei ihnen soeben der Vater gestorben. Sie wiesen die Militärpolizisten an, jeden im Raum genau zu durchsuchen. Alle, gleich, ob Mann oder Frau, mußten sich völlig entkleiden. Ruifeng fand das ein wenig übertrieben. Der Zwischenfall war draußen passiert, wozu belästigten sie da die Leute, die schon drin waren. Als er aber auch Rotkürbis mit entblößtem Oberkörper und ihre dunklen, großen Brüste sah, wurde er ruhiger.
Nachdem sie über eine Stunde gesucht hatten, ohne etwas zu finden, winkte ein Gendarmerieoffizier. Nun führte sie die Militärpolizei in Richtung Zhonghai ab. Durch den Hinterausgang gelangten sie in die Freiheit. Ohne sich um irgend jemanden zu kümmern, stürmte Ruifeng zum Pailou an der Westlichen Vierer-Kreuzung und verschlang einige Sesambrötchen nebst einer großen Schale Huntun-Suppe. Als der Magen gefüllt war, vergaß er die Farce von soeben, sie war für ihn nur noch ein nicht sehr schmeichelhafter Traum. Erst im Schulamt erfuhr er, daß beide Sonderbotschafter vor dem Eingang zum Nanhai umgekommen waren. Die Stadttore waren geschlossen und bis jetzt noch nicht wieder geöffnet worden. Inzwischen wurden, niemand wußte wie viele, Menschen verhaftet. Diese Nachricht erschreckte ihn: Es drohte Gefahr! Zum Glück war er Abteilungsleiter, im Sun-Yatsen-Anzug und mit Abzeichen! Verdammt, als Verdächtiger geschnappt zu werden, war kein Spaß! Ihm war nach ein paar Schnäpsen zumute, er mußte sein glückliches Schicksal begießen. Der Abteilungsleiterposten hatte ihm das Leben gerettet!
Nach Dienstschluß suchte er Xiao Cui vor dem Schulamt, fand ihn aber nicht. Wut packte ihn: »Verdammt! Der ist schon als Mistkerl zur Welt gekommen. So ein faules Stück!«

Er ging zu Fuß nach Hause. Kaum angekommen, fragte er: »Ist Xiao Cui zurück?« Nein, niemand hatte ihn gesehen. Da besann er sich: »Sollte der Kerl etwa wirklich alles hingeschmissen haben? Na, der spinnt doch! Ich rege mich wegen Ruixuan nicht auf, aber der, was geht denn den das an? Ist doch schließlich nicht sein Bruder!« Er war richtig in Fahrt und würde Xiao Cui, wenn er morgen früh käme, eine Standpauke halten, die es in sich hätte.
Aber Xiao Cui erschien auch am nächsten Tag nicht. In der Stadt wurden überall Leute verhaftet. »Hm«, fragte sich Ruifeng, »sollten sie den Kerl etwa geschnappt haben? Sollte mich ja nicht wundern, so wie der mit seinem Diebsgesicht und seinen Mäuseaugen aussieht.«

Um die Sonderbotschafter zu rächen, waren in der Stadt schon über zweitausend Personen verhaftet worden, darunter auch Xiao Cui. Es traf die unterschiedlichsten Leute, ob verdächtig oder nicht, ob Frau oder Mann, Jung oder Alt, alle wurden grausam gefoltert.
Der Attentäter aber war nicht darunter.
Der Chef der japanischen Gendarmerie konnte nicht länger warten. Um seine Klugheit und Härte zu beweisen, mußte er erst einmal zwei erschießen lassen. Solange er den Attentäter nicht gefaßt hatte, wurde er seiner Aufgabe nicht gerecht, machte sich gegenüber dem Kaiser schuldig und wurde von der Welt ausgelacht. Also gut! Er wählte aus den über zweitausend gemarterten Menschen zwei aus: Einer war ein Chauffeur namens Feng, der andere war Xiao Cui.
Am dritten Tag früh um acht wurden der Fahrer Feng und Xiao Cui nur mit einer Hose bekleidet zur Belehrung der Massen gefesselt durch die Straßen geführt. Auf ihren nackten Rücken waren längliche Bretter mit großen weißen Schuldbekenntnissen gebunden. Beide sollten geköpft und anschließend die Köpfe am fünfbogigen Pailou vor dem Vordertor ausgestellt werden. Dem Fahrer Feng war gleich beim Verlassen des Gefängnisses der Kopf herabgesunken. Er war schon nicht mehr bei sich, zwei Polizisten mußten ihn stützen. Xiao Cui ging aufrecht. Seine Augen waren noch röter als sein Gesicht. Er stieß keine Flüche aus, fürchtete auch den Tod

nicht, bereute aber sehr, nicht auf Herrn Qian und Qi Ruixuan gehört zu haben. Nach Alter, Statur und Überzeugung hätte er gut und gerne auf dem Schlachtfeld gegen die Japaner antreten können. Nun aber wurde er wegen nichts einfach geköpft. Nach einigen Schritten blickte er zum Himmel, dann wieder zur Erde. Oben, das war der wunderschöne blaue Pekinger Himmel. Unten, das war vertrauter Boden, jeden Zoll hatte er abgelaufen. Er hing an diesem Himmel genauso wie an diesem Boden, der nun zu seinem Grab wurde.

Vorn ertönten zwei Kupfertrommeln und vier Militärtrompeten. Dann folgten viele Reihen Militärpolizei mit aufgepflanztem Bajonett, zwischen ihnen der Fahrer Feng und Xiao Cui. Den Abschluß bildeten zwei berittene japanische Offiziere, die sich an der Hinrichtung und den Gewalttaten weideten.

Ruifeng hörte in der Gegend um den Xidan-Basar die Trommeln, die nichts Gutes verhießen. Sofort eilte er dorthin, das mußte er sehen, Militärtrommeln und Trompeten zogen ihn magisch an. Auch bei Hinrichtungen war immer »etwas los«, das mußte er sich aus der Nähe anschauen.

»Oh!« entfuhr es ihm. Er hatte Xiao Cui gesehen. Sein Gesicht wurde sofort weiß wie ein Blatt Papier, eilig trat er zurück. Um Xiao Cui machte er sich keine Gedanken, aber unwillkürlich faßte er sich an den Hals – Xiao Cui war sein Rikschafahrer, drohte nun nicht auch ihm Gefahr?

Krampfhaft überlegte er. Er mußte sich sofort mit einem zuverlässigen Menschen beraten. Was sollte er antworten, falls die Japaner ihn ausfindig machten? In höchster Eile lief er in Richtung Norden, er mußte mit dem älteren Bruder, mit Ruixuan, reden. Der hätte bestimmt eine gute Idee. Erst nach einer ganzen Strecke besann er sich, war nicht Ruixuan auch verhaftet worden? Er hielt inne. Seine Angst verwandelte sich in Wut: »So ein Pech! Es reicht eben nicht, wenn man nur allein durchkommt, wenn rundum alle Verwandten und Freunde Todgeweihte sind. Die bringen mich alle noch ins Unglück!«

47

Cheng Changshun hatte Bauchschmerzen und wollte austreten gehen. Als er das Eingangstor öffnete, sah er einen schwarzen Schatten vor Nummer fünf. Leise drückte er das Tor wieder zu. Dann blickte er gespannt mit einem Auge durch einen Spalt. Sein Herz klopfte zum Zerspringen. Die Bauchschmerzen waren vergessen, atemlos wartete er. Endlich erspähte er wieder Schatten, einer davon war Ruixuan. Das Gesicht war zwar nicht deutlich zu erkennen, aber er erriet, um wen es sich handelte. Vom angestrengten Gucken tat ihm das eine Auge bereits weh. Seine Hände zitterten. Die Schatten waren schon längst verschwunden, als er immer noch so dastand. Sein Atem ging heftig, er war ziemlich durcheinander und hatte nur den einen Gedanken, Qi Ruixuan zu retten. Aber wie? Er erinnerte sich an die Vorkommnisse bei den Qians. Würde Ruixuan nicht umgehend gerettet, könnten die Qis genauso vernichtet werden wie die Qians. Vor Aufregung traten ihm Tränen in die Augen. Gern wäre er zu Sun-Sieben hinübergegangen, aber der konnte auch nur große Reden schwingen. Angestrengt dachte er nach. Er ging alle Leute in der Gasse durch. Plötzlich hatte er eine Eingebung, Großvater Li. Sofort öffnete er das Tor, zog aber gleich darauf die Hand zurück. Er mußte vorsichtig sein, die Japaner waren gerissen. Dann trat er zurück, stellte einen alten Hocker an die Mauer, kletterte hinauf und sprang mit einem Satz nach Nummer zwei hinüber. Er war selbst überrascht, wie behend und flink er war. Erst als er drüben stand, begriff er, was er tat.

»Großvater Li!« flüsterte er flehend vor dem Fenster. Unter seinem heißen Atem erzitterte das Pergamentpapier.

Der Vierte Li war schon lange munter, wollte aber die Bettwärme noch ein wenig genießen. »Wer ist da?« fragte er und öffnete die Augen.

»Ich bin's, Changshun«, antwortete der mit seiner näselnden Stimme leise, »stehen Sie auf! Die haben Herrn Qi abgeholt.«

»Was?« Der alte Mann fuhr hoch und tastete nach seinen Kleidern. Er kam heraus und hielt die Jacke über seiner Brust zusammen. »Was ist passiert?«

Changshun rieb sich den kalten Schweiß von den Handflä-

chen und berichtete, umständlich wie immer, wenn er aufgeregt war.
Die Augen des Alten verengten sich zu einem Spalt, er blickte zu den Schnurbäumen hoch. Ihm war beklommen ums Herz. Wenn selbst so anständige Menschen wie die Qians und die Qis, die besten unter den Nachbarn in der Gasse, ihres Lebens nicht mehr sicher waren, so konnte sich wohl auch er, anständig und ehrlich wie er war, nicht mehr in Sicherheit wiegen. Er blickte auf die im Winde schaukelnden Zweige und schwieg.
»Großvater Li, was sollen wir tun?« Changshun zupfte ihn am Ärmel.
»Eh!« Der Alte zuckte zusammen. »Ich weiß, wir müssen schnellstens das Englische Amt benachrichtigen.«
»Ich könnte hingehen.« Changshuns Augen leuchteten auf.
»Weißt du denn, zu wem?« fragte der Alte freundlich und ließ den Kopf sinken.
»Ich...«, Changshun überlegte einen Moment, »ich könnte zu John Ding gehen.«
»Richtig, bist ein fixes Kerlchen, aus dir wird noch was! Wäre gut, wenn du gehen könntest, ich komme hier nicht weg, muß den Nachbarn unauffällig Bescheid sagen, damit niemand zu den Qis geht!«
»Wieso denn?«
»Wenn die jemanden verhaften, lassen sie stets zwei Leute zurück, um jeden, der noch kommt, auch zu schnappen! Sie denken, wir wissen das nicht, aber...«, der Alte lächelte verächtlich, »sie machen das ja nicht zum ersten Mal!«
»Also, dann gehe ich jetzt?«
»Gut! Geh über die Mauer zurück! Warte noch ein bißchen, bis die Sonne aufgegangen ist, ehe du das Tor öffnest. So früh würde das nur die beiden Spitzel mißtrauisch machen. Du findest doch den Weg?« Changshun nickte und sah die Mauer hoch.
»Komm, ich stütze dich.« Der Alte war kräftig, er legte die Hände ineinander, Changshun stieg hinein und war schon auf der Mauer.
»Sei vorsichtig, daß du dir nicht den Fuß verrenkst!«
Ohne ein weiteres Wort sprang Changshun hinunter.
Warum ging die Sonne heute nur so langsam auf? Changshun hatte sein langes Gewand übergezogen, stand im Hof und

blickte nach Osten. Die Großmutter war noch nicht aufgestanden. Er hatte Angst, sie könnte aufwachen und ihn ausfragen. Sagte er ihr die Wahrheit, hielte sie ihn bestimmt zurück: »Du Kindskopf, laß das!«

Endlich rötete sich im Osten der Himmel, Changshuns Herz schlug schneller. Erst als sich das Morgenrot ausbreitete, lief er leise zum Tor und lugte nach draußen. Die Gasse lag reglos da, nur durch die Zweige des Schnurbaumes fielen Lichtstrahlen. Er atmete hastig und hörbar. Das Tor zu öffnen, wagte er noch nicht. Sobald es knarrte, fürchtete er, flögen Kugeln herüber. Er mußte mutig und trotz seines jugendlichen Eifers vorsichtig sein. Ein Sklavenjahr ließ die Menschen um zehn Jahre altern.

Endlich ging die Sonne ganz auf. Langsam öffnete er das Tor, nur einen Spaltbreit, daß er gerade durchschlüpfen konnte, geschmeidig wie ein Fisch im Wasser. Um nicht von den Spitzeln in Nummer fünf entdeckt zu werden, schlich er sich an der Mauer entlang in östlicher Richtung. Als er den »Bauch« des Flaschenkürbisses erreichte und die alten glasierten Dachziegel des Huguo-Tempels bereits in der Sonne glitzerten, schritt er kräftiger aus. An der Kreuzung zur Huguosi-Straße stieg er in die Straßenbahn. Sie fuhr nur bis zum Pailou am Xidan, der Verkehr auf der Changan-Magistrale in westlicher Richtung war heute unterbrochen. Er stieg aus, kaufte sich zwei heiße Teigschnitten, die er im Gehen verschlang. Verkäufer hißten an allen Läden gerade das Fünffarbenbanner. Den Grund kannte er nicht, wollte ihn auch gar nicht wissen. Geflaggt wurde dauernd, es interessierte ihn schon nicht mehr. Es geschah ohnehin auf Befehl der Japaner. Da er in die Changan-Magistrale nicht hineinkam, machte er einen Bogen und lief die Stadtmauer entlang in östlicher Richtung weiter.

Ohne sein Grammophon auf dem Rücken kam er schnell vorwärts. Er lief mit weit vorgerecktem Kopf und wußte ohne das große Lautsprecherrohr und die Schallplatten nicht, wohin mit seinen Händen. Je schneller er lief, desto wilder ruderte er mit den Armen, doch zwischendurch vergaß er sogar das Rudern.

Im Botschaftsviertel angekommen, verlangsamte er seine Schritte, und seine Arme pendelten wieder rhythmisch. Die

Großmutter, die Ausländer ungeheuer fürchtete, hatte ihn dazu erzogen, stets einen Bogen um sie zu machen. Gäbe man ihm ein Gewehr, würde er es schon mit jedem Ausländer aufnehmen – aber erst nach anfänglichem Zögern. Dies war eben auch ein zwangsläufiges Ergebnis seiner Erziehung.
Er war fest entschlossen, in die Botschaft zu gelangen. Als er langsam in das Viertel einbog, schüttelte er unbewußt den Staub von den Füßen und wischte sich den Schweiß von der Nase. Im selben Augenblick, in dem er die englische Vertretung sah, nahm er auch die Wache wahr, die stocksteif vor dem Eingang stand. Unwillkürlich blieb er stehen. Die eingefleischte Furcht vor Ausländern hielt ihn davon ab, direkt auf den Eingang zuzugehen.
Aber er konnte nicht ewig hier stehenbleiben. Das Blut schoß ihm ins Gesicht, als er auf die Wache zuging. Ohne die Frage des Wachsoldaten abzuwarten, rief er laut, um ja nicht zu stottern: »Ich will zu John Ding.«
Wortlos wies der Wachsoldat nach innen. Er rannte zum Pförtnerhäuschen. Der Angestellte hier forderte ihn höflich auf zu warten. Das Blut aus seinem Gesicht floß wieder zurück. Er fühlte sich nicht besonders mutig, hatte aber auch keine Angst mehr. Ruhig betrachtete er die Blumen im Innenhof.
John Ding kam heraus. Er trug einen kräftig gestärkten, kurzen weißen Kittel und kam geräuschlos, schnell und sicher auf ihn zu. Seine Bewegung drückte die Würde des Englischen Amtes und den Stolz aus, hier tätig sein zu dürfen. Als er Changshun erkannte, hob er leicht den Kopf und sagte gedämpft: »Oh, du bist's.«
»Ja, ich«, lächelte Changshun.
»Ist bei mir zu Hause etwas passiert?«
»Nein! Herr Qi ist von den Japanern abgeholt worden.«
John Ding erstarrte. Nie hätte er erwartet, daß die Japaner es wagten, jemanden aus dem Englischen Amt zu verhaften. Nicht, daß er keine Angst vor den Japanern hatte. Verglich er aber Engländer und Japaner, kam ihm England wesentlich größer, Japan hingegen unbedeutend vor. Zwischen beiden bestand ein gewaltiger Unterschied. Er akzeptierte, daß die Japaner unverschämt waren, hätte aber nie gedacht, daß ihre

Unverschämtheit so weit ginge. Er runzelte die Stirn und wurde böse – nicht wegen eines Chinesen oder gar wegen seines Nachbarn, sondern wegen des Unrechts, das dem Englischen Amt widerfuhr.

»Das gibt's doch nicht! Warte einen Moment, ich gebe nur Mr. Goodrich Bescheid. Die müssen Herrn Qi sofort freilassen!« Als fürchte er, Changshun könne weglaufen, wiederholte er: »Warte hier!«

Gleich darauf kam er zurück, diesmal noch schneller und leiser. Seine Augen leuchteten, er winkte Changshun erregt heran. Er freute sich für ihn, weil Mr. Goodrich ihn persönlich befragen wollte.

Verwirrt folgte Changshun John Ding in ein nicht sehr geräumiges Büro, in dem Mr. Goodrich mit gestrecktem Nacken, als stecke ihm etwas im Halse, auf und ab ging. Offensichtlich war er sehr beunruhigt. Als Changshun eintrat, blieb er stehen und legte die Hände zum Gruß ineinander. Er konnte dieses Händeschütteln nicht leiden, fand den Gruß mit ineinandergelegten Händen respektvoller und auch hygienischer. Changshun gegenüber wäre das nicht nötig gewesen, er war fast noch ein Kind. Aber er liebte richtige Chinesen. Solche in westlichen Anzügen erlangten niemals seine Hochachtung, aber ein Chinese im langen Gewand, ob jung oder alt, wurde von ihm respektiert.

»Du hast uns informiert, daß Herr Qi verhaftet wurde?« Er sprach Chinesisch. Seine blaugrauen Augen wurden noch eine Spur blauer, er sorgte sich ernsthaft um Ruixuan. »Wie haben sie ihn geholt?«

Stotternd berichtete Changshun. Er hatte noch nie mit einem Ausländer geredet und wußte nicht so recht, wie er sich verhalten sollte, weshalb er sich besonders ungeschickt anstellte.

Mr. Goodrich hörte aufmerksam zu. Dann reckte er wieder den Nacken, und auf seinem Gesicht erschienen rote Flecken. »Hm, du bist sein Nachbar?« Als Changshun nickte, sagte er: »Gut! Bist ein tüchtiger Junge. Mir ist schon etwas eingefallen, was ich tun werde.« Er richtete sich kerzengerade auf. »Geh schnell nach Hause, versuche dem alten Herrn Qi zu sagen, er soll sich nicht aufregen. Ich weiß, was zu tun ist. Ich hole ihn persönlich da raus!« Nach kurzem Schweigen fügte

er wie zu sich selbst hinzu: »Das richtet sich nicht gegen Ruixuan, das ist eine Ohrfeige für Old England! Dem Affen das geschlachtete Huhn zeigen, von wegen!«
Changshun stand da und wußte nichts mehr zu sagen, genierte sich aber auch zu gehen. Innerlich fühlte er sich jedoch wohl, er hatte heute etwas Außergewöhnliches vollbracht, etwas, mit dem man Sun-Sieben endlich sein Angebermaul stopfen konnte!
»John!« rief Mr. Goodrich, »begleiten Sie ihn hinaus, geben Sie ihm Fahrgeld!« Und zu Changshun: »Braver Junge, geh nach Hause! Und erzähl keinem von unserm Gespräch!«
John Ding und Changshun gingen höchst zufrieden. Changshun wollte das Geld nicht annehmen: »Wenn ich schon mal was für Herrn Qi tun kann, werde ich doch nicht...« Ihm fielen die rechten Worte nicht ein, er lächelte nur einfältig. John Ding stopfte ihm einen Kuai in die Tasche. Er hatte den Auftrag und mußte ihn ausführen.
Nachdem Changshun das Botschaftsviertel hinter sich gelassen hatte, nahm er sich tatsächlich eine Rikscha. Das mußte er, denn das Geld von Mr. Goodrich war dafür vorgesehen. In der Rikscha kam er so recht in Schwung. Er würde der Großmutter, Sun-Sieben, dem Großvater Li und allen Leuten erzählen, wie er ins Englische Amt gelangt war. Aber sofort warnte er sich: »Nichts wirst du erzählen, keinen Ton, du mußt die Lippen verschließen wie eine Muschel!« Auch mußte er darüber nachdenken, wie er den alten Herrn Qi beruhigen konnte. Dann wieder stellte er sich vor, wie Qi Ruixuan gerettet würde und wie dankbar er ihm dann wäre. Vor lauter Grübeln und weil ihm der kühle Wind ins Gesicht blies, beugte er den Kopf. Die in der Morgenfrühe ausgestandene Angst, die Freude und Erschöpfung drückten ihm die Augen zu. Als die Rikscha hielt, schreckte er hoch und riß den Mund zu einem gewaltigen Gähnen auf, wie wenn er eine ganze Straße verschlingen wollte. Zu Hause erfand er allerhand Lügen, um die Großmutter zu besänftigen, dann zerbrach er sich den Kopf über eine Möglichkeit, den alten Herrn Qi zu verständigen.
Zu diesem Zeitpunkt hatten alle Leute in der Gasse bereits durch den Vierten Li vom Unglück der Qis erfahren. Der

Vierte Li hatte natürlich nicht gewagt, von Tür zu Tür zu gehen, sondern es leise berichtet, als viele bei einem fliegenden Händler nach Gemüse anstanden. Danach ließen alle die Eingangstüren zur Straße offen, um Gelassenheit zu demonstrieren. Aber sie hatten doch ziemliches Herzklopfen. Allein in dieser kleinen Gasse hatten sie schon das Unglück zweier Familien miterlebt. Alle hätten den Qis gern geholfen, aber niemand war dazu in der Lage. Sie konnten lediglich verstohlen die Nummer fünf beobachten und sich weiter beschäftigen mit Feuermachen und Essenkochen, Teebrühen und Wasserholen, waren aber innerlich von einer unaussprechlichen Trauer und Unruhe erfüllt.

Gegen Mittag schlugen ihre Herzen noch heftiger, doch das war ein anderes Pochen. Darüber vergaßen sie die Angelegenheit mit Ruixuan beinahe. Denn sie erfuhren, daß die Sonderbotschafter bei einem Attentat umgekommen waren. Sun-Sieben kümmerte sich nicht mehr um seine Arbeit, er mußte nach Hause, ein paar Schnäpse trinken. Wie lange schon hatte er keine freudige Nachricht mehr gehört! Aber heute ging ihm das Herz auf: »Gut! Das tut gut! Wer sagt denn, daß es in Peking keine mutigen Leute mehr gibt!« Über diesem Selbstgespräch auf dem Heimweg vergaß er seine Kurzsichtigkeit und rannte mit dem Kopf gegen einen Strommast. Die Beule aber konnte seiner Stimmung nichts anhaben: »So ist es richtig! Wenn schon jemanden töten, dann aber richtig, jawohl!«

Als Xiao Wen davon erfuhr – das Ehepaar Wen war ins Nanhai zum Auftritt zitiert worden –, äußerte er sich als Künstler: »Wenn Dynastien wechseln, gibt es immer Tote – Reiche und Arme, Einflußreiche und Unbedeutende, Herren und Sklaven. In allen guten Theaterstücken kommen Hinrichtungen vor, werden Leute erstochen und geköpft, nur dann ist richtig etwas los, und es gibt Beifall.« Danach griff er zu seiner Huqin-Geige und spielte ein kleines Intermezzo, das aber nicht besonders fröhlich klang. Seine Frau sagte nichts, summte nur ein paar Zeilen aus einer Oper, eine Gerichtsszene.

Dem Vierten Li war nicht nach Reden zumute, er holte sich ein Bänkchen und setzte sich vors Tor, genau dem Hof Nummer fünf gegenüber. So von der Herbstsonne beschienen, fühlte er sich wohl. Seine innere Waage befand sich genau im

Gleichgewicht – ihr habt unseren Ruixuan geholt, wir haben eure Sonderbotschafter erledigt. Die japanischen Kinder aus Nummer eins hatten für die hohen Gäste Spalier stehen sollen und waren wie zwei begossene Pudel nach Hause gerannt. Sie wagten nicht, hier draußen herumzutoben, sondern verschwanden gleich hinter ihrem Tor, das sie fest verschlossen. In den Augenwinkeln des Vierten Li zeigten sich ein paar Lachfältchen. Der alte Mann hatte nichts übrig fürs Töten, jetzt aber schien er anderer Meinung zu sein – denn es hatte doch etwas für sich, wenn es die Richtigen traf.

Guan Xiaohe lag vieles auf der Zunge, er hätte gern mit jemandem geredet. Seine Stirn zog sich in krause Falten, als mache er sich große Sorgen. Nicht die Sicherheit von Rotkürbis bewegte ihn, sondern die Furcht, die Japaner könnten die Stadt niedermetzeln. Nach der Ermordung der Sonderbotschafter, glaubte er, wäre das ihr gutes Recht. Doch wahrscheinlich kämen die Guans ungeschoren davon, da sie ja mit den Japanern befreundet waren. Aber wer konnte schon wissen, ob die nicht im Blutrausch auch ihm plötzlich ein Messer in den Bauch stoßen würden? Wer sich am meisten fürchtet, geht zuerst in die Knie.

Als er den Vierten Li sah, rannte er sofort zu ihm: »Na, das ist ja vielleicht eine dumme Geschichte.« Seine Stirn krauste sich noch mehr. »Heißt das nicht, den Leu zu necken?« Er hielt das Ganze für Unfug.

Der Vierte Li stand auf und nahm sein Bänkchen. Er wollte zwar niemanden verärgern, aber heute spürte er eine ungeahnte Kraft in seiner Brust und beschloß, Guan Xiaohe zu ärgern.

In diesem Moment stürmte jemand auf das Tor der Qis zu, als habe er einen Todesfall zu melden. Sofort wurde geöffnet. Er flüsterte den beiden Bewaffneten etwas zu, sie steckten die Köpfe wie Ameisen zusammen und kamen eilig heraus. Alle drei gingen davon.

Der Vierte Li sinnierte: Wegen des Attentats reichten die Spitzel nicht aus, da mußten sie die beiden hier auch abziehen. Er ging langsam in seinen Hof zurück. Nach einer Weile kam er wieder heraus und lief, als er Guan Xiaohe nicht sah, schnell zu Nummer vier und rief nach Changshun.

Der war den Vormittag über nicht müßig gewesen und hatte sich den Kopf zermartert, wie er an den alten Herrn Qi herankommen könne. Als jetzt Großvater Li rief, rannte er schnell hinaus. Auf eine Handbewegung hin folgte er ihm hinüber zu den Qis.

Yunmei hatte das Mauerschrappen aufgegeben, weil der alte Herr es ihr verboten hatte. Sein Zorn war noch nicht verraucht, ziemlich laut schimpfte er: »Wozu tust du das? Laß es! Uns kann keiner helfen, wir wollen auch niemanden hineinziehen! Diese alten Methoden sind längst überholt, sinnlos! Und damit du es weißt, wir versperren das Tor auch nicht mehr mit Steinen! Jetzt kommen die Leute über die Mauer! So weit ist es gekommen! Ich habe meine siebzig Jahre umsonst gelebt! Alle meine Methoden funktionieren nicht mehr!« In der Tat, seine wertvollen Erfahrungen waren keinen Kupferling mehr wert. Er hatte sein Selbstvertrauen verloren, war wehrlos wie ein verstoßener alter Gaul, den die Fliegen nun ungestört plagen konnten.

Xiao Shun und Niuzi spielten verstohlen in Großmutters Stube, sie trauten sich nicht in den Hof hinaus. Yunmei kochte ihnen ein paar getrocknete Erbsen, um ihnen den Mund zu stopfen. Der kleine Shun sah den Vierten Herrn Li als erster, freudig stieß er ein »Ma!« hervor, das über den ausgestorbenen Hof schallte und alle zusammenfahren ließ.

Yunmei kam mit geröteten Augen angerannt. »Du bist wohl verrückt geworden, was schreist du hier rum?« Da sah sie den Vierten Li und brach in Tränen aus. Sie war nicht so leicht zu erschüttern, aber nach all dem Unheil dieses Tages konnte sie nicht anders, sie mußte weinen. Keiner wußte, ob der Mann noch lebte, alle anderen Qis waren Gefangene in ihrem eigenen Wohnhof. Wäre sie frei, sie besäße die Energie und den Mut, sich für ihren Mann die Schuhsohlen abzulaufen. Aber sie kam hier nicht raus. Und da das nun einmal so war, mußte sie für alle kochen, ganz gleich, ob sie etwas davon aßen und wie ihr zumute war. Aber sie konnte auch nichts einkaufen gehen. Sie war von der Welt abgeschnitten, von ihrer Pflicht als Gattin, Mutter, Schwiegertochter. Auch ohne Handschellen fühlte sie sich wie eine Gefangene. Sie konnte sich noch so aufregen und wütend werden, es war nutzlos. Nie hatte sie gehört, daß die ganze Familie auch eingesperrt wurde, wenn man jemanden verhaftete, auf solch eine absurde Idee konnten nur die Japaner kommen. Jetzt verstand sie erst, was das für Menschen waren, jetzt erst hegte sie einen richtigen Haß.

»Vierter Herr Li«, rief der alte Herr Qi erstaunt, »wie sind Sie denn hereingekommen?«

Der Vierte Li lächelte mühsam: »Sie sind weg.«

»Weg?« Tianyous Frau kam mit Shunchen und Niuzi heraus.

»Die japanischen Sonderbotschafter sind von unseren Leuten umgebracht worden, sie haben jetzt keine Zeit mehr für das hier!« Yunmei hörte zu weinen auf.

»Sonderbotschafter? Umgebracht?« Dem alten Herrn Qi kam alles wie ein Traum vor. Ohne die Antwort des Vierten Li abzuwarten, hatte er eine Idee: »Shuns Ma, hol ein Bündel Weihrauchstäbchen, ich will sie abbrennen!«

»Lassen Sie es gut sein, Herr Qi«, lächelte der Vierte Li, »wozu Weihrauch? Nur Gewehre richten da etwas aus!«

»Ha!« In den kleinen Augen des alten Herrn blitzte Haß auf. »Wenn ich ein Gewehr hätte, wären die beiden Schweine am Tor längst erschossen! Chinesen helfen Japanern, uns zu demütigen, so eine Niedertracht!«

»Lassen Sie es gut sein, hören Sie lieber, was Changshun zu berichten hat.« Damit zog der Vierte Li den hinter ihm stehenden Changshun vor.

Changshun wartete schon ganz ungeduldig. Sofort reckte er die Brust und gab die mutige Tat vom Vormittag wie ein Abenteuer zum besten. Die anderen hatten ihn anfangs gar nicht beachtet, weil sie annahmen, er sei nur aus Neugierde mitgekommen. Jetzt war er der Held, sogar seine näselnde Stimme klang wie Musik. Als er geendet hatte, stöhnte der alte Herr Qi: »Changshun, großen Dank für die Mühe. Bist ein guter Junge! Und ich dachte, die guten alten Nachbarn legen die Hände in den Schoß und machen sich lustig über die Qis...« Er konnte nicht weitersprechen. Dankbarkeit für die Anteilnahme der Nachbarn rührte ihn und ließ ihn den Zorn auf die Japaner vergessen, seine Wut legte sich. Er tastete nach den Stufen und setzte sich langsam hin, den Kopf in beide Hände gestützt.

»Großvater, was haben Sie?« fragte Yunmei aufgeregt.

Ohne den Kopf zu heben, antwortete der Alte leise: »Vielleicht stirbt mein Enkel doch nicht. Herr im Himmel, öffne deine Augen und beschütze Ruixuan!« Sobald er wieder ein wenig Hoffnung sah, war er ganz der alte, ein rechtschaffener, braver, friedliebender Mensch, der Unbill und Unterdrükkung ertrug.
Tianyous Frau hatte den ganzen Vormittag durchgehalten, sie war erschöpft und hätte sich zu gern ein wenig hingelegt. Aber sie wollte bei dem Vierten Herrn Li und Changshun bleiben. Sie konnte die Schande Ruifengs nicht ausposaunen, aber ihr war klar, daß die Freunde ihnen weitaus näher standen, zuverlässiger waren als Ruifeng. Das stimmte sie froh und traurig zugleich. Mühsam beherrschte sie ihre Gefühle und keuchte mit einem krampfhaften Lächeln: »Vierter Herr Li! Changshun! Ihr habt euch solche Umstände gemacht!«
Auch Yunmei hätte ihre Dankbarkeit gern zum Ausdruck gebracht, aber es gelang ihr nicht. Ihr Herz hing an Ruixuan. Sie wagte nicht, Mr. Goodrichs Macht zu bezweifeln, fürchtete aber, Ruixuan könnte schon gefoltert werden, bevor Mr. Goodrich einträfe. In ihrer Vorstellung verband sich das Bild von Herrn Qian mit Ruixuan, sie sah ihn blutig geschlagen vor sich.
Der Vierte Li blickte traurig vom einen zum andern. Alle diese Menschen waren unbescholten und lauter, aber sie erlitten schuldlos große Unbill. Er wußte kaum, wie er sie trösten sollte. Schließlich brachte er gezwungen hervor: »Ich denke, daß Ruixuan nicht allzu viel passieren kann, regen Sie sich nicht auf!« Er räusperte sich und wußte, wie nichtssagend seine Worte klangen. »Regen Sie sich nicht auf, erheben Sie auch kein Geschrei! Im Englischen Amt weiß man bestimmt Rat. Gehen wir, Changshun! Älterer Bruder Qi, holen Sie mich, wenn Sie mich brauchen!« Langsam wandte er sich zum Tor. Dann drehte er sich noch einmal zu Yunmei um: »Nur nicht aufregen! Machen Sie doch den Kindern erst einmal etwas zu essen.«
Changshun hätte auch gern etwas gesagt, aber ihm fiel nichts rechtes ein. Verlegen streichelte er Xiao Shuns Kopf. Der zwitscherte lächelnd: »Schwesterchen und ich, wir sind ganz brav. Wir gehen nicht ans Tor.«

Als die beiden hinausgingen, folgten ihnen die zwei Frauen unwillkürlich. Der Vierte Li streckte den Arm vor: »Sie brauchen uns doch nicht hinauszubegleiten!« Da blieben die Frauen verwirrt stehen. Der alte Herr saß noch immer reglos da, den Kopf in die Hände gestützt.

Um diese Zeit hatte Ruixuan bereits einige Stunden im Gefängnis verbracht. Es war das gleiche, in das sie auch Herrn Qian Moyin gesteckt hatten. Die Einrichtung unterschied sich jedoch mittlerweile ganz wesentlich. Damals waren die karg ausgestatteten Schulräume notdürftig umgestaltet worden, um sie provisorisch als Gefängnis zu nutzen. Jetzt war daraus ein perfektes Gefängnis geworden, überall sah man die »außerordentlichen Anstrengungen« der Japaner. Sie hatten keine Mühe gescheut, selbst die kleinste Stelle so lange zu verändern, bis jedermann auf den ersten Blick erkannte und lobte, daß der Gipfel der Grausamkeit erreicht war. Hier demonstrierten die Japaner die perfekten Schöpfungen ihrer Kunst des Mordens, die sie so weit entwickelt hatten wie die Teezeremonie und Ikebana. Wer hierher kam, war nicht nur ein Gefangener, sondern auch ein von Japanern gepflücktes Gewächs; bevor es seinen letzten Atem aushauchte, mußte es die geduldigste, ausgeklügeltste, kunstvollste Methode durchmachen, seinen Lebenssaft tropfenweise, möglichst langsam, wohldurchdacht und auf die schmerzhafteste Weise abgeben. Ihre Qualen waren das Vergnügen der Japaner. Die japanischen Militärs waren darauf gedrillt, nicht nur gewalttätig und grausam zu sein, sondern die Grausamkeit auch noch zu genießen wie das Vergnügen an Blumen und Vögeln. Dieses Gefängnis war für solcherart makabren Genuß ein Versuchslabor.

Ruixuan blieb innerlich relativ ruhig. Er grübelte gern, auch über die belangloseste Angelegenheit zermarterte er sich den Kopf, bis er die passende Lösung fand. Seit Beginn des Krieges waren seine Gedanken nicht zur Ruhe gekommen. Heute, da er verhaftet worden war, hatte er das Gefühl, als sei nun alles zu Ende und er brauche über nichts mehr nachzudenken. Er war ziemlich bleich, aber ein kleines Lächeln umspielte seine Mundwinkel, als er ausstieg und die Peking-Universität betrat – er erkannte ganz deutlich, es war die »Beida«.

Das Gelaß, in dem man Herrn Qian einst eingesperrt hatte, war völlig verändert. Von der Gebäudereihe zu ebener Erde, deren Fenster und Türen nach vorn in den Hof geführt hatten, war die Frontseite entfernt und statt ihrer ein dickes Gitter angebracht worden, was sie wie Raubtierkäfige ausschauen ließ. Jeder Raum war in mehrere solcher Käfige unterteilt, die aneinandergrenzten und jeweils nur Platz für ein Paar Wildschweine oder Füchse boten. Aber Ruixuan sah, daß in jedem zehn bis zwanzig Gefangene steckten. Sie standen Brust an Rücken, Gesicht am Hinterkopf des Vordermanns, ohne sich rühren zu können. Außer den Menschen war dort nichts, auch ihre größere und kleinere Notdurft konnten sie nur so, an diesem Platz im Stehen, verrichten. Mit einem flüchtigen Blick machte Ruixuan etwa ein Dutzend solcher Käfige aus. Ein Zittern überlief ihn. Vor den Käfigen standen nur zwei japanische Soldaten mit Gewehren, sechs Augen reichten völlig aus, alles mühelos zu überwachen. Ruixuan ließ den Kopf hängen. Er wußte nicht, ob auch er in solch einen kollektiven »Stehkäfig« gesteckt würde. Wenn ja, würde er vermutlich in wenigen Tagen seinen letzten Atemzug tun.
Er wurde jedoch in eine Zelle am entgegengesetzten Ende geführt. Sie war ebenfalls klein, aber leer. »Das ist womöglich eine für ›bevorzugte Behandlung‹«, ging es ihm durch den Kopf. Als die Eisentür geöffnet wurde, mußte er sich tief bücken, um sich hineinzuzwängen. Der Boden aus Kalk-, Lehm- und Sandgemisch war völlig nackt, nichts, außer mehreren dunklen, stinkenden Blutspuren. Schnell wandte er sich um, dem Gitter zu. Nun sah er Tageslicht, aber auch den Soldaten. Dessen Bajonett nahm der Sonne etwas von ihrer Wärme. Als er den Kopf hob, sah er an der Decke einen Eisenhaken mit einem Draht, von dem eine bereits verfaulte Hand herabhing. Er schaute weg, da fiel sein Blick auf die Wand, an die eine vollständige Menschenhaut genagelt war. Er wollte weglaufen, sah aber sogleich das Gitter. Wenn es schon kein Entrinnen gab, sollte er sich lieber gleich richtig umsehen. Entschlossen wandte er sich der anderen Wand zu. Dort hing, genau in Augenhöhe, eine breite Bildrolle, auf die Scheideneingänge von sieben Frauen geklebt waren. Unter jedem stand mit Rotstift eine Nummer und eine detaillierte Zeichnung.

Ruixuan wagte keinen weiteren Blick mehr. Er senkte den Kopf und preßte die Lippen zusammen. Nach einer Weile knirschte er hörbar mit den Zähnen. In seinem Herzen brannte eine Wut, daß er darüber völlig die eigene Gefahr vergaß. Seine Nasenflügel bebten, er atmete hörbar.
Er beschloß, nicht mehr an seine Familie zu denken. Sein Schicksal wurde von den Japanern entschieden. Die Hand da oben, die an die Wand genagelte Menschenhaut lehrten ihn dies und verdeutlichten ihm, daß auch seine Hand und seine Haut so ausgestellt werden könnten. Na gut, wenn das Schicksal entschieden war, mußte er ihm wohl lächelnd entgegengehen. Er stieß ein verächtliches Lachen aus. Der Großvater, die Eltern, Frau und Kinder ... sie waren sehr weit weg, er konnte sich ihre Gesichter kaum noch vorstellen. Aber so war es gut, wenn schon sterben, dann ohne Tränen, ohne Skrupel, ohne Bedenken.
Lange stand er so in Gedanken versunken da. Erst als ihn ein schräger Sonnenstrahl traf, fuhr er auf wie aus einem Traum. Seine Beine waren steif, aber er mochte sich nicht niedersetzen, im Stehen fühlte er sich ein wenig entschlossener. Ein sehr kleiner Japaner in Zivil huschte wie eine Maus heran, betrachtete ihn einen Moment durchs Gitter und ging dann lächelnd davon. Sein Lächeln blieb Ruixuan in Erinnerung, es ekelte ihn. Nach einer Weile kam die Maus zurück, verbeugte sich höhnisch vor Ruixuan. Dann machte sie den Mund auf: »Sie zu höflich, möchten sich nicht setzen, ich schicke Freund zur Gesellschaft!« Er sprach einigermaßen Chinesisch. Dann winkte er, und zwei Soldaten trugen einen Halbtoten vor das Gitter und richteten ihn auf. Sein Gesicht war so geschwollen, daß sein Alter nicht zu erkennen war. Er konnte nicht mehr stehen. Die Soldaten banden ihn am Gitter fest. »In Ordnung! Herr Qi, dieser Mensch konnte nicht hören, deshalb baten wir ihn, ständig zu stehen«, erklärte die Maus grinsend und zeigte auf die Füße des Halbtoten. Jetzt erst sah Ruixuan, daß dessen Zehen auf ein Brett genagelt waren. Der Mann schwankte nach links und nach rechts, konnte aber wegen des Stricks nicht umfallen. Seine Zehen waren bereits schwarz. Nach einer langen Weile stöhnte er kurz auf. Sofort kam ein Soldat angerannt und stieß ihm mit dem Gewehrkolben wie mit einem Mörser

auf die Füße. Eine der bereits angefaulten Zehen brach ab. Er heulte wie ein hungriger Wolf auf, dann fiel sein Kopf vornüber, er gab keinen Ton mehr von sich. »Wenn du schreien, ich schlagen«, bedrohte ihn der Soldat und schielte gleichzeitig zu Ruixuan hinüber. Fürsorglich hob er die abgefallene Zehe auf und betrachtete sie eingehend. Dann schulterte er das Gewehr, zog ein Stück Papier aus der Tasche, wickelte die Zehe darin ein, schrieb eine Nummer darauf, grinste Ruixuan an und nahm wieder seinen Platz ein.

Nach etwa einer halben Stunde kam die Maus zurück. Er blickte zu dem anderen mit den kaputten Zehen, dann zu Ruixuan. Der andere atmete bereits nicht mehr. Bedauernd erklärte die Maus: »Dieser Mensch nichts aushalten, schon kaputt nach drei Tagen Holzschuhen. Chinesen zu wenig Sport.« Dabei schüttelte er den Kopf, als mache er sich große Sorgen um die Gesundheit der Chinesen. Er seufzte und fragte dann Ruixuan: »Englische Botschaft keine Holzschuhe?«

Ruixuan sagte nichts, kannte nun aber sein Verbrechen.

Die Maus setzte ein ernstes Gesicht auf: »Sie großen Respekt vor England, aber nicht vor Japan, das Sie bereuen!« Dabei versetzte er dem Toten ein paar kräftige Fußtritte und stieß zwischen den Zähnen hervor: »Chinesen alle, alle schlecht!« Mit seinen glänzenden Mäuseaugen fixierte er Ruixuan. Als dessen Blick die Maus nur kurz streifte, wurde sie zornig und tobte: »Wer frech, der auch Holzschuhe!« Dann ging die Maus mit Riesenschritten davon, als wollte sie mit jedem Schritt den halben Erdball umrunden.

Ruixuan starrte in Erwartung der Nägel unverwandt auf seine Füße. Er wußte, daß er nicht besonders widerstandsfähig war und die Nägel vielleicht sogar nur zwei Tage ertragen würde. Die zwei Tage freilich würden furchtbar sein, aber danach wüßte er von nichts mehr, nie mehr würde er etwas spüren – ein ewiges Leben ohne Gefühl. Er hoffte, es möge so einfach und schnell zu Ende gehen. Er sah seine Schuld ein, er mußte so grausam sterben, weil er sich in sein Leben dreingeschickt hatte, statt in den Widerstandskrieg zu ziehen. Zwei Gefangene trugen den Toten stillschweigend weg. Sie hatten Tränen in den Augen, gaben aber keinen Ton von sich.

Plötzlich wurden die Wachen im Hof verstärkt. Hinaus- und

hineinströmende Japaner drängten sich geschäftig wie aufgescheuchte Ameisen. Ruixuan wußte nichts von dem Attentat vor dem Nanhai, aber er fand die wirr herumsausenden Zwerge ziemlich lächerlich.
Verhaftete wurden scharenweise wie Schafe hereingetrieben und nach hinten geschoben. Ruixuan hoffte inständig, in oder vor der Stadt möge ein Aufstand ausgebrochen sein. Selbst ein gescheiterter Aufstand wäre rühmlicher als er, der hier schweigend darauf wartete, daß ihm die Japaner die Haut abzogen und Finger und Zehen abhackten.

48

Ruixuan hatte Glück. Da das Hauptquartier damit beschäftigt war, die Attentäter zu verhören, belästigte ihn niemand außer der Maus, die ihn einmal kurz aufsuchte und verhöhnte. Am ersten Tag erhielt er mittags und abends jeweils einen Mantou, der schwärzer war als der Fußboden, und eine Schale Wasser. Angesichts der Menschenhaut brachte er keinen Bissen hinunter. Er trank nur das Wasser. Am zweiten Tag änderte sich seine Kost, statt eines schwarzen Mantous gab es Hirsebrei. Das erinnerte ihn an den Nordosten Chinas, denn Hirse aß man nur dort, jenseits des Shanhaiguan-Passes. Sicherlich hatten die Japaner die Gefangenen im Nordosten damit verpflegt, weshalb sie nun auch die Häftlinge im ganzen Lande damit »verwöhnten«. Da die Japaner sich für kompetent hielten, hätten sie eigentlich wissen müssen, daß Pekinger keine Hirse essen. Vielleicht war es im Nordosten zur Regel erklärt worden, die nun überall streng eingehalten werden mußte. Ruixuan hatte geglaubt, die Japaner ein wenig zu kennen, war sich nun aber nicht mehr so sicher.
Auch über seine eigene Verhaftung war er sich im unklaren. Warum verhörten sie ihn nicht, warum folterten sie ihn nicht? Wollten sie ihm etwa das Ganze nur einmal vorführen? Sicherlich nicht, dazu waren sie viel zu heimtückisch und schlau, sie wollten doch ihre Gewalttätigkeiten verheimlichen. Weshalb also zeigte man sie ihm? Sollte er das Glück haben davonzukommen, könnte er doch das Gesehene bezeugen

und für immer aktenkundig machen? Genausogut konnte es sein, daß sie ihn nie wieder freiließen, wozu dann aber diese »Privilegien«? Wie sehr er sich auch den Kopf zerbrach, er kam nicht dahinter.

Schließlich ging ihm auf, daß jemand, der nur darauf aus ist, andere zu unterwerfen und zu verletzen, nur mit Willkür vorgehen kann. Denn jede Aggression ist Willkür, weil der Aggressor nur von sich ausgeht, daher werden dem Aggressor stets Rückschläge und Irrtümer unterlaufen. Um die wettzumachen, wird er seinen Vorurteilen entsprechende Korrekturen vornehmen, doch diese können nichts an seiner prinzipiellen Fehleinschätzung ändern.

Als er das erkannt hatte, aß er ein wenig von dem Hirsebrei. Er sah deutlich vor sich, daß die Japaner eines Tages scheitern mußten, egal, ob er weiterleben würde oder nicht.

Während Ruixuan solchen großen Problemen nachsann, überlegte Mr. Goodrich praktische und wirksame Schritte. Ruixuans Verhaftung erboste ihn. Er hatte Ruixuan angestellt in der Annahme, dessen Leben und das der Familie Qi retten zu können. Aber nun war er verhaftet worden. Das verletzte das Selbstbewußtsein des alten Herrn, der wußte, daß Ruixuan ein anständiger, rechtschaffener Mensch war, der kein Unheil heraufbeschwor. Das bedeutete, die Japaner hatten ihn verhaftet, um die Engländer zu provozieren. Mr. Goodrich war in der Tat ein sinisierter Engländer, doch in der Tiefe seines Herzens barg er auch andere Gefühle. Er fühlte mit den Chinesen, was ihn aber nicht daran hinderte, die Militärkraft der Japaner zu bestaunen. Angesichts der japanischen Gewalttaten in China war er daher ziemlich hilflos. Er hoffte inständig, die englische Regierung möge sich für China einsetzen. Solange Japan England jedoch nicht angreifen würde, hielt er es für besser, sich nicht um Dinge zu kümmern, die einen nichts angingen. Für ihn war England König der Meere, mit dem sich anzulegen Japan nicht wagen würde, es warf doch nicht mit Eiern nach Steinen. Der Glaube an die Stärke und Autorität seines Landes ließ ihn zwar mit China sympathisieren, nie jedoch die eigene Überlegenheit vergessen. Er war keineswegs schadenfroh, aber auch kein Held, der für andere in die Bresche sprang. Mit der Verhaftung Ruixuans wollten die Japaner bei den Engländern auf den Busch klopfen, das war offensichtlich und regte ihn auf. Seine Sympathie führte ihn zu der Entscheidung, Ruixuan zu retten, und seine Selbstachtung bestärkte ihn darin.

Er überlegte nun, was zu tun war. Als Engländer konnte er zwar offiziell Einspruch einlegen, aber aufgrund seiner Erfahrungen wußte er, daß Ruixuan wahrscheinlich schon grausam gefoltert würde, bevor der Einspruch ankam. Und nach seinem Eintreffen würden die Japaner Ruixuan womöglich umbringen, um dann in einem höflichen Schreiben zu antworten, daß »diese Person nicht existiert«. Außerdem war jedes offizielle Schreiben sofort eine zwischenstaatliche Angelegenheit und er hätte deswegen den Botschafter konsultieren müssen. Das war lästig und würde außerdem Mißfallen erregen. Der Schnelligkeit und Einfachheit halber wählte er den orientalischen Weg.

Er fand einen »freundlichen Herrn«, dem er aus eigener Tasche Geld gab, um Ruixuan freizukaufen. Der »freundliche Herr« war auf sein Gesicht, nicht aber auf Recht oder Unrecht bedacht. Er mußte vor den Engländern mit seinem Ansehen prahlen und den Japanern zu einem Batzen Geld verhelfen.

Als das Geld ankam, erhielt Ruixuan den Hirsebrei. Am dritten Tag, an dem Tag also, an dem Xiao Cui geköpft wurde, brachte die Maus gegen acht Uhr abends alle Gegenstände zurück, die Ruixuan abgenommen worden waren, und erklärte mit breitem Feixen wie ein aufgeplatzter Mantou leise: »Die Japaner sind ganz groß gut! Höflich! Freundschaftlich! Gerecht! Sie dürfen gehen!« Als er die Dinge zurückgab, zog sich seine Miene ernst zusammen: »Sie schwören, über alles hier zu schweigen. Wenn Sie reden, Sie wieder zurück, kriegen Holzschuhe!«

Ruixuan staunte die Maus an. Japaner waren wirklich ein Rätsel. Selbst wenn er der allmächtige Gott wäre, fände er nicht heraus, was für eine Kreatur diese Maus eigentlich war. Er schwor. Nun verstand er auch, warum Herr Qian niemals über seine Zeit im Gefängnis gesprochen hatte.

Schließlich war noch eine Pelzjacke übriggeblieben, die aber die Maus nicht hergeben wollte. Ruixuan erinnerte sich, darin steckten noch drei Ein-Kuai-Scheine, einige Visitenkarten und zwei Pfandleihscheine. Er griff nicht danach, wollte sie der Maus aber auch nicht einfach lassen. Die fragte schließlich, wobei sich ihr Gesicht zu einem Grinsen verzog: »Freiwillig schenken?« Ruixuan nickte. Die Maus lobte ihn: »Sie ganz groß gut! Darf ich bitten?« Ruixuan ging langsam hinaus. Die Maus führte ihn zum Hinterausgang.

Ruixuan wußte nicht, ob Mr. Goodrich ihn herausgeholt hatte. Aber er hätte ihn gern sofort aufgesucht. Selbst wenn der sich nicht verwendet hatte, wollte er den alten Herrn gern beruhigen und ihn wissen lassen, daß er wieder draußen war. Aber seine Beine trugen ihn gen Westen, nach Hause. Er nahm eine Rikscha. In seinem Käfig hatte er die Erschöpfung nicht gespürt, da seine Wut Geist und Körper aufrecht gehalten hatten. Nun aber ließ die Wut nach, und seine Beine wurden weich. In der Rikscha wurde ihm schwindlig. Er krallte sich am Sitz fest, suchte sich zu beruhigen. Nach einem Ohnmachtsanfall schwitzte er heftig. Erst nach geraumer Weile wischte er sich den Schweiß vom Gesicht. Es war, da er sich drei Tage nicht gewaschen hatte, von einer Schmutzschicht überzogen.

Er schloß die Augen. Als er den kühlen Wind um Ohren und Stirn spürte, fühlte er sich etwas wohler. Dann schlug er die Augen wieder auf. Als erstes nahm er das Licht der Laternen wahr, strahlend helles Licht. Unwillkürlich lächelte er. Er hatte die Freiheit wiedererlangt und sah die Lichter dieser Welt wieder. Doch sofort fielen ihm die in den Käfigen zusammengepferchten Landsleute ein. Wahrscheinlich waren sie ebenso unschuldig wie er. So stehen zu müssen – einen Tag oder zwei oder drei –, da starben die Stärksten ohne jede weitere Folter.

»Ein Land zu unterjochen ist das größte Verbrechen!« Dieser Satz fiel ihm ein, er wiederholte ihn mehrmals. Er vergaß die Laternen, die Menschen, die Läden, sie waren nicht wirklich da, waren nur Halluzinationen. Solange noch so viele Menschen im Gefängnis schmachteten, existierte das alles nicht. Auch Peking mit seinen Seen und Palästen gab es nicht. Was wirklich existierte, waren nur die Verbrechen der Japaner!

Der Rikschafahrer, um die Vierzig und nicht mehr der

Schnellste, begann eine Unterhaltung, um sein nachlassendes Tempo zu überspielen: »Was ich sagen wollte, Herr, wissen Sie, wie der Rikschafahrer hieß, der heute geköpft wurde?«
Ruixuan wußte es nicht.
»Er hieß Cui! Aus der Weststadt.«
Ruixuan dachte gleich an Xiao Cui, verwarf den Gedanken aber schnell wieder. Er wußte, der war bei Ruifeng in Monatsstellung, da konnte er doch nicht so einfach plötzlich geköpft werden. Dann aber überlegte er weiter, so verwunderlich wäre es gar nicht, war er selbst nicht ebenso mir nichts, dir nichts verhaftet worden? »Weshalb ist er denn...?«
»Das wissen Sie nicht, Herr?« Der Rikschafahrer blickte sich um, ob niemand in der Nähe war, und flüsterte: »Da sind doch irgendwelche Sonderbotschafter von unseren Leuten umgelegt worden. Cui und ein- oder zweitausend andere sind deshalb verhaftet worden, und der Cui ist geköpft worden. Ob er der Attentäter war, weiß keiner. Unsere Köpfe sind eben nichts wert, nur runter damit, verdammt noch mal!«
Ruixuan begriff, weshalb in den vergangenen beiden Tagen so viele Leute eingeliefert worden waren und man ihn weder verhört noch gefoltert hatte. Offenbar hatte er es gut getroffen, sein Leben aus Versehen zurückerhalten. Wenn er Glück hatte und davonkommen konnte, weshalb sollte Xiao Cui nicht Pech haben und zufällig ins Netz geraten sein? Das Land war okkupiert, das Schicksal seiner Menschen lag in den Händen Fremder, die über Leben und Tod entschieden. Er und Xiao Cui hatten einfach nur irgendwie durchkommen wollen, aber gerade solch unwürdige Drückeberger erwartete ein grausamer Tod.
Als die Rikscha unvermittelt vor seinem Toreingang hielt, riß er verstört die Augen auf. Er hatte vergessen, daß er kein Geld bei sich hatte. Er befühlte seine Taschen, sagte dann zum Fahrer: »Einen Moment, ich hole Geld.«
»In Ordnung, Herr, keine Eile«, antwortete der freundlich.
Ruhig klopfte er ans Tor. Eigentlich war es etwas Aufregendes, dem Tode gerade entronnen, nun zu Hause anzuklopfen. Aber er war gelassen. Er hatte das leibhaftige Bild der Unterwerfung gesehen, hatte gespürt, wie nahe Leben und Tod eines Besiegten beieinanderliegen. Sein Herz war hart gewor-

den, er hatte nicht vor, nachdem er dem Tod entronnen war und sich weiter so durchmogeln würde, Gefühle zu zeigen. Außerdem glich auch das Zuhause einem Gefängnis, wenn sich alle nur um den Kleinkram sorgten und den Geist vernachlässigten.

Er hörte Yunmeis Schritte. Sie blieb stehen, fragte leise: »Wer ist da?« Er antwortete nur kurz, da kam sie gleich angerannt und öffnete hastig das Tor. Die Eheleute standen sich gegenüber. Als Westeuropäerin hätte sie sich ihm in die Arme geworfen. Obwohl ihr das Herz aus der Brust springen und in den Körper des Mannes drängen wollte, hielt sie ihre Schritte zurück, als stünde eine unsichtbare Mauer zwischen ihnen. Ihre großen Augen leuchteten auf, irgendwie brachte sie ein »Da bist du ja!« heraus.

»Bezahle die Rikscha«, murmelte Ruixuan und ging hinein. Er spürte nichts von ehelicher Wiedersehensfreude, vielmehr empfand er seine heimliche Verhaftung und die verstohlene Rückkehr als eine schreckliche Schande. Wäre er verletzt oder wären ihm Zeichen ins Gesicht geritzt worden, hätte er das Tor stolz durchschritten und lächelnd die Anteilnahme seiner Angehörigen entgegengenommen. Aber er sah aus wie immer, außer ein paar Verletzungen der Seele hatte sein Körper keine Spuren davongetragen – als ob sich die Japaner gerade an ihm die Hände nicht schmutzig machen wollten. Für Patrioten, die mit Waffengewalt für den Frieden kämpfen, sind blutige Wunden ehrenvoll. Er hatte nichts dergleichen aufzuweisen, hatte bloß drei Tage gehungert und kam nun wie ein hungriger Hund mit hängendem Schwanz nach Hause.

Die Mutter stand in der Tür zu ihrem Zimmer. Ihre Stimme zitterte ein wenig: »Ältester!«

Ruixuan wagte nicht den Kopf zu heben, stieß nur ein leises »Ma!« aus.

Xiao Shun und Niuzi gingen in diesen Tagen später schlafen, weil sie auf den Vater warteten. Lachend kamen sie angeflogen: »Pa! Bist du wieder da?« Jeder faßte eine Hand des Vaters. Die zwei warmen Händchen erwärmten sein Herz. Die naive ungetrübte Liebe vertrieb einen Großteil seiner Scham.

»Ruixuan!« rief auch der alte Herr, der in ständiger Erwartung des Enkels ebenfalls noch nicht geschlafen hatte. Dann

öffnete er die Tür: »Ältester, bist du's?« Ruixuan ging mit den Kindern an der Hand hinüber: »Ich bin's, Großvater!«
Der alte Mann kam zitternd die Stufe herab und ließ sich trotz seiner Erregung nur langsam und mit großer Anstrengung auf die Knie nieder: »Gepriesen sei die Tugend der Ahnen aller Generationen! Verehrte Ahnen, ich mache meinen Kotau vor euch!« Er verneigte sich dreimal gen Westen. Schnell ließ Ruixuan die Kinder los und stützte den Großvater. Sein Körper war schlaff, er kam lange nicht hoch. Alle vier Generationen drängten in das Zimmer des alten Herrn.
Tianyous Frau nutzte die Gelegenheit, der Schwiegertochter im Hof schnell einzuschärfen: »Daß er zurück ist, haben wir wirklich den Ahnen zu danken! Da wollen wir ihm nichts vom Zweiten erzählen, ja?«
Yunmei zwinkerte: »Ich sage nichts.«
Im Zimmer musterte der alte Herr den ältesten Enkel, als habe er ihn jahrelang nicht gesehen. Ruixuans Gesicht war schmaler geworden, drei Tage hatte er sich nicht rasiert, die struppigen Bartstoppeln verliehen ihm ein kränkliches Aussehen.
Auch Tianyous Frau und Yunmei kamen, sie hatten viel auf dem Herzen, wußten aber nicht, wie sie es in Worte fassen sollten, und blickten ihn daher besorgt und etwas einfältig an.
»Shuns Ma!« mahnte der alte Herr die Schwiegerenkelin, wobei er den Enkel weiter unverwandt betrachtete: »Nun hol ihm doch erst einmal Wasser und brühe ihm Tee auf.«
Yunmei wollte längst schon irgend etwas tun, Tee brühen und Wasser holen fielen ihr erst jetzt ein. Lächelnd erwiderte sie: »Ich bin ja ganz durcheinander, Großvater.«
»Mach ihm etwas zu essen!« forderte er auch die Schwiegertochter auf, die er wegschicken wollte, um den Enkel für sich allein zu haben und ihm von seinem Mut und seinem Kummer zu berichten.
Der alte Mann hatte viel zu erzählen, da war es ganz gleich, womit er begann. Er fing einfach mittendrin an. »Ich habe doch keine Angst vor denen!« Seine kleinen Äuglein verengten sich zu einem Spalt, die Kampfszene von vor drei Tagen stand ihm wieder vor Augen: »Ich? Von wegen! Ich habe die Brust frei gemacht, sie sollten schießen. Aber das haben sie nicht gewagt. Ha, ha!« Er lachte kurz auf.

Xiao Shun zog den Pa zum Kang, Vater und Sohn setzten sich, die kleine Niuzi stand zwischen Pas Beinen. Sie alle hörten brav zu, was der alte Mann, mit Händen und Füßen gestikulierend, erzählte. Ruixuan verstand nicht recht, was der Großvater meinte, aber er fand ihn verändert. In seiner Erinnerung hatte er immer nur Frieden und Ausharren gepredigt, niemals Mut und Kühnheit. Jetzt sagte er, er habe die Brust hingehalten, sie sollten schießen. Konnten Unterdrückung und Gewalt denn selbst ein Schaf dazu bringen, sich mit dem Kopf gegen die Wand zu stürzen?

Tianyous Frau kam mit der Teekanne als erste zurück. Im Beisein des Schwiegervaters wagte sie nicht, sich zu setzen. Aber das Stehen machte ihr nichts aus. Sie mußte ihren Ältesten ausgiebig betrachten, auch sie hätte ihm viel zu erzählen.

Nachdem Ruixuan einige Schluck Tee getrunken hatte, regten sich seine Lebensgeister wieder. Trotzdem hätte er sich zu gern hingelegt und geschlafen. Aber er mußte den Großvater bis zu Ende anhören, das war seine Pflicht. Er hatte viele Pflichten – den Großvater anhören, sich von den Japanern verhaften lassen, den Hohn der Maus ertragen.

Ungeduldig erwartete er das Ende von Großvaters Erzählung, denn die Mutter hatte auch noch einiges auf dem Herzen, die arme! Sie war schon ganz gelb im Gesicht wie ein vergilbtes Blatt Papier, ihre Augen saßen tief in den Höhlen, die Lider waren dunkel. Längst hätte sie sich hinlegen müssen, doch sie hielt sich mit Macht aufrecht und wollte nicht weichen.

Yunmei brachte eine Schüssel mit Wasser. Ruixuan wusch sich das Gesicht nur oberflächlich. Im Gefängnis lernt man, an Wichtigeres zu denken.

»Was möchtest du denn essen?« wollte Yunmei wissen, während sie dem Großvater und der Schwiegermutter Tee einschenkte. Sie wagte nicht, sich nur um den Mann und nicht um die Älteren zu kümmern. Sie war Gattin und Schwiegertochter, wobei letzteres wohl das Wichtigere war.

»Irgendwas!« Ruixuans Magen war zwar leer, aber ihm war weniger nach Essen als nach Schlafen zumute.

»Knete ihm doch ein paar Nudeln, ganz dünne«, schlug Tianyous Frau vor. Als die Schwiegertochter draußen war, fragte sie Ruixuan: »Hat man dir auch nichts angetan?«

»Es ging!« Ruixuan lächelte verkrampft.
Die alte Dame hätte noch viel zu sagen gehabt, aber sie wußte sich zu beherrschen. Es war wie bei einem bis zum Rand gefüllten Glas, das nicht überlief. Sie sah die Müdigkeit des Sohnes und machte sich große Sorgen, ob ihm auch wirklich nichts zugestoßen sei. Nach seiner knappen Antwort drang sie aber nicht mehr weiter in ihn. »Xiao Shun, komm, wir gehen schlafen!« Aber Shunchen wollte sich noch nicht trennen.
»Xiao Shun, sei brav!« ermahnte Ruixuan ihn matt.
»Pa, gehst du morgen auch nicht wieder fort?« Der Kleine schien sehr besorgt um seinen Vater zu sein.
»Eh, eh!« Ruixuan wußte nichts zu sagen. Wenn die Japaner wollten, konnten sie ihn morgen schon wieder abholen.
Nachdem die Mutter mit Xiao Shun gegangen war, stand er auf. »Großvater, ich möchte mich gern hinlegen.«
Der alte Mann schien mit dem Enkel unzufrieden zu sein: »Du hast mir ja noch gar nicht erzählt, was dir alles widerfahren ist!« Er war in Stimmung und überhaupt nicht müde. Er wollte genau hören, wie der Enkel verhaftet worden war, um es mit seiner mutigen Tat zu einer runden Geschichte zu verweben.
Ruixuan hatte keine Lust und wagte auch nicht, die Situation im Gefängnis zu schildern. Er wußte, daß Chinesen kein Geheimnis bewahren können und die Japaner sehr hellhörig sind. Wenn er etwas herumerzählte, käme er unweigerlich allein schon deshalb wieder hinter Gitter. So sagte er nur: »Es war nicht so schlimm!« und trabte mit Niuzi davon.
In seinem Zimmer angekommen, warf er sich auf das Bett. Er fand es liebenswerter als alles auf der Welt, weich stützte es seinen ganzen Körper, so daß jede Stelle sich entspannen konnte. Sobald der Körper Ruhe fand, fühlte sich auch die Seele wohler. Die einfachste und wirksamste Bestrafung des Menschen war, ihm sein Bett zu entziehen! Mit diesem Gedanken schloß er die Augen und entschlummerte wie eine vom Wind beinah ausgeblasene Kerze sanft ins Reich der Träume.
Als Yunmei mit dem Essen kam, wußte sie nicht, was sie tun sollte. Ihn zu wecken, hätte ihn bestimmt verärgert, aber tat sie es nicht, würden die Nudeln kalt. Die kleine Niuzi blinkerte: »Kann Niuniu essen?«

Gewöhnlich wäre ein solcher Vorschlag abgelehnt worden. Yunmei erlaubte den Kindern nicht, vor dem Schlafengehen noch etwas zu essen. Heute aber ging alles lockerer zu. Sie konnte der Freude ihres Herzens nicht anders Ausdruck verleihen, also gab sie der Tochter nach und flüsterte ihr ins Ohr: »Ich gebe dir ein Schälchen, und wenn du sie aufgegessen hast, gehst du schön brav schlafen, ja? Ist es schön, daß der Pa wieder da ist?«

»Schön!« flüsterte Niuzi ebenso leise.

Yunmei setzte sich auf einen Stuhl und hatte ein Auge auf Niuzi, eins auf den Mann gerichtet. Sie beschloß, sich nicht hinzulegen, sondern zu warten, bis der Mann aufwachte, und ihm dann eine Schale Nudeln frisch zuzubereiten. Sollte er die ganze Nacht durchschlafen, würde sie eben die ganze Nacht warten. Der Mann war wieder da, damit war ihr kommendes Leben gesichert, was machte es da schon, wenn sie den Schlaf einer Nacht opferte. Leise stand sie auf und deckte ihn zu.

Ruixuan erwachte erst kurz vor dem Morgengrauen. Er wußte nicht, wo er sich befand, als er die Augen öffnete, und setzte sich erschrocken auf. Vor Niuzis Kinderbett stand eine Petroleumlampe, die ein schwaches Licht warf. Yunmei schlummerte auf einem Stuhl daneben. Ihm tat der Kopf noch weh, er hatte ein Gefühl wie Hunger, wollte aber nichts essen, sondern lieber weiterschlafen. Aber Yunmeis Nachtwache erschütterte ihn. Leise rief er: »Mei, warum schläfst du nicht?«

Yunmei rieb sich die Augen und drehte die Lampe etwas auf. »Ich wollte dir noch Nudeln machen! Wie spät ist es?«

Das Krähen der Hähne in der Nachbarschaft beantwortete ihre Frage.

»Oh!« Sie erhob sich und reckte sich. »Es wird schon hell! Hast du Hunger?« Ruixuan schüttelte den Kopf. Er verspürte plötzlich das Bedürfnis, ihr sein Herz auszuschütten, vom Gefängnis zu erzählen, von der Grausamkeit der Japaner. Sie müßte sein Leid teilen, alles über ihn wissen. Aber was hatte er schon Nennenswertes zu berichten? Seine Schwäche und Schande konnte er nicht einmal der Frau gestehen.

»Leg dich schlafen, sonst erkältest du dich noch!« Mit solchen Floskeln speiste er sie ab. Ja, er kannte nur leere Worte, besaß kein echtes Lebensfeuer, kein heißes Blut, sondern wußte nur

den Wert des Lebens auf simples Dahinvegetieren zu reduzieren. Überleben war alles.
Er legte sich wieder hin, konnte aber nicht mehr ruhig schlafen. Er brauchte ihr ja nicht alles zu erzählen, überlegte er, aber wenigstens ein bißchen, um ihr seine Zuneigung und Dankbarkeit zu zeigen. Doch Yunmei hatte das Licht gelöscht, sich hingelegt und war eingeschlafen. Sie schien so einfach wie die kleine Niuzi zu denken. Er war zurück, das genügte, um sie zu beruhigen. Es war völlig gleichgültig, ob er ihr etwas erzählte oder nicht. Sie erwartete keinen Dank, verübelte ihm auch seine Zurückhaltung nicht, denn ihre aufrichtige Liebe war wie ein Lichtstrahl, der einfach nur so leuchtete, ohne Gedanken an Dank und Lob.
Als er morgens aufstand, fühlte er sich wie gelähmt, wahrscheinlich hatte er sich erkältet. Er beschloß, trotzdem zur Arbeit zu gehen, Mr. Goodrich aufzusuchen, und sich nicht ohne weiteres beurlauben zu lassen.
Als er Mr. Goodrich gegenüberstand, fand er nicht die rechten Worte, um seinen Dank auszudrücken. Mr. Goodrich als echter Engländer erkundigte sich nur: »Ist Ihnen auch nichts passiert?« und sprach nicht mehr darüber. Er wollte nicht, daß Ruixuan von Dankbarkeit redete. Engländer können sich beherrschen. Er verriet auch nicht, wie er Ruixuan herausgeholt hatte. Daß er sein eigenes Geld dafür verwendet hatte, erwähnte er mit keinem Wort und würde das auch in Zukunft nie tun.
Wie immer reckte er den Hals und sagte eindringlich zu ihm: »Ruixuan, Sie müssen sich ein paar Tage ausruhen, Sie sehen gar nicht gut aus!«
Ruixuan wollte aber nicht.
»Wie Sie meinen! Nach dem Dienst lade ich Sie zu einem Drink ein.« Lächelnd ließ er Ruixuan allein.
Damit war Ruixuan zufrieden. Auch so hatte jeder den anderen verstanden. Ruixuan sah, daß sich Mr. Goodrich ehrlichen Herzens freute, und der sah, daß Ruixuan aufrichtig dankbar war. Worte waren also überflüssig. So verhielten sich Engländer, und genauso schlossen Chinesen Freundschaften.
Nachdem mittags beide einen Schnaps getrunken hatten, rückte der alte Herr mit seinen Bedenken heraus: »Ruixuan,

Ihr Vorfall gibt mir sehr zu denken, äh, hoffentlich sind die Bedenken überflüssig, hm, ich fürchte, eines Tages greifen die Japaner auch England an!«

»Meinen Sie?« Ruixuan traute sich kein Urteil zu. Er wußte inzwischen, daß die Japaner unberechenbar waren. Da etwas mutmaßen zu wollen, hieße vorauszusagen, was Ratten in der Nacht vorhaben.

»Wieso nicht? Ich habe in Erfahrung gebracht, daß Sie nur verhaftet wurden, weil Sie in der Botschaft arbeiten.«

»Aber England verfügt doch über eine starke Marine.«

»Wer weiß! Ich hoffe, daß meine Bedenken überflüssig sind.«

Der alte Herr starrte in sein Glas und schwieg. Als sie ausgetrunken hatten, bemerkte er: »Gehen Sie nach Hause, ich beurlaube Sie für den Rest des Tages. Heute nachmittag zwischen vier und fünf komme ich Sie besuchen, um den alten Herrschaften über den Schreck hinwegzuhelfen. Wenn es keine Umstände macht, bereiten Sie für mich ein paar Jiaozi vor, ja?«

Ruixuan stimmte zu.

Guan Xiaohe beobachtete aufmerksam, was bei den Qis passierte. Da Ruixuan ihn normalerweise eher kühl behandelte, war er natürlich schadenfroh. Nach Xiao Cuis Hinrichtung nahm er an, daß auch Ruixuan umkäme. In diesem Falle wären die Qis erledigt, das wußte er. Dann würde auch der psychische Druck auf ihn etwas nachlassen – in der Gasse genossen nur die Qis Ansehen, aber die lehnten jede Annäherung an ihn ab. Außerdem könnte er dann das Anwesen Nummer fünf kaufen und an Japaner vermieten. Hätte er beiderseits Japaner als Nachbarn, würde er sich sicher fühlen, fast so, als wohnte er in Japan.

Aber Ruixuan kam wieder heraus. Guan Xiaohe korrigierte sich eilig. Wenn die Japaner ihn verhaftet, aber nicht zu töten gewagt hatten, dann mußte Ruixuan mächtige Hintermänner haben. Nein, er mußte ihm schmeicheln, durfte doch nicht wegen ein bißchen Nichtachtung jemanden mit solch einem Hintergrund verärgern.

Von Zeit zu Zeit ging er vor das Tor, um zu sehen, was bei den Qis passierte. Als er gegen fünf Mr. Goodrich an das Tor klopfen sah, rutschte ihm vor Staunen die Zunge heraus. Wie

ein durstiger Hund im Sommer rannte er hechelnd hinein: »Direktor! Direktor, der Engländer ist da!«
»Was?« fragte Rotkürbis erschrocken.
»Der Engländer! Er ist nach nebenan gegangen.«
»Wirklich?« Dabei überschlug Rotkürbis bereits konkrete Möglichkeiten. »Sollten wir nicht vielleicht auch hingehen, um ihnen über den Schreck hinwegzuhelfen?«
»Natürlich gehen wir! Da können wir uns auch mit dem Engländer bekannt machen.« Xiaohe wollte sich gerade umziehen.
»Entschuldigen Sie meine Geschwätzigkeit, Direktor!« warf Herr Gao, der auf das Abendessen wartete, höflich ein. »Ist das angebracht? In diesen Zeiten sollte man es mit einer Seite halten und sich lieber nicht mit den Füßen auf zwei Boote stellen! Wenn Ihr Gang zu den Qis von Spitzeln beobachtet und gemeldet wird, das wäre doch – meinen Sie nicht, Direktor?«
Ohne zu überlegen, nickte Xiaohe. »Sie haben recht, Sie denken ja wirklich an alles.«
Rotkürbis dachte nach: »Ihr Einwand ist berechtigt. Aber wer Großes erreichen will, der muß sich nach allen Seiten hin geschickt wenden. Nur dann wird es einem zu allen Zeiten und an jedem Ort wohl ergehen. Ich habe in letzter Zeit immerhin einige große Persönlichkeiten kennengelernt. Meinen Sie etwa, die würden behaupten, die Zentralregierung sei schlecht? Keineswegs! Oder die Nanjinger Regierung sei unfähig? Tun sie nicht! Oder vielleicht England und Amerika oder Deutschland und Italien taugten nichts? Aber nicht doch! Sonst wären sie ja auch keine großen Persönlichkeiten. Sie halten sich zurück, wollen es sich mit keinem verderben. Wer auch immer zur Macht kommt, sie haben ihr Einkommen. Herr Gao, Sie sehen da ein wenig zu kurz!«
»Genau«, beeilte sich Xiaohe zuzustimmen, »ich sehe das auch so! Zu Zeiten der ›Boxer‹ lernte man am besten boxen, und als die Polizei eingeführt wurde, ging man zur Polizei, so etwas nennt man ›aus Boxern werden Polizisten‹, immer mit der Zeit gehen! Gehen wir nun noch hinüber?« Rotkürbis nickte.
Mr. Goodrich und der alte Herr Qi verstanden sich ausgezeichnet. Alles an Herrn Qi war für Mr. Goodrich typisch

chinesisch und fügte sich genau in das Bild, das er von China und den Chinesen hatte. Erst überließ der alte Herr dem Gast den Ehrenplatz, dann ließ er ihm beim Tee den Vortritt. Die bescheidene Zuvorkommenheit und das Pedantische des Alten gefielen Mr. Goodrich ausnehmend.
Auch Tianyous Frau und Yunmei machten einen guten Eindruck auf ihn. Sie hatten zwar keine gebundenen Füße, aber auch keine Dauerwellen und schminkten sich nicht. Sie waren sehr höflich zu dem Gast, und gerade diese etwas steif wirkende Etikette liebte Mr. Goodrich.
Xiao Shun und Niuzi fürchteten sich ein wenig vor ihm, waren aber doch neugierig. Sie hätten gern seine ausländischen Kleider angefaßt, genierten sich aber. Auch das gefiel Mr. Goodrich, der die kleine Niuzi unbedingt auf den Arm nehmen wollte. »Komm, guck dir mal die große Nase und die blauen Augen an!«
Aus dieser Haltung und den Gesprächen glaubte Mr. Goodrich auf Anhieb die Geschichte zu erkennen, die sich dramatisch verändernde neuere Geschichte Chinas. Der alte Herr Qi hatte noch etwas von der Qing-Dynastie an sich, er gehörte zu den Chinesen, die Mr. Goodrich am liebsten waren. Tianyous Frau stammte aus der Zeit zwischen dem Kaiserreich und der Republik, sie hatte sich noch ein paar alte Gewohnheiten bewahrt, konnte aber die neuen Dinge auch nicht aufhalten. Ruixuan war ein typischer Vertreter der Republik, vom Alter her trennten ihn nur vierzig Jahre vom Großvater, im Denken aber ein bis zwei Jahrhunderte. Xiao Shun und Niuzi waren die Träger der Zukunft. Mr. Goodrich gefiel der alte Herr Qi sehr, aber er konnte die Veränderungen, die Tianyous Frau und Ruixuan durchgemacht hatten, nicht ungeschehen machen, erst recht konnte er nicht aufhalten, daß sich Xiao Shun und Niuzi änderten. Er hätte gern eine unwandelbare, eigenständige und bemerkenswerte chinesische Kultur gesehen, aber China wurde wie ein vom Sturm gepeitschtes Boot davongetrieben. Für ihn waren die vier Generationen der Qis ein seltsames Schauspiel. Alle waren Chinesen, aber sehr komplizierte und unterschiedliche Charaktere. Das Seltsamste war, daß diese verschiedenen Menschen noch zusammenlebten, und zwar sehr friedlich. Es schien, als gäbe

es eine Kraft, die alle zusammenhielt, obwohl sich jeder einzelne veränderte. In dieser seltsamen Familie schien jeder seiner Zeit, seiner Epoche treu zu bleiben, ohne die Zeit der anderen zu verurteilen. Sie vermischten die verschiedenen Epochen zu einem Ganzen, so wie man viele Heilkräuter unterschiedlichen Geschmacks zu einer Pille mischte. Es schien, als gingen sie mit der Geschichte und widerstanden ihr gleichzeitig. Jeder hatte seine eigene Lebensart, tolerierte und verstand aber den anderen. Sie schienen gleichzeitig vorwärtszustreben und zurückzugehen.
Hatte solch eine Familie noch eine Zukunft? Mr. Goodrich wußte es nicht. Ihm drängte sich vielmehr die Frage auf, ob es die Familie überstehen würde, geriete sie in die Gewalt der Japaner. Er betrachtete Xiao Shun und Niuzi mit unsäglicher Traurigkeit. Er hielt sich für einen Chinakenner, wagte aber kein leichtfertiges Urteil. Für ihn war diese Familie wie ein Boot, das in einen Orkan geraten war. Zwar machte er sich Sorgen um sie, aber lieber nicht zu sehr. Vielleicht war sie ein schwankendes Boot, vielleicht aber auch fest wie ein Berg.

Rotkürbis und Guan Xiaohe kamen in ihrer besten Kleidung. Um einen guten Eindruck auf den Engländer zu machen, hatte Rotkürbis ein dünnes kragenloses Wollkleid westlichen Schnitts angezogen, das ihre dicken Arme sehen ließ. Ihre Lippen waren hochrot geschminkt und ihre Haare in zwanzig, dreißig Hühnereierwellen gelegt. Sie sah wie ein Schönheitsdämon aus.
Ruixuan erstarrte, als sie eintraten. Aber gleich darauf hatte er eine Idee. Er war im Gefängnis gewesen, hatte den Tod und Menschen in der Hölle gesehen, er brauchte sich doch wegen solcher Dämonen und Gespenster nicht aufzuregen. Wenn er angesichts des Todes vor den Japanern die Knie nicht gebeugt hatte, weshalb sollte er dann nicht zwei Lakaien der Japaner in seinem Haus dulden? Er nahm sich vor, sich nicht aufzuregen, sie nicht abzuweisen, und wollte sich lieber beiläufig über sie lustig machen, mit ihnen wie mit einem Hund oder Kätzchen spielen.
Mr. Goodrich erschrak. Über die Veränderung der Chinesen hatte er nachgedacht, aber nicht damit gerechnet, daß sie sich

auch in Dämonen verwandeln konnten. Er war ein wenig hilflos.

Ruixuan stellte vor: »Mr. Goodrich! Herr Guan, Frau Guan, enge Freunde und Vertraute der Japaner!«

Rotkürbis hörte den Spott heraus, tat aber nicht dergleichen. Sie lachte schrill und laut: »Aber nicht doch! Die Japaner stehen doch nicht über den Engländern. Verehrter Herr, hören Sie nicht auf Ruixuan!« Guan Xiaohe hatte den Spott nicht bemerkt, er war nur darum bemüht, Mr. Goodrich die Hand zu geben. Händeschütteln war für ihn die zivilisierteste und fortschrittlichste Begrüßung, und die Hand eines Westeuropäers zu schütteln, das war fast wie ein Aufenthalt von zehn Sekunden oder einer halben Minute im Westen.

Aber Mr. Goodrich gab nicht gern die Hand, er legte vielmehr beide Hände ineinander. Sofort tat Guan Xiaohe es ihm nach: »Oh, der Herr sein ja ganz groß im Bilde, er grüßen chinesische Art!« Er redete so, wie er mit Japanern sprach, denn er hielt gebrochenes Chinesisch schon fast für Ausländisch.

Den Vorwand ihres Kommens, Ruixuan ein wenig Trost zu spenden, hatten die Eheleute vergessen, sie konzentrierten ihre ganze Aufmerksamkeit auf Mr. Goodrich. Rotkürbis' Worte prasselten wie ein Wolkenbruch auf Mr. Goodrich nieder. Jede seiner Antworten wurde sofort von Guan Xiaohe mit einem Lob belegt: »Sieh mal an, der alte Herr sagt sogar ›wie könnte ich‹! Sieh mal an, der alte Herr kennt sogar Nudeln mit Hackfleisch in Bohnenmehlschwitze. Ganz groß gut!«

Wäre Mr. Goodrich noch ein richtiger Brite, würde er den Dämonen einfach die kalte Schulter zeigen. Aber als sinisierter Engländer hatte er übergroße Höflichkeit und eifriges Herumfloskeln gelernt. Er wies niemanden gern zurück. So wurden Rotkürbis und Guan Xiaohe befriedigt wie dumme ungezogene Kinder, die noch unsympathischer werden, wenn man nett zu ihnen ist.

Schließlich legte Guan Xiaohe wieder die Hände ineinander: »Verehrtester, vielleicht benötigen Sie im Englischen Amt noch jemanden? Ich wäre durchaus bereit, wirklich, ich würde gern ... Sie verstehen? Sie würden mir einen großen Gefallen tun!«

Als Engländer durfte Mr. Goodrich eigentlich nicht schwindeln, aber als Chinese durfte er niemandem zu nahe treten. Er war in einer mißlichen Lage. Also beschloß er, auf die Jiaozi zu verzichten und schnellstens zu gehen. Er erhob sich und stotterte: »Ruixuan, mir ist gerade, äh, mir ist soeben eingefallen, eh, ich muß noch etwas erledigen, etwas Wichtiges. Ich komme ein andermal, ich komme ein andermal wieder ...!«

Bevor Ruixuan noch antworten konnte, standen die Guans flugs auf und suchten den alten Herrn aufzuhalten. Rotkürbis flehte überaus freundlich: »Verehrtester, wir lassen Sie auf keinen Fall weg, was auch immer Sie vorhaben! Wir haben einen kleinen Imbiß und etwas zu trinken vorbereitet, Sie müssen uns die Ehre geben!«

»Ganz recht, Verehrtester, falls Sie uns nicht die Ehre geben, wird meine Gattin in Tränen ausbrechen«, säuselte Xiaohe.

Mr. Goodrich war ratlos – wenn ein Engländer ratlos ist, weiß er wirklich keinen Rat.

»Herr Guan«, schaltete sich Ruixuan gelassen und ruhig, aber sehr entschieden ein, »Mr. Goodrich wird nicht gehen! Wir essen jetzt, und wir halten Sie auch nicht länger auf!«

Mr. Goodrich atmete auf.

»Schon gut, schon gut!« seufzte Rotkürbis. »Wenn wir hier nicht gern gesehen sind, wollen wir uns auch nicht länger Ihren Unmut zuziehen. Ich zwinge Sie nicht, Verehrtester, zu mir zu kommen, schicke Ihnen aber den Wein und das Essen rüber. Beim zweiten Treffen kommt man sich näher, und später werden wir Freunde, nicht wahr?«

»Bitte verwenden Sie sich für mich, Verehrtester!« Guan Xiaohe hob die ineinandergelegten Hände ganz hoch.

»Also gut, Ruixuan, auf Wiedersehen! Ich mag Ihre offene und direkte westliche Art.« Mit diesen Worten und einem Augenaufschlag verabschiedete sich Rotkürbis. Guan Xiaohe folgte ihr und schwenkte noch im Gehen die ineinandergelegten Hände. Ruixuan blieb in der Tür stehen und nickte ihnen nur ganz leicht zu.

Mr. Goodrich reckte mehrmals den Hals, ehe er herausbrachte: »Das sind also auch Chinesen?«

»Leider!« lachte Ruixuan, »wir müssen die Japaner vernichten, aber diese Chinesen auch. Die Japaner sind Wölfe, diese Leute sind Füchse!«

49

Xiao Cuis Frau war plötzlich in einen finsteren Abgrund gestürzt. Ihr Mann hatte ihr zwar keinerlei Annehmlichkeiten geboten, sie aber auch nicht verhungern lassen und geliebt, wie es eben seine Art war. Wie gut oder wie schlecht er auch gewesen sein mochte, er war ihr Ehemann, war ihr eine Hoffnung, eine Stütze, auch wenn sie hungern mußte. Nun war er geköpft worden. Xiao Cui gab keinem zu besonderen Erwartungen Anlaß, aber er hatte nie das Geringste verbrochen, nichts verheimlicht, nie eine Bitte abgeschlagen und sich nicht vorgedrängt. Nur wenn er betrunken war, hatte er es gewagt, laut zu fluchen und seine Frau zu schlagen. Doch selbst dann war er mit ein paar guten Worten leicht zu beruhigen und ging brav zu Bett.

Sie konnte nicht einmal richtig weinen. War ganz stumpf. Plötzlich ging alles zu Ende, aber sie verstand nicht, warum. Vor lauter Kummer, Wut und Trauer blieb ihr die Luft weg. Die Witwe Ma, Changshun, Sun-Sieben und Großmutter Li holten sie ins Leben zurück. Als sie wieder zu Bewußtsein gekommen war, konnte sie nur starren Blickes heulen, bis ihr die Stimme versagte. Dann stand sie mit einem Ruck auf und rannte hinaus. Ihr schmaler, ausgemergelter Körper verfügte plötzlich über eine ungeheure Kraft, beinahe hätte sie Großmutter Li umgerannt.

»Sun-Sieben, halt sie auf!« schrie Großmutter Li.

Sun-Sieben und Changshun gelang es nur unter Aufbietung all ihrer Kräfte, sie zurückzuholen. Strähnen ihres aufgelösten Haares klebten tränennaß im Gesicht, von ihren alten Stoffschuhen war nur noch einer übrig, zähneknirschend schrie sie: »Laßt mich los! Ich will zu den Japanern, mir dort den Kopf einschlagen!«

Aus Sun-Siebens kurzsichtigen, rotgeweinten Augen kamen schon keine Tränen mehr, er mühte sich mit Changshun ab, sie an beiden Armen zurückzuhalten. Ihm ging der Tod von Xiao Cui wirklich nahe. Er hatte sich immer gern mit ihm gestritten, aber im Grunde seines Herzens mochte er ihn, er war sein Freund.

Changshuns Nase schniefte ständig, dicke Tränen liefen ihm

übers Gesicht. Er hatte Xiao Cui zwar nicht besonders geachtet, aber sein unschuldiger Tod und die Verzweiflung seiner Frau rührten ihn zu Tränen, die nicht aufzuhalten waren.
Großmutter Li, die schon oft geweint hatte, brach wieder in Tränen aus. Xiao Cui stammte nicht nur aus derselben Gegend wie sie, er war ihr auch wie ein Sohn. Er hatte ihr nie einen Pfirsich oder ein paar Datteln verehrt, nur sie hatte ihm ständig geholfen, und wenn sie ihn beschimpfte, geschah es aus ehrlicher Liebe, die keinen Dank erwartete. Sie hatte nur einen Wunsch, junge Leute sollten unbeschwert wie junge Leute leben können. Nie hätte sie erwartet, daß so ein quicklebendiger Junge plötzlich sterben und seine junge Frau als Witwe zurücklassen könnte. Von Staatsangelegenheiten verstand sie nichts, die interessierten sie auch nicht. Für sie zählte allein, daß die Menschen, vor allem die jungen, friedlich leben konnten. Der Tod war an und für sich schon schlimm genug, erst recht Xiao Cuis. Sie brach wieder in Tränen aus.
Die alte Frau Ma war schon in jungen Jahren Witwe geworden. Xiao Cuis Frau erinnerte sie an jene Zeit. Den jungen Eheleuten stand sie nicht so nah wie Großmutter Li, es waren für sie lediglich zufällige Nachbarn, von besonderer Freundschaft oder gar Zuneigung konnte keine Rede sein. Aber eine Witwe empfindet für eine Witwe stets ein unaussprechliches Mitgefühl. Sie weinte nicht laut, doch ihre alten Tränen flossen unaufhörlich. Verglichen mit den anderen blieb sie jedoch bei klarem Verstand und drängte: »Laßt euch was einfallen, Heulen erweckt ihn nicht wieder zum Leben!« Ihr Mann hatte sie verlassen, als sie genauso jung war wie Xiao Cuis Frau. Sie hatte erfahren, wie eine Witwe Liebe durch Härte ersetzen muß. Hätte sie ihr Schicksal nicht erbarmungslos angenommen, läge sie schon längst im Grabe.
Aber all ihr Zureden half nichts. Xiao Cuis Frau war wie von Sinnen, sie stierte unverwandt vor sich hin, als sähe sie den kopflosen Xiao Cui vor sich. Noch immer versuchte sie, sich loszureißen: »Er ist unschuldig gestorben. Unschuldig! Laßt mich los!« Ihre Stimme klang völlig heiser, ihre Lippen bluteten.
»Haltet sie fest, Changshun!« rief Witwe Ma aufgeregt, »es darf nicht noch mehr passieren. Sogar einen anständigen Menschen wie Herrn Qi haben sie abgeholt.«

Diese Bemerkung brachte alle – außer Xiao Cuis Frau – ein wenig zur Besinnung. Großmutter Li hörte auf zu weinen, und auch Sun-Sieben heulte nicht mehr laut. Changshun fühlte sich wegen seines Ausflugs ins Englische Amt zwar fast wie ein Held, aber er wußte auch, daß er Xiao Cui nicht wieder lebendig machen konnte und daß ihrer aller Köpfe nicht sicher waren. Jederzeit konnten die rollen!

Alle blickten schweigend und verwirrt auf Xiao Cuis Frau, keiner wußte einen Rat. Sie schlug noch immer um sich, holte Luft und schlug weiter um sich. Je wilder sie sich gebärdete, desto nervöser wurden die anderen. Die Japaner hatten zwar nur Xiao Cui getötet, aber ihnen allen ein unsichtbares Bajonett ans Herz gesetzt. Schließlich war Xiao Cuis Frau so erschöpft, daß sie die Augen verdrehte und in Ohnmacht fiel. Alle umringten sie wieder aufgeregt. Da kam Großvater Li herein.

»Ach je!« Großmutter Li schlug sich auf die Schenkel, »wo warst du alter Kerl denn wieder, konntest du nicht ein bißchen früher kommen, sie ist schon zweimal fast gestorben.«

Witwe Ma, Sun-Sieben und Changshun atmeten auf – war der Vierte Li da, fand sich immer ein Ausweg.

Xiao Cuis Frau öffnete die Augen. Zum Aufstehen reichte ihre Kraft nicht mehr, sie blieb auf der Erde sitzen. Als sie Großvater Li sah, schlug sie die Hände vors Gesicht und weinte.

»Du paß auf sie auf!« befahl der Vierte Li seiner Frau. In seinen Augen waren keine Tränen, er trauerte nicht mehr um andere, sondern handelte für sie. Seine Hilfsbereitschaft erlaubte ihm keine Tränen, die waren bloß Ausdruck von Hilflosigkeit. »Frau Ma, Sun-Sieben, Changshun, kommt alle hierher!« Er führte sie in Frau Mas Stube.

»Setzt euch mal hin! Redet nicht alle durcheinander, wir müssen überlegen, was zu tun ist. Als erstes brauchen wir unbedingt ein Trauergewand für sie. Das zweite ist die Beerdigung, für beides brauchen wir Geld. Wo soll das herkommen?«

Sun-Sieben rieb sich die Augen, Frau Ma und ihr Enkel sahen sich wortlos an. »Der Sarg, das Tragen und Beerdigen kann ich regeln, aber das kostet Geld. Ich habe keines und kann auch keines beschaffen«, schickte Großvater Li hinterher.

Sun-Sieben hatte kein Geld, Frau Ma hatte kein Geld, Changshun hatte kein Geld. Sie starrten ratlos vor sich hin.
»Ich habe das ganze Leben satt«, erklärte Sun-Sieben traurig. »Die Japaner bringen einfach die Leute um, und wir müssen uns noch überlegen, wie wir sie unter die Erde bringen können. Fein! Nicht mal dafür haben wir Geld, es ist eine Schande! Wenn es nicht einmal dafür reicht, wozu sind wir dann überhaupt noch da? Wozu leben wir eigentlich?«
»Das kannst du so nicht sagen«, wehrte Changshun ab.
»Changshun!« unterbrach Frau Ma ihren Enkel.
Der Vierte Li hatte keine Lust, mit Sun-Sieben zu diskutieren. In seinem Herzen, das vielleicht bald zu schlagen aufhören würde, war kein Platz für Sentimentalitäten und Geschwätz, ihm ging es nur darum, das Ganze schnell zu erledigen. »Gehen wir sammeln?« fragte er.
»Hm! Hier in der Gasse haben nur die Guans Geld, aber ich gehe doch nicht zu denen und bettle um Almosen. Nicht mal, wenn mein eigener Vater gestorben wäre und keinen Sarg hätte. Was soll denn das, im Bordell betteln!«
»Ich gehe zu den Guans«, erbot sich Changshun kühn.
Frau Ma sah es nicht gern, daß ihr Enkel zu den Guans ging, konnte aber auch schlecht widersprechen, denn schließlich konnte Xiao Cuis Leiche nicht ewig draußen herumliegen, womöglich machten sich noch streunende Hunde daran.
»Denkt nicht etwa, daß jemand, der Geld hat, auch welches spendet«, bemerkte der Vierte Li kühl. »Laßt es uns so machen: Sun-Sieben, du versuchst es in den umliegenden Geschäften, aber erzwinge nichts, ein paar Kupferlinge sind besser als nichts. Ich laufe mit Changshun unsere Gasse ab, dann sucht Changshun noch Qi Ruifeng auf, bei dem war Xiao Cui doch in Stellung. Er wird nicht umhin können, ein bißchen Geld beizusteuern. Ich gehe später zu Qi Tianyou und sehe zu, daß er mir ein Stück weißen Stoff gibt, damit Xiao Cuis Frau ein Trauergewand bekommt. Frau Ma, Sie könnten es doch dann für sie nähen?«
»Das geht in Ordnung, das schaffen meine Augen noch!« Das Nähen wollte Frau Ma gern übernehmen.
Sun-Sieben ging äußerst ungern Almosen sammeln. Hätte er selbst Geld, er würde alles ohne Zögern herausrücken, doch

sammeln gehen ... Abzulehnen traute er sich aber auch nicht. Augenreibend zog er los.
»Gehen wir«, sagte der Vierte Li zu Changshun. »Frau Ma, passen Sie mit Großmutter Li auf sie auf«, er wies auf Xiao Cuis Stube, »lassen Sie sie nicht weglaufen!«
Draußen wandte er sich an Changshun: »Du fängst mit Nummer drei an, Nummer eins laß weg. Ich fange von der anderen Seite an, so geht es schneller! Nimm, was dir die Leute geben, und sei damit zufrieden. Es wird keiner beschimpft, wenn er nichts gibt.« So trennten sie sich.
Noch ehe Changshun geklopft hatte, kam Herr Gao heraus. Ganz beiläufig fragte er: »Oh, was willst du denn hier?«
Changshun bemühte sich, ruhig und höflich wie ein Erwachsener zu reden: »Xiao Cui ist doch tot, nicht wahr, und die Familie ist in großer Bedrängnis, da wollte ich bei den Nachbarn um ein wenig Unterstützung bitten.« Sein Näseln konnte er zwar nicht ganz unterdrücken, aber mit seiner Wortwahl war er zufrieden. Er fand, seit seinem Besuch im Englischen Amt war er plötzlich um ein paar Jahre reifer geworden. Er war kein Kind mehr und könnte eigentlich längst heiraten. Und wenn er erst verheiratet wäre, gäbe er sich mindestens ebenso würdevoll wie John Ding.
Herr Gao hörte angelegentlich zu, sein Gesicht wurde zusehends ernster und teilnahmsvoller. Am Ende wischte er sich sogar zwei imaginäre Tränen mit dem Taschentuch ab. Dann zog er bedächtig zehn Kuai aus der Tasche. Leise und eindringlich sagte er: »Die Guans mögen Xiao Cui nicht, die Abfuhr kannst du dir ersparen. Ich habe hier was für Sonderausgaben, nimm das. Es ist für Bedürftige in besonderen Notfällen gedacht, jeweils zehn Kuai für fünf- oder sechsmal. Aber erzähl das nicht weiter, die Summe ist nicht allzu groß, und wenn alle angelaufen kommen, reicht es nirgends hin. Von Xiao Cuis Frau weiß ich sicher, daß sie in arger Bedrängnis ist, deshalb gebe ich es ihr gern. Du brauchst ihr nicht zu erzählen, woher das Geld kommt, hol es in Zukunft einfach für sie bei mir ab. Es stammt von wohltätigen Leuten, die wollen nicht genannt werden! Nimm schon!« Er reichte Changshun das Geld. Der lief rot an vor Freude. Gleich beim ersten hatte er den Gott des Reichtums getroffen.

»Oh, da ist noch eine Formalität!« Herr Gao tat, als sei es ihm eben erst eingefallen. »Ich erledige das für andere, da brauche ich immer einen Beleg.« Er holte ein Heft hervor und einen Füller. »Unterschreibe hier, eine reine Formsache, weiter nichts!« Changshun betrachtete das Heft, es standen nur ein paar Namen, Zahlen und Unterschriften da. Er konnte nichts Unrechtes darin sehen und unterschrieb, um schnell weitergehen zu können. Die Zeichen gerieten ihm aber gar nicht schön, er wollte sie ausbessern. »Schon gut! Das macht überhaupt nichts!« Lächelnd steckte Herr Gao Heft und Füller wieder weg. »Richte Xiao Cuis Frau von mir aus, sie soll es nicht zu schwer nehmen. Die Freunde hier helfen ihr gern!« Nach diesen Worten ging er durch die Gasse davon.

Erfreut lief Changshun weiter zu Nummer fünf. Einen Moment lang blieb er stehen, dann änderte er seine Absicht. Er hatte schon zehn Kuai, da brauchte er die Qis, denen selbst Unglück widerfahren war, nicht um Geld anzugehen. Er lief weiter zu Nummer sechs. Da er wußte, daß Meister Liu und auch John Ding nicht zu Hause waren, und er nicht lange mit den Frauen herumreden wollte, ging er direkt zu den Wens. Xiao Wen übte gerade Querflöte, wahrscheinlich eine neue Kun-Melodie für seine Frau. Als Changshun eintrat, legte er die Flöte beiseite und stopfte das Mundstück wie eine kleine Schlange in die Flöte hinein. »Komm her, ich begleite dich, sing ein bißchen!« forderte er ihn lächelnd auf.

»Habe heut keine Zeit.« Obwohl Changshun gerne sang, hielt er sich zurück, er war doch schon erwachsen. In wenigen Worten erläuterte er sein Anliegen.

Xiao Wen rief nach hinten: »Ruoxia, wieviel Geld haben wir noch?« Er wußte nie, wieviel oder ob überhaupt Geld im Hause war.

»Noch drei Kuai.«

»Bring sie her!«

Seine Frau kam mit drei Kuai und vier Mao in der Hand heraus. »Ist das mit Xiao Cui wahr...?« fragte sie Changshun.

»Frage nicht!« Xiao Wen runzelte die Stirn. »Jeder Mensch muß sterben, wer weiß schon genau, wann sein eigener Kopf rollt!« Er nahm das Geld und drückte es Changshun in die Hand. »Tut mir leid, es ist nicht viel!«

Changshun war gerührt. »Ihr habt doch nur das, wenn ich alles nehme, was macht ihr…«
»Das passiert uns öfter«, lächelte Xiao Wen. »Zum Glück sitzt mein Kopf ja fest, da kann ich mir etwas einfallen lassen, aber Xiao Cui…« Etwas steckte ihm im Hals, er sprach nicht weiter.
»Was wird denn aus seiner Frau?« erkundigte sich Ruoxia besorgt.
Darauf hatte Changshun keine Antwort. Während er das Geld einsteckte, blickte er Frau Wen an und dachte bei sich: »Was machst du, wenn die Japaner deinen Mann töten?« Er meinte es nicht böse, aber er wußte mittlerweile, daß es jeden schnell treffen konnte, vielleicht auch eines Tages Xiao Wen. Er ging, Xiao Wen begleitete ihn nicht hinaus.
Als Changshun fast am Tor war, hörte er Xiao Wens Flöte wieder. Das war keine Flöte, das war ein wehmütiges, zu Tränen rührendes Klagen. Er lief schneller.
Vor Nummer sieben traf er den Vierten Li, der gerade herauskam. »Wie steht's, Großvater Li?« fragte er.
»Von den Nius habe ich zehn Kuai bekommen, hier…«, er wies auf Nummer sieben und zählte das Geld, das er in der Hand hielt. »Hier waren alle sehr freundlich, aber sie haben selbst nichts, mal ein Mao, mal vier Mao, insgesamt bloß zwei Kuai und ein Mao, alles in allem komme ich auf zwölf Kuai. Und du?«
»Ein klein wenig mehr als Sie, dreizehn Kuai, vier Mao!«
»Gut! Gib mir das Geld und geh dann noch zu Qi Ruifeng, ja?«
»Reicht das noch nicht?«
»Für eine Kiste aus Brettern und vier Träger reicht es. Aber wir müssen ja erst einmal die Leiche holen. Wenn wir da bei den Zuständigen nicht ein paar Kuai springen lassen, kriegen wir sie vielleicht gar nicht. Außerdem hat Xiao Cui keine Grabstätte, da müssen wir auch…«
Changshun nickte. Er fand, daß er zwar um ein paar Jahre älter geworden, aber an Wissen und Erfahrung im Vergleich zum Vierten Li immer noch ein Kind geblieben war. Seine Meinung war eine Sache, Alter und wirkliche Erfahrung eine andere. »In Ordnung, Großvater Li, ich gehe zum Zweiten

Herrn Qi!« Zum Laufen taugte er am besten, die Kopfarbeit überließ er lieber dem Vierten Herrn Li.

Die Eingangshalle im Schulamt war voller Leute. Changshun setzte sich in eine Ecke, wo er niemanden störte. Er blickte auf die ein und aus Gehenden, dann auf seine staubbedeckten Schuhe und das abgetragene, lange Gewand und fühlte sich sehr unwohl. Alles, was er in den letzten Tagen an Mut, Ideen und Begeisterung gezeigt und was er an Jahren, Erfahrung und Selbstachtung hinzugewonnen hatte, schien ihn verlassen zu haben. Übrig blieb nur ein zerlumpter, ganz gewöhnlicher Cheng Changshun. Er wagte nicht, den Nacken zu recken. Mit geducktem Kopf beobachtete er die Leute. Das waren Abteilungsleiter oder Referenten, Direktoren oder Lehrer, jeder von ihnen sah vornehmer aus als er. Nur er glich einem verschreckten Dorftrottel. Mit seinen achtzehn, neunzehn Jahren war er unausgeglichen und leicht zu beeindrucken. Jetzt wußte er selbst nicht recht, was er hier sollte. Klug, enthusiastisch und jung, wie er war, wäre aus ihm ein angesehener, gebildeter Mensch geworden, wenn er die Schule besuchen und ordentlich hätte lernen können. Ohne die Gängelei der Großmutter wäre er schon längst aus Peking geflohen und vielleicht einer der jungen namenlosen oder berühmten Helden geworden, die mutig gegen Japan kämpften. Doch trotz all seiner geistigen und körperlichen Fähigkeiten war er nicht weggegangen, sondern saß nun hier wie ein Trottel im Schulamt. Er konnte nur hoffen, daß Ruifeng schnell kommen möge, der aber ließ ihn über eine halbe Stunde warten. Erst als die meisten Leute gegangen waren, kam er hereinstolziert und kaute auf seiner Zigarettenspitze. Er grüßte zunächst alle möglichen anderen Leute, ehe er sich beiläufig herabließ, Changshun einen Blick zu schenken.

Der war ziemlich mißgelaunt, stand aber unwillkürlich auf.

»Setz dich doch!« stieß Ruifeng hinter der Zigarettenspitze hervor. Mechanisch setzte sich Changshun wieder.

»Was willst du?« fragte Ruifeng unfreundlich. »Hör mal, laß dir gesagt sein, hierher kommt man nicht einfach so angelaufen, das ist ein Amt.«

Changshun hätte ihm gern eine saftige Ohrfeige verabreicht, doch er hatte einen Auftrag, bei aller Wut durfte er seine

Pflicht nicht vergessen. Er wurde rot, holte tief Luft und näselte leise: »Xiao Cui ist doch...«

»Was für ein Xiao Cui? Was habe ich mit Xiao Cui zu schaffen? Kindskopf, was willst du mir da anhängen? Ist das vielleicht anständig, gehört sich das, mir den Geist eines Geköpften auf den Hals zu schicken? Das ist ja wirklich allerhand! Verschwinde! Ich kenne keinen Xiao Cui oder Xiao Sun, und die interessieren mich auch nicht! Ich bin beschäftigt.« Er nahm die Zigarettenspitze aus dem Mund, tippte sie ein paarmal an, warf den Kopf in den Nacken und ging.

Changshun zitterte vor Wut, sein Gesicht lief violett an wie eine Aubergine. Immer hatte er es wie die Nachbarn gehalten – keiner mochte Ruifeng besonders, aber da er ein Qi war, wurde er gelitten. Wie man eben unter zehn Melonen auch mal eine bittere durchgehen läßt. Aber daß Ruifeng sich so herzlos und unanständig zeigen würde, hätte er nicht gedacht. Daß er ihn heute blamiert und gedemütigt hatte, nahm Changshun nicht so tragisch. Der andere war schließlich Abteilungsleiter, er nur ein Straßenkünstler mit Grammophon. Ihn erboste aber, daß Ruifeng es abgelehnt hatte, Xiao Cui zu helfen, ihrem gemeinsamen Nachbarn, der für Ruifeng die Rikscha gezogen hatte und nun geköpft worden war... Changshun geriet immer mehr in Wut. Langsam ging er hinaus. Draußen blieb er stehen. Er wollte auf Ruifeng warten. Wenn der rauskäme, wollte er ihn vor allen Leuten an der Gurgel packen und beschimpfen. Er legte sich ein paar Sätze zurecht: »Abteilungsleiter Qi, kein Wunder, daß Sie ein Verräter sind! Für Sie sind die Japaner die nächsten Verwandten, aber Ihre Familie und ihre Freunde lassen Sie im Stich. Sie sind ein verdammter Mistkerl!« Und er stellte sich vor, wie er ihn anschließend ohrfeigen würde, daß die Zigarettenspitze nur so davonflog. Und ganz nebenbei würde er auch den anderen Arschkriechern eine Lektion erteilen: »Ich bin zwar schäbig gekleidet und kann mir ein gutes Essen nicht leisten, aber ich mache keinen Kotau vor den Japanern. Ihr in euren Lederschuhen und Filzhüten seid im Vergleich zu mir die Mistkerle, steht in Anstand und Ehrlichkeit weit unter mir! Abschaum seid ihr!«

Dabei hob er den Kopf, und seine Augen strahlten. Er spürte

sein Rückgrat, seine Charakterstärke! Diese Schleimer waren nicht einmal wert, daß er sich den Staub von seinen alten Latschen klopfte! Nach einer Weile beruhigte er sich jedoch wieder. Er hatte gelernt, Zorn hinunterzuschlucken, schließlich hatte ihn die Großmutter erzogen. Nun mußte er schnell nach Hause zurück, um sie nicht zu beunruhigen. Mit einem traurigen Lächeln machte er sich brummend auf den Rückweg. Er war wütend, mußte sich aber beherrschen, er war stolz, mußte die Demütigung aber schlucken, er war noch ein Kind, doch schon erwachsen – eben Held und Knecht.
Zu Hause angekommen, ging er sogleich in Xiao Cuis Stube. Sun-Sieben und Großmutter Li waren noch dort. Xiao Cuis Frau lag auf dem Kang. Bei Changshuns Eintritt setzte sie sich ruckartig auf und starrte ihn an. Sie schien ihn zwar zu erkennen, aber das spielte keine Rolle. Als ob es die ganze Welt erfahren sollte, rief sie ihm zu: »Er ist unschuldig gestorben. Unschuldig!« Wie ein Kleinkind beruhigte Großmutter Li sie: »Sei brav, schlaf erst mal ein bißchen! Schön ruhig sein!« Sie legte sich wieder hin und lag unbeweglich wie eine Tote da. Changshun rieb sich die Nase, die schon wieder verstopft war.
Sun-Sieben fragte mit seinen immer noch rotgeschwollenen Augen: »Wie steht es? Wieviel hat Ruifeng gegeben?«
Changshuns Zorn entbrannte aufs neue: »Nicht einen Kupferling! Aber warte nur, immer mit der Ruhe, dem werde ich's noch zeigen, den treffe ich schon mal allein, da kriegt er mindestens eine Ladung Sand in die Augen!«
»Nicht nur den müßte man verprügeln!« seufzte Sun-Sieben, »ich bin durch ein Dutzend Läden gegangen, habe aber insgesamt gerade mal fünf Kuai zusammengekriegt. Doch wenn die Japaner eine Spende verlangen und zehn wollen, trauen sie sich nicht, nur neun zu geben. Bei mir haben sie aber getan, als müßten sie sich das Geld aus den Rippen schneiden, verdammt noch mal!«
»Spuckt hier mal nicht Gift und Galle, ihr beiden!« Frau Ma war unbemerkt eingetreten. »Wer etwas gibt, tut es aus Mitgefühl, wer nichts gibt, der tut auch nur seine Pflicht!«
Sun-Sieben und Changshun waren da zwar anderer Meinung, aber sie wollten nicht mit ihr streiten.

Der Vierte Herr Li kam mit einem Stück groben weißen Stoffes unter dem Arm herein. »Frau Ma, können Sie daraus etwas nähen? Geschäftsführer Tianyou ist wirklich ein echter Freund, so ein großes Stück Stoff hat er hergegeben, und außerdem noch zwei Kuai! Aber er denkt eben weiter: von seinen drei Söhnen ist einer weggegangen, von dem hat er bislang kein Lebenszeichen erhalten, und einer wurde grundlos verhaftet, was ist Geld da überhaupt noch wert!«

»Das ist wirklich komisch, wieso guckt sich Ruifeng, dieser Mistkerl, nichts von seinem Vater und seinem Bruder ab!« rief Sun-Sieben aus und erzählte dann, was Changshun mit Ruifeng erlebt hatte.

Frau Ma ging mit dem Stoff davon, sie wollte das Geschimpfe von Sun-Sieben und Changshun nicht hören. Da Ruifeng und Qi Tianyou aus einer Familie kamen, war es für sie unerheblich, daß Ruifeng nichts gegeben hatte. Zehn Finger waren doch auch stets verschieden lang. Diese typisch chinesische »Dialektik« ermöglichte es ihr, andere Leute stets zu entschuldigen und nicht wütend zu werden, wenn ihr Unrecht widerfuhr. Sie widmete sich ganz dem Zuschneiden und Nähen des Trauergewandes für Xiao Cuis Frau.

Der Vierte Herr Li enthielt sich ebenfalls jeden Urteils über Ruifeng. Ihn beschäftigte die Frage, wie überhaupt an die Leiche heranzukommen war. Xiao Cuis Frau als Hauptbetroffene mußte die Leiche identifizieren. Sie schien mehr tot als lebendig und erinnerte ihn an Frau Qian. Was wäre, wenn sie sich beim Anblick der kopflosen Leiche auch umbrächte? Außerdem war Xiao Cuis Kopf, wie befohlen, auf dem Fünfbogen-Pailou zur Schau gestellt worden, wie sollte man den da herunterkriegen? Wer wußte schon, ob die Japaner ihn drei Tage oder für immer dort aufgespießt lassen wollten, bis Haut und Knochen völlig verwest waren? Sollten sie etwa den Körper ohne Kopf in den Sarg legen? Der alte Mann hatte in seinem Leben schon vieles gesehen und etliche zu Grabe getragen, die sich erhängt, im Fluß oder Brunnen ertränkt, die Kehle durchgeschnitten hatten. Er schreckte nicht vor dem häßlichen Antlitz des Todes zurück, war vielmehr stets bestrebt, es in den Sarg zu legen und in der Erde zu begraben, damit es auf der Erde sauber und ordentlich aussehe. So ein schwieriger Fall war ihm noch nicht vorgekommen. Zudem war Xiao Cui nach japanischer Art geköpft worden, wer weiß, was das bedeutete. Er war nicht nur in Schwierigkeiten, sondern fühlte sich auch in seinem Selbstvertrauen getroffen – nicht einmal mit einem ausgebluteten Leichnam wurde er mehr fertig, die Japaner waren doch ein verdammtes, elendes Pack.

Sun-Sieben konnte nur aufbrausen, Ideen hatte er keine. Er maulte zum Vierten Li hin: »Mich brauchen Sie nicht zu fragen, mir brummt der Schädel.«

Changshun hätte sich gern mutig gegeben und mit dem Vierten Li um die Leiche gekümmert. Aber er hatte ein bißchen Angst – wenn Xiao Cuis unschuldige Seele sich nun nicht an die Japaner wagte, sondern gegen ihn wandte? Das wäre entsetzlich! In seinem Herzen hausten eine Menge Geistergeschichten, die ihm seine Großmutter erzählt hatte.

Für Großmutter Li war alles sehr einfach: »Du alter Kerl, was sitzt du hier und bläst Trübsal, denkst du, so wird was? Geh, besorg die Leiche und bestell den Sarg.«

Der Vierte Li stand notgedrungen auf. Sein Weib hatte keine Ahnung, aber in einem hatte sie recht, dumm herumsitzen und sich grämen nützte niemandem.

»Großvater Li«, Sun-Sieben erhob sich, »ich gehe mit. Da kann ich mich wenigstens bei Xiao Cuis Leiche richtig ausheulen.«

»Wir warten auf euch, ich bringe dann Xiao Cuis Frau mit zum Einsargen. Macht euch keine Sorgen, sie wird schon keine Dummheit machen.« Dabei blinzelte Großmutter Li heftig mit ihren großen, kurzsichtigen Augen.

In der Südstadt, auf dem mittleren Bogen des Fünfbogen-Pailou außerhalb des Vordertores, hingen zwei Köpfe, einer nach Süden gewandt, der andere nach Norden. Sun-Sieben war zwar kurzsichtig, aber sobald sie das Vordertor durchschritten hatten, hielt er aufmerksam Ausschau nach dem Kopf des Freundes. Als sie auf der Brücke über dem Graben standen, hielt er den Vierten Li fest: »Großvater Li, sind es die beiden schwarzen Kugeln da oben?«

Der antwortete nicht.

Sun-Sieben lief schneller, direkt bis unters Pailou. Mit zusam-

mengekniffenen Augen erkannte er den linken Kopf. Xiao Cuis breites Kürbisgesicht zeigte keinerlei Ausdruck. Mit geschlossenen Augen, leicht geöffnetem Mund und eingefallenen Wangen sah er aus, als träume er da oben in luftiger Höhe. Am Hals war nur verkrustete schwarze Haut zu sehen. Als Sun-Sieben den Blick wieder nach unten richtete, sah er nur noch seinen eigenen Schatten und die purpurroten Pailou-Säulen. Er faßte nach der äußersten Säule, ihm versagten die Beine.
Der Vierte Li trat schnell hinzu: »Gehen wir, Sun-Sieben!« Aber der rührte sich nicht. Er war kreidebleich, ein Paar große Tränen hingen in den Winkeln der Augen, die geradeaus stierten.
»Los!« Der Vierte Li packte ihn bei den Schultern.
Wie ein Betrunkener folgte Sun-Sieben dem Vierten Li, der ihn fest am Arm hielt. Nachdem sie ein Stück gelaufen waren, stieß es Sun-Sieben heftig auf und die Tränen flossen herab. »Großvater Li, gehen Sie alleine, ich kann nicht mehr!« Er setzte sich neben eine Ladentür.
Der Vierte Li stutzte nur kurz und ging weiter, ohne ein Wort zu verlieren.
An der Himmelsbrücke brachte er in einem Teehaus in Erfahrung, daß Xiao Cuis Leiche bereits vor die Stadtmauer gebracht worden war. Er lief in westlicher Richtung und fand schließlich an der Mauer des Ackerbautempels auf einem Haufen zerbrochener Ziegelsteine Xiao Cuis kopflosen Körper. Der Oberkörper und die Füße waren nackt, zwei, drei Zehen bereits von Hunden abgefressen.
In einiger Entfernung stand ein Polizist. Die Tränen mühsam unterdrückend, ging er zu ihm. »Darf ich etwas fragen? Kann die Leiche zur Beerdigung abgeholt werden?«
»Zur Beerdigung? Aber ja! Wenn die noch länger hier liegt, wird sie womöglich von streunenden Hunden gefressen. Den Fahrer hat man schon weggebracht.«
»Muß ich da nicht auf der Wache Bescheid sagen?«
»Doch, doch!«
»Und der Kopf?«
»Hm, das kann ich nicht sagen. Die Leiche wurde von der Himmelsbrücke hierher gebracht, wir haben keinen Befehl, sie zu bewachen. Unser Wachtmeister hat uns herbeordert,

damit wir aufpassen, daß die Leichen nicht von herrenlosen Hunden weggeschleppt werden. Wir sind doch schließlich Chinesen! Der hier wurde geköpft von den Japanern, es wäre schlimm, wenn dann auch noch die Leiche verschwände. Mit dem Kopf ist das was anderes, der hängt auf dem Fünfbogen-Pailou, den traut sich keiner runterzuholen. Wahrscheinlich haben es die Japaner bloß auf unsere Köpfe abgesehen, die Körper brauchen sie nicht. Alter Herr, nehmen Sie erst mal die Leiche so, den Kopf... ach verdammt, was ist denn das für eine Welt!«

Der alte Mann bedankte sich und ging zu dem Ziegelhaufen hinüber. Er blickte auf Xiao Cui, dann wieder auf den Tempel, er war ratlos. In seiner Jugend war hier eine Einöde, nichts außer Mauern und Zypressen. Als aber nach Gründung der Republik das Parlament hierher zog, belebte sich die Gegend. Der Vergnügungspark der Südstadt befand sich innerhalb der Tempelanlage, die »Neue Welt« direkt gegenüber, Tag und Nacht herrschte ein Treiben wie zu Neujahr. Hier gab es die prächtigsten Restaurants und Seidenläden, aufgetakelte Frauen und bunte Beleuchtung. Später dann, als die Hauptstadt nach Nanjing verlegt wurde und die Abgeordneten und Prostituierten Peking verließen, wurden Vergnügungspark und »Neue Welt« geschlossen, und die belebte Gegend verödete wieder. Die Außenmauer der Tempelanlage wurde abgerissen, Ziegelsteine und Erde verkauft. Die Altwarenhändler vom Himmelsbrücken-Viertel breiteten sich mit ihren Ständen bis hierher aus. Statt der früheren vornehmen Pracht herrschte hier nun Geschrei und Chaos. Xiao Cui lag auf einem Haufen zertrümmerter Ziegelsteine, die vom Abriß der Mauer stammten. Ach, jähe Wechsel hatte der alte Mann in seinem Leben genug gesehen, aber keiner war so schlimm wie dieser – Xiao Cui lag hier, ohne Kopf. Die dunklen Kiefern im Tempel waren so grün wie eh und je, aber über die geborstenen Ziegelsteine war Xiao Cuis Blut geflossen. War das nicht ein Alptraum! Wer konnte Veränderungen aufhalten? Es gab offensichtlich immer wieder welche. Die einstige vornehme Tempelanlage konnte sich in einen schmutzigen, chaotischen Markt verwandeln und blieb trotz Schmutz und Chaos immer noch ein Sammelpunkt pulsierenden Lebens.

Je länger der alte Mann dastand, desto wirrer wurde ihm ums Herz. War das wirklich Xiao Cui? Wenn er nicht genau gewußt hätte, daß es Xiao Cui war, den man geköpft hatte, hätte er die Leiche nicht identifizieren können. Schaute er sie aber an, kam es ihm vor, als habe Xiao Cui einen Kopf – der sprang in seiner Vorstellung an den häßlichen, rotschwarzen Nacken. Der Kopf tauchte auf und verschwand wieder, mal hatte er Augen, mal war es nur ein Lichtstrahl, mal lachte und scherzte er, und im nächsten Augenblick war alles weg.

Der Polizist trat langsam an ihn heran. »Alter Herr...«

Erschrocken rieb sich der alte Mann die Augen. Der Leichnam Xiao Cuis lag wieder deutlich vor ihm. Leise ächzte er: »Xiao Cui, ich begrabe erst mal deinen Körper.« Dann ging er auf die Wache, um die Formalitäten zu erledigen. Anschließend bestellte er in einem nahegelegenen Bestattungsgeschäft einen Weidensarg, der eher einer wackeligen Kiste glich, Träger und fünf Mönche und ließ auf dem wilden Gräberfeld westlich des Tempels eine Grube ausheben. Als das alles erledigt war, bestieg er an der Himmelsbrücke die Straßenbahn. Das Schaukeln der Bahn machte ihn ganz schwindlig, er schloß die Augen. Da saßen die Leute plötzlich alle ohne Kopf da, kopflose Körper wie Xiao Cui auf dem Ziegelhaufen. Er blinzelte heftig, da hatten sie alle wieder Köpfe. »Solange die Japaner hier sind, ist niemand seines Kopfes sicher!« murmelte er.

Nachdem er zu Hause mit Witwe Ma und Sun-Sieben geredet hatte, kamen sie überein, daß Sun-Sieben doch noch mit ihm zurück zur Himmelsbrücke gehen sollte, den Leichnam holen und beerdigen. Sun-Sieben wollte zuerst nicht, aber der Alte Li meinte, daß es besser wäre, wenn sie zu zweit gingen. Zwei Augenpaare sahen mehr. Schließlich willigte er notgedrungen ein. Außerdem entschieden sie, Xiao Cuis Frau nicht dorthin gehen zu lassen. Wenn schon Sun-Sieben beim Anblick des Kopfes weiche Knie bekommen hatte, würde sie angesichts der Leiche womöglich tot umfallen. Das Problem mit dem Kopf konnten sie vorerst nicht lösen, aber sie konnten auch nicht warten, bis jemand den Kopf herunterholte. Es war jedoch ebenso schlichtweg unmöglich, die Japaner zu fragen, weshalb sie Xiao Cuis Kopf vom Körper getrennt hatten und

dieser nicht einmal im Tod zusammen mit dem Leichnam an einem Ort begraben werden durfte.
Als sie das alles miteinander besprochen hatten, fiel ihnen ein, daß Xiao Cui auch noch etwas zum Anziehen brauchte. Wenn er schon ohne Kopf in den Sarg mußte, dann wenigstens nicht mit nacktem Oberkörper. Frau Ma brachte ein kurzes weißes Hemd ihres Enkels, Sun-Sieben fand ein Paar Strümpfe und eine blaue Stoffhose. Damit fuhren der Vierte Li und Sun-Sieben noch einmal mit der Straßenbahn zur Himmelsbrücke.
Als sie ankamen, stand die Sonne schon im Westen. Gleich beim Aussteigen bemerkte der Vierte Li zu Sun-Sieben: »Es ist spät, wir müssen uns beeilen!« Aber Sun-Sieben bekam wieder weiche Knie. Erbost mahnte der Alte: »Was ist nur mit dir?«
»Mit mir?« blinzelte Sun-Sieben mit seinen kurzsichtigen Augen. »Ich habe keine Angst vor Leichen, und außerdem ist Xiao Cui unser Freund, das geht mir nahe!«
»Wem geht es denn nicht so? Aber bloß mit Jammern und weichen Knien kommen wir nicht weiter!« Dabei schritt der Vierte Li kräftig aus. »Reiß dich zusammen, ich weiß doch, du hast Mumm in den Knochen!«
Nun beschleunigte auch Sun-Sieben seinen Schritt.
Am Tempel des Ackerbaus trafen sie Sarg, Träger und Mönche schon an. Da der Vierte Li den Geschäftsinhaber gut kannte, war auch der mitgekommen. Der alte Mann hieß Sun-Sieben Weihrauch und Kerzen anzünden und Papiergeld abbrennen, während er selbst Xiao Cui die Kleider anzog. Sun-Sieben klemmte die Weihrauchstäbchen zwischen ein paar Ziegelsteine und verbrannte das Geld, sah aber die ganze Zeit nicht zum Leichnam hinüber. Als sie den in den Sarg gelegt hatten, wollte er das Papiergeld in die Luft schleudern, kriegte aber die Arme nicht hoch. Er ließ sich auf die Erde nieder und brach in lautes Schluchzen aus. Der Vierte Li ließ den Sarg zunageln, und als er hochgehoben wurde, begannen die Mönche ihr Ritual und liefen trippelnd und trommelnd voran. Der Sarg war leicht, die vier Träger schritten im Gleichschritt schnell voran. Der Vierte Li zog Sun-Sieben hoch und holte die anderen ein.
»Ist die Grube ausgehoben?« fragte er den Ladenbesitzer mit Tränen in den Augen.

»Sie ist fertig, die Träger wissen Bescheid!«
»Dann kehren Sie doch bitte um! Wir sprechen uns nachher im Laden, Sie sagen mir dann, was ich noch zu zahlen habe.«
»So machen wir es, Vierter Herr Li! Ich brühe Tee für Sie auf und erwarte Sie dann.« Der Ladenbesitzer lief zurück.
Die Sonne ging bereits unter. Rotgoldene Strahlen fielen auf den einfachen, unlackierten nackten Sarg, der wie eine Kiste aussah und sich schnell vorwärts bewegte. Die fünf Mönche mit ausgemergelten Gesichtern führten den Zug an, hinter dem Sarg kam der Vierte Li mit Sun-Sieben. Keiner trug Trauerkleidung. Ohne Zeremonienmeister, ohne trauernde Angehörige bewegte sich die schmucklose Holzkiste mit dem kopflosen Xiao Cui im Licht der letzten Strahlen durch die Einöde. Ein paar versprengte Raben flogen langsam wie Trauernde mit dem letzten Sonnenlicht auf ihrem Rücken ostwärts davon. Beim Anblick des Sarges stießen sie traurige Schreie aus.
Dann verstummten die Mönche und blieben zurück. Der Vierte Li bedankte sich bei ihnen. Nun bewegte sich der Sarg noch schneller vorwärts.
In der Einöde lugten inmitten zerbrochener Ziegel und verdorrter Sträucher überall kleine Grabhügel hervor. Zwischen vier oder fünf anderen Gräbern wartete eine flache Grube auf Xiao Cui. Schnell wurde der Sarg hinabgelassen. Der Vierte Li streute eine Handvoll Erde darüber: »Ruhe sanft, Xiao Cui!«
Die Sonne war untergegangen. Es herrschte tiefe Stille. Nur Sun-Sieben schluchzte noch.

50

Es wurde bitterkalt.
Am vierten Tag nach seiner Entlassung traf Ruixuan Herrn Qian. Er schien ihn an der Stelle erwartet zu haben, wo er jeden Tag aus der Straßenbahn stieg, denn sein erster Satz war:
»Jetzt haben Sie das Recht, mit mir zu reden, Ruixuan.«
Ruixuan lächelte gequält. Er wußte, daß der alte Herr mit »Recht« seinen Gefängnisaufenthalt meinte.
Herrn Qians Gesicht sah schmal und dunkel, aber auch hart

aus. Von dem ehemals wohlgenährten, freundlich-gütigen Gelehrtenantlitz war nichts geblieben, jetzt sah ihn ein scharfgeschnittenes Gesicht mit eingefallenen Schläfen und ausgemergelten Wangen an. Ein paar struppige Barthaare verdeckten den Mund. Die ausnehmend klaren und leuchtenden Augen blickten nicht mehr unbeteiligt, sondern schienen die Dinge wie mit glänzenden Nadeln zu fixieren. Es war nicht mehr das Gesicht eines Dichters, sondern eher das eines Wushu-Kämpfers, hager und fest.

Der alte Herr trug eine kurze, gefütterte Jacke aus blauem Baumwollstoff und eine zerschlissene, dünne Hose, an den Füßen alte Stoffschuhe und zwei verschiedene Strümpfe, einen richtig schwarzen, der andere war blau oder violett.

Ruixuans sonstige Gelassenheit war verflogen, er wußte einfach nicht, wie er sich verhalten sollte. Vor ihm stand ein Qian Moyin, der sich in verschiedene Personen aufspaltete: den Nachbarn, den Dichter, den Freund, den Häftling und den Helden, der es wagte, dem Feind Widerstand zu leisten. In jeder Eigenschaft hätte er ihn ansprechen und nach seinem Befinden fragen, ihm seine Anteilnahme, seine Gedanken, seinen Respekt und seine Zuneigung ausdrücken können. Aber ihm verschlug es die Sprache. Herrn Qians Augen ließen ihn erstarren wie einen von der Schlange hypnotisierten Frosch.

Unter Herrn Qians Bart schien ein Lächeln, ein großherziges und sehr ehrliches. Darin lag nichts Heuchlerisches und Überhebliches, es glich eher dem naiven Lächeln eines träumenden Säuglings. Nicht die geringste Spur von Angst und Bedenken war zu sehen, Qian Moyin sah aus wie ein alter Baum, der noch einmal blüht, erfüllt von einer inneren Stärke. Da lächelte auch Ruixuan, aber er spürte selbst, daß sein Lächeln verkrampft und ohne Energie, aber durchsetzt mit Feigheit und Scham war. »Gehen wir, lassen Sie uns ein wenig miteinander reden!« schlug Herr Qian leise vor.

Ruixuan hatte sich seit langem nach einem Gespräch mit ihm gesehnt. In seiner Welt gab es nur drei Menschen, mit denen er sich richtig aussprechen konnte: den dritten Bruder Ruiquan, Mr. Goodrich und den Dichter Qian. Ruiquan war manchmal noch recht naiv, Mr. Goodrich mitunter zu streitsüchtig, nur in Herrn Qians Gegenwart fühlte er sich wohl.

Sie gingen in ein kleines Teehaus. Herr Qian verlangte eine Schale heißes Wasser. »Wollen Sie nicht lieber einen Tee?« fragte Ruixuan respektvoll und beeilte sich zu bezahlen.
»Solches Getue muß man sich abgewöhnen, ich trinke schon lange keinen Tee mehr.« Herr Qian trank einen Schluck von dem dampfenden Wasser. »Erst wenn wir alle diese Angewohnheiten restlos abgelegt haben, können wir zu den Wurzeln zurückkehren und wieder einfache Menschen werden. Die im Schützengraben kämpfen, trinken keinen Tee und sind keine Aristokraten im langen Gewand. Das Volk ist wie ein natürlicher Edelstein, wir dagegen gleichen geschliffener Jade. Ein Jadering ist nur ein Schmuckstück, aber ein roher Jadebrocken kann den Kopf eines Menschen zertrümmern.« Ruixuan blickte auf sein langes Gewand.
»Hat der Dritte geschrieben?« fragte der alte Mann besorgt.
»Nein.«
»Und Meister Liu?«
»Auch nicht.«
»Gut so! Wer flüchtet, hat zwei Möglichkeiten, Leben oder Tod. Wer hierbleibt, hat nur eine – den Tod. Ich habe Xiao Cui zugeredet, habe auch seinen Kopf gesehen.« Qian Moyin sprach nach wie vor gedämpft, nahm aber seine Augen zu Hilfe. Wenn er etwas besonders betonen wollte, leuchteten sie noch heller.
Ruixuan trommelte mit der Hand auf den Deckel seiner Teeschale.
»Ist Ihnen auch nichts zugestoßen im ...« Der alte Mann schaute sich schnell um.
Ruixuan hatte schon verstanden. »Nein, nein! Mein Körper ist wohl nicht einmal Schläge wert.«
»Das tut nichts zur Sache, Hauptsache, jeder, der drin war, weiß für immer, wer sein Feind ist und wie er aussieht! Deshalb habe ich soeben auch gesagt, daß Sie ein Recht haben, mit mir zu reden. Ich habe immerzu an Sie gedacht, bin Ihnen aber bewußt ausgewichen, weil ich fürchtete, Sie könnten mich drängen, meinen Plan fallenzulassen. Sie waren drin, haben den Tod gesehen, da werden Sie mich – selbst wenn Sie mich nicht unterstützen – doch nicht mehr hindern wollen. Denn hätten Sie das getan, wäre ich böse geworden. Ich wollte

Sie ebensowenig sehen wie Herrn Jin und meine Schwiegertochter.«
»Ich habe Sie zusammen mit Herrn Chen gesucht, bei Jins...«
Der alte Mann unterbrach ihn: »Reden Sie mir nicht von Chen Yeqiu! Der hat Grips, aber kein bißchen Mumm! Der hat sein Grab schon geschaufelt. Natürlich weiß ich um seine Probleme, aber verzeihen kann ich ihm trotzdem nicht. Wer auch nur einen Tag für die Japaner gearbeitet hat, dem verzeihe ich nie! Meine Worte sind zwar kein Gesetz, aber wen ich verfluche, dem wird Gott wahrscheinlich nicht vergeben!«
Diese stahlharten Worte ließen Ruixuan erzittern. Schnell fragte er: »Und wie leben Sie, Onkel Qian?«
Der lächelte kurz. »Ich? Ganz einfach. Ich lebe nach meiner Fasson, die Lebensart der Gelehrten und Beamten kümmert mich nicht mehr. Ich esse, was ich kriege, trage, was ich habe, schlafe, wo ich gerade bin. Die ganze Stadt ist mein Zuhause! Bescheidenheit macht fröhlich. Erst jetzt verstehe ich, warum Buddha der irdischen Welt entsagte und Jesus barfuß lief. Kultur ist vor allem Kult um Kleider. Das kann zur Fessel werden. Jetzt, da ich diese Fesseln abgeworfen habe, fühle ich mich frei.«
»Was machen Sie denn eigentlich?« fühlte Ruixuan vor.
Herr Qian nahm einen Schluck Wasser. »Ha, das läßt sich nicht mit ein paar Worten erzählen.« Er ließ seinen Blick wieder rundum schweifen. Da es bereits Zeit zum Abendessen war, hatte sich das Teehaus ziemlich geleert, nur drei Tische weiter erörterten zwei Rikschakulis lautstark ihre Probleme. »Anfangs«, der alte Mann senkte die Stimme noch mehr, »hatte ich mir überlegt, auf bereits bestehende Organisationen zurückzugreifen und sie für den Widerstand umzugestalten. Denn einer allein kann im Kampf nichts ausrichten. Ich bin nicht der Kriegsgott Guan Yu, der mit dem Schwert seinen Feind erledigt. Aber heute würde selbst Guan Yu es nicht wagen, alleine nur mit seinem Schwert gegen den Feind anzutreten. Sie wissen vielleicht, daß ich von einem Angehörigen einer Geheimgesellschaft aus dem Gefängnis geholt wurde? Deshalb dachte ich an sie. Sie verfügen über eine Organisation, und das seit längerer Zeit, und sie haben Prinzipien. Ich begann mich umzuhören, besuchte Leute. Auf diese

Weise fand ich zwei der einflußreichsten Gesellschaften, die Schwarzpforte und die Weißpforte. Die Weißen sind eine Untergruppe des Weißen Lotus, die Vorfahren der Schwarzen sind die Schwarzen Tiger der dunklen Altare. Ich traf ihre führenden Leute und erklärte ihnen meine Absicht. Sie, sie...«, er faßte sich an den Kragen, als mache ihm das Atmen Mühe.

»Was war mit ihnen?«

»Sie redeten mir vom Dao!«

»Vom Dao?«

»Vom Dao!«

»Welchem Dao denn?«

»Ja, von welchem Dao. Der Weiße Lotus und die Schwarzen Tiger haben alle ihr Dao. Sobald du an ihr Dao glaubst, wirst du von ihnen akzeptiert, darfst du eintreten. Wer eingetreten ist, kommt in den Genuß ihrer Loyalität. Das bedeutet, daß du außer dem Dao auch noch gewisse Vorteile und Garantien erhältst. Zum Beispiel, daß du Getreide bekommst, wenn es keines mehr gibt, und so weiter. Und Garantie heißt, daß dich jemand schützt, wenn du in Gefahr bist. Ich fragte, ob sie gegen Japan kämpfen. Da schüttelten sie den Kopf. Sie meinten, die Japaner respektierten Loyalität und hätten ihnen nichts getan, also seien auch sie loyal und täten den Japanern nichts. Ihre Loyalität ist ein ganz praktisches Gentlemen's Agreement, darüber hinaus kümmert sie gar nichts. Für sie ist die Invasion der Japaner lediglich ein Einschüchterungsversuch. Solange die das Messer nicht an ihre Kehle setzen, halten sie die Japaner für ehrenhaft und empfinden das sogar noch als eine Art Garantie. Die Japaner haben das ganz klar erkannt und lassen sie vorläufig in Ruhe, gewähren ihnen sogar noch eine Reihe Vergünstigungen. Also sind Dao und Loyalität zu einem Hindernis für den Widerstand gegen Japan geworden. Ich fragte sie, ob die Schwarzpforte nicht mit der Weißpforte gemeinsame Sache machen könnte, wenn schon nicht gegen Japan, so doch in einigen Dingen der sozialen Wohlfahrt. Aber selbst das geht nicht, jeder geht seinem eigenen Dao nach. Wer ein anderes Dao hat, ist ein Feind. Doch man achtet sich gegenseitig – man haßt seinen Gegner zwar, aber respektiert und fürchtet ihn zugleich. Jedenfalls ist jemand, der zu keinem Geheimbund gehört, für sie überhaupt kein Mensch. Als ich mit ihnen Kontakt aufnahm, hielten sie mich wegen meines Verhaltens für einen der Ihren. Als sie aber merkten, daß ich bloß ein Mensch war – ohne Organisation in meinem Rücken –, warfen sie mich barsch hinaus. Ich gab aber nicht auf, ging immer wieder zu ihnen, redete mit ihnen, erbot mich, ihnen einiges vom Dao des Konfuzius, Menzius, Dschuangdsis und Laotses, des Buddha und des Jesus zu erzählen, aber sie lehnten mich ab. Nur ihr Dao war das richtige Dao, als ob es auf der Welt nicht noch viele andere Lehren gäbe. Sie warnten mich, wenn ich so weitermachen würde, würden sie mich vernichten! Ihr Dao hat sie verblendet, sie wollen die Wahrheit nicht sehen und nichts dazulernen. Für mich persönlich empfanden sie keinerlei Achtung. Mein Alter, meine Bildung und mein patriotischer Eifer, alles war umsonst. Ich war kein Mensch, weil ich nicht ihrem Dao anhing.«

Der alte Mann verstummte, Ruixuan sann vor sich hin. Nach längerem Schweigen lächelte er. »Aber seien Sie ganz beruhigt, ich werde deshalb noch lange nicht aufgeben. Wer entschlossen ist, sein Land zu retten, der gibt niemals auf, weil es ihm nicht um den persönlichen Erfolg und um sein eigenes Leben geht. Nachdem der Plan gescheitert war, diese Organisation zu nutzen, suchte ich Freunde für eine neue Vereinigung. Aber wie viele Freunde hatte ich denn? Sehr wenige. Mein früheres Eremitendasein hatte mich von der Gesellschaft isoliert, meine Freunde waren Wein, Gedichte, Rollbilder und Blumen. Und was nützt denn ein Zusammenschluß ohne Geld und ohne Waffen? Traurig ließ ich auch von diesem Plan ab. Ich wollte nichts mehr organisieren, ich handelte allein, auf eigene Faust. Das grenzt beinahe schon an Dummheit, denn im Alleingang läßt sich nichts mehr regeln. Aber wegen meiner Vergangenheit, und weil die Pekinger gleichgültig in den Tag hineinleben und die Japaner über ein dichtes Spitzelnetz verfügen, blieb mir nichts anderes übrig. Mir war klar, daß das niemals zum Erfolg führen würde, aber ich fand es besser, als die Hände in den Schoß zu legen. Vielleicht gleicht mein Handeln nur einem Regentropfen in der Wüste, doch immerhin! Seine Kühnheit besteht eben darin, es zu wagen, ausgerechnet in der Wüste niederzugehen! So begann mein Dasein als Schlammbeißer. Auf dem Fischmarkt schwimmt doch in jedem Fischbottich mit Aalen ein Schlammbeißer. Der bewegt sich dauernd, und die Aale müssen sich mit ihm bewegen. Peking gleicht einem großen Bottich, die Pekinger sind die Aale, und ich bin der Schlammbeißer.« Der alte Mann schaute Ruixuan an, wischte sich mit dem Handrücken den Schaum aus den Mundwinkeln und fuhr fort: »Solange ich noch genug Geld hatte, mir zwei Fladen und eine Schale Wasser zu kaufen, kümmerte ich mich nicht um morgen. Wo ich auch hinkam, handelte ich. In einer Gemälde- oder Buchausstellung redete ich mit den Malern. Vielleicht hielten sie mich für verrückt, aber meine Worte schockierten sie immerhin. Waren sie erschrocken, denken sie beim nächsten Male vielleicht ein wenig mehr nach und schämen sich. Traf ich junge Liebespärchen im Park, fragte ich sie angeekelt, ob Liebe auch für unterjochte Knechte noch heilig sei. Ich scheute mich nicht, Ekel zu erregen, ich war ja ein Schlammbeißer! Manchmal bezog ich auch Prügel, aber sobald ich sagte: ›Schlagt nur zu, die Japaner werden sich freuen, schlagt für sie noch einen mehr tot!‹, ließen sie ab. In den Teehäusern trinke ich nicht nur Wasser, ich rede mit jedem, den ich treffe. Ich habe Xiao Cui zugeredet und Meister Liu und vielen, vielen kräftigen jungen Leuten. Das hat einiges gebracht. Meister Liu ist schließlich doch geflohen. Ich kann zwar in der Stadt nichts organisieren, kann aber Leuten zur Flucht raten, um sich dem Widerstand anzuschließen. Arme Leute sind eher zu beeindrucken als reiche, untere Schichten eher als Leute im langen Gewand, weil sie schlicht und ehrlich sind. Die im langen Gewand halten sich für sehr gebildet und lassen sich nicht gern belehren. Außerdem haben sie eine Menge Ausreden, ein Hühnerauge am Fuß ist ein hinreichender Grund, nicht aus Peking wegzugehen. Erst wenn ich gar kein Geld mehr für Fladen aufbringen kann, treibe ich ein bißchen Handel. Ich habe noch etwas Papier und Malutensilien. Ist das Geld alle, male ich ein paar Bilder in ganz starken Farben, die sich leicht verkaufen lassen. Wenn ich keine Lust zum Malen habe, verpfände ich auch schon mal ein Kleidungsstück, um dafür Pfefferminzbonbons zu erstehen und vor der Schule zu verkaufen.

Dabei erzähle ich den Schülern patriotische Geschichten aus der Vergangenheit und rate ihnen, hinter der Front weiterzulernen. Jüngere Schüler können sich zwar nicht allein zur Flucht entscheiden, aber wenigstens hören sie meine Geschichten gern und sind beeindruckt. Mein Mund ist mein Maschinengewehr, Worte sind die Geschosse.«
Der alte Mann trank seine Schale in einem Zug leer und ließ sie sich wieder vollgießen. »Ich fordere die Leute nicht nur zur Flucht auf, ich fordere sie auf, den Feind zu töten. Zu einem Rikschafahrer sage ich etwa, er soll die Rikscha umkippen und den Fahrgast zu Tode stürzen, einen betrunkenen Japaner umstoßen und erwürgen! Schülern sage ich ganz energisch, sie sollen ihrem japanischen Lehrer ihr Taschenmesser an die Kehle setzen und ihn umbringen. Sie wissen, daß ich früher keiner Ameise etwas zuleide tun konnte, aber heute, heute fordere ich andere zum Töten auf. Doch Töten ist für mich keine Leidenschaft, kein Ideal, sondern lediglich ein Mittel zum Zweck. Nur wenn wir den Feind töten und schlagen, werden wir wieder Frieden haben. Mit den Japanern streiten zu wollen hieße, einem Hund Tang-Gedichte vorzutragen. Ich weiß auch, daß der Tod eines Japaners mindestens drei bis fünf andere Leben fordert. Aber ich kann nicht nur Leben gegeneinander aufrechnen und die Aale sämtlich im Bottich verfaulen lassen. Je mehr Leute sterben müssen, desto größer wird der Haß. Wer hassen und rächen kann, der wird sich nicht als Sklave unterwerfen. Peking ist widerstandslos gefallen, wir müssen es uns zurückholen. Wenn einer von uns das Schwert zu zücken wagt, werden sich die Japaner wundern, und unsere braven Pekinger werden begreifen, daß die Japaner nicht unbesiegbar sind. Vor ein paar Tagen haben wir die Sonderbotschafter erstochen, nun werden uns die Japaner mit noch grausameren Methoden bekämpfen, warten Sie nur ab. Für die beiden Sonderbotschafter wurden Xiao Cui und der Fahrer unschuldig hingerichtet, Tausende willkürlich ins Gefängnis geworfen und grausam gefoltert. Das ist genau das, was wir wollen. Xiao Cui ist also nicht umsonst gestorben, sein Kopf ist die beste Propaganda gegen das ›Freundschafts- und Friedensgebaren‹ der Japaner!«
Der alte Mann machte eine Pause und schloß die Augen. Als

er sie wieder öffnete, war sein Blick nicht mehr so hart. Freundlich, fast so wie früher, beteuerte er: »Sollte ich noch einmal Frieden erleben, werde ich es bestimmt bereuen. Denn Menschen sollten sich nicht gegenseitig umbringen. Aber im Moment bedaure ich nichts. Wir müssen zu Jägern werden, die etwas riskieren und schießen, denn uns stehen Bestien gegenüber. Wir müssen wie ein Gebirge sein – voller Kräuter und Blumen, aber dazwischen liegen harte Steine. Was meinen Sie, Ruixuan?«
Ruixuan nickte stumm. Für ihn war Onkel Qian wie ein Berg, der früher nur seine dunkle Schönheit bewundern ließ, heute aber auch seine Bodenschätze zeigte. Mit einem leichtfertigen Lob würde er ihn nur beleidigen. Er schwieg.
Erst nach einer Weile fragte er: »Ihr Verhalten ist den Spitzeln doch sicher längst aufgefallen, Onkel Qian?«
»Natürlich beobachten sie mich«, er lächelte stolz, »aber ich habe da so meine Methoden. Ich bin viel mit ihnen zusammen. Sie müssen wissen, das sind auch Chinesen. Denunziantentum ist die modernste, aber eben auch die unzuverlässigste Einrichtung. Außerdem wissen die, daß ich unbewaffnet bin und ihnen also nichts tun werde. Wahrscheinlich bin ich für sie ein Halbverrückter, und so rede ich auch mit ihnen. Ich habe ihnen gesagt, daß ich im Gefängnis war und gefoltert wurde, damit ihnen klar ist, daß ich keine Angst habe. Sie wissen auch, daß ich kein Geld habe, mir also auch keine Bestechungsgelder abzupressen sind. Wenn nötig, erschrecke ich sie auch einmal und sage, daß mich die Zentrale geschickt hat. Land und Staat sind ihnen kaum ein Begriff, und sie dienen den Japanern auch nicht mit Haut und Haaren. Irgendwie spüren sie, daß die Japaner scheitern werden – den Grund können sie zwar nicht nennen, aber wahrscheinlich finden sie die Japaner so widerwärtig, daß selbst diese Leute ihre Niederlage herbeiwünschen. Wenn sie auf diese Niederlage hoffen, werden sie natürlich nicht ernsthaft gegen Leute vorgehen, die von der Zentralregierung geschickt wurden, sie müssen sich doch den Rückweg offenhalten. Ich sage Ihnen, Ruixuan, sobald man die Schrekken des Todes vergessen hat, stirbt es sich gar nicht mehr so leicht. Ich fürchte den Tod nicht, deshalb habe ich vor dem Tor ins Jenseits viele kleine begehbare Wege gefunden. Jetzt besteht

keine akute Gefahr für mich. Aber wer weiß, vielleicht sterbe ich plötzlich gerade dort und dann, wo und wann ich es am wenigsten erwarte. Aber was soll's, heute jedenfalls bin ich noch am Leben!« Inzwischen war es dunkel geworden. Im Teehaus wurde eine Öllampe angezündet.

»Onkel Qian«, sagte Ruixuan leise, »gehen wir zu mir, etwas essen, einverstanden?«

Ohne Zögern lehnte der alte Mann ab: »Ich nicht! Ihr Großvater und Xiao Shun erinnern mich nur an mein früheres Leben, das täte mir nicht gut. Ich bin wie jemand, der gerade gelernt hat, vom Kriechen zum aufrechten Gang überzugehen. Sobald ich nachgebe, falle ich um und werde wieder zu einer Kreatur auf allen vieren.«

»Na, dann essen wir irgendwo anders etwas?«

»Auch nicht, aus demselben Grund!« Der alte Mann erhob sich langsam, setzte sich dann aber wieder hin. »Da ist noch etwas. Kennen Sie den Professor Niu aus Ihrer Gasse?«

»Nein. Warum?«

»Wenn Sie ihn nicht kennen, hat es sich erledigt. Aber You Tongfang müßten Sie doch kennen?« Ruixuan nickte.

»Sie macht sich Gedanken, Sie sollten sich ein wenig um sie kümmern. Der habe ich auch eingeschärft – töten!«

»Wen denn?«

»Verdient hätten es viele! Natürlich ist es immer gut, ein paar Japaner zu vernichten, aber auch Figuren wie Guan Xiaohe, Li Kongshan oder Rotkürbis. Unser traditioneller Begriff von Beamtenkarriere und Wohlstand, das feudale Ideal, um jeden Preis Beamter werden zu müssen, das Familienregime, die Erziehungsmethoden, der Hang, in den Tag hineinzuleben, all das sind Erbkrankheiten der Nation. Leute wie Rotkürbis sind keine Menschen, sondern eher Maden, die Fliegen werden und schlimme Krankheiten übertragen. In Zeiten wie diesen sind ihre Verbrechen ebenso groß und zahlreich wie die der Japaner!«

»Wie soll ich mich denn um Tongfang kümmern?« fragte Ruixuan ziemlich ratlos.

»Sie aufmuntern, anspornen! Frauen sind oft zu Taten bereit, nur bei der Ausführung fehlt ihnen dann die Entschlossenheit.« Der alte Mann erhob sich wieder langsam.

Ruixuan wollte noch nicht gehen. Er hatte eine Frage, die ihm schon lange auf dem Herzen lag: »Und was würden Sie mir mit auf den Weg geben?« Aber er wagte sie wieder nicht zu stellen. Er kannte seine eigene Feigheit und Unfähigkeit. Wenn Onkel Qian ihn nun aufforderte, die Familie ohne Skrupel zu verlassen, täte er es dann? Er schluckte die Frage hinunter und stand ebenfalls langsam auf.

Vor dem Teehaus konnte sich Ruixuan immer noch nicht von dem alten Mann trennen, er lief neben ihm her. Der blieb nach ein paar Schritten stehen. »Ruixuan, egal, wie lange man einen Freund auch begleitet, der Abschied kommt gewiß. Gehen Sie nach Hause!«

Ruixuan ergriff seine Hand. »Onkel Qian, könnten wir uns nicht öfter treffen? Sie wissen doch ...«

»Das geht nicht! Ich weiß, daß Sie oft an mich denken, mir geht es ja genauso. Aber jedes Treffen kostet Zeit und ist doch nur müßiges Schwatzen, das lohnt sich nicht. Außerdem können Chinesen kein Geheimnis bewahren. Daß Sie verschwiegen sind, weiß ich, deshalb habe ich Ihnen ja auch vorbehaltlos alles anvertraut, was mir durch den Kopf geht. Aber auch für uns beide ist es besser so. Wir werden sehen – wenn ich meine, daß ich zu Ihnen kommen sollte, komme ich bestimmt. Suchen Sie mich nicht! Immerhin haben Sie und mein Schwager Chen Yeqiu mich schon um das Vergnügen gebracht, meinen Enkel weinen zu hören. Auf Wiedersehen. Grüßen Sie die alten Herrschaften von mir!«

Notgedrungen ließ Ruixuan die Hand los, aus der Wärme zu strömen schien. Verwirrt stand er da und sah, wie sich der alte Mann im Schatten der Laterne langsam entfernte. Erst als nichts mehr von ihm zu sehen war, machte er kehrt.

Er hatte sich so sehr gewünscht, Herrn Qian zu treffen. Aber heute hatte ihm Scham die Sprache verschlagen. Vom Alter her war Herr Qian ihm weit voraus, in neuen Dingen kannte er sich aber besser aus. Was die Liebe zum Land anging, dachte er wie ein Mensch seiner Zeit und war somit Onkel Qian mindestens ebenbürtig. Aber der alte Herr hatte sich von einem Eremiten zum Kämpfer entwickelt, während er derselbe geblieben war. Also mußte er der selbstbewußten Rede des alten Mannes lauschen, schweigen und sich schämen.

Zu Hause hatten sie schon zu Abend gegessen. Yunmei wärmte ihm das Essen auf. Sie fragte, weshalb er so spät kam, aber er antwortete nicht. Lustlos würgte er eine Schale Reis hinunter und legte sich dann aufs Bett, um seinen Gedanken nachzuhängen. »Was hält Onkel Qian wirklich von mir?« Diese Frage wälzte er immer wieder hin und her. Mal meinte er, daß der Dichter ihn achtete, wie sonst hätte er ihn aufgesucht und ihm sein Herz geöffnet? Dann wieder fand er, daß er sich das nur einbildete, was hatte er denn getan, um dessen Achtung zu verdienen? Nichts hatte er getan für den Widerstand und die Rettung seines Landes. Warum also sollte er ihn respektieren? Ruixuan fand es nicht heraus. Erschöpft schlief er schon bald ein.

Am nächsten Morgen sah die Zukunft wieder ein bißchen heller aus. Er dachte über Herrn Qian nach. Der alte Herr war, obwohl er alle Bitternis erfahren hatte, gesund und sogar frohen Mutes. Warum? Weil er ein Ziel hatte. Seine Überzeugung bestärkte ihn in dem festen Glauben, daß die Japaner geschlagen werden konnten, seine Entschlossenheit nahm ihm alle Bedenken.

Nach dieser Erkenntnis fand Ruixuan, er müsse vor allem der Willensstärke des alten Herrn nacheifern, dann würde er sich wie dieser nicht vor dem Feind beugen. Dafür mußte man auch Not, Folter, sogar den Tod ertragen und durfte sich nicht länger wie eine Schnecke im Haus verkriechen. Er mußte hinausgehen, Leute kennenlernen, mußte die Guans aufsuchen, um zu sehen, wie verkommen die eigentlich waren, mußte sich ansehen, wie Xiao Cui geköpft worden war. Erst dann konnte er sich eindeutiger und energischer, eines Tages womöglich direkt für den Widerstand engagieren.

Das Frühstück bestand wieder aus Reisbrei, gekocht aus den vom Vorabend übriggebliebenen Resten und eingesalzenen Rüben. Ruixuan aß mit Appetit und reichlich. Er bedauerte die Alten und die Kinder nicht mehr wegen des bescheidenen Mahls, sondern fand, daß alle Not ertragen müßten. Je größer die Not, desto mehr würden sie den Feind hassen und ihr Land lieben. Es war Strafe und Ansporn zugleich!

Nach dem Essen ging er schnell zur Arbeit. Als er in der Gasse die Japaner aus Nummer eins traf, senkte er nicht mehr den Kopf, sondern schaute sie an. Sie waren heute in seinen Augen nicht mehr die Sieger, sondern Kanonenfutter. Früher oder später würden sie bestraft werden und in China umkommen.

Er zwängte sich in die Straßenbahn. Gewöhnlich war das eine Folter, heute betrachtete er es als Training. Beim Gedanken an die in den Käfigen zusammengepferchten, zum Stehen verurteilten Gefangenen und an das kranke Bein von Herrn Qian fand er die Drängelei in der Straßenbahn nicht der Rede wert.

Es war Sonnabend, um zwei konnte er sein Büro verlassen. Er beschloß, sich die Veranstaltung der Nordchinesischen Vereinigung der Künstler und Schriftsteller anzusehen, die um drei Uhr in der großen Halle des Ahnentempels Taimiao stattfand. Er wollte sich endlich nicht mehr verkriechen.

Der Taimiao hatte, seit er öffentlicher Park geworden war, nie so viel Geschäftigkeit erlebt wie der Sun-Yatsen-Park. Er verfügte nur über die große Halle und alte Zypressen, ihm fehlten die üblichen Anlagen mit Blumen und Pavillons. Die meisten Pekinger liebten lärmendes Treiben, hier aber war es still. Jetzt im Winter kamen kaum Besucher. Als Ruixuan eintrat, hingen am Tor zwar Fünffarbenbanner, japanische Flaggen und viele Spruchbänder, aber drinnen wie draußen herrschte gähnende Leere. Langsam ging er in den Park. Er zog sich den Hut ins Gesicht, weil er von Bekannten nicht erkannt werden wollte.

Auf den alten Zypressen sah er die berühmten grauen Kraniche. Zwei standen in den Wipfeln. Er blieb stehen, schweigend in ihre Betrachtung vertieft. Früher war er einmal mit Xiao Shun wegen der Kraniche hergekommen, hatte sie aber nicht gesehen, erinnerte er sich. Bei ihrem unerwarteten Anblick stand er jetzt wie gebannt da. Es hieß, sie seien vom Kaiser gehalten worden und lebten seit vielen Jahren hier. Er wußte nicht, wie alt ein Kranich werden konnte und ob diese beiden Vögel den Kaiser noch erlebt hatten. Ihn befremdete nur, daß sie nach der Besetzung Pekings immer noch hier waren. Mit ihrem wunderbar glänzenden Gefieder und ihrer majestätischen Haltung wirkten sie zwischen den roten Mauern, den grünen Zypressen und den goldfarbenen Ziegeln der Paläste

wie Wundervögel aus dem Paradies. Die Herren dieses Paradieses waren jetzt allerdings japanische Piraten, die skrupellos mordeten. Wozu also eine solch paradiesische Szenerie? Wer weiß, ob die Japaner sie nicht in Käfige sperren und in ihrem Inselreich als Siegestrophäe ausstellen würden?
Auf einmal hatte er keine Lust mehr auf die Veranstaltung der Künstler und Schriftsteller. Die grauen Kraniche und er waren stolz, sie liebten ihr Gefieder, aber der Stolz war zu nichts nütze! Er wollte gerade mit geducktem Kopf den Heimweg antreten, als er seine Sentimentalität beiseite schob. Er ging auf die Veranstaltungshalle zu, denn er wollte hören, was die Japaner zu sagen hatten, und die Gesichter der Künstler sehen, die sich als schmückendes Beiwerk ausnutzen ließen. Nicht wegen der Kraniche war er gekommen.
In der Halle saßen und standen schon viele Leute, aber die Veranstaltung hatte noch nicht angefangen. Er trug sich in das Anwesenheitsbuch unter einem falschen Namen ein. Bei dem Buch wie überall in der Halle standen Spitzel, die erkannte er sofort. Ihm fielen Herrn Qians Worte ein: Ein Regime, das sich auf Spitzel verläßt, ist wie ein in den Sand gebautes Haus. Die Japaner verstanden es, Häuser zu bauen, nur vergaßen sie dabei, den Untergrund zu prüfen.
Er suchte sich hinten einen Platz, wo wenige Leute saßen. Nach und nach erkannte er einige Gesichter: Der dort im Pelzkäppchen mit dem Kegelkopf war der Inhaber einer Buchhandlung im Dongan-Basar, der unter der Hand speziell Pornoliteratur druckte; der Dicke mit dem speckigen Gesicht, der wie eine Lokomotive keuchte, war der Tuschsteinhändler Zhou Sibao aus der Liulichang-Gasse; der junge Mann mit dem dicken Gesicht und den runden Augen war der Laufbursche aus der Papierhandlung Dewenzhai gleich am Hinterausgang des Parks; der mit dem verqualmten Gesicht und dem Haarbüschel auf der Wange der Geschichtenerzähler Fang-Sechs. Haarbüschel Fang-Sechs kannte ihn bestimmt, da er in der Schafhürdengasse, in der Nummer sieben nämlich, wohnte. Den drei anderen kam er vielleicht auch bekannt vor, denn Ruixuan trieb sich häufig in Buchhandlungen und der Liulichang herum und kaufte viel im Dewenzhai. Außerdem entdeckte er noch ein geschminktes und gepudertes altes Gespenst um die

Sechzig, von dem ihm erst nach langem Grübeln einfiel, daß es der Amateurschauspieler Liu Yuqing war, der häufig Kritiken schrieb. Sein Foto hatte er in einer Theaterzeitschrift gesehen. Um ihn herum saßen oder standen lauter Leute, die über das ganze Gesicht lächelten und ihm bekannt vorkamen, deren Namen ihm aber nicht einfielen. Er hielt sie für Schreiberlinge von Klatschnachrichten oder Reporter kleiner Zeitungen, die mit albernen Pseudonymen unterzeichneten.

Rotkürbis, Zhaodi und Guan Xiaohe traten ein. Rotkürbis trug ein langes, violettes Seidengewand, darüber ein rotes, besticktes Cape und einen großen, roten Hut mit schmalem Rand und einer ellenlangen Fasanenfeder. Sie ging langsam, gemessenen Schritts und hielt die Enden des Capes mit beiden Händen fest, so daß die Fasanenfeder einen Halbkreis von links nach rechts beschrieb, wobei sie ihre Augen im Gefolge der Feder über sämtliche Anwesenden im Saal schweifen ließ. Nachdem sie so hereinstolziert war, ließ sie das Cape los, so daß es locker in Guan Xiaohes Händen landete. Dann schritt sie, mit Zhaodi am Arm, langsam weiter, wobei sich nur ihre Fasanenfeder bewegte. In der Halle waren die Gespräche verstummt, und aller Augen richteten sich auf die zitternde Feder. Rotkürbis ging bis zur ersten Reihe, vertrieb die in der Mitte Sitzenden mit einer Handbewegung wie Ungeziefer und setzte sich vor die Tribüne, direkt dem Tisch mit der Blumenvase gegenüber. Zhaodi nahm neben ihrer Mutter Platz.

Das Cape der Gattin auf dem linken Arm, schritt Guan Xiaohe voran, nach allen Seiten jeden der Anwesenden grüßend. Die Augen leicht zusammengekniffen, den Mund halb geöffnet, bewegte er die Lippen, ohne etwas zu sagen. So konnte er den Eindruck erwecken, er rede mit ihnen. Nach einigen Schritten fand er jedoch, er habe nun genug gegrüßt, trippelte eilig der Gattin hinterher und setzte sich wie ein Schoßhündchen zu ihr.

Nachdem Ruixuan diesen Auftritt der Guans gesehen hatte, hielt es ihn nicht mehr, er wollte gehen. In diesem Moment ertönte vor der Tür ein Klingelzeichen. Guan Xiaohe klatschte, halb stehend mit beiden über den Kopf gestreckten Händen, die anderen folgten seinem Beispiel, da blieb Ruixuan nichts anderes übrig, als sitzen zu bleiben.

Als erster trat Lan Dongyang ein. Heute trug er einen Anzug nach westlichem Schnitt. Sein Schlips war nicht zu sehen, weil Kopf und Rücken in gebeugter Haltung verharrten. Seinen Oberkörper hielt er parallel zum Boden, die Hände am Körper, so als suche er etwas. Ihm folgte – Ruixuan kannte ihn – der japanische Schriftsteller Ida Iwakusu, der früher eine Zeitlang für seine Antikriegs-Propaganda bekannt war. Klein, wie er war, und mit seinem dicken Bauch sah er aus wie ein Krautfaß auf Beinen. Heute reckte er den Bauch besonders hervor und trug den Kopf hoch. Sein Haar war schon ziemlich ergraut. Dongyang lief gebeugt, um ihm den Weg zu weisen und zugleich bescheiden zu demonstrieren, daß ihm der erste Platz nicht zustehe. Sein Kopf bewegte sich dauernd neben dem Bauch des Japaners, was diesen störte, so daß der nach einigen Schritten Dongyangs Kopf einfach von seinem Bauch wegschob und zur Tribüne stolzierte. Ohne auf die anderen zu warten, nahm er in der Mitte Platz und betrachtete die Decke. Die drei nachfolgenden Personen waren ebenfalls Japaner, und alle waren von ziemlich kleiner Gestalt, doch jeder kam sich vor wie eine Juwelenpagode. Den Japanern folgten zwei Koreaner, diesen zwei junge Burschen aus dem Nordosten Chinas. Unsanft beiseite geschoben, verharrte Dongyang mit dem Hinterteil an der Wand in gebückter Haltung, bis alle vorbeigegangen waren. Dann lief er in ebendieser Haltung auf die Bühne. Dort richtete er sich auf und verbeugte sich erneut vor Iwakusu. Schließlich wandte er sich dem Publikum zu. Seine Augäpfel rutschten plötzlich nach oben, sämtliche Sinnesorgane wechselten die Plätze, er verzerrte das Gesicht, als wollte er das Publikum verschlingen. Nach dieser Respektbezeugung richtete er sich auf und setzte sich. Kaum daß der Hintern den Stuhl berührt hatte, erhob er sich erneut und verbeugte sich vor Iwakusu. Der genoß immer noch den Anblick der Decke. Da stand Guan Xiaohe auf und winkte zur Tür hin. Ein gepflegter Diener trug zwei Blumenkörbe herein. Guan Xiaohe nahm sie entgegen und überreichte einen Korb respektvoll seiner Gattin, einen der Tochter. Rotkürbis und Zhaodi erhoben sich, blickten sich um, ob man sie auch richtig wahrnehmen würde, und gingen gemessen auf die Bühne. Rotkürbis überreichte den Korb Dongyang, Zhaodi Iwakusu.

Der wandte seinen Blick von der Decke zu Zhaodi und reichte ihr sitzend die Hand. Mutter und Tochter blieben stehen, auf daß man sie von unten sehen konnte. Beifall brandete auf.

Als sie herunterkamen, ging Guan Xiaohe hinauf und machte vor jedem einzelnen eine tiefe Verbeugung, wobei er sich leise vorstellte: »Guan Xiaohe! Guan Xiaohe!«

Man applaudierte auch ihm.

Lan Dongyang verkündete die Eröffnung: »Herr Ida Iwakusu!« Eine Verbeugung. »Herr Kikuchi Kan!« Eine Verbeugung. Erst nachdem er unter vielen Bücklingen jeden einzelnen beim Namen genannt hatte, wandte er sich mit seinem grünlichen, verzerrten Gesicht an das Publikum: »Verehrte Künstler!« Keine Verbeugung. Nach dieser Anrede verstummte er, als habe er vor lauter Arroganz die Eröffnungsrede vergessen. Seine Augäpfel wanderten wieder zur Decke. Zitternd fuhr seine Hand in die Anzugtasche und zog endlich ein Blatt Papier hervor. Mit einer halben Drehung nach links, das Gesicht schräg Iwakusu zugewandt, las er vor: »Wir haben uns heute hier versammelt, weil wir uns versammeln müssen!« »Müssen« betonte er stark, wobei er kräftig den Arm hoch reckte. Unten wurde wieder applaudiert. Mit offenem Mund wartete er das Ende des Beifalls ab. Dann las er weiter: »Als Künstler bilden wir natürlich mit den berühmten Literaten des großen Japan eine Familie!« Diesmal währte der Beifall zwei Minuten. Währenddessen brabbelten die Lippen Dongyangs unaufhörlich: »Ausgezeichnete Verse! Ausgezeichnete Verse!« Als der Beifall aufhörte, packte er das Blatt ein. »Ich bin fertig. Gedichte sind Kristalle der Sprache, sie sprechen für sich. Ich bitte nun den großen .Dichter, Herrn Ida Iwakusu, das Wort zu ergreifen. Herr Ida Iwakusu!« Wieder eine sehr tiefe Verbeugung.

Als Iwakusu sich aufrichtete und neben den Tisch stellte, ragte sein Bauch weit vor. Er warf einen Blick zur Decke, einen auf Zhaodi, und winkte ungeduldig, um dem Beifall Einhalt zu gebieten. Dann sagte er auf chinesisch: »Japan ist ein progressives Land, Führer und Vorbild für Großostasien in Wissenschaft, Literatur und Kunst. Ich bin gegen den Krieg, das Volk Großjapans ist gegen den Krieg, es liebt den Frieden. Japan und Korea, Mandschukuo und China haben die gleiche Schrift, die gleiche Kultur. Sie alle müssen gemeinsam unter der Führung Großjapans den Frieden und eine neue Ordnung in Großostasien errichten! Heute beginnen wir damit, es erfordert große Anstrengungen von Ihnen!« Er blickte wieder zu Zhaodi und trat ab.

Dongyang verbeugte sich und bat Kikuchi Kan um das Wort. Als wieder applaudiert wurde, schlüpfte Ruixuan hinaus.

Draußen schien er jede Orientierung verloren zu haben. Er lehnte sich an den Stamm einer alten Zypresse und ließ sich langsam nieder. Er hatte sich nicht vorstellen können, daß es eine solche Schamlosigkeit und Heuchelei, solchen Unsinn, solch eine Farce geben könnte. Aber am meisten enttäuschte ihn nicht Lan Dongyang oder Rotkürbis, sondern Iwakusu. Er hatte früher nicht nur dessen Reden gehört, er hatte auch seine Artikel gelesen. Vor über zehn Jahren war er ein respektabler Schriftsteller gewesen. Jetzt hatte er sich tatsächlich zum Lakaien der japanischen Kriegsherren gemacht und die Chinesen, die Kunst und auch die Wahrheit verhöhnt. Iwakusu personifizierte für ihn die gesamte japanische Kultur. Diese war nur noch wie die süße Glasur um eine Giftpille. Früher war er der festen Meinung, Japan habe seine eigene, besondere Kultur. Heute hatte er erkannt, daß Iwakusu nur ein billiger kleiner Trickkünstler und ganz Japan nur eine schäbige Farce war, die andere täuschte.

Da richtete sich sein Haß wieder gegen sich selbst. Hätte er Mut, würde er mit einer Handgranate das Gelichter auf der Tribüne vernichten. Er haßte sich. Freilich, er hatte dem Japaner und Dongyang keinen Beifall gezollt. Aber er hatte auch nicht die Hand gegen die schamlosen Betrüger erhoben. Er wagte nicht, seine Landsleute zu rächen, wagte nicht einmal, für Wahrheit und Gerechtigkeit einzutreten.

Vor der Halle wurde ein Feuerwerk abgebrannt. Mechanisch stand er auf und ging zum Ausgang. Die beiden Kraniche flogen, von dem Feuerwerk aufgeschreckt, davon. Ruixuan duckte sich wieder.

51

Die Japaner dachten, mit Hilfe von Kollaborateuren eine Herrschaft errichten zu können und so allmählich das Land und die Bevölkerung fest in den Griff zu bekommen. Sie meinten tatsächlich, diese Verräter wären die wahren Vertreter der Chinesen, und glaubten, sobald die zur Macht kamen, würde sich das Volk freudig fügen und alles wäre in Ordnung. Zudem waren sie der Meinung, die unzähligen Revolutionen Chinas seien lediglich von ehrgeizigen Politikern veranstaltete Akrobatik gewesen und ohne jeden Einfluß auf die Bevölkerung geblieben. Die Japaner nahmen an, die Bevölkerung habe ebensowenig mit Revolution im Sinne wie die Verräter, also könnten die von ihnen eingesetzten Lakaien das Volk regieren und es herrsche Eintracht. Die Chinesen hatten sich in ihren Augen in den letzten fünfzig Jahren nicht verändert.

Niemals aber hätten sie erwartet, daß die Tausende und Abertausende, die sie in Peking verhaftet hatten, fast einhellig die Japaner verabscheuten und Sun Yatsen als Landesvater betrachteten, ganz gleich, ob sie einer Partei angehörten oder nicht.

Erst als die Sonderbotschafter in Peking umkamen, wurde den Japanern bewußt, daß sie die mobilisierende Kraft der Kollaborateure bei weitem überschätzt hatten. Sie mußten ihren Kurs ändern, ein paar altbekannte Verräter ersetzen – am besten durch solche aus der Guomindang-Partei –, um diejenigen, die Sun Yatsen respektierten, zu beruhigen und zur Zusammenarbeit zu bewegen. Sollten sie in dieser Partei niemanden finden, mußten sie ein paar japanfreundliche Gelehrte suchen, die das Volk zur Einkehr bringen konnten. Und die Arbeit des Neuen Bürgerkomitees sollte verstärkt werden, um die Idee von der Einheit China-Japan-Mandschukuo und eines aufblühenden Groß-Ostasiens zu propagieren, die die Bürgerrevolution ersetzen sollte. Dabei verzichteten sie aber nicht auf ihr wirksamstes Mittel, nämlich die Massaker. Sie mußten also werben und drohen und ihren »Königsweg« durch systematisches Morden untermauern. Außerdem zog sich der Krieg bereits über ein Jahr hin, von einem Blitzkrieg konnte keine Rede mehr sein. Um den Krieg fortsetzen zu

können, mußten sie in Nordchina alles rauben, dessen sie habhaft werden konnten.
Es war tiefer Winter. Der alte Herr Qi und Tianyous Frau hatten wieder Schlimmes auszustehen. Die Kohle war noch knapper als im Vorjahr. Damals hatten die Kohlenhandlungen wenigstens noch ein paar Vorräte. Die waren inzwischen verkauft, zudem hatten die Japaner die neugewonnene Kohle aus allen Schächten abtransportiert und für Peking nur ein oder zwei Zehntel zurückgelassen. Wenn der alte Herr nachts gefroren hatte, stand er morgens auch nicht gern auf. Die Japaner hatten seine Gewohnheit zerstört, mit dem ersten Krähen der Hähne aufzustehen; dies hätte Ruixuan und Yunmei ohnehin nur in Verlegenheit gebracht. Früher war Yunmei herbeigeeilt, sobald er in seinem Zimmer hustete, hatte Feuer gemacht, so daß er morgens als erstes immer eine kleine Flamme in dem Öfchen sah, das vor seinem Bett stand. Das Feuer war ihm Trost und Freude. Jetzt blieb er am besten eingerollt auf dem Kang liegen.
Tianyous Frau hatte stets Rücksicht auf die Schwiegertochter genommen, sie sagte natürlich auch nicht, daß sie fror. Aber sie konnte den Husten nicht unterdrücken und wußte, daß das dem Sohn und der Schwiegertochter Sorgen bereitete. Deshalb hustete sie unter der Decke, da tönte es nicht ganz so laut.
Seit Ruixuan die Veranstaltung der Künstlervereinigung besucht hatte, verlebte er keine ruhige Minute. Er wollte sich Herrn Qians Entschiedenheit und Gelassenheit zum Vorbild nehmen, da er aber nicht wie dieser handelte, konnte er auch nicht so entschlossen und heiter sein. Er wurde seines Lebens nicht mehr froh. Manchmal dachte er schon an Selbstmord.
Die ganze Nacht hatte es gestürmt. Das war schon kein Sturm mehr, eher eine Katastrophe, die alles auf der Erde davonzufegen schien. Schon bei Sonnenuntergang hing der Himmel prall und tief und gelb herab, schubweise zogen »Sandwolken« in einem unheilvollen dunklen Gelb vorüber, deren Kälte die Menschen erzittern ließ. In der Dämmerung wurde der Himmel dann ganz dunkel, erschreckend schwarz. Die hohen Straßenlaternen wirkten auf einmal viel niedriger unter dem drückenden Schwarz, und ihr Lichtstrahl zitterte. Dann

plötzlich flogen die Sandwolken dahin. Der Himmel dröhnte, als trieben vorübereilende Geister ihr Unwesen. Die Zweige an den Bäumen schwankten. Plötzlich wurden Geräusche von der Straße und von Ausrufern herangetragen, die ebenso unvermittelt verstummten. Ein paar Sterne leuchteten auf und verschwanden wieder. Alles lag still da. Dann auf einmal stöhnten Fenster, Türen, Bäume ganz unheimlich. Der Wind fegte durch die Winkel, kam aus allen Richtungen und wurde begleitet von Schreien, als würden Schweine abgestochen, er trieb aufgewirbelten Sand, Erde, Federn, Papierfetzen vor sich her, peitschte Himmel und Erde. Das Licht verlosch, Fenster wurden aufgerissen, Wände wackelten, alles geriet durcheinander und schwankte, als wollte der Himmel einstürzen und die Erde sich auftun. Das Herz zog sich einem zusammen, das Wasser im Becken gefror sofort. Peking schien seine dicken Stadtmauern eingebüßt zu haben und eins mit der Wüste zu werden. Es gab nur noch umherwirbelnden Sand und tanzende Kälte, der Mensch hatte die Herrschaft über die Natur verloren. Nicht einmal ein Hund wagte zu bellen.

Nach einer Weile legte sich der Aufruhr der Natur. Das Licht ging wieder an, die Zweige rüttelten nicht mehr so wild, sondern bogen sich sanft. Am Himmel lugten wieder einige weißglänzende Sterne hervor. Aber gerade, als die Menschen Luft holen wollten, fügte der Orkan Himmel und Erde wieder zusammen zu einem endlosen, sturmgepeitschten Knäuel.

Die Straßenbahn hatte ihren Betrieb schon früh eingestellt, mit leerem Magen und leeren Händen stellten die Rikschafahrer ihre Rikschas unter, die Geschäfte brachten die Holzläden an, die Straßen waren leergefegt. Peking schien wie eine stumme, dunkle Insel inmitten eines Orkans.

Großvater Qi hatte sich schon früh hingelegt. Ihm war, als läge er nicht im Zimmer, sondern flöge durch die Lüfte. Jede Sturmböe verwirrte ihn, er verlor die Orientierung, vergaß, wo er war. Er hatte nur das Gefühl, als stächen ihn Tausende und Abertausende Nadeln am ganzen Körper. Er wußte nicht mehr, ob er schlief oder wachte, ob das Traum oder Wirklichkeit war. Immer, wenn ihm gerade etwas einfiel, fuhr der Sturm dazwischen. Ließ der Orkan nach, fand er sich wieder, als sei er gerade vom Himmel gefallen. Der Sturm trug seinen Körper

und Geist in weite Fernen davon, während er die ganze Zeit zusammengekrümmt auf dem eiskalten Kang lag.
Endlich hielt der Sturm inne. Der alte Mann hörte einen Hahn krähen, was ihm vorkam wie ein vom Himmel ausgesandtes Signal, das vom Ende des Unwetters kündete und den Tagesanbruch anzeigte. Er streckte eine Hand aus und faßte sich an die Stirn, es war, als berühre er ein Stück Eis. Mutig streckte er auch die schmerzenden, klammen Beine aus, zog sie aber eilig zurück, denn außerhalb der Decke herrschte eine eisige Kälte wie in einer Höhle, als ob er in einem dünnen Zelt am Fluß oder in der Wüste schlafen und nur eine dünne Stoffwand ihn vom Eis trennen würde. Langsam wurde es vor dem Fenster heller. Auf dem Sims lagen ganze Häufchen von Lehm, die sich auf dem Pergamentpapier als kleine dunkle Dreiecke abzeichneten. Seine tränenden Augen liefen, als er verfroren gähnte. Er hatte es satt und setzte sich mit einem Ruck auf. So verharrte er eine Weile. Als die steifen Beine noch immer schmerzten, zog er sich langsam an, um hinauszugehen und im Hof ein paar Bewegungen für den Kreislauf zu machen. Gewöhnlich warf er dazu nur seinen alten Pelz über, den er mit dem breiten Stoffgürtel lässig zusammenhielt, ohne ihn zuzuknöpfen. Erst nachdem er den Hof gefegt und sich gewaschen hatte, pflegte er sich richtig anzukleiden und seine erste Mahlzeit einzunehmen. Heute aber zog er sich gleich richtig an.
Als der alte Mann die Tür öffnete, glaubte er, in ein Eisloch zu fallen. Ein beißender Wind schnitt ihm messerscharf ins Gesicht, so daß die Nase sofort tropfte. Vor seinem Mund bildete sich weißer Dampf. Der Hof kam ihm größer vor als sonst. Der Boden war sauber und grauweiß, an einigen Stellen rissig, kein einziges Blatt lag da. Auch die Luft schien wie durchsichtiges Eis, der wolkenlose Himmel hoch und weit, blaßblau wie verwaschener Baumwollstoff. Himmel und Erde, sogar die Luft leuchteten weiß wie Schnee, aber es hatte nicht geschneit. Da, wo sich dieses Leuchten kräftig verdichtete, strahlte es eine Kälte aus, daß man meinte, völlig nackt zu sein. Häuser, Bäume, Mauern standen wie erstarrt, zusammengezogen, erfroren. Der alte Mann wagte nicht zu husten – das kleinste Geräusch konnte Eis zum Bersten bringen.

Nach einer Weile erschien am Himmel, am gefrorenen Himmel, ein rotes Licht. Der alte Herr Qi wollte den Besen holen, mochte aber die Hände nicht aus den Taschen nehmen. Der Sturm hatte ohnehin bereits alles sauber gefegt, die Mühe konnte er sich sparen. Händereibend ging er hinaus und öffnete das Tor. In der Gasse war kein Mensch zu sehen, nichts regte sich. Unter den Schnurbäumen lagen viele herabgefallene Zweige, die gutes Feuerholz ergaben. Der alte Mann vergaß die Kälte und machte sich ans Einsammeln. Mit den Zweigen im Arm ging er zurück und stutzte, als er auf die Stufen trat. Unter dem Türgott fehlten die beiden Türklopfer aus Messing. »Hm?«

An seinem selbsterworbenen Haus kannte er jedes Stückchen samt seiner Geschichte. Anfangs waren die Türklopfer aus Eisen und standen hervor wie zwei Brüste, aber sie rosteten. Später dann, zu Ruixuans Hochzeit, wurden sie gegen ein Paar aus Messing ausgewechselt. Blitzende Türklopfer am Tor sind wie ein neues Schmuckstück bei einer Frau. Er liebte die Klopfer und achtete streng darauf, daß sie nicht oxydierten. Immer wenn er nach Hause kam und die blitzenden Dinger am Tor sah, freute er sich.

Heute waren sie plötzlich wie vom Sturm davongeweht, nur die Abdrücke und die Löcher der Nägel waren noch da. Obwohl er wußte, daß es der Sturm nicht gewesen sein konnte, bückte er sich in der Hoffnung, sie zu finden. Auf den Stufen lag nicht einmal ein Körnchen Sand. Er brachte das Holz hinter das Tor und suchte neben den Stufen, vergeblich. Er lief zum Tor von Nummer sechs, dort waren die Türklopfer ebenfalls verschwunden. Er vergaß die Kälte und machte eine Runde durch die Gasse, an allen Toren fehlten die Klopfer. »Spukt es denn hier?« Der alte Mann strich sich mit den rotgefrorenen Händen über den Bart, er fühlte zwei Eiszapfen. Schnell lief er hinein und rief nach Ruixuan. Der war noch nicht aufgestanden, da es Sonntag und zudem sehr kalt war und er nicht ins Büro mußte. Eigentlich hatte er den Enkel nicht erschrecken wollen, aber die Sache war zu seltsam. Wie konnten in einer Nacht die Türklopfer der ganzen Gasse verschwinden?

Ruixuan hörte beim Ankleiden dem Großvater zu, verstand aber nicht recht, was er meinte. Benommen kam er heraus und

folgte dem Großvater zum Tor. Als er die Abdrücke der Klopfer sah, war ihm klar, um was es ging. Lächelnd blickte er zum Himmel empor. Der strahlte wieder weiß und hell, hoch und kalt.
»Was hat das zu bedeuten?« fragte der Großvater.
»Bei dem Sturm heute nacht hätten wir nicht einmal gehört, wenn das Tor weggetragen worden wäre! Komm rein, Großvater, es ist kalt!« Ruixuan hob das Holz auf.
»Wer macht denn so etwas? So unverfroren. Wieviel kriegt man schon für zwei solche Dinger?« brummte der alte Mann.
»Metall ist während des Kriegs besonders wertvoll«, sagte Ruixuan ratlos und trug das Holz in die Küche.
Der Großvater und Yunmei konnten sich über das Ganze nicht genug wundern. Ruixuan verkroch sich in sein Zimmer. Er hätte gern noch ein bißchen geschlafen, aber seine Ruhe war dahin. Die verschwundenen Türklopfer jagten ihm ein Frösteln über den Rücken, das schlimmer war als die Kälte draußen. Er wollte es dem Großvater nicht sagen, hatte aber von Mr. Goodrich zuverlässige Informationen, daß die japanische Heeresleitung bereits zahlreiche japanische Wirtschaftsexperten mit der Untersuchung der Kriegswirtschaft beauftragt hatte. Die sollten herausfinden, wie die Ressourcen Nordchinas zu plündern waren. Denn Japan hatte zwar viele Städte und Orte eingenommen, aber kein Kapital. Einen Krieg gewann aber nur, wer bereit war, viel Geld auszugeben. Natürlich konnten die Japaner in den eroberten Gebieten ihre Waren absetzen. Aber der Krieg beeinflußte auch die Wirtschaft im eigenen Land, denn für die in China abgesetzten Waren bekamen sie nur die von ihnen selbst ausgegebene, völlig wertlose Ersatzwährung. Zudem war das Ende des Krieges nicht in Sicht, je länger er dauerte, desto mehr Geld verschlang er. Deshalb mußten sie schnellstens alles zusammenstehlen, Getreide, Kohle, Kupfer und Eisen, alles, was nicht niet- und nagelfest war.
In einer Sturmnacht sämtliche Türklopfer aus Messing und Eisen zu stehlen, war sicherlich erst der Anfang dieser Plünderungspläne, vermutete Ruixuan. Allerdings würden die Japaner noch raffiniertere Pläne und Methoden entwickeln, um nur ja nichts zu übersehen. Sie gingen erbarmungslos vor. In Nord-

china hatten sie Ackerboden abgetragen und dadurch den Hungertod von Tausenden und Abertausenden heraufbeschworen. Außerdem schmeichelten sich die Kollaborateure durch ihren Übereifer bei den Japanern ein, denn wenn die fünf Millionen Scheffel Getreide forderten, trieben die Verräter vielleicht zehn Millionen ein. Es war abzusehen, daß die Hälfte der Bevölkerung Nordchinas in allernächster Zeit sterben würde. Ruixuan war eigentlich hiergeblieben, um die Familie durchzubringen. Wenn das jedoch so weiterginge, wie konnte er dann verhindern, daß sie alle verhungerten?

Inzwischen waren die Kinder aufgewacht und drängelten die Mutter, Reisbrei zu kochen. Tianyous Frau und der Großvater redeten unablässig mit ihnen, das stach Ruixuan wie giftige Dornen mitten ins Herz. Sie lebten ergeben und dumpf dahin und würden demnächst genauso sterben – ohne verzweifelte Anstrengungen, ohne Kampf, ja sogar ohne böse Worte, einfach still verhungern...

Schwach brach die Sonne durch, nach der stürmischen Nacht freuten sich die Menschen über ein wenig Wärme. Gegen acht, neun Uhr zog sich der Himmel wieder gelb zusammen, und die Zweige wedelten wild. »Der Sturm ist noch nicht vorüber«, seufzte der alte Herr.

Er hatte kaum zu Ende gesprochen, als draußen zwei Schüsse knallten. Sehr laut, sehr nah, alle erstarrten.

»Was ist los?« fragte der alte Mann nur ganz nebenbei, fast ausdruckslos. »Jeder kehre den Schnee vor seiner eigenen Tür und schere sich nicht um den Reif auf Nachbars Dach« war seine Lebensphilosophie. Solange in seinem Hof nicht geschossen wurde, bestand kein Grund zur Aufregung.

»Es hörte sich an, als ob es im übernächsten großen Wohnhof gewesen wäre!« Yunmeis Augen waren weit aufgerissen, um ihre Lippen spielte ein verlegenes Lächeln, denn immer fürchtete sie, vorlaut zu sein oder etwas Falsches zu sagen. Mit dem »übernächsten Hof« meinte sie das Anwesen im Bauch des Flaschenkürbisses.

Ruixuan rannte hinaus. Normalerweise wäre er auch so gelassen wie der Großvater gewesen und hätte sich nicht um Dinge gekümmert, die ihn nichts angingen. Aber heute, da er gerade über den Tod gegrübelt hatte, vergaß er alles.

»Pa, ich will mit!« Xiao Shun rannte humpelnd hinterdrein, er hatte eine Frostbeule am Fuß.
»Was willst du? Komm zurück!« Yunmei packte ihn wie der Adler ein Huhn und holte ihn zurück.
Vor Nummer drei war niemand, vor Nummer eins stand die alte Japanerin. Sie verbeugte sich vor Ruixuan, und er, der eigentlich die Leute aus Nummer eins prinzipiell nicht grüßte, erwiderte heute in der Eile ihren Gruß. Cheng Changshun stand unschlüssig vor Nummer vier, wollte hineingehen, traute sich aber nicht, weil die Großmutter ihm zurief: »Komm zurück, du verrückter Kerl, willst dir wohl 'ne Kugel holen?« Als er Ruixuan sah, fragte er eilig: »Was ist?«
»Weiß nicht!« Ruixuan lief weiter.
Xiao Wen stand – die Hände in die Ärmel gesteckt und eine Zigarette lässig im Mundwinkel – wie zufällig vor der Nummer sechs. »Sind da nicht zwei Schüsse gefallen? Vielleicht waren es Feuerwerkskörper!« sagte er zu Ruixuan, ohne die Zigarette aus dem Mund zu nehmen. Der nickte wortlos und lief weiter in nördliche Richtung. Gleichzeitig beneidete und verabscheute er Xiao Wens Gleichgültigkeit.
Vor Nummer sieben standen viele Leute, einige unterhielten sich, andere schauten nach Norden.
Von dort kam Wachtmeister Bai mit bleichem Gesicht angerannt: »Geht ins Haus, schnell! Gleich werden bestimmt alle Höfe durchsucht! Regt euch nicht auf, aber seid vorsichtig! Geht rein, schnell!« Sagte es und machte kehrt.
»Was ist denn passiert?« fragten alle wie aus einem Munde.
Der Wachtmeister drehte sich um: »Ich habe vielleicht ein Pech, bei den Nius ist was passiert.«
»Was denn?«
Wachtmeister Bai gab keine Antwort mehr und lief davon.
Ruixuan ging langsam zurück, dabei murmelte er vor sich hin: »Bei den Nius!« Er konnte sich nicht vorstellen, was dort geschehen war, erinnerte sich aber an die Worte des Dichters Qian vor wenigen Tagen. Hatte der ihn nicht gefragt, ob er Professor Niu kenne? Sollte sich etwa herausstellen, daß Professor Niu ein Verräter ist? Das schien unmöglich! Ruixuan hatte zwar nichts mit ihm zu tun, empfand aber großen Respekt vor seiner Bildung und menschlichen Haltung. Hätte

Ruixuan nur ein wenig mehr Ehrgeiz, wäre er auch wie Professor Niu international anerkannt, hätte auch gern ein großes Anwesen voller Blumen und ein schlichtes, aber angenehmes Leben mit vielen Büchern. Ein solcher Gelehrter konnte kein Verräter sein. Zu Hause warteten alle auf seinen Bericht, aber er schwieg.

Kaum eine Viertelstunde später war die Schafhürdengasse von Militärpolizei umstellt. Unter den Schnurbäumen standen sieben oder acht Wachen, die niemanden heraus- oder hineinließen.

Großvater Qi sperrte die Kinder in sein Zimmer, nicht einmal auf den Hof ließ er sie. Völlig sinnlos erklärte er ihnen leise: »Früher einmal mochte ich diesen Ort. Er war ruhig und abgelegen. Wer hätte gedacht, daß alles ganz anders würde? Heute wird jemand verhaftet, morgen wird geschossen, was hat das alles zu bedeuten?«

Die kleine Niuzi wußte nichts zu sagen, sie steckte nur einen rotgefrorenen dicken Finger in die Nase. Shunchen dagegen hatte, wie alle Kinder seines Alters hier, sofort eine Antwort bereit: »Daran sind nur die japanischen Zwergteufel schuld!«

Der alte Herr wußte, daß das stimmte, aber er konnte doch die Kinder nicht zu solchen Haßtiraden auf die Japaner ermutigen: »Red keinen Unsinn!« tadelte er seinen Urenkel leise, dabei zogen sich seine kleinen tiefliegenden Äuglein noch ein Stückchen weiter zurück, als habe er Xiao Shun unrecht getan.

In dem Moment kam eine Gruppe von Leuten herein, Polizisten, Gendarmen, Spitzel in Zivil und bewaffnete Japaner. Auf dem gefrorenen Boden schallten ihre schweren Schritte besonders laut. Zwei blieben im Hof als Wache zurück, die anderen verteilten sich zur Durchsuchung auf die Räume.

Sie kamen direkt von den Guans, wo sie Zigaretten, heißen Tee, Gebäck und Cognac bekommen und auf die Durchsuchung deswegen verzichtet hatten. Schließlich hatte sie Guan Xiaohe diensteifrig hinausbegleitet. Da die Qis ihnen nichts dergleichen boten, durchsuchten sie die Räume gründlich.

Yunmei rührte sich nicht in der Küche. Ihre Hände zitterten leicht, aber sie blieb relativ ruhig. Sie beschloß zu schweigen, aber mit ihren großen Augen alles genau zu beobachten. Sie stand am Hackbrett, sollten sie wagen, sie anzurühren, brauchte sie nur die Hand nach dem Hackmesser auszustrekken.

Tianyous Frau hatte in frühester Jugend den Einfall der Alliierten Truppen aus den acht Ländern in Peking miterlebt. In ihrer jungen, unerfahrenen Seele hatten Aggression und Gewalt tiefe Spuren hinterlassen. Unbeweglich saß sie am Rande des Kangs und blickte auf die Eintretenden. Sie hatte nicht die Kraft, sie hinauszuwerfen, grüßte sie aber auch nicht. Doch Duldsamkeit erzeugt den Wunsch nach Rache.

Die kleine Niuzi verkroch sich sofort hinter dem Urgroßvater, als die Leute hereinkamen. Xiao Shun dagegen steckte langsam einen Finger in den Mund. Der alte Herr Qi, der sein Leben lang friedfertig gewesen war, verschluckte die höflichen Worte, die ihm schon auf der Zunge lagen. Er stand da wie ein alter Wachturm auf der Stadtmauer, der die Eindringlinge zwar nicht aufhalten kann, aber ihre Geschosse nicht fürchtet.

Ruixuan erregte Aufmerksamkeit. Sein Alter, Aussehen und Verhalten erschienen den Japanern besonders verdächtig. In seinem Zimmer öffneten sie jede Schublade, jede Truhe, jede Schachtel und prüften deren Inhalt eingehend. Da sie nichts fanden, begannen sie noch einmal von vorn, kippten die Truhen um und schütteten alles heraus. Ruixuan stand in der Ecke und sah ruhig zu. Schließlich sagte ein Japaner, als er die alte Landkarte des Qing-Reiches an der Wand sah, mit einem Kopfnicken zu ihm: »Großes Qing-Reich, ganz groß gut!« Ruixuan blieb stehen, ohne eine Reaktion zu zeigen. Wie nebenbei steckte sich der Japaner eine vergoldete Haarspange mit Blumenmuster in die Tasche, die Yunmei vergessen hatte, und verließ den Raum mit einem bedauernden Blick auf die Qing-Landkarte.

Als sie gegangen waren, mußten sie alles erst einmal wieder aufräumen. Jeder hatte eine Wut im Bauch, aber keiner sagte etwas. Selbst Xiao Shun begriff, daß sie beleidigt worden waren, aber keine Vergeltung üben konnten. Da war es besser, wenn jeder seinen Zorn in sich hineinfraß.

Erst nachmittags gegen vier, als der Sandsturm erneut zu

toben begann, durften die Bewohner der Schafhürdengasse wieder frei ein und aus gehen und sprachen darüber, was sich in Nius Anwesen zugetragen hatte.
Außer der Tatsache, daß Professor Niu verwundet und ins Krankenhaus gebracht worden war, durfte niemand wissen, was vorgefallen war. Professor Niu hatte nie Kontakt zu den Nachbarn unterhalten, weshalb über die Familienangelegenheiten der Nius nur Vermutungen angestellt werden konnten. Da keiner genau wußte, was passiert war, wollte jeder eine Ansicht beisteuern. Sun-Sieben meinte, die Japaner hätten Professor Niu als Verräter mißbrauchen wollen. Der war dazu aber nicht bereit, weshalb die Japaner zweimal geschossen hätten, eine Kugel sei danebengegangen, die zweite habe ihn in die Schulter getroffen, aber man wisse nicht, ob Lebensgefahr bestehe. Sun-Sieben hatte ziemlichen Respekt vor Professor Niu, denn er hatte ihm früher einmal den Kopf geschoren. Professor Niu verließ nur zu den Vorlesungen das Haus, alles andere erledigte er zu Hause, selbst das Baden und Haareschneiden. Eines schönen Tages, als es regnete, war sein Diener zu träge, den Friseurmeister zu rufen, und hatte Sun-Sieben kommen lassen. Dessen Friseurkünste reichten zwar nicht weit, aber da Professor Niu nur den Kopf glattgeschoren haben wollte, konnte er das übernehmen. Der Professor vermied Kontakte und war auch kein Freund von gutem Essen, Trinken und anderen Genüssen. Er wollte nur zu Hause sitzen, und was aus seinen Haaren wurde, kümmerte ihn wenig. In Sun-Siebens Vorstellung war ein Professor so etwas wie ein hoher Beamter, und das erklärte, warum er nichts mit seinen Nachbarn zu tun haben wollte. Aber er höchstselbst hatte dem Professor den Kopf geschoren und sich mit ihm unterhalten. Das war eine Ehre für ihn. Wenn die jungen eingebildeten Ladengehilfen der Umgebung seine Künste bemängelten, blieb er ganz ruhig und erwiderte: »Ich wage nicht zu behaupten, daß ich sehr geschickt bin, aber immerhin habe ich dem Professor Niu den Kopf geschoren.« Das war Grund genug, ihn zu verehren.
Cheng Changshun sah das ganz anders. Er behauptete, der Professor wollte sich gerade zum Verräter mausern und wurde deshalb von den eigenen Leuten angeschossen. Er sei zwar

nicht erschossen worden, werde es aber wohl nicht noch einmal wagen, Unheil heraufzubeschwören. Changshun konnte seine Behauptung nicht begründen, fühlte sich jedoch im Recht. Changshun war mit seinem Grammophon in allen Wohnhöfen der Gasse gewesen, nur nicht bei den Nius, die hatten ihn nie etwas verdienen lassen. Für ihn verhielt sich der Professor gar nicht wie ein Nachbar, eigentlich auch gar nicht wie ein Mensch. Denn die sollten in seiner Vorstellung freundlich und nett sein, lachen und scherzen. Daß Professor Niu so gar keine Kontakte pflegte, ließ ihn wie einen Lehm-Buddha im Tempel erscheinen, der sich niemals von seinem Platz bewegte. Er war überzeugt, solche Leute seien imstande, Verräter zu werden.

Beide Vermutungen kamen Ruixuan zu Ohren. Er konnte nicht beurteilen, welche der Realität näher kam, war nur sehr niedergeschlagen. Sollte Sun-Sieben recht haben, sah er auch eine Gefahr für sich. Natürlich war er bei weitem nicht so gebildet und angesehen wie Professor Niu. Aber die Japaner hatten ihn schon einmal verhaftet. Wer konnte garantieren, daß sie nicht auch ihn zwangen, in ihre Dienste zu treten? Freilich, wenn sie ihn mit der Waffe bedrohten, würde er seine Integrität wahren, die Brust recken und die Kugel entgegennehmen. Aber, er schloß die Augen, was würde dann aus der Familie werden? Sollte jedoch Changshun recht haben, wäre das weitaus schlimmer. Wenn jemand mit der Bildung und dem Ansehen des Professors bereit war, sich dem Gegner zu beugen, dann hatte dieses Land den Untergang wirklich verdient!

Der Sturm blies noch immer kräftig und kalt. Aber Ruixuan hielt es nicht mehr aus. Die Hände in die Ärmel vergraben, lief er mit gesenktem Kopf und krauser Stirn im Hof auf und ab. Feiner Sand setzte sich in seine Haare und Augenbrauen, er mochte ihn nicht wegwischen, die rotgefrorene Nase tropfte, er ließ sie tropfen. Die verschwundenen Türklopfer vermittelten ihm eine Vorstellung von dem, was noch auf sie zukommen würde. Er sah, wie sich ein Strick langsam um seinen Hals und den Hals der Alten und Kinder legte und immer enger zuzog. Wie aber sollte er fliehen? In ein Sturmheulen hinein schrie er auf. Nichts konnte er ändern!

52

Noch bevor Professor Niu aus dem Krankenhaus entlassen wurde, verkündete die Stadtregierung seine Berufung zum Leiter des Schulamtes. Diese Nachricht beruhigte Ruixuan zunächst ein wenig. Er nahm an, Professor Niu werde sich nicht wegen eines Amtsleiterpostens dem Gegner unterwerfen und das Attentat auf ihn sei von den Japanern verübt worden. Leiter des Schulamtes war zwar kein besonders hoher Posten, aber er beherrschte immerhin ein Dutzend Grund- und etwa zwanzig Mittelschulen. Da die Japaner gerade den Schülern eine sklavische Erziehung verordnen wollten, war die Verantwortung jedoch nicht gering, und sie brauchten eine respektable Persönlichkeit für diese Aufgabe.

Daher erwartete Ruixuan mit Spannung die Nachricht über dessen Entlassung. Sollte der den Posten nicht übernehmen, hätten sich die Japaner verrechnet und die Unbescholtenheit des Professors wäre klar. Sollte er jedoch das Amt übernehmen, wenn auch gezwungenermaßen, würde er Schimpf und Schande ernten. Ruixuan hoffte, der Professor möge keinen falschen Schritt tun!

Aber noch vor der Entlassung veröffentlichten die Zeitungen ein Interview: »Im Dienste der chinesisch-japanischen Freundschaft und des Friedens in Ostasien übernimmt Professor Niu gern die Verantwortung für die Erziehung in Peking. Nach seiner Genesung tritt er sein Amt an.« Daneben konnte man auf einem Foto sehen, wie er im Krankenbett Japanern die Hand schüttelte und lächelte.

Ruixuan starrte auf das Foto. Das Gesicht des Professors war kugelrund, die Augenpartie wies keinerlei Besonderheiten auf, weshalb das Gesicht so glatt und glänzend und selbst beim Lächeln ziemlich ausdruckslos wirkte. Aber es war ganz bestimmt Professor Niu. Sein Gesicht stand wohl für seine Lebenshaltung, denn sein Leben war ebenso glatt verlaufen. Er hatte mit der Welt nichts zu schaffen, aber auch nichts auszufechten. »Wie konnten Sie zum Verräter werden?« fragte er wie von Sinnen das Foto und fand einfach keine Antwort. Zwar hatte es in der Nachbarschaft wegen seiner Zurückhaltung immer wieder belanglose Gerüchte gegeben, Ruixuan hatte aber nie etwas von Verfehlungen des Professors gehört. Seinem Aussehen und seiner Haltung nach war er nicht gewinnsüchtig. Warum also? Das Ganze ließ sich sicherlich nicht so einfach erklären. Vielleicht war das Foto wie das Attentat eine Intrige der Japaner und der Professor würde nach seiner Genesung aus Peking zu flüchten versuchen.

Während er diese Hoffnungen nährte, bemühte er sich, in Erfahrung zu bringen, was für ein Mensch der Professor war. Es war sonst nicht seine Art, auf Klatsch und Tratsch zu hören, aber jetzt mußte er sich umtun, nicht weil er den Professor besonders mochte, sondern weil dessen Unterwerfung weitreichende Folgen haben konnte. Mit ihm, der weltweites Ansehen genoß, konnten die Japaner internationale Propaganda machen. Er würde auch den professionellen Verrätern Gründe liefern: »Na, seht doch, von wegen erhaben über politische und materielle Dinge, selbst der alte Niu ist eingestiegen!« Und erst recht würde er die jungen Leute verschrecken: »Wenn sogar Professor Niu dazu bereit ist, was sollen wir da noch ...?« Professor Nius Haltung schadete nicht nur seinem eigenen Ruf, sondern auch den Überlegungen anderer. Das regte Ruixuan auf.

Und wirklich sah er kurz darauf die Eheleute Guan und Zhaodi, wie sie mit einem Korb voller Früchte und seltener Blumen – es war Winter – zu Professor Niu eilten. »Wir besuchen Professor Niu«, warf Guan Xiaohe, seinen Biberpelzkragen streichelnd, Ruixuan zu. »Unsere Gasse ist ja wirklich eine Schatzkammer, sie hat schon wieder einen Amtsvorsteher hervorgebracht! Ich meine, Ruixuan, sollten Sie dem Herrn nicht auch einen Besuch abstatten, wo doch Ihr zweiter Bruder dort Abteilungsleiter ist?«

Ruixuan war, als hätte man ihm ein Messer ins Herz gestochen, aber er sagte nichts. Allmählich brachte er in Erfahrung, daß es tatsächlich die eigenen Leute waren, die auf den Professor geschossen hatten. Der Professor wollte anscheinend anfangs nicht kooperieren, hatte sich aber nicht entschieden gewehrt, als die Japaner Zwang ausübten. Er war ein Gelehrter, der sich nie um Politik und die Sorgen der anderen gekümmert und nie Kontakte zur Außenwelt gepflegt hatte. Ihn interessierte nur seine eigene Wissenschaft, die er kühl und sachlich erforschte und beurteilte. Für ihn zählte nur der Verstand, Gefühle existierten nicht. Er rauchte nicht, trank nicht, ging weder ins Theater noch ins Kino. War er erschöpft, betätigte er sich ein wenig im Garten, aber nur, um sich zu bewegen, und nicht etwa, um die Schönheit und den Duft der Blumen zu genießen. Er hatte eine Frau und zwei Söhne, machte sich aber um deren Wohlergehen keine Gedanken. Frau war Frau, sie hatte ihm täglich drei Mahlzeiten und heißes Wasser zu bereiten. Er aß, was sie ihm vorsetzte, mäkelte nicht, bedankte sich aber auch nicht. Die Kinder schien er lediglich als Folge der Ehe zu akzeptieren, so wie Hund und Katze eben Junge kriegen. Er kümmerte sich nicht um ihre Erziehung, brachte auch keine Liebe für sie auf. Als Wissenschaftler war er recht erfolgreich, als Mensch verfügte er nur über ein glattes Gesicht, einen ganz normalen Körper, aber eben keinerlei Charakter.

Der Fall Pekings hatte ihn nicht berührt. Nach dem Fall Nanjings arbeitete er ungerührt weiter. Zwar zweigte er täglich ein paar Minuten für die Lektüre der Zeitung ab, aber Nachrichten waren für ihn reine Fakten, die mit ihm nichts zu tun hatten. Sprachen Freunde mit ihm über das Schicksal des Landes, hob er sein Gesicht und lauschte, als handele es sich um historische Begebenheiten, ohne jemals seine eigene Meinung kundzutun. Machte er sich einmal Sorgen, dann nur, weil er Angst hatte, jemand könne seinen Garten verwüsten oder seine Bibliothek und sein Labor durcheinanderbringen. Solange alles beim alten blieb, vergrub er sich in seine Bücher und Instrumente und kümmerte sich um nichts, ganz gleich, wer wen bis zum letzten Mann umbrachte.

Eine solche Einstellung war in Friedenszeiten noch annehmbar, aber inzwischen lebte er in einer chaotischen Welt. In solchen Zeiten halten die Blumen nicht lange, wenn man seinen Garten nicht schützt. Und Bücher und Geräte kommen in Unordnung, wenn man Räuber nicht am Eindringen hindert.

Aber Professor Niu war wie ein vom Himmel gefallener Einzelgänger, der glaubte, aufgrund seiner Bildung würde ihn niemand belästigen. Und wenn die Japaner China überfielen, hatten die Chinesen sicherlich Anlaß dazu gegeben. Ihn würde das natürlich nichts angehen, da er kein gewöhnlicher Chinese war.

Um die Menschen zu vereinnahmen und die alten Verräter zu ängstigen, mußten die Japaner neue Verräter finden, die in der Öffentlichkeit und der Wissenschaft einiges Ansehen genossen, dabei aber unkompliziert waren. Professor Niu erfüllte diese Kriterien. Zunächst schickten die Japaner mehrmals japanische Gelehrte, um ihn zur Zusammenarbeit zu »ermuntern«, worauf er weder ablehnend noch zustimmend reagierte. Er hatte nicht den Ehrgeiz, Beamter oder reich zu werden. Aber der Besuch japanischer Gelehrter zeigte ihm, wie wichtig er war. Vielleicht sollte er erwägen, einen kleinen Posten zu übernehmen, wenn er dadurch seine Bücher und Geräte bewahren und seine Forschungen fortsetzen könnte. Das wollte er in der Tat, und die Japaner wollten ihn als Beamten. Das beste wäre, beides miteinander zu verbinden, dann wären beide Seiten befriedigt. An Scham oder Moral, Volk oder Staat dachte er dabei gar nicht. Diese unverbindliche Einstellung ermöglichte den Japanern, ihn einzuschüchtern und zur Zustimmung zu bewegen. Wäre er nicht »kooperativ«, würden sie sein Haus sofort durchsuchen. Er bekam Angst, konnte sich nicht vorstellen, wie er ohne seine Bücher, Instrumente, ohne die Blumen und Bäume leben sollte. Schon der Gedanke, draußen ein Paar Schuhe zu kaufen oder zum Friseur zu gehen, war ihm schrecklich, erst recht die Vorstellung, seine gesamte Behausung würde zerstört werden. Er nahm gar nicht wahr, daß er Beine hatte und es im Hinterland noch ein freies China, anderswo auch Wissenschaften gab. Seine Lebensart wurde für ihn zum Gefängnis.
Viele Freunde hatten ihn gewarnt, er aber reagierte nicht. Es widerte ihn an. Qian Moyin hatte ihn als langjährigen Nachbarn aufgesucht, das widerte ihn noch mehr an. Er hielt es für das beste, der Forderung der Japaner schnell zuzustimmen, um vollendete Tatsachen zu schaffen und dann womöglich schnell wieder seine Ruhe zu haben. Als man ihm die Pistole auf die Brust setzte und bald darauf auf ihn schoß, geriet er in Panik und brauchte erst recht Beschützer. Er wußte nicht, weshalb er bedroht wurde, seine Logik versagte hier. Da er keine Gefühle kannte, verstand er auch keine emotionalen Handlungen. Die Japaner sagten ihm Schutz zu und postierten eine Wache vor seinem Krankenzimmer und seinem Haus.

Als er sich sicher wähnte, stimmte er der Übernahme des Schulamtes zu.
Diese Informationen brachte Ruixuan in Erfahrung. Er hielt das alles aber nur für Vermutungen und glaubte nicht daran. Ein Wissenschaftler konnte doch nicht so konfus reagieren. Als aber die Nachricht von seiner Bereitschaft täglich in der Zeitung stand, mußte Ruixuan seinen Augen glauben. Am liebsten wäre er ins Krankenhaus gestürmt und hätte den Professor erwürgt. Die Verräter alten Schlages konnte er verächtlich in die Hölle wünschen, aber Professor Niu konnte er nicht so leicht verzeihen. Sein Kniefall vor dem Feind berührte die Verfassung und Moral des gesamten Schulwesens der Stadt. Aber er konnte nicht gegen den Professor vorgehen. Seine eigenen Schwierigkeiten und Skrupel erlaubten ihm nichts dergleichen. Deshalb haßte er den Professor und auch sich selbst.
Der Zweite, Ruifeng, kam nach Hause. Seit Ruixuans Verhaftung war er nicht mehr dagewesen. Heute tauchte er plötzlich auf, weil sein Posten wackelte und er den Bruder um Hilfe bitten mußte. Sein kleines Quittengesicht glänzte nicht mehr ganz so wie sonst, und auch sein gelangweiltes Lächeln war verschwunden. Er machte die Runde, tat sehr brav und begrüßte laut den Großvater, die Mutter, den Bruder, die Schwägerin, streichelte den beiden Kindern leicht über den Kopf und bat dann den Bruder beiseite. Inständig flehte er: »Du mußt mir helfen! Der Leiter des Schulamtes wechselt, ich werde wohl gehen müssen. Du kennst doch ...«
Ruixuan unterbrach ihn: »Ich kenne Professor Niu nicht!« Der Zweite zog die Brauen hoch: »Aber irgendwie indirekt vielleicht ...«
»Ich werde doch nicht bei Verrätern um schön Wetter bitten!« Ruixuan hatte die Stimme nicht erhoben, aber jedes Wort war wutgeladen. Der Zweite nahm seine Zigarettenspitze aus dem Mund und klopfte sie leicht am Handrücken ab, ohne eine neue Zigarette hineinzustecken. »Damals das, das war wirklich nicht ganz richtig von mir! Aber ich, ich steckte selbst in Schwierigkeiten! Das nimmst du mir doch nicht mehr übel?«
»Was meinst du denn?« Ruixuan wurde hellhörig.
»Na, damals, als du«, Ruifeng leckte sich die Lippen, »als dir das passierte.«

»Ich nehme dir nichts übel, was vergangen ist, ist vorbei.«
»Oh!« Der Zweite war doch ein wenig erstaunt. So viel Großzügigkeit hatte er nicht erwartet. Sein Quittengesicht erschien durch ein darüberhuschendes Lächeln etwas weicher. Wenn der Bruder ihm das nicht nachtrug, mußte er nur noch ein bißchen weiterreden, und Ruixuan würde ihm helfen. »Wie auch immer, du mußt mir helfen! In diesen Zeiten einen Posten zu kriegen, ist keine leichte Sache. Ich habe in den letzten Tagen vor Ärger keinen Bissen hinuntergekriegt.«
»Lao Er«, Ruixuan bemühte sich um große Geduld, »hör mir doch mal zu! Wenn du die Anstellung verlierst, ist das vielleicht gar nicht so schlecht. Du hast doch nur eine Frau, keine Kinder. Warum solltest du nicht fliehen und für unsere richtige Regierung arbeiten?«
Der Zweite lachte auf. »Ich, fliehen?«
»Wieso nicht? Denk an den Dritten!« Ruixuan wurde ernst.
»Der Dritte? Wer weiß, ob der überhaupt noch lebt! Ich wäre ja blöd, hier die angenehme Arbeit aufzugeben und dafür ins Ungewisse zu gehen!« Ruixuan preßte die Lippen aufeinander.
Der Zweite ging vom Flehen zum Drohen über: »Ich sage dir, sollte ich wirklich die Anstellung verlieren, mußt du mich ernähren! Du bist nun mal der Älteste.«
Ruixuan mochte nichts mehr sagen, lächelte nur.
Der Zweite flüsterte noch lange mit der Mutter und der Schwägerin, ihnen sagte er dasselbe: »Ruixuan kennt doch eine Menge Leute, aber bei meiner Blamage guckt er tatenlos zu. Na gut, wenn er sich nicht um mich kümmert, liege ich ihm gnadenlos auf der Tasche, wenn ich abstürze. Der Ältere muß den Jüngeren ernähren, das ist doch überall so!« Und im Bewußtsein von Fug und Recht ging er, auf seiner künstlichen Elfenbeinspitze kauend, davon.
Nachdem die beiden Frauen Ruixuan zugesetzt hatten und er ihnen die Sache auseinanderlegte, verstanden sie, daß er den Professor Niu verachtete und ihn nicht wegen des Zweiten um etwas bitten konnte. Trotzdem waren sie beunruhigt: »Und wenn der Zweite nun wirklich zurückkommt und die Beine unter unseren Tisch steckt?«
»Na«, Ruixuan lächelte ergeben, »da müssen wir einfach abwarten und dann sehen, was wird.«

Käme der Zweite wirklich zurück, wäre das ein ernstes Problem. Aber er konnte schließlich nicht wegen irgendwelcher aufziehender Schwierigkeiten den Kopf jetzt hängen lassen. Wenn er den Professor schon nicht erwürgen konnte, müßte er wenigstens den Stolz besitzen, ihn nicht um etwas zu bitten. Sollte der Zweite wirklich seine Arbeit verlieren, gäbe es immer noch eine passive Methode, nämlich seinen Gürtel enger zu schnallen und seine Portion mit ihm zu teilen. Das wäre zwar nicht das Beste, doch er brauchte sich nicht zu erniedrigen. Das war das Mindeste, was er in einer gefallenen Stadt tun konnte, wenn er es schon zu nichts brachte, womit er Ehre einlegen konnte.

Es war noch keine Woche vergangen, da kam Ruifeng wirklich zurück. Ein neuer Stellvertreter hatte die Schulbehörde übernommen, noch während Professor Niu im Krankenhaus lag. Ruifeng war vier, fünf Tage überaus beschäftigt, hatte alles übergeben und seine Entlassung erhalten.

Professor Niu war nur mit Gelehrten befreundet, da die ihm nicht helfen wollten und er niemand anderen kannte, schlug er einen seiner Schüler zum Stellvertreter vor, der alles für ihn erledigen sollte. Sonst wollte er keine Umbesetzungen vornehmen. Wenn Ruifeng auch nicht Abteilungsleiter bleiben konnte, als Mitarbeiter hätte er durchaus bleiben können. Da er aber als Mensch einen sehr schlechten Ruf genoß, nutzten seine Kollegen den Wechsel an der Spitze, um ihn loszuwerden. Der neue Stellvertreter holte also einen seiner Leute und entließ Ruifeng.

Als er damals plötzlich Abteilungsleiter geworden war, hatte er vergessen, wie hoch der Himmel und wie weit die Erde war. Mit dem Beamtengehabe ist es aber wie mit der gehobenen Redeweise und dem geschliffenen Benehmen, man muß lange daran arbeiten. Da Ruifeng nie Beamter gewesen war, gerieten seine über Nacht angenommenen Beamtenallüren stets daneben. Den Oberen schmeichelte er, wie er nur konnte, übertrieben und am falschen Platze. Dafür verachteten ihn die anderen, und die Geschmeichelten fühlten sich unwohl wie in einem Ameisenhaufen. Hatte er aber ein paar Schnäpse getrunken, vergaß er, was oben und unten war, legte sich mit den Vorgesetzten an, knobelte mit ihnen und legte sie erbarmungslos herein. Gegenüber Leuten, die unter ihm standen, blieb sein Gesicht stets ein harter Ziegelstein, sein Blick böse, seine Stirn gekraust. Setzten sie ihm aber zu, wurde er unvermittelt weich und konnte sich sogar bei einem Hausdiener entschuldigen. Hatte er nichts zu tun, saß er in seinem Büro, kaute an seiner Zigarettenspitze aus künstlichem Elfenbein und summte eine Pekingoper, den Takt klopfte er mit den Fingern auf den Tisch. Oder er lächelte über sich, als wollte er verkünden: »Seht her, ich bin Abteilungsleiter, wer hätte das gedacht!«

Gab es etwas zu besorgen, machte er sich stets selbst auf, um ja niemandem aus der Abteilung den geringen Rabatt zukommen zu lassen. Keiner mochte ihn. Er wagte allerdings auch nicht, direkt die Preisdifferenz in die eigene Tasche zu stecken, sondern ließ sich vom Geschäftsführer mit Speise und Trank oder ein, zwei Theaterkarten freihalten. Wenn das passierte, und es passierte oft, mußte er es anschließend unbedingt vor seinen Kollegen ausposaunen: »Das war gestern wieder eine hervorragende Aufführung! Ich war dort mit Geschäftsführer Liu, das ist vielleicht eine dicke Nudel!« Oder: »Im Shanxi-Restaurant gibt es doch tatsächlich gutes Essen! Der Yu aus Shanxi hat mich eingeladen, ich habe wirklich zum erstenmal Shanxi-Speisen gegessen!« Er war sehr zufrieden mit sich, wie er es immer schaffte, auf Kosten anderer zu genießen, und merkte überhaupt nicht, wie die Kollegen ihn schief ansahen.

Stets aß und trank er umsonst, lud aber selbst nie jemanden ein. Zu Hause mußte er jeden Kupferling an Dickmadam abgeben. Wenn er ihr andeutete, daß auch er einmal ein Essen geben müßte, hieß es: »Bei deinen Beziehungen zum Amtsleiter kannst du dein Leben lang Abteilungsleiter bleiben, warum solltest du also jemanden einladen?« Daher wagte der Zweite keine weiteren Vorstöße und verteilte an seine Kollegen lediglich ungedeckte Schecks. Bestimmt hatte er jedem schon einmal versprochen: »In ein paar Tagen lade ich dich ein!«, es aber nie wahr gemacht. Deshalb hieß es hinter seinem Rücken: »Abteilungsleiter Qi lädt ein zum Essen? Das kannst du vergessen!«

Den Kolleginnen gegenüber wollte er besonders aufmerksam wirken. Er glaubte, sein Quittengesicht, das pomadisierte Haar sowie die von Kopf bis Fuß beängstigend ordentliche

Kleidung übten eine gewaltige Anziehungskraft aus, er brauche nur ein ganz klein wenig nett zu sein, und schon betrachte ihn jede Frau als ihren Favoriten. Gewöhnlich verehrte er ihnen die kleinen Schnickschnacks, die er von den Geschäftsleuten als Zugabe bekommen hatte, und deutete an, daß er sie ins Kino oder zum Essen einladen möchte. Er traf sogar kühne Verabredungen mit ihnen. Sie erschienen zur Zeit, aber von ihm war nichts zu sehen. Traf er sie am nächsten Tag, entschuldigte er sich wortreich, seine Mutter sei plötzlich erkrankt oder der Vorgesetzte habe wegen einer wichtigen Dienstangelegenheit nach ihm geschickt, weshalb er verhindert gewesen sei. Nach und nach wußten alle, daß seine Mutter und der Vorgesetzte immer, wenn er eine Verabredung hatte, zu erkranken oder nach ihm zu schicken pflegten, weshalb man ihn nicht mehr ernst nahm und er seinen Kollegen mit verzerrtem Gesicht erklärte: »Wenn man eine Frau zu Hause hat, sollte man sich am besten gar nicht mehr nach anderen Blumenvasen umschauen!« Er hielt sich für sehr erfahren.

Mittlerweile waren alle im Amt hinter seine Schliche gekommen und machten keinen Hehl daraus. Zwar war er ohne Herz und Gewissen, aber mit der Zeit hinterließen die vielen Nasenstüber doch ein paar Narben. Er begann auf Gegenstrategien zu sinnen und suchte die Bekanntschaft von Ganoven. Darunter gab es echte Spitzel und solche, die sich nur als solche ausgaben. Wenn ihm also zu viel gegen den Strich ging, pflegte er zu drohen: »Reizt mich nicht, sonst landet ihr eins, zwei, drei beim Höllenfürsten!«

Um der Wahrheit aber die Ehre zu geben, er hatte während seiner Amtszeit kein Geld angehäuft und die Dienstangelegenheiten relativ ordentlich erledigt. Seine Oberflächlichkeit, sein sinnloses Gebaren und seine Art, die Amtsperson an der falschen Stelle und überzogen herauszukehren, bereiteten seiner Karriere jedoch ein Ende.

Dickmadam warf ihn hinaus und blieb in ihrem Elternhaus. Ihre letzten Worte waren: »Wenn du einen Posten gefunden hast, kannst du zurückkommen, sonst will ich dich nicht sehen! Ich bin Gattin des Abteilungsleiters, nicht das Weib des Lumpen Qi Ruifeng!« Geld und alles andere behielt sie ein,

Ruifeng kehrte mit leeren Händen nach Hause zurück, nur die Zigarettenspitze aus imitiertem Elfenbein war ihm geblieben.
Ruixuan beschloß, nichts zu sagen, als der jüngere Bruder zurückkehrte. Er war nun einmal sein jüngerer Bruder, da durfte er ihn nicht gleich beim ersten Mal vor den Kopf stoßen und ihn ermahnen, das mußte nicht am ersten Tag sein, die Zeit war noch lang.
Großvater Qi war ziemlich froh. Früher hätte er die Schwierigkeiten bedacht, die der zweite Enkel ohne Einkommen hervorrief, jetzt aber war er alt und hatte die Preise vergessen. Ihn interessierte nur noch, wie viele Jahre er zu leben hatte. Bevor er starb, wollte er Kinder und Enkel um sich haben.
Auch Tianyous Frau sagte nichts, ihr Schweigen war von der gleichen Art wie Ruixuans.
Yunmei verbrannte sich erst recht nicht den Mund. Sie wußte, was ein Esser mehr in diesen Zeiten bedeutete. Aber sie vergrub ihre Verletzungen und Sorgen in ihrem Herzen, um niemanden zu belasten.
Xiao Shun und Niuzi mochten den Zweiten Onkel gern, sie klammerten sich an seine Hände und zogen ihn hin und her. Sie interessierte an seiner Rückkehr nur, daß sie jemanden zum Spielen hatten.
Ruifeng beruhigte sich, als er sah, wie er von der Familie aufgenommen wurde. Am nächsten Morgen stand er früh auf, nahm einen Besen und fegte mal kurz über den Hof. Er hatte das noch nie getan, aber heute biß er die Zähne zusammen. Der Hof war davon zwar nicht sauber geworden, aber Großvater Qi akzeptierte den guten Willen und verkniff sich die Kritik.
Nach dem Fegen holte er heiter und lächelnd für die Mutter Waschwasser und erbot sich, Shunchen anzukleiden.
Nach dem Frühstück lieh er sich im Zimmer des Bruders Pinsel, Tusche und Papier aus und erklärte, er wolle Zeichen üben. »Sieh mal, als Abteilungsleiter habe ich alles bestens erledigt, nur ordentliche Zeichen konnte ich nicht schreiben. Das muß ich üben. Damit kann man auch noch etwas verdienen, man kann für Geschäfte Schilder schreiben und so!« Und an die Kinder gewandt: »Wenn ich Zeichen schreibe, bleibt mir vom Halse!«

Großvater Qi, der nie schreiben gelernt und daher besonderen Respekt vor der Schrift hatte, stimmte ein: »Ganz richtig, wenn euer zweiter Onkel Zeichen schreibt, dürft ihr nicht herumtoben!«

Nach solcherlei »Warnungen« zog er sich in sein Zimmer zurück und begann hochkonzentriert, Tusche anzurühren. Er rührte und rührte, und plötzlich fiel ihm ein: »Schwägerin! Wenn du rausgehst, bring mir doch eine Schachtel Zigaretten mit, nicht zu gute und nicht zu schlechte, mittlere reichen!«

»Was sind denn mittlere?« Die Schwägerin rauchte nicht und verstand nichts von Zigarettenmarken.

»Ach, laß, ich gehe nachher selbst!« Er rührte weiter Tusche, aber nicht mehr so kräftig wie vorher. Als er wieder die Schritte der Schwägerin vernahm, fiel ihm noch etwas ein: »Schwägerin, du gehst einkaufen? Bringe doch ein bißchen Schnaps mit. Vom Posten des Abteilungsleiters ist nicht viel übriggeblieben, nur das Trinken. Zum Glück brauche ich nicht viel, am besten ein paar Erdnüsse dazu.«

Der Schwägerin lag schon auf der Zunge: »Nicht nur umsonst essen, auch noch rauchen und trinken?«, aber sie verschluckte es. Schließlich brachte sie nicht nur knapp einen halben Liter Schnaps, sondern auch noch eine Schachtel Zigaretten mit, die sie für »mittlere« hielt.

Inzwischen hatte er kaum zehn Zeichen geschrieben. Ihm fehlte die Ruhe, er hatte kein Sitzfleisch. In seinem Innern kribbelte es wie in einem Mäusenest, kam eine heraus, lief eine andere hinein. Schließlich legte er den Pinsel beiseite und beschloß, sich nicht weiter damit zu quälen. Er hatte keine Geduld und fand es außerdem dumm, sich so verbissen auf den Hosenboden zu setzen. Leben hieß für ihn, in den Tag hinein zu leben, und das wiederum bedeutete, auszugehen, etwas zu unternehmen. Man mußte einfach drauflosleben, selbst eine blinde Katze findet auch mal eine tote Maus. Er legte beide Hände an den Hinterkopf und grübelte: Wenn er sich nun an Lao Zhang X wandte, könnte der ihn vielleicht in jener Institution unterbringen? Wenn er mal mit Lao Li Y redete, könnte der ihm eventuell einen Posten verschaffen... Ihm fielen viele Leute ein, die ihm offensichtlich alle zu etwas verhelfen konnten. Er hielt sich für einen prinzipienfesten und sehr beliebten

Menschen, von dem sich keiner der Freunde abwenden würde. Am liebsten wäre er sofort losgestürzt. Aber er hatte doch kein Geld! Wollte man Freunde um eine Gefälligkeit bitten, mußte man zunächst etwas investieren: ein kleines Geschenk machen oder eine Einladung zum Essen, dann konnte man mit seinem Anliegen herausrücken. Freunde, die ein Geschenk angenommen oder gegessen und getrunken hatten, mußten sich gezwungenermaßen für einen einsetzen.
Heute aber war es noch zu früh, da schickte es sich wohl nicht, den älteren Bruder sofort um Geld anzugehen. Er mußte ein, zwei Tage abwarten, dann könnte er dem Bruder seine Theorie darlegen und ihn anschließend um eine Summe bitten. Er war sich sicher, daß der Bruder über Geld verfügte, wie sonst hätte der, als er mit völlig leeren Händen zurückkam, keinen Ton gesagt und die Schwägerin ihm ohne Widerrede Zigaretten und Schnaps besorgt?
Er sehnte sich nach seiner Dickmadam. Aber er mußte sich zusammennehmen, durfte nicht gleich zu ihr rennen, so daß sie ihn verachtete. Hauptsache, der Bruder wäre bereit, ihm eine bestimmte Summe für Einladungen zur Verfügung zu stellen, dann fände er bestimmt schnell wieder eine Anstellung, und sie würden sich wieder versöhnen. Daß Dickmadam so hartherzig zu ihm war, hatte ihn anfangs traurig gestimmt. Nachdem er aber länger darüber nachgedacht hatte, empfand er ihre Härte als einen guten Ansporn. Um nämlich bei ihr wieder zur Geltung zu kommen, mußte er etwas unternehmen.
Als er das zur Genüge bedacht hatte, brachte er Pinsel und Tusche zurück. Er sah wieder Licht und war sehr zufrieden mit seiner Lebensweisheit. Zum Mittagessen trank er den halben Liter Schnaps. Danach erzählte er, hochrot und benommen, der Schwägerin lauter vergnügliche Begebenheiten aus seiner Amtszeit, als handele es sich um etwas ganz Wunderbares.
Als Ruixuan am Abend nach Hause kam, konnte der Zweite nicht mehr an sich halten und brachte sein Anliegen vor. Die Antwort war einfach: »Ich bin ziemlich knapp. Wenn du unbedingt etwas brauchst, kann ich versuchen, etwas zu borgen, aber ich muß wissen, was für eine Arbeit du suchst. Handelt

es sich weiterhin um solche unsauberen Sachen, werde ich mich nicht bemühen!«
Ruifeng verstand nicht, was der Bruder mit unsauberen Sachen meinte, und erwiderte unverfroren: »Da kannst du ganz beruhigt sein, ich war ja Abteilungsleiter, da kann ich doch nicht zu unser aller Schande irgend etwas annehmen.«
»Genau das meine ich mit unsauber! Unter Japanern oder Landesverrätern ein kleines Amt anzunehmen, ist schlimmer, als draußen auf der Straße mit Zigaretten zu handeln.«
Ruifeng sah sich außerstande, den Bruder zu verstehen. Ob der vielleicht schon nervenkrank war und Gut und Böse nicht mehr unterscheiden konnte? Er wollte aber auch nicht mit dem Bruder argumentieren und sich völlig mit ihm zerstreiten. So beschränkte er sich auf eine Forderung, die er ausführlich erläuterte: »Wäre ich noch Junggeselle, machte es mir nichts aus, mit Zigaretten zu handeln. Aber ich habe eine Frau! Sie erlaubt mir so etwas nicht! Wenn ich keine anständige Anstellung finde, will sie mich nicht mehr sehen.« Bei diesen Worten erwachten plötzlich Ruifengs Gefühle, die Augen wurden ein wenig feucht. Beinahe hätte er Tränen vergossen.
Ruixuan sagte nichts mehr – ein typischer chinesischer Intellektueller, der niemals jemandem zu nahe trat, obgleich er wußte, daß das mitunter nötig, sogar nützlich wäre.
Als der Ältere verstummte, lief der Zweite zum Großvater, um dort sein Herz auszuschütten und ihn zu bewegen, ein wenig Druck auf den Älteren auszuüben. Der alte Herr verstand durchaus Ruixuans Beweggründe, aber um der Fortdauer und Harmonie der vier Generationen unter einem Dach willen mußte er auch den zweiten Enkel verstehen. Würde der sich wirklich weigern, den Japanern zu dienen, und verlöre deshalb seine Frau, würde er die Schwiegerenkelin verlieren, und das wäre eine noch viel größere Schande. Dickmadam gefiel ihm nicht, aber sie war nun einmal eine Qi geworden und würde selbst als verstorbene Seele noch zu den Qis gehören, da konnte man nicht auf halbem Wege kehrtmachen. Also sagte er dem Zweiten seine Unterstützung zu.
Kaum hatte der wieder Oberwasser, ging er in dieser Angelegenheit zur Mutter. Ohne die Spur eines Lächelns erklärte sie

ihm: »Du mußt dich mal in deinen Bruder hineinversetzen, darfst ihn nicht dauernd in Verlegenheit bringen. Wenn du ihn endlich verstehen und auch so besonnen sein könntest wie er! Eine Mutter liebt alle ihre Kinder gleichermaßen und hofft, daß sie auch gleichermaßen zielstrebig sind. Dein Bruder bedenkt bei allem, was er tut, alle Seiten, du aber denkst nur an dich! Das sage ich dir nicht, um dir vorzuwerfen, daß du die Anstellung verloren hast und nun deine Beine wieder bei uns unter den Tisch streckst. Ehrlich gesagt, die Familie hat nichts davon gehabt, als du die Anstellung hattest. So solltest du wenigstens jetzt auf deinen Bruder hören und ihm nicht noch zusätzlich Sorgen bereiten, wenn du dir etwas suchst. Er hat schon genug auf dem Hals, das weißt du ganz genau!«

Der Zweite sah das natürlich anders, wagte aber keinen Widerspruch. Betreten schlich er sich davon. »Da kann man nichts machen, Mutter hält eben zum Ältesten«, sagte er sich.

Am nächsten Tag vergaß er die Zeichen und borgte sich heimlich von der Schwägerin etwas Kleingeld, um Verwandte und Freunde zu besuchen. Lächelnd erklärte er: »Als Abteilungsleiter hatte ich immer so viel um die Ohren, daß ich nicht mal Zeit hatte, jemanden zu besuchen. Das werde ich jetzt nachholen!«

Als er aus dem Tor trat, zog es ihn automatisch nach Nummer drei. Sobald er dort eintrat, fühlte er sich wie ein Fisch, der die Frühlingswärme im eisfreien Bach genießt.

Die Guans waren zu Hause, aber ihre Gesichter schienen wie mit einer Eisschicht überzogen. Guan Xiaohe grüßte ihn gleichgültig, Rotkürbis und Zhaodi würdigten ihn keines Blickes. Er nahm an, daß sie sich wieder gestritten hatten, und setzte sich verlegen. Nach einigen Minuten sprach aber immer noch niemand mit ihm. Sie hatten sich nicht gestritten, sie wollten ihn einfach nicht zur Kenntnis nehmen. Sein Gesicht brannte, die Handflächen wurden naß. Jäh sprang er auf und ging wortlos hinaus. Ihn hatte die Wut gepackt. Der Fall der Stadt, der Tod Xiao Cuis, die Verhaftung des Bruders hatten ihn nicht gerührt. Heute aber fühlte er sich zutiefst beleidigt und weitaus mehr verletzt als bei der Besetzung Pekings und dem Mord an der Bevölkerung. Er hielt sich für wichtiger als die Republik China. Draußen blickte er um sich, und da keiner in der Nähe war, zischte er zähneknirschend in ihre Richtung: »Wartet nur ab, der ehrenwerte Zweite Herr wird es euch schon zeigen, er wird sich einen zweiten Abteilungsleiterposten besorgen und euch dann wie früher mit Eiscreme bewirten!« Er mußte unbedingt wieder Abteilungsleiter werden. Er reckte die Brust und stob wutentbrannt, heftig mit den Fersen aufstampfend, davon.

So von Wut benommen wußte er nicht, wohin er sich wenden sollte. Wie ein herrenloser Gaul lief er umher. Nach einem Li war die Wut aber beinahe verraucht, und er besann sich auf Verwandte, die hier in der Nähe wohnten. Dort angekommen, wischte er sich mit dem Taschentuch den Staub von den Schuhen, holte tief Luft und ging gemessenen Schrittes hinein. Er wollte sich nicht anmerken lassen, daß er zu Fuß gekommen war. Sogleich erklärte er der dritten Tante und sechsten Cousine: »Ich bin sehr beschäftigt, habe gar keine Zeit, deshalb war ich so lange nicht bei euch. Heute habe ich extra einen freien Tag genommen, um euch mal zu besuchen!« Das verbreitete er, um nicht noch einmal beleidigt zu werden. Man glaubte ihm und bewirtete ihn mit Zigaretten und Tee und behielt ihn zum Essen. Er zierte sich nicht, erzählte, scherzte und aß.

Auf diese Weise zog er durch drei, vier Familien. Überall erzählte er die gleiche Geschichte von dem freien Tag, und man begegnete ihm mit Respekt und Tee. Sein Mund stand nicht still, dauernd gab er etwas zum besten, bis seine Lippen trocken waren. Früher hatte er Familienangelegenheiten bevorzugt, jetzt berichtete er Erfahrungen und Vorkommnisse seiner Beamtenkarriere, was alle bewundernd und ehrfürchtig zur Kenntnis nahmen. Nur wenn die Sprache auf die chinesisch-japanischen Beziehungen kam, ließen sein Elan und sein Redefluß ein wenig nach. Er fand, daß die Japaner schon hierbleiben sollten, denn nur solange Peking in ihrer Hand war, bestand für ihn die Hoffnung auf einen neuen Posten. Aber das mochte er nicht offen aussprechen, denn es war klar, daß alle die Japaner haßten. Deshalb hielt er sich in dieser Frage bedeckt und überspielte sie mit Floskeln, um die Sprache schnell wieder auf ein anderes Thema zu bringen. Er war sehr zufrieden mit seiner kleinen Strategie, »schließlich war man ja

nicht umsonst eine Zeitlang Beamter und hat das Reden und Ablenken gelernt«.
Es war schon dunkel, als er nach Hause kam. Er fühlte sich erschöpft und leer. Nachdem er ein paarmal gelangweilt gegähnt hatte, ging er zur Schwägerin hinüber, um ihr alle Einzelheiten seiner Besuche zu berichten. Da sie mit dem Haushalt so beschäftigt war, daß sie fast nie Zeit zu einem Verwandtenbesuch fand, interessierte sie der Bericht des Zweiten schon. Großvater Qi war alt und konnte an nichts Neues mehr denken, er machte sich nur noch Sorgen um alte Verwandte und Bekannte; solange die wohlauf waren, war seine Welt in Ordnung und es bestand kein Anlaß für dramatische Veränderungen. Deshalb hörte auch er sich Ruifengs Vortrag an, was diesem seine Bedeutung vor Augen führte sowie Erschöpfung und Leere vertrieb.
Als er die Reihe der Verwandten fast durch hatte, wußte man bereits, daß er arbeitslos war und sich überall mit seinen Schwindeleien durchfraß. Da wurde er schon nicht mehr so höflich empfangen. Wäre das so weitergegangen, hätte er tagein, tagaus von der Schwägerin Kleingeld verlangt und sich herumgetrieben. Er hatte Gefallen an dem unbeschwerten Dasein gefunden. Als man ihm aber nicht mehr so respektvoll begegnete und weder Tee noch Essen vorsetzte, besann er sich wieder auf die Arbeitsuche. Er mußte etwas finden, um Dickmadam »zurückzugewinnen«, um irgend jemandem – wem auch immer – zu Diensten zu sein. In wessen Diensten man stand, spielte überhaupt keine Rolle, man mußte nur zur Arbeit bereit sein, das war Edelmut.
»Schwägerin!« schmetterte er über den Hof, »Schwägerin! Ab morgen wird es bei mir anders, ich muß eine Stellung finden! Kannst du mir nicht ein bißchen mehr Geld geben? Arbeit suchen ist etwas anderes, als Verwandte aufzusuchen, da brauche ich mehr Geld, ich muß mich doch erkenntlich zeigen.«
Da war die Schwägerin in Verlegenheit. Für sie war Geld wertvoll, aber für den Zweiten war das Geld, das anderen gehörte, nichts wert. Gäbe sie es ihm, so hieße das, ihren Mann und die Alten zu benachteiligen. Man sah es ja, der Großvater lehnte die geringste Bevorzugung ab, aber der Zweite verlangte täglich Zigaretten und Schnaps. Das war schon nicht

gerecht, aber jetzt forderte er darüber hinaus noch Spesen für seine Kontakte. Sie war wirklich knapp bei Kasse. Gab sie ihm aber nichts, würde er Krach schlagen und den Familienfrieden stören. Die Qis waren zwar alle gut zu ihr, aber sie waren miteinander verwandt. Solange alles friedlich verlief, mochte es gehen, aber wenn es Zank gab, könnte man ihr die Schuld zuschieben. Diese Sorge konnte sie natürlich nicht aussprechen. Sie lächelte gezwungen, um Zeit zu gewinnen. Ihr fiel aber schnell etwas ein, denn Frauen, die in chinesischen Großfamilien den Haushalt führen, sind fähige Politiker. »Ich könnte heimlich etwas für dich verpfänden.« Mußte sie etwas in die Pfandleihe bringen, war klar, daß sie kein Geld hatte. Nach den Regeln der Haushaltsführung des alten Herrn aber galt Verpfänden als etwas Unehrenhaftes. Hätte der Zweite noch eine Spur von Gewissen, mußte er ablehnen, stimmte er allerdings ohne jeden Skrupel zu, täte sie es nur dieses eine Mal.

Der dachte nie an andere, sofort nickte er: »Auch gut!«

Die Wut überfiel die Schwägerin wie ein Sturzbach. Aber ihre Selbstbeherrschung war stärker. Sie rang die Wut nieder und lächelte sogar: »Aber man kriegt ja heute kaum etwas dafür, alle bringen nur etwas hin, keiner kauft etwas.«

»Da mußt du eben ein bißchen mehr hinschaffen, Schwägerin. Sieh mal, wenn ich nichts bieten kann, finde ich nur schwer eine neue Anstellung. Gut, Schwägerin, ich bedanke mich mit einem im Westen üblichen Gruß!« Ungehemmt legte er die rechte Hand an die Brauen und salutierte.

Sie suchte allerlei zusammen, bekam jedoch nur zwei Kuai und zwei Mao dafür. Dem Zweiten war das zu wenig. Als er das Geld nahm, nötigte er der Schwägerin weitere acht Mao ab, so daß er insgesamt drei Kuai hatte. Mit dem Geld verbrachte er einen ganzen Tag bei Ganoven und Nichtstuern. Am Abend berichtete er der Schwägerin, seine Angelegenheit sei auf dem besten Wege, um ihr noch einmal Geld abzupressen. Doch er hütete sich, durchblicken zu lassen, wo er wirklich gewesen war, denn erführe das die Schwägerin, die sonst verschwiegen war, erzählte sie es gewiß dem älteren Bruder, der ihm dann Vorhaltungen machte.

Das ging so weiter, jeden Tag ging er aus und erzählte hinterher, alles sei bestens. Und die Schwägerin hatte ihm täglich Zigaretten und Schnaps zu kaufen und die Spesen zu beschaffen. Das Geld wurde noch knapper, so daß der Zweite sich mit immer weniger begnügen mußte, er nahm zwei oder fünf Mao oder nur ein paar Kupferlinge. Und wenn es besonders knapp zuging, genierte er sich nicht, zu Hause irgend etwas mitgehen zu lassen und draußen zu versetzen. Auch kam es vor, daß er sich erbot, der Schwägerin die Einkäufe abzunehmen. Was er dann brachte, war entweder weniger als verlangt oder plötzlich teurer geworden.

Da seine Kasse schmal war, hatte er zwar mit den Ganoven keine Busenfreundschaft schließen können, verfügte aber über gewisse Stärken, die diese Leute an ihn banden. Erstens ließ er sich eine Menge gefallen, tat, als habe er auch ihren härtesten Spott und ihre schmutzigsten Zoten nicht gehört. Zweitens war er gebildeter als sie, kannte weitaus mehr Zeichen, was nicht ohne Vorteil für sie war. Sie mochten zu ihm sein, wie sie wollten, er betrachtete sich als ihr Freund und »Berater«. Gingen sie ins Theater, selbstverständlich stets ohne Karten, ging er mit, und erpreßten sie bei jemandem Essen und Trinken, war er mit von der Partie. Er war sogar dabei, wenn die echten Spitzel unter ihnen Leute verhafteten. Das fand er aufregend und interessant. Ihm erschlossen sich neue Welten, neue Methoden. Bei ihnen ging es nie darum, wer recht hatte, sondern wer der Stärkere war. Sie kümmerten sich nicht um andere Leute, sondern nur um ihr eigenes Wohlbefinden. Sie redeten nie wie Bruder Ruixuan, sondern übertrieben stets so, daß es selbst ihn erschreckte. Ruifeng gefiel das. Nachdem er eine Weile mit ihnen zusammen war, setzte er die Mütze ebenso schräg auf und steckte sich ein Handtuch in den Gürtel, um eine Pistole vorzutäuschen. Alle fünf Sinnesorgane schienen die Plätze gewechselt zu haben: Die Mundwinkel wollten über die Ohren hinaus, die Nasenlöcher ragten wie Kanonenrohre gen Himmel, die Pupillen rollten unentwegt, als wollten sie davonfliegen und sich den Hinterkopf betrachten. Auch sonst ahmte er seine Kumpane nach. Sobald er den Mund aufmachte, brüllte er und starrte seinen Gegner an; war der aber stärker als er, wurde er zahm wie ein Schäfchen. Anfangs benahm er sich nur in Gegenwart seiner neuen Freunde

so, später blies er sich auch allein so auf und hatte auch ein paarmal Erfolg, da die Pekinger so friedliebend waren und lieber einen pinkeln als prügeln sahen. Das machte ihn immer selbstzufriedener. Er glaubte, bald würde er ein großer Held, dessen Fußtritt Berge erschüttern könnte.
Wenn er sich allerdings seinem Zuhause näherte, rückte er die Mütze wieder gerade. Seine Erziehung durch die Familie war doch etwas wirkungsvoller und anhaltender als die der Ganovenschule. Zu Hause wagte er nicht, böse zu gucken und Grimassen zu schneiden. Familie war in China noch immer eine Festung konfuzianischer Sitten.
Eines Tages allerdings, als er betrunken war, vergaß er diese. Mit glänzenden Augen, ein Liedchen summend, trat er von einer zur anderen Seite schwankend zu Hause ein. Gleich am Tor ließ er ein paar Flüche los, weil der Torpfosten seinem Hut im Wege stand und den Hut verbeult hatte. Als er die Geistermauer hinter sich hatte, lallte er: »Schwägerin, haha, brühe mir Tee auf!«
Die Schwägerin reagierte nicht.
An die Mauer gelehnt, schimpfte er los: »Was denn, beachtet mich keiner? Ich ficke deine Mutter!«
»Waas?« Die Stimme der Schwägerin klang ganz anders. Sie konnte allerhand vertragen, aber keine Beleidigungen.
Tianyou, der gerade zu Hause war, kam als erster herausgerannt. »Was hast du gesagt?« fragte er nur. Dieser schwarzbärtige ältere Herr konnte niemanden verprügeln, nicht mal den eigenen Sohn.
Großvater und Ruixuan kamen ebenfalls hinzu.
Der Zweite fluchte noch einmal.
Ruixuan wurde blaß, aber vor dem Großvater und dem Vater durfte er nicht als erster reden.
Der alte Herr ging zu seinem Enkel und blickte ihn an. Er hatte immer größten Wert auf Etikette gelegt, aber jetzt zitterte sein Bart, als er merkte, was mit dem Enkel los war. Er hatte auch größten Wert auf Friedfertigkeit gelegt, da er aber aus armen Verhältnissen stammte, scheute er sich nicht, wenn nötig, auch einmal zuzuschlagen. Er war zwar alt, aber noch ziemlich kräftig. Er packte Ruifeng bei den Schultern, daß er strauchelte.

»Was ist denn mit dir los?« fragte Ruifeng den Großvater. Wortlos versetzte er Ruifeng zwei kräftige Ohrfeigen, daß der aus dem Mund blutete.
Tianyou und Ruixuan traten schnell hinzu und hielten den alten Herrn fest.
»Hier rumfluchen und rumtoben, das kannst du!« Die Hände des Alten zitterten, aber er sprach sehr deutlich. Hätte Ruifeng nur getrunken, wäre der alte Mann sicher nicht böse geworden. Aber er hatte geflucht, die Schwägerin beleidigt, das konnte er nicht durchgehen lassen. Er hatte gern gesehen, daß Ruifeng wieder zu Hause war, auch wenn dieser nichts verdiente und die Beine nur unter den Tisch steckte. Aber in letzter Zeit hatte der alte Mann durchaus bemerkt – er übersah zwar vieles, aber nicht alles –, daß Ruifengs Verhalten immer fragwürdiger geworden war. Er liebte seinen Enkel, mußte ihn aber auch erziehen. Einen verlotterten Nachkommen konnte auch er hassen.
»Holt einen Knüppel!« befahl der alte Mann Tianyou, Ruifeng mit seinen kleinen Augen fixierend. »Schlag du ihn für mich, und wenn du ihn totschlägst, werde ich dafür geradestehen!«
Tianyou blieb sehr beherrscht, so unterdrückte er seinen Schmerz. Er fand seinen Sohn durchaus nicht liebenswert, aber er scheute Familienstreit. Außerdem fürchtete er, der Zorn könne seinen alten Vater umbringen. Er hielt ihn ganz fest, brachte aber kein Wort heraus.
»Ruixuan, hol du den Knüppel!« Der alte Mann gab den Befehl an den Enkel weiter.
Ruixuan verabscheute den Bruder zwar zutiefst, war aber nicht darauf aus, ihn zu verprügeln. Er konnte, wie der Vater, nicht zuschlagen.
»Laß es gut sein«, sagte er leise, »wozu sich so aufregen, Großvater! Wenn du dich aufregst, passiert dir womöglich etwas!«
»Nein, das kann ich ihm nicht ersparen! Er beschimpft die Schwägerin, stiert den Großvater frech an, das ist doch allerhand! Ist er vielleicht ein Japaner? Wenn mir ein Japaner zu nahe tritt, wehre ich mich auch!« Der alte Mann zitterte inzwischen am ganzen Körper.

Yunmei lief leise ins Südzimmer: »Schwiegermutter, bitte versuchen Sie, ihn zu beruhigen!« Sie war zwar diejenige, die beleidigt worden war, aber sie sorgte sich mehr um den Großvater. Er war jetzt in ihren Augen nicht nur der Älteste, sondern auch derjenige, der hier für Anstand und Ordnung sorgte. Geriet er einmal in Zorn, lehrte er die ganze Familie und alle Dämonen und Sittenverderber das Fürchten.
Tianyous Frau hielt ihre beiden Enkelkinder auf dem Schoß, um sie abzulenken. Sie übergab sie der Schwiegertochter und schlüpfte hinaus. Energisch befahl sie Ruifeng: »Knie vor dem Großvater nieder, knie nieder!«
Von den Ohrfeigen war Ruifeng schon halb ernüchtert, wußte aber noch immer nicht recht, wie ihm geschah. Er lehnte an der Mauer, als betrachte er ein Schauspiel. Bei den Worten der Mutter blinzelte er, schwankte ein paarmal hin und her, ging dann aber auf die Knie.
»Großvater, hier ist es kalt, gehen Sie hinein!« Tianyous Frau zitterten die Hände, aber sie hatte ein Lächeln im Gesicht.
Der alte Herr brabbelte noch eine Weile vor sich hin, ehe er sich zum Hineingehen bewegen ließ.
Ruifeng kniete noch dort. Keiner hatte Mitleid mit ihm, alle fanden, daß er das verdient hatte.
Im Südzimmer saßen sich Schwiegermutter und Schwiegertochter schweigend gegenüber. Tianyous Frau meinte, schweigen zu müssen, da sie so einen Sohn herangezogen hatte. Yunmei wußte, daß Jammern oder Trösten die Schwiegermutter genauso traurig stimmen würde, also schwieg auch sie. Die beiden Kinder merkten nur, daß etwas vorgefallen war, aber nicht, was. Sie blinkerten schweigend mit den Augen und lächelten verlegen, wenn ihre Blicke auf die der Erwachsenen trafen.
Im Nordzimmer unterhielten sich die drei Männer angeregt. Nachdem der alte Herr den Enkel gezüchtigt hatte, fühlte er sich wohler und war deshalb zu seinem Sohn und ältestem Enkel besonders herzlich. Und Tianyou erzählte nur, was der alte Vater gern hörte. Als Ruixuan die beiden älteren Herrschaften so im angeregten Gespräch vertieft sah, setzte auch er ein Lächeln auf. Dann erklärte er den beiden Älteren: »Wenn die Japaner noch länger hier sind, werden selbst anständige

Menschen schlecht, und schlechtere werden zu Ganoven!« Da schwiegen beide und seufzten. Das nutzte Ruixuan, um ein Wort für Ruifeng einzulegen: »Großvater, vergib dem Zweiten! Es ist kalt draußen, wenn er sich erkältet...«
Der alte Mann nickte notgedrungen.

53

You Tongfangs Plan war völlig gescheitert. Sie hatte bei Zhaodis Hochzeit zuschlagen wollen, um die Guans, die Verräter, die mit ihnen feierten, und die eingeladenen Japaner alle auf einen Schlag zu erledigen. Unter den vielen Menschen hatte sie nicht einen einzigen Vertrauten. Sie hing nur noch an ihrer Heimat. Die aber war an die Japaner gefallen, und unzählige ihrer Landsleute lebten unter Gewaltherrschaft und grausamer Folter. Das mußte sie rächen. Hätte sich Gaodi zur Flucht aus Peking entschlossen, wäre sie mit ihr gegangen. Aber so? Ohne Gaodi wollte Tongfang nicht fliehen, denn allein konnte sie sich nicht durchschlagen, dazu besaß sie zu wenig Bildung. Blieb als einziger Ausweg, von den Guans wegzulaufen und wieder zu heiraten. Aber nach all den Jahren und mit ihrer Herkunft war sie nicht gerade die von jungen Männern begehrte Traumfrau. Bevor sie noch einmal heiratete, konnte sie genausogut bei den Guans bleiben. Guan Xiaohe besaß zwar keinerlei Vorzüge, aber er behandelte sie zumindest nicht schlecht. Lange konnte das allerdings nicht mehr gutgehen, denn Rotkürbis wollte sie ins Bordell abschieben. Sie sah keinen anderen Ausweg, als mit dem Tod auf einen Schlag alles zu beenden. Aber sie wollte nicht einfach sterben, sie mußte Rotkürbis und einen ganzen Haufen dieser miesen Verräter und möglichst noch ein paar Japaner mit in den Tod reißen. Wenn sie ihrem Leben ein Ende setzte, sollte es auch das Ende für ihre Unterdrücker bedeuten.
Oft begegnete sie Herrn Qian. Jedes Treffen machte sie entschlossener und veränderte langsam ihre Sichtweise, Herr Qian weitete ihren Horizont. Sie wollte sich nun nicht mehr einfach nur umbringen und ein paar andere mit in den Tod reißen. Herr Qian erklärte ihr, daß man so etwas nicht tat, um

sich umzubringen, sondern weil es die Pflicht jedes anständigen Chinesen sei, Verräter auszuschalten und Invasoren zu bestrafen. Herr Qian hatte ihr die Augen geöffnet, sie sah nun den Zusammenhang zwischen sich, einer Sängerin, Konkubine, angehenden Prostituierten, und dem Vaterland. Tongfang war klug und begriff schnell den tiefen Sinn seiner Worte. Gaodi vertraute sie sich nicht mehr an aus Furcht, die könne sich verplaudern und etwas verraten. Auch mied sie Konflikte mit Rotkürbis, sondern ertrug heiter deren Druck und Schmähung. Sie mußte Zeit gewinnen und auf eine passende Gelegenheit warten. Sie war sich ihres Wertes bewußt und besaß genügend Selbstachtung, um nicht wegen einer rasch vorübergehenden Genugtuung alles zu gefährden. Daher hatte sie beschlossen, bei Zhaodis Hochzeit zu handeln.
Aber Li Kongshan wurde seines Amtes enthoben. Die Täter, die die japanischen Sonderbotschafter getötet hatten, und diejenigen, die auf Professor Niu geschossen hatten, waren nicht gefaßt worden. Um die eigenen Mißerfolge zu verbergen, massakrierten die Japaner Xiao Cui und zahllose unschuldig Verdächtigte. Sie setzten auch Li Kongshan ab, der als Chef der Sondergruppe dafür büßen mußte, daß die Täter entkommen konnten. Er wurde nicht nur abgesetzt, auch sein Vermögen wurde konfisziert. Solange er die Sondergruppe leitete, hatten ihn die Japaner zur Korruption ermuntert, nun stießen sie sich an ihm gesund. Auf diese Weise kamen sie zu Geld und ahndeten zugleich die Korruption.
Als Guan Xiaohe davon erfuhr, legte er die Stirn in Falten. Wenn ihn auch nichts wirklich interessierte, er war immerhin Chinese und konnte die Heirat der Tochter nicht als Scherz betrachten. Den Ehevertrag mochte er nicht zerreißen, aber die Tochter auch nicht einem armen Schlucker ohne Amt und Besitz geben.
Rotkürbis war da von anderem Kaliber, sie entschied sofort, das Eheversprechen zurückzunehmen. Sie hatte nur aus Angst vor Li Kongshans Einfluß keine Auseinandersetzung gewagt. Jetzt, da er Macht und Pistole verloren hatte, brauchte sie keine Rücksicht mehr zu nehmen. Ohnehin war sie niemals dafür, Zhaodi mit einem kleinen Gruppenführer zu verheiraten. Die Chance, Zhaodi da herauszuholen, durfte sie nicht verpassen.

Zhaodi war mit ihrer Mutter einverstanden. Ihre Beziehung zu Li Kongshan war von vornherein eher zwiespältiger Natur gewesen. Sie hatte sich amüsieren und ein Abenteuer erleben wollen. Nachdem sie das bekommen hatte, war sie nicht mehr sehr erpicht darauf, Li Kongshan zu heiraten. Bestünde der allerdings darauf, würde sie eben eine Zeitlang Gruppenführer-Gattin spielen. Den Menschen Li Kongshan konnte sie nicht leiden, aber Gruppenführer-Gattin, Geld und Macht waren nicht zu verachten. Sie war jung und sah in letzter Zeit noch schöner, blühender aus als früher, ihre Zukunft lag offen vor ihr. Ob sie Li Kongshan heiratete oder nicht, sie würde ihren Weg gehen, einen Weg ins Paradies. Warum sollte sie ihn jetzt, da er keinen Posten mehr hatte, überflüssigerweise heiraten?

Früher hatten sich ihre Überlegungen und Ansichten von denen der Mutter ziemlich unterschieden. Jetzt fand sie zunehmend alles, was die Mutter tat, klug und richtig. Bevor Zhaodi ihre Unschuld verlor, hatte sie hoffnungsvoll nach Idealen Ausschau gehalten, einem Frühlingstraum nachgehangen, der zwar verschwommen, doch voller Poesie und Schönheit war. Jetzt war sie eine Frau und träumte nicht mehr. Sie hatte die Schönheit von Geld, sexueller Begierde, Genuß kennengelernt, das war etwas Konkretes, das man anfassen konnte. Seit Zhaodi das klargeworden war, empfand sie Respekt für die Mutter und bemerkte zu ihr: »Li Kongshan ist jetzt im wahrsten Sinne seines Namens ein hohler Berg, den nehme ich doch nicht!«

»Brav, bist ein braves Schätzchen! Du weißt Bescheid, umsonst zieht dich deine Mutter ja nicht vor«, erklärte Rotkürbis erfreut. Nachdem Rotkürbis und Zhaodi Li Kongshan fallengelassen hatten, konnte Xiaohe schlecht ihn halten wollen, er mußte mit der Zeit gehen.

Aber mit Li Kongshan war nicht zu spaßen. Obwohl er Amt und Vermögen eingebüßt hatte, kleidete er sich weiterhin vornehm und tat groß. Früher hatte er »die Welt« mit leeren Händen erobert und als Beamter willkürlich wie ein kleiner Kaiser geherrscht. Nun, da er »die Welt« wieder verloren hatte, konnte er genauso mit leeren Händen, ohne weiteren Schaden genommen zu haben, noch einmal von vorn begin-

nen. Er bereute nie, gab nie auf. Seine Kühnheit und Dreistigkeit wurden durch die Zeitumstände beflügelt. Das Volk, das mit Politik nichts im Sinn hatte, das stumm war und keinen Widerstand zuwege brachte, lag zu seinen Füßen, es war der Nährboden für seinen Erfolg, erlaubte ihm, auf seinem Nacken vorwärtszuschreiten. Immer, wenn Regierungen ihre Herrschaft verloren und das Volk sich nicht einig war, traten solche Li Kongshans in Scharen auf und gebärdeten sich wie Dämonen. Sie mußten nur skrupellos genug sein, dann konnten sie die Duldsamkeit des Volkes schamlos nutzen und mit leeren Händen Macht an sich reißen.
Schon während der Kämpfe zwischen den Kriegsherren in den Provinzen war Li Kongshan auf seine Kosten gekommen. Als die Japaner kamen, erkannte er seine Chance und griff kräftig zu. Jetzt hatte er Amt und Vermögen verloren, Selbstvertrauen und Hoffnung jedoch noch lange nicht. Er war ziemlich konfus und dumm, aber er sah, was kluge Leute nicht sahen. Was machte es schon, daß er sein Amt verloren hatte, er würde sich ein neues besorgen. In seinem wirren Kopf hatte er dafür stets die nützlichste Vokabel parat: In den Tag hineinleben. Solange er diese Lebensart beherrschte, würde er nicht scheitern, ein paar Umwege taten der Sache keinen Abbruch.
Im Mantel mit Biberfellkragen, eine Zobelpelzmütze auf dem Kopf, erschien er bei den Guans. Sein Begleiter trug sieben oder acht Geschenkpäckchen, auf denen die Namen der größten Pekinger Warenhäuser prangten.
Als Guan Xiaohe Li Kongshans Aufmachung, die Marken auf den Geschenkpäckchen und dann auch noch den bewaffneten Begleiter sah, war er ratlos. Also deshalb hatte er selbst keinen Posten ergattern können. Er war einfach zu kultiviert! Die Japaner wollten die Kultur vernichten, Li Kongshan half ihnen dabei. Guan Xiaohe war feige, er gab sich gern vornehm und fürchtete Prügeleien. Gleich beim Eintritt Li Kongshans hatte er ein ungutes Gefühl und wollte möglichst rasch nachgeben. Er wagte nicht, ihn mit »Schwiegersohn« zu begrüßen, aber auch nicht, unfreundlich zu sein, er fürchtete die Pistole.
Li Kongshan warf sich, kaum daß er den Mantel abgelegt hatte, auf das Sofa, als sei er unendlich erschöpft. Das heiße

Handtuch, das ihm der Begleiter brachte, drückte er lange ans Gesicht, ehe er es zurückgab, nicht, ohne vorher noch kräftig hineingeschnaubt zu haben. So erfrischt, meinte er lächelnd: »Den Posten bin ich los, verdammt! Aber macht nichts, heiraten wir erst einmal. Verehrter Schwiegervater, schlagen Sie einen Termin vor!« Guan Xiaohe wußte nichts zu erwidern, er öffnete nur den Mund.

»Wer ist denn die Auserwählte?« fragte Rotkürbis ruhig.

Xiaohe wäre beinahe das Herz aus dem Hals gesprungen!

»Wer sie ist?« Li Kongshans Rücken wurde kerzengerade, sein Körper schien plötzlich mehrere Zoll gewachsen zu sein, »na Zhaodi, wer denn sonst?«

»Da scheint wohl doch ein Irrtum vorzuliegen!« Auf Rotkürbis' Gesicht erschien ein kleines herausforderndes Lächeln. »Ich will Ihnen mal etwas sagen, Kongshan, und zwar sehr deutlich, ich habe Sie noch nicht dafür belangt, daß Sie Zhaodi verführt haben, aber heiraten kommt nicht in Frage! Bitte gehen Sie!«

Xiaohe wurde bleich, verlegen bewegte er sich in Richtung Tür, um bei Bedarf sofort Reißaus nehmen zu können.

Li Kongshan war jedoch nicht wütend geworden; Schurken sind nicht so leicht aus der Fassung zu bringen. Er blinzelte seinem Begleiter zu. Der schlenderte heran und postierte sich neben ihn.

Rotkürbis lachte kalt. »Kongshan, ich fürchte ja allerhand, aber keine Pistole. Mit Waffen löst man keine Probleme. Außerdem sind Sie nicht mehr Chef der Sondergruppe, da werden Sie kaum wagen, noch immer Leute zu verhaften.«

»Aber Geschenke kann ich noch heranschaffen. Ein totes Pferd ist immer noch größer als ein Hund«, erwiderte Li Kongshan langsam.

»Wenn es darauf ankommt, kriege ich schnell zehn oder zwanzig Schläger zusammen, es ist also noch nicht heraus, wer den kürzeren zieht! Wenn Sie allerdings die Sache friedlich beilegen wollen... ich bin natürlich nicht auf Streit erpicht.«

»Richtig, friedlich beilegen ist besser«, meldete sich Xiaohe.

Rotkürbis blitzte ihn an, ihren restlichen Zorn verwandte sie auf Li Kongshan: »Ich bin zwar ein Weibsbild, liebe aber schnelle, klare Entscheidungen. Die Hochzeit ist vom Tisch, die Geschenke nehmen Sie wieder mit, ich lege noch zweihundert Kuai drauf, und wir trennen uns ein für allemal. Sollten Sie uns weiter besuchen wollen, sind wir Freunde, heißer Tee und Zigaretten sind immer für Sie da. Wollen Sie aber nicht wiederkommen, schicke ich Ihnen auch keine Einladung. Also wie ist es? Reden wir Klartext!«

»Zweihundert Kuai? Ist eine Ehefrau nur so wenig wert?« spottete Li Kongshan und zog den Hals ein. Er brauchte jetzt Geld und rechnete folgendermaßen: Kostenlos hatte er sich mit einem Fräulein vergnügt, erhielte er dafür noch Geld, war das kein schlechter Handel. Selbst wenn er Zhaodi nicht bekam, war seiner Chronik von Frauengeschichten ein ruhmreiches Blatt hinzugefügt worden. Außerdem war Heiraten eine lästige Angelegenheit, wer hatte schon Zeit, sich dauernd um die Frau zu kümmern. Zudem war er in der Öffentlichkeit für seine Zügellosigkeit bekannt, er brauchte die Hand nur an die Tasche zu führen, schon knieten die Leute vor ihm nieder, selbst wenn er nur einen Holzpflock darin verbarg. Jetzt war er auf jemanden gestoßen, der keine Angst vor ihm hatte. Er durfte es nicht hart auf hart kommen lassen, sondern mußte ohne Skrupel soviel Geld wie möglich herausschinden. Das Wort Scham kannte er nicht, er ließ sich treiben.

»Ich lege noch hundert dazu.« Rotkürbis blätterte dreihundert Kuai hin. »Sind Sie einverstanden, nehmen Sie das, wenn nicht, dann nicht!«

Li Kongshan brach in lautes Lachen aus. »Sie sind in Ordnung, verehrte Schwiegermutter!« Nachdem er so gut wegkam, wollte er schnell das Weite suchen. Mit den Guans konnte er abrechnen, wenn er wieder in Amt und Würden war. Er warf den Mantel über und stopfte sich das Geld in die Tasche. Der Begleiter nahm die Geschenke wieder mit. Herr und Diener zogen ungerührt von dannen.

»Direktor!« lobte Xiaohe, »alle Achtung!«

»Hm, wenn ich dich daran gelassen hätte, du hättest ihm doch die Tochter für nichts gegeben! Und er brächte es fertig, sie einfach zu verkaufen, wenn er ihrer überdrüssig ist!«

Xiaohe schüttelte sich. Tatsächlich, wenn die Tochter verkauft würde, könnte er sich nirgendwo mehr blicken lassen.

Zhaodi, nur in einer ärmellosen Weste aus roter Wolle und darüber geworfenem Mantel bekleidet, kam eilig herein. Schon an der Tür bibberte sie: »Hu...«, dann hüpfte sie auf und ab, »hu, ist das kalt!«

»Du bist mir schon eine, willst wohl erfrieren?« Rotkürbis tat erbost, »fahr in die Ärmel!«

Zhaodi zog den Mantel an, steckte die Hände in die Taschen und trat näher an die Mutter heran: »Ist er weg?«

»Klar, soll er vielleicht hierbleiben, bis er stirbt?«

»Und das Ganze hat er nicht mehr erwähnt?«

»Hätte er das gewagt, dann hätte ich es ihm aber gegeben!«

»Schon gut. Also das ist ja lustig«, bemerkte Zhaodi kokett.

»Lustig? Ich will dir mal etwas sagen, mein Fräulein«, Rotkürbis setzte ein ernstes Gesicht auf, »du solltest dir eine ernsthafte Beschäftigung suchen und mir nicht dauernd nur Ärger bereiten.«

»Ganz recht, ganz recht!« belehrte Guan Xiaohe die Tochter, »du bist schließlich kein Kind mehr, das gehört sich so, ja, ja!« Ihm fiel aber nicht ein, welcher ernsthaften Beschäftigung die Tochter nachgehen könnte.

»Ma!« Nun wurde auch Zhaodi ernst. »Es gibt zwei Dinge, die ich tun könnte. Eins ist etwas Kurzfristiges, das andere für die Zukunft. Das Kurzfristige wäre Schlittschuhlaufen.«

»Na...« Xiaohe hielt Schlittschuhlaufen für gefährlich.

»Funk nicht dazwischen, höre sie doch erst einmal an!« unterbrach ihn Rotkürbis.

»Zu den Neujahrsfeierlichkeiten soll ein Treffen auf Schlittschuhen stattfinden, im Beihai. Ma, ich verrate dir was, du darfst es aber niemandem erzählen. Ich, Mary Gou und Zhu Ying, wir wollen etwas vorführen, chinesisch-japanisch-mandschurische Eintracht, das wird bestimmt Anklang finden!«

»Das ist eine gute Idee«, lächelte Rotkürbis. Damit hätte die Tochter nicht nur etwas »Anständiges« zu tun, sondern könnte auch groß herauskommen. Die Zeitungen würden über sie berichten, und Zeitschriften brächten ein Titelbild. Dann würde es Zhaodi nicht mehr schwerfallen, die Aufmerksamkeit von Reichen und Japanern zu erregen. »Ich spende einen großen Silberpokal! Wenn du meinen Silberpokal dann zurückgewinnst, gibt das einen Mordsspaß!«

»Das ist eine noch bessere Idee!« schwärmte Xiaohe.
»Und der langfristige Plan ist folgendermaßen. Wenn das Treffen auf dem Eis vorüber ist, möchte ich ganz ernsthaft einige Opernszenen einstudieren.« Zhaodi sprach sehr nachdrücklich. »Ma, bedenke doch mal, die anderen jungen Frauen können alle singen. Ich habe doch eine Stimme, warum sollte ich es nicht auch lernen, ich habe genügend Zeit und sonst nichts zu tun. Und wenn ich einige Opern beherrsche, trete ich auf, sollst mal sehen, wie das wirkt! Und wenn ich dann berühmt bin, gehe ich auch nach Tianjin, Shanghai, Dalian, Qingdao und Tokio! Stimmt's?«
»Ich finde den Plan gut!« erklärte Xiaohe eilig. »Heutzutage kann man nirgends mehr berühmt werden, nur noch als Beamter und als Schauspieler. Einige Schauspielerinnen sind gleich bei ihrem ersten Auftritt Stars geworden, es kommt auf die richtige Rolle und auf die Unterstützung an, dann stellt sich der Ruhm schnell ein! Um den Beifall will ich mich schon kümmern. Hauptsache, du bist bereit, fleißig zu üben, dann garantiere ich dir den Erfolg!«
»Genau!« rief Zhaodi begeistert. »Und wenn ich es geschafft habe, Pa, dann stellst du eine Truppe zusammen, das wäre doch bestimmt nicht so langweilig wie jetzt, ja?«
»Richtig!« stimmte ihr Xiaohe eifrig bei.
»Bei wem willst du denn lernen?« fragte Rotkürbis.
»Wären die Eheleute Wen nicht bestens geeignet?« Zhaodi hatte eine ganze Strategie parat: »Die Huqin-Geige von Xiao Wen ist allbekannt, und Frau Wen ist eine berühmte Sängerin. Sie wohnen gleich nebenan, das wäre zudem sehr bequem! Ma, hör doch mal!« Zhaodi stellte sich mit dem Gesicht zur Wand, reckte den Kopf, räusperte sich und begann zu singen: »Das Paar ke-ehrte nie me-ehr zurü-ück.« Ihre Stimme klang ein wenig gedrückt, aber recht kräftig.
»Das war nicht schlecht, wirklich nicht schlecht! Du solltest von dem berühmten Cheng Yanqiu lernen, das schaffst du«, redete ihr Xiaohe begeistert zu.
»Ma, wie fandest du es?« Zhaodi wandte sich an die Mutter, als zähle die Meinung des Vaters überhaupt nicht.
»Ganz gut!« Rotkürbis konnte selbst nicht singen und verstand auch nichts vom Gesang, tat aber so. »Xiaohe, ich

möchte klarstellen, daß du, falls Zhaodi bei den Wens Stunden nimmt, keinesfalls zu denen hinrennen darfst!«
Xiaohe hatte die Gelegenheit nutzen wollen, um mit der Tochter bei den Wens ein Auge auf Ruoxia zu werfen, weshalb er die Sache so anteilnehmend unterstützte. Daß Rotkürbis aber auch so genau kalkulierte! »Ich tue nichts Unrechtes, bemühe mich lediglich, für unser zweites Fräulein eine Truppe zusammenzustellen! Nicht wahr, Zhaodi?« Er verzog das Gesicht, um sein Unbehagen zu überspielen.

Nachdem sich alle Hoffnungen You Tongfangs zerschlagen hatten, war sie nahe daran, Rotkürbis zu vergiften und dann auch sich das Leben zu nehmen. Aber Herrn Qians Worte wirkten in ihr nach, sie wollte ihr Leben nicht leichtfertig wegwerfen, mußte geduldig auf eine neue Gelegenheit warten. Solange müßte sie sich vor Rotkürbis beugen, um nicht ins Bordell abgeschoben zu werden. Es war nicht geraten, Rotkürbis das direkt merken zu lassen, weshalb sie beschloß, sich Zhaodis anzunehmen. Sie wußte, daß Zhaodi Rotkürbis beeinflussen konnte. Deshalb begleitete sie Zhaodi zum Schlittschuhtraining und leistete ihr viele kleine Dienste, was Zhaodi sehr gefiel. Langsam zeigte diese Methode die beabsichtigte Wirkung. Zhaodi bat die Mutter nicht offen um Nachsicht für Tongfang, aber bei Wutausbrüchen verstand sie es, die Wut der Mutter nicht unmittelbar auf Tongfang niederprasseln zu lassen. Tongfang beruhigte sich und wartete auf eine Chance.
Herr Gao hatte, als Li Kongshan seinen Posten verlor, eiligst einen Salto vollzogen und sich wieder an Rotkürbis gehängt. Li Kongshan beschimpfte er wie einen Todfeind, sobald die Rede auf ihn kam.
Selbst Xiaohe fiel auf, daß Herr Gao seine Fahne nach dem Wind hängte. Aber Rotkürbis vertraute ihm nach wie vor. Sie kannte keine Skrupel und war nicht wählerisch in ihren Mitteln. Aber schließlich war auch sie ein Mensch, eine Frau, in deren giftigem Herzen es trotz alledem ein paar menschliche Gefühle gab, weshalb auch sie ein wenig Zuneigung und Mutterinstinkt zeigen wollte. Sie liebte Zhaodi und Gao Yituo, liebte die beiden mit geschlossenen Augen, denn hätte sie die Augen geöffnet, hätte sie mit der gewohnten Heimtücke ge-

gen sie vorgehen müssen. Sie ließ nicht von Herrn Gao, wie sehr der auch heucheln und schwindeln mochte. Andere konnten über ihn erzählen, was sie wollten. Wahrscheinlich war es diese Laune, die sie wie manch andere Helden und Heldinnen scheitern ließ. Sie fand sich großartig, doch sie ließ sich von einem kleinen Pekinesen oder einem hübschen Kätzchen in die Hölle befördern.

Herr Gao schimpfte nicht nur auf Li Kongshan, er gab Rotkürbis auch Ratschläge. Etwas umwunden deutete er an, Li Kongshan und Qi Ruifeng hätten ihre Posten zwar auch durch ihr persönliches Versagen verloren, aber es habe eben auch ein wenig mit dem Sprichwort »mitgefangen, mitgehangen« zu tun. Japaner sind kleinlich, ihnen kann man es schwer recht machen. Rotkürbis sollte deshalb vorsichtshalber schleunigst Geld beschaffen. Sie empfand das tatsächlich als einen guten Rat zur rechten Zeit. Sofort beschloß sie, die Summen zu erhöhen, die die Prostituierten an sie abzuführen hatten. Außerdem empfahl Herr Gao noch folgendes: Peking war bereits ein toter Ort, hier gab es keine Waren mehr, mit denen man handeln und Geld machen konnte, und wenn, waren hohe Steuern zu entrichten. Wollte man an diesem toten Fleck zu Geld kommen, dann nur über den Kauf von Häusern, denn die Japaner suchten Wohnungen, die Flüchtlinge aus der Umgebung ebenfalls. Mit den Mieteinnahmen konnte man größere Gewinne erzielen als durch Geldverleih. Rotkürbis akzeptierte auch diesen Vorschlag. Sie beschloß, sofort Nummer eins zu kaufen. Sollte der Besitzer nicht zustimmen, würde sie im Namen der Japaner den Kauf erzwingen.

Nachdem alle diese Pläne zum Nutzen von Rotkürbis unterbreitet waren, machte Herr Gao einige Vorschläge, die ihn selbst betrafen. Er habe vor, ein angesehenes Hotel zu eröffnen, das von Rotkürbis finanziert und von ihm geführt würde. Es sollte exklusiv ausgestattet sein und nur Nobelgäste aufnehmen. Die sollten im Hotel Glücksspiele veranstalten und über Frauen verfügen können. Wenn Rotkürbis schon die legalen wie die illegalen Huren in der Hand hatte und Herr Gao der Mittelsmann zwischen beiden war, würden sie doch wohl nach einer wissenschaftlichen Methode für jeden Gast den richtigen »Partner« finden. Natürlich durfte man im

Hotel auch »rauchen«. Rauchen, Spielen, Huren – alles mußte möglich sein. Man müßte eine elegante Einrichtung anschaffen, und dann würde das Geschäft florieren, meinte Herr Gao. Für die Übernahme des Managements verlangte er den Titel eines Direktors und ein Gehalt, aber keine Beteiligung an Rotkürbis' Gewinn. Er hatte nur den bescheidenen Wunsch, die Geschlechtskrankheiten der Gäste behandeln und seine Kräuter-Medikamente verkaufen zu dürfen. Hiervon stünden Rotkürbis keine Abgaben zu.

Dieser Plan entzückte Rotkürbis noch mehr, da er sich verlockender anhörte als jedes andere Unternehmen. Sie liebte es, geschäftiges Treiben um sich zu haben. Guan Xiaohe lief das Wasser im Munde zusammen. Direktor eines solchen Hotels wäre er liebend gern, selbst wenn er dort sterben müßte. Allerdings wagte er nicht, Gao Yituo den Direktorposten streitig zu machen, weil es nicht seine Idee war und er Herrn Gao nicht einfach einen Fußtritt geben konnte. Und ein Direktor war eben noch lange kein Beamter, er aber fühlte sich zum Beamtenkreis gehörig und wollte sich nicht leichtfertig erniedrigen. Daher schlug er lediglich vor, dem Hotel noch einen Tanzsaal hinzuzufügen, damit auch vornehme Damen dorthin kämen.

Geschäftstüchtigkeit kümmert sich nicht um Branchen, die keinen Gewinn abwerfen. Herr Gao hatte keinerlei Erfahrungen im Hotelgewerbe und war durchaus nicht vom Erfolg der Sache überzeugt. Er wollte über das Hotel nur seine Kräuter und Quacksalbereien verbreiten. Sollte das Vorhaben scheitern, wäre lediglich das Geld von Rotkürbis verloren, sein eigenes, spezielles Gewerbe würde unbehelligt weiterexistieren.

Rotkürbis ließ sich gewöhnlich keinen Sand in die Augen streuen, und sie hatte auch noch nie Geld ins Wasser geworfen. Jetzt, da sie über viel Geld verfügte, glaubte sie, man könne damit alles haben und alles erreichen. Das Geld steigerte ihre Ambitionen, die Kraft des Geldes schien aus ihrem Inneren nach außen zu drängen, wie Dampf in einem Kochtopf gegen den Deckel drückt. Sie mußte irgend etwas Aufsehenerregendes anstellen. Ha, Rauchen, Spielen, Huren, Tanzen, alles an einem Ort, das wäre ja eine »Neue Welt«! Im

Reich herrschte eine neue Dynastie, neue Zeiten waren angebrochen. Rotkürbis sah sich als verdienstvollen Mitbegründer dieses Reiches, sie mußte den Menschen etwas Neues bieten, das sowohl bei den Japanern als auch bei den Chinesen Anklang fand. Sie fühlte sich als eine vom Schicksal begünstigte Heldin, die nicht nur Geld zu machen verstand, sondern auch neue Sitten schuf. Sie beschloß, dieses Hotel zu eröffnen.
Bei den Vorbereitungen konnte Guan Xiaohe nicht helfen, er wollte aber nicht müßig abseits stehen. So griff er sich manchmal ein Blatt Papier und krakelte darauf herum, mal wurden es Entwürfe für die Anordnung von Tisch, Stühlen und Betten im Hotelzimmer, mal Namensvorschläge für das Hotel. »Ihr seid fix auf den Beinen, aber für die Kopfarbeit braucht ihr mich«, erklärte er den anderen lächelnd, »vom Namen bis zur Einrichtung muß alles vornehm sein, bloß keine vulgären Farben wie Knallrot und Knallgrün! Namen habe ich bereits eine ganze Reihe erdacht, ihr könnt auswählen, nicht einer davon klingt banal. Zum Beispiel ›Park des grünen Duftes‹, ›Hotel Zither‹, ›Elegantes Haus verführerischen Wohlgeruchs‹, ›Außerirdisches Anwesen‹, einer so schön und elegant wie der andere!« Es waren die Aushängeschilder der von ihm besuchten Bordelle. Aber er war nicht nur mit den Entwürfen für diese eleganten Dinge beschäftigt, sondern auch damit, für Zhaodi und ihre Freundinnen die Kostüme beim Schlittschuhlauf zu entwerfen. Er erklärte ihnen, daß sie sich für den Auftritt wie Schauspieler des Sprechtheaters schminken müßten, das Gesicht sei zu cremen, die Augenhöhlen blau anzumalen, die Wangen tiefrot zu pudern. »Ihr befindet euch in der Mitte des Sees, die Zuschauer stehen am Ufer, da müßt ihr die Augenpartie schon deutlich betonen!« Sie stimmten ihm zu und nannten ihn einen durchtriebenen Fuchs, was ihn hoch erfreute. Ihre Kleider dachte er sich so aus: Zhaodi stellte China dar, sie sollte ein entengelbes Seidengewand tragen, das mit grünen Pflaumen bestickt war; Mary Gou als Mandschukuo brauchte einen Umhang, wie ihn die edlen Damen der Mandschu-Dynastie trugen, vorn und hinten bestickt mit der Landkarte des Nordostens; Zhu Ying stand für Japan, für sie war ein kirschblütenbestickter Kimono vorgesehen. Alle drei sollten ohne Kopfbedeckung auftreten und die entsprechende

Frisur zeigen: die Chinesin Zöpfe, die Japanerin Bubikopf mit Pony, die Mandschurin aufgesteckte Haare. Da sie alle drei keine eigene Meinung hatten, folgten sie den Vorschlägen.
Das neue Jahr kam schnell heran, am fünften Tag des neuen Monats fand mittags um ein Uhr der kostümierte Schlittschuh-Wettbewerb statt.

Wer zu sehr am Frieden hängt, hat eine dünne verletzliche Gesichtshaut. Ist sie erst einmal abgestreift, betrachtet man es als Genuß, sich zu unterwerfen, und man sieht es als hohe Philosophie des Selbstschutzes an, Beleidigungen hinzunehmen. Die Pekinger genossen soeben das Unterwerfen. Sie hatten, ob reich oder arm, am Neujahrstag fleißig Jiaoze gegessen, ihre besten Kleider angezogen – wer beim besten Willen nichts Ordentliches fand, borgte sich etwas – und waren in den Beihai-Park geströmt. Dort wurde heute kein Eintritt verlangt, und sie schauten sich das Bild des Friedens an. Sie hatten die Kämpfer von Nanyuan vergessen, die dort von Geschossen zerfetzt wurden, sie hatten die unzähligen Verwandten und Freunde vergessen, die in den Kerkern gefoltert wurden, hatten auch die Ketten am eigenen Hals vergessen und wollten sich nur amüsieren, lachen und scherzen. Sie schienen willens zu sein, die von den Japanern für sie zubereitete, in Zucker verpackte Giftpille zu schlucken.
Eine Reihe junger Leute war ungewöhnlich ausgelassen. Sie hatten sich bereits daran gewöhnt, vor den Japanern anzutreten und vorzuspielen, japanische Lehrer zu haben, ein paar Brocken Japanisch zu können und die von den Japanern gedruckten Zeitungen zu lesen. Sie waren zwar noch jung, aber bereits darin geübt, sich in das Unabänderliche zu fügen. Noch wußten sie, daß sie Chinesen waren, aber das hinderte sie nicht, fröhlich am Schlittschuhlauf teilzunehmen.
Schon gegen zwölf war der Beihai-Park voller Menschen. Die Neujahrssonne schien noch nicht sehr warm, aber ihre Strahlen wärmten die Herzen der Menschen. Das feste Eis auf dem See hatte schon ein paar kleine Vertiefungen bekommen, in denen sich Schmutz angesammelt hatte. An schattigen Stellen lag noch etwas Schnee, in den die Wärme ebenfalls Löcher gebohrt hatte. Die Bäume, außer den Kiefern und Zypressen,

hatten alle Blätter verloren, ihre Zweige wogten weicher als sonst über Ufer und Felsen. Der Himmel war strahlend und weit. Aus dem hellblauen Firmament schienen goldene Sternchen zu fallen. Das helle Licht ließ den weißen Marmor des Brückengeländers noch reiner erscheinen und das Gelb und Grün der Dachziegel und die Farben an den Bauten noch dunkler und klarer. Das Ganze sah aus wie ein gerade zu Ende gemaltes Bild. Die goldene Kuppel der Weißen Pagode glitzerte blendend, als wollte sie die ganze Schönheit des Sees mit hinauf in den Himmel nehmen.

An dem Wettbewerb beteiligten sich viele Menschen, zu neun Zehnteln junge Leute. Die Blüte der Nation, jetzt war sie nur der Spielball der Japaner. Unter ihnen befanden sich wenige Ältere, die ihre Schlittschuhkünste schon dem Kaiser gezeigt hatten und sie jetzt den neuen japanischen Herren vorführen sollten. Die zwei Pavillons des Fünf-Drachen-Tempels waren Garderobe und Kommandostab. Irgendwie hatte es sich ergeben, daß Rotkürbis zur Oberkommandierenden der Damengarderobe avanciert war. Sie schimpfte mal diese und fauchte mal jene an, ermunterte nur Zhaodi, Mary Gou und Zhu Ying. Drinnen herrschte von Anfang an ein großes Durcheinander, einige der Damen erklärten tränenüberströmt, daß sie zurückträten, weil andere schönere Kostüme besaßen; andere beschimpften ihre Begleitung, weil etwas fehlte; wieder andere zitterten in ihrer leichten Kleidung, andere trällerten übermütig, von ihrem Sieg überzeugt... Und mit dem Gehabe und Gebrüll von Rotkürbis hörte sich alles wie ein Rudel eingesperrter Pantherweibchen an. Guan Xiaohe wußte, daß der Zutritt für Männer verboten war. Aber von Zeit zu Zeit spähte er durch den Türspalt und erntete einen Schwall von Flüchen und Schreien, was ihn köstlich amüsierte. Die Japaner störten sich daran nicht. Wenn sie Ordnung verlangten, zwangen sie die Leute mit Peitsche und Bajonett in schnurgerade Reihen, lockerten sie aber die Zügel und ließen die Leute genießen, konnten sie kaltlächelnd zuschauen, ohne sich einzumischen, als beobachteten sie Lämmer beim Spiel. Sie waren die Katze, die Chinesen die Maus, nachdem sie die Maus gefangen hatten, konnten sie das Maul wieder öffnen und ihr noch ein paar Schritte gewähren.

Man stellte sich auf, die Herren zur Linken, die Damen zur Rechten. Rotkürbis hatte es so eingerichtet, daß Zhaodi die Gruppe der Damen anführte, worüber die anderen hinter ihr kräftig schimpften. Bei den Herren blickten die älteren verächtlich auf die jungen Schüler herab, während diese die Nase über die Alten rümpften; man rempelte sich gegenseitig, manche fielen sogar hin.
Nach den ersten Runden, in denen man sich warm lief, führten die einzelnen Gruppen etwas vor. Außer den Alten, die bereits vor dem Kaiser aufgetreten waren und etwas zu zeigen hatten, konnte niemand etwas Glanzvolles zum besten geben. Die meisten liefen einfach nur hin und her. Zhaodi und ihre zwei Begleiterinnen, die Hand in Hand dahinglitten, schwankten und wären mehrmals beinahe gestürzt, weshalb sie nach wenigen Minuten abtraten.
Aber Zhaodis Gruppe erhielt den ersten Preis, den von Rotkürbis gestifteten Silberpokal. Die Alten gingen leer aus. Die Jury hielt sich an die Vorgaben der Japaner, nur die zu prämieren, die »gemäß unserer Absicht« kostümiert waren, weshalb den ersten Preis die »chinesisch-japanisch-mandschurische Eintracht« erhielt, den zweiten die »Friedensgöttin«, eine Dame in Weiß mit hocherhobenem Sonnenbanner, den dritten die »große kaiserliche Armee«. Die Lauftechnik an und für sich wurde von den Schiedsrichtern überhaupt nicht berücksichtigt, denn ihnen war bewußt, daß die Japaner nicht wollten, daß Chinesen Sport trieben und sich stählten.
Nach der Verleihung des Pokals ließen sich Guan Xiaohe, Rotkürbis und die drei Fräuleins fotografieren, bevor sie die Runde durch den Park machten, Zhaodi mit dem Pokal im Arm. Xiaohe trug ihnen die Schlittschuhe. Als ihnen unterwegs Qi Ruifeng begegnete, wandten sie sich ab und taten, als hätten sie ihn nicht gesehen.
Ein paar Schritte weiter an der »Halle der großen und kleinen Wogen« trafen sie Lan Dongyang und Dickmadam. Dongyang trug das rote Seidenband der Jury an der Brust und hielt Dickmadams Hand. Guan Xiaohe und Rotkürbis blickten sich an und gingen sogleich auf die beiden zu. Guan Xiaohe hob die Hände mit den Schlittschuhen zum Gruß hoch. »Was soll man da noch sagen, wir müssen wohl auf euer Wohl anstoßen!«

Dongyang verzog das Gesicht und zeigte seine gelben Zähne. Dickmadam lächelte ruhig. Sie waren das geborene Pärchen, die richtigen Leute für finstere Zeiten, weshalb sie sich durchaus nicht genierten.
»Ihr seid mir die richtigen Freunde«, Rotkürbis stellte sich böse, »nicht einmal mir ein Wort zu verraten. Das muß bestraft werden! Die Strafe könnte etwa darin bestehen, die drei jungen Damen zu einem Tee mit Gebäck einzuladen, wie wär's?« Ohne eine Antwort abzuwarten, änderte sie ihren Ton, sie wußte, Dongyang war geizig. »Schon gut, das war nur Spaß. Ich lade euch ein! Gleich hier, die jungen Damen sind schon ganz erschöpft.«
Sie gingen in die »Halle der kleinen und großen Wogen«.

54

Ruifeng hatte im »Weinfaß« zwei Liang Schnaps getrunken und kam mit geröteten Augäpfeln zu Hause an. Brabbelnd erzählte er allen von Dickmadams Untreue und erklärte, er ließe sich keine Hörner aufsetzen und werde mit dem Hackbeil auf Leben und Tod mit Lan Dongyang kämpfen. Von der Schwägerin verlangte er Zigaretten, guten Tee und Abendbrot, denn ihm war Unrecht zugefügt worden, er verdiente Mitleid und bevorzugte Behandlung. Das wiederum beruhigte die Schwägerin, denn solange er noch Zigaretten und Tee verlangte, würde er sich nicht mit Lan Dongyang prügeln.
Tianyous Frau nahm die Ankündigung des Sohnes auch nicht sonderlich ernst, viel mehr machte ihr zu schaffen, daß die Zweite Schwiegertochter, wenn sie fremdginge, nicht Ruifeng allein, sondern die ganze Familie Qi blamierte. Das alles wäre wahrscheinlich nicht passiert, hätte der Zweite nicht diesen Posten angenommen und wäre er nicht ausgezogen. Aber sie mochte ihm in seinem Pech nicht auch noch Vorwürfe machen. Trösten konnte sie ihn allerdings auch nicht, denn schließlich hatte er sich die Sache selbst zuzuschreiben.
Ruixuan erfuhr die schlechte Nachricht, kaum daß er nach Hause kam. Er dachte wie die Mutter und mochte auch nichts sagen. Der Zweite hatte nicht den Mut, es mit Lan Dong-

yang aufzunehmen, deshalb war er ziemlich sicher, daß nichts passieren würde, auch wenn er sich jetzt nicht mäßigend äußerte.
Doch der alte Herr regte sich auf. Bei Söhnen war strenge Erziehung eher angebracht als verzärtelnde Liebe. Die Enkel sollten von ihren Vätern streng erzogen, von den Großvätern aber geliebt werden. Zwar hatte er vor kurzem Ruifeng getadelt und geschlagen, aber hinterher tat es ihm leid. Er konnte sich natürlich nicht bei ihm entschuldigen, war aber beunruhigt, weil er das Gefühl hatte, in Tianyous Kompetenz eingegriffen zu haben und außerdem zu streng zum Enkel gewesen zu sein. Und der kleine Dritte war spurlos verschwunden, keiner wußte, ob er noch lebte. Ruifeng taugte zwar nicht viel, war aber wenigstens zu Hause. Sollte er vielleicht nach dem Verlust des kleinen Dritten auch noch dessen Bruder vertreiben? Seine kleinen Augen blickten verstohlen zu Ruifeng hin. Ohne einen Gedanken an die Gründe für Ruifengs Müßiggang zu verschwenden, klagte er: »So ein großer junger Mann, wenn der den ganzen Tag nichts zu tun hat, ist es ja kein Wunder, wenn er mal ein bißchen bechert.«
Als er von Dickmadams Affäre erfuhr, bedauerte er Ruifeng noch mehr. Sollte sie wirklich nicht zurückkommen, hätte Ruifeng den Posten und die Frau verloren, was sollte da aus ihm werden? Außerdem waren die Qis anständige Leute, wie sollten sie anderen Menschen unter die Augen treten, wenn ihnen eine Schwiegertochter einfach mit einem anderen davonlief? Der alte Mann dachte nicht darüber nach, weshalb Ruifeng die Frau verloren hatte, und kam nicht darauf, daß Leute, die mit den Japanern zusammenarbeiteten, die Konsequenzen zu tragen hatten. Vielmehr gab er Dickmadam die Schuld, sie verabscheute Armut, wollte reich sein und war schamlos, sie betrog ihren Ehemann, zerstörte den guten Ruf der Familie Qi und trieb die vier Generationen auseinander.
»Das gibt's nicht!« Der alte Mann strich sich kräftig über den Bart, »das gibt's nicht! Sie hat nach den üblichen Regeln in unsere Familie eingeheiratet, sie gehört zu unserer Familie, im Leben und auch noch als tote Seele! Das gibt es nicht, daß sie draußen fremdgeht! Du holst sie auf der Stelle zurück! Sage ihr, daß sich die anderen vielleicht noch damit abfinden wür-

den, aber nicht der Großvater, der duldet so etwas nicht! Sag ihr, ich verlange, daß sie sofort zurückkommt! Und sollte sie sich nicht fügen, breche ich ihr die Beine! Geh hin! Du brauchst keine Angst zu haben, der Großvater ist ja da!« Der alte Mann kam immer mehr in Fahrt. Konnte er das Tor gegen äußere Aggressoren auch nur mit dem alten Tonfaß verbarrikadieren, mit der Unordnung in der eigenen Familie würde er immer noch fertig!

Ruifeng hatte die ganze Nacht nicht richtig geschlafen. Sonst litt er nicht an Schlaflosigkeit, da konnte die Welt untergehen, solange er etwas zu essen hatte, schlief er tief und fest. Dieses Mal hatte es ihn wirklich getroffen. Eigentlich wollte er nicht zu viel nachdenken, sondern erst einmal schlafen und morgen mit Dickmadam verhandeln. Aber die Szene im Beihai-Park stand ihm ständig, eindrucksvoller als ein Film, vor Augen. Dickmadam war Hand in Hand mit Lan Dongyang einherspaziert. Aber es war kein Film, es waren seine Frau und sein Erzfeind. Das konnte er nicht ertragen. Nahm er das hin, war er kein Mensch mehr! Sein Herz wollte bersten, in der Magengrube stach es, er glaubte, Blut speien zu müssen. Im Bett warf er sich herum, stöhnte leise und rieb sich die Magengrube. Morgen, morgen mußte er etwas unternehmen, nichts würde ihn schrecken, aber heute mußte er erst einmal ordentlich schlafen, Kräfte sammeln, um morgen die Festung zu stürmen. Doch er konnte nicht einschlafen. Eifersucht plagt auch den Schwächsten. Er bereute sein Verhalten nicht, er überlegte auch nicht, was morgen zu überdenken und zu ändern wäre, um von anderen respektiert zu werden. Er fand nur, daß ihm eine unerträgliche Beleidigung zugefügt worden war, die er rächen mußte. Das Feuer der Eifersucht vergiftete sein Blut. Er stellte sich das entsetzliche Bild vor, wie mit einem Hieb beide Köpfe fielen, denn Ehebrecher sollten gemeinsam gestraft werden. Mit einem Schwertstreich würde er zum Helden und berühmt in der ganzen Stadt!

Die blutige Vorstellung trieb ihm jedoch den kalten Schweiß aus allen Poren. Nein, nein, das brachte er nicht fertig. Er war ein Pekinger, konnte kein Blut sehen. Nein, er durfte nicht gleich hart vorgehen, mußte zunächst Dickmadam mit Tränen und guten Worten rühren, um sie zur Reue zu bewegen. Er

war ein großzügiger, weitherziger Mensch, er könnte alles Vergangene verzeihen, wenn sie nur von Dongyang abließe. Richtig, das mußte er tun, er durfte nicht wie die Japaner den Krieg ohne Kriegserklärung beginnen.
Nähme sie allerdings seine Vergebung nicht an, konnte er für nichts mehr garantieren. Ein verzweifelter Hund springt auch über die Mauer! Wäre es nötig, griffe er zum Hackmesser! Er war ein anständiger, ganzer Mann, er konnte sich doch nicht zur Schildkröte machen lassen! So war es, er mußte entschlossen handeln, aber Geduld bewahren und nichts übereilen.
Diese wirren Gedanken gingen ihm bis zum ersten Krähen der Hähne durch den Kopf, ehe er endlich Ruhe fand und bis nach acht schlief. Als er die Augen aufschlug, fiel ihm sogleich wieder Dickmadam ein, nicht aber der Vorsatz, mit einem Schwerthieb zwei Köpfe abzutrennen. Das war seiner augenblicklichen Wut entsprungen, die sollte man besser mit ein paar kräftigen Worten zerstreuen. Zum Handeln war Wut nicht zu gebrauchen. Nur friedliches Zureden konnte Probleme lösen. Es heißt, Zeit sei der beste Arzt, sie könne jeden Schmerz stillen. Für Ruifeng traf das ganz besonders zu, er brauchte nur ein paar Stunden Schlaf, schon hatte er den größten Schmerz vergessen. Nun wollte er friedliche Mittel anwenden und den älteren Bruder zu Dickmadam mitnehmen. Denn ginge er allein, beschimpfte sie ihn womöglich wie einen räudigen Hund. Schon immer hatte er sie gefürchtet. Und jetzt, nach dem Seitensprung, würde sie ihn vielleicht noch schlimmer behandeln. Tiger jagt man nicht allein, in die Schlacht zieht man mit Flankenschutz. Der Bruder mußte ihm helfen.
Aber Ruixuan war bereits gegangen. Da konnte sich Ruifeng nur an den nächsten halten und die Schwägerin um Beistand bitten. Die aber lehnte ab. Yunmei war eine Frau alten Schlages, und die Frau des Schwagers konnte sie noch nie leiden, nun erst recht nicht. Ruifeng begann zu bohren. Er konnte die Schwägerin nicht zwingen, mit ihm zu gehen, wußte aber genau, daß er kein Gegner für Dickmadam war, also wollte er mit der Schwägerin zumindest die Möglichkeiten erörtern. Um Dinge, die nicht unmittelbar mit ihm zu tun hatten, kümmerte er sich nicht im geringsten, wie wichtig sie auch sein

mochten. Was aber ihn direkt anging, das mußte er unermüdlich mit anderen bereden, als ob alle anderen seine Angelegenheiten für äußerst wichtig erachteten. Er ließ sich über Dickmadams Launen und Dongyangs Charakter aus, als habe die Schwägerin keinerlei Vorstellung davon. Dabei erwähnte er nur die guten Seiten Dickmadams und übertrieb gewaltig, als sei sie die vollkommenste Frau der Welt, um bei der Schwägerin Mitgefühl zu erregen. Wirklich, die Vorzüge Dickmadams waren gar nicht alle aufzuzählen, er mußte die Frau unbedingt zurückholen, ohne sie konnte er nicht weiterleben. Obwohl er Tränen vergoß und die Schwägerin ein weiches Herz hatte, blieb sie dieses Mal hart. Als sie sich auch nach langem Hin und Her nicht erweichen ließ, seufzte der Zweite und ging in sein Zimmer, um sich fertigzumachen. Sorgfältig scheitelte er sein Haar, zog die besten Sachen an und redete sich ein, mit dem Gesicht und der Aufmachung schlage er Lan Dongyang sicher aus dem Felde.

Dickmadam gegenüber tat er, als wüßte er nichts von ihrer Beziehung zu Dongyang und wollte sie nur einfach besuchen. Er bat sie, kurz mit ihm nach Hause zu gehen, da der Großvater, die Mutter und die Schwägerin Sehnsucht nach ihr hätten. Er mußte sie nach Hause locken, um dann vor den anderen das Feuer auf sie zu eröffnen. Vielleicht würde der Großvater das Tor schließen und sie nicht mehr hinauslassen.

Dickmadam war jedoch viel direkter, sie holte ein Papier hervor, das er unterschreiben sollte – die Scheidung.

Sie war in letzter Zeit noch dicker geworden. Und mit dem Umfang nahm auch ihr Selbstbewußtsein zu. Strich sie über ihr Fleisch, schien sie ihre Seele zu streicheln – so üppig, so dick! Mit den vielen Pfunden wurde sie auch immer träger. Sie brauchte einen reichen Mann, damit sie stets gut essen und sich gepflegt kleiden konnte, ohne sich von der Stelle zu rühren. Sie brauchte ihn, damit sie schlafen konnte, wenn sie müde war, Karten spielen konnte, wenn sie munter war, im Auto zum Park kutschiert werden konnte, wenn sie sich ihre dicken Beine vertreten wollte. Eigentlich hätte sie gar keinen Ehemann gebraucht, sie war faul und schlief gern. Wenn sie sich doch einen zulegen würde, müßte es schon ein Abteilungsleiter, Amtsleiter oder Minister sein! Sie wollte nicht ihn, sondern seinen

Posten heiraten, am liebsten ein Stück Holz, wenn dieses ihr gutes Essen, ordentliche Kleider und ein Auto garantieren könnte. Leider gab es das alles nicht. Deshalb mußte sie sich mit dem Nächstbesten begnügen, mit Ruifeng oder Lan Dongyang. Ruifeng hatte seinen Posten verloren, Dongyang war Abteilungsleiter geworden, da entschied sie sich selbstverständlich für Dongyang. In Aussehen und Verhalten kam er zwar nicht einmal an Ruifeng heran, hatte aber Posten und Geld. Deshalb hatte sie sich gegen Ruifeng entschieden. Dongyang gefiel ihr zwar nicht, er war geizig und schmuddelig, aber sie würde ihm das Geld schon aus der Tasche ziehen.
Ruifengs kleines Quittengesicht wurde weiß wie ein Blatt Papier. Scheidung? Na, jetzt mußte er wohl zum Hackmesser greifen! Doch er wußte, das würde er nicht wagen, zumal Dickmadam so fett war. Ihren dicken Hals würde er doch überhaupt nicht durchtrennen können.
Nur die allergrößten Schwächlinge sehen schweigend zu, wenn ihnen die Frau abspenstig gemacht wird. Ruifeng hielt sich nicht für so schwächlich. Er konnte alles verlieren, aber nicht die Frau. Hier ging es um sein Gesicht! Zur Waffe zu greifen, fehlte ihm der Mut. Den Zorn unterdrücken wollte er nicht. Was also sollte er tun?
Da öffnete Dickmadam wieder den Mund: »Nun mach schon! Das ist nun mal so, weshalb noch Umstände machen? Die Scheidung ist eine reine Formsache, damit alle das Gesicht wahren. Willigst du nicht ein, bleibe ich trotzdem bei ihm, das ist doch für dich noch...«
»Na hör mal«, Ruifengs Lippen zitterten, »zählt denn unsere Ehe gar nichts...?«
»Ich tue, was ich will, da lass ich mir von niemandem hineinreden! Als wir zusammen waren, hast du mir doch auch nie widersprochen.«
»Aber in dieser Sache geht das nicht!«
»Na und, was soll sein?«
Ruifeng konnte nichts erwidern. Endlich fiel ihm etwas ein: »Selbst wenn ich zustimmte, da gibt es noch Leute, die anderer Meinung sind.«
»Als wir damals geheiratet haben, hast du dich ja auch nicht mit ihnen beraten. Die geht das nichts an!«

»Laß mir ein paar Tage Zeit, damit ich überlegen kann, ja?«
»Auch wenn du niemals zustimmst, das macht nichts. Dongyang hat Macht, wage nicht, dich mit ihm anzulegen! Wenn du ihm Ärger bereitest, schickt er dir die Japaner auf den Hals!«
In Ruifeng stieg die Wut hoch, aber er ließ sie nicht heraus. Denn er wagte tatsächlich nicht, sich mit Dongyang oder gar den Japanern anzulegen. Die Japaner hatten ihm die Chance gegeben, Abteilungsleiter zu werden, jetzt waren sie schuld, daß ihm die Frau weglief. Über die inneren Zusammenhänge dachte er besser nicht nach, denn dann hätte er die Japaner hassen müssen. Aber Haß auf die Japaner bedeutete Selbstvernichtung. Mit Tränen in den Augen ging er hinaus.
»Du unterschreibst nicht?« rief Dickmadam hinterher.
»Niemals!« antwortete Ruifeng mutig.
»Na gut, dann heirate ich ihn morgen schon! Mal sehen, was du dann machst!«
Ruifeng rannte in Windeseile nach Hause. Sofort stürmte er ins Zimmer des Großvaters und brachte keuchend hervor: »Es ist aus! Aus!« Er schlug die Hände vor sein Quittengesicht und setzte sich auf den Kang.
»Was ist denn los?« fragte der alte Herr.
»Es ist aus! Sie will die Scheidung!«
»Was will sie?«
»Die Scheidung!«
»Schei...« Das Wort Scheidung war zwar seit Jahren in Mode, aber dem alten Mann kam es noch immer schwer über die Lippen. »Sie hat das gefordert? Das ist ja ganz neu! Seit alters her ist es Brauch, daß die Frau verstoßen wird, aber nicht der Mann! Das ist unerhört!« Selbst als die Japaner in die Stadt einfielen, war der alte Herr nicht so erstaunt und empört gewesen. »Und was hast du ihr gesagt?«
»Ich?« Ruifeng nahm die Hände vom Gesicht. »Ich kann sagen, was ich will, sie hört nicht. Ich hab's im guten und im bösen versucht, sie hört nicht auf mich!«
»Warum bringst du sie nicht einfach her, damit ich ihr einmal ordentlich die Meinung sage? Du bist auch ein Wirrkopf!« Der alte Mann ereiferte sich und wurde immer lauter. »Mir hat die Heirat damals gleich nicht gefallen. Es wurde kein

Horoskop nach den acht Daten befragt, um zu prüfen, ob die Partner zusammenpaßten, die Alten wurden nicht miteinander bekannt gemacht. Na und? Ist es nun schiefgegangen oder nicht? Wer nicht auf die Alten hört, Unglück heraufbeschwört! Das ist eine Schande für die Familie Qi!«

Das Geschrei des Alten lockte Tianyous Frau und Yunmei herbei. Ohne zu fragen begriffen sie, was geschehen war. Der Mutter war es schwer ums Herz. Doch was konnte sie schon sagen? Den Zweiten zu tadeln, konnte sie sich nicht entschließen, aber trösten mochte sie ihn auch nicht. Sollte sie ihn sich prügeln lassen? Das ging auch schlecht. Ebensowenig konnte sie ihm raten, den Zorn hinunterzuschlucken und der Scheidung zuzustimmen. Sie überlegte hin und her, ihr Herz verkrampfte sich zu einem Knoten. Doch dem Schwiegervater durfte sie kein vergrämtes Gesicht zeigen, sie mußte ihren Kummer unter einem Lächeln verbergen.

Yunmeis Kummer war anderer Art. Sie fürchtete das Wort Scheidung. Der alte Herr Qi konnte das Wort auch nicht leiden, aber seine Vorstellungen davon waren unklar, abstrakt, etwa so unbestimmt wie sein ständiger Seufzer »Die Menschen sind nicht mehr so wie früher«. Seine Angst vor »Scheidung« glich seiner Furcht vor der Eisenbahn – er geriete nie in Gefahr, von einem Zug überfahren zu werden. Yunmeis Furcht vor »Scheidung« war dagegen konkreter. Seit sie in die Familie Qi eingeheiratet hatte, fürchtete sie, Ruixuan könne eines Tages weglaufen und nicht wiederkommen, so daß ihr Schicksal mit einer »Scheidung« zu vergleichen sei. Sie bemitleidete den Zweiten kaum und konnte Dickmadam nicht ausstehen, daher hätte sie am liebsten gesagt: »Das läßt sich doch alles bereden, soll Dickmadam doch machen, was sie will!« Aber das ging nicht. Stimmte sie der Scheidung des Zweiten zu, was wäre, wenn Ruixuan sich eines Tages dazu entschließen würde? Schließlich hielt sie es für das beste zu schweigen.

Da beide Frauen keine Stellung bezogen, konnte sich der alte Herr nach Herzenslust auslassen. Er palaverte zur eigenen Erbauung. Einmal meinte er, »jage sie davon!«, dann wieder sollte er sie unbedingt zurückholen und zwei Monate einsperren. Er hatte die Familie aus eigener Kraft gegründet und

bei Problemen nie gezaudert. Nun aber war er alt und erlebte, was er bisher nie erlebt hatte, weshalb er auch keinen Rat wußte. Der langen Rede kurzer Sinn blieb schließlich, der Scheidung möglichst nicht zuzustimmen, da sonst eine wichtige seiner Vier-Generationen-Säulen einstürzte.
Ruifeng war ebenfalls durcheinander, er konnte sich nicht entscheiden, flehte die anderen mit seinen kleinen Augen an, denn er, der gute Mensch, dem Unrecht widerfahren war, verdiente Mitleid und Trost. Mal brach er in Tränen aus, mal lachte er wie ein Clown auf der Bühne.
Als Ruixuan am Abend nach Hause kam, wurde er sofort von der Familie umringt. Aber er war in Gedanken noch in Chongqing. In der Botschaft hatte er eine Menge Dinge erfahren, die draußen keiner wußte. Daß der Krieg zur Zeit ziemlich heftig tobte, daß feindliche Flugzeuge großen Schaden anrichteten, daß die Insel Hainan besetzt worden war, daß die eigenen Truppen in der Luftschlacht bei Lanzhou neun feindliche Maschinen abgeschossen hatten, daß Großbritannien China einen Kredit von fünf Millionen Pfund gewährt hatte, und... Je mehr er erfuhr, desto unruhiger wurde er. War es eine gute Nachricht, lächelte er und sah voller Abscheu auf die, die China bereits verloren gaben und sich in Peking bedenkenlos amüsierten. War es eine schlechte Nachricht, wandte sich sein Abscheu statt gegen andere gegen sich selbst und seine eigene Unentschlossenheit. Den alltäglichen Lappalien in der Familie schenkte er kaum noch Aufmerksamkeit. Zwar war er nicht taub, hörte aber in letzter Zeit oft nicht, was man ihm zu Hause sagte. Er war abwesend, als grübele er über einer schwierigen mathematischen Aufgabe. Die familiären Probleme ließen sich doch nicht von den großen Problemen des Landes lösen! Zum Beispiel war Xiao Shun bereits im schulfähigen Alter, aber konnte er ihm die Sklavenerziehung zumuten? Er selbst hatte keine Zeit, ihn zu unterrichten. So blieb dieses Problem unlösbar, es sei denn, Peking würde schnell befreit werden.
Da hatte er wirklich keine Nerven, sich um Ruifengs Angelegenheiten zu kümmern. Am liebsten hätte er dem Bruder erklärt: »Ich kann dich doch auch nicht bei deiner Frau als Liebhaber vertreten, wieso sollte ich mich da um deine Schei-

dung kümmern?« Doch er hörte den anderen aufmerksam zu und äußerte sich dann sehr versöhnlich, obwohl ihm das, falls es befolgt wurde, den Ruf des »Schuldigen« und Tadel einbringen konnte. »Ich finde, du solltest etwas kühler herangehen und erst einmal die weitere Entwicklung abwarten. Vielleicht hat sie im Affekt gehandelt und Dongyang will sie gar nicht. Rege dich nicht auf, vielleicht endet alles noch gut.«
»Nein!« rief der Zweite abwehrend. »Du kennst sie nicht, wenn sie etwas will, bohrt sie sich durch ein Ochsenhorn, sie läßt sich nicht abbringen!«
»Wenn das so ist«, schwatzte Ruixuan betulich drauflos, »dann mach jetzt Schluß und erspare dir weiteren Ärger. Wenn du sie gehen läßt, ist das deine Großzügigkeit. Geht es mit ihr und Dongyang eines Tages zu Ende, hat es nichts mehr mit dir zu tun. In chaotischen Zeiten passieren chaotische Dinge!«
»Ich kann doch Lan Dongyang nicht ungeschoren davonkommen lassen.«
»Und was willst du tun?«
»Ich weiß es nicht!«
»Ruixuan«, ließ sich der alte Herr vernehmen, »du hast recht, er soll Schluß mit ihr machen, soll sie machen, was sie will! Damit es später nur ja keinen Ärger gibt!« Eigentlich war der alte Herr gegen eine Scheidung, doch weil er noch mehr Streitereien fürchtete, änderte er seine Meinung. »Aber in einem können wir ihr auf keinen Fall ihren Willen lassen, wir sind es, die den Vertrag auflösen müssen, wir verstoßen sie!« Die Äuglein des Alten blitzten, er hielt sich für sehr diplomatisch.
»Ganz gleich, ob verstoßen oder geschieden wird, der Zweite muß wissen, was er will!« Ruixuan wollte nicht zu weit gehen. Verlöre der Zweite die Frau, brächte er es fertig, von ihm eine Wiederverheiratung zu verlangen.
»Das würde sie schwerlich akzeptieren. Und eine Scheidung muß in der Zeitung bekanntgegeben werden, das ertrage ich nicht! Das fehlte noch, wo ich gerade eine Anstellung suche! Wenn die Leute erfahren, daß ich ein echter Hahnrei bin, wer hilft mir dann noch?« Der Zweite hatte seinen Verstand zusammengenommen, um diese Bedenken vorzubringen. Er war nicht gewohnt, auf ernsthafte Dinge Gedanken zu verwenden,

zerbrach sich aber über Nichtigkeiten den Kopf. Seine Welt verehrte heute Konfuzius, morgen verurteilte sie ihn, heute trat sie für freie Partnerwahl ein, morgen verhöhnte sie Scheidungen. Er war wie ein bedauernswerter Kreisel, der von der Peitsche der Zeit herumgewirbelt wurde. Hielt er inne, war er nichts als ein Stück Holz.

»Na, dann laßt uns in Ruhe nach einer befriedigenden Lösung suchen!« beendete Ruixuan vorerst die Diskussion.

Der Zweite beriet und überlegte mit dem Großvater noch weiter bis in die Nacht hinein, ohne zu einem Resultat zu gelangen.

Am nächsten Tag ging Ruifeng wieder zu Dickmadam. Sie ließ ihn nicht hinein. Er lief aus der Stadt und weiter am Stadtgraben entlang und wollte sich umbringen. Er blieb stehen und betrachtete die Kiefern auf einem Gräberfeld. Ringsum keine Menschenseele, der Ort war zum Aufhängen ideal. Er guckte und guckte und bekam es mit der Angst. Die Bäume sahen so dunkel aus, ringsum war es so still. Auf den Bäumen krähte ein Rabe, er erschrak heftig und lief davon. Ihm standen die Haare zu Berge.

Das Eis auf dem Stadtgraben war schon aufgebrochen, die Eislöcher waren von klarem Wasser überspült. An einer trokkenen Stelle am Hang suchte er sich einen Kiefernstamm, breitete sein Taschentuch darüber und setzte sich. In ein Eisloch zu stürzen, wäre auch keine schlechte Methode. Aber die Sonne schien so warm auf seinen Kopf, das Gras am Hang war so weich, zartes Grün sproß schon zwischen den trockenen Halmen hervor. Diese Welt des scheidenden Winters und erwachenden Frühlings konnte er nicht verlassen. Ihm fielen auch Vergnügungslokale ein, Restaurants, Parks, Tantchen und Cousinchen, und ihm wurde noch schwerer ums Herz. Weder hatte er den Mut, sein Leben zu beenden, noch die Stärke, mit Lan Dongyang auf Leben und Tod zu kämpfen, er hatte Angst vor dem Tod. Schließlich fiel ihm die beste Ausrede der Chinesen ein: Lieber lausig leben als schön sterben! Er hatte nur ein Leben, das er nicht so beliebig wie Gras immer wieder neu anpflanzen konnte. Sein Leben war sehr wertvoll. Er war der Enkel des Großvaters, der Sohn der Eltern, der jüngere Bruder, er konnte sie doch nicht alle ver-

lassen. Wirklich, auch wenn er nicht mehr Dickmadams Ehemann war, blieb er doch noch Großvaters Enkel, durfte nicht sterben. Aber er hatte mutig an Selbstmord gedacht und sogar riskiert, hierher ans Gräberfeld und den Hang zu kommen, das reichte, er durfte sich nicht zu viel zumuten!
Er stand auf und ging weiter am Stadtgraben entlang. Nach wenigen Metern sah er vor sich einen Hut liegen. Da durchzuckte es ihn, denn er hatte sich nicht umgebracht und fand nun noch dazu einen Hut, hieß das vielleicht, wenn die Not am größten ist, wendet sich das Schicksal zum Guten? Als er genauer hinsah, war es tatsächlich ein fast neuer Hut, den man einfach nicht liegenlassen konnte. Er schaute sich um. Da niemand da war, sprang er hin und griff zu. Es war aber ein Kopf darunter! Von den Japanern lebendig begraben. Das Herz schlug ihm bis zum Hals, blitzschnell ließ er los. Der Hut fiel nicht richtig auf den Kopf zurück. Ruifeng rannte ein paar Schritte und blickte sich um, der Hut bedeckte den Kopf nur noch halb. Wie von einem Geist verfolgt eilte er zum Stadttor zurück.
Nachdem er sich den Schweiß abgewischt hatte, beruhigte er sich langsam. Über die Grausamkeit der Japaner nachzudenken, kam nicht in Frage, ihm reichte es, in solchen Zeiten überhaupt noch am Leben zu sein. An Selbstmord dachte er nicht mehr. Das wäre noch schöner, die Japaner hatten ihn nicht lebendig begraben, aber er stürzte sich aus freien Stücken in ein Eisloch! Er sah noch den Kopf vor sich, tiefschwarze Haare, ein ziemlich hübsches Gesicht, bartlos, wahrscheinlich nicht über dreißig. Gesicht und Hut sahen nach einem Gelehrten aus. In Alter, Bildung und Würde glich er ihm selbst. Es schüttelte ihn. Also Schluß, er würde Lan Dongyang nicht mehr provozieren, sonst begruben ihn die Japaner vielleicht auch lebendig draußen vor der Stadt.
Kälte und Schreck brachten ihm Fieber ein, so daß er lange das Bett hüten mußte. In der Zwischenzeit heiratete Dickmadam Lan Dongyang.

55

Jetzt kam Lan Dongyangs Zeit. Häßlich, schamlos und gemein wie er war, kam er den Japanern gerade gelegen. Ihm stand ein Auto zur Verfügung, er war ziemlich beschäftigt mit den Angelegenheiten des Neuen Bürgerkomitees, das heißt, er verfaßte Schreiben, organisierte Kulturzirkel und andere Treffen, horchte andere aus und ging seinen Liebeleien nach. Bevor er allmorgendlich sein Büro betrat, verzog er zunächst das Gesicht zu einer Grimasse wie ein Dämon unter dem Fuß des Himmelskönigs, um den Angestellten seine Autorität zu demonstrieren. Dann setzte er sich und tat, als lese er Akten oder Zeitung, um dann unvermittelt aufzuspringen, zu einem Angestellten zu stürzen und nachzusehen, was der gerade machte. Schrieb der etwa einen Privatbrief oder las ein Buch, bekam er einen Eintrag oder wurde sogleich entlassen. Lan Dongyang war noch nie Beamter gewesen und wollte nun mit der Gewalt einer brausenden Lokomotive seine Macht unter Beweis stellen. Mitunter kam er sehr früh, brach die Vorhängeschlösser an den Schubladen der Angestellten auf und durchstöberte ihre privaten Sachen. Entdeckte er dabei irgend etwas Verdächtiges, kam bald darauf jemand ins Gefängnis. Oder er kam besonders spät ins Büro, wenn alle schon essen gehen wollten oder bereits gegangen waren. Dann gab er ihnen zahlreiche Anweisungen, die sie sofort erledigen mußten, so daß sie nicht zum Essen kamen. Er ergötzte sich an dem Anblick, wenn ihnen vor Hunger der kalte Schweiß auf der Stirn stand. Waren sie schon gegangen, schickte er den Hausdiener los, um sie zurückzuholen. Vor allem an Sonn- oder Feiertagen erschien er zum Dienst. Kam er, mußten die anderen auch erscheinen. Kaum eingetreten, rief er die Namen auf und schloß dann meistens noch folgende Belehrungen an: »Für den Aufbau eines neuen Staates wird ein neuer Geist gebraucht! Was kümmert mich da, ob Sonntag ist oder nicht! Mich interessiert nur, daß ich vor dem Kaiser bestehen kann!« Nachdem er die Leute am Sonntag gequält hatte, erschien er den ganzen Montag über nicht. Entweder er hatte irgendwo etwas Amtliches zu erledigen, oder er schlief zu Hause. Aber auch ohne ihn hatten die anderen keine Ruhe, da er Spitzel postiert hatte. War er nicht da, war der Amtsdiener sein Auge und Ohr, den man ebenso fürchtete. Selbst wenn der verschwand, beargwöhnten sich die Angestellten gegenseitig, denn keiner wußte, wer Freund und wer Spitzel war. Fast täglich rief Dongyang ein oder zwei Leute zu sich und stellte solche Fragen wie: »Wie finden Sie mich als Mensch?«, »Wie verhält sich der und der zu mir?«, »Der und der benimmt sich Ihnen gegenüber aber komisch.«

Wie die erste Frage zu beantworten war, war allen klar – ihm mußten sie schmeicheln. Ohne wirkliche Bildung und Talente fühlte er sich stets unsicher und fürchtete, abgesetzt zu werden. Gleichzeitig hörte er gern Schmeicheleien, und je dicker die aufgetragen waren, desto besser. Und allmählich begann er zu glauben, er sei großartig und könne tun und lassen, was er wolle.

Die zweite Frage war schwer zu beantworten. Niemand wollte Freunde verraten, doch keiner wagte, ehrlich für andere einzutreten. Aber je unklarer sie sich ausdrückten, desto mehr bedrängte er sie, bis sie schließlich die Fehler der Kollegen preisgaben. Dann bohrte er weiter: »Wie verhält sich der und der zu mir?« Der so Bedrängte wußte sich keinen anderen Rat, als etwas zu erfinden und Beweise zu nennen. Lan Dongyang war es zufrieden.

Am schlimmsten jedoch war die dritte Frage. Sie standen im Dienst der Japaner, was schon gefährlich genug war. Kam ihnen aber nun zu Ohren, daß sich jemand ihnen gegenüber seltsam verhielt, fiel ihnen sogleich der Verlust der Stelle und das Gefängnis ein.

Mit der Zeit wuchs unter seinen Angestellten das Mißtrauen ins Unermeßliche. Sie waren keine Freunde und Kollegen mehr, sondern in einem Käfig eingepferchte Wölfe, die sich gegenseitig bissen. Das gefiel Dongyang: Solange sie sich gegenseitig verdächtigten, konnten sie nicht gemeinsam gegen ihn vorgehen. Er nannte das politisches Kalkül. Mal hetzte er drei gegen vier auf, dann wieder mißbrauchte er jene vier, um gegen zwei andere vorzugehen. Sein Gesicht zuckte, und ständig lebte er in Unruhe und Furcht. Wenn plötzlich jemand in die Stille hinein hustete, brach ihm der Schweiß aus, weil er es für ein geheimes Signal zu einem Aufruhr hielt.

Manchmal schreckte er sogar aus dem Schlaf hoch. Seine Welt erschien ihm wie ein Spinnennetz aus Verdächtigungen, dessen Fäden er ständig knüpfte, um ein paar Mücken und Fliegen zu fangen.

Den Japanern gegenüber verfolgte er eine andere Taktik. Er war nicht Guan Xiaohe, hatte nicht solch eine Bildung wie der, würde den Japanern nie ein berühmtes Bild oder eine alte Vase schicken können. Er verstand auch nichts von Gemälden und Porzellan, besaß keinen Sinn für Schönheit, mochte die Japaner auch nicht zum Essen einladen oder sich mit Frauen vergnügen, dazu war er zu geizig. Seine Methode war, sich den Japanern an die Fersen zu heften wie ein räudiger Hund. Zu Dienstbeginn und Dienstschluß verbeugte er sich vor ihnen, während der Arbeitszeit lief er durch die verschiedenen Abteilungen und Dezernate, nur um die Japaner zu grüßen. Wie viele Unterschriften er am Tag auch benötigte, er holte sie stets persönlich ein. War der Japaner gerade beschäftigt und ignorierte ihn, blieb er brav stehen, eine Stunde machte ihm gar nichts aus, je länger, desto lieber. Für die Japaner war er kein Abteilungsleiter, sondern der Amtsdiener. Er gab ihnen Feuer, schenkte Tee ein, holte einen Regenschirm, öffnete die Autotür. Sobald er ihnen einen kleinen Dienst erwiesen hatte, erschien vor seinem geistigen Auge das Motto »Beförderung!«.

Die Geschenke, die er ihnen machte, waren Informationen. Er hatte keine wirklichen, wichtigen Dinge zu berichten, sondern wollte einfach nur andauernd etwas ins Ohr der Japaner flüstern, um seine Tüchtigkeit vorzuführen. Was ihm Amtsdiener und Kollegen meldeten, nahm er für bare Münze, auch wenn es noch so unwahrscheinlich klang, und gab es aufgebauscht und ausgeschmückt an die Japaner weiter. Genau wie er wollten sich auch andere Amtsdiener und Kollegen anbiedern. Ehe die Japaner ein Gerücht unbeachtet ließen, töteten sie lieber unschuldige Menschen. So kam es, daß er – statt seine eigentliche Aufgabe zu erfüllen, nämlich die wohlmeinende Politik der Japaner zu propagieren – ihnen unschuldige Todeskandidaten lieferte. Unzählige kamen auf diese Weise ums Leben. Die Japaner verabscheuten sein Flüstern keineswegs, vielmehr hielten sie ihn für treu ergeben und

tüchtig und schätzten seine erfundenen und nichtigen Meldungen. Selbst wenn diese sich nach sorgfältiger Prüfung als haltlos erwiesen, nahmen sie sein Material weiterhin gern an; so konnten sie immerhin tun, als hätten sie einen Anlaß zu ernsthaften Untersuchungen.
Lan Dongyang wurde zu einer begehrten Persönlichkeit.
Er hatte jetzt Geld, fuhr im Auto und kaufte an der Nanchangjie ein Haus. Aber ihm fehlte noch eine Frau.
Früher war er den »Schönheiten« unter den Kolleginnen nachgelaufen, aber sein Gesicht und die gelben Zähne ließen jede einigermaßen normal denkende Frau das Weite suchen. Deshalb hatte er stets das Nachsehen, was ihn aber zum Dichten inspirierte. Wurden die Verse gedruckt, bekam er ein Honorar, was den Kummer sogleich erträglicher machte; Geld ist eben eine wirksame Arznei.
Weil die Japaner häufig Schauspieler zu Vorführungen bestellten, hatte er es bei dieser Gelegenheit auch mit Schauspielerinnen versucht. Aber wenn schon sein Aussehen Abscheu erweckte, so erst recht seine Hände, sie rückten einfach kein Geld heraus. Gut, er konnte zwar Macht und Position ins Spiel bringen, um die Schauspielerinnen zu bedrängen, aber ihnen war nicht so leicht beizukommen, sie kannten eine Menge Leute, die mehr Macht und höhere Positionen innehatten als er. Einige kannten sogar Japaner. Er konnte sie nur heimlich beschimpfen, aber nichts ausrichten. So war er zwar in der Liebe gescheitert, hatte aber Geld gespart.
Das ging hin und her, bis er von Ruifengs Entlassung hörte und ihm Dickmadam einfiel. Schon immer hatte er sie gemocht, weil sie dick war wie ein niedliches Schweinchen. Seine schrägen Augen waren ohnehin nicht in der Lage, Schönes von Häßlichem zu unterscheiden. In seiner Raffsucht konnte er nur in Mengen denken, Dickmadams Masse war nicht zu unterschätzen. Außerdem haßte er Ruifeng. Der hatte ihm einmal einen Fausthieb versetzt. Und er hatte ihm auch nicht zu dem Direktorposten der Schule verholfen. Dann war der plötzlich Abteilungsleiter geworden. Das hatte zwar nichts mit ihm zu tun, paßte ihm aber nicht. Jetzt hatte der seinen Posten verloren. Nun gut, da konnte er ihm auch gleich noch die Frau wegnehmen. Das war Rache, Beweis

seiner Tüchtigkeit. Dickmadam war niedlich, außerdem freute er sich an seiner Rache, und so eine vom Himmel gewollte Heirat durfte er sich nicht entgehen lassen.

Eines Tages tauchte er bei Dickmadam auf, setzte sich hin, sagte keinen Ton, verzog nur Nase und Augen; sie sollte selbst feststellen, ob er nach einem Abteilungsleiter aussah oder nicht. Nach einer Weile ging er wieder, setzte sich ins Auto und streckte den Kopf heraus. Am nächsten Tag kam er wieder, sagte lediglich, daß er Abteilungsleiter sei, ein Haus habe und im Auto fahre. Am dritten Tag sagte er, er habe noch keine Frau. Am vierten Tag ging er nicht hin, sie sollte seine poetische Sprache und sein theatralisches Vorgehen überdenken. Am fünften Tag fiel er mit der Frage ins Haus: »Hast du dir schon mal vorgestellt, Gattin eines Abteilungsleiters zu sein?« Er ergriff ihre Hand und hielt sie wie ein in Sojasoße gekochtes Eisbein. Sein Herz frohlockte, das war Rache! Er las Ruifengs Niederlage und seinen Sieg von ihrem feisten Gesicht ab. Eine kleine Röte stieg ihm in den Kopf.

Die ganze Zeit über hatte sie kein einziges Wort verlauten lassen, wohl aber Abteilungsleitersgattin und Auto zur Kenntnis genommen. Sie wußte, daß Dongyang noch schlimmer war als Ruifeng, aber sie fürchtete ihn so wenig wie Ruifeng. Beide besaßen weder die Kraft noch die Gesinnung eines richtigen Mannes. Sie setzte auf ihr Gewicht, konnte ihn umwerfen und mit einem dicken Bein halb totdrücken.

Sie sah auch voraus, daß diese Heirat kaum ewig währen würde. Aber wen scherte das schon. Eine Frau mußte sich in diesen Zeiten an eine Position halten. Wer nach oben klettert, kann nie wieder fallen, das sah man an Rotkürbis, alt und sommersprossig wie sie war, machte sie Furore.

Sie heiratete Dongyang.

Vor der Hochzeit waren beide zwar öfter Hand in Hand durch Parks gebummelt, hatten sich aber auch heftig gestritten. Der Grund dafür war, daß Dickmadam eine ordentliche Hochzeitszeremonie wünschte, während Dongyang lediglich drei, vier Japaner zum Tee einladen wollte, die ihren Stempel auf die Heiratsurkunde setzen sollten. Dickmadam gefiel der Rummel, Dongyang aber hing am Geld. Dickmadam schmollte und ging auf Distanz. Dongyang wollte jedoch

auch nicht klein beigeben. Der Streit ging hin und her, bis ihnen Qi Ruifeng einfiel. Dickmadam wollte zunächst die Scheidungsformalitäten erledigen, weil Scheidung etwas Sensationelles war. Das dauerte Dongyang zu lange, außerdem war ihm Ruifeng absolut gleichgültig. Er glaubte, daß die Ehe durch die Bestätigung der Japaner juristische Wirksamkeit erlangte, das reichte ihm. Da Ruifeng Dickmadams Ersuchen abgelehnt hatte, schlug Dongyang vor, ihn als Zeichen der endgültigen Demütigung zu bitten, den Vermittler zu machen. Das ging Dickmadam nun doch zu weit. Man konnte ja nicht wissen, ob Ruifeng nicht eines Tages einen höheren Posten bekäme. Dongyang konnte es sich leisten, alle Brücken hinter sich abzubrechen, sie aber mußte etwas in der Hinterhand behalten. Also stimmte sie der sofortigen Heirat zu, lehnte jedoch ab, Ruifeng als Vermittler einzuschalten.
In einem kleinen japanischen Lokal feierten sie mit sechs Portionen Tee und Gebäck ihr »hundertjähriges Glück«. Vier Japaner hatten ihren Stempel unter die Heiratsurkunde gesetzt. Auch wenn die Angelegenheit simpel und still vonstatten ging, vergaß Dongyang nicht, die Trommel zu rühren. Er verfaßte die Nachricht persönlich, übergab sie den Zeitungen und verlangte den Abdruck an deutlich sichtbarer Stelle.
Interesse an dieser Sache zeigten nur Ruifeng, die Guans und diejenigen, die von Dongyangs Gnade abhingen.

Ruifengs Krankheit verschlimmerte sich. Wie halt- und ehrlos er auch sonst sein mochte, eine so große Beleidigung, einen solchen Schlag hielt er nicht aus. Eigentlich hatte er sich in Positur werfen und Rache üben wollen. Aber die Heirat war von den Japanern bestätigt worden. Er konnte nur den Kopf einziehen und wagte nicht einmal laut zu schimpfen. Ruifeng brauchte allerdings ein wenig Krankheit als Feigenblatt, um damit sein Gesicht zu wahren.
Die Guans bewunderten Dickmadams Mut und Konsequenz. Zugleich bedauerten sie, daß es sie und nicht Zhaodi war, der die Japaner die Heirat bestätigt hatten. Auch fanden sie, daß Dongyang es an Respekt fehlen ließ, da er sie nicht zur Feier eingeladen hatte. Eilig besorgten sie Geschenke und begaben sich per Auto in die Nanchangjie ins Haus Lan zur Gratula-

tion. Es war bereits nach zehn, aber das junge Ehepaar war noch nicht aufgestanden. Rotkürbis und ihr Mann stürmten ins Brautgemach. »Dickerchen!« schrie Rotkürbis im Tianjin-Dialekt, »Sie trauen sich was! Wollen Sie nicht endlich aufstehen?«
»Haha! Gut, so ist es richtig, sehr richtig!« lobte Xiaohe, übers ganze Gesicht lachend.
Dongyang zog den Kopf ein. Dickmadam lugte nur ein wenig unter der Decke hervor, erschrocken versuchte sie, ein Lächeln aufzusetzen, aber es mißlang. »Ich stehe schon auf, warten Sie draußen!«
»Sie haben doch keine Angst vor mir, ich bin doch auch eine Frau«, weigerte sich Rotkürbis.
»Ich bin zwar ein Mann, aber Dongyang auch«, scherzte Xiaohe. Dann aber ging er hinaus, denn er war ein »gebildeter« Chinese.
Dongyang stand immer noch nicht auf. Dickmadam zog sich langsam etwas über und erhob sich. Rotkürbis ging ihr beim Frisieren und Ankleiden zur Hand: »Denken Sie daran, eine Braut muß wunderschön aussehen!«
Als Dongyang endlich aufstand, war der Salon bereits voller Leute, seine Untergebenen waren mit Geschenken erschienen. Er hielt es nicht für nötig, sie zu bewirten, weshalb sich Xiaohe freiwillig als Kellner betätigte.
Ohne sich mit Dongyang zu besprechen, lud Dickmadam alle ins Restaurant ein und bestellte zwei Hochzeitstafeln. Dongyang lehnte eine Teilnahme ab und gab ihr auch zu verstehen, daß er nicht bezahlen werde. Nachdem Dickmadam alle bewirtet hatte, zog sie einen Goldring vom Finger und hinterlegte ihn im Restaurant. Dann begab sie sich ins Bürgerkomitee zu Dongyang und erklärte lauthals vor allen Leuten: »Gib mir jetzt das Geld, oder ich mache hier den ganzen Tag solch einen Lärm, daß keiner arbeiten kann, auch die Japaner nicht!« Da konnte er nichts machen und gab ihr das Geld.
Es war noch keine Woche vergangen, da hatte Dickmadam den Stempel gestohlen, der zum Geldabheben berechtigte, so daß sie über das Gehalt und Honorar Dongyangs verfügte. Sie kaufte umgehend Goldschmuck, den sie in ihrem Elternhaus deponierte. Sie lebte nicht so verschwenderisch wie Rotkür-

bis, glich eher einer riesigen Sparbüchse, die Geld schluckte und nicht wieder herausgab. Früher oder später würde sie sich mit Dongyang zerstreiten, deshalb mußte sie schnellstens Kapital anhäufen, um finanziell selbständig zu sein. Außerdem waren Ersparnisse ein guter Köder, falls es mit Dongyang wirklich nicht mehr weiterginge. Frauen mit Geld können aussehen, wie sie wollen, und wer weiß wie alt sein, sie finden immer einen Mann, das wußte sie.

Dongyang ahnte, daß er verloren hatte, wollte sich aber nicht von ihr trennen. Es war schwer genug, endlich eine Frau zu ergattern. Schickte er sie weg und suchte sich eine neue, kostete es wieder Kraft und Geld. Außerdem hatte Dickmadam ihm verschiedentlich angedeutet, daß sie im Falle einer Trennung einen ordentlichen Batzen Geld fordern würde. Notgedrungen fügte er sich in sein Schicksal. Er war stets gemein und rücksichtslos zu anderen, jetzt stieß er aber auf jemanden, mit dem nicht zu spaßen war, was er bei allem Ärger doch irgendwie interessant fand. Er hatte Geld, Position, Ansehen, Macht, war jedoch zum Sklaven einer dicken Frau geworden. Seine Zufriedenheit schlug in Kummer um, der ihn wiederum inspirierte. Er war ein Unterdrückter, mußte aufbegehren – und Gedichte schreiben. Das Leben war auf einmal um vieles reichhaltiger, das bewiesen nun seine Verse. Nein, er durfte sich nicht von Dickmadam trennen, sonst käme er sich leer, einsam und nutzlos vor, würde vielleicht sogar sein Talent einbüßen und nicht einmal mehr Gedichte schreiben können.

Sobald er jedoch an Dickmadams Körper dachte, war er verwirrt. Natürlich, der Verlust des Geldes war schmerzhaft, aber Frauen hatten eben auch ihren speziellen Wert, möglicherweise war es ohne Frau schwerer auszuhalten als ohne Geld. »Also gut«, sagte er sich, »betrachte ich sie eben nur als Hure, im Bordell muß man ja auch bezahlen!«

Mit der Zeit fand er wieder neue Einnahmequellen. Er erpreßte anständige Leute. Solche Einnahmen erforderten keine Unterschriften oder Stempel, davon brauchte Dickmadam nichts zu wissen. Er brachte sie gleich zur Bank und legte sie unter falschem Namen an. So hatte er sein eigenes Geld, ohne Dickmadam zu verärgern. Er fühlte sich wie ein Tausendsassa.

56

Als die Päonien in voller Blüte standen, kam Wang Jingwei nach Shanghai. Ruixuan war von der Nachricht wie gelähmt. Daß Professor Niu nachgegeben hatte, fand er unverzeihlich. Aber der war schließlich nur Professor. Wer hätte sich vorstellen können, daß sogar Wang Jingwei sein Land für ein bißchen Anerkennung verraten würde? Er konnte und wollte nicht mehr darüber nachdenken. Da Dinge passierten, die man sich vorher niemals hätte vorstellen können, wurde es ganz leer in seinem Kopf, dumpf und wirr biß er nur noch die Zähne zusammen.

»Wie sehen Sie das?« fragte Mr. Goodrich, nachdem er mehrmals den Nacken eingezogen hatte. Er fühlte mit den Chinesen, aber angesichts der Haltung von Wang Jingwei kam auch er nicht umhin, die Chinesen zu verachten.

»Wer weiß!« Ruixuan wich Mr. Goodrichs Blick aus. Er schämte sich, diese Unterhaltung weiterzuführen. Die wiederholten Niederlagen Chinas, die veraltete Militärausrüstung, die fehlende Organisation, darüber hatte er schon oft mit ihm gestritten. Dabei hatte er die Mängel der Chinesen keineswegs negiert, aber auch stolz behauptet, wenn die Chinesen nach dem Motto »Lieber zerbrochene Jade als unversehrter Ziegel sein« Widerstand gegen den Feind leisteten, würde China letzten Endes nicht untergehen. Jetzt aber konnte er nichts mehr sagen. Denn dieses Mal handelte es sich nicht um eine Niederlage in einer Schlacht und unterlegene Waffen. Hier ging es um einen Menschen, um eine bedeutende Persönlichkeit mit revolutionärer Vergangenheit, der deprimiert aufgab, seine eigene Schwäche eingestand und gefügig das Knie vor dem Feind beugte.

»Aber es kommt ja noch auf die Haltung Chongqings an«, räumte Mr. Goodrich ein, als er Ruixuans Pein sah.

Ruixuan stieß nur einen höhnischen Laut aus, die Tränen standen ihm bereits in den Augen. Er wußte, solange Armee und Volk voller Kampfgeist waren, konnte das Land nicht von ein paar Verrätern verkauft werden. Trotzdem war ihm das Herz unendlich schwer. Er verstand einfach nicht, wie ein Führer der Revolution plötzlich zu einem Verräter werden konnte.

Sollte die Revolution nur ein Betrug gewesen sein, könnte er an keine Revolution mehr glauben, und alle angesehenen Leute in hohen Positionen wären für ihn nur Gaukler.
Den japanischen Nachrichten zufolge war Wang Jingwei ein klarsichtiger, realistischer Politiker. Ruixuan aber war anderer Meinung. Wer mit einem Tiger kooperieren wollte, den hielt er für verrückt. Für ihn war er auch nicht realistisch, es sei denn, realistisch hieß, die Hand nach Amt und Geld auszustrecken. Er verstand nicht, wie dieser Wang in seiner Stellung, mit seinem Ansehen nur nach Geld und Macht von Japans Gnaden streben konnte wie die Guan Xiaohes, Li Kongshans und Lan Dongyangs. Auch wenn seine Kapitulation keine Auswirkungen auf den Widerstand hatte, ließ er die übrige Welt an den Chinesen zweifeln.
Vor lauter Haß auf diesen Verräter spürte Ruixuan unwillkürlich auch Haß auf sich selbst. Alles, was Wang Jingwei früher getan hatte, war aus heutiger Sicht Heuchelei. Und er selbst?
In dieser Gemütsverfassung erreichten ihn die Nachrichten über die Bombardierung Chongqings, den Sieg in der Nord-Hubei-Schlacht, den Pakt zwischen Deutschland und Italien, die Entscheidung des Völkerbundes zur Unterstützung Chinas. Aber im Gegensatz zu früher konnten sie keine rechte Freude auslösen, sein Blick schien auf Wang Jingwei fixiert. Wang fuhr nach Japan, Wang kam zurück nach Shanghai … Erst als die Zentralregierung per Steckbrief nach ihm fahndete, atmete er auf. Zwar bewirkte der Steckbrief unter dem Schutz der Japaner nichts, aber Ruixuan fühlte sich besser. Die Fahndung ließ ihn schwarz wieder als schwarz und weiß als weiß erkennen; auf der einen Seite der Widerstand, auf der anderen die Kollaborateure. Nun traute er sich wieder Gespräche und Auseinandersetzungen mit Mr. Goodrich zu.
Er hatte gar nicht wahrgenommen, daß die Päonien geblüht hatten, als er mit einem Mal Granatapfelblüten entdeckte. Tagelang hatte er dumpf vor sich hin gedöst, ihm fehlte nichts, aber ihm war der Appetit vergangen. Stand irgend etwas zu essen vor ihm, würgte er eine Schale hinunter, gab es nichts, verlangte er auch nichts. Manchmal hielt er einen Gegenstand in der Hand und suchte überall danach. Zu Hause kümmerte

er sich um nichts mehr, doch gab er Yunmei pünktlich Geld.

Ruifengs Krankheit war durch die Zeit geheilt worden. Er glaubte, der ältere Bruder sei seinetwegen so lethargisch. Stets auf Anstand bedacht, konnte der natürlich nicht verkraften, daß sich Dickmadam ohne Scheidung wiederverheiratet hatte. Daher war er, abgesehen davon, daß er die Schwägerin um Schnaps und Zigaretten anging, besonders freundlich zu ihm und tröstete ihn ständig: »Mach dir nicht soviel Sorgen, ich selber nehme es doch gar nicht so schwer!«

Ruixuan verzog nur das Gesicht und dachte bei sich: »Dickmadam ist auch ein Wang Jingwei!« Ansonsten war Ruixuan Dickmadam ziemlich gleichgültig. Er war ein modern denkender Chinese, ob sich ein Paar zusammentat und wieder trennte, nahm er nicht so wichtig. Wozu auch, er sah doch deutlich, daß die alten Moralbegriffe den Überfall der gewalttätigen Feinde auch nicht hatten aufhalten können. Und war der Feind erst einmal im Lande, konnte man die Frau jederzeit verlieren.

Den Älteren aber ging die Angelegenheit natürlich nahe. Der alte Herr und Tianyous Frau wagten sich tagelang nicht vor die Tür. Wenn sich die Kinder versprachen und aus Versehen die dicke Tante erwähnten, erzitterte der weiße Bart des alten Mannes. Er fand keine Worte, um den zweiten Enkel zu trösten, und auch keine für sich selbst. Eine so harte Strafe hätte er niemals erwartet. Gern hätte er noch ein paar Jährchen gelebt, aber jetzt schloß er häufig die kleinen Augen und stellte sich tot. Denn nur im Tod könnte er diese Familienschande vergessen.

Ruixuan war immer hellwach und aufmerksam gewesen. Läge ihm nicht Wang Jingwei derart quer auf der Seele, er hätte die Alten bestimmt überzeugend getröstet. Aber er machte den Mund nicht auf, weil er jetzt keinen Sinn für diese Lappalie hatte. Die Alten nahmen allerdings an, daß es auch ihm naheginge, er es nur mit Schweigen überspielen wollte. Daher beobachteten sie ihn ständig voller Furcht, er könnte darüber krank werden. Allen war das Herz schwer. Manchmal schwiegen sie sich einen ganzen Tag lang an, während Schande und Kummer im Raum hingen.

In dieser Zeit legten sich die Japaner in Tianjin mit den Briten an. Mr. Goodrichs Nacken zuckte häufiger. Ihm dämmerte, daß die Japaner nicht nur China vernichten, sondern auch die Vormachtstellung des Westens in Asien ein für allemal abschaffen wollten. Er war zwar ein Brite, der mit Aisen sympathisierte, aber England konnte ihm nicht gleichgültig sein. Zwar wußte er, daß ein Großteil der englischen Macht im Fernen Osten ebenfalls durch Aggression erkauft war, dennoch wollte er sie den Japanern nicht einfach überlassen. Seine Sympathien gehörten China, trotzdem hatte er auf ein Bündnis zwischen England und Japan gehofft. Jetzt, da die Japaner bedenkenlos auch sein Land provozierten, hatte ein solches Bündnis wohl keine Aussicht mehr. Sollte England sich aber beugen und die Schmach dulden? Oder sollte es das arme, schwache China im Krieg gegen Japan unterstützen? Er fand keine befriedigende Antwort. Gern hätte er mit Ruixuan darüber gesprochen. Aber es fiel ihm schwer. England war der König der Meere und konnte sich doch keine Furcht vor Japan anmerken lassen. Er mochte Ruixuan gegenüber auch nicht zum Ausdruck bringen, daß England China unterstützen solle, denn trotz seiner persönlichen Sympathie für die Chinesen konnte er nicht einfach so drauflosschwatzen. Im Grunde seines Herzens meinte er, daß nur ein friedliches China ihm ein sorgenfreies Leben ermöglichen würde. Er wollte China nicht groß und stark sehen, denn wer wußte schon, wie ein starkes China aussähe. Aber er wollte auch nicht, daß Japan mit Waffengewalt in China einfiel, denn wenn die Japaner China besetzten, verlöre er nicht nur sein geliebtes Peking, sondern alle in China lebenden Briten und der britische Einfluß wären verloren. Es war schon widersprüchlich und schwer genug, das für sich zu behalten; es aber auszusprechen, wäre anstößig gewesen. Er spürte, daß ihm die innere Ruhe verlorengegangen und er in ein unabwendbares Chaos hineingerissen worden war. Verstohlen blickte er mit seinen graublauen Augen zu Ruixuan, ohne seine Gedanken preiszugeben.

Diese innere Unruhe Mr. Goodrichs ließ bei Ruixuan ein wenig Freude aufkommen. Er war keineswegs schadenfroh, hatte auch keinerlei persönliche Vorbehalte gegen Mr. Goodrich. Es ging ihm ausschließlich um den Krieg und die Zukunft des Landes. Früher war er der Meinung, daß die Japaner, durchtrieben und schlau wie sie waren, den Krieg rechtzeitig beenden würden. Doch ohne China unterworfen zu haben, legten sie sich mit England und Amerika an. Das war für China von Vorteil. England und Amerika, insbesondere aber England, mußten Farbe bekennen, wenn die Japaner Kübel von Schmutzwasser über ihre Köpfe schütteten, selbst wenn sie neutral bleiben wollten.

Er verbarg die Freude aber, denn es schien ihm nicht angeraten, sie Mr. Goodrich zu offenbaren. So kam es, daß etwas zwischen den beiden zu stehen schien. Jeder hätte dem anderen gern sein Mitgefühl ausgesprochen, aber keiner brachte es über die Lippen.

Gerade, als sich Ruixuans Stimmung etwas besserte, kam Wang Jingwei nach Peking. Die Sorgen waren wieder da. Er wußte, daß Wang nichts bewirken konnte, doch nahm ihm diese Überzeugung nicht die Scham vom Gesicht. Wang hatte die Stirn, nach Peking zu kommen und sich mit den hiesigen Verrätern zu verbrüdern, gab es da überhaupt noch eine Schamgrenze?

Auf den Straßen tauchten Fünffarbenbanner auf. Ruixuan verstand die Zeichen: In Peking lehnten die Japaner und Verräter eine Kooperation mit Wang Jingwei ab. Aber deshalb würde sich der Verräter nicht umbringen. Im Gegenteil, er hatte Schüler und Studenten versammelt und belehrt. Ruixuan konnte sich nicht vorstellen, was jemand, der sein Land wissentlich verkaufte, überhaupt noch zu sagen hatte.

Selbst Rotkürbis und Lan Dongyang waren nicht bei Wang Jingwei erschienen. Rotkürbis verzog ihren großen roten Mund und erklärte vor der Tür lauthals: »Ach der! In Chongqing hat er sich unbeliebt gemacht, jetzt will er uns das Brot stehlen, so ein Mistkerl!« Lan Dongyang war eine wichtige Person im Neuen Bürgerkomitee, das einer »Partei« entsprach. Er konnte doch diese Partei nicht fallenlassen und Wang Jingwei erlauben, eine Marionetten-Guomindang in Peking zu etablieren.

So war der Verräter Wang hochgestimmt angereist, aber mißgestimmt von dannen gezogen. Sein großer Plan, Nanjing und

Nordchina mit einer Marionettenregierung und Marionettenpartei gefügig zu machen, war damit zur Hälfte gescheitert. Ruixuan meinte, Wang müsse sich in Nanjing am Grabe Sun Yatsens den Kopf einschlagen oder aber sich heimlich nach Europa oder Amerika absetzen. Aber weit gefehlt, er saß seelenruhig in Nanjing.

Der Verräter Wang hatte keine »Einheit« erreicht, sondern vielmehr die Spaltung noch verschärft. Bevor er nach Nanjing zurückgekehrt war, hatten die Pekinger Kollaborateure alle Kräfte aufgeboten, um die Sonderrechte Nordchinas aufrechtzuerhalten. Je mehr Druck Wang Jingwei ausübte, desto emsiger scharten sie sich um die japanischen Militärs in Nordchina. Denen war das gerade recht, denn sie wollten hier unabhängig und allein herrschen. So ergab es sich, daß Xuzhou zur Trennlinie zwischen Nord und Süd wurde. Das Geld der Marionettenregierung Nordchinas kam nicht über Xuzhou hinaus in den Süden, die neuen Nanjinger Banknoten nicht in den Norden.

»Was hat das eigentlich alles zu bedeuten?« wunderte sich selbst der ansonsten kaum an Staatsangelegenheiten interessierte alte Herr Qi. »Zentralregierung? Sitzt die nicht in Chongqing? Wie kommt sie denn plötzlich mit Wang Jingwei nach Nanjing? Wenn die Regierung in Nanjing sitzt, wieso gehören wir dann nicht dazu?«

Ruixuan konnte nur bitter lächeln, er wußte keine Antwort.

Die Preise zogen kräftig an. Der schamlose Wang brachte nichts als Unglück. Da Xuzhou nun »Grenze« war, wurden alle Waren aus dem Süden von den Japanern per Schiff abtransportiert, die Waren aus dem Norden per Eisenbahn, und der früher übliche Austausch zwischen Nord und Süd entfiel. Tee, Porzellan, Papier, Seide und Reis flossen nicht mehr in den Norden. Nordchina wurde ein toter Fleck.

In diesem wetterwendischen Sommer änderte sich nahezu täglich der Ton in den Pekinger Zeitungen. Als der Verräter Wang das erste Mal nach Shanghai kam, hatten ihn die Zeitungen einhellig willkommen geheißen. Als er dann nach Peking reiste, hielten sich die Zeitungen zurück und ließen sogar spöttische Bemerkungen fallen. Gleichzeitig waren sie deutlich antibritisch und antiamerikanisch eingestellt, so als käme Chinas

Unglück von den Angloamerikanern und habe nichts mit den Japanern zu tun. Die Japaner wollten China stark und reich machen, deshalb mußten die Angloamerikaner aus dem Land geworfen werden. Nach einer Weile schienen die Zeitungen England und Amerika völlig vergessen zu haben und übten sich einhellig in antisowjetischen Losungen, denn die Japaner hatten mit ihren Angriffen auf die sowjetischen Grenztruppen begonnen.

Aber die unschlagbare kaiserliche Armee erlitt bei Nomonhan/Chalchyn-Gol eine Niederlage. Davon erfuhren die Pekinger allerdings nichts. Sie sahen lediglich die antikommunistische, antisowjetische Propaganda, die täglich in großen Lettern die Zeitungen füllte.

Kurz darauf folgte der Überfall Deutschlands auf Polen. Die Sowjetunion und Japan schlossen unerwartet den Waffenstillstand von Nomonhan, Deutschland und die Sowjetunion einen Nichtangriffspakt. Danach verschwanden die antisowjetischen Losungen aus den Pekinger Zeitungen.

Die Folge erstaunlicher Nachrichten und plötzlich auftauchender und genauso schnell wieder verschwindender Thesen verwirrte die Pekinger, bis sie eines begriffen: Gegen wen die Japaner auch tobten und schrien, die einzig wirklich Betroffenen blieben die Chinesen.

Tatsächlich eröffneten die Japaner nach den erfolglosen Ausfällen gegen England und Amerika und dem Dämpfer, den sie von der Sowjetunion erhalten hatten, einen großangelegten Angriff auf Nord-Hunan. Da war es bereits Herbst. Und mit den Blättern, die von den Bäumen fielen, verstummten auch die Pekinger Zeitungen. Sie konnten doch nicht schreiben, wie die Japaner in Nomonhan geschlagen worden waren oder daß das antikommunistische Deutschland mit der Sowjetunion einen Nichtangriffspakt abgeschlossen hatte, und erst recht nicht, daß den Japanern daher nur der Angriff auf Changsha blieb.

Ruixuan kam an mehr Nachrichten als andere heran. Er empfand Freude, Zorn, Hoffnung, dann wieder Verzweiflung, er wußte kaum, wie ihm zumute war. Einmal hoffte er auf eine klare Botschaft Englands und Amerikas an die Adresse Japans, aber es kamen nur leere Floskeln, was ihn sehr enttäuschte. In seiner Verzweiflung wog er die Worthülsen hin und her und fand, daß sie doch Sympathie für China und die Gerechtigkeit enthielten, und schöpfte wieder Mut. England hatte China einen Kredit gewährt. Als die Sowjetunion und Japan gegeneinander kämpften, hoffte er inständig, die Sowjetunion möge die japanische Kuangtong-Armee vernichten. Aber es folgte der Waffenstillstand. Dann ließen ihn Nachrichten über den Krieg in Europa wieder hoffen.

Er wußte nicht, was er denken sollte, wagte kein Urteil, fühlte sich wie ein Fisch im trüben Wasser, ringsum nur Schlamm. Unbedingt mußte er sich mit Mr. Goodrich austauschen. Aber Mr. Goodrich war in letzter Zeit wegen seiner eigenen ständigen Zweifel auch nicht in bester Stimmung. Sobald er den Mund aufmachte, begann er zu streiten. Da blieb Ruixuan nichts anderes übrig, als alles, was er auf dem Herzen hatte, dort zu verwahren, aber es lag so schwer und verworren wie ein Haufen Würmer, die wimmelten und bohrten und ihm keine Ruhe ließen. Der Sommer war vergangen, ohne daß er viel davon gemerkt hatte. Ihm schien, als läge all sein Kummer ganz allein auf seinen Schultern.

Anfang Oktober besserte sich seine Stimmung für ein paar Tage. Auf den Straßen errichtete man Torbögen für Losungen. Er konnte sich vorstellen, wie die aussehen würden: Gratulation zum Fall Changshas. Der Fall Changshas betraf ihn unmittelbar, denn sobald die Japaner die Verbindung nach Kanton herstellten, konnten sie ihre Truppen direkt in den Pazifik verlegen, und China wäre völlig eingekesselt.

Aber nach zwei Tagen wurden die Bögen wieder abgebaut. Die Zeitungen meldeten nichts, erst nach einigen Tagen erschien eine kleingedruckte Nachricht: Die kaiserliche Armee hatte ihren Auftrag bei Changsha erfüllt und sich planmäßig zurückgezogen. An anderer Stelle entdeckte er noch eine kleine Meldung: Schüler und Studenten sollten vor allem lernen, zu Feiern und Gedenktagen müßten sie nicht mehr unbedingt an Demonstrationen teilnehmen. Der Kummer des letzten halben Jahres war durch diese paar Zeilen hinweggefegt, Ruixuan schien plötzlich aus einem Alptraum zu erwachen. Er sah wieder den blauen Himmel über Peking, die gelben Blätter, die Chrysanthemen, Farben und Licht. Die

Würmer waren aus seinem Innern verschwunden. Es schien, als könne er mit einem Blick auf den Grund seines Herzens schauen, in klares, reines Herbstwasser. Darin lag wie ein glänzender bunter Kiesel der Satz: »Wir haben gesiegt!«
Er sprach den Satz viele Male vor sich hin und nahm sich ein paar Stunden frei. Als er aus dem Büro trat, schien ihm alles viel klarer. Auf den Straßen waren viele Menschen und Fahrzeuge unterwegs, er fand sie alle auf einmal liebenswert. Die Chinesen waren doch nicht alle Knechte, es gab auch welche, die siegreich kämpften. Eilig kaufte er eine Flasche Schnaps, Erdnüsse und Würstchen und lief nach Hause. Die Japaner ließen die Pekinger den Fall aller möglichen Städte feiern, heute wollte er einmal einen chinesischen Sieg feiern.
Er war völlig außer sich, vergaß jede Vorsicht, rief gleich beim Eintritt: »Wir haben gesiegt!« Als er hinter der Geistermauer auf Xiao Shun und Niuzi stieß und ihnen hastig die Erdnüsse zusteckte, waren die beiden eher verdattert. Der Vater schenkte ihnen öfter einmal etwas, aber so ausgelassen hatten sie ihn noch nie gesehen. »Großvater, Zweiter, kommt her, wir trinken einen!« rief er.
Die Familie umringte ihn und fragte nach dem Grund. Er erstarrte einen Moment, blickte sie der Reihe nach an und schien keine Worte zu finden. Tränen traten ihm in die Augen, als er sich an die Ereignisse der vergangenen zwei Jahre erinnerte. Plötzlich fand er keinen Grund mehr für seine Freude und hätte lieber losgeheult. Die Flasche übergab er seinem Bruder und sagte nur noch verschämt: »Wir haben die Schlacht bei Changsha gewonnen!«
»Changsha?« überlegte der alte Herr, Changsha gehörte doch zu Hunan. »Das ist aber noch sehr weit weg, fernes Wasser löscht keinen Durst!«
Das stimmte, und wann endlich könnten die Pekinger die Nationalarmee unterstützen und den Stadtgraben zurückerobern? Ruixuan hatte keine Lust mehr auf Schnaps, aber der war nun einmal gekauft. Außerdem wäre es doch gut, wieder einmal mit allen zusammen ein Gläschen zu trinken und ein bißchen in Stimmung zu kommen. Er zwang sich also zu einem Lächeln und setzte sich dazu.
Der alte Herr Qi hatte noch nie viel Schnaps vertragen, aber

heute, da der älteste Enkel endlich wieder lächelte, wollte er nicht ablehnen und trank ein wenig. Sogleich fielen ihm aber der kleine Dritte, Herr Qian, dessen Söhne Mengshi und Zhongshi, der zweite Bruder Chang und Rikschafahrer Xiao Cui ein. Er war alt und fürchtete den Tod, je mehr er ihn fürchtete, desto öfter dachte er an die bereits Dahingegangenen und Verschollenen. Von dem kleinen Dritten wußte man nicht, ob er noch lebte. Er wollte nicht jammern, um sich bei den Enkeln nicht unbeliebt zu machen, aber der Schnaps löste ihm die Zunge.

Ruixuan hatte keine Lust mehr, sich kräftig zu betrinken, er leistete dem Großvater einfach Gesellschaft, und dessen Jammer störte ihn auch nicht, denn er hatte ja recht. Wie viele Familien waren in diesen zwei Jahren in Peking von den Japanern auseinandergerissen und umgebracht worden.

Ruifeng verlor beim Anblick der Schnapsflasche jede Hemmung. Er wollte sich vor dem Großvater und dem Bruder hervortun und die Gelegenheit nutzen, das ihm widerfahrene Unrecht zu beklagen. Er leerte jedes Glas in einem Zug und kaute dann genüßlich die Erdnüsse. »Der Schnaps ist nicht schlecht!« Sein Quittengesicht glänzte. Bald schon durchzogen ein paar rote Äderchen seine Pupillen, und er redete dauernd von Dickmadam und daß er schnell wieder heiraten müßte. »Du liebe Güte, dauernd ohne Frau, das halt ich nicht aus!« stöhnte er ohne jedes Schamgefühl.

Der alte Herr pflichtete ihm bei. Solange das Schicksal des Dritten unklar blieb und der Älteste nur einen Sohn und eine Tochter hatte, mußte der Zweite wieder heiraten, um Kinder zu bekommen und den Ruf der vier Generationen unter einem Dach zu festigen. Der alte Mann haßte Dickmadam für die Schande, die sie über die Familie Qi gebracht hatte. Aber in seiner Not tröstete er sich damit, daß es so gut war, denn mit ihrem schlechten Charakter hätte die vielleicht nie Kinder bekommen. Er vergaß Ruifengs schlechten Charakter, die Besetzung Pekings durch die Japaner, die finanziellen Probleme der Familie und dachte nur noch an die zu erwartenden Enkel.

»Hm, hm!« pflichtete er nickend und schmatzend bei, »das muß sein! Aber diesmal darfst du es nicht wieder drauf ankommen lassen! Höre auf mich, meine Augen sind scharf, ich

suche dir eine aus! Ein richtig gutes Mädchen, das den Haushalt führen, Kinder kriegen und aufziehen kann. So eine gute wie deine Schwägerin!«
Ruixuan tat es unwillkürlich um dieses Mädchen leid, aber er hütete sich, etwas zu sagen.
Ruifeng war nicht so ganz mit dem Großvater einverstanden, aber ihm war klar, solange er mit leeren Händen dastand, mußte er sich in sein Schicksal fügen. Er war Realist, es war besser, umsonst eine Frau zu bekommen, als Junggeselle zu bleiben. Selbst wenn ihm die Frau nicht gefiele, die von ihr geborenen dicken Babys gefielen ihm sicherlich, das heißt, wenn sie überhaupt bereit war, Kinder zu kriegen. Und wenn sie ihm nicht sympathisch war, konnte er immer noch eine Nebenfrau nehmen, sobald er wieder einen Posten und Geld hatte. Also stimmte er dem Großvater zu und fand sich dabei unerhört schlau.
Ruixuan dagegen fühlte sich nach dem Schnaps leer und mutlos. Er mühte sich im Licht der Lampe, dem Großvater und dem Zweiten nachzueifern und ebenso realistisch zu denken, alle fernen Ideale und Kümmernisse zu vergessen und einfach mit den Kindern zu scherzen, zu lachen und ihnen vom Sieg in Changsha zu erzählen.
Die Kinder hörten es gern, daß die Japaner eine Niederlage einstecken mußten. Die Freude darüber setzte Shunchens Phantasie in Bewegung: »Pa, wir ziehen gegen die Japaner los, du, der zweite Onkel und Xiao Shun, ja? Ich habe keine Angst, ich kann kämpfen!«
Da starrte Ruixuan wieder vor sich hin.

57

Ruixuans Freude verschwand so schnell, wie sie gekommen war. Um Wang Jingwei abzuwehren und die eigene Position zu festigen, schmeichelten die Pekinger Kollaborateure den japanischen Militärmachthabern hemmungslos. Nach der Niederlage bei Changsha war den Japanern daran gelegen, Nordchina sicher und fest in der Hand zu halten. Und wieder traf diese Entscheidung die Pekinger am härtesten. »Verstärkt

Ruhe und Ordnung durchsetzen«, »Kommunistische Banditen ausrotten« und ähnlich lauteten die Losungen. Der Geschützdonner aus den Westbergen erschütterte die Stadt wieder häufiger. In jeder Gasse wurde ein Obmann samt Stellvertreter eingesetzt, der die Militärpolizei bei der Sicherung von Ruhe und Ordnung unterstützen sollte. Alle Einwohner bekamen neue Ausweise, die bei den ständigen Kontrollen am Stadttor, auf dem Markt, auf der Straße oder im Wohnviertel vorzuzeigen waren. Wer seinen Ausweis vergessen hatte, wanderte ins Gefängnis. An allen Schulen und Universitäten wurden Großrazzien durchgeführt, bei denen zahllose Lehrer, Schüler und Studenten verhaftet wurden. Die Verhafteten wurden, ganz gleich ob man sie für Mitglieder der Kommunistischen Partei oder der Guomindang hielt, willkürlich umgebracht oder zu langjähriger Haft verurteilt. Selbst Jugendliche, die angeblich von Wang Jingwei geschickt waren, wurden gefoltert oder ermordet. Gleichzeitig organisierte das Neue Bürgerkomitee politische Kurse für Schüler mit weniger guten Leistungen, aber politischen Ambitionen. Erlangten sie das Vertrauen der Japaner, konnten sie nach Mandschukuo, Korea oder Japan zum Auslandsstudium geschickt werden. In den Schulen erstreckte sich die Kontrolle der japanischen Inspektoren nicht mehr nur auf die Schüler, sondern auch auf den Direktor und die Lehrer. Es gab neue Lehrbücher, der Sportunterricht wurde ganz auf leichte Gymnastik reduziert, und für die Freizeit blieben den Schülern nur noch billige Romane und schlechte Theaterstücke.
Das Bürgerkomitee gründete eine Theatergruppe, die von den Japanern ausgewählte Stücke aufführte. Besonders alte Stücke des traditionellen Theaters waren beliebt. Da die Japaner und ihre Lakaien sich gern mit Schauspielerinnen amüsierten, wurde alle paar Tage ein neuer Star gefeiert. Kleinbürger und Schüler gingen ebenfalls ins Theater, da es sonst keine Zerstreuung gab. Manche erhofften sich patriotische Geschichten aus der Vergangenheit, andere gingen nur wegen der obszönen Szenen oder der neuerdings üblichen maschinell gesteuerten Kulissen hin.
Die Japaner hatten Changsha trotz größter Anstrengungen nicht einnehmen können, aber in Peking verbreiteten sie

Furcht und Schrecken, daß die Pekinger wie Espenlaub zittern. Hier herrschte Totenruhe, und der Tote mußte auch noch auffällig mit bunten Papierblumen geschmückt werden.
Ruixuan ging nicht ins Theater, auch nicht mehr ins Kino, aber er sah die entsprechenden Anzeigen in den Zeitungen, das reichte ihm. Selbst das Schmökern in Buchhandlungen und an Buchständen war ihm verleidet. Alte Bücher waren ohnehin wertlos für ihn, sie hatten auch auf ihn schlechten Einfluß ausgeübt, daß er zum Beispiel die Dinge nicht beim Namen zu nennen wagte und zauderte und zögerte, wo es fest entschlossen zu handeln galt. Aber auch bei neuen Büchern handelte es sich entweder um pornographische Romane oder japanische Propagandaschriften. Er hatte immer gern gelesen. Lesen diente ihm nicht einfach zur Unterhaltung, sondern war geistige Betätigung und Training. Ein Buch war für ihn nie einfach nur ein Buch, er wandelte es in Nahrung um. Literatur bereicherte sein Verständnis, seinen Weitblick und sein seelisches Leben. Deshalb empfand er den Mangel an Lesestoff besonders schmerzhaft. Er hatte tatendurstige Leute um die Dreißig erlebt, die allmählich unerträglich vulgär geworden waren, weil sie nicht mehr lasen. Vielleicht wurden sie zufriedene, reiche Beamte, wanderten aber als tote, wandelnde Fleischberge umher. Ruixuan selbst war gerade etwas über dreißig. Das war die entscheidende Zeit im Leben. Verlor er jetzt die Verbindung zur Literatur, gehörte er vielleicht auch bald zu denen. Wenn er nicht gerade Beamter oder Geschäftsmann wurde, so würde er sich doch damit zufriedengeben, seine Kinder aufzuziehen, die Frau zu beschimpfen und nach ein paar Bechern Schnaps herumzunörgeln. Er hatte Angst, wie sein Bruder zu werden.
Ruixuan war zu Ohren gekommen, daß die Japaner noch grausamere Methoden bereithielten. Verschärfung der öffentlichen Sicherheit, massive ideologische Beeinflussung, Verordnung spezieller Lesestoffe und Einsetzen von Obmännern war erst der Anfang. Sie wollten ganz Nordchina aushungern, und auch in Peking stand die Rationierung der Lebensmittel bevor. Ein monatlich abzuführendes Quantum an Kupfer und Eisen wurde festgelegt, und selbst aufgebrühte Teeblätter mußten in bestimmten Mengen abgeliefert werden.

Ruixuan schauderte es. Die Zufuhr an geistiger Nahrung war bereits gedrosselt, Beschränkungen der Lebensmittel würden bald folgen. Das künftige Leben bestünde dann nur noch aus Sorge um die täglichen drei Mahlzeiten. Auch er würde dann zu einem lebenden Leichnam werden.

Während sich seine Hoffnungen meistens zerschlugen, trafen seine Befürchtungen zu acht oder neun Zehnteln ein. Die Schafhürdengasse wurde eine Nachbarschaftseinheit und erhielt einen Obmann und einen Stellvertreter.

Die Leute aus der Gasse wußten nicht so recht, was der Obmann zu tun hatte. Sie dachten, er müßte der Verantwortliche der Gasse sein, der mit der Polizei in gemeinnützigen Angelegenheiten zusammenarbeitete. Daher hielten sie den Vierten Herrn Li, den sie verehrten, für den passenden und empfahlen ihn Wachtmeister Bai.

Der Vierte Li war davon nicht gerade begeistert. Er hatte in den vergangenen zwei Jahren die Japaner kennengelernt und wollte nicht für sie arbeiten.

Aber noch bevor der Vierte Li ablehnen konnte, hatte Guan Xiaohe dem Wachtmeister erklärt, er werde selbst das Amt des Obmanns übernehmen. Mehr als zwei Jahre hatte er vergebens auf irgendeinen Posten gehofft, da konnte er sich jetzt die Gelegenheit nicht entgehen lassen. Ein Obmann war zwar kein Beamter, aber eben doch irgendwie ein »Leiter«, das war wenigstens etwas. Außerdem kam es darauf an, wie man es anstellte, wer sagte denn, daß dabei nicht auch etwas zu holen war?

Der Wachtmeister hätte ihn ohne weiteres einsetzen können, aber Guan Xiaohe mußte die Japaner in Nummer eins als Fürsprecher einschalten. Bestechung war für ihn die übliche Praxis, ohne sie fühlte er sich nicht wohl.

Wachtmeister Bai konnte Guan Xiaohe nicht ausstehen, aber diesmal mußte er ihn ernst nehmen. Es blieb ihm nichts anderes übrig, als den Vierten Li zu bitten, einsichtig zu sein und Stellvertreter zu werden. Der alte Mann hatte nie vorgehabt, mit Guan Xiaohe um den Posten zu streiten, und wollte nicht einmal Stellvertreter sein. Aber das Zureden des Wachtmeisters und der Nachbarn ließen ihm keine andere Wahl. Wachtmeister Bai faßte alles gut zusammen: »Verehrter Herr Li, Sie müssen uns unbedingt helfen! Es ist doch allgemein bekannt, daß dieser Guan nur heuchelt, es aber eigentlich mit den Japanern hält. Wenn Sie als anständiger Mensch da nicht ein wenig aufpassen, wer weiß, was der noch anstellt! Nichts für ungut, tun Sie es mir und den Nachbarn zuliebe!«

Anständige Menschen sind anfällig für gute Worte, da wollte der alte Mann nicht brüsk ablehnen. »Also gut! Wenn Guan Xiaohe querschlägt, lege ich mein Amt einfach nieder.«

»Wenn wir beide ihn in die Zange nehmen, wird er sich schon nicht allzuviel erlauben!« Doch Wachtmeister Bai wußte genau, daß mit Guan Xiaohe nicht zu spaßen war.

Nachdem der alte Mann eingewilligt hatte, beeilte er sich keineswegs, Guan Xiaohe aufzusuchen. Hatte er sonst geschäftlich mit ihm zu tun, mußte er sich nach ihm richten. Jetzt sah er keinen großen Unterschied zwischen Obmann und Stellvertreter und erst recht keinen Grund, ihn aufzusuchen.

Aber Guan Xiaohe konnte es nicht erwarten, sich als Obmann aufzuspielen. Zunächst ließ er sich einen Stapel Visitenkarten drucken, auf denen neben den vielen »vormals bekleideten Ämtern« der Obmann des Schafhürdenviertels Peking stand. Als diese gedruckt waren, erwartete er den Stellvertreter zur Audienz, um Befehle zu erlassen. Aber der alte Herr Li ließ sich nicht blicken. Da fertigte er schnell ein Schild aus Holz mit der Inschrift »Obmann-Büro« an, lackierte es mit blauer Farbe und brachte es am Tor an. Wenn das der Vierte Li sähe, müßte er umgehend erscheinen. Als der aber auch dann nicht kam, wandte er sich an den Wachtmeister.

Der wußte genau, daß Guan Xiaohe als Obmann ihm eine Menge Unannehmlichkeiten bereiten würde, aber er mußte ihn lächelnd begrüßen, denn hinter dem neuen Obmann standen die Japaner.

»Was ich Ihnen sagen wollte, was denkt sich der Alte, der Vierte Li eigentlich, daß er nicht bei mir erscheint? Ich bin der Obmann, soll ich ihn vielleicht zuerst aufsuchen? Was ist das für ein Benehmen?«

Wachtmeister Bai hielt an sich und sprach freundlich, blieb in der Sache aber hart: »Warum er nicht zu Ihnen kommt? Aber Sie sind doch alte Nachbarn, außerdem ist er der Ältere, da tut es doch keinen Abbruch, wenn Sie zu ihm gehen?«

»Ich soll zuerst zu ihm gehen?« gab sich Guan Xiaohe empört. »Was soll das denn heißen? Ich bin der Obmann, der zu Hause arbeitet und die Ideen hat, das Herumlaufen ist Sache des Stellvertreters. Ich zu ihm gehen, das wäre ja noch schöner!«

»Zum Glück gibt es jetzt ja noch nichts zu tun«, entgegnete der Wachtmeister kalt.

Guan Xiaohe mußte also wieder abziehen. Er hatte Wachtmeister Bai immer verachtet, aber heute war der ziemlich unnachgiebig gewesen, weshalb er nicht zum Zuge gekommen war. Wenn der Wachtmeister hart war, mußte er Hintermänner haben. Und hart gegen hart war nicht seine Sache.

Aber der Wachtmeister hatte nicht recht, als er sagte, es gäbe nichts zu tun. Kaum war Guan gegangen, erhielt er einen Anruf, die Obleute sollten sofort aktiv werden, jede Familie müsse pro Monat zwei Pfund Eisen abliefern. Dem Wachtmeister verschlug es die Sprache. Wenn er auch manches nicht wußte – daß Kupfer und Eisen zur Waffenherstellung benötigt wurden, wußte er. Die Japaner wollten also mit dem Eisen der Pekinger Waffen herstellen, um noch mehr Chinesen umzubringen? Wenn er sich noch als Chinese fühlte, durfte er diesen Befehl nicht ausführen.

Aber er war Chinese in einem besetzten Land, er konnte sich dem Befehl nicht widersetzen, denn sein Gehalt bezahlten die Japaner. Als trüge er einen Felsbrocken auf dem Rücken, schlich er schweren Schrittes zum Vierten Li.

»Waas? Ein Obmann soll tatsächlich so etwas Schimpfliches tun?« entsetzte sich der. »Ich mache so etwas nicht!«

»Aber was bleibt uns übrig?« Wachtmeister Bai trat Schweiß auf die Stirn. »Wenn Sie als ehrenwerter Mann die Nachbarn nicht dazu auffordern, werden diese nichts herausrücken, und wir können nichts abliefern. Wenn wir aber kein Metall liefern, verliere ich meinen Posten, und die Leute werden alle eingesperrt!«

»Soll doch Guan Xiaohe das machen!« Der alte Mann wollte dem Wachtmeister wirklich keinen Ärger bereiten, aber diesmal war es in der Tat schwierig.

»Wie auch immer«, die sonst so redegewandte Zunge des Wachtmeisters wurde langsam schwer, »Sie müssen helfen! Ich weiß, daß das eine Schweinerei ist, aber...«

Als der Vierte Li sah, daß der Wachtmeister wirklich in Nöten war, stieß er mehrere Flüche aus, dann holte er tief Luft: »Los, gehen wir zu Guan Xiaohe!«
Dort angekommen, machte der alte Mann keine Umstände. Als Guan Xiaohe sich zu spreizen anfing, erklärte er klipp und klar: »Herr Guan, ich bin heute in einer allgemeinen Angelegenheit hier, da braucht keiner dem anderen etwas vorzumachen. Sonst bezahlen Sie, und ich arbeite für Sie, klarer Fall. Aber heute geht es alle an, da können Sie nicht mehr länger auf Ihrem hohen Roß reiten. Wenn Ihnen das klar ist, will ich Sie gerne unterstützen. Wenn nicht, habe auch ich meinen Stolz, dann kann mir alles gestohlen bleiben!« Nach dieser Erklärung setzte er sich aufs Sofa. Doch auf dem ungewohnt weichen Ding fühlte er sich gar nicht wohl.
Um die Sache nicht platzen zu lassen, erklärte der Wachtmeister schnell: »Natürlich! Da können Sie ganz beruhigt sein, wir werden die Sache in Ruhe lösen, wir sind doch langjährige Nachbarn, da nimmt doch keiner einem etwas übel, Herr Guan schon gar nicht, nicht wahr?«
Als Guan Xiaohe sah, daß mit dem Vierten Li nicht zu reden war und der Wachtmeister einzulenken versuchte, blinzelte er ein paarmal und erklärte dann: »Wachtmeister Bai, Vierter Herr Li, mir liegt nichts an diesem elenden Posten. Aber in der Gasse wohnen auch japanische Freunde, ich fürchte, andere könnten damit Probleme haben, nur deshalb habe ich meine Bereitschaft erklärt. Außerdem ist es bei uns zu Hause bequem, es kann Tee gereicht werden, die Ausstattung kann sich sehen lassen, selbst wenn uns in Zukunft japanische Beamte aufsuchen sollten, schaut unser Büro nicht allzu ärmlich aus. Ich tue es nur für die Nachbarn der Gasse, aus keinem anderen Grund! Ihre Bedenken, Vierter Herr Li, sind sehr berechtigt! Wer in der Öffentlichkeit steht, darf kein Blatt vor den Mund nehmen. Ich selbst möchte auch etwas vorschlagen: Ich – Sie werden das nicht mißverstehen – kann einigermaßen lesen und Zeichen schreiben, auch könnte ich mir für alle etwas einfallen lassen und will gern Vorschläge unterbreiten. Das Herumlaufen aber, Wege erledigen und dergleichen, das sollte der Vierte Herr Li übernehmen. Jeder tut das, was

ihm liegt, so werden wir alles aufs beste regeln, finden Sie nicht auch?«

Ohne den Älteren zu Wort kommen zu lassen, stimmte der Wachtmeister schnell zu: »Sehr gut! Es ist schon so, die Fähigen müssen mehr leisten, also nehmen Sie beide die Mühe auf sich! Herr Guan, ich habe soeben einen Befehl von oben erhalten und muß Sie beide bitten, ihn sofort auszuführen: Jede Familie muß pro Monat zwei Pfund Eisen abliefern.«

»Eisen?« Guan Xiaohe traute seinen Ohren nicht.

»Eisen!« wiederholte der Wachtmeister knapp.

»Wozu denn?« fragte Xiaohe blinzelnd.

»Für Schußwaffen!« antwortete der Vierte Li klipp und klar.

Beschämt blinzelte Herr Guan noch heftiger. Er war wirklich nicht darauf gekommen, daß man aus Eisen Schußwaffen herstellte. Um solche Dinge kümmerte er sich eben einfach nicht. Bei der knallharten Antwort des Vierten Li wäre ihm beinahe herausgerutscht: Sollen sie doch Schußwaffen herstellen, soviel sie wollen, Hauptsache mich erwischt keine. Aber das fand er doch etwas unpassend, weshalb er beschwichtigend die Japaner ein wenig zu entlasten suchte: »Nicht unbedingt für Schußwaffen! Für Schaufeln, Töpfe und Kannen braucht man doch auch Eisen!«

Damit ihm der Vierte Li nicht wieder dazwischenfunkte, erklärte Wachtmeister Bai schnell: »Wozu auch immer, wir müssen jedenfalls dem Befehl nachkommen.«

»Selbstverständlich!« Guan Xiaohe nickte ununterbrochen, er fand, daß Wachtmeister Bai tatsächlich den Überblick hatte. »Na, dann müßten Sie, Vierter Herr Li, die Runde machen und allen Bescheid sagen, daß sie jetzt zwei Pfund Eisen und nächsten Monat wieder zwei Pfund abliefern sollen.«

Der Vierte Li blitzte Guan Xiaohe an und bekam vor Wut kein Wort heraus.

»So einfach ist das nicht«, Wachtmeister Bai verzog das Gesicht zu einem häßlichen Grinsen, »wir können nicht ohne weiteres von allen Eisen fordern. Sie beide müßten am besten von Haus zu Haus gehen und alle darauf vorbereiten. Außerdem sollten Sie zu erkennen geben, daß wir nicht anders können und den Japanern nicht etwa aus freien Stücken helfen.«

»Sie haben recht! Schließlich sind wir alle gute Nachbarn, und

die Japaner sind ebenfalls mit allen gut Freund«, beteuerte Guan Xiaohe entzückt. Der Vierte Li schwankte leicht.
»Herr Li, Sie müssen sich anlehnen, dann sitzen Sie bequemer«, Guan Xiaohe sagte das sehr höflich.
»Aber Eisen ist ein sehr weiter Begriff, sollten wir das nicht näher bestimmen?« fragte der Wachtmeister weiter.
»Natürlich brauchen wir eine Norm, Weißblech ist doch...«
»Nicht geeignet zur Herstellung von Schußwaffen«, ergänzte der Vierte Li.
»Richtig, Weißblech zählt nicht!« Wachtmeister Bai ging das alles ziemlich nahe, aber er mußte weitermachen. Während all seiner Dienstjahre hatte er sich daran gewöhnt, die Gefühle zu unterdrücken. Er mußte etwas Schlechtes für etwas Gutes ausgeben und alles perfekt organisieren, um nur ja nicht seine Reisschale zu gefährden. »Machen wir einen Unterschied zwischen Roheisen und geschmiedetem Eisen?«
Guan Xiaohe dachte intensiv mit halbgeschlossenen Augen nach. Er war überzeugt, eine Menge Gehirn zu haben, auch wenn es nur ein Stück wabbeliger Doufu war. Recht und Unrecht, Schwarz und Weiß unterschied er nicht, er ahmte lediglich andere nach. Ihm fiel etwas Großartiges ein: »Sollten wir trennen, Wachtmeister Bai?«
»Lieber nicht, meinen Sie nicht auch, Herr Li?«
Der murmelte nur etwas Unverständliches.
»Wir sollten es nicht zu genau nehmen«, fiel nun auch Guan Xiaohe ein, »allgemeiner gehalten ist besser. Gibt es sonst noch etwas?«
»Ja. Was machen wir, wenn jemand nichts abliefern kann? Kann es auch durch Geld abgegolten werden?«
Der sonst so freundliche alte Herr Li wurde jetzt hart und unnachgiebig: »Da mache ich nicht mit! Eisen zu verlangen, ist schon eine Unverschämtheit, nun auch noch Geld? Sobald Bargeld im Spiel ist, wird es eine schmutzige Angelegenheit. Sollen meine alten Nachbarn vielleicht mit Fingern auf mich zeigen und mir den Tod an den Hals wünschen? Wer soll denn den Preis festlegen? Ist er zu hoch, gibt es Gerede, ist er zu niedrig, kann ich nicht dafür aufkommen. Machen Sie das unter sich aus, ich ziehe mich zurück!« Er erhob sich.
Wachtmeister Bai konnte den Vierten Li nicht laufenlassen

und bettelte: »Herr Li! Ohne Sie geht es nicht. Wenn Sie mit den Leuten reden, sehen sie es ein, andere können sich den Mund fusselig reden, es nutzt nichts.«
Guan Xiaohe half ihm, den Vierten Li aufzuhalten. Sowie er das Wort Geld vernahm, begann sich sein Gehirn zu regen. Diese Gelegenheit durfte er nicht verpassen. Richtig, der Preis mußte hoch sein, da konnte man im Handumdrehen einen Batzen Geld machen. Der Vierte Li mußte das Geld eintreiben, und er selbst würde es weiterleiten. Den Ärger kriegte der Alte ab, das Geld flösse in seine eigene Tasche. Eilig drängte er ihn, sich wieder hinzusetzen. Dann erklärte er mit angespannter Miene: »Wahrscheinlich wird kaum einer zwei Pfund Eisen zur Verfügung haben, es mit Geld abzugelten ist also dringend nötig, wirklich! Machen wir es doch so: Ich gebe als erster zwei Pfund Eisen ab und dann noch einmal die entsprechende Summe Geld für diese Menge Eisen. Als gutes Beispiel für die anderen, in Ordnung?«
»Und wieviel nehmen wir für die zwei Pfund?« fragte Wachtmeister Bai.
»Zwei Kuai für ein Pfund.«
»Wenn aber jeder zwei Kuai für ein Pfund geben muß, wo sollen wir so viel Eisen dafür kaufen? Außerdem, sobald wir Geld statt Eisen nehmen, wird es im Preis steigen, vielleicht auf drei Kuai, wer haftet dann für Verlust und Verschuldung?« Wachtmeister Bai rieb sich verzweifelt die Hände.
»Na dann verlangen wir doch gleich drei Kuai fürs Pfund«, warf Guan Xiaohe eifrig ein.
»Drei Kuai für ein Pfund?« fragte der Vierte Li unwirsch. »Schon zwei Kuai kann kaum einer aufbringen. Überlegt doch einmal, schon bei zwei Kuai muß jede Familie jeden Monat vier Kuai für nichts bezahlen. Was kann ein Rikschafahrer schon in einem Monat zusammenkratzen? Wachtmeister, Sie wissen doch selbst, wieviel Scheinchen ein Polizist im Monat verdient. Wenn jedesmal vier Kuai oder sechs verlangt werden, dann geht es allen an die Gurgel!«
Der Wachtmeister runzelte die Stirn, er wußte Bescheid. Gerade mal vierzig bekam er in der Besatzerwährung, wenn er vier abgeben müßte, wäre das ein Zehntel.
Guan Xiaohe konnte die Tragweite überhaupt nicht erfassen,

er dachte, der Vierte Li bereite nur unnötigen Ärger. »Was schlagen Sie denn statt dessen vor?« fragte er kalt.
»Was ich vorschlage?« Der Vierte Li lächelte frostig. »Daß alle sich zusammentun und den Japanern erklären, daß wir kein Eisen und auch kein Geld haben. Wir haben nur unser Leben, dann müßt ihr eben das nehmen!«
Guan Xiaohe sprang vor Schreck auf. »Aber Herr Li!« Er flehte ihn geradezu an, »sagen Sie so etwas nicht hier bei mir, bloß nicht! Sie wollen wohl einen Aufruhr?«
Wachtmeister Bai wurde ebenfalls nervös. »Herr Li, Sie haben zwar recht, aber so geht das auch nicht! Sie sind älter als ich, Sie sollten wissen, daß wir Pekinger für Unruhen nicht zu haben sind. Wir sollten lieber in aller Ruhe nach einem Ausweg suchen.«
Der Vierte Li wußte nur zu gut, daß Pekinger nie aus der Rolle fielen, verspürte aber nicht die geringste Lust, bei den Nachbarn Eisen einzutreiben. Langsam erhob er sich. »Ich weiß keinen Ausweg, aber ich denke, ich sollte mich weniger um solches Zeug kümmern!«
Wachtmeister Bai wollte ihn noch immer nicht laufenlassen, aber dieses Mal blieb der Alte stur: »Hindern Sie mich nicht, Wachtmeister. Was ich tun will, tue ich von mir aus, da braucht mich keiner zu drängen. Aber was ich nicht tun will, dazu kann mich keiner überreden!« Langsam ging er hinaus.
Guan Xiaohe hielt ihn nicht auf, weil er keinen, der nach Aufruhr schrie, unter seinem Dach haben wollte. Wenn der Alte nicht wollte, könnte er selbst vielleicht etwas mehr dabei herausholen und in seine eigene Tasche wirtschaften.
Wachtmeister Bai war nun wirklich in Verlegenheit. Aber deshalb geriet er noch lange nicht in Panik. Schnell verabschiedete er sich, denn mit Guan Xiaohe mochte er sich nicht länger unterhalten. Er würde den Vierten Li am Abend noch einmal aufsuchen. Solange der nicht mitmachte, wollte er keinesfalls zulassen, daß Guan Xiaohe aktiv wurde.
Das Bürgerkomitee hatte in der Gasse Plakate geklebt: »Wer Geld hat, liefert Geld ab, wer kein Geld hat, liefert Eisen ab!« Das war schlau. Da brauchten sie nicht zu erklären, wofür das Eisen gedacht war.
Gleichzeitig flatterten am Abend auch kleine Flugblätter von

Herrn Qian Moyin in die Toreingänge: »Widersetzt Euch der Abgabe von Eisen! Der Feind will mit unserem Eisen noch mehr Waffen herstellen, um noch mehr Landsleute zu töten.«
Wachtmeister Bai sah beide Aufrufe. Eigentlich hatte er noch am Abend zum Vierten Li gehen wollen, aber nun beschloß er, bis morgen zu warten. Erst mußte er sehen, welche Wirkung der Protestaufruf zeigte. Aus Sorge um seine Reisschale wünschte er sich ein Scheitern, dann könnte er in Ruhe seinen eigentlichen Aufgaben nachgehen. Aber ein Funke in seinem Innern ließ ihn auf eine gewisse Wirkung hoffen. Vielleicht würde es in Peking aus Protest gegen die Eisenabgabe mal einen richtig großen Aufruhr geben. Doch käme es zu Unruhen, wäre auch er davon betroffen. Aber wer konnte das alles schon im voraus wissen. Wenn die Pekinger wirklich einmal Krawall machten, bekämen sie vielleicht den Kopf wieder hoch.
Er wartete noch einen Tag, aber keiner, gar keiner protestierte. Dann kam der Anruf von oben: »Die Obleute sollen sich beeilen, die Obrigkeit will Ergebnisse sehen!« Seufzend sagte er sich, daß Pekinger eben Pekinger bleiben.
Er raffte sich auf und ging noch einmal zu Guan Xiaohe.
Rotkürbis hatte einige Tage bei ihren Eltern verbracht. Als sie zurückkam und am Tor das Edelholz-Schild sah, riß sie es herunter und warf es auf die Erde.
»Xiaohe!« tönte sie, als sie ins Zimmer trat, noch ehe sie den Hut mit der Fasanenfeder abnahm, »Xiaohe!«
Der war gerade im Südzimmer und erschrak, als er sie rufen hörte. Wer weiß, welche Laus dem Direktor wieder über die Leber gelaufen war. Er richtete Kragen und Gürtel, legte sich ein Lächeln zurecht und lief schnell hinüber. »Oh, du bist zurück, ist zu Hause alles in Ordnung?«
»Ich frage dich, was hat das Schild am Tor zu bedeuten?«
»Na«, Xiaohe kicherte, »ich bin Obmann geworden.«
»Hm, bist du schon so tief gesunken, daß dir ein Obmann als etwas besonders Feines erscheint? Geh, hol das Schild und mach es zu Feuerholz! Das fehlte noch, ich bin Direktor, und du blamierst mich mit einem Obmannsposten, du bist wohl nicht bei Trost? Womöglich schleppst du noch ein paar miese Polizisten und sonst was für Leute an, die hier herumschreien, das kommt nicht in Frage! Kannst du nicht einmal ein wenig

nachdenken, bevor du etwas tust? Hast du nur Watte im Schädel? Und so etwas ist fünfzig Jahre alt, eine Schande!« Sie nahm den Hut ab und betrachtete die zitternde Fasanenfeder.
»Melde gehorsamst, Direktor«, schnarrte Guan Xiaohe unbekümmert, »Obmann ist zwar nichts besonders Ehrenvolles, das weiß ich selbst, aber er könnte vielleicht etwas einbringen, weshalb ich...«
»Etwas einbringen?« fragte Rotkürbis ruhiger.
»Wenn einer zum Beispiel Eisen abliefern soll, aber keines hat, was passiert dann?« Guan Xiaohe legte eine Pause ein, um die Antwort abzuwarten. Als Rotkürbis nichts erwiderte, fuhr er fort: »Er muß es mit Bargeld abgelten. Wenn beispielsweise der Preis zwei Kuai pro Pfund beträgt, verlange ich drei Kuai. Laß mich mal überschlagen, in der Gasse gibt es über zwanzig Haushalte, wenn jeder pro Monat zwei Kuai mehr bezahlt, sind das im Monat über fünfzig Kuai. Dafür muß ein Grundschullehrer in der Woche über dreißig Stunden Unterricht halten! Außerdem, heute ist es Eisen, morgen vielleicht Kupfer, Zinn oder Blei? Wenn ich bei jeder Sammlung fünfzig Kuai rausschlage, sind es bei fünf Sammlungen schon zweihundertfünfzig! Ein Oberschullehrer verdient im Monat gerade mal hundertzwanzig! Überlege doch mal, und außerdem...«
»Schon gut, schon gut«, unterbrach ihn Rotkürbis, auf ihrem Gesicht lag ein Lächeln, »du bist ja wirklich ein Juwel!«
Xiaohe empfand tiefes Wohlbehagen, denn es war nicht leicht, so von seiner Gattin gelobt zu werden. Aber er zeigte es nicht, denn ein Juwel hatte sich wie ein Tugendheld zu benehmen. Gemessenen Schrittes ging er hinaus.
»Was machst du?«
»Ich hänge das Schild wieder auf!«
Als das Schild wieder hing, traf der Wachtmeister ein.
In Gegenwart von Rotkürbis saß er wie auf Kohlen. Seit vielen Jahren war er nun Polizist und glaubte, mit allen Leuten fertig zu werden, zumindest was die Männer anbelangte. Vor Frauen hatte er stets ein wenig Angst, vor allem vor zänkischen. Er konnte einen Volltrunkenen überreden oder einschüchtern, sich brav ins Bett zu legen, oder einen Rasenden ohne große Mühe besänftigt nach Hause bringen, aber mit einer keifenden Frau hatte er Probleme. Hart durchzugreifen,

genierte er sich, streiten wollte er aber auch nicht, also gab er sich lieber geschlagen. Mit Rotkürbis war schwer auszukommen, außerdem war sie eine Frau. Sowie er sie sah, war er befangen und erklärte umständlich sein Anliegen. Tatsächlich, sie mischte sich sofort ein: »Nichts leichter als das! Von allen wird Eisen oder Geld verlangt, und wer sich widersetzt, wandert ins Gefängnis, so einfach ist das!«

Wachtmeister Bai gefiel das gar nicht, aber er sagte nichts, er legte sich nicht mit Frauen an. Als er den Vierten Li erwähnte, äußerte sich Rotkürbis erneut: »Ruft ihn her, die Laufereien sind seine Sache! Sollte er es wagen, nicht zu erscheinen, übergebe ich die beiden Alten den Japanern! Ich will Ihnen mal was sagen, Wachtmeister Bai, man darf zu den Leuten nicht zu freundlich sein. Hinter allem, was wir tun, stehen die Japaner, also nur keine Angst!« Nach einer Pause rief sie blasiert: »Herkommen!« Ehrerbietig trat der Diener ein.

»Geh den Vierten Herrn Li holen! Sag ihm, wenn er heute nicht kommt, lade ich ihn morgen ins Gefängnis ein! Hast du verstanden? Dann geh!«

Der Vierte Li hatte sich noch nie geduckt, heute aber kam er mit gebeugtem Haupt. Herr Qian und Qi Ruixuan waren bereits im Gefängnis gewesen, Xiao Cui war geköpft worden. Die Japaner waren skrupellos, und Rotkürbis verstand es sehr gut, anständige Leute zu bedrohen und zu erpressen. Er hatte sich schon viele Jahrzehnte in dieser Gesellschaft durchgeschlagen und wußte, der kluge Mann gibt nach. Seine Stärke, Geradlinigkeit und sein spontanes Eintreten für Gerechtigkeit hatten heute jeden Sinn verloren. Demütig mußte er vor einer abscheulichen Frau erscheinen, um zu überleben und nicht im Gefängnis, sondern zu Hause sterben zu dürfen. Er war wütend, aber ratlos.

Dann hob er den Kopf doch ein wenig höher, weil er vielleicht etwas für die anderen tun, vielleicht verhindern konnte, daß alles nur nach der Pfeife von Rotkürbis tanzte. Ohne Widerrede erklärte er sich einverstanden, das Eisen einzusammeln. Aber er lehnte es strikt ab, statt Eisen Geld zu verlangen. »Wer kein Eisen hat, soll sich selbst welches besorgen, was er dafür bezahlt, geht uns nichts an. So haben wir mit dem Geld nichts zu tun und ersparen uns unnötiges Gerede.«

»Na, dann lege ich mein Amt nieder. Wenn jeder sein Eisen selbst kauft, kann das ewig dauern, ehe wir es zusammenhaben. Wenn wir den Termin verpassen, kann ich das nicht verantworten«, erklärte Guan Xiaohe mit gespieltem Ärger. Wachtmeister Bai war in Verlegenheit. Der Vierte Li blieb hartnäckig.
Da schlug Rotkürbis einen Bogen: »Na gut, Herr Li, gehen Sie erst einmal los. Wenn es nicht klappt, müssen wir uns was anderes überlegen.« Ihr war soeben etwas eingefallen, nämlich schnellstens altes Eisen aufzukaufen und es zu erhöhten Preisen zu verkaufen. Aber sie kam zu spät. Leute wie Herr Gao und Lan Dongyang waren schneller, sie hatten bereits alles aufgekauft.
Der Vierte Li verließ die Guans zufrieden und meinte, Rotkürbis und Guan Xiaohe besiegt zu haben. Er verständigte die Leute in der Gasse. Daß sich der verehrte Herr Li damit befaßte, beruhigte alle. Die Abgabe von Eisen war zwar nichts Gutes, aber sein Einsatz ließ sie das Unlautere an der Sache vergessen. Die Flugblätter von Herrn Qian hatten die Leute nur für einen Moment traurig gestimmt.
Der alte Herr Qi und Yunmei drehten jedes Stück aus Eisen, das sich im Haushalt befand, mehrmals um. Die Stücke taugten nichts mehr, aber irgendwie schienen sie noch einen Sinn zu haben. Selbst für ganz untaugliche fanden sie instinktiv noch einen Grund, sie nicht achtlos wegzuwerfen. Sie wählten aus, verglichen, konnten sich zu nichts entschließen. Dabei kamen sie auf die Gemeinheit zu sprechen, die das Sammeln von Eisen für Waffen darstellte. Aber trotz ihres Zorns dachten sie nicht daran, sich zu widersetzen. Nach vielen Seufzern entschlossen sie sich, einen alten Eisentopf zu opfern, der ihnen früher gute Dienste geleistet hatte, und sie bedauerten es, daß er nun zu Geschossen verarbeitet werden sollte. Wen die treffen sollten, darüber wagten sie nicht weiter nachzudenken.
Die Sammlung schlug bei jeder Familie in der Gasse Wellen. Der Lebensgeist der Pekinger schien wieder erwacht zu sein. Allerdings drückte er sich nicht in Wut und Widerstand, sondern lediglich in hilflosem Erdulden aus. Anfangs herrschte zwar Empörung, daß sie Eisen für Waffen abliefern sollten. Doch nach einer gewissen Zeit legte sich diese zugunsten von

Überlegungen, nämlich welche Gefahr die Nichtablieferung bedeutet hätte. Daher begannen sie, ähnlich wie der alte Herr Qi, in jeder Ecke nach Schätzen zu suchen, die diese Gefahr abwenden konnten. Bei der Suche nach dem Eisen ergab sich so manche Überraschung, etwa wie wenn man im Winter in einem Schilfrohr plötzlich ein Insekt aufstöbert. Manch einer wußte genau, daß in der und der Ecke noch ein eisernes Stück liegen mußte, und gerade, als er wütend werden wollte, weil er es nicht fand, fiel ihm ein, daß er es gegen Karamelbonbons eingetauscht hatte. Andere fanden ein Hackmesser, und es stellte sich heraus, daß dieses beim Vergleich mit dem jetzigen besser abschnitt. Dann nahmen sie das alte wieder in Gebrauch. Über diesen kleinen Zwischenfällen vergaßen sie die Wut und suchten emsig weiter nach Eisen. Allmählich schickten sie sich in das Notwendige drein, ebenso wie sie sich daran gewöhnt hatten, die von den Japanern ausgegebenen Ausweise entgegenzunehmen oder sich tief zu verbeugen, wenn ihnen japanische Militärs begegneten.

Im Wohnhof Nummer sieben konnte kaum eine Familie auf Anhieb zwei Pfund Eisen aufbringen. In ihren Stuben fand sich nichts Überflüssiges; was benötigt wurde, war in Gebrauch, was nicht, war längst versetzt worden. Der Hausierer, der Kupfer und Eisen aufkaufte, stieß seinen Ruf tagtäglich vor ihrer Tür besonders laut aus. Selbst nachdem sie die Heizgänge im Kang durchwühlt hatten, bekamen sie kein Pfund zusammen, und sie mußten Eisen kaufen. Sie kannten die Rechtschaffenheit des Vierten Li und wußten, daß er nichts mit dem Geld zu tun haben wollte. Als sie hörten, daß der Eisenpreis in den letzten Tagen um einen Kuai pro Pfund gestiegen war, erschraken sie.

Zur gleichen Zeit erfuhren sie vom Obmann, daß er ursprünglich vorgeschlagen hatte, das Pfund mit zwei Kuai fünfzig in Rechnung zu stellen, was der Stellvertreter Herr Li aber abgelehnt hatte. Der Vierte Li hatte ihnen also Schaden zugefügt. Im Handumdrehen wurde der von allen hochgeachtete Vierte Li zum meistgehaßten Menschen. Sie dachten nicht darüber nach, ob Guan Xiaohe vielleicht nur Unfrieden stiften wollte und was der Vierte Li sonst Gutes für sie getan hatte, sondern fanden ganz einfach, daß ein Preis von drei Kuai pro Pfund –

wenn man es überhaupt noch bekam – allein die Schuld des Vierten Li sei! Ihre Wut auf die Japaner wechselte die Richtung und zielte nun ganz auf den Vierten Li ab. Einige stießen unter dem Schnurbaum laut Flüche gegen den Alten aus.
Der mochte nicht gegen die Gerüchte und Schimpfereien vorgehen. Er war sich darüber im klaren, daß es für ihn Zeit zum Sterben sei. Mit den Japanern konnte er es nicht aufnehmen, auch nicht mit Guan Xiaohe und Rotkürbis. Und wenn sich selbst seine guten Freunde nun von ihm abwandten? Er saß zu Hause und hoffte inständig, daß wenigstens einer ein gutes Wort für ihn einlegen und ihn verteidigen möge. Das Wort anderer war wirksamer als sein eigenes, und vielleicht wären dann alle seine Mühen, sein selbstloser Einsatz für die Nachbarn, nicht ganz umsonst gewesen und hätten eine Spur in ihren Herzen hinterlassen.
Er rechnete sich aus, daß Sun-Sieben auf seiner Seite stehen würde. Sun-Sieben haßte die Japaner und auch die Guans aus tiefstem Herzen. Aber Sun-Sieben war nicht besonders mutig, er wagte nicht, sich mit denen aus Nummer sieben anzulegen. Dann hoffte er, Cheng Changshun würde ihn verteidigen, aber der war mit seinen eigenen Angelegenheiten beschäftigt und hatte keine Zeit, sich um den Kram anderer Leute zu kümmern. Xiao Wen war nicht schlecht, aber er stand wie immer unbeteiligt daneben.
Er hoffte und verzagte, als dann doch der alte Herr Qi zu ihm kam. Der erschien mit einem alten eisernen Topf und erklärte gleich an der Tür: »Vierter Herr Li, ich wollte Ihnen den Weg ersparen und bringe den Topf gleich selber her.«
Der Vierte Li kannte den alten Herrn Qi wie einen leiblichen Bruder, er erzählte ihm in einem Atemzug, wie alles gekommen war. Der hörte ihn an, dann sagte er nach langem Schweigen: »Vierter Herr Li, die Zeiten haben sich geändert, die Menschen auch! Nehmen Sie es nicht so schwer, unser beider Augen werden ja sehen, wer damit weiter kommt!«
Der Vierte Li nickte heftig.
»Wir haben viele Stürme erlebt und so viel Leid durchgemacht, da wird uns doch dieses Geschwätz nicht erschüttern, nicht wahr?« Damit versuchte der alte Herr, den Freund ein wenig zu trösten. Danach kramten sie in Erinnerungen und

schwelgten in längst vergangenen Banalitäten. So verbrachten sie anderthalb Stunden.
Großmutter Li erfuhr erst durch diese Unterhaltung von der Eisensammlung und dem daraus entstandenen Ärger. Sie war immer sehr direkt. So, wie sie stets zugesagt hatte, wenn die Nachbarn sie um Hilfe baten, wollte sie auch jetzt sofort losgehen und die undankbaren Geschöpfe aus Nummer sieben zur Rede stellen, als sie hörte, daß sie den »alten Kerl« attackierten. Sie fürchtete niemanden und nichts, nur Ungerechtigkeit vertrug sie nicht.
Die beiden Alten konnten sie nur mit Mühe zurückhalten. Als sie ihnen Teewasser machte, schimpfte sie im Hof immer noch laut herum, so wie eine Armee Warnschüsse aus der Ferne abgibt. Doch als das Wasser kochte, ging sie hinein und beteiligte sich an der Unterhaltung.
Die Leute aus der Nummer sieben und anderen Höfen gingen zu den Guans und lieferten das Eisen ab, um den Vierten Li zu ärgern und weil die Guans einen Preis von zwei Kuai fünfzig pro Pfund machten. Guan Xiaohe hatte keinen Verlust dabei, obwohl draußen die Preise schnell von drei Kuai auf drei Kuai vierzig gestiegen waren. Rotkürbis setzte Herrn Gao unter Druck und kaufte ihm einen Teil des gehamsterten Eisens zum Preis von – nach wie vor – zwei Kuai fünfzig ab.
»Ha, wir haben zwar nicht viel gewonnen, aber immerhin etwas!« freute sich Guan Xiaohe.

58

Zhaodi hatte bis jetzt nur zwei Opernszenen einstudiert, »Die Bucht am Fen-Fluß« und »Phönix-Freuden«. Sie lernte zwar schnell, war aber leicht abzulenken wie ein Fisch, der davonschwamm, sobald ein Windhauch das Wasser streifte. Sie war nicht bereit, für etwas hart zu arbeiten.
Ihr Bestreben war allein auf Genuß ausgerichtet: Essen, Trinken, Liebe, auch wollte sie ein bißchen Anerkennung bei ihren Auftritten. Sie wollte alles genießen, konnte aber nicht überall dabeisein. Deshalb rotierte sie wie ein Sekundenzeiger, der niemals stillstand.

Das brachte ihr aber viele Ärgernisse ein. Ging sie Schlittschuh laufen, verpaßte sie den Opernunterricht. Sobald sie aber auf dem Eis ein wenig fror, wurde die Stimme heiser. Da konnte die Huqin noch so tief ansetzen, sie bekam die hohen Töne einfach nicht heraus. Vor lauter Aufregung schwitzte sie dann noch. Oder, wenn einer ihrer drei Freunde sie ins Kino, der andere ins Theater und der Dritte zum Essen einlud, brachte sie das in Verlegenheit. Sagte sie zwei Einladungen ab, hätte sie zwei Freunde verprellt. Sähe sie sich den Film nur halb an, ginge danach ins Theater und zuletzt zum Essen, müßte sie viele Lügen erfinden und würde am Ende womöglich alle drei Freunde verprellen. Außerdem war ein solches Hin und Her auch viel zu anstrengend. Die Freuden der Liebe erforderten eher eine vollständige Inbesitznahme, sie konnte nicht nur hier und dort ein wenig probieren. Auch wollte die Liebe manchmal an einem stillen Ort mit geschlossenen Augen genossen werden und nicht bei lautem Trommelwirbel. Zhaodi hatte schon in Erwägung gezogen, den Besuch von Kinos, Theatern, Parks und Restaurants einzustellen und nur einen einzigen Mann zu lieben und nicht so ein Verwirrspiel zu veranstalten. Aber sie fand gerade die Abwechslung reizvoll. Wäre sie im Tempel zur Azurblauen Wolke in den Westbergen eingesperrt, ohne Kino und Theater, ohne Trommelwirbel und Geschrei, würde sie bestimmt verrückt! Ein Übermaß an Genüssen erfordert immer gröbere Reize. So gefiel ihr das Rollenfach des Jünglings nach und nach besser als das der edlen Dame, weil dessen Stimme stärker und schriller klang. Sie sah sich jetzt auch gerne Kampf-Stücke an, richtig kämpferische, ohne jede Handlung wie »Tempel des roten Tores«, »Eiserner Hahn« oder »Schwarze Felsenhöhle«. Erst wenn Gong und Trommeln ohrenbetäubend schallten, empfand sie ein wenig Freude. Bei Opern mit viel Gesang und wenig Akrobatik gähnte sie oder nickte gar ein. Bei Filmen erging es ihr ähnlich.
Auch ihre männlichen Verehrer bereiteten ihr häufig Ärger, sie waren alle gleich langweilig. Es gab keinen Li Kongshan unter ihnen. Häufig dachte sie an ihn. Li Kongshan war weder höflich noch zärtlich, aber er hatte sie irgendwie gereizt. Einen anderen zu einem Li Kongshan zu machen, wagte sie allerdings nicht. Sie wollte zwar genießen, mußte sich aber vorsehen. Mit

einem Kind wäre alles vorbei. Und wenn sie sich außerdem nur auf einen Mann konzentrieren würde, brächten ihr die anderen keine Geschenke mehr. Also blieb ihr nichts anderes übrig, als weiter so orientierungslos durchs Leben zu gehen und alles mitzunehmen, was sie kriegen konnte. Mitten in diesem Treiben meinte sie zuweilen ganz deutlich zu erkennen, daß sie so leben mußte, weil sie eine Mission zu erfüllen hatte, die sich aus der Besetzung Pekings durch die Japaner ergab. Sie selbst wollte so sein, ihre Freunde wollten sie so, auch ihre Eltern, also mußte das doch einen Sinn ergeben!

Unter ihren Verehrern gab es nur wenige, an denen sie nichts auszusetzen hatte. Dazu gehörten ein paar Schauspieler, die sie jüngst erst kennengelernt hatte. Sie waren von kräftiger Statur, bewegten sich leichtfüßig und führten grobe Reden. In ihrer Gesellschaft konnte sie vergessen, daß sie eine Frau war, jeder sprach, ohne rot zu werden, aus, was er dachte. Egal, wie grob das auch klang, sie empfand das als sehr natürlich.

Daß Männer Schauspielerinnen und Frauen Schauspieler hofierten, war längst Sitte und nicht weiter verwunderlich. Doch Freunde hatten sie mehrfach davor gewarnt. Das stürzte sie in ziemliche Zweifel. Was andere taten, konnte sie auch. Doch sie durfte auch nicht ihre Freunde brüskieren, sondern mußte allerorts beliebt sein, um sich stets ganz vorn in der Öffentlichkeit präsentieren zu können.

Trotz aller Reize dieses unruhigen Lebens fühlte sie sich leer. Sie wußte nicht, was sie wollte, fand aber alles gut. Sie nahm ab. Ungeschminkt sah ihr Gesicht fahl aus, sie hatte schwarze Ringe um die Augen. Manchmal hätte sie gern ein wenig verschnauft, aber die Ereignisse trieben sie voran. Vielleicht war sie krank, oft fühlte sie sich wie im Nebel dahinfliegen. War sie aber geschminkt und herausgeputzt, kehrte ihr Selbstvertrauen zurück. Sie fand sich nach wie vor stark und schön, ihre Gesundheit stand außer Frage. Sie hatte sich das Rauchen angewöhnt und trank auch schon mal ein paar Becher Schnaps. Ihre Jugend war dahin, aber sie war noch eine junge Frau voller Elan, ausgestattet mit einer Mission, mit Popularität und einem glücklichen Schicksal.

In all dieser Hektik und Eile, zwischen ihrer Verwirrung und Zufriedenheit, all dem Kummer und all den Freuden voll-

brachte sie aber unbewußt eine gute Tat, sie rettete Tongfang.
Um ihren Absturz ins Bordell zu vermeiden oder wenigstens hinauszuzögern, klammerte sich Tongfang an das Zweite Fräulein. Zhaodi war ihr unsympathisch, aber sie wollte sie auch nicht durch Ermunterung zu liederlichem Lebenswandel vernichten. Sie selbst war von Menschen geschädigt und zerstört worden und konnte nicht mit ansehen, daß es irgendeiner jungen Frau wie ihr erginge. Sie haßte nur Rotkürbis und die Japaner und konnte sich nicht von Rotkürbis ins Bordell abschieben lassen, denn dort hätte sie keine Gelegenheit zur Rache mehr gehabt. Daher machte sie Zhaodi zu ihrem Schutzschild.
Zhaodi war jung und hatte es gern, wenn man ihr zu Diensten stand und sie umschmeichelte. Anfangs erkannte sie wohl, daß Tongfangs Annäherung nur eine Taktik war. Doch nach ein paar Tagen empfand sie deren Redegewandtheit, Verständnis, Einfühlungsvermögen und Urteil als sehr angenehm und war überzeugt, daß sich Tongfang ihr in ehrlicher Absicht näherte. Nach einer Weile vertraute sie Tongfang ganz und ging auf Distanz zu ihrer Mutter. Gewiß, die Mutter liebte sie wirklich, aber sie war schließlich kein dreijähriges Mädchen mehr. Sie wollte nicht ewig ihr Anhängsel bleiben. Ging sie mit der Mutter aus und traf dabei ihre Freunde, mußten diese zuerst die Mutter und dann sie begrüßen. Sie war stets nur das werbewirksame Ausstellungsstück der Mutter; ihre Schönheit galt als Verdienst der Mutter, sie selbst schien keinen Anteil daran zu haben. Ganz anders war das in Gesellschaft von Tongfang, da stand sie im Mittelpunkt, und Tongfang war die Begleiterin. Sie war die Sonne, Tongfang der Mond. So fühlte sie sich wohl. Wandte sie sich an Tongfang, konnte das als Befehl aufgefaßt werden, beriet sie sich mit ihr, zeigte das ihre Vertrautheit. Das war dann etwas ganz anderes, als nur Befehle auszuteilen und entgegenzunehmen. In Tongfangs Gesellschaft gehörte ihr eigener Ruhm wirklich nur ihr allein.
Rotkürbis ließ sich keinen Sand in die Augen streuen, sie durchschaute Tongfangs Absichten. Aber auch wer sich keinen Sand in die Augen streuen läßt, konnte sich schon einmal irren. Sie war sich sicher, daß Zhaodi ein außergewöhnliches

Juwel war und eines Tages eine Yang Guefei oder Kaiserin Cixi würde. Dieses Juwel mußte sie fest in der Hand behalten, ohne seine Sympathie zu riskieren. Käme es Tongfangs wegen zum Konflikt zwischen Mutter und Tochter und die Tochter heiratete plötzlich irgendeinen armen Schlucker mit einer schönen Larve, aber ohne jedes Vermögen, hätte sie sich selbst die Jadeschale aus der Hand geschlagen. Nein, sie mußte das Netz an einer Seite offen lassen, dem Fräuleinchen in kleinen Dingen nachgeben, in wichtigen Angelegenheiten aber eigenwillig ihren Kurs fahren. Außerdem währt die Blütezeit einer Tochter nicht ewig, sie muß verheiratet werden, solange sie in voller Blüte steht. War die Tochter verheiratet, würde sie sich Tongfang kaufen. Und sollte sie darüber siebzig oder achtzig werden und dem Tode nahe sein – sie mußte es Tongfang heimzahlen, ehe sie die Augen schloß.

Diese neue Situation traf besonders Gaodi hart. Von der Mutter wurde sie nicht geliebt, das Benehmen der Schwester paßte ihr nicht, und Tongfang war ihr nicht mehr zugeneigt. Gewiß, ihr war klar, warum Tongfang sich bewußt von ihr fernhielt, aber der Verstand siegt nicht immer über das Gefühl. Sie war ein Mädchen, brauchte Liebe und Mitgefühl und schien in einer Eishöhle zu wohnen, das hielt sie nicht aus. Manchmal machte sie sich auch Vorwürfe. Warum faßte sie nicht Mut und floh einfach aus Peking? Manchmal erwog sie auch, diesem Eiskeller durch eine Heirat zu entfliehen. Aber wen sollte sie dann heiraten? Beim Heiraten mußte sie auch an die Gefahren denken, Heiraten war ja schließlich nicht wie Lebertran schlucken, nützlich und unschädlich zugleich. Ein Abenteuer schien ihr zu riskant, Bravsein zu langweilig. Sie wußte selbst nicht, was sie eigentlich wollte. Oft packte sie die Wut, dann wurde sie auch auf Tongfang böse. Aber Wut machte alles nur schlimmer, damit machte sie sich nur noch unbeliebter! Manchmal ging sie zu Wohltätigkeitsvereinen, hörte sich Bibelgeschichten an und betete auch mal mit den anderen, ohne daß es ihr Ruhe und Erlösung gebracht hätte. Ganz im Gegenteil, nach einer gewissen Beruhigung durch Glockenklang und Kerzenduft sehnte sie sich um so mehr nach einer reizvollen Abwechslung, wie jemand, der nach kaltem Schnaps gern heißen Tee trinken möchte. Heimlich vergoß sie ein paar Tränen.

Es wurde kalt. Heizmaterial gab es nicht. Täglich erfroren Menschen auf den Straßen. Die Japaner hatten die Kohle abtransportiert, wollten aber Großzügigkeit demonstrieren und veranstalteten ein Winter-Wohltätigkeitsfest, aus dessen Erlös Reisbreiküchen eröffnet wurden, damit die Kälteopfer vor ihrem letzten Atemzug den Japanern richtig dankbar sein konnten. Mit dem Fest verschafften sie den Pekingern eine weitere Unterhaltung, denn so etwas betäubt. Wer erfrieren mußte, erfror ohnehin, aber denen, die nicht davon betroffen waren, boten sie Trommeln und Gongs, ein richtig buntes Treiben, damit denen zumindest die Seele einfror. Für dieses Fest suchten sie vor allem junge Leute zu gewinnen, Sänger und Jongleure.

Lan Dongyang und Dickmadam luden Zhaodi zu diesem Fest ein. Die Guans waren begeistert, ihre Herzen schlugen höher. Guan Xiaohe, um Gelassenheit bemüht, bemerkte: »Wertes Fräulein Tochter, das ist die Chance, jetzt müssen wir auftreten und singen.«

Zhaodi hatte ein trockenes Gefühl im Hals, sie zierte sich: »Das geht nicht! Ich habe lange keine Stimmübungen mehr gemacht, den Text kann ich auch nicht. Auf die Bühne geh ich nicht, ich will mich doch nicht blamieren. Da laufe ich lieber Schlittschuh.«

»Wieso denn blamieren? Was soll das denn heißen? Die Guans blamieren sich niemals, mein liebes Fräulein Tochter! Keiner hat eine Stimme aus Eisen, es kommt immer darauf an, wie man sich fühlt. Du mußt nur bereit sein, auf die Bühne zu gehen, dann wirst du erfolgreich sein, selbst wenn du nur einen Furz losläßt. Die verschicken ohnehin die Karten im voraus. Wird dein Auftritt ein Erfolg, haben auch sie etwas davon, geht es nicht gut, haben sie es nicht besser verdient.«

»Jetzt wird gesungen!« erklärte Rotkürbis Gehorsam fordernd. »Was die vielen Stunden uns schon gekostet haben! Da mußt du dich jetzt schon einmal zeigen!« Und zu Dongyang gewandt: »Dongyang, wir sind einverstanden. Aber unter einer Bedingung: Zhaodi tritt als vorletzte auf! Die anderen sollen zurückstehen. Meine Tochter kann denen doch nicht den Erfolg vorbereiten.«

Dongyang hatte bereits einige Erfahrungen mit der Organisation solcher Theaterprogramme. Ihm war klar, daß Zhaodi keinerlei Anspruch auf den vorletzten Platz hatte, er wußte aber auch, daß die Japaner gern neue Leute einsetzten. Er verzog sein grünes Gesicht und stimmte der Bedingung zu. Das brachte ihm zwar eine Menge Ärger ein, er hatte jedoch seine Methode, unliebsame Probleme aus dem Wege zu räumen. Er drohte den Teilnehmern mit den Japanern und prahlte: »Wen ich an die erste Stelle setze, der hat als erster aufzutreten, und wen ich an die vorletzte Stelle setze, der tritt als vorletzter auf, mir ist die Leistung der einzelnen egal. Wer sich nicht fügt, kann sich bei den Japanern beschweren! Den möchte ich sehen!«

»Und was ist mit dem Kostüm? Ich kann doch nicht einfach ein geliehenes überziehen. Das muß schon ein richtiges sein!« nörgelte Zhaodi und klopfte selbstgefällig ihre Wangen.

Herr Gao trat gerade ein und hatte die letzten Worte gehört. Er griff sie ganz selbstverständlich auf: »Sie suchen ein Kostüm, Fräulein? Lassen Sie mich das machen, ich besorge Ihnen eines ganz nach Ihren Wünschen!« Er hatte sich heute besonders sorgfältig gekleidet und sah wie ein Kostümverleiher aus.

Zhaodi musterte ihn und lächelte: »Gut, ich nehme Sie als meinen Kostümberater!«

»Zu Befehl!« stimmte Herr Gao diesem angenehmen Auftrag zu. Xiaohe blickte ihn an. Er hatte das selbst machen wollen, um im Gefolge der Tochter hinter der Bühne herumschnüffeln und ein paar Schauspielerinnen beäugen zu können. Und wenn sie auf der Bühne wäre, würde er ihr dort aus einer Kanne Tee einschenken, und alle Zuschauer könnten ihn sehen. Wer hätte gedacht, daß Herr Gao ihm wieder in die Quere kam.

»Ich finde«, bremste ihn Xiaohe, »wir sollten lieber ein neues anfertigen und kein gebrauchtes borgen. Eine teure Angelegenheit, bei der es um die Ehre geht, sollte man nicht halbherzig erledigen.«

Zhaodi klatschte in die Hände. Sie hatte stets gedacht, der Vater spiele nur eine Nebenrolle, weshalb sie ihn immer für einen durchschnittlichen Menschen ohne große Mängel, aber auch ohne besondere Vorzüge gehalten hatte. Heute bewies er plötzlich Köpfchen und sprach aus, was sie selbst hatte sagen wollen. »Wirklich, Pa, eins machen lassen, das wäre wunderschön!« An die Kosten dachte sie dabei überhaupt nicht.

Auch Rotkürbis gönnte der Tochter einen Triumph, aber sie wußte, was ein Kostüm kostete und daß es – außer auf der Bühne – nicht weiter zu gebrauchen war. Sie blinzelte ein paarmal, dann kam ihr eine Idee: »Zhaodi, du redest doch immer soviel von deinen Freunden, jetzt könnten sie beweisen, ob sie wirklich bereit sind, dir unter die Arme zu greifen.«
Zhaodi war begeistert: »Richtig! Ich sage ihnen, daß ich auftrete und ein Kostüm anfertigen lassen muß, wollen doch mal sehen, ob sie etwas lockermachen. Wenn nicht, sehe ich sie in Zukunft nur noch schief an. Ich bin doch nicht ihre verdammte Hure und gebe mich nicht umsonst mit ihnen ab!«
Nach diesem frivolen Ausbruch fühlte sie sich befreit und beinahe sogar im Recht.
»Aber Fräulein«, rief Xiaohe, »was sind denn das für Ausdrücke!«
»Kopfschmuck gehört ja auch noch dazu!« wandte Herr Gao schnell ein, als er die Chance schwinden sah, selber das Kostüm zu leihen. »Zu einem neuen Kostüm kann man doch keinen gebrauchten Kopfschmuck tragen, das sieht doch nicht gut aus! Ich leihe einen aus, mit zartgrüner Jade, nagelneu, der paßt bestens zum neuen Kostüm!«
Nachdem sie Kostüm und Kopfschmuck besprochen hatten, meinte Rotkürbis, Xiao Wen solle herüberkommen und mit Zhaodi das Stück durchgehen. »Kostüm und Kopfschmuck allein reichen nicht, wenn du keinen Ton herausbringst. Jetzt mußt du fleißig üben!« Sie schickte nach Xiao Wen.
Der hatte seinen Stolz. Kam man zu ihm nach Hause, war er stets ein höflicher Gastgeber, rief man ihn aber mit seiner Huqin-Geige zu sich, lehnte er ab.
Als Xiao Wen nicht kam, wurde Rotkürbis böse. Auch Lan Dongyang verzog sein Gesicht, er wollte Xiao Wen mit seiner Visitenkarte »heranholen« lassen. Zhaodi hielt sie jedoch zurück: »Macht keinen Unsinn! Xiao Wen ist der erst- oder zweitbeste Huqin-Lehrmeister in Peking! Er kommt nicht, und wenn ihr ihn umbringen laßt! Nur mit ihm kann ich es schaffen, ohne ihn bin ich verloren! Laßt es gut sein, spielen wir erst einmal ein paar Runden!«
Dongyang hatte noch etwas vor, Rotkürbis auch und Dick-

madam ebenfalls. Aber egal was Chinesen vorhaben, es verflüchtigt sich, sobald sie etwas von Mah-Jongg hören. Dann setzen sie sich eilends hin.

Hinter dem Rücken von Rotkürbis verdrehte Herr Gao eine Weile seinen Hals, dann stahl er sich davon und ging zu Cheng Changshun.

Alltägliche Not kann Menschen frühreif machen. Changshun sah schon wie ein Erwachsener aus. Nach Xiao Cuis Tod war er zusammen mit John Ding in einen kleinen Handel eingestiegen. Es war ein seltsames und schmutziges Geschäft. John Ding hatte es entdeckt. Vom Englischen Amt aus hatte er häufig hochbeladene Karren beobachtet, die alte Uniformen in die japanische Botschaft beziehungsweise das Armeedepot transportierten. Es mußte sich um gefütterte Uniformen handeln, da sie sehr dick aussahen. Andererseits mußten sie sehr leicht sein, denn die Karren waren hochbeladen, und trotzdem schienen sie sich leicht ziehen zu lassen. Das erregte seine Neugier. Er horchte einen Hausdiener aus, der im japanischen Heereslager arbeitete. Der war sein Freund – alle, die im Botschaftsviertel als Hausdiener arbeiteten, gehörten zu einer Clique –, wollte aber nicht so recht mit der Sprache heraus. John Ding, Faktotum im Englischen Amt, sah natürlich auf den Freund herab, der das gleiche im japanischen Depot tat, und hatte verstimmt weggehen wollen. Aber einer glücklichen Eingebung folgend, lud er ihn zu ein paar Schnäpsen ein. Sein vom Vater geerbtes Christentum machte ihn sonst dem Alkohol abhold, um aber seine Neugier zu befriedigen, bat er Gott um Nachsicht. Der Schnaps tat die gewünschte Wirkung, und schon nach drei Bechern rückte jener Freund mit der Sprache heraus. Es verhielt sich folgendermaßen: Die Japaner hatten in Nordchina eine gewaltige Marionettenarmee rekrutiert, die sie natürlich im Winter mit einer wattierten Uniform ausstatten mußten. Aber sie hatten die ganze Baumwolle aus Nordchina abtransportiert. Daher grübelten die japanischen Strategen lange über einen Ersatz nach. Dieser erforderte keine Maschinen und brauchte auch nicht aus Shanghai oder Tianjin herangeschafft zu werden – er wurde aus Lumpen und Altpapier hergestellt. Das waren die Uniformen, die John Ding karrenweise gesehen hatte. Beim ersten Stoß zerrissen sie, bei Nässe wurden sie steif, selbst im Idealzustand wärmten sie nicht. Aber die Marionettenarmee erhielt Uniformen, und wenn die Japaner Uniformen dazu sagten, waren es eben Uniformen.

Der Auftragnehmer dafür war ein Japaner. Die Hausdiener der japanischen Botschaft bestachen ihn und erhielten gemeinsam mit Freunden und Bekannten das Privileg zur Herstellung dieser Kleider. Eben dieser Freund gehörte zu den Privilegierten.

John Ding hatte die Japaner stets verachtet – aus dem einzigen Grund, weil er im Englischen Amt arbeitete. Für ihn stand ein Diener im Englischen Amt weitaus höher als ein Rat oder Sekretär der japanischen Botschaft. Von seinem christlichen Standpunkt aus verstieß die Herstellung von Uniformen aus Lumpen und Altpapier gegen die Gebote Gottes, denn es war Betrug. Von welcher Seite man es auch betrachtete, er hätte über diese Sache höchstens lachen, sich aber keinesfalls darum kümmern dürfen. Aber er war eben auch nur ein Mensch. Außerdem war es kein Verbrechen, auf diese Weise ein wenig Geld zu verdienen, denn es war japanisches Geld. Ob er mit diesem von ihm erstellten Uniform-Ersatz vor den Soldaten bestehen konnte, brauchte er nicht zu überlegen, denn die Marionettenarmee bestand aus Chinesen, und Chinesen hatten ihn noch nie interessiert.

Es dauerte keine zehn Tage, da war dieser Freund sein Busenfreund geworden. Alles, was er sonst zu den Guans gebracht hatte – Butter, Konserven, Brandy –, schleppte er nun dorthin. Auf diese Weise erhielt er einen kleinen Anteil an diesem Geschäft, er durfte eintausend Uniformen herstellen. Nachdem das geregelt war, ging er ehrfürchtig zum Gebet, empfing das Abendmahl und spendete fünf Mao – sonst höchstens einen – als Zeichen seines Dankes an Gott. Anschließend suchte er Cheng Changshun auf, weil in der ganzen Gasse nur der ehrlich war und mit ihm verkehrte.

John hatte folgende Idee: Er schoß eine gewisse Summe als Kapital vor. Dann schickte er Changshun los, Altpapier und Lumpen aufzukaufen. War an den Lumpen noch Baumwollwatte dran, wurde sie herausgelöst, gesäubert und getrennt verkauft. Den Erlös daraus teilte er mit Changshun im Ver-

erledigte er selbst. Zunächst klopfte er mit einem Stock den Staub aus den Sachen, dann breitete er sie aus, schüttelte sie, legte die, die unbedingt gewaschen werden mußten, beiseite und weichte sie in der größten Tonschüssel ein. Die eingeweichten Stoffstücke wusch er in einer anderen großen Waschschüssel sauber. Schließlich reihte er sie, sortiert nach Alter und Größe, fein säuberlich auf der Leine zum Trocknen auf.

Das Klopfen und Ausschütteln der alten Sachen verwandelte den Hof in eine Sandwüste, man konnte sein Gegenüber nicht mehr sehen, gerade so, als hätten mehrere Pferde in einer Sandkuhle um sich geschlagen. Der Staub gelangte überallhin, sogar auf den Dachziegeln lag er in einer dicken Schicht, so daß sich die Spatzen einen anderen Unterschlupf suchten. Die Staubschicht war nicht nur dick und dicht, sie stank so sehr, daß selbst Großmutter Li von nebenan ständig mit der Nase in alle Richtungen schnupperte, ohne sagen zu können, was für ein Geruch das war. Nach jedem Ausklopfen schwirrte der feine Staub durch die Luft, ließ sich auf den Haaren und Brauen, im Kragen, auf dem Geschirr, in den Nähten der Kleidung nieder, als ob er den Menschen beweisen wollte, daß sie wirklich im »irdischen Staub« lebten. Hatte sich der Dreck endlich gesetzt, klopfte zum Schluß Changshun sich selbst mit dem Stock ab. Dann ging alles wieder von vorn los. Selbst zwischen den Zähnen saß ihm der Schmutz, und der stank genauso wie der draußen.

Die alte Frau Ma, bei der alles stets blitzsauber sein mußte, konnte es nicht ertragen, daß der Enkel tagtäglich diese Stauborgie veranstaltete. Fenster und Tür hatte sie abgedichtet, aber der stinkende Dreck drang trotzdem ein und ließ sich auf den Kleidern, auf Tisch und Bett nieder. Doch sie konnte den Enkel nicht hindern und erst recht nicht tadeln. Er strengte sich so an, er ging dieser stinkenden Arbeit von früh bis spät nach, um sie zu ernähren. So blieb ihr nichts anderes zu tun, als ihren Kopf mit einem Tuch zu bedecken und ständig Staub zu wischen. War der Enkel fertig, nahm sie eilig das Tuch ab, damit er sie so nicht sah.

Auch Xiao Cuis Frau entging diesem Unheil nicht, aber sie sagte ebenfalls keinen Ton. Das Geld für ihren Lebensunter-

halt besorgte jetzt Changshun. Sie mußte ihm dankbar sein, konnte doch nicht des stinkenden Drecks wegen dummes Zeug reden. Denn außer dem Geld brauchte sie auch den Trost und liebevollen Schutz der alten Frau Ma und Changshuns. Wenn sie es genau betrachtete, hatte sie niemanden mehr auf dieser Welt. Es gab zwar noch einen älteren Bruder, aber mit dem war nicht viel los. Er machte alles, nur nichts Anständiges. Wüßte er, daß sie jeden Monat über Herrn Gao zehn Kuai bekommt, würde er ihr bestimmt drei oder vier davon abnehmen. Er kannte nur Geld, aber keine Verwandten. Vor kurzem hatte sie erfahren, daß er jetzt für die Japaner arbeitete. Sie haßte die Japaner, die hatten grundlos ihren Mann geköpft. Daher wollte sie auch nichts mehr mit dem Bruder zu tun haben. Ohne die alte Frau Ma und Changshun hätte sie nicht gewußt, wie sie weiterleben sollte. Nein, beschloß sie, sie durfte diesen stinkenden Dreck nicht hassen. Vielmehr mußte sie Changshun zur Hand gehen. Zahlte ihr Changshun etwas dafür, war es gut, zahlte er nicht, machte es auch nichts.
Nachdem der Vierte Herr Li ihren Mann beerdigt hatte, lag sie lange krank. Sie aß und trank nichts, döste den ganzen Tag im Halbschlaf vor sich hin, manchmal sogar mit hohem Fieber. Im Delirium rief sie nach Xiao Cui oder beschimpfte die Japaner. Nach solch einem Fieberanfall war sie wieder ruhig, tief atmend schlief sie fest ein. Solange Xiao Cui noch lebte, hatte die alte Frau Ma nicht viel mit ihr im Sinn gehabt, denn Xiao Cui fluchte oft, was sie nicht leiden konnte. Und die Cuis waren eben eine Familie, sie dagegen nur eine alte Witwe, die sich stets im Hintergrund halten sollte. Als nun aber Xiao Cuis Frau plötzlich Witwe wurde, fühlte sie mit ihr. Sie ging häufig hinüber, goß ihr eine Schale heißes Wasser ein oder brachte ihr etwas Reisbrei. Wenn sie schrie oder weinte, lief sie hin und nahm die Hand der Kranken. War das Fieber zu stark, beratschlagte sie mit Großmutter Li, was zu tun sei. Auch wenn die Kranke ruhig schlief, lauschte sie ab und zu unter dem Fenster, ob alles in Ordnung sei. Außerdem boten Frau Ma und Großmutter Li ihr gesamtes medizinisches Wissen auf und tüftelten Kräutersud und Rezepturen aus, die sie Xiao Cuis Frau verabreichten. Zeit, Rezepturen und liebevolle

Fürsorge heilten Xiao Cuis Frau schließlich. Sie konnte Xiao Cui noch nicht vergessen, aber die Zeit zog eine klare Grenze zwischen ihm und ihr – Xiao Cui war tot, sie lebte noch und mußte weiterleben.

Als sie gerade wieder gehen konnte, drängte sie den Vierten Li, mit ihr zu Xiao Cuis Grab zu gehen. In einem weißen Trauerkittel lief sie, Totengeld für zwei Mao in der Hand, hinter dem Vierten Herrn Li her, wie ein Lamm, das gerade laufen gelernt hat. Sie weinte den ganzen Weg über bis zum ehemaligen Tempel für Ackerbau still vor sich hin. Am Grab schluchzte sie so herzzerreißend, daß sie einer Ohnmacht nahe war.

Als die Tränen versiegt waren, begann sie ihre Aufmerksamkeit auf die alltäglichen Dinge wie Essen, Trinken und anderes zu richten. Sie hatte einen gesunden Körper und erholte sich ziemlich schnell. Im Trauerkittel ging sie in Begleitung von Großmutter Li von Tür zu Tür und bedankte sich bei den Nachbarn, die sie mit Hilfe oder Geld unterstützt hatten. Das brachte sie wieder auf diese Welt zurück, damit bekannte sie, weiterleben zu wollen.

Das Geld, das der Vierte Li, Sun-Sieben und Changshun gesammelt hatten, war noch nicht aufgebraucht, der Vierte Li übergab es ihr in Anwesenheit der beiden anderen. Und Changshun besorgte monatlich die zehn Kuai »Unterhaltshilfe« über Herrn Gao. So brauchte sie zunächst nicht zu hungern und zu frieren. Mit der Zeit brachte sie ihre Kammer in Ordnung. Sie begann zu verstehen, warum die alte Frau Ma die Sauberkeit so liebte – Frau Ma war Witwe, und ihre Reinlichkeitsliebe war eine Ablenkung. Wenn sie dann alles sauber geputzt hatte, freute sie sich; der Mann war zwar tot, aber in ihrer Stube herrschte nun Ordnung, nicht wie zu Lebzeiten Xiao Cuis, als alles im Chaos unterging. Doch wenn sie dann allein dasaß, spürte sie die Leere. Gewiß, sie hatte den alten Tisch und die ärmlichen Hocker blank gescheuert, beinah sah es so aus, als lebten sie, aber eben nur beinah – die konnten nicht toben wie Xiao Cui. Vor den stillen, elenden Möbeln erinnerte sie sich an Xiao Cui, an seine Liebe, den Geruch seines Schweißes, seine verworrenen Worte, seine Ausbrüche, und alles erschien ihr viel schöner. Xiao Cui war besser gewesen als diese toten Dinge. Je ordentlicher die Stube wurde, desto leerer erschien sie ihr. Die vier Ecken kamen ihr größer vor als vorher, und wo immer sie auch stand oder saß, überall kam es ihr kalt und einsam vor, alles erinnerte sie nur noch mehr an Xiao Cui. Als der noch lebte, konnte es passieren, daß er gleich, als er ankam, mit ihr schimpfte und schrie oder sie sogar schlug. Aber dabei klopfte ihr Herz, sie duckte sich oder wehrte sich und spürte, daß sie lebte. Jetzt brauchte ihr Herz nicht mehr zu klopfen, aber dafür hatte sie ihr Leben verloren. Xiao Cui war tot, sie halb tot.

Sie selbst sah auch viel sauberer und ordentlicher aus als früher. Sie hatte nun Zeit, sich um sich selbst zu kümmern. Früher schien sie sich gar nicht wahrgenommen zu haben, sondern immer nur Xiao Cui. Sie mußte den Reis kochen – wenn welcher im Haus war – und auf Xiao Cui warten, damit er nicht gleich an der Tür wie ein hungriger Wolf schrie. War das Essen fertig und er noch nicht da, mußte sie es warm halten; sie konnte es ihm doch nicht kalt vorsetzen. Seine Kleider, heute frisch angezogen, waren noch am gleichen Tag durchgeschwitzt und mußten gewaschen werden, aber er besaß nur wenige. War es bewölkt oder regnete es, mußte sie sehen, daß sie die am Ofen trocknen konnte. Schuhe und Strümpfe zerrissen bei ihm so schnell, als habe er Zehen aus Eisen. Sie mußte sie sofort stopfen oder neue anfertigen. Die ganze Zeit war sie mit ihm beschäftigt und kam überhaupt nicht zu sich selbst. Jetzt hatte sich all das geändert, sie lief nicht mehr mit zerschlissenen Strümpfen oder mit Löchern im Kittel herum, durch die ihre Haut zu sehen war. Ihre Jugend kam wieder zum Vorschein, sie war kein Blitzableiter und Schmutzteufel mehr, sondern eine ziemlich ansehnliche junge Frau. Die Jugend kehrte jedoch nicht vollständig zurück, ihrem Herzen fehlte Wärme. Sie mochte nicht ständig mit traurigem Gesicht stöhnen, doch manchmal starrte sie auf ihren Kittel oder ihre Stoffschuhe, als kenne sie sich selbst nicht mehr. Diese ordentliche saubere Frau schien ein anderer Mensch zu sein. Sie war noch immer Xiao Cuis Frau, aber auch wieder nicht, starrte vor sich hin und begann unwillkürlich, Selbstgespräche zu führen. Wenn sie es bemerkte, wurde sie rot, preßte die Lippen aufeinander und überlegte, was sie schnell tun könnte. Ihr fiel nichts ein.

Wie sehr sie sich auch langweilte, sich einen Moment vor das Tor auf die Gasse zu stellen, kam nicht in Frage. Nur in dringenden Angelegenheiten ging sie auf die Straße hinaus. Brauchte sie ein Stück Doufu oder etwas Sesamöl, bat sie Changshun, es mitzubringen. Sie war Witwe, durfte sich nicht zeigen und Xiao Cui Schande machen. Ging sie doch einmal hinaus, lief sie stets mit gesenktem Kopf, ohne sich unterwegs irgendwo aufzuhalten. In ihrem Alter hätte sie eigentlich herumspringen sollen, aber sie mußte den Kopf senken, weil sie nicht mehr sie selbst war, sondern Xiao Cuis Witwe. So hastete sie durch die Gassen – aus Verantwortung gegenüber dem toten Mann und nicht etwa, weil sie ein schlechtes Gewissen hatte. Die Verantwortung einer Witwe bestand darin, weiterzuleben und ständig ein Stückchen Sarg mit sich herumzutragen. Jetzt verstand sie, warum die alte Frau Ma stets so vorsichtig und zurückhaltend war. Xiao Cuis Tod erforderte von ihr ein beinahe völlig neues Verhalten, ein anderes Benehmen. Früher hatte sie nie über ihren Charakter nachgedacht und über Dinge, die sie nicht tun sollte. Zog Xiao Cui sie aus der Stube und verprügelte sie draußen, ließ sie es eben mit sich geschehen. Manchmal schlug sie auch zurück oder biß ihn, da brauchte sie sich nicht zu schämen. Xiao Cui brachte ihr Schande, aber er wandte auch Schande von ihr ab. Die Welt einer Witwe jedoch war ein sehr kleines, dunkles Gefängnis, in das sie sich freiwillig einschließen mußte.
Daher traute sie sich nicht, Changshun wegen des herumwirbelnden Drecks Vorwürfe zu machen, fand das sogar kurzweilig. Sie wollte der alten Frau Ma gern helfen. Changshun bezahlte ihr zwei Mao als Lohn für das Nähen einer »Uniform«. Nähzeug lieferte er auch. Xiao Cuis Frau lehnte diesen Lohn nicht ab und hielt ihn auch nicht für zu gering, sie arbeitete hingebungsvoll. Auf diese Weise brauchte sie nicht hinauszugehen, hatte ein paar kleine Einkünfte und Arbeit und konnte sich als fleißige Witwe zeigen, die ihr Schicksal annimmt.
Sun-Sieben dagegen, ebenfalls ein reinlicher Mensch, konnte sich mit diesem Dreck und der verpesteten Luft nicht abfinden, er wurde böse. »Was ich dich fragen wollte, Changshun, du bist doch kein Kind mehr. Wie kommst du jetzt dazu,

Dreck und Staub aufzuwirbeln? Was hast du dir dabei gedacht, hm? Hier, schau mal«, er zog ein Stückchen Dreck aus seinem Ohr, »guck mal, in den Ohren kannst du Weizen säen! Und erst der Gestank! Kaum hat sich der Dreck gesetzt, machst du eine Färberei auf und hängst die bunten Fetzen in den Hof! Dauernd stößt man mit dem Kopf an das nasse Zeug, das kann ich vielleicht leiden!«
Changshun hatte inzwischen eine Menge dazugelernt. In früheren Zeiten hätte er sich mit Sun-Sieben erbittert gestritten, weil er ihn nicht sonderlich leiden konnte und weil er jung und kräftig war und sich einfach um des Streites willen stritt. Heute aber hielt er den Mund und beschloß, keinen Ton zu sagen. Denn erstens mußte er das Geheimnis hüten, konnte sein »Privileg« doch nicht ausposaunen. Du meine Güte, wenn das die anderen wüßten, gerieten seine tausend Kuai ins Wanken. Zweitens hielt er sich schon für jemanden, der ein Unternehmen gegründet hatte und die Familie ernährte, etwa so wie der alte Herr Qi oder der Vierte Herr Li. Er ließ Sun-Sieben quasseln, Geld verdienen war das einzige, was zählte. Aber, je länger er schwieg, desto endloser redete Sun-Sieben. Der stritt sich einfach gern, und hätte Changshun ihm eine derbe Antwort zurückgegeben, hätte Sun-Sieben seine Freude gehabt und den Streit um die bunten Fetzen vielleicht vergessen. Ihn ohne ein Wort abfahren zu lassen, empfand dieser aber als Strafe.
Zum Glück kamen Frau Ma und Xiao Cuis Frau hinzu und baten ihn um Nachsicht, so daß er den Rückzug antrat.
Changshun war sehr zufrieden, auf diese Weise mit Sun-Sieben verfahren zu sein. Er gewann neues Selbstbewußtsein. Er war nun kein Kind mehr, das mit dem Grammophon durch die Straßen zog und verlacht wurde, sondern ein entschlossener junger Bursche mit eigenen Gedanken, der wußte, was er wollte. Was scherte ihn da so ein Sun-Sieben oder Sun-Acht, von so einem ließ er sich doch nicht mehr provozieren. Wenn er erst die tausend Yuan in der Hand hätte, ja dann – ja, was wäre er dann? Er wußte es nicht. Aber soviel war sicher, dann würde es ihm weitaus besser gehen als jetzt.

59

Herr Tianyou wußte nicht ein noch aus. Er war der Geschäftsführer und hatte somit das Recht, alles im Laden zu regeln. Jetzt aber schien er auf einmal völlig unnütz zu sein und nur für die drei Mahlzeiten am Tag zu leben. Zu Beginn des Winters, wenn man sich gewöhnlich warme Kleidung zulegt, war er weder in der Lage gewesen Rohbaumwolle noch Stoff einzukaufen. Wo nichts hereinkam, konnte auch nichts hinausgehen, von zehn Kunden gingen sieben oder acht leer aus. Angefangen hatte er in Peking als Lehrling, jetzt bildete er selbst welche aus. Was er gelernt hatte und weitergab, war vor allem Höflichkeit. Ihr Ziel bestand darin, Käufer, die ursprünglich nur einen Stoff kaufen wollten, dazu zu bringen, zwei oder dreierlei zu kaufen, und mit Grau vorliebzunehmen, wenn sie Weiß verlangt hatten. Ging ein Kunde mit leeren Händen hinaus, war das eine Niederlage fürs Geschäft. Jetzt mußte Tianyou täglich mit ansehen, wie zahlreiche Kunden unverrichteter Dinge davongingen. Er hatte nicht mehr viel anzubieten. Selbst wenn die Leute mehr verlangten, er hatte keine Ware. Da mochten die Verkäufer sich noch so anstrengen und den Käufer bewegen, in Farbe und Muster Kompromisse einzugehen, er konnte keinen Ersatz anbieten. Anstelle weißen Baumwollstoffs konnte man grauen nehmen, aber nicht statt dunkler Seide weiße Baumwolle. All seine Zuvorkommenheit hatte ihren Sinn verloren.

Je weniger Ware er hatte, desto trauriger sah der Laden aus. Früher hatten die Stoffballen, schnurgerade und exakt nach Farbe sortiert – Blau zu Blau, Weiß zu Weiß – in den Regalen gelegen, kugelrund, nagelneu, mollig warm. Einige dufteten nach zartem Indigoblau, andere glänzten verführerisch. Von seiner mit einem dicken blauen Stoffkissen gepolsterten Bank in der Nähe der Tür hatte er – die Ware in den Regalen vor Augen, den Indigoblauduft in der Nase – sich stets wohl gefühlt. Das war Ware, zugleich auch Kapital. Es brachte Gewinn, bedeutete aber auch Zuversicht, gute Organisation, Ordnung und vieles mehr. Da hatte es nichts ausgemacht, wenn bei stürmischem Wetter auch einmal gar kein Kunde erschien. Der Sturm trug die Ware nicht davon, früher oder

später würde sie ihren Käufer finden. Am Ende seiner Bank standen stets zwei Flechtkörbe voll weicher, schneeweißer Rohbaumwolle, die sein Herz erfreute.
Mit einem Blick zur Seite konnte er von hier aus auch das gepflegte Ladeninnere zur Hälfte überblicken. Er handelte zwar hauptsächlich mit Baumwollstoff, bot aber auch Seide und Satin an. Diese feine Ware stand – auf Rollen gewickelt, teilweise in dünnes Papier verpackt – schräg in Glasschränken oder lag zusammengefaltet in flachen Glasvitrinen. Hier ging es nicht so einfach zu wie draußen im Vorraum, hier herrschte eine Atmosphäre, die jeder Ware eigenen Glanz und eigene Würde verlieh, was ihn an Suzhou und Hangzhou und an die glücklichsten Zeiten im Leben eines Menschen erinnerte. Jedes neuvermählte Paar wollte sich in Seide kleiden. In Friedenszeiten schenkte man sogar auf dem Dorf einem Mädchen zur Verlobung mehrere Seidenstoffe. Sollte sein betagter Vater den achtzigsten Geburtstag erleben, müßte ein gefüttertes Gewand für ihn angefertigt werden aus violetter oder dunkelblauer oder kupferfarbener Seide.
Beinahe alle dreihundertfünfundsechzig Tage im Jahr verbrachte er im Laden, nie konnte er von diesem Leben und dieser Ware genug bekommen. Er verfolgte keine höheren Absichten, hing keinen hochtrabenden Gedanken nach, sondern ähnelte eher einem kleinen Fisch, der mit klarem Wasser und grünen Algen zufrieden war, egal ob er in einem Teich oder in einem Bottich lebte.
Jetzt allerdings war die rohe Baumwolle verschwunden, nur die leeren Körbe türmten sich im hinteren Hof. Die Regale im Vorraum waren größtenteils leer. Anfangs hatte er die Gehilfen angehalten, die Stoffe so auf die Regale zu verteilen, daß überall etwas lag. Doch die gähnende Leere breitete sich bald in allen Regalen aus. Tianyou wagte kaum noch hinzusehen, die leeren Regale starrten ihn höhnisch an wie viereckige Augen ohne Pupillen. Er überklebte sie mit buntem Papier. Doch das war eher Selbstbetrug. Für die gering bestückten Regale reichte ein alter Gehilfe hinter dem Ladentisch, alle anderen waren entlassen worden. Da auch der nichts zu tun hatte, machte er häufig ein Nickerchen. Das war kein Handel, eher eine Schande. Aber auch die elegante Ausstattung des hinteren Raums stimmte

traurig. Seide muß wie Frauenhaar täglich neu drapiert werden. Hatte sie drei Monate gelegen, konnte man die Hoffnung aufgeben, sie noch loszuwerden. Nach einem halben Jahr glich sie einer absolut wertlosen Antiquität. Von der Seide war mehr übriggeblieben als vom Baumwollstoff, das bedeutete höheren Verlust. Auch hinten im Laden war nur noch ein Gehilfe, der so wenig zu tun hatte, daß er dauernd die Scheiben der Vitrinen und Schränke putzte. Je mehr das Glas glänzte, desto blasser wirkte die alte Seide, weiße vergilbte und gelbe verblaßte. Tianyou war nie gesprächig gewesen, wenn er jetzt die für gutes Geld gekauften Stoffe verbleichen sah, mochte er schon gar nichts mehr sagen. Schweigend schluckte er seinen Speichel hinunter, der ihm bitter aufstieß. Sein Anstand, seine Ehrlichkeit, sein Talent, seine Erfahrungen, seine Würde, alles schien wie ausgelöscht. Er glich plötzlich seinen Stoffen oder einem Stück alten Eisen. Nach außen wirkte er weiterhin gelassen, aber in seinem Innern schien ihn ein Wespenschwarm mit giftigen Stacheln zu attackieren.

Unauffällig ging er einige Läden in der Nachbarschaft ab. In der Kuchenbäckerei waren die Schüsseln leer, die Öfen kalt, es gab kein Mehl. Die Teehandlung bekam keinen Nachschub, da war auch nicht viel los. In der Schweineschlächterei gab es meistens kein Stückchen Fleisch. Das beruhigte ihn ein klein wenig, es erging ja wirklich allen ähnlich, und seine eigene mißliche Lage hatte er sich nicht selbst zuzuschreiben. Aber dieser Trost hielt nicht lange vor. Als er wieder auf seiner Bank saß und nachdachte, verkrampfte sich sein Herz. Wenn das so weiterginge und alle Geschäfte schließen müßten, würden sie dann nicht alle verhungern? Und erfrieren?

Seine Gedanken wanderten zu seinem jüngsten Sohn, Ruiquan. Es war richtig, daß er gegangen war, sagte er sich. Er selbst konnte nichts tun, war völlig nutzlos, vom betagten Vater ganz zu schweigen. Und selbst der Älteste, Ruixuan, der kluge, charakterstarke Ruixuan, konnte kaum etwas ausrichten. Peking war erledigt, und damit auch alle, die in Peking lebten. Nur der Dritte, der aus Peking geflohen war, konnte noch hoffen. China würde nicht untergehen, denn Ruiquan hatte nicht kapituliert. Tianyou stieß einen langen Seufzer aus und richtete sich wieder auf.

Aber es war nur ein schwacher Trost, den er schon bald darauf vergaß, denn er hatte auf einmal viel zu tun. Er erhielt einen Inventurbescheid. Schon vor einiger Zeit hatte er gehört, daß so etwas auf sie zukommen würde. Jedes Geschäft mußte die Lagerbestände genau prüfen und detailliert in eine Liste eintragen. Tianyou sah darin eine »Hausdurchsuchung auf höchsten Befehl«. Dann wüßten die Japaner ganz genau, wieviel Waren noch in Peking vorhanden und was sie wert waren. Peking wäre dann keine berühmte historische Stadt mit schönen Parks und Palästen, sondern eine Immobilie mit einem ganz bestimmten Wert. Und diese Immobilie gehörte den Japanern.

Tianyou mußte Waren selbst zählen und in Listen eintragen, weil er kaum noch Angestellte beschäftigt hatte. Es war zwar nicht viel da, aber die verbliebenen Stoffe zu ordnen, war gar nicht so einfach. Er wußte, wie penibel die Japaner waren. Nur irgendwelche Zahlen melden, damit würde er sich Ärger einhandeln. Er mußte jeden Stoff erneut abmessen, bis auf den Zentimeter genau aufschreiben und anschließend exakt den Preis errechnen.

Die ganze Nacht hindurch hatte er geprüft, gemessen, gerechnet, es aber noch nicht in die Listen eingetragen. Er war sich nicht darüber im klaren, ob er den Preis hoch oder niedrig ansetzen sollte. Setzte er ihn für die meiste Ware, die kaum noch abzusetzen war, hoch an, was geschähe dann, wenn die Japaner die Steuer nach diesen Angaben berechneten, er aber auf der Ware sitzenbliebe? Setzte er ihn aber zu niedrig an, würde er beim Verkauf zusetzen und sich nicht nur selbst schaden, sondern sich auch Vorwürfe anderer Geschäftsleute zuziehen. Sorgenfalten furchten seine Stirn. Er mußte schauen, wie es die anderen machten. Stets hatte er seinen eigenen Stil verfolgt, jetzt war er zwar noch immer der Geschäftsführer, konnte aber nicht mehr souverän handeln.

Die anderen Geschäftsleute wußten auch keinen Rat. Die Japaner gaben lediglich Befehle, wie konkret zu verfahren war, verrieten sie nicht. Die Japaner hatten Peking eingenommen, also hatten die Pekinger Geschäftsleute jede Folter zu ertragen.

Schließlich fand er einen Mittelweg, für die Waren, die er noch zu verkaufen hoffte, setzte er den Preis hoch an und für den Rest niedriger, er hielt das für das klügste. Nachdem er die Listen abgegeben hatte, rätselte er von morgens bis abends, wie der nächste Schritt aussehen würde. Er kam nicht drauf, konnte sich also auch nicht beruhigen. Er quälte sich, regte sich auf, fühlte sich erniedrigt – sein inzwischen ergrauter Bart sträubte sich immer öfter.

Endlich kamen die langerwarteten Listenprüfer – Zivilisten, Uniformierte, Chinesen, auch Japaner. Sie machten ein Aufheben, als ginge es nicht um die Überprüfung der Bestände, sondern um Piratenfang. Japaner machten aus einem Sesamkern gern einen Erdball. Tianyou hatte eine ziemlich gute Konstitution, er bekam nicht leicht Kopfweh oder Fieber. Heute aber brummte ihm der Schädel. Jedes Stück Stoff mußte er ihnen vormessen, die Listenprüfer standen daneben und achteten darauf, daß alles auch genau mit der Eintragung übereinstimmte. Am liebsten hätte der alte Mann Höflichkeit und Etikette vergessen und ihnen mit dem Zollstock die Zähne eingeschlagen. Das war wie ein Verhör! Er war sein Leben lang ehrlich gewesen und wurde nun wie ein hinterhältiger Gewohnheitsbetrüger behandelt.

Bei diesem Durchgang konnten sie keinerlei Unregelmäßigkeiten entdecken. Allerdings fehlte ein Stück Stoff. Das hatte er gestern verkauft, was sie aber nicht gelten ließen. Schon fast violett im Gesicht, erklärte es ihnen der alte Mann geduldig. Er hielt ihnen den Kassenzettel unter die Nase, wies sogar das Geld vor: »Hier ist es doch, unberührt, fünf Kuai, ein Mao!« Aber nein, sie konnten diese Rechnung nicht akzeptieren!

Die Angelegenheit war noch nicht erledigt, da entdeckten sie das nächste Verbrechen. Warum hatten einige Waren so niedrige Preise? Sie holten die Rechnungen hervor: »Richtig, die Preise sind ja niedriger als beim Einkauf, was soll das bedeuten?« Tianyous Kinn begann zu zittern. Mehrmals mußte er schlukken, ehe er antworten konnte: »Das ist alte Ware, die wohl kaum noch verkauft werden kann, deshalb ...« Das gab es nicht! Das kam einem Aufruhr gleich, wer wollte denn beim Geschäft selber drauflegen?

»Können wir die Zahlen ändern?« stammelte der alte Mann mit einem gequälten Lächeln.

»Ändern? Ein amtliches Papier?«
»Also was soll Ihrer Meinung nach geschehen?« Herrn Tianyou wollte der Kopf zerspringen.
»Was schlagen Sie vor?«
Er wand sich wie ein in die Ecke gedrängter Hund. Der ältere Gehilfe trat hinzu, bot Zigaretten und Tee an und zupfte Tianyou unauffällig am Ärmel: »Geld zustecken!«
Mit Tränen in den Augen akzeptierte der alte Mann Fehler und Strafe und reichte fünfzig Kuai hinüber. Sie wollten das Geld unter keinen Umständen annehmen. Erst als er noch zehn Kuai dazulegte, zierten sie sich nicht mehr.
Nachdem sie gegangen waren, hockte Tianyou nur noch wie ein zitterndes Bündel auf seinem Stuhl. Während des Bürgerkrieges hatte er viel durchgemacht. Aber damals trat die Zunft in Erscheinung, sie stellte sich vor die Händler, er konnte nach ihren Anweisungen abrechnen und mußte sich außerdem nicht direkt von den Militärs beschimpfen lassen. Heute hatten sie ihn als unehrlich bezeichnet und noch dazu Geld genommen, das er nirgendwo abrechnen konnte. Er war beleidigt und erpreßt worden und schämte sich, es irgend jemandem zu erzählen. Es gab sowieso schon genug Einbußen, wie konnte er da einfach sechzig Kuai hinauswerfen?
Lange sann er vor sich hin, dann meinte er, zu Hause nach dem Rechten sehen zu müssen. Anderen Leuten konnte er sich nicht offenbaren, doch dem eigenen Vater, der Frau, dem Sohn? Er verließ den Laden. Aber nach einigen Schritten machte er kehrt. Laß es sein, vergrab deinen Kummer in deinem Herzen, wozu noch die eigene Familie damit belasten. Er ging zurück und holte seinen Fuchspelz hervor, den er selten getragen hatte, weil er sich als Geschäftsmann nicht zu elegant kleiden und außerdem nicht über den Vater erheben konnte, indem er einen, wenn auch nicht sehr kostbaren, Fuchspelz trug. »Verkaufen Sie ihn für mich! Das Fell ist zwar nicht besonders, aber ich habe es kaum getragen, die Oberseite ist bester Satin.« Er übergab ihn dem älteren Gehilfen.
»Es wird kalt, wieso verkaufen Sie da den Pelz?« fragte der.
»Ich trag ihn nicht gern! Er liegt nur herum, da kann man ihn doch gleich zu Geld machen. Vielleicht bekommt man, wenn es jetzt kalt wird, etwas mehr dafür.«

»Für wieviel soll ich ihn denn verkaufen?«
»Das müssen Sie sehen, je nachdem! Fünfzig, sechzig Kuai ginge schon. Man kann ja nicht verlangen, daß man genauso viel bekommt, wie man dafür bezahlt hat, nicht wahr?« Den wahren Grund nannte er ihm nicht.
Der Gehilfe lief sich die Füße wund, aber fünfundvierzig war das höchste Angebot, das er erzielte. »Dann eben fünfundvierzig, verkaufen Sie ihn!« Tianyou war fest entschlossen. Zu den fünfundvierzig suchte er noch aus allen Ecken fünfzehn dazu und legte sechzig in die Kasse zurück. Auf den Pelz konnte er verzichten, den Verlust von sechzig Kuai konnte er der Kasse nicht zumuten.
Nach einigen Tagen erhielt er die von den Japanern festgelegte Preisliste. Aufmerksam studierte er jeden Betrag. Als er fertig war, setzte er wortlos seinen Hut auf und ging weg, zum Pingze-Tor hinaus. In der Stadt bekam er keine Luft mehr, er brauchte einen ruhigen Fleck zum Atmen und Nachdenken. Die Japaner hatten Preise festgelegt, die nicht einmal zwei Drittel der Selbstkosten deckten und zudem unter keinen Umständen verändert werden durften. Wer eigenmächtig Änderungen vornahm, wurde unter dem Vorwurf »Preiserhöhung zwecks Unruhestiftung« erschossen!
In den Stadtgraben war mehr Wasser eingelassen worden, damit es bei kaltem Nordostwind zu Eis gefrieren, dann in großen Brocken gebrochen und gelagert werden sollte. Die Strömung war ziemlich stark, doch am Ufer hatten sich schon einige Eisschollen gebildet. Da die Bäume ringsum alle Blätter verloren hatten, reichte der Blick weit. Die sanften Westberge wirkten nicht so tiefblau wie nach einem Sommerregen, auch nicht so strahlend wie in der Frühlings- und Herbstsonne, eher blaß und fröstelnd. Die Sonne verströmte viel Licht, aber keine Wärme, so daß die Schatten von Baum und Mensch fahl und dünn ausfielen, als kämen sie vom Mond. Der alte Mann blickte zu den Bergen in die Ferne, dann wieder zum Wassergraben und tat einen tiefen Seufzer.
Wie sollte es mit dem Geschäft weitergehen? Es kam keine Ware herein, aber Schließen war verboten. Die Steuern waren hoch. Jetzt kamen noch die amtlichen Preise hinzu. Sollte man nichts verkaufen? Verkaufte man, zahlte man genauso viel

drauf. Was war das überhaupt noch für ein Handel? Was hatten die Japaner vor?
Tianyou stand verwirrt am Ufer und hatte vergessen, wo er sich befand. Er grübelte und grübelte, ihm war, als drehe sich ein Kreisel in seinem Kopf. Je länger er nachdachte, desto wirrer wurde ihm, am liebsten hätte er sich kopfüber ins Wasser gestürzt, um all seine Sorgen zu beenden.
Eine frische Brise weckte ihn auf. Das Wasser, die trockenen Weidenbäume, das welke Gras, alles erschien plötzlich deutlich vor ihm. Unbewußt strich er sich über die Wangen, sie waren kalt, aber seine Handflächen schwitzten, der Kreisel im Kopf rotierte nicht mehr. Jetzt war er darauf gekommen, es war ganz einfach, ohne jeden tieferen Sinn, wirklich! Die Leute sollten einfach sehen, daß die Preise nicht erhöht wurden, solange die Japaner da waren. Wen kümmerte da noch das Schicksal der Geschäftsleute. Das waren Chinesen, sollten sie doch verhungern! Es geschah ihnen recht, wenn sie keine Waren mehr zu kaufen, keinen Stoff, keine Baumwolle, nichts mehr bekamen. Hauptsache, die Preise stiegen nicht. Diese wohltätige Politik der Japaner war unblutiger Mord.
Als er das begriff, warf er noch einen kurzen Blick auf den Wassergraben und machte schleunigst kehrt. Das mußte er seinen Teilhabern erklären, er konnte nicht einfach so das Geschäft ruinieren. Er sprach mit allen Teilhabern, aber keiner wußte einen Ausweg. Alle hätten am liebsten sofort geschlossen, aber die Japaner ließen das nicht zu. Das Geschäft war verloren, und es gab keine Rettung. Sie konnten Tianyou nur trösten: »Wir werden sehen! Nehmen Sie es auf sich, was sind das auch für Zeiten ...« Alle vertrauten ihm, achteten ihn wie früher. Sie konnten ihn nur bitten, die leere Hülle zu bewachen, und er mußte zustimmen.
Zurück im Laden, setzte er sich auf seine Bank und stierte vor sich hin. Da kam ein neuer Befehl, von jedem Ballen Stoff durfte bei Strafandrohung jedesmal nur ein Zhang, dreieindrittel Meter, und kein Zoll mehr verkauft werden. Das war kein Befehl, es war ein Witz. Aus einem Zhang konnte man nicht einmal Hose und Jacke für einen Mann anfertigen, auch kein langes Obergewand. Die Japaner waren klein, für sie reichte das vielleicht zu einem Anzug, aber Chinesen waren

keine Zwerge. Tianyou mußte lachen. Große mußten befolgen, was Kleine sich ausgedacht hatten, besser konnte man das gar nicht sagen. »Das vereinfacht das Ganze!« Ihm war elend zumute, aber er tat, als nähme er es nicht schwer: »Der Preis steht fest, die Länge steht fest, da können wir ja Zollstock und Rechenbrett einpacken!«

Am andern Morgen ging er früh los. Ohne Ziel lief er gemächlich, wohin ihn die Füße trugen. Kam er an einem kleinen Stand vorbei, blieb er ein Weilchen stehen, guckte, um die Zeit zu vertreiben. Traf er Bekannte, wechselten sie ein paar Worte. Ihm war nach Reden zumute, es drückte ihm das Herz ab. Aber nach ein, zwei Stunden drehte er wieder um. So ging das nicht weiter, auf keinen Fall. Solch leichtfertigen Müßiggang war er nicht gewohnt. Er mußte in den Laden zurück. Als er eintrat, lagen auf dem Ladentisch Gummischuhe und ein altes japanisches Spielzeug. »Wem gehört das?« fragte er.

»Das ist gerade gebracht worden.« Der ältere Gehilfe lächelte hilflos. »Wer einen Zhang Seide kauft, muß auch ein Paar Gummischuhe kaufen, wer einen Zhang Baumwolle kauft, muß ein Spielzeug kaufen, das ist Befehl!«

Tianyou blickte die dünnen, japanischen Dinger ohne Absätze schweigend an und brachte schließlich hervor: »Gummischuhe machen ja noch einen gewissen Sinn, aber was soll das Zeug hier? Es ist noch dazu kaputt, das heißt ja, den Kunden das Geld aus der Tasche zu ziehen!«

Mit einem schnellen Blick nach draußen entgegnete der Gehilfe leise: »Die japanischen Fabriken stellen wahrscheinlich nur Munition her, selbst Spielzeug gibt es bloß noch gebrauchtes.«

»Womöglich!« Tianyou hatte keine Lust, die Frage der japanischen Industrie weiter zu erörtern, er spürte nur, daß dieses alte Zeug ihn noch mehr beleidigte, ja verspottete. Beinahe wütend zischte er: »Nach hinten mit dem Zeug, schnell! Ein alter, angesehener Laden soll Spielzeug als Zugabe verkaufen, noch dazu kaputtes! Demnächst vielleicht noch Aufmunterungspillen, ha!«

Nachdem der Gehilfe die Sachen auf den hinteren Ladentisch gepackt hatte, brühte sich Tianyou eine Kanne Tee und trank eine Schale nach der anderen. Der Tee in der Schale erinnerte

ihn an den Stadtgraben gestern. Das Wasser dort wirkte beruhigend, so, als könnte es Probleme lösen. Tianyou war nicht sonderlich anpassungsfähig, konnte etwas Unabänderliches nicht lächelnd akzeptieren, empfand es als eine persönliche Prüfung. Mit dieser Situation wurde er nicht fertig, er mußte Schluß mit sich machen – mit dem Wasser des Stadtgrabens dahinfließen, fließen, fließen, bis ins Meer fließen, das wäre gut! Tianyou hielt den Tod für eine breite, ebene Straße. Der Gedanke an den Fluß und das Meer stimmte ihn froh, er sah eine große Leere, Freiheit, keinen Kummer, keine Sorgen, viel schöner als dieses Leben voller Not und Pein.
Kurz nach dem Mittag hielt ein Lastwagen vor dem Laden.
»Sie kommen schon wieder«, rief der Gehilfe.
»Wer?«
»Die Leute, die vorhin die Ware gebracht haben.«
»Dieses Mal bringen sie bestimmt Aufmunterungspillen!« Tianyou wollte lachen, aber es gelang ihm nicht.
Vom Lastwagen sprangen ein Japaner und drei Chinesen. Wie Wölfe oder Tiger stürmten sie in den Laden. Es waren zwar nur vier, aber sie machten einen Lärm wie eine Kompanie MG-Schützen.
»Wo ist die Ware, die wir soeben gebracht haben?« rief ein Chinese aufgeregt.
Der Gehilfe holte sie eilig von hinten. Der Chinese riß sie ihm aus der Hand und begann sie wie ein Hahn, der in der Erde scharrt, schnell und laut zu zählen: »Ein Paar, zwei ...« Als er durchgezählt hatte, entspannten sich seine Gesichtsmuskeln, und lächelnd wandte er sich an den Japaner: »Zehn Paar zuviel! Ich habe doch gleich gesagt, daß der Fehler hier liegen muß, ganz bestimmt.«
Der Japaner musterte Tianyou kurz, dann erkundigte er sich arrogant und kalt: »Du Chef?« Tianyou nickte.
»Ha! Du Ware angenommen?«
Der ältere Gehilfe wollte etwas sagen, aber Tianyou trat einen Schritt vor und nickte wieder. Er war der Chef, er trug die Verantwortung, selbst wenn der Gehilfe etwas falsch gemacht hätte. »Du ganz große Schurke!«
Tianyou hatte den Mund voller Speichel, er schluckte ihn wie eine Pille mitsamt der Wut hinunter. Immer noch sehr höflich

fragte er freundlich: »Es sind zehn Paar zuviel, nicht wahr? Dann nehmen Sie ebensoviel zurück!«
»Zurücknehmen? Du ganz großer Betrüger!« Und ehe Tianyou sich versah, gab ihm der Japaner eine Ohrfeige.
Tianyou sah Sterne vor den Augen. Dieser Schlag traf ihn so, daß er nicht mehr bei Sinnen war. Er erstarrte zu einem Klumpen Fleisch, das zum Denken, Fühlen und Bewegen unfähig war. In seinem ganzen Leben hatte er sich niemals geprügelt oder ungebührlich benommen. Nie und nimmer hätte er erwartet, eines Tages geschlagen zu werden. Seine Ehrlichkeit, seinen Anstand, sein höfliches Zuvorkommen hatte er für einen stählernen Helm und Panzer gehalten, der ihn auf ewig vor Beleidigungen und Fäusten bewahrte. Jetzt hatte man ihn geschlagen!
Das Gesicht des Gehilfen war fahl geworden, krampfhaft um ein Lächeln bemüht, erklärte er: »Die verehrten Herren haben mir zwanzig Paar übergeben, ich habe zwanzig Paar entgegengenommen, wieso denn...« Den Rest verschluckte er.
»Wir hätten dir zwanzig Paar gegeben?« kreischte ein Chinese. Er spielte sich fast genauso auf wie der Japaner. »Es ist bekannt, daß jedes Geschäft nur zehn Paar kriegt! Du wolltest das Durcheinander nutzen, um zehn Paar mehr zu bekommen, und nun willst du es uns in die Schuhe schieben!«
Tatsächlich hatten sie zehn Paar mehr liegengelassen. Der Gehilfe hatte keine Ahnung, daß er zuviel bekommen hatte. Wegen dieser zehn Paar waren sie durch die halbe Stadt geeilt. Sie mußten sie ausfindig machen, sonst hätten sie nicht abrechnen können. Doch sie konnten ihren Fehler nicht zugeben.
Der Gehilfe verdrehte die Augen, dann hatte er eine Idee: »Wenn wir zuviel genommen haben, müssen wir bestraft werden!«
Aber diesmal ließen sie sich nicht bestechen. Sie mußten den Chef mitnehmen. Um ihre Politik der »festen Preise« durchzudrücken und die Annahme der von ihnen diktierten Waren zu erzwingen, mußten die Japaner Macht demonstrieren. Dazu kam ihnen der Ladeninhaber Tianyou gerade recht. Vom Lastwagen holten sie ein vorbereitetes Stück weißen Stoff, eine Art Weste, auf der hinten und vorn in großen roten Zeichen »Betrüger« aufgemalt war. Sie warfen es Tianyou zu, er solle es sich überziehen. Inzwischen hatten sich vor dem

Laden viele Leute angesammelt. Am ganzen Körper zitternd, fügte er sich. Er schien schon halb tot zu sein, einige von den Leuten kamen ihm bekannt vor, dann aber wieder auch nicht. Scham und Zorn schienen vergessen, er zitterte nur und ließ alles mit sich geschehen.

Der Japaner stieg ein. Die drei Chinesen liefen langsam hinter Tianyou her, der Lastwagen folgte. Als sie die Straße erreichten, belehrten ihn die Chinesen: »Du rufst: Ich bin ein Betrüger! Ich habe zuviel Waren angenommen! Ich habe nicht zum festgesetzten Preis verkauft! Ich bin ein Betrüger! Sag es, los!« Tianyou gab keinen Ton von sich.

Drei Revolver drückten sich in seinen Rücken. »Sag es!«

»Ich bin ein Betrüger«, sagte Tianyou leise. Seine Stimme war auch sonst nicht laut, er hatte nie aus vollem Halse schreien können. »Lauter!«

»Ich bin ein Betrüger«, sagte Tianyou etwas lauter.

»Noch lauter!«

»Ich bin ein Betrüger!« schrie Tianyou.

Die Passanten blieben stehen, wer nichts Wichtiges vorhatte, lief nebenher. Pekinger sind für Sensationen immer zu haben. Sobald es etwas zu sehen gibt, gaffen sie und laufen gedankenlos hinterher.

Tianyous Augen schwammen in Tränen. Er kannte den Weg, aber jetzt kam er ihm völlig fremd vor. Er empfand die Straße als breit, sie war voller Menschen, aber er schien sie zum ersten Mal zu sehen. Er wußte auch nicht, was er tat, schrie nur ganz mechanisch, ohne eigentlich zu wissen, was. Nach und nach vermischten sich Schweiß und Tränen, er sah die Straße, die Menschen nicht, sah gar nichts mehr. Sein Kopf fiel vornüber, aber er rief ununterbrochen weiter. Er mußte nicht überlegen, die Worte schienen von allein aus seinem Mund zu kommen. Dann hob er plötzlich den Kopf, sah wieder die Straße, die Fahrzeuge, die Menschen, erkannte aber nichts, als sei er soeben aus einem tiefen Traum erwacht und erblicke das Sonnenlicht zum ersten Mal. Er sah eine völlig neue Welt, mit allen möglichen Farben und Geräuschen, aber all das hatte mit ihm nichts zu tun. Neben ihm, und doch ganz weit weg, pulsierte das Leben, wunderschön und doch so grausam. Da senkte er den Kopf wieder.

Nachdem sie durch zwei Straßen gelaufen waren, versagte seine Stimme. Er fühlte sich erschöpft und schwindelig, aber seine Beine trugen ihn immer weiter. Er wußte nicht, wo und wohin er ging, lief nur mit gesenktem Kopf und schrie. Da die Stimme aber heiser war, wirkte es eher wie ein Selbstgespräch. Als er wieder den Kopf hob, sah er ein Pailou mit vier roten Säulen vor sich, die plötzlich ganz groß und dick wurden und wie vier übermächtige riesige Beine schwankend auf ihn zukamen. Vor seinen Augen verschwamm alles, er sah nur noch rot, Erde und Himmel waren plötzlich rot, alles war nur noch rot. Er schloß die Augen.

Wieviel Zeit vergangen war, wußte er nicht. Erst als er die Augen aufschlug, war ihm klar, daß er an der Dongdan-Kreuzung neben dem Pailou lag. Der Lastwagen war nicht zu sehen, auch die drei Revolverhelden nicht, nur Kinder umringten ihn. Er setzte sich auf und starrte vor sich hin. Nach einer Weile entdeckte er, daß dieser weiße Umhang fehlte, statt dessen durchnäßte feuchter Schleim und Blut das Hemd auf seiner Brust. Mühsam erhob er sich, fiel wieder um, die Beine gehorchten ihm nicht. Unter großen Anstrengungen richtete er sich auf. Sein ganzer Körper schmerzte, seine Kehle brannte zum Zerbersten. Auf dem Pailou sah er nur noch einen Rest von Sonnenlicht.

Langsam und nach jedem Schritt eine Pause einlegend, lief er in westlicher Richtung. Er fühlte sich völlig leer. Der betagte Vater, die stets kränkelnde Frau, die drei Söhne, die Schwiegertochter, Enkel und Enkelin und der Laden – nichts schien mehr zu existieren. Er sah nur den Stadtgraben vor sich mit dem beruhigenden Wasser. Es schien direkt auf der Straße zu fließen, ihm zuzuwinken. Er nickte. Seine Welt war untergegangen, er mußte sich in eine andere begeben. Nur in dieser anderen Welt konnte er von der Schande reingewaschen werden. Der weiße Überwurf mit den roten Zeichen, den er soeben getragen hatte, würde ewig an ihm kleben, wie eingebrannt sein. Für immer wäre er ein riesiger schwarzer Fleck in der Familie Qi und in seinem Geschäft. Dieser Schandfleck würde stets die Sonne verdunkeln und frische Blüten stinken lassen. Er mietete eine Rikscha zum Pingze-Tor. Dann schob er sich langsam an der Stadtmauer entlang. Die Sonne war unter-

gegangen. Die Bäume am Ufer erwarteten ihn stumm. Am Himmel stand ein kleines, ins Abendrot getauchtes Wölkchen, das ihm zuzulächeln schien. Das Wasser im Graben floß schnell, als ob es ihn schon ungeduldig erwarte. Es rauschte leise, als riefe es nach ihm.
Sein Leben lief schnell vor ihm ab, ebenso schnell vergaß er alles. Dahintreiben, von der Strömung ins Meer getrieben werden, frei, kühl, heiter und reingewaschen von den roten Zeichen auf seiner Brust.

60

Tianyous Leichnam war nicht in den Strom und nicht ins Meer getragen worden, sondern zwischen Eis, Wasserpflanzen und Wurzeln am Ufer hängengeblieben und festgefroren.
Gleich am nächsten Morgen hatte man ihn entdeckt, aber erst am Nachmittag gelangte die Nachricht zur Familie Qi. Der Kummer des alten Herrn läßt sich nicht beschreiben. Die wichtigste, ihm am nächsten stehende, erfahrenste und zuverlässigste der vier Generationen unter seinem Dach war mit einem Schlag vernichtet. Seinen eigenen Tod und den der stets kränkelnden Schwiegertochter konnte er sich vorstellen, sogar den Tod des dritten Enkels. Daß aber Tianyou sterben könnte, und auch noch so elendiglich, daran hatte er niemals gedacht. Der Alte im Himmel war ohne Gefühl für die Menschen, hatte kein Herz. Warum holte er gerade seinen Sohn? »Wozu bin ich noch gut? Herr im Himmel, warum hast du nicht mich statt seiner zu dir geholt?« stöhnte der alte Mann, verzweifelt auf den Boden stampfend. Dann schimpfte er auf die Japaner. Anstand und Furcht schob er beiseite, er schimpfte aus Leibeskräften. Er schrie und schluchzte, bis er keinen Ton mehr herausbrachte.
Tianyous Frau flossen die Tränen in Strömen, sie zitterte am ganzen Leib, gab aber keinen Laut von sich. Bis sie plötzlich die Augen verdrehte und in Ohnmacht fiel.
Tränenüberströmt tröstete Yunmei abwechselnd den Großvater und die Schwiegermutter. Die Kinder klammerten sich verstört an sie und wollten sie nicht mehr loslassen.

Ruifeng, der sonst seinem Vater gegenüber keinerlei Respekt gezeigt hatte, heulte laut mit aufgerissenem Mund.
Allmählich kam Tianyous Frau wieder zu Bewußtsein. Jetzt weinte sie laut. Yunmei stimmte in ihr Klagen mit ein.
Nach einer Weile verstummten sie, es wurde ganz still im Hof. Genau wie es nach einem heftigen Sturm nur noch leise nieselt, waren ihre Herzen nun leer, sie hatten alle ihren Kummer, ihre Trauer herausgeheult, konnten nicht mehr denken, nichts mehr tun. Sie lebten zwar noch, aber wie sie so vor sich hin starrten, wirkten sie halb tot.
Nach einer unendlich langen Weile rührte sich Yunmei: »Zweiter, geh zu deinem Bruder!«
Wie vom Donner gerührt, der durch dicke dunkle Wolken fährt und Regen bringt, brachen bei diesen Worten alle aufs neue in Tränen aus. Yunmei redete dem zu, tröstete jenen, aber vergebens, alle hingen nur ihrem Kummer nach und hörten nicht auf sie.
Tianyous Frau hockte am Rand des Kang, sie konnte sich schon nicht mehr bewegen, Hände und Füße waren eiskalt. Das Gesicht des alten Qi schien plötzlich geschrumpft, die Hände auf den Knien, schaukelte er wehklagend den Oberkörper hin und her, Tränen hatte er keine mehr. Ruifengs Geheul übertönte alles, er hatte den Anlaß vergessen, fand nur noch, weinen tat ihm gut.
Yunmei, ihre Tränen abwischend, schüttelte den Zweiten leicht: »Geh zu deinem Bruder!« Ihre Stimme war so schrill, ihre Haltung so energisch, daß Ruifeng innehalten mußte. Selbst der alte Herr schreckte auf und kam zu sich, auch er rief: »Geh zu deinem Bruder!«
In diesem Moment kamen Meister Lius Frau und Xiao Wen angelaufen. Nachdem Meister Liu weggegangen war, schickte Ruixuan jedesmal, wenn er Gehalt bekam, Yunmei mit sechs Kuai zu Frau Liu hinüber. Frau Liu war eine kleine, aber kräftige Frau vom Lande, die allerhand aushalten konnte. Außer dem Geld, das sie von den Qis bekam, verdiente sie noch ein wenig dazu, indem sie Wäsche wusch und ausbesserte. Sie kam auch regelmäßig zu den Qis, nahm Yunmei alle Näharbeiten ab und erledigte sie nebenbei. Ihre Stiche waren zwar grob, aber sehr haltbar. Fertigte sie Stoffschuhe für die

Kinder, hielten sie doppelt so lange, das Oberteil war fest und die Sohlen dick. Sie redete nicht gern, wenn sie aber den Mund aufmachte, hatte alles Hand und Fuß. So war sie Tianyous Frau und Yunmei eine gute Freundin geworden. Die Männer der Familie Qi beachtete sie kaum.
Xiao Wen verkehrte sonst nicht mit den Qis. Er wußte, daß die ziemlich altmodisch dachten und ihnen sein Beruf und seine Lebensart wahrscheinlich nicht zusagten, wozu sollte er sich ihren Unmut zuziehen. Er unterschätzte sich durchaus nicht, achtete aber auch andere, weshalb er zu allen eine gewisse Distanz und damit seine eigene Würde wahrte. Doch als er jetzt das heftige Klagen der Qis vernahm, eilte er herbei.
Gleich bei ihrem Eintritt machte Ruifeng einen Kotau vor den beiden Nachbarn. Da wußten sie, daß es einen Todesfall in der Familie gab, wagten aber nicht zu fragen wer, sondern blickten sich nur um. Ruifeng murmelte: »Der Vater ...« Xiao Wen und Frau Liu stürzten Tränen aus den Augen. Sie hatten zwar mit Tianyou kaum Kontakt gehabt, wußten aber, daß er ein hochanständiger Mensch war.
Frau Liu kümmerte sich sofort um Tianyous Frau und nahm sich der Kinder an, und Xiao Wen fragte: »Kann ich etwas für Sie tun?«
Der alte Herr Qi hatte sonst nicht viel übrig für Xiao Wen, ergriff jetzt aber dessen Hand. »Herr Wen, er ist so grausam gestorben. Furchtbar!« Seine Augen waren ohnehin ganz klein, und jetzt, so rot und geschwollen, waren sie kaum noch zu sehen.
Yunmei meldete sich wieder: »Herr Wen, rufen Sie doch bitte Ruixuan an!« Er war gern dazu bereit.
Der alte Herr, noch immer Xiao Wens Hand haltend, erhob sich: »Herr Wen, rufen Sie an, er soll vor das Pingze-Tor gehen, zum Graben! Zum Graben!« Dann ließ er die Hand los und wandte sich an Ruifeng: »Komm, gehen wir hin!«
»Großvater, du kannst nicht hingehen!«
Der alte Mann schrie wütend: »Wieso kann ich nicht hingehen? Er ist mein Sohn, ich muß hingehen! Von mir aus könnte ich auch in den Graben stürzen und mit ihm zusammen sterben. Los, Ruifeng!«
Der sonst stets bedächtige Xiao Wen rannte los. Zuerst mußte

er schauen, ob der Vierte Herr Li zu Hause war. »Vierter Herr Li, gehen Sie schnell zu den Qis! Geschäftsführer Tianyou ist verschieden!«

»Wer?« Der Vierte Li traute seinen Ohren nicht.

»Geschäftsführer Tianyou! Gehen Sie schnell!« Xiao Wen rannte davon, um zu telefonieren.

Kaum daß Großmutter Li die Worte vernommen hatte, eilte auch sie zu den Qis. Sowie sie eintrat, brach sie in lautes Wehklagen aus.

Der Vierte Li ergriff die Hände des alten Herrn Qi, beide fielen sich zitternd in die Arme. Der Vierte Li hatte viele Beerdigungen besorgt, er war an Trauer gewöhnt und nicht so leicht zu rühren, jetzt aber ging ihm dieser Tod nahe. Der alte Herr Qi war ein langjähriger guter Freund, Tianyou war ein so grundanständiger Mensch, der keinem etwas zuleide tat. Als er damals Herrn Qi kennengelernt hatte, war Tianyou noch ein Kind.

Nachdem sich alle nochmals kräftig ausgeweint hatten, beruhigten sie sich langsam in dem Bewußtsein, daß der Vierte Herr Li da war, der immer wußte, was zu tun war. Der wischte sich über die Augen und forderte Ruifeng auf, mit vors Stadttor zu gehen.

»Ich gehe mit!« erklärte Herr Qi.

»Reicht es Ihnen nicht, wenn ich gehe, älterer Bruder?« Der Vierte Li wußte, daß alles nur mehr Umstände machen würde, ginge der alte Herr mit.

»Ich muß auf jeden Fall mit!« beharrte der. Um zu beweisen, daß er laufen könne und keinerlei Hilfe benötige, wollte er schnell hinausgehen. Aber schon auf den Stufen vor seiner Tür wäre er beinahe gestürzt. Er war zu keinem Schritt mehr fähig. Angestrengt bemühte er sich, die Balance zu halten, zitterte aber nur noch.

Tianyous Frau wollte auch mitgehen. Tianyou war ihr Mann. Sie wußte alles von ihm, und sie mußte auch sehen, wie er gestorben war.

Der Vierte Li hielt beide zurück: »Ich schwöre, Sie bekommen seinen Leichnam bestimmt zu sehen, aber jetzt können Sie nicht mitgehen! Sobald ich alles vorbereitet habe, hole ich Sie ab, einverstanden?«

Der alte Herr Qi strengte sich an, riß die Augen auf, aber es nützte nichts, er konnte nicht gehen.
»Ma!« flehte Yunmei die Schwiegermutter an, »bleiben Sie hier, dann ist es auch für den Großvater leichter!«
Tianyous Frau nickte unter Tränen. Der alte Herr ließ sich von Großmutter Li in sein Zimmer führen.
Der Vierte Li und Ruifeng gingen los. Als sie aus dem Tor traten, kam Xiao Wen gerade zurück, begleitet von Sun-Sieben, den er nach dem Telefonieren getroffen hatte. Sun-Sieben hatte bisher kaum mit Xiao Wen zu tun. Zum Haarschneiden und Rasieren ging Xiao Wen stets zum besten Friseur und Ruoxia vor jedem Auftritt in einen Shanghaier Kosmetiksalon, um sich Dauerwellen machen zu lassen. Das ärgerte Sun-Sieben, weshalb er das Ehepaar kaum beachtete. Heute aber schien er plötzlich mit Xiao Wen Freundschaft geschlossen zu haben, denn wenn dieser gewillt war, den Qis zu helfen, bewies das, daß er ein anständiger Kerl war. Unglück führt die Herzen der Menschen leichter zueinander.
Drinnen wußte Xiao Wen nichts zu sagen, rauchte nur eine Zigarette nach der anderen. Sun-Sieben redete wacker drauflos, was Herrn Qi etwas Trost verschaffte. Der alte Mann lag stumm auf seinem Kang, seufzte nur ab und an zu dem Wortschwall von Sun-Sieben. Er wußte genau, ohne dessen unaufhaltsames Gerede finge er wieder zu weinen an.
Die Erfahrungen seines Berufes und seines Lebens hatten den Vierten Li in die Lage versetzt, alles überblicken und planen zu können, auch wenn ihm sehr traurig zumute war. Draußen holte er sich zunächst in einem Teehaus zwei Leute, mit denen er den Leichnam bergen wollte. Dann besorgte er in einem Laden in der Huguosi-Straße zwei Totenkleider auf Kredit. Sein Plan war, zunächst den Leichnam an Land zu holen und die durchnäßten Kleider gegen Totenkleider zu wechseln. Sollten die von ihm besorgten nicht ausreichen, müßten sie durch die Familie ergänzt werden. Er wollte den Leichnam vorübergehend im Kloster der Drei Unsterblichen vor der Stadt unterbringen, bis die Familie ihn bestatten würde. Die Japaner ließen ohnehin keine Toten in die Stadt. Außerdem wäre es zu umständlich, die Leiche hin und wieder zurück zu transportieren.

Nachdem er sich das alles überlegt hatte, fragte er sogleich Ruifeng, wie er darüber dächte. Der hatte keine Meinung. Er war völlig leer, empfand es aber als angenehm, ganz ohne sein Zutun als braver Sohn dazustehen, der von allen bemitleidet wurde. Er war sogar ein bißchen stolz.

Als er aber am Stadtgraben den Leichnam erblickte, der von den beiden angeheuerten Leuten aus dem Wasser geholt und ans Ufer gelegt worden war, fühlte er sich doch innerlich betroffen, warf sich auf den Boden, umarmte den Leichnam und heulte auf. Tianyous Gesicht und Körper waren durch das Wasser aufgeschwemmt, aber er sah nicht schlimm aus, vielmehr ruhig und gütig wie immer. Seine Hände waren voller Schlamm, das Gesicht war ziemlich sauber, nur im Bart hingen ein paar Halme.

Auch dem Vierten Li kamen die Tränen. Das war Tianyou, den er hatte aufwachsen sehen, der von klein an schüchterne, stets friedliche, anständige, ehrgeizige, solide Tianyou, der sein ganzes Leben niemals etwas Schlechtes getan hatte! Was den alten Mann so traurig stimmte, war nicht nur, daß Tianyous Schicksal diesen Lauf nehmen mußte, sondern daß sich die Welt geändert hatte – alte Menschen, anständige Menschen gingen ins Wasser!

Ruixuan kam angehetzt. Als er den Anruf erhielt, war alles Blut aus seinem Gesicht gewichen. Mit zitternden Lippen sagte er nur zu Mr. Goodrich: »Ein Todesfall in der Familie!« und rannte davon. Er wußte kaum, wie er vor das Pingze-Tor gelangt war. Er weinte nicht, aber er sah alles völlig verschwommen. Wäre der Großvater plötzlich gestorben, hätte er bestimmt bitterlich geweint und wäre sehr traurig gewesen, aber nicht verwirrt, denn der Großvater war alt und Sterben war nur natürlich. Nie hätte er aber gedacht, daß der Vater plötzlich aus dem Leben scheiden könnte. Zudem war der älteste Sohn im Aussehen und Charakter, in der Haltung und der Art zu sprechen seinem Vater ähnlich. In seiner Kindheit war der sein Vorbild gewesen, und der Vater hatte ihm damals seine ganze Liebe zugewandt. Als er das erste Mal die kleine Gasse verließ, hatte ihn der Vater getragen; an der Hand des Vaters war er zum ersten Mal in die Schule gegangen. Daß er die Schule und die Universität besucht hatte, verdankte er ihm. Später hatte er in vielen Fragen wie Heirat, Beruf, Kinder selbst entschieden, ohne den Vater zu fragen, aber unbewußt hatte er sich in vielen Dingen nach ihm gerichtet. Ohne viel Worte herrschte zwischen ihnen ein unausgesprochenes, auf gegenseitigem Verständnis ruhendes Vertrauen. Ein Blick, ein Lächeln genügte. Ruixuan hatte keine übertriebenen Ambitionen besessen, sondern nur gehofft, der Vater möge so alt werden wie der Großvater und er könnte ihm, so wie der Vater jetzt dem Großvater, einen glücklichen Lebensabend bereiten. Das war für ihn keine geheuchelte Pietät, sondern die natürlichste Sache der Welt.

Plötzlich hatte sich der Vater ins Wasser gestürzt. Ihm war, als sei er selbst zur Hälfte gestorben. Ohne über die Gründe für seinen Tod nachzudenken, verfluchte er die Japaner. Nun hatte er einen lebenden und einen toten Vater vor Augen. In seiner Vorstellung erschien er in ganz verschiedenen Situationen, mit und ohne Bart, lachend und weinend. Dann verschwand er wieder ganz. An nichts anderes konnte er mehr denken.

Er hatte nicht laut aufgeweint, als er den Vater da liegen sah, denn er konnte noch nie laut heulen und schreien. Lautes Jammern war ein Zeichen von Ratlosigkeit, er zog es vor, stets einen Rat zu suchen und zu finden. Als er vor dem Kopf des Vaters niederkniete und ihn durch einen Schleier von Tränen ansah, spürte er ein Stechen im Magen, etwas stieß ihm süßlich auf, er spuckte Blut. Dann knickten ihm die Beine ein, er sackte auf den Boden. Alles drehte sich. Er vergaß alles um sich herum, murmelte nur: »Vater! Vater!«

Nach langer, langer Zeit erst erkannte er seine Umgebung wieder und merkte, daß der Vierte Li ihn von hinten stützte. »Sie dürfen es nicht so schwer nehmen«, sagte der Vierte Li, »Tote werden nicht wieder lebendig, aber die Lebenden müssen weiterleben!«

Die Tränen abwischend, stand Ruixuan auf und zertrat das Blut auf dem Boden. Sein Körper war kraftlos, das Gesicht erschreckend blaß. Aber er mußte handeln. Wie traurig ihm auch zumute sein mochte, er war das Oberhaupt der Familie.

Ruixuan stimmte dem Vorschlag des Vierten Li zu, den Leichnam im Kloster der Drei Unsterblichen zu lassen.

Der Vierte Li lieh sich ein Brett, und Ruixuan, Ruifeng und die beiden Helfer trugen Tianyou ins Kloster. Die Sonne neigte sich bereits gen Westen, ihre nicht besonders warmen Strahlen schienen auf Tianyous Gesicht. Obwohl er sehr erschöpft war, hielt Ruixuan das Brett fest und setzte einen Fuß vor den anderen. Er hatte das Gefühl, daß er jeden Moment hinstürzen und nicht wieder aufstehen könnte, aber er ging weiter, mußte den Vater zur letzten Ruhe ins Kloster tragen.

Das Kloster war sehr klein, zwei Zypressen, die im Hof standen, reckten ihre Zweige über die Mauern, als ob sie mehr Licht und Luft bekommen wollten. Als sie eintraten, war Tianyous Gesicht, auf das nun keine Sonne mehr fiel, von grünem Schatten überzogen. »Vater«, flüsterte Ruixuan, »schlafe hier!«

Der Leichnam wurde im hinteren Hof aufgebahrt, kein einziger Baum stand hier, so daß Tianyous Gesicht wieder heller erschien. Ruixuan blickte den Vater lange an. Er sah aus, als schliefe er nur fest, reglos, doch im Einklang mit sich. Im Tod schien er wirklicher, wahrhafter, freier.

»Bruder!« Ruifengs Augen, Nase, sogar die Ohren waren rot, »was tun wir jetzt?«

»Hm?« Ruixuan schien aus einem Traum zu erwachen.

»Ich meine, wie machen wir es?« Die Trauer des Zweiten hatte sich schon beinah verflüchtigt, seine Gedanken wandten sich wieder regem Treiben zu. Ein Todesfall, selbst ein Todesfall war in seinen Augen eine gute Gelegenheit für neuen Trubel. Trauerkleider tragen, Sutren rezitieren, Papier verbrennen, Wein opfern, Kotaus machen, Speisen opfern, Einsargen, Kondolieren, den Sarg zur Grabstätte geleiten... was gab es da nicht alles! Er selbst hatte kein Geld, aber der ältere Bruder würde sich schon etwas einfallen lassen, um Geld herbeizuschaffen. Pietät mußte sein, der Vater starb schließlich nur einmal, und selbst wenn der Bruder traurig war, mußte er das Begräbnis groß aufziehen. Hauptsache, der Bruder war zu richtiger Pietät bereit, dann würde er sich anstrengen, alles bestens zu arrangieren, um die Sache gebührend, würdevoll und spannend in Szene zu setzen. Man müßte zur Zeremonie des dritten Tags eine Menge ansehnlicher Papierfiguren verbrennen und dreizehn Mönche eine ganze Nacht lang Sutren lesen lassen. In der Nacht vor der Beerdigung müßte man alles noch prächtiger gestalten, es müßte eine Tafel mit acht Schalen Wein und einem Feuertopf aufgestellt werden, und vor dem Kloster müßte eine ordentliche Truppe die Trommeln schlagen. Sollten tagsüber Mönche Sutren lesen, müßten es zur Nacht unbedingt buddhistische Priester oder Daoisten sein. Auf dem Weg zum Grab müßten dem Sarg mindestens siebzig, achtzig Verwandte und Freunde in Trauerkleidung wie Schwäne bedächtig voranschreiten, folgen müßten ihm zehn oder zwanzig Sänften, weiße, schwarze, blaue, mit den weiblichen Trauergästen. Dann Zeremonienmeister, festliche Musikbegleitung, eine Trommlergruppe in Theaterkostümen, goldene und silberne Papierfiguren und Papierkutschen haufenweise. Nur so würden sie dem verstorbenen Vater gerecht, und Verwandte und Freunde müßten Hochachtung vor der Familie Qi empfinden – der Verstorbene hatte sich zwar im Fluß ertränkt, aber die Angelegenheit war ohne jeden Fehl erledigt worden!

»Großvater Li«, wandte sich Ruixuan, ohne Ruifeng weiter zu beachten, an den Vierten Li, »gehen wir nach Hause? Den ganzen Ablauf muß ich mit Großvater und Mutter besprechen, vielleicht könnten Sie dabeisein...«

Der alte Li schaute sofort in Ruixuans Herz: »Ich verstehe! Hören wir zuerst die Meinung der Älteren, dann prüfen wir unsere Finanzen, alles darf nicht zu bescheiden ausfallen, aber Geld verschwenden können wir auch nicht in diesen Zeiten!« Und zu Ruifeng gewandt: »Warten Sie hier, wir sind bald wieder zurück.« Er schickte auch die beiden Helfer weg.

Zu Hause vor dem Eingangstor konnte Ruixuan keinen Schritt mehr tun. Mit großer Anstrengung betrat er die Stufen. Es waren nur zwei, drei, aber er war völlig erschöpft. Vor seinen Augen tanzten Sterne, sein Herz raste. Er lehnte sich an den Torpfosten. Xiao Wen hatte die Pfosten gerade mit weißem Papier beklebt. Er brachte es nicht übers Herz, durch das Tor zu treten. Was sollte er dem Großvater und der Mutter sagen?

Der Vierte Li schob ihn hinein. Als Ruixuan eintrat, brachen alle erneut in Tränen aus. Er wollte nicht wieder weinen, aber die Tränen liefen in Strömen herunter.

Nach einer Weile befand der Vierte Li: »Genug geweint, wir müssen bereden, was zu tun ist!« Bei dieser Ermahnung schien allen erst bewußt zu werden, daß der Tote auch beerdigt werden mußte. Tränenwischend setzten sie sich.
Der alte Herr Qi konnte noch immer an nichts Praktisches denken, er ergriff die Hände des Vierten Li und ächzte: »Nicht Tianyou hat mir die letzte Ehre erwiesen, statt dessen muß ich ihn jetzt begraben, wie soll man das erklären?«
»Was soll man da machen, älterer Bruder!« stöhnte der Vierte Li, dann aber kam er auf das Wichtigste zu sprechen: »Erst wollen wir mal sehen, wieviel Geld wir zur Verfügung haben!«
»Ich zweige ein Monatsgehalt ab«, erklärte Ruixuan und brachte damit zum Ausdruck, daß er darüber hinaus nichts beisteuern konnte.
Tianyous Frau besaß noch reichlich zwanzig Silberdollar, der alte Herr ebenfalls ein paar Zehndollarstücke und kleinere Münzen. Es war ihr eigenes Sargkapital, das sie jetzt bereitwillig für Tianyou hingaben. »Vierter Herr Li, besorgen Sie ihm einen ordentlichen Sarg. Wer weiß, ob ich in einem Sarg begraben oder nur in eine Matte gewickelt werde!« flüsterte der alte Mann mit zitternder Stimme. Er kannte nur noch eine Angst, die vor dem Tod. Wenn es aber soweit sein würde, wünschte er sich einen ordentlichen Sarg und viele Nachkommen, die ihm das Geleit gaben, das wäre seine letzte Ehre! Nun aber war der Sohn vor ihm gestorben und entführte ihm auch noch den Sarg, was sollte man dazu sagen. Nur die letzte Ehre war die eigentliche Ehre, aber daran wagte er schon nicht mehr zu denken. Sein Lebensrhythmus war durcheinandergeraten. Er hoffte auf nichts mehr, glaubte nicht mehr an sich, war nicht mehr der angesehene Älteste, womöglich würde er noch zum Bettler, der nicht mal einen Sarg bekommt.
»In Ordnung, ich sehe mich nach einem Sarg um, einem soliden, würdigen.« So faßte der Vierte Li schnell den Vorschlag des alten Herrn Qi zusammen. »Wie lange soll er aufgebahrt bleiben, Frau Tianyou?«
Sie hätte gern eine würdige Bestattung für ihren Mann gehabt, wußte sie doch, daß er im Leben jeden Pfennig umgedreht und der Familie hatte zukommen lassen. Er hatte eine an-

gemessene Verabschiedung und einen letzten Dank von allen verdient. Sie wußte aber auch, daß sie irgendwann neben ihrem Mann liegen würde, und wenn sie schon nicht an die anderen dachte, so doch an Ruixuan. Was sollte er bei einem weiteren Trauerfall tun? Daher stand für sie sofort fest: »Schwiegervater, was halten Sie von fünf Tagen? Jeder Tag mehr im Kloster kostet Geld.«

Fünf Tage waren zu wenig. Aber der alte Herr nickte schmerzerfüllt. Er hatte inzwischen Ruixuans Gesicht gesehen, grau und eingefallen wie ein vergilbtes Stück Papier.

»Aber eine Nacht Sutren lesen muß doch sein, nicht wahr, Großvater?« fragte sie.

Niemand hatte einen anderen Vorschlag.

Ruixuan hörte kaum zu, er sagte gar nichts. Gewöhnlich interessierte er sich nicht für Dinge wie Sutren lesen, hielt sie für sinnlos und also auch nicht für notwendig. Heute schwieg er dazu. Sitten waren Sitten, sie enthielten viel Unnützes, das er weder mitmachen noch abschaffen mußte. Hinzu kam, daß in einer solchen Vier-Generationen-Familie Sitten und Gebräuche sehr vielschichtig waren. Rein rational betrachtet, müßte er eine Menge Schichten wegstreichen, ehe er die Sache vernünftig erledigen konnte. Aber weise betrachtet, gab es keinen Grund für ihn, aus Halsstarrigkeit die alten Herrschaften zu verletzen. Solange Großvater und Mutter nicht wie Ruifeng so versessen auf Betriebsamkeit waren, durfte er sie nicht betrüben. Er schien das Pendel zwischen alten und neuen Sitten zu sein, mußte nach beiden Seiten schwenken, nur so konnte die Zeit ruhig verlaufen.

Der Vierte Li faßte abschließend zusammen: »Gut so, älterer Bruder, jetzt habe ich eine Vorstellung. Um den Sarg kümmere ich mich morgen. Ruixuan, Sie gehen morgen früh gleich das Grab ausheben. Sun-Sieben, kannst du Zeit erübrigen? Dann begleite Ruixuan. Frau Liu, Sie besorgen den Stoff und helfen dann Frau Tianyou beim Nähen der Trauerkleider. Für die Sutren laden wir sieben Mönche ein. Trommler und Zeremonienmeister brauchen wir nicht in so großer Zahl, Hauptsache, es gibt Lärm. Wer soll eingeladen werden?«

Yunmei suchte aus der Truhe das Goldene Heft der Riten hervor. Ohne hineinzuschauen, entschied der alte Herr: »Nur

die nächsten Verwandten und Freunde, es sind schon über zwanzig Familien.« Wenn er nicht einschlafen konnte, hatte er sich oft überlegt: Wäre bei seinem Tode die finanzielle Lage der Familie in Ordnung und würde ein großes Begräbnis veranstaltet, müßten über fünfzig verwandte und befreundete Familien eingeladen und mindestens vierzehn, fünfzehn Tische für das Essen vorbereitet werden. Wäre es nur ein einfaches Begräbnis, dann eben nur die Hälfte.
»Na, dann muß Essen für über zwanzig Familien vorbereitet werden.« Der Vierte Li hatte auch dazu einen Vorschlag: »Am besten wir bieten einfach gebratene Nudeln an, das ist etwas Warmes und nicht so teuer. Das wird uns jetzt keiner verübeln! Älterer Bruder, Sie gehen jetzt besser mit den Frauen zum Kloster. Dort sagen Sie dem Zweiten, er soll morgen die Trauergäste einladen. Da es zum Glück nur etwa zwanzig sind, kann er es an einem Tag schaffen. Aber, älterer Bruder, Sie dürfen es dort nicht zu schwer nehmen, müssen an Ihre Gesundheit denken! Frau, du gehst mit Tianyous Frau. Dort könnt ihr einmal richtig weinen, dann kommt ihr wieder zurück! Später übernehme ich mit dem Zweiten die Totenwache.«
Nachdem der Vierte Li diese Anordnungen gegeben hatte, kümmerte sich Frau Liu schleunigst um den Stoff. Der alte Herr Qi machte sich mit Großmutter Li, der Schwiegertochter, Schwiegerenkelin und Xiao Shun in einer Rikscha auf den Weg zum Kloster.
Frau Liu hatte gerade das Geld genommen und wollte schon losgehen, als der Vierte Li ihr noch nachrief: »Jedes Geschäft darf nur einen Zhang Stoff abgeben, Sie müssen in mehrere gehen!«
Yunmei wäre gern mit ins Kloster gegangen, als sie aber Ruixuans Verfassung sah, entschied sie sich, zu Hause zu bleiben. Sun-Sieben war erst morgen an der Reihe, er ging nach Hause, um einen Schnaps zu trinken, ihm war jämmerlich zumute.
Xiao Wen hatte keinen Auftrag erhalten, er rauchte eine Zigarette nach der anderen. Der alte Li blickte ihn kurz an und gab ihm ein Zeichen: »Herr Wen, könnten Sie einen Liter Klaren besorgen, mir ist ganz elend!«
Ruixuan ging in sein Zimmer und legte sich hin. Yunmei

folgte ihm leise und deckte ihn mit einer Decke zu. Er zog sie über den Kopf und schluchzte.
Als die Tränen versiegten, sah er klarer, und ihm kamen die Japaner wieder in den Sinn. Da sah er seinen Fehler ein. Daß er Peking nicht verlassen wollte, war allein wegen der Familie geschehen, um für die Alten und die Kinder zu sorgen und sie zu behüten. Und was hatte er nun davon? Er war im Gefängnis gewesen, und der Zweite war verkommen; nun hatte sich auch noch der Vater, der stets in allen Dingen so akkurat war, das Leben genommen! Unter dem Feind eine Familie behüten zu wollen, war Illusion!
Er weinte nicht mehr. Er haßte die Japaner und sich selbst.

61

Ruixuan verbrachte die Nacht im Halbschlaf. Von weitem nahm er wahr, daß der Großvater und die Mutter zurückkamen. Ebenso verschwommen hörte er Yunmei mit Frau Liu beim Nähen flüstern. Er hatte kein Zeitgefühl mehr, wußte auch nicht mehr so recht, was die anderen taten, hatte sogar vergessen, daß es einen Todesfall in der Familie gab. Er schwebte an der Grenze zwischen Traum und Wirklichkeit.
Etwa gegen fünf Uhr fuhr er erschreckt hoch. Er sah den Vater vor sich, aber nicht jenen gütigen alten Herrn, sondern den am Ufer liegenden Leichnam. Hastig stand er auf, wusch sich das Gesicht und gurgelte, dann machte er sich zu Sun-Sieben auf.
Ein eisigkalter Wind schlug ihm ins Gesicht und fuhr in seine Kleider, mit leerem Magen und schmerzendem Herzen zitterte er vor Kälte am ganzen Körper. Er stützte sich einen Moment ans Tor, um zu verschnaufen. Er mußte unbedingt los, das Grab für den Vater ausheben. Das war seine absolute Pflicht.
Als er das Tor öffnete, war es noch nicht richtig hell, nicht ganz Tag, aber schon nicht mehr Nacht, alles lag unbestimmt und verschwommen da. Er ging zu Sun-Sieben hinüber.
Cheng Changshun stand jeden Tag früh auf, um Lumpen und Papier aufzukaufen. Als er jetzt Ruixuans Stimme hörte, weckte er Sun-Sieben mit einem leisen Ruf, wagte sich aber

nicht hinaus. Er hatte seine eigenen Sorgen und keine Zeit, den Qis unter die Arme zu greifen. Es war ihm deshalb peinlich, Ruixuan zu begegnen.
Sun-Sieben hatte gestern abend seinen Kummer mit Schnaps betäubt und sich beim Zubettgehen eingeschärft, am nächsten Morgen zeitig aufzustehen. Aber Schnaps und Traum verbündeten sich, so daß sein Schnarchen nur die anderen, nicht aber ihn aufweckte. Als er Changshun rufen hörte, setzte er sich flugs auf, zog sich an und eilte hinaus. Den Schnapsgeschmack noch im Munde, trabte er benommen und stumm hinter Ruixuan her. Beim Laufen mußte er dauernd aufstoßen. Nach einigen Rülpsern fühlte er sich langsam wohler. Sofort stellte sich auch die Redelust ein. »Durch welches Tor gehen wir, durchs Deshengmen oder durchs Xizhimen?«
»Das bleibt sich ziemlich gleich.« Ruixuan fröstelte, ihm war nicht nach Reden zumute.
»Dann durchs Deshengmen!« Ohne besondere Absicht entschied Sun-Sieben einfach so. Als Ruixuan nichts erwiderte, ging Sun-Sieben voran, um Elan und Mut zu zeigen.
Als sie an das Tor kamen, erreichten die Strahlen der Morgensonne gerade den Torturm. Hier war der trübste Ort Pekings: Es gab keine asphaltierten Wege, keine Geschäfte mit Schildern in Goldschrift und großen Schaufenstern, keine Autos. Die Steine ragten aus dem Pflaster wie Frostbeulen, hier und da noch mit Eis oder Rauhreif bedeckt. In der Kälte schien die Straße zusammenzuschrumpfen. Hier gab es nur plumpe Bauernkarren, die sich geräuschvoll vorwärtsschleppten. Selbst die Rikschas sahen alle schäbig und wackelig aus, waren für Lasten, nicht aber für Menschen geeignete elende Karren. Dazwischen trabten dürre, laut schreiende Esel und offensichtlich seit langem lebensmüde, sich nur mühsam aufrecht haltende, dahintrottende Kamele. All das raubte dem Torturm jegliche Würde und Größe und ließ ihn ebenfalls verfallen, verloren, ja traurig erscheinen. Hier kam niemand auf die Idee, das könnte der Ort sein, der den berühmten Pekingopern-Darsteller Dr. Mei Lanfang oder die Vierte-Mai-Bewegung hervorgebracht hatte. Vielmehr sah man von hier nur eine öde, ärmliche lößbedeckte Weite. Hier verschmolzen Stadt und Dorf miteinander.

Trotzdem schien alles, sobald etwas Sonnenlicht auf den Turm fiel, zum Leben zu erwachen. Die Esel reckten die Hälse und schrien, der Reif auf den Mähnen der Kamele glitzerte, selbst die vereisten Steine auf dem Boden glänzten. Alles war alt und verfallen, erhielt aber durch das Sonnenlicht Kraft, Konturen, Farbe, Sinn und Leben. Es schien, als ob Peking nicht sterben könne, wie gebrechlich und krank es auch sein mochte.

Sun-Sieben führte Ruixuan zu einem Stand, der Bohnenbrei anbot. Ruixuan hatte einen bitteren Geschmack im Mund und überhaupt keinen Appetit, lehnte aber die Schale mit dem dampfend heißen Brei nicht ab. Sie wärmte seine Hände, der aufsteigende Dampf war auch dem Gesicht angenehm, besonders den vom vielen Weinen geschwollenen, ausgetrockneten Augen. Nachdem er lange geblasen hatte, trank er Zug um Zug den weißlichen, dampfenden Brei. Die Wärme durchlief den Körper wie frisches Blut, das ihn belebte und seine Starre löste. Er ließ sich die leergetrunkene Schale noch einmal füllen.

Sun-Sieben hatte nur eine Schale getrunken, aber eine Menge Ölgebäckstangen verspeist. Wie um der Gerechtigkeit willen überredete er den Bohnenbreiverkäufer, Ruixuan in die zweite Schale zwei Eier hineinzuschlagen.

Nach dem Imbiß gingen sie durch das Tor hinaus. Mit vollem Bauch vergaß Sun-Sieben Kummer und Kälte. Gern wäre er ohne Rast bis zum Gräberfeld gelaufen, schließlich hatte ein Städter selten Gelegenheit, draußen vor der Stadt, noch dazu bei so schönem Wetter und mit so viel Ölgebäck im Bauch, spazierenzugehen. Aber heute war er der Beschützer Ruixuans, er wußte, daß dieser ein Studierter und nicht gewohnt war, weite Strecken zu laufen. Außerdem hatte er Blut gespuckt und durfte sich heute erst recht nicht überanstrengen. Also konnte er nicht einfach drauflosgehen.

»Wollen wir eine Sänfte mieten?« fragte er.

Ruixuan schüttelte den Kopf. In der Sänfte zu sitzen, war eine Strafe. Als Kind war er einmal mit der Mutter in einer Sänfte zu den Gräbern gekommen, er erinnerte sich noch sehr gut an die Beulen und Kratzer.

»Oder eine Rikscha?«

»Auf den lehmigen Wegen kann keine Rikscha fahren.«

»Wie wäre es mit Eselreiten?« Der kurzsichtige Sun-Sieben hatte zwar keine Esel auf der Straße gesehen, aber ihre Glöckchen gehört.

Ruixuan schüttelte den Kopf. Städter haben Angst vor Tieren, sie fürchten, nicht einmal mit einem Esel fertig zu werden.

»Laufen ist das beste! Es wird einem warm, und man fühlt sich frei«, bekannte Sun-Sieben nun ehrlich. »Aber, können Sie denn so weit laufen? Mit Überanstrengung ist nicht zu spaßen.«

»Wenn wir langsam gehen, schaffe ich es.« Ruixuan war aber gar nicht danach zumute, denn in Wirklichkeit war er sehr aufgeregt und wäre lieber schnell bei den Gräbern gewesen.

Nachdem sie die kleine Siedlung vor dem Stadttor hinter sich gelassen hatten, kamen sie auf einen breiten Feldweg. Hier hatte die Sonne nicht wie in der Stadt erst unzählige Dachfirste und Mauerecken zu überwinden, hier schien sie ungehindert auf eine endlose Lößfläche. Der leichte Morgenwind hatte aufgehört, die Sonne war rot und stand tief, als wolle sie den Winter schnell vertreiben. Die Luft war trocken, sauber und angenehm kühl. Ruixuan hob unwillkürlich den Kopf. Diese Weite und Frische, diese Helligkeit schienen sein Herz zu öffnen.

Es waren kaum Leute unterwegs, nur ab und zu begegnete ihnen ein Karren und auch mal ein Kind oder ein Alter beim Mistsammeln. Wohin man auch blickte, überall nur braunes Feld, kein Strauch und kein Baum, die Ebene lag vor ihnen wie ein ausgetrocknetes Meer. In weiter Ferne standen ein paar kahle Bäume, dahinter lag wohl ein kleines Dorf mit ein paar Häusern; Rauch, gerader und gekringelter, stieg langsam neben den Bäumen auf, Hähnekrähen und Hundegebell aus dem Dorf drang verhalten, aber deutlich an ihr Ohr. Aus einem Weiler unweit der Straße erklangen schrille Rufe, die Tieren oder Kindern galten. Dort drehte auch jemand in einer roten Jacke den Mahlstein. Hier gab es nirgends Wasser, die Karren wirbelten schon von ferne eine Staubfahne auf. Alles war trocken, erdig und grau, die Mauern, die Zäune, die Baumstämme.

Vor Ruixuans Augen begann es zu flimmern. Die eintönigen

Farben stachen ihm bei dem grellen Sonnenlicht unerträglich in die Augen. Er senkte den Kopf, doch der von den Füßen aufgewirbelte harte Staub brannte ihm genauso in den Augen. Von der eintönigen Abfolge der umgepflügten Erdschollen – Ackerstreifen für Ackerstreifen beiderseits der Straße – schwindelte ihm. Das schienen ihm keine Felder mehr zu sein, sondern wüste, öde Erdwellen, sie stimmten ihn traurig. Die Augen halb geschlossen, blickte er nirgendwohin, stolperte nur einfach weiter. Er befand sich in der eintönigen nordchinesischen Öde, nur wenige Schritte von Peking entfernt.
Je länger er lief, desto schwerer wurden ihm die Füße. Der Löß klebte an den Schuhsohlen und hielt sie fest. Er schwitzte. Auch Sun-Sieben trieb der Schweiß aus allen Poren. Er hatte gehofft, mit Ruixuan plaudern zu können, um ihn auf andere Gedanken zu bringen. Aber viel reden kostete Speichel, den mußte er sparen. Hier war weit und breit kein Teehaus. Er bereute nun, Ruixuan nicht zu einer Rikscha oder einem Esel überredet zu haben.
Schweigend gingen sie weiter. Dünner, nach Pferdepisse riechender Staub setzte sich auf ihre Schuhe, drang durch die Strümpfe, ließ sich in den Nähten nieder, in den Nasenlöchern und Ohren, setzte sich sogar in ihren Kehlen fest. Der Himmel wurde blauer, die Sonne wärmer, aber sie hatten das Gefühl, in eine riesengroße, zugleich winzig kleine, blendend helle, flimmernde Höhle geraten zu sein.
Endlich erblickten sie die »Erdstadt«, jenes längst vergessene Peking aus der Zeit der Tatarenherrschaft, von dem nur noch ein paar Erdhügel übriggeblieben waren. Ruixuan lief nun schneller. Denn jenseits der Erdhügel würde er den liebenswerten alten Mann sehen, den Zweiten Herrn Chang. Mit Tränen in den Augen würde er ihm vom Tod seines Vaters erzählen, wie schrecklich er gestorben war. Ruixuan klagte anderen nicht gern sein Leid, aber der Zweite Chang war kein gewöhnlicher Freund, und er war kein herzloser Mensch. Für ihn war der Zweite Chang ein ebenso guter Mensch wie sein Vater. Ihm mußte er alles erzählen. Im Geiste sah er schon das Haus vor sich, den kleinen länglichen, hellen Dreschplatz vor dem Eingang, die zwei Weidenbäume links und den Mahlstein darunter. Der Zaun war nur mannshoch, so daß man aus der

Ferne den zum Trocknen aufs Dach gelegten goldgelben Mais und die Chiliringe sehen konnte. Er stellte sich auch die Einrichtung des Hauses vor und spürte sogar den in alle Ecken dringenden Reisigrauch in der Nase, nicht gerade wohlduftend, aber anheimelnd. Das Wärmste in dieser Stube waren selbstverständlich die Stimme und das Lachen des Zweiten Chang.
»Wir sind gleich da! Direkt hinter den Hügeln«, erklärte er Sun-Sieben.
Als sie die Hügel hinter sich hatten, rieb er sich die Augen. Was war das? Nur noch die zwei Weiden standen da, alles andere war verschwunden. Er traute seinen Augen nicht und rannte los, alle Müdigkeit vergessend. Ein paar Meter vor den Weiden blieb er stehen und begriff, da war nur noch ein Aschehaufen, selbst der Mahlstein war verschwunden.
Er stand wie angenagelt. »Was ist denn los?« fragte Sun-Sieben verwirrt.
Ruixuan gab keinen Laut von sich. Lange starrte er vor sich hin, dann blickte er sich nach dem Gräberfeld um und ging langsam hinüber. Seit der Besetzung Pekings war er nicht mehr hier gewesen, hatte sich aber in keiner Weise beunruhigt, denn er war ganz sicher, daß der Zweite Chang die Gräber stets pflegte, auch wenn niemand kam, um Opfergeld zu verbrennen. Heute waren die Gräber nicht so hoch und ordentlich wie sonst. Unkraut wucherte darauf, die Erde war verstreut. Er starrte auf die unansehnlichen, eingefallenen Hügel, die wohl bald von Wind und Regen verweht würden. Erst nach einer geraumen Weile setzte er sich auf den trockenen Boden.
»Was ist denn geschehen?« Sun-Sieben setzte sich daneben.
Ruixuan zerrieb gedankenlos etwas Erde zwischen seinen Fingern und erklärte Sun-Sieben das Ganze.
»Verdammt!« regte der sich auf, »wie sollen wir ohne den Zweiten Herrn Chang das Grab ausheben?«
Nach langem Schweigen stand Ruixuan auf und sah nach den beiden Weiden. Mehrere Pfeilwürfe entfernt erblickte er das Haus der Familie Ma, ebenfalls klein, aber von mehreren Bäumen umgeben, auch eine Kiefer war darunter. Er erinnerte sich, daß der Zweite Chang bei seinem Besuch in der Stadt, als er zur Strafe am Stadttor hatte knien müssen, für den jungen

Ma die Arznei besorgen sollte. »Versuchen wir es bei den Mas!« Er wies in die Richtung der Kiefer.
Bei den Weiden hob Sun-Sieben einen Stock auf. »Dorfhunde sind scharf, da habe ich lieber etwas in der Hand!«
Kaum ausgesprochen, hörten sie schon Hundegebell – in dieser menschenleeren Gegend bellten die Hunde schon, wenn sie in der Ferne einen Schatten wahrnahmen. Ruixuan ging langsam weiter. Zwei häßliche Köter, die sich offenbar für sehr mutig hielten, stürmten heran. Ruixuan ging ungerührt weiter, direkt auf sie zu. Die Hunde ließen ihn vorbei und stürzten sich auf Sun-Sieben, der den Stock in der Hand hielt.
Sun-Sieben zeigte seine Kampfkünste und schwenkte locker den Stock, aber die Hunde schlug er nicht in die Flucht, sondern traf nur sein eigenes Knie. Da brüllte er: »He, paßt auf die Hunde auf, he, die Hunde! Ist denn hier keiner? Haltet die Hunde fest!«
Eine Schar Kinder kam aus dem Haus gerannt. Jungen und Mädchen, eines so schmutzig wie das andere, die Flecken auf ihrer Kleidung glänzten in der Sonne. Sie schrien eine Weile, bis eine junge Frau herauskam, wahrscheinlich die Frau des jungen Ma. Ihr schriller Pfiff genügte, um die Hunde zu bändigen. Sie legten sich in einiger Entfernung auf den Boden, behielten aber die Beine von Sun-Sieben knurrend im Auge.
Ruixuan wechselte ein paar Worte mit der jungen Frau, und schon hatte sie verstanden. Sie kannte die Familie Qi aus den Erzählungen des Zweiten Herrn Chang. Die Gäste mußten unbedingt ins Haus kommen. Sie wußte Rat, das Grab auszuheben, war kein Problem. Sie ging voran, Ruixuan, Sun-Sieben, die Kinder und die beiden Hunde folgten ihr. Drinnen war es finster, schmutzig, alles lag durcheinander, und es roch nicht gut, aber die Freundlichkeit der jungen Frau wog das alles auf. Sie entschuldigte sich, machte den Gästen Platz, indem sie einmal nach links, einmal nach rechts alles beiseite schob, was im Wege lag. Dann schickte sie den größeren unter den Knaben zum Feuermachen und Wasserkochen und trug dem ältesten Mädchen auf, ein paar Süßkartoffeln zu waschen und sie den Gästen vorzusetzen: »Wer sich zu uns durchschlägt, der muß allerhand durchmachen, unterwegs gibt es weder was zu essen noch zu trinken!« Sie sprach reinsten, perlenden Pekingdialekt,

reiner und klangvoller als die Städter. Dann schickte sie die kleineren Kinder, die noch nicht helfen, aber laufen konnten, in verschiedene Richtungen los, um die Männer der Familie Ma zu holen. Entweder sammelten sie Mist ein oder hielten sich beim Nachbarn zu einem Schwatz auf. Zuletzt warf sie die Hunde hinaus, was Sun-Sieben beruhigte.

Der Knabe entfachte ein Feuer, sofort war die Stube voller Qualm. Sun-Sieben nieste dauernd. Der Rauch war noch nicht verflogen, da war der Tee schon zubereitet. Es gab zwei große gelbe Tonschalen mit blaßgelbem Tee, zubereitet aus zarten Dattelbaumblättern. Dann brachte das Mädchen in der Schürze frisch gewaschene große, rotschalige Süßkartoffeln, traute sich aber nicht, sie den Gästen direkt zu geben, sondern schlich um sie herum.

Ruixuan hatte keine Zeit für müßige Überlegungen, aber nun kamen ihm doch die Tränen. Das waren chinesische Sitten! Die ganze Einrichtung war nicht viel wert. Die Kinderschar und die Erwachsenen schwebten ständig in der Gefahr zu verhungern, zu erfrieren oder von den Japanern getötet zu werden. Sie aber bewahrten Höflichkeit und Herzlichkeit, waren hilfsbereit und ließen den Kopf nicht hängen. Sie besaßen nichts, nicht einmal etwas Sauberes anzuziehen, nicht einmal Teeblätterstaub. Doch ihnen schien die Welt zu gehören, ihr Leben und eine vieltausendjährige Geschichte, sie schienen nicht zu leben, sondern sich für irgendeine, ihnen selbst nicht bewußte Pflicht abzumühen. Wäre da nicht die elende, schmutzige Kleidung, sie wären großartig und stark wie die mythischen Kaiser Yao und Shun!

Der etwa fünfzigjährige Herr Ma kam zuerst nach Hause, kurz darauf noch zwei junge Männer. Herr Ma war sofort bereit, mit seinen Söhnen das Grab auszuheben.

Ruixuan trank die Schale aus und griff nach einer rohen Süßkartoffel, nicht weil er Appetit hatte, sondern um die junge Frau und die Kinder zufriedenzustellen.

Der alte Mann und die jungen Leute suchten zusammen, was sie zum Graben brauchten, Ruixuan und Sun-Sieben folgten ihnen auf das Gräberfeld. Der Junge kam mit einer Tonkanne und zwei Tonschalen, das Mädchen mit den Kartoffeln in der Schürze hinterher.

Nachdem Ruixuan die Stelle für das Grab bezeichnet hatte, fragte er den alten Ma: »Was ist mit dem Zweiten Herrn Chang?« Der verharrte einen Moment, dann wies er gen Westen, wo ein neuer Grabhügel lag.
»Tot...« Ruixuan spürte ein Stechen in der Brust.
Der alte Ma seufzte. Auf die Schaufel gestützt, blickte er lange zu dem Grab hinüber.
»Wie ist er gestorben?« fragte Ruixuan, sich die Brust reibend.
Der Mann begann zu graben und erzählte: »Er war ein guter Mensch, anständig, und mußte so grausam sterben! Er war doch damals wegen der Medizin für meinen Sohn in der Stadt...«
»Ich weiß«, unterbrach Ruixuan, um die Sache abzukürzen.
»Gut, Sie kennen das. Als er wiederkam, lag er drei Tage und Nächte im Bett, ohne etwas zu trinken oder zu essen. Er war hier«, er zeigte in die Herzgegend, »hier war er verletzt. Wir haben ihm alle so zugeredet, konnten aber den Knoten in seinem Innern nicht lösen. Er stellte mir dauernd dieselbe Frage: Was habe ich falsch gemacht, daß die Japaner mich zur Strafe knien ließen? Später dann stand er auf, aß aber fast nichts. Wir redeten ihm zu, eine Medizin zu nehmen, aber er meinte, er sei nicht krank. Sie wissen ja, wie halsstarrig er sein konnte. Dann legte er sich wieder hin, hatte Blut im Urin. Aber das wußten wir nicht, er sagte nichts. Mit der Zeit magerte er bis auf die Knochen ab, so ein zäher Bursche. Als es mit ihm zu Ende ging, rief er uns alle zu sich und fragte seinen Sohn: ›Hast du Mumm in den Knochen? Dann räche mich!‹ Bis er starb, sprach er immer dasselbe Wort vor sich hin, mal hörbar, mal still: ›Rache!‹« Er richtete sich auf und blickte zum Grab des Zweiten Chang hinüber. »Sein Sohn war noch sturer als er, er hämmerte sich das Wort ein und murmelte es vor sich hin, wenn er den ganzen Tag um das Grab herumstreifte. Wir bekamen es alle mit der Angst, denn wenn er wirklich einen Japaner umbrächte, würden sie hier im Umkreis von fünf Li Haus und Hof niederbrennen. Wir redeten ihm händeringend zu, aber er hörte nicht, sagte nur, daß er Mumm habe. Als die Ernte nahte, schickten uns die Japaner Aufpasser, die alles notierten, selbst wieviel Weizenstroh wir

geerntet hatten. Dann kamen sie mit großen Fuhren und holten den Weizen samt Stroh ab. Sie erklärten, sie würden es uns wieder zurückbringen, wir sollten uns nicht aufregen. Von wegen nicht aufregen! Wer glaubte denn diesen Leuten! Der Sohn des Zweiten Chang fragte sie dauernd ganz ruhig, wann denn die Japaner kämen und ob sie denn kämen. Wir wußten, daß er nur auf die Japaner lauerte, um etwas zu unternehmen. Ach, Herr Qi, was sind die Menschen doch für komische Wesen! Wir wußten genau, daß wir ohne Getreide früher oder später verhungern müßten, hatten aber immer noch Angst, daß der junge Mann Unheil über uns brachte.« Der Mann lächelte hilflos. Dann trank er eine große Schale von dem Dattelblättertee, wischte sich mit dem Handrücken über den Mund und fuhr fort: »Der junge Chang brachte die Frau mit dem Kind zu ihren Eltern, dann besorgte er sich Schnaps und lud die Getreideräuber in sein Haus ein. Wir dachten uns schon, daß er nicht mehr auf die Japaner warten, sondern sich erst einmal deren Helfershelfer vornehmen wollte. Sie tranken bis Sonnenuntergang. Zur ersten Nachtstunde sahen wir dann Feuer. Es loderte schnell auf und verlöschte ebenso schnell wieder. Alles war niedergebrannt, bis auf die zwei Weiden. Da es sehr stank, wußten wir, daß die Leute alle mit verbrannt waren. Ob der junge Chang dabei oder getürmt war, wußten wir aber nicht. Wir bibberten vor Angst, daß die Japaner unser Dorf einäschern kämen. Aber bis heute sind sie nicht gekommen, wahrscheinlich, weil das nur Chinesen waren, die da umgekommen sind. Es war so eine gute Familie, nun ist von ihr keine Spur mehr übriggeblieben wie ein vergangener Traum!«
Der Mann richtete sich auf, blickte zu den Weiden hinüber, dann zu den Gräbern. Ruixuan folgte seinem Blick, sah aber nichts. Alles war leer, würde absterben, nicht ein Grashalm bliebe stehen. Alles, auch er selbst schien so leer und nutzlos zu sein. Jeder würde eines Tages einen einsamen Tod sterben.
Es ging auf Mittag zu, als das Grab ausgehoben war. Ruixuan gab dem alten Mann ein bißchen Geld, aber der weigerte sich, es anzunehmen, bis Sun-Sieben ihn beschwor: »Wenn Sie es nicht nehmen, will ich ein Hund sein!« Da nahm er die Hälfte

an. Den Rest drückte Ruixuan dem Jungen mit der Teekanne in die Hand.
Ruixuan ging nicht mehr mit ins Haus zurück, obwohl ihn der Mann eindringlich darum bat, sondern wandte sich dem Grab des Zweiten Chang zu, machte drei Kotaus und murmelte: »Zweiter Onkel, habe Geduld, bald leistet mein Vater dir Gesellschaft!«
Sun-Sieben hatte die gute Idee, für den Rückweg die westlich gelegene Straße zu nehmen, weil sie da am Kloster der Drei Unsterblichen vorbeischauen konnten. Der alte Mann begleitete sie noch ein Stück.
Im Kloster der Drei Unsterblichen hatten sich bereits einige Angehörige der Familie Qi bei Ruifeng eingefunden. Sobald die Familie vollzählig war, konnte der Leichnam eingesargt werden. Ruifeng, im Trauergewand und mit roten Augenrändern, jammerte allen vor, wie ungerecht, bitter der Tod des Vaters sei – nicht wegen der Japaner, sondern weil die Bestattung zu einfach, nicht würdevoll genug verlaufe. Das habe jedoch der ältere Bruder zu verantworten, der dem Haushalt vorstehe und der mit seinen Ausländermanieren nicht verstehe, Würde zu bewahren, sondern nur am Geld hänge. Als der Bruder mit Sun-Sieben eintraf, klagte er noch lauter, damit er es auch wirklich höre. Da Ruixuan ihn nicht weiter beachtete, heulte er nochmals eine Runde, dann bot er den Verwandten und Freunden gute Zigaretten, erlesenen Tee und Schnaps an, als verfüge er über Reichtümer.
Um halb vier wurde Tianyou eingesargt.

62

Cheng Changshun war sehr beschäftigt, nicht nur mit Händen und Füßen, auch mit dem Kopf. Es betrübte ihn, daß er der Familie Qi nicht helfen konnte, aber es ging wirklich nicht.
Herr Gao hatte ihn zu einer Unterhaltung in ein Teehaus gebeten. Er war sehr höflich und bezahlte zunächst den Tee. Dann fing er an, ganz wie unter Freunden beim Tee so üblich, über alles mögliche zu plaudern. Ob Frau Ma in letzter Zeit

gesund und munter sei? Wie er so lebe, ob es ihm einigermaßen gutgehe? Er erkundigte sich auch nach Sun-Sieben und John Ding. Changshun gab sich zwar erwachsen, aber er war unerfahren und erteilte bereitwillig Auskunft, ohne zu merken, daß Herr Gao nur so nebenbei fragte.
Nach einer Weile brachte der die Rede auf Xiao Cuis Frau. Changshun wurde noch ausführlicher, kam richtig in Fahrt, weil er und die Großmutter deren Leben gerettet hatten, darauf konnte er wirklich ein bißchen stolz sein. Er bedankte sich auch in ihrem Namen bei Herrn Gao: »Die zehn Kuai monatlich sind viel wert, die haben sie gerettet!«
Als habe ihn Changshun überhaupt erst daran erinnert, meinte er: »Oh, das hätte ich beinahe vergessen! Da du es nun einmal erwähnt hast, könnte ich gleich mal mit dir darüber reden!« Er schlug die Ärmel leicht zurück, so daß schneeweiße Hemdmanschetten zum Vorschein kamen, und steckte eine Hand in sein Gewand. Langsam zog er jenes kleine Heft hervor, das Changshun kannte. Tief atmend ging er Blatt für Blatt durch. An einer bestimmten Stelle blickte er genauer hin, hob den Blick, zählte etwas an den Fingern ab und prustete lachend: »Genau! Genau fünfhundert Kuai!«
»Was?« Cheng Changshun riß die Augen auf. »Fünfhundert?«
»Na klar, kein Zweifel. Wir machen doch nur gerechte Geschäfte! Hast du denn nicht Buch geführt?« Herr Gao lächelte noch immer, aber seine Augen schauten nicht mehr so freundlich. Changshun schüttelte den Kopf.
»Aber du mußt doch Buch führen, das mußt du immer machen!«
»Das weiß ich, aber das Geld war doch als Unterstützung für sie gedacht. Weshalb sollte ich da Buch führen?« Changshun näselte noch stärker.
»Als... Unterstützung?« Herr Gao blinzelte höchst erstaunt. »In diesen Zeiten, überleg doch mal, wer gibt wem da auch nur einen Kupferling?«
»Aber haben Sie nicht gesagt...«, Changshun wurde die Sache unheimlich.
»Ich? Ich hab gesagt, du bürgst für das ihr geliehene Geld. Hier, deine Unterschrift. Mit Zinsen macht alles zusammen genau fünfhundert.«

»Ich, ich, ich ...«, Changshun fand keine Worte.
»Natürlich du, wer denn sonst, ich vielleicht?« Herr Gao fixierte ihn mit einem Blick, daß er nicht zu mucksen wagte. Changshun schlug die Augen nieder und murmelte: »Was soll das heißen?«
»Komm, spiel hier nicht den Dummen, mein Lieber!« Herr Gao entfaltete seine ganze Redekunst, »damals hattest du Mitleid mit ihr, wer hätte das nicht gehabt? Die Menschen sind nun mal so. Das werfe ich dir ja nicht vor. Du bist ein guter Kerl, deshalb hast du bei mir Geld geliehen.«
»Habe ich nicht!«
»He, he, junger Bursche, Wort halten gilt auch für dich!« Herr Gao schien aus tiefstem Herzen Tugend zu predigen. »Auf Treu und Redlichkeit kommt es an! Nie etwas geloben, was man nicht halten kann!«
»Ich habe mir kein Geld von Ihnen geliehen, Sie haben es mir gegeben!« Auf Changshuns Nase zeigten sich Schweißtröpfchen.
Herrn Gaos Augen verengten sich zu einem Spalt, er reckte den Hals weit vor und hauchte Changshun ins Gesicht: »Na, und wer, wer, frage ich dich, wer hat bei mir hier unterschrieben?«
»Ich! Aber ich wußte doch nicht ...«
»Wer unterschreibt denn, ohne es zu wissen? So ein Blödsinn! Wenn ich nicht wüßte, daß du sonst ein guter Kerl bist, würde ich dir ein paar Ohrfeigen verabreichen! Rede keinen Unsinn, laß uns lieber überlegen, was wir machen können. Wer zahlt das Geld zurück? Und wie?«
»Das weiß ich nicht! Ich habe nichts außer meinem Leben, bitte schön!« Changshun standen Tränen in den Augen.
»Quatsch hier nicht dumm, was soll das heißen, willst dein Leben aufs Spiel setzen! Wenn es mir um dein Leben ginge, wäre das ein leichtes! Das Geld gehört nämlich Frau Direktor Guan, ich soll es für sie mit Zinsen verleihen. Mit mir läßt sich ja noch reden, aber selbst wenn ich wollte, ich kann doch nicht ihr Geld verschleudern und einfach in den Wind streuen! Ich kann mich nicht mit ihr anlegen, und du erst recht nicht! Sie kann mit einem einzigen Fußtritt halb Peking erschüttern, meinst du vielleicht, wir beide, nimm mal uns

beide, wir könnten dem Tiger die Beute aus dem Maul reißen? Sie hat Macht und Einfluß, ist schlau und couragiert, die Japaner stehen hinter ihr, was meinst du, was wir in ihren Augen sind? Von dir ganz zu schweigen, selbst ich, könnte ich die fünfhundert nicht zurückzahlen, kriegte mindestens drei Jahre Straflager von ihr aufgebrummt, keinen Tag weniger, überlege mal!«

Aus Changshuns Augen sprühte beinahe Feuer. »Soll sie mir doch drei Jahre Knast aufbrummen! Ich habe kein Geld. Xiao Cuis Frau hat auch kein Geld.«

»So etwas sagt man nicht!« Herr Gao genoß die Unterhaltung geradezu, mal ließ er die Leine locker, mal zog er sie fest an, sie hatte Haken und Stacheln, die er beliebig spielen ließ. »Und was wird aus Frau Ma, deiner Großmutter, wenn du ins Gefängnis kommst? Meinst du, es war leicht für sie, dich großzuziehen?« Er rieb sich deutlich die Augen, als sei er sehr gerührt. »Überlege dir in Ruhe, wie du das Geld nach und nach zurückzahlst, dann sage es mir, und ich rede dann mit Frau Direktor Guan. Du könntest doch zum Beispiel jeden Monat fünfzig zahlen, dann wärst du in zehn Monaten fertig.«

»Das kann ich nicht!«

»Ja, dann wird es schwierig!« Herr Gao ließ den aufgeschlagenen Ärmel wieder herunter, steckte die Hände hinein, zog die Stirn kraus und zerbrach sich den Kopf für Changshun. Schließlich hatte er eine Idee: »Wenn du es nicht zurückzahlen kannst, muß Xiao Cuis Frau sich etwas einfallen lassen, sie hat das Geld ja auch verbraucht, nicht wahr?«

»Wie soll sie denn das machen?« Changshun wischte sich den Schweiß von der Nase.

Herr Gao senkte die Stimme und fragte teilnahmsvoll: »Ist sie mit dir verwandt?« Changshun schüttelte den Kopf.

»Bist du ihr irgend etwas schuldig?« Wieder schüttelte Changshun den Kopf.

»Na fein, weder verwandt noch verschuldet, wieso nimmst du dann das alles auf dich?« Changshun wußte nichts zu sagen.

»Die Frauen, weißt du«, Herr Gao sprach salbungsvoll, als denke er über eine wichtige philosophische Frage nach, »die Frauen haben es leichter als die Männer, sie haben mehr Möglichkeiten und brauchen nicht wie die Männer stets ein Startkapital. Sie können sich mit bloßen Händen ernähren. Darum beneide ich sie! Bei den Frauen sind Gesicht, Hände, Körper alles naturgegebenes Kapital. Sie müssen sich nur ein bißchen gehenlassen, schon haben sie Geld, Speise und Trank, Kleider und jeden erdenklichen Komfort. Nimm doch bloß mal Xiao Cuis Frau als Beispiel, sie ist jung und sieht einigermaßen hübsch aus. Warum sieht sie sich nicht ein wenig nach Freuden und Geld um, das begreife ich nicht.«

»Was soll das heißen?« Changshun wurde ungeduldig.

»Gar nichts, nur daß ich ihr helfen will, die Schulden abzuzahlen!«

»Und wie kann sie das?«

»Bruderherz, nimm's mir nicht übel, aber du bist wirklich begriffsstutzig! Du hast eben zu wenig Schulbildung.«

»Nun sagen Sie endlich, was Sie meinen!« forderte Changshun wütend.

»Na gut, reden wir Klartext!« Herr Gao spülte sich den Mund mit einem Schluck Tee und spuckte ihn auf den Boden. »Das beste wäre natürlich, sie oder du, ihr könntet das Geld sofort zurückzahlen. Wenn das nicht geht, sagst du ihr, daß ich ihr behilflich sein könnte, ihr noch mal fünfzig Kuai zu borgen, damit sie sich ein paar hübsche Kleider und Dauerwellen machen läßt. Dann schicke ich ihr ein paar Freunde zur Unterhaltung. Wir machen halbe-halbe. Das Geld geht aber nicht an mich, ich treibe es für Frau Direktor Guan ein. Die Polizei wird ihr keine Scherereien bereiten, dafür sorge ich. Hauptsache, sie macht's gut, dann läuft das Geschäft. In Zukunft würde ich dann immer direkt mit ihr abrechnen, die fünfhundert könnten wir dann vergessen!«

»Sie meinen, sie soll sich verkau...«, Changshun stockte.

»Das ist heute üblich, ist doch keine Schande! Hier, sieh mal«, er zeigte auf das Heft, »hier stehen eine Menge Leute drin, sogar Studentinnen. Also gut, geh zurück, rede mit ihr und gib mir dann Bescheid. Das machen wir nur so, weil wir Freunde sind, andernfalls müßtet ihr beide die fünfhundert sofort auf den Tisch legen. Wenn du dich stur stellst... aber das wirst du nicht tun, du weißt ja schließlich, wie hart Frau Guan sein kann! Also gut, mein Lieber, ich erwarte deine Antwort! Ich mußte dich bemühen, sei nicht böse, oder

möchtest du vielleicht erst noch etwas essen, bevor du gehst?«
Herr Gao erhob sich. Verwirrt stand auch Changshun auf.
An der Tür des Teehauses klopfte ihm Herr Gao auf die Schulter: »Also, ich erwarte deine Antwort! Gib acht auf dich!« Als fiele es ihm schwer, sich von Changshun zu trennen, schlug er einen anderen Weg ein.
In Changshuns Kopf brummte es wie in einem Wespennest. Er stand lange vor dem Teehaus, bevor er ein paar Schritte tat und wieder stehenblieb. Seine Beine fühlten sich zentnerschwer an. Nein, er konnte nicht nach Hause gehen, konnte der Großmutter und Xiao Cuis Frau nicht in die Augen sehen. Er stand verstört da, bis ihm Sun-Sieben einfiel. Er hatte nicht viel übrig für Sun-Sieben, aber schließlich war der älter als er und ein langjähriger Nachbar, vielleicht wußte der einen Rat.
Nach längerem Suchen fand er ihn schließlich auf der Straße. Sie gingen in ein Teehaus, Changshun bezahlte den Tee.
»Oho, sogar das hast du gelernt«, lachte Sun-Sieben.
Changshun war nicht nach Scherzen zumute. Aufgeregt erzählte er Sun-Sieben ohne Umschweife das Vorgefallene.
»Die Guans sind ja noch mieser, als ich dachte, verdammt noch mal! Kein Wunder, daß es von verkappten Huren wimmelt, wenn die Zuhälter haben. Das sage ich dir, wenn die Japaner noch lange hierbleiben, machen sie womöglich alle Witwen und Mädchen zu Huren!«
»Schimpf nicht rum, denk lieber nach«, flehte Changshun.
»Wie soll dann ausgerechnet mir etwas einfallen?« Sun-Sieben hatte eine heftige Wut, aber keine Idee.
»Wenn dir nichts einfällt, mußt du nachdenken, los!«
Sun-Sieben schloß seine kurzsichtigen Augen und grübelte angestrengt. Nach geraumer Weile riß er plötzlich die Augen auf: »Changshun, ich hab's, du mußt sie heiraten!«
»Ich?« Changshun wurde rot, »ich soll sie heiraten?«
»Genau! Du mußt sie heiraten! Wenn sie deine Frau ist, können die gar nichts mehr machen.«
»Und die fünfhundert Kuai?«
»Na ...« Sun-Sieben schloß wieder die Augen. Nach einer Weile fragte er: »Wie gehen denn deine Geschäfte?«
Changshun war so verwirrt, daß er tatsächlich seinen Handel darüber vergessen hatte. Erst durch Sun-Siebens Frage fielen

ihm jene tausend Kuai wieder ein. Aber von denen würden nach Abzug aller Ausgaben höchstens fünf- oder sechshundert, wenn nicht noch weniger, übrigbleiben. Würde er damit die Schulden bezahlen, wovon sollten sie dann leben? Außerdem war klar, daß die Guans ihn erpreßten, wie könnte er es übers Herz bringen, ihnen das sauer verdiente Geld in den Rachen zu werfen? Nach langem Überdenken bat er Sun-Sieben: »Besprich das mal mit meiner Großmutter, ja?« Er konnte ihr nicht unter die Augen treten, geschweige denn von Heiraten reden.

»Auch die Heirat?« fragte Sun-Sieben zurück.

Changshun wußte nicht, wie er antworten sollte. Er war nicht dagegen, Xiao Cuis Frau zu heiraten. Obwohl er Bedeutung und Verantwortung einer Heirat nicht recht verstand, müßte er das wohl riskieren, um Xiao Cuis Frau zu retten. Einfältig nickte er.

Sun-Sieben kam sich mit einemmal sehr wichtig vor. Heute hatte sich Changshun nicht mit ihm gestritten, ja er spielte sogar Heiratsvermittler für ihn. Das kam nicht oft vor.

Sun-Sieben machte sich auf den Weg.

Changshun dagegen traute sich nicht nach Hause. Er mußte einen ruhigen Ort finden, wo er seinen Kopf ein wenig kühlen konnte. Langsam lief er in Richtung der nördlichen Stadtmauer. Er setzte sich in ihren Schatten, drehte und wendete das Ganze und wurde dabei immer wütender. Aber Wut führte zu nichts, er mußte sich etwas einfallen lassen, was Rotkürbis und den Gao sofort ins Gefängnis brächte. Mit Mühe unterdrückte er seinen Zorn. Nach langem Sinnieren fiel ihm etwas ein: Anzeigen müßte er sie, anzeigen! Aber wo? Das wußte er nicht.

Wie schrieb man eine Anzeige? Er konnte es nicht. Würde eine Anzeige etwas nutzen? Er hatte keine Ahnung.

Wenn die Japaner nun im Falle einer Anzeige nicht Rotkürbis und Gao bestraften, sondern ihn? Schweiß trat ihm auf die Stirn. Aber er durfte nicht so viele Bedenken haben! Als er klein war, hatte er Kinder, die ihn ärgerten, mit denen er sich aber nicht zu prügeln wagte, an der Wand mit Kohle oder Kalk angeschwärzt: der und der ist ein Schweinehund. Er mußte seine Wut auslassen, ganz gleich, ob »Schweinehund«

für seinen Feind wirklich Schaden oder Ärger bedeutete. So mußte er das heute auch machen, egal, was dabei herauskam, er mußte sie anzeigen.
Noch ganz benommen stand er auf und lief in die Stadt zurück. An der Xinjiekon-Straße fand er einen Schriftzeichen-Wahrsager und bat ihn, die Anzeige zu schreiben. Dafür bezahlte er fünf Mao. Der Wahrsager wußte, daß der Inhalt der Anzeige dem Kläger eventuell schaden konnte. Aber wegen der Einnahme von fünf Mao warnte er ihn nicht, fragte nur:
»Wohin soll sie gehen?«
»Was meinen Sie?« fragte Changshun den Schreiber.
»Vielleicht an die Stadtregierung?« schlug der vor.
»Auch gut.« Changshun hatte keine Lust, darüber nachzudenken.
Mit der Anzeige in der Hand machte er sich unverzüglich auf den Weg zur Stadtregierung. Er rannte aus Leibeskräften, ohne sich darum zu kümmern, ob es Glück oder Unglück brachte. Er hatte Ruixuans Rat nicht befolgt, in der Armee gegen Japan zu kämpfen, weil er in Ruhe für die Großmutter sorgen wollte. Wer hätte gedacht, daß das Unheil vom Himmel fiel, während er brav zu Hause saß! Rotkürbis wollte ihn in den Bankrott treiben oder Xiao Cuis Frau auf den Strich schicken. Also gut, das werden wir noch sehen! Er jedenfalls hatte nur ein Leben, und darum würde er kämpfen. Er dachte an all das Unglück und Unheil, das die Familien Qian, Qi und Cui erlitten hatten. Er wollte nicht länger wie ein braver, gehorsamer Greis sein, mußte sein jugendliches, hitziges Blut beleben und durfte nicht länger wie ein Dummkopf warten, bis das Beil auf seinen Nacken niedersauste. Deshalb mußte er die Anzeige sofort abgeben. Denn sobald er zögerte, könnte ihn der Mut wieder verlassen.
Er gab sie ab. Dann ging er langsam nach Hause und begann an seiner Klugheit zu zweifeln, ein wenig reute es ihn schon. Aber dafür war es bereits zu spät. Nun mußte er das Ergebnis abwarten, und sei es auch das schlimmste.
Sun-Sieben hatte alles schnell erledigt. Noch bevor Changshun zurückkam, waren die beiden Witwen in großer Sorge. Die alte Frau Ma hatte an Xiao Cuis Frau nichts auszusetzen, aber sie fand es unpassend, den Enkel mit einer jungen Witwe

zu verheiraten. Und selbst wenn sie der Heirat zustimmte, war die Sache bei weitem nicht erledigt, irgendwie mußten noch die Schulden bezahlt werden. Sie wußte keinen Rat.
Xiao Cuis Frau blieben nur Tränen, nachdem sie Sun-Sieben verstanden hatte. Sie hatte überhaupt noch nicht darüber nachgedacht, ob sie wieder heiraten sollte. Sie fand ihr Schicksal einfach zu bitter. Es reichte nicht, daß sie schon Witwe war, nun sollte sie auch noch Prostituierte werden! Weinend stand sie auf, sie wollte zu den Guans, es ihnen zeigen. Sie war Xiao Cuis Frau, wenn man sie bedrängte und ihr keinen Ausweg ließe, würde sie um sich schlagen und um ihr Leben kämpfen! »Na gut, ich schulde ihnen fünfhundert Kuai, ich gebe ihnen dafür mein Leben, ich habe sonst nichts!« Vor Erregung sträubten sich ihre Brauen, sie rannte hinaus, vergaß, daß sie Witwe war, wollte aus voller Brust vor dem Tor der Guans schimpfen und fluchen und dann mit dem Kopf gegen die Wand in den Tod rennen. Lieber wollte sie sterben, als auf den Strich zu gehen.
Sun-Sieben war zu Tode erschrocken, er hielt sie auf und rief nach Frau Ma. »Frau Ma, kommen Sie schnell! Ich habe es nur gut gemeint. Wenn ich böse Absichten gehabt hätte, soll mich der Schlag treffen! Kommen Sie schnell!«
Frau Ma kam herüber, schwieg aber. Die beiden Witwen schauten sich lange schweigend an, ihnen kamen die Tränen. Ihren Kummer konnten sie nicht aussprechen, denn nicht sie hatten ihn verursacht, sondern irgend etwas, was sie nicht fassen, nicht abwenden konnten, das sie niederdrückte. Sie waren keine Wesen, die frei über ihr Leben bestimmen konnten, sondern vom Winde getriebene Blätter. Wohin der Wind sie trug, dort mußten sie bleiben, egal, ob stinkender Tümpel oder Jauchegrube.
In dieser Stimmung vergaß Frau Ma Zurückhaltung und Vorsicht, sie ergriff die Hand der jungen Frau. Wenn sie zusammenlebten, wären sie stärker und könnten vielleicht Beleidigungen von außen besser widerstehen.
Da trat Changshun ein. Er blickte sie kurz an und ging in seine Stube. Er wollte nichts dazu sagen. Außerdem hatte er entsetzliche Angst, daß die Anzeige Unheil heraufbeschwören könnte.

63

Nachdem der Vater beerdigt war, erkrankte Ruixuan.

Durch Tianyous plötzlichen Tod geriet die Familie Qi völlig durcheinander. Zu Lebzeiten hatte Tianyou zwar kaum zu Hause gewohnt, aber alle hatten stets das Gefühl, er sei immer bei ihnen. Wenn sie guten Tee bekamen oder zu bestimmten Anlässen etwas Besonderes gekocht wurde, brachten sie ihm etwas davon oder hoben es für ihn auf, bis er nach Hause kam. Genauso machte er es, ob er nun Kirschen oder Gebäck kaufte, er lief zwischendurch schnell nach Hause und brachte es dem Vater, der es dann unter alle aufteilte.

Gerade weil er nicht zu Hause wohnte, kümmerten sich alle besonders um ihn, auch wenn er nur drei oder vier Li entfernt lebte. Diese Distanz war es wohl, die jeden in seinem Herzen ein kleines Plätzchen für ihn freihalten und ständig an ihn denken ließ. Wenn er dann einmal nach Hause kam, war er zu allen freundlich, und wenn sie sich gerade verzankt oder gestritten hatten, wandelte sich ihr Zorn in Freude, ihr Schweigen in Lachen.

Er hatte keinerlei Allüren, und es war ihm fremd, sich aufzuplustern oder mit den Augen zu rollen. Betrat er das Haus, hatte niemand das Gefühl, daß jetzt »der Vater« da war. Er verhielt sich stets unauffällig, doch wie ein warmer Frühlingshauch, der sanftes Wohlgefühl verbreitete. Dabei waren sich alle seiner Verdienste und Bedeutung bewußt. Nach dem alten Herrn Qi gebührte ihm die höchste Stellung in der Familie, weshalb ihn alle verehrten und liebten. Nach dem Tod des alten Herrn würde er Oberhaupt der Familie sein. Dabei war er so leicht zufriedenzustellen, hatte nie Launen. War das nicht ein Glück für alle? Niemand wünschte den Tod des alten Herrn herbei, aber würde er eines Tages dahinscheiden und Tianyou an seine Stelle treten, wäre die Familie Qi vielleicht noch harmonischer und erfolgreicher. Er war ihr sanfter Wind und Sonnenlicht, er würde vielen nachfolgenden Generationen den Weg weisen. Der alte Herr Qi hatte den Ruhm von vier Generationen unter einem Dach erlebt, Tianyou konnte vielleicht den von fünf Generationen genießen!

Und solch ein Mensch war nun gestorben, auf so grausame Weise.

Der alte Herr, Tianyous Frau, Ruifeng und Yunmei, alle waren ein wenig abergläubisch. Hätte sich nicht Tianyou, sondern ein anderer ertränkt, hätten sie sicher befürchtet, der Geist des unschuldig Verstorbenen würde sie noch lange Zeit heimsuchen. Aber es war Tianyou. Wenn sie sich seiner Wärme und Aufrichtigkeit erinnerten, fiel ihnen sein gütiges Gesicht ein, und niemand konnte sich ihn als bösen Geist vorstellen. Alle fühlten nur, daß da einer fehlte, nämlich ein liebenswerter Mensch. Anders konnten sie ihn sich nicht vorstellen.

Daher herrschte bei den Qis, nachdem die Beerdigung vorüber war, eine erschreckende Stille. Ruixuan lag krank im Bett, und auch der alte Herr lag gewöhnlich schweigend auf dem Kang, nur seine bärtigen Lippen bewegten sich leicht. Tianyous Frau war furchtbar abgemagert. In ihrem viel zu großen Trauerkittel lief sie wortlos hin und her und ging der Schwiegertochter zur Hand. Längst hätte sie sich eine Ruhe gönnen müssen, weigerte sich aber. Sie wußte, daß sie nicht mehr lange zu leben hatte, wollte Ruixuan aber zeigen, daß sie noch etwas tun konnte und nicht so schnell sterben würde. Denn würde es in der Familie noch einen Todesfall geben, wüßte der nicht mehr ein noch aus. Sie war krank und hatte großen Kummer, aber sie weinte nicht und legte sich auch nicht hin. Sie mußte an Stelle ihres Mannes die Familie zusammenhalten, damit die nicht sofort auseinanderbrach.

Ruifeng vertrieb sich den Tag weiterhin mit einer Schar von Tunichtguten. Niemand wagte ihn zu tadeln. Die Atmosphäre des Todes verschloß allen den Mund, keiner mochte einen Ton von sich geben, schon gar keinen bösen.

Yunmei traf es besonders arg, sie mußte es allen recht machen, durfte aber nicht zu lebhaft werden, damit ihr keiner unangemessenes Verhalten vorwerfen konnte. Am meisten sorgte sie sich wegen der Krankheit ihres Mannes, durfte aber dabei den Großvater und die Schwiegermutter nicht vernachlässigen. Sie fand Ruifengs Benehmen nicht in Ordnung, wagte aber nicht, ihn zurechtzuweisen. Alle trugen noch frische Trauer, da konnte sie doch nicht als erste einen Streit anfangen.

Die Bestattung war bescheiden ausgefallen. Trotzdem hatte sie doppelt soviel Geld verschlungen wie vorgesehen. Kalkulationen für Hochzeiten und Begräbnisse sind immer unzuverlässig. Ruifeng hatte Zigaretten, Schnaps und Tee für alle gekauft, ihnen eine Rikscha gemietet, mehr Gerichte bestellt als vorgesehen und das Geld willkürlich zum Fenster hinausgeworfen. Ruixuan mußte Schulden machen. Die Familie hatte noch nie große Rücklagen, aber auch nie Schulden gehabt. Der alte Herr gestattete keinem, auch nur ein Pfund Kohle anschreiben zu lassen oder jemandem einen Kuai zu schulden. Ruixuan wagte dem Großvater nicht zu sagen, wieviel Geld insgesamt ausgegeben wurde. Tianyous Frau wußte es, aber sie wollte den ältesten Sohn während seiner Krankheit nicht damit behelligen. Yunmei wußte über alles Bescheid und fühlte sich zur Abtragung der Schulden verpflichtet. Und obwohl sie bei Öl, Salz, Soja und Knoblauch eisern bei jedem halben Kupferling sparte, half das nichts, zeigte aber ihr Verantwortungsgefühl. Doch eine knappe Kasse erregt schnell Unwillen. Besonders Ruifeng war nicht bereit, sich bei Zigaretten und Schnaps einzuschränken. Gäbe sie ihm weniger, würde er Krach schlagen und den alten Herrschaften Sorgen bereiten. Ihre großen Augen hatten schon an Glanz verloren, sie wanderten ruhelos hin und her, als suchten sie etwas.

Yunmei und die Schwiegermutter überlegten, ob die alte Dame nicht in das Zimmer des Dritten ziehen sollte, damit man die zwei Südstuben vermieten und monatlich wenigstens noch ein paar zusätzliche Einkünfte erzielen konnte. Wohnungen waren jetzt sehr rar, selbst so dunkle und feuchte Räume würden sofort Mieter finden und nicht wenig einbringen.

Tianyous Frau wollte es, Ruixuan war nicht dagegen. Aber der alte Herr war verletzt. Als er das Haus damals gekauft hatte, war die Familie noch klein, und es wohnten auch andere Leute dort. Aber er hatte an die Zukunft gedacht und war sich sicher, sobald die Familie größer wurde, würden Söhne und Enkel die Mitbewohner verdrängen wie ein wachsender Baum, der seine Zweige ausbreitet. Jetzt war der Sohn gestorben, demnächst sollte an Fremde vermietet werden. Ihm war klar, das bedeutete das Welken seiner Zweige. Warum starb er denn nicht? Warum starb er nicht, solange alles noch unversehrt und vollkommen war?

Obwohl er so niedergeschlagen war, lehnte er sich nicht entschieden dagegen auf. Was hatte die eigene Meinung in solch chaotischen Zeiten denn noch für einen Wert? Mit Tränen in den Augen ging er zum Vierten Li: »Wenn Sie jemanden wissen, können Sie mal dran denken, unsere beiden Südstuben...«

Der Vierte Li versprach sich umzusehen, schärfte dem alten Freund aber ein, auf keinen Fall etwas verlauten zu lassen, denn sobald es ruchbar würde, zögen sofort Japaner ein. Es wären schon zweihunderttausend in Peking, die drängten sich in jede Lücke, die sie entdeckten. Wer weiß, vielleicht würde demnächst die Hälfte der Pekinger hinausgejagt! In der Tat, die Japaner bauten bereits vor dem Pingze-Tor in Balizhuang Neu-Peking auf, dahin sollten die Pekinger ziehen, damit die Häuser in der Stadt den Japanern zur Verfügung stehen würden. Sie schienen sich hier für immer festsetzen zu wollen.

Noch am gleichen Tag berichtete der Vierte Li, daß ein soeben von außerhalb der Stadt hergezogenes Ehepaar in mittleren Jahren mit zwei Kindern gern einziehen würde.

Der alte Herr Qi wollte sich die Mieter zunächst ansehen. Er war vorsichtig und wollte nicht irgendwelche undurchsichtigen Leute in seinem Hause haben. Der Vierte Li brachte sie umgehend zu ihm. Die Familie hieß Meng. In der Gegend zwischen Xiyuan und den Westbergen gehörte ihnen Land. Als die Japaner in Xiyuan den Flugplatz bauten, okkupierten sie einen Großteil davon. Und für die an den Westbergen gelegenen Felder fanden die Mengs niemanden, der sie bestellen wollte, mußten aber trotzdem weiter Steuern zahlen und Getreide abliefern, weshalb sie lieber weggingen und in der Stadt Unterschlupf suchten. Herr Meng war sehr umsichtig und ziemlich gescheit, ähnelte im Benehmen ein wenig dem Zweiten Chang. Frau Meng, eine kräftige Mittvierzigerin mit einer Zahnlücke, machte auch einen soliden Eindruck. Die Kinder, zwei Jungen im Alter von fünfzehn und zwölf, sahen robust und kräftig aus.

Sobald der alte Herr Qi die Ähnlichkeit zwischen Herrn Meng und dem Zweiten Chang entdeckt hatte, stimmte er zu und erzählte auch sogleich haargenau und ausführlich vom Zweiten Chang. Herr Meng kannte zwar den Zweiten Chang nicht, ließ aber beim Zuhören auch seine eigenen Sorgen einfließen. Der alte Herr Qi freundete sich schnell mit Herrn Meng an. Trotzdem vergaß er nicht, Herrn Meng zu bedeuten, daß er Wert auf Benehmen und Sauberkeit lege. Herr Meng verstand und erklärte sofort, er werde seinen Jungs nicht gestatten, im Hof herumzutoben, außerdem seien sie anständige, fleißige Menschen und hätten auch nicht einen einzigen zweifelhaften Freund.

Schon am nächsten Tag zog die Familie Meng ein. Der alte Herr Qi war zwar mit seinen neuen Mietern ganz zufrieden, mußte aber noch mehr an seinen verstorbenen Sohn denken. Wie er den Mengs so beim Einräumen zuschaute, flüsterte er: »Tianyou, Tianyou! Solltest du nach Hause kommen, gehe nicht ins falsche Zimmer, deine Südstuben sind vermietet!«

Frau Ma kam, sauber gekleidet, schüchtern zu dem alten Herrn Qi. Da sie sonst keine Besuche abstattete, erriet er, daß sie etwas Wichtiges bereden wollte. Auch Tianyous Frau gesellte sich zu ihnen. Sie waren zwar direkte Nachbarn, da sie sich aber selten sahen und außerdem jede Familie wegen der Japaner ihre eigenen Schwierigkeiten hatte, gab es immer viel zu erzählen, wenn man sich dann einmal traf. Erst nachdem sie sich länger unterhalten und ihre Herzen ausgeschüttet hatten, brachte Frau Ma ihr Anliegen zur Sprache. Sie wollte hören, ob es Klatsch geben würde, falls Changshun wirklich Xiao Cuis Frau heiratete. Herr Qi war der Älteste der Gasse und sehr angesehen, hätte er an der Sache nichts auszusetzen, würde Frau Ma sie mutig angehen.

Der alte Herr war überfragt, er wußte nicht, was er antworten sollte. Sprach er sich dagegen aus, verhinderte er eine Eheschließung. Wie sagte der Volksmund doch: Lieber zehn Tempel einreißen, als eine Ehe zerstören! Stimmte er aber zu, wer wußte, ob die Heirat Glück oder Unglück brachte? Xiao Cuis Frau war Witwe, das war schon an und für sich nicht glückverheißend. Und sie war älter als Changshun, was sich auch nicht schickte. Außerdem, was sollte aus dem Geld werden, das sie Rotkürbis schuldeten?

Obwohl er seine Äuglein fast zukniff, konnte er nichts entscheiden. Er mußte auf seine Worte achtgeben. Nach langem Grübeln fiel ihm nur ein: »Das sind Zeiten! Man weiß einfach nicht, was man machen soll.«

Tianyous Frau wußte auch keinen Rat. Sie holte Ruixuan dazu. Dessen Krankheit war zwar vorüber, aber er sah noch schlecht aus. Als er verstanden hatte, huschte ihm ein Gedanke durch den Kopf: »Mit einer Bombe wäre das ganze Gesindel um Rotkürbis und Gao erledigt!« Aber er unterdrückte diesen befreienden Satz. Solange er selbst nicht wagte, Bomben zu werfen, konnte er das auch nicht von der alten Frau Ma und ihrem Enkel erwarten. Er wußte, nur Bomben waren eine Lösung, aber er, Frau Ma und Changshun würden keine Bombe zu werfen wagen, selbst wenn sie eine hätten. Er war im Gefängnis gewesen, sein Vater wurde von den Japanern in den Tod getrieben, aber was hatte er getan? Nur Blut gespuckt, dem Vater eine Grube gegraben und Geld geliehen, um ihn zu beerdigen. Dem Feind hatte er kein Haar gekrümmt!

Nach langem Schweigen gelang es ihm nur mit äußerster Anstrengung, das Unerträgliche und die Scham hinabzudrücken wie aufsteigendes Blut, das eigentlich ausgespuckt werden mußte, und in seiner gewohnten Bedächtigkeit zu sagen: »Frau Ma, meiner Meinung nach wird sich niemand über diese Heirat lustig machen. Sie, Changshun und Xiao Cuis Frau, sie sind doch alle anständige Menschen, da wird es kein Gerede geben. Die Schwierigkeit liegt ganz allein darin, daß sie die Familie Guan herausfordern, wenn sie heiraten. Möglicherweise verwenden die ihre ganze Kraft darauf, Ärger zu machen.«

»Das ist richtig! Den Guans ist jede Schlechtigkeit zuzutrauen«, seufzte der alte Herr Qi.

»Aber wenn sie nicht heiraten, machen die anderen Xiao Cuis Frau doch gleich zu einer – einer...« Über die Lippen von Frau Ma kam so ein Wort nicht. Unstet blickte sie umher, ihre sonstige Geruhsamkeit war verschwunden. Im Raum selbst war es still, als habe sich der Schatten des Todes hereingeschlichen.

Es war erst gegen fünf, aber es dämmerte schon.

Gerade als sich Frau Ma verabschieden wollte, stürmte Ruifeng schweißgebadet herein, als sei der Teufel hinter ihm her. Ohne jemanden zu beachten, ließ er sich auf einen Stuhl fallen und rang mit weitgeöffnetem Mund nach Luft.

»Was ist denn los?« fragten alle gleichzeitig. Er winkte ab, brachte kein Wort heraus. Jetzt erst bemerkten die anderen, daß sein Quittengesicht voller blauer Flecke war und sein Obergewand am Rücken ein großes Loch aufwies.
Heute war der erste Tag der Benefizveranstaltungen, die Vorstellung fand in einem Theater am Xidan-Pailou statt. Das Programm wies nur einige zugkräftige Nummern auf, als drittletzte sollte Frau Wen auftreten, als vorletzte Zhaodi und zum Abschluß ein berühmter Schauspieler. Zhaodis Szene war nichts Besonderes, aber es war ihr Debüt, sie war hübsch anzusehen und das Stück nicht lang, weshalb man ihr das nachsah.
Dieser Auftritt hatte Familie Guan ganz in Anspruch genommen. Das Kostüm hatten Zhaodis Freunde »gespendet«. Die hatte es fünfmal anprobiert, ließ es fünfmal ändern, ein Schneider wurde eigens dafür ins Haus gerufen. Herr Gao war mit der Beschaffung des Kopfschmucks, des Friseurs und des Schminkmeisters beschäftigt. Rotkürbis hatte alle Hände voll zu tun, für Zhaodi Blumenkörbe zu »sammeln«, denn sie wollte, daß acht Paar Blumenkörbe auf die Bühne gebracht werden, bevor sich der Vorhang öffnet. Xiaohe hatte noch mehr zu erledigen, er mußte Zhaodi den besten Trommel- und Gongmeister der Stadt besorgen, außerdem Reporter, die Fotos von ihr machen sollten, damit diese am Vortag und am Tag des Auftritts in Zeitungen und Zeitschriften erscheinen konnten. Und er mußte Verse und Texte verfassen, die von Lan Dongyang an die verschiedenen Redaktionen geschickt wurden, um Fräulein-Zhaodi-Sondernummern herauszugeben. Doch trotz seiner großen Begabung, trotz unzähliger Gläser starken Tees und Kaffees brachte er kein einziges Zeichen aufs Papier. Es blieb ihm nichts anderes übrig, als Leute, die er für Dichtertalente hielt, zu einem Essen einzuladen und zu bitten, etwas für ihn zu verfassen. Es waren wirkliche Kenner, denn sie legten ihm sofort Formulierungen vor wie »zierlich und anmutig von Gestalt«, »vogelgleich«, »eine Stimme klar und rein wie lauter Perlen«. Lan Dongyang selbst war der Hauptmanager der Benefizveranstaltung, er war so vielbeschäftigt, daß er nur einmal keuchend vorbeikam und den Mund zu einem Lächeln verzog. Dickmadam dagegen besuchte sie öf-

ter, aber sie war genauso dick wie träge, so daß sie nur selten vorschlug, eine Runde zu spielen. Tongfang war stets im Gefolge von Zhaodi, sie trug ihr den Mantel hinterher, damit das Fräulein sich nur ja nicht erkälte und heiser würde. Zwischendurch nutzte sie jede freie Minute, um wegzulaufen und sich mit Herrn Qian zu beraten.

Sämtliche Theaterkarten waren schon drei Tage vorher ausverkauft. Die Reihen vier und fünf im Parkett waren für Japaner reserviert, während die ersten drei von Zhaodis und Frau Wens Freunden belegt wurden. Der Schwarzmarktpreis für die Eintrittskarten betrug das Drei- bis Fünffache des ursprünglichen. Frau Wens Freunde waren erbost, daß sie vor Zhaodi auftreten sollte, und wollten deshalb aufstehen und gehen, sobald Zhaodi die Bühne betrat. Als Zhaodis aufgetakelte Fans davon hörten, beschlossen sie, Frau Wen zur Strafe mit Buhrufen zu bedenken. Zum Glück kam Xiaohe das Ganze rechtzeitig zu Ohren, und er veranlaßte, daß Ruoxia und Zhaodi die Anführer persönlich einluden und bewirteten, bis sie sich in Anwesenheit eines Japaners die Hände gaben und Waffenruhe beschlossen.

Ruifeng mußte bei diesem Spektakel unbedingt dabeisein. Unter seinen Freunden gab es genug Spitzel, die sich vor Beginn der Vorstellung im ganzen Theater verteilten, da viele wichtige Japaner erscheinen sollten. Seit zehn Uhr morgens wartete er schon vor dem Theater. Aufgeregt und mit offenem Mund hielt er nach allen Seiten Ausschau und stürzte, wenn er einen Freund erblickte, auf diesen zu: »Lao Yao, nimm mich mit rein!« Oder bald darauf zu einem anderen: »Lao Chen, vergiß mich nicht!« So begrüßte er etwa zehn Leute, blickte sich aber noch immer suchend nach weiteren um, die er angehen konnte. Als dann die Einlasser, Militärpolizisten und Garderobieren eintrafen, schlug sein Herz immer heftiger, und er wandte sich mit noch weiter geöffnetem Mund an die nächsten Freunde, die aber ärgerlich abwinkten: »Beruhige dich doch, du bleibst schon nicht draußen! Es ist noch viel zu früh, was regst du dich denn auf?« Er kicherte, fürchtete aber, sie könnten ihn nur hinhalten. Solange er draußen stand, war nichts sicher.

Der Sitte nach durfte er während der Trauerzeit gar nicht ins

Theater gehen, aber für einen Theaterbesuch hätte er sogar sein Leben riskiert.
Nach elf Uhr geriet er beinahe in Panik. Er schnappte einen Freund und flehte, ihn sofort hineinzubringen. Die Adern auf der Stirn standen hervor, kleine Schweißtröpfchen traten ihm auf die Nase, er bekam ganz feuchte Hände. Der Freund erwiderte: »Aber keinen Sitzplatz!« Er war einverstanden, dann würde er eben stehen.
So gelangte er hinein, setzte sich umgehend auf einen ziemlich guten Platz und betrachtete höchst zufrieden die leere Bühne und das leere Theater. Er schloß den Mund, ein süßlicher Geschmack ließ ihn fortwährend lächeln. Er war bester Laune.
Endlich nahmen die Musiker auf der Seitenbühne Platz. Mit dem ersten Trommelschlag öffnete er den Mund wieder, streckte den Hals vor und beobachtete konzentriert jeden Trommel- und jeden Gongschlag. Sein Körper bewegte sich dazu, er verspürte eine süße, rhythmische Freude.
Nach geraumer Zeit begann das Vorspiel »Der Schutzgott der Schauspieler verheißt Glück«. Ruifeng reckte seinen Hals noch weiter vor. Ganz versunken wurde er plötzlich angesprochen, »die Karte« war gekommen. Ohne den Blick von der Bühne zu wenden, rückte er weiter. Bald traf auch diese »Karte« ein, wieder rückte er ein Stück weiter. Es war ihm in keiner Weise unangenehm, vor lauter Hingabe schien er nichts wahrzunehmen. Noch öfter wechselte er den Platz, bis er kurz vor Frau Wens Auftritt flüchtig wahrnahm, daß er auf einmal stand. Er riß den Mund noch mehr auf und schluckte nur, wenn ihn der Zigarettenrauch zu sehr reizte und er husten mußte.
Als die Japaner eintrafen, starrte er, auf Zehenspitzen, weiter zur Bühne, ohne zu beachten, welch wichtige Persönlichkeiten sich unter ihnen befanden. Als die Musiker wechselten, war ihm, als husche Herr Qian an ihm vorüber. Er beachtete ihn nicht. Da kam Xiao Wen auf die Seitenbühne, setzte sich und stimmte seine Flöte. Ruifengs Begeisterung wuchs. Ihm gefiel Xiao Wen, er verdiente Respekt, war jeden Tag im Theater, wie schön das sein mußte! Er sah auch Lan Dongyang auf der Bühne. Ihn sollte er hassen. Aber in ihm regte sich

nichts, ihn interessierte nur die Bühne. Dickmadam und ein schönes Mädchen stellten dort Blumenkörbe auf. Er spürte kurz etwas, schluckte, und schon war Dickmadam vergessen. Als Guan Xiaohe den Kopf durch den Vorhang streckte, beneidete er den.

Obwohl viele Frau Wens wegen gekommen waren und reichlich Lob spendeten, bekam sie keineswegs nur von ihren Anhängern Beifall. Sie war wirklich talentiert. Nach einer turbulenten Auftrittsszene wurde es sehr still im Zuschauerraum. Ihre Anmut, Würde, Gelassenheit, jede ihrer Bewegungen ließ alle den Atem anhalten. Ihre Augen schienen jeden einzelnen wahrzunehmen, was sie sehr sympathisch machte. Sie war so zierlich, unglaublich lebendig und beweglich, faszinierend in ihrer Schönheit und Jugend, und gleichzeitig vermittelte sie allen das Gefühl von eigener Jugend, Begeisterung und Freude. Sie beherrschte das ganze Theater, ohne sich sonderlich anzustrengen oder zu verausgaben. Und auch ihre Anhänger klatschten nur an den besonderen Stellen, denn alles andere wäre einer Mißachtung ihrer Kunst und oberflächlicher Schmeichelei gleichgekommen.

Xiao Wen schien sich selbst vergessen zu haben. Mit leicht vorgebeugtem Oberkörper, die Augen fest auf seine Frau gerichtet, entlockte er der Querflöte volle, runde Töne. Das war keine Begleitung, das war Hingabe, hochkonzentriert schien seine Lebenskraft in die Musik hineinzuströmen, jeder Ton war voller Gefühl, Energie und Licht, als wollte er ihren Körper und ihre Stimme zu den Unsterblichen entschweben lassen.

In den Reihen der Japaner saß ein betrunkener Offizier, der eingeschlafen war. Zwischendurch öffnete er immer wieder die Augen und nahm verschwommen wahr, daß sich auf der Bühne eine hübsche Frau bewegte. Schloß er dann die Augen wieder, schloß er auch die Schönheit mit hinein, denn bei einer Frau konnte er an nichts anderes mehr als an ihren eigentlichen »Zweck« denken. Er riß die Augen auf, rieb sie und erkannte Ruoxia. Seine betrunkenen Augen folgten ihr, erhaschten aber niemals ihren Blick. Er geriet in Wut. Er war Offizier des großen japanischen Kaiserreichs, ein Bezwinger der Chinesen, er konnte jede beliebige Chinesin zertreten.

Und er mußte stets und überall seine tierischen Begierden austoben, und sei es im Theater. Diese Frau mußte er sofort von der Bühne herunterziehen, ihr die Kleider vom Leib reißen und allen die besonderen Fähigkeiten japanischer Krieger vor Augen führen. Aber Frau Wen schaute ihn überhaupt nicht an. Da erhob er sich ein wenig und zischte etwas in ihre Richtung. Sie beachtete ihn nicht. Da zog er die Pistole. Der Schuß krachte, Ruoxia schwankte. Noch ehe sie die Hand auf die Brust legen konnte, fiel sie um.

Im Parkett und im Rang schrie und heulte, rannte und trampelte es augenblicklich, Leute stürzten im Gewühl, alles drängte hinaus. Noch bevor Ruifeng den Mund zuklappen konnte, wurde er umgestoßen. Er taumelte, wälzte sich am Boden und kroch weiter. Über seinen Kopf, seine Hände, den Körper glitten Schuhe und Stiefel. Er erhob sich, fiel wieder hin, schrie und kroch, suchte seinen Kopf zu schützen. Mal verdeckten Kleider und Beine ihm die Sicht, dann wieder erblickte er eine Säule. Er verlor die Orientierung, wußte nicht mehr, welche Beine ihm und welche anderen Leuten gehörten. Rollend, kriechend, stoßend und schlagend gelangte er schließlich irgendwie in einem Menschenknäuel hinaus.

Die Japaner waren aufgesprungen und richteten ihre Pistolen in alle Ecken des Theaters.

Tongfang drängte sich von der Hinterbühne nach vorn durch. Ursprünglich hatte sie eine Handgranate werfen wollen, wenn Zhaodi die Bühne betrat. Nun, da der Plan gescheitert war, dachte sie nur noch daran, Frau Wen zu schützen. Als sie sich hinauszwängte, pfiff eine Kugel an ihrem Ohr vorbei. Sie warf sich hin und kroch auf allen vieren zu Ruoxia.

Xiao Wen ließ die Flöte fallen, griff sich einen Stuhl, sprang wie von einem Dämon besessen von der Bühne herunter direkt auf den Kopf des betrunkenen Täters, daß dessen Gehirn auf Xiao Wens Brust spritzte, bevor er überhaupt wußte, wie ihm geschah.

Sofort richteten sich mehrere Pistolen auf Xiao Wen. Der konnte sich nicht mehr rühren. Er lachte kurz auf, dann wandte er sich zu seiner Frau um: »Liebes, sterben wir eben, macht nichts!«, legte die Hände auf den Rücken und ließ sich fesseln.

Hinter der Bühne trieben sich ziemlich viele Spitzel herum. Von den Schauspielern und Amateuren, ob im Kostüm oder noch in Straßenkleidung, den Statisten, Garderobieren und Musikern entkam nicht einer. Zhaodi, bereits angekleidet und geschminkt, mit einer Hand an Herrn Gao, mit der anderen an ihren Vater geklammert, glich nur noch einem zitternden Bündel.

Der Rang war noch nicht ganz leer. Ein alter Mann saß unbeweglich da, sein zahnloser, bärtiger Mund bewegte sich leicht, als knirsche er mit den Zähnen oder als wolle er lachen. Seine Augen funkelten. Er wußte, daß sich Tongfang noch auf der Bühne und Xiao Wen davor befanden, aber das konnte er jetzt nicht bedenken. Er sah nur einen Haufen Japaner, die sterben mußten. Er warf seine Handgranate.

Am nächsten Tag kaufte ein leicht hinkender Dichter eine Zeitung und studierte aufmerksam in einem Teehaus die Stadtnachrichten: »Tod einer Schauspielerin. Das Ehepaar Wen Ruoxia, die bekannte Darstellerin und der namhafte Huqin-Spieler, wollten in Konspiration mit der Verräterpartei auf der Benefizveranstaltung Offiziere der kaiserlichen Armee töten. Das Ehepaar wurde erschossen, eine Freundin von ihnen wurde dabei irrtümlich tödlich verletzt.«

Der alte Mann starrte auf die Zeitung, sah aber Xiao Wen, Ruoxia und Tongfang vor sich. Das Ehepaar kannte er kaum, aber sie waren ihm sehr sympathisch, waren gestorben wie seine Frau und deshalb ebenso liebenswert wie sie. Vor allem Xiao Wen imponierte ihm, er war nicht nur ein begabter Huqin-Spieler, sondern auch ein Held, der gewagt hatte, seinem Feind mit einem Stuhl das Gehirn einzuschlagen. Tongfang gegenüber empfand er nicht nur Mitgefühl, sondern auch Schuld. Diese kluge, mutige Frau mußte von seiner Hand sterben, ein kleiner Splitter seiner Handgranate tötete sie! Wäre sie noch am Leben, könnte sie ihm helfen, noch Größeres zu vollbringen. Vielleicht wäre ihr Name in die Geschichte eingegangen. So aber war sie nur »irrtümlich tödlich verletzt« worden. Bei diesem Gedanken flüsterte er fast vernehmlich: »Tongfang! Mein Herz ist dein Gedenkstein, es wird dich nie vergessen!« Er schaute wieder auf die Zeitung und las weiter: »Unter den Offizieren der kaiserlichen Armee gab es keine

Verletzten.« Der alte Mann las den Satz noch einmal, lächelte, keine Verletzten, tatsächlich! Weiter hieß es: »Bei dem Attentat wahrten die Zuschauer Ruhe und Ordnung, nur zwei, drei Alte und Schwache wurden leicht verletzt.« Der alte Mann nickte, der Reporter bewies wirklich Erfindungsgabe. »Alle, die sich hinter der Bühne befanden, werden vom Generalstab vernommen; wer sich als unverdächtig erweist, wird in den nächsten Tagen freigelassen.« Er wußte, acht von zehn oder noch mehr kämen da nie wieder heraus. Ihm war schwer ums Herz, aber er mußte sich auch sagen: »So ist das eben! Nur das ist Kampf, nur der Tod, das Sterben schafft Haß. Und nur wer den Haß kennt, wird Rache üben!«
Der alte Mann trank einen Schluck Wasser, verließ das Teehaus und machte sich auf den Weg in die Oststadt, zu den Gräberfeldern, um seinen Toten, Frau und Sohn, zu sagen: »Ruht in Frieden, ich habe euch schon ein wenig gerächt!«

64

In der Schafhürdengasse ging alles drunter und drüber, jedermanns Augen strahlten, aller Herzen hüpften vor Freude, die Gesichter lächelten. Ihnen war nach Schreien, Springen, Trinken, Feiern zumute. Haarbüschel Fang-Sechs wurde zur wichtigsten Person, man umringte ihn, zupfte ihn am Kittel und bat ihn, von dem Theater im Theater zu erzählen, von den Schüssen, vom Sterben, von dem Stuhl, von dem verspritzten Gehirn, von Bomben, von dem Gewühl, von Toten und Verletzten. Die es schon gehört hatten, baten ihn, es noch einmal zu berichten, die es noch nicht gehört hatten, umringten ihn, als genüge es schon, ihn nur zu sehen. Er war der Held, der Engel, er verkündete die frohe Botschaft.
Fang-Sechs war schon früh zu einer »wichtigen Person« geworden. Seinen Talenten nach zu urteilen, war er nur ein zweit- oder drittrangiger Kleinkünstler, der witzige Dialoge rezitierte. In großen Teehäusern oder Buchmärkten schlug er seinen Tisch nur auf, wenn deren Rezitatoren nach Tianjin oder Shanghai geladen waren, gewöhnlich breitete er einen kleinen Teppich im Himmelsbrückenviertel oder im Dongan-

Basar, im Tempel des Erhabenen Glücks oder im Tempel zum Schutze des Reiches aus. Nur selten wurde er zu Privatvorstellungen eingeladen. Die Besetzung Pekings jedoch wendete sein Schicksal. Einer seiner Freunde erhielt einen Posten im Neuen Bürgerkomitee. Durch ihn bekam er die Chance, im Rundfunk sein Können unter Beweis zu stellen. Von diesem erfuhr er auch, wie man sich anstrengen mußte. »Am besten, du lernst ›Die Vier Klassischen Bücher‹ auswendig. Die Japaner glauben an die ›Vier Bücher‹, weil das etwas Altes ist. Wenn du in jedem Abschnitt eines Dialogs ein paar Sätze aus der ›Großen Lehre‹, dem ›Goldenen Mittelweg‹ oder gar den ›Gesprächen des Konfuzius‹ unterbringst, werden dich die Japaner auf ewig für den Rundfunk engagieren! Dann bist du so bekannt, daß du auch in die großen Teehäuser und Buchmärkte hineinkommst.«
Fang-Sechs lernte also die Kanonisierten Klassischen Bücher auswendig. Er war sich darüber im klaren, daß er mit solchen Zitaten keinen Anklang bei den Zuhörern finden würde. Denn in den Schulen und Universitäten wurden die »Vier Bücher« nicht mehr gelehrt, weshalb nicht einmal mehr Angestellte oder Lehrer sie kannten. In seinen Texten waren Zitate daraus bisher höchstens als Witz vorgekommen, etwa der Art:
»Ob Herr, ob Knecht, ob Vater, Sohn,
ob recht, ob schlecht, wer weiß das schon!«
Und »fünf, sechs Hutträger und sechs, sieben Barhäuptige« erklärte er so: fünf mal sechs ist dreißig, dreißig sind verheiratet; sechs mal sieben ist zweiundvierzig, zweiundvierzig sind unverheiratet! und so weiter. Immer, wenn er diese Geschichten einflocht, guckte das Publikum – bis auf wenige alte Männer – verwirrt drein und fand daran nichts Witziges. Aber er vertraute dem Freund. Er wußte, daß die Welt den Japanern gehörte und seine Schale Reis nur dann gesichert war, wenn die ihn wegen seiner Kenntnisse der »Vier Bücher« langfristig für den Rundfunk engagierten. Er lernte, bis er die »Vier Bücher« in Windeseile hersagen konnte. Wenn er rezitierte, war manches sehr witzig, anderes hingegen todlangweilig. Aber was scherten ihn die Zuschauer, er richtete sich nur nach den Japanern. Vor jeder Sendung mußte er das Thema nennen, etwa »Der Meister sprach, lernen sollt ihr« oder »Zu Lebzeiten der

Eltern macht man keine weiten Reisen« ... damit waren die Japaner sehr zufrieden, und seine Reisschale war gesichert. Nun brauchte er keinen Teppich mehr auszubreiten, die großen Teehäuser rissen sich um ihn, nicht wegen seiner Fähigkeiten, sondern wegen seiner Beziehungen zu den Japanern. Glücklicherweise wurde er nun auch begeistertes Mitglied im Verband für Kultur und Kunst und war bei allen Veranstaltungen dabei. Er wurde zu einem richtigen Kulturschaffenden.
Auf der Benefizveranstaltung gehörte er zum Personal. Er hatte alles mit angesehen, war aber nicht verletzt worden. So konnte er gut reden, und er redete gern. Auch den Japanern konnte er nichts verschweigen. Aber obwohl er deren Reis aß, verkaufte er nicht auch seine Seele an sie. Besonders der Tod des Ehepaars Wen bewegte ihn. Er war zwar nicht ihr Kollege und hatte mit ihnen nichts zu schaffen, aber schließlich lebten sie wie er von der Kunst. Ihr Tod traf ihn, denn: »Stirbt der Hase, trauert auch der Fuchs!«
Auch die anderen trauerten den Eheleuten Wen nach, sie gingen sogar in den Hof von Nummer sechs, schauten durchs Fenster in das Ostzimmer und bewunderten die Einrichtung. Am meisten aber freute alle, daß die Militärpolizei Zhaodi im Theaterkostüm abgeführt hatte und daß Guan Xiaohe und Herr Gao verhaftet worden waren.
Auch Rotkürbis hatten sie gesehen. Mit schiefsitzendem Hut und einer abgebrochenen Fasanenfeder. Das halbe Vorderteil ihres Fuchspelz-Gewandes war naß, als sei eine Kanne Tee darüber gegossen worden. Sie lief auf Strümpfen, in der linken Hand hielt sie einen Stöckelschuh. Der Puder war von ihrem Gesicht abgeblättert, so daß die Sommersprossen hervorschauten. Immer noch tat sie groß, was nun um so lächerlicher wirkte, denn normalerweise wurde sie von Herrn Gao gestützt, Zhaodi lief hinter ihr und Guan Xiaohe trug ihr Regenmantel und Handtasche nach. Jetzt humpelte sie allein und verlassen auf Strümpfen wie eine vom Zauberer davongejagte Hexe nach Hause.
Cheng Changshun vergaß seine Arbeit. In der Menge lauschte er dem anschaulichen Bericht von Fang-Sechs. Danach erzählte er alles der Großmutter. Sun-Sieben schien nicht mehr kurzsichtig, sondern hellsichtig zu sein, er glaubte in der Fene zu

sehen, wie die Japaner Guan Xiaohe und Herrn Gao mit Petroleum übergossen, in die Schraubzwinge steckten und ihnen die Zähne ausschlugen. Das freute ihn, er mußte Changshun zu einem Schnaps einladen. Der vertrug noch keinen, aber Sun-Sieben beharrte darauf: »Ich trinke auf deine Hochzeit, das kannst du nicht ablehnen!« Zu Frau Ma sagte er: »Sagen Sie ihm, er soll einen Schnaps trinken, seinen Hochzeitsschnaps!«
»Was für einen Hochzeitsschnaps?« fragte die alte Dame verwundert.
Sun-Sieben lachte laut auf. »Die da...«, er zeigte in Richtung Nummer drei, »sind alle von der Gendarmerie abgeholt worden, wir sollten schnellstens unser Vorhaben in die Tat umsetzen.«
Selbst als Frau Ma begriff, worum es ging, blieb sie besorgt. »Sie haben Einfluß. Wenn sie nun bald wieder freikommen?«
»Na, auch dann werden sie uns nicht gleich überfallen!«
Frau Ma sagte nichts mehr, sie überlegte. Der Enkel mußte irgendwann heiraten, warum also nicht jetzt? Xiao Cuis Frau war zwar Witwe, aber sie konnte zupacken, war gut gewachsen und nicht launisch. Außerdem hatte sie von dieser Absicht bereits Wind bekommen und nicht energisch abgewehrt. Wenn jetzt plötzlich nicht mehr die Rede davon wäre, müßte das Xiao Cuis Frau kränken, und man könnte kaum weiter im gleichen Hof zusammen wohnen. Es gab keinen anderen Weg, man mußte die Sache so nehmen, wie sie kam. Sie stimmte Sun-Sieben zu.
Am nächsten Tag traf nachmittags ein weitläufiger Verwandter von Xiao Wen ein und räumte bei den Wens aus. Das erregte allgemeinen Unmut. Die Leute hätten gern gefragt, ob er denn die Leichen der beiden beerdigt hatte. Und aufgrund welchen Testaments er die Sachen davontrug. Diese Zweifel wurden erst leise, dann immer lauter ausgesprochen und führten zu Konsequenzen. Der Vierte Li, Fang-Sechs und Sun-Sieben kamen wie verabredet zusammen und stellten den hergelaufenen Verwandten. Da konnte er nicht anders und versprach, Särge zu kaufen.
Aber die Leichen der beiden Wens waren schon nicht mehr zu finden. Die Japaner hatten sie den Hunden zum Fraß vor das Stadttor geworfen, ihre Rache machte auch vor Toten nicht

halt. Da konnte der Vierte Li nichts mehr erwidern, wütend mußte er mit ansehen, wie die Sachen der Wens weggeschleppt wurden.

Als Ruifeng entdeckte, wie Haarbüschel Fang-Sechs Aufsehen erregte, wollte auch er nicht zurückstehen und seine Erlebnisse zum besten geben. Aber der alte Herr hinderte ihn: »Bleib du zu Hause! Mit deinen blauen Flecken im Gesicht, wenn dich nun ein Spitzel sieht und behauptet, du seist der Täter? Bleib du mal schön brav zu Hause!« So mußte sich Ruifeng fügen, aber wenn er seine Theatererlebnisse der Schwägerin und den Kindern erzählte, fühlte er sich als Held, der Großes erlebt hat.

Rotkürbis war sehr zufrieden mit Tongfangs Tod. Deren Leichnam war zusammen mit den Körpern der Eheleute Wen vor das Stadttor geworfen worden. Das war ihrer Meinung nach der richtige Abgang für Tongfang, und sie beschloß, niemandem zu gestatten, für Tongfang eine Beerdigung zu organisieren. Das tat sie aus Haß, aber auch, um keinen Verdacht zu erregen. Du meine Güte, wenn die Japaner erführen, daß Tongfang zu den Guans gehörte, es wäre nicht auszudenken! Sie wies Gaodi und die Diener an, draußen nichts verlauten zu lassen, sondern nur zu erzählen, Tongfang habe Schmuck gestohlen und sei geflohen. Das zeigte sie auch bei Wachtmeister Bai an.

Nachdem sie Tongfang auf diese Weise unschädlich gemacht hatte, nahm sie die Suche nach Zhaodi, Gao Yituo und Xiaohe auf, um sie schnellstens herauszuholen.

Sie ging zu Lan Dongyang. Der war wegen dieser Schlamperei bereits vernommen worden und hatte einen dicken Vermerk erhalten. Von Vermerk und Vernehmung war es nicht mehr weit bis zu Entlassung und Rausschmiß. Er bekam Angst, geriet in Panik, mußte unbedingt den Attentäter finden, um seine Schlappe gutzumachen und wieder Oberwasser zu bekommen. Als jetzt Rotkürbis erschien, kam ihm der Gedanke, die Guans zum Sündenbock zu machen. Tongfang war verdächtig, das war klar, nun mußte er nur noch Zhaodi, Gao Yituo und Guan Xiaohe festnageln und behaupten, die Guans hätten sich eingeschlichen, um Offiziere der Kaiserlichen Armee umzubringen.

Rotkürbis war wirklich betroffen, Zhaodi war ihre Lieblingstochter, Gao Yituo fast wie ein Geliebter. Sie mußte sie umgehend retten. Um Xiaohe machte sie sich keine großen Sorgen. Da der bis heute keinen Posten ergattert hatte, war er wohl zu nichts nütze. Sollte Xiaohe wirklich im Gefängnis zu Tode kommen, wäre sie nicht sonderlich traurig. Denn vielleicht würde sie nach seinem Tod Gao Yituo heiraten! Sie war nicht zimperlich und konnte weit vorausschauen. Jetzt allerdings, da sie sich die Fersen wundlief, um Zhaodi und Gao Yituo freizubekommen, mußte sie sich schon auch um Xiaohe bemühen.

Obwohl sie niedergeschlagen war, trat sie Dongyang nach wie vor wichtigtuerisch gegenüber. So schnell zog sie ihre Stirn nicht zusammen.

»Dongyang«, rief sie und gab gewaltig an, als mache ihr das alles nichts aus, »Dongyang, gibt's was Neues?«

In Dongyangs Gesicht zuckte es. Er antwortete nicht.

Als Dongyang schwieg, wechselte Rotkürbis ein paar Worte mit Dickmadam. Die hatte in dem Durcheinander im Theater, da ihr Körper eine gute Angriffsfläche bot, ein paar Blessuren davongetragen, wenn auch keine besonders schlimmen. Deshalb hatte sie ihre Wut schon mehrfach an Dongyang ausgelassen. Wie konnte eine Abteilungsleitersgattin einfach so angerempelt werden? Der psychische Schaden war weitaus größer als der physische! Seit sie Gattin eines Abteilungsleiters war, hatte sie bewußt oder unbewußt Rotkürbis ziemlich erfolgreich nachgeahmt. Sie war stolz, anmaßend, sah auf alle herab und gab unheimlich an. Sie verabscheute zwar Dongyangs Schlampigkeit, seinen Geiz und seine unersättlichen sexuellen Bedürfnisse, aber auf die »Abteilungsleitersgattin« wollte sie auf keinen Fall verzichten. Um ihren Unmut darüber loszuwerden, spielte sie sich vor Dongyang und anderen Leuten mit Wutanfällen mächtig auf.

Mit Rotkürbis schwatzte sie gern und war mächtig stolz darauf, daß sie jetzt auf gleicher Ebene mit ihr stand, da sie doch anfangs nur ihre Schülerin gewesen war. Doch im Hinblick auf Erfahrungen, Alter und Benehmen mußte sie Rotkürbis den Vortritt lassen und ihre Ratschläge annehmen. Obwohl sie Rotkürbis manchmal inständig den Tod wünschte, um sie

als Konkurrentin los zu sein, brachte sie es nicht fertig, sie zu beschimpfen, wenn sie vor ihr stand. Denn täten sich beide zusammen, könnte ihr Einfluß eventuell noch steigen.
Heute hatte Rotkürbis aber nicht vor, mit Dickmadam zu plaudern, sie mußte weiter. Dickmadam bot ihr an, sie zu begleiten. Sie hatte keine Lust, zu Hause zu hocken und Launen auszuhalten. Dongyang brütete schon eine Zeitlang über einer Anzeige. Rotkürbis war froh, daß Dickmadam sie begleiten wollte, denn zusammen konnten sie vielleicht mehr ausrichten. Dickmadam begann, sich mit Cremes und Ölen einzureiben, um sich fertigzumachen.
Lan Dongyang hielt sie jedoch auf. Ohne Erklärung war er einfach dagegen, daß sie ausging. Dickmadams Mondgesicht lief krebsrot an. »Warum? Warum?« fragte sie wütend.
Dongyang kaute nur wortlos an den Nägeln. Erst als Dickmadam weiter in ihn drang, bequemte er sich zu dem Satz: »Ich erlaube dir nicht, daß du ausgehst!«
Rotkürbis verstand gleich, Dickmadam sollte nicht mit ihr gehen. Sie war verstimmt, wahrte aber Haltung und zwang sich zu einem Lächeln: »Schon gut, ich kann auch allein gehen.«
Dickmadam bestand darauf, mit ihr zu gehen. Da wurde Dongyang, der keine Höflichkeit kannte, deutlich: »Ich erlaube es dir einfach nicht, mit ihr auszugehen!«
Rotkürbis lief rot an, ihre Sommersprossen wuchsen zu kleinen Weintrauben, die sich von Grau ins Violette färbten. »Was soll das heißen, Dongyang? Sobald bei mir einmal etwas nicht so gut geht, muß man mich meiden? Eines kann ich Ihnen aber sagen, die alte Dame wird sich dadurch nicht geschlagen geben! Ich muß blind gewesen sein, Sie für einen Freund zu halten! Sie sollten wissen, daß Zhaodis erster Auftritt eigentlich nur Ihnen zu Gefallen geschah. So etwas Undankbares! Zählen Sie einmal an den Fingern ab, wie oft Sie bei mir gegessen haben, meinen Schnaps und Kaffee getrunken haben! Grob gesagt: Wenn ich damit einen Hund gefüttert hätte, würde der bei meinem Anblick mit dem Schwanz wedeln!«
Rotkürbis hatte sich immer für großartig gehalten, als sie jetzt aber losschimpfte, fielen ihr gar keine großspurigen Worte, sondern nur noch Essen und Kaffee ein. Sie spürte, daß sie sich damit etwas vergab, war aber zu sehr in Fahrt geraten.

Dongyang, der an seine blühende Phantasie glaubte, hätte bestimmt mit ein paar glänzenden Phrasen reagieren können, aber ihm fiel auch nur ein Satz ein: »Und ich habe Ihnen noch Geschenke gemacht!«
»Jawohl, das haben Sie! Zwei Persimonen und ein Tütchen Erdnüsse! Die alte Dame hat genau aufgepaßt, was es war, das sage ich Ihnen!« Sie griff nach ihrer Handtasche, stieß ein kaltes Lachen aus und rauschte davon.
Dickmadam wußte nicht, was sie tun sollte. Der Freundschaft war es zweifellos abträglich, wie Dongyang mit Rotkürbis umsprang. Für sie war Rotkürbis noch eher ein Mensch als Dongyang, auch liebenswerter als er. Doch ihre Schimpfkanonade hatte in gewisser Weise auch sie getroffen. Rotkürbis hatte zwar Dongyang beschimpft, aber auch sie damit gemeint. Sie war immerhin seine Frau, das hieß doch, sie hätte ihn zu mehr Großzügigkeit anhalten müssen, hätte nicht zulassen dürfen, daß sie immer nur bei den Guans umsonst aßen und tranken. Rotkürbis nahm im Streit eine Tasse Kaffee wichtiger als Freundschaft! Sie konnte Dongyang nichts entgegnen, blieb sie aber still, vergab sie sich etwas. Also verzog sie ihr Gesicht.
Dongyang rückte nicht leicht mit der Wahrheit heraus. Um aber die Gattin nicht noch mehr zu reizen, entschied er sich, den Schleier ein wenig zu lüften. »Ich sag dir was: Ich werde es ihr zeigen. Ihr Sturz wird mir Vorteile einbringen!« Dann erläuterte er wortreich seine Absicht.
Dickmadam war anfangs nicht mit seinem Plan einverstanden. Zwar war Rotkürbis manchmal tatsächlich arrogant und herrisch, kaum auszuhalten. Aber sie waren doch Freunde, wie konnte man sie da plötzlich zum Feind machen? Nach längerem Überlegen stimmte sie Dongyang aber zu. Denn Rotkürbis zu stürzen und selbst die Nummer eins, Herrscherin über Peking zu sein, war auch nicht schlecht. In solch chaotischen Zeiten konnte nur finstere Entschlossenheit die Zauberformel für Erfolg sein. Hätte sie damals Ruifeng nicht bedenkenlos abgeschoben, wäre sie dann Abteilungsleitersgattin geworden? Warum sollte sie also Rotkürbis hofieren und sich selbst mit dem zweiten Platz zufriedengeben? Sie lächelte, war einverstanden und sogar bereit, Dongyang zu helfen.
Auch auf Dongyangs Grüngesicht zeigte sich der Anflug eines

Lächelns. Das Pärchen rückte zusammen und flüsterte lange. Sie mußten melden, daß Tongfang zu den Guans gehörte, um die Guans bei den Japanern verdächtig zu machen. Dann mußten sie weiter von allen Seiten versuchen, ihr etwas anzuhängen, Beweise zu fingieren und sie in die Enge zu treiben. Selbst wenn sie mit dem Leben davonkam, den Direktorposten würde man ihr in jedem Fall nehmen und sie von ihrem hohen Roß herunterholen.

»Ganz richtig! Wenn wir sie packen, hat die Anzeige Aussicht. Und damit ist meine Stellung gefestigt. Und du, du mußt dich rühren, damit du den Direktorposten kriegst.«

Dickmadams Augen strahlten. Nie hätte sie gedacht, daß Dongyang so weit denken und ihr den Direktorposten zutrauen würde! Seit sie ihn kannte und auch, als sie ihn heiratete, hatte er ihr noch nie richtig gefallen. Heute fand sie ihn wirklich liebenswert, er hatte sie nicht nur zur Abteilungsleitersgattin gemacht, er ließ sie auch Direktor werden! Außer Macht und Einfluß sah sie Geldscheine wie vom Wind getragen auf sie zufliegen. Wenn sie erst ein oder zwei Jahre dem Prostituierten-Kontrollamt als Direktor vorstünde, hätte sie für den Rest ihres Lebens ausgesorgt. Dann wäre sie eine freie Frau, und Lan Dongyang könnte sich nicht mehr in ihr Leben einmischen, sie könnte machen, was sie wollte. Sie küßte sein Grüngesicht. Heute gefiel er ihr. Wenn alles geklappt hatte, würde sie ihn wie einen Wurm zertreten.

Sofort kleidete sie sich zum Ausgehen um. Sie durfte nicht müßig bleiben, mußte ihre Fleischmassen aufraffen und sich um diese fetten Pfründe selbst bemühen. Waren die sicher, konnte sie es sich gutgehen lassen, selbst das Gesicht würde ihr dann eine Dienerin waschen, erst das war wirklicher Luxus.

Als Ruixuan von dem »Aufruhr« im Theater und dem Tod der Eheleute Wen und Tongfangs erfuhr, fühlte er sich Tongfang gegenüber schuldig. Herr Qian hatte ihn gebeten, sich um sie zu kümmern, doch er hatte nichts unternommen. Abgesehen von diesem Schuldgefühl regte ihn die Sache nicht sonderlich auf. Freilich, die Eheleute Wen waren unschuldig umgekommen, aber war sein Vater nicht auch unschuldig gestorben? Solange er den Vater nicht rächte, brauchte er sich über das Unrecht, das anderen zustieß, nicht zu ereifern.

Mit solchen Gedanken hatte er freilich keinen Sinn für das, was wirklich Aufregung verdient hätte. Wenn er schon den Tod der Wens und Tongfangs kaum beachtete, so nahm er das Schicksal dieser hundsföttischen Guans überhaupt nicht zur Kenntnis. Seit der Beerdigung ging er von morgens bis abends ruhig und schweigend seinen Angelegenheiten nach. Nach außen hin erweckte er den Anschein, als schicke er sich stillschweigend ins Unvermeidliche und ertrage stumm die Not. In seinem Innern jedoch gab es keine Ruhe. Er konnte den grausamen Tod des Vaters nicht vergessen und hielt sich selbst für den größten Versager. Er glaubte, sein Leben habe überhaupt keinen Sinn mehr, es sei denn, er räche den Vater.

Eines gab es allerdings, was ihn ein wenig erfreute. Gerade als die Nachbarn sich besonders für die Vorfälle um die Familie Guan und die Wens interessierten, wurden die beiden Japaner aus Nummer eins eingezogen. Ruixuan fand das bedeutsamer als die Verhaftung von Guan Xiaohe und Zhaodi, die ihm ohnehin nur als eine Farce erschien, die sich aus dem Chaos so ergeben hatte. Die Einberufung der beiden Männer aus Nummer eins dagegen besagte, daß die Invasoren ständig Nachschub benötigten – das Volk mußte seine Haut zu Markte tragen, nur Militärs und Kapitalisten profitierten von der Invasion.

Sonst hatte er die beiden Männer verabscheut, doch heute empfand er ein wenig Mitleid mit ihnen. Sie waren mit Familie, Hab und Gut nach China gekommen, würden nun aber auf fremdem Boden sterben und ihre Frauen mit einer kleinen Urne in die Heimat zurückschicken. Dieses leise Bedauern konnte jedoch seine Freude nicht verdrängen.

Er sah, wie die beiden puppenartigen Frauen mit den zwei frechen Kindern die Männer verabschiedeten. Ihre Augen waren trocken, ihre Gesichter ausdruckslos, ihre Körperhaltung drückte Fügsamkeit und Stolz auf ihren Gehorsam aus. Schweigend verbeugten sie sich vor dem grausamen Kriegsgott, ermunterten ihre Männer zum Schlachten und Morden. Ruixuan war klar, daß er die beiden Frauen wahrscheinlich zu Unrecht beschuldigte. Sie konnten nicht anders, waren aus der japanischen Erziehung und Kultur hervorgegangene Porzellanpüppchen, von Kindheit an zum Schweigen, Ducken und Lächeln erzogen. Trotzdem war Ruixuan nicht bereit, ihnen zu vergeben. Gerade weil ihnen Stummheit verordnet worden war, paßten sie genau in das Lebensgefüge der Japaner.

Ruixuan stand unter den Schnurbäumen und schaute den Männern, den Porzellanpüppchen und den zwei Frechdachsen nach. Unwillkürlich kamen ihm Gedichtzeilen in den Sinn: Der Sieg gehört dem Feldherrn, das Schlachtfeld bedecken zehntausend Gebeine … Wer beweint die Toten am Wuding-Fluß? Um jeden klagen Mutter, Vater, Brüder, Schwestern …

Die alte Dame aus Nummer eins war als letzte herausgekommen. Sie verbeugte sich tief vor den beiden jungen Männern, blieb so lange in dieser Haltung, bis sie um die Ecke verschwunden waren. Dann erst richtete sie sich auf, hob den Kopf und erblickte Ruixuan. Sie verbeugte sich wieder und lief dann schnell auf ihn zu. Ihr Gang war anders als sonst, gar nicht wie der einer Japanerin. Hoch aufgerichtet, mit erhobenem Kopf, nicht so gekrümmt wie sonst. Sie wirkte wie eine soeben zum Leben erwachte Krabbe, die ihre gekrümmte Stellung aufgibt und ihre Füße nach allen Seiten ausstreckt. Auf ihrem Gesicht lag ein Lächeln, als habe sie mit dem Weggang der beiden jungen Männer die Freiheit errungen.

»Guten Morgen!« sagte sie auf englisch. »Darf ich ein paar Worte mit Ihnen wechseln?« Ihr Englisch war fließend und einwandfrei, anders als sonst bei Japanern. Ruixuan staunte.

»Ich wollte schon lange einmal mit Ihnen sprechen, hatte aber nie die Gelegenheit dazu. Heute …«, sie wies mit der Hand in die Gasse, »sind sie alle weggegangen, deshalb …« Sie sprach und bewegte sich in westlicher Manier.

Ruixuan durchzuckte ein Gedanke: Alle Japaner sind Spitzel, daß die alte Frau wußte, daß er Englisch sprach, war der beste Beweis dafür. Daher wollte er sie möglichst schnell loswerden.

Sie schien das erraten zu haben und lächelte freimütig. »Sie brauchen mir nicht zu mißtrauen, ich bin keine gewöhnliche Japanerin, bin in Kanada geboren, in Amerika aufgewachsen und habe später mit meinem Vater in London gelebt, der dort ein Geschäft führte. Ich habe die Welt gesehen und kenne die Schwächen der Japaner. Die beiden jungen Leute sind meine

Neffen, ihr Geschäft, ihr Kapital, alles gehört mir. Aber ich bin ihr Sklave. Ich habe keinen Sohn und verstehe auch nichts von Geschäften. Meine Jugend habe ich mit Geigenspiel, Schlittschuhlaufen, Tanz, Theater, Reiten, Schwimmen verbracht, nun muß ich mit meinem Geld Verbeugungen erkaufen und ihnen kniend Tee und Speisen reichen.«
Ruixuan mochte noch immer nichts sagen, er wußte, daß die Japaner auf jede erdenkliche Art und Weise Nachrichten einzuholen verstanden.
Die Frau kam näher und senkte die Stimme: »Ich wollte schon lange einmal mit Ihnen sprechen. Sie sind der gebildetste und überlegendste hier in der Gasse, das sehe ich wohl. Ich wußte auch, daß Sie vorsichtig und abweisend sein würden. Aber mir reicht es, wenn ich das, was mir auf dem Herzen liegt, einmal einem verständnisvollen Menschen gegenüber aussprechen kann. Ich bin Japanerin, aber wenn ich Japanisch spreche, kann ich meine innersten Gedanken nicht aussprechen. Nur einer unter tausend Japanern könnte mich verstehen.« Sie sprach sehr schnell, als habe sie alles längst auswendig gelernt.
»Ich kenne alle Ihre Probleme«, sie wies auf Nummer drei, fünf, sechs, vier, ihre Augen folgten der Hand und beschrieben einen Halbkreis, »und Sie kennen natürlich auch alles, was wir Japaner in Peking getan haben. Ich möchte Ihnen nur eines ganz ehrlich sagen: Die Japaner werden verlieren! Es gibt keinen zweiten Japaner, der wagen würde, das auszusprechen. In bestimmter Hinsicht bin ich auch keine Japanerin. Ich könnte über meiner Nationalität niemals die Menschheit und die Welt vergessen. Aber natürlich wünsche ich mir auch nicht, um ganz ehrlich zu sein, daß alle Japaner wegen ihrer Verbrechen getötet werden. Mord und Gewalt sind Verbrechen der Japaner, aber ich möchte nicht, daß Mord mit Mord geahndet wird. Ihnen möchte ich lediglich versichern, Japan wird verlieren. Für die Japaner hoffe ich nur, daß ihre Niederlage sie zur Besinnung bringt und sie ihre Klugheit und ihren Fleiß auf etwas Besseres richten, nämlich auf die Bereicherung der Menschheit. Ich spreche keine Vermutungen aus, mein Urteil beruht auf meiner Kenntnis der Welt und Japans. Von morgens bis abends sehe ich Sie immer so traurig, ich möchte, daß Sie ein wenig optimistischer sind. Seien Sie nicht immer so

nachdenklich und niedergeschlagen, Ihre Feinde werden eines Tages unterliegen! Reden wir nur von meiner Familie, die hat schon verloren: zwei sind bereits gestorben, jetzt werden weitere zwei hinzukommen, wer eingezogen wird, kommt um! Ich weiß, daß Sie mir nicht ohne weiteres glauben, egal. Aber bitte, bedenken Sie auch, wenn Sie mich anzeigen, werde ich geköpft, genauso wie der Rikschafahrer.« Sie zeigte auf Nummer vier. »Denken Sie nicht, ich sei geisteskrank oder wolle Ihnen nur etwas vormachen, um Ihr Wohlgefallen zu wecken. Nein, ich bin und bleibe Japanerin, erwarte von niemandem Gnade. Ich wollte nur ganz objektiv meine Schlußfolgerung aussprechen, mir diesen Stein vom Herzen reden! Solange man die Wahrheit nicht aussprechen kann, drückt sie einen! Also gut, wenn Sie mir nicht mißtrauen, dann lassen Sie uns Freunde werden. Wenn Sie das nicht möchten, kann ich es nicht ändern. Ich bin Ihnen schon sehr dankbar, daß Sie mir heute die Gelegenheit gegeben haben, mich einmal auszusprechen!« Ohne eine Antwort abzuwarten, ging sie langsam davon, steckte die Hände in die Ärmel, beugte den Rücken und nahm wieder ihre alte Haltung an, die einer alten, stets zu Verbeugungen bereiten Japanerin.
Ruixuan stand lange unbeweglich und ratlos da. Er mochte der alten Frau nicht glauben, aber dann schien es ihm, daß er ihr einfach glauben mußte. Wie auch immer, er lächelte unwillkürlich.
Schon lange hatte er nicht mehr gelächelt.

65

Kurz vor dem chinesischen Neujahr heirateten Changshun und Xiao Cuis Frau. Die Feier fiel sehr bescheiden aus. Sun-Sieben hatte Meister Lius Frau überredet, mit ihm den Vermittler zu mimen, damit die Braut bei Frau Liu die Sänfte besteigen konnte. Es war eine ziemlich alte Sänfte, dazu kamen vier, fünf Trommler. Der kleine Zug machte einen Bogen um den Tempel zum Schutz des Reiches und bog dann in die Schafhürdengasse ein. Das Hochzeitsgemach war das Zimmer der alten Frau Ma, die in die Stube von Xiao Cuis Frau umgezogen war. Nach alter Sitte mußte eine verwitwete Frau nachts geheiratet werden, weil ihre Wiederverheiratung unanständig war und deshalb das Tageslicht gescheut wurde. An der Tür mußten Feuerwerkskörper hängen und im Eingang ein Feuerbecken stehen, über das sie steigen mußte. Die Knaller sollten den Geist ihres verstorbenen Mannes erschrecken, das Feuerbecken alle bösen Energien vertreiben.

Die alte Frau Ma hätte diese Regeln gern eingehalten, um Unheil zu vermeiden, aber auch, um zum Ausdruck zu bringen, daß eine Witwe, die wieder heiratet, nichts taugt – sie selbst war anständig geblieben.

Wegen der häufigen nächtlichen Sperrstunden konnte man jetzt nachts nicht umherziehen. Knaller durfte man schon lange nicht mehr abbrennen – die Japaner scheuten den Krach, der sich wie MG-Feuer anhörte. Waren Knaller nicht erlaubt, konnte man sich auch das Feuerbecken sparen. Das war ein Vorschlag von Sun-Sieben: »Frau Ma, lassen wir das Feuerbecken weg! Warum sollten wir Xiao Cuis Frau noch trauriger machen?«

Auch so war Xiao Cuis Frau schon ganz in Tränen aufgelöst. Sie erinnerte sich an Xiao Cui und all ihre Kränkungen. Sie konnte sich nicht mehr länger beherrschen. Irgend etwas Unsichtbares lenkte sie willkürlich, schob sie hin und her, hieß sie, ihren Familiennamen zu wechseln, ihren Mann zu wechseln, alles zu wechseln. Sie konnte nichts tun, nur weinen.

In Changshuns großem Schädel summte und brummte es. Er wußte nicht, ob er weinen oder lachen sollte. In dem neuen blauen Stoffgewand und der von den Qis ausgeliehenen Satinjacke rutschte er unruhig auf dem Stuhl herum oder stand steif daneben. Immer wieder ging ihm eine Rechnung durch den Kopf: Die tausend Uniformen hatte er vollzählig abgeliefert, nach allen Ausgaben und diversen Abzügen von John Ding waren ihm nur reichlich vierhundert Kuai geblieben. Das war sein gesamtes Vermögen. Aber nun mußte er einen weiteren Mund versorgen. Mit der Heirat war er erwachsen geworden, mußte nun Großmutter und Ehefrau ernähren, doch wie lange konnte man von vierhundert Kuai leben? Auch wenn die Hochzeitsfeier bescheiden war, Trommler und Blumensänfte kosteten Geld. Und hatte er sein neues Gewand vielleicht umsonst bekommen? Für die Nachbarn, die gratulieren kamen, mußte wenigstens etwas zu trinken und zu essen dasein. Das alles war nicht umsonst. Was sollte er nach der Hochzeit machen? Gewiß, für die Anfertigung der Uniformen hatte er gelernt, mit Lumpen zu handeln. Aber sollte er vielleicht sein Leben lang mit diesem dreckigen Zeug zu tun haben? Wegen der Qians, der Qis, der Cuis war er noch in Zorn geraten und hatte sie unterstützt. Er erinnerte sich der Erwartungen und Ermahnungen Qi Ruixuans und an seinen Entschluß, mit dem Gewehr gegen die Japaner zu kämpfen. Nun hatte er heute – ohne zu wissen, wie ihm geschah – geheiratet und sich für immer an eine Familie gebunden. Er furchte die Stirn.

Aber die Gratulanten – der Vierte Li, Großmutter Li, Qi Ruifeng, Sun-Sieben, Frau Liu und ein, zwei Familien aus Nummer sieben – wünschten ihm Glück. Da mußte er schon die Stirn glätten. Er genierte sich, tat aber, als mache es ihm nichts aus. Die guten Wünsche der anderen schienen ehrlich gemeint, wirkten aber auch wie Hohn und Spott, er konnte sie nicht einfach abtun, aber genießen konnte er sie auch nicht. Mit zusammengebissenen Zähnen mußte er durchhalten. Abwechselnd wurde er rot und blaß, sein Näseln hörte sich schlimm an, es störte sogar ihn selbst.

Der lebhafteste und zugleich widerlichste unter den Gratulanten war Qi Ruifeng. Changshun konnte die Szene im Schulamt nicht vergessen. Zudem heiratete er heute Xiao Cuis Frau, wie konnte Ruifeng die Stirn haben, als Gratulant zu erscheinen? Dem machte das jedoch nichts aus, er wußte genau, daß ein Gast nicht hinausgeworfen wurde und etwas zu essen und zu trinken bekam. Da mußte er sich auch wie ein Gratulant aufführen und Witze reißen, den Bräutigam aufziehen, den Gastgeber mit ernster Miene um Zigaretten und Tee angehen, üble Späße mit dem Hochzeitszimmer vorbereiten. Eigentlich trug er noch Trauer, und zu Hause hatte man ihm nicht erlaubt, zur Hochzeitsfeier zu gehen. Der Mutter hatte er versprochen, den Hochzeitsobolus lediglich an der Tür zu überreichen und gleich wieder kehrtzumachen, aber er zog die Trauerkleidung aus, stahl sich heimlich davon und trat strahlend bei Familie Ma ein. Kaum zur Tür herein, trieb er schon

seine Späße mit Changshun, aber so maßlos, daß der Bräutigam ein ums andere Mal rot bis hinter die Ohren wurde. Der hätte es ihm gern gezeigt, aber er durfte heute nicht streiten und schimpfen, weshalb er sich möglichst von Ruifeng fernhielt. Aber sein Ausweichen bestärkte Ruifeng nur im Glauben an sein Redetalent, deshalb trieb er seinen Spott und seine Scherze immer weiter. Da die Gäste Changshun als bescheiden und brav und Ruifeng als widerlich kannten, fürchteten alle, er könne Changshun in die Enge treiben und blamieren. Aus Rücksicht auf das Ansehen der Familie Qi mochte ihn aber keiner zur Ordnung rufen. Wie auf Verabredung mieden ihn alle, keiner lachte über seine Witze. Sie hofften, auf diese Weise werde er verstehen und sich zurückziehen, doch er wertete ihr Schweigen als Furcht und drehte noch weiter auf. Schließlich konnte der Vierte Li es nicht mehr mit ansehen und nahm ihn beiseite: »Ich muß Ihnen etwas sagen, nehmen Sie es mir nicht übel. Auch bei Späßen gibt es ein Maß. Changshun ist leicht verletzbar, bringen Sie ihn nicht in Rage!«
Ruifeng wagte nicht zu widersprechen, war aber ziemlich verärgert. Nach Hause gehen mochte er jedoch nicht, bevor es etwas zu essen und zu trinken gab. So rauchte er eine Zigarette nach der anderen, und als er sah, daß die Zigaretten zur Neige gingen, forderte er Changshun auf, zwei weitere Schachteln zu kaufen. Bei Tisch setzte er sich großspurig auf den ersten Platz, da er unter den Gästen der einzige war, der einen Abteilungsleiterposten bekleidet hatte, ihm also der Ehrenplatz gebühre. Er führte seine Trinkfestigkeit vor, warf den Kopf zurück und leerte sein Glas. Sobald jemand zögerte, ergriff er dessen Glas: »Schon gut, ich trinke für Sie!« Nach ein paar Gläsern konnte er den Mund nicht mehr halten. Er zog Changshun wieder auf und erwähnte, daß Xiao Cuis Frau ja Witwe war.
Sun-Sieben hatte sich schon lange ziemlich geärgert. Als Vermittler stand ihm eigentlich der Ehrenplatz zu. Zum Glück hielt ihn der Vierte Li zurück, so daß er sich zusammenreißen mußte. Nachdem er aber ein paar Gläser getrunken hatte, war ihm der Vierte Li egal, und er griff sich die Schnapskanne.
»Abteilungsleiter Qi«, er nannte ihn absichtlich so, »trinken wir sechs Gläser gegeneinander!«

Der Vierte Li wollte die Kanne an sich nehmen, aber Sun-Sieben gehorchte nicht mehr. »Vierter Herr Li, lassen Sie nur, ich möchte mit Abteilungsleiter Qi um die Wette trinken!«
Ruifeng glaubte, Sun-Sieben tue ihm eine große Ehre an, und strahlte: »Aber nicht einfach wie bei der Kuhtränke, wir knobeln mit den Fingern, jeder eine Runde, dann sechs Glas! Wenn Sie sechs nicht schaffen, fünf müssen es schon sein, das sage ich Ihnen! Los!«
»Ich knobele nicht! Sie sind ein ganzer Kerl, ich bin ein ganzer Kerl, wir trinken sechs Glas gegeneinander«, versteifte sich Sun-Sieben und hatte dabei schon drei Gläser eingeschenkt.
Ruifeng wußte, daß er nach sechs Gläsern unweigerlich unter dem Tisch landen würde. »Na, da mache ich nicht mit, das finde ich nicht lustig, Hochzeitsschnaps muß auch Spaß machen! Wenn Sie nicht knobeln wollen, spielen wir Stoff und Schere, ja?«
Ohne etwas zu erwidern, griff Sun-Sieben zum Glas, leerte drei hintereinander und schenkte erneut ein: »Trinken Sie, wenn Sie die drei ausgetrunken haben, gibt es noch drei!«
»Nein, da mache ich nicht mit!« kicherte Ruifeng und fand sich schlau und amüsant.
»Trinken Sie nur, Abteilungsleiter Qi!« An Sun-Siebens Kopf traten bereits die Adern hervor, aber er sprach betont ruhig. »Das ist Hochzeitsschnaps! Sie haben doch Ihre Frau verloren, wenn Sie etwas mehr trinken, können Sie bald wieder eine heiraten.«
Der Vierte Li hielt Sun-Sieben auf: »Setz dich hin, red keinen Unsinn!« Und zu Ruifeng: »Essen Sie etwas! Beachten Sie ihn nicht, er ist betrunken!«
Alle hatten erwartet, daß Ruifeng die Ärmel herunterstreifen und beleidigt davonrauschen würde. Das wäre zwar im Moment unangenehm gewesen, aber so hätten sie in Ruhe und Frieden weitertrinken können. Doch er blieb unbeweglich sitzen, nur wegen ein paar häßlicher Worte verzichtete er doch nicht auf Essen und Trinken.
Gerade in diesem unerquicklichen Augenblick trat Herr Gao ein. Changshuns Lippen begannen zu zucken.

Rotkürbis verfügte eben doch über Fähigkeiten. Nachdem sie ein paar Tage herumgelaufen war und Geschenke verteilt, dort, wo es ihr notwendig erschien, Gefälligkeiten erwiesen, höfliche Reden geführt oder nur gute Worte eingelegt hatte, war es ihr gelungen, Xiaohe, Gao Yituo und Zhaodi freizubekommen. Ihnen allen war nichts passiert, sie hatten nur ein paar Tage gehungert, weil sie nicht an dunkle Klöße und Wasser gewöhnt waren. Anfangs lehnten sie die ab, dann, als sie schließlich essen mußten, wurden sie davon nicht satt. Zhaodi hatte während der ganzen Zeit immer ihr Kostüm getragen. Als sie sich tagelang weder Gesicht noch Füße waschen konnte und es sie am ganzen Körper juckte, glaubte sie, sie habe Läuse. Sie machte allen Leuten schöne Augen, in der Hoffnung, etwas Wasser zu bekommen, aber vergeblich. Sie wurde nervös, heulte nur noch. Am meisten betrübte sie ihr wunderschönes Kostüm, mit dem sie sich kein einziges Mal auf der Bühne gezeigt hatte. Sie hoffte inständig, daß ihre Verehrer sie besuchen und befreien kämen. Aber nicht einer ließ sich blicken.

Xiaohe hatte es mit der Angst bekommen. Seit er die Hinterbühne verlassen hatte, blieb er stumm. Vor seinen Augen tauchten plötzlich Menschen auf, um die er sich sonst nie geschert hatte, wie Herr Qian oder Xiao Cui. Ob er auch seinen Kopf verlieren würde? Hingebungsvoll betete er zum Großen Jadekaiser, zu Lü Dongbing, zu Guan Yu und der Göttin Wangmu. Diese Herren Götter und unsterbliche Damen müßten ihn doch beschützen und vor jeglichem Leid bewahren können! In der feuchten Zelle sitzend, überdachte er seine Vergangenheit und fand keinen einzigen Fehler. Leise sprach er zum Jadekaiser: »Ich habe niemanden übergangen, dem ein Geschenk zustand; wer bedacht werden mußte, erhielt stets nur das Beste an Tabak, Wein, Tee und Speisen. Ich habe niemanden falsch behandelt! Frau und Nebenfrau war ich stets ein guter Ehemann, den Töchtern war ich der beste Vater, zu Freunden war ich immer aufrecht und ehrlich, schließlich habe ich vor den Japanern auf dem Bauch gelegen und ihnen geschmeichelt, Herr im Himmel, warum behandelst du mich also in dieser Weise?« So betete er inbrünstig.

Er hatte Angst, gefoltert zu werden und zu sterben. Nachts döste er nur, konnte nicht einschlafen. Bei der kleinsten Be-

wegung zuckte er zusammen und glaubte, daß man ihn fesseln und zur Hinrichtung abführen wolle. Er durfte noch nicht sterben, solange er noch keinen Posten unter den Japanern bekommen hatte, das wäre doch zu ungerecht.
Am schwersten hatte es Gao Yituo, er war opiumsüchtig. Schon zwei, drei Stunden nach seiner Verhaftung klappte er zusammen, die Nase lief ihm. Er ließ einfach nur den Kopf hängen und erwartete den Tod.
Rotkürbis holte sie ab. Zhaodi brach bei ihrem Anblick lauthals in Tränen aus, auch Xiaohe weinte und stöhnte: »Direktor, das ist ja wie vom Tod ins Leben zurückzukehren!« Er dachte sich sogleich eine Leidensgeschichte für die anderen als Beweis seines Heldentums aus, denn schließlich war er im Gefängnis gewesen. Gao wurde von zwei Leuten hinausgetragen, er war nur noch ein Bündel Schlamm.
Zu Hause angekommen, nahm Zhaodi als erstes ein Bad. Danach verspeiste sie fünf, sechs Stück Kuchen. Als sie satt war, legte sie die Hand auf die Brust und erklärte Gaodi: »Also nun bin ich ein für allemal belehrt worden! Nie wieder spiele ich Theater, laufe auch nicht mehr Schlittschuh. Du lieber Himmel, noch so ein Reinfall, und ich sterbe im Gefängnis.« Sie wollte von Gaodi lernen, Mützen zu stricken. »Bring mir das bei, Schwester! Von nun an mache ich keinen Blödsinn mehr.« Sie sprach »Schwester« so innig aus, als habe sie wirklich die Absicht, sich zu ändern. Aber schon nach einer Viertelstunde konnte sie nicht mehr stillsitzen: »Ma, laß uns eine Runde spielen, mir scheint, ich habe ein Leben lang nicht mehr Karten gespielt!«
Xiaohe mußte erst einmal schlafen. »Zweites Fräulein, warte, bis ich ausgeschlafen habe, dann spiele ich eine Achterrunde mit dir. Wir müssen unsere Rückkehr ins Leben doch feiern. Direktor, wollen wir für nachher nicht ein paar Pfund feinstes Lammfleisch für den Feuertopf besorgen?«
Rotkürbis antwortete nicht, sondern saß in großer Pose auf dem Sofa und rauchte eine Zigarette. Erst als sie damit fertig war, machte sie den Mund auf: »Ihr tut ja, als sei euch sonstwas passiert. Ohne mich wäret ihr nie rausgekommen, das steht fest! Ich habe mir die Beine wund gelaufen, aber ihr scheint nicht einmal ein Wort des Dankes zu finden.«

»Richtig«, schmeichelte Xiaohe eilfertig, »ohne den Direktor wären wir bestimmt noch einen halben Monat dringeblieben. Auch ohne Schläge hätte ich das nicht überlebt. Gefängnis ist wirklich kein Spaß!«
»Ha, das weißt du erst jetzt.« Rotkürbis wollte Xiaohe für die Mühen des Herumlaufens, Bittens und Schönredens der letzten Tage büßen lassen. »Sonst bandelst du mit jeder Katze und jeder Hündin an und hältst es mit deiner Nebenfrau, erst im Gefängnis erinnerst du dich an deine Frau, du bist mir vielleicht ein feiner Kerl.«
»Hoppla«, fiel Zhaodi plötzlich ein, »wo ist denn Tongfang?«
Xiaohe wollte auch fragen, schloß aber schnell den Mund.
»Die?« Rotkürbis lachte kalt, »entschuldigt, die ist tot!«
»Was?« Xiaohe war gar nicht mehr nach Schlaf.
»Tot?« Auch Zhaodi war betroffen.
»Sie, Wen Ruoxia und Xiao Wen sind bei der Explosion umgekommen. Das sage ich euch, Zhaodi, Xiaohe, ohne sie läßt es sich von nun an viel harmonischer leben. Ihr müßt nur auf mich hören, ich will nur euer Bestes, strenge mich an und reibe mich auf, alles nur für euch. Solange ihr mich habt und auf mich hört, wird es uns gutgehen. Wenn allerdings nicht, dann macht, was ihr wollt, aber beschwert euch nicht, wenn ihr eines Tages im Knast euer Leben aushaucht.«
Xiaohe hatte nicht hingehört. Er saß, den Kopf in die Hände vergraben, auf dem Stuhl und weinte leise vor sich hin. Auch Zhaodi kamen die Tränen.
Ihre Tränen brachten Rotkürbis noch mehr in Rage. »Seid still! Wehe dem, der es wagt, um dieses Weibsstück zu heulen! Sie hätte schon viel früher sterben müssen! Und noch eins sage ich euch, keiner darf sich etwas anmerken lassen, daß sie zu unserer Familie gehört! Zum Glück haben die Zeitungen ihren Namen nicht erwähnt, also sollten wir uns nicht noch selbst Hundekot auf den Kopf laden! Ich habe bereits eine Anzeige gemacht, daß sie Schmuck gestohlen hat und auf und davon ist. Habt ihr verstanden? Alle müssen das gleiche sagen, nicht, daß der eine das, der andere jenes erzählt und wir uns selbst ohrfeigen.«
Xiaohe nahm die Hände langsam vom Gesicht und schluckte

die Tränen hinunter: »Das kommt nicht in Frage!« Seine Stimme zitterte, klang aber entschlossen.
»Was kommt nicht in Frage?« Rotkürbis richtete sich auf.
»Sie gehört immerhin zu unserer Familie. Ich werde ihr auf jeden Fall einen ordentlichen Abschied bereiten. Sie hat so viele Jahre mit mir gelebt.« Xiaohe war zum Kampf entschlossen. Tongfang war seine Nebenfrau, er durfte sie doch nicht einfach wegwerfen wie eine tote Katze oder einen toten Hund. In dieser Familie konnte niemand Tongfang ersetzen. Tote konnten nicht wieder zum Leben erweckt werden, das stimmte, aber er mußte ihr wenigstens einen ordentlichen Sarg kaufen und sie einigermaßen anständig beerdigen. Sie war anders als Gaodi und Zhaodi, würde von denen eine sterben, wäre er nicht ganz so traurig. Sie waren Töchter, früher oder später würden sie ohnehin heiraten und das Haus verlassen. Tongfang war seine Nebenfrau, sie gehörte ihm für immer, durfte nicht einfach sterben. Außerdem wurde er, auch wenn er jedes graue Haar sofort auszupfte, langsam alt und würde wohl kaum noch Gelegenheit haben, eine andere Nebenfrau zu ehelichen. Tongfangs Tod bedeutete, daß er von nun an einsam und ohne verständnisvollen Partner leben mußte. Auf immer den Launen von Rotkürbis ausgesetzt! Wenn er ihr nicht einmal einen anständigen Abschied bereiten könnte, wollte er vor lauter Schande nicht mehr weiterleben.
Rotkürbis stand auf, ihre Augen funkelten, sie donnerte los: »Was hast du vor? Sag schon! Du willst stänkern? Nur zu! Das wollen wir doch mal sehen!«
Xiaohe war zum Kampf bereit. Auch er stand auf und brüllte: »Das sag ich dir, so kannst du nicht mit Tongfang umgehen! So nicht! Was willst du, prügeln, streiten, kämpfen, ich bin zu allem bereit, du brauchst es nur zu sagen.«
Rotkürbis zitterten die Hände. Xiaohe widersetzte sich ganz offen! Das konnte sie nicht zulassen. Ließe sie ihm das durchgehen, brächte er es fertig, noch einmal mit einem Weibsstück anzukommen. »Du erlaubst dir, vor mir den wilden Mann zu spielen? Bitte sehr! Ich muß ja blöd und blind gewesen sein, dich da herauszuholen! Wärst du doch dort geblieben!«
»Also gut, beschimpfen willst du mich, bitte sehr! Damit

kriegst du mich nicht tot, und ich werde Tongfang doch bestatten! Niemand kann mich daran hindern!«
»Ich kann das wohl«, Rotkürbis schlug sich an die Brust.
»Ma!« Zhaodi konnte es nicht mehr mit ansehen, »Ma, Tongfang ist tot, weshalb mußt du sie immer noch hassen?«
»Ach, auch du hältst zu ihr? Du kleines Biest, läßt es dir bei mir gutgehen, aber hältst es mit der anderen Seite! Hast du hier etwa auch etwas zu sagen? Sich im Theaterkostüm verhaften lassen, aber hier die Prinzessin markieren! Na fein! Ich weiß Bescheid, ihr lebt von meinem Geld, und wenn ihr was angestellt habt, muß ich euch raushalten. Aber dann legt ihr es darauf an, mich zu ärgern! Ärgert mich zu Tode, damit ihr treiben könnt, was ihr wollt! Der Schamlose kann sich dann wieder eine Nebenfrau nehmen, und du, Fräuleinchen, treibst es mit diesem und jenem! Ihr seid feine Kerle, nur ich tauge nichts!« Rotkürbis gab sich eine Ohrfeige, keine sehr schmerzhafte, aber eine ziemlich laute.
»Gut, wenn ich hier schon nichts sagen darf, ein wenig ausgehen darf ich ja wohl noch?« Zhaodi hatte ihren Neubeginn vergessen und wollte sich den Tag über draußen amüsieren. Sie ging fort.
»Komm zurück!« Rotkürbis stampfte mit dem Fuß auf.
»Wiedersehen, Pa!« Zhaodi stürmte davon.
Daß sie Zhaodi nicht aufhalten konnte, machte Rotkürbis noch wütender. Sie wandte sich an Xiaohe: »Und was ist mit dir?«
»Mit mir? Ich gehe den Leichnam suchen!«
»Das sieht dir ähnlich! Den haben längst die streunenden Hunde gefressen. Geh nur! Wenn du zu gehen wagst, kommst du mir nicht mehr durch diese Tür, oder ich will von Hasen abstammen!«
Herr Gao hatte inzwischen im hinteren Zimmer sechs oder sieben Züge geraucht. Eigentlich wollte er ein Schläfchen machen, aber bei dem Gezeter mußte er wohl hinausgehen. Als er den Türvorhang hob, sah er, daß etwas nicht stimmte, denn die Eheleute standen sich an einem Tisch gegenüber und schauten sich wie zwei Kampfhähne an. Herr Gao steckte den Kopf dazwischen: »So ein altes Ehepaar kann doch alles in Ruhe klären! Setzen Sie sich hin, was gibt es denn?«
Rotkürbis setzte sich, Tränen stürzten ihr plötzlich aus den

Augen. Sie fühlte sich gekränkt. Endlich hatte sich ihre Hoffnung erfüllt, Tongfang war gestorben, und sie würde in Ruhe und Eintracht mit Xiaohe leben können. Nie hätte sie gedacht, daß der sich jetzt offen gegen sie wenden könnte.
Xiaohe stand immer noch. Er war entschlossen, nicht nachzugeben. Seine Augen sprühten Funken, er kriegte es selbst mit der Angst zu tun. Woher kam auf einmal soviel Wut?
Rotkürbis erklärte Gao die Lage. Der führte zunächst Xiaohe zu einem Stuhl und meinte dann lächelnd: »Die Bedenken von Frau Direktor sind berechtigt! Die Sache darf nicht nach außen dringen! Wir waren doch alle im Gefängnis, sind verhört worden, aber zum Glück hat keiner etwas verraten. Nur deshalb und wegen der Bemühungen von Frau Direktor sind wir unversehrt herausgekommen. Wenn die etwas herausfinden sollten, rollen vielleicht gleich unsere Köpfe. Tongfang ist etwas anderes als wir, warum sie dort umgekommen ist, weiß keiner. Du lieber Himmel, wenn die Japaner herausfinden, daß sie zu uns gehört, das wäre nicht auszuhalten. Lassen Sie die Hände davon, Herr Guan! Tote kann man nicht aufwecken, aber Lebende soll man nicht in den Tod treiben.«
Die Guans schwiegen. Nach einer geraumen Weile stand Xiaohe auf, um hinauszugehen.
»Was haben Sie vor?« fragte Gao.
»Ich will mir ein bißchen die Beine vertreten, bin gleich wieder zurück.«
Rotkürbis tat einen tiefen Seufzer. Gao wollte ihm nachlaufen, aber sie hielt ihn auf. »Beachten wir ihn nicht, er hat sowieso nicht viel Mut, er will mich nur ärgern!«
Nachdem Herr Gao eine Schale heißen Tee getrunken und mehrere Stücke Kuchen verspeist hatte, rückte er mit der Sprache heraus: »Frau Direktor, vielleicht bin ich abergläubisch, ich finde, daß irgend etwas nicht in Ordnung ist.«
»Was ist denn?« Rotkürbis war immer noch ziemlich wütend, aber da sie ihre Wut schlecht an ihm auslassen konnte, schlug sie einen sanften Ton an.
»Daß selbst wir in unserer Position, mit unserem Ruf tagelang verhaftet wurden, sagt mir, daß etwas nicht stimmt. Irgend etwas ist faul!« Er verschränkte die Arme und blickte in die Ferne.

»Was denn?« fragte Rotkürbis noch einmal.
»Mit Tigern und Herren ist nicht zu spaßen. Paßt es ihnen nicht mehr, rollen auch die Köpfe ihrer Getreuesten.«
»Wie kommen Sie darauf?«
»Ich finde, wir sollten schnell unser Hotel in Angriff nehmen und Geld machen. Haben wir das, kann uns nicht viel passieren. Will man uns weiter behalten, bleiben wir im Amt, will man uns nicht mehr, verlegen wir uns aufs Geschäft. Wie finden Sie das, Frau Direktor?« Rotkürbis nickte.
»Xiao Cuis Frau will sich vorm Zahlen drücken, das kommt nicht in Frage. Ich gehe gleich mal hinüber, der werde ich's zeigen!«
»Richtig!«
»Wenn das erledigt ist, mache ich mich sofort intensiv an die Vorarbeit für das Hotel. Es sollte mit Frühlingsbeginn eröffnet werden. Wenn es soweit ist, läuft das Geschäft bestimmt gut. Opium, Glücksspiele, Mädchen, Tanz, alles an einem Ort, immerhin etwas ganz Neues, eine tolle Erfindung! Wenn der Laden läuft, werden wir Geld scheffeln, dann kann uns keiner mehr etwas anhaben!« Rotkürbis nickte wieder.
»Frau Direktor, am besten, Sie geben mir erst einmal etwas Geld, ja? Wenn das möglich wäre. Jetzt bekommt man ja alles nur für Bargeld. Sonst hätten wir das ja glatt mit unserem Mundwerk erledigen können.«
»Wieviel wollen Sie?«
Gao tat, als überlege er, dann sagte er: »Also achtzig- oder hunderttausend müßten es schon sein. Mehr jetzt lieber noch nicht, es könnte ja was schiefgehen, das könnte ich nicht verantworten. Freundschaft ist Freundschaft, Geld ist Geld!«
»Also erst mal achtzigtausend für den Anfang?« Rotkürbis vertraute Gao, aber ein wenig Vorsicht mußte sie schon walten lassen. Geld mußte sie ihm geben, darin war sie nicht kleinlich. Außerdem war Gao ihr Vertrauter. Allein durch die illegalen Prostituierten hatte er ihr zu mehr als achtzigtausend verholfen. Einem so verdienstvollen Mitarbeiter gegenüber Vorsicht walten zu lassen, war sicherlich nicht der Weg, zu dem ganz großen Geschäft, dem ganz großen Geld zu kommen. Aber sie wagte einfach nicht, ihm gleich hundert- oder hundertzwanzigtausend in die Hand zu geben. Sie gab ihm einen Scheck.

Den steckte Gao ein und lief zur Nummer vier.
Als der angetrunkene Sun-Sieben in dem Eintretenden Gao Yituo erkannte, geriet er sofort in Wut. Im allgemeinen legte er sich nur mit dem Mund, nicht aber mit seinen Fäusten an, heute jedoch wollte er sich prügeln. Der Schnaps schien ihm neue Kräfte zu verleihen, und Gao war nur ein schwaches Hühnchen, ein Opiumraucher. Da gab es nichts mehr zu überlegen, er mußte ihm ordentlich eins überbraten. Der Vierte Li hielt ihn fest: »Moment mal, erst mal sehen, was er sagt!«
Gao beglückwünschte Changshun und die alte Frau Ma, dann nahm er den Vierten Li beiseite und bedeutete ihm leise: »Seid ganz beruhigt, es passiert nichts! Ich bin euer Freund. Sie, dieses Weib da«, er wies in Richtung Nummer drei, »ist euer Feind. Ich esse ihr Brot nicht mehr und denke nicht mehr daran, mich für sie beschimpfen zu lassen! Das hier ist es doch?« Er zog das kleine Heft hervor, riß es vor aller Augen in Stücke und warf sie zu Boden: »Hier seht!« Lächelnd blickte er einen nach dem anderen an. Dann nahm er ein Glas und kippte es in einem Zug hinunter: »Changshun, Glückwunsch, möge das Paar gemeinsam alt werden! Sei mir nicht mehr böse, ich laufe mir auch nur die Füße für andere ab, habe aber nie etwas Böses im Sinn gehabt! Feiern Sie weiter, meine Herrschaften, ich verabschiede mich!« Sprach's, warf sein grünes Gesicht nach hinten, schwenkte die Ärmel und rauschte davon.
Im Sturmschritt lief er zum Vordertor, löste auf der Bank den Scheck ein und kaufte am Bahnhof eine Fahrkarte zweiter Klasse nach Tianjin. »Da wollen wir uns erst mal ein paar Tage in Tianjin amüsieren, dann geht's ab nach Nanjing, dort kaufen wir uns Heilkräuter, in Peking lassen wir uns so schnell nicht wieder blicken«, frohlockte er.

66

Guan Xiaohe war ein richtiger Stadtmensch, der sich nur innerhalb der Stadtmauer sicher fühlte, draußen beschlich ihn Angst, er fürchtete, das große Tor könnte ihn aussperren. Seine Farbe war schwarz. Sobald er die Lößerde draußen sah, fühlte er sich unwohl. Er liebte laue Luft und mußte selbst nach Parfüm oder Ölgebäck riechen. In der Kühle draußen vor der Stadt fühlten sich seine Sinnesorgane und Lungen überfordert. Er war eine Gewächshauspflanze, die echtes Licht fürchtete.

Heute aber ging er tatsächlich durch das Pingze-Tor hinaus. Er hatte gehört, daß die Polizei die in der Stadt Erforenen und Verhungerten mit Lastwagen vor die Stadt karrte und dort wie Müll ablud. Er hoffte, da auch Tongfangs Leiche zu finden. Das verlangte ihm allerhand ab – er mußte aus der Stadt hinaus und dann noch zu den Leichen!

Als er das Stadttor erblickte, brach ihm der Schweiß aus, kalter Schweiß. Er fürchtete sich, die belebten Straßen zu verlassen und in öde, menschenleere Gegenden zu gehen. Er verlangsamte seine Schritte, zögerte einen Moment. Nein, er durfte nicht umkehren, mußte stark sein. Leise rief er nach Tongfang: »Tongfang! Beschütze mich! Ich nehme das alles auf mich, um dich zu finden.«

Im Torgewölbe wagte er kaum, die Augen zu öffnen. Gewöhnlich drängte er sich in Theatern oder Kinos zwischen geschminkten Leuten in seidenen Gewändern. Hier dagegen drängten sich Rikschas, Fäkalienkarren, Schubkarren, Eselkarren und Lastkarren; unterschiedliche elende Gestalten mit Körben, Traglasten, Schweinehälften schoben sich aneinander vorbei, jeder hatte es eilig, aber keiner kam vom Fleck. Er mochte die Augen nicht öffnen, hielt sich sogar die Nase zu. Nach einer ewig langen Drängelei gelangte er endlich hinaus. Draußen hätte er sich wohler fühlen müssen, aber er empfand noch größere Furcht. Wie ein Vogel, der lange im Käfig war, wußte er mit der plötzlichen Freiheit nichts anzufangen. Verkrampft lief er weiter. Als er die kleine Siedlung vor dem Tor durchquert hatte, blickte er wie ein Kind, das sich verlaufen hatte, zum Stadtgraben, dann wieder zur Mauer und wagte sich keinen Schritt weiter. Lange wußte er nicht, ob er weitergehen oder umkehren sollte. Fast schien er Tongfang vergessen zu haben, er glaubte, Stimmen zu hören, die ihm zuriefen: »Kehr um, komm in die Stadt zurück!« In der Stadt, nur in der Stadt war er zu Hause. Sie war sein ein und alles.

Er mußte umkehren, auch wenn Tongfang der Mensch war, den er geliebt hatte. Selbst für sie mußte er nicht Höllenqualen

an diesem entsetzlichen Ort leiden. Außerdem hatte er bereits das Risiko auf sich genommen, hier herauszukommen, das war doch auch schon etwas wert. Wenn Tongfang eine Seele hatte, mußte sie ihn verstehen, ihm danken, ihm verzeihen.
Wenn er nun einen Knochen oder Haare Tongfangs fände, was wäre dann? Allenfalls eine Verrücktheit aus einem Roman oder Theaterstück, aber in Wirklichkeit könnte das nicht vorkommen. Für solche Dummheiten war er zu klug. Wichtig war jetzt, daß er eine Stelle bekam, dann könnte er Sutren für sie lesen lassen und ihr ein anständiges Ersatzgrab errichten. Als Beamter brauchte er auch die Launen von Rotkürbis nicht mehr zu ertragen und könnte sich wieder eine oder gar zwei Nebenfrauen leisten. Ach nein, das würde wohl Tongfang verletzen! Obwohl, der Mensch mußte sich mit seiner Beamtenkarriere weiterentwickeln. Wäre er erst Beamter und nähme sich nach einer gewissen Zeit wieder eine Nebenfrau, würde Tongfang ihm das wohl verzeihen. Sogleich fühlte er sich um vieles wohler. Also Schluß hier, nach Hause! Und zu Hause sollte er nicht mehr mit der Frau streiten. Wollte man in dieser Welt überleben, mußte man realistisch bleiben.
Er machte sich auf den Rückweg. Da wurde er am Arm gepackt. Er erschrak fürchterlich und dachte an Räuber, denn hier in dieser zwielichtigen Gegend gab es am hellichten Tage Räuber. Verstohlen blickte er zur Seite, um zu entscheiden, ob er Hilfe schreien oder die Geldbörse brav herausrücken sollte. Letzteres war zwar unrentabel, aber schließlich war das Leben wertvoller als das Portemonnaie.
Als Xiaohe erkannte, daß es ein verhärmter alter Mann in abgerissener Kleidung war, wurde er mutig. Arme Leute verabscheute er, ihnen gegenüber benahm er sich nicht fein. Er schüttelte die Hand, die ihn festhielt, wie Ungeziefer ab. »Wenn du Geld willst, sag es! Was soll dieses Grapschen, was sind das für Sitten? Eigentlich sollte ich dich ohrfeigen, aber aus Rücksicht auf dein Alter …«
»Sie haben mich bereits geohrfeigt!« Der alte Mann trat einen Schritt vor, so daß sich beide gegenüberstanden.
Jetzt erkannte Xiaohe, daß vor ihm Herr Qian Moyin stand. »Oh, Herr Qian!« rief er vertraulich. Er hatte bereits vergessen, daß er den Dichter Qian verraten hatte, und vielmehr

angenommen, der sei längst tot. Er lebte also noch, schien aber bettelarm zu sein. Da sollte er ihn als alten Nachbarn nicht wie einen Bettler behandeln, sondern mit ein paar Almosen seine Güte und hohe Moral bekunden.

»Sie haben mich bereits geschlagen!« Herr Qian blickte Xiaohe mit seinen hellen Augen fest an.

»Ich habe Sie geschlagen?« fragte Xiaohe befremdet. Der alte Mann war wohl über seiner Armut verrückt geworden. Schnell fühlte er in seinen Taschen zunächst einen Schein, wahrscheinlich ein Kuai, ließ ihn aber wieder los. Dem Alten konnte er doch nicht auf einmal einen ganzen Kuai geben. Er war barmherzig, aber Barmherzigkeit brauchte Maß. Er tastete weiter, da waren zwei Fünf-Fen-Münzen, von den Japanern herausgegebene, sehr kleine Dinger. Zwei davon ergaben gerade mal einen Mao, das war zwar wenig, aber immer noch besser als nichts. Er zog sie heraus: »Nehmen Sie, alter Herr! Aber nur dieses eine Mal!«

»Sie haben es wohl vergessen. Nicht Sie haben mich geschlagen, Sie haben es die Japaner tun lassen! Wir beide sind Todfeinde! Fällt es Ihnen wieder ein?«

Es fiel Xiaohe ein. Er wurde leichenblaß.

»Folgen Sie mir!« Der alte Mann sprach sehr energisch.

»Wo... wohin denn?« Xiaohe schluckte, »ich habe es eilig, muß schnell in die Stadt zurück.«

»Quatschen Sie hier nicht herum, los!«

Xiaohe blickte wie ein verschrecktes Huhn um sich, wollte wegrennen oder um Hilfe rufen.

»Los!« Der alte Mann steckte die rechte Hand in die wattierte Jacke. Dort bauschte sich etwas, das eine Pistole sein konnte.

»Beim ersten Ton schieße ich!«

Xiaohes Lippen begannen zu zittern. Es war zwar keine Waffe, aber Xiaohe meinte, eine gesehen zu haben. Ihm fiel ein, wie er Herrn Qian damals angezeigt und die japanischen Gendarmen zu ihm geführt hatte, und wie der Dichter verhaftet worden war. Sie waren wirklich Todfeinde, und ein Todfeind hatte bestimmt auch eine Waffe. Seine Knie wurden weich, es fehlte nicht viel, und er wäre umgekippt. Pistole, Feind, vor der Stadt, ging es ihm durch den Kopf, da mußte er ja sterben.

»Herr Qian«, flehte er zitternd, »lassen Sie mich laufen! Ich hatte keine Ahnung, wollte Ihnen nicht schaden! Der Edle ist großzügig gegenüber der Verfehlung des Geringen! Wenn Sie mich dieses eine Mal laufenlassen, tue ich es nie wieder! Sie haben kein Geld, ich gebe Ihnen welches. Ich würde Sie wie meinen Vater ewig verehren.«

»Folgen Sie mir!« Herr Qian gab ihm einen leichten Stoß.

Xiaohes Augen füllten sich mit Tränen. Er bereute die Sache mit Tongfang, verfluchte sie sogar. Nur ihretwegen kam er jetzt aufs Schafott! Er konnte seine Beine nicht mehr bewegen, sie schienen im Boden verwurzelt zu sein. Herr Qian hielt seinen Arm fest und zog ihn vorwärts. Xiaohe wagte nicht, den Kopf zu heben, er mochte die Berge in der Ferne nicht sehen, diese schrecklichen Berge. Nie wieder käme er in die Stadt zurück, seine Seele müßte zwischen Bergen und Feldern umherirren. Wie entsetzlich! Er machte auch keinen Versuch, seinen Arm zu befreien und wegzulaufen, denn Kugeln waren schneller als Beine.

Als sie dort vorbeikamen, wo sich Qi Tianyou ertränkt hatte, zeigte ihm Herr Qian die Stelle: »Hier ist Qi Tianyou gestorben!«

Außer hartgefrorenem Eis gab es da nichts. Aber Xiaohe wagte nicht hinzublicken, er wandte den Kopf ab. Als Tianyou gestorben war, hatte er nichts empfunden, nicht einmal bei den Qis kondoliert. Tianyou war nur ein kleiner Geschäftsmann, ob der tot oder lebendig war, hatte nichts mit ihm zu tun. Jetzt allerdings war es anders – vielleicht würde er in den nächsten zehn Minuten dessen Nachbar unter der Erde.

Ein Stück weiter lagen Menschenknochen herum. Xiaohe wurde langsam ungeduldig. Am liebsten hätte er gefragt: »Wohin gehen wir denn noch?« Aber er bekam den Mund nicht auf, wagte nicht, eine Bitte zu äußern: »Quälen Sie mich nicht länger, bringen Sie mich um und Schluß!« Er mochte nicht einmal die Augen aufmachen und sich umschauen. Ihn hier nur einen Tag lang herumzuführen, würde ihn schon zu Tode erschrecken, da brauchte man ihn nicht mehr zu töten. Nur Graben und Stadtmauer trennten ihn von der Stadt, doch jenseits der Mauer lockte der Dongan-Basar, die glasierten Äpfel und Hammelfleisch im Feuertopf!

Hinter einem kleinen Kiefernwäldchen bogen sie nach Südwesten ab. Nach einem weiteren Fußmarsch gelangten sie zu einem Berg aus lauter Leichen. Zwischen mehreren unscheinbaren Gräbern befanden sich zwei neue. Es waren eigentlich gar keine Gräber, nur ein wenig Erde mit ein paar zerbrochenen Ziegeln.

Herr Qian blieb stehen.

Xiaohes Lippen bewegten sich, heftig atmete er durch die Nase. »Herr Qian, wollen Sie mich wirklich erschießen? Ich, ich habe in meinem Leben nichts Schlechtes getan, nur immer für Geselligkeit, gutes Essen und schöne Kleider geschwärmt, ich hatte nie böse Absichten! Können Sie mir denn nicht vergeben? Herr Qian, Onkel Qian!«

»Auf die Knie!« befahl Herr Qian.

Ohne weiteres kniete sich Xiaohe vor die Gräber hin. Er bedeckte seinen Hinterkopf mit den Händen, als ob er damit die Kugel aufhalten wollte. Nach einer Weile stellte sich Herr Qian vor ihn hin und sagte leise: »Das ist Tongfangs Grab, das andere das der Eheleute Wen. Ich habe ihre Leichen vom Graben hierhergebracht und beerdigt. Sie behaupten, nie etwas Böses getan zu haben, nun schauen Sie sich diese Gräber an! Der Untergang unseres Landes war für Sie keine Schande, sondern Anlaß zu Freude. Bloß um Ihre Tochter bekannt zu machen, mußten die beiden Wens sterben. Und Sie behaupten, nie etwas falsch gemacht zu haben! Und Tongfang, sie hatte Charakter, Mut und eine Meinung, aber Sie haben sie nur als Spielzeug betrachtet. Sie haßte die Japaner und verabscheute euer Paktieren mit ihnen. Sie haßte euch, weil ihr sie beleidigt und gedemütigt habt, weil sie für euch weniger wert war als eine Katze oder ein Hund. Sie haßte euch, und Sie halten sich für den, der ihr am nächsten stand, Sie haben keine Ahnung! Sie interessiert nichts, außer Essen, Trinken und schöner Kleidung, Beamtenkarriere und Reichtum, genau wie Sie gesagt haben. Sie ermuntern Frau und Töchter zu schlimmen Taten, aber Sie behaupten, nie etwas Unrechtes getan zu haben!« Der alte Mann machte eine Pause, dann sprach er lauter: »Machen Sie einen Kotau vor ihnen! Los! Es ist nicht nur wegen der Toten, wer weiß, ob die Ihren Kotau überhaupt annehmen würden! Ich will, daß Sie sich vor ihnen verneigen, damit Sie begreifen, was Sie verbrochen haben, Sie Vaterlandsverräter, Sie schamloser Mistkerl!«

Völlig verwirrt machte Xiaohe einige Kotaus.

»Schauen Sie sich einmal meine Beine an! Ihretwegen haben mich die Japaner so zusammengeschlagen. Und Sie behaupten, nie böse Absichten verfolgt zu haben? Dann schauen Sie sich das hier an«, der alte Mann streifte seine Jacke ab und zeigte ihm seinen Rücken, »schauen Sie her, hier! Jede Narbe, jede Wunde hat etwas mit Ihnen zu tun! Die bleiben für immer auf meinem Rücken, bei jedem Wetterwechsel erinnern mich die Schmerzen daran, Rache zu nehmen! Sie hämmern mir ein, Sie sind der Feind und die Japaner!« Ebenso schnell zog er die Jacke wieder über. »Kennen Sie nun Ihre Verbrechen?«

»Ja, ja! Ich bitte nur um Vergebung!« Xiaohe machte noch zwei Kotaus.

»Diese Wunden sind für mich persönlich noch das wenigste. Was ich wissen möchte: Sind Sie eigentlich ein Chinese? Oder sind Sie Japaner? Darauf kommt es an!«

»Chinese! Ich bin Chinese.«

»Ach, das wissen Sie noch! Wieso finden Sie es dann gut, wenn Japaner chinesische Städte besetzen? Und weshalb schmeicheln Sie den Japanern so hemmungslos, als seien die mit Ihnen verwandt?«

»Ich bin ein Mistkerl!«

»Sie sind nicht nur ein Mistkerl! Sie sind gebildet und nicht dumm, und Sie sind bereits weit über fünfzig! Selbst ein unwissendes Kind versteht, daß man die Japaner hassen muß, nur Sie nicht, das hat doch einen Grund! Sie sind ein Vaterlandsverräter, ein Schlappschwanz! Einem Mistkerl könnte ich verzeihen, aber nicht einem Vaterlandsverräter wie Ihnen!«

»Ich tue es auch nie wieder!«

»Nie wieder? Haben Sie überhaupt verstanden, worum es geht? Daß ein Mensch sein Land lieben muß und daß er seine Feinde hassen muß? Das müssen Sie endlich einsehen. Haben Sie nicht gesehen, daß der Rikschafahrer Xiao Cui ohne jeden Grund geköpft wurde? Und daß sich Qi Tianyou ertränkt hat? Haben Sie denn jetzt nicht gesehen, daß Tongfang und die Eheleute Wen hier begraben sind? Die Japaner haben Tausende und Abertausende unserer Landsleute ermordet, sie haben auch Tongfang ermordet. Wenn Ihnen die anderen schon egal sind, Tongfang ist Ihnen doch nicht gleichgültig? So wie die Japaner Tongfang ermordet haben, können sie auch Sie umbringen, verstehen Sie?«

»Ich weiß, ich weiß!«

»Was werden Sie also tun?«

»Wenn Sie mich laufenlassen, werde ich mich bessern!«

»Wie bessern?«

»Ich hasse die Japaner auch!«

»Und wie hassen Sie sie?«

Xiaohe wußte keine Antwort.

»Das können Sie nicht sagen! Sie denken eben immer nur an sich selbst! Wenn noch ein Stückchen Mensch in Ihnen steckt, dann müßten Sie als erstes Ihre Frau an ihrem Treiben hindern. Wenn sie nicht auf Sie hört, bringen Sie sie um! Sie hat noch schlimmere Verbrechen begangen als Sie, damit können Sie einen Teil Ihrer eigenen Schuld abtragen! Begreifen Sie das?«

Xiaohe gab keinen Ton von sich.

»Reden Sie!«

»Ich habe Angst vor ihr!«

Herr Qian lächelte kurz. »Sie sind ein Feigling!«

»Wenn Sie mich laufenlassen, rede ich ihr ins Gewissen!«

»Und wenn sie nicht auf Sie hört?«

»Dann kann ich nichts machen!«

Herr Qian lachte laut heraus. »Wegen Ihrer Tücke und Ihrer Verbrechen müßte ich Sie umbringen! Es wäre, als zerdrückte man eine Wanze! Merken Sie sich das! Ich kann Ihr Leben jederzeit und überall beenden! Aber es lohnt sich nicht, sich mit Ihrem Blut die Hände schmutzig zu machen! Wir beide sind Todfeinde, daran wird sich nie etwas ändern, es sei denn, Sie ändern sich, werden ein richtiger Mensch und tun etwas Anständiges für das Land. Stehen Sie auf! Heute lass ich Sie laufen, aber wenn Sie sich nicht bessern, rechne ich demnächst mit Ihnen ab!«

Xiaohe erhob sich gehorsam. Als er stand, warf er einen schnellen Blick zur Stadtmauer hin, am liebsten hätte er die Arme ausgebreitet und wäre hinübergeflogen.

»Verschwinden Sie!« Herr Qian stieß ihn weg.
Fast wäre Xiaohe gestolpert, denn vom Knien waren ihm die Beine steif geworden. Er rieb sich die Knie, dann rannte er in die Stadt und machte sich vor lauter Angst in die Hosen.
Herr Qian stieß einen tiefen Seufzer aus, dann sprach er zu den Gräbern: »Entschuldigt, ich habe ein zu weiches Herz. Tongfang! Herr Wen! Ruoxia! Ruht in Frieden! Sobald es eine gute Nachricht gibt, sage ich euch Bescheid!« Er hockte sich hin und legte noch ein paar alte Ziegel auf die Gräber.
Als Xiaohe das Stadttor sah, klopfte er sich schnell den Staub von den Kleidern und lebte wieder auf. In der Stadt fand er seine Haltung wieder. Mit einem Augenschlag winkte er eine Rikscha heran und setzte sich hinein. Beim Anblick der Straßen ging ihm das Herz auf! Er vergaß restlos, was ihm Herr Qian gesagt hatte. Ihm gingen nur zwei Dinge durch den Kopf. Er bereute, daß er sich aus der Stadt gewagt hatte, um Tongfangs Leiche zu suchen, und schwor, nie wieder allein vor die Tore zu gehen. Wie das mit Herrn Qian weitergehen sollte, das würde er noch sehen. Aber eines Tages würde der Alte ihm schon in die Hände fallen, und dann würde der kein gutes Ende nehmen. Am Xisi-Pailou, an der Westlichen Vierer-Kreuzung, ließ er die Rikscha halten und kaufte im Laden für Trockenobst zwei Dosen Quitten und ein paar gedörrte Aprikosen. Zu Hause würde er sich mit einer Kanne heißen »Immergrünen Bambus« aufwärmen und zu dem Quittensaft ein paar Kohlherzen und die Aprikosen verspeisen, um einer Erkältung vorzubeugen. Danach begab er sich noch ins Importwarengeschäft und erwarb dort zwei Ziervasen made in Japan, um sie der Gattin zu verehren. Von nun an würde er sich nie mehr mit ihr streiten. Du lieber Himmel, ohne diesen Streit wäre das draußen vor der Stadt nie passiert. Das Unheil hatte er sich selbst zuzuschreiben! Aber die Gattin zu töten oder ihr ins Gewissen zu reden, das war ja wirklich absoluter Blödsinn, lächerlich!
Grinsend begab er sich nach Hause.

67

Als Xiaohe das Tor seines Anwesens erblickte, fühlte er sich wie ein Verdurstender beim Anblick eines Brunnens. Beim Gedanken an die Szene vor der Stadt und an die Wärme und Geborgenheit drinnen in seinem Haus hätte er am liebsten laut gejubelt: »Ich bin wieder daheim!« Es war bereits nach vier Uhr nachmittags, die langsam sinkende Sonne vergoldete sein Schild »Obmann-Büro«, als sei es frisch mit Öl eingerieben worden. Er nickte dem Schild zu. Draußen, als er vor den Gräbern kniete, war er beleidigt und beschimpft worden, hier galt er als Familienvorstand, Obmann, hier konnte er Befehle erteilen. Frohgestimmt stieß er leicht das Tor auf.
Als er über die Schwelle trat, sah er in etwa zwei Meter Entfernung irgend etwas aufgetürmt liegen. Ihm entfuhr ein erstaunter Aufschrei. Denn was da lag, war nicht irgend etwas, sondern ein Mensch, und auch nicht irgendeiner, sondern seine Tochter Gaodi. Sie hockte mit nach hinten verschränkten Armen an der Mauer.
»Was ist denn hier los?« Beinahe hätte er die beiden Dosen Quitten fallen gelassen. »Was ist passiert?«
Gaodi bewegte sich hin und her, hob den Kopf, starrte ihn böse an und knurrte durch die Nase. Ihr Mund war verstopft.
»Verdammt, was ist hier los?« Vorsichtig setzte er die beiden Dosen ab.
Gaodis Augen traten vor lauter Wut hervor. Sie machte wieder eine Bewegung mit dem Körper und nickte heftig. Xiaohe zog ihr den Knebel aus dem Mund, sie holte Luft, dann würgte es sie.
»Was ist passiert?«
»Bind mir endlich die Fesseln auf!« stieß sie wütend hervor.
Xiaohe schlug die Ärmel zurück, um seine Geschicklichkeit zu beweisen. Da er sich aber sehr umständlich anstellte, schaffte er es nicht. Schließlich wollte er sich nicht die Fingernägel abbrechen.
»Hol ein Messer!« Gaodi war den Tränen nahe.
Er holte sein Taschenmesser hervor und begann, den Strick langsam durchzusägen.

»Schneller, mir fallen gleich die Knöchel ab!«
»Nicht so eilig, ich will dich doch nicht verletzen!« Er sägte weiter. Gaodi spannte alle Kräfte an, ein Stöhnen drang aus ihrer Nase.
Endlich war der Strick durchgesägt. Xiaohe atmete hörbar auf und wischte sich den Schweiß von der Stirn. Er hatte tatsächlich geschwitzt.
Gaodi rieb sich mit überkreuzten Händen beide Knöchel, die von dem Strick verletzt und noch ganz taub waren. Dann stand sie plötzlich auf. Doch auch in ihren Beinen hatte sie kein Gefühl. Noch bevor sie richtig stand, mußte sie sich wieder hinsetzen. Ihr Kopf schlug dabei gegen die Mauer. »Hilf mir auf!«
Xiaohe stützte sie, langsam gingen sie hinein.
Die Tür zum Nordzimmer stand offen. Xiaohe sah auf den ersten Blick, daß Tische und Stühle umgekippt herumlagen. Der Boden war mit Porzellanscherben übersät, Vasen lagen neben dem Spucknapf, es sah aus wie nach einem Erdbeben. Er ließ Gaodi los und war mit einem Satz im Zimmer. Sein heißgeliebtes Sofa war aufgeschlitzt. Die Beine versagten ihm den Dienst, sein Mund stand offen. Die in Jahrzehnten aus Herzblut erschaffene Festung hatte sich in einen Müllhaufen verwandelt. Tränen liefen ihm in Strömen herunter.
Gaodi lehnte am Türpfosten, sie bewegte ihre Beine. »Das war Rache!«
»Was?« fragte Xiaohe. Mit diesem Ausruf kam wieder ein wenig Leben in ihn. Auf die herumliegenden Sachen tretend, stürzte er ins Schlafzimmer. Auf dem Bett keine Spur von seiner gestickten Steppdecke und dem Daunenkissen. Die Möbel lagen wie nebenan kreuz und quer am Boden. »Was hat das zu bedeuten?« schrie er auf.
Gaodi humpelte herein. »Vergeltung!«
»Nun sag schon, was soll das heißen! Wieso denn Vergeltung, wofür denn, ich habe nichts Unrechtes getan!«
»Pa!« Gaodi setzte sich auf einen am Boden liegenden Hocker. »Du hast Herrn Qian angezeigt, du siehst zu, wie Mutter anständige Frauen zur Prostitution zwingt und von ihnen Geld erpreßt, du erlaubst Zhaodi, sich mit Männern rumzutreiben, und erlaubst Männern, sich mit ihr zu vergnügen, du läßt zu,

daß Mutter ihre Launen an Tongfang ausläßt, du vergnügst dich von morgens bis abends bei gutem Essen und Trinken mit deinen hündischen Freunden und fragst nicht, woher das Geld dafür kommt!«
»Ich habe dich gefragt, wie das hier passiert ist, ich habe nicht um deine Belehrungen gebeten!« Xiaohe stampfte mit dem Fuß auf.
»Und erst recht hättest du nicht den Japanern schmeicheln und ihnen in den Hintern kriechen dürfen, als hätten sie nicht unsere Leute ermordet!«
»Du willst mich wohl vor Wut platzen lassen! Ich will wissen, wie – das – hier – passiert – ist!«
»Das erzähle ich dir ja gerade. Das waren die Japaner!«
»Was?« Er traute seinen Ohren nicht.
»Das waren Japaner!« wiederholte sie, dieses Mal noch deutlicher.
Er mußte seinen Ohren glauben, war aber noch nicht ganz überzeugt. Seine Beine schienen zu versagen, er hockte sich auf den Boden und bedeckte das Gesicht mit den Händen. »Das kann nicht sein«, sagte er sich, »die Japaner können das nicht gewesen sein!« Sie waren es doch, die der Gattin Posten, Ansehen, Geld und Macht und Zhaodi Berühmtheit beschert hatten. Und von sich selbst konnte er sagen, daß er den Japanern treu ergeben war. Das gemietete Haus hatte er an Japaner vermietet. Selbst japanische Kinder grüßte er, vor japanischen Militärs verbeugte er sich schon von weitem und auch ziemlich tief, Chinesen, die die Japaner haßten, zeigte er an, von den Japanern organisierte Demonstrationen und Kundgebungen besuchte er stets begeistert, von den Japanern erfundene chinesische Wörter ließ er sich als erster auf der Zunge zergehen, jeden japanischen Offizier beschenkte er, ob er ihn kannte oder nicht... Bei diesen Gedanken entfuhr es ihm: »Das kann nicht sein! Die Japaner können es nicht gewesen sein! Ich habe mich auch nicht im geringsten gegen sie vergangen. Gaodi, sag die Wahrheit!«
»Ich habe nicht gelogen!«
»Sind Japaner gekommen und haben das hier...«
»Mutter ist nach dem Essen ins Büro gegangen«, Gaodis Handgelenke begannen zu schmerzen, sie verkniff sich den Schmerz

und bemühte sich, dem Vater alles der Reihe nach zu erklären, »Zhaodi war noch nicht zurück, ich war allein hier.«

»Und die Diener?«

»Die gehorchen nur, solange Mutter da ist. Wenn sie weggeht, nehmen sie sich frei! Sie haben Angst vor ihr, können sie aber nicht leiden!«

»Du scheinst deine Mutter ja auch nicht gerade zu lieben!« Xiaohe erhob sich und setzte sich aufs Bett.

»Ihre Taten kann ich nicht leiden!« Gaodi zog den Hocker etwas näher zu ihm heran.

»Lassen wir erst mal beiseite, ob du sie leiden kannst oder nicht, erzähl, wie es war!«

»Etwa gegen halb drei kamen zehn Leute, zwei davon Japaner. Sie kamen herein und begannen ohne ein Wort auszuräumen.«

»Auszuräumen?«

»Guck dich doch um, siehst du Mutters Truhe noch?« Gaodi zeigte dorthin, wo sonst die Truhe stand. Nicht nur die Truhe, auch die Schmuckschatulle war verschwunden. Xiaohe zitterten die Hände.

»Die Truhen und Schachteln aus diesem Zimmer, aus Tongfangs, meinem und Zhaodis Zimmer sind alle weg! Ich habe mich aufgeregt, sie zur Rede gestellt, da haben sie mich gefesselt. Als ich schreien wollte, haben sie mir etwas in den Mund gestopft. Ich konnte nur die Augen aufsperren und zuschauen, wie sie alles wegschleppten. Sie müssen einen Lastwagen gehabt haben am Ende der Gasse. Rausgeräumt und weggeschleppt haben nur die Chinesen, die beiden Japaner waren wohl für die Auswahl zuständig. Manchmal war ich mit den beiden ganz allein im Hof. Wenn die gewagt hätten, mir etwas anzutun, wäre ich mit dem Kopf gegen die Mauer gerannt! Aber sie haben mich in Ruhe gelassen, waren wohl zu sehr mit dem Plündern beschäftigt. Als sie das meiste weggeschleppt hatten, fanden sie den Schnaps. Da bin ich ganz langsam hinausgerobbt. Denn wenn sie getrunken hatten, das wußte ich, würden sie mich nicht ungeschoren davonkommen lassen. Aber über die Schwelle kam ich nicht, wie sehr ich mich auch anstrengte. Die fingen inzwischen an, drinnen alles kaputtzuschlagen. Als sie herauskamen, schleppten sie mich zur Mauer.

Dann gingen sie und schlossen das Tor. Das haben wir nun davon, wir haben vor ihnen gekatzbuckelt, ihnen den Speichel geleckt und Honig um den Mund geschmiert, bloß wegen ein bißchen Geld. Nun haben wir alles verloren, nicht mal etwas zum Anziehen oder Zudecken ist uns geblieben!«
Xiaohe antwortete lange nicht. Er stierte nur vor sich hin. Später fragte er leise: »Gaodi, bist du sicher, daß die beiden wirklich Japaner waren? Woher willst du wissen, daß sie sich nicht nur dafür ausgegeben haben?«
Gaodi konnte ihre Wut nicht mehr unterdrücken: »Klar, die haben sich nur dafür ausgegeben! Die Japaner sind doch deine Verwandten und Freunde, die können dir doch nichts tun!«
»Werde nicht gleich böse! Ich denke bloß, bei meinen Beziehungen zu den Japanern können sie so etwas doch nicht machen!«
»Nein, sie behandeln dich sehr höflich, wie sonst kämen sie dazu, deine Stadt zu besetzen, deinen Boden zu rauben und dir auch noch deinen Staat zu klauen!«
»Rege dich nicht auf, das bringt nun auch nichts! Ich weiß, was zu tun ist. Du räumst hier am besten erst einmal ein wenig auf, ich gehe zu deiner Mutter. Wenn sie die entscheidenden Japaner trifft, bekommen wir alle unsere Sachen zurück! Fang an, wenn die Diener zurückkommen, sollen sie dir helfen.«
»Die kommen nicht mehr zurück!«
»Wieso denn?«
»Als die Japaner weg waren, kamen sie noch mal zurück, holten ihre Sachen, nahmen gleich noch ein paar von unseren mit und verschwanden.«
»Solche Mistkerle!«
»Unsere Art zu leben findet niemand gut, sie sind keine Mistkerle.«
»Sei still! Ich gehe jetzt zu deiner Mutter!«
Er hatte das Zimmer noch nicht verlassen, als Zhaodi angerannt kam. »Pa! Pa!« Sie war völlig durcheinander, beinahe wäre sie über die am Boden verstreuten Sachen gestolpert.
»Was ist los? Was ist denn nun schon wieder passiert?«
»Ma... Ma ist abgeholt worden!« Sie ließ sich auf den Boden fallen.
»Deine Ma...«, Xiaohe verschlug es die Sprache.

»Ich wollte mir ein bißchen Geld von ihr holen und kam gerade dazu, als sie gefesselt abgeführt wurde.«
»Gefesselt...« Xiaohe kollerten die Tränen herab. »Wir sind erledigt! Was habe ich Unrechtes getan, daß es mir so vergolten wird? Unser Eigentum ist hin, wenn es nun auch noch deine Ma erwischt, was soll dann aus uns dreien werden?«
Alle drei schwiegen.
Nach einer Weile erhob sich Zhaodi. »Pa, wir müssen Ma retten! Wenn sie nicht mehr ist, sind wir alle erledigt. Ich wage es mir nicht vorzustellen! Wie soll ich denn ohne all den Luxus weiterleben?«
Xiaohe dachte wie Zhaodi, ohne die Frau Direktor liefe nichts mehr, er mußte sie schnellstens retten. Aber er war feige, hatte Angst, herumzulaufen und mit hineingezogen zu werden. Er war der Mann von Rotkürbis. Hatte sie wirklich etwas verbrochen, würden sich die Japaner möglicherweise an ihn erinnern. Er rang die Hände, ihm fiel überhaupt nichts ein.
»Los!« Zhaodi reckte ihre kleine Brust, »ich gehe mit!«
»Wohin?« fragte Xiaohe mit niedergeschlagenem Blick.
»Zu den Japanern!«
»Zu welchen?« Xiaohe schnitt es wie mit Messern ins Herz. Er hatte immer gedacht, alle Japaner seien seine Freunde, jetzt aber begriff er, daß er nicht einen einzigen kannte.
Zhaodi neigte den Kopf und dachte nach. »Ich hab's, wir gehen erst mal zu der alten Dame in Nummer eins. Ob es was nützt, wer weiß, immerhin ist sie Japanerin!«
Es kam wieder Farbe in Xiaohes Gesicht. »Richtig!« Und er sagte sich: Sie ist Japanerin, jetzt ist jeder Japaner besser als ein Chinese! »Aber«, wandte er sich an Zhaodi, »sollten wir nicht ein Geschenk mitnehmen? Wir können doch schlecht mit leeren Händen...«
Gaodi stieß ein kaltes Lachen aus.
»Was gibt es da zu lachen?« In Zhaodis schönen Augen blitzte Wut. »Sonst kümmerst du dich um gar nichts, und jetzt, da Ma verhaftet ist, lachst du noch! Du möchtest wohl, daß sie im Gefängnis stirbt, damit wir dann auch alle verhungern, was?«
Nun erhob sich auch Gaodi. »Ihr habt immer nur Ma gesehen, aber nicht, was sie verbrochen hat! Ich will doch nicht, daß sie stirbt, sie ist meine Mutter! Aber bloß deswegen kann

ich doch nicht behaupten, daß alles, was sie getan hat, richtig ist! Wir sollten uns erst einmal klarmachen, daß Ma sich schuldig gemacht hat und Strafe verdient. Wenn sie wieder herauskommt, um so besser. Wenn nicht, müssen wir noch lange nicht verhungern! Ich bin nicht sonderlich talentiert, aber ich bin bereit, irgendeine Arbeit zu suchen und mir anständig eine Schale Reis zu verdienen. Pa könnte auch etwas tun, es wird sich schon etwas finden. Sich durch eigene Arbeit zu ernähren, ist jedenfalls bei weitem anständiger, als Frauen zur Prostitution zu zwingen! Ich weiß nicht, ob wir unsere schlechten Taten wiedergutmachen können, aber wenn wir es nicht versuchen, werden wir bestimmt zugrunde gehen.«

»Hm...«, Zhaodi verzog den Mund, »ich kann jedenfalls nicht arbeiten. Ich will nur meine Ma zurückhaben!«

»Zhaodi«, rief Xiaohe enthusiastisch, »du hast recht! Wenn wir uns mit irgendeiner Arbeit recht und schlecht ernährten, würden uns die Leute auslachen! Sollen wir vielleicht unsere Seidenkleidung gegen grobe Baumwolle eintauschen und statt Wein und feiner Speisen nur noch schwarze Bobo-Kuchen und scharfe Fladen essen? Wem könnten wir dann noch unter die Augen treten?« Und zur großen Tochter: »Gaodi, du warst immer schon seltsam, nun, da das Unglück über uns hereingebrochen ist, verhältst du dich immer noch so! Na gut, dann hüte wenigstens das Haus, ich gehe mit Zhaodi los, damit bist du doch einverstanden?«

Gaodi wollte etwas antworten, seufzte aber nur.

Zhaodi schminkte und puderte sich, dann zog sie mit Xiaohe los. Vor Nummer eins angekommen, postierte sich Xiaohe so, daß er eine ehrfürchtige Verbeugung machen konnte, wenn die Tür aufginge. Zhaodi klopfte.

Die alte Dame öffnete. Sobald sie jedoch die Draußenstehenden erkannte, schloß sie das Tor wieder.

Vater und Tochter Guan erbleichten.

»Die Sache ist ernst!« sagte Xiaohe zu Zhaodi. »Sobald deiner Mutter etwas zustößt, schätzt man uns nicht mehr! Das, das ist ja... Was machen wir nur?«

Zhaodi wurde wütend. »Pa, geh du nach Hause, ich renne noch mal los! Ich habe Freunde, ich werde Mutter schon herausholen!« Sie rannte durch die Gasse davon.

Xiaohe ging allein nach Hause, er war sehr verwirrt. Nachdenken konnte er nicht, denn er kümmerte sich stets nur um die Gegenwart. Und da herrschte jetzt ein schlimmes Drunter und Drüber, er hatte keine Lust aufzuräumen und fand nun kein Plätzchen, das ihm hätte Ruhe spenden können. Vor lauter Aufregung kamen ihm die Tränen.
Noch schlimmer war, daß es schon dunkel wurde und sein Magen vernehmlich knurrte, aber niemand ihm etwas zu essen machte. Er ging in die Küche, das Feuer war erloschen. Hier war zwar sein Zuhause, doch es war kein Zuhause mehr! Es gab kein Feuer, kein heißes Wasser, von gutem Tee, Wein und Speisen ganz zu schweigen.
Gaodi war gerade beim Aufräumen. Sie stellte sich zwar ungeschickt an, aber sie tat es gern. In der Familie verhielten sich alle stets kühl zu ihr, nirgends durfte sie ihre Meinung kundtun. Heute plötzlich schien sie die Herrin im Hause zu sein, brauchte niemanden zu fragen, konnte nach eigenem Gutdünken handeln, tun und lassen, was sie für richtig hielt. Sie wußte durchaus, daß die Zukunft der Familie im dunkeln lag, fand aber zugleich, daß dies auch ein Ansporn für Veränderungen sein konnte. Wenn sich mit der Zeit alles allmählich verbessern würde, lohnte es sich schon, Not in Kauf zu nehmen. Sie verfügte über keine besonderen Fähigkeiten. Käme die Mutter wirklich nicht mehr wieder, war es fraglich, ob sie tatsächlich sich selbst und den Vater ernähren könnte. Aber sie beschloß, sich nicht schrecken zu lassen. Sie mußte fleißig sein, sich anstrengen, kämpfen, dann würde sie irgendwie überleben können. Auf ihrer kurzen Nase bildeten sich Schweißtröpfchen, ihre Augen glänzten vor Entschlossenheit.
Als Xiaohe sie herumwirtschaften sah, wurde ihm das Herz schwer. Nicht etwa, weil er die Tochter liebte, sondern weil er es als großen Gesichtsverlust empfand, daß seine Tochter mit eigenen Händen die Zimmer aufräumte. Den Boden aufzuwischen und den Tisch abzuputzen, war Sache der Diener und sollte nie etwas mit den »Fräuleins« zu tun haben. Er hustete absichtlich, um ihr anzudeuten, es sei an der Zeit, eine Pause einzulegen. Als Gaodi nicht reagierte, sagte er schließlich: »Gaodi, was machen wir mit dem Abendbrot?«

Sie arbeitete weiter, sagte aber: »Geh doch ein paar Fladen kaufen, ich mache Feuer, damit wir heißes Wasser haben, es muß mal so gehen!«
Xiaohe konnte doch keine Fladen kaufen, da würde er sich ja blamieren! Er sagte aber nichts, denn langsam wurde ihm klar, was auf ihn zukam. Fladen einkaufen! Leise ging er auf den Hof hinaus, dort lief er hin und her. Nach einer Weile wurde ihm kalt, auch der Magen knurrte immer lauter. Er wollte nun tatsächlich Fladen kaufen gehen, denn der Magen schert sich wenig um Gesicht und Schande. Ein paarmal ging er bis an das Tor, machte aber immer wieder kehrt. Nein, lieber würde er die ganze Nacht hungern und frieren, er durfte seine Haltung nicht aufgeben. Das wäre ja noch schöner, heute gäbe er sein Gesicht preis und ginge Fladen kaufen, morgen wäre er dann vielleicht bereit, alles fahrenzulassen?
Er ging wieder hinein.
»Pa, bist du nicht hungrig? Warum gehst du keine Fladen kaufen?« erkundigte sich Gaodi.
Xiaohe wollte nicht recht mit der Sprache heraus. Er glaubte, Gaodi würde ihn sowieso nicht verstehen, warum also Worte verlieren? Den Hunger schien er mit Schweigen stillen zu wollen. Aber das war nicht so einfach. Er vergaß Rotkürbis und alles andere, glaubte, auf der Stelle Hungers sterben zu müssen. Er hatte noch nie gehungert. Daß er viel essen konnte, ohne magenkrank zu werden, hielt er für sein besonderes Talent und Glück. Aber jetzt geriet er in Panik. Essen war wichtiger Bestandteil und höchste Leistung der chinesischen und also auch seiner Lebenskultur. Eine Mahlzeit auszulassen war für ihn wie die Vernichtung von Leben und Kultur! Da mußte er sich doch aufregen. Hatte er sich denn nicht wegen guter Speisen und Getränke vor den Japanern geduckt? Und nun soll alles umsonst gewesen sein? Er fühlte sich bereits mit einem Bein in der Hölle.
»Gaodi!« maulte er kläglich, »Gaodi!«
»Was ist los?«
»Hm...«, er rieb sich den Magen, »nichts, nichts!« Er schluckte herunter, was er hatte sagen wollen, konnte das schmutzige Wort »Hunger« nicht aussprechen.
»Du hast wohl Hunger? Schon gut, ich gehe, da bringe ich

auch gleich eine Kanne heißes Wasser mit, dann brauchen wir nicht erst Feuer zu machen.« Gaodi klopfte sich den Staub ab und wollte gehen.
»Du…« Xiaohe wollte sie aufhalten. Wenn seine Tochter Fladen einkaufte und Wasser holte, war das eine ebensolche Schande, wie wenn er selbst ginge. Aber Fladen waren nun einmal etwas gegen den Hunger, er konnte seinem Magen ja auch nicht zuviel zumuten, der Mensch sollte zwar Ideale haben, aber auch realistisch sein.
Gaodi rannte hinaus.
Allein zurückgeblieben, fühlte er sich erbärmlich. Am liebsten hätte er sich aufgehängt, wenn da nicht die Aussicht gewesen wäre, in den nächsten fünf Minuten etwas zu essen zu bekommen.
Gaodi kam zurück. Xiaohe traten Tränen in die Augen, er verschlang drei Fladen.
Als er alles aufgegessen hatte, dachte er sogleich ans Schlafengehen. Es gab keine Decken! Er wagte Gaodi nicht um Rat zu fragen, sie verstand ihn nicht. Aber er mußte sie fragen, denn ihm fiel nichts ein. Von Geburt an hatte er in seidenen Decken geschlafen und sich um nichts zu kümmern brauchen.
»Pa, deck dich mit meiner Bettauflage und meinem Mantel zu und schlaf du erst mal, ich warte auf Zhaodi!« Sie holte die Auflage und gab sie ihm.
Xiaohe legte sich aufs Bett. Er war überzeugt, nicht schlafen zu können. Doch schon nach kurzer Zeit schnarchte er.

68

Glücklicherweise hatten sie John Ding zu Hause angetroffen, sonst hätten Guan Xiaohe und Gaodi unter den großen Schnurbäumen nächtigen müssen.
Als Xiaohe, mit einer Bettunterlage und Gaodis Mantel zugedeckt, fest schlief, kamen die Japaner noch einmal zurück.
»Wach auf, Pa! Sie sind wieder da«, rief Gaodi leise.
»Wer?« fragte Xiaohe verschlafen.
»Die Japaner!«
Xiaohe sprang vom Bett auf und legte schnell den Mantel um.

»Gut, das ist ja bestens!« Er war gar nicht mehr müde. Wenn die Japaner kamen, war alles gut. Schnell fuhr er sich mit den Fingern durch die Haare und wischte sich den Schlaf aus den Augen. Dann setzte er ein strahlendes Lächeln auf und ging den Japanern entgegen. Mit solch einer Haltung und Höflichkeit bedurfte es sicher nur weniger Worte, um sie dazu zu bringen, ihm seine Sachen zurückzugeben. Er war fest überzeugt, daß sie die anständigsten und gerechtesten Menschen unter dem Himmel waren und ihn liebten.

Als er ihrer ansichtig wurde – es waren drei, einer in Zivil, zwei Gendarmen –, schickte er sein Lächeln bis hinunter in die Fußspitzen und vollzog erwartungsfroh und biegsam wie eine Frühlingsweide eine Verbeugung.

Der Zivile wies zur Tür. Lächelnd überlegte Xiaohe. Da er nicht verstand, ging er näher zur Tür, um nachzusehen, was den Unwillen des Japaners hervorrief. Er konnte aber nichts feststellen und stand nun augenblinkernd da. Bei jedem Blinkern lächelte er ein wenig mehr.

Als er sich nicht von der Stelle bewegte, verzog der Zivile in Richtung Gendarmen den Mund. Die beiden nahmen Xiaohe in die Mitte und schleiften ihn hinaus. Noch immer war er ganz brav, hob die Beine und ließ sich hinausziehen. Draußen vor dem Tor warfen sie ihn ab, sein Lächeln fiel in den Sand.

Gaodi war längst draußen, sie lehnte an der Geistermauer.

Als Xiaohe langsam hochkam, sah er die Tochter: »Was hat das zu bedeuten, was ist hier los, Gaodi?«

»Hausdurchsuchung! Alles ist beschlagnahmt, nicht mal ein Bett dürfen wir herausholen!« Gaodi war zum Heulen zumute, aber sie unterdrückte die Tränen. »Denk nach, wohin gehen wir?«

Xiaohe lächelte nicht mehr, war aber auch nicht sonderlich erregt. »Das kann nicht sein, die Japaner können doch nicht so herzlos zu uns sein.«

»Wieso denn nicht, wer sind denn die Japaner für dich?« zischte Gaodi händeringend. Wäre da nicht die jahrtausendealte Konvention, hätte sie ihn am liebsten geohrfeigt.

»Erst mal abwarten. Wenn sie rauskommen, gehen wir wieder hinein. Ich habe den Japanern nichts getan, sie können mich nicht so behandeln!«

Gaodi drehte sich um und ging unter die Schnurbäume.
Xiaohe behielt in ergebener Haltung das Tor im Auge. Nach einer guten halben Stunde kamen die Japaner heraus. Der Zivile leuchtete mit der Taschenlampe, während die Gendarmen die Tür versiegelten.
Xiaohe schien das Herz stehenzubleiben. Aber wie ein versierter Schauspieler, der seinen Part auch todkrank zu Ende spielt, verbeugte er sich noch hinter den Davongehenden. Dann aber schienen ihn die Kräfte zu verlassen, er sank auf die Stufen, barg das Gesicht in den Händen und heulte los. Sein Leben, sein Besitz, sein Komfort, seine Philosophie, alles schien mit einem Male wie weggewischt zu sein.
Gaodi ging leise zu ihm hin: »Heulen hilft auch nicht!«
»Ich bin erledigt!« Vor lauter Kummer konnte er nicht weitersprechen. Erst als er sich wieder etwas gefaßt hatte, fand er seine Stimme wieder. »Ich zeige sie an!« Ruckartig stand er auf. »Diese drei waren gar keine Japaner, sie haben sich nur dafür ausgegeben. Richtige Japaner tun so etwas nicht! Ich erstatte Anzeige.«
»Du Dummkopf!« Gaodi hatte ihren Vater noch nie beschimpft, konnte sich jetzt aber nicht mehr beherrschen. »Die Japaner durchwühlen und beschlagnahmen dein Haus, aber du glaubst immer noch an sie? Meinst du wirklich, die Versiegelung hier könnte gefälscht sein? Wenn du das glaubst, dann reiß sie doch ab!« Es war, als steckte ihr etwas im Hals, sie schluckte: »Wohin sollen wir gehen? Wir können doch nicht die ganze Nacht hier draußen frieren.« Xiaohe wußte keinen Rat.
Gaodi klopfte bei den Qis ans Tor.
Da es kalt war und sie keine Kohlen hatten, waren bei den Qis schon alle schlafen gegangen. Als Yunmei das Klopfen hörte, überlief sie eine Gänsehaut. Auch Ruixuan hatte es gehört und wollte sofort aufstehen. Sie hielt ihn zurück, zog sich etwas über. »Holen sie schon wieder jemanden?« Leise ging sie zum Tor, erst wollte sie durch den Türschlitz gucken, konnte aber in der Dunkelheit nichts erkennen. Sie faßte Mut und fragte leise: »Wer ist da?«
»Ich bin's, Gaodi, machen Sie doch mal auf!« Gaodi sprach auch leise, aber sehr nachdrücklich.

Yunmei öffnete das Tor. Noch ehe es ganz auf war, schlüpfte Gaodi behend hinein und ergriff Yunmeis Hand. »Bei uns wurde alles beschlagnahmt und versiegelt!«
Auch Yunmei begann zu zittern.
Ruixuan ließ es keine Ruhe, er warf sich den Mantel über und lief hinaus. »Was ist denn los?« Nun war er doch aufgeregt.
»Herr Qi, unser Haus wurde versiegelt, können Sie uns helfen?« Jetzt rollten Gaodis lange zurückgehaltenen Tränen.
Nach ein paar Rückfragen verstand Ruixuan in etwa, was vorgefallen war. Er wollte Gaodi gern helfen, er wußte, daß sie anständig war. Half er aber ihr, mußte er auch Guan Xiaohe helfen, deshalb zögerte er.
Yunmei mochte den Guans nicht helfen, nicht weil sie sie haßte, sondern weil sie nicht in Mitleidenschaft gezogen werden wollte. In diesen Zeiten war Vorsicht das Allerwichtigste.
Als Gaodi das Zögern des Ehepaars sah, verstärkte sie den flehenden Ton: »Bitte, helfen Sie mir, kümmern Sie sich nicht um die anderen! Sie können mich doch bei dieser Kälte nicht die ganze Nacht unter den Schnurbäumen frieren lassen!«
Ruixuan wurde weich, er vergaß Guan Xiaohe und überlegte, wo Gaodi unterschlüpfen könnte. »Ist die Stube vom Ehepaar Wen nicht noch frei? Fragen wir John Ding!«
Da vergaß auch Yunmei ihre Vorsicht. »Geh du zu ihm, er achtet dich, wird es dir nicht abschlagen! Das wäre ja noch schöner, die ganze Nacht unter dem Schnurbaum zubringen!«
Zum Glück war John Ding zu Hause. Er hatte den ganzen Hof gemietet und tat Ruixuan den Gefallen. »Aber die Stube ist völlig leer!«
»Diese Nacht muß es erst einmal so gehen«, meinte Ruixuan.
Yunmei brachte Gaodi eine alte Steppdecke. Keiner achtete auf Guan Xiaohe, nur John Ding beehrte ihn mit zwei Sätzen: »Sie haben den Unterschied zwischen Engländern und Japanern nicht begriffen. Die Japaner sind launisch, im Handumdrehen kennen sie einen nicht mehr. Die Engländer dagegen sind immer wie sie sind. Fragen Sie Herrn Qi!«
Xiaohe wagte nichts zu erwidern. Aber er war Ruixuan und John Ding keineswegs dankbar. Da er nur gegenseitiges Ausnutzen kannte und nichts von Güte und Freundschaft verstand, hielt er ihre Hilfe für eine Investition: Heute hatte er

zwar alles verloren, aber er würde sich wieder hochrappeln – solange die Japaner Peking nicht verließen! – und in Kürze obenauf sein, deshalb machten sie sich bei ihm lieb Kind. Außerdem käme Rotkürbis bald heraus und holte alles von den Japanern zurück.

Xiaohe hockte auf dem Schemel, den John Ding gebracht hatte, die Knie notdürftig mit der alten Decke der Qis bedeckt, fror und fühlte sich jämmerlich, aber noch nicht ganz entmutigt. Wenn er an Rotkürbis dachte, wurde ihm ein wenig leichter, und unwillkürlich sprach er es aus: »Gaodi, sei nicht traurig! Sobald deine Mutter rauskommt, wird alles gut!«

»Woher weißt du, daß sie rauskommt?« stieß Gaodi mißmutig aus.

»Wünschst du ihr etwa, daß sie nie wieder zurückkommt?«

»Das kann ich ihr nicht wünschen, aber ich weiß auch, was sie getan hat!«

»Was hat sie denn getan? Daß sie für uns Geld beschafft hat, Macht und Einfluß, Speise, Trank und Unterhaltung, das war alles falsch?« Gaodi hatte keine Lust zu sinnlosem Streit.

Am nächsten Tag sahen die Bewohner der Gasse mit Freuden das Siegel am Tor der Guans. Sie durchschauten die Brutalität der Japaner – zuerst veranlaßten sie die Verräter zu den schlimmsten Schandtaten, dann spielten sie sich als saubere Burschen auf und ließen die hochgehen. Sie konfiszierten nicht nur deren Grund und Boden, sondern auch noch das gesamte Vermögen. Trotzdem freuten sich die Leute über das Siegel am Tor, sie waren heilfroh, keinen der Guans mehr zu Gesicht zu kriegen.

Sie hatten nicht damit gerechnet, daß Xiaohe in Nummer sechs untergekrochen war, ließen aber ihre Enttäuschung nicht zu Haß oder Rachegefühlen anwachsen. Schließlich waren sie alle Chinesen, und keiner mochte einen ins Wasser gefallenen Hund prügeln. Allerdings grüßten sie ihn wie auf Verabredung nicht mehr und fanden, das sei Strafe genug.

Nur Ruifeng bildete eine Ausnahme. Er hielt das für eine gute Gelegenheit, die Freundschaft zu den Guans wiederherzustellen. Er mußte Xiaohe Unterhaltung und Tratsch bieten. Wenn er den Guans in so schweren Zeiten Aufmerksamkeit erwies, könnte er vielleicht Gaodi bekommen. Sie war zwar nicht so schön wie Zhaodi, aber immer noch besser als gar keine. Diese Chance durfte er nicht verpassen.

»Wohin gehst du?« fragte Ruixuan, als er nach dem Frühstück Ruifeng davonstürzen sah.

»Ich gehe mal Herrn Guan besuchen«, antwortete der fröhlich.

»Wozu?«

»Wozu? Na hör mal, warst du ihm nicht behilflich, eine Unterkunft zu finden?«

Ruixuan war sich schon gestern nacht nicht sicher, ob er überhaupt helfen sollte. Am meisten fürchtete er Mißverständnisse wegen seiner Weichherzigkeit, Mißverständnisse genau dieser Art. Dann hieße es womöglich, er könne nicht Recht von Unrecht unterscheiden. Bei den Worten des Bruders war er bleich geworden. Böse, fast wütend stieß er hervor: »Das erlaube ich dir nicht!«

»Was soll das heißen?« protestierte Ruifeng ärgerlich.

»Gar nichts! Ich erlaube es dir einfach nicht!« entgegnete Ruixuan zornig, er hatte keine Lust zu Erklärungen.

Tianyous Frau verstand ihren Großen, sein Mitgefühl kannte Grenzen. Zwar hatte er den Guans geholfen, aber ihr Freund wollte er nicht sein. Deshalb griff sie ein: »Hör auf deinen älteren Bruder!«

Ruifeng war verärgert. Er reckte sein Quittengesicht und rief: »Schon gut, ich geh ja nicht, reicht das? Kein bißchen Freiheit hat man hier, ich weiß Bescheid!« Wütend ging er in sein Zimmer zurück.

Ruixuan hätte sich gern einmal richtig gestritten, um die schlechte Laune abzulassen. Als er aber die Mutter ansah, schluckte er die Worte hinunter. Eilig stülpte er sich den Hut über und ging hinaus.

Draußen lief ihm Guan Xiaohe über den Weg.

Xiaohe stand sonst nie so früh auf. Heute hatte ihn die Kälte getrieben, er mußte sich die erstarrten Beine vertreten. Da die meisten Bewohner in der Schafhürdengasse Frühaufsteher waren, war er schon vielen Nachbarn begegnet. Er wußte nicht recht, wie er sich verhalten sollte. Sie höflich zu grüßen, ginge zu weit. Sein Schicksal meinte es zwar im Augenblick nicht sonderlich gut mit ihm, aber Guan Xiaohe war Guan

Xiaohe, ein totes Kamel war schließlich immer noch größer als ein Esel! Sie aber nicht zu grüßen, schien auch nicht angebracht. Er war der Meinung, als ein »in Ungnade gefallener Edelmann« verdiene er die Achtung und das Mitgefühl der anderen. Sie würden seine Geschichte sicher gern anhören, und er sollte sie ihnen erzählen.

Aber niemand grüßte und beachtete ihn. Sie blickten ihn nur kurz an, wandten ihren Blick dann dem Siegelstreifen zu und gingen teilnahmslos vorüber, als sei er mit dem Siegelstreifen identisch. Das bereitete ihm großes Unbehagen und ließ ihn spüren, daß der Mensch Hausbesitz, Geld, Macht und Einfluß, die Japaner im Hintergrund und eine Frau wie Rotkürbis brauchte! Ohne all das bist du ein herrenloser Hund, keiner grüßt dich, und wenn es darauf ankommt, versetzen sie dir noch einen Fußtritt! Bei diesem Gedanken packte ihn die Wut, am liebsten wäre er ins japanische Hauptquartier gelaufen und hätte alle Bewohner der Gasse als »reaktionär« angezeigt und ins Gefängnis gebracht.

Als er jetzt Ruixuan erblickte, hielt er die Gelegenheit für gekommen, seinen Kummer loszuwerden. Sonst hatte er ihn für stolz, abweisend und eigenbrötlerisch gehalten, jetzt fand er ihn klüger und weiser als alle in der Gasse.

»Ruixuan«, rief er freundlich, aber etwas verlegen, »Ruixuan!« Auf seinem Gesicht lag eine Mischung von Lächeln und Sorgen, die zeigte, daß er nicht ganz hoffnungslos, aber doch ziemlich bedauernswert war.

Ruixuan ging jedoch würdevoll an ihm vorüber. Er haßte sich dafür, das Prinzip, »einen ins Wasser gefallenen Hund schlägt man nicht«, auf Guan Xiaohe angewandt zu haben. Xiaohe war nicht einfach ein Hund, er war ein tollwütiger Hund, den man eigentlich mit Steinen beschweren und ersäufen müßte!

Xiaohe nahm es nicht allzu schwer, er entschuldigte Ruixuan: »Ruixuan ist nicht hochmütig mir gegenüber, das ist wegen des Englischen Amtes.« In dieses Selbstgespräch hinein rief Gaodi durch das halboffene Tor: »Pa, komm rein!«

In der Stube schluckte Xiaohe beim Anblick der leeren Wände und der ungekämmten, ungewaschenen Tochter ein paarmal.

»Pa, hast du dir etwas überlegt?« fragte Gaodi ihn sehr direkt.

»Hm...«, er dachte nach, »wir haben noch etwas Geld auf der

Bank. Sieh hier«, er holte das Scheckheft aus der Brusttasche, »dieses kostbare Heftchen trage ich immer an der Brust. Wenn ich Geld brauche, unterschreibe ich flugs, das ist sehr bequem. Wo das Heft deiner Mutter liegt, weiß ich allerdings nicht.«
»Denkst du, wenn die Japaner unser Haus versiegelt haben, lassen sie uns noch Geld abholen? Du bist gut!«
»Was denn, auch das Geld ist beschlagnahmt?« brauste Xiaohe auf. »Das kann doch nicht sein!«
»Hast du die Sache mit Li Kongshan vergessen?«
»Oh...«, er brachte kein Wort heraus, Schweiß brach ihm aus.
»Du mußt endlich aufwachen!«
»Ich gehe zur Bank, mal sehen.«
»Pa, hör doch mal! Ich habe noch ein bißchen Geld bei mir. Dafür soll uns der Vierte Herr Li zwei alte Betten und das Allernötigste besorgen. Ich schau mich so schnell wie möglich nach einer Arbeit um. Finde ich etwas, kann ich dich ernähren. Aber nur unter einer Bedingung: Erwähne die Japaner nicht mehr! Stimmst du zu, gehe ich los und such mir etwas, wenn nicht, haue ich ab.«
»Wo willst du denn hin?«
»Man kann schließlich überall hingehen.«
»Du denkst wohl, deine Mutter kommt nicht wieder raus?«
»Das weiß ich nicht!«
»Was für eine Arbeit willst du dir denn suchen?«
»Was ich schaffe, das nehme ich!«
»Ich gehe erst mal zur Bank, danach reden wir weiter, ja?«
»Auch gut.«
Xiaohe nahm keine Rikscha, sondern ging zu Fuß. Die Bank lehnte seinen Scheck ab. So schnell war er in seinem Leben noch nicht gelaufen, fast rannte er nach Hause.
»Wie war es?« fragte Gaodi.
Ihm hatte es die Sprache verschlagen, er schien wie halb tot: Nun besaß er keinen Kupferling mehr – die Japaner hatten ihn beraubt.
Erst nach langer Zeit hatte er sich etwas gefaßt: »Gaodi, wir müssen schnellstens deine Mutter retten, wir haben keine andere Wahl. Wenn sie rauskommt, läßt sich noch etwas machen, andernfalls...«

»Und wenn sie nun nicht mehr rauskommt?«
»Wir müssen rotieren, Leute ansprechen, dann schaffen wir es!«
»Etwa wieder Lan Dongyang und Dickmadam?«
Xiaohe riß die Augen auf. »Laß mich in Ruhe! Ich habe meine eigenen Methoden.«
Gaodi sagte nichts mehr. Sie suchte den Vierten Li auf und bat ihn, ein paar alte Möbel zu besorgen. Dann ging sie selbst hinaus, kaufte eine Keramikschüssel, eine Tonkanne und ein paar Fladen und besorgte heißes Wasser.
Nachdem Xiaohe Fladen und heißes Wasser zu sich genommen hatte, machte er sich auf den Weg zu seinen zweifelhaften Freunden. Sie alle empfingen ihn entweder gar nicht oder schwatzten nur Unsinn.
Es vergingen mehr als zehn Tage, ohne daß er auch nur den Aufenthaltsort von Rotkürbis in Erfahrung brachte. Aber er gab nicht auf. Wenn er selbst nichts ausrichten konnte, Zhaodi würde es schaffen. Aber wo war sie? Überall fragte er nach ihr. Sie war verschwunden wie ein ins Meer gefallener Stein.
Als Xiaohe nicht mehr weiterwußte, stimmte er Gaodi notgedrungen zu: »Geh dir eine Arbeit suchen!«
Nachdem wieder ein paar Tage ohne Nachricht über Rotkürbis und Zhaodi vergangen waren, wollte er Gaodi eine Freude bereiten: »Wenn das so weitergeht, werde ich wohl nach Chongqing gehen müssen.«
»In Ordnung, ich komme mit.«
Xiaohe erschrak gewaltig: »Um Himmels willen, erzähle das bloß nicht herum! Wenn das herauskommt, werden wir gleich einen Kopf kürzer gemacht! Vielleicht sollte ich doch besser ins Kloster der Weißen Wolken oder der Azurblauen Wolke gehen, da könnte ich wohnen und bekäme jeden Tag Mönchskost, würde Weihrauch opfern und Sutren lesen, das wäre doch wunderbar!«
Gaodi beschloß, keine Worte mehr an ihn zu verschwenden, ihm war nicht zu helfen, er würde bis an sein Lebensende nichts begreifen. Sie wäre zu gern allein aus Peking weggegangen, konnte sich aber nicht dazu entschließen. Ohne sie würde er so weit fallen, daß kein Hund bei seinem Anblick mehr mit dem Schwanz wedelte. Am Ende ginge er doch

wieder zu den Japanern, und gäben die ihm einen Fladen, wäre er zu allem bereit. Nein, sie durfte nicht gehen, sie mußte ihn beköstigen, ihn bewachen, wie einen Nichtsnutz aufziehen, ein Nichtsnutz war immer noch besser als ein Verräter.

69

Rotkürbis war im Gefängnis. Das konnte doch nur ein Mißverständnis sein! So ein unerschrockenes Weib wie sie, das noch dazu für die Japaner gearbeitet hatte, kam doch nicht ins Gefängnis. Den Japanern mußte ein Fehler unterlaufen sein, eine andere Erklärung fand sie nicht. »Das wird sich bald klären«, sagte sie sich. Sobald sie einem Japaner vorgeführt würde, wäre es mit ihrer Redegewandtheit, ihrer Klugheit und ihren bisherigen Verdiensten ein leichtes, das Ganze aufzuklären und anschließend erhobenen Hauptes nach Hause zu gehen. Ihre Gedanken machten einen Sprung, vielleicht würden die Japaner sie wegen dieses kleinen Mißverständnisses und dieser Behandlung noch befördern! Dann wäre es nur ein kleiner Stolperstein in ihrer Karriere.

Aber es vergingen drei, fünf, zehn Tage, ohne daß sie einen Japaner zu Gesicht bekommen hätte. Zweimal täglich erschien lediglich ein Chinese, der ihr einen schwarzen Fladen hinknallte und etwas Wasser brachte. Sie stellte ihm unendlich viele Fragen, aber er schien taubstumm zu sein, gab keinen Ton von sich. Sie konnte die Kleider nicht wechseln, sich nicht waschen, nicht einmal die Hände. Schon bald nahm sie ihren eigenen Gestank wahr. Sie geriet in Panik. Langsam kamen ihr Zweifel, ob es sich tatsächlich nur um ein Mißverständnis handelte.

Sie hoffte, jemand aus der Familie käme sie besuchen. Dann könnte sie alles erklären und Pläne unterbreiten, so daß sie schnell wieder freikäme. Aber keiner ließ sich sehen, als hätten alle sie vergessen, oder aber es wüßte niemand, wo sie eingesperrt war. Sollte man sie vergessen haben, na dann würde sie es diesen Hundesöhnen zeigen. Wüßte aber niemand, wo sie sich befand, dann war es ernst! Ihr brach der kalte Schweiß aus.

Sie zerbrach sich Tag und Nacht den Kopf, welche Chinesen man aufsuchen, bei welchen Japanern man vorsprechen müßte, welche Geschenke mitzunehmen wären. Dann leuchteten ihre Augen. Wirklich, wenn nur einer käme, der ihre Worte und Pläne hinaustrüge und handelte, dann mußte es gelingen. Kurz nach ihrer Einlieferung war sie natürlich etwas ängstlich, aber nach ihrer Entlassung würde sie obenauf sein, sich in Schale werfen und zu Hause einen Empfang veranstalten, der sie für alles entschädigen sollte.

Sie hoffte besonders auf Zhaodis Besuch. Zhaodi war hübsch, allseits beliebt. Wenn die sich einsetzte, würde es klappen. Aber niemand kam. Sie sah nur noch schwarz. »Sollte ich mein Leben lang zu den Ersten gehört haben und nun so enden?« fragte sie sich, die Wände, die ihr erscheinenden Götter. Aber umsonst, es nützte nichts. Langsam geriet ihr Selbstvertrauen ins Wanken, ab und zu dachte sie an den Tod.

Nein, sie würde schon nicht sterben! Sie war noch nicht verhört worden, wie konnte da das Urteil feststehen? Sie hatte schließlich nichts verbrochen, also auch keine Todesstrafe verdient. Stand etwa auf illegaler Prostitution und Korruption die Todesstrafe? Das wäre ja ein Witz! Welcher Beamte erpreßte kein Geld?

Schon beim ersten Verhör würde sie alles in wenigen Worten klarstellen und anschließend unbehelligt nach Hause gehen können. Mit diesem Gedanken tröstete und beruhigte sie sich eine Weile. Sie ordnete ihre Kleider, fuhr sich durch die Haare und wartete geduldig auf das Verhör. Das wäre noch schöner, so ein Draufgänger hatte doch keine Angst vor einem Verhör! Sie leckte sich die Lippen und lächelte.

Tag für Tag verging, ohne daß man sie zum Verhör holte. Ihr Gesicht magerte ab, es schien nur noch aus Sommersprossen und welker Haut zu bestehen. Ihr Haarschopf war ausgetrocknet und verfilzt wie ein Knäuel Hanf, in dem es von dicken schwarzen Läusen wimmelte. Ihre Augen sahen wie zwei Vulkankrater aus, vom vielen Reiben und Kratzen rotgerändert. Nach dem Kratzen entdeckte sie unter den Nägeln Hautschuppen und manchmal auch Blut. Ihre erfrorenen Fersen sahen aus wie Auberginen. Sie hielt es nicht mehr aus. Wie ein wahnsinniges Gorillaweibchen rüttelte sie an den Gitterstäben. Sie wollte hinaus, in den Beihai-Park, in den Zentralpark, in den Basar oder sonstwohin gehen, wollte Brandy trinken, den John Ding aus dem Englischen Amt brachte, oder ein von Xiaohe kreiertes Menü verspeisen. Wenigstens hätte sie gern ein bißchen warmes Wasser für ihre Frostbeulen.

Aber die Gitterstäbe rührten sich nicht, auch als ihr vom langen Rütteln die Hände schmerzten. Sie konnte nur schreien. Das nützte auch nichts. Langsam setzte sie sich, ließ das Kinn auf die Brust fallen und knirschte mit den Zähnen.

Außer mit den Japanern haderte sie mit allen und jedem, den sie kannte. Ihre Verhaftung hatte ganz sicher nichts mit den Japanern, sondern mit jemandem aus ihrer Umgebung zu tun, der sie aus Neid verleumdete. Nachdem sie die halbe Nacht mit den Zähnen geknirscht hatte, legte sie die Hände auf die Brust und betete zornig: »Hohe japanische Herren! Hören Sie nicht auf das Geschwätz dieser Dreckskerle! Kommen Sie her, fragen Sie mich, ich bin unschuldig, bin Ihr treuergebener Beamter!«

Nach diesem Stoßgebet fühlte sie sich ein wenig erleichtert. Sie war überzeugt, daß ihre Ergebenheit, so wie pietätvolle Söhne und ehrbare Witwen den Himmel rühren, auch die japanischen hohen Herren bewegen könnte, die sie sogleich verhören und freilassen würden. Mit diesem Gedanken fiel sie in einen leichten Schlummer. So dämmerte sie dahin. Bald sah sie sich mit Zhaodi im Beihai-Park bei dem Schlittschuh-Festival vor den Japanern verbeugen, dann überreichte sie auf einer von den Japanern veranstalteten Feier Blumen an Japaner, dann wieder zählte sie die Scheine, die ihr die Prostituierten brachten. Diese schönen Träume vermittelten ihr eine wohlige Benommenheit wie nach einem Zug aus der Opiumpfeife. Sie glaubte zu fliegen, mitsamt ihrem Gestank, den Läusen und Frostbeulen, und fühlte sich dabei noch wie die Kaiserinmutter, wie ein in den Lüften schwebender Haudegen.

Ein plötzlicher, kalter Luftzug ließ sie zusammenfahren, wie ein stinkender Schlammklumpen fiel sie auf den Boden zurück. Sie öffnete die Augen, um sie herum war nur Dunkelheit, Schmutz, Gestank, Kälte, sie war eine Gefangene. Unwillkürlich begann sie wieder zu schreien. Wut brannte in ihrem Innern und ihrer Kehle. Ungeachtet der Kälte riß sie ihre Kleider auf, so daß ihre langen, schlaffen Brüste zum Vorschein kamen, und schrie zur Wand hin: »Sieh doch, ich bin eine Frau, ein weiblicher Haudegen! Warum sperrt man mich hier ein? Laßt mich raus!« Sie wollte weinen, brach aber in ein irres Lachen aus. In Windeseile riß sie sich die Kleider vom Leibe und lief mit zur Seite geneigtem Kopf, schrägem Blick und wiegenden Hüften hin und her. »Sieh her!« befahl sie der Wand, »sehe ich aus wie eine Hure? Hure, Bordell, Adoptivtöchter, Geldscheine, haha!«

Durch die Gitterstäbe wurde ein schwarzer Fladen und ein Blechnapf mit Wasser geschoben. Nackt wie sie war, umklammerte sie die Stäbe und schrie: »He, verdammt noch mal, was ist das für ein Benehmen! Ich wünsche mit Frau Direktor angesprochen zu werden, ich bin Frau Direktor Guan!«

Dann warf sie sich wie ein tollwütiger Hund zu Boden, kroch hin und her, trank das Wasser. Sie leckte sich die Lippen, faßte nach dem schwarzen Fladen, roch daran, warf ihn wütend gegen die Wand.

Während sie halb Mensch, halb Tier, mal Kaiserinmutter, mal Gespenst, so im Gefängnis vor sich hin döste oder plötzlich in Weinen oder Lachen ausbrach, gingen bei den Japanern unzählige anonyme Anzeigen gegen sie ein. Auch Cheng Changshuns Klage erregte die Aufmerksamkeit der Japaner. Daneben gab es auch ein paar Frauen, die gern den Platz von Rotkürbis eingenommen hätten und deshalb über sie herfielen, ihre Untaten sogar in den Zeitungen verkündeten und eine Statistik von Frauen veröffentlichten, die sie zur Prostitution gezwungen hatte.

Der Winter verging. Langsam ließ der Frühling das Pekinger Eis schmelzen, Flüsse und Bäche erwachten, überall zeigte sich ein wenig Grün. Aus den Mauerritzen sprossen Grashalme, auf den Mauern miauten die liebestollen Katzen.

In Rotkürbis' Zelle gab es kein Gras und keinen frischen Duft. Sie sah nur Flammen, leuchtendrote Flammen, die in ihrem Innern und ihrer Kehle, in ihren Augen und ihren erfrorenen Fersen brannten. Sie selbst war rot, alles in ihrer Umgebung war in Rot getaucht. Ihr war heiß, sie tobte und schrie. Ihre Stimme sprühte Funken und verbrannte ihre Kehle. Sie schrie aus Leibeskräften, brachte aber keinen Ton hervor, alles war verbrannt. Sie atmete nur noch röchelnd wie ein verendendes Mutterschwein.

Nach und nach riß sie ihre verlauste Kleidung in Stücke. Als es nichts mehr zu zerreißen gab, begann sie sich die Haare auszureißen, die einst mit viel Aufwand an Zeit und Geld in Dauerwellen gelegt worden waren. Sie erhob die Fäuste gegen You Tongfang, schlug sich aber nur die Hände an der Wand blutig. Haare raufend schrie sie: »Ihr verdammten Weiber, euch zerreiß ich!« Sie biß und riß, ohne zu merken, ob sie die verdammten Weiber oder sich selbst zerriß. Auch ohne Stimme schrie sie weiter, rief nach dem Chauffeur, beschimpfte die Dienerschaft und Xiao Cui, ließ die Kaiserliche Armee hochleben. Nur sie verstand, was sie rief, meinte aber, die ganze Welt höre sie. Wenn sie vor Erschöpfung innehielt, hechelte sie weiter vor sich hin: »Schlagt sie, schlagt sie!« Mal erschienen vor ihr Huren, mal Verwandte und Freunde: »Fort damit!« Sie erledigte einen Schatten nach dem andern und warf ihn beiseite. Die Schatten türmten sich zu einem Berg, auf den sie sich stellte, sie war die Heldin, die Draufgängerin, die Frau Direktor!

Mit der Zeit vergaß sie, wer sie war. Mal verwandelte sie sich in Zhaodi, spazierte aufgetakelt mit einem hübschen Kavalier durch einen Park, dann wieder war sie eine Prostituierte und genoß hemmungslos Liebesspiele. Plötzlich stand sie auf, blickte wie ein scharrender Hahn suchend um sich und warf sich mit dem ganzen Körper, dem Kopf, Händen und Füßen gegen die Tür, die Wand. »Wo sind meine Geldscheine? Wer hat mein Geld versteckt? Wer? Wo ist es?« Blutend am ganzen Körper hielt sie inne, stand unbeweglich, neigte den Kopf, lauschte angespannt, lachte dann geschmeichelt: »Sie kommen! Sie holen Frau Direktor Guan doch zum Verhör?«

Aber da war nichts, nicht einmal ein Schatten. Ihre Wut flammte wieder auf, loderte bis zur Decke, bis zum Himmel empor. In der Luft formten sich rotleuchtend zwei große Schriftzeichen: Direktor! Beim Anblick dieser großen roten Zeichen verspürte sie Trost und Stolz, langsam setzte sie sich wieder. Sie knetete ihren Kot zu kleinen Klößchen und schmierte ihn sich sanft und weich ins Gesicht: »Mach dich schön, mach dich schön!« Dann griff sie nach ein paar Stofffetzen und steckte sie sich ins Haar: »Ganz schön jung, die Frau Direktor!«

Sie wußte nicht mehr, ob es Tag oder Nacht war, verlor jedes Zeitgefühl. Traum und Wirklichkeit gingen ineinander über. Sie konnte gleichzeitig lachen, weinen, schlagen, fluchen. Sie war die Wut in Person, ihre Welt drehte sich in einem Flammenmeer. Zuletzt sah sie Xiaohe, Zhaodi, Gao Yituo, Tongfang, Xiao Cui und viele, viele Japaner auf sich zukommen, die sie abholten. Sie trug einen weiten Frühjahrsmantel aus rotem Wollstoff, goldene Stöckelschuhe, einen Hut mit Fasanenfeder und schritt majestätisch hinaus. Eine japanische Militärkapelle spielte zu ihrer Begrüßung. Zhaodi überreichte ihr einen Blumenkorb. Lauter »Adoptivtöchter« grüßten sie ehrfürchtig, jede überreichte eine Banknote. Mit einem Lächeln stieg sie wie die Kaiserinmutter Cixi ins Auto und befahl: »Zum Beihai-Park!«

Das Auto fuhr los, in eine große Finsternis. Den Beihai sah sie nie wieder.

Während Rotkürbis im Gefängnis noch unter den Lebenden weilte, bemühten sich viele um den Posten des Direktors der Prostituierten-Kontrollbehörde. Besonders engagiert war dabei ihre einstige Schülerin Dickmadam.

Nun hatte Lan Dongyang reichlich Material für seine Dichtkunst. Unermüdlich verhöhnte und attackierte er Rotkürbis, faßte diese Attacken dann fein säuberlich in Zeilen und verschickte sie an Redaktionen. Las er dann seine Verse in der Zeitung, zuckten seine Gesichtsmuskeln heftig, als leide er an Epilepsie.

Dickmadam beschloß, sich von der Schülerin zur Meisterin zu mausern. Für die kühne Kreation ihrer Kleidung, Schuhe und Hüte setzte sie nun ihr eigenes Talent ein und ahmte Rotkürbis nicht mehr nach. Sie war noch dicker geworden, machte aber ihre Kleider immer enger und knapper, so daß ihre Fleischmassen den Stoff zu sprengen drohten. Lan Dongyang gefiel ihr neues Auftreten sehr, er schrieb darüber ein Gedicht, das er für sein gelungenstes hielt:

»Durch deine Kleider sehe ich dein Fleisch,
einen einzigen wollüstigen Haufen Fleisch!«

Sie konnte ihn nicht leiden, seine Verse noch weniger. Aber

für ihn konnte sie die Andeutung eines Lächelns auf ihr Gesicht zaubern, mußte ihn hinhalten, um sich seine Unterstützung zu sichern, bis sie den Direktorposten in ihre Pranken kriegte. Sobald ihr der sicher war, hätte sie ein eigenes Einkommen, Ansehen, Macht und – Freiheit! Dann konnte sie seine grüne Visage und sein Rippengestell abweisen. Sollte er protestieren, würde sie es ihm zeigen. Damals hatte sie ihn wegen seiner Stellung genommen, hätte sie nun eine eigene, könnte sie ihm ohne Erbarmen einen Fußtritt versetzen.

Den ganzen Tag rannte sie in ihren engen Kleidern geschäftig umher. Kam sie abends nach Hause, waren Rücken, Arme und Hals von den engen Kleidern schon fast taub, und die schmalen neuen Schuhe hatten ihren dicken Füßen eine Menge Blasen gerieben. Sie fühlte sich müde, schmerzgeplagt, aber heiter und optimistisch. Ruck, zuck entledigte sie sich der Schönheitsfesseln und fühlte sich sogleich viel wohler. Aber genauso schnell zog sie die Kleider wieder über. Sie durfte sich nicht wegen ein bißchen Schmerzen gehenlassen, mußte für ihre Zukunft leiden. Wenn nun just in diesem Moment ein hoher Gast erschiene – sollte sie ihn etwa in so nachlässiger Kleidung empfangen? Sie mußte Rotkürbis mit deren Waffen schlagen. Auch in Bewegung und Haltung übernahm sie eine Menge von ihr. Rief sie jemanden, tat sie es mit absichtlich tiefer Stimme, beim Laufen reckte sie den Hals nach oben, wenn sie sich drehte, geschah es großtuerisch und bedeutsam. Das bereitete ihrem prallen Körper und kurzen Nacken zwar Unbehagen, aber sie erlaubte sich keine Nachlässigkeit. Sie wollte ganz wie Rotkürbis werden, um die echte Rotkürbis zu vernichten.

Doch nach mehreren Tagen Betriebsamkeit war sie ihrem Ziel keinen Deut näher gekommen. Dickmadam wurde nervös, und je nervöser sie wurde, desto mehr schleimte ihr dicker Hals. Ein Redetalent war sie noch nie gewesen, aber nun kam das auch noch hinzu, jetzt wirkte sie erst recht wie ein Fisch auf dem Trockenen, der zwar sein Maul bewegt, aber keinen Ton von sich gibt. Nach einem solchen Stummfilmauftritt war sie total entnervt und ratlos, worüber sie dann ihr feines Benehmen völlig vergaß. Wenn nun Rotkürbis freigelassen würde, bevor ihre Bemühungen Erfolg hatten? Sie mußte Rotkürbis unterkriegen, aber sie hatte auch Angst vor dieser alten Wachtel, am liebsten hätte sie diese vergiftet.

Sie beriet mit Lan Dongyang, wie das zu bewerkstelligen wäre. Der saß ständig wie auf Nadeln. Angestrengt sann er darüber nach, wie Posten und Einkommen von Rotkürbis in seine Familie umzuleiten wären, es juckte ihn dabei am ganzen Körper. Wie besessen lief er herum, schmiedete Verse und ein »Anti-Rot-Komplott«. Das war zwar alles von ihm erfunden, aber mit einigen hinzugedichteten Namen ergab es einen »Anti-Rot-Verbund«. In seinem ersten Artikel hieß es: »Was bedeutet Rotkürbis? Es ist ein Spitzname. Was bedeutet Rot? Rot, das sind die Kommunisten! Jeder, der Blut in den Adern hat, ruft ›Tod den Roten‹! Deshalb muß auch Rotkürbis sterben!« Er war sehr zufrieden, wußte er doch, daß es heute genügte, das Wort »rot« auszusprechen, und die Japaner vergaßen schwarz und weiß. Das war giftiger für Rotkürbis als jeder andere Vorwurf.

Doch Dickmadams übertriebene Geschäftigkeit beunruhigte ihn. Er hatte nicht vergessen, wie sie ihn geheiratet hatte. So wie sie Qi Ruifeng fallengelassen hatte, konnte sie auch ihm, verfügte sie erst über einen Posten und eigenes Einkommen, einen Fußtritt versetzen. Doch er mochte auch nicht untätig zuschauen, wie andere sich den Direktorposten angelten.

Dann war da noch etwas. Zhaodi hatte ihn vor einiger Zeit aufgesucht und ihn gebeten, Rotkürbis zu retten. Natürlich mußte er sich wortreich dazu bereit erklären, denn das war eine gute Gelegenheit, mit Zhaodi zusammenzukommen. Es war überhaupt die billigste Gelegenheit. Erwartete sie von ihm Hilfe, konnte er sie betatschen, ohne sie zum Essen oder ins Theater einzuladen. Um sie noch öfter zu treffen, hätte er seine Angriffe in der Zeitung auf Rotkürbis einstellen müssen. Aber er fürchtete, sobald er nachließe, holten sich andere den Direktorposten.

Mit diesen widerstreitenden Gefühlen kam er sich von morgens bis abends wie gerädert vor. Mal wurde ihm heiß bei dem Gedanken, Dickmadam sei schon Direktor, mal überlief es ihn kalt bei der Vorstellung, Dickmadam hätte ihn verlassen. Bei dem Gedanken an Zhaodis Schönheit verspürte er ein Kribbeln am ganzen Körper, das aber schnell dem Bedenken

wich, er könnte Wichtiges verpassen, während er sich mit Zhaodi vergnügte – und wieder bekam er eine Gänsehaut.
Trotz all dieser Seelenqualen stellte er seine Aktivitäten nicht ein, dichtete und schrieb weiter gegen Rotkürbis an, traf sich mit Zhaodi und tätschelte ihre Hand, wandte sich an alle möglichen Stellen und ermunterte auch Dickmadam, es zu tun. So verschmolzen Konflikt und Kummer allmählich zu einem schmerzvollen Genuß. Er hielt sich für ein Genie, das mit einer Hand acht Pferde gleichzeitig zügelte.
Dickmadams Idee, Rotkürbis zu vergiften, fand er gut, wußte aber nicht, wo sie eingesperrt war. Mit seinem Grüngesicht an Dickmadams praller Wange sagte er, in Gedanken bei Zhaodi weilend: »Du mußt schnellstens in Erfahrung bringen, wo sich Rotkürbis aufhält, und sie dann vergiften, ja, vergiften!«
Sie erwogen alles genau. Doch warum Rotkürbis ins Gefängnis geraten war und daß das auch Dickmadam passieren könnte, würde sie Direktor, daran dachten sie nicht.

70

Seit der Hausdurchsuchung war Zhaodi nicht mehr nach Hause gegangen. Sie fürchtete, es könnte noch mehr passiert sein und daß dann auch sie gefesselt abgeführt würde. Aber sie war felsenfest entschlossen, die Mutter zu retten. Ohne ihre Mutter, das sah sie ganz deutlich, war für sie alles aus.
Bei ihren Theaterstunden hatte sie eine Schauspielerin kennengelernt, »Puderdose«. Die suchte sie jetzt auf und blieb bei ihr wohnen. »Puderdose« hatte viele Freunde, es ging bei ihr zu wie in einem Taubenschlag. Zhaodi tat sich mit diesen Leuten zusammen und bat sie, ihr zu helfen, Rotkürbis herauszuholen.
Auch von ihren alten Freunden hatte sie einige aufgesucht, aber die hielten sich zurück. Einige sagten ihr sogar ins Gesicht: »Wir möchten nicht da mit hineingezogen werden, bitte komm nicht wieder.«
Nur Lan Dongyang hatte ihre Bitte nicht abgelehnt. Sie kannte ihn als jemanden, der einer Frau höchstens eine gefrorene Persimone oder ein paar Erdnüsse kaufte, sie erwar-

tete von ihm keine Einladung zum Essen oder ins Theater. Im Gegenteil, sie wollte etwas von ihm, also mußte sie etwas investieren. Ihr Kapital war ihr Körper. Um der Mutter zu helfen, mußte sie schon ertragen, daß er ihre Hand hielt oder ihre Wange tätschelte. Sie mußte ausharren. Wäre ihre Mutter erst wieder draußen, würde sie es ihm schon zeigen. Allerdings wußte Zhaodi nicht, wie Dongyang Rotkürbis in den Zeitungen attackierte. Sie las keine Zeitungen, höchstens die Neuigkeiten über Theater und Film und den Liebesroman. Sie konnte sich noch soviel umhören, aber sie brachte einfach nicht in Erfahrung, in welchem Gefängnis ihre Mutter saß. Sie vergoß Tränen, denn sie ahnte, daß die Sache ernst war. Stieße ihrer Mutter wirklich ein Unglück zu, was sollte dann aus ihr selbst werden? Sie besaß keinerlei Fähigkeiten, keine Ersparnisse, kein... aber natürlich hatte sie ihre Schönheit, ihre Jugend, und die wurde begehrt. Schönheit und Jugend dienten in diesen chaotischen Zeiten zum Amüsement. Sie hatte keine Lust, brav und bieder zu heiraten, von morgens bis abends Essen zu kochen und Babys herumzuschleppen. Selbst wenn sie einen Reichen nähme und sie weder Essen kochen noch auf Babys aufpassen müßte, wäre ihre Freiheit stark eingeschränkt. Das aber kam nicht in Frage, sie wollte das Leben genießen, ohne Verantwortung tun und lassen, was sie wollte. Ein solches Leben konnte ihr nur die Mutter garantieren.

Unter den vielen männlichen Freunden und Bekannten der Schauspielerin gab es einen, der als Spion für die Japaner arbeitete. Es war ein charmanter junger Mann, mit länglichem Gesicht, stets gut gekleidet, und er hatte eine Pistole. Er wußte, daß er gut aussah, weshalb er stets ein überflüssiges Lächeln zur Schau trug, das sein gutes Aussehen unterstreichen sollte. Ständig zupfte er am Kragen, zog die Hose hoch oder glättete das Oberteil. Außer der Pistole trug er einen kleinen Spiegel bei sich, den er von Zeit zu Zeit hervorzog, um sein Gesicht und manchmal auch das Gebiß zu betrachten.

Nachdem er eine Weile mit Zhaodi geplaudert hatte, verstand er ihr Problem. Gern wollte er ihr helfen und war sehr optimistisch. Sie müsse nur mit ihm jemanden aufsuchen, dann käme Rotkürbis sofort frei! Zhaodi war mit Freuden dazu bereit.

Er führte sie in die Oststadt in ein alleinstehendes Haus unweit der Stadtmauer. Drinnen stellte er sie einem Japaner vor. Als er kurz darauf spurlos verschwand, kamen Zhaodi Zweifel. Der Japaner befragte sie ausführlich nach ihrem Lebenslauf. Zwischen ihren Antworten brachte sie die Frage nach Rotkürbis zur Sprache. Er notierte ihren Lebenslauf, ging aber auf Rotkürbis nicht ein. Dann führte er sie in ein winziges Kämmerchen, in dem nur ein Bett und ein Stuhl standen.

»Das ist deine Stube, Nummer 109. Ab sofort bist du Nummer 109, dein Name wird nicht mehr genannt.« Dann wandte sich der Japaner um und rief: »Nummer 104!«

Es erschien ein Mädchen, das etwa gleich alt war wie Zhaodi und sich ehrfürchtig vor dem Japaner verbeugte. Dann stellte sie sich kerzengerade hin. »Erkläre ihr die Regeln hier!« Der Japaner ging hinaus. Zhaodi wäre fast das Herz aus der Brust gesprungen, sie wollte wegrennen. Nummer 104 hielt sie auf: »Keine Bewegung! Wer hier reinkommt, geht nicht wieder raus!«

»Was ist hier los?« erregte sich Zhaodi.

»Das wirst du gleich merken, tu nicht so!«

»Laßt mich raus, ich habe noch etwas Wichtiges zu erledigen!«

»Dich rauslassen? Hier ist noch keiner rausgekommen«, entgegnete Nummer 104 ungerührt.

»Ich muß aber raus, ich muß meine Mutter retten!«

»Wenn du eine Weile hier warst und Verdienste erworben hast, kannst du deine Mutter retten!« Nummer 104 lächelte, knapp, kalt und hart.

»Ist das wahr?« Zhaodi glaubte Nummer 104 nicht.

»Das kannst du halten, wie du willst!« Nummer 104 lächelte wieder und begann dann die Regeln zu erläutern.

Zhaodis Herz stockte. Sie hatte noch nie irgendwelche Beschränkungen erfahren und mit dem Wort Regeln keine Bekanntschaft gemacht. Hier aber gab es für alles Regeln, als sollte der Mensch zur Maschine gemacht werden. Sie weinte die halbe Nacht. Als sie endlich eingeschlafen war, wurde sie kurz darauf von einer Klingel geweckt, es war noch nicht richtig hell. Vor der Tür zischte Nummer 104: »Steh schnell auf, du! Wenn du zu spät kommst, wirst du halb totgeschlagen!«

Zitternd stand Zhaodi auf und rannte verwirrt hinaus. Kälte schnitt ihr ins Gesicht, sie war sofort hellwach. Ihr schossen wieder Tränen in die Augen. Im Waschraum spülte sie nur kurz den Mund und wischte sich übers Gesicht, dann rannte sie wieder los, um keine Prügel zu beziehen. Augenreibend rannte sie hinter den anderen her – etwa vierzig jungen Mädchen und Männern – in den Hinterhof auf einen Sammelplatz, den auf drei Seiten hohe Mauern mit Stacheldraht umgaben. Die vierte Seite war die Giebelwand eines Gebäudes, in der man ein paar rechteckige Löcher sah. Kurz hinter der östlichen Mauerseite begann die Stadtmauer, die schwarzgrau und stumm in den Hof starrte.

Der Boden war nackt, hart, graugelb, die Mauer war grauschwarz, fest und glatt, der Himmel graugrün, trüb und kalt. Zhaodi blickte vom Boden zur Mauer, dann zum Himmel, nicht einmal im Traum hätte sie sich einen so schrecklichen Ort vorstellen können. Sie wagte nicht mehr hinzuschauen. Trotzdem spürte sie die Kälte und die graue Dunkelheit, die sie erschauern ließ. Sie wollte einen Arm umklammern, Halt finden, zitterte am ganzen Körper und hörte ihr Zähneklappern.

Die Männer standen vorn, die Frauen dahinter in Reihen, das Gesicht zur Giebelwand gerichtet. Die Nummern 105 bis 109 standen ganz hinten, wahrscheinlich alles Neuzugänge, denn sie wirkten besonders verschreckt. Nachdem sie eine Weile stillgestanden hatten, traten vier Ausbilder in voller Bewaffnung, drei Japaner und ein Chinese, gebieterisch vor die Truppe. Der Truppenführer grüßte. Die drei Japaner erwiderten den Gruß, wobei ihre Augen die Reihen abtasteten, während sie selbst vor Mordlust, Erhabenheit und Zufriedenheit zu bersten schienen. Nach der Begrüßung der Japaner schlug der chinesische Ausbilder die Hacken krachend zusammen, wandte sich stocksteif der Truppe zu und begann seine Lektion. Er richtete ein paar Worte an alle Versammelten, dann rief er die Neuzugänge auf: »Fünf Schritt vorwärts – vortreten!« Zhaodi richtete sich nach den neben ihr Stehenden und trat mit ihnen vor.

Der chinesische Ausbilder räusperte sich und sagte einigermaßen freundlich: »Ihr kennt die hiesigen Regeln bereits, ich brauche sie also nicht zu wiederholen. Das ist jetzt eure letzte Möglichkeit, euch zu entscheiden, ob ihr hierbleiben wollt. Wer nicht hierbleiben möchte, soll bitte weitere fünf Schritte vortreten!«

Keiner wagte sich zu rühren. Die älteren Kandidaten schienen den Atem anzuhalten. Zhaodi wollte vortreten, aber ihre Beine rührten sich nicht. Sie blickte nach rechts und links, die dort Stehenden schauten sie ebenfalls an.

»Niemand?« fragte der Ausbilder.

Links von Zhaodi stand ein etwa sechzehn-, siebzehnjähriges Mädchen mit einem flachen Gesicht und roten Wangen, ziemlich klein und gedrungen, nicht besonders schön, aber sympathisch, das trat plötzlich vor.

»Gut«, lächelte der Ausbilder, »sonst keiner?«

Zhaodi wollte vortreten, wurde aber von ihrer Nachbarin festgehalten. Sie schwankte kurz und stand wieder still.

»Gut, komm her!« forderte der Ausbilder das Mädchen auf. Es zögerte einen Moment, ging dann aber mutig vor.

»Hierher!« Der Ausbilder führte es an die Giebelwand, wo es sich mit dem Rücken zur Wand vor eines der Löcher hinstellen mußte. In diesem Moment ging die Sonne auf und tauchte den graugrünen Himmel plötzlich zur Hälfte in Rot, graurot, wie blutübergossen. Die Stadtmauer erschien noch schwärzer, die Umrisse der Mauern und Menschen im Hof zeichneten sich noch deutlicher ab. Der Körper des Mädchens war ganz in Rot getaucht. Einer der Japaner sprang auf, winkte mit der Hand und schrie: »Fertig!« Drinnen wurde ein Schuß abgegeben, das Mädchen fiel wie ein Brett nach vorn. Der Himmel wurde noch röter, Blut floß über den Boden.

»Zurück in die Reihe!« bellte der chinesische Ausbilder die Neuzugänge an.

Zhaodi wußte nicht, wie sie zurückgekommen war. Vor ihren Augen sah sie nur mehr eine Flut roten Lichtes, die vom Boden bis zum Himmel reichte und von flimmernden goldenen Sternchen durchsetzt war.

»Links um! Marsch!« befahl der Ausbilder.

Zhaodi konnte nicht. Aber die dort liegende Leiche zwang sie zum Gehen. Wenn sie sich der Leiche näherte, wollte sie die Augen schließen, mußte aber dennoch hinschauen. Sie bekam keine Luft mehr, wagte aber nicht, stehenzubleiben, sie riß den Mund auf, hielt sich mit beiden Händen den Unterleib, ihre Därme schienen zu bersten. Vor Schmerz schwankte sie von einem Bein auf das andere und wirkte wie betrunken. Kurz darauf zog sich ein roter Vorhang vor ihre Augen und verschmolz mit dem roten Himmel, dem roten Boden. Sie fiel ins Leere, vergaß alles um sich her. Der Himmel, der rote Himmel drehte sich.

Wann und wie sie in ihre Kammer gelangt war, wußte sie nicht. Als sie die Augen öffnete, lag sie auf dem Bett, es war Mittag. Sie vergoß keine Tränen mehr, dachte nichts mehr. Sie hing am Leben, vor die Löcher in der Giebelwand wollte sie sich nicht stellen.

Jugend ist wie Eisen, das im Schmelzofen der Umgebung gebogen wird. Nach einem Monat war sie »zu neuem Leben erwacht«, fürchtete Blut und Tod nicht mehr, ihr Herz war zu Stein geworden. Sie vergaß ihr früheres Fräulein-Dasein, lackierte sich keine Fingernägel mehr, wurde zu einer neuen Zhaodi, schlimmer und schärfer, als Rotkürbis je war. Früher nutzte sie ihr blumengleiches Antlitz nur für Romanzen und Abenteuer, jetzt hatte sie zu diesem Antlitz noch ein Herz aus Eisen und Stein bekommen. Ihre Mutter war zwar immer noch im Gefängnis, aber sie mußte den Japanern dankbar sein für die Chance, mit der sie ihr eine Zukunft gaben, mußte nur eine kleine Heldentat vollbringen, dann konnte sie ihre Ma bestimmt herausholen. Wäre die erst wieder frei, würden sie beide Schulter an Schulter vereint Peking das Fürchten lehren!

Als der Frühling vorüber war, beendete Zhaodi die Ausbildung.

Sie hatte gehofft, eine Pistole zu erhalten. Doch die bekam sie nicht. Sie hatte gehofft, eine aufregende Arbeit zu bekommen. Aber sie mußte auf dem Bahnhof die An- und Abreisenden kontrollieren. Ihr wurden Fotos gezeigt, die sie sich einprägen mußte. Dann hatte sie sich auf dem Bahnhof nach Leuten umzuschauen, die so ähnlich aussahen. Das war nicht leicht und machte keinen Spaß. Trotz hoher Wachsamkeit konnte sie keine »Verdächtigen« ausmachen. Jeden Tag mußte sie ihr Aussehen verändern, heute mimte sie eine Dörflerin, morgen eine Frau mittleren Alters. Nur eine feine junge Dame, geschminkt und gepudert, durfte sie nicht sein. Sie mochte diesen Auftrag nicht und verabscheute diese Kostümierung. Aber Befehl war Befehl, sie konnte sich nicht widersetzen, denn die Konsequenzen hatte sie immer noch vor Augen. Sie hatte das flachgesichtige Mädchen nicht vergessen. Im Traum ging sie in schönen Kleidern und Stöckelschuhen wie eine Agentin aus Hollywoodfilmen in feinen Hotels mit feinen Leuten ein und aus. Doch tagsüber mußte sie eine Dörflerin mimen.

Zu gern hätte sie auch ihren Vater besucht, um ihn wissen zu lassen, daß aus ihr etwas geworden war. Aber Besuch zu Hause und Kontakt mit Angehörigen war streng verboten. Inständig hoffte sie, ihre Mutter wiederzusehen. Als Spionin der Japaner glaubte sie, darauf ein Recht zu haben. Aber sie brachte nicht einmal den Aufenthaltsort in Erfahrung.

Auf ihrem ersten Weg zum Bahnhof empfand sie Freude. Sie war wieder in Freiheit, konnte das frühlingshafte Peking erleben. Am Bahnhof angekommen, bekam sie jedoch Angst. Richtig, sie war Spionin, hatte das Recht, Leute zu ergreifen. Aber war das nicht auch gefährlich? Sicher, sie hatte einen Ausweis, der war aber nicht zu sehen, sondern in ihrer Kleidung verborgen. Sie konnte ihre Macht nicht zeigen, mußte mit eingezogenem Kopf wie eine dumme Dorftrine dastehen. Sie fühlte sich einsam, öde und erbärmlich.

Nach einer Weile hob sie eine Zeitung auf. Als erstes sah sie ein Foto ihrer Mutter. Rotkürbis war im Gefängnis gestorben. Neben dem Foto stand ein Bericht über ihre Korruptheit, ihre Verbrechen und wie sie im Gefängnis den Verstand verloren hatte. Tränen stürzten Zhaodi aus den Augen. Sie hatte alles umsonst erlitten, war vergeblich Spionin geworden. Ihre Mutter würde sie niemals wiedersehen!

Durch die Tränen sah sie Menschen kommen und gehen, nur sie war allein. Ihre Mutter, die sie geliebt, die ihr alles ermöglicht hatte, lebte nicht mehr!

Nachdem sie so lange versunken dagestanden hatte, war ihr erster Gedanke – Flucht! Die Japaner hatten ihre Mutter betrogen, hatten auch sie betrogen. Sie mußte fliehen, durfte ihren Betrügern nicht noch Handlanger sein. Aber sie wußte, daß es kein Entkommen gab. Sie betrachtete die Reisenden,

Passanten, Polizisten, die Bahnangestellten, wer weiß, wie viele und welche von ihnen alle Spione waren. Sie wußte nur, daß es die gab, und zwar nicht wenige. Möglicherweise waren einige sogar speziell mit ihrer Überwachung beauftragt. Wieder erschien ihr das Mädchen, das vor den Löchern lautlos zusammengebrochen und verblutet war.
Wenn sie den Blick hob, sah sie die Schießscharten der Stadtmauer, die sie wie riesige Augen anstarrten. Sobald sie sich bewegte, konnte eine Kugel ihre Brust durchbohren. Erschauernd spürte sie nur noch unzählige Gewehre in ihrem Rücken und gar nichts mehr von der Freude und Macht einer Spionin. »Also gut«, ermunterte sie sich endlich, »schlag dich weiter so durch, gemein und häßlich! Töte, wen du kannst, schade, wem du kannst, damit verschaffst du auch deinem Haß Luft!«
Sie hatte ihr Zuhause verloren, ihre Mutter, ihre Freiheit, sie konnte nur noch töten und hassen! Aber nicht etwa Japaner, die hatten zu viele Gewehre, zu viele Augen, und sie waren schnell.

Gaodi war täglich unterwegs auf Arbeitsuche, aber vergebens. Peking schien halb tot zu sein. Wo noch Läden von Chinesen betrieben wurden, glichen sie Qi Tianyous einstigem Stoffgeschäft – sie waren zwar offen, aber es gab keine Waren. Überall wurden Leute entlassen. Keiner wollte einen Esser mehr haben. Selbst wer größeren Umsatz hatte wie etwa die Restaurants, mußte japanisches Kapital hinzunehmen. In solchen »Gemeinschaftsunternehmen« wollte Gaodi nicht arbeiten, selbst wenn sie die Gelegenheit dazu erhielte. Die Behörden waren ganz von Japanern beherrscht. Wer keine Beziehungen zu ihnen oder den Kollaborateuren hatte, brauchte erst gar nicht vorzusprechen. So bestand die äußere Hülle Pekings zwar nach wie vor aus der hohen, dicken Stadtmauer und den Tempeln, aus Parks und Palästen, die viele Kaiser beherbergt hatten, aber seine Innereien waren japanisch. Wer frische Luft oder frisches Blut brauchte, mußte bei den Japanern betteln. Dazu war Gaodi nicht bereit. Sie hatte mit angesehen, was ihre Mutter getan hatte und wie ihr Haus durchsucht und versiegelt worden war.

Selbst schwere körperliche Arbeit war kaum zu finden. In Friedenszeiten konnte eine Frau, die für einen Laden Wäsche wusch und ausbesserte, drei Mahlzeiten verdienen. Jetzt hatten die Läden mehr als die Hälfte ihrer Angestellten entlassen, da fand sie keine solche Arbeit. Nur Kollaborateure der Japaner konnten sich Diener leisten. Da Gaodi aber nicht als Dienerin arbeiten wollte, mochte sie schon gar nicht die Sklavin von Sklaven sein.

Sie bereute, nicht früher gelernt zu haben, sich ihr Essen selbst zu verdienen. Aber dafür war es zu spät. Zwar besaß sie Courage, aber keinerlei Qualifikation und Kapital. Könnte sie aus Peking fliehen, würde sie bestimmt etwas finden, würde arbeiten und dabei etwas lernen. Aber in Peking sich das Essen zu verdienen und dabei eine reine Weste zu behalten, das war unmöglich.

Sie hatte viel zu tun, Essen kochen, Wäsche waschen, einkaufen, sich nach Arbeit umsehen. Und sie hatte Sorgen, mußte dem Vater beweisen, daß man sich umtun konnte, auch ohne zum Kollaborateur zu werden. Doch sie fand nichts, schon bald war das ganze Geld verbraucht. Sie wurde nervös, je mehr sie sich mühte, die Dinge zu lernen, die sie bisher nie getan hatte, desto öfter brannte das Essen an. Und sie geriet in Wut, der Vater packte nirgendwo mit an und ermunterte oder lobte sie auch nie. Er war der Meinung, Gaodi erkenne die Zeichen der Zeit nicht. Zwar sprach er es nicht offen aus, aber seine Haltung bedeutete: »Wer unter der Herrschaft der Japaner nicht in deren Dienste tritt, ist ein großer Dummkopf!« Er wartete nur darauf, sie auszulachen. Wieviel sie auch um die Ohren hatte, er rührte keinen Finger. Wurde sie dann böse, entgegnete er kühl: »Eine Festtafel kann ich gut und gern arrangieren, da sind mir acht oder gar zehn Tische nicht zuviel, aber zum Geschirrspülen kriegst du mich nicht. Tut mir leid, das hat man mir als Kind nicht beigebracht!«

Da er auch nach tagelangem Suchen nicht herausgefunden hatte, wo sich Rotkürbis und Zhaodi aufhielten, gab er auf. Kam John Ding nach Hause, schwatzte er stundenlang mit ihm, erfragte alle Einzelheiten des Englischen Amtes, um darüber in Staunen zu geraten: »Oh, oh!« Er kniff die Augen zusammen und erklärte genüßlich: »Nein, so etwas, worauf

die Ausländer nicht alles kommen. Diese Welt gehört den Ausländern!«
John Ding hatte jetzt nicht mehr soviel für Xiaohe übrig und hätte ihn am liebsten gar nicht weiter beachtet. Aber da der das Englische Amt in höchsten Tönen lobte, wäre das eine gewisse Mißachtung dieses Amtes gewesen, weshalb er sich zu einem Schwatz herabließ, der dann Stunden dauern konnte.
Außer John Ding war Ruifeng sein enger Freund. Da beide zur Zeit keine Glückssträhne hatten, konnten sie sich gegenseitig bedauern. Sobald sie davon sprachen, wie man ihr Talent unterschätzte, empfanden sie Süße und Erhabenheit. Ruifeng sprach stets von seinen Agentenfreunden, und er war voller Zuversicht: »Bruder Guan, Sie werden sehen, ich bringe es noch zu einem Agentenchef, bestimmt!«
»Bestimmt!« Xiaohe kniff die Augen zu zwei dünnen Schlitzen zusammen, »da werden Sie aber Geld machen, bestimmt!«
Manchmal hatten die beiden keinen Kupferling in der Tasche, redeten sich aber mit ihrer windigen Phantasie immer fröhlicher. Ihr Magen war ziemlich leer, und wenn ihnen vom vielen Reden der Mund trocken wurde, gab es nur einen Schluck kalten Tee oder kaltes Wasser, weshalb sie oft grün im Gesicht und von Brechreiz geplagt wurden. Aber auch das brachte sie nicht zur Vernunft.
Kam Ruifeng direkt nach dem Essen zu den Guans, bot er Gaodi seine Hilfe an, um ihr zu gefallen. Noch nie hatte sie ihm einen freundlichen Blick geschenkt, aber er war voller Zuversicht und Andeutungen: »Machen Sie sich keine Sorgen, mein Fräulein! Sobald unsereiner erst das Richtige gefunden hat, geht es uns allen wieder besser! Wir sind doch schließlich gute Freunde!«
Wenn sie gar nichts mehr zu bereden hatten, verfielen sie auf die Deutung von Gesichtern. »Ruifeng«, Xiaohe fuhr mit dem Zeigefinger oder dem Ringfinger leicht über dessen Gesicht, »daß Ihre Haut so trocken ist, macht nichts, ihre Gesichtsfarbe ist gut, sehr gut sogar! Augen- und Nasenlinien verheißen Glück!« Anschließend ließ sich Ruifeng ähnlich positiv über Xiaohe aus, was beiden zu einem ungemeinen Wohlgefühl verhalf, sie waren vom Himmel gefallene Glückssterne!

Als Gaodi im Frühjahr noch immer keine Arbeit gefunden hatte, geriet sie in Panik. Sie glaubte, das sei die Vergeltung für die schlechten Taten ihrer Mutter – nicht nur die war im Gefängnis, ihre Tochter mußte auch noch verhungern. Sobald sie und Xiaohe die Winterkleidung abgelegt hatten, verkaufte sie die. Darüber mußte sie mit dem Vater ein paar Worte wechseln: »Ich habe mein möglichstes versucht, es hat nichts genützt, was machen wir nun?«
Xiaohe hatte sofort eine Antwort: »Ich finde, Heiraten wäre die beste Lösung! Heirate einen reichen Mann, dann haben wir beide genug zu essen!« Diese Schlußfolgerung entsprach seinen Erfahrungen: Kinder wurden von den Eltern ernährt, und wenn die erwachsen wurden und ein Amt bekamen, ernährte sie das Volk. Und im Alter lebten sie dann von ihren Kindern. Gaodi war seine Tochter, um ihn zu ernähren, mußte sie ihren Körper verkaufen.
»Gibt es keine andere Möglichkeit?« fragte Gaodi.
»Nein!«
Da suchte Gaodi heimlich Ruixuan auf, erzählte ihm alles ausführlich und bat ihn um einen Rat.
»Da wirst du wohl weggehen müssen. Das hier ist ein toter Ort, da findest du nichts zum Leben!«
»Wie käme ich denn weg von hier?«
»Natürlich ist das schwierig. Du brauchst Fahrgeld, einen Passierschein und mußt allerhand Gefahren überwinden. Aber es ist immer noch viel besser, als hier herumzuhocken.«
»Was wird aus meinem Pa?«
»Das ist nicht gerade sehr höflich, was ich dir jetzt sage, aber der ist es nicht wert, daß du dir Gedanken um ihn machst, das weißt du besser als ich.« Gaodi nickte.
Ruixuan gab ihr zwanzig Kuai, die er irgendwo zusammengescharrt haben mußte. »Das ist zwar wenig, aber es reicht, um aus der Stadt zu gelangen. Dann mußt du selbst weitersehen!«
Mit den zwanzig Kuai und einem kleinen Bündel machte sie sich auf den Weg zum Bahnhof. Sie wagte nicht, dem Vater etwas zu sagen, und auch nicht, sich einen Passierschein zu besorgen. Bei einem solchen Antrag mußte man angeben, wohin man wollte und wie lange. Wer nicht rechtzeitig wiederkam, dessen Familie wurde belangt. Da sie niemandem

Schwierigkeiten machen wollte, versuchte sie es lieber so. Außerdem hatte sie keine Ahnung, wohin sie gehen sollte. Sie stellte sich vor, daß sie zuerst nach Tianjin und dann jeweils eine Station weiter müßte, die zwanzig Kuai erlaubten keine detaillierte Reiseplanung. Sie war fest entschlossen. Hier hatte sie stets das Gefühl, im dunklen Schatten der Mutter zu leben, sie mußte einfach weg.

Als sie die Straßenbahn zum Vordertor bestieg, klopfte ihr Herz heftig. Den Kopf gesenkt, hielt sie krampfhaft das Bündel und glaubte, aller Augen seien auf sie gerichtet. Erst als an den folgenden Stationen die Leute aus- und einstiegen, ohne sie zu beachten, hob sie den Blick. In diesem Moment stiegen ein Polizist und zwei Japaner ein. Ihr Herz begann wieder zu klopfen. Sie war überzeugt, sie würden sie verhaften. Aber sie stiegen wieder aus. Sie schluckte und atmete auf. Tongfang fiel ihr ein. Innerlich flehte sie: »Tongfang! Hätten wir das gewußt, wären wir zusammen weggegangen, wie schön hätte das sein können! Bitte beschütze mich, laß mich unbehelligt hinausgelangen!«

Es war ein warmer Pekinger Frühlingstag, doch Gaodi spürte die Wärme nicht. Ganz auf sich gestellt, ging sie dem Unbekannten entgegen. Als sie das Vordertor erblickte, wurde sie noch nervöser. Für sie war es die Trennlinie zwischen hell und dunkel. Sie stieg aus und lief langsam auf den Bahnhof zu, fast versagten ihr die Beine den Dienst.

Bis zur Abfahrt des Zuges nach Tianjin waren es noch über zwanzig Minuten. Befangen stellte sie sich ans Ende einer Schlange von Reisenden. Kalte Schauer liefen ihr über den Rücken, ihre Handflächen waren schweißnaß. Sie hoffte inständig, daß sich bald andere hinter sie stellen und sie verdecken würden.

In diesem Augenblick zwischen Spannung und Hoffnung klopfte ihr jemand leicht auf die Schulter. Unwillkürlich wollte sie wegrennen. Aber ihre Beine rührten sich nicht. Sie dachte nur: »Aus!«

»Schwester!« rief Zhaodi leise.

Gaodi verließen die Kräfte, Tränen stürzten ihr aus den Augen. Seit Monaten hatte sie diese vertraute Anrede nicht mehr gehört – Schwester! Sonst verband sie zwar nicht viel mit Zhaodi, aber Schwester blieb Schwester. Dieser kurze Ruf blies ihre ganze Entschlossenheit und die Anstrengungen der letzten Monate davon.

Ohne Zhaodi ins Gesicht zu blicken, ließ sie sich von ihr an einen menschenleeren Ort ziehen. Tongfang und alles andere vergaß sie, hielt wie ein kleines Kind, das sich verlaufen hatte, die warme Hand der jüngeren Schwester fest. Draußen vor dem Bahnhof, hinter einer Reihe wartender Rikschas, schauten sie sich an. Die ältere Schwester hatte sich verändert, die jüngere ebenfalls.

Nach einer Weile fragte Zhaodi leise: »Schwester, wo willst du hin?« Gaodi schwieg.

»Wie geht es Pa?«

Gaodi wußte nicht recht, wie sie antworten sollte.

»So rede doch, Schwester!«

Gaodi schwieg eine Weile, dann fragte sie: »Und Mutter?«

Zhaodi senkte den Kopf. »Du weißt es noch nicht?«

»Ich habe keine Ahnung!«

»Tot!« Zhaodi hob plötzlich den Kopf und blickte der Schwester fest ins Gesicht.

»Aus?« Gaodi senkte den Blick, ihre Hände zitterten leicht.

»Sag mir, wohin du willst.«

»Nach Tianjin!«

»Wozu?«

»Arbeit suchen!« Gaodi faßte das Bündel fester, um das Zittern ihrer Hände zu verbergen.

»Was denn für Arbeit?«

»Das geht dich nichts an! Ich muß mir jetzt schnell eine Fahrkarte kaufen!«

»Wenn du es mir nicht sagst, kommst du hier nicht weg! Ich bin hier zuständig!«

»Was?«

»Ich bin hier zuständig!«

»Du?« Gaodis Beine zitterten nun ebenfalls. »Wie ist Mutter denn umgekommen? Und jetzt, du hier... hast du denn gar kein bißchen Ehrgefühl?«

»Ich hatte keine andere Wahl!« Zhaodi lächelte bitter, änderte dann aber ihren Ton. »Du gehst jetzt brav nach Hause. Wenn ich dich wegfahren lasse, werde ich bestraft.«

»Ich bin deine Schwester.«

»Das macht nichts! Selbst wenn ich dich laufenließe, denkst du, die anderen würden das zulassen? Geh schon!« Sie steckte der Schwester Geld zu und schob sie vor die Rikschas. »Nimmst du eine Rikscha oder fährst du mit der Straßenbahn?«

Gaodi brachte kein Wort heraus. Hände und Beine zitterten nicht mehr, ihr Gesicht war rot angelaufen, ihr ging nur der eine Satz durch den Kopf: »Das ist Vergeltung! Das ist die Strafe! Deine eigene Schwester läßt dich nicht gehen!«

»Geh nach Hause!« Zhaodi lief neben ihr her. »Wenn du noch mal auszureißen versuchst, bin ich nicht mehr so nett! Außerdem wird der Bahnhof strengstens überwacht, ohne Papiere kommt keiner durch!« Sie winkte Gaodi eine Rikscha heran.

Als die Ältere einsteigen wollte, hielt Zhaodi sie zurück und flüsterte ihr ins Ohr: »Warte ab, ich finde eine Arbeit für dich!«

Gaodi musterte sie böse und preßte zwischen den Zähnen hervor: »Für mich? Ich pfeife auf deine Arbeit! Lieber verhungere ich!« und warf ihr das Geld vor die Füße.

»Na schön, auf Wiedersehen!« lächelte Zhaodi.

71

Hinter dem Vordertor hielt Gaodi die Rikscha an und sagte entschuldigend zum Fahrer: »Tut mir leid, ich steige hier aus!« Sie gab ihm etwas Geld und lief nach Westen, ohne zu wissen wohin. Sie mußte einfach laufen, sich die Wut von der Seele rennen.

Erst nach einer Weile merkte sie, daß sie der Straße folgte, die entlang der Stadtmauer nach Westen führte. Sie lief weiter und entdeckte schließlich einen kleinen Tempel auf der anderen Straßenseite. Unwillkürlich blieb sie stehen. Ein Flügel des ziemlich alten Tores stand offen, sie ging hinein. Sie wollte nicht Weihrauch opfern und zu Buddha beten, fand nur, daß das vielleicht ein passender Ort war, an dem sie ein wenig still sitzen und nachdenken konnte. Drinnen war niemand. Die

Tempelgebäude sahen an allen drei Seiten so armselig aus wie das Tor, aber überall war es sauber. Das tat ihr gut. Als sie um sich schaute, kam jemand aus dem Tempeltrakt zu ihrer Linken, Herr Qian Moyin. Er trug eine knappe alte, baumwollgefütterte Mönchskutte, die bis zu den Knien reichte. In der Hand hielt er einen großen Sack, auf dem die Zeichen »Achtet Schreibpapier« standen.

Gaodi brachte kein Wort heraus, ihr war zum Lachen und zum Weinen zumute, sie stürzte zu ihm hin wie zu einem nahen Verwandten, den sie nach langer Zeit plötzlich wiedertraf.

Das Gesicht des Mannes war dunkel und schmal, die Haare graumeliert. Er stutzte, als er Gaodi sah, blinzelte, dann erinnerte er sich und lächelte freundlich. »Gaodi!« Gleich darauf verschwand sein Lächeln, er fragte beunruhigt: »Woher weißt du, daß ich hier bin? Wer hat es dir gesagt?«

Gaodi lächelte ebenfalls: »Niemand. Ich bin zufällig hier hereingestolpert.«

Der alte Mann schien beruhigt, leise sagte er: »Sag niemandem, daß ich hier bin. Ich wohne auch nicht hier, komme nur manchmal vorbei, um...« Wieder lächelte er. »Erzähl mir, was du machst.« Er lief zum Haupttempel, Gaodi folgte ihm. Sie setzten sich auf die Stufen.

Gaodi sprudelte alles heraus, was sich in den vergangenen Monaten ereignet hatte. Herr Qian hörte wortlos zu. Als Gaodi mit ihrer Schlußfolgerung endete, daß alles Vergeltung sei, meinte er nach einer Weile: »Es gibt keine Vergeltung, Gaodi! Alles geschieht von Menschenhand! Glaub nicht an so etwas!«

»Was soll ich denn tun?«

»Laß mich nachdenken!« Der alte Mann schloß die Augen.

Gaodi unterbrach ihn ungeduldig: »Was soll ich machen, wenn Zhaodi mich auch zum Spitzel... machen will?«

»Darüber denke ich gerade nach. Hast du Mut?« Er blickte sie aufmerksam an.

»Und wenn ich welchen hätte, ich kann doch nicht...«

»Du siehst nur eine Seite, denk doch mal weiter. Wenn du den Mut hättest, da mitzumachen, könntest du mir alles erzählen, was dort vor sich geht. Das wäre sehr nützlich.«

»Also soll ich warten, bis sie kommt, und wenn sie mich auffordert, soll ich mitmachen?«

»Richtig! Aber«, er blickte sie noch immer an, »wenn das herauskommt, bist du erledigt. Deshalb frage ich nach deinem Mut!«

Gaodi zögerte. »Onkel Qian, haben Sie nicht ein bißchen Arbeit für mich? Ich würde gern bei Ihnen bleiben.«

»Oh, für junge Damen habe ich im Moment keine Verwendung. Sieh mal, die Japaner bedienen sich gern weiblicher Spitzel. Warum? Sie verachten Frauen und denken, die sind ängstlich und daher leicht zu lenken. Und weil die Chinesen zu Frauen höflich sind, denken sie, sie können sie leicht ins Innere des Landes einschleusen. Sie selbst sind auf diesem Wege nicht so leicht zu übertölpeln; sie stellen ihren Offizieren und Soldaten überall Prostituierte zur Verfügung; unsere Spitzel kämen, selbst wenn sie zu diesem Opfer bereit wären, nicht an sie heran. Daher greife ich nur in äußersten Fällen, wo Männer gar nichts ausrichten können, auf die Hilfe von Frauen zurück. Würdest du es dir denn zutrauen, wenn Zhaodi dich aufforderte?«

»Würde ich, aber wenn sie nun nicht kommt?«

»Warte auf sie! Und sollte ich Verwendung für dich haben, benachrichtige ich dich!«

»Aber wovon soll ich denn leben, ohne Einkünfte?«

»Hm, kommt Zeit, kommt Rat! Mach dir keine Sorgen, rege dich nicht auf, so leicht verhungert der Mensch nicht!«

»Ich vertraue auf Sie, Onkel Qian. Soll ich das mit Zhaodi zu Hause meinem Pa erzählen?«

»Sag's ihm! Sobald er das hört, wird er sie umgehend aufsuchen wollen und überall herumerzählen, daß seine Tochter eine Spionin ist. Das wird ihr natürlich schaden, da kann sie keine Karriere machen, und wir haben einen Unheilstifter weniger!«

»Aber wenn sie keine Karriere macht, wird sie auch nicht zu mir kommen und mich holen wollen...«

»Der Mensch ist flexibel, Gaodi! Man kann nicht immer alles vorher wissen wollen, säuberliche Linien ziehen und sich auf ihnen vorwärtsbewegen.« Er stand auf. »Noch etwas. Berate dich mit Ruixuan, der hat zwar keinen Mut, nimmt aber alles sehr genau!«

Gaodi stand ebenfalls auf. »Und wo finde ich Sie, Onkel Qian?«
»Hier. Sollte ich nicht dasein, sage dem Mönch Klarer Mond Bescheid, er ist einer von uns. Sprich ihn mit dem Satz an: ›Achtet das Schreibpapier!‹, sonst traut er dir nicht!«
Gaodi ging langsam hinter ihm hinaus. Neugierig fragte sie mit Blick auf den Sack: »Onkel Qian, was ist denn da drin?«
Der Alte blieb stehen, blickte sie an und lächelte, erwiderte aber nichts. Als sie ans Tor kamen, forderte er Gaodi auf, voranzugehen. »Merk dir gut, Gaodi, zu keinem ein Wort über mich! Gehe nach Hause und warte auf Nachricht von Zhaodi oder von mir. Mache dir keine Sorgen, rege dich nicht auf. Entscheide, wenn es soweit ist. Bist ein braves Kind, das weiß ich schon lange. Geh jetzt!«
Gaodi ging also allein hinaus, sie drehte sich auch nicht mehr um und blickte weder nach rechts noch nach links, denn der alte Mann hatte sicher seine Gründe, und sie wollte ihn nicht verstimmen. Aber sein dunkles, schmales Gesicht und sein warmes Lächeln prägten sich ihr ein. Dieses Bild strahlte und leuchtete wie ein Buddha, daß es ihr warm wurde. Es gab ihr ein Gefühl von Sicherheit und grenzenloser Hoffnung. Wenn Zhaodi jetzt käme und sie augenblicklich zur Spionin machen wollte, würde sie ihr, ohne mit der Wimper zu zucken, folgen und Risiko wie Opfer auf sich nehmen. Mit den Worten von Herrn Qian im Herzen würde es ihr nichts ausmachen, auf der Stelle geköpft zu werden.
Am meisten freute sie, daß Herr Qian gesagt hatte, es gäbe keine Vergeltung. Diese Aussage vertrieb die dunklen Wolken aus ihrem Innern. Sie war sie, und Rotkürbis war Rotkürbis, sie brauchte keine Verantwortung, keine Strafe zu übernehmen. Nur Mut mußte sie aufbringen und tun, was Herr Qian ihr sagte, dann könnte sie vor ihrem Gewissen und vor den anderen bestehen. Nun fühlte sie sich erleichtert, die Beine waren wieder stark. Sie lief geradewegs nach Hause.
Guan Xiaohe und Qi Ruifeng ergingen sich wieder in den höchsten Tönen. Als Gaodi beide erblickte, runzelte sie unwillkürlich die Stirn. Nach dem warmherzigen, mutigen, klugen Buddha im Tempel kamen ihr die beiden besonders häßlich und verabscheuungswürdig vor, wie Teufel. Sie be-

schloß, keine Umstände mehr mit ihnen zu machen, blickte sie kurz an, dann ließ sie den Satz wie eine Bombe fallen: »Mutter ist tot!«

Xiaohe glaubte seinen Ohren nicht: »Waas?«

»Mutter ist tot!« Gaodi sah sie wieder böse an.

Xiaohe schlug die Hände vor das Gesicht. Ruifeng schaute die beiden an, machte den Mund auf, brachte aber nichts heraus. Er war tatsächlich betroffen, als wäre es einfach ganz unmöglich, daß Rotkürbis sterben könne.

»Älterer Bruder!« klagte er mit Tränen in den Augen, »nehmen Sie es nicht zu schwer, nicht...« Die Worte blieben ihm im Halse stecken, die Tränen kollerten.

Xiaohe nahm die Hände herunter. »Ich habe nicht geweint! Ich darf nicht weinen, jetzt nicht! Bedenkt doch, seit sie im Gefängnis ist, verdrehen die Nachbarn nur noch die Augen, wenn sie mich sehen. Wenn die wüßten, daß Direktor Guan tot ist, würden sie mich erst recht verachten, mir vielleicht sogar Prügel verabreichen. Ich bin traurig, aber ich weine nicht, diese Genugtuung gebe ich denen nicht!«

»Älterer Bruder«, Ruifeng wischte die zur Unzeit vergossenen Tränen schnell ab und lächelte statt dessen, »älterer Bruder, richtig so!«

Xiaohe tat einen tiefen Seufzer, dann fragte er Gaodi kläglich: »Woher weißt du es?«

»Zhaodi hat es mir gesagt.«

Beide sprangen auf und fragten: »Zhaodi? Zhaodi?«

Gaodi hätte sie am liebsten geohrfeigt, aber sie mußte sich an Herrn Qians Anweisungen halten. Sie beherrschte sich. »Sie spioniert für die Japaner!«

»Tatsächlich?« Ruifeng war begeistert. »Ha, Himmel und Erde sei Dank! Das zweite Fräulein ist wirklich in Ordnung, ich verneige mich vor Hochachtung!«

»Gaodi«, rief Xiaohe lauthals, »wir können ungehemmt weinen! Sollen es die Nachbarn ruhig hören! Meine Frau ist zwar gestorben, aber nun habe ich eine Agentin zur Tochter! Sollten die noch einmal wagen, mich schief anzusehen, lasse ich sie durch Zhaodi einsperren! Los, weinen wir!« Er heulte laut los.

Gaodi saß allein im Zimmer und zitterte vor Wut. Ruifeng

konnte schlecht ebenfalls laut um Rotkürbis weinen, er klopfte Xiaohe mit tränenden Augen den Rücken: »Älterer Bruder, weinen Sie nicht so herzzerreißend! Eigentlich müßten wir doch feiern, daß das zweite Fräulein Karriere macht. Es wäre doch nicht gut, wenn das Jammern die Freude vertreibt!«
Nur mit großer Mühe stellte Xiaohe sein Wehklagen ein, spuckte mehrmals Schleim aus, wandte sich dann an Gaodi: »Such ein bißchen schwarzen Stoff, wir müssen eine Trauerbinde tragen!«
Gaodi rührte sich nicht, sie war immer noch wütend. Schließlich machte sich Xiaohe selbst ans Suchen, fand aber nichts. Das brachte ihn in Rage: »Nichts ist mehr da, verdammt noch mal!«
»Nur Ruhe bewahren, sobald das zweite Fräulein Erfolg hat, werden Ihnen die Taschen vor Scheinen überquellen«, prophezeite Ruifeng verheißungsvoll.
Xiaohe ging ins vordere Zimmer zu Gaodi und fragte: »Wo hast du sie getroffen?«
»Auf dem Bahnhof am Vordertor!«
»Auf dem Bahnhof am Vordertor!« echote Ruifeng anerkennend, der ihm gefolgt war.
»Was hatte sie an?«
»Sie sah wie eine Dörflerin aus!«
»Verkleidung, Verkleidung!« kommentierte Ruifeng.
»Ruifeng«, Xiaohe packte ihn am Arm, »wir suchen sie!«
»Machen wir! Und wenn wir sie finden, soll sie uns ein bißchen Geld geben, damit wir auf ihren Erfolg trinken können. Ist das ein Wort?« Ruifeng wollte nicht umsonst herumlaufen, er vergewisserte sich lieber vorher.
»Das ist ein Wort, gehen wir!«
Auf dem Bahnhof stießen sie ins Leere, Zhaodi war nicht da.
»Älterer Bruder, lassen Sie mich das machen, ich bekomme heraus, wo sie ist! Ich habe Freunde unter den Spitzeln, ich bringe das in Erfahrung. Gehen Sie nach Hause, ich komme dann wieder zu Ihnen!«
Xiaohe wartete eine Stunde umsonst auf dem Bahnhof, ehe er nach Hause ging. Als er in die Schafhürdengasse einbog, kam ihm der Vierte Herr Li entgegen. Schnell machte er ein trauriges Gesicht und vermeldete tränenden Auges das »Ableben«

von Rotkürbis. Er schwor, daß er ihren Leichnam finden und eine standesgemäße Bestattung ausrichten werde. Mit vierundsechzig Sargträgern. »Also, Vierter Herr Li, erwarten Sie meine Anordnungen, der Auftrag geht an Sie. Das werden wir doch schaffen, wo Zhaodi jetzt bei den Japanern eine wichtige Persönlichkeit ist!« Der Vierte Li murmelte etwas Unverständliches und ging weiter.

Unter den Schnurbäumen traf Xiaohe noch Sun-Sieben, dem er sogleich stolz erklärte: »Komm, rasier mich! Sonst hast du ja nicht viel zu bieten, aber Rasieren kannst du ja!«

Ungerührt erwiderte der: »Bin beschäftigt, habe keine Zeit!«

»Ha, ganz schön eingebildet!« Xiaohe verzog den Mund: »Leg dich lieber nicht mit mir an! Ich sag dir was, Zhaodi, unser zweites Fräulein, ist Agentin bei den Japanern!« Sun-Sieben sagte nichts mehr, blinzelte nur und ging davon.

Xiaohe machte einen Umweg zu Wachtmeister Bai, dem er erklärte: »Den Obmann mache ich auch weiterhin. Zhaodi, unsere zweite Tochter, hat jetzt einen Posten, sogar einen größeren als Ihren!«

In den vergangenen Monaten war Xiaohes Widerlichkeit beinahe in Vergessenheit geraten, denn alle respektierten Gaodis Anstrengungen und wußten, daß es Xiaohe an allem mangelte; einen ins Wasser gefallenen Hund mochte keiner prügeln. Aber Xiaohe verspielte diese Rücksichtnahme nun in kürzester Zeit.

Am nächsten Tag war das Siegel am Guanschen Tor verschwunden, sieben oder acht Japaner zogen dort ein. Die Bewohner der Gasse senkten die Köpfe. Daß in so einer kleinen Gasse schon zwei Grundstücke von Japanern bewohnt wurden, empfanden alle als schweren psychischen Druck. Der Haß auf die Japaner verstärkte auch die Abneigung gegen Guan Xiaohe. Denn, so sagten sich die Leute, hätte er nicht Herrn Qian angezeigt und hätte Rotkürbis nicht so hoch gepokert, wären die Japaner niemals auf diese unansehnliche Gasse verfallen.

Xiaohe sah das allerdings anders, er erklärte den Nachbarn: »Wir müssen begreifen, daß die Japaner und wir eine Familie sind. Natürlich ist das mein Haus, und ich hänge daran. Aber man muß es auch von einer anderen Seite sehen. Zhaodi steht jetzt in ihren Diensten, und sie wohnen in meinem Haus, das

heißt doch, daß unsere Beziehungen immer enger werden, nicht wahr?«
Außer diesen Erklärungen machte er jedesmal, wenn er die neu zugezogenen Japaner traf, eine tiefe Verbeugung, näherte sich ihnen devot und erläuterte die Geschichte des Hauses: »Dieses Haus habe ich vor ... ich muß nachdenken, vor sechs Jahren von Grund auf erneuern lassen, Ziegel, Dachziegel und sämtliche Hölzer sind von bester Qualität! Auch der stärkste Regen kann ihm nichts anhaben! Nur im Sommer ist es ein wenig heiß, aber bitte merken Sie sich, da müssen Sie ein Mattenzelt aufschlagen. Wenn Sie dann noch etwas Wasser auf den Boden sprengen, ist es wunderbar angenehm, das kann ich Ihnen versichern!«
Ruifeng war den ganzen Tag herumgelaufen, ohne etwas über Zhaodis Verbleib ausfindig gemacht zu haben. Er war außerordentlich aufgeregt und versicherte Xiaohe, anderntags werde er weiterforschen und es unbedingt herausfinden. In der Pose des Älteren entgegnete Xiaohe: »Schon gut, Ruifeng, ich muß Sie nun einmal bemühen. Solange Sie sich die Hacken ablaufen, brauche ich es nicht zu tun!« Zhaodi war so oder so seine Tochter, ob er sie nun einen Tag eher fand oder nicht. Er beherrschte sich mit Mühe und war überglücklich, als sei die Tochter zur Kaiserin erwählt worden und er könnte nun bald Kanzler werden, ohne einen Finger zu rühren. Herumlaufen würde er nun nicht mehr, er konnte den kaiserlichen Befehl in Ruhe zu Hause abwarten. Je länger er überlegte, desto zufriedener wurde er. Alle seine früheren Taten fand er richtig und gerechtfertigt, weshalb der Himmel nun ein Einsehen mit ihm hatte und ihm in seiner ausweglosen Lage ein neues Leben schenkte!
Ruifeng drängte es mehr als Xiaohe, denn er hatte sich folgendes ausgerechnet: Fände er Zhaodi, könnte sie ihn vielleicht auch dort empfehlen. Er war sicher, daß man als Spitzel viel Geld machen konnte. Und sollte das nicht klappen, könnte er immerhin für sein Herumlaufen und seine Bemühungen ein paar Tage bei den Guans umsonst essen und trinken, schließlich war er ihr »Freund in der Not«.
Zhaodi war sehr zufrieden mit sich. Daß sie die ältere Schwester erbarmungslos aufgehalten und zurückgeschickt hatte,

überzeugte sie von ihren Fähigkeiten. Sie entschloß sich, auf dem Bahnhof ein paar außergewöhnliche Dinge zu vollbringen, um schnell aufsteigen und sich wieder schön kleiden und schminken zu können. Dann könnte sie Romantik mit Mord verbinden. Diesem Beschluß folgte in der nächsten Woche die Festnahme von acht jungen Leuten. Unter ihnen war ein einziger wirklich verdächtig, alle anderen waren normale, unbescholtene Reisende. Zhaodi kümmerte nicht, ob verdächtig oder nicht, sie brauchte Ergebnisse. Sie wußte, daß ihr die Japaner einige zu Unrecht Verdächtigte nicht verübeln würden, denn so konnten sie ihre Folterungen und Grausamkeiten an ein paar jungen Leuten mehr ausprobieren.
Ihre Augen waren immer noch schön, aber es war unruhiges, böses Flackern in ihnen. Ihr Lächeln hatte die frühere Naivität verloren, es war zu einem Instrument geworden. Sie konnte urplötzlich lächeln, daß ihre Lippen, ihr Gesicht, ihr Körper strahlten und die Menschen bezauberten. Ebenso plötzlich konnte das Lächeln aufhören, als habe jemand den Strom unterbrochen. Die Menschen standen dann auf einmal im Dunkeln und sahen Finsternis und Schrecken.
Nach den acht Festnahmen hatte sie das Vertrauen der Japaner errungen. Sie fand sich gut und mutig, eine echte Rotkürbis-Tochter!
Kurz darauf feierte die Ausbildungsstelle den dritten Jahrestag ihres Bestehens. Das war die Chance für Zhaodi. Bei der Feier trat sie mit der Arie auf, mit der sie das letzte Mal nicht zum Zuge, dafür aber ins Gefängnis gekommen war. Sie hatte kein Lampenfieber, war sich vielmehr ganz sicher, daß sie diese Gelegenheit beim Schopfe packen mußte. Ihre Stimme war nicht besser geworden, aber sie tat sehr routiniert, legte das unruhige Funkeln gekonnt in ihre Augen und fixierte die Japaner unten im Parkett, drehte und wendete ihre nicht mehr ganz so anmutigen Glieder, auf daß sie so recht zur Geltung kamen. Die Japaner waren begeistert.
Mit diesem Auftritt schlug sie alle anderen Kolleginnen aus dem Felde. Demnächst würde sie einen schönen Posten erhalten, wieder feine Kleider und Stöckelschuhe tragen. Bald würde die 109 den Japanern zu einer Zahl schillernden Glanzes werden.

Doch Ruifeng brachte unter Aufbietung aller Tricks ihren Aufenthaltsort in Erfahrung. Wie zwei Abenteurer tanzten Ruifeng und Xiaohe in fröhlicher Unbefangenheit an der Mauerecke der Oststadt an. Das Tor war fest verschlossen. Sie trauten sich nicht zu klopfen, sondern wollten ehrerbietig abwarten, bis Zhaodi herauskäme. Der Wächter hatte sie drinnen durch einen Türspalt längst entdeckt. Nachdem sie etwa zwanzig Minuten gewartet hatten und niemand herauskam, wollte Xiaohe klopfen, denn er meinte, als Zhaodis Vater stünde ihm zu, empfangen zu werden, ob Zhaodi anwesend war oder nicht. Noch bevor er das Tor berührte, öffnete sich ein Spalt. Der Wächter, ein junger Chinese, fragte leise: »Was soll das?«
»Ich will zu meiner Tochter Zhaodi«, antwortete Xiaohe vornehm.
»Verschwinden Sie schnell, ehe ein Unglück passiert!« gab der zu verstehen. »Nur aus Rücksicht auf Ihr Alter melde ich Sie nicht, Sie wissen doch, daß es streng verboten ist, hier herumzuschnüffeln!«
»Ich bitte Sie um einen Gefallen, melden Sie mich an, ich möchte meine Tochter Guan Zhaodi besuchen.«
Der Wächter wurde nervös. »Ich gebe Ihnen den guten Rat, verschwinden Sie schnell. Sonst muß ich reingehen und Sie melden, das bringt Ihnen mindestens ein halbes Jahr Gefängnis! Wer hat Ihnen denn gesagt, daß sie hier ist?«
Xiaohe wies sofort auf Ruifeng: »Er!«
»Gehen Sie, gehen Sie!« drängte der junge Mann.
Aber die beiden wollten nicht. Warum sollten sie unverrichteter Dinge weglaufen, wenn sie hier richtig waren?
Plötzlich trat von drinnen ein Japaner heraus. Xiaohe schlug die Hacken zusammen, um eine Neunzig-Grad-Verbeugung vor ihm zu machen, aber der junge Wächter hatte schon die Pistole gezogen. »Keine Bewegung!« Als Ruifeng wegrennen wollte, rief er nochmals: »Keine Bewegung!«
Der Japaner nickte, daraufhin ließ der junge Mann bei gezogener Pistole die beiden eintreten. Bevor Xiaohe einen Schritt tat, verbeugte er sich noch schnell vor dem Japaner. Ruifengs Quittengesicht war blutleer.
Nachdem der Japaner einige Sätze mit dem jungen Wächter gewechselt hatte, vermutete er eine gewaltige Intrige. Die Un-

sicherheit des Siegers ließ ihn Gespenster sehen. Erst suchte er herauszufinden, wie sie erfahren hatten, daß Zhaodi hier war. Das schob Xiaohe ganz und gar auf Ruifeng. Der hätte gern den Namen dessen verschwiegen, der ihm den Ort genannt hatte, aber nach zwei Ohrfeigen auf sein Quittengesicht beichtete er. Augenblicklich schlußfolgerte der Japaner: »Die chinesischen Agenten sind unzuverlässig, sofort eine große Überprüfung einleiten, ansonsten droht der japanische Spionageapparat aufzufliegen!«

Aus Furcht vor weiteren Schlägen zählte Ruifeng ungefragt die Namen aller ihm bekannten Spione auf. Der Japaner erkannte sofort, daß chinesische Untergrundkämpfer im Zusammenwirken mit Chinesen im japanischen Spionageapparat einen gewaltigen Putsch planten!

Auf die Frage, warum Ruifeng mit Spionen verkehre, antwortete er: »Ich möchte selbst gern Spion werden!« Aber auch diese dümmlich-schöne Antwort konnte das Mißtrauen des Japaners nicht mindern.

Um Xiaohe heimzuzahlen, daß der ihm alles in die Schuhe geschoben hatte, beteuerte er dem Japaner: »Er hat zuerst erfahren, daß Zhaodi eine Spionin ist, nur deshalb habe ich ihren Aufenthaltsort erfragt.«

Als Xiaohe daraufhin nach der Quelle gefragt wurde, gab er sofort und ohne Ohrfeigen Gaodi preis.

Nachdem sie Xiaohe und Ruifeng eingesperrt hatten, hatten die Japaner alle Hände voll zu tun, die von Ruifeng verratenen Spione in Dunkelhaft zu stecken und zu verhören.

72

Als Xiaohe gegen zehn Uhr abends noch immer nicht zurück war, wurde Gaodi unruhig. Anfangs freute sie sich bei dem Gedanken daran, daß Zhaodi bestraft werden könnte, würden beide von den Japanern verhaftet. Dann wäre Herrn Qians Plan aufgegangen. Als sie aber nachdachte, wurde ihr klar, daß die Japaner dann auch die Familie Qi und sie selbst nicht ungeschoren davonkommen lassen würden. Sie beschloß, als erstes die Qis zu warnen.

Auch Yunmei wartete schon auf Ruifeng. Gaodi erklärte ihr den Grund ihres Kommens, da holte Yunmei ihren Mann. Der rief sofort den Großvater und die Mutter dazu, damit sie alle das gleiche sagten, falls die Japaner sie einzeln verhörten.
Als Gaodi alles erzählt hatte, schwiegen der alte Herr Qi und Tianyous Frau. Ruixuan ergriff als erster das Wort: »Selbst wenn sie uns foltern, dürfen wir Herrn Qian nicht verraten, nicht wahr?«
Der alte Herr nickte. »Und wenn sie nach dem Zweiten fragen, was sagen wir da?« wollte Ruixuan wissen.
»Die Wahrheit!« erklärte Tianyous Frau energisch.
»Jawohl, die Wahrheit!« Der alte Herr starrte auf seine Knie. »Sein Alter, seinen Lebenswandel, daß er gern Spion werden wollte, alles sagen wir wahrheitsgemäß! Ob sie es glauben, ist ihre Sache. Ob sie uns umbringen oder am Leben lassen, wir bleiben bei der Wahrheit!« Der Alte hob den Kopf und blickte die anderen mit seinen kleinen Augen an. »Die Wahrheit, auch wenn es schwerfällt! Ich bin bald achtzig, habe mich immer gebeugt, zuerst einen Kotau gemacht und dann geredet, jetzt weiß ich, daß ein Kotau und gute Worte nicht unbedingt etwas bringen. Etwas mehr Härte tut not!« Aber seine Hände zitterten.
»Und ich, soll ich auch die Wahrheit sagen?« fragte Gaodi.
»Außer der Begegnung mit Herrn Qian können sie alles erfahren. Sie werden eine Gegenüberstellung mit Zhaodi veranlassen!«
»Da werden sie mich wohl verhaften«, vermutete Gaodi. »Und warum wollte ich aus Peking weg? Ich werde mich doch nicht selbst hineinreiten?«
»Immer die Wahrheit sagen!« rief der alte Herr Qi fast wütend. »Wir sind in ihrer Hand, wozu sich Lügen ausdenken?«
Nach längerem Schweigen erklärte Gaodi: »Na gut, dann warte ich eben, bis sie kommen!« Ruixuan begleitete sie hinüber. Er hatte ihr noch vieles einschärfen wollen, schwieg aber.
Familie Qi tat in der Nacht kein Auge zu. Es stimmte wohl, daß die Not der vergangenen Jahre sie härter gemacht hatte, aber sie waren Pekinger, grübelten immer noch und hatten Angst.

Gaodi hatte richtig vermutet, gegen fünf Uhr morgens fuhr ein Lastwagen mit Japanern vor die Gasse. Unter den Schnurbäumen wurden Posten aufgestellt, als befinde sich eine Kompanie Partisanen in der Gasse. Drei gingen nach Nummer sechs, fünf zu den Qis.

Der alte Herr Qi war doppelt vorbereitet, sowohl durch die jahrelangen Qualen als auch durch das Gespräch von gestern abend. Er wollte es hart auf hart kommen lassen. Er sah sie direkt an und redete ziemlich laut, um zu zeigen, daß Höflichkeit und devotes Beugen vorüber waren. Denn beides hatte weder Tianyou noch die Eheleute Wen, noch Xiao Cui gerettet.

An vier verschiedenen Stellen verhörten vier Mann Ruixuan, Yunmei, Tianyous Frau und den alten Herrn Qi. Danach verglichen sie ihre Protokolle, nahmen alle zusammen und machten weiter. Der alte Herr gab Ruixuan und den anderen mit einem Blick zu verstehen, daß er den Sprecher machen wollte. Auf jede Frage der Japaner antwortete er ohne Zögern. Als sie fragten: »Wußtet ihr, daß er gern ein Spion gewesen wäre?«, erwiderte er: »Das wußten wir!«

»Warum wollte er denn ein Spion werden?«

»Weil er ein Nichtsnutz ist!«

»Was heißt das?«

»Wer gegen jede Moral handelt, ist doch ein Nichtsnutz!«

Tianyous Frau und Yunmei kamen ins Schwitzen. Die Japaner schienen jedoch milde gestimmt zu sein. Sie schauten den alten Mann an, ohne weiter in ihn zu dringen. Sein weißes Haar, die große Gestalt und die harten Worte strahlten eine unverletzbare Würde aus, die ihnen den Mund verschloß.

Zwei Japaner flüsterten, woraufhin einer eilig hinauslief. Nach kurzer Zeit erschien er mit der alten Japanerin aus Nummer eins. Ruixuan gab es einen Stich, stets hatte er ihr mißtraut, nur sehr vorsichtig und so wenig wie möglich mit ihr geredet. Bald sollte er jedoch seinen Irrtum erkennen.

Die Japaner wiesen nacheinander auf jeden der Qis und befragten die alte Frau, die mit dem nötigen Respekt antwortete. Sie sprachen zwar Japanisch, das Ruixuan nicht verstand, aber aus ihrem Tonfall und der Reaktion der Japaner entnahm er, daß sie gut über die Familie Qi sprach.

Anschließend verhörte man noch einmal Ruixuan. Seine Antworten stimmten völlig mit dem bisher Protokollierten überein. Sie mußten unverrichteter Dinge abziehen. Die alte Frau folgte ihnen ehrerbietig, nutzte aber im Hof eine Gelegenheit, um Ruixuan kurz zuzunicken. Der verstand und nickte stumm zurück.

Nach dem Weggang der Japaner schien den alten Herrn die Angst zu packen, er saß mit zitternden Händen auf dem Kang. Um ihn zu trösten, zwang sich Yunmei zu einem Lächeln: »Nun wird ja wohl nichts mehr passieren!«

Der alte Mann stöhnte lange vor sich hin, ehe er hervorbrachte: »Sollen sie doch wiederkommen, ich habe lange genug gelebt, habe keine Angst mehr! Sollen sie ruhig kommen, ich warte auf sie!« Nach einer Weile setzte er kopfschüttelnd hinzu: »Was doch so ein Taugenichts alles anrichten kann. Es war falsch von mir, von dir und uns allen, so nachsichtig mit dem Zweiten zu sein!«

»Aber eine Familie ist nun eben eine Familie, sollten wir ihn denn, weil er nichts taugt, wegschicken?« Yunmei lächelte gezwungen. »Wenn er morgen aus dem Gefängnis zurückkäme, müßten wir ihm wieder etwas zu essen geben, stimmt's?«

Ohne Widerrede legte sich der alte Mann auf den Kang.

Gaodi wurde von den Japanern mitgenommen, sie konnte nicht erklären, warum sie Peking verlassen wollte und warum sie keinen Passierschein beantragt hatte. Die Verhaftung machte sie eher ruhig. Sie sagte sich: »Aus Peking komme ich nicht hinaus, bin also ohnehin wie im Gefängnis. Dann ist es schon besser, gleich richtig drin zu sitzen. Wenn mich die Japaner zum Spion machen wollen, dann werde ich ja sagen, um etwas für Herrn Qian zu tun. Und wenn sie mich töten wollen, auch gut, das Leben ist ohnehin eine Strafe!« Diese Überlegungen stimmten sie beinahe heiter.

Im Gefängnis stellten sie die Japaner umgehend Zhaodi gegenüber, beider Aussagen stimmten überein. Dann brachten sie die Schwestern zum Bahnhof, wo sie die Begegnung noch einmal durchspielen mußten. Alles verlief wie geschildert, an der Begegnung auf dem Bahnhof bestand kein Zweifel.

Aber sie ließen Gaodi nicht frei, weil sie noch immer nicht erklärt hatte, weshalb sie Peking verlassen wollte. Sie glaub-

ten, daß jemand sie dazu veranlaßt haben mußte, etwa eine Geheimorganisation, die speziell Jugendliche aus Peking auffing. Sie mußten sie einsperren, um das herauszufinden.
Die Angelegenheit war ein Musterbeispiel dafür, wie Gedankenlosigkeit eines oder zweier Menschen ein Blutbad anrichten kann. Der gesamte Pekinger Spionageapparat der Japaner wurde überprüft und gesäubert, um alle unzuverlässigen Chinesen zu eliminieren. Xiaohe und Ruifeng ahnten nicht, daß ihre Dummheit und Schamlosigkeit eine solche Wirkung zeigten, daß das Blut vieler junger Menschen in dunklen Verliesen verströmte. Alle von Ruifeng genannten Spitzel verloren auf geheimnisvolle, für sie unerklärliche Weise ihr Leben. Anschließend verdächtigten sich die verbliebenen Spitzel stärker als zuvor, was wiederum vielen Leuten Dunkelhaft einbrachte.
So wurde auch Zhaodi nach der Gegenüberstellung mit ihrer Schwester Dunkelhaft verordnet, obwohl sie einleuchtend erklärt hatte: »Ich habe Gaodi nicht aus privaten Gründen nach Hause geschickt, sondern weil ich vorschlagen wollte, sie auch zum Spitzel zu machen.« Aber die Japaner glaubten ihr nicht, denn sie hätte keine eigene Entscheidung treffen dürfen, sondern es sofort melden müssen.
Das meiste Kopfzerbrechen bereiteten den Japanern allerdings Xiaohe und Ruifeng. Ihre Nachforschungen hatten ergeben, daß beide zweifelsfrei hundertprozentig treu ergebene Gefolgsleute waren. Sie beorderten extra von Tianjin zwei anerkannte »Chinaspezialisten«, um die beiden Raritäten zu begutachten. Das Ergebnis lautete für Xiaohe in allen Sparten wie Aussehen, Verhalten und Benehmen, Vorlieben, Neigungen, Psyche achtundneunzig Punkte, für Ruifeng leicht abweichend zweiundneunzig. Nach Meinung der Experten waren Leute, die auf achtzig Punkte kamen, bereits erstklassige Gefolgsleute, Xiaohe und Ruifeng gehörten also zur Extraklasse!
Die Japaner waren autoritätsgläubig. Nach dem Bericht der Experten hätten sie beide einsetzen müssen. Aber sie hegten noch immer Zweifel und stellten weitere Nachforschungen an. Dreimal täglich verhörten sie sie, nach jedem Verhör fanden sie sie sympathischer, aber eben auch undurchschaubarer.

Xiaohes Verbeugungen, seine Sprache (er kopierte Tonfall und Wortschatz der Japaner, wenn sie Chinesisch sprachen) und bestimmte Posen versetzten die Japaner in Erstaunen. Sie hatten Peking erst drei, vier Jahre besetzt, wie konnte sich da eine Persönlichkeit entwickeln, in der das Chinesische so eng mit dem Japanischen verschmolz? Sie fragten ihn: »Irritiert Sie der Tod von Rotkürbis im Gefängnis nicht?« Seine selbstverständliche, naive Antwort verblüffte die Japaner. Er machte eine tiefe Verbeugung: »Wenn Sie mir einen Posten geben, macht es mir auch nichts aus, wenn Sie die Gebeine von Rotkürbis ausgraben und auspeitschen. Wenn ich einen Posten habe, kann ich mir eine neue schöne, junge Frau suchen! Geben Sie mir keinen Posten, kann ich es nicht ändern, dann bleibt mir nur die Erinnerung an Rotkürbis!«

»An was für einen Posten denken Sie denn?« fragten sie ihn.

»Je höher, desto besser, ganz gleich was für einer!«

Sie blickten sich an und waren ratlos. Kollaborateure mochten sie, verachteten sie aber auch, bei ihm wußten sie nicht, ob sie ihn mögen oder verachten sollten. Er schien ein Übermensch zu sein, mit dem die Japaner nichts anzufangen wußten. Sie fragten auch Ruifeng, was er gern tun wollte.

»Ich?« Ruifeng rieb sich das Gesicht, »ich wäre gern Spion!«

»Warum?«

»Um viel Geld zu machen!«

In der Tat waren Ruifengs Worte und Haltung bei weitem nicht so ausgefeilt und würdevoll wie Xiaohes. Aber seine Naivität und Offenheit rührte die Japaner. Um ehrlich zu sein, wer von ihnen war nicht des Geldes wegen in China einmarschiert? Sie konnten die Hand nicht mehr gegen Ruifeng erheben. Er war auch so ein Übermensch! Um ihn auf die Probe zu stellen, erklärten sie ihm, er könne Spion werden. Er holte mehrmals Luft, ehe er herausbrachte: »Das ist ja wunderbar!«

Zurück in der Zelle wurde er vor Freude fast wahnsinnig. Jedem, der Essen brachte oder auch nur vorbeiging, gab er freudestrahlend kund: »Habt ihr so etwas schon gesehen? Ich bin hier reingekommen und habe nur zwei Ohrfeigen abgekriegt, und eins, zwei, drei wie Zauberei werde ich nun Spion! Habe ich ein Glück! Wartet's nur ab, ich gehe hier raus mit einer Pistole am Gürtel, die Taschen voller Scheine!«

Die Japaner konnten nur staunen und abwarten. Sie wußten einfach nicht, wie sie ihn behandeln sollten. Foltern konnten sie ihn nicht mehr, das verstieße gegen den Bericht der Experten. Aber als Spion konnten sie ihn auch nicht einsetzen, sein Mund glich einem Rundfunksender. Hielten sie ihn weiter fest, kostete es sie nur etwas Verpflegung, aber freilassen wollten sie ihn auch nicht.

Auf diese Weise verbrachten Xiaohe und Ruifeng ihr sinnloses Leben ruhig im Gefängnis. Sturzbäche und Springfluten können Dämme sprengen, Dörfer vernichten, Tiere ertränken und Bäume entwurzeln, aber dem Abschaum können sie nichts anhaben.

73

Als Rotkürbis verhaftet wurde, hatte der große Krieg in Europa bereits begonnen. Die Pekinger Zeitungen waren ziemlich ratlos, man wußte nicht recht, wie das Blut-und-Ehre-Gemetzel des Westens darzustellen sei. Angesichts der Unbesiegbarkeit der deutschen Wehrmacht gerieten die Japaner mitsamt ihrer Kollaborateure in einen Freudentaumel und hätten gern mit den größten Lettern für den Krieg Propaganda gemacht. Aber gerade die Blitzangriffe und -siege beschämten die Japaner, weil sie nicht in der Lage waren, China im Sturm zu vernichten. So rührten sie zwar die Trommel für Deutschland, durften aber die Fahnen nicht zu heftig schwenken, um die eigene Autorität nicht zu beeinträchtigen.

Die Durchschnittspekinger interessierten sich jedoch nicht allzusehr für diese Dinge. Sie waren an Gerüchte gewöhnt und glaubten der Marionettenpresse ohnehin nicht mehr so einfach. Andernfalls wären sie in Hoffnungslosigkeit versunken. Wenn Deutschland Europa unterwarf und Japan Asien, wären sie auf ewig zum Sklavendasein verdammt. Um sich ein wenig Hoffnung zu bewahren, betrachteten sie diese Meldungen als Gerüchte, glaubten einfach nicht, daß Deutschland Europa unterwerfen und Japan China vernichten könnte.

Zudem erlaubte ihnen ihre augenblickliche Situation überhaupt nicht, sich aufs hohe Roß zu setzen und die Weltlage zu erörtern. Sie mußten überleben. Doch sie hatten weder Kohle noch Getreide. Das Knurren ihres Magens und das Weinen ihrer Kinder war wichtiger als alles andere, dafür mußte eine Lösung gefunden werden. Denn Hunger und Kälte folgte der Tod auf dem Fuße.

Deutsche Truppen in Warschau einmarschiert, deutsche Wehrmacht besetzt Dänemark, britische und französische Truppen geschlagen, so lauteten die Nachrichten. Überall herrschte der kriegerische Wahnsinn, doch die Pekinger interessierte bloß, wie der Weizen stand, und sie hofften auf eine gute Ernte, um wieder Nudeln essen zu können.

Als der Weizen in Nordchina geerntet wurde, bekamen die Pekinger weder Weizen noch sonst irgendwelche anderen Nahrungsmittel zu Gesicht. Durch einen Befehl der Japaner wurden alle Pekinger Mehlmühlen und alle Reismühlen geschlossen, ebenso alle Getreidehandlungen. Vorratsgetreide mußte abgeliefert werden, die Ausgabe des neuen Getreides würde per Befehl angekündigt.

Peking wurde eine Stadt ohne Lebensmittel. In Tianjin, Shijiazhuang und Baoding dagegen legte man riesige Getreidespeicher an, um langfristig für den Krieg gerüstet zu sein.

In der Schafhürdengasse wußte selbst der einfallsreiche Vierte Herr Li keinen Rat mehr. In den vielen Jahrzehnten der Not hatte er, ob der Kaiser durch einen Präsidenten abgelöst oder Peking von Ausländern oder Bürgerkriegsgeneralen besetzt worden war, immer noch durch irgendein Schlupfloch Getreide auftreiben können. Und zwar nicht nur für sich, nach Möglichkeit hatte er auch anderen geholfen. Heute hingegen waren ihm die Hände gebunden. Er hatte es mit eigenen Augen gesehen: Die Mühlen waren stillgelegt, die Getreideläden bis aufs letzte Körnchen leer, die Öfen der Fladenröster erkaltet, die Hundun- und Nudelherstellung eingestellt. Gewöhnlich hatte er den Nachbarn die schlechten Nachrichten überbracht, nicht um sie zu beunruhigen, sondern um sie darauf vorzubereiten. Heute ging er mit hängendem Kopf nach Hause, ohne die Nachbarn zu warnen. Er sah das Unheil voraus, konnte aber nicht helfen.

Der alte Herr Qi war böse geworden. Als er erfuhr, daß es kein Getreide mehr gab, überprüfte er das Reisfaß und den

Mehltopf persönlich und erwartete, Vorräte für drei Monate vorzufinden – seine übliche Methode, Gefahren und Katastrophen vorzubeugen. Aber er mußte feststellen, daß die Vorräte höchstens noch für zehn oder zwölf Tage reichten. Er tobte und tadelte Yunmei, weil sie seine alte Regel nicht befolgt hatte.

Yunmei hätte sich verteidigen können. Getreide war von Tag zu Tag teurer geworden und immer schwerer aufzutreiben, sie hatte nicht genügend Geld und schaffte es nicht, einen Vorrat anzulegen. Aber sie mochte nicht mit dem Großvater streiten, als kluge Frau alter Schule wusch man sich nicht rein, um den Zorn der Älteren nicht noch zu mehren.

Tianyous Frau wußte Bescheid. Sie sah, daß er Yunmei zu Unrecht beschuldigte. Aber auch sie sagte kein Wort. Sie dachte lediglich an den grausamen Tod ihres Mannes und machte sich Vorwürfe: »Ich tauge zu nichts mehr, warum sterbe ich nicht, dann gäbe es einen Esser weniger!«

Selbst Xiao Shun und Niuzi schienen das nahende Unheil zu spüren. Sie folgten dem Urgroßvater zum Reisfaß und zum Mehltopf, rannten dann unter die Schnurbäume und flüsterten: »Es ist kein Getreide mehr da, es ist kein Getreide mehr da!«

Da Sun-Sieben seine Dienste auch in Getreideläden anbot, kam er an mehr Informationen und geriet erst recht in Panik. Die Läden durften in Zukunft nicht mehr frei verkaufen, sondern nur noch mahlen, was ihnen die Japaner zuteilten. Anschließend sollten sie es dann zu festen Preisen und Terminen gegen Marken an die Haushalte abgeben. Damit waren sie keine Geschäfte mehr, sondern Getreideverteiler im Auftrage der Japaner. Da sie kaum noch etwas zu tun hatten, mußten sie Leute entlassen, von zehn blieben ein oder zwei übrig. Das waren schlechte Nachrichten für Sun-Sieben. Die anderen Geschäfte hatten schon lange ihre Angestellten entlassen, nun kamen auch noch die Getreidehandlungen dazu. Wovon sollte er denn leben?

Zu Hause hätte er gern Cheng Changshun sein Leid geklagt und mal so richtig auf die Japaner geschimpft. Aber laut durfte er nicht werden, gegenüber wohnten zwei japanische Familien. Er blinkerte und dämpfte seine Stimme, damit Changshun immerhin Anteil nehmen konnte.

Changshun aber war inzwischen verheiratet und würde demnächst Vater, er war nicht mehr so aufbrausend, neugierig und redelustig. Sicher, er haßte die Japaner immer noch, aber nicht mehr so wie früher, als er bei jeder Erwähnung mit den Zähnen knirschte und am liebsten aus Peking geflüchtet und Soldat geworden wäre. Jetzt schien für ihn der Unterhalt von Großmutter und Frau an die erste Stelle gerückt zu sein. Aber manchmal mußte er sich ziemlich anstrengen, um die Japaner zu vergessen und im Alltag ein bißchen Freude zu empfinden.

Während er die Uniformen aus Lumpen und Papier fabriziert hatte, war ihm einiges von den Regeln des »kleinen Marktes« klargeworden, weshalb er das von John Ding an ihn ausgezahlte Geld zur Anschaffung einer tragbaren Ausrüstung nutzte, um sich als »Trommler«, als Altwarenhändler zu versuchen.

Das war kein leichtes Geschäft. Man brauchte dazu sehr gute Augen, um sofort den Wert und die Absatzmöglichkeit eines Gegenstandes zu erkennen. Wer diese Augen hatte, konnte »Renner« erwerben – eventuell eine wertvolle Buchausgabe zum Altpapierpreis oder vielleicht ein antikes Kupfergefäß zum Schrottwert. Wer aber diese Augen nicht hatte, konnte nur das übliche Zeug ankaufen und keine wirklichen Geschäfte machen. Auch mußte man vorsichtig sein. Wer aus Gewinnsucht Diebesgut kaufte, konnte im Handumdrehen vor den Richter kommen. Polizisten und Spione waren darauf spezialisiert, Diebesgut beim Altwarenhandel ausfindig zu machen. Das Gesetz schützte die Händler in keiner Weise, fand man den Dieb nicht, hielt man sich an den »Trommler«. Das war früher so gewesen und unter den Japanern schlimmer geworden. Außerdem mußte man skrupellos sein. Die »Trommler« lebten wie die Geldverleiher von den Armen. Je dringender die Verkäufer Geld brauchten, desto mehr drückten die Trommler den Preis. So niedrig wie möglich einkaufen, so teuer wie möglich verkaufen, daran mußte sich jeder »Trommler« halten. Wer nicht hart war, sollte die Finger von diesem Geschäft lassen. Schließlich mußte man auch hart gegen sich selbst sein. Jeden Morgen hieß es früh aufstehen und zum Markt laufen. Dann mußten mit der Tragestange die Gassen abgeklappert und mit der Trommel die armen Leute an-

gelockt werden. Es kam vor, daß man viele Gassen ablief und nur ein einziges Geschäft oder überhaupt keines machte. Wer aber nicht ständig unterwegs war, kam an gar nichts. Bei diesem Geschäft war es völlig unmöglich, sich auf die faule Haut zu legen.
Die Entscheidung für diesen Handel hatten Großmutter und Enkel lange hin und her gewälzt. Changshun wußte, daß er keinen besonders scharfen Blick hatte. Er kannte nur Lumpen und Altpapier, aber hier war alles gefragt. Außerdem war er nicht skrupellos. Das Prinzip, »nur wer den Armen an die Gurgel geht, überlebt«, galt nicht für ihn, er war selbst arm. Auch wurde ihm allmählich klar, daß man Erfahrungen nicht an einem Tag sammelt, und solange er nicht anfinge, könnte er auch nichts lernen.
In einem war er sich sicher: Er scheute keinerlei Mühe. Seine früheren Tätigkeiten, Abspielen des Grammophons auf der Straße, Aufkauf von Lumpen und Altpapier auf dem Frühmarkt, waren stets mit viel Herumlaufen verbunden. Dazu war er weiterhin bereit. Zwar war es anstrengend, aber man hatte seine Freiheit und war immer unterwegs. Die Beine gehörten ihm, er lief wohin, wann und wie lange er wollte. Das war wohl der größte und verlockendste Vorteil bei diesem Geschäft.
Daß er nicht skrupellos war, fand er nicht so schlimm. Er wollte einen gerechten Handel betreiben. Wer gerecht war, konnte mehr Geschäfte machen, also würde er auch etwas verdienen.
Am meisten ängstigte die Großmutter die Vorstellung, er könnte Diebesgut kaufen und vor Gericht kommen. Changshun schwor, keine riskanten Geschäfte zu machen und äußerst vorsichtig zu sein, er würde Aussehen, Alter und Ort der Käufer genau in Augenschein nehmen und notieren, um notfalls einen Anhaltspunkt zu haben und auch dann nicht angeklagt zu werden, falls er trotz allem einmal auf Diebesgut hereinfiel.
Er besorgte sich ein Tragegestell und eine Trommel.
Anfangs kaufte er nur alte Zeitungen, Flaschen und dergleichen auf. Da diese Waren feste Preise hatten, konnte er kaum etwas einbüßen und beim Verkauf nicht viel, doch immerhin

etwas verdienen. Es war schwere Arbeit, dieses alte, schwere Zeug zu schleppen, aber er konnte sich nicht schonen, er hatte eine Familie und mußte seine Frau ernähren.

Xiao Cuis Frau, neuerdings Xiao Chengs Frau, war unter Anleitung der alten Frau Ma noch sauberer und anstelliger geworden. Sie hätte nicht sagen können, ob sie Changshun mochte oder nicht, aber sie strengte sich an, alles ordentlich zu erledigen und das Wohlwollen von Großmutter Ma zu erringen. Jetzt hatte sie Nahrung und Kleider und ein Dach über dem Kopf. Hätte sie nicht wieder geheiratet, wäre sie zur Bettlerin oder Hure abgesunken. Natürlich hatte sie Schmerz und Scham dieser Verheiratung nicht verwunden, zumal sie tagtäglich Frau Ma vor Augen hatte, die eisern wie einen Schatz ihr Witwentum hütete. Ausweglosigkeit jedoch konnte alles entschuldigen, was hätte sie denn tun sollen? Sie hatte auch Xiao Cui nicht vergessen, an seinem Geburts- und Todestag und ihrem Hochzeitstag vergoß sie heimlich ein paar Tränen. Das Wort »Japaner« konnte sie nicht hören, ohne in Tränen der Wut auszubrechen.

Cheng Changshun bemerkte das zwar, beschloß aber zu schweigen. Wenn er sich anstrengte und mehr Geld verdiente, damit sie sich besser ernähren und kleiden konnte, würde sie Xiao Cui schon nach und nach vergessen. Auch wagte er nicht, in ihrem Beisein über die Japaner zu sprechen – nicht einmal das Wort erwähnte er.

Vom Ankauf alter Zeitungen und Flaschen ging er mit der Zeit über zu alten Kleidern und Schuhen. Andere kauften zu äußerst niedrigen Preisen auch Sofas und schöne alte Tische und Stühle auf. Auch wenn es ihm angeboten wurde, schlug er das aus, denn er wußte, daß heute nützliche Dinge mehr gefragt waren als Sofas und Möbel.

Was er wußte, wußten auch andere. Seit er unter die »Trommelnden« gegangen war, hatte sich diese Branche unversehens verdoppelt. Peking verarmte immer mehr, die Leute verstanden es immer besser, Dinge zu verkaufen und einzukaufen – Gutes zu verkaufen, weniger Gutes zu kaufen; weniger Gutes zu verkaufen und Schlechteres zu kaufen; das Schlechtere zu verkaufen und ganz Schlechtes zu kaufen. Je mehr Leute in der Branche arbeiteten, desto größer wurde die Konkurrenz.

Was er kaufen wollte, nahmen andere auch. Also mußte er mehr bezahlen und verdiente weniger. Er ließ sich etwas einfallen, bat Großmutter und Frau, ihm zu helfen, das Angekaufte zu waschen und auszubessern. Sie konnten Altes zwar nicht neu machen, polierten es aber ein wenig auf, so daß es ein paar Kupferlinge mehr einbrachte. So hatten auch die beiden Frauen eine Beschäftigung.

Außer alter Kleidung, Schuhen und Hüten waren Kupfer, Eisen, Blei und Zinn am wertvollsten. Die Japaner verlangten nicht nur von den Pekingern die monatliche »Metallabgabe«, sie kauften auch überall Metall auf. Hätte er die Gelegenheit gehabt, welches zu bekommen, hätte er es problemlos wieder weiterverkaufen können. Aber Changshun wollte kein Metall, wollte den Japanern keine Rohstoffe für ihre Munition liefern.

Seit er diesen Handel betrieb, konnte er die Augen vor allem verschließen, brauchte sich um nichts anderes mehr zu kümmern als nur noch darum, die kleine Familie vor dem Verhungern und Erfrieren zu bewahren. Doch durch sein tägliches Auf und Ab über Straßen und Gassen hatte er die Finger unwillkürlich am Puls der Stadt. Ihm war klar, daß alte Kleider soviel wert waren, weil die Japaner die Baumwolle zurückhielten, und daß ein altes Blech seinen Preis hatte, weil sie jedes Klümpchen Eisen einsammelten. Auch sah er, daß die Pekinger Mittelschicht sich nicht mehr in der »Mitte« halten konnte, da sie ihre Sachen bereits verkaufen mußte; und daß die armen Leute so weit abgesunken waren, daß sie nichts mehr zu essen und anzuziehen hatten. Manchmal nahm er ein Mädchenhemd oder Kittelchen an, das gerade eben noch getragen worden war, es war ganz warm. Mit zusammengebissenen Zähnen feilschte er um den Preis, aber ihm war eher zum Heulen zumute. Unwillkürlich bezahlte er ein wenig mehr und vergaß sein Geschäft. Hatte er so ein Stück erworben oder auch nicht, nahm er seine Trage und lief weit, weit weg. Er dachte nicht mehr daran, seine Trommel zu schlagen. In solchen Momenten wußte er, daß Peking am Ende war!

Einem alten Mann hatte er eine Langstielpfeife aus Ebenholz mit Messingmundstück abgekauft, die er lange nicht verkaufen konnte und schließlich für sich selbst behielt. Er war

ehrgeizig und bescheiden, doch ab und zu mußte er sich eine Pfeife gönnen. War ihm unterwegs etwas Trauriges begegnet, suchte er sich ein schattiges, stilles Plätzchen, stellte die Trage ab, stopfte sich eine Pfeife und rauchte still vor sich hin. Wenn er dem blauen Dunst nachblickte, wurde er ruhiger.
Zu Hause, wenn er nicht gerade Großmutter und Frau beim Waschen und Flicken half, saß er auf den Stufen, rauchte und beobachtete die beiden aus den Augenwinkeln. Oft schon hatte er sein altes Grammophon und die uralten Schallplatten hervorgeholt, sie aber doch nicht verkauft, obwohl er sie nicht mehr abspielte. Wenn ihm manchmal nach einem guten Geschäft plötzlich eine Melodie auf die Lippen kam und er sich summen hörte, preßte er den Mund schnell zusammen. Er liebte die Arien sehr, aber sie erinnerten ihn sogleich an das Ehepaar Wen. Er aber wollte nur noch an sein Geschäft denken, doch die Japaner folgten ihm wie Gespenster auf Schritt und Tritt!
Sun-Siebens Geschwätzigkeit konnte ihn nicht mehr erheitern. Wenn der endlos redete, saß er stumm mit eingezogenem Hals dabei und rauchte seine Pfeife. Und wenn der ihn schließlich ungeduldig bedrängte, näselte er nur brummend: »Wer weiß!«
Heute hatte er so wieder auf Sun-Siebens besorgte Frage geantwortet, was denn ohne Getreide werden solle. Fast schon wütend erklärte Sun-Sieben: »Du bist ja ein richtiger Greis geworden!« Changshun hatte keine Lust zu streiten, er klopfte die Pfeife an der Schwelle aus und ging hinein.
Seit er dieses Gewerbe betrieb, ging er auch nicht mehr zu Ruixuan. Begegnete er ihm zufällig, murmelte er verlegen etwas und lief schnell weiter. Ruixuan erinnerte ihn an den, der er vor zwei, drei Jahren gewesen war. Damals hatte er Mut und Elan. Auch wenn er nichts Besonderes geleistet hatte, war das Leben lebenswerter gewesen. Er wich Ruixuan aus.
Seit dem Tod des Vaters hatte Ruixuan eine von den Japanern geplante Hungersnot für Peking befürchtet. Hatten die jetzt schon Baumwolle und viele andere Waren fest im Griff, würden sie auch das Getreide nicht unkontrolliert lassen. Trotz dieser Voraussicht war er in keiner Weise vorbereitet, weil er kein Geld hatte, um Vorräte anzulegen, und weil er, wie die

meisten Intellektuellen, zwar viele Bedenken, aber kaum praktische Vorschläge zu unterbreiten hatte.
Wegen der Rangeleien der Japaner mit den Engländern in Tianjin und des Kriegsausbruchs in Europa hielt er es auch für möglich, daß die Japaner die Militärstützpunkte der Briten im Osten angreifen könnten. Sollte das der Fall sein, müßten die Japaner mit allen Mitteln Material und Getreide zusammenraffen, um den Krieg ausweiten zu können. Mehrere Male hatte er versucht, mit Mr. Goodrich darüber zu reden, aber der alte Fuchs wich ihm stets aus. Er wußte, was Ruixuan auch wußte, wollte aber weiterhin glauben, die Japaner würden nicht wagen, das Britische Empire zu provozieren. Er, der so gern stritt, war jetzt schweigsam und verschlossen, machte sich Sorgen um die Chinesen und die Briten. Aber letztlich war Großbritannien eben Großbritannien und konnte nicht mit China gleichgesetzt werden.
Da Mr. Goodrich nicht sprechen wollte, versuchte Ruixuan, sich in seine Arbeit zu vergraben und darüber seine Sorgen zu vergessen. Aber er konnte sich nicht konzentrieren. Wenn der Krieg in Europa die Welt in zwei große Lager spaltete, könnte China auf Unterstützung und vielleicht einen Sieg hoffen. Dann wieder dachte er an den Großvater, die Mutter und die Kinder, die vielleicht verhungern müßten. Diese Wechselbäder der Gefühle machten ihm schwer zu schaffen.
So wie Changshun ihm auswich, wich auch er Changshun aus. Er fand sich keinen Deut besser. Sie waren beide vergreist, zwar nicht körperlich, aber im Herzen, die Blüte der Jugend war dahin.
Xiao Shun hätte bereits in die Schule gehen können. Ruixuan entschied sich, ihn nicht einschulen zu lassen – sein Sohn sollte keine Sklavenerziehung erhalten. Tianyous Frau und Yunmei waren dagegen, aber Ruixuan blieb hart, als sei das seine letzte Bastion gegen Japan. Aber bald lachte er sich selbst aus: »Mit einem Kind willst du die Invasion aufhalten? Die Schmach einer ganzen Familie reinwaschen?« Trotzdem änderte er seine Meinung nicht. Sobald er etwas Zeit hatte, unterwies er Xiao Shun im Zeichenschreiben und Rechnen. Daneben erläuterte er ihm ausführlich die Geschichte und Kultur Chinas. Er ging dabei nicht sehr pädagogisch vor, aber es bereitete ihm Freude.

Darüber vergaß er einen Moment die Gefahr und ließ ein leuchtendes China mit blühenden Hainen und Lotusteichen, uralten Bronzen und Tonkrügen, Tang-Gedichten und Jin-Kalligraphien auferstehen. In diesen Momenten sah er für den Sohn eine hoffnungsvolle, lichte Zukunft!
Um Petroleum zu sparen, erledigte Yunmei möglichst alle Arbeiten bei Tage und ging früh schlafen. Wurde die Lampe angezündet, war der Docht stets heruntergedreht. Aber wenn er den Sohn unterrichtete, drehte Ruixuan den Docht hoch. Er konnte nicht die Bildung des Sohnes vernachlässigen, nur um Öl zu sparen! Das spärliche Licht im Zimmer schien das einzige in der toten Stadt zu sein, ein Leuchtturm im Sturm!
War es kalt, nahm er Shunchens Hände in seine Ärmel und erzählte ihm aus der Geschichte und Gegenwart. Dabei nickte der Kleine oft ein. Dann legte er ihn aufs Bett. War es heiß, saßen Vater und Sohn im Hof beieinander und lernten fleißig. Manchmal kam die kleine Niuzi schreiend hinzu und wollte mithören. Wenn Xiao Shun protestierte, »Niuniu, das verstehst du nicht!«, winkte Ruixuan gelassen ab: »Laß sie nur zuhören, mit der Zeit versteht sie es schon!«
In den vergangenen Tagen war Ruixuan dabei plötzlich wieder die drohende Hungersnot eingefallen, ein Schauer überlief ihn. Er sah einen ausgemergelten Sohn vor sich, der zwar Shunchen noch ähnlich sah, aber nur noch aus Haut und Knochen bestand. Er konnte nicht mehr weitersprechen. »Xiao Shun, geh schlafen!« Das bißchen Bildung konnte den Kleinen nicht retten. Und er haßte sich noch mehr für seine eigene Unfähigkeit. Um so mehr liebte er den kleinen Sohn. Er war seine Hoffnung, er würde eines Tages leisten, was er selbst nicht zustande gebracht hatte. Xiao Shun durfte nicht verhungern!
Wer aber konnte das in einer Stadt ohne Lebensmittel garantieren?

74

Für den Vierten Herrn Li liefen die Geschäfte nach wie vor ganz gut. Peking war arm und ohne Getreide, aber es zählte immer mehr Einwohner. Zwar wurden in den Läden ständig

Leute entlassen, aber aus den Dörfern ringsum strömten die Menschen scharenweise wie zum Markt in die tote Stadt, weil sie Haus und Hof verloren hatten, ihre Dörfer niedergebrannt worden waren oder weil sie dem Gemetzel entfliehen wollten. Das Wort Peking allein schien ihnen Sicherheit zu verheißen. In neun von zehn Läden der großen Straßen war nur noch ein einziger Angestellter übriggeblieben, aber in den Gassen quoll jeder Hof über vor Menschen. Für die Lebenden erledigte der Vierte Li den Umzug, die Toten trug er zu Grabe, so hatte er fast jeden Tag alle Hände voll zu tun.
Trotzdem war der alte Mann nicht froh. Er konnte es nicht fassen, weshalb die Menschen so danach drängten, in dieser toten Stadt zu leiden. Hier wuchs doch nichts! Wenn er jedoch einen Sarg vor die Stadt brachte und von ferne Kanonendonner vernahm, verstand er, warum es die Menschen hierher zog – ringsum herrschte Krieg. Vor den Kugeln können sie zwar in die Stadt flüchten, aber dem Hunger und der Kälte entgehen sie nicht! Am liebsten hätte er sich ans Stadttor gestellt und gerufen: »Freunde, geht nicht in die Stadt, dort werdet ihr sterben!« Doch er unterließ es, am Tor standen japanische Soldaten.
»Hm«, mutmaßte er für sich, »alle haben sie Angst zu sterben. Deshalb fliehen die in der Stadt nicht, und von draußen kommen sie aus dem gleichen Grund herein. Und du, Vierter Li, du traust dich nicht, am Tor zu rufen, weil du die gleiche Angst hast!« Er verachtete die anderen, aber auch sich selbst.
Mehr noch beunruhigte ihn, daß draußen vor der Stadt überall nur Süßkartoffeln angebaut wurden. Kein Mais, kein Gaoliang, kein Korn, wohin man auch blickte, nur niedrige Batatenstauden. Man erklärte ihm, daß in allen japanisch besetzten Gebieten im Umkreis der Eisenbahnlinien und Landstraßen zwanzig Li weit nur Bataten angebaut werden durften, keine dichten hohen Gewächse. Die Japaner fürchteten Partisanen. Bataten krochen nur dicht am Boden lang, also sollten die Chinesen auch am Boden kriechen.
Von diesen endlosen grünen, eintönigen Stauden wurde ihm schwindlig. War er in den vergangenen Jahren hinausgekommen, hatte er stets mit Freuden die verschiedenen Saaten

betrachtet. Der hochgewachsene Gaoliang, der Mais, die niedrigere Hirse, die dunkelgrünen Bohnen verströmten einen verheißungsvollen Duft – da wuchs Nahrung für ihn und alle anderen heran. Wenn er nach einem starken Regen über einen Feldweg ging und zu beiden Seiten fette grüne Halme prangten, nahm er nicht nur den frischen Duft wahr, er hörte förmlich, wie sich Mais und Gaoliang fröhlich in die Höhe reckten und streckten. Das machte ihn froh, er fühlte sich um Jahre jünger.

Jetzt lief er mit halbgeschlossenen Augen durch die Gegend. Die Batatenstauden dufteten nicht, hatten keine roten Ränder, keine von weiß über gelb in rot übergehenden Ähren, sie krochen eine wie die andere am Boden lang, daß es einem vor den Augen flimmerte.

Beim Anblick der häßlichen Ranken fielen ihm auch gleich die Nachteile der Süßkartoffeln ein: aß man nicht genug, war man schnell wieder hungrig, aß man viel, stieß es einem sauer auf. Er war jetzt über siebzig, diese Dinger konnten ihn weder satt noch zufrieden machen.

Neben diesen alltäglichen Sorgen hatte er aber noch ernstere. Seit er stellvertretender Obmann war und mit Wachtmeister Bai in jedem Haushalt Metall einsammeln mußte, hatte sein guter Ruf arg gelitten. Alle wußten, daß er ein anständiger Kerl war. Aber eine seltsame Logik bewirkte, daß sich die Leute an ihm schadlos hielten, weil sie sich nicht trauten, gegen die Japaner aufzumucken, ihren Ärger jedoch loswerden wollten.

Es kam noch schlimmer, jetzt mußte er von Haushalt zu Haushalt gehen und verkünden: »Werft nach dem Teetrinken die Teeblätter nicht weg, jeden Monat muß eine bestimmte Menge gebrühter Teeblätter abgegeben werden!«

»Wozu denn das?« fragte man ihn.

»Wenn ich das wüßte!« gab der alte Mann wütend zurück.

»Eh«, wiegelte Wachtmeister Bai ab, »ich habe gehört, die mischen die alten Teeblätter unter ihr Pferdefutter, das soll gegen Entzündungen gut sein! Es wird auch erzählt, daß die Öl daraus pressen, aber ich weiß das auch nicht so genau!«

»Wir können uns keinen Tee mehr leisten, wir haben keine Teeblätter!« erklärten einige.

»Da müßt ihr euch etwas einfallen lassen und euch welche besorgen!« Wachtmeister Bais Lächeln gefror.
Nach ein paar Tagen sollte er wieder verkünden: »Das Silberpapier aus der Zigarettenverpackung ist abzugeben!« Da wurde der alte Mann böse und erklärte dem Wachtmeister ärgerlich: »Ich gehe nicht noch mal, habe keine Zeit, soviel herumzulaufen und mich dazu noch beschimpfen zu lassen! Erlassen Sie mir das, ich mache den elenden Obmann nicht mehr!«
Aber Wachtmeister Bai war nicht zu erweichen: »Guter Mann, jeder, der den Obmann macht, wird beschimpft. Sie sind der einzige, der das aushält! Tun Sie mir den Gefallen noch einmal und lassen Sie die Leute richtig auf mich schimpfen, einverstanden?«
Wachtmeister Bai hatte keine andere Wahl. Guan Xiaohe war im Gefängnis, er mußte den Vierten Li zum Obmann befördern und Sun-Sieben zum Stellvertreter erklären. Demnächst sollte er mit dem Stellvertreter wegen der Ausgabe von Getreidemarken alle Anmeldungen überprüfen.
Der Vierte Li mochte den Posten nicht übernehmen, aber als er hörte, es sollten Getreidemarken verteilt werden, beruhigte er sich ein wenig. Er sagte sich: »Na gut, Hauptsache, es gibt Marken, egal für welches Getreide, dann braucht keiner zu hungern!« Nach und nach sprach er diesen Gedanken auch aus, um die anderen zu beruhigen. Das hörten sie natürlich gern und trösteten sich: »Der Vierte Herr Li hat recht, Hauptsache, es gibt Lebensmittel, egal welche, und wir brauchen wenigstens nicht zu verhungern!«
Erst nachdem alle Haushalte überprüft waren, wurde bekanntgegeben, daß Erwachsene über sechzig und Kinder unter sechs kein Anrecht auf Getreidemarken hatten!
Das war für keinen Chinesen annehmbar. Keine Nahrungsmittel für alte Leute und Kinder? Das stellte die gesamte chinesische Tradition auf den Kopf! Die größte Verantwortung der Chinesen bestand in der Sorge für die Alten und der Obhut für die Kinder! Wenn die Japaner jetzt Alte und Kinder verhungern lassen wollten, wozu lebten dann die anderen überhaupt noch? Die Bewohner der Schafhürdengasse hielten das einhellig für eine absolut verrückte »Revolution«, die sie

zu unbarmherzigen, pietätlosen Barbaren machen sollte. Aber was konnten sie dagegen tun?
Sun-Sieben war gerade erst zum stellvertretenden Obmann ernannt worden, entschloß sich jedoch, seine Abneigung gegen die Japaner zu zeigen. Er war für Rebellion. »Verdammt, wo bleibt unsere Pietät, wenn die Alten nichts zu essen kriegen? Und wenn die Kinder nichts bekommen, sind wir zum Aussterben verdammt! Das ist eine verbrecherische Idee, kein Mensch kann so hart sein! Verdammt noch mal, in den Speichern, in den Häusern der Verräter gibt's Getreide genug, holen wir es uns! Wen kümmert es in solchen Zeiten noch, daß so etwas nicht anständig ist!«
Das war entschieden, hart und konsequent vorgebracht und leuchtete allen ein, so daß sie rote Wangen und glänzende Augen bekamen. Aber gleich darauf sahen sie Maschinengewehre vor ihrem geistigen Auge. Alle schluckten, keiner ballte die Faust und rief: »Holen wir es uns!« Sie waren Chinesen, Pekinger Chinesen, für sie war ein langsames Verhungern besser als Rebellieren, besser als geköpft zu werden, dabei bliebe wenigstens die Leiche unversehrt!
Sie brauchten in ihren Überlegungen nur einen Schritt nachgeben: »Bekommen Alte und Kinder kein Getreide, müssen wir eben alles gleichmäßig aufteilen, keiner wird satt, aber es wird auch keiner sofort verhungern, es wird schon irgendwie gehen!« Dieses »Aufteilen«, so fanden alle, war weitaus annehmbarer als Sun-Siebens Vorschlag.
Als sie gerade noch darüber diskutierten, erhielten sie ein Flugblatt: »Entscheidet euch augenblicklich, Landsleute, ob ihr verhungern oder kämpfen wollt! Ein Ausweg ist nur mit unserem Blut zu finden! Entweder unter Lebensgefahr stürmen oder auf den langsamen Hungertod warten!«
Die meisten vermuteten, daß ihr alter Nachbar Qian Moyin ihnen das geschickt hatte. Sie schlossen sich einhellig seiner Meinung an und lebten auf. Doch bald gewann ihre »Vernunft« wieder die Oberhand. Diese »Vernunft« war, ganz wie die Pekinger Stadtmauer, völlig nutzlos, gab ihnen aber ein Gefühl der Sicherheit.
Da Mut zum Widerstand weder von Sun-Sieben noch von Herrn Qian entfacht werden konnte, mußten die Menschen

anderswo einen Weg finden, ihrem Ärger Luft zu machen. Sie entdeckten auf einmal, daß der Vierte Li sie absichtlich betrogen habe: »Er hat gesagt, es gibt Getreide, hat aber nicht erwähnt, daß Alte und Kinder nichts kriegen! Als Obmann wird er seinen Anteil bekommen, egal ob er sechzig oder siebzig ist. Die Zeiten haben sich geändert, jetzt hintergeht uns auch einer wie der Vierte Li!«

Diese Attacken aus dem Hinterhalt änderten zwar nichts an der Lage, aber das Meckern erleichterte ein wenig. Alles Übel ging nun vom Vierten Li aus, und ihn anzugreifen, tat gut.

Der alte Herr Qi suchte ihn persönlich auf.

Der alte Herr, der älteste unter den Bewohnern der Gasse, das Sinnbild ihrer Lebenskraft, der Inbegriff von Wohlergehen und hohem Alter, war nun ein betagter Bettler, dem das Recht auf Getreide verwehrt wurde, ein Hungergespenst! Das konnte er nicht akzeptieren! »Ich will Ihnen mal was sagen, Vierter Li!« Der alte Mann wagte nicht, dem langjährigen Freund direkt ins Gesicht zu schauen, da wäre der Zorn mit ihm durchgegangen. »Was soll das heißen? Wieso bekomme ich nichts?«

»Älterer Bruder, das ist doch nicht meine Idee!«

Schon diese Anrede hatte das Herz des Alten zur Hälfte erweicht. Aber er mußte hart bleiben. Die Angelegenheit war zu wichtig, als daß sie einfach so abgetan werden konnte. Er nahm allen Zorn zusammen und fragte mit zitternden Lippen: »Aber Sie, Vierter Li, Sie bekommen Ihren Anteil!«

Der Vierte Li war eine Hauptstadtpflanze, so leicht geriet er nicht in Zorn. Aber bei dieser brutalen Frage wurde er rot bis hinter die Ohren, ihm fehlten die Worte. Die kleinen Äuglein des alten Qi blickten ihm ins Gesicht und wandten sich schnell wieder ab. Er konnte nichts mehr erwidern.

»Älterer Bruder!« Der Vierte Li zwang sich zu einem Lächeln, »jeder Obmann erhält seinen Anteil, auch das ist nicht meine Idee! Aber noch kann ich laufen und mir mein Brot selbst verdienen. Ich verzichte auf den Anteil und erspare mir das Gerede der anderen!«

Langsam sank der Kopf des alten Mannes nach unten, eine Träne stand ihm im Augenwinkel. Lange blickte er vor sich hin, dann stammelte er leise: »Vierter Li, ich bin so verzweifelt, sonst hätte ich das nie... Ich sage Ihnen, Sie dürfen nicht verzichten, wo wollen Sie denn sonst zu Getreide kommen?«

Der Vierte Li ergriff die Hände des alten Qi. Sobald sich die Hände berührten – zusammen brachten sie es auf über einhundertundfünfzig Jahre –, verstanden sich beide, verziehen einander, vergossen Tränen. Mit den Tränen verflüchtigte sich auch der Zorn, es blieb nur Traurigkeit. Gern hätten sie sich ihren Kummer gebeichtet, stundenlang und mit Begeisterung. Aber keiner machte den Mund auf. Beide kamen aus sehr ärmlichen Verhältnissen, hatten mit leeren Händen angefangen und sich hochgearbeitet, nun aber drohte der Hungertod! Sie waren nicht mehr die Helden, die etwas aufgebaut und eine Familie gegründet hatten, sondern zwei alte Hunde, denen niemand mehr etwas zu fressen gab. Sie waren stolz darauf, stets anständig gewesen zu sein und ihre Kinder in diesem Sinne erzogen zu haben. Aber das war falsch gewesen. Ihre Anständigkeit und ihr anerzogener Gehorsam machte sie auch vor dem Feind brav. Sie erlaubten sich bestenfalls einen Wutanfall, aber keinen Widerstand!

Gewöhnlich waren sie bei dem Gedanken an ihr Alter stolz. Jetzt aber wurde ihnen klar, daß ein grausamer Tiger auch Alte nicht verschonte. Zwei müde Augenpaare blickten sich lange an, sie entschieden, über Nichtigkeiten kein Wort mehr zu verlieren. Denn worauf man früher stolz war, verschlimmerte heute die Lage nur noch.

Wieder zu Hause, wurde der alte Herr Qi trauriger und schwermütiger, je länger er über alles nachdachte. Irgend etwas müßte er tun, konnte doch nicht einfach herumsitzen und auf den Tod warten! Er erinnerte sich, wie viele Schwierigkeiten er in seinem langen Leben überwunden hatte. Alle diese Hürden hatte er nur mit Mut und Tatkraft genommen. Er befühlte seine Arme und Beine. Es stimmte, er war alt, aber auch im Alter konnte man noch etwas tun und durfte nicht einfach abwartend die Hände in den Schoß legen. Dann zog er das Obergewand aus und ging leise in die Küche, um sein Werkzeug zu suchen, mit dem er früher sein Geld verdient hatte: zwei Körbe, Seile, Tragestange. Er wußte nicht, ob sie nicht längst weggeworfen oder von Yunmei verbrannt worden waren.

Yunmei trat lautlos ein. »Oh, was sucht Großvater hier?«
»Ach«, plötzlich so direkt gefragt, schien der alte Mann vergessen zu haben, was er wollte. Er lächelte etwas gezwungen: »Wo sind denn meine Körbe und die Tragestange?«
»Was denn für Körbe und Tragestangen?« Yunmei erinnerte sich nicht, hier jemals so etwas gesehen zu haben.
»Ich hab doch mit allem Möglichen gehandelt, im Jahre 1900 hab ich sogar Aprikosen verkauft! Die Körbe und Tragestange, die ich dazu benutzt habe!«
»Aber wozu denn, Großvater?« Yunmei sah ihn erstaunt an.
»Ich will einen kleinen Handel aufmachen. Weit kann ich ja nicht mehr laufen, ich bleibe in der näheren Umgebung. Und Schweres kann ich auch nicht mehr tragen, aber so ein bißchen Naschwerk geht schon. Und wenn ich am Tag drei oder auch fünf Mao verdiene, bin ich zufrieden. Jedenfalls muß ich irgendwas tun, kann nicht nur rumsitzen und warten, daß ich verhungere und nur von eurem Anteil esse, das geht doch nicht!«
»Aber Großvater!« schrie Yunmei laut und schrill auf, mehr konnte sie nicht sagen.
Auf den Schrei hin kamen Xiao Shun, Niuzi und Tianyous Frau herbeigelaufen. So umringt wiederholte der alte Mann alles noch einmal, sachlich und bewußt emotionslos, um allen zu verstehen zu geben – es ist nun einmal so, darum braucht man kein Aufheben machen. Alle blickten sich schweigend an. Die kleine Niuzi ergriff seine Hand.
Tianyous Frau wußte, daß sie als erste den Mund aufmachen mußte: »Das können wir auf keinen Fall zulassen! Freilich, die Dinge stehen nicht gut, aber wie auch immer, wir werden unsere Kindespflicht erfüllen. Von wegen Korb und Tragestange, selbst wenn sie noch da lägen, wären sie längst verfault!«
Die Kinder riefen gleichzeitig: »Urgroßvater, du darfst nicht gehen!«
Yunmei setzte schnell hinzu: »Wenn Ruixuan zurück ist, besprechen wir alles in Ruhe.« Und zu Shunchen: »Hilf Urgroßvater!«
So brachten sie den alten Mann schließlich unter Zureden,

Schieben und Stützen in sein Zimmer. Dann auf dem Kang erzählte er den Kindern die Geschichte seiner Kämpfe in allen Einzelheiten. Nur auf Gegenwart und Zukunft kam er nicht zu sprechen, denn da war er völlig ratlos.
Am Abend berichteten Yunmei und Tianyous Frau Ruixuan den Vorfall. Er hörte es sich an, lächelte gezwungen, wußte aber nichts zu sagen.
Der alte Herr erwähnte den Vorfall seinem ältesten Enkel gegenüber nicht. Wenn sich die Blicke von Großvater und Enkel trafen, sahen beide schnell weg. Die Lippen zuckten, aber schwiegen. So kam es, daß alle früh schlafen gingen und ihren Kummer, ihre Sorgen und Nöte dem Schlaf anvertrauten.

75

Der Vierte Li und die Nachbarn hatten angenommen, wenn die Getreidemarken erst einmal verteilt wären, könnten sie jederzeit eingelöst werden. Besonders der Vierte Li, der schon genug unverdiente Schelte eingesteckt hatte, hoffte, mit der Verteilung sei die Angelegenheit ein für allemal aus der Welt geschafft.
Wer hätte gedacht, daß die Getreidemarken nur einmal und nur innerhalb eines streng begrenzten Zeitraums eingelöst werden konnten? Alle mußten nun jeden oder jeden zweiten oder dritten Tag auf diese Marken warten und dann Geld beschaffen, um das Getreide abholen zu können, weil die Marken sonst verfielen. Falls Pekinger irgendwelche Wunschvorstellungen hegten, dann die, frank und frei, freundlich, höflich und unbehelligt leben zu können. Oder wenn man sie schon der Freiheit beraubte, daß man ihnen wenigstens höflich-freundlich Marken für ein oder zwei Jahre gab, auf die sie jederzeit Getreide bekämen. Weit gefehlt! Die Japaner bereiteten ihnen Umstände, nichts als endlose Scherereien!
Aber am meisten versetzte sie die Frage in Unruhe, was geschähe, wenn die Marken nur ein einziges Mal ausgegeben würden? Oder nur alle zehn oder vierzehn Tage, was dann? Konnte der Magen einfach pausieren, ohne hungrig zu werden? Sie sahen die Todesgrenze deutlich vor sich wie die weiße

Linie eines Fußballfeldes, der drohende Tod versetzte sie in Panik. Und sie beschimpften den Vierten Li um so mehr. Die Japaner offen anzuklagen, wagten sie nicht, nicht einmal den Wachtmeister Bai, denn der war schließlich Beamter, auch Sun-Sieben zürnten sie nicht, der war lediglich stellvertretender Obmann. Der Vierte Li war kein Beamter, aber Obmann, also wie dafür geschaffen, beschimpft zu werden.
Der alte Mann war häufig niedergeschlagen. Wütend zu werden, brachte nichts ein, aber einstecken und aushalten, das konnte er auch nicht. Auch er sah den Tod vor sich – in Schimpf und Schande. Er war sich sicher, vor Himmel und Erde, Sonne, Mond und allen Göttern bestehen zu können, aber er mußte sich beschimpfen lassen!

Vielleicht gibt es solche sommerliche Morgen nur in Peking: durch frisch-kühle Luft dringen vereinzelt schräge, fröhliche Sonnenstrahlen, daneben fallen dunkle Schatten. Da, wo kühle Luft und warme Sonnenstrahlen zusammentreffen, erwärmt sich die Frische, kühlt die Wärme ein wenig ab; da, wo sich beides noch nicht vermischt hat, sprießen Knospen an den Blumen, glitzert Tau auf den Blättern.
Selbst ein so unansehnlicher Ort wie die Schafhürdengasse hat seine malerische Seite. Der untere Teil der beiden alten Schnurbäume liegt noch im Schatten, dort sind die Blätter dunkelgrün, während die Wipfel sich bereits in der Sonne wohlig strecken, dort leuchten die blaßgelben Blüten goldfarbig. Die zartgrünen Schnüre hängen wie Würmer an dünnen weißen Seidenfäden, deren obere Hälften in seidigem Glanz strahlen und im Morgenwind leise zittern wie die Saiten einer Geige, die ein Morgenlied spielt. Das Morgenlicht fällt zuerst auf das Tor des Vierten Li. Der niedrige Torbogen macht nicht mehr viel her, aus den Ritzen zwischen den Dachziegeln sprießen Gräser, aber die Sonne verleiht selbst diesem alten Gemäuer etwas Glanz und den Gräsern Lebensmut.
Ein paar Elstern kreisen um die Wipfel, huschen wie schwarze Blitze auf und nieder. Auch die Libellen fliegen ziemlich hoch; da peilt eine blutrote die Blüten im Wipfel an, ehe sie in den blauen Himmel abdreht, dort streift eine jadegrüne im Vorbeiflug die Gräser auf dem Torbogen des Vierten Li.

In Friedenszeiten wären die alten Pekinger bei solch einem Wetter mit ihren Vogelkäfigen vor die Stadt gezogen und hätten sich am Ufer unter Weiden an einem Tee gelabt. Bei so einem Wetter ließen die Taubenliebhaber ihre gefiederten Freunde zu Dutzenden in die Lüfte steigen, die Angler machten sich früh auf den Weg und verbrachten draußen vor der Stadt in aller Stille einen geruhsamen Tag. Wer nicht so weit gehen wollte, nahm sich im Beihai ein Boot zum Rudern oder lustwandelte unter den alten Zypressen im Sun-Yatsen-Park.

Heute verschwendete kein Pekinger einen Blick auf die am Himmel tanzenden Elstern und Libellen. Hungerschatten verdunkelten ihre Augen. Es gab keine Tauben mehr am Himmel, keine Vögel in den Käfigen. Wo es kein Getreide für die Menschen gab, fütterte niemand Tauben und Vögel. Allerdings gab es am Wasser noch Angler und Ruderer – Japaner. Hungrige Chinesen hatten kein Bedürfnis nach Zerstreuung. Peking erschien in der klaren Morgensonne wie gelähmt.

An einem solchen Morgen beschloß Yunmei, sich um Lebensmittel zu kümmern. Die guten Zeiten waren vorüber, nur noch eine schöne Erinnerung, auch wenn sie selbst es kaum besonders gut gehabt hatte. Jetzt waren Not und Hunger an der Reihe. Sie mußte die Zähne zusammenbeißen, ruhig, ohne zu jammern, ihrer Verantwortung nachkommen. Sie zeigte den anderen bewußt ein Lächeln, als wollte sie sagen: »Keine Aufregung!«

Ruixuan bekam ein schlechtes Gewissen. In all den Jahren war er ihr nie richtig nahe gewesen. Als sie sich jetzt so entschlossen, verantwortungsbewußt und mutig zeigte, hätte er ihr gern ein paar liebe Worte gesagt, zum Trost, aus Dankbarkeit, als Ansporn, aber er brachte sie nicht heraus. Schließlich lächelte er ihr nur zu und ging zur Arbeit.

Yunmei bereitete für alle das Frühstück, wartete, bis alle fertig waren, wusch ab, erst dann machte sie sich fertig. Sie zog ein sauberes blaues Obergewand an, band sich die Getreidemarken mit einem Taschentuch ans Handgelenk, nahm einen Beutel und ging schnell, aber ohne Eile los. An der Geistermauer schaute sie sich noch einmal um und schärfte den Kindern ein: »Shunchen, Niuniu, tobt nicht herum, verstanden?«

Niuniu antwortete als erste: »Ma holt was zu essen, Niuniu ist brav, ganz brav!«
Xiao Shun schickte hinterher: »Bring ein bißchen weißes Mehl, nicht so ein dunkles Mischmasch!«
»Hm«, murmelte Yunmei im Hinausgehen, »ich muß nehmen, was ich kriege!«
Es war noch früh, kurz nach acht Uhr, und Yunmei war überzeugt, nicht zu spät zu kommen. Außerdem mußte sie die Marken in dem Geschäft einlösen, wo die Qis immer schon Reis und Mehl gekauft hatten. Selbst wenn sie ein bißchen spät dran wäre, war es nicht weiter schlimm, man kannte sich.
Als sie fast dort war, erschrak sie heftig. Eine dunkle lange Schlange zog sich vor dem Laden hin. Sie rannte die paar Schritte und stellte sich hinten an. Die Ladentür war geschlossen. Sie wußte nicht, was das zu bedeuten hatte, und bereute, so spät gekommen zu sein. Wenn sie nun bis Mittag hier stehen mußte, was würde dann aus dem Essen für die Kinder und Alten zu Hause? Sie wurde nervös und hielt angestrengt nach einem Bekannten Ausschau, um etwas Genaueres zu erfahren. Aber es war keiner da. Die Leute in der Schafhürdengasse nahmen solche Dinge schon immer sehr wichtig, wahrscheinlich waren sie schon Stunden früher erschienen und standen ganz vorn. Warum bloß war sie nicht eher gekommen! Vor ihr hatte eine alte Frau einen Hocker mitgebracht, eine jüngere einen Schirm. Alle waren vorbereitet, nur sie nicht. Sie mußte sich die Beine in den Bauch stehen und den Kopf von der Sonne brennen lassen, stundenlang, hatte immer noch nicht gelernt, ein gehorsamer Knecht zu sein!
Alle standen brav in der Reihe, wer sich unterhielt, tat es leise. In der Nähe hielten sich ein Dutzend Polizisten auf, die für Ordnung sorgten, einige hielten Peitschen in den Händen. Selbst die wenigen, die sich leise unterhielten, verstummten beim Anblick der Riemen, sie waren »Frieden« gewöhnt und wollten keine Bekanntschaft mit ihnen machen. Solange die Japaner den Polizisten den Rücken stärkten, knallten die Peitschen besonders erbarmungslos.
Als sie aber länger standen und die Sonne immer höher stieg und heftiger brannte, wurden alle ungeduldig und allmählich lauter. Auch die Füße und Augen der Polizisten wurden leb-

hafter. Anfangs wurde es dort, wo sie hinschauten, etwas leiser, aber die Stimmen schwollen wieder an, wenn sie weiterwanderten. So brandete an einer Stelle Lärm auf und ebbte an anderer ab, wurde aber nie zu einem einheitlichen Protest. Nach und nach verloren die Blicke der Polizisten an Wirksamkeit, die Warteschlange glich einem einzigen lärmenden Zug.

Yunmei bekam Angst, es könnte etwas passieren. Sie war nicht gewohnt, aus der Reihe zu tanzen und laut zu werden. Am liebsten wäre sie nach Hause gegangen. Aber sie mußte hierbleiben, durfte nicht davonlaufen, denn sie konnte ja nicht ohne Lebensmittel nach Hause kommen! Sie schärfte sich ein aufzupassen, aber keine Angst zu haben. Die heiße Sonne brannte. Anfangs spürte sie nur, daß die Haare heiß wurden, dann begann die Kopfhaut unangenehm zu jucken. In den Achselhöhlen und am Kopf schwitzte sie. Sie schaute auf, der Himmel war nicht mehr blau, sondern überall von kleinen weißen Wölkchen bedeckt. Es war windstill, die staubigen Bäume am Straßenrand regten sich nicht. Fuhr ein Karren vorüber, wurden Staub und Pferdemist aufgewirbelt, beißender Uringeruch stach ihr in Nase und Augen. Sie band das Taschentuch los und wischte sich den Schweiß von der Stirn, dann hielt sie es krampfhaft in der Hand.

Als sie Wachtmeister Bai sah, legte sich ihre Nervosität etwas. Sein Geschick und seine Freundlichkeit flößten ihr eine gewisse Ruhe ein. Solange er da war, würde schon nichts passieren. Sie nickte ihm zu, er kam zu ihr. »Frau Qi, warum schicken Sie denn keinen Mann?«

Sie ging nicht darauf ein, sondern fragte lächelnd zurück: »Warum gibt es denn noch nichts, Wachtmeister Bai?«

»Das Getreide ist erst gestern nacht eingetroffen, sie haben die ganze Nacht über gemahlen, es muß gleich soweit sein.« Er sprach zwar zu ihr, aber die Umstehenden konnten es auch hören. Man beruhigte sich wieder ein wenig.

Aber es verging eine weitere halbe Stunde, ohne daß sich etwas gerührt hätte. Wachtmeister Bais Worte hatten ihre beruhigende Wirkung verloren. Alle hatten den gleichen Gedanken: »Die Japaner machen sich absichtlich über arme Leute lustig!« Die Sonne brannte immer stärker auf die Köpfe, die Haare waren vom Schweiß ganz naß. Je mehr sie schwitzten,

desto durstiger und nervöser wurden sie. Der Himmel wurde grau, als sei die Luft ganz von Staub erfüllt. Die Sonne stand klein, weiß und gleißend über dieser Staubschicht, daß man nicht den Kopf zu heben wagte. Senkte man ihn aber, stach sie wie mit glühenden Nadeln auf Kopf, Schultern, Rücken und alle unbedeckten Körperteile. Wer nichts im Magen hatte, dem wurde schwindlig, wer durstig war, hätte am liebsten laut geschrien. Selbst die stets beherrschte Yunmei war außer sich und hätte mit den Füßen stampfen mögen. Das hier war kein Anstehen nach Lebensmitteln, es war grausame Folter!
Keiner wagte jedoch laut herauszuschreien: »Nieder mit den Japanern!« Wer Durst hatte, schluckte krampfhaft Speichel, wem schwindelte, der stützte sich auf den Nachbarn, wem die Beine schmerzten, bewegte sie leise hin und her. Gegen die brennende Sonne hatten manche ein Taschentuch über den Kopf gebunden, andere den Beutel über die Schulter gelegt, wieder andere hielten ihre Jacke mit beiden Händen wie ein Dach über sich. Alle bemühten sich, ihre physischen Qualen erträglicher zu machen, nur um ruhig zu bleiben und sich nicht hinreißen zu lassen, »Nieder mit den Japanern!« zu schreien.
Als sich vorn plötzlich etwas bewegte, geriet die Schlange in Bewegung. Yunmei stellte sich auf die Zehenspitzen: Die Ladentür vorne war noch immer verschlossen. Obwohl sie sich das nicht erklären konnte, schöpfte sie neue Hoffnung. Sie vergaß die schmerzenden Beine, die sengende Sonne, hoffte nur noch, schnell etwas Getreide zu bekommen und nach Hause gehen zu können.
Vorn begannen einige Männer zu schreien. Yunmei verließ die Reihe und sah schließlich, daß sich neben dem Eingang eine kleine Luke befand, die jetzt halb offen war. Unzählige Hände streckten sich in diese Richtung. Sie wollte nicht drängeln, aber die wild herumfuchtelnden Hände schienen magnetische Anziehungskräfte zu haben. Unwillkürlich machte sie ein paar Schritte auf die Menge zu.
Da knallten auf einmal die Peitschen! Das Sonnenlicht wurde plötzlich kühl, durch die gleißende Luft drang kalter Wind, die Menschen überlief eine Gänsehaut. Yunmei wollte wegrennen, aber die Beine gehorchten ihr nicht. Die Menschen

vorn stoben auseinander, drängten und schrien. Sie schien mitten in einem Wirbel zu stecken, alles ringsum drehte sich, nur sie konnte sich nicht bewegen. Mit einem Mal hörte sie sich sagen: »Was auch passiert, ich muß das Mehl bekommen!« Da spürte sie auch ihre Beine wieder. Sie war auf alles gefaßt und blieb stehen, als habe sie Wurzeln geschlagen.
Plötzlich verschwamm ihr alles vor den Augen. Ein Peitschenende hatte sie direkt neben dem Auge getroffen. Sie hielt sich die Augen zu, verlor fast die Besinnung, sah alles nur noch schwarz. Instinktiv wollte sie sich ducken, aber es ging nicht, wollte weglaufen, konnte sich aber nicht rühren. Sie spürte noch keinen Schmerz, ihr Körper und ihr Herz waren gelähmt, der Schreck hatte die Nerven blockiert.
»Frau Qi«, vernahm sie nach einer Weile undeutlich eine Stimme, »gehen Sie schnell nach Hause!«
Sie öffnete das unverletzte Auge ein wenig und sah eine Uniform vor sich, es mußte Wachtmeister Bai sein. Das andere Auge hielt sie zu und schüttelte den Kopf. Nein, sie konnte nicht mit leeren Händen nach Hause gehen, sie mußte das Mehl haben!
»Geben Sie mir Beutel, Geld und Marken, ich hole es für Sie, gehen Sie nach Hause!« Fast riß ihr der Wachtmeister die Sachen aus der Hand. »Können Sie gehen?«
Ihr Gesicht begann zu schmerzen, sie biß jedoch die Zähne zusammen und nickte. Die Hand vor das Auge haltend, wankte sie benommen nach Hause. Am Tor wurden ihr mit einem Male die Knie weich, sie mußte sich auf die Schwelle setzen. Als sie die Hand herunternahm, sah sie, daß sie blutig war. In dem Moment lief Schweiß in die Wunde, sie schmerzte, als habe man Salz darauf gestreut. Sie biß die Zähne zusammen, stand auf und ging hinein.
Xiao Shun und Niuzi hatten im Hof an der Mauer gespielt und rannten freudig auf sie zu: »Mama!« Aber gleich erschraken sie: »Ma...!« Sie riefen den Urgroßvater und die Großmutter: »Schnell, kommt her!« Die Familie umringte sie. Sie hielt sich das Auge, unterdrückte ihre Schmerzen und meinte bloß: »Ist weiter nichts!«
Die Schwiegermutter hieß Yunmei die Wunde waschen und holte die Wundsalbe. Die Kinder liefen ihrer Mutter immer

hinterher, Niuzi zog die Luft hörbar ein und seufzte mit geschürzter Lippe: »Ma blutet, das tut ja so weh!«
Beim Waschen stellte Yunmei fest, daß das Auge glücklicherweise nicht verletzt war, sondern die Wunde direkt neben dem Augenwinkel lag. Das beruhigte sie. Als die Verletzung leidlich versorgt war, erklärte sie den anderen: »Die Leute haben gedrängelt und geschubst, da ist die Polizei mit Peitschen dazwischengegangen, und ich bin dabei verletzt worden.« Sie spielte das herunter, um die Alten zu beruhigen. Sie würde sich noch öfter nach Lebensmitteln anstellen müssen und befürchtete, daß man sich dann jedesmal um sie sorgen würde.
Trotz der schmerzenden Wunde wollte sie für alle das Mittagessen kochen. Das ließ Tianyous Frau jedoch nicht zu. Der alte Herr überredete die Schwiegerenkelin, sich hinzulegen und auszuruhen, dann tat er einen langen Seufzer. Yunmei nickte kurz ein, stand aber bald wieder auf. Vor dem Spiegel sah sie, daß das Gesicht bereits anschwoll. Sie war betreten, tröstete sich aber schnell: »Das soll mir eine Lehre sein, in Zukunft werde ich besser aufpassen, so etwas passiert mir nur einmal!«
Wachtmeister Bai brachte das Getreide – einen sehr kleinen Beutel, vielleicht vier, fünf Pfund.
Der alte Herr nahm den Beutel entgegen, er hätte gern ein wenig mit dem Wachtmeister geschwatzt. Der hatte es zwar eilig, wollte aber auch nicht nur den Beutel abgeben und wieder gehen. Yunmeis Verletzung war ihm sehr unangenehm, gern hätte er ihr etwas Tröstendes gesagt. Als sie herauskam, erklärte er eilig: »Frau Qi, ich habe die nicht geheißen, mit der Peitsche zuzuschlagen, aber ich kann sie auch nicht daran hindern! Sie unterstehen mir nicht, das Bezirksamt hat sie geschickt. Wenn die eine Peitsche in der Hand haben, möchten sie die auch mal ausprobieren. Geht es Ihnen schon etwas besser? Ich versichere Ihnen, Frau Qi, mir tut das sehr leid! Das geht ja wirklich zu weit, wir sind alte Nachbarn, und Sie müssen beim Anstehen auch noch Prügel einstecken. Aber ich kann da nichts machen, die lassen sich von mir nichts sagen. Ich mag gar nicht daran denken, wie viele heute in Peking die Peitsche zu spüren bekommen haben. Ich bin ein Lakai, kann aber die anderen Lakaien nicht daran hindern, auf die Leute

einzudreschen. Was bleibt einem da noch übrig? Frau Qi, ruhen Sie sich aus, wer weiß, was noch auf uns zukommt!« Wachtmeister Bai brachte alles in einem Atemzug hervor, ohne jemand anderen zu Wort kommen zu lassen, und ging dann wieder hinaus. Der alte Herr begleitete ihn bis zum Tor und hätte gern nachgefragt, aber der Wachtmeister war schon über alle Berge. Er fand ihn zugleich sympathisch und widerwärtig, ehrlich und durchtrieben.

Der kleine Shun kam wie ein verschrecktes Fohlen angeschossen: »Urgroßvater, komm mal schnell!« Er nahm den Urgroßvater bei der Hand und zog ihn in den Hof hinein.

»Nicht so schnell, du reißt mich ja um!« beschwichtigte dieser.

Tianyous Frau und Yunmei hatten gespannt das bißchen Mehl in eine grüne Tonschüssel geschüttet. Sie hatten keine Ahnung, was das war, und baten deshalb den alten Herrn hinzu. Der schaute eine Weile und schüttelte den Kopf. Er beugte sich hinunter, nahm etwas zwischen die Finger, schüttelte wieder den Kopf, hockte sich hin, befühlte und besah es genauer, schüttelte wieder den Kopf. Siebzig Jahre war er alt, aber solches Mehl hatte er noch nicht gesehen.

In der Schüssel befand sich etwas, das wie eine Art buntgemischter Teestaub, aber auch wie feucht gewordenes Arzneipulver aussah. Es war keine Reiskleie, es war viel gröber. Weizenkleie war es auch nicht, denn es war ein wenig feiner als diese. Es war sicherlich kein Mehl, denn es schien aus Teilchen zu bestehen, die sich nicht zu feinem Puder zusammenfügen wollten. Manches Mal sah es wie gemahlene Maiskörner aus, die zwar durch die Mühle gegangen waren, sich aber weigerten, zu Mehl zu werden. Manche Teilchen waren dunkelgrün. Erst nach langem Grübeln kam er darauf, daß es wahrscheinlich Bodensatz von gepreßten Sojabohnen war, der als Dünger verwandt wurde. Manche Reste glänzten schwarz, wahrscheinlich Sorghum-Schalen. Der alte Mann winkte ab, es reichte ihm. Ausgepreßte Sojabohnenabfälle waren schlimm genug, die Menschen wurden wie Schweine behandelt! Er roch daran, das schwarzgrüne Zeug hatte nichts von frischem Körnerduft, sondern stank unangenehm sauer und muffig. Wie aus einem Rattennest gezogen! Die Hand des Alten zit-

terte. Er tat das »Mehl« in die Schüssel zurück, stand auf und ging schweigend in sein Zimmer.
Shunchen ging zu ihm: »Urgroßvater, was ist denn das nun?«
Der alte Herr schüttelte langsam den Kopf, ohne etwas zu sagen, als wollte er andeuten, es übersteige seinen Horizont, seine Weisheit, negiere all seine Werte.
Yunmei beschloß, dieses seltsame Mehl auszuprobieren und herauszufinden, was man daraus machen könne – Teigtaschen? Nudeln? Oder vielleicht gedämpfte Klöße? Als sie Wasser dazugab, erstarrte sie. Das komische Zeug klebte sofort wie Gummi an ihrer Hand und an der Schüssel. Ein anderer Teil ließ sich weder durch kaltes noch durch heißes Wasser zusammenbringen, gab man zuwenig Wasser dazu, zuckte es nicht einmal, war es zuviel, schwammen die einzelnen Teile wie Plattwürmer obenauf. Mit viel Mühe und List knetete sie alles schließlich zu einem Stück und legte es auf den Tisch.
Doch wie sie sich auch abmühte, es ließen sich keine dünnen Scheiben daraus schneiden, also schieden Jiaozi und Nudeln aus. Nun versuchte sie, Bällchen zwischen den Händen zu formen, um Mantous daraus zu machen. Aber ob sie leicht klopfte oder heftig drückte, das Zeug ließ sich nicht formen. Das war kein Mehl, das waren Pferdeäpfel, die auseinanderfielen, wenn man sie anstieß.
Als gebürtige Pekingerin verstand sich Yunmei auf Teigwaren. Das Mehl mußte nicht aus Weizen sein, es konnte auch aus Buchweizen, Hafer oder Sojabohnen sein, sie zauberte etwas Eßbares daraus. Aber jetzt war selbst sie ratlos. Sie mußte die Schwiegermutter zu Rate ziehen.
Tianyous Frau hielt das bißchen Teig für kein Problem, in ihrem Alter, mit ihren Erfahrungen. Aber wie sie es auch betrachtete, beklopfte, knetete, rollte, walkte oder drückte, auch sie brachte nichts zustande! »So ein widerspenstiges Zeug habe ich in meinem Leben noch nicht gesehen!« stieß sie schließlich verzweifelt hervor.
»Das ist so wie mit den Japanern, immer muß man mit dem Schlimmsten rechnen«, bemerkte Yunmei, die nicht wußte, ob sie lachen oder weinen sollte.
Die beiden mühten sich noch eine Weile wie zwei Forscher ab,

bis sie sich für die simpelste Methode entschieden, das Ganze in kleineren Stücken auf dem Kohleöfchen zu rösten. Das ergäbe zwar keine Fladen und auch keinen Kuchen, aber man könnte es auf diese Weise gar bekommen.
»In Ordnung, ruhen Sie sich aus, ich mache das schon!« wandte sich Yunmei an die Schwiegermutter und klopfte das Zeug zurecht, als forme sie Lehmziegel. Nebenbei schnitt sie Gurken mit Zwiebeln als Beilage zurecht.
Der alte Herr, Tianyous Frau und die Kinder umringten den kleinen Tisch und schauten erwartungsvoll auf dieses seltsame Essen. Shunchen rief fröhlich: »Ma, schnell, bring es her!«
Kaum hatte Yunmei die »Lehmziegel« und die »Beilage« auf den Tisch gebracht, griff sich Xiao Shun ein Stück, biß hinein und wollte es gerade hinunterschlucken, als es ihm wie trockener Lehm in der Kehle steckenblieb. Sein Gesicht lief rot an, Tränen traten ihm in die Augen.
»Geh schnell was trinken!« riet die Großmutter.
Er rannte in die Küche und spülte das Zeug mit einem Schluck Wasser hinunter, dabei würgte und rülpste er tüchtig.
Der alte Herr brach sich ein kleines Stück ab und kaute lange darauf herum, es stank! Er konnte grobe Sachen vertragen, aber nicht diesen Gestank! Trotzdem beschloß er, es zu schlucken, er war der Urgroßvater, mußte mit gutem Beispiel vorangehen! Es dauerte eine ziemliche Weile, ehe er es hinunterwürgte. Mit gestrecktem Hals rief er zur Küche: »Xiao Shuns Ma, mach eine Suppe!« Ohne Suppe bekäme er keinen Brocken von diesen »Lehmziegeln« mehr hinunter. »Die Suppe kommt gleich«, antwortete Yunmei aus der Küche. Auf ihre Frage »Wie schmeckt es denn nun?« bekam sie keine Antwort.
Niuzi hatte sich ein sehr kleines Stück abgebrochen und in ihr Mäulchen geschoben. Sie kaute ein paarmal darauf herum, spuckte es dann angewidert aus, blickte den Urgroßvater prüfend an und sagte verlegen: »Niuniu hat keinen Hunger!«
Xiao Shun kam hinter der Mutter mit der Suppe zurück, es waren in klarem Wasser gebrühte Garnelenschalen. Er setzte sich hin, nahm noch ein Stück und lachte: »Mal sehen, ob es mich diesmal wieder würgt!«
Da sich Niuzi nicht rührte, fragte Yunmei: »Niuzi, willst du denn gar... komm, ich gebe dir ein Stück Gurke!«

»Niuniu hat keinen Hunger«, entgegnete sie mit dem Blick zur Erde.
»Du mußt etwas essen! Von nun an gibt es das jeden Tag!« Yunmei versuchte krampfhaft zu lächeln.
»Niuniu hat keinen Hunger!« Ihr Kopf senkte sich, die Hände umklammerten die Knie.
»Xiao Shuns Ma!« Der alte Mann blickte zu Niuzi, dann zu Yunmei: »Mach ihr doch einen kleinen Fladen aus Weizenmehl, wir haben doch noch ein paar Pfund da, nicht wahr?«
»Wir dürfen sie nicht so verwöhnen! Das Mehl ist unser Schatz, das brauche ich für Sie!« Yunmei wollte ihm nicht widersprechen, ihr tat auch die kleine Tochter leid, aber das mußte gesagt werden.
»Geh schon, brat ihr den kleinen Fladen!« Der alte Mann wußte, daß man Kinder nicht verwöhnen durfte, aber dieses Zeug war wirklich schwer zu schlucken. »Nur dieses eine Mal, dann nicht mehr!«
»Niuniu, probier doch erst mal ein Stück! Du siehst doch, wie es deinem Bruder schmeckt!« redete Yunmei ihr zu.
»Niuniu hat keinen Hunger!« Sie begann zu weinen.
Da wurde der alte Herr plötzlich wütend, er schlug auf den Tisch, daß die Stäbchen, Schalen und Teller hüpften. »Ich habe gesagt, du sollst ihr einen Fladen machen!« schrie er beinahe.
Niuzi legte ihren Kopf auf Großmutters Schoß und heulte los. Die hatte noch immer einen Brocken im Mund. Jetzt spuckte sie ihn aus und beruhigte Niuzi: »Urgroßvater hat dich nicht gemeint, Niuniu, hör auf zu weinen, hör auf!« Sie streichelte Niunius Kopf, dabei traten auch ihr Tränen in die Augen. »Xiao Shuns Ma, geh und mach ihr einen Fladen!«
Yunmei ging leise hinaus. Sie wußte, daß der alte Herr nicht leicht in Zorn geriet und er auch nicht sie damit meinte, sondern die Umstände ihn ganz einfach aus der Fassung gebracht hatten. Trotzdem fühlte sie sich verletzt, sie tastete nach der Wunde, Tränen tropften ihr aus den Augen. Benommen holte sie ein wenig Mehl aus dem Tonfaß und gab es in eine kleine Schüssel. Tränen fielen auf das Mehl.
Der alte Herr hatte nicht böse werden wollen, sondern einfach die Beherrschung verloren. Es tat ihm leid, daß er auf

den Tisch geschlagen hatte, aber er konnte sich doch nicht gleich bei der Schwiegerenkelin entschuldigen. Unverwandt blickte er auf die seltsamen schwarzen Dinger, seine Hände zitterten.
In der sengenden Sonne hingen die Blätter schlaff an den Bäumen. Im Hof, in den Stuben, bei den Qis herrschte Totenstille.

76

In den Fladengeschäften arbeitete man nicht mehr, die Kuchenbäcker hatten zwar noch geöffnet, aber ihre Öfen waren kalt. Läden, die Brei, Nudeln, Teigtaschen oder Hundun-Klößchen verkauften, hatten nichts zu tun. Es gab kein Mehl.
Die Gemüsegärtnereien vor der Stadt waren fleißig dabei, ihr Gemüse zu bewässern. Die Winden knatterten unaufhörlich und durchdringend, das frische Brunnenwasser sprudelte auf die Beete. Das Dunkelgrüne war Schnittlauch, das Blaßgrüne Weißkohl, das Rankende Gurken voller grüner Stacheln und gelber Blüten, das Dunkelviolette Auberginen, dazu duftender Koriander und Fenchel, verschieden gemusterte Melonen, azurblaue Kürbisse, rotgoldene Tomaten.
Aber wer sollte das kaufen? Sollte man es etwa zu dem komischen »Mehl«, das die Japaner »Republikmehl« nannten, essen? Wirklich, ein schöner Name für das aus dreißig, vierzig Sorten stinkender Abfälle zusammengemixte Zeug, das weder Hund noch Katze anlockte! Wenn daraus weder Jiaozi noch Mantous, keine Puffer oder Dreiecke zu machen waren, wer sollte da noch Gemüse für die Füllungen kaufen? Oder war es für teure Gemüsegerichte gedacht, zu dem man dann doch nur dieses Gemisch essen konnte? Alles war teurer geworden, nur Gemüse sank im Preis, und die Gemüsegärtner hatten das Nachsehen.
Ohne Getreide verlor Peking auch sein über alle Grenzen hinweg bekanntes Handwerk. Hungrige Menschen kauften keine Jade, Ringe oder Ohrgehänge, keinen vergoldeten oder fein ziselierten Kopfschmuck, keine prächtigen Teppiche, kein raffiniertes Spielzeug, weder geschnitzte Rotholzmöbel noch leuchtendbuntes Cloisonné und auch keine lackierten Kera-

mikkrüge für Grillen. Die Pekinger hatten weder Muße noch Geld für diese Dinge, aber man konnte sie auch nicht aus der Stadt bringen, weshalb diese geschickten und einfallsreichen Arbeiter wie alle hungern mußten.
Den Kollaborateuren ging es unter diesen Umständen besser denn je. Sie beglückwünschten sich für ihre Weitsicht, früh genug zu den Japanern übergelaufen zu sein und jetzt ausreichend und gute Nahrungsmittel zu erhalten. Doch das genügte ihnen noch nicht, sie wollten weiter Karriere machen: Wer Lebensmittel der dritten Kategorie erhielt, mußte in die zweite kommen, wer eine einfache Portion erhielt, mußte nach einer doppelten trachten. Getreide wurde zum Maßstab aller Liebedienerei und Protektion. Diese Leute wollten nicht nur gut und viel essen, sondern auch noch Getreide übrigbehalten, um es auf dem Schwarzmarkt zu verkaufen.
Dickmadam hatte den Posten des Direktors der Prostituierten-Kontrollbehörde nicht bekommen. Da es zu viele Bewerber gab, hatten die Japaner das Amt einfach aufgelöst und die Prostituierten direkt der Armee unterstellt. Dickmadam war darüber heftig mit Lan Dongyang in Streit geraten und hatte sogar einige, allerdings nicht sehr wertvolle, Schalen zerschlagen. Sie glaubte, sie sei nur gescheitert, weil Dongyang nicht genug getan hatte.
Als die Pro-Kopf-Verteilung für Getreide eingeführt wurde, bereute Lan Dongyang ein wenig, daß er sich nicht mehr für Dickmadam eingesetzt hatte. Wäre sie Direktor geworden, hätten sie bessere Lebensmittel erhalten, zumindest aber mehr Geld gehabt und dafür sicher hochwertigeres Getreide bekommen. Reue ließ ihn die Zähne zusammenbeißen und sich nach fetten Pfründen umschauen, um Dickmadam seine Fähigkeiten zu beweisen und sich selbst zu trösten. Er versuchte herauszufinden, welche Stelle besonders einträglich war. Je weiter er forschte, desto wütender wurde er. Es gab doch tatsächlich Behörden, besonders militärische, die nicht nur viel und gutes Getreide vergaben, sondern auch noch Zigaretten, Tee und andere Dinge des täglichen Bedarfs! Seine Reue verwandelte sich in Wut, er nahm es sich übel, nicht schon viel früher etwas unternommen zu haben.
Schließlich entdeckte er, daß die Studenten der Eisenbahnfach-

schule ihre Verpflegung dort bekamen. Seine Augen funkelten, sein grünes Gesicht schwitzte, er schlug auf den Tisch: »Ha, Direktor dieser Schule müßte man sein, Direktor!« Er zog ein Auge hoch, kaute eifrig an den Fingernägeln, bis er alles Schwarze darunter genußvoll vertilgt hatte. Das beruhigte ihn etwas, und er begann zu rechnen: »Gehen wir mal von dreihundert Studenten aus. Zieht man jedem nur ein Pfund ab, macht das im Monat schon dreihundert Pfund! Du liebe Güte, wenn man jeden Monat noch ein paar hinauswirft, kommen noch einige Portionen dazu! Warum bin ich bloß nicht eher darauf gekommen?« Er hörte mit Nägelkauen auf und bemühte sich um den Posten des Direktors dieser Schule.

Das hieß aber nicht, daß er auf sein Amt als Abteilungsleiter verzichten wollte, keineswegs! Er würde beides gleichzeitig sein, Abteilungsleiter und Direktor! Natürlich würde er das schaffen, denn diese Zeit war seine Zeit! Sein Gesicht verzog sich zu einem breiten Lächeln.

Wie stand es um die Qualifikation, die man für einen Schuldirektor brauchte? Weder hatte er im Ausland studiert, noch war er Universitätsprofessor. Aber schnell schob er diese Bedenken beiseite, alles keine Frage – er war Abteilungsleiter! Ein Abteilungsleiter war für alles qualifiziert!

Allerdings war der Posten des Direktors der Eisenbahnfachschule nicht vakant! Dongyang knabberte wieder an den Fingernägeln. Als sie zu bluten anfingen, kam ihm eine Idee: Er mußte den jetzigen Direktor kompromittieren, behaupten, daß er Spione aus dem ganzen Land verstecke. Das reichte, um ihn augenblicklich fertigzumachen! Dongyang sah sogleich ganze Mehlsäcke in seiner Wohnung stehen. Für dieses Mehl mußte er sich ein paar Schüler packen und sie so lange prügeln, bis sie zugaben, »Feindberührung« zu haben, dann konnte er den Direktor ins Gefängnis bringen. Was machte es schon aus, für Mehl ein paar Leute umzubringen?

Zunächst beschloß er, den Vorsteher des Schulamtes, Herrn Niu, aufzusuchen, um sich ein bißchen umzuhören. Dongyang war früher nie Beamter gewesen, deshalb hatte er keine Ahnung von deren Gepflogenheiten. Da er nur dank der Japaner seinen Posten erlangt hatte, kam es ihm nicht in den Sinn, jemand anderen einzuladen und zu hofieren als einen Japaner.

Noch nie hatte er etwas von Höflichkeit und Umgangsformen verstanden, daher benahm er sich zu Japanern übertrieben unterwürfig, zu Chinesen jedoch ausgesprochen grob.
Zu Amtsvorsteher Niu hatte er bisher keinen Kontakt, beschloß jedoch, ihn jetzt aufzusuchen. Wenn Amtsvorsteher Niu wegen seiner Qualifikation als Professor diesen Posten erhalten hatte, er aber als Mittelschullehrer Abteilungsleiter werden konnte, dann mußten seine Fähigkeiten mehr gelten als die von Herrn Niu. Auch schienen seine Beziehungen zu den Japanern besser zu sein. Es war also nicht nötig, vorher anzurufen oder zu schreiben, um einen Termin zu vereinbaren.
Doch Amtsvorsteher Niu gehörte zu einer anderen Art von Kollaborateuren. Ihm ging es nur darum, mit Hilfe der Japaner Leib und Leben, Familie und Haus, Bücher und Apparaturen zu bewahren. Plagten ihn dennoch einmal Gewissensbisse, pflegte er zu seiner Gemahlin zu sagen: »Ich bin kein Verräter, ich nicht!« Mehr fiel ihm aber nicht ein.
Seit er Amtsvorsteher war, stand zu seinem Schutz ein Polizist vor seinem Tor. Das vermittelte ihm ein Gefühl von Sicherheit, und er übersah, daß der ihn möglicherweise auch beobachtete und sein Anwesen zu einem Gefängnis machte. Tatsächlich besaß er kein Fünkchen Macht, führte nur aus, was ihm aufgetragen wurde. Aber seine Einkünfte hatten sich um ein Mehrfaches erhöht. Die Herkunft des Geldes interessierte ihn nicht, er fand lediglich, daß eine Tätigkeit (er war ja kein Verräter!) unter den Japanern recht angenehm war.
Am Tor mit den vier Bäumen angekommen, wollte Lan Dongyang hineingehen, ohne den Wachposten zu beachten.
»Wohin?« hielt der ihn an.
Er riß die Augen auf, das war eine »Staatsschande«, ein chinesischer Polizist wagte, einen im Dienste der Japaner stehenden Beamten aufzuhalten! Die Lippen bewegte er kaum, stieß nur hervor: »Abteilungsleiter Lan sucht Amtsvorsteher Niu auf!«
»Bitte Ihre Visitenkarte!« forderte der Posten höflich.
Dongyang besaß Visitenkarten in Japanisch, die mochte er aber keinem Chinesen geben. »Abteilungsleiter Lan!« schrie er.
Als der Posten sah, wie seltsam es in dem grünen Gesicht

zuckte, fragte er nicht weiter. »Moment bitte, ich mache Meldung!«

Der Posten kam zurück und erklärte freundlich: »Entschuldigung, der Amtsvorsteher ist beschäftigt!«

Dongyangs stinkender Mundgeruch schlug dem Posten ins Gesicht: »Waas? Ich bin Abteilungsleiter Lan!«

Der Posten sah, daß er ein wenig härter vorgehen mußte, wenn er den stinkenden Kerl abwehren wollte. »Der Amtsvorsteher empfängt nicht gern Gäste, manchmal weist er sogar Japaner ab!«

»Wirklich?« Dongyang bekam den Mund nicht wieder zu. »Sogar Japaner...« Auf seinem grünen Gesicht erschienen ein paar Lachfältchen. »In Ordnung, ich komme ein andermal wieder!«

»Am besten, Sie rufen vorher an und vereinbaren eine Zeit!« belehrte der Polizist den Abteilungsleiter.

»Unbedingt!« Lan Dongyang ging langsam davon, er sinnierte: »Meine Güte, so eine hochstehende Persönlichkeit, der weist sogar Japaner ab! Der Kerl hat Macht, der ist ja richtig abgehoben! Wer weiß, ob er seinen Amtsvorsteherposten nicht vom Kaiser persönlich verliehen bekommen hat!«

Als er gerade umkehren wollte, sah er sich von Angesicht zu Angesicht Guan Xiaohe und Qi Ruifeng gegenüber, seinen einstigen Schwurbrüdern.

Die Herren Guan und Qi waren gerade entlassen worden. Die Japaner konnten ihr Verbrechen nicht definieren und wollten keine weitere Gefängniskost verschwenden.

Qi Ruifengs Quittengesicht wurde leichenblaß. Sein erster Gedanke war, Dongyang zu verprügeln. Er rührte jedoch keine Hand. Schließlich war er der Enkel des alten Herrn Qi, Tianyous Sohn, Ruixuans jüngerer Bruder, Guan Xiaohes Freund. Er wagte nicht zuzuschlagen, auch wenn ihm der gegenüberstand, der ihm die Frau geraubt hatte.

Lan Dongyang hatte Angst, obwohl er wußte, daß Ruifeng keine Prügelei wagen würde. Sein Gesicht wurde noch grüner.

Guan Xiaohe machte als erster den Mund auf: »Aija, Dongyang, Freund, lange nicht gesehen, ich habe richtig Sehnsucht nach Ihnen gehabt!«

Dongyang brachte angesichts des heruntergekommenen Aussehens der beiden kein Wort heraus und wandte sich ab.
Xiaohe hielt ihn mit den Worten auf: »Alter Freund, Sie wissen, daß Zhaodi Agentin geworden ist?«
Dongyang beglückwünschte sich im stillen: »Bloß gut, daß ich sie nicht verärgert habe!« Dann rief er: »Bruder Guan!« Unter seinen Untergebenen gab es zwar auch Spitzel, aber Zhaodi war doch bestimmt der Armeeführung direkt unterstellt, so jemand konnte einen zivilen Beamten wie den Schuldirektor ohne weiteres schikanieren.
Als Xiaohe Lan Dongyang auf diese Weise eingeschüchtert hatte, wollte sich Ruifeng auch ein wenig listig zeigen: »Dongyang, was sagen Sie nun, ich bin auch ein Agent geworden!« Dabei steckte er die Hand in die Jacke, als wollte er einen Revolver ziehen.
Dongyang hätte die beiden gern zu sich zum Essen eingeladen, aber da das seiner Natur widersprach, sagte er nur: »Kommen Sie doch ein andermal bei mir auf einen Schwatz vorbei!«
»Morgen ganz bestimmt!« stimmte Xiaohe begeistert zu. »Ruifeng, Sie doch auch...« Er nahm an, daß Ruifeng Dickmadam dort sicher nicht treffen wollte.
Ruifeng war es in der Tat unangenehm, aber wenn er dort vielleicht etwas zu essen bekäme, sollte er sich nicht übermäßig zieren. »Sollen wir wirklich kommen?«
»Ja, ich habe ein Anliegen!« Dongyang rechnete: Sollten Zhaodi und Ruifeng wirklich Spitzel bei der Armeeführung sein, könnte er sie einspannen, um dem Direktor der Eisenbahnschule etwas anzuhängen. Bei der Armeeführung genossen sie Sonderrechte, da brauchte er sich nicht selbst zu bemühen.
»Etwas zu essen müssen Sie uns schon anbieten«, erklärte Xiaohe lächelnd, »wenigstens vier Liang Schnaps. Wo wir uns so lange nicht gesehen haben! Das müssen wir doch feiern.«
Dongyang beschloß, ihnen nicht in die Falle zu gehen und offenzulassen, ob er sie zum Essen einladen würde. Er schwieg, nur seine Augäpfel tanzten.
Xiaohe hätte zu gern wieder einmal etwas Ordentliches gegessen, weshalb er ein Loblied auf Dongyangs Pupillen an-

stimmte: »Wirklich, Verehrtester, je steiler Ihre Beamtenkarriere, desto flinker tanzen Ihre Augen!«
Statt sie zum Essen einzuladen, bemerkte Dongyang: »Wenn Sie morgen zu mir kommen, dann bitte in anderer Kleidung! Bei mir verkehren häufig angesehene Leute!« Sie sahen so abgerissen aus, daß er bezweifelte, ob Zhaodi und Ruifeng wirklich Spitzel waren.
Ruifeng hatte eine Ausrede parat: »Das ist meine Verkleidung, so gehe ich überall hin!«
Dongyang lächelte eilig: »Gut, also dann bis morgen!«
Als sich Dongyang weit genug entfernt hatte, stieß Xiaohe Ruifeng mit dem Ellenbogen leicht in die Rippen: »Von wegen Verkleidung! Sie sind gut, toll!« Ruifeng war sehr zufrieden mit seiner Schlagfertigkeit, er verzog den Mund zu einem Lächeln.
Beide gingen zuerst nach Nummer sechs. Im Hof trafen sie John Ding. Der hielt sie fest. Xiaohe fragte verwundert: »Das hier ist meine Wohnung, weshalb lassen Sie mich nicht hinein?«
»Ihre Wohnung! Die habe ich längst vermietet! Sie haben doch monatelang keine Miete bezahlt!«
»Na, und Gaodi?« Xiaohe wußte nichts von ihrer Verhaftung.
»Die ist doch längst von den Japanern abgeholt worden!«
»Ich habe aber noch Sachen hier!« Er nahm Gaodis Verhaftung gar nicht zur Kenntnis, sie war ihm gleichgültig.
»Was meinen Sie, was die Sachen noch wert sind, nachdem Sie so lange keine Miete gezahlt haben?«
Xiaohe erzitterte. Kein Dach mehr über dem Kopf zu haben, war eine ernste Angelegenheit. Er dachte kurz nach, dann versuchte er John Ding einzuschüchtern: »Sie wissen doch, was Zhaodi macht, Sie legen sich besser nicht mit mir an.«
John war nicht zu beeindrucken. »Mir egal, was sie macht, Sie jedenfalls müssen gehen, wenn ich bitten darf!«

Solch ein wunderschöner Sommerabend war früher für den alten Herrn Qi die schönste Zeit gewesen. Nach fünf Uhr stand die Sonne schräg über der westlichen Mauer, so daß der Hof im Schatten lag, während die grünen Datteln oben am Baum in der Sonne wie Edelsteine glitzerten. Dann besprengte der alte Mann die schattigen Stellen, und das Abendessen konnte in angenehmer Kühle eingenommen werden. Danach goß er die Blumen, damit sich die Nachthyazinthen weit öffneten, ihren Duft verströmten und die Bienen anlockten, deren ausgebreitete Flügel die Blüten wie mit einem Schleier umgaben. Libellen aller Schattierungen umkreisten die Dachsimse und durchkreuzten die Mückenschwärme. Nach und nach kamen auch Fledermäuse, dunkel wie Wassernüsse, herausgeflogen, nach denen die Kinder ihre Stoffschuhe warfen, um eine zu erwischen. Die Krähen flogen, Abendrot auf ihren Rücken, langsam in die Stadt zurück und ließen sich auf den Bäumen außerhalb der Südmauer nieder. Die kleinen Schwalben reihten sich auf den Stromleitungen auf, wo sie still ihre vom Tagwerk müden Flügel ausruhten. Nach dem roten Aufleuchten wurde der Himmel allmählich dunkelgrau, ein kühles Lüftchen verbreitete starken Blütenduft. Dann wurden auch die Plappermäuler der Kinder, die den ganzen Tag nicht stillgestanden hatten, müde. Nun wollten die Kleinen Geschichten von den Alten hören. Noch ehe eine zu Ende erzählt war, fielen ihnen die Augen zu und sie träumten von bunten Fischen und Zuckermelonen.

Heute war der alte Mann hungrig, wollte es aber nicht sagen. Das Sprengen hatte er schon aufgegeben, er bewegte sich ungern, und Wasser war, besonders bei der Hitze, knapp. Doch die zwei japanischen Familien in der Gasse verbrauchten unendlich viel davon. Der Wasserträger, ein Mann aus Shandong, belieferte sie nach Kräften, ohne sich darum zu kümmern, ob die anderen wenigstens Trinkwasser hatten. Vom Blumengießen war seit langem keine Rede mehr, der alte Herr hatte nicht einmal mehr Blumen gepflanzt. Selbst die Granatapfelbäume in den Töpfen waren zur Hälfte verdorrt, die verbliebenen Blätter infolge Wassermangels vergilbt, nicht eine Knospe war aufgeblüht. Der alte Mann vermied es hinzuschauen. Auch die Pekinger Krähen waren selten geworden, sie fanden kein Futter mehr, draußen auf den Bäumen jenseits der Südwand saßen nur noch ein paar zerzauste, stumme.

Niuzi weigerte sich noch immer, das Mischmaschzeug zu essen, weshalb es täglich beim Essen Streit gab. Nach dem Krach flüchtete sie sich weinend und schnaufend auf Großmutters Schoß und stellte sich schlafend. Sie war eigentlich keine Heul- und Streitliese, jetzt aber weinte sie beim kleinsten Anlaß und schrie ihren Kummer hinaus. Die wunderschönen Sommerabende, noch dazu mit Abendrot, Libellen und Fledermäusen, waren ohne das Lachen der Kinder still und traurig! Alle wollten so schnell wie möglich ins Bett, um sich nicht ansehen und anschweigen zu müssen.

An solch einem schönen, traurigen Sommerabend kam Qi Ruifeng nach Hause – und brachte auch noch Guan Xiaohe mit.

Xiao Shun erblickte ihn als erster, flog auf ihn zu und schrie: »Zweiter Onkel, bist du wieder da?« Die kleine Niuzi auf Großmutters Schoß riß auf den Schrei hin die Augen auf und rief ebenfalls: »Zweiter Onkel!«

Der alte Herr saß auf den Stufen vor den Nordräumen. Beim Anblick des Zweiten huschte unwillkürlich Freude über sein Gesicht. Aber Kummer und Not der letzten Jahre hatten ihn gelehrt, nicht nur an die vier Generationen unter einem Dach zu denken und dem zweiten Enkel nicht sogleich wieder alles zu verzeihen. Er ließ den Kopf sinken. Auch als Ruifeng ihn grüßte, antwortete er nicht.

Mutterliebe drängte Tianyous Frau, ihn zu fragen, wie es ihm im Gefängnis ergangen sei, aber angesichts der Zurückhaltung des Schwiegervaters schwieg sie.

Ruifeng hatte erwartet, daß man ihn begeistert willkommen heiße, wie einen aus der Ferne zurückkehrenden Helden. Mit zitternder Stimme begrüßte er Großvater und Mutter und schickte sich an, tränenreich die Geschichte seiner Verhaftung zu berichten. Aber die Zurückhaltung des Großvaters und der Mutter ließen ihn verstummen.

Yunmei verstand Großvater und Schwiegermutter, aber sie konnte dem Zweiten nicht auch eine Abfuhr erteilen, sie war die Hausfrau, mußte für alle sorgen. Sie lächelte ein wenig: »Ach, Zweiter, bist du wieder da? Es ist dir doch hoffentlich nicht schlecht ergangen?«

Der Zweite stürzte auf die Schwägerin zu, um ihr ausführlich alles über die Haft zu erzählen. Als er sich aber zum Großvater umwandte und sah, wie der ihn fixierte, schwieg er lieber. Nach einer Weile fragte er die Schwägerin leise: »Herr Guan hat keine Bleibe, kannst du ihm irgendwie helfen?«

Guan Xiaohe zupfte an seiner Kleidung, verbeugte sich vor dem alten Herrn und Tianyous Frau und schmetterte mit Unschuldsmiene: »Und wenn es nur für diese eine Nacht wäre! Morgen weiß ich Rat, da brauche ich Sie nicht mehr zu belästigen! Das wäre ja gelacht, Zhaodi ist Agentin, da wird ihr Vater ja wohl eine Bleibe finden!«
Yunmei lächelte noch, aber ihr Ton war entschieden: »Herr Guan, da kann ich Ihnen leider nicht helfen!«
Der alte Herr wollte nichts sagen. Sein Magen knurrte jämmerlich, ihm war nicht nach Reden zumute. Zudem wußte er, daß Yunmei umsichtig war und Guan Xiaohe nicht ohne weiteres hierbehalten würde. Auch war es sein alter Stil, niemandem weh zu tun. Er konnte also nur hoffen, der Guan möge schnellstens gehen, ohne daß er den Mund aufmachen müßte. Doch er machte ihn plötzlich auf, er hatte all die Jahre lang genug Kummer hinunterschlucken müssen. Schurken wollte er nicht mehr freundlich behandeln. Er stand auf und zeigte auf Guan Xiaohes Gesicht: »Gehen Sie! Hinaus! Reizen Sie mich nicht zu weiteren Äußerungen!« Und zu Ruifeng gewandt: »Du Taugenichts, schaff diesen Menschen hinaus, sonst kriegst du es mit mir zu tun!«
Als der Großvater wirklich in Wut geriet, wagte Ruifeng keinen Ton mehr und schob Guan Xiaohe hinaus. Er wußte, wenn er sich jetzt widersetzte, war der Großvater imstande, ihm womöglich nichts mehr zu essen zu geben. Am Ausgang warf er Guan Xiaohe nur ein »Entschuldigung!« zu und schloß das Tor. Dann lief er in der Annahme in den Hof zurück, daß damit aller Streit beigelegt sei und es nun Abendessen gäbe. Aber der Großvater erwartete ihn noch, schnitt ihm den Weg ab und warf ihm alles an den Kopf, was der sich seit der Besetzung Pekings geleistet hatte. Er sprach nicht mehr wie ein Großvater, der den Enkel entschuldigte, sondern tadelte ihn als einen verderbten, zu nichts zu gebrauchenden Mistkerl.
Nachdem sich der alte Mann lange ereifert hatte, begann er zu zittern. Tianyous Frau und Yunmei hatten kein gutes Wort für Ruifeng eingelegt, versuchten aber angestrengt, den alten Herrn zu beruhigen, weil sie fürchteten, er könne vor lauter Ärger krank werden. Schließlich gelang es ihnen, ihn so weit

zu besänftigen, daß er sich auf die Stufen setzte und in Tränen ausbrach.
Ohne die Vorwürfe des Großvaters zu bedenken, fühlte sich Ruifeng ungerecht behandelt. Gerade dem Gefängnis entkommen, meinte er, es stehe ihm Freundlichkeit und Trost zu. Daß der alte Herr ihn so behandelte, fand er unangemessen und gefühllos. Als sich der Großvater hinsetzte, rannte er in sein Zimmer und jammerte leise vor sich hin.
Nach einer Weile war der Zorn des Großvaters verraucht, und als Yunmei ihm hochhalf, sagte er ihr leise: »Mach ihm was zu essen!« Yunmei nickte kläglich lächelnd.
Ruixuan kam heute wieder einmal etwas später. Gewöhnlich pflegte er sofort nach der Arbeit nach Hause zu gehen, ohne sich irgend etwas anderes vorzunehmen. Seit man dieses »Republikmehl« aß, zog es ihn nicht mehr heim. Manchmal lief er, statt eine Straßenbahn zu nehmen, geistesabwesend durch die Straßen. Er hatte Angst, zu Hause die Gesichter des greisen Großvaters und der kranken Mutter zu sehen, wenn sie dieses Zeug hinunterwürgten, das nicht einmal Schweine und Hunde fraßen. Und erst recht mochte er nicht Niuzis Geheul und die traurigen Beschwichtigungen Yunmeis hören. Denn dann kam ihm sein Zuhause wie eine Hölle vor. Aus den Augen der Alten war die Güte verschwunden, aus denen der Kinder der naive Glanz, nur noch Furcht und Hoffnungslosigkeit waren darin zu sehen. Er hätte die Alten und Kinder gern mit ein paar Scherzen aufgeheitert, doch diese Selbsttäuschung brachte er nicht über sich. Er konnte bloß beschämt dieses ungenießbare Zeug hinunterschlucken, wohl wissend, daß es nur durch Magen und Darm hindurchwanderte, ohne irgend etwas zu bewirken. Doch dieses Zeug ohne jeden Nährwert konnte die Alten und Kinder schnell hinwegraffen, es war reines Gift! Bei dem Gedanken, die Kinder könnten verhungern, brach ihm kalter Schweiß aus.
Manchmal steckte ihm Mr. Goodrich verstohlen ein Stück Brot oder Kuchen, in Ölpapier verpackt, in seine alte Ledertasche, dazu einen Zettel, auf dem in Englisch stand: »Sorry, Ruixuan, vielleicht kann das die Kinder ein wenig aufheitern, es wäre mir ein kleiner Trost.«
Die Kinder verschlangen es wie kleine Wölfe. Erst dann fiel

ihnen ein: »Wir haben ja gar nichts für Urgroßvater und Großmutter aufgehoben!«

Die kleine Niuzi hoffte stets im stillen, ihr Pa möge etwas mitbringen. War das nicht der Fall, sagte sie: »Papa, Niuniu ist ganz brav, sie will kein Brot!« Das gab Ruixuan jedesmal einen Stich ins Herz.

Er hatte aufgehört, den kleinen Shun zu unterrichten. Wissen konnte ein verhungerndes Kind nicht retten. Die endlosen Zweifel, der ewige Hunger verursachten ihm Magenkrämpfe, Sodbrennen, ihm war nicht nach Lektionen über Kultur und Geschichte.

Bei seinen Gängen durch die Straßen entdeckte er manches Neue, das ihn schwermütig stimmte. Er sah gemeinschaftlich betriebene chinesisch-japanische Restaurants, deren Ausstattung ebenso gemeinschaftlich war: normalhohe Tische und Stühle für Chinesen, niedrige Tische für Japaner, an den Wänden japanische Farbdrucke, auf den Tischen die bei Japanern beliebten, kurios geformten Bonsai. Während andere Lokale wegen der Getreide- und Fleischrationierung immer wieder leer ausgingen und nicht jeden Tag etwas auf die Karte setzen konnten, erhielten diese Gemeinschaftsunternehmen alles und boten es zu Dumpingpreisen an, weshalb es hier stets voll war. Für wenig Geld bekam man eine große Schale weißen Reis mit einem einfachen japanischen Gericht. Oft schon hatte sein sodbrennender Magen und sein reisentwöhnter Mund Ruixuan zu solch einem »Versöhnungsschmaus« zwingen wollen. Er biß jedoch die Zähne zusammen und lief schnell weiter. Unter keinen Umständen durfte er so weit sinken, daß er den japanischen Lokalen zu florierendem Geschäft verhalf und sich mit Japanern an einen Tisch setzte!

Er entdeckte auch viele japanische Geschäfte in der Gegend um die Wangfujing-Straße. Das nun verwunderte ihn weniger. Wenn sogar in der Schafhürdengasse Japaner wohnten, mußte es in dieser Gegend natürlich japanische Läden geben. Daß er aber ebenfalls japanisch aufgemachte chinesische Geschäfte sah, war wieder Anlaß für neue Niedergeschlagenheit.

Er hatte Angst, nach Hause zu gehen, aber wenn er durch die Straßen ging, ärgerte er sich nur. In dieser Stimmung trat er den Heimweg nur zögerlich an.

Guan Xiaohe saß auf den Stufen vor dem Tor der Familie Qi. Als er Ruixuan kommen sah, stand er eilig auf. »Oh, Ruixuan, ich und Ihr Bruder sind unbehelligt herausgekommen. Könnten Sie mir vielleicht...« Noch ehe er geendet hatte, stieß Ruixuan das Tor auf, ging hinein und schloß es wieder. Yunmei rief ihm leise zu: »Der Zweite ist wieder da!« Wortlos ging er hinein.

77

So schmählich abgewiesen, stand Xiaohe lange in der Gasse und blickte auf das Anwesen, das einst ihm gehört hatte. Er erinnerte sich, wie er früher gelebt hatte, ihm fielen Rotkürbis, Tongfang und seine Töchter ein, und er begriff nicht, daß er so tief hatte fallen können. Wie sehr er sich auch den Kopf zerbrach, bei ihm konnte der Fehler nicht gelegen haben. Wie war es dann möglich, daß es ihm so schlecht ging, wenn die Lehre von der Vergeltung wirklich ihre Gültigkeit hatte? Seufzend verließ er die Schafhürdengasse.
Es wurde schon dunkel, wohin sollte er gehen? Früher glaubte er, ganz Peking warte auf ihn: Die Rikschas waren dazu da, ihm das Laufen zu ersparen, er brauchte nur zu nicken, schon liefen zwei andere Beine statt seiner; die Straßenlaternen leuchteten, damit er mit seinen Satinschuhen nicht in den Schmutz trat; die Läden hatten für ihn geöffnet, er brauchte nur nach der Geldbörse zu greifen, schon waren ihm die Händler wie Hunde zu Diensten. Auch jetzt waren Rikschas, Läden, Laternen da, aber er fühlte sich einsam und traurig.
Wütend zu werden, wagte er nicht, weil er dann womöglich etwas tun würde, was im Gegensatz zu seinen üblichen tiefen Verbeugungen und gemessenen Schritten stünde und Unheil bringen könnte. Seine Vergangenheit bereute er nicht, weil er meinte, darauf könnte er stolz sein. Er hatte ein goldenes Zeitalter durchlebt, vor allem als Rotkürbis den Direktorposten hatte. Da konnte doch nichts Falsches daran sein!
Sein Magen knurrte. Über seinem Hunger vergaß er alles andere, jetzt mußte er sehen, wie er schnellstens zu etwas Eßbarem kam. Er nahm sich vor, Lan Dongyang aufzusuchen.

Der war zwar ein Geizhals, aber Guan Xiaohe verfügte über eine unermüdliche Zunge, mit der würde er selbst einen Teufel erweichen.
Seine Erfahrungen mit den Japanern hatten Dongyang gelehrt, mit einem dringenden Anliegen bereits lange vor der verabredeten Zeit zu erscheinen. Allerdings wußte er auch, daß jemand, der um Hilfe gebeten wird, die Bittsteller um so länger warten läßt, je früher sie auftauchen. Ihm war diese Demütigung oft genug widerfahren. Als Xiaohe jetzt zu ihm kam, stiegen sofort Zweifel in ihm auf. Wenn der so dringend Hilfe brauchte, konnte Zhaodi doch kaum eine Agentin sein. Daher fragte er ohne Umschweife: »Ich möchte wissen, ob das mit Zhaodi stimmt!«
Xiaohe fuhr wie von einer Pferdebremse gestochen auf: »Oje, wieso glauben Sie mir nicht? Ich werde doch nicht mit Dingen, die mit den Japanern zu tun haben, Scherze treiben!«
Dongyang schwieg eine Weile, er gab Xiaohe recht. »Und wo kann ich sie finden?«
»Hm...«, Xiaohe wagte nicht, ihre Adresse zu nennen, um nicht wieder im Gefängnis zu landen, »Sie wissen doch, daß man die Adresse von Agenten niemandem sagen darf!«
»Wenn ich sie nicht finde, hat alles keinen Zweck. Und Sie? Sie haben sie auch nicht gefunden?«
»Ich...«, Xiaohe wußte nicht, was er antworten sollte.
»Erledigt, verschwenden Sie meine Zeit nicht weiter! Wenn Sie sie auch nicht gefunden haben, muß ich mich an Qi Ruifeng halten!«
»Ruifeng? Der betrügt Sie doch nur! Wenn der ein Agent ist, bin ich der Kaiser von Japan!«
»Xiaohe, wie können Sie es wagen, in meiner Gegenwart über den Kaiser Witze zu machen?« Dongyang erhob sich, zog seine Pupillen in die Höhe und verbeugte sich gen Osten.
»Oh, das war ein Fehler, ich bedaure!«
»Sie sind genauso ein Betrüger wie Ruifeng, hinaus mit Ihnen!«
»Ich habe noch nichts gegessen, Dongyang!«
»Ich habe doch hier kein Restaurant! Sie trauen sich, über einen Abteilungsleiter Witze zu machen? Hinaus!«
»Wo ist denn Ihre Gattin? Ich möchte zu Ihrer Gattin!«

Xiaohe war nun sichtlich nervös, er wollte Dickmadam um Hilfe bitten.

Sie kehrte gerade in diesem Moment zurück. Kaum, daß sie Xiaohes ansichtig wurde, brach sie in Wut aus. Weil sie den Direktorposten der Prostituierten-Kontrollbehörde nicht bekommen hatte, haßte sie in letzter Zeit alle Leute. Xiaohe war der Mann von Rotkürbis, also reizte der sie ganz besonders.

»Abteilungsleitersgattin«, flötete Xiaohe sanft, um weibliches Mitgefühl zu erregen. Dickmadam sagte kein Wort, sie spuckte aus und ging hinein.

Xiaohes Gesicht wurde grün wie das von Dongyang. Langsam wandte er sich zum Gehen.

Bereits am Tor, drehte er sich plötzlich um, kam zurück und erklärte Dongyang: »Ich nehme Ihnen das nicht übel, Ihre Haltung ist richtig! Wären Sie an meiner und ich an Ihrer Stelle, würde ich mich genauso verhalten. Sie müssen so handeln. Nur merken Sie sich eins, Zhaodi ist wirklich Agentin, und eines Tages werde ich sie treffen, dann aber nehmen Sie sich in acht!« Er drehte sich um und schickte sich gerade an zu gehen, als Dongyang hinter ihm herrannte. Es war nicht etwa Mitgefühl oder Menschenwürde, die ihn trieben, er wußte lediglich, wie schlimm die Agenten der Armeeführung sein konnten. Er hielt Xiaohe fest: »Kommen Sie zurück! Sie können bei mir etwas essen!« Der war mit einer Mahlzeit zu kaufen, da war er sich sicher, denn er gab niemandem auch nur ein Reiskorn umsonst.

Auf Xiaohes Gesicht zeigte sich ein Lächeln.

Der Zweite saß in seinem Zimmer. Er hatte nicht gewagt, den Bruder zu begrüßen, weil er Angst hatte, daß der ihn wie der Großvater beschimpfen würde. Am nächsten Morgen stand er erst auf, nachdem der Bruder zur Arbeit gegangen war. Benommen aß er etwas und verkroch sich wieder in sein Zimmer, weil er nachdenken wollte. Sollte er zu Dongyang gehen oder nicht? Dickmadams wegen genierte er sich, aber Dongyang konnte ihm vielleicht zu einer Arbeit verhelfen. Gestern allerdings hatte er Dongyang betrogen. Wenn der wirklich einen Agenten brauchte, was dann? Lange zermarterte er sich den Kopf, dann aber prustete er los: »Lassen wir's drauf ankommen. Kommt Zeit, kommt Rat!« So beschloß er hinzugehen. Ein blindes Huhn findet auch mal ein Korn, machte er sich Mut. Sorgfältig rasierte er sich, zog frische Unterwäsche und saubere Oberkleider an, erbat sich von der Schwägerin ein bißchen Taschengeld und begab sich frohen Mutes auf den Weg.

Das Wetter war angenehm, die Temperatur zwar ziemlich hoch, aber es wehte ein wohltuendes kühles Lüftchen. Das Quittengesicht emporgereckt, breitete Ruifeng nach wenigen Schritten die Arme aus und ließ den Wind in die Achselhöhlen blasen, als wolle er davonfliegen. Vergessen waren die Vorwürfe des Großvaters, die Nöte im Gefängnis, er konzentrierte sich ganz auf die Idee, über eine »Kooperation« mit Dongyang zu neuen Ufern zu gelangen.

Vor dem Lanschen Anwesen angekommen, traute er sich nicht zu klopfen. Falls er nun Dickmadam begegnete? Gab es in seinem Leben einen Schandfleck, dann den, daß er nicht mit Lan Dongyang um seine Frau gekämpft hatte.

Als er lange unentschlossen vor dem Tor gestanden hatte, öffnete es sich plötzlich, und ein junger Mann ließ ihn einigermaßen höflich eintreten. Nun zögerte Ruifeng nicht mehr, sondern folgte dem jungen Mann. »Sieh mal an, Dongyang hat mich ehrlichen Herzens erwartet, es wird schon klappen!«

Dongyang stand mit einem anderen Mann im Hof. Ruifeng, der eine Begegnung mit Dickmadam ebenso fürchtete, wie er sie sich wünschte, blickte sich suchend um. Als drinnen jemand wie Dickmadam hüstelte, bekam er Herzklopfen. Dongyang fixierte Ruifeng mit zur Seite geneigtem Grüngesicht. Ruifeng lächelte erstaunt. Plötzlich riß Dongyang die Pupillen hoch und fragte: »Stimmt es, daß Sie Agent sind?«

Ruifeng, dem Lügen leicht von den Lippen gingen, antwortete überzeugt: »Wieso sollte es denn nicht stimmen?«

Daraufhin wandte sich Dongyang an die zwei jungen Leute: »Habt ihr gehört?« Sie nickten, traten näher und nahmen Ruifeng in die Mitte. Der verstand nicht, fragte aber beunruhigt: »Was soll denn das?« Dabei fiel ihm die beste Lösung ein, weglaufen! Als er gerade die Füße heben wollte, spürte er rechts und links in den Rippen etwas Hartes. Er wagte sich

nicht zu rühren, erbleichte, schnappte nach Luft und stieß schließlich hervor: »Dongyang, was habe ich denn getan?«
»Sie haben sich als Agent ausgegeben!« Er winkte den jungen Männern: »Abführen!«
Ruifeng geriet in Panik und schrie verzweifelt: »Dickmadam, hilf mir!« Sie zeigte sich nicht, dafür preßten die beiden die harten Dinger noch fester in seine Rippen, so daß ihm nichts anderes übrigblieb, als zu schweigen und mit ihnen hinauszugehen.
Ruifeng landete wieder im Gefängnis.
Dongyang war sehr zufrieden mit sich. So eine Verhaftung brachte ihm Punkte bei den Japanern. Ruifeng war ein Feigling, den zu schikanieren sich nicht lohnte. Trotzdem verschaffte es ihm eine gewisse Genugtuung, ihn ins Gefängnis gebracht zu haben. Damit konnte er Dickmadam seine Macht demonstrieren und außerdem das Restchen Eifersucht auf Ruifeng aus seinem Herzen tilgen. Erst, wenn der erledigt war, war er sich sicher, wirklich der einzige Mann Dickmadams zu sein. Genau, er mußte dafür sorgen, daß Ruifeng im Gefängnis umkam. Es war ein ganz spontaner Einfall, aber spontane Ideen können mitunter mehr unter die Haut gehen als lange ausgebrütete. Ihm war nach Dichten zumute. Aber nein, daran durfte er jetzt noch nicht denken, erst mußte er Ruifengs Tod einfädeln!

Als Ruifeng zum Abendessen nicht nach Hause kam, beunruhigten sich die anderen nicht sonderlich. Als es aber dunkel wurde und er noch immer nicht zurück war, räsonierte der alte Herr: »Die Japaner haben ihn doch schon einmal verhaftet, hat er denn immer noch nichts begriffen? Was treibt er sich so lange draußen herum, es wird ja schon dunkel!«
Auch da regten sich die anderen noch nicht auf, sie nahmen an, daß er sich nach der langen Haft wie ein dem Käfig entronnener Vogel richtig amüsieren wollte. Er würde schon bald kommen.
Etwas später sinnierte der alte Mann weiter, weil ihm unwohl war. Ihm tat es nun leid, daß er Ruifeng gleich nach seiner Freilassung so beschimpft hatte. Würde der wegen seiner Vorwürfe auch noch aus Peking weggehen, hätte er sich vor den

Ahnen schuldig gemacht. Ruifeng war ein Taugenichts, aber eine solche Schuld wollte sich der alte Mann nicht aufladen. Da vergaß er alle Fehler Ruifengs, sah in ihm nur noch einen Qi, dem keinesfalls etwas zustoßen durfte.
Als es Zeit wurde, schlafen zu gehen, packte auch Tianyous Frau eine gewisse Unruhe. Wenn Ruifeng sonst häufig spät nach Hause kam, machte sie sich keine Gedanken. Heute aber ließ ihr eine böse Vorahnung keine Ruhe.
In der Nacht lag in den Zimmern immer noch eine drückende Hitze. Keiner konnte schlafen, alle taten aber so. Mal schrie die kleine Niuzi, als seien ihr Hitzepickel aufgeplatzt, mal tat der alte Herr einen langen Seufzer, dann wieder flüsterte Tianyous Frau mit Xiao Shun. Etwas Schreckliches schien im Finsteren zu lauern. Niemand mochte Ruifeng leiden, aber gerade, weil sie wußten, was für ein Nichtsnutz und Dummkopf er war, sorgten sie sich um so mehr. Erst gegen Morgen, als die Hitze etwas nachließ und ein kühles Lüftchen wehte, fielen sie in einen Dämmerschlaf.
Yunmei stand sehr früh auf. Als sie aus der Tür trat, sah sie den alten Herrn im Hof sitzen. Seine schütteren weißen Haare, vor allem die wenigen auf der Schädeldecke, zitterten leicht und verloren im Morgenwind, die Falten in seinem Gesicht schienen dichter und dunkler als sonst zu sein. Er hatte nur einen Knopf des kurzen Kittels zugeknöpft, darunter sah man seine Brust, die Haut hing schlaff herab, wie blutleer.
»Aber Großvater, warum stehen Sie denn schon so früh auf?« fragte Yunmei leise.
Lange gab der alte Mann keine Antwort. Er senkte den Kopf, als wolle er das Kinn in die dünne Brust drücken. Dann stöhnte er und murmelte: »Ach, alles war falsch, mit allem habe ich mich verrechnet! Ich habe gesagt, in Peking dauern Katastrophen nie länger als drei Monate! Von wegen, drei Monate – viele Jahre! Und ich habe gedacht, egal, was kommen mag, wir werden schon nicht verhungern! Von wegen! Schau dir doch die kleine Niuzi an und deine Schwiegermutter! Ich habe immer gemeint, wir halten eine Menge aus, Not kann uns nichts anhaben, wir werden schon nicht sterben. Aber dein Schwiegervater war der erste, und nun ist der Zweite, Ruifeng, dran!«

»Dem Zweiten wird schon nichts passieren, da können Sie ganz beruhigt sein«, sagte Yunmei und zwang sich zu einem Lächeln. Der alte Herr hielt den Kopf noch immer gesenkt, sprach aber etwas lauter: »Wieso nicht? In diesen Zeiten kann sich keiner an die Brust klopfen und sagen, wird schon nichts passieren. Ich bin schuld, ich hätte ihn nicht gleich beschimpfen dürfen, kaum, daß er wieder da war!«
»Aber er hat es doch verdient, Großvater!«
Er blickte sie kurz an und sagte nichts mehr.
Der kühle Wind blies den Sommermorgen wach. Vögel begannen in den verschiedensten Tonlagen zu zwitschern, die Trichterwinden öffneten ihre taubedeckten Trompetenblüten, buntgescheckte Insekten wirbelten durch die Luft, Spinnen spannen in den Zimmerecken neue Netze. Die Welt war wunderschön, nur die Menschen schienen einander nicht zu verstehen. Sie erschlugen andere, schossen Städte in Schutt und Asche, nur um der Macht willen.
Als Ruixuan die Augen aufschlug, runzelte er sofort die Stirn. Den schönen Sommermorgen empfand er wie Hohn.
Er trat vor die Tür, sah den Großvater sitzen und grüßte ihn hastig; der saß aber weiter nur stumm da.
Ruixuan ging langsam in den vorderen Hof. Als er sich der Geistermauer näherte, sah er auf dem Boden ein Päckchen liegen. Es gab ihm einen Stich. Es war in japanisches Papier gewickelt, das sah er gleich. Auch der dünne weiße Bindfaden war japanisch. Er starrte darauf, dann ergriff er es blitzschnell und riß es auf. Es war Ruifengs Obergewand. Tränen stürzten ihm aus den Augen. Er konnte den Zweiten nicht leiden, aber er war schließlich sein Bruder.
Leise öffnete er das Tor, ging zu Wachtmeister Bai und erklärte ihm ohne Umschweife: »Unser Zweiter ist gestern in diesem Obergewand ausgegangen. Heute morgen hat es jemand, fein säuberlich verpackt, über die Mauer geworfen.«
Der Wachtmeister blickte Ruixuan an, dann auf das Gewand und nickte: »So machen sie das, wenn sie einen umbringen, sie schicken ein Kleidungsstück zurück. Das heißt, der Zweite ist wahrscheinlich ... tot!«
Da die Worte des Wachtmeisters seine schlimmsten Vermutungen bestätigten, schwieg Ruixuan.

Wachtmeister Bai murmelte: »Hm, der Zweite war zwar kein besonders guter Mensch, aber den Tod hat er nicht verdient!« Er öffnete sein Meldebuch. »Herr Qi, dieses Gewand ist eine Mitteilung, in Zukunft bekommen Sie für ihn keine Lebensmittel mehr.« Er strich den Namen Ruifeng mit einem dicken schwarzen Balken durch.

»Wachtmeister Bai«, Ruixuan sprach mit zitternden Lippen, »ich lasse das Gewand hier bei Ihnen, unser Großvater darf es auf keinen Fall zu Gesicht bekommen. Mein Vater ist schon... nun auch noch der Zweite, das hält der Großvater nicht aus! Ich bitte Sie, seien Sie so gut, helfen Sie mir und erzählen Sie es niemandem!«

»Ich verstehe! Ich helfe Ihnen!« Der Wachtmeister wickelte das Gewand wieder ein. »Herr Qi, Sie werden es doch nicht so schwer nehmen. Ob anständig oder nicht, über kurz oder lang trifft es jeden von uns!«

Ruixuan begab sich eilig zum Vierten Herrn Li. Er schilderte ihm das Vorgefallene kurz, dann bat er: »Beim Verteilen von Getreidemarken darf mein Großvater keinesfalls merken, daß wir für einen weniger bekommen! Und noch etwas. Könnten Sie nicht in ein paar Tagen zu meinem Großvater sagen, Sie hätten Ruifeng gesehen?«

»Ich soll schwindeln?«

»Was bleibt uns anderes übrig? Wenn Sie sagen, daß Sie ihn gesehen haben, Ihnen glaubt er und beruhigt sich. Sonst wird er noch krank! Wenn ihm jetzt noch etwas zustößt, weiß ich wirklich nicht mehr, was ich machen soll! Ich bin jetzt schon arm genug und kann keine Bestattung mehr bestreiten!«

»Schon gut, Sie haben recht!« stimmte der Alte Li zu.

Langsam trottete Ruixuan nach Hause.

Am Tor kam er auf einmal nicht mehr weiter. Er setzte sich auf die Schwelle und führte Selbstgespräche: »Du kanntest den Zweiten doch genau, warum hast du ihm nicht früher ins Gewissen geredet? Oder ihn ordentlich geohrfeigt? Das wäre jedenfalls immer noch besser, als von den Japanern umgebracht zu werden! Warum ging es dir immer nur um die äußerliche Harmonie, hinter der du ihn machen ließest, was er wollte? Fein, jetzt, da er tot ist, bettelst du Wachtmeister Bai und den Vierten Li an, die Sache zu vertuschen, als sei der

Zweite ein feiner Mensch, der keinesfalls sterben dürfe. Und nun, da er tot ist, tust du, als lebe er noch! Was soll das heißen? Du konntest ihn nicht leiden, aber kritisieren mochtest du ihn nicht. Jetzt ist er tot, soll aber noch leben! Du kannst immer nur alles oberflächlich abwiegeln, sonst nichts! Was bist du eigentlich für ein Mensch?«
Jegliche Kraft war aus ihm gewichen. Er schleppte sich hinein.
Der alte Herr saß noch immer dort. Großvater und Enkel blickten sich an, keiner sagte ein Wort.

78

Pekinger geben nie ihren Humor auf, da können die Zeiten noch so schlimm sein. Prangte vor dem Friseurladen »Heiter« ein Schild »Für einen Mao Haarschneiden, Rasieren, Kopfwäsche!«, hängte der Laden »Zweites Glück« gegenüber gleich den Spruch heraus: »Für einen Mao Haarschneiden, Rasieren, Kopfwäsche, dezente Ohrenreinigung, Rückenmassage!« Beim Friseur »Pfirsichgarten« linker Hand hieß es dann »Für acht Fen machen wir Sie schön wie einen Filmstar!«, während der Laden »Aufschwung« rechter Hand damit warb: »Für sieben Fen erledigen wir alles aufs beste – ohne Filmstar-Trinkgeld!«
Es gab nichts mehr zu essen, was sollte man sich da noch um die Frisur scheren. Die meisten Leute beschäftigte nur die eine Sorge, wie sie den Bauch füllen sollten. Freilich, Leute wie Dickmadam ließen sich nach wie vor Dauerwellen legen, maniküren, aber sie gingen in ganz andere Salons. Deshalb fehlte kleinen Friseurläden trotz Preissenkung und trotz Humor der Umsatz.
Sun-Sieben arbeitete früher bis zu acht Stunden täglich, jetzt schaffte er alles in ein, zwei Stunden. Er brauchte nicht mehr zu hetzen, die Läden hatten kaum noch Angestellte. Einige verzichteten ganz auf ihn und gingen in die kleinen Friseurstübchen, die für wenig Geld viele Dienste anboten. Da mußte er sich etwas anderes einfallen lassen.
Er hielt sich eine Menge zugute. Obwohl er sich nicht besonders geschickt anstellte, war er der Meinung, daß ihm ein

hohes Ansehen zustehen würde, etwa wie einem Techniker, der zu Reparaturen ins Haus gerufen wurde. Deshalb konnte er sich auch nicht unter die Anfänger auf der Straße reihen, die mit dreizehn, vierzehn gerade ausgelernt hatten, und wie sie die Rikschafahrer und Straßenhändler bedienen. Er mochte genausowenig mit geschultertem Barbierschemel und klapperschwingend durch die Straßen ziehen. Gewöhnlich war er recht gut angezogen: der kurze blaue Stoffkittel, sauber gewaschen und gestärkt, reichte gerade bis zu den Knien und wirkte solide und gepflegt, darunter trug er ein weißes Hemd mit besonders langen Ärmeln, deren strahlendes Weiß noch mehr zur Geltung kam, wenn man sie umschlug. Statt der Barbierklapper trug er lediglich ein kleines schneeweißes Stoffbündel, das seine Utensilien barg. Machte er sich morgens mit dem Bündel unterm Arm, die langen weißen Ärmel schlenkernd, auf den Weg in die Geschäfte, fühlte er sich wie ein Künstler, der seine Ausstellung eröffnen ging. So gepflegt und stolz war er keineswegs bereit, seine Dienste auf der Straße anzubieten, das wäre unter seiner Würde gewesen.

Jetzt allerdings fühlte er sich dazu gezwungen. Kurzsichtig wie er war, sah er nun noch schlechter, weil er Tränen in den Augen hatte. Er hatte immer gern geschwatzt. Da er von keiner Sache besonders viel verstand, traute er sich, überall mitzureden. Jetzt aber hielt er den Mund. Genauso wie Changshun mußte er wie ein Lehmteufel durch die Straßen ziehen, staubbedeckt von oben bis unten. Er war niedergeschlagen, da verging ihm die Lust auf einen Schwatz.

Morgens begab er sich zunächst in ein paar Geschäfte, die er seit vielen Jahren bediente. Das war aber schon vor Mittag erledigt. Was sollte er mit dem angebrochenen Tag anfangen? Zu Hause herumsitzen? Von der Decke fiel kein Geld herab. Also kaufte er eine Barbierklapper. Das Bündel unterm Arm, bot er seine Dienste klapperschlagend auf der Straße an. Beim Rasseln der Klapper gab es ihm jedesmal einen Stich. Jahrzehntelang hatte er sich wacker geschlagen, und nun war es so weit mit ihm gekommen! Seine Würde, sein Ansehen waren plötzlich dahin. Noch vor ein paar Tagen hatte er abgelehnt, Guan Xiaohe zu rasieren. Jetzt kam ihm jeder, der ihn heranwinkte, vor wie ein Gott des Reichtums.

Die Klapper schlug er nur dort, wo ihn niemand kannte. War er den ganzen Tag herumgelaufen, steckte er sie weg, ob er nun etwas verdient hatte oder nicht. Sobald er sich seiner Gegend näherte, klopfte er sich den Staub von den Kleidern und Schuhen und ging stracks nach Hause.

Sun-Sieben war besonders auf Würde und Anstand seiner Zunft bedacht. Er mochte die Scharen von halbwüchsigen Barbieren nicht leiden, wenn sie ihre eigens dafür gefertigten kleinen Tragen abstellten und miteinander fluchten, scherzten oder herumalberten. Jetzt aber traf er sie unweigerlich. Wie ungeschickt und jung sie auch sein mochten, letztendlich waren sie seine Kollegen, die zum gleichen Schutzgott beteten. Da seine Augen nichts taugten, konnte er sie nicht von weitem ausmachen und ihnen ausweichen. Näherten sie sich ihm aber, sah er ihr schlechtes Benehmen, hörte ihr Gefluche und geriet darüber unvermeidlich in Wut. Trotzdem konnte er sich nicht einmischen, sie waren ja nicht seine Lehrlinge. Früher hätte er sie als Älterer, Überlegener zurechtweisen können. Jetzt suchten sie alle auf der Straße ihr Brot, sie zu tadeln, hieße, sich in die Nesseln zu setzen. Es kam vor, daß ihn einer der Jungen kannte und laut fragte: »Meister Sun, Sie sind auch auf der Straße?« Dann zuckte er heftig zusammen und wurde rot bis unter die Haarwurzeln.

Um solcherlei Peinlichkeiten zu vermeiden, suchte er sich kleine Gassen aus. Aber je kleiner die Gasse, desto ärmer die Leute, da gab es erst recht nichts zu tun. Dann rasselte er noch lauter mit der Klapper, um Kunden anzulocken, aber auch, um sein Fluchen zu übertönen.

Es war heiß, die kleinen, engen, baumlosen Gassen glühten wie Öfen. Die sonnendurchglühten Mauern spuckten Feuer, rösteten ihm Gesicht und Körper. Hatte er ein paar solcher Gassen hinter sich, konnte er den eigenen Schweiß riechen. Die Strümpfe klebten ihm wie nasser Schlamm an den Füßen. Nirgends konnte er sich niederlassen, alles glühte. Im Magen hatte er nur ein bißchen von dem sogenannten Mehl und kaltes Wasser, auf dem Körper nur Schweiß und Staub, im Herzen bloß Sorgen, Haß, Scham und Schande. So vergaß er mit der Zeit das Klappern, verlor die Orientierung, setzte einfach nur noch mechanisch einen Fuß vor den anderen. Wenn ihn plötzlich Hundegebell oder ein anderer Laut aufschreckte, rasselte er schnell wieder mit der Klapper, aber der Lärm verschlimmerte alles nur noch.

Hunger, Hitze, Erschöpfung und Sorgen schlugen sich zuerst auf Magen und Darm. Ständig hatte er Durchfall. Überfielen ihn die Schmerzen beim Laufen, setzte er sich schnell und rieb sich den Bauch. Sein Gesicht wurde grün, er schwitzte am ganzen Körper. Sein Bauch schien sich zu einem Strick zusammenzudrehen, er sah Sterne vor den Augen. Mit weit aufgerissenem Mund atmete er tief durch. Der Schmerz schnitt ihm in die Eingeweide, als wollte er ihn zweiteilen. Die Ohren summten wie zwei dicke Moskitos, die ihn umschwärmten. Alles drehte sich, immer schneller und schneller, bis er nichts mehr wahrnahm. Wurde das Summen leiser, wurde ihm schwarz vor Augen, er fühlte sich ein wenig wohler, schien zu fliegen. War er lange genug geflogen, wurde das Summen wieder lauter, und er spürte den Bauchschmerz erneut. Schlug er nach einer solchen Ohnmacht dann die Augen auf, saß oder lag er immer noch an der gleichen Stelle. Am liebsten wäre er sitzen geblieben, aber der Schmerz trieb ihn hoch. Stöhnend rappelte er sich auf. Trotz der Hitze war kein Blut mehr in seinen Händen. An die Mauer gestützt, humpelte er zum Aborthäuschen.

Nach einigen solchen Ohnmachten war er mit dem Tod vertraut. Er redete sich ein: »Sterben ist gar nicht so traurig! Das Summen heißt wohl, daß die Seele hinausgeht. Nein, es ist gar nicht so schlimm! Warum bin ich nicht gleich gestorben?«

Um ins Krankenhaus zu gehen, fehlte ihm das Geld, er mochte auch keine Arznei kaufen. Wenn die Schmerzen zu unerträglich wurden, trank er einen Schluck scharfen Schnaps, der seine Innereien augenblicklich betäubte. Er fühlte sich etwas wohler. Aber die Reizung schwächte Magen und Darm noch zusätzlich, immer öfter fiel er nun um.

Mit der Zeit wurde es ganz schlimm. Die kurzsichtigen Augen eingefallen, das Gesicht nur noch Haut und Knochen, konnte er beim Rasieren vor lauter Händezittern kaum noch das Messer halten. Er gab sich immer noch stark und lustig, suchte die Kunden abzulenken, damit sie keine Angst bekämen, er könnte ihnen ins Ohr schneiden. Aber seine gute Laune war dahin. Sobald die Schmerzen einsetzten, mußte er das Messer zurücknehmen, damit es den Kunden nicht ins Gesicht oder auf den Schoß fiel. Solange es aber auszuhalten war, machte er weiter. Er biß die Zähne zusammen und brachte die Rasur mit Mühe und Stoßgebeten zu Ende. Nach einer solchen Anstrengung war er so erschöpft, daß er sich schnellstens irgendwo hinsetzen oder hinlegen mußte. An Späße war nicht zu denken, obwohl diese die Voraussetzung für die Treue der Kundschaft waren.

Er mußte sich ausruhen. Aber dafür bekam er kein Geld. Er mußte weiter durch die Gassen ziehen, aber das war kein Laufen, eher das Schleichen eines todkranken Hundes, der einen ruhigen Fleck zum Sterben sucht. Wer ihn so sah, unterließ es, ihn zu sich zu rufen. Er war kein solider, sauberer Barbier mehr, sondern ein wandelndes Gespenst.

Tief in seinem Innern wußte er, daß er nicht mehr lange zu leben hatte. Sobald es dem Bauch aber etwas besser ging, machte er sich etwas vor: »Das ist nicht weiter schlimm, ich brauche nur etwas Ruhe, mal wieder etwas Anständiges zu essen, dann geht es mir wieder gut!« Wo aber sollte das herkommen?

Wenige Tage vor dem 7. Juli, dem Jahrestag des Kriegsbeginns, wurde er erneut auf der Straße ohnmächtig. Als er wieder zu sich kam, lag er auf einem großen Lastwagen. Er wunderte sich, hatte aber keine Kraft zu fragen, was los sei. Er schloß die Augen wieder, krümmte sich zusammen und gab keinen Laut. Mit jedem Stoß des Lastwagens schüttelte es ihn, er war leblos wie ein Stück Holz.

Wie lange sie gefahren waren, wußte er nicht, er spürte nur, daß das Rütteln aufhörte. Man zog ihn vom Wagen. Die Augen hielt er noch halb geschlossen. Sein Bauch hatte sich etwas beruhigt, aber er war sehr erschöpft. Benommen ging er in einen ziemlich großen Raum, der bis auf die Menschen, die kreuz und quer darin herumlagen, leer war. Er setzte sich in eine Ecke. Ihm fehlte die Kraft, sich umzuschauen, er spürte lediglich einen starken Phenolgeruch, der ihm Brechreiz verursachte. Ein paarmal würgte es ihn, aber er brachte nichts heraus. Nur ein paar Tränen trübten seine Sicht noch mehr.

Nach längerer Zeit hörte er seinen Namen rufen, die Stimme

kam ihm bekannt vor. Er blinzelte und schaute sich angestrengt um. Da sagte derjenige: »Ich bin es, Guan Xiaohe!«
Sun-Sieben schrak zusammen. Er wußte nicht, warum er hier war, was das für ein Ort war, hatte auch nicht das Gefühl, daß hier Gefahr drohe. Als er aber diesen Namen hörte, dachte er sofort an Gefahr, denn Guan Xiaohe war für ihn der Gipfel alles Schlechten. Wo der war, war nichts Gutes zu erwarten. Sogleich kam ihm in den Sinn, Guan Xiaohe könnte ihm das hier eingebrockt haben, so wie er Herrn Qian Moyin und die Eheleute Wen ins Unglück gestürzt hatte. Er riß die Augen auf, Guan Xiaohe saß tatsächlich ganz in seiner Nähe.
Xiaohe trug ein weißes Hemd, das zwar nicht mehr sehr weiß, aber ordentlich geknöpft war, sowie eine alte blaue Stoffhose, deren löchrige Knie er mit der Hand zu verdecken suchte. Sein Gesicht war dunkel und schmal, weshalb die schönen Augen besonders groß wirkten. Er lächelte noch immer ziemlich oft, aber wegen der vorstehenden Backenknochen hatte sein Gesicht jeglichen Liebreiz verloren. Seine immer noch blendend weißen Zähne wurden durch den Bartwuchs auf Lippen und Wangen etwas beeinträchtigt. Die Stirn war voller Falten, die sich offenbar wegen eines Sonnenbrands schuppten, so daß er ständig daran kratzte und mit dem Ärmel darüberwischte.
Seit der Mahlzeit im Hause Lan hatte sich Xiaohe vielerorts mit leeren Händen durchgeschlagen, als Betrüger und Bettler. Ablehnung, Beleidigung und Hunger hatte er zur Genüge erfahren, aber er gab nicht auf. Ständig dachte er an Zhaodi. Sie kam ihm vor wie eine Göttin, die ihn, solange sie ihm nicht direkt Speise und Trank geben konnte, doch stets beschützte.
Sun-Sieben blickte ihn angestrengt an, es war wirklich Guan Xiaohe. Das verwirrte ihn noch mehr. Was machte der hier? Es sah aus, als sei auch er hierhergebracht worden. Warum? Jedenfalls konnte er ihn nicht angezeigt haben. Unfreundlich fragte er: »Was machen Sie denn hier? Sie führen doch nichts Gutes im Schilde!«
Xiaohe wollte gerade sein Gesicht zu einem Lächeln verziehen, als er plötzlich die Zähne zusammenbiß. Seine Miene verkrampfte sich, Augen und Brauen schrumpften, er krümmte sich und hielt sich mit beiden Händen den Bauch. Schön sah er

nicht mehr aus, vielmehr ähnelte er dem flachgesichtigen kleinen Dämonen unter dem Fuß des Himmelskönigs im Yue-Fei-Tempel. So einen häßlichen Guan Xiaohe hatte Sun-Sieben noch nie gesehen. Nach einer Weile streckte Xiaohe die Beine aus, sein Gesicht glättete sich langsam, er ächzte: »Puh, tut der Bauch weh!«
Sun-Sieben brach kalter Schweiß aus. Daß Bauchweh kein Verbrechen war, wußte er. Wenn aber Xiaohe auch Bauchschmerzen hatte und ebenfalls aus diesem Grund hierhergebracht worden war, dann würde bestimmt gleich etwas passieren! Ihn packte die Wut: »Verdammt, soll ich etwa mit diesem Mistkerl zusammen verrecken?!«
Sich den Bauch reibend, ignorierte Xiaohe Sun-Siebens Fluchen, statt dessen jammerte er: »So geht das nicht erst seit heute, sondern andauernd. Der Bauch krampft sich zusammen, daß ich schreien möchte. Mein Fehler ist, daß ich zu erpicht bin auf fette Speisen, jeden Tag brauche ich so was, mal eine Portion in Sojasoße gekochtes Fleisch, mal ein halbes geräuchertes Hühnchen, und immer mit Schnaps! Gutes paßt halt nicht zu ›Republikmehl‹, deshalb ...« Er biß wieder die Zähne zusammen, sein Bauch schien ihn für seine Lügen zu strafen.
Als der Schmerz nachließ, redete er weiter: »Seit ich aus der Schafhürdengasse weggezogen bin, haben mir viele Freunde eine Anstellung vorgeschlagen, aber ich wollte nicht. Zhaodi, Sie haben doch sicher davon gehört, hat eine gute Stellung, weshalb soll ich mich in meinem Alter da noch quälen? Da gehe ich doch lieber jeden Tag mit Freunden, manchmal auch mit japanischen Freunden, ins Grüne, setze mich in einen Teeausschank oder angele mal ein bißchen, lasse es mir wohl sein! Oft haben japanische Freunde zu mir gesagt, Herr Guan – sie nennen mich stets Herr –, Sie müssen uns helfen! Aber ich antworte ihnen mit einem Lächeln, ich bin alt, soll meine Tochter Ihnen dienen, ich muß mich ausruhen!«
Sun-Sieben wußte, daß Xiaohe log und daß er ihn besser nicht weiter beachtete, aber er konnte seine Wut nicht bezähmen: »Verdammt noch mal, daß jemand so Ausgemergeltes wie Sie immer noch die Japaner anbetet, ist ja zum Kotzen!«
»Solche Worte sollten Sie nicht in den Mund nehmen, Sun-Sieben!«

»Wenn ich noch die Kraft dazu hätte, würde ich Ihnen den Kopf abreißen!«

»Ah, Sie leiden auch an Bauchschmerzen? Keine Sorge, das hier ist ein Krankenhaus. Nachher geben uns die japanischen Ärzte Arznei, gute, japanische Arznei, dann können wir wieder gehen!«

Sun-Sieben war noch nie in einem Krankenhaus gewesen, hatte keine Ahnung, ob es da so aussehen mußte wie hier.

»Ich nehme keine japanische Arznei, verdammt noch mal, erst machen sie einem den Magen mit dem Mischzeug kaputt, dann geben sie einem Arznei! Erst ohrfeigen, dann streicheln, die sind ja verdammt hinterhältig!«

»Wenn Sie weiter so reden, würdige ich Sie keines Blickes mehr«, Xiaohe war ein wenig erbost.

Es war gegen drei Uhr nachmittags in der größten Hitze. Draußen im Hof hatte die glühendheiße Sonne die oberste Erdschicht verbrannt. Die Bäume ließen alle Blätter hängen. Es regte sich kein Lüftchen. Selbst die brütenden Spatzen mochten sich nicht rühren, sie hockten mit aufgerissenen Schnäbeln unter den Blättern. Drinnen konnte man es zwar eher aushalten, trotzdem war den Menschen heiß, sie hatten Durst. Sun-Sieben, der Xiaohes Gerede nicht mehr hören wollte, lehnte den Kopf in die Ecke und schlummerte ein.

Vor der Tür erschien ein Japaner, halb Soldat, halb Sanitäter. Xiaohe – als sähe er einen nahen Verwandten – erhob sich eilends und legte alles Lächeln, das ihm zur Verfügung stand, in sein schmales Gesicht. Erst als der Japaner sein Lächeln erkannt haben mußte, verbeugte er sich tief und sog schmatzend die Luft ein. Dann rief er hastig Sun-Sieben: »Nicht schlafen, der Arzt ist da!«

Der Japaner fragte Xiaohe: »Was du haben?«

Xiaohe schlug die Hacken zusammen, richtete sich gerade auf – ein Lächeln machte die Runde über sein Gesicht –, und ehrerbietig antwortete er: »Bauchschmerzen!« Falls der Japaner nicht verstanden hatte, fügte er hinzu: »Durchfall, Magen-Darm-Krankheit, schlechte Verdauung.«

Er fragte reihum, alle antworteten, sie hätten Durchfall.

»Desinfizieren!« sagte der Japaner nur und ging eilig davon.

Keiner wußte, was desinfizieren bedeutete. Xiaohe fühlte sich

verantwortlich, es den anderen zu erklären: »Er meint wohl, daß wir baden und uns umkleiden sollen. Das ist eine notwendige Maßnahme. Die Japaner achten sehr auf Hygiene, Sauberkeit, ich weiß das!«
Nach ein paar Minuten kam der Japaner zurück, machte die Tür weit auf und rief: »Los!«
Xiaohe rannte als erster vor und wandte sich wie ein Dolmetscher an die anderen: »Wir sollen gehen!«
Mit Xiaohe und Sun-Sieben waren es insgesamt sieben Kranke. Sie gingen langsam hinaus. Draußen schlug ihnen die Hitze wie glühendes Eisen ins Gesicht. Sun-Sieben hielt sich am Türrahmen fest, ihm war schwindlig.
»Los, los, Sun-Sieben!« trieb Xiaohe ihn an und lächelte dem Japaner zu.
Vor dem Tor erwartete sie ein großer Lastwagen. Der Chauffeur saß schon drin, neben ihm ein japanischer Soldat mit Gewehr.
»Einsteigen!« rief der Japaner.
»Wahrscheinlich heißt das, sie bringen uns in ein richtiges Krankenhaus«, vermutete Xiaohe, während er hinaufkletterte.
Der Lastwagen hatte weder Sitze noch eine Plane. Von der Sonne ausgetrocknete Blutspuren auf den Planken verbreiteten Gestank. Xiaohe kannte den Lastwagen, er transportierte Leichen aus der Stadt. Wahrscheinlich war auch seine Gattin, die Frau Direktor, auf diesem Wagen aus der Stadt gefahren und abgeworfen worden. Aber er sollte keine solche übertriebenen Zweifel hegen! Denn würde er an den Japanern zweifeln, verlöre er völlig den Boden unter den Füßen.
Da es auf dem Wagen keine einzige Stelle gab, die nicht glühte, konnte man sich nur hinhocken. Als er anfuhr, gab es einen Luftzug, aber auch der blies einem heiß ins Gesicht. Die Sonne brannte nicht mehr am Himmel, sondern in ihren Körpern. Der Wagen fuhr so schnell, als wollte er einem Flammeninferno entkommen. Überall blendete es, selbst die Mauern hatten kaum dunkle Stellen. Mauersimse, Dachziegel und besonders Stromleitungen flimmerten. Der Wagen raste, kräftige Farben wurden zu einem fliegenden Regenbogen, die Leute schlossen die Augen.
Plötzlich wurde es dunkel, der Wagen dröhnte entsetzlich.

Erschrocken rissen die Insassen die Augen auf, sie standen im Torgang der Stadtmauer. Xiaohe, der immer Angst hatte, die Stadt zu verlassen, spürte eine drohende Gefahr. Aber er sprach es nicht aus, das hätte die Japaner gekränkt. Er dachte an Rotkürbis. Aber selbst die Tatsache, daß sie seine Frau umgebracht hatten, erweckte in ihm keinen Haß auf die Japaner. Selbstverständlich, wenn sie ihr ein Amt geben konnten, konnten sie sie auch umbringen!
Die Leute gerieten in Panik, sie drängelten und fragten alle gleichzeitig: »Was hat das zu bedeuten?«
Nachdem sie durch das Tor gefahren waren, brannte die glutheiße Sonne erneut auf ihre Köpfe. Sie schwiegen und schlossen die Augen wieder. Hinter der kleinen Stadttorsiedlung flog der Staub hoch auf, heißer Erdsand legte sich über ihre Gesichter.
»Sun-Sieben, Sun-Sieben«, rief Xiaohe aufgeregt beim Anblick eines Batatenfeldes, »das ist... das ist doch...«
»Nur keine Aufregung, die Japaner werden Ihnen doch nichts tun!« entgegnete Sun-Sieben böse.
»Richtig, richtig«, nickte der, »ich habe ihnen ja nichts getan!«
Der Lastwagen hielt vor einem Ulmenwäldchen. Raupen hatten es fast kahlgefressen, die nackten Zweige ragten häßlich in den Himmel. An ihnen hingen spinnenfeine Raupennetze mit schwärzlichen Puppen. Rings um das Wäldchen gab es nur Batatenfelder mit gewölbten graugrünen Blättern, unter denen die rotgrauen Triebe wie unbewegliche dicke Käfer hervorschauten. Kein Mensch war zu sehen, kein Laut zu hören. Wehte ein heißes Lüftchen, wirbelte es nur erdigen Staub und ein paar zerfressene Blätter auf. Zwei Raben, die sich auf Gräbern unweit des Wäldchens niedergelassen hatten, flogen hin und her.
Der Soldat vorn war ausgestiegen, er steckte das Bajonett auf sein Gewehr. Der lange, schmale Dolch blitzte wie Eis, daß allen das Blut in den Adern gefror. Der Fahrer war mit zwei Schaufeln in der Hand ausgestiegen. Der Soldat ließ die Leute absteigen.
Xiaohe rollte vom Lastwagen und stürzte, ohne seine Kleider zu ordnen, auf den japanischen Soldaten zu, kniete vor ihm nieder: »Verehrter Herr, gnädiger Herr! Ich bin einer von

Ihnen, meine Gattin und meine Tochter arbeiten für Sie! Ich habe nichts verbrochen, gnädiger Herr, gnädiger Herr!«

Sun-Sieben war eigentlich ein Angsthase, doch seit er ein paarmal auf der Straße in Ohnmacht gefallen war, hatte er keine so große Angst mehr vor dem Tod. Er wußte auch jetzt nicht, womit er den Tod verdient haben könnte oder wie er sich zu verhalten habe. Offenbar ohne zu überlegen, stürzte er jetzt auf Guan Xiaohe zu und schlug mit Händen und Füßen auf ihn ein. »Sie, Sie... Ich habe ja gleich gewußt, daß es nichts Gutes verheißt, wenn man Sie trifft! Sie elender Feigling, Sie verdammter Lakai, Sie!«

In dem Moment, als der Japaner mit dem Bajonett auf Sun-Sieben einstechen wollte, sprang der letzte Mann vom Wagen und rannte davon. Der Japaner setzte ihm nach und jagte ihm das Bajonett in den Rücken.

Mit dem Gewehr in der Hand kam er zurückgerannt. Sun-Sieben trat und schlug noch immer auf Xiaohe ein. Als das Bajonett schon ganz nahe war, kniff Sun-Sieben die Augen fest zusammen, riß sie dann plötzlich ganz weit auf und schrie: »Was soll das?« Komisch, der Japaner hielt erstaunt inne, als habe er vergessen, was er soeben tun wollte.

Er ließ von Sun-Sieben ab und befahl allen, in einer Reihe anzutreten. Da Xiaohe noch immer kniete, riß er ihn hoch und stellte ihn an die Spitze der Reihe. Sun-Sieben stand benommen als zweiter daneben.

Es war noch heller geworden. Die Sonne schien auf die Menschen hier, auf die kahlen Ulmenbäume, Gräber, Batatenfelder, sie beschien auch den Tod. Das Rabenpaar flog von den Gräbern auf, krächzte traurig und ließ sich wieder nieder. Der Soldat mit dem Gewehr führte die Leute hinter die Bäume.

Dort befanden sich mehrere Gruben, zwischen den ausgehobenen Erdklumpen lagen von der Sonne verbrannte rötliche Regenwürmer.

»Zum Desinfizieren!« Der Japaner schubste Guan Xiaohe mit dem Gewehr in die erste Grube. Schrill schrie der wie von Sinnen: »Erbarmen!«

Der Fahrer reichte Sun-Sieben und dem Dritten in der Reihe je eine Schaufel, sie sollten Erde in die Grube schaufeln. Sun-Sieben vergaß alles andere, er dachte nur noch daran, daß in der Grube Guan Xiaohe war, der Land und Freunde verraten hatte. Mit letzter Kraft schaufelte er wie wild Erde in die Grube. Xiaohe schrie immer noch: »Erbarmen!«

Je dicker die Erdschicht, desto leiser wurden Xiaohes Schreie. Als ihm die Erde bis zur Brust reichte, blinzelte er zu dem Japaner hin und wollte gerade wieder »Erbarmen!« rufen, da traf ihn eine Schaufel Erde in den Mund. Die Raben flogen heran, kreisten über dem Wäldchen, flogen wieder davon.

Die zweite Grube war für Sun-Sieben, er sprang wortlos hinein.

Das hieß Desinfizieren.

Die ganze Stadt wurde desinfiziert. Das Mehlgemisch zerstörte den Pekingern Magen und Darm, die Japaner fürchteten jedoch, es sei eine Infektionskrankheit, die auch die japanischen Einwohner anstecken könnte. Mehrere Lastwagen patrouillierten Tag und Nacht durch die Straßen und sammelten alle ein, die auf der Straße ohnmächtig umgefallen waren oder Durchfall hatten, und schleppten sie zur Desinfektion. Für jeden so Desinfizierten sparte man eine Ration ein.

79

In der Schafhürdengasse fiel Sun-Siebens Verschwinden zwar auf, aber niemand dachte auch nur entfernt daran, er könnte lebendig begraben worden sein. Die Menschen hatten Hunger und genug mit sich selbst zu tun, keiner kam auf die Idee, nach ihm zu suchen.

Sun-Siebens Frau war eine unscheinbare Person, die nie auffiel. Als ihr Mann nicht wiederkam, vergoß sie ein paar Tränen und ging zu ihren Eltern zurück. So verlor die Schafhürdengasse stillschweigend wieder eine ihrer alteingesessenen Familien.

Nach und nach kam der Begriff Desinfektion und was sich dahinter verbarg den Leuten zu Ohren, und sie fragten sich, ob Sun-Sieben dieser Säuberung zum Opfer gefallen sein könnte. Dennoch wollte sich niemand über das Thema auslassen, denn auch ihre Bäuche taten weh. Sollte Sun-Sieben wegen Durchfalls… was hatten sie dann erst zu erwarten? Das war zu grausam! Lieber nicht davon reden!

Der 7. Juli jährte sich wieder. Für diesen Jahrestag hatten die Japaner alle Fünffarben-Fahnen eingesammelt und verkauften den Leuten weiße Sonnenbanner. Die trugen einen zusätzlichen gelben Streifen mit dem Text: »Gegen die Kommunisten das Land friedlich aufbauen«. Der gelbe Streifen war ihnen neu, der Text auch. Sie glaubten ihm nicht und schauten weg.

Neben dem Sonnenbanner hißten die Japaner auch noch andere Fahnen, die den Pekingern unbekannt waren. Sie wußten nur, daß unter all diesen Fahnen überall Menschen lebendig begraben werden konnten.

Die Japaner veranstalteten großartige Trauerfeiern für die »loyalen Seelen« gefallener japanischer Helden. Solche Feiern fanden in Nanyuan, Xiyuan und auch im Sun-Yatsen-Park statt. Als ob die Chinesen die Verantwortung für den Krieg zu übernehmen hätten.

An diesem Tag – bestens geeignet für »Aufrechnungen« – zählten die Bewohner der Schafhürdengasse an den Fingern ab, wie viele Familien sie schon seit Kriegsbeginn verloren hatten. Sie erinnerten sich an den hochherzigen, grundehrlichen Qi Tianyou, an den Dichter Qian Moyin, seine Frau und die beiden Söhne, an den kraftstrotzenden Xiao Cui, an die Zwillingslotusblüten gleichenden Eheleute Wen, an die plötzlich verloschene Familie Guan. Dann gab es da noch den Dritten aus der Familie Qi und den Zeltebauer Meister Liu, die geflohen waren und von denen keiner wußte, ob sie noch lebten. Da war auch noch die Frau des Zweiten, hatte die nicht ein Verhältnis mit einem Kollaborateur?

Cheng Changshun blieb an diesem Tag lieber zu Hause, er mochte die trügerischen Fahnen nicht sehen, auch nicht die aufgetakelten Japaner und ihre Frauen. Aber er mußte losgehen, denn er wußte, daß seine Frau an Tagen wie solchen an Xiao Cui dachte. Er mußte ihr ausweichen, wollte ihr trauriges Gesicht nicht sehen.

Auch Ruixuan hatte sich einen Tag frei genommen. Es war zwar nicht der Todestag des Vaters, auch nicht der Jahrestag der Flucht des Dritten, aber er erinnerte sich an beide. Eigentlich wollte er an den Zweiten nicht denken, tat es aber unwillkürlich doch. Von drei Brüdern war nur er übriggeblieben.

Für ihn war es ein Totengedenken wie zum buddhistischen Menglan-Fest, das er in seiner Kindheit erlebt hatte. Anders als beim Qingming-Totengedenken, wo man nur der verstorbenen Ahnen gedachte und deren Gräber säuberte, wurde an diesem Tag aller Toten gedacht. Er schloß die Tausende und Abertausende Männer und Frauen aus Peking und ganz China in sein Gedenken ein, die seit Kriegsbeginn ermordet, durch Bomben getötet, vergewaltigt, ertrunken, lebendig begraben worden waren.

Er wünschte sich so sehr, Herrn Qian Moyin zu treffen, sich endlich einmal richtig aussprechen zu können. Aber reden, immer nur reden, was half das schon? Xiao Shun und Niuzi nahmen ihn bei der Hand und zogen ihn hinaus, sie wollten draußen spielen. Ruixuan hatte keine Lust auszugehen, er fand, an solch einem Tag müsse er zu Hause hocken und nachdenken, beten, bereuen. Aber er wies die Kinder nicht ab, stumm fügte er sich und folgte ihnen hinaus.

Es war noch immer sehr heiß, aber von Zeit zu Zeit wehte ein kühles Lüftchen. Die Blätter der beiden großen Schnurbäume bewegten sich leicht, dabei fielen ein paar vertrocknete Blüten herab. Die Kinder erspähten sofort zwei Schnurbaumkätzchen, die an einem langen Seidengespinst hin und her schaukelten. Als Xiao Shun darauf zustürzen wollte, öffnete sich das Tor von Nummer drei. Eine Gruppe Japaner trat heraus, Männer, Frauen und Kinder in Festkleidung, die offenbar zu einer Trauerfeier gingen. Die Kinder rannten mit Sonnenbannern vorneweg. Die festlich gekleideten Frauen trotteten mit wackelndem Po hinter den Männern her.

Ruixuan, der noch im Toreingang stand, empfand plötzlich Ekel. »Pa«, rief Shunchen, den es zu den Kätzchen zog, »hast du etwa Angst vor den Japanern?« Ruixuan antwortete nicht, wurde aber rot.

»Pa«, meldete sich auch Niuzi, »gehen die alle in den Beihai-Park? Die Lotusblüten anschauen, Eis essen und rudern? Au fein, kann Niuniu auch hingehen? Geht Pa mit Niuniu hin, ja?«

»Der Beihai und die Lotusblüten... sind nicht für uns da«, wollte Ruixuan antworten, verschluckte es aber.

In dem Moment kam der alte Wang, ein Ölgebäckverkäufer,

mit seinem Korb angelaufen. Er war von kräftiger Statur, aber seine siebzig Jahre hatten seinen Rücken arg gebeugt. Nur wenige Haare, weiß und schütter, bedeckten noch sein Haupt. Da seine Stimme durch das jahrzehntelange Ausrufen bei Wind und Wetter heiser geworden war, schlug er eine Holzklapper. Ruixuan hatte von Kind an bei ihm Ölstangen gekauft, weil nur die wirklich in Sesamöl gebacken waren. Der alte Wang biederte sich nie an. Wenn Kinder quengelten, blieb er nie stehen, um noch etwas loszuwerden. Heute allerdings war es anders. Er traf Ruixuan selten und hätte gern ein wenig mit ihm geplaudert. Er kannte nur seinen Kosenamen, den er aber jetzt vor den Kindern nicht aussprechen wollte. Heiser rief er: »Heute nicht im Dienst, nein?« Er leitete das Gespräch mit einem Seufzer ein: »Ach, bin heute zum ersten Mal wieder unterwegs. Es gab seit über zehn Tagen kein Mehl, nicht ein Quentchen! Weil heute der siebte Juli ist, waren die Japaner gnädig, da habe ich was bekommen. Das Geschäft läuft nicht, aber nach Hause zurück kann ich auch nicht, die Japaner haben mein Haus niedergebrannt.« Er lüftete das Tuch über dem Korb: »Hier, sind das vielleicht Sesambrötchen? Das gibt ja nicht einmal zwei Bisse! Hab mein Leben lang niemanden gekränkt oder hintergangen, aber jetzt...?«

Xiao Shun und Niuzi hatten Kätzchen und Beihai vergessen, sie stützten die Hände auf den Korb, ihre Äuglein kreisten wie Glasperlen über den Sesambrötchen und Ölstangen.

Ruixuan antwortete mit ein paar Floskeln, nicht etwa, weil er den alten Wang nicht schätzte, sondern weil seine Aufmerksamkeit ebenfalls ganz auf den Korb gerichtet war. Er befühlte seine Taschen, ein bißchen Geld hatte er noch. Kurz entschlossen kaufte er sechs Sesambrötchen und sechs Ölstangen. Xiao Shun und Niuzi holten gleichzeitig tief Luft. Der alte Wang umwickelte die Ölstangen mit einem Binsengrasfaden und gab sie Niuniu, Ruixuan hielt Shunchens Kittel hoch und legte die Sesambrötchen hinein. »Bring es rein, das ist für alle, geh langsam!«

Xiao Shun konnte seine Beine nicht bezähmen, nach zwei Schritten rannte er wie der Blitz. Niuniu traute sich nicht zu rennen, sie gab ihrer Freude durch spitze Schreie Ausdruck: »Ma – Ölstangen!«

Als die Kinder außer Sicht waren, seufzten Ruixuan und der alte Wang tief auf. Der Alte schlug die Klapper und ging gebeugt weiter, Ruixuan stand immer noch da, ihm war nach Lachen und Weinen zugleich zumute, und er murmelte vor sich hin: »Also ein paar Sesambrötchen zu Ehren des 7. Juli? Ha!«

Die alte Japanerin aus Nummer eins kam herüber, sie grüßte ihn auf englisch: »Good morning!«

Ruixuan ging auf sie zu: »Good morning! Ich hätte mich längst bei Ihnen bedanken müssen, aber...«

»Ich verstehe«, unterbrach sie ihn und zeigte auf ihr Tor, »sie gehen zum Vordertor-Bahnhof, die Urnen abholen, Urnen!« Sie schluckte, verschluckte, was sie noch sagen wollte.

»Na...« Sogleich hatte Ruixuan sie trösten wollen, beherrschte sich aber schnell. Er konnte doch im Krieg gefallene Feinde nicht bedauern, auch wenn ihm die alte Dame geholfen hatte.

In Gedanken versunken murmelte sie: »Wir alle sind halb Bestie, halb Mensch, wann werden wir wieder zu richtigen Menschen?«

»Sie und ich haben sicher nichts von einer Bestie«, antwortete Ruixuan, gezwungen lächelnd, »aber Sie konnten die Männer Ihrer Familie nicht daran hindern, Chinesen umzubringen, und auch ich konnte sie mit meiner Friedensliebe nicht daran hindern, uns umzubringen! Tief in meinem Herzen bin ich der Überzeugung, daß die Kriege aller Zeiten keinen Tropfen Blut wert waren. Aber heute finde ich es besser, auch noch den letzten Tropfen Blut zu vergießen, als sich zu unterwerfen!«

Die alte Dame stöhnte und ging langsam in ihr Haus zurück.

Ruixuan, der immer noch vor dem Tor stand, brach fast in Tränen aus, als er den Jubel der Kinder drinnen hörte. Wie naiv doch Kinder waren und wie leicht zufriedenzustellen!

Er ging hinein, fand aber keine Ruhe. Als er wieder hinaustrat und zu Nummer eins schaute, wurde ihm klar, daß er sehen wollte, wie die zwei Japanerinnen die Urnen nach Hause brachten. Dafür haßte er sich, denn es war klar, daß er sich damit eine gewisse Genugtuung verschaffen wollte – der Feind kommt auch ohne mein Zutun um!

Nach einer Weile fand er, er müsse großzügiger sein, dürfe nicht wie eine Fliege den Tod der Artgenossen teilnahmslos hinnehmen. Mittags dann sah er sie. Seine Augen leuchteten auf, sein Herz schlug schneller. Aber gleich darauf besann er sich, wollte sich umdrehen und gehen. Doch seine Beine rührten sich nicht.

Die zwei Jungen standen, das Sonnenbanner in der Hand, aufrecht und brav vor der Tür und warteten, daß die alte Dame ihnen öffnete. Sie waren nicht mehr so ausgelassen und frech wie sonst, eine schwere Verantwortung schien nun auf ihren schmalen Schultern zu liegen. Sie wirkten nicht mehr wie naive Kinder, eher wie kleine Greise, schienen die »Ehre« der Familie ganz erfaßt zu haben, die da hieß, seine Glieder zu Asche verbrennen und in ein Glas stecken zu lassen.

Blitzschnell kam ihm der Gedanke: Was würden Xiao Shun und Niuzi tun, wenn er stürbe? Sie würden ihrer Mutter am Schürzenzipfel hängen und lauthals heulen, bestimmt! Bei den Japanern wußten sogar die Kinder ihre Tränen zu beherrschen. Aber war aus Kummer zu weinen nicht viel natürlicher, viel menschlicher?

Bevor er eine passende Antwort fand, öffneten sich beide Torflügel von Nummer eins. Es gab ein quietschendes Geräusch, das ihm Herzklopfen verursachte. Eigentlich müßte er Mitgefühl für die alte Dame hegen, sie war keine echte Japanerin, sie hatte die Welt gesehen. Ihr Herz hatte die Vorurteile von Rassen, Völkern und Religionen überwunden. Er wollte nicht von ihr gesehen werden und gehen, rührte sich aber nicht.

Die alte Dame kam heraus. Auch sie trug jetzt Festkleidung, einen schwarzen Kimono mit Blumenmuster auf Schultern und Rücken. Sie legte die Hände an die Knie und erwartete in tiefer Verbeugung die Urnen. Die beiden Frauen, ebenfalls in Kimonos, trugen jeweils eine mit sauberem weißem Tuch bedeckte viereckige Schachtel. Während sich die alte Dame noch tiefer verbeugte, schritten die Frauen mit ausdruckslosem Gesicht, wie aufgezogen, ernst und emotionslos in den Hof, als hielten sie ein kaiserliches Edikt in Händen. Das Tor wurde geschlossen, aber Ruixuan stand noch immer wie versteinert da, das schwarze Muster mit den Blumen, das weiße Tuch und die drei marionettengleichen Frauen vor Augen. Er lauschte

angespannt auf ein Schluchzen. Nichts war zu hören. Japanerinnen weinen nicht laut. Ein Windstoß riß ein paar Blätter herab, ein Zweig ächzte leise.
Er dachte an den Tod des Vaters, an Mengshis und Xiao Cuis Tod, an den der Eheleute Wen. Jedesmal hatten sie verzweifelt geweint und laut gejammert. Warum hatten Chinesen solche Angst vor dem Tod, warum waren sie so weinerlich?
Er hatte keine Antwort. Unangenehmer war ihm jedoch festzustellen, daß seine Augen feucht waren. Seine Feinde sollte er eigentlich nicht bedauern, sie hatten viele Chinesen, darunter auch seinen Vater und Bruder, umgebracht. Er war völlig verwirrt. Leben und Tod, Liebe und Haß, Lachen und Weinen schienen wie Zwillinge zueinander zu gehören. Geistesabwesend saß er auf der Schwelle und blickte nach den vom Winde sanft geschaukelten Schnurbaumblättern.
Am nächsten Tag hätte er alle diese Fragen zu gerne mit Mr. Goodrich erörtert. Aber als er dessen Gesicht sah, schwieg er. In letzter Zeit war Mr. Goodrich überhaupt nicht zum Reden zumute. Die Japaner hatten die Kanton-Wuhan-Linie durchbrochen, Briten und Amerikaner aus Tianjin vertrieben, und nun bewegten sie sich verdeckt in Thailand, Birma, Annam, Indien. Früher oder später würden sie auch Hongkong und Singapur angreifen, befürchtete er. Er hielt sich zwar für einen Briten mit großer China-Sympathie, aber tief im Innern konnte er eine Niederlage des Britischen Empire nicht akzeptieren. Invasion und Krieg waren ihm zuwider, aber als britischer Bürger fand er, daß Großbritannien ein Recht hatte, Hongkong und Malaya zu besetzen. Die Frage war, ob Großbritannien, sollte Japan wirklich Hongkong und Südostasien angreifen, die Stellung halten konnte. Bei diesen Überlegungen streckte er den Hals weit vor, hatte aber noch immer das Gefühl, zu wenig Luft zu bekommen.
Mitunter bedachte Mr. Goodrich auch, daß in den letzten hundert Jahren alle über China hereingebrochenen Katastrophen von England verursacht worden waren. Es hatte mit seiner Kanonenbootpolitik die Öffnung Chinas erzwungen und allen nachfolgenden Desastern den Weg geebnet. Dann sagte er sich unwillkürlich, Japan müßte mit China auf einer Seite stehen und alle Weißen hinauswerfen; statt dessen bringen

sie sich gegenseitig um und liefern den Weißen eine Chance zur Unterdrückung Asiens.
Sobald das aber ausgesprochen war, bereute er es sofort. Nein, China und Japan konnten sich nicht die Hände reichen! England war früher mit Japan im Bunde und sollte die alten guten Beziehungen wiederherstellen, so konnten sie, einer vom Osten her, der andere vom Westen her, die ganze Welt beherrschen! Er liebte China und hoffte inständig, England und China möchten Freunde werden. Aber vom Standpunkt Großbritanniens aus gesehen, waren die verhaßten Japaner wohl doch die besseren Freunde.
Da ihm diese widersprüchlichen Gedanken zu schaffen machten, stand ihm nicht der Sinn nach Gesprächen mit Ruixuan. Er wußte nicht, welcher Meinung er war oder welcher er sein sollte. Abgesehen von diesen großen Zusammenhängen – was würde er persönlich tun, sollten die Japaner wirklich den Krieg gegen England beginnen? Er war mutig, fürchtete den Tod nicht, aber wenn ihn die Japaner inhaftieren sollten, in einem Konzentrationslager, das wäre... Er wagte nicht weiterzudenken, mochte es nicht, wenn man seine Hände zittern sah. Um diese Bedenken auszuräumen, wollte er sein »Pekingbuch« schnell zu Ende schreiben, auf daß er ein ewiges Andenken hinterließe. Er blätterte in den seit Jahrzehnten gesammelten Bildern und Photographien, brachte aber keine Zeile zu Papier.
Ruixuan wagte seinem alten Freund kaum noch in die Augen zu sehen. Sein längliches Gesicht mit der spitzen Nase und den graublauen Augen war noch das alte, aber es hatte das unerschütterliche und gütige Lächeln verloren.

80

Schon nahte wieder das Mittherbstfest. Mondkuchen war selten und teuer. Obst war reichlich vorhanden und sogar einigermaßen billig. Hasengötter schien es überhaupt keine zu geben. Aber ob es sie gab oder nicht, Leuten, die mit diesem sogenannten Mehl vorliebnehmen mußten, waren sie ohnehin gleichgültig. Sie interessierte eher der kaltpfeifende Westwind.

Denn kam zum Hunger noch die Kälte, wären sie alle dem Tod geweiht.
Nur Verräter und Kollaborateure machten weiterhin ihre unbeschwerten Einkäufe und verteilten Geschenke. Kleine Beamte beschenkten höhere, hohe Beamte beschenkten Japaner. Es war eine gute Gelegenheit, sich beim Vorgesetzten einzuschmeicheln. Beim Auswählen feinster Delikatessen empfanden sie auch ein wenig Stolz. Andere verhungerten, sie feierten wie eh und je.
Ruixuan konnte über das geschäftige Treiben der Kollaborateure nur verächtlich lächeln. Er war noch nicht einmal in der Lage, über den Geburtstag des Großvaters und den Feiertag nachzudenken.
Yunmei dachte da wohl anders. Ihretwegen hätte man nicht zu feiern brauchen. Aber bei den Qis hieß das Feiern des Mittherbstes immer, auch den Geburtstag des Großvaters zu begehen, das konnte sie nicht einfach ignorieren. Die Familie Qi wurde zwar immer kleiner, aber gerade deshalb mußte sie dem Großvater eine Freude bereiten.
»Wie feiern wir das Fest?« fragte sie Ruixuan.
Der wußte darauf keine Antwort.
Yunmei war wegen der schlechten Ernährung, der sich alle paar Tage wiederholenden Hetzerei beim Anstellen nach Mehl, wegen all der Sorgen und Kümmernisse sehr schmal geworden, ihre Haut sah noch dunkler aus. In dem schmächtigen Gesicht wirkten ihre großen Augen noch größer, zuweilen gar erschreckend groß. Wenn Ruixuan manchmal geistesabwesend war und sie plötzlich vor ihm auftauchte, erkannte er sie mitunter nicht recht, erst wenn sie redete oder lachte, glaubte er, daß sie es wirklich war. Sie lachte immer noch oft, aber nicht etwa, weil es etwas zu lachen gab, sondern aus Gewohnheit und um anderen die Last ein wenig erträglicher zu machen. In diesen Situationen erkannte Ruixuan ihre Stärke. Sie war nicht einfach eine Frau, die den Haushalt führte, es schien vielmehr, als lebe sie schon seit zwei- oder dreitausend Jahren und habe alle Gefahren und Nöte mit ihren Erfahrungen geduldig angenommen und dann lächelnd Wege zu ihrer Überwindung gesucht und gefunden. Daher achtete Ruixuan auch nicht mehr auf ihr Äußeres, sondern betrachtete sie ehr-

lichen Herzens als die unentbehrliche Ehefrau, Stütze des Haushalts, Schwiegertochter, Mutter. Sie war freilich keine reitende und schießende Heldin wie die Frauen aus dem Nordosten, die in den Wäldern oder Steppen den Kampf mit dem Feind aufnahmen, sie war auch keine der Dorffrauen, die, weil die Männer alle bei der Armee waren, Straßen bauten, pflügten oder Verwundete versorgten. Sie hatte jedoch auch nicht wie Dickmadam aus Geldgier ihren Mann gezwungen, Verräter zu werden, oder wie Zhaodi mit Hilfe ihres Körpers schöne Kleider und gutes Essen erworben. Stets lächelnd war sie ihrer Arbeit nachgegangen und hatte sich nie beklagt. Sie war eine Kämpferin eigener Art!

Was Ruixuan früher immer für ihre Schwäche gehalten hatte – daß sie sich nicht besonders elegant bewegte, sich nicht zeitgemäß kleidete und ihre Gedanken nur um den Haushalt kreisten –, erwies sich jetzt als ihr Vorzug. Gerade weil sie nicht so war, scheute sie sich nicht, nach Mehl anzustehen, und harrte auch noch aus, als sie ein Peitschenhieb getroffen hatte. Sie machte keine Szene, wenn sie nicht ins Kino gehen konnte oder kein Geld für Dauerwellen da war. Und gerade weil sie nur den Haushalt im Kopf hatte, richtete sie ihre ganze Kraft auf das Wohl der Familie und betrachtete die Führung des Haushalts als eine unumstößliche Verantwortung. So half sie ihm in dieser Zeit, die Integrität der Familie zu wahren. Das war seiner Meinung nach auch Widerstand, wenn auch passiver.

Sie würde niemals zu einer mutigen, aktiven Kämpferin wie einige der gebildeten Frauen. Aber so wie die Dinge lagen, mußte Ruixuan ihren Wert anerkennen. Außerdem war es eine unbestreitbare Tatsache, daß manche Männer nur auf Druck ihrer Frauen zu Verrätern geworden waren.

»Was meinst du?« Ruixuan hatte keine Idee.

»Den Geburtstag des alten Herrn müssen wir unbedingt feiern! Aber wir haben kein Getreide. Ob wir nicht die Gratulanten bitten können, sich selbst etwas zu essen mitzubringen?«

»Das geht nicht! Wer weiß, ob überhaupt jemand kommt, da doch alle nichts zu essen haben!«

»Du weißt genau, wie gern wir Pekinger feiern!«

»Na, dann müssen sie eben mit einer Tasse Tee vorliebnehmen! Ich kann nicht einmal ein Pfund, geschweige denn einen Sack Mehl besorgen! Selbst wenn sie das Gemisch nicht verabscheuten, es reicht nirgends hin!«

»Aber einfach nur Tee?« Sie lachte kurz, eigentlich war ihr zum Weinen zumute.

Yunmei ging zur Schwiegermutter: »Wir beide haben keine Idee, fällt Ihnen etwas ein?« Tianyous Frau zog eine vergoldete Haarspange hervor: »Verkaufe die, vielleicht bekommst du zwei Pfund Mehl dafür!«

»Das ist nicht nötig, Ma, auch für Geld kriegt man kein Mehl!«

Mit der Spange in der Hand verstummte Tianyous Frau.

Die kleinen Äuglein des alten Herrn und Yunmeis Kulleraugen schienen miteinander Versteck zu spielen, jeder suchte des anderen Absichten zu erraten, aber keiner wagte, dem anderen direkt ins Gesicht zu sehen. Schließlich hielt es der alte Mann nicht mehr aus: »Xiao Shuns Ma, brauchst dir um meinen Geburtstag keine Sorgen zu machen! Ich bin fast achtzig, hab inzwischen fast alles gegessen und getrunken, auf diesen einen Tag kommt es doch nicht an! Laß dir lieber etwas für die Kinder einfallen, daß die etwas Anständiges zu essen kriegen, Xiao Niuzi ist ja bis auf die Knochen abgemagert.«

Yunmei wußte nichts darauf zu entgegnen, wie redegewandt sie auch sonst sein mochte. Ihr war klar, daß der alte Mann in diesen Tagen tausendmal hin und her überlegt hatte, wie der Geburtstag verlaufen könnte, jetzt aber sagte er, er wolle ihn nicht feiern. Das tat er, um ihr Sorgen zu ersparen. Doch das zeigte ihr auch, daß er völlig resigniert hatte. In letzter Zeit hatte er gewiß auch unendlich viel an Tianyou, Ruifeng und Ruiquan gedacht, ohne es zu sagen. Schaffte sie es nicht, an diesem Tage etwas zustande zu bringen, würde er wohl bitterlich weinen. Aber wie geschickt sie auch sonst war, sie konnte kein weißes Mehl herbeischaffen. Die Lebensmittel lagen in der Hand der Japaner!

Am Abend des elften kam John Ding wie ein Diplomat zu den Qis. In der linken Hand hielt er einen Sack Mehl, in der rechten eine große rote Visitenkarte. Er stellte den Sack ab und überreichte die rote Karte mit beiden Händen dem alten

Herrn Qi. Auf der Karte standen die zwei chinesischen Zeichen für »good« und »rich«. Die Karten hatte sich Mr. Goodrich vor mehr als dreißig Jahren drucken lassen, sie waren schon ein wenig vergilbt. »Verehrter Herr Qi«, sagte John Ding hochachtungsvoll, »Mr. Goodrich hat mich gebeten, Ihnen etwas Mehl zu bringen, damit Sie Geburtstag feiern können. Er hätte Ihnen gern persönlich gratuliert, aber da in unserer Gasse Japaner wohnen, möchte er Ihnen keine Unannehmlichkeiten bereiten, er bittet um Verzeihung.«
John Ding wollte nicht hineinkommen und sich ein Weilchen setzen oder einen Tee trinken, obwohl der alte Herr ihn inständig bat. Mr. Goodrich hatte ihn lediglich gebeten, das Mehl zu überbringen, also war er nur der Bote und durfte nicht schwatzen oder gar Tee trinken. Mr. Goodrich war für ihn zwar nicht der liebe Gott, aber doch ein ziemlich hoher Engel. Nachdem er die »Mission« erfüllt hatte, verabschiedete er sich höflich und ging behend, aber würdevoll davon.
Der alte Herr war sprachlos vor Rührung, schaute nur immer kopfnickend auf den Sack. Xiao Shun und Niuzi riefen fröhlich: »Da gibt es gebratene Nudeln und weiße Mantous!«
Als Yunmei meinte, der alte Mann habe das Mehl lange genug betrachtet, trug sie den Sack behutsam wie ein Neugeborenes freudig in die Küche. Nach einem langen Seufzer machte der alte Herr einen neuen Vorschlag: »Shuns Ma, dämpfe Mantous, viele! Sollten wirklich Verwandte oder Freunde kommen, bewirten wir sie eben mit Mantous, etwas anderes haben wir nicht! Weiße Mantous sind heutzutage so wertvoll wie Seegurken oder Haifischflossen!«
»Oh, wir können doch nicht das ganze feine weiße Mehl, an das wir schwer genug herangekommen sind, nur für die Gäste verwenden!«
Yunmei hatte gedacht, dem alten Herrn zum Geburtstag ein paar »Geburtstagspfirsiche« zu dämpfen und den Rest des Mehls zurückzubehalten, für den Fall, daß jemand krank würde, für eine Nudelsuppe oder ähnliches.
»Hör auf mich! Wir alle, unsere Verwandten und Freunde, werden über kurz oder lang verhungern! Ein Sack Mehl rettet kein Leben! Warum sollen sich alle nicht einmal an einem Mantou gütlich tun?«

Yunmei blinzelte und sagte nichts mehr. Aber sie war ziemlich erschrocken. Sollte sich der Charakter des alten Herrn ändern? Laut einer »Altweiberweisheit« war das ein Anzeichen des nahenden Todes! Die Familie Qi hatte schon drei Männer verloren, da durfte der alte Herr keinesfalls auch noch sterben. Solange das älteste Familienmitglied lebte, schien die Vitalität einer Familie noch nicht gebrochen, wie viele Familienangehörige auch bereits gestorben waren. Denn die Alten waren stets ein würdiges Zeichen für den Fortbestand einer Familie. Solange der Großvater noch rüstig war, konnte sie trotz des Todes ihres Schwiegervaters Tianyou immer noch zu den anderen sagen: »Bei uns leben die Alten noch!« Das war ihr ein kleiner Trost – selbst in chaotischen Zeiten halten wir an der Pietät gegenüber den Alten fest!

Sie fragte Schwiegermutter und Ehemann, ob sie, wie der alte Mann es verlangte, so viele Mantous dämpfen sollte. Die Antwort lautete: »Tu, was er sagt.« Das beunruhigte sie noch mehr. Änderten sich etwa alle, vergaßen Sparsamkeit und Zukunft?

Am Geburtstag trafen nur ganz wenige nahe Verwandte nacheinander ein. Man gratulierte und sprach dann bloß noch über eines: Lebensmittel. Immer wieder entschuldigten sie andere Verwandte: Der und der konnte nicht kommen, da er kein ordentliches Gewand besaß, der und der, weil er nichts zu essen hatte.

All die schlechten Nachrichten konnten den alten Mann nicht schrecken. Es schien, als sei er fest entschlossen, sich an diesem Tag die Stimmung nicht verderben zu lassen. Er nahm die schlechten Nachrichten als Selbstverständlichkeiten hin, als ob er zeigen wolle, er sei bald achtzig und lebe immer noch! Die Japaner hielten Peking zwar seit Jahren besetzt und brachten Leute massenweise um, er aber lebte trotz »Republikmehl« weiter, als könnten Hunger und Not ihm nichts anhaben!

Tianyous Frau, Ruixuan, Yunmei und die Verwandten wunderten sich über die Hochstimmung des Alten. Da sie ihm die Laune nicht verderben wollten, durften sie auch keine traurigen Gesichter machen, schoben alles Belastende eilig beiseite und redeten nur noch über vergangene friedliche Zeiten.

Als die Mantous auf den Tisch kamen, wurden sie wie seltene Juwele begrüßt, ganz wie der alte Mann es vorausgesehen hatte. Sie waren vollauf damit zufrieden, die schneeweißen, weichen, duftenden Mantous zu verspeisen, keiner vermißte Gemüse und Fleisch. Yunmei entschuldigte sich mehrfach: »Außer Mantous kann ich nichts anbieten!« Ihre Entschuldigung wurde als überflüssig abgetan, alle lobten laut, wie wunderbar die Mantous schmeckten.
Aufgeregt lief der alte Herr, an einer Hand Xiao Shun, in der anderen Mantous, herum und forderte jeden Gast auf: »Nimm noch einen, iß!« Sobald die Gäste gegangen waren, verschwand das Lächeln aus seinem Gesicht. Er ließ sich von Shunchen einen kleinen Hocker bringen und setzte sich in den Hof, das Kinn auf die Brust gestützt, verharrte er reglos.
»Großvater, Sie sind sicher müde, legen Sie sich doch drinnen ein bißchen hin, ja?« Er rührte sich nicht. Yunmeis Herz trommelte Alarm: »Was ist mit Ihnen, Großvater?«
Der alte Mann stöhnte auf, dann sprach er langsam, als hätten ihn die Kräfte verlassen: »Du denkst bestimmt, ich sei verrückt, die Mantous so rauszuwerfen! Ich bin nicht verrückt! Überlege mal, wären Tianyou, Ruifeng, Ruiquan, der Zweite Chang, selbst Schwiegerenkelin Dickmadam noch da, wie viele Mantous wären da verspeist worden! Ich habe mir eingebildet, die Verwandten wären Tianyou, der Zweite Chang... Ich stelle mir vor, sie waren es, die die Mantous aßen.« Er ließ den Kopf wieder sinken.
»Großvater, was soll das heißen? Sie waren doch heute so fröhlich, warum versetzen Sie sich jetzt mutwillig in so eine traurige Stimmung?« Krampfhaft lächelnd, suchte Yunmei ihn zu trösten.
»Ich und fröhlich?« Er sprach mit geneigtem Kopf. »Nur ein Wirrkopf kann fröhlich sein! Rechne doch mal, wie viele von den vier Generationen noch übrig sind! Von wegen Geburtstag! Totengedenktag ist das! Mein Geburtstag ist der Gedenktag für Tianyou! Der Mensch lebt doch nur, um Kinder zu kriegen und die Familie fortzusetzen, auf daß den Ahnen immer Weihrauch geopfert werden kann! Sieh mich doch an, der Sohn ist vor mir gestorben! Ich soll fröhlich gewesen sein? So ein schlechter Mensch kann ich doch gar nicht sein!«

Er brabbelte noch lange vor sich hin, zeigte dann aber auf Nummer drei und meinte mit zusammengebissenen Zähnen: »An allem sind die da schuld, die Japaner bringen das Unglück unter die Menschen!«
Als er das ausgesprochen hatte, schien sein Zorn etwas nachzulassen. Schweigend starrte er vor sich hin. Nach einer Weile rief er plötzlich leise: »Xiao Shun!« Als der Urenkel angerannt kam, sagte er ihm: »Bring ein paar Mantous, wickle sie in ein Taschentuch!«
Niemand hatte eine Ahnung, was der alte Mann vorhatte. Als Xiao Shun damit ankam, sagte er nur: »Los, komm mit!«
Ruixuan kam verlegen näher, lächelnd fragte er: »Wem willst du denn die Mantous bringen, Großvater?«
Mit einem hilflosen Lächeln erhob sich der Alte. »Hach, ich will Haß und Güte deutlich unterscheiden, Haß will ich nicht vergessen, und Güte will ich mir merken. Die alte Japanerin aus Nummer eins hat uns doch geholfen, ich bringe sie ihr!«
»Laß es bleiben, Großvater!« Ruixuan wußte, daß der Großvater zwar recht hatte, aber er empfand es als sehr unpassend, Japanern etwas zu schenken. »Die haben doch weißes Mehl!«
»Und wenn, das ist ihre Sache, ob ich ihnen etwas bringe, ist meine Sache. Außerdem sind das Geburtstagspfirsiche, keine gewöhnlichen Mantous.«
»Gut, dann gehe ich mit!« Ruixuan wußte, daß die alte Dame kaum Chinesisch sprach.
Da der Vater mitgehen wollte, verschwand Xiao Shun unauffällig. Er mochte die Kinder aus Nummer eins nicht und gönnte ihnen die Geburtstagsmantous des Urgroßvaters nicht.
Erst nachdem Ruixuan zweimal geklopft hatte, öffnete die alte Dame mit den beiden frechen Kindern das Tor einen Spaltbreit. Als sie Ruixuan erkannte, machte sie es sofort ganz auf. Die beiden Kinder standen brav daneben, gar nicht mehr so ungezogen wie früher. Bevor Ruixuan noch etwas sagen konnte, begann sie auf englisch: »Sie kommen gerade richtig, ich wollte Ihnen etwas sagen. Die Mütter der Kinder sind zur Armee geholt worden, als Prostituierte! Als Japanerin dürfte ich nichts darüber verlauten lassen, aber als Weltbürgerin verfluche ich diese Leute, die die Väter dieser Kinder zu Asche

und ihre Mütter zu Prostituierten gemacht haben!« Ihre Hände und Lippen zitterten, als sie geendet hatte.
Die beiden Kinder schauten die ganze Zeit auf ihren Mund, sie errieten wohl, was sie gesagt hatte. Als sie schwieg, traten sie näher zu ihr hin und standen stumm daneben.
Ruixuan fiel nichts Rechtes ein. Er hätte die alte Dame trösten müssen, aber er fand es in Ordnung, daß diejenigen, die Chinesen umbrachten, zu Asche und ihre Frauen zu Prostituierten wurden.
Der alte Herr hatte ihre Worte nicht verstanden, er holte die Mantous aus dem Tuch und überreichte sie den Kindern. Dabei sagte er zu Ruixuan: »Sag ihr, daß es Geburtstagskuchen sind!«
Ruixuan tat es, die alte Dame nickte, versank aber wieder in Schweigen. Aller Augen starrten auf die großen weißen Mantous, keiner wußte etwas zu sagen, weder die Männer noch die Frau, noch die Kinder.
Ruixuan stieß den Großvater leicht an: »Gehen wir?«
Wortlos folgte der alte Mann dem Enkel nach Hause. »Was hat sie gesagt?«
Ruixuan wagte nicht, sich umzuschauen. Er hatte das Gefühl, daß die alte Dame mit den Kindern noch immer im Tor stand und ihnen nachblickte. Erst als sie eingetreten waren, wiederholte er dem Großvater ihre Worte. Er dachte lange nach, dann sagte er leise: »Wer tötet, wird auch getötet, wer die Frauen anderer ins Unglück stürzt, dessen Frauen werden auch ins Unglück stürzen! Mir tun die beiden Kinder und die alte Dame leid!«

81

Ein schneidender Nordwestwind ließ die Pekinger erzittern. Früher gab es zu dieser Jahreszeit in der Stadt unzählige Chrysanthemenausstellungen, Scharen von Studenten und Mittelschülern flogen aus in die Westberge, zum Juyong-Paß oder zu den dreizehn Minggräbern, Grundschulkinder zog es in den Zoo zu den Affen und Elefanten. Poeten stiegen mit Wein auf die Berge oder genossen die Pracht der roten Ahornblätter. Der Herbst bescherte den Menschen in Friedenszeiten Purpurreif und Morgentau, Zimtduft und Mondenschein. Die Aussicht auf heftige Stürme, Schnee und Eis erschreckte niemanden. Ganz im Gegenteil, man freute sich auf die winterlichen Gespräche, wenn sich alle um das Öfchen versammelten und knusprig süße Rübchen oder kandierte Früchte am Stiel knabberten.

Als schon jetzt so früh im Jahr der Nordwestwind, Vorbote des Herbstes, wehte, wagte niemand einen Ausflug vor die Stadt. Aus den Westbergen wie auch aus den Nordbergen hörte man immer wieder Kanonendonner. Aber auch ohne diesen Lärm der Geschütze stand niemandem der Sinn nach Ahornblättern im Reif oder nach Versen auf Bergeshöhen. Die Bäuche waren leer, und die Menschen froren. Ein kräftiger Sturm konnte über Nacht den Winter bringen, der war ihr Folterknecht und würde sie vor Kälte erstarren lassen.

Jeder sah nur noch den dunklen Schatten des Todes, alles andere war vergessen. Sie hörten vom Einfall der deutschen Wehrmacht in die Sowjetunion, aber es interessierte sie nicht sonderlich. Sie waren bereits von der Welt abgeschnitten, mit dem Tod in nächster Nachbarschaft konnten sie nur darauf hoffen, irgendwie den Winter zu überleben. Nicht im Schneesturm liegenzubleiben, wäre schon ein Sieg.

Auf den bereiften Straßen patrouillierte dauernd ein großer Lastwagen hin und her, jener, der Guan Xiaohe und Sun-Sieben in die Grube zum »Desinfizieren« gebracht hatte. Das war ein gespenstischer Wagen! Immer, wenn er auf Tote, die am Straßenrand erfroren, an Krankheiten gestorben oder verhungert waren, oder auf Halbtote stieß, hielt er an und schleppte sie weg. Wer das Geisterfahrzeug sah, dem wurde sogleich vor Augen geführt, daß auch er umfallen, weggeschleppt und den Hunden zum Fraß vorgeworfen werden könnte. Kein Arzt, keine Krankenschwester würde nachsehen, kein Kind würde nach dem letzten Willen fragen, ohne Trauermusik und Klagen würde man wie eine tote Katze spurlos verschwinden.

Yunmei sah das Geisterauto alle zwei oder drei Tage. Nach ihrer ersten Erfahrung beim Anstellen kam sie nicht mehr zu spät. Wenn es wieder soweit war, stand sie in aller Frühe auf. Manchmal fuhr sie erschrocken hoch, wenn die Sterne noch

am Himmel standen. Hatte sie sich dann zurechtgemacht, braute sie für alle den schwarzen, medizinähnlichen Frühstücksbrei und legte Schalen, Stäbchen und Salzgemüse bereit. War sie damit fertig, rief sie vor dem Fenster der Schwiegermutter leise: »Ma, ich gehe jetzt!«
Die Getreidemarken wurden nicht immer an derselben Stelle eingelöst. Manchmal hatte sie vier, fünf Li weit zu laufen, mitunter sogar bis in die Oststadt. Dann mußte sie die erste Straßenbahn erreichen, denn eine Rikscha war zu teuer. Straßenbahnfahren war sie zwar nicht gewohnt, beschloß aber, es zu riskieren. Sie konnte sich durch die Tricks und Gemeinheiten der Japaner doch nicht von der Erfüllung ihrer Pflichten abhalten lassen. Sie besaß nicht sonderlich viel Mut, hatte Angst vor Hunden. Ging sie morgens durch die stillen, menschenleeren Straßen und vernahm plötzlich Gebell, schreckte sie zusammen. Dann faßte sie den Beutel fester, nahm ihren ganzen Mut zusammen und stürmte mit schweißnassen Handflächen weiter. Manchmal sah sie Scharen von japanischen Soldaten. Sie hatte Angst, ließ sich aber nichts anmerken. Mit niedergeschlagenen Augen und klopfendem Herzen lief sie leichtfüßig weiter. Nur nicht zurückweichen! Dieses stinkende Gemisch abzuholen schien ihre ganze Lebenskraft zu fordern.
Die größte Furcht flößte ihr jedoch das Geisterauto ein. Sobald sie seiner ansichtig wurde, fröstelte es sie, ob es klar oder bewölkt, kalt oder warm war. Mitunter lagen drei, vier, manchmal auch mehr als ein Dutzend Leichen auf dem Wagen. Sie mußte die Augen schließen. Dort lagen nicht einfach erkaltete Gliedmaßen, sondern Menschen wie sie selbst. Sie hatten Familie, Verwandte und Freunde und die üblichen Sorgen, womöglich dachten sie noch an ihre Kinder und Eltern. Einmal sah sie eine Leiche, an deren rechtem Handgelenk tatsächlich ein Beutel mit Mehl hing. Auch sie trug einen solchen Beutel! Das könnte genausogut auch sie selbst sein! An diesem Tag bekam sie keinen Bissen hinunter, mußte aber ständig Wasser trinken.
Weil das Getreide mal da, mal dort abgeholt werden mußte und nie sicher war, ob man es dann auch wirklich bekam, schimpften die Leute aus der Schafhürdengasse tüchtig auf

den Vierten Li. Er verteilte die Marken, also war er auch für die Schwierigkeiten verantwortlich. Yunmei litt zwar unter den Unwägbarkeiten wie alle, aber sie machte dem alten Mann niemals Vorwürfe. Ihr Pflichtbewußtsein verlieh ihr Stärke und Ausdauer.

Eines Tages ging sie mit einem halben Sack »Republikmehl« im Arm nach Hause. Sie hatte noch zwei, drei Li vor sich, wollte aber weder Rikscha noch Straßenbahn nehmen. Sie lief ziemlich langsam, weil der Sack im Arm wie ein totes Kind immer schwerer wurde. Als sie plötzlich den Kopf hob, sah sie Zhaodi. Die war nach ihrer Entlassung zur Beobachtung der Europäer und Amerikaner Pekings eingesetzt worden, trug hochhackige Schuhe, wirkte aber trotzdem recht klein, da neben ihr ein besonders großer, kräftiger Europäer ging. Ihre rechte Hand unter den Arm des Riesen geklemmt, blickte sie zu ihm auf und ging laut scherzend und lachend neben ihm her. Ihr Haar hatte sie zur Hälfte wie eine riesige Bürste aufgesteckt. Ihr kleines Gesicht war dicker als früher, schon von weitem war deutlich zu erkennen, daß Augen und Brauen wie bei einem Filmstar geschminkt waren.

Yunmei starrte sie an, aber Zhaodi beachtete sie nicht, bemerkte überhaupt niemanden, weshalb Yunmei sie ungestört betrachten konnte, während Zhaodi mit dem Riesen scherzte, dann eine Puderdose herauszog und sich in aller Ruhe puderte, bis sie gemächlich mit dem Riesen weiterging.

Yunmei spuckte unwillkürlich aus. Sie verstand nichts von großer Politik, aber ihr war klar, daß es solche seltsamen Erscheinungen in Peking erst gab, seit die Japaner da waren. Mechanisch blickte sie auf den Sack und ihren alten blauen Stoffkittel. Dann hob sie den Kopf, sie fühlte sich stark und sauber. Was sie auch essen und anziehen mußte, sie hatte sich nicht wie Zhaodi mit einem Ausländer vor aller Augen zum Affen gemacht. Sie konnte stolz sein! Zu Hause wagte sie die Begegnung nicht zu erwähnen, geschweige denn, sich in Einzelheiten zu ergehen. Schon bei dem Gedanken an die Szene stieg ihr die Hitze ins Gesicht.

Wenn Zhaodis Benehmen Yunmei erröten ließ, so verstand sie durch Meister Lius Frau, daß Frauen tüchtig und einfallsreich waren. Frau Liu kam ständig zu den Qis, um Yunmei bei Näharbeiten zu helfen. Wegen der Lebensmittelknappheit und der hohen Preise hatte sie jüngst entschieden, die sechs Kuai, die Ruixuan ihr monatlich dazugab, nicht mehr anzunehmen. Sie verkündete das in ihrer schwerfälligen Art zuerst Yunmei. Die wollte sich nicht dazu äußern, zumal sie vermutete, daß sich dahinter eine verschämte Forderung nach einer Erhöhung verbarg, sie also unter dem Vorwand des Rückzuges einen Vorstoß machte, um es dann doch wieder anzunehmen. »Ich komme auch so aus!« wiederholte sie in einem fort, gab jedoch nicht zu erkennen, wie sie das tun wollte.

Nach ein paar Tagen war Frau Liu verschwunden. Die Qis waren aufs äußerste beunruhigt, vor allem Ruixuan. Da es für die eigene Familie nicht reichte, konnte er nicht mehr für sie tun, aber da Meister Liu ihn um seine Fürsorge gebeten hatte, fühlte er sich für die Sicherheit seiner Frau verantwortlich. Etwas später tauchte Frau Liu plötzlich wieder auf und brachte dem alten Herrn Qi ein gutes Pfund Hirse. Lächelnd erklärte sie ihm: »Für einen Brei!« Mehr war aus ihr nicht herauszukriegen.

Vor dem Krieg galt Hirse nicht als besonders wertvoll, jetzt aber war sie eine Kostbarkeit. Immer, wenn sich der alte Herr nicht wohl fühlte, fiel ihm als erstes ein: »Hätte man jetzt einen richtig dicken Hirsebrei, wäre das schön.« Als er das Geschenk entgegennahm, ließ er die gelblichen Körner wie Perlen durch die Finger gleiten und war sprachlos vor Rührung.

Yunmei zog Frau Liu in ihr Zimmer und fragte, woher und wie sie die Hirse bekommen habe. Umständlich erklärte sie alles. Es stellte sich heraus, daß seit der Getreiderationierung viele Leute, zumeist Frauen, für ein Tauschgeschäft eine Reise nach Zhangjiakou oder Shijiazhuang riskierten. Das Geschäft bestand darin, Stoffe oder gebrauchte Kleider zu verkaufen und dafür etwas Eßbares mitzubringen. Da es dort nichts anzuziehen und in Peking nichts zu essen gab, profitierten die Waghalsigen gleich zweimal. Waghalsig war es, weil zuerst die Kontrolle der Japaner umgangen und dann die Bahnangestellten und Polizisten bestochen werden mußten. Manchmal mußten sie sich im Güterwagen verstecken, manchmal sich bäuchlings aufs Dach legen. Das Getreide brachten sie im

Ärmel oder Hosenboden versteckt nach Peking. Frau Liu hatte sich ihnen angeschlossen, weil sie die Hilfe der Familie Qi, die ohnehin nicht mehr ausreichte, nicht länger annehmen wollte.

Als sie das Abenteuer in groben Umrissen schilderte, lächelte sie naiv, als sei gar nichts Besonderes dabei. Erst als Yunmei sie fragte, ob sie denn gar keine Angst habe, erwiderte sie bloß: »Ich bin vom Dorfe!« Als ob Dörfler auch ohne Kopf noch laufen könnten.

Nach einer Weile war Frau Liu wieder verschwunden.

Seitdem dachte Yunmei, wenn sie Angst oder Schwierigkeiten hatte, immer an Frau Liu und biß die Zähne zusammen. Sie sagte sich sogar: »Sollte gar nichts Eßbares mehr aufzutreiben sein, muß ich mit Frau Liu nach Zhangjiakou fahren! Egal, wie schwierig und gefährlich das auch ist, ich kann die Familie nicht verhungern lassen!«

Wie Frau Lius Courage Yunmeis Entschlossenheit und Selbstvertrauen weckte, so stärkte Großmutter Lis Herzensgüte ihr menschliches Verständnis und die gegenseitige Fürsorge. Yunmei wußte früher nur, daß Großmutter Li das Herz eines Buddhas hatte, fand sie ansonsten aber eher ein wenig verrückt und poltrig. Nun, da sie öfter ausging und viel erlebte, traf sie Großmutter Li häufig und brauchte ihren Zuspruch. Früher hatte sie den Umgang mit anderen vor allem nach der Art der Qis gepflegt – alles in Maßen und mit gebührender Distanz, um ja keinem zu nahe zu treten. Nachdem ihr Großmutter Li ein paarmal hilfreich unter die Arme gegriffen hatte, wurde ihr bewußt, daß Maß und Distanz nicht das einzige und Großmutter Lis Herzlichkeit kein Anbiedern war. So versuchte sie auch anderen zu helfen und spürte danach eine Wärme, die nicht von außen, sondern aus ihr selbst kam. Dieses Gefühl machte sie reicher und stärker.

Freilich beschimpfte Großmutter Li dauernd Leute, besonders, seit Großvater Li von den Nachbarn so heftig attackiert wurde. Aber trotz ihrer Schimpfkanonaden half sie den Leuten. Wegen ein paar Unstimmigkeiten würde sie doch ihr gutes Herz nicht verschließen! Die meiste Unterstützung gab sie den Leuten aus dem großen Wohnhof Nummer sieben, aber die gehörten gerade zu denen, die den Vierten Li am heftigsten angriffen. Sie waren arm, daher hatten sie besonders scharfe Zungen. Trotzdem ging Großmutter Li ständig zu ihnen. Redeten sie dummes Zeug, ging sie sofort mit den schlimmsten Schimpfworten zum Gegenangriff über. Aber auf dem Krankenlager oder im Wochenbett war sie für sie da.

Haarbüschel Fang-Sechs aus Nummer sieben war zu einem Star unter den Rezitatoren aufgestiegen, seit er die »Vier Bücher« auswendig kannte. Er hatte in einer Woche mindestens zwei, drei Rundfunkauftritte. Eines Tages machte er in einer seiner Geschichten eine freche Bemerkung über Japaner. Noch ehe das Programm zu Ende war, landete er im Gefängnis.

Wer die Sendung gehört hatte, fühlte mit Haarbüschel Fang-Sechs, aber keiner dachte daran, ihm herauszuhelfen. Großmutter Li hatte sie nicht gehört, sie wußte nicht, weshalb er verhaftet worden war, aber sie tauchte als erste bei den Fangs auf, um sie zu trösten. Dann zwang sie ihren »alten Kerl«, sich etwas einfallen zu lassen, um Fang-Sechs herauszuholen.

Der Vierte Li war lediglich ein kleiner Straßenobmann, wie konnte er da Fang-Sechs helfen? Er fragte Wachtmeister Bai, ob etwas zu machen sei. »Vierter Herr Li, Respekt vor Ihrer guten Absicht, aber die Sache ist heikel«, warnte der Wachtmeister den alten Mann.

»Wenn ich mich nicht darum kümmere, schimpfen die Leute aus Nummer sieben mich samt Großmutter Li in Grund und Boden.«

»Hm...«, der Wachtmeister schloß die Augen und dachte nach. »Ich hätte da eine Idee, bin aber nicht sicher, ob Sie die gut finden.«

»Reden Sie schon, jeder weiß ja, daß Sie ein Zhuge Liang sind!«

»Meckern die Leute nicht dauernd über Sie? Wir könnten es ihnen ja auch einmal zeigen!«

Der Vierte Li lächelte: »Ich bin alt und habe keine Lust mehr, mich mit ihnen anzulegen. Der Herrgott kennt meine guten wie meine schlechten Taten!«

»Richtig! Sie sollen sich ja auch nicht mit ihnen streiten. Schlagen Sie ihnen vor, eine gemeinsame Bürgschaft zu unterschreiben und ihn damit herauszuholen! Wollen doch mal sehen, wie

viele unterschreiben! Unterschreiben sie nicht, dürfen sie auch nicht länger über Sie meckern, stimmt's?«
»Und wenn sie alle unterschreiben?«
»Die?« Der Wachtmeister lächelte listig. »Das sollte mich wundern! Ich kenne doch unsere Nachbarn!«
Der Vierte Li machte solche Sachen nicht gern. Allerdings hatte er auch keine Lust mehr, die in letzter Zeit heftiger gewordenen Angriffe der Nachbarn einfach so hinzunehmen. Als er hin und her schwankte, goß der Wachtmeister noch ein wenig Öl ins Feuer: »Vierter Herr Li, ich will keine Zwietracht säen, sondern nur Gerechtigkeit für Sie! Stellen Sie sie doch mal auf die Probe!«
Schließlich stimmte der alte Mann widerwillig zu. Wie der Wachtmeister vermutet hatte, wagte keiner aus Nummer sieben zu unterschreiben. Sie erinnerten sich an Xiao Cui und die Eheleute Wen, und bloß aus Anstand wollten sie ihr Leben nicht verspielen.
Der Vierte Li freute sich anfangs, aber die Freude verging ihm schnell. Er fand die Leute widerwärtig, aber auch bedauernswert. Am liebsten hätte er die Bürgschaft zerrissen und diese unerfreuliche Angelegenheit beendet. Aber irgendwie trieb ihn die Neugierde, noch weitere Nachbarn aufzusuchen. John Ding unterschrieb wortlos, wohl weniger, um Fang-Sechs zu helfen, als vielmehr, um zu zeigen, daß Leute aus dem Englischen Amt keine Angst vor den japanischen Teufeln haben. Cheng Changshun sah sich die Bürgschaft an, murmelte etwas vor sich hin und unterschrieb ebenfalls.
Als der Vierte Li zu den Qis ging, ließ Yunmei ihn herein. Nachdem sie verstanden hatte, worum es ging, unterschrieb sie für Ruixuan, ohne sich mit jemandem zu beraten. Sie kannte nicht viele Zeichen, aber den Namen ihres Mannes konnte sie schreiben.
Das erschreckte den alten Li ein wenig. Er wußte schon, daß die Qis anständige Leute waren, aber daß Yunmei so couragiert handelte, hätte er nicht gedacht.
Sie war in der Tat mutiger geworden, hatte sich unmerklich verändert. Früher war die Küche ihr Feld, der Hof ihre Welt. Jetzt schien sich ihr Blick geweitet zu haben. Wäre die Rettung von Fang-Sechs etwas Falsches, überlegte sie, würde sich

der Vierte Herr Li nicht dafür einsetzen. Da er es tat, mußte sie ihn dabei unterstützen. Warum sollten immer nur die alten Eheleute Li etwas Gutes tun?
Am meisten freute sie jedoch, daß Ruixuan ihr kein voreiliges Handeln vorwarf und nur lächelnd bemerkte: »Leute zu retten ist doch eine gute Sache!«
Der Vierte Li gab die Bürgschaft nicht ab, weil zu wenige unterschrieben hatten, und er wußte, daß sie nichts nützen, sondern eher den Unterzeichnern schaden würde. Aber die Angelegenheit zeigte ihm, wer in der Gasse ein redlicher Mensch war und wer nur so tat. Vor allem Yunmei hatte ihn überrascht.
In der Gasse traf Yunmei jetzt oft die alte japanische Dame aus Nummer eins mit den beiden ungezogenen Kindern. Sie hatte sie niemals beachtet, denn sie haßte die Kinder, weil sie Xiao Shun gedemütigt hatten. Jetzt, da sie wußte, daß die beiden Männer umgekommen und die Frauen im Armeebordell waren, empfand sie Mitleid und sprach manchmal mit ihr. Die kannte nur wenige einfache Sätze Chinesisch, aber Yunmei las vieles in ihren Augen. Mitunter standen sich beide schweigend gegenüber und hatten doch das Gefühl, sich ein wenig zu verstehen. Die alte Dame schien sagen zu wollen: »Beurteilen Sie mich nicht nach Aussehen und Kleidung, ich bin keine gewöhnliche Japanerin!« Und Yunmei versuchte durch die in Jahrtausenden anerzogene Fähigkeit, Gleichgesinnte und Leidensgefährten durch Blicke und Kleinigkeiten zu erspüren, Mitgefühl mit dem Schicksal der alten Dame zu empfinden. Verschwommen spürte sie dabei etwas Schönes – sie konnte ihre Feinde bemitleiden.
Nach einer Nacht frostigen Nordwestwindes zeigte sich das erste Eis am Boden. Yunmei mußte ganz früh zum Getreidekauf aufbrechen. Als sie das Eis sah, wollte sie ihre Handschuhe holen. Aber sie ließ es sein, der Winter war noch lang und voller Nöte, was machte das bißchen Eis da schon. Als sie aus dem Tor trat, biß ihr der kalte Wind im Nu die Nase rot. Sie lief schneller, um sich aufzuwärmen.
Die Leute in der Schlange suchten sich gegen die Kälte zu schützen, einige hatten alte rote Filzkapuzen auf, andere uralte Ohrenmützen, manche trugen speckige wattierte Gewän-

der, wieder andere abgewetzte Pelzwesten. Angesichts dieses seltsam bunten, lächerlich wirkenden Aufzugs kamen Yunmei unwillkürlich Zweifel, ob sie sich auf Pekings Straßen befand. Sie kannte die Pekinger als eitel und würdevoll. Selbst die abgetragenste Kleidung mußte stets sauber und gepflegt aussehen. Sie konnte sich nicht erinnern, jemals so viel schmutzige und übelriechende Kleidung erlebt zu haben.

Doch als sie den Kopf zum saphirblauen Himmel hob, wußte sie, daß das Peking war. Die Straßen, die Läden, die kahlen Bäume am Straßenrand waren ihr vertraut. Nur die Menschen erkannte sie nicht wieder. Wenn die Pekinger schon jetzt wie Gespenster aussahen, was sollte da erst im nächsten Jahr werden?

Und gerade in diesem Moment, sie hätte schwören mögen, erblickte sie den kleinen Dritten, Ruiquan! Er trug wie ein Bauer einen kurzen blauen wattierten Kittel und hatte ein langes weißes Stück Stoff um die Taille geschlungen. Barhäuptig und schweißbedeckt rannte er ziemlich schnell die Straße entlang. Sie öffnete den Mund und rief: »Dritter!«, doch während eines Wimpernschlags hatte er sich schon weit entfernt.

»Dritter! Dritter!« rief sie tonlos wieder und wieder. Ihr war nicht mehr kalt, vielmehr begannen ihre Handflächen zu schwitzen. Der Dritte ist wieder da, gerade noch war er nur wenige Meter von ihr entfernt. Der Dritte, im Einwohnermeldebuch bereits tot, war tatsächlich nach Peking zurückgekommen! Er, der draußen gegen die Feinde gekämpft hatte, war nicht von ihnen getötet worden, sondern kam ganz offen nach Peking zurück und spazierte mit langen Schritten die Straßen entlang. Yunmeis Augen strahlten, ihre Wangen röteten sich. Sie brauchte niemanden und nichts mehr zu fürchten, Ruiquan war in ihrer Nähe, er würde sie bestimmt beschützen!

Daheim hätte sie den Älteren zu gern diese freudige Nachricht mitgeteilt. Sie wußte jedoch, daß man dies nicht beliebig ausplaudern durfte, sie mußte es zuerst mit ihrem Mann besprechen. Aber die Worte schwirrten ihr durch den Kopf wie ein Schwarm aufgescheuchter Bienen, der aus dem Bau hinaus will. Sie mußte den Mund halten, die Zähne zusammenbeißen, um diesen Schwarm zu bändigen. Sobald sie Schritte im Hof

vernahm, glaubte sie, es sei der Dritte. Aber auch ohne Geräusche sah sie ihn, in der Küche, im Hof, überall sah sie ihn in seiner kurzen blauen Jacke, mit schwitzendem Kopf. Erst kurz vor dem Schlafengehen konnte sie endlich den Mund aufmachen: »Xiao Shuns Pa, denk mal, ich habe den Dritten gesehen!« Ruixuan, der sich bereits hingelegt hatte, fuhr hoch: »Waas?«
»Ich hab den Dritten gesehen, ich schwöre, er war es!«
»Wo? Wie sah er aus?« Yunmei erzählte es ihm haargenau.
Die Knie umschlungen, schaute Ruixuan die Wand an, malte sich nach ihren Worten ein Bild des Dritten und hängte es wie ein Foto dorthin. Unverwandt starrte er auf dieses Phantasiegemälde und vergaß alles andere. Er schien nur seinen eigenen Herzschlag zu vernehmen. Als Yunmei die Schuhe auszog und einen fallen ließ, schrak er hoch. Das Bild an der Wand verschwand augenblicklich. Langsam legte er sich hin. »Erzähl bloß keinem davon!«
»Ich bin doch nicht dumm!«
»In Ordnung, erzähl niemandem davon!«
»Ganz bestimmt nicht!« Yunmei legte sich ebenfalls hin.
Die Eheleute hätten gern noch geredet, aber keiner wußte, was er sagen sollte. Beide stellten sich schlafend, obwohl keiner Schlaf fand. Nach einer Weile fragte Yunmei plötzlich: »Was hat der Dritte eigentlich draußen gemacht?«
»Weiß ich nicht!« Ruixuan versuchte, etwas Müdigkeit in seine Worte zu legen, damit sie nicht weiterfragte. Er wollte in Ruhe über den Bruder nachdenken, angefangen von der Kindheit bis zu seiner Flucht, alles wollte er durchgehen. Aber sie fragte weiter, sprach wie zu sich selbst: »Hat er wirklich gekämpft?«
Trotz weitgeöffneter Augen stellte sich Ruixuan schlafend. Gern hätte er mit Yunmei über Ruiquan geredet, am liebsten die ganze Nacht hindurch, aber er mußte erst allein alles in Ruhe bedenken. Der Dritte war ein Held, über ihn durfte man nicht gedankenlos ein paar Worte verlieren.
Yunmeis Phantasie arbeitete eifrig: Sie stellte sich vor, wie der Dritte Felsen und Gebirge überquert und weite Strecken zurückgelegt hatte, vielleicht sogar ans Meer gelangt war. Sie war nie aus Peking herausgekommen, hatte die West- und Nord-

berge nur aus der Ferne gesehen, immer blau schimmernd, etwas dunkler als der Himmel. Sie wußte jedoch nicht, ob dort alles wirklich so blau aussah. Vom Meer hatte sie nur die drei Seen um den Beihai-Park gesehen, die alle »Meer« hießen, sie hatte keine Vorstellung, um wieviel das Meer größer als diese Seen war. Unwillkürlich fragte sie wieder: »Wieviel größer als die ›drei Meere‹ ist denn das Meer?«

»Unzählige Male! Weshalb fragst du?«

Sie lächelte. »Ich mußte gerade daran denken, ob der Dritte das Meer gesehen hat.«

»Der hat alles gesehen, bestimmt!«

»Wie schön!« Yunmei schloß die Augen und stellte sich ein riesiges Meer vor und blaue Berge mit blauen Felsen und blauen Bäumen. Überall war der starke, mutige Dritte dabei.

So geschah es, daß durch die jahrelangen Entbehrungen eine Frau, die niemals aus Peking herausgekommen war, stärker, mutiger, verantwortungsbewußter wurde. Ihr Herz weitete sich, ihre Welt – sonst nur ein vierseitig ummauerter Hof – öffnete sich nun hin zu den Bergen und zum Meer. Und vielleicht waren eben diese Berge und dieses Meer ihr Land.

82

Bedeckt mit dem Staub des Qin-Ling-Gebirges betrat Ruiquan am letzten Tag des alten Jahres die altertümliche Stadt Xian, bekleidet mit nur einer dünnen wattierten Studentenkluft.

Zuvor hatten seine schwarzen Bohnenaugen bereits die wilde Strömung des Huanghe, die tosenden Wellen der Sanxia-Enge, windgeblähte Segel inmitten des Yangze und Weiler in unwegsamen Bergen, wo man nicht einmal Tee kannte, gesehen.

Für ihn gab es keinen Ort, der mit Peking vergleichbar war. Aber mit jeder neuen Gegend verstand er sein Land besser. China hatte, das wurde ihm erst jetzt klar, so viele unterschiedliche Klimazonen, Landschaften, Sitten, Dialekte und Produkte. Nicht einmal die Wolken und die Mücken waren überall dieselben. Er konnte Peking zwar nicht vergessen, genoß aber auch den Anblick anderer Landstriche. Der gurgelnde gelbe Strom, die winzig kleinen Bergweiler schienen urwüchsige, unberührte Natur zu sein. Gerade deshalb war ihnen eine Kraft eigen, die in Peking fehlte, die aber die Menschen dort fest mit Himmel und Erde verband. Das künstliche, ziselierte Peking konnte von einer Feuersbrunst vernichtet werden, diese Flüsse und Dörfer schienen dagegen seit Urzeiten zu existieren. Darum fürchteten sie auch kein Feuer, es konnte ihnen nichts anhaben. Ihre Rückständigkeit betrübte ihn, aber ihre Stärke freute ihn. Das neue China würde eher aus dieser Kraft und Einfachheit entstehen, die verkommenen Städte wie Peking könnten diese Aufgabe kaum übernehmen.

Er empfand Sympathie für die im Lehmboden stehenden Bauern, die den Acker in althergebrachter Weise bestellten. Die hatten kaum Bildung genossen und lebten hart und entbehrungsreich, waren jedoch in ihrer Art aufrichtig und besonnen, gütig, fleißig und genügsam. Sie gaben dem Land ohne Zögern Getreide, Geld und sogar ihre Söhne und Brüder, auch auf die Gefahr hin, selbst Hunger leiden zu müssen. Sie verfügten nicht über die Eleganz, Klugheit und Redegewandtheit der Pekinger, aber sie übernahmen die Verantwortung für den Widerstand. China gehörte ihnen. Sie waren es, die durch die Felsen des Qin-Ling- und Bashan-Gebirges Straßen legten. Sie trugen den Sand körbeweise herbei, um Reisfelder zuzuschütten und einen Flugplatz anzulegen. Wenn der Feind nahte, verbrannten sie ihre Häuser und zogen mit ihren Tieren hinter die Front. Sie waren es, die ihre Söhne und Brüder an die Front schickten und die Verwundeten vom Schlachtfeld trugen. Nur mit diesen Soldaten, die trotz Hunger und Kälte weiterkämpften, konnte das »steinalte« China am modernen Krieg teilnehmen.

Sie wußten fast nichts von den Dingen, die sich in der Welt zutrugen, sie kannten nicht einmal das Schriftzeichen für ihre Familiennamen. In ihren Seelen aber war die jahrtausendealte Moral eingeprägt, sich im Ernstfall für Recht oder Unrecht zu entscheiden. Wenn sie sonst nichts wußten – daß den Japanern mit Vernunft nicht beizukommen war, das wußten sie. In den unzugänglichen Gebirgsgegenden lebten die Menschen zwar weit verstreut, aber Kulturgeschichte und traditionelle Moral

verband sie miteinander, sie alle waren Chinesen, und sie waren stolz darauf.
Erfüllt von dieser neuen Begeisterung war Ruiquan stolz darauf, nicht nur Pekinger, sondern auch Chinese zu sein. Fast schämte er sich ein bißchen des Pekingers. Er besaß ein wenig Bildung, liebte Sauberkeit, fand aber, daß es ihm an Bescheidenheit, Kraft und erdverbundener Klugheit mangelte. Vieles, was die Bauern kannten und konnten, verstand er nicht. Es schien, als sei sein Wissen und seine Reinlichkeit entbehrlicher Schmuck, als hätten nur die Bauern das Leben wirklich gepackt und gingen von morgens bis abends, vom Frühjahr bis zum Winter den Dingen nach, die wirklich mit dem Leben zu tun hatten. Und wenn es darauf ankam, setzten sie ihr Leben ein.
Er begann sein Äußeres zu vernachlässigen. Seine alten Kleider, der Staub an den Schuhen, der Schmutz unter den Fingernägeln störten nicht mehr, er war sogar stolz darauf. Und wenn die Bauern Läuse hatten, fand er, müsse auch er einige haben. Früher, in Peking, hatte er wie die anderen jungen Leute gern von »Volksmassen« gesprochen. Er hatte sich eingebildet, mit seinem Wissen und seinen guten Absichten der Lehrer und Retter dieser Leute zu sein. Erst jetzt begriff er, daß die Bauern in vielen Dingen seine Lehrer sein konnten.
Er legte auch seinen Studentendünkel ab und beschloß, mit den Bauern zusammenzuarbeiten und mit ihnen gegen den Feind zu kämpfen. Und das, was er wußte, wollte er den Bauern vermitteln, und was er nicht wußte, von ihnen lernen.
Er konnte nicht besonders gut singen, zwang sich aber, den Leuten Lieder des Widerstandskrieges vorzusingen. Er verstand nichts vom Schauspielern, ging aber mutig auf die Bühne. Er konnte nicht dichten, zerbrach sich aber den Kopf und erfand Geschichten über den Widerstandskrieg. Er behauptete sogar, die Dorfmädchen in ihren roten Hosen und grünen Jacken seien schöner als Zhaodi. Würde er heiraten, müßte es ein Dorfmädchen sein! Zudem waren die Dörfler naiv, sie lauschten und vertrauten seinen Liedern, Geschichten und Theaterstücken, die sonst kein Ochse hören wollte. Das gefiel ihm, nicht, weil er sich etwas darauf einbildete, sondern weil er eins mit ihnen war. Er war überzeugt, könnte er immer unter Bauern leben, würde er so einfach und stark

wie sie, und die Bauern würden so munter und klug wie er. Die Japaner zu schlagen wäre dann leichter, als ein Huhn zu schlachten! Diese Naivität, diese Freude und dieses Selbstvertrauen ließen ihn Peking vergessen.

Er war schmaler geworden, aber ein ziemliches Stück gewachsen. Sein Gesicht war gebräunt, die Backenknochen ließen ihn kräftig und stark erscheinen. Mit den Burschen vom Lande konnte er zwar nicht Basketball spielen, aber er lernte von ihnen Ringen und Steineheben. Wenn er seine Muskeln befühlte, meinte er, mit einem Schlag zwei Feinden den Schädel zerschmettern zu können.

Heißes Blut kreist schnell, auch seine Phantasie war schnell, er schmiedete schon Pläne für die Zeit nach dem Krieg – er würde für immer aufs Dorf gehen, dort ein Mädchen heiraten und Kinder, stark wie Kälbchen, aufziehen. Für sie würde er eine Schule gründen und ganz nebenbei auch den Alten und Kindern des Dorfes die Chance bieten, Zeichen schreiben zu lernen. Eine Genossenschaft würde er gründen, eine kleine Fabrik, ein Krankenhaus, ein... Er sah nicht nur den Sieg, er sah ein neues China vor sich, in dem die Dörfer schön wie Gärten sein würden!

Doch die Wirklichkeit sah anders aus. Auch trauten die Machthaber dem Volk nicht und beargwöhnten diesen Umgang der jungen Leute, daher mußte Ruiquan nach kurzer Zeit seine Arbeit und seine Freunde verlassen, in die Städte gehen und ungeliebte Arbeit leisten. Die Rückschläge und Enttäuschungen erbosten ihn. Aber er erinnerte sich der Worte, die ihm Onkel Qian und der ältere Bruder mit auf den Weg gegeben hatten: »Nicht aufgeben!« Er unterdrückte seinen Zorn und hielt den Mund.

Bald erkannte er, daß sein Selbstvertrauen und seine Naivität lediglich Blüten einer Begeisterung waren, die keine Früchte tragen würden, Illusionen also. Die Wirklichkeit war sehr viel komplizierter. Die Vergangenheit wog schwer, auch gegen sie mußte man angehen. Denn sie war verantwortlich dafür, daß die Chinesen so gütig und nachgiebig waren, aber auch daß es Heuchler und Verräter gab. Die Invasion der Japaner verwandelte China in eine achtzehnstufige Hölle: Die Seelen mußten sich nicht nur tötend einen Weg hinausbahnen, es galt auch,

gegen den Höllenkönig und seine ochsenköpfigen Gesellen zu kämpfen.
Nachdem er schon länger in einer Stadt gelebt hatte, erhielt er die Gelegenheit, nach Peking zurückzukehren. Hätte er unter der Bevölkerung arbeiten können oder Aufnahme in die Armee gefunden, wäre er niemals zurückgegangen. Er liebte Peking, doch es war eine vergiftete Stadt mit einem strahlenden Himmel, den farbigen Dachziegeln der Paläste, mit dem guten Essen und Trinken und all den anderen Annehmlichkeiten. Sie machte die Menschen apathisch und oberflächlich. Ruiquan hätte lieber in einer Schlammkuhle oder blutigen Hölle gehaust, als in seine dekadente Heimatstadt zurückzukehren. Da er aber keine andere Wahl hatte, würde er gehen und Peking eben entgiften.
Am letzten Tag des alten Jahres kam er also nach Xian. Er war zu dünn angezogen und fror, bekam aber, da die Läden bereits geschlossen hatten, kein wattiertes Obergewand mehr zu kaufen. Er wußte, Xian wie Peking hatten dieselben Gepflogenheiten einer alten Stadt: Ob Krieg oder Naturkatastrophe, das neue Jahr mußte gebührend gefeiert werden. Er wußte, wenn er sich nicht aufregte, würde ihm schon etwas einfallen. Das war eine Erfahrung der vergangenen Jahre.
Er klopfte bei einem Bestattungsladen an, denn Tote gab es zu Silvester ebenso wie zu Neujahr. Er kaufte ein für Tote gedachtes gefüttertes Gewand und mußte lächeln: Lebende tragen Totenkleider, ein Zeichen dafür, daß sie den Tod nicht fürchten.
Von Xian zog er weiter nach Osten. Fand er ein Fahrzeug, fuhr er mit, fand er keines, ging er zu Fuß. Im Zug oder Auto setzte er sich stets zu Japanern, schwatzte mit ihnen, bot ihnen etwas zu essen an, als sei er ihr bester Freund. Führte er geheime Dokumente oder Propagandamaterial mit sich, legte er es unter ihrem Gepäck ab, um Kontrollen zu umgehen. Manchmal ließ er sich auch von ihnen durch die Sperre aus dem Bahnhof bringen. Bei diesen kleinen Schnippchen fand er sich ziemlich fies, weil die Japaner gerade für diese Art Einfälle schwärmten. Wenn er damit aber erreichte, was er wollte, schmunzelte er: »Was ihr könnt, kann ich auch!«
War er zu Fuß unterwegs, machte er mitunter große Umwege,

manchmal, um die besetzten Gebiete zu umgehen, manchmal, um hineinzugelangen. Er hatte Gelegenheit zu ausgiebigen Studien. War er tagelang gelaufen, konnte er mit geschlossenen Augen eine Landkarte zeichnen. Darauf waren nicht nur Berge, Flüsse, Dörfer und Siedlungen vermerkt, sondern auch militärische und zivile Bewegungen. Es war eine blutige Landkarte: ein kleines Dorf war vielleicht acht- oder zehnmal niedergebrannt worden, ein Fluß von den Feinden und den eigenen Truppen, wer weiß wie oft, überquert worden. Mit dieser Landkarte vor seinem inneren Auge hatte er die Gewißheit, daß die Chinesen sich dem Feind nicht so leicht ergaben.

Als Peking immer näher kam, mußte er unwillkürlich an zu Hause denken. Er sehnte sich besonders nach der Mutter und dem älteren Bruder. Das stimmte ihn aber nicht traurig, denn nach den drei, vier Jahren wußte er genau, daß er nie wieder in die Vier-Generationen-Familie zurückkehren und ein Leben wie vor dem Kriege führen würde. Das kam ihm schier unmöglich vor. Er hatte ein riesiges Territorium gesehen, unzählige Menschen und ebenso viele Probleme. Der Krieg hatte ihm Herz und Augen geöffnet.

Es war bereits Herbst, als er südlich von Peking in der Stadt Langfang den Zug bestieg. Er hatte beschlossen, sich als Langfanger auszugeben. Das war nicht schwer, er mußte nur seine Aussprache ein wenig anpassen. Seine Kleidung – ein langes gefüttertes blaues Baumwollgewand, ein paar alte Satinschuhe mit Stoffschichtsohlen, ein Käppi aus dunklem Satin – machte ihn zu einem jungen Besitzer eines Getreideladens. Sein Gepäck bestand aus einem alten »Reisesack«, den man sich über die Schulter hängte und auf dem noch verblaßt der Ladenname »Sanhuaitang« zu erkennen war. Er hieß jetzt Wang, trug eine große Schutzbrille und ein Handtuch. Das Handtuch diente in dörflicher Manier als Taschentuch, während ihm die Brille das Flair eines Ladenbesitzers verlieh. Der Reisesack enthielt das Tote-Seelen-Gewand und ein wenig Unterwäsche. Außer den drei Zeichen auf dem Reisesack führte er nichts Beschriebenes bei sich.

Groß, gebräunt und Ahnungslosigkeit vortäuschend bestieg er den Zug wie ein Händler, der oft unterwegs ist. Er dachte sich die Familiengeschichte des jungen Ladenbesitzers Wang und die Landkarte seines Heimatortes aus. Einmal, zweimal, ein Dutzend Male betete er beides in einem Zug herunter, damit er, falls die Japaner ihn verhörten, ihre Genauigkeit und Kleinlichkeit mit ausführlichen Beschreibungen befriedigen konnte. Denn deren penibles Gehabe ließ sie vor lauter Bäumen den Wald nicht sehen.

Je näher Peking rückte, desto klarer tauchte in seiner Vorstellung beim Schaukeln des Zuges sein Zuhause auf. Das Tor, die großen Schnurbäume davor, der Hof in allen Einzelheiten zogen als Bilder an ihm vorüber. Schnell schloß er die Augen und lauschte dem einschläfernden Rattern der Räder. Er mußte verhindern, daß sein Herz beim Anblick der Stadt schneller schlug. Die Japaner hatten ihm schon mehrfach die Brust befühlt, um festzustellen, ob sein Herz schneller schlug. Das war Peking, seine Heimat, aber es war auch der Rachen des Tigers. Diesen Rachen mußte er völlig ungerührt betreten, durfte sich nicht von ihm packen lassen.

Der Zug hielt. Ruhig schulterte er das Gepäck, ruhig stieg er aus, in einer Hand die Fahrkarte, in der anderen das angegraute Handtuch. Die alte Stadtmauer gleich neben dem Bahnhof, die vertrauten Laute ringsum, da mußte er schon tief durchatmen. Sobald er Luft holte, nahm er den typischen Pekinger Geruch wahr. Er wollte losrennen wie ein Kind, wenn es sein Hoftor erblickt. Peking war vergiftet, aber schließlich war es sein Geburtsort, die Farben, Gerüche, Laute waren ihm vertraut. Es war, als brauche er nur die Hand auszustrecken, um Mutters Hand zu fassen. Aber er mußte sich gelassen geben, denn er wußte, sobald ihm jemand die Hand auf die Schulter legte, konnte er zwar das Beste hoffen, mußte aber mit dem Schlimmsten rechnen. Ohne Zwischenfälle gab er an der Sperre die Fahrkarte ab, wagte sich aber noch nicht zu freuen. Jedes Fleckchen Pekinger Erde konnte sein Grab werden.

Und tatsächlich, kaum war er durch die Sperre, legte sich eine Hand leicht auf seine Schulter. Da er es erwartet hatte, wurde er noch ruhiger. Mit dem Handtuch schüttelte er die Hand von der Schulter und fragte im Ton eines Ladenbesitzers: »Was soll das?« Ohne zu schauen, wem die Hand gehörte, lief er unbeirrt weiter und schimpfte vor sich hin: »Ich hab schon ein Hotel, mit mir ist kein Geschäft zu machen. Ich komme öfter hierher, bin kein Dorftrottel!« Dieser Einschüchterungsversuch zeitigte jedoch keine Wirkung. Ein knallhartes Ding drückte ihm in die Rippen. Von hinten hieß es: »Los, quatsch nicht!«

Der junge Besitzer Wang vom Sanhuaitang-Laden blickte sich erschrocken um: »Was soll das heißen? Erpressung auf dem Bahnhof? Hauen Sie ab oder ich rufe die Polizei!« Ruiquan gestikulierte eifrig, hätte sein Gegenüber am liebsten ein paarmal ordentlich gebissen. Denn es war ein junger Chinese. Er haßte diese Leute mehr als die Japaner, mußte aber ruhig bleiben und gute Miene zum bösen Spiel machen. »Mein Herr, tut mir leid, ich habe kaum Geld bei mir!«

»Los!« zischte der Hundesohn, er ließ seine schönen weißen Zähne blitzen.

Als alles gütliche und harte Zureden nichts nützte, seufzte Ladenbesitzer Wang und folgte dem Kerl. Ein kleines Verlies hinter dem Schalter erwies sich als der erwartete Tigerrachen. Ein Japaner und zwei Chinesen waren die Riesenzähne. Ruiquan beeilte sich, geschäftig vor den drei Zähnen eine Verbeugung zu machen, geschäftig sein Gepäck abzustellen und sich geschäftig mit dem Handtuch über das Gesicht zu wischen. Dann stellte er sich vor den Japaner, bohrte einfältig mit dem kleinen Finger im Ohr und schüttelte es.

Der Japaner betrachtete Ruiquan lange, als schätze er eine seltene Ware ab. Der lächelte von Zeit zu Zeit einfältig. Dann begann der Japaner in einem dicken Fotoalbum zu blättern. Ruiquan guckte dümmlich ebenfalls hinein und sah einige Bekannte. Nachdem der Japaner es ein paarmal durchgeblättert hatte, blickte er auf, musterte Ruiquan, blickte wieder hinein. Nach einer Weile sah Ruiquan sein eigenes Foto. Er hatte vergessen, wo es aufgenommen wurde, erinnerte sich nur dunkel, daß es vor etwa drei Jahren gewesen sein mußte. Dort war er dicker als jetzt, das gescheitelte Haar fiel ihm in die Stirn. Jetzt war er kahlgeschoren. Wohl wegen dieser Unterschiede sah der Japaner keinen Zusammenhang zwischen ihm und dem Foto und überblätterte es. Im Geiste steckte Ruiquan kurz die Zunge heraus. Der Japaner schob das Album beiseite und begann mit dem Verhör. Ruiquan gab Familiengeschichte und Ortschronik, wie er sie auswendig gelernt hatte, leicht stot-

ternd und nicht zu aufgeregt Stück für Stück wieder. Die beiden Chinesen schrieben alles auf, was er sagte.
Nach ein paar Rückfragen blätterte der Japaner wieder in den Fotos, während ein Chinese alles noch einmal von vorn abfragte und mit seinen Notizen verglich. Als diese Prozedur beendet war, räusperte sich der andere Chinese und fragte, von hinten angefangen, alles noch einmal durch. Ruiquan antwortete fehlerlos.
Der Japaner öffnete wieder das Buch mit den Fotos und lächelte plötzlich. »Ich kenne Langfang!« Und fuhr blitzschnell mit der Hand an Ruiquans Brust. Ruiquan krümmte sich leicht zusammen, tat erschrocken, behinderte aber den Japaner nicht. Sein Herz schlug regelmäßig. Der Japaner nahm die Hand wieder weg und widmete sich nun mit Ruiquan Langfang, als hinge er ganz besonders an diesem Ort. Nach ein paar Sätzen wußte Ruiquan, daß der Japaner sich das meiste ausdachte. Er brauchte ihm also nicht in allem zu folgen, durfte aber auch nicht zu viel erfinden, mußte mal zustimmen, mal widersprechen, um seine Lügen echt erscheinen zu lassen. »Gibt es die große Grube nördlich des Wang-Dorfes noch?«
»Welche Grube? In der die Kinder im Sommer baden? Die haben die Japaner längst zugeschüttet.«
»Südlich der Grube führen zwei Wege vorbei, welchen nimmst du nach Hause?«
»Keinen, ich schneide ab, da spare ich einen halben Li.«
Der Japaner fragte noch lange weiter, Ruiquan antwortete ziemlich korrekt. Dann gab der Japaner ein Zeichen, woraufhin die Chinesen ihn und sein Gepäck untersuchten. Sie fanden nichts.
Der Japaner ging hinaus, die beiden warteten einen Moment, dann gingen auch sie. Ruiquan knöpfte sein Gewand zu und legte seine Sachen ordentlich in den Reisesack zurück. Er fluchte innerlich, solche Spielchenmacher konnte er nicht ausstehen. Das war kein anständiger Krieg, das war Spielerei. Aber er mußte diese Spielchen gelassen mitmachen.
Er stieß einen lautlosen Seufzer aus. Dann zog er den Reisesack glatt, setzte sich darauf, lehnte sich in eine Ecke und tat, als schlummere er. Nach seinem kurzen »Schlummer« hörte er jemanden zurückkommen. Er schlummerte noch

fester, schnarchte sogar leise. Nur wen nichts bedrückte, der schnarchte. »He«, rief der andere, »mach, verdammt, daß du wegkommst!«
Ruiquan riß die Augen auf, rieb sich das Gesicht, stand in aller Ruhe auf und schulterte den Reisesack. Er machte vor dem anderen – es war ein Chinese – eine tiefe Verbeugung, wobei er dachte: »Verräter, auf Wiedersehen, dir werde ich es schon noch zeigen, sonst will ich nicht Qi heißen!«
Er trat hinaus und blickte sich gemächlich nach allen Seiten um, als habe er die Orientierung verloren. Würde er gleich losrennen, holten sie ihn sofort zurück. Wer weiß, wie viele Augen ihn beobachteten.

83

Mit geschultertem Gepäck ging Ruiquan durchs Vordertor. Als er das imposante Gebäude des Tiananmen-Tors mit den roten Mauern daneben, dem Marmorgeländer und den Säulen davor erblickte, schlug sein Herz plötzlich doch schneller. Das Tiananmen-Tor hatte er schon unzählige Male gesehen, aber es beeindruckte ihn immer noch. Der großartige Bau war ein Denkmal, ein Symbol der Geschichte Chinas. Diese Geschichte gehörte aber auch ihm, ließ ihn eins werden mit diesem majestätischen Bau.
Soeben, als der Japaner ihm die Hand auf die Brust gelegt hatte, war er nicht erschrocken, doch dieses Gebäude strahlte eine Ruhe aus und ließ gerade deshalb sein Herz höher schlagen. Er glaubte, in dem flimmernden Licht über dem Torgebäude die Gestalten der Erbauer zu sehen, wie sie vor vielen Jahrhunderten Stein um Stein, Balken für Balken aufeinanderfügten. Mit ihrer unvergänglichen Geschicklichkeit und ihrem Schönheitssinn hatten sie ein unsterbliches Bauwerk geschaffen. In diesem Licht erschien ihm sein Mut, seine Tätigkeit nichtig. Was zählte er schon angesichts des Tiananmen-Tors?
»Bloß gut«, sagte er sich nach einer Weile, »daß die Japaner das Tor nicht zerstört haben!« Wagten sie es nicht oder hielten sie es nicht für notwendig? Schnell blickte er sich nach allen Seiten um, als erwarte er von dem Platz eine Antwort.

Da bemerkte er die Kälte und Leere vor dem Tor und mochte nicht mehr hinsehen. Nein, das war nicht mehr das ihm von Kindheit an vertraute Tiananmen-Tor, es war einfach ein Denkmal, unter dem Tote begraben lagen. Peking war bereits gestorben, die Japaner hatten nicht nötig, es zu zerstören. Es war lediglich eine golden glänzende, azurblau schillernde Siegestrophäe.

Wirklich, es war ausgesprochen leer und still vor dem Tiananmen-Tor. Passanten und Fahrzeuge warfen nur ganz kurze Schatten, mäuschenstill bewegten sie sich nach Osten oder Westen. Neben der Verlassenheit des Platzes und des hohen Tores erschienen Mensch und Tier wie Käfer. Ein kühler Wind schien selbst die Schatten der Bäume auseinanderwirbeln zu wollen, ließ auch die Stromleitungen erzittern und leise surren. Das alles erinnerte Ruiquan an eine riesige, leere, wunderschön gemusterte Seemuschel. Sie war schön und rauschte, aber sie war tot, taugte nur noch als Schmuck oder Spielzeug.

Er mochte nicht mehr weiterdenken, sonst wären ihm womöglich die Tränen gekommen. Gern wäre er in den Sun-Yatsen-Park oder den Ahnentempel Taimiao gegangen, nicht zum Vergnügen, sondern einfach, um nachzuschauen, ob Bauten und Grünanlagen noch existierten. Aber das durfte er nicht. Mit einem Reisesack durch Parks oder Tempel zu schlendern, war zu auffällig. Vielleicht wurde er beobachtet.

Der Wunsch, in den Park zu gehen, erinnerte ihn unwillkürlich an Zhaodi. Was mochte aus ihr geworden sein? Vor dem Krieg war er dort mit ihr spazierengegangen. Er sah sie noch im schwachen Schatten der alten Zypresse, der auf ihr Gesicht und ihre weiße Bluse gefallen war und ihre Gestalt in Licht und Schatten getaucht hatte. Da aber Licht und Schatten blaß waren, sah es aus, als wollte sie sich in eine überirdische Fee verwandeln. Nein, er durfte nicht an sie denken, sollte sich gratulieren, daß er nicht ins Netz der Liebe gegangen war, denn mit einer Ehefrau wäre er nicht frei gewesen und hätte sich auf das Risiko nicht eingelassen! Da war es doch besser, mit dem Reisesack auf der Schulter umherzuziehen und eine nützliche, wenn auch sehr gefährliche Aufgabe zu erledigen.

Vergiß das Tiananmen-Tor, Park, Ahnentempel, Zhaodi! Vergiß sie! Nur vergiß nicht, daß du jetzt Ladenbesitzer Wang bist! Herr Wang sollte nicht mit dem Reisesack auf der Schulter auf das Tor starren. Er mußte sich losreißen. Aber wohin? Er konnte nicht sofort zu seiner Geheimorganisation gehen. Wenn ihm nun jemand folgte? Also mußte er erst einmal kreuz und quer herumlaufen wie ein aufgeschreckter Hase, der hakenschlagend den Jagdhund narrt.

Er lief in westlicher Richtung. Ohne sich umzusehen, bemerkte er kurze Zeit später, daß ihm jemand folgte. Statt sich zu ängstigen, wurde er fröhlich. Nur Spannung, Gefahr und Tod konnten die Starre Pekings durchbrechen. Er war gekommen, sein Grab zu finden, nicht das Tiananmen-Tor anzustarren. Ruhig ging er weiter. Ihm fiel sein Foto ein, das er soeben auf dem Bahnhof gesehen hatte. Das war doch wenigstens ein bißchen Ruhm und Ehre! Man wird schon sehen, Ruiquan ist anders als sein Großvater, Vater oder älterer Bruder! Hm, wenn das der Großvater wüßte, dem fiele bestimmt vor Schreck der Bart ab!

Geschickt verlor er beim Laufen einen Schuh, im Bücken erkannte er mit einem schnellen schrägen Blick in dem Verfolger Gaodi. Ihm wurde beinahe übel! Mit dem schamlosen Treiben von Leuten wie Guan Xiaohe hatte er gerechnet, aber nicht, daß auch Gaodi, die anständigste aller Guans, den Japanern zu Diensten sein würde. Und wenn Gaodi dazu schon bereit war, was würde erst aus Zhaodi geworden sein, womöglich hatte sie einen Japaner geheiratet! Sein langjähriges Training schien ihn plötzlich zu verlassen, wie zu Beginn einer Erkrankung überlief es ihn bald heiß, bald kalt. Er bereute, nach Peking zurückgekehrt zu sein, bereute, seine Freundin wiedersehen zu wollen. Gaodi wie Zhaodi waren auch junge Chinesinnen, aber schamlos, ohne Rückgrat. Unwillkürlich griff er sich an den Gürtel, aber er hatte keine Waffe. Diese schamlose Dirne hätte er am liebsten auf der Stelle erschossen, doch er zog mit leeren Händen in Peking ein.

Gaodi lief an ihm vorbei und flüsterte: »Folge mir!«

Ihm blieb keine andere Wahl. Zwar hatte er überhaupt keine Angst, aber ein blamabler Gedanke schoß ihm durch den Kopf: Sollte er wirklich durch ihre Hand sterben?

Nach einem schnellen Blick in den blauen Himmel und die verlassenen Straßen fand er, daß sich Peking überhaupt nicht verändert hatte. Vielleicht bliebe es immer so ruhig und schön wie die Unsterblichen, ohne sich um die menschlichen Kümmernisse zu scheren. Als sein Blick aber auf Gaodis Schatten fiel, ein schöner Schatten mit leichten Sonnenflecken, fand er, daß sich alles verändert hatte. Peking glich einer häßlichen, schamlosen Frau, die von jedem beliebig mißbraucht wurde. Er war sich nicht sicher, ob er Peking lieben oder hassen sollte, ob es besser wäre, es zu erhalten oder zu vernichten.

Ruiquan folgte ihr bis zum Ende der Stadtmauer. Sein erster Gedanke war, sollte sie tätlich werden, würde er sich auch nicht zieren. Falls sich die Gelegenheit ergäbe, würde er sie töten. Er arbeitete für sein Land, da konnte er keine Rücksicht darauf nehmen, daß sie eine Frau und eine Freundin war. Seine Hände waren alarmiert, seine Augen fixierten ihre Gestalt. Sobald sie eine Bewegung machte, würde seine Faust zuschlagen, bestimmt!

Plötzlich besann er sich eines anderen. Nein, er durfte sie nicht schlagen. Selbst wenn er die Oberhand behielte, würde er sich nur neue Scherereien einhandeln. Jetzt war er nach Peking hereingekommen, was wirklich nicht leicht war, doch wieder hinauszugelangen, schien ebenso schwer zu sein. Nein, er durfte nicht blind drauflosgehen, mußte an ihre alte Freundschaft appellieren, an ihre weibliche Güte, um davonzukommen. Aber wie sollte er anfangen? Wie konnte er so ein verruchtes Frauenzimmer um Gnade anflehen? Er kratzte sich die dunkle Stirn.

Gaodi lief jetzt Schulter an Schulter mit ihm. Plötzlich machte sie den Mund auf: »Ich bin verhaftet worden. Um rauszukommen, mußte ich Spitzel werden. Du kannst mir aber vertrauen, ich arbeite mit Herrn Qian zusammen.«

»Herr Qian, was für ein Herr Qian?«

»Onkel Qian!«

»Onkel Qian?« Ruiquan atmete auf. Plötzlich war selbst die graue Stadtmauer in leuchtende Farben getaucht. Peking war nicht tot, selbst Herr Qian und Gaodi kämpften vor der Nase des Feindes. Am liebsten wäre er vor ihr zu einem Kotau auf die Knie gegangen. »Er wußte, daß du kommst! Wenn du gleich zu ihm gehen willst, er ist in dem kleinen Tempel da drüben. Er weiß über alles Bescheid. ›Achtet das Schreibpapier!‹ mußt du im Tempel sagen.« Sie blieb stehen und schaute ihm direkt ins Gesicht.

Ruiquan sah in ihrem Gesicht nur Redlichkeit und einen entschlossenen Blick. Diese Entschlossenheit machte sie nicht schöner, verlieh ihr aber eine gewisse Würde. Ihr Gesicht hatte sich nicht verändert, trotzdem kam sie ihm völlig anders vor, ein ihm unbekanntes Mädchen. Die neue Gaodi besaß eine innere Schönheit, sie strahlte Edelmut und Stärke aus. Das machte auch seine eigene innere Kraft aus. Wenn diese Kräfte doch miteinander verschmelzen könnten... Er senkte den Blick, er hatte sie falsch eingeschätzt.

»Und Zhaodi?« fragte er leise.

»Sie tut – dasselbe wie ich!«

»Dasselbe?« Ruiquan hob den Kopf, sein hartes Gesicht löste sich in einem einzigen Lächeln auf. Peking, die ganze Welt strahlte wieder.

»Nur mit einem Unterschied, ich arbeite mit Herrn Qian zusammen, sie dient dem Feind!« Das Lächeln in Ruiquans Gesicht gefror.

»Sieh dich vor, falle nicht auf sie herein! Auf Wiedersehen!« Gaodi blickte ihn fest an, drehte sich um und ging.

Ruiquan lief mit zusammengebissenen Zähnen weiter in westlicher Richtung. Bilder von Gaodi, Zhaodi und Herrn Qian überschlugen sich in seinem Innern, er wußte nicht, über wen er zuerst nachdenken sollte. Seine Gelassenheit drohte ihn im Stich zu lassen. Die beiden Frauen und der alte Mann schienen alles durcheinandergebracht zu haben. Die Frau, die er am meisten geliebt hatte, mußte er nun am meisten hassen. Was er dagegen nicht zu hoffen gewagt hatte, war wahr geworden. Onkel Qian und Gaodi hatten sich im Kampf gegen den Feind verbündet. Er wollte nicht mehr weiterdenken. Krieg war wie Erdbeben, das Oberste wurde zuunterst gekehrt. Nein, er würde nicht mehr voreilig urteilen. Peking war ein großes Rätsel. Es war verödet, doch irgendwo strahlte auch ein Licht. Plötzlich spuckte er aus. »Pfui, denk bloß nicht mehr daran!« Er erblickte den kleinen Tempel auf der anderen Straßenseite. Vergaß Gaodi, Zhaodi und Peking und wäre am liebsten hineingeflogen.

Obwohl es bereits Herbst war, trug der Dichter Qian nur eine dünne Kutte aus blauer Baumwolle. Er hatte noch mehr weiße Haare bekommen, um die eingefallenen Wangen kräuselte sich ein graumelierter, dünner Bart. Er sah nicht mehr wie ein Städter, sondern eher wie ein Eremit in den Bergen aus. Neben dem Tisch mit den Opfergaben saß er unbeweglich auf einem Kissen und schlug den Holzfisch. Als er Schritte hörte, schlug er etwas kräftiger. Mit einem Auge erkannte er in dem Eintretenden Ruiquan. Am liebsten wäre er zu ihm gestürzt und hätte ihm die Hand geschüttelt. Doch er durfte sich nicht rühren. Gefaßt beherrschte er sich. Außerdem wollte er sehen, wie Ruiquan vorging, ob er die nötige Gelassenheit besaß. Daß Ruiquan mutig war, wußte er, aber für den Erfolg brauchte es auch Umsicht.

Ruiquan trat vor den Altar und blickte kurz zu dem alten Mann, ohne in ihm Herrn Qian zu erkennen. Ruhig nahm er den Reisesack ab, kniete nieder und verbeugte sich ehrfürchtig vor der Buddhastatue. Sollte ihm jemand folgen, würde er dem schon zeigen, daß er ein Dörfler war, so ein abergläubischer Dummkopf, wie ihn die Japaner haben wollten.

Der alte Mann nickte zustimmend zu Ruiquans Schauspielerei. Leise erhob er sich, hüstelte und begab sich hinter die Buddhastatue.

Zwar hatte Ruiquan ihn nicht erkannt, doch das Räuspern verstand er. »Onkel Qian«, schoß es beinahe wie von selbst aus ihm hervor. Aber er schluckte die Worte hinunter, nahm den Reisesack und begab sich ebenfalls hinter die Statue. Dort führte eine Tür auf den Hof. Hier stand eine kleine Ziegelsteinpagode, daneben ein krummer Zypressenbaum. An der Westseite lagen drei winzige Räume. Vor dem letzten wechselte Herr Qian leise ein paar Worte mit einem etwa fünfzigjährigen Mönch. Der blickte Ruiquan fragend an und ging in die Haupthalle, den Holzfisch schlagen. Herr Qian machte Ruiquan ein Zeichen und betrat den hintersten Raum. Ruiquan folgte ihm.

Drinnen explodierten der kleine Dritte und Onkel Qian gleichzeitig wie zwei Feuerbälle. Ruiquan warf den Reisesack

ab. Schon im nächsten Augenblick hielten sich vier Hände. Ruiquan stieß »Onkel Qian« hervor, sonst fiel ihm nichts weiter ein. In seiner Vorstellung war Onkel Qian ein saturierter, wohlbeleibter, schwarzhaariger, gelassener und gütiger Dichter. Zu ihm gehörten stets allerhand Blumen, Pflanzen, Bilder und Bücher. Nie hätte er gedacht, daß er so heruntergekommen aussähe und in solch einem elenden kleinen Tempel lebte. Aber nach einer Weile erkannte er in ihm den einstigen Dichter, so wie man beim genaueren Hinsehen in einer zerbombten Stadt Straßen und Himmelsrichtungen erkennen kann. Der alte Mann kniff die Augen noch genauso zusammen wie früher, seine Stimme klang ebenso tief, warm und gütig.
»Sieh mal einer an!« rief Herr Qian lachend. Wegen der eingefallenen Wangen konnte auch das Lächeln ihn nicht mehr verjüngen, aber die Lachfältchen um die Augen standen ihm immer noch gut. »Sieh mal einer, der kleine Dritte!«
Ziemlich befangen ließ sich Ruiquan anschauen, wußte nicht, wie er sich verhalten sollte, lächelte nur einfältig. Der alte Mann schaute Ruiquan an und nickte immer wieder leicht. Plötzlich senkte er den Blick. Er mußte an seine eigenen Kinder und den Enkel denken. »Was ist, Onkel Qian?«
Der alte Mann hob den Kopf und lächelte gezwungen. »Nichts, setz dich doch!«
Ruiquan bemerkte erst jetzt, daß es in dem Raum nur ein Holzbett, einen kleinen Tisch und einen Stuhl gab. Ruiquan zog den Stuhl heran und setzte sich, da Herr Qian auf dem Bettrand saß. Angestrengt um Beherrschung bemüht, nicht mehr an seine Familie zu denken, war er unfähig zu sprechen.
Ruiquan hörte, wie vorn in der Halle der Holzfisch geschlagen wurde. Da unterbrach er das Schweigen: »Onkel, was ist passiert, daß Sie jetzt so...?«
Die Lippen des Mannes zuckten. Er hätte Ruiquan die Geschichte seiner Verhaftung und Folterung, vom Tod seiner Familie liebend gern erzählt, hätte sie wie auswendig gelernt herunterbeten können. Aber er glaubte, daß Ruiquan, der gerade zurückgekehrt war, draußen bestimmt Schlachtfelder gesehen hatte, auf denen an einem Tag oder in einer Stunde unendlich viele verwundet und getötet worden waren. Was

war dagegen sein eigener Kummer? Er war entschlossen, mutig, aber immer noch bescheiden. »Das haben mir die Japaner verpaßt«, murmelte er und hoffte, Ruiquan damit zufriedenzustellen.
»Waas?« Ruiquan sprang auf, seine schwarzen Bohnenaugen bohrten sich in die Stirn des alten Mannes.
Niemals hätte Ruiquan erwartet, daß der Dichter Qian, Onkel Qian, der harmloseste Mensch dieser Welt, gefoltert werden könnte. Um nicht an seine Familie denken zu müssen, hatte er sich in den letzten Jahren von Peking distanziert. Er sah in Pekings Mauern nur Hunderttausende von ergebenen Knechten. Wer hätte da gedacht, daß selbst so ein braver Mensch wie der Dichter Qian gefoltert und durch die Folter zum Widerstand stoßen würde?
Bei seiner Rückkehr in Peking hatte er sich fest vorgenommen, sich nicht nach seiner Familie zu erkundigen. Als er jetzt aber diesen einen Satz von Onkel Qian hörte, dachte er sofort an die Seinen. Wenn Onkel Qian gefoltert worden war, was war dann mit all den anderen passiert, wie ging es vor allem seinem älteren Bruder? Unwillkürlich entfuhr ihm die Frage: »Und meine Familie?«
Leise und sanft sagte der alte Qian: »Setz dich!« Verwirrt setzte sich Ruiquan hin. Der alte Mann mochte die Augenlider nicht mehr heben, traurig überlegte er, ob er Ruiquan die Wahrheit sagen sollte.
»Onkel Qian«, mahnte Ruiquan.
Herr Qian wollte nicht, daß Ruiquan gleich nach seiner Rückkehr von all den Todesfällen in seiner Familie erfuhr. Aber sagte er es nicht, würde er es wohl anderswo in Erfahrung bringen. Er entschied sich für die Wahrheit, dann könnte sich Ruiquan vielleicht ungeniert bei ihm ausweinen. Er war schließlich sein guter, alter Freund und Nachbar, der ihn schon von Kindesbeinen an kannte. Mit tiefgesenktem Kopf und nur sehr langsam brachte er heraus: »Dein Vater und dein zweiter Bruder sind tot. Den anderen geht es einigermaßen.«
Beim Anblick zerbombter Städte, von Toten und Verwundeten hatte Ruiquans Herz wie eine trainierte Faust reagiert, der eine dicke Hornhaut gewachsen ist. Die Worte des alten Dichters trafen ihn daher nicht sofort. Er stieß ein »Waas?« hervor,

als habe er nicht recht gehört. Aber noch ehe eine Antwort kam, senkte er den Kopf, eine Tränenflut stürzte aus seinen Augen, leise rief er: »Vater!«
In äußerster Verlegenheit legte der alte Mann eine Hand auf Ruiquans Schulter und sprach sanft: »Kleiner Dritter!« Er mochte ihm nicht zureden, denn wen erschütterte der Tod seines Vaters nicht? Aber wer konnte die Trauer eines Freundes mit ansehen, ohne ihm Trost zu spenden? Nur, womit sollte er ihn trösten? Er rief ihn immer wieder beim Namen, vor lauter Aufregung brach ihm der Schweiß aus.
Ruiquan weinte lange, dann riß er plötzlich den Nacken hoch. »Was ist denn mit der Schafhürdengasse?« Er schien China, sogar Peking völlig vergessen zu haben, dachte nur noch an die Schafhürdengasse, seinen Geburtsort. Der alte Mann erzählte Ruiquan gern etwas, was seinen Kummer ein wenig mildern konnte. In einfachen Worten berichtete er von den Guans, den Eheleuten Wen, Xiao Cui und Meister Liu.
Ruiquan konnte sich nur wundern. Nie hätte er erwartet, daß in einer entlegenen Gasse so viele Dinge passieren, so viele Menschen umkommen könnten. Er war in die Ferne gezogen, um Kriege auszufechten, dabei hätte er das in der eigenen Gasse tun können! Er war hinausgezogen, den Feind zu finden, derweil hatte der seinen Vater in den Tod getrieben, seine Nachbarn ermordet. Er brauchte seine Flucht aus Peking nicht zu bereuen, aber sein jugendliches Blut machte ihm Vorwürfe, daß er zu Hause den Vater nicht hatte beschützen können. Seine Gelassenheit verflog, seine Gedanken sprangen von der Familie hinaus in die Berge, wieder zurück in die kleine Gasse. Er wagte nicht mehr, Onkel Qian in die Augen zu schauen. Der war der Held, ein wirklicher Held, der es wagte, unter den Augen des Feindes mit seinem zerschlagenen Körper für die Wiedergeburt des Landes zu arbeiten.
Da Ruiquan nichts mehr sagte, mochte auch der Dichter nicht den Mund aufmachen, obwohl er gern die Neuigkeiten gehört hätte, die Ruiquan von draußen mitgebracht hatte. Vor diesem jungen Burschen hatte der alte Mann das Gefühl, daß alles, was er tat, lediglich unbedeutender Kleinkram war. Dagegen kam der Staub auf Ruiquans Kleidern von Schlachtfeldern, er wußte um die eigentlichen Dinge des Landes.

So kam es, daß sich ein Junger und ein Alter, die sich darauf gefreut hatten, einander alles zu erzählen, was sich seit Jahren angestaut hatte, schweigend gegenübersaßen. Beide lauschten dem Klappern des Holzfisches.
Dann sprach doch Ruiquan als erster: »Onkel Qian, erzählen Sie mir etwas von sich!«
»Von mir?« Der alte Mann lächelte verlegen, denn eigentlich hatte er nichts sagen wollen, aber die Bitte des jungen Freundes konnte er schlecht abschlagen. Zudem hatte sich Ruiquan gerade wieder ein wenig beruhigt, vielleicht wäre seine Erzählung besser als jeder leere Trost. »Da gäbe es viel zu erzählen, aber es läßt sich auch alles in wenigen Worten zusammenfassen: Meine Arbeit verlief in drei Etappen. Die erste begann nach meiner Folter im Gefängnis. Damals hatte ich keinen Plan, ich wollte nur Rache üben, hatte so viel Wut und Haß in mir, daß ich mein beschauliches Leben aufgeben mußte und wie verrückt agitierte und Attentate verübte. Ich ließ keine andere Meinung gelten. Wer anders dachte, den betrachtete ich als Erzfeind. Ich war ein Einzelgänger.
Nach und nach begann die zweite Etappe. Ich wagte, Freundschaften zu schließen, und erkannte, daß ich mit Gleichgesinnten zusammenarbeiten mußte; also kümmerte ich mich nicht mehr um die Absicht und das Ziel der Leute. Baten sie mich um einen Artikel, schrieb ich ihn. Sollte ich Propagandamaterial aus der Stadt bringen, brachte ich es hinaus. Sollte ich eine Bombe werfen, die sie lieferten, warf ich sie. So fand ich langsam meinen Weg, wurde zu einer Maschine des Widerstandes, wer mich benutzen wollte, dem diente ich nach Kräften. Ich hatte keinerlei Skrupel, keine Überlegungen im Hinblick auf Entgelt oder Zukunft. Ich gehörte allen, die Widerstand leisteten, war für jede Art Arbeit zu haben, solange sie dem Widerstand diente.
Jetzt befinde ich mich in der dritten Etappe. Hast du soeben den Mönch gesehen?« Er zeigte nach vorn auf die Halle. »Das ist der Mönch Klarer Mond, mein bester Freund. Unsere Gefühle füreinander sind aufrichtig, aber auch recht seltsam. Anfangs, als ich ihn kennenlernte, war mein Sinn ganz auf Rache und Morden gerichtet. Er dagegen hielt an seinem Glauben fest, nicht zu töten. Ich jedoch meinte, selbst Buddha müßte,

wäre er in Peking geboren, zürnen und zum Widerstand auffordern, wenn seine nächsten Verwandten vom Feind ermordet werden. Mönch Klarer Mond sieht das anders, für ihn ist dieser Krieg vorherbestimmt, Zeichen für das Animalische in allen Menschen, und nicht Schuld irgendeines Individuums. Unsere Auffassungen sind so unterschiedlich, und trotzdem sind wir gute Freunde geworden. Er ist nicht fürs Töten, weil er meint, daß das Töten aus Rache nur die Schuld und die Verbrechen der Menschen mehrt, den Krieg aber nicht abschafft. Doch er bittet um Almosen und ernährt seinen Freund, der Blut an den Händen hat, seltsam!

Obwohl ich seinen Glauben nicht annehme, hat er mich doch beeinflußt und mich gelehrt, weiter zu denken. Unser Widerstandskrieg ist nicht nur Rache, sondern auch ein Schlag gegen alle Aggressoren und Kriegstreiber, um einen künftigen Weltfrieden zu errichten. Auf diese Weise habe ich mich selbst wiedergefunden, bin wieder der, der ich vor dem Krieg war. Gleich bei Kriegsanfang war ich durch die Folter und den plötzlichen Verlust der Familie wie von Sinnen. Jetzt bin ich wohl, du wirst vielleicht darüber lachen, reifer geworden. Ich tue meine Arbeit und habe wieder Ideale. Ich riskiere nicht mehr planlos meinen Kopf, sondern gehe überlegt an die Arbeit. Früher war ich ein friedliebender Mensch, jetzt bin ich es wieder, mit dem einzigen Unterschied, daß ich vor dem Krieg häufig nur oberflächlich und äußerlich für den Frieden war, jetzt dagegen trete ich hartnäckig, entschieden und mutig dafür ein.

Ich muß dir nicht im einzelnen erzählen, was ich alles getan habe. Aber von dieser kleinen Veränderung erzähle ich dir gern. Verändern bedeutet Wachsen. Ich bin nicht umgekommen, suche auch nicht mehr nur aus Wut den Tod. Ich bin wie ein Kind, wie ein Baum, wachse jeden Tag ein Stückchen. Gefahren und Schwierigkeiten verlieren ihren Schrecken, weil ich in die Ferne schaue, so wie Mönch Klarer Mond ins Paradies gen Westen schaut. Ich muß nicht mehr ständig die Zähne zusammenbeißen und die Stirn runzeln, kann ohne Aufregung, aber auch ohne Kompromisse vorangehen. Ich tue, was jeder denkende Mensch mit Idealen tun muß, habe wieder Selbstvertrauen gefaßt. Zum Buddhismus habe ich mich nicht bekehrt und werde das auch in Zukunft nicht tun. Aber Mönch Klarer Mond hat mich beeinflußt, und ich bin ihm sehr dankbar dafür. Er strebt entsprechend seiner buddhistischen Überzeugung zum ewigen Leben. Ich habe über Widerstand und Rache den Frieden schätzengelernt, und wenn es das Endziel der Menschheit ist, in Frieden miteinander zu leben, heiter und unbeschwert, dann denke ich, werde auch ich das ewige Leben erhalten!«

Aufmerksam sog Ruiquan jedes seiner Worte in sich hinein. Er hatte nicht gedacht, daß Onkel Qian sich so allgemein über das Leben auslassen würde, hatte eher befürchtet, daß er ihm nur lauter Einzelheiten berichten könnte. Nach dieser langen Rede blickte er den Onkel verdutzt an. Es stimmte, auch körperlich hatte er sich völlig verändert. Es kam ihm auf einmal so vor, als kenne er ihn eigentlich nicht, doch dann wiederum, als kenne er ihn besser als zuvor. Diese Worte hatten ihn berührt, sie hatten ihm auch seinen eigenen Wandel vorgeführt. War er nicht auch von hitziger Begeisterung zu kühler Überlegung gelangt? Augenblicklich spürte er eine tiefe Verbundenheit mit dem Älteren. Dessen Erfahrungen und Wandlungen waren beinahe identisch mit den seinen. Er hätte ihm zu gern all seine Erlebnisse erzählt, aber er traute sich nicht.

»Erzähl was von dir!« forderte ihn der andere auf.

Der Dritte streckte die Beine vor. »Onkel Qian, muß das sein? Auch in mir geht gerade eine Änderung vor!«

»Das ist doch gut, sehr gut!« Der alte Mann blickte ihm fest in die Augen. »Sieh mal, einem anderen hätte ich das soeben nicht erzählt, die hätten womöglich gesagt, der Alte lobt sich selbst. Aber dir mußte ich es unbedingt mitteilen, weil es die Wahrheit ist. Und nur, wenn ich es jemandem wie dir erzähle, kann ich in mein eigenes Ich sehen. Hätte ich dir nur lauter Kleinkram berichtet, hättest du dich wohl gelangweilt. Sag mal, du denkst doch nicht, daß ich spinne oder prahle?«

»Wie könnte ich, Onkel Qian!«

»Schon gut! Erzähl mir doch etwas von dir! Ich wüßte gern mehr, nur wer vieles kennt, kann ruhig sein!«

Schließlich mußte Ruiquan erzählen. Er berichtete alles, was er seit seiner Flucht aus Peking erlebt hatte. Je länger er

sprach, desto freier und froher wurde ihm. Bedenkenlos schüttete er sein ganzes Herz vor Onkel Qian aus.
Erst als Ruiquan geendet hatte, machte der Dichter wieder den Mund auf. »Gut! Du hast das Land gesehen! Hast erfahren, von welchen Widersprüchen das Land und die Menschen gebeutelt werden – laß uns darangehen, etwas für China zu tun!«
»Arbeiten wir zusammen?«
»Selbstverständlich!« Zwei Herzen, ein junges und ein altes, schlugen im Gleichklang.

85

Nach dem Gespräch mit Onkel Qian fühlte Ruiquan sich so wohl wie nie zuvor. Tatsächlich hatte er noch gar nicht herausgefunden, wie weit seine eigene Veränderung gediehen war, doch die Worte des Dichters hatten ihn inspiriert – er mußte auf diesem Weg weitergehen, mußte weitermachen, dann würde er sich selbst und die Welt schon besser verstehen. Er grübelte nicht mehr, sondern wollte sich sofort an die Arbeit machen. Zunächst mußte er in einem Schuhladen in der Oststadt Geld abholen, um ein Fahrrad zu kaufen, damit er sich nach Belieben bewegen konnte.
Unterwegs begegneten ihm ein Junge und ein Mädchen mit Schultaschen, wohl Geschwister, die aus der Schule kamen. Unwillkürlich schaute er sie sich genauer an, sie erinnerten ihn an den kleinen Shun und Niuniu. Sie waren etwa im gleichen Alter wie sie, der Junge mochte zehn Jahre alt sein, das Mädchen sieben. Sie sahen recht hübsch aus, nur ihre Gesichter wirkten ziemlich mager und gelblich. Hose und Kittel des Mädchens waren zu kurz, an Armen und Beinen schauten die Knöchel hervor. Die Kleidung des Jungen hatte viele Flicken. Die beiden gingen ganz langsam.
Unwillkürlich verlangsamte auch Ruiquan seine Schritte. Er erinnerte sich an seine eigene Schulzeit. Stets war er wie der Wirbelwind von zu Hause losgerannt. Aber das schien diesen Kindern fremd zu sein, nicht einmal schnell laufen konnten sie! Sie setzten brav einen Fuß vor den anderen, bis der Junge

einen Stein wegstieß, der im Wege lag. Das Mädchen blieb stehen und schaute den Jungen an. Auf ihrem schmalen Gesicht zeigte sich Empörung, Verachtung, aber zugleich auch Verständnis. Ihre Lippen zuckten, ehe sie sagte: »Bruder, wenn die Schuhe kaputtgehen, wird Mutter doch wieder böse!« Der Junge errötete leicht und lachte gezwungen. »Ich hab ja nur mal kurz angeschubst, das macht doch nichts!«

Ruiquan schluckte. Onkel Qian und er selbst hatten sich verändert? Selbst diese Kinder sind anders geworden, waren Greise! Der Krieg hatte ihnen ihre Naivität geraubt!

Nach ein paar Schritten hob der Junge, wie um sein Vergehen wiedergutzumachen, einen meterlangen trockenen Zweig auf, zerkleinerte ihn mit Hilfe der Schwester und packte ihn in die Schultasche. Jetzt lag auf beiden Gesichtern ein Lächeln.

Ruiquan konnte nicht mehr hinsehen, er beschleunigte seine Schritte. Gleich bei seiner Ankunft in Peking hatte er die Kälte und Einsamkeit der alten Stadt bemerkt, jetzt erblickte er in diesen Kindern die finsteren Schatten der Hungersnot. Für diese Kinder war schon ein vertrockneter Zweig ein Schatz. Er hielt inne und überlegte, ob er den Kindern nicht ein bißchen Geld geben sollte für zwei Fladen. Aber als er stehenblieb, hielten auch die Kinder an. Der Junge faßte die Schwester bei der Hand, beide steckten ihre Gesichter zusammen und tuschelten. Da ging er weiter. In einer besetzten Stadt waren selbst die Kinder vorsichtig, sie mußten sich nicht nur vor den Japanern in acht nehmen, sondern vor jedem auf der Hut sein. Im Krieg gingen die Menschen nicht mehr wie Menschen, sondern wie Hund und Katze miteinander um. Er lief weiter, ohne sich noch einmal umzusehen.

In der Nähe des Pailou an der Dongsi-Kreuzung fand er das Schuhgeschäft. Es war ein Laden mit einer zweiflügeligen Tür, der Lack an den Schildern neben dem Eingang war bereits abgeblättert, die Zeichen darauf konnte man kaum noch lesen. Ein großer Sprung in der Schaufensterscheibe war mit Zeitungspapier verklebt, die wenigen Paar Schuhe im Schaufenster waren von einer dicken Staubschicht bedeckt. Ruiquan fragte sich, ob er sich vielleicht geirrt habe. Als er aber nochmals Namen und Anschrift verglich, stimmte alles genau überein. Eingedenk der Kutte von Onkel Qian und des winzigen Tempels sagte er sich, daß nur solche Orte für eine geheime Tätigkeit in Frage kamen. Er ging hinein. Drinnen war es ziemlich dunkel, es roch nach Feuchtigkeit, Leim und Opium. Er räusperte sich, aber niemand antwortete. Er nannte das vereinbarte Kennwort: »Haben Sie Stoffschuhe mit zwei Nähten, Meister?«

Etwas bewegte sich. Er wartete geduldig. Nach einer Weile öffnete sich die innere Tür knarrend, es erschien ein langer Dürrer, der etwas im Mund kaute. Er sah wie ein Opiumraucher aus.

Ruiquan wußte, daß Opiumrauchen unter der japanischen Besetzung eine gute Tarnung war. Er holte die Schutzbrille hervor, in deren Hülle sein kleines Abzeichen versteckt war. Das zog er heraus und zeigte es dem Dürren. Dann sagte er leise: »Ich will das Geld abholen.«

Der verdrehte die Augen: »Welches Geld?«

Da wußte Ruiquan, daß die Sache schieflief. »Das dein jüngerer Bruder dir geschickt hat!«

»Ich, ich habe keinen jüngeren Bruder!« Der Opiumraucher schluckte hinunter, was er im Mund hatte.

»... von wegen keinen ...« Ruiquans schwarze Bohnenaugen musterten das ausgemergelte, gelbe Gesicht, am liebsten wäre er dem Dürren sofort an die Kehle gegangen. Er mußte sich jedoch zusammenreißen. Denn hätte der geschrien, wäre er sofort in Gefahr. »Mach keine Scherze, Meister!« Er zwang sich zu einem Lächeln: »Du weißt doch, wie wichtig das Geld ist!«

Jetzt verlor der andere die Geduld. »Verschwinde, hau ab, ich habe keine Zeit, mit dir herumzuquatschen!«

Ruiquan begriff, daß der Dürre ihn zum Narren halten wollte. Er beugte sich blitzschnell vor und packte mit einer Hand seinen rechten Arm, mit der anderen seinen Hals. Dem ausgemergelten Gespenst wollte er nicht ans Leben, aber er durfte es nicht schreien lassen. Und er mußte es ihm zeigen.

Der Dürre war zwar groß, verfügte aber nicht über die geringste Kraft. Mit dem Rest der ihm noch verbliebenen Stimme flehte er hastig, aber gedämpft: »Laß mich los!«

»Wenn du schreist, drücke ich ganz zu!«

»Ich schreie nicht! Laß mich los!«

Ruiquan ließ ihn los. »Nun rede schon!«

Der Dürre leckte sich die Lippen und blickte Ruiquan an. »Also, ich will ehrlich sein. Das Geld hab ich bekommen, hab es aber verbraucht! Das Geschäft läuft nicht, ich brauche was zu rauchen, hab kein Geld! Ich weiß, daß ihr, du und mein Bruder, feine Kerle seid. Aber ich, ich hatte keine andere Wahl! Ich bin kein schlechter Mensch, aber vier Jahre unter der Knute der Japaner können auch einen Heiligen zu einem Mistkerl machen.«

Ruiquan richtete sich auf und ging hinaus. Er wollte nichts mehr von dem Opiumgespenst hören, konnte einfach nicht länger in diesem stickigen, finsteren Raum bleiben. Aber kurz darauf kehrte er wieder um. Das durfte er dem Dürren nicht durchgehen lassen. Er konnte nicht so einfach auf das Geld verzichten und dadurch seine Arbeit gefährden, sondern mußte versuchen, dem Gespenst durch körperliche Schmerzen wenigstens etwas Geld abzuluchsen. Etwas wäre jedenfalls besser als gar nichts. Mit diesem Schlappschwanz brauchte er kein Mitleid zu haben, er hätte ohnehin nicht mehr lange zu leben.

Der Dürre lag mit dem Oberkörper auf dem Ladentisch und heulte! Ruiquan zögerte einen Moment lang. Wenn der heulte, war er nicht ganz ohne Gewissen. Nein, er durfte aber nicht nachgeben! Ruiquan ging hinüber und riß seinen Kopf in die Höhe.

Das Gespenst starrte ihn mit Tränen in den Augen an.

Da vergaß Ruiquan, was er hatte sagen wollen, und ließ ihn los. Er war ratlos. Dieses Gespenst hier war verloren, aber es lebte noch. Es taugte zu nichts mehr, besaß aber noch einen Funken Gewissen. Da war nichts zu machen!

»Entschuldigung!« sagte der Dürre leise. »Entschuldigung, ich weiß, daß du in der Klemme bist, aber das Geld ist nun mal weg!«

Plötzlich besann sich Ruiquan wieder: »Du willst mich wohl verpfeifen, du kennst meine Nummer, mein Aussehen, du...!«

»Das tue ich nicht! Ganz bestimmt nicht! Mein jüngerer Bruder ist einer wie du! Ich verpfeif dich ganz bestimmt nicht, mir ist so schon schwer genug ums Herz! Ich bin schließlich auch Chinese!«

Ruiquan ging. Er war zornig, niedergeschlagen und völlig

ratlos. Nachdem er eine ziemliche Strecke im Sturmschritt zurückgelegt hatte, fühlte er sich etwas wohler. Er mußte an Onkel Qian denken. Wie viele Schläge hatte der erlitten? Bestimmt zehnmal, hundertmal mehr als er! Aber er gab nicht auf, machte niemandem Vorwürfe, arbeitete unbeirrt weiter. Was machte es schon, wenn einmal etwas nicht gleich auf Anhieb klappte? Seine Augen strahlten wieder. Er würde doch nicht wegen des Geldes seine Arbeit unterbrechen, wäre ja noch schöner! Wenn das dürre Gespenst ihn nun aber doch verpfiff? Klar, er hatte ihm fest versprochen, es nicht zu tun, aber konnte man sich auf die Worte eines Opiumsüchtigen verlassen? Um an Opium zu kommen, verkauften solche Leute ihre Seele! Sollte er nicht besser sofort zurückgehen und das Gespenst erledigen? Er brauchte nur zuzudrücken … Nein, diese Hände mußten sich an einen Hals legen, der es verdient hatte. Er wollte nicht wie die Japaner sein, die sich sogar an Säuglingen vergriffen.

Dann suchte er den Standort der Illegalen auf, um sich zu melden und zu sehen, ob er nicht vielleicht ein Fahrrad leihen könnte. Unterwegs fiel sein Blick auf ein Fahrrad, das an einem Baum lehnte. Er hätte es gern geklaut, wirklich. Mit einem Fahrrad wüchsen ihm Flügel, er könnte sich beliebig in und außerhalb der Stadt bewegen. Eigentlich wog seine Arbeit einen Diebstahl auf. Er mußte lächeln. Natürlich stahl er das Fahrrad nicht. Also gut, die Japaner konnten sich Peking aneignen, er konnte nicht mal ein Fahrrad klauen, war das nicht moralische Überlegenheit? Wieder stieg ihm ein Lachen in der Kehle auf.

Als er sich dem Ziel näherte, verbannte er alle Gedanken aus seinem Innern. Er mußte jetzt auf der Hut sein wie eine Maus, die sich bei Tage hinauswagt. Das Tor zur Straße stand offen. Also sollte er nicht klopfen, sondern selbstbewußt hineinmarschieren. Ein kleiner quadratischer Innenhof lag im Sonnenlicht und gab ihm ein wohliges Gefühl. Unwillkürlich entfuhr ihm: »Der Hof ist aber schön!« Auf der Südseite lehnte eine Leiter an der Mauer. Er ging auf sie zu, um nicht sofort hineinzugehen, sondern sich erst draußen umzusehen und ein bißchen auf die Geräusche zu lauschen, die aus dem Innern des Hauses kamen.

Die Tür des Nordzimmers wurde leise geöffnet. Ruiquan sah mit einem schrägen Seitenblick, daß dort ein japanisch aussehender Chinese stand. »Verdammt!« dachte er, freute sich aber auch. Das war einmal etwas anderes, nicht so bedrückend und sinnlos wie in dem Schuhgeschäft. Er drehte sich um und blickte der unechten Japanbrut direkt ins Gesicht, einer chinesisch-japanischen Mischung, die der Krieg hervorgebracht hatte.

»Was wollen Sie?« fragte die Mischbrut arrogant.

»Ihr werter Name, Verehrtester?« Ruiquan kam langsam näher, er lächelte über das ganze Gesicht. »Sind Sie der Verwalter? Ich bin von der Tischlerei Sanshun, will mir das Haus ansehen.«

Der Kerl schaute Ruiquan unverwandt ins Gesicht, ohne ein Wort zu sagen. Da näherte sich ihm Ruiquan noch ein Stück und sagte gedämpft: »Der Eigentümer verlangt dreißigtausend!« Er streckte kurz die Zunge heraus. »Du liebe Güte, dreißigtausend! Für die paar Räume! Der Hof allerdings ist ganz hübsch! Aber dreißigtausend ist es niemals wert!« Dann lief er erst einmal ein Stück weiter. »Das muß ich mir genauer ansehen, für dreißigtausend! Da muß ich mal hochsteigen!« Er ging zur Südmauer und holte die Leiter. Dabei entdeckte er hinter einem kleinen Fenster im Ostgebäude ein weiteres Gesicht. Er stieg aufs Dach, beklopfte die Dachziegel, überprüfte die Dachvorsprünge. Nachdem er sich oben lange genug umgesehen hatte, stieg er wieder hinunter und wandte sich den Mauern, Treppen und Säulen zu. Dabei murmelte er vor sich hin: »Die Balken sind ja noch recht gut, aber die Wände haben Schadstellen! Dreißigtausend ist viel zuviel!«

Nachdem er sich draußen alles angesehen hatte, stellte er die Leiter zurück und beschaute sich die Räume. Der unechte Japaner ließ die ganze Zeit kein Auge von ihm. Ruiquan schaute sich eine halbe Stunde lang um. Von der Kletterei waren seine Wangen gerötet, Schweiß stand ihm auf der Nase. Er wischte sich mit einem Handtuch das Gesicht ab, setzte sich auf die Stufen und murmelte vor sich hin: »Die Räume sind zu klein. Allerdings neu zu bauen kostete mindestens fünfzigtausend!« Er rechnete noch eine Weile hin und her, dann sagte er laut: »Vielen Dank für die Mühe, Verehrtester!«

Dann ging er in aller Ruhe und sich immer noch umschauend hinaus.
Als er das Tor erblickte, wäre er am liebsten auf und davon geflogen. Er vermutete, daß das Büro erst vor kurzem ausgehoben worden war. Womöglich hatte man alle Mitarbeiter verhaftet. Wer erwischt wurde, das wußte er, kam nicht mehr lebend heraus. Waren dem Feind auch alle Dokumente in die Hände gefallen, dann war auch seine Tarnung mindestens zur Hälfte bekannt! Aber deshalb durfte er nicht nervös werden. Er beklopfte den Toreingang und das Tor, befühlte das Holz. Dann setzte er sich in den Toreingang und fächelte sich mit dem Handtuch Luft zu. Nachdem er so ein Weilchen zugebracht und damit hoffentlich seine eventuellen Beobachter überzeugt hatte, daß er ganz gelassen war und wirklich aus der Tischlerei kam, erhob er sich langsam, reckte sich und ging. Jetzt wollte ihm das Herz wirklich aus dem Hals springen, der Schweiß brach ihm aus allen Poren.
Erst als er weit genug gekommen war, lief ihm der Schweiß herunter. Er fühlte sich wieder wohl. Das war seine erste Vorstellung in Peking, auf ziemlich heißem Pflaster, und er hatte sie mit Bravour gegeben. Die Kontrolle auf dem Bahnhof, die Begegnung mit Onkel Qian in dem kleinen Tempel, der Verlust des Geldes und nun beinahe draufgegangen, das war doch etwas! Wer hatte gesagt, Peking sei ruhig? Hier war es noch aufregender als an der Front! Hier mußte man den Kampf mit bloßen Fäusten und leeren Händen im Rachen des Tigers provozieren!
Freude überkam ihn. Nur das hier war Arbeit, richtige Arbeit! Hier lebte man auf einem Pulverfaß. Hier roch er das Blut am Bajonett des Feindes, sah er die höllischen Ketten und grausamsten Foltern. »Also gut, an die Arbeit!«
Als er sich jetzt umschaute, fand er Peking liebenswert wie vor dem Krieg. Der Himmel war noch immer blau, die Sonne strahlte noch immer hell, alles war so schön wie einst. Peking würde niemals sterben, solange es Onkel Qian und unsereinen gab!

Pearl Harbor! In Tokyo, Shanghai, Peking und vielen anderen Städten warteten die blutigen Münder der Kriegstreiber schon vor den Mikrophonen. Sobald sich die Flugzeuge dem Luftraum von Pearl Harbor näherten – noch ehe die Bomben abgeworfen waren –, tönten sie: »Die gesamte amerikanische Flotte wurde versenkt!«
Die Japaner in Peking gebärdeten sich wie verrückt. Um Getreide zu sparen, hatten sie lange keinen Alkohol mehr bekommen. Heute erhielt jeder Japaner Schnaps, um den Sieg über Amerika zu feiern.
Diesen Freudenschnaps konnte man natürlich nicht zu Hause trinken. Also rannten, sprangen, tanzten die Japaner grüppchenweise mit dem Schnaps torkelnd durch die Straßen und stießen dabei Hochrufe auf Großjapan aus. Sie hatten Amerika geschlagen, bald würden sie die ganze Menschheit beherrschen. Autos, Straßenbahnen, sogar die Köpfe von Passanten wurden mit Schnapsflaschen beworfen.
In das Geschrei der Betrunkenen mischten sich die Rufe der Verkäufer von Extrablättern. Die Zeichen darauf waren so groß wie die Köpfe der Menschheitsbeherrscher und ebenso wahnwitzig: Die amerikanische Flotte versenkt, ganz Amerika unterwerfen, sich die ganze Welt untertan machen!
Schüler und Studenten hatten schon lange nicht mehr demonstrieren müssen, heute aber wurden sie gezwungen, den Sieg der Weltbeherrscher zu feiern.
Die Nachricht erschütterte Ruiquan nicht. Gleich bei seiner Rückkehr hatte er bemerkt, wie die Japaner massiv illegale Arbeiter festnahmen und umbrachten. Er vermutete, daß dies in Vorbereitung des Angriffs auf England und Amerika geschah, um zunächst die »inneren Übel« zu beseitigen.
Zudem hatte er Zhaodi einige Male auf der Straße in Begleitung von Europäern gesehen. Er war eifersüchtig, er haßte sie, am liebsten hätte er sie erdrosselt. Doch er mußte seine Wut zügeln. Er erriet hinter Zhaodis Tätigkeit eine tiefere Absicht. Ihre Verführungskünste dienten einem Spinnennetz, um die Bienen und Schmetterlinge aus Europa und Amerika einzufangen und ins Konzentrationslager zu schicken.

Gaodis Bericht entnahm er, daß auf dem Bahnhof zwar die Kontrolle der Ankommenden verschärft, aber Frauen und Kindern das Hinauskommen erleichtert wurde. Damit konnten die Japaner Getreide sparen und leichter für den langen Krieg horten.
Nun, da Japan den Weltkrieg entfesselt hatte, würde auch seine Arbeit gefährlicher. Er könnte zur Erkundung der militärischen Lage in Nordchina eingesetzt werden, das wäre ziemlich schwierig und extrem gefährlich! Sollte er wirklich militärische Informationen auskundschaften, wäre er am Weltkrieg beteiligt! Er war begeistert, seine schwarzen Bohnenaugen funkelten.
Plötzlich begriff er Onkel Qians Vision. Dessen und seine Erfahrungen im Krieg unterschieden sich zwar, auch ihre Wandlung hatte sich anders vollzogen, aber beide hatten sich von einem isolierten Einzelkämpfer zu einem Soldaten entwikkelt und gehörten nun zu einem Heer von vierhundert Millionen. Jetzt war der Krieg ein Weltkrieg geworden, ihre Arbeit hatte nun einen direkten Bezug zum Weltgeschehen. Ruiquans Gedanken flogen in die Zukunft. Jetzt war die Welt in zwei große Lager gespalten, morgen würde die Vernunft über die Gewalt siegen, übermorgen würden alle Menschen, die das Elend des Krieges erfahren hatten und verabscheuten, eine Welt des ewigen Friedens errichten. Er selbst wäre bereit, für die Ideale der Menschheit zu sterben! Er wußte, wie klein und unbedeutend er war, er wog ganze hundertsechzig Pfund, war ein Meter achtzig groß, aber diese Idee machte ihn um vieles größer, die Füße standen auf der Erde, der Kopf ragte über die Wolken hinaus. Geistige Kräfte können Berge versetzen, er jubelte: Wenn die Völker Englands, Amerikas, der Sowjetunion, Frankreichs und ... mit aller Kraft für dieses Ideal kämpften, dann wäre jeder Mensch ein leuchtender Stern, und die Welt würde für immer in hellem Glanz erstrahlen.

In der Schafhürdengasse hielt die alte Dame in Nummer eins das Tor stets fest verschlossen, sie ließ die beiden Kinder nicht mehr hinaus. Der Wahnwitz des Krieges hatte die Männer ihrer Familie zu Asche und die Frauen zu Prostituierten gemacht. Jetzt sah sie den Untergang Japans voraus. Natürlich

wagte sie das nicht auszusprechen, aber sie verschloß das Tor, um den Wahnsinn draußen zu halten.
Ihre Landsleute aus Nummer drei dagegen zogen auf die Straße, wo sie tanzten, schrien und tobten. Als sie genug davon hatten, zogen sie in die Schafhürdengasse und torkelten um die alten Schnurbäume herum, ihre Augäpfel waren rot unterlaufen, die Gesichter bald rot, bald grün. Ihre Füße landeten meist nicht am rechten Ort, sie wälzten sich auch schon mal wie Hunde und Katzen am Boden. Und das wollten die Herrscher über die ganze Menschheit sein!
John Ding war schon halb tot, sein Englisches Amt war versiegelt, sein Engel Mr. Goodrich verhaftet. Sein Gott hatte ihn verlassen. Der Himmel konnte einstürzen, die Erde sich auftun – aber das Englische Amt konnte doch nicht durchsucht und geschlossen werden! Die Welt ging unter!
Er hatte mit angesehen, wie Mr. Goodrich herausgezerrt und abtransportiert worden war. Er selbst wurde von einem japanischen Soldaten mit einem Fußtritt aus dem Amt gestoßen, nicht einmal Bettzeug, Kleidung und Konserven konnte er mitnehmen! Nicht einmal zu weinen vermochte er.
Er bereute, daß er die Japaner so verachtet hatte. Erst jetzt wurde ihm klar, daß die Japaner die Autorität des Englischen Amtes auslöschen konnten. Das hieß, sie konnten auch den Gott der Europäer besiegen. Er mußte nur dessen Aussehen ein wenig verändern, er sollte keine große Nase und keine blauen Augen, sondern eine gelbe Haut und dunkle Augen haben, wie die Japaner.
Es war noch nicht hell, als Mr. Goodrich auf den Gefangenenwagen geprügelt wurde. Zivile Gefolgsleute der japanischen Armee hatten in Erfahrung gebracht, daß Mr. Goodrich chinesische Antiquitäten besaß, weshalb diese ebenfalls beschlagnahmt wurden. Sie wußten auch, daß er sein Leben lang an einer Chronik über Peking gearbeitet hatte. Sie suchten systematisch danach, schauten sich das Manuskript Seite für Seite an und beschlagnahmten es ebenso, um es für eigene Publikationen zu verwenden. Es handelte sich um »gebildete« Räuber.
Als Mr. Goodrich auf den Wagen gezerrt wurde, vergoß John Ding Tränen. Als die Japaner Peking und halb China besetzt

hatten, als sie Millionen von Menschen umbrachten, als sie unzählige Städte und Dörfer brandschatzten, waren ihm keine Tränen gekommen. Es kam nicht in Frage, daß er wegen Chinesen heulte, mit denen hatte sein Lebensunterhalt und sein Leben doch nichts zu tun.

Wie vom Teufel gejagt, rannte er in die Schafhürdengasse zurück. Unbedingt mußte er sofort bei den Qis anklopfen. In der Gasse, in ganz Peking hatte er keinen Vertrauten außer Ruixuan. Nicht etwa, daß Ruixuan besonders freundlich zu ihm gewesen wäre, nein, er glaubte einfach, da Ruixuan ebenfalls im Englischen Amt angestellt war, müsse er so sein wie er.

Es war Winter, aber John Ding war in Schweiß gebadet. Er vergaß die Regeln des Englischen Amtes, trommelte mit der Faust ans Tor, als habe er eine Todesnachricht zu überbringen.

Ruixuan war noch nicht aufgestanden. Yunmei machte gerade Feuer, als sie das Klopfen hörte und eilig hinausstürzte. Vor dem Tor stand etwas, was aussah wie ein großer, eben dem Dampftopf entnommener Mantou: John Dings Kopf.

»Frau Qi, ich bin es!« Ohne die Aufforderung abzuwarten, trat John Ding ein. »Muß zu Herrn Qi, etwas ganz Wichtiges!« So rannte er in den Hof. Gelassenheit und Haltung waren vergessen, er mußte sich bei Ruixuan ausweinen.

Der alte Herr Qi war früh aufgewacht, aber wegen der Kälte noch zusammengekrümmt im Bett geblieben. Als er Stimmen im Hof hörte, rief er: »Wer ist da?«

John Ding schrie vor dem Fenster: »Alter Herr, wir sind erledigt, total erledigt!«

»Was ist denn passiert?« Der alte Herr setzte sich auf, legte das wattierte Gewand um und schob den Riegel zurück.

John Ding stürmte ins Zimmer. »Das Englische Amt!« Er schnappte nach Luft. »Das Englische Amt durchsucht und versiegelt! Mr. Goodrich abgeführt! Die Welt geht unter!«

»Das Englische Amt? Mr. Goodrich?« Der alte Herr Qi hatte zwar nichts mit Ausländern zu tun und aß auch nicht deren Brot, glaubte aber an die Macht der Ausländer. Seit seiner Kindheit wurde China vom westlichen Ausland gedemütigt, aber weder Kaiser noch die späteren Präsidenten gestatteten ihm, sich dagegen aufzulehnen. In den vier Jahren japanischer Invasion hatte er begriffen, daß er die Japaner hassen mußte, doch den westlichen Ausländern gegenüber blieb er bei seiner alten Meinung. Die Japaner wagten tatsächlich, sich am Englischen Amt zu vergreifen? Der alte Mann traute seinen Ohren nicht. Außerdem arbeitete Ruixuan doch im Englischen Amt, und Mr. Goodrich hatte ihm zum Mittherbstfest einen Sack weißes Mehl geschenkt.

»Ganz richtig, das Englische Amt geschlossen, Mr. Goodrich abgeführt!« John Ding rieb sich die Augen, Schweiß war hineingelaufen.

Da kam Ruixuan herein.

»Herr Qi!« rief John Ding, als erblicke er einen nahen Verwandten, fast weinend, »Herr Qi, wir sind erledigt!«

»Das Englische Amt, Mr. Goodrich!« stieß der Großvater hervor, »will uns der alte Herr im Himmel tatsächlich verhungern lassen?«

Yunmei und Schwiegermutter hörten vor der Tür mit. Tianyous Frau begann zu zittern. Yunmei faßte sie schnell am Arm.

Ruixuan reagierte auf diese Nachricht bei weitem nicht so heftig wie der Großvater. Er hatte diesen Tag längst kommen sehen. Seine Sorge schien nur noch Mr. Goodrich zu gelten. Wie auch immer, Mr. Goodrich war sein langjähriger Lehrmeister und Freund. Jetzt war er verhaftet worden, kam er ins Konzentrationslager? Ruixuan mußte sofort an die Haft von Herrn Qian denken und an seine eigene. Er hätte ihn zu gern sogleich aufgesucht. Aber er konnte überhaupt nichts tun.

Da meldete sich der Großvater wieder: »Was sollen wir jetzt machen? Wenn ich verhungere, ist es nicht so schlimm, ich habe lange genug gelebt! Aber was wird aus deiner Mutter, deiner Frau, den Kindern, sollen die auch alle Hungers sterben?«

Ruixuans Gesicht brannte. So wie er Mr. Goodrich nicht helfen konnte, konnte er auch Großvaters Frage nicht beantworten. Er steckte in der Sackgasse.

Yunmei meldete sich von draußen: »Herr Ding, ruhen Sie sich doch erst einmal zu Hause ein wenig aus. Es gibt immer einen Ausweg, Sie werden schon sehen...« Natürlich wußte sie,

daß das nicht stimmte, aber sie mußte irgend etwas sagen. Sie wollte John Ding zum Gehen bewegen, damit Ruixuan in Ruhe überlegen konnte. Je nervöser der war, desto weniger fiel ihm ein.
John Ding allerdings, alle Regeln des Englischen Amtes vergessend, mochte nur seinen Kummer loswerden, denn mit den Qis war er durch das gleiche Schicksal verbunden. Er setzte sich. Wenn Ruixuan nicht mit ihm reden mochte, mußte wenigstens der alte Herr ihm zuhören. Sein Leben lang hatte er sich beherrscht wie eine Nuß, die sich nicht gern öffnet. Heute hatte er alles verloren, heute mußte er die Schale öffnen, sein Herz ausschütten.
Ruixuan ging hinaus.
Als erstes sah er die Mutter. Sie war so klein, schmal und zitterte am ganzen Körper. Er hätte ihr zu gern ein paar tröstende Worte gesagt. Hätte er sagen sollen, daß er den Angriff Japans auf Amerika schon lange erwartete, daß dies nur der Anfang vom Ende Japans war? Würde sie das trösten?
Die Mutter blickte ihren Ältesten kurz an und lächelte verkrampft. Unendliche Sorgen quälten sie, aber sie mußte Güte zeigen. Noch bevor der Sohn sie trösten konnte, sagte sie: »Ruixuan, rege dich nicht auf!«
Auch Ruixuan zwang sich zu einem Lächeln: »Ich rege mich ja nicht auf!«
Sie seufzte: »Wir werden schon einen Ausweg finden! Hauptsache, du nimmst es nicht so schwer!«
»Ma, geh hinein, hier im Hof ist es kalt!«
»Schon gut, ich geh ja schon!« Sie blickte ihn noch einmal an, sehr schnell, als ob sie ihm bis ins Herz schauen wollte. Dann ging sie langsam in ihr Zimmer.
Yunmei lief in die Küche zurück.
Ruixuan stand allein im Hof. Er mußte immer noch an Mr. Goodrich denken, dann aber fiel ihm ein, daß auch sein Vater und der Zweite völlig sinnlos gestorben waren.
Was sollte er jetzt tun? Wieder unterrichten? Nein, er war nicht bereit, sich im Schulamt zu melden. Bei diesem niedrigen Unterrichtsniveau hätte er ohne weiteres auch an der Universität lehren können. Aber er war keiner, der im trüben fischte und sich einfach einen Professorentitel erschlich. Sollte er schrei-

ben? Was denn? In den von den Japanern herausgegebenen Zeitungen und Zeitschriften? Dieser Weg war ihm versperrt. Oder übersetzen? Aber welche Bücher? Gute erschienen nicht, schlechte zu übersetzen, lohnte nicht.
»Ruixuan!« rief die Mutter leise aus ihrem Zimmer.
Er ging zu ihr hinein.
»Ruixuan!« wiederholte sie beinahe entschuldigend.
»Was ist denn, Ma?«
»Ich möchte dir so vieles sagen...«, lächelte sie gezwungen, schluckte den Rest jedoch hinunter, »fürchte aber, daß du böse wirst!«
»Nun rede schon, Ma!«
»Sieh mal, ich weiß doch, daß du nicht bei den Japanern arbeiten willst, doch was kann man heutzutage noch tun?«
»Da hast du recht, ich kann nicht für sie arbeiten!«
»Gut, dann sterben wir eben – aber wenigstens anständig! Ich habe da so eine Idee, ich weiß nur nicht...«
»Was denn für eine?«
»Hm, es fällt mir schwer, sie auszusprechen!«
Ruixuan dachte kurz nach. »Meinst du, das Haus verkaufen?«
Verschämt nickte die alte Dame. »Ich habe es hundertmal, tausendmal hin und her überlegt, es gibt keinen anderen Weg!«
»Wird das denn der Großvater verkraften?«
»Das ist es ja! Deshalb kriege ich es nicht über die Lippen! Ich trage einen anderen Familiennamen und dürfte solch einen Vorschlag gar nicht unterbreiten! Aber ich dachte, dir muß ich es sagen! Sollte es wirklich keinen anderen Ausweg geben, müssen wir es tun! Ein Haus ist totes Kapital, die Menschen aber leben! Ich kann doch nicht zusehen, wie du dich zugrunde richtest!«
»Gut, Ma. Ich werde darüber nachdenken. Aber rege dich nicht auf, laß mich in Ruhe nachdenken, vielleicht fällt mir etwas Besseres ein!«
Der Mutter lag noch viel mehr auf dem Herzen, aber da wurde Niuniu wach. Kaum, daß sie die Äuglein aufkriegte, rief sie: »Ich esse nicht von diesem gepanschten Zeug!«
Die alte Dame vergaß, was sie noch sagen wollte. Beinahe hätte sie der kleinen Enkelin eingeschärft: »Dein Vater hat

keine Arbeit mehr, vielleicht kriegst du jetzt nicht einmal mehr das!« Aber sie war die Großmutter, durfte nicht so hart zu ihrer Enkelin sein. Sie senkte den Blick, mochte weder die Enkelin noch den Sohn anschauen, sonst bräche er vielleicht aus Mitleid mit Niuniu in Wut oder auch in Tränen aus.
Ruixuan ging ratlos hinaus.
Die Großmutter nahm sich zusammen und tröstete Niuniu: »Wenn Niuniu groß ist, fährt sie in einem blumengeschmückten Auto zur Hochzeit, mit einem wunderschönen Bräutigam!«
»Niuniu fährt nicht mit dem Auto, Niuniu heiratet nicht, Niuniu will Mantous aus weißem Mehl essen!«
Da wußte die Großmutter nichts mehr zu sagen.

87

Als die Japaner aus der Schafhürdengasse ihren Freudentanz um die großen Schnurbäume vollführten, wurde Cheng Changshun ein winziges Lebewesen geboren, auf daß die Opfer für die Ahnen auch in Zukunft gesichert seien. Als wisse es bereits, daß es als Sklave einer fremden Macht zur Welt kam, weinte es beim Eintritt ins Leben bitterlich.
Cheng Changshun lief wie betrunken umher, er wußte nicht mehr, wo Ost und West, Süd und Nord waren. Verschwommen hatte er von der Bombardierung Pearl Harbors gehört, nur undeutlich hatte er die volltrunkenen Japaner auf der Straße wahrgenommen. Er war vollauf damit beschäftigt, die Hebamme herzubitten, saugfähiges Papier und andere notwendige Dinge zu besorgen. Ständig rannte er hin und her und kam sich schon fast so verrückt vor wie die Japaner.
Gern hätte er genauer gewußt, was Pearl Harbor für den Krieg und für China bedeutete, aber seine Frau war für ihn in diesem Moment der wichtigste Mensch auf Erden, und ein Kind zur Welt zu bringen, hielt er für das Wertvollste überhaupt.
Auch Witwe Ma hatte ihre sonstige Gelassenheit verloren, nicht wegen Pearl Harbor, sondern aus Sorge um die Gesundheit der Wöchnerin und des Urenkels. Sie vergaß alle Bitternisse, die sie in den Jahren unter den Japanern erlitten hatte,

denn zum ersten Mal spürte sie, was sie alles vollbracht hatte. Sie war es, die Changshun großgezogen, ihn verheiratet hatte. Und sie war jetzt Urgroßmutter. Ihr Ansehen war gestiegen, und im Rang stand sie nun neben dem alten Herrn Qi, auch sie hatte einen Urenkel!

Sie freute sich und war zugleich besorgt, wollte ruhig bleiben, war aber aufgeregt. Viel Worte konnte sie eigentlich nicht leiden, aber ihr ging der Mund über. Was scherte sie irgendsolcher Perlenhafen oder Erlenhafen, sie interessierte sich nur für ihren Urenkel. Das Lächeln dieses Babys würde China und der ganzen Welt Glück und Freude bringen.

Sobald die Bewohner der Schafhürdengasse die glückverheißende Neuigkeit erfuhren, schoben sie den Krieg beiseite und widmeten sich dem Ereignis bei den Chengs. Sie warteten alle auf den ersten Schrei, um der alten Dame Ma und Cheng Changshun zu gratulieren. In diesen Zeiten ein Kind zur Welt zu bringen, war mutig, sie konnten Cheng Changshun und seiner Frau ihre Achtung nicht versagen.

Großmutter Lis Aufregung und Begeisterung war noch um vieles größer als die der alten Witwe Ma. Mit allem, was mit einer Geburt zusammenhängt, war sie bestens vertraut. Daher mußte sie auch als erste zur Stelle sein. Ein Neugeborenes vermehrte die Schar ihrer »Schätzchen«. Inmitten all der Aufregungen hörte sie nur mit halbem Ohr etwas von Pearl Harbor. Sie kniff ihre kurzsichtigen Augen zusammen und meinte: »Na gut, sollen sie morden, wir bringen ein Kind zur Welt!«

Changshuns Frau wußte von all dem nichts. Sie kam nicht einmal dazu, an Xiao Cui zu denken und an die, die ihn umgebracht hatten. Sie spürte nur die Schmerzen ihres eigenen Körpers und, wenn sie kurz nachließen, die Freude auf das Kind. Alles andere hatte sie vergessen, war ganz erfüllt vom Gedanken an die Geburt.

Es war ein Junge. Der Geschützdonner der ganzen Welt konnte sein Weinen nicht übertönen. Dieses traurige, schrille, schwache und doch herrliche Weinen erfüllte die Bewohner der Gasse mit Freude, es war, als sähen sie in all der Finsternis ein wenig Licht und Hoffnung.

Erst als sie diese Freude in Worte und Glückwünsche zu kleiden suchten, fiel ihnen ein, daß sie nichts hatten, um die

Glückwünsche zu begleiten, etwa ein paar Eier, braunen Zucker oder ein wenig Hirse für die Wöchnerin.
So kamen sie ganz von selbst darauf, daß es in diesen Zeiten kein Glück war, ein Baby zu bekommen, sondern eher eine Last. Wer weiß, ob das kleine Ding überhaupt gesund heranwuchs, denn wenn die Mutter nur schlechtes Mehl bekam, wie sollte dann die Muttermilch nahrhaft sein, wenn es überhaupt welche gab? Gleich bei der Geburt sahen sie schon seinen frühen Tod voraus. Da verging ihnen die Freude.
Am Tag nach der Geburt des Kindes erklärten Großbritannien und die USA Japan den Krieg. Cheng Changshun hatte dem kleinen Wesen mit dem faltigen Gesicht eigentlich einen Namen geben wollen, aber er war zu durcheinander. Er fand schon, daß ihm das Kind eine gewisse Würde verlieh, dachte er aber an den Weltkrieg, fühlte er sich unnütz. Denn er hatte sich lediglich von einem nutzlosen Menschen in einen nutzlosen Vater verwandelt. Seht euch nur dieses rote, runzelige Gesicht an! Nicht mal Brauen hatte es! Das war sein Sohn, in Lumpen gewickelt, die er Stück für Stück aufgekauft hatte. Er mochte das armselige Würmchen nicht mehr anschauen.
Am dritten Lebenstag des Kleinen erklärte China Japan den Krieg, und auch Deutschland und Italien. Cheng Changshun zerbrach sich den Kopf, konnte aber nicht herausfinden, weshalb China erst jetzt Japan den Krieg erklärte. Wie auch immer, die Kriegserklärung war richtig, nun konnte man endlich deutlich zwischen Schwarz und Weiß unterscheiden! Wenn China jetzt Japan den Krieg erklärte, hatte es wohl Hoffnung auf einen Sieg. Ja, sein Sohn hatte Glück! Wenn nach einem Jahr oder anderthalb Jahren China siegen würde, wüchse sein Sohn im Frieden auf! Gleich sah der Kleine nicht mehr ganz so armselig aus. Sogar Augenbrauen hatte er jetzt! Richtig, das Baby mußte »Kai«, Sieg, heißen! Er sprach den Namen ein paarmal vor sich hin, und tatsächlich öffnete das Baby seine Augen!
Aber Kais dritter Tag verging durchaus nicht so lebhaft. Die Nachbarn hätten alle gern gratuliert, aber mit leeren Händen konnten sie doch nicht kommen. Die alte Frau Ma hätte die Gäste gern mit ein bißchen Wein bewirtet. Aber selbst wenn sie Geld gehabt hätte, es gab keinen, es gab nichts.

Nur Großmutter Li hatte irgendwoher fünf Eier erstanden, die überbrachte sie, in ein verschmutztes Handtuch gewickelt, persönlich. Dabei bedachte sie sich, ihren »Alten Kerl« und die Japaner mit allen ihr zur Verfügung stehenden Schimpfworten, weil sie noch nie in ihrem langen Leben jemandem nur mit fünf Eiern gratuliert hatte. »Fünf Eier, so eine Schande!« rief sie aus und schlug sich dabei auf die Schenkel.

Aber die alte Frau Ma war zu Tränen gerührt. Fünf Eier, in diesen Zeiten, wo kriegte man die her!

Der alte Herr Qi, der die freudige Nachricht längst gehört hatte, stieß einen Seufzer nach dem andern aus. Er war der Älteste in der Gasse, er mußte gratulieren, um die gute Nachbarschaft zu pflegen, doch auch um zu hören: »Was für eine Ehre für das Kind, möge es auch Ihr Alter erreichen!« Allein, er konnte nicht hingehen, er hatte kein Geschenk.

Tianyous Frau, die seine Seufzer hörte, suchte überall nach Dingen, die man verschenken konnte. Vom Boden der Flasche, in der die Staubwedel steckten, kramte sie eine Kupfermünze aus der Daoguang-Zeit hervor, putzte sie blank, umwickelte sie mit einem roten Faden und schickte Niuniu damit zum Urgroßvater. Der nickte. Mit Urenkel und Urenkelin begab er sich zu den Chengs, um seiner Rolle als Ältester gerecht zu werden.

Ruixuan hatte sie hinausbegleitet und stand ein Weilchen vorm Tor. Als er wieder hineingehen wollte, kam ein Mönch heran mit einem »Buddha sei gegrüßt!« auf den Lippen. Ruixuan blieb stehen. Der Mönch blickte sich um, ob niemand zu sehen war, zog aus seinem weiten Ärmel einen Zettel und übergab ihn Ruixuan. Dann grüßte er wieder, drehte sich um und ging weiter.

Ruixuan eilte hinein, schaute den Zettel aber erst hinter der Geistermauer an. Auf den ersten Blick sah er, daß es die Schrift Ruiquans war. Sein Herz schlug so heftig, daß er den Text erst nach dem dritten Mal begriff: »Treffen zwei Uhr nachmittags am Hintereingang Sun-Yatsen-Park, Vorsicht!«

Er rannte in sein Zimmer und warf sich aufs Bett, da ihm die Beine zu versagen drohten. Sein erster Gedanke war: »Ich habe ihm zur Flucht verholfen!« Er war zufrieden und stolz.

Der Bruder hatte draußen bestimmt Erstaunliches geleistet, weshalb er nun zur gefährlichsten Arbeit nach Peking entsandt worden war. Er hatte den Dritten zur Flucht aufgefordert, dessen Erfolg war damit indirekt auch seiner! Man mochte sagen, was man wollte, so einen kleinen Bruder zu haben, wog die Schuld des ältesten und des zweiten Bruders auf!

Etwas später war er schon nicht mehr so frohgestimmt. Wenn der Dritte ihn nun fragte: »Wie geht es Vater, was macht der Zweite?« Was sollte er da antworten? Der Dritte war geflohen, um dem Land zu dienen, er war dageblieben, um seine Kindespflicht zu erfüllen. Aber konnte er dem Dritten überhaupt in die Augen sehen?

Nein, wahrscheinlich würde der Dritte ihm keine großen Vorwürfe machen. Er war ein verständiger Mensch, außerdem in den vielen Jahren weit herumgekommen. Er würde ihm verzeihen. Ruixuan lächelte verzweifelt.

Yunmei hätte er gern gesagt: »Du hattest recht, der Dritte ist wirklich zurückgekommen!« Auch der Mutter, dem Großvater und den Nachbarn hätte er gern gemeldet: »Unser Held ist wieder da!« Aber er rührte sich nicht, er mußte dieses Geheimnis hüten. Das stimmte ihn traurig, aber auch froh.

Ruixuan blickte zweifelnd auf seine alte Uhr. Wieso war es erst elf? Er öffnete die Tür, schaute nach den Schatten. Die sagten ihm, daß es noch nicht ganz Mittag war, die Uhr ging also richtig.

Er wußte nicht, wie er zu Mittag gegessen, auch nicht, wie er das Haus verlassen hatte und ziellos herumgelaufen war, als er endlich begriff, daß es noch viel zu früh war. Trotzdem schritt er kräftiger aus. Seine Beine schienen ihm nicht mehr zu gehorchen. Er war auf dem Weg zu seinem Bruder und sah ihn schon als Engel in goldener Rüstung vor sich!

Es war ziemlich kalt, aber trocken und angenehm, da kein Wind wehte. Das armselige Peking nahm sich in der Sonne, wenigstens in Ruixuans Augen, zwar arm, aber doch ein wenig stolz aus. Von weitem sah er die rötlichen Mauern der Verbotenen Stadt und die gelben Firste der Ecktürme. Er blieb stehen und blickte auf die Uhr, es war erst eins. Trotzdem ging er schon hinein, vielleicht käme Ruiquan früher.

Im Park gab es keine Spaziergänger, die Teeschenken am Wassergraben waren geschlossen, auf dem Boden lagen überall Kiefernsamen. Er wandte sich nach Süden. Auf einer kleinen Eisfläche liefen ein paar junge Leute Schlittschuh, doch er mochte nicht hinsehen. Er setzte sich auf eine Bank, die unter Kiefern stand. Die Sonne schien ihm auf den Kopf, eine leichte Müdigkeit überfiel ihn. Schnell erhob er sich, um nicht einzuschlummern und womöglich den Zeitpunkt zu verpassen.

Als es endlich zwei Uhr war, lief er zum Hintereingang. Unterwegs kam ihm ein junger Mann in einem ungewöhnlich langen wattierten Gewand entgegen. Er kam nicht auf den Gedanken, daß das sein Bruder sein könnte. Doch der stürzte auf ihn zu. »Oh, so ein Zufall, Bruder Rui!« rief er laut, als sollte es jeder im Park hören.

Erst jetzt erkannte Ruixuan ihn. Tränen traten ihm in die Augen. Der Dritte gab ihm jedoch keine Gelegenheit zu weinen, packte den älteren Bruder am Arm und sagte laut: »Komm, laß uns ein wenig spazierengehen. Wir haben uns lange nicht gesehen, wie geht es der Schwägerin?«

Ruixuan wußte, daß der Dritte Theater spielte, spielen mußte, fast haßte er ihn ein wenig dafür, daß er seine Gefühle so gut im Griff hatte. Gern hätte er den Bruder in Ruhe betrachtet, ihm ins Gesicht und bis in sein Herz geschaut, aber der Dritte zog ihn unbeirrt weiter und wandte den Kopf absichtlich zur Seite. Er verstand, der Dritte wich ihm aus, denn würden sie sich in die Augen schauen, kämen ihm womöglich auch die Tränen. Er nahm es ihm nicht mehr übel. Der Dritte war nicht nur mutig, sondern auch auf der Hut. Er war zwar kein Engel in goldener Rüstung, hatte aber viel dazugelernt.

»Setzen wir uns einen Moment!« raunte Ruixuan endlich.

Die Brüder setzten sich unter eine alte Zypresse.

Ruixuan hätte am liebsten alles, was sich in den vier Jahren angestaut hatte, auf einmal erzählt. Der Dritte war sein leiblicher Bruder und sein bester Freund. Seinen Kummer, seine Scham konnte er nur ihm beichten. Nur er könnte ihm verzeihen, ihn trösten.

Aber er bekam den Mund nicht auf. Er fühlte, daß der Dritte neben ihm nicht mehr sein Bruder war, sondern daß ihm plötz-

lich eine Kraft eigen war, die wie ein Licht strahlte. Der Dritte kam ihm plötzlich fremd vor, er wandte den Blick ab.
Da erkundigte sich der Dritte: »Bruder, was hast du vor?«
»Hm?« Ruixuan verstand nicht recht.
»Ich meine, was du tun willst, du bist doch arbeitslos, nicht?«
»Ach so! Ja!« Ruixuan nickte angestrengt. Er hatte erwartet, daß sich der Dritte nach dem Großvater und der Familie erkundigen würde. Aber der fragte als erstes nach seiner Arbeit. Natürlich würde er ihn damit nicht behelligen, er kam aus einer anderen Welt.
»Hör mal«, sagte der Dritte leise, »ich kann hier nicht lange sitzen bleiben, sag mir nur schnell, ob du wieder unterrichten würdest.«
»Wo denn unterrichten?« Wenn der Dritte meinte, er sollte außerhalb von Peking als Lehrer arbeiten, wollte er das gern. Dort wäre er der Welt des Bruders näher.
»Hier!«
»Hier?« Da fiel Ruixuan alles wieder ein. »In den vier Jahren habe ich eine Menge erduldet, bloß, um nicht bei den Besatzern arbeiten zu müssen! Taten habe ich keine vollbracht, aber ich bin integer geblieben. Wenn ich jetzt unterrichte, hier in Peking, aus welchen Gründen auch immer, wird mir das keiner verzeihen. Wenn meine alten Freunde am Tage des Sieges zurückkommen, wie stehe ich vor ihnen da?«
Ruixuan sprach, ohne zu stocken. Er wunderte sich selbst, daß er gleich derart loslegte, ohne Skrupel. Aber er fand, er müsse so deutlich werden, denn der Dritte war nicht nur sein Bruder, sondern stand auch für die anderen. So vorbehaltlos offen zu sein, tat ihm gut. »Wenn du mich zum Lehrer machen willst, na gut, aber unter einer Bedingung...«
»Was für eine Bedingung?«
»Daß du mir mit einem Dokument bestätigst, daß meine Arbeit Auftrag war, keine Kapitulation!«
Nach längerem Schweigen antwortete der Dritte: »Ich habe kein Recht, irgend jemandem ein Dokument auszustellen!« Und schnell fügte er hinzu: »Ich muß dir das ausführlicher erklären: Wenn du so ein Lehrer wirst, wie ich meine, und mit mir zusammenarbeitest, ist das eine gefährliche Angelegenheit.

In jeder Schule werden ständig Schüler und Lehrer verhaftet. Daher brauche ich Lehrer, die die Gefahr kennen und trotzdem den Schülern Mut machen. Die Japaner wollen mit Terror jede patriotische Regung der Jugend zerschlagen, wir müssen den Terror der Japaner zerschlagen. Du hast recht, wenn du integer bleiben möchtest. Aber wenn du wegen deiner Äußerungen in Kürze an der Schule verhaftet würdest, erführe doch auch kein Mensch davon. Im Krieg gibt es namenlose Verräter und eben auch namenlose Helden. Du möchtest nicht plötzlich Lehrer sein und dich später schämen müssen. Aber so ein unbekannter Held möchtest du doch sein? Ich meine, es reicht doch, daß ich dich kenne und du dich selbst kennst, du mußt nicht so viele Bedenken haben.«

Ruixuan blieb stumm.

»Noch etwas. Jetzt, wo der Krieg im Pazifik begonnen hat, muß ich wahrscheinlich öfter aufs Land, um Nachrichten über die Armee in Erfahrung zu bringen. Die Propagandaarbeit, die ich sonst erledige, könnte am besten Onkel Qian übernehmen. Dir kann ich die Verantwortung nicht übertragen, weil es zu gefährlich ist. Aber du könntest Onkel Qian helfen, indem du Artikel schreibst. In der Schule hättest du mit jungen Leuten zu tun und kämest ganz selbstverständlich an Stoff zum Schreiben. Was meinst du?«

Ruixuan war es plötzlich, als hätte jemand in seinem Kopf einen Vorhang aufgezogen, es wurde Licht, es gab Kulissen und Darsteller. Er war einer dieser Darsteller. Er hatte seinen Platz im Krieg gefunden.

Nein, der Dritte verachtete ihn nicht. Er schickte ihn in die Gefahr, er sollte sich um die Schüler kümmern und Artikel schreiben. Gut, wenn sein Bruder das von ihm forderte, schloß er sich ihm an. Wenn der ein Held war, konnte er vielleicht auch ein halber oder wenigstens ein Viertelheld werden!

Der Bruder hatte die ganze Zeit keine Fragen nach der Familie gestellt, er tat recht daran! Er mußte von ihm lernen. Denn würde die Familie nicht auch verhungern, wenn er nichts riskierte? Als ihm das klar wurde, ging ein Lächeln über sein Gesicht: »In Ordnung!«

Er schaute seinen Bruder an, hatte erwartet, daß der sich

freuen und seine Entscheidung gutheißen würde. Aber der Dritte zeigte keinerlei Regung, stand vielmehr abrupt auf: »Gut, ich gebe dir Bescheid! Ich kann hier nicht so lange sitzen. Ich geh durch den Vordereingang, folge mir nicht! Auf Wiedersehen!« Er lief schnell davon.

Ruixuan saß noch auf der Bank und blickte ihm hinterher. In seinem Lächeln lag eine Spur von Schmerz, als er aufstand. »Der Dritte hat sich verändert, er ist erwachsen geworden! Und du, Ruixuan, du bist doch kein Kind mehr, das ein Lob des Bruders braucht als Ansporn! Der läßt sich nicht beirren, er hat keine Zeit für solchen Altweiberquatsch!«

Noch einmal blickte er in Richtung des Vordereingangs. Ruiquan war nicht mehr zu sehen. »So machen wir es!« sagte er zu sich, »vielleicht werde ich auch noch so nützlich wie er.«

88

Nachdem Lan Dongyang dem Geheimdienst viel Material geliefert hatte, wurden an einem einzigen Tag zwölf Studenten und ein Lehrer der Eisenbahnfachschule verhaftet. Alle dreizehn gestanden das gleiche, »geheime Verbindungen zum Feind«. Und alle ereilte das gleiche Schicksal, der Tod. Der Direktor wurde abgesetzt, Lan Dongyang nahm seine Stelle ein und stieg auf seiner Karriereleiter ein Stück höher hinauf.

Er hatte es vor allem auf die Getreiderationen abgesehen. Dreizehn Leben für die Erfüllung des größten seiner Wünsche! Er war entzückt und höchst zufrieden mit sich selbst. Nun war er Abteilungsleiter und Direktor. Er fühlte sich großartig und genauso gut wie die Japaner, die in Nanjing ein übles Blutbad angerichtet hatten.

Zwei Stunden verwendete er darauf, die Rede zu seiner Amtseinführung zu entwerfen. Er verfaßte sie in klassischem Chinesisch, schließlich hegten die Japaner eine Vorliebe für Chinesen, die den klassischen Stil pflegten.

Aber bevor er sie halten konnte, hatte Dickmadam bereits den von ihm ernannten Buchhalter gefeuert und sich selbst auf den Posten gesetzt. So eignete sie sich den Schlüssel zu dem Schatz an, den er mit dreizehn Leben erkauft hatte. Das durfte er

nicht zulassen. Er kaute an den Fingernägeln, bis sie bluteten. Dann hatte er die Idee: Er würde den Schuldienern befehlen, sie zu fesseln und nach Hause zu bringen. Aber sie genoß den persönlichen Schutz von Zhaodi, die war Oberhaupt der Studentinnen, und die durfte er nicht reizen.
Bis zum Angriff auf Pearl Harbor hatte Zhaodi Westler beobachtet, und zwar sehr erfolgreich. Sie hatte nicht nur Amerikaner und Engländer bespitzelt, sondern auch Deutsche, Italiener, Franzosen und Russen umgarnt. Sie, oder jedenfalls ihr Körper, war internationales Gut.
Da sie sich stets um Westler zu bemühen hatte, ignorierte sie chinesische Männer völlig. Chinesen fand sie impotent. So hielt sie sich an die Zweitbesten nach den Westlern, an Japaner. Sie meinte, eine völlig neue Mode einführen zu müssen, weg von orientalischer Sanftmut und Zurückhaltung.
So kam es, daß sich Lan Dongyang nicht an Zhaodi heranwagte und nicht einmal Dickmadam bestrafte.
Ruiquan überlegte seit längerem sehr genau und kühl, wie er gegen die drei vorgehen könnte. Als er zu einem Ergebnis gekommen war, traf er wie zufällig Zhaodi. Sie verfügte inzwischen über sehr viel Freizeit. Alle Westler, die ins Konzentrationslager oder Gefängnis gehörten, befanden sich inzwischen dort, die übrigen trugen Armbinden, die ihre Nationalität anzeigten. Sie brauchte sich nicht länger um sie zu bemühen.
Für die Angelegenheiten, die mit der Schule zusammenhingen, interessierte sie sich nur so weit, wie Dickmadam ihre Unterstützung brauchte. Nachmittags begab sie sich lediglich dorthin, um nachzuschauen, ob jemandem Disziplin beigebracht oder einer eingeschüchtert werden mußte. Danach ging sie ihrer Wege und suchte Orte auf, wo sie sich amüsieren konnte. Ihre Mutter hatte ein Zuhause gehabt, aber sie konnte ihre Freunde nirgendwohin einladen, um sich mit ihnen zu vergnügen. Allerdings war sie überall willkommen, in Spielkasinos, Opiumhöhlen, Bordellen, Theatern und Kinos. Niemand wagte, sie abzuweisen. Außerdem konnten Probleme leicht gelöst werden, wenn man mit ihr befreundet war.
An diesem Tag hatte sich Zhaodi besonders hübsch gemacht. Sich herauszuputzen war ihr größtes Vergnügen geworden. Sie

wußte, daß sie eine Blüte war, die schnell verwelken würde und deshalb große Sorgfalt auf Kleidung und Schminke legen mußte. Jeden Morgen fürchtete sie, ihr Gesicht im Spiegel anzusehen. Ohne geschminkte Lippen und nachgezogene Augenbrauen kannte sie sich kaum selbst.

Ihre Lippen und Wangen waren rot, die Augenbrauen glichen Bambusblättern. Obwohl kein Lüftchen wehte, trug sie einen weißen Gaze-Schal über dem Haar. Ihr rotes Kleid aus leichtem Wollstoff lag eng an, Brüste und Hüfte zeichneten sich deutlich ab. Über die Schultern hatte sie einen kurzen Persianermantel geworfen, der ihre geraden, hübschen Beine frei ließ.

Das Gazetuch, das rote Kleid und auch der Pelzmantel waren mit ihrem Körper erkauft worden. Sie erinnerte sich nicht, was sie von welchem Weißrussen bekommen und was sie von einem französischen Kaufmann angenommen hatte. Sie empfand nur Stolz auf sich, daß es ihr in diesem Peking gelang, sich so gut zu kleiden, wo es doch sonst an allem mangelte.

Ruiquan folgte ihr in einem gewissen Abstand. Er war verwirrt. Dieses Mädchen, das wie ein Raubvogel aussah, war seine Jugendliebe und ein Engel gewesen. Als er sie so von hinten sah, geriet sein junges, warmes Blut in Wallung.

Wollte er sich etwa mit einem Raubvogel zusammentun? Unsinn. Sein Blut kühlte schon wieder etwas ab. Er mußte sich beherrschen, war nicht mehr der junge Mann aus Friedenszeiten. Kalt sein mußte er, hart und kalt wie ein Eisblock. Zum Zeichen seiner Entschlossenheit straffte er den Rücken.

Am Eingangstor zum Beihai-Park überholte er sie und kaufte Eintrittskarten. »Zhaodi, kennst du mich noch?« wandte er sich mit einem leisen Lächeln an sie. Er fürchtete, daß sie ihn wegen seiner schäbigen Kleidung nicht kennen wollte.

Aber Zhaodi erkannte ihn sofort und lächelte fast natürlich. »Oh, du bist es, Ruiquan.«

In ihrem Lächeln sah Ruiquan plötzlich die Zhaodi von früher, wie er zuweilen im Spiegel sich aus der Zeit vor acht oder zehn Jahren sah. Wieder schaute er sie an. Nein, sie sah nicht wie die Zhaodi aus, die er gekannt hatte, er hoffte nur immer noch, die Zhaodi vor sich zu sehen, die er geliebt hatte – in seinen Träumen.

Er zwang sich zu einem Lächeln und ging mit ihr in den Park. Er mußte kräftig ausschreiten, um Schulter an Schulter mit ihr zu bleiben. Fast selbstverständlich gab sie ihm ihren Arm. Als er sie dabei berührte, überkam ihn ein Gefühl von Leichtigkeit und Heiterkeit. Sofort warnte er sich: »Paß bloß auf, paß auf.« Er schob sich näher an sie heran, aber Leichtigkeit und Heiterkeit waren verflogen. Er ging Arm in Arm mit einer Prostituierten, einem Spitzel, einem Feind. Ließ er sich von ihr beeindrucken, wäre er ein mieser Hund.

Sie lehnte sich an ihn. »Wo hast du dich denn in den letzten Jahren herumgetrieben?« wollte sie beiläufig wissen, als interessiere es sie nicht besonders.

Wieder blickte er sie an, und ihm wurde speiübel. Auch nur das leiseste Begehren nach ihrem Körper wäre niedrig und schändlich. Er war weit herumgekommen und wollte seinen Stolz bewahren. »Wer, ich? Das weißt du nicht?« Er mußte ein bißchen aufdrehen, schließlich war er ein Illegaler und hatte es mit jemandem vom Geheimdienst zu tun.

»Ich weiß es wirklich nicht.«

»Was tut es zur Sache, ob du es weißt oder nicht?«

Da lachte sie plötzlich. »Hast du eine Freundin?«

Ruiquan wußte nicht, ob sie ihn aufziehen oder sich über sich selbst lustig machen wollte. »Nein, ich habe immer nur an dich gedacht.«

»Kaum zu glauben.« Sie lächelte wieder, wurde aber plötzlich still.

»Sie ist immerhin ein Mensch«, dachte Ruiquan, »wie tief sie auch gefallen ist, bestimmte Gefühle lassen sich nicht verleugnen.«

Im Park waren nicht viele Leute. Als sie sich einer großen alten Weide näherten, berührte Zhaodis Schulter seinen Arm. Sie gingen hinter den Baum, dort umarmte ihn Zhaodi.

Als Ruiquan ihr Gesicht so aus der Nähe sah, ihre stark geschminkten Brauen, Augen und Lippen, meinte er, nicht ein Gesicht, sondern eine Palette mit dick aufgetragenen Farben zu sehen. Er wollte sie zurückstoßen, aber ihre Brüste und Beine hielten ihn fest, so weich und verführerisch. Sie küßte ihn.

Er konnte nicht anders und drückte sie an sich. Sie war nicht mehr schmutzig und niedrig, auch nicht mehr gefährlich, war

die, die er einst geliebt hatte. Ihr Gesicht und ihr Körper dufteten.
Weich und leise murmelte sie: »Ruiquan, ich liebe dich noch immer, wirklich.« Er tat gerührt und senkte den Kopf.
»Was ist los? Hat es dir die Sprache verschlagen?« Völlig verändert zog sie den Mantel auf ihren Schultern zurecht und ging davon.
Er eilte ihr hinterher, durfte sie nicht einfach so gehen lassen. Sie hatte ihn zwar geküßt und gesagt, daß sie ihn liebe, aber er mußte daran denken, wieviel junges Blut an ihren Händen klebte. Nein, er durfte sie nicht entkommen lassen, mußte so hartherzig und skrupellos sein wie sie.
Wieder an ihrer Seite, ergriff er ihren Arm. »Du bist immer noch dieselbe. Sobald dir etwas nicht paßt, schlägt deine Stimmung um und du wirst wütend.«
»Na klar«, gab sie zurück und verzog den Mund, »tu nicht so naiv, ich gebe meine Küsse doch nicht umsonst her.«
»Ich habe nichts, was ich dir geben könnte, außer meiner Liebe.« Ruiquan fand seine Worte leer und unglaubwürdig.
»Oh, du bist immer noch derselbe wie früher ...« Hier brach sie plötzlich ab.
»Und du, was ist mit dir?«
Zhaodi sagte immer noch nichts, kam aber näher. Nach ein paar Schritten hob sie den Kopf und sah ihn an. »Du kannst alles von mir haben, was du möchtest. Ich liebe dich wirklich.« Ruiquan wußte nicht, was er antworten sollte.
»Wirklich, du kannst alles von mir haben«, wiederholte sie.
Ruiquan begriff, daß es für Zhaodi keinen Unterschied zwischen Liebe und Begierde gab. Bei ihrem Wiedersehen war ihre alte Zuneigung zu ihm zwar erwacht, aber sie fühlte nur Begierde. Sie war einerseits noch die reine Zhaodi von früher, gleichzeitig aber eine Prostituierte, die ihren Körper verkaufte. Er warnte sich: »Vergiß, daß sie Zhaodi ist, vergiß, daß sie eine Prostituierte ist, denke nur daran, daß sie eine Spionin des japanischen Geheimdienstes ist.«
Sie waren am Fuß der Weißen Pagode angekommen, deren Spitze schlank und schmal im fahlen Sonnenlicht aufragte.
»Gehen wir in die Grotten unter der Pagode?« fragte sie ohne eine Spur von Scham.

»Ist es da nicht zu kalt?« stellte sich Ruiquan dumm.
»Im Winter ist es da warm und im Sommer kühl.« Sie schritt schneller aus.
Als sie die Grotten betraten, war es ziemlich dunkel. Zhaodi hielt Ruiquans Hand. Ihre Hand war so warm, daß sein Atem schneller ging. Sie war keine Prostituierte, sie war keine Spionin, sie war seine Liebe.
Langsam stiegen sie ein paar Stufen hinab und gelangten zu einer ebenen Stelle mit einem quadratischen Steintisch und vier kleinen Steinhockern. In der Decke befand sich ein Loch, durch das ein wenig Licht einfiel. Zhaodi setzte sich auf einen Hocker, Ruiquan daneben.
Im schwachen Licht der Grotte war das Rouge auf ihrem Gesicht und ihren Lippen nicht mehr so aufdringlich. Ruiquan glaubte die Zhaodi von früher vor sich zu sehen.
»Woran denkst du?« fragte sie.
»An gar nichts.«
»Du doch nicht«, lächelte sie, »belüg mich nicht, ich weiß genau, was du treibst.« Ruiquan blickte sich schnell um, ob sich hier auch keiner versteckt hatte.
»Keine Angst, ich bin allein hier. Ich werde allein mit dir fertig.«
»Was soll das heißen?«
»Begreifst du immer noch nicht? Wir hatten uns doch mal gern.« Ruiquan nickte.
»In Ordnung. Nun arbeiten wir in der gleichen Branche, aber es muß ja nicht so sein, wie das Sprichwort sagt, daß in der gleichen Branche jeder des anderen Feind ist.«
»Wieso arbeiten wir in der gleichen Branche?«
»Vor mir brauchst du dich nicht dumm zu stellen. Red schon. Dein Leben ist in meiner Hand, wenn ich dich sterben lassen will, stirbst du augenblicklich.«
»Und warum tust du es dann nicht?« lächelte Ruiquan.
»Ich habe meine eigenen Pläne.« Zhaodi lächelte ebenfalls.
»Du willst, daß ich mit dir zusammenarbeite, stimmt's?«
»Genau. Du gibst mir deine Informationen, ich gebe dir meine Liebe.«
»Was willst du mir geben?«
»Liebe, Liebe.«

Um sie zu bestärken, ergriff er ihre Hand. »Dann gib mir deine Liebe, jetzt sofort.«
»Sofort? Du hast meine Bedingungen noch nicht akzeptiert.«
»Erst gib mir deine Liebe, dann akzeptiere ich alles.« Er zog sie ins Innere der Grotte.
Es wurde enger und dunkler. Zhaodi wurde mißtrauisch. »Warum tun wir es nicht hier? Warum noch weiter gehen?«
Ruiquan schwieg. Plötzlich packte er sie mit beiden Händen am Hals und drückte zu. Sie gab keinen Ton von sich.
Ruiquan zog die Leiche in das Grotteninnere. Er wischte sich den Schweiß vom Kopf, dann nahm er ihr die Kennmarke und einen Ring ab und steckte beides in seine Tasche. Einen Moment lang blieb er stehen und rief leise »Zhaodi«. Er meinte ihr Lachen zu hören, so wie sie früher gelacht hatte.
Schnell rannte er hinaus. Draußen blendete ihn die Sonne, obwohl sie nur schwach schien. Er blinzelte, riß die Augen auf und hastete davon. Als er aus dem Park auf die Straße trat und die Fußgänger, Karren und Pferde sah, erschrak er beinah. Eben noch in der finsteren Grotte... jetzt Sonnenschein, Straßen, Passanten, dichter Verkehr. Seine Hände, vor einem Moment noch so hart und stark, zitterten. Er blickte auf den Graben vor der Verbotenen Stadt. Am liebsten hätte er seine Hände durch die Öffnungen im Eis gesteckt und gewaschen. Aber er mußte weiter, mußte Dickmadam finden. Noch so ein elendes Weibsstück! Ihm drehte sich der Magen um. Aber da war nichts zu machen, das war seine Arbeit, er mußte sie tun.
In der Nähe von Lan Dongyangs Haus wartete er auf Dickmadam. Wenn er den Kopf hob, konnte er die Weiße Pagode sehen. Vor dem blauen Himmel wirkte sie besonders weiß, schlank und schön. »Zweite Schwägerin«, rief Ruiquan und eilte hinüber, als sie das Tor öffnete und hineingehen wollte.
Bevor sie ihn überhaupt gesehen hatte, erkannte sie seine Stimme. Alles Blut wich aus ihrem Gesicht. Sie blieb stehen.
»Geh, geh rein!« befahl Ruiquan mit leiser Stimme.
Mit hängendem Kopf trat sie ein. Er folgte ihr auf den Fersen. Sie wirkte sehr müde. Mit ihrem ganzen Gewicht warf sie sich auf das Sofa. Sie empfand keinerlei Reue, nur große Angst, denn sie fürchtete, er sei gekommen, um Ruifeng zu rächen. Denn außer Ruifeng hatte sie nie jemandem ein Unrecht getan.

Ihr Verhalten der vergangenen Jahre entsprach ganz den allgemeinen Sitten, sie hatte das rechte Maß nie überschritten.
Ruiquan zog Zhaodis Kennmarke und Ring aus der Tasche und hielt sie ihr vor die Nase. »Kennst du das?« Sie nickte.
»Die ist erledigt. Sie war die erste, du bist die zweite.«
Dickmadams Fettmassen erstarrten. Instinktiv wollte sie wegrennen, konnte sich aber nicht rühren. »Ruiquan, ich bin nicht von der gleichen Truppe wie Zhaodi, ich weiß über ihre Angelegenheiten nicht Bescheid, ich habe keine Ahnung.«
»Aber du weißt, was du getan hast.«
»Ich, ich – habe nie etwas Schlechtes getan.«
Ruiquan legte Kennmarke und Ring weg und riß blitzschnell seine Hände hoch, die eben getötet hatten. Er mußte ihr etwas Bitteres zu schlucken geben. Kräftig schlug er ihr links und rechts in das fette Gesicht.
Sie schrie auf. Er packte sie bei den Haaren, deren Dauerwellen mit Geld bezahlt worden waren, das gegen Menschenleben eingetauscht wurde. »Wenn du noch einen Ton von dir gibst, bringe ich dich auf der Stelle um.« Die Dicke machte den Mund zu. Blut tropfte aus den Mundwinkeln. Sie war noch nie geschlagen worden, wußte jetzt aber, was Schmerz bedeutet.
»Schlag mich nicht mehr!« Sie hielt ihr Gesicht mit beiden Händen, »du bekommst, was du willst.«
Das machte Ruiquan noch wütender. Sie gebrauchte die gleichen Worte wie Zhaodi, genauso niedrig und schamlos.
»Hast du Angst vor dem Tod?« fragte er sie. »Ich kann dein Leben zu jeder Zeit und an jedem beliebigen Ort beenden.«
»Verschone mich!«
»Höre gut zu. Wenn du auch nur ein einziges Korn von den Rationen der Studenten anrührst, schicke ich dich zu Zhaodi, kapiert?«
»Habe verstanden.«
»Sollte Lan Dongyang noch einen einzigen Studenten über die Klinge springen lassen, halte ich mich an dich.«
»Mit seinen Angelegenheiten habe ich …«
»Mit ihm werde ich anders fertig. Ich rede davon, daß ich dich, wenn du etwas erfährst und ihn nicht hinderst, zuerst umbringe, verstehst du?«
»Ich verstehe.«

»In der Schule ist eine Stelle für einen Chinesischlehrer frei. Sag Lan Dongyang, daß er meinen Bruder Ruixuan einstellen soll. Über ihn erfahre ich dann alles über dich und Dongyang. Verschwende deine Energie nicht darauf, mit Dongyang zu überlegen, wie ihr mich austricksen könnt. Solange ich lebe, habt ihr eine Chance. Sollte ich verhaftet werden, müßt ihr beide sterben. Ich habe viele Gleichgesinnte in der Stadt, die mich rächen würden. Hast du das kapiert?«
»Ja.«
»Hier, nimm das.« Er gab ihr einen kleinen Umschlag mit einer Patrone. »Gib das Lan Dongyang, sag, ich schicke es ihm! Und hier noch was.« Er warf ihr Zhaodis Ring in den Schoß. »Gib ihm auch den. Und denk dran, wenn du nicht tust, was ich dir sage, stirbst du so wie Zhaodi.« Er nahm Zhaodis Erkennungsmarke und ging.

89

Der Mönch Klarer Mond überbrachte Ruixuan wieder eine Nachricht: »Gehen ist gefährlich, Nichtgehen ebenfalls. Hoffe, du beginnst neues Leben, nachdem altes in Sackgasse endete. Im Krieg muß man Partei ergreifen. Zwischen den Fronten zu stehen, ist womöglich schlimmer als Verrat.«
Über diese Nachricht ohne Anfang und Ende, ohne Unterschrift mußte Ruixuan unwillkürlich lachen. Geduldig wartete er auf die Einladung in die Schule. Kam ein solches Schreiben, würde er hingehen und unterrichten, selbst wenn er deshalb eines Tages hingerichtet werden sollte.
Der Krieg dauerte nun schon vier Jahre, und es war das erste Mal, daß er entschlossen war und glücklich. Jetzt stand er Seite an Seite mit seinem Bruder. Er würde nicht mehr weichen, auch wenn die Familie hineingezogen würde und sie alle sterben müßten.
Die Einladung kam. Mit Lan Dongyangs Siegel und Unterschrift. Wäre das früher passiert, hätte er es als große Schande und Demütigung empfunden. Lieber wäre er verhungert, als Lan Dongyang »Direktor« zu nennen. Heute hingegen freute er sich darüber.

Als die Familie die gute Nachricht vernahm, wollte sie mehr über den neuen Posten erfahren. Ruixuan sagte ihnen lediglich, daß er eine Anstellung und damit Aussicht auf Getreide habe. Er ließ nichts darüber verlauten, wie er dazu gekommen und wer der Direktor der Schule war.

Als der alte Herr davon hörte, zog er die Brauen hoch, spitzte die Lippen und nickte unablässig: »Der alte Herr im Himmel hat Augen, der alte Herr hat Augen.« Ruixuan betrachtete den Großvater und sah, daß er nicht mehr an der Grenze zwischen Yin und Yang, den Schatten und den Lebenden, schwebte, sondern wieder ganz auf die Seite der Lebenden zurückgekehrt war. Sollte er darüber weinen oder lachen?

Dickmadam hatte gehofft, Ruixuan mit Höflichkeit und Geduld davon zu überzeugen, daß sie ihn immer noch als den älteren Bruder, ihren Schwager, ansah, und er die Sache mit dem Zweiten vergäße. Sie glaubte, daß die Familien Qi und Lan freundschaftlich miteinander verkehren sollten, Lan Dongyang damit seinen Direktorposten und sie den Kassenschlüssel behalten könnte. Sie fand ihren Plan sehr vernünftig und begründet. Als der Dritte sie schlug, war ihr erster Gedanke Rache. Sie drängte Lan Dongyang, ihn sofort anzuzeigen, damit man alle Stadttore schließe, ihn fasse und nach ihm die Familie Qi erledige. Schmerzen und Demütigung, die ihrem dicken Gesicht angetan wurden, konnten nur mit dem Blut der Familie Qi abgewaschen werden.

Als aber Dongyang die Patrone und Zhaodis Ring sah, machte er sich vor Schreck in die Hosen. Sein Erfolg hing von zwei Dingen ab, von seiner Schamlosigkeit und der Feigheit der Pekinger. Als er jetzt die Patrone in der Hand hielt, sah er einen Pekinger vor sich, der sein Leben zu riskieren wagte. Frost überzog sein grünes Gesicht, die Augäpfel verdrehten sich. Er witterte Gefahr und Tod – und er hatte große Angst vor dem Tod.

Sofort verriegelte er das Eingangstor und verschloß sämtliche Fenster und Türen. Nachdem er alles dichtgemacht hatte, steckte er seine zitternden Finger in den Mund und kaute heftig an den Nägeln. Sein erster Gedanke war, die Japaner um Schutz zu bitten. Wenn zum Beispiel ein Zug oder besser noch eine Kompanie Infanterie sein Haus umstellte, könnte er doch wohl ohne Furcht auf seinen hohen Kissen ruhen. Aber ob sie das täten? Wenn er sie darum bäte und sie lediglich ein, zwei Leute vom Geheimdienst schickten, was würde das nutzen? Er überlegte hin und her und kam schließlich zu dem Schluß, daß es besser sei, ein paar Tage Krankenurlaub zu nehmen, zu Hause zu bleiben und einen Kompromiß mit Ruiquan zu suchen. Ginge Ruiquan nicht darauf ein, müßte er sich einen Fluchtweg nach Japan ausdenken. Er konnte doch nicht ewig in Peking bleiben und auf die Kugel warten.

Als Dickmadam sah, wie verängstigt Lan Dongyang war, sann sie auf Verzögerungstaktiken. Sie mußte zu den Qis gehen. Wenn sie ein paar Geschenke für die Alten und die Kinder kaufte, würden sie bestimmt freundlich sein und im Verlauf des Gesprächs vielleicht etwas über den Dritten erzählen. Selbst wenn sie sehr vorsichtig wären und den Dritten nicht erwähnten, könnte sie aus ihrer Ausdrucksweise einiges entnehmen. Jedenfalls würde sie alles versuchen, um die Familie allmählich dazu zu bewegen, wieder mit ihr zu verkehren.

Sie kaufte ein paar Geschenke und machte sich zu den Qis auf, was sie sehr couragiert und klug fand. In der Schafhürdengasse angekommen, blickte sie sich neugierig um. Alles hier war unverändert, nur Mauern und Tore waren noch älter und schäbiger geworden, sahen aus wie die Slums im Film. Sie fand sich sehr klug, beizeiten aus diesem Elendsviertel weggegangen zu sein. Sonst wäre sie lediglich eine Blume in einem Haufen Hundekot gewesen.

Da die Sonne schien, saß Tianyous Frau auf der Schwelle ihres Zimmers und genoß die Wärme. Die kleine Niuniu war so unterernährt, daß sie das Spielen verlernt zu haben schien. Sie stand nur da und schaute ihrem Bruder zu. Auch der war sehr mager, sprang und tollte aber noch herum. Die beiden Kinder sahen Dickmadam zuerst. Sie erinnerten sich kaum noch an sie. Manchmal sprachen sie zwar von ihrer »dicken Tante«, aber deren Erscheinung war in ihren kleinen Köpfen verblaßt. Xiao Shun schnaufte bloß: »Oh!«

Tianyous Frau erkannte Dickmadam auf den ersten Blick. Sie stand auf und flüsterte: »Xiao Shun, Niuniu, kommt rein.« Sie faßte sie an den Händen und ging mit ihnen in ihr Zimmer.

Die alte Dame wußte sehr wohl unter vier Generationen in einem Haus Harmonie zu wahren, aber ein loses Frauenzimmer wie Dickmadam konnte sie nicht tolerieren. Dickmadam wurde wütend, die alte Dame kündigte ihr wohlwollendes Erscheinen überhaupt nicht an.
Nein, wütend durfte sie nicht werden. Ein Diplomat konnte sich Wut nicht leisten, zumal sie gekommen war, die diplomatischen Beziehungen wiederherzustellen. So rief sie: »Ältere Schwägerin!« Sie wußte, mit der war leichter umzugehen.
Yunmei war in der Küche und hatte Dickmadam an der Stimme erkannt. Augenblicklich veränderte sich ihr Gesichtsausdruck. Stets war sie bedacht, niemanden zu beleidigen, aber zwischen Gut und Böse zog sie einen klaren Strich. Sollte sie hinausgehen und sie begrüßen?
Natürlich galt der Spruch »Eine Eule kommt nicht ohne Grund ins Haus« auch für Dickmadam, aber sie hatte keine Ahnung, was das schamlose Frauenzimmer beabsichtigte. Sie entschied, keinen Ton von sich zu geben. Wenn sie Dickmadam begrüßte und die Ärger machen wollte, wäre sie darin verwickelt.
Der alte Herr Qi hatte das »Ältere Schwägerin« gehört und öffnete seine Tür in der Annahme, es seien Gäste gekommen. Als er Dickmadam sah, warf er einen schnellen Blick nach oben, als wollte er den alten Herrn im Himmel um Instruktionen für den Umgang mit dieser Frau bitten.
»Großvater, ich habe Ihnen ein Geschenk mitgebracht.« Dickmadam war entschlossen, ihren Ärger zu bezwingen und ihr diplomatisches Geschick auszuspielen. Der bärtige Mund des alten Herrn bewegte sich ein paarmal, ohne aber auch nur ein einziges Wort zustande zu bringen. Dickmadam steuerte auf sein Zimmer zu. Die Geschenke hielt sie sichtbar in der Hand, um seine Aufmerksamkeit zu erregen.
Da hielt sie der alte Herr auf. »Raus!« rief er mit lauter Stimme. Dann sprudelte seine Rede wie Wasser aus einer Pumpe: »Raus hier! Verschwinde! Du hast die Stirn, hierherzukommen und mir Geschenke anzubieten. Wenn ich die annehmen würde, fänden meine Vorfahren keine Ruhe in ihren Gräbern. Hinaus!«
Auch Yunmei kam nun aus der Küche. Sie fürchtete, das dicke Weib könne dem alten Herrn etwas Freches an den Kopf wer-

fen, was er nicht ertrüge. Darum blieb sie in der Küchentür stehen und schimpfte laut: »Bist du noch nicht weg? Verschwinde!«
Dickmadam blieb nichts anderes übrig, als umzukehren. Eigentlich wollte sie die Geschenke als Beleidigung auf den Boden werfen, aber sie hielt sie fest.
Yunmei lief schnell zum Großvater und beschwichtigte ihn: »Großvater, Sie sollten sich jetzt besser etwas ausruhen.«
Der alte Herr wollte noch viel sagen, aber er war so zornig und verwirrt, daß er kein Wort mehr herausbrachte.
Als Ruixuan nach Hause kam und den Bericht der Familie hörte, sagte er sich: »Nicht schlecht, die Qis haben trotz allem noch Mumm.«

90

Lan Dongyangs Krankenurlaub zog sich in die Länge. Als er den Japanern geholfen hatte, Schrecken zu verbreiten, verschwendete er keinen Gedanken daran, was es bedeutete, Menschen in dieser Weise zu terrorisieren. Er stellte sich nie vor, wie die Jungen und Mädchen zitterten, wenn sie verhaftet wurden, und wie deren Eltern zumute war. Für ihn zählten nur Macht und Geld, und die machten ihn glücklich.
Aber jetzt hatte ihm Ruiquan die Patrone geschickt. Er wagte nicht sie anzurühren, aus Furcht, sie könnte bei einer bloßen Berührung schon explodieren. Sie sah so glatt und kalt aus und blickte ihn ständig an wie ein rollender Augapfel. Der Gedanke an Vergeltung kam ihm nicht, weil er sich niemals eingestanden hatte, irgendein Verbrechen begangen zu haben. Jetzt aber blickte er geradewegs dem Tod ins Auge. Aber auch da fand er sich immer noch nicht schuldig und dachte nicht an Sühne. Denn Sühne bedeutete für religiöse Menschen Hoffnung. Er hoffte auf gar nichts.
Er hatte Angst, nur Angst. Er kaute an seinen Fingernägeln, kreischte plötzlich auf und kroch in sein Bett, steckte den Kopf unter die Bettdecke, hielt den Atem an und schwitzte. Die Bettdecke anzuheben, traute er sich nicht, denn außerhalb des Bettes wartete ganz gewiß der Tod auf ihn.

Nur wenn Dickmadam nach Hause kam, wagte er, den Kopf hervorzustrecken und sich aufzusetzen. Er rief sie zu sich ans Bett, umarmte sie stürmisch, biß sie heftig in ihre dicken Arme. Sie war sein dickes Weib, er mußte sie vor seinem Tod beißen, treten, damit er sein Geld nicht umsonst verschwendet hatte.

Nachdem er sie genug gebissen hatte, schaute er sich im Zimmer um nach all den Dingen, die da standen, und rechnete im Kopf rasch durch, wieviel Geld er noch besaß. Dann schrie er: »Ich darf nicht sterben!« Ohne in seine Schuhe zu fahren, rannte er nach Bleistift und Papier, um alle Möbel, Kleidungsstücke, Teekannen und Reisschalen aufzulisten, die er besaß. Selbst Besen und Staubwedel kamen auf die Liste. Je größer die Anzahl, desto größer seine Freude, aber auch seine Angst. Wenn er demnächst sterben würde, wer bekäme all diese Dinge? Dickmadam auf keinen Fall – sie hatte ihn nur wegen seines Geldes und Postens geheiratet, er würde ihr diese Güter nicht hinterlassen. Wieder umarmte er sie, drückte seinen Mund an ihr Gesicht und stammelte: »Du mußt mit mir sterben, mit mir.« Er brauchte jemanden, der mit ihm den Sarg teilte, sonst würde er sich Tag und Nacht fürchten müssen.

Dickmadam wandte sich von ihm ab. Er knirschte mit den Zähnen. Ach so, sie war trotz allem immer noch eine Qi. Womöglich ginge sie zurück und heiratete den Dritten.

Mal flehte er Dickmadam an, ihn nie wieder allein zu lassen, mal überlegte er mit ihr gemeinsam, wie er aus Peking fliehen könne.

Ja, er mußte fliehen! Wäre er erst einmal aus der Stadt, könnte Ruiquan ihn nicht mehr ausfindig machen. Es gab auf der ganzen Welt nur einen Ruiquan. Sonst hatte er nämlich keine Feinde. Sobald er woanders wäre, käme er wieder groß heraus.

Wie aber sollte er bei einer Flucht all die Dinge hier mitnehmen? Die Tische und Stühle waren zwar nicht so wichtig wie Gold und Silber, aber immerhin gehörten sie ihm. Und ob nun aus Holz oder aus Porzellan, er hatte sie mit Herzblut erworben. Nähme er aber zu viel mit, hielten ihn die Japaner bestimmt auf.

Hörte er in der Nacht einen Knall – vielleicht war an einer

Rikscha der Reifen geplatzt –, kroch er flugs unters Bett und bedeckte das Gesicht mit beiden Händen. Vor lauter Angst und Schreckhaftigkeit verlor er zwar den Appetit, stopfte aber dennoch eine Menge Essen in sich hinein. Er mußte essen, um sich bei Kräften zu halten. Doch er konnte das viele Essen nicht verdauen, sein Atem roch noch stärker. Da Türen und Fenster geschlossen waren, stank es schon nach wenigen Tagen in seinem Zimmer wie in einem Fuchsbau.
Sein Urlaub wegen Krankheit weckte das Mißtrauen der Japaner. Der japanische Arzt kam, um ihn zu untersuchen. Er klopfte und trat ein. Der Fuchsgestank erstickte ihn fast. Schnell riß er alle Fenster auf. Wäre sonst ein japanischer Arzt zu ihm gekommen, hätte er sich wer weiß wie oft verbeugt und wer weiß wie sehr gefreut. Heute jedoch fürchtete er sich. Hatten die Japaner nicht schon häufig Leute, die für sie arbeiteten, vergiftet?
Der Arzt verordnete ihm eine Medizin gegen Verdauungsstörungen, die er ihm schließlich wie einem störrischen Kind verabreichte, da er sie nicht freiwillig nehmen wollte. Lan Dongyang lag im Bett und weinte, er würde sicherlich sterben.
Kaum war die Medizin hinunter, begann es in seinen Gedärmen zu rumpeln. Es war sicher Arsen. Er strampelte sich aus dem Bett, schloß wieder alle Fenster und Türen und erleichterte sich im Zimmer. Sobald sich sein Darm etwas beruhigt hatte, lächelte er. O nein, der japanische Arzt hatte ihm kein Gift gegeben, er war noch immer ein Günstling der Japaner. Wunderbar, er mußte einen sicheren Weg aus Peking hinaus finden. Warum eigentlich nicht, warum sollte er nicht nach Japan gehen? Im Vaterland würde man ihn doch sicher willkommen heißen.
Dickmadam war mit ihren eigenen Plänen beschäftigt. Sie fand es nicht unfair, Lan Dongyang verlassen zu wollen. Mehr als drei Jahre hatte sie ihm schon geduldig ihre Fleischmassen überlassen. Sie durfte nicht von ihrem Ziel abweichen. Wollte sie fort – mit seinem Geld –, dann mußte sie sofort aufbrechen. Sie konnte nicht warten, bis er wieder gesund war. Seine Krankheit war ihre Chance.
Das Geld, das sie Dongyang bereits abgenommen hatte, war schon in Gold und Silber umgetauscht und im Hause ihrer

Eltern deponiert. Aber konnte sie sicher sein, daß die Japaner nicht auch ihr Elternhaus durchsuchten, wenn Lan Dongyang sterben würde? Sie mußte gehen, und zwar schnell. Tat sie es jetzt, konnte sie nicht nur retten, was sie bei den Eltern versteckt hatte, sie konnte auch einen Teil von Dongyangs Wertsachen einstecken und mit seinem Siegel dessen Bankkonto abräumen.
Machte sie sich jetzt beispielsweise nach Shanghai oder Nanjing auf und davon, ließ sich vielleicht mit dem Gold und den Tricks, die sie in all den Jahren von Rotkürbis und Dongyang gelernt hatte, ein neuer Anfang wagen. Sie zögerte nicht länger. Mit dem Bargeld und den wichtigsten Wertgegenständen setzte sie sich nach Tianjin ab, die weniger wertvollen ließ sie bei den Eltern.
Lan Dongyang vermißte sie zunächst nicht. In diesen turbulenten Zeiten konnte er ein junges Mädchen für einen Sack Mehl eintauschen. Er liebte dicke Frauen, würde ihr Fleisch nach Gewicht berechnet, brächte er eben zwei Säcke Mehl für eine Dicke auf. Als er aber entdeckte, daß sie seine Wertsachen mitgenommen hatte, kullerten seine Augäpfel nach oben, und er wurde für eine halbe Stunde ohnmächtig. Er besaß zwar noch die Vermögenswerte im Haus und Geld auf der Bank, von dem Dickmadam nichts wußte, aber das konnte ihn nicht trösten. Dieses Mal erkrankte er ernsthaft. Kummer, Kälte und Furcht setzten ihm von allen Seiten zu. Da ihm abwechselnd kalt und heiß wurde, sah sein grünes Gesicht mal aschfahl, dann wieder puterrot aus. War ihm kalt, zitterten seine gelben Zähne unablässig. Er wollte nachdenken, konnte sich aber vor lauter Kälte nicht konzentrieren. Das einzige, woran er denken konnte, war der Tod. Dann überkam ihn plötzlich eine Hitze, sein Hirn wurde aktiv, und seine Gedanken bewegten sich wie ein Schwarm wild herumschwirrender Heuschrecken. Laut schrie er auf: »Ich will nicht sterben. Gib mir das Geld. Auf nach Japan...« Der japanische Arzt kam noch einmal. Nachdem Dongyang etwas eingenommen hatte, fiel er in einen unruhigen Schlaf. Doch wegen des Geldes und wegen Dickmadam fand er keine Ruhe.
Weil Lan Dongyang so lange krank war, ernannte man in seiner Abwesenheit einen anderen Direktor.

Normalerweise hätte Ruixuan überlegt, die Stellung, wie es sonst üblich war, aufzugeben. Jetzt aber beschloß er, das erst gar nicht in Erwägung zu ziehen und weiter zum Unterricht zu gehen. Würde der neue Direktor ihn behalten, könnte er auch Ruiquans Instruktionen weiter befolgen. Wollte er ihn nicht haben, war immer noch Zeit, darüber nachzudenken.

Der neue Direktor war ein Mann mittleren Alters ohne große Ambitionen, aber auch ohne Hintergedanken. Er hatte sich zwar um den Posten bemüht, ließ aber die Studenten in Ruhe und wechselte auch seine Mitarbeiter nicht aus. Ruixuan behielt seine Stelle.

Für ihn war es nicht nur eine Arbeit, sondern eine Chance, seine Pflicht gegenüber den Studenten und dem Land zu tun. Im Sprachunterricht erklärte er jedes Wort, legte die verschiedenen Bedeutungen und auch den Ursprung dar, so daß die Studenten jede Anwendung begriffen. Außer dem Lehrbuch zog er auch andere Texte heran. Er griff auf Beispiele aus der Literatur zurück, die ihre Phantasie und ihre Liebe zur Heimat anregen und das Gefühl der Demütigung zurückdrängen sollten. Wie zufällig wählte er die Beispiele, als ob es ihm nur um die sprachliche Anwendung ginge. Selbst wenn Spitzel unter den Studenten sein sollten, würde man ihm nicht so schnell etwas nachweisen können.

Am schwersten fiel es ihm, Themen für schriftliche Aufsätze zu finden. Er konnte ihnen keine Themen stellen, die Bezug zu aktuellen Ereignissen oder den großen Fragen der Zeit hatten. Sobald er irgend etwas an die Tafel schrieb, was mit dem Alltag der Studenten zu tun hatte, würde er auf der Stelle verhaftet werden. Um sinnlose Themen und auch eine Verhaftung zu vermeiden, wählte er stets etwas aus, was unmittelbar mit den behandelten Texten zu tun hatte. Auf diese Weise verfügten die Studenten über den entsprechenden Wortschatz, und er konnte sehen, wie sie den Unterrichtsstoff aufnahmen.

Als er die Aufsätze korrigierte, empfand er tiefe Freude. Viele Studenten zeigten nicht nur, daß sie ihn verstanden hatten, sie deuteten auch ihre eigenen heimlichen Sorgen an. Langweiliges Korrigieren wurde so zu einem Vergnügen. Er unterhielt sich mit diesen jungen Leuten in einer Art Geheimsprache.

Besondere Aufmerksamkeit verwendete er auf die Aufsätze derer, denen er mißtraute. Er wollte sehen, ob sie bewußt oder unbewußt Denkweisen und Theorien aufgenommen hatten, die die Japaner der chinesischen Jugend einpflanzen wollten. Sehr glücklich war er, als er entdeckte, daß ein paar Schüler aus Familien von Kollaborateuren das Gegenteil dessen schrieben, was ihre Väter dachten. Diese Entdeckung führte ihm seinen eigenen Fehler vor Augen. Er war zu pessimistisch und hatte angenommen, daß Peking durch die Besetzung sofort zu einem stinkenden Pfuhl geworden war. Er hatte sich geirrt.
Nun entschied er sich doch, Xiao Shun zur Schule zu schikken. Ihm fehlte die Zeit, ihn selbst zu unterrichten, und die Lehrer in den Schulen waren nicht so schwach und willenlos, wie er vermutet hatte.

Während Lan Dongyang unter Anfällen heftiger Kälte und Hitze litt, zog sich der Winter unauffällig zurück, nachdem er viele hungernde und frierende Menschen dahingerafft hatte. Der neue Frühlingswind schien noch nicht recht zu wissen, wie er sich verhalten sollte. Mal war er kalt und blies den Schnee von den Firsten, mal war er warm und brachte Feuchtigkeit und Frühjahrswolken. Auch die dicke Schneeschicht auf den alten Stadtmauern begann zu schmelzen. Feuchtigkeit staute sich zwischen den Ziegeln. Am Fuße der Mauern schien sich besonders viel Lebenskraft zu verbergen. Hier zeigten sich schon zierliches helles Grün und dünne Grashalme. Zuweilen strahlten die goldenen Spitzen der Pagoden und die gelben Kacheln des Kaiserpalastes, dann wieder bildete sich plötzlich neues Eis und erinnerte die Menschen an die Schrekken des Winters.
Es war die Zeit, da die Menschen die dicke, zerlumpte Winterkleidung ablegten. Blies dann ein kalter Wind, erkälteten sie sich und holten sich den Tod. Der Übergang vom Winter zum Frühling brachte viele Menschen um.
Schließlich setzte sich der Frühling durch und schmolz Schnee und Eis hinweg. Honigbienen begannen herumzuschwirren. Nachrichten kursierten, wärmer als die Frühlingswinde, und ließen die Pekinger Hunger und Kälte des langen Winters vergessen: Die amerikanische Luftwaffe hatte Japan bombar-

diert. Ruixuan erfuhr es aus den Flugblättern, die sein Bruder verteilte.

Nachdem er das gelesen hatte, wußte er nicht, wie er zur Schule gekommen war. Beim Eintritt in das Klassenzimmer sah er in vielen Augen den Schein eines Lächelns, und ihm war klar, daß die jungen Leute von dem Bombardement gehört hatten. Das glückliche Leuchten in ihren Augen schien Wärme auszustrahlen und das Klassenzimmer aufzuheizen. Er sagte nichts, schaute sie nur mit dem gleichen Leuchten in den Augen an.

Ruixuan begann mit dem Unterricht. Zu gern hätte er den Satz »Japan ist bombardiert worden« ausgesprochen, mitten hinein in seinen Text. Er beherrschte sich, aber die Worte wirbelten in ihm wie Musik. Ebenso gern hätte er gesagt: »Die Nachricht kommt von meinem jüngeren Bruder.« Doch er schluckte es hinunter.

Nun wußte er, was Propaganda ist. In seinem Pessimismus hatte er bislang angenommen, Propaganda seien lediglich leere, sinnlose Worte ohne Wirkung und Wert. Aber diese eine Nachricht konnte ihn, die Schüler und alle Pekinger in Hochstimmung versetzen.

Warum sollte man also nicht mehr Propaganda machen? Er entschloß sich, den Dritten dabei zu unterstützen. Er konnte schreiben und wußte, daß Ruiquan Mittel und Wege hätte, es zu drucken, und Onkel Qian, es unter die Leute zu bringen.

Als er den Mönch Klarer Mond auf der Straße traf, unterbreitete er ihm seinen Vorschlag. Der nannte ihm mehrere Stellen, wohin er das Geschriebene senden konnte, und riet ihm, die Orte häufig zu wechseln, um keinen Verdacht zu erregen.

Beim Weitergehen sah Ruixuan den Pekinger Frühling leuchten. Er war in bester Laune, hatte seinen Platz gefunden und brauchte sich nicht länger zu schämen.

Das Herz der winterfesten Rüben war welk, aber aus ihren Köpfen wuchsen neue grüne Blättchen. Im überwinterten Chinakohl war kaum noch Feuchtigkeit, aber er brachte neue gelbe Sprossen hervor. Selbst beim simplen Knoblauch zeigten sich jadegrüne Blattsprossen. Alles verging, und alles erwachte zu neuem Leben.

Die Japaner erließen Luftschutzbestimmungen. Alle Fenster mußten mit schwarzem Stoff verdunkelt werden.
In der Schafhürdengasse konnte es sich keine Familie leisten, schwarzen Stoff zu kaufen. Das brachte Wachtmeister Bai und den Vierten Li in Bedrängnis. Sie konnten die Anordnung nicht ignorieren, wußten aber auch, wer kein Geld für Kleider hat, der kann keinen Gedanken an schwarzen Stoff verschwenden. Seufzend sprach Wachtmeister Bai zum Vierten Li: »Gerade eben habe ich noch gesagt, die Leute sind glücklich, also gibt es bald ein Unglück. Da haben wir es, alle sollen ihre Fenster mit schwarzem Stoff verhängen.«
»Das heißt, ich bin wieder dran, Schimpf und Schande auf mich zu ziehen.«
»Lassen wir das erst einmal beiseite. Aber was tun wir, wenn niemand schwarzen Stoff auftreiben kann?«
»Wir kleben die Fenster mit Zeitungen schwarz zu. Sollten die Japaner kontrollieren kommen, sind die Fenster dunkel, das müßte doch reichen!«
»Das hat was für sich, aber woher nehmen wir den Kleister? Aus dem gepanschten Mehl kann man keinen machen.«
»Ich rühre einen Eimer Kleister an und bringe ihn den Leuten umsonst, aber trotzdem werden sie mich verfluchen.«
Wachtmeister Bai antwortete schnell: »Dieses Mal sorge ich dafür, daß nicht Sie alle Unannehmlichkeiten abkriegen. Zuerst gehe ich herum und sage allen, daß die Fenster mit schwarzem Stoff verhängt werden müssen. Dann gehen Sie und erklären ihnen, daß sie es mit Zeitungspapier tun können. Wenn Sie ihnen dann noch den Kleister bringen, werden sie ja wohl erkennen, woran sie mit Ihnen sind.« Der alte Mann nickte.
»Aber das ist noch nicht alles.«
»Was denn noch?« erschrak der Vierte Li.
Wachtmeister Bai lächelte. »Wir müssen den Leuten sagen, daß sie im Falle eines Luftangriffs das Licht und das Feuer im Ofen löschen und in ihren Häusern bleiben müssen.«
»Damit sie alle totgebombt werden?«
Wachtmeister Bai überging die Frage und erklärte weiter: »Jede Familie muß einen benennen, der vor dem Tor Wache

steht, da während eines Luftangriffs das Tor nicht geschlossen werden darf. Wer keinen Wächter stellen kann, muß einen anheuern. Der offizielle Preis ist drei Kuai pro Stunde.«
»Was hat das zu bedeuten?«
»Wenn ich das wüßte! Vielleicht, daß die Japaner bei geöffneten Toren bequemer und leichter verhaften können.«
»Da haben Sie recht. Also kein Schutz vor Luftangriffen, sondern erleichterter Zugang.«
Wachtmeister Bai machte sich auf den Weg, um den Leuten die Anordnungen mitzuteilen.
Die Nachbarn murrten zwar, aber sie ersahen daraus auch, daß Japan wohl wirklich bombardiert worden sein mußte, und das freute sie.
Der Vierte Li ging zuerst zu Cheng Changshun und fragte ihn nach Zeitungen. Der hatte ein paar und sogar alte Lumpen. »Vierter Herr Li, nehmen Sie einen ganzen Arm voll mit, das ist besser, als wenn jeder einzeln ankommt. Wenn die alle wüßten, daß ich es umsonst abgebe, würden sie es nicht annehmen, denn ich muß ja davon leben.« Der alte Mann nickte.
»Aber die Lumpen kann ich nicht umsonst weggeben. Wenn jemand sie haben möchte, überlasse ich sie zum Aufkaufpreis.«
Der Vierte Li schleppte einen Arm voll Zeitungen weg, rührte einen Eimer Mehlkleister an und ging zu den Nachbarn. Alle waren ihm dankbar, sogar John Ding akzeptierte diesen Kompromiß.
Nur Yunmei nahm als einzige die Zeitungen und den Kleister nicht an. Sie war selbst darauf gekommen, altes Papier zu nehmen, und hatte ihre Fenster bereits zugeklebt. Das Papier hatte sie mit Tusche geschwärzt.
Gegen zehn Uhr abends gab es den ersten Übungsalarm. Die meisten Bewohner der Schafhürdengasse schliefen bereits.
Die Erwachsenen konnten ihre Kleider nicht finden, oder sie zogen den falschen Schuh an. Die Kinder schreckten aus ihren Träumen hoch und schrien. Verwirrt und irritiert hin und her hetzend, drängelten alle mit ihren Kindern im Arm hinaus auf den Hof. Hier fielen ihnen die Anweisungen ein, die Wachtmeister Bai vor kurzem übermittelt hatte: »Während eines Luftangriffs Licht und Feuer löschen und drinnen bleiben.«
Sie blickten sich im Hof um, dann schauten sie zum Himmel

auf und begriffen, sie konnten nirgendwohin gehen, selbst wenn sie gewollt hätten. Die Japaner hatten keine Unterstände für sie vorgesehen, ihnen blieben also nur ihre Häuser.

Ruixuan und Yunmei nahmen ihre Kleider, standen auf und gingen ruhig in den Hof. Ruixuan ging zu den Mietern im Südzimmer. »Luftalarm, aber soweit ich sehe, ist es egal, ob Sie aufstehen oder nicht.« Dann trat er unter Großvaters Fenster und lauschte. Sollte der schon eingeschlafen sein, würde er ihn nicht wecken.

Yunmei öffnete das Tor und setzte sich auf die Schwelle. Sie war entschlossen, hier bis zur Entwarnung auszuharren. Denn sie wollte keinesfalls Ruixuan wachen lassen, der am nächsten Morgen wieder zur Schule mußte. Und ebensowenig war sie bereit, drei Kuai pro Stunde für einen Wächter auszugeben.

Als Ruixuan herauskam, um nach ihr zu sehen, sagte sie: »Geh schlafen!«

»Laß mich erst mal hier stehen, du kannst mich nach einer Weile ablösen. Wer weiß, wie viele Stunden das dauern wird.«

»Leg du dich hin. Ich kann sowieso nicht schlafen.«

In diesem Moment kamen die Japaner aus Nummer drei leise und flink aus ihrem Tor. Im Schatten der Mauern liefen sie wie Diebe zur Hauptstraße.

»Was machen die denn?« staunte Yunmei flüsternd.

»Sie müssen zu ihren Unterständen gehen.« Ruixuan blieb noch eine Weile stehen, dann ging er in den Hof zurück.

Yunmei konnte nach und nach in der Dunkelheit – durch die Schatten und Hustengeräusche – ausmachen, daß vor dem Tor der Familie Li deren stiernackiger Sohn und vor dem Tor der Witwe Ma Cheng Changshun stand, vor Nummer sechs John Ding. Weder sie noch die anderen sprachen ein Wort. Es verging über eine halbe Stunde, ohne daß etwas passierte. Schließlich kam Großvater Qi heraus. »Was soll das? Es passiert doch nichts, komm doch herein.«

»Legen Sie sich wieder hin, Großvater. Ich muß hier Wache halten, die Japaner könnten kontrollieren.« Sie schaffte es, ihn wieder ins Bett zu schicken.

Yunmei hatte richtig vermutet. Gendarmen und Polizisten waren unterwegs, jedes Haus zu inspizieren. Es war nur Probealarm, aber die Japaner ließen ihn wie einen richtigen Luftalarm ablaufen. Auch wenn es die ganze Nacht dauerte, sie mußten die Pekinger gründlich trainieren, bis jeder sein Feuer und auch das Licht löschte und in seinen vier Wänden blieb, damit die Japaner ungestört zu ihren sicheren Plätzen gelangten und für sie keine Gefahr bestand, ausgeraubt zu werden.

Sie kamen. Yunmei sah, wie sich vier Schatten von Westen her näherten. Schnell erhob sie sich. In den zwei großen glaubte sie Wachtmeister Bai und den Vierten Li zu erkennen, die zwei kurzen gehörten sicherlich Japanern. Sie gingen an Nummer eins und drei vorbei und kamen direkt auf sie zu. Wortlos trat sie zur Seite. Genauso wortlos folgten der Vierte Li und Wachtmeister Bai ihnen in den Hof. Hier gab es kein Licht und auch kein Feuer. Die Japaner leuchteten mit ihren Taschenlampen jedes Fenster an, es war schwarz. Sie gingen wieder.

Auch in Nummer sechs war nichts zu beanstanden.

Als sie in Nummer sieben anlangten, kamen der Vierte Li und Wachtmeister Bai ins Schwitzen. Aber es war gar nicht so schlimm. Nirgends brannte Licht, es gab kein Feuer – denn in Nummer sieben hatte niemand Öl oder Kohlen.

Als die Gendarmen aber die Taschenlampen auf die Fenster richteten, bekam der Wachtmeister einen regelrechten Schweißausbruch. Mindestens drei Familien hatten ihre Fenster nicht verklebt. Dem Vierten Li entfuhr ein Fluch: »Verdammt, hab ich euch nicht noch den Kleister gebracht, warum...«

Wachtmeister Bai erkannte den Ernst der Lage. Wegen der paar Fenster konnte er leicht seinen Posten verlieren. Böse fuhr er die Leute an: »Warum habt ihr nicht verdunkelt? Hat der Vierte Herr Li euch nicht wieder und wieder dazu aufgefordert?« Seine Worte waren an die Bewohner aus Nummer sieben gerichtet, aber mehr noch an die Japaner, um sich und den Vierten Li aus der Verantwortung zu ziehen.

»Entschuldigen Sie vielmals«, stammelte eine abseits stehende Frau, »die Kinder haben den Kleister gegessen. Wachtmeister Bai, legen Sie ein gutes Wort für uns ein. Die Kinder sehen das ganze Jahr über kein Mehl.« Wachtmeister Bai schwieg.

Der japanische Gendarm verstand nur ein paar Brocken Chinesisch und hatte die Frau nicht verstanden. Ohne den geringsten Versuch, zwischen schwarz, rot oder weiß zu unterscheiden, schlug er dem Vierten Li rechts und links ins Gesicht.

Der stutzte. Er war in seinem Leben viel herumgekommen und den verschiedensten Leuten begegnet, hatte aber immer Gewalt vermieden. Wenn andere sich prügelten, ging er ohne Rücksicht auf sein Leben dazwischen, ganz gleich, ob sie mit Schwertern oder Stöcken bewaffnet waren. Jetzt überkam ihn die Wut. Er vergaß all seine Friedfertigkeit und Zurückhaltung, sah nur noch zwei Bestien vor sich, die es wagten, einen weißbärtigen Alten zu schlagen. Kalt und ohne Warnung hob er seinen Arm und schlug dem Japaner ins Gesicht. Er war zufrieden, er hatte kein Wort verloren, sondern alle Kraft in seine Hand gelegt.
Die Stiefel des Gendarmen traten dem Alten gnadenlos in die Beine. Er fiel hin.
Wachtmeister Bai wagte nicht dazwischenzugehen. Er wollte seinen alten Freund retten, fürchtete aber, die beiden wilden Bestien noch mehr zu reizen. Keiner im Hof rührte sich.
Der alte Mann umklammerte das Bein des Gendarmen und zog ihn hinunter. Beide rollten durch den Hof. Der andere folgte den sich am Boden Wälzenden, trippelte hin und her und lauerte auf eine Gelegenheit, dann trat er dem alten Mann an die Schläfe. Der bewegte sich nicht mehr. Die Gendarmen hörten zu schlagen und zu treten auf, und sie befahlen dem Wachtmeister, die Familien zu verhaften, die ihre Fenster nicht verdunkelt hatten.
Nachdem die Gendarmen und der Wachtmeister gegangen waren, umringten die Leute aus dem Hof wie ein Bienenschwarm den Vierten Li. Seit der alte Herr zum Obmann ernannt worden war, hatten sie ihn unzählige Male geschmäht, nun lag er ihretwegen hier am Boden. Wegen ihrer Armut hatten sie ihn ohne Grund verflucht, jetzt aber weinten sie.
Sie trugen ihn nach Hause, wo er über zwei Stunden bewußtlos lag. Großmutter Li weinte lange und laut, obwohl es noch keine Entwarnung gegeben hatte. Sie scherte sich nicht darum, entfachte Feuer und kochte Wasser für ihn. In der Schafhürdengasse vergaßen alle den Alarm, rannten hin und her, um nach ihm zu sehen.
Gegen zwei Uhr morgens gab es Entwarnung. Der alte Herr Qi hatte nicht schlafen können. Mal kam er heraus, um nach

Yunmei zu sehen, mal ging er hinein, um sich wieder hinzulegen.
Yunmei lehnte mit einem alten wattierten Mantel um die Schultern am Tor oder saß auf der Schwelle und dämmerte leise vor sich hin. Sie wäre zu gern hinübergegangen, um nach Großvater Li zu schauen, wagte jedoch nicht, ihren Posten zu verlassen. Es spielte keine Rolle, ob es eine Übung oder richtiger Alarm war, ihrer Familie durfte nichts passieren. Kurz vor der Entwarnung kamen die Japaner aus der Nummer drei. Da wußte sie, daß die Sache bald ausgestanden war.
Sobald die Sirene losheulte, rannte sie zu den Lis hinüber. Der Großvater folgte ihr. Der Vierte Li öffnete die Augen, blickte sie an und schloß sie wieder. Sie wagten nicht, ihn anzusprechen. Als der alte Herr Qi seinen langjährigen Freund halb tot daliegen sah, hätte er am liebsten laut aufgeheult.
»Großvater, gehen wir?« fragte Yunmei leise.
Der Alte nickte, und langsam gingen sie hinaus.
In den folgenden drei Tagen war der Vierte Li die meiste Zeit bewußtlos. Dann öffnete er noch einmal die Augen, schaute seine Frau und seinen Sohn an und schloß sie wieder, dieses Mal für immer.
Obwohl Großmutter Li denen, die ihr Beileid bekundeten, nichts anbieten konnte, wurden Aufbahrung und Bestattung gemäß der Tradition vollzogen. Viele, die kaum mit der Familie Li zu tun hatten, aber wußten, daß der Vierte Li sein Leben lang ein anständiger Mensch war, erschienen, um sich dreimal vor ihm zu verneigen. Die in seiner Schuld standen, kamen weinend, opferten Wein und zündeten Weihrauch an. Und die in seiner Schuld standen und ihn trotzdem geschmäht hatten, erwiesen ihm die letzte Ehre, beklagten ihr Leid und ihre Schande, gestanden ihr Unrecht.
Der alte Herr Qi weinte herzzerbrechend. Er und der Vierte Li waren die beiden Ältesten in der Schafhürdengasse. In Alter, Erfahrung und Temperament ähnelten sie sich sehr. Und auch ihr Lebenslauf glich denen von Zwillingen, obwohl sie nicht miteinander verwandt waren. Nach dem Tod des Vierten Li hatte der Alte niemanden mehr in der Gasse und auf der Welt, der seine Alltagssorgen verstand. Einer war Zeuge des Lebenslaufs des anderen gewesen.

Die Beerdigung war so, wie es sich ziemte. Es kamen viele Leute. Möbelträger, Sargverkäufer, Musikanten und Bannerträger, alle waren sie seine Freunde. Sie stimmten Klagen an, um ihn würdig zu verabschieden, und begleiteten ihn auf dem Weg bis vor die Stadt. Seinen Tod konnten sie nicht rächen, aber sie konnten ihn mit allen Ritualen, mit Musik, der Prozession und ihrer Freundschaft auf dem Weg zu seinem Grab begleiten, wo er in Frieden ruhen sollte. Ihnen blieb nur die Hoffnung, daß seine Knochen nicht von den Japanern ausgegraben würden, wie es vielen geschehen war, als Gräber Flugplätzen und Straßen weichen mußten.

92

Den ganzen Sommer über war das Sonnenbanner an vielen Stellen des Pazifiks und der Südchinesischen See aufgepflanzt worden. Viele grüne Inseln mit ihren Zuckerrohrfeldern und Kautschukbäumen waren vor den Abkömmlingen der Himmlischen Gottheit in die Knie gegangen, aber in Peking sah man die kurzbeinigen Soldaten nur selten. Sie kamen und gingen nur nachts, sie wagten nicht mehr, sich bei Tageslicht zu zeigen, denn ihre Uniformen waren zerlumpt, ihre Schuhe durchlöchert. Aus der Kaiserlichen Armee war eine Horde von Lumpen geworden.
Allerdings suchte die Kaiserliche Armee ihre Schäbigkeit zu verbergen, während die in Peking lebenden Japaner ihr häßliches Benehmen in aller Öffentlichkeit zeigten. Auf Märkten und Straßen begannen Japanerinnen in Kimonos und Kopftüchern zu stehlen. Sie tauchten in Grüppchen auf und umringten einen Obst- oder Gemüsestand. Eine nahm einen Kohlkopf, eine andere eine Gurke und packte sie in ihren Korb. Die übrigen waren auch nicht faul und ließen Eierfrüchte oder kleine Kürbisse in ihren Ärmeln verschwinden. Dabei schnatterten sie wie sonst, gaben sich wie hübsche Porzellanpüppchen und gingen dann lächelnd ihrer Wege.
Sie erhielten zwar mehr und besseres Getreide als die Chinesen, aber offenbar nicht genug. Sieger wie Besiegte waren arme Teufel geworden. Da war es das einfachste, etwas Eß-

bares zu stehlen. Die chinesische Polizei mischte sich nicht ein, die Gendarmen verhörten sie nicht, und die Händler trauten sich nicht, sich zu wehren.
Mit Beginn des Sommers mußten die Leute in der Schafhürdengasse ohne Gemüse- und Obsthändler auskommen – die fürchteten die diebischen Japanerinnen aus Nummer drei. So ging den chinesischen Frauen wie Yunmei die Annehmlichkeit verloren, direkt vor der Tür Zwiebeln oder Spinat einkaufen zu können. Selbst wegen einer Knolle Knoblauch mußten sie zur Hauptstraße laufen, wo die Händler sich an den Chinesinnen schadlos hielten und die Preise anhoben, um die Verluste auszugleichen. Yunmei hatte den Eindruck, dafür Tribut zahlen zu müssen.
Seit dem Tod des Vierten Li war Wachtmeister Bai schwermütig geworden. Wie er es auch drehte und wendete, er kam nur immer zu dem Schluß, daß er sich nicht richtig verhalten hatte. Er war es gewesen, der den Vierten Li zum Obmann ernannt hatte. Er war nicht eingeschritten, als die Gendarmen den alten Mann geschlagen hatten. Bei jedem Kontrollgang durch die Schafhürdengasse fürchtete er stets, Großmutter Li oder ihren Sohn zu treffen. Wenn das geschah, schlug er die Augen nieder. Er war kein anständiger Polizist mehr, er war ein mieser kleiner Dieb, der sein Leben mit Schimpf, Schande und Elend erschlichen hatte.
Er instruierte seine Leute, sich nicht einzumischen, wenn die Koreanerinnen oder Japanerinnen stahlen. »Wenn wir das melden oder dagegen vorgehen, werden diese arroganten Dinger die Händler verhaften lassen. Am besten, wir drücken beide Augen zu, Brüder. Sie haben ganz Peking in ihrer Gewalt. Wie kann man da Recht noch von Unrecht unterscheiden?«
Als neuen Obmann für die Schafhürdengasse dachte er an Qi Ruixuan oder Cheng Changshun, aber die waren zu friedfertig und kämen mit den Nachbarn nicht zurecht.
John Ding hatte nach dem Tod des Vierten Li die Lücke sofort ausgemacht. Seitdem das Englische Amt geschlossen war, hatte er sich nach keiner neuen Arbeit umgeschaut. Er konnte sich doch nicht herablassen, in einem ausländischen Restaurant zu bedienen. Selbst wenn er dazu bereit wäre, es gab kaum noch welche, da die meisten Restaurants mit westlicher

Küche wegen der antiamerikanischen und antibritischen Haltung der Japaner schließen mußten.
Wachtmeister Bai hatte nichts übrig für John Ding, doch notgedrungen stimmte er zu. Aber auch mit dem neuen Obmann fand er keinen Frieden.
Tag und Nacht plagte ihn sein Alter wie eine Fischgräte im Hals. Selbst wenn er sich allmorgendlich sorgfältig mit einer alten Klinge rasierte, seine abgetragene Uniform pflegte, die brüchigen Lederschuhe putzte und sich beim Gehen zwang, den Rücken gerade zu halten, wußte er nur zu gut, daß er sein Alter nicht verbergen konnte. Er wollte kein williger Büttel der Japaner sein, fürchtete aber ebenso, von ihnen entlassen zu werden. Lief er Streife, stellte er sich vor, plötzlich von einem Japaner angebrüllt zu werden: »Hau ab! Wer will so einen alten Kerl wie dich als Polizeiwachtmeister?«
Noch mehr beunruhigte ihn, daß nach dem Vorbild der stehlenden Japanerinnen auch Chinesen mittlerweile diese Kunst übernommen hatten. Er hatte seine Leute angewiesen, nichts gegen die Koreanerinnen und Japanerinnen zu unternehmen. Wie konnte er ihnen dann auftragen, sich bei den Chinesen einzumischen, da diese noch weniger hatten?
Niedergeschlagen erklärte er seinen Leuten: »Ihr mischt euch bei keinem ein, das ist das beste. Wir haben alle nicht viel Fett auf den Rippen. Wer weiß denn nicht, was Hunger bedeutet. Wenn wir sie verhaften, werden die Japaner uns nicht wegen Pflichterfüllung loben. Die Gefängnisse sind bereits überfüllt, es gibt kein Getreide. Also ich sag es noch einmal – macht ein Auge auf und drückt das andere zu. Erst wenn wir beide Augen für immer schließen, gibt es vielleicht Frieden auf der Welt.«
Der Mangel an Lebensmitteln hatte in der Tat beim Herrenvolk den Pferdefuß zum Vorschein gebracht, und die Sklaven hatte der Hunger das Schamgefühl vergessen lassen. Den hungernden Pekingern ging es nur noch darum, etwas zu finden, das sie sich in den Mund stopfen konnten. Sie scherten sich nicht darum, was schicklich war. Stehlen und Rauben gehörte bald zur allgemeinen Praxis.
In den Geschäften, die rohes oder gekochtes Fleisch verkauften, war der Block neuerdings mannshoch, auf dem das Fleisch

geschnitten wurde. Die Ladeninhaber fürchteten, Kunden könnten nach dem Fleisch greifen und dabei in die Finger gehackt werden. Aber selbst diese hohen Blöcke, dick wie ein Baum, konnten keine Hand mehr bremsen. In den Fleischläden ging das Geschäft ohnehin schlecht, seit die Japaner alle Lebensmittel zuteilten. Manchmal hatten sie drei oder auch fünf Tage überhaupt kein Fleisch, da ging gar nichts über den Ladentisch. Bekamen sie gelegentlich etwas, schnitten sie es nachts, teilten es in kleine Portionen, gekocht oder roh, packten es in Papier oder Lotusblätter und verbargen es im Schrank. Wer etwas kaufen wollte, mußte erst das Geld herüberreichen, ehe er das kleine Päckchen erhielt.

Die Praxis, erst Geld, dann Ware, verbreitete sich wie der Wind in der Stadt. Wer nicht zuerst Geld sehen ließ, bekam nichts. Verkäufer von Shaobing oder Jiaozi, von Fladen oder Teigtäschchen, überhaupt von allem, was man essen konnte, überzogen ihre Körbe mit Netzen und verschlossen sie mit einem Deckel. Erst nach der Zahlung öffnete der Händler den Korb und händigte die Ware aus. Sobald diese sich dann in der Hand des Kunden befand, endete ihre Verantwortung, erklärten die Verkäufer. Denn häufig standen in der Nähe Leute, die darauf warteten zuzugreifen, wenn die Waren die Hände wechselten.

Yunmei war zweimal beraubt worden, weshalb sie es nicht wagte, Xiao Shun zum Einkaufen zu schicken. Der Verlust war zwar nicht groß, aber sie war doch sehr erschrocken. Tianyous Frau schlug zögernd vor: »Warum nimmst du nicht Xiao Shun mit? Vier Augen sehen mehr als zwei.«

Yunmei fand, Shunchens Anwesenheit würde ihr zumindest Mut machen, ob sie nützlich war oder nicht, aber Xiao Shun mußte zur Schule.

»Ach«, bemerkte der alte Herr Qi seufzend, »was macht es schon, ob er in Zeiten wie diesen zur Schule geht oder nicht!«

Xiao Shun war stolz, als er hörte, was ihm zugetraut wurde. Er schlug vor, einen Stock mitzunehmen. »Wenn jemand nach deinem Beutel greift, Ma, haue ich mit meinem Stock zu.«

»Bleibe ruhig«, antwortete Yunmei zwischen Lachen und Weinen, »mach lieber deine Augen auf. Das ist viel wichtiger. Paß auf, und wenn uns jemand folgt, dann schreie.«

»Nach der Polizei?«
»Die kümmert sich einen Dreck darum!«
»Was soll ich denn sonst rufen?« Er wollte es genau wissen, um der Verantwortung auch wirklich gerecht zu werden.
»Schreie irgend etwas, aber schreie!« meinte die Großmutter.
Der alte Herr wollte zeigen, daß er trotz Alter und Schwäche seine Gedanken noch beisammen hatte, und suchte eine Schnur und ein paar Stoffetzen zusammen, die er Yunmei gab. »Verschnüre damit den Korb, wenn du eingekauft hast. Dicht und fest wie für eine Reise.«
»Das ist wirklich eine gute Idee, Großvater«, entgegnete Yunmei. Sie fragte nicht: »Und wenn sie den ganzen Korb nehmen?«
Auch Ruixuan wollte ihr helfen. Er konnte auf dem Rückweg von der Schule einiges einkaufen, so daß Yunmei nicht so oft gehen mußte und also auch nicht so oft beraubt werden konnte.
Einmal fiel ihm auf dem Heimweg ein, daß Yunmei ihn um etwas gebeten hatte. Er kam aber nicht mehr darauf, was es war. Da sah er einen Händler, der Shaobing und Ölgebäck verkaufte. Vor dem Krieg gab es diese Händler wie Spatzen auf dem Dach, aber jetzt wunderte man sich, wenn man einen traf. Auch das Drahtnetz über dem Korb war neu und verwunderlich. Er beschloß, zwei Shaobing und zwei Ölringe zu kaufen, um Yunmei zu versöhnen, weil er ihren Auftrag vergessen hatte, und Niuniu eine Freude zu bereiten, die beim Anblick von diesem gepanschten Zeug noch immer in Tränen ausbrach.
Als er mit den Shaobing und Ölringen weiterging, mußte er an Mr. Goodrich denken. Hatte der Niuniu nicht ständig Kekse oder Brot geschickt? Zu gern hätte er seinen alten Freund wiedergesehen. Er wußte allerdings, daß er nicht den Mut haben würde, ihn aufzusuchen, falls er tatsächlich herausfände, wo der alte Herr war. Denn die Japaner haßten ganz besonders Chinesen, die Kontakte zu Westlern hatten.
So in Gedanken versunken, sah er plötzlich eine Hand neben sich auftauchen, eine schmutzige, dürre Hand. Ehe er es sich versah, waren Shaobing und Ölringe verschwunden. Er blieb stehen und drehte sich um. Der Shaobingdieb war ein dünner,

klappriger Mann, der zwar seine ganze Kraft zusammengenommen hatte, aber trotzdem nicht schnell rannte. Er spuckte ein paarmal auf das Gebäck, damit er es, falls er eingeholt würde, nicht zurückgeben müßte.

Ruixuan holte ihn ein. Der Dünne blieb wie ein in die Ecke getriebenes Huhn mit dem Gesicht zur Mauer stehen. Als Ruixuan sah, daß er es mit einem Menschen zu tun hatte, der sich schämte, bedauerte er, ihm überhaupt nachgelaufen zu sein. »Mein Freund, behalten Sie und essen Sie es, ich will es nicht mehr.« Ruixuan sprach freundlich, weil er hoffte, der Mann würde sich dann umdrehen.

Aber der drehte sein Gesicht noch mehr der Wand zu.

Ruixuan wollte eigentlich sagen: »Der Krieg hat unsere Seelen zerstört und uns die Scham genommen, es ist nicht allein Ihre Schuld.« Aber er spürte, es waren nur leere Worte. Es gab keinen Grund und keinen Satz, der Hunger stillen konnte. Er meinte daher nur: »Essen Sie, Freund.«

Der hagere Mann schien beeindruckt und drehte sich langsam um.

Es war Herr Chen, der Schwager des Dichters Qian. Ruixuan vergaß, was er hatte sagen wollen, und brachte schließlich ein »Herr Chen« heraus. Der neigte den Kopf und lehnte sich an die Mauer. Er stand wie zu Stein erstarrt da. Sein Haar, seit Monaten nicht geschnitten, hing lang, unordentlich und kraus herunter, sein Gesicht war spitz wie ein Messer und ungewaschen. Völlig ausdruckslos und ohne eine Träne in den Augen starrte er auf das Ölgebäck in seinen Händen.

Ruixuan ergriff seinen Arm. Herr Chen wollte sich losreißen, hatte aber nicht die Kraft dazu. Stolpernd lief er neben Ruixuan her, bis er herausbrachte: »Wohin gehen wir?«

»Setzen wir uns irgendwohin«, antwortete Ruixuan.

Sie kamen zu einem kleinen Restaurant. Als sie hineingehen wollten, hielt sie ein Kellner auf. »Entschuldigung, wir sind heute nicht beliefert worden und haben nicht einmal Feuer gemacht. Es gibt nichts.«

Nichts ist trostloser als ein Restaurant ohne Feuer und ohne das Klappern von Geschirr. Tische und Bänke standen ordentlich beieinander, in der Luft lag noch der jahrelange Geruch von Fett und Essen.

»Können wir uns wenigstens einen Moment hinsetzen?« fragte Ruixuan höflich, »der Herr hier fühlt sich nicht wohl.« Er wies auf Herrn Chen.
»Warum nicht, die Bänke sind leer«, meinte der Kellner lächelnd.
»Sie sehen ja, es gibt nichts, aber wir müssen die Türen offenhalten. Wie soll da das Geschäft laufen? Es ist ein Witz.«
Sie setzten sich. Herrn Chens ohnehin schmales Gesicht war noch mehr abgemagert und wirkte dadurch noch länger. Seine Augen sahen aus wie die eines toten Fisches. Er war nicht mehr nervös, sondern saß stumpf da und seufzte. »Da ist nichts zu sagen, mir fehlt jetzt nur noch der Tod.« Beim Sprechen bewegten sich seine Gesichtsmuskeln kaum. Was er sagte, entsprach den Tatsachen, es bedurfte keines Nachdrucks. »Ich habe alles kaputtgemacht«, erzählte er ruhig, »wegen meiner kranken Frau und der Kinder habe ich für die Japaner gearbeitet und mich mit Opium betäubt. Gut, ich habe meine Seele verkauft, damit Frau und Kinder nicht verhungern. Eine Seele für das Leben einer ganzen Familie ist doch kein schlechter Tausch.« Er verstummte und starrte auf den Tisch. Ruixuan wagte nicht, ihn zum Weitersprechen zu ermuntern, er hüstelte nur.
Als ob ihn das Husten geweckt hätte, fuhr Herr Chen fort: »Komisch, als meine Frau wieder zu essen hatte, wurde sie immer kränker, als sei das Essen, das ich ihr brachte, vergiftet. Sie starb.« Sein Gesicht schien immer noch ausdruckslos, als ob er eine häufig gehörte Geschichte wiedergäbe. »Die Toten sind die glücklicheren. Ich dachte, wenn meine Kinder groß sind und Geld verdienen, würden sie mich unterstützen. Sobald mein Ältester aber etwas verdiente, verschwand er ohne ein Wort aus Peking. Er war mir keineswegs dankbar, vielmehr schien er mich zu hassen, weil ich meine Seele verkauft hatte. Genauso machten es auch die anderen drei Söhne. Ich habe meine Seele doch nur verkauft, um sie durchzubringen.« Er befeuchtete seine dünnen Lippen.
»Es gibt noch mehr solcher lächerlichen Dinge. Ich habe Ihnen doch gerade erzählt, daß die Japaner mich wegen meiner Opiumsucht gut behandelten. Als ich aber zu viel rauchte und zu faul wurde, entließen sie mich. Ich blieb ohne Einkommen

mit einer Kinderschar zurück. Kümmerte ich mich nicht um sie, würden sie verhungern. Wie ich es auch drehte und wendete... Ich rauche noch immer, es vergiftet mich, das ist das Beste am Opium. Wer spricht da noch von Scham? Meine Kinder erkennen mich nicht als ihren Vater an. Heute habe ich Sie bestohlen, aber ich brauche mich nicht zu entschuldigen, ich weiß, Sie werden einem Halbtoten verzeihen.«
»Sie können doch nicht einfach so sterben.« Ruixuan versuchte ihm zu helfen.
»Niemand sollte so sterben. Aber ich muß es. Vielleicht liege ich morgen auf der Straße und werde von dem großen Wagen aufgelesen und vor die Stadt gekarrt. Ich will ja gar nicht im Grabe meiner Ahnen beerdigt werden, ich könnte ihnen nicht unter die Augen treten.« Zitternd stand er auf und ging langsam hinaus. Draußen setzte er sich auf die Stufen und verzehrte die Shaobing.

93

Herr Jin war reich geworden. Er hatte sein Ziel erreicht – er besaß nun drei Grundstücke. Obwohl er äußerlich unverändert geblieben war, gehörte er nun zu den Besitzenden und nicht mehr zu denen, die sich mit Müh und Not ihr Brot beschafften. Das verlieh ihm eine gewisse Würde. Zwar war er noch täglich in Teehäusern anzutreffen, aber kleine Geschäfte interessierten ihn nicht mehr. Unter seinesgleichen saß er mit steifem Rücken abseits, als wolle er sagen: »Für drei Sesamkörner und zwei Datteln rührt Herr Jin keinen Finger.«
Auch seine Haltung zu denen, die Häuser kaufen oder verkaufen wollten, hatte sich geändert. Sobald er einen Kunden ausmachte, erklärte er: »Auch ich besitze Eigentum« und hätte am liebsten hinzugefügt: »Denkt nur ja nicht, ich sei ein gewöhnlicher Vermittler, der rennt, wenn ihr ihm zuwinkt, und wieder geht, wenn ihr abwinkt. Auch ich habe meinen Stolz!«
Weder vergaß er, daß die Japaner die Qians, seine Verwandten, ruiniert hatten, noch konnte er die Tatsache leugnen, daß sich seit dem Einzug der Japaner in Peking sein Geschäft belebt

hatte, und zwar so sehr, daß er jetzt selbst über Eigentum verfügte. Um Herrn Qians willen sollte er die Japaner hassen, um seiner selbst willen aber sollte er ihnen dankbar sein. Da sich diese Widersprüche nicht vereinbaren ließen, mußten sie in der Schwebe gehalten werden. Das ging aber nicht lange gut.

Da er seinen Besitz für immer absichern wollte, mußte er wohl oder übel glauben, was die japanische Propaganda verkündete, daß nämlich die Japaner nicht hier waren, um gegen die Chinesen zu kämpfen, sondern um zu helfen, die Kommunisten zu vernichten. In seinem Quadratschädel überlegte Herr Jin, wenn die Japaner die Kommunisten wirklich vernichteten, könnte das dem Erhalt seiner drei Häuser dienen.

Häufig dachte er an Qian Moyin. Ging er durch die Straßen oder saß er im Teehaus, hielt er beständig Ausschau nach ihm, den er so bewunderte. Sobald er jemanden erblickte, der ihm ähnlich sah, sprang er auf. Wenn sich der Irrtum dann herausstellte, rieb er sich die Augen und schimpfte sich einen alten Narren. Seinen Enkel vergötterte er. Während Herr Qian größtes Ungemach erlitt, wurde der Enkel mit Liebe und Fürsorge überhäuft. Herr Jin selbst aß dieses gepanschte Mehl und trank dünnen Tee, bemühte sich aber stets, dem Kind Besseres zu beschaffen. Hatte der Enkel ein bißchen Kopfweh oder Fieber, ließ er den besten Doktor von Peking kommen. Das Kind glücklich und zufrieden zu machen, war der einzige Glaube, dem er anhing. Wollte die junge Frau Qian das Kind einmal bestrafen, nahm er es auf den Arm und rügte sie: »Du solltest froh sein, daß du so ein Kind hast, statt es zu bestrafen. Was wärst du denn ohne es?«

Sobald der kleine Kerl laufen konnte, meinte Herr Jin, er müsse die Welt sehen. Er nahm ihn auf die Schultern und stolzierte mit ihm durch die Straßen, besuchte Tempelbasare und Märkte. Der Kleine brauchte nur »Ah, ah!« zu schreien, da zog Herr Jin die Börse und kaufte, ob das Naschwerk oder Spielzeug für Kinder geeignet war oder nicht.

Als der Enkel sprechen konnte, kam Herr Jin jedoch in Bedrängnis. Von seiner Mutter hatte er gelernt »Nieder mit den Japanern!« und »Rache für meinen Vater!«. Außerdem reckte er manchmal seine kleine Brust und rief: »Ich heiße Qian.«

Herr Jin konnte jedoch nicht einen Enkel herumführen, der dauernd »Nieder mit den Japanern!« rief, und ebensowenig konnte er dauernd mit seiner Tochter streiten – die Nachbarn könnten es hören, und dann vielleicht die Japaner. Er hatte keine Angst vor einer Verhaftung, er konnte schon ein paar Schläge aushalten. Aber wenn die Japaner seinen Besitz konfiszieren würden...

In seinem Schädel suchte er nach einem Weg, um den Japanern etwas näher zu kommen. Das hieß nicht, daß er ein Kollaborateur oder gar Lakai werden wollte. Nein, so tief war er nicht gesunken. Er wollte nur den Japanern weder zu fern noch zu nahe sein, um auf Nummer Sicher zu gehen.

Schließlich trat er der Gesellschaft der Drei Reinheiten bei. Das war eine Organisation, die Leute mit bestimmten Fähigkeiten aufnahm, die jedoch nicht unbedingt die klügsten waren, wie eben Herr Jin. Die Japaner klassifizierten ihn bald als »nützliche Person« und versuchten, sich mit ihm anzufreunden.

Nachdem sie ihn von ihren ehrbaren Absichten überzeugt hatten, erwähnten sie plötzlich den Dichter Qian. Herr Jin war entsetzt. Die Japaner verwendeten die gleichen Worte, die er wie Sesamkörner ausgestreut hatte. Sie versicherten ihm, sie würden Herrn Qian nichts tun. Im Gegenteil, sie bewunderten sein Wissen, seinen Charakter und seinen Mut, ganz so wie Herr Jin es auch tat. Sie wollten ihn finden, ihm vergeben, sich mit ihm anfreunden. Herr Jin müsse ihnen dabei helfen. Sie deuteten an, wenn er sich weigere, wären seine drei Häuser und auch sein Enkelkind nicht mehr sicher.

Herr Jin war sein Leben lang ein ehrenwerter Mann gewesen, nun aber saß er in der Falle. Seine stets leuchtend rote Nase färbte sich lila. Er wurde böse. Den Japanern würde er nicht behilflich sein, Herrn Qian ausfindig zu machen, selbst wenn sie versprachen, ihm nichts zu tun. Herr Jin überlegte hin und her und entschied schließlich, Herrn Qian zu suchen und um Rat zu fragen. Wo aber konnte er ihn finden?

Da fiel ihm Herr Chen ein. Er hatte diesen dürren Burschen, der auch etwas mit Herrn Qian zu schaffen hatte, lange nicht mehr gesehen. Aber so kam er nicht weiter. Herrn Chens Nachbarn erzählten ihm, die ganze Familie sei verschwunden.

Da besann sich Herr Jin auf Ruixuan. Die Familie Qi spitzte die Ohren. Sie wollten erfahren, wie es der jungen Frau Qian und ihrem Kind ginge. Aber Herr Jin hatte keine Zeit, über Tochter und Enkel zu schwatzen, umgehend erkundigte er sich nach Herrn Qians Verbleib.

Ruixuan glaubte anfangs, es sei Sorge um Herrn Qian, die Herrn Jin so ungeduldig nachforschen ließ. Bald aber wurde er mißtrauisch und begann seinerseits, ihn auszufragen.

Herr Jin war nervös, ständig klopfte er mit dem Pfeifenkopf, wollte aber nicht mit der Wahrheit heraus. Ruixuan war ebenfalls fest entschlossen, nichts verlauten zu lassen. Schließlich ging Herr Jin enttäuscht davon.

Ruixuan hatte ein ungutes Gefühl. Er wußte nicht, warum Herr Jin Herrn Qian finden wollte, witterte aber Gefahr. Am liebsten hätte er den Dichter sofort gewarnt, dann aber sagte er sich, daß er sich von solchen Kleinigkeiten nicht einschüchtern lassen und erst recht nicht Herrn Qian erschrecken dürfte, solange es noch gar keinen Wind oder gar Wellen gab. Herr Jin und Herr Qian waren schließlich erwachsene Menschen, deren Kinder miteinander verheiratet waren. Ruixuan beschloß, bis zur Manuskriptübergabe an den Mönch Klarer Mond zu warten, um sich zunächst mit ihm zu beraten.

Aber auch Herr Jin war mißtrauisch geworden. Da Ruixuan so verschlossen blieb, wußte er womöglich, wo sich Herr Qian befand. Er beschloß, Ruixuan zu beschatten, und fand heraus, daß der in einem kleinen Laden den Mönch traf. Er folgte dem Mönch und entdeckte den kleinen Tempel.

Doch er wagte nicht, ihn zu betreten. Angenommen, Herr Qian wäre hier und er ginge hinein und forderte ihn auf, aufzugeben, und angenommen, Herr Qian hörte nicht auf ihn, sondern ginge weg und versteckte sich woanders ... Andererseits konnte er, falls Herr Qian nicht auf ihn einginge, so gemein sein, die Japaner zu informieren, damit sie ihn verhafteten?

Auf dem Wege zu den Qis war er an Nummer eins und Nummer drei der Schafhürdengasse vorübergekommen und hatte sich erinnert, wie er vor Jahren Herrn Qian auf seinem Rücken zu Guan Xiaohe gebracht hatte. War er jetzt auf dem besten Wege, ebenfalls ein Guan Xiaohe zu werden? Die Familie

Guan war eine Horde räudiger Hunde. Er, der Dritte Herr Jin, war jedoch ein anständiger Chinese.
Befand sich der Schwiegervater seiner Tochter aber tatsächlich im Tempel und informierte er die Japaner nicht, machte er sich dann nicht schuldig, seinen Verwandten beschützt zu haben, was wiederum Folgen für ihn und seine Häuser hätte?
Sein Gewissen focht einen harten Kampf, keine Seite wollte nachgeben. Der Krieg war der Verbrecher, der sein Gewissen zwang, nur an seine eigene Sicherheit zu denken und den Verwandten auszuliefern.
Oft hielt er sich nun in der Nähe des Tempels auf, wagte aber nicht hineinzugehen. Zu gern hätte er seinen Verwandten und verehrten Freund gesehen, fürchtete aber ebenso, von ihm beschimpft zu werden.
Während er draußen noch zauderte, wurde er längst beschattet, und während er nicht hineinzugehen wagte, schlüpften die anderen heimlich hinein. Und so wurde Herr Qian verhaftet.

94

Italien kapitulierte, und im Pazifik gab die Kaiserliche Marine Stützpunkt um Stützpunkt auf. Jeder Japaner in Peking erhielt den Auftrag, zehn Chinesen als Freunde zu gewinnen.
Auch die Japaner aus Nummer drei der Schafhürdengasse kamen nun heraus, um »Freunde zu gewinnen«. Bis dahin hatten sie mit ihren chinesischen Nachbarn kein Wort gewechselt, aber jetzt mußten sie laut Anweisung sogar ihren Gesichtsausdruck ändern.
Großmutter Li lehnte als erste diese Art Freundschaft ab. Sie liebte jedermann, aber diejenigen, die ihren Ehemann zu Tode getreten hatten, konnte sie nicht lieben. Sie wußte zwar, daß es nicht die Leute aus Nummer drei waren, aber Japaner blieben eben Japaner. So genau wollte sie da gar nicht unterscheiden.
Ihnen gegenüber verwandte Großmutter Li Wörter, die eine Witwe besser nicht hätte in den Mund nehmen sollen. Die Japaner hatten kein Wörterbuch, in dem diese Ausdrücke zu finden waren. Sie konnten nur freundlich lächeln und glaubten,

Frau Li sage ihnen etwas Freundliches, da sie doch kamen, um Freundschaft zu schließen.

Cheng Changshun hätte fast mit seiner Großmutter gestritten. Die blieb bei ihrer Philosophie der Freundlichkeit, sie konnte die Japaner doch nicht vor den Kopf stoßen, mußte sie empfangen. Sie wußte, daß sie gefürchtet und gehaßt waren, wenn sie aber zu ihr kamen, konnte sie diese Leute nicht hinauswerfen, mußte ihnen einen Tee anbieten. Aber Changshun verriegelte das Tor von innen. Solche »Freunde« ließ er nicht herein.

In der Schafhürdengasse hielt jeder diese Art Umgang, erst Leute umzubringen und dann Freundschaft zu suchen, für Hohn, und zwar ziemlich abscheulichen. Wie auf Verabredung beachteten sie die Japaner nicht.

Nur John Ding machte eine Ausnahme. Früher, als er im Englischen Amt beschäftigt war, hatte er die Japaner mehr als jeder andere verachtet. Jetzt war er schon lange ohne Arbeit, und die Hoffnung, ins Englische Amt zurückzukehren, schwand mehr und mehr dahin. Daran gewöhnt, Sklave von Ausländern zu sein, brauchte er einen ausländischen Herrn, um sich wohl zu fühlen.

Als Straßenobmann konnte er mit einigen Tricks zu ein paar Kohlen kommen. Diese Kohlen verschafften ihm ein kleines tägliches Einkommen. In seinem Hof hatte er ein Öfchen aufgebaut und verkaufte Feuer. Wer von den Nachbarn keine Kohlen hatte, konnte sein Teewasser oder sein Essen bei ihm kochen. Er sah auf eine große Uhr und berechnete nach Zeit.

Die Japaner aus Nummer drei wunderten sich, warum die Chinesen so gefühllos und unvernünftig waren und sich nicht mit ihnen anfreunden wollten. Doch als John Ding freundlich reagierte, waren sie glücklich. Sie hatten schon befürchtet, bestraft zu werden, wenn es ihnen nicht gelänge, auch nur einen einzigen Freund zu gewinnen. Vielleicht sollten sie die alte Dame in Nummer eins befragen, wie sie es geschafft hatte, so freundlich mit all den Nachbarn zu verkehren, und – falls sie es ihnen nicht verraten wollte – sie zu bedrohen, vielleicht zu verdächtigen und ihr zu schaden. Erfreulicherweise nahm der Obmann John Ding ihre Freundschaft an. Sie mußten ihn

festhalten, so wie sie es mit den überfallenen Ländern getan hatten – erst Fuß fassen und dann langsam vorwärts bewegen wie Seidenraupen beim Maulbeerblätterfressen.
John Ding hoffte auf mehr Zulauf von seinesgleichen, auf daß er deren Prophet und Anführer werden könnte. Er prahlte vor den Japanern aus Nummer drei: »Ich bin der Straßenobmann, ich kann den anderen befehlen, eure Freunde zu werden.« Als er aus Nummer drei herauskam, war sein Rücken wieder gerade, und er benahm sich fast wie im Englischen Amt. Er suchte Wachtmeister Bai auf und verlangte, er solle ihm helfen, den Nachbarn beizubringen, den Japanern freundliche Gefühle zu zeigen.
Wachtmeister Bai war Pragmatiker, aber in Maßen, Verstand und Gefühl mußten dabei in Einklang bleiben. Nie verlor er den Kopf und wußte eine Gelegenheit beim Schopfe zu fassen, würde deshalb aber niemals seine Liebe zu Land und Leuten aufgeben. Er lehnte ab: »Wenn die Japaner sich mit uns anfreunden wollen, ist es das gleiche, wie wenn der Marder den Hühnern ein frohes neues Jahr wünscht.«
John Ding war verärgert. Er war eine Frucht der nationalen Demütigungen aus den vergangenen hundert Jahren. Sein höchstes Ideal war, Ausländer zu bitten, ihre ehrenwerten Hände nicht zum Schlag gegen ihn zu erheben, sondern ihn als Sklaven in ihren Diensten leben zu lassen. In seiner Vorstellung konnte England zwar von Japan geschlagen werden, aber Japan niemals von China. Sollte Japan aber leider doch vor England und Amerika kapitulieren, würden die Anglo-Amerikaner gewiß schnell wieder erstarken und wären dann erneut seine Herren. Denn allein kämen die Chinesen niemals hoch und würden nie gleichberechtigte Brüder der Engländer und Amerikaner sein. Er hatte keine Lust, das weiter mit Wachtmeister Bai zu erörtern, sondern ging zu Ruixuan. Der hatte sein Brot im Englischen Amt verdient, der würde ihn sicher verstehen.
Noch vor kurzem hätte Ruixuan John Ding bei solch einem Anlaß mit einem Lächeln und einer ironischen Bemerkung abgefertigt. Jetzt beschloß er, ihm bis ins einzelne die politische Lage, soweit er sie kannte, zu erläutern, ob der verstand oder nicht, es hören wollte oder nicht. Er mußte jede Ge-

legenheit zur Aufklärung nutzen. Nach einem langen Vortrag erklärte er abschließend: »Wachtmeister Bai und die Nachbarn haben recht, Sie sind es, der sich irrt.«
John Ding sann über die Worte nach, und ihm ging ein Licht auf. »Oh, ich verstehe, Sie wollen sagen, daß Amerika und England siegen werden und Sie und ich dann wieder im Englischen Amt arbeiten werden. Das wäre ja wunderbar.«
Ruixuan hätte ihm am liebsten ins Gesicht gespuckt. »Sie verstehen immer noch nichts. Wir sollten uns nicht erneut in Abhängigkeiten begeben, sondern unsere eigenen Herren sein.«
John Ding sagte nichts mehr, sondern verabschiedete sich höflich. Er verstand Ruixuan nicht und ging wieder zu den Leuten in Nummer drei. Dort erklärte er, Wachtmeister Bai sei nicht zur Zusammenarbeit bereit. Er wollte dem Wachtmeister nicht hinter dessen Rücken schaden, mußte aber den Japanern begreiflich machen, wie sehr er sich bemüht hatte. Sollten die Japaner den Wachtmeister bedauerlicherweise dafür hassen, konnte er nichts dafür.
Ihr Haß ereilte den Wachtmeister sehr schnell, viel schneller als all ihre freundliche Liebe. Sie wollten ihre hohen japanischen Beamten nicht mit solchen Nichtigkeiten belästigen, weshalb sie einen Brief an die chinesischen Vorgesetzten des Wachtmeisters schrieben, er verletze seine Pflichten.
Die Vorgesetzten fürchteten, ihre Posten zu verlieren und dann Hungers zu sterben, daher wagten sie nicht, Wachtmeister Bai zu schützen, und entließen ihn.
Dessen beste Jahre waren vorüber. Er besaß Erfahrungen, Ideen und die Achtung der Leute, aber keine Ersparnisse. Sein spärliches Gehalt hatte immer nur gerade zum Leben gereicht. Wäre er vielleicht nur hinterlistig, falsch und herzlos gewesen, hätte man ihn in diesen chaotischen Zeiten wahrscheinlich nicht entlassen. Wenn ihn sein gutes Herz und gutes Benehmen nicht hatten retten können, warum sollte er nicht seine Hände heben, töten und Feuer legen? Die Japaner mordeten und brandschatzten und spielten sich als die Herren von Peking auf. Er beschloß, John Ding zu töten. Wer scherte sich heute darum, ob töten gut oder böse war? Die größte Offenbarung des Krieges war, Leuten, die nie getötet hatten, zu zeigen, wie man tötete.

Dann aber überlegte er, wenn schon töten, warum keinen Japaner?

Zu Hause erzählte er nichts von seiner Entlassung, steckte sich nur ein Küchenmesser ein und ging wieder. Zuerst in die Schafhürdengasse. Japaner gab es überall, aber gedankenversunken und nach alter Gewohnheit lief er hierher. Hier kannte er sich aus, und wahrscheinlich hatten die aus Nummer drei ihn angezeigt. Gut, er würde an ihnen sein Küchenmesser ausprobieren.

Sein längliches Gesicht war totenbleich. Schweißperlen standen ihm auf der Stirn. Den Rücken hoch aufgerichtet, blickte er starr geradeaus, ohne wirklich etwas zu sehen. Er war nicht mehr Wachtmeister Bai, er war der Geist des Todes, hell und glänzend wie ein Schwert. Es gab keine Vergangenheit und keine Zukunft für ihn, keine List und kein gutes Herz mehr. Es existierte nur noch der eine Gedanke, das Küchenmesser in Fleisch zu versenken und sich dann die eigene Kehle durchzuschneiden.

Als er vor der Geistermauer von Nummer drei stand, hielt er inne, als sei er plötzlich erwacht. Er war gerade dabei, etwas zu tun, das seinem lebenslang gehegten Ideal völlig widersprach. Verwirrt stand er da.

In diesem Moment kam Ruixuan aus seinem Tor, und ein Großteil der Mordlust des Wachtmeisters verflog. Seine Schultern sackten zusammen, Arme und Beine begannen zu zittern.

»Was ist passiert, Wachtmeister Bai?« fragte Ruixuan.

Automatisch faßte der Wachtmeister dahin, wo er das Messer versteckt hielt, als fürchte er, durchsucht zu werden.

Ruixuan erkannte sofort, daß irgend etwas nicht stimmte, er nahm ihn am Arm und forderte ihn auf: »Kommen Sie, setzen wir uns ein Weilchen zu mir hinein.«

Ohne zu wissen, wie ihm geschah, folgte der Wachtmeister Ruixuan. Als er aber die Schwelle überschritt, schien alle Mordlust vergessen und seine alte höfliche Art fiel ihm wieder ein. »Herr Qi, ich... ich möchte nicht.« Er wollte nicht mit Ruixuan darüber reden. Er fand, es war schändlich, jemanden zu töten, selbst wenn es sich um einen Japaner handelte, der ihn um seine Stellung gebracht hatte.

Ruixuan begriff, der Wachtmeister war in Schwierigkeiten.

»Wenn Sie nicht mitkommen möchten, sprechen wir hier.« Er schloß das Tor.
Dem Wachtmeister tat es leid, daß er hatte töten wollen, aber mehr noch bedauerte er, nicht den Mut zum Töten gefunden zu haben. Alles, was ihm zu tun blieb, war, Ruixuan sein Herz auszuschütten und ihn urteilen zu lassen. Schnell und in allen Einzelheiten berichtete er Ruixuan das Vorgefallene.
Ruixuan schwieg lange. Geschichte und Gemütsverfassung des Wachtmeisters glichen aufs Haar seiner eigenen, wahrscheinlich ging es den meisten Pekingern genauso. Die Menschen wollten nicht von den Japanern beherrscht werden, wollten eigentlich gegen sie kämpfen, aber ihre seit Jahrtausenden gepflegte Liebe zu Harmonie und Gehorsam machte sie unfähig, ihre Wünsche in die Tat umzusetzen.
Ruixuan verstand, was in Wachtmeister Bai vorging. Er wollte ihn ermutigen, statt Japaner zu töten am Widerstandskampf teilzunehmen. Aber konnte er ihm von Herrn Qian und seinem Bruder erzählen? Er mußte behutsam vorgehen und zuerst von sich reden, ohne die anderen zu erwähnen.
Ruixuan sprach zögernd, der Wachtmeister hörte aufmerksam zu, unterbrach ihn aber nach einer Weile: »Herr Qi, sagen Sie, was gesagt werden muß. Ich bin kein räudiger Hund, der seine Freunde verkauft. Ich habe bereits alles verloren, habe schon daran gedacht, Japaner zu töten und dann mich selbst. Ich werde doch meine Freunde nicht für ein bißchen Geld verkaufen. Das kann ich Ihnen schwören.« Jetzt war Ruixuan zufrieden und sprach offen. »Wachtmeister, wir beide müßten doch in der Lage sein, mehr als Herr Qian zu tun. Wollen wir nicht zusammenarbeiten? Ich weiß, daß Sie kein Einkommen und nichts zum Leben haben. Was ich mit Ihnen teilen kann, will ich teilen, das ist keine Frage. Vielleicht fällt Ruiquan auch für Sie etwas ein. Wenn wir heute gemeinsam etwas tun und morgen vielleicht verhaftet werden, haben wir wenigstens uns und der Nachwelt unseren guten Namen bewahrt, nicht wahr?«
»Sagen Sie nur, was soll ich als erstes tun?« fragte Wachtmeister Bai ohne das leiseste Zögern.
»Seit ein paar Tagen habe ich die Verbindung zu meinem Bruder und zu Herrn Qian verloren. Ich möchte jetzt nicht zum

Tempel gehen, denn ich mißtraue Herrn Jin. Der kam dieser Tage plötzlich zu mir. Sollte Herr Qian erneut verhaftet worden sein, werden die Japaner den Mönch sicherlich als Köder im Tempel behalten, um Ruiquan und andere zu fangen. Deshalb kann ich jetzt nicht hingehen. Würden Sie es wagen?«

»Sehen Sie mal«, der Wachtmeister lächelte gequält und zog das Messer hervor, »ich war zum Sterben bereit, was sollte ich da fürchten?«

»Ein Messer ist nicht nötig.« Ruixuan lächelte ebenfalls. »Ich denke, Sie sind genau der Richtige. Sie sehen auf den ersten Blick, ob die Luft rein ist. Der Mönch Klarer Mond kennt Sie nicht, das ist ein weiterer Vorteil, dann kann auch versehentlich nichts passieren. Erst an Ort und Stelle müssen Sie entscheiden, ob Sie hineingehen oder nicht. Sollte es Ihnen gelingen, dürfen Sie nicht mit dem Mönch sprechen, sondern müssen so tun, als befragten Sie die Gottheiten nach Ihrer Zukunft. Sie müssen das sehr überzeugend tun, Kotaus machen, beten und dabei sagen, daß Sie Ihre Stellung verloren haben. Wenn Sie dann die Schicksalsstäbchen ordentlich geschüttelt und eins ausgewählt haben, nehmen Sie es und gehen zu dem Regal mit den Glücksbotschaften. Dort ziehen Sie den untersten Zettel aus dem Stapel. Darauf steht die Botschaft, um die es geht. Falls Sie das bewerkstelligen könnten, wüßte ich, weshalb ich den Kontakt zu meinem Bruder verloren habe. Aber Sie dürfen mir das Papier keinesfalls direkt übergeben. Wir treffen uns auf der Tempelmesse an der Weißen Pagode, mitten im Gewühl, wo Zauberkunststücke vorgeführt oder alte Kleider verkauft werden, jedenfalls dort, wo sich viele Leute drängen.«

»Kein Problem.« Das Gesicht des Wachtmeisters strahlte.

»Ist mir klar. Aber Sie müssen außerdem irgendein Gewerbe haben, von dem Sie leben können, und sei es, Erdnüsse zu verkaufen, damit John Ding Ihnen nicht mißtraut. Sie sollten ihn oft aufsuchen und mit ihm schwatzen, seine christlichen Tugenden loben. Kurz gesagt, Sie müssen ihn einlullen, damit er Sie nicht noch einmal verdächtigt und anzeigt.«

»In Ordnung, Herr Qi, ich bin zu neuem Leben erwacht, und sollte es nur für ein paar Tage sein, ich bin Ihnen ewig dankbar

dafür.« Wachtmeister Bai steckte das Messer weg und schickte sich zum Gehen an.
»Sollten Sie verhaftet werden, dürfen Sie über keinen anderen ein Wort verlieren, auch wenn man Ihnen die Knochen in Stücke schlägt«, setzte Ruixuan leise hinzu.
Der Wachtmeister nickte, öffnete das Tor und ging davon. Zunächst brachte er das Küchenmesser nach Hause, dann begab er sich zum Tempel. Vorsichtig näherte er sich, spähte dabei aber eifrig aus den Augenwinkeln.
Das Tor stand offen, doch niemand war zu sehen, weder in der Halle noch im Hof. Der Wachtmeister ging vorüber und nahm sich vor, ein Bund Weihrauchstäbchen zu kaufen, um mehr nach einem Gläubigen auszusehen, der seine Zukunft erfragen will.
Da erblickte er unweit des Tempels Herrn Jin. Er erkannte ihn an der roten Nase und dem riesigen Schädel. Als er sich räusperte, sprang der andere sofort auf. Wachtmeister Bai lächelte äußerst verbindlich und sprach: »Wie geht's, wie steht's, Dritter Herr Jin?« Sein Benehmen war freundlich, in keiner Weise heftig oder bedrängend. So natürlich schaffte das nur jemand, der viele Jahre Polizist war.
»Was ist los? Wer sind Sie?« Herr Jin war völlig verwirrt.
»Sie erinnern sich nicht mehr an mich?« gab sich Wachtmeister Bai als alter Bekannter aus, »mein Name ist Bai, ich wohne ganz in der Nähe der Schafhürdengasse.« Das letzte Wort schien wie ein Messer in Herrn Jins Herz zu fahren.
Wachtmeister Bai ging langsam in westlicher Richtung weiter, Herr Jin folgte ihm unwillkürlich.
Herrn Jins Nase war noch rot, leuchtete aber nicht mehr. Auch die Stirn, die sonst stets glänzte, war stumpf, finster und gefurcht. Er hatte rote Augenlider, als habe er seit Tagen nicht geschlafen. Nicht nur seine Schuhe, auch Schultern und Hose waren staubbedeckt, als habe er tagelang in der Straße gestanden. »Suchen wir uns eine ruhige Ecke, wo wir uns einen Moment hinsetzen können«, schlug der Wachtmeister vor.
Herr Jin nickte mit seinem Quadratschädel.
»Wie?« fuhr Herr Jin auf, kaum daß sie saßen, als sei ihm eine Frage gestellt worden. Ihm lag etwas so schwer auf dem Herzen, daß es jeden Moment herauszusprudeln drohte. Hätte

ihm nur ein Hund mit dem Schwanz zugewedelt, er hätte dem sein Herz ausgeschüttet. »Den Schwiegervater, sie haben den Schwiegervater meiner Tochter ergriffen«, stieß er hervor.

»Herrn Qian?« fragte der Wachtmeister und mußte an die Zeit vor sieben Jahren denken, als Herr Qian verhaftet worden war. »Woher wissen Sie...?«

»Sie haben es mir gesagt, die Japaner. Oh, was bin ich bloß für einer! Um meinen Besitz zu schützen und die Zukunft meiner Tochter und meines Enkels, habe ich mich mit Japanern angefreundet. Während ich noch vor dem Tempel nach ihm Ausschau hielt, holten sie ihn ab. Dann erklärten sie mir, ich solle mich nicht beunruhigen, sie würden ihm nichts tun. Vor sieben Jahren haben sie ihm das Fleisch vom Rücken geschlagen. Ich kann nicht nach Hause gehen und meinem Enkel ins Gesicht sehen. Ich habe seinen Großvater in den Rachen des Tigers geschickt.« Herr Jin sagte das immer wieder, als müsse er den Kummer seines Herzens ausspucken, nicht aussprechen.

»Wir müssen uns etwas einfallen lassen, wie wir Herrn Qian retten können.« Wachtmeister Bai versuchte, seine Gedanken in diese Richtung zu lenken.

»Ihn retten? Ja natürlich.« Er zog ein Bündel Banknoten aus seiner Jacke. »Das habe ich schon vorbereitet, um mich umzutun, zu versuchen, ihn freizukaufen. Wenn es nicht reicht, kann ich meine Häuser verkaufen. Geld kann ich aufbringen, eine Menge Geld. Was bedeuten schon Häuser. Was auch geschieht, ich muß den Schwiegervater meiner Tochter wiedersehen und ihm sagen, daß ich ein Schwein, kein Mensch bin. Ich bin sicher, daß er mich versteht, wenn ich ihm das erzähle. Er wird mir vergeben. Er ist gebildet und ein verständiger Mensch. Wenn sie ihn totschlagen und ich ihn nicht wiedersehe, weiß ich nicht, wie ich ihm im Jenseits unter die Augen treten kann. Meine Knochen werden im Grab keine Ruhe finden. Helfen Sie mir, haben Sie Mitleid!«

»Bestimmt helfe ich Ihnen.«

»Wie wollen Sie mir helfen?« Herr Jin war bereit, Wachtmeister Bai Geld zu geben, aber ehe er es aus der Hand gab, mußte er genau wissen, worin dessen Plan bestand.

»Wir müssen in Erfahrung bringen, wo sich die Freunde von

Herrn Qian befinden, dann können wir uns Pläne zu seiner Rettung überlegen.«
»Und wo können wir etwas erfahren?«
»In dem kleinen Tempel.«
»Gut, dann gehe ich hinein.« Herr Jin erhob sich.
»Einen Moment.« Wachtmeister Bai hielt Herrn Jin auf. »Lassen Sie besser mich gehen. Beobachten Sie mich aus der Ferne, und sollte ich wirklich geschnappt werden, benachrichtigen Sie Ruixuan.«
»In Ordnung.« In Herrn Jins Wangen kehrte Farbe zurück. Auch wenn die Rettung von Herrn Qian noch in weiter Ferne lag, sie waren auf dem richtigen Wege. Er gab dem Wachtmeister ein paar Banknoten. »Nehmen Sie die. Wenn Sie sie ablehnen, will ich der Sohn einer räudigen Hündin sein. Sie tun es für meinen Verwandten, da kann ich Sie nicht für Essen und Trinken bezahlen lassen.«

95

Die junge Frau Qian saß auf den Stufen des Hauses und barg ihren Kopf in den Händen. Sie schien vergessen zu haben, was vor ein paar Stunden passiert war. Während sie sich krampfhaft zu erinnern suchte, stammelte sie: »Er ging hinaus, um sich was Süßes zu kaufen...«
»Und dann? Rede!« drängte Herr Jin ungeduldig.
»Er ging... und kam ewig nicht wieder.«
»Warum hast du ihn allein hinausgehen lassen?«
Sie wollte nicht mit dem Vater streiten. »Ich dachte, er spielt und ißt im Hof. Nach einer Weile wurde ich unruhig und sah nach. Er war nicht da. Ich ging hinaus und suchte ihn, ich suchte und rief und rief...« Sie barg den Kopf wieder in den Händen.
Herr Jin setzte sich zu ihr auf die Stufen. Er versuchte, seine Ungeduld zu bezähmen und nachzudenken. Lange saß er so da, dann begann er zu reden. Er erzählte der Tochter, was in den letzten Tagen vorgefallen war, und hoffte, daß sie in seinen Worten einen Hinweis auf das Verschwinden des Kindes finden würden.

Als die junge Frau Qian die Erzählung ihres Vaters zu Ende gehört hatte, sprang sie auf. »Das Kind ist von den Japanern entführt worden!«
»Von den Japanern?«
»Sie haben meinen Schwiegervater verhaftet und mein Kind gestohlen. Wenn das Kind bei ihm ist, sagt der alte Mann alles, was sie von ihm hören wollen, selbst wenn er ein Herz aus Eisen hätte. Vielleicht quälen sie auch mein Kind zu Tode. Das haben Sie gut gemacht – für Ihre drei Häuser die ganze Familie Qian geopfert!« Herr Jin war außerstande, auch nur ein Wort zu sagen. Vor Erschöpfung, Wut und Scham konnte er nur dumpf die Mauer anstarren.
Am nächsten Tag kam Wachtmeister Bai. Er berichtete ihm, daß Herr Qian tatsächlich im Gefängnis war, aber nicht gefoltert wurde. Die Nachricht stammte von dem Zettel mit den Glücksbotschaften im Tempel. Der Zettel enthielt noch andere Botschaften, die waren aber nicht für Herrn Jin bestimmt.
»Oh, er ist nicht gefoltert worden«, Herr Jin lächelte.
»Hm, die Japaner stehen kurz vor einer Niederlage, sie wagen nicht zu prügeln. Verdammt noch mal! Was sind das für Feiglinge, sie quälen die Schwachen und kuschen vor den Starken!«
»Aber mein Enkel ist verschwunden.« Herr Jin lächelte nicht mehr.
»Verschwunden?«
»Verschwunden.«
»Waren das auch die Japaner?«
Herr Jin konnte nicht antworten. Er hätte sich am liebsten geohrfeigt, aber seine Arme hingen zu schwer herab. Lange saß er schweigend da, dann fragte er: »Können Sie Nachforschungen anstellen?«
Wachtmeister Bai konnte nicht, aber er wollte auch nicht ablehnen und Herrn Jin jede Hoffnung rauben. »Ich will's versuchen, ich tue, was ich kann.« Dann verabschiedete er sich. Ihm war klar, daß es schlimm um die Jins stand, er aber gar nichts tun konnte. Er hatte seine eigenen Aufgaben.
Er und Ruixuan hatten die Botschaft auf dem Glückspapier entschlüsselt: Herr Qian ist im Gefängnis, wird aber nicht gefoltert, da die Japaner ihn für sich gewinnen wollen. Mönch

Klarer Mond kann im Moment nichts tun, wird ständig von Spitzeln verfolgt. Ruiquan ist immer öfter außerhalb der Stadt beschäftigt, kommt nur selten nach Peking. Ruixuan soll Herrn Qians Arbeit als Herausgeber der Untergrundzeitschrift übernehmen und Wege finden, sie außerhalb der Stadt zu verteilen. Braucht dazu einen wendigen Burschen, der gut zu Fuß ist.

Ruixuan wurde der Herausgeber, Wachtmeister Bai der Bote. Beide wußten, daß sie das den Kopf kosten konnte, aber sie übernahmen die Aufgabe ohne Zögern. Sie starrten wie gebannt auf das Papier, dann schauten sie sich gegenseitig an und lächelten: »Wenn schon sterben, dann auf diese Weise.«

Wachtmeister Bai mußte täglich die Blätter aus der Stadt hinaus- und Nachrichten hereinbringen. Stets wählte er eine andere Route und änderte sein Aussehen. Zu seiner Tarnung betrieb er einen kleinen Hausiererhandel.

In die Schafhürdengasse kam er oft, aber nicht zu Ruixuan. Sie hatten vereinbart, sich nicht hier in der Nähe zu treffen. Er ging zu John Ding. Ihm erzählte er, wie sein Geschäft lief, was er für Schwierigkeiten und sonst für Probleme hatte, damit der keinen Verdacht schöpfte. Wenn der ihm nicht mißtraute, gab es keinen in der Schafhürdengasse, der Gerüchte über ihn verbreiten würde.

Die junge Frau Qian war jeden Tag auf der Suche nach ihrem Sohn. Sie lebte in zwei getrennten Hälften – einer toten und einer noch lebenden. Tot war sie, was Essen und Trinken und die Hausarbeit betraf, sie lebte nur, wenn sie durch die Straßen lief und ihren Sohn suchte. Straßauf, straßab rannte sie, suchte überall. Sobald sie einen Jungen erblickte, der so groß war wie ihr Sohn, stürzte sie hin, oft erschreckte sie das Kind. Sah sie dann, daß sie sich getäuscht hatte, weinte sie nicht, sagte auch nichts, sondern strich dem Kind nur sanft über den Kopf.

War sie einen Tag lang todmüde herumgeirrt, trugen sie ihre Beine nur noch instinktiv nach Hause. Sie sprach kein Wort mehr mit dem Vater, als sei er nicht mehr ihr Vater. Nachts kniete sie im Hof und murmelte den einen Satz: »Vater meines Kindes, beschütze deinen Sohn.« Es war das einzige, was sie sagen konnte, und sie wiederholte es ständig.

Herr Jin ballte immer wieder seine Fäuste, bis die Knochen knackten. Er heuerte Leute an, die ihm helfen sollten, das Kind zu finden. Mit Kupfergongs gingen die Ausrufer in jede Gasse. Er ließ Plakate schreiben und hängte sie in allen Teilen der Stadt aus.
Die Japaner erklärten ihm, Herr Qian befinde sich im Gefängnis und werde gut behandelt, er brauche sich keine Sorgen zu machen. Das beste wäre allerdings, wenn er und seine Tochter einen Brief an Herrn Qian schreiben und ihm zureden würden, nicht so starrköpfig zu sein. Wäre Herr Qian zur Zusammenarbeit mit ihnen bereit, bekäme nicht nur er einen hohen Posten, sondern auch Herr Jin zöge Nutzen daraus.
Herr Jin fragte nach seinem Enkel. Die Japaner lächelten nur und sagten kein Wort, woraus er zu neun Zehnteln schließen konnte, daß sie das Kind entführt hatten und sich an ihm rächen würden, falls Herr Qian nicht klein beigab. Da konnte Herr Jin nicht umhin zu versprechen, Herrn Qian zu schreiben. Vielleicht hätte der Brief wenigstens den Effekt, daß dem Kind vorerst nichts geschah. Er bat einen Bekannten, den Brief für ihn niederzuschreiben, und übergab ihn den Japanern.
Sobald der Brief weg war, bereute er es. Er kannte doch den Charakter seines Verwandten und wußte, wie stark und konsequent er war. Wenn der nun nach dem Brief noch weniger dazu bereit war, mit den Japanern zu kooperieren, hätte er dann nicht seinen Enkel umgebracht?
Erneut sprach er bei den Japanern vor und bat darum, Herrn Qian besuchen zu dürfen. Wenn er ihn träfe, könnte er ihm alles erklären, und er würde ihm verzeihen. Aber die Japaner schüttelten den Kopf.

96

Deutschland kapitulierte bedingungslos.
Die Pekinger Zeitungen wagten nicht, die Ursachen der Kapitulation zu erörtern, sondern versuchten die Aufmerksamkeit mit der Beteuerung abzulenken, die Kaiserliche Armee Japans werde bis zum Ende kämpfen. Selbst wenn die Alliierten in

japanisches Mutterland eindringen würden, Japan würde nicht aufgeben. Diese ständigen Beschwörungen eines »Heiligen Krieges« wurden bis zum Überdruß wiederholt.
Die in Peking lebenden Japaner waren aus Leibeskräften bemüht, sich mit Chinesen anzufreunden, jetzt nicht mehr auf Anweisung von oben, sondern aus eigenem Antrieb. Einige gingen sogar so weit, Schwurbrüder von Chinesen zu werden, oder suchten sich alte Pekinger Damen als »Adoptivmütter«.
In dieser Phase demonstrierte die japanische Armee ihre Milde, indem sie ein paar Gefangene, die noch nicht völlig tot waren, freiließen. Daneben wählten sie einige junge Chinesen in den Gefängnissen aus, deren Knochen noch heil waren, ließen sie Geständnisse schreiben und schickten sie dann ins Innere des Landes, wo sie die Haltung zum Frieden in Erfahrung bringen und Gerüchte über Frieden verbreiten sollten. »Die japanische Armee liebt den Frieden. Wie schön wäre es, wenn China und Japan jetzt Frieden schlössen und gemeinsam gegen England und Amerika kämpften.«
Aber auch die Verräter rührten sich. Sie beherrschten die hohe Kunst, das Ruder herumzuwerfen, sobald sich der Wind drehte. Die Kapitulation Deutschlands spornte sie zu reger Betriebsamkeit an. Einige verkündeten umgehend, sie hätten sich scheiden lassen, so daß ihre Frauen und Kinder den Besitz behalten könnten, falls sie selbst der schlimmsten Strafe nicht entgingen. Andere sandten ihre Kinder ins (unbesetzte) Innere des Landes, um so in jedem Boot einen Fuß zu haben und ihre Schuld zu mildern. Wieder andere schickten Freunde oder enge Verwandte ins Innere, wo sie sich den Chinesen anschließen sollten, um ihren eigenen Verrat als Untergrundarbeit für China hinzustellen.
Auch Amtsvorsteher Niu in der kleinen Schafhürdengasse, im Haus mit den vier Weidenbäumen vor dem Tor, der niemals zugegeben hatte, ein Verräter zu sein, blieb nicht unberührt davon. Er konnte sich nicht länger hinter Büchern und Meßinstrumenten vergraben, sondern suchte heimlich aus Peking zu fliehen. Er kam nur bis zum Bahnhof am Vordertor, dort wurde er von den Japanern ergriffen und eingesperrt.
Aufgrund der milden Anwandlungen kam auch Haarbüschel Fang-Sechs frei. In der Schafhürdengasse interessierte man

sich mehr für die Freilassung von Fang-Sechs als für die Verhaftung von Amtsleiter Niu. Wie ein Bienenschwarm umringten die Leute Fang-Sechs und bekundeten ihr Mitgefühl. Als er verhaftet worden war, hatte ihnen zwar der Mut gefehlt, eine Bürgschaft für seine Freilassung zu unterschreiben, doch nun, da er frei war, wollte ihm keiner die kalte Schulter zeigen.

Fang-Sechs war nicht mehr der, den sie gekannt hatten. Er erzählte nicht mehr bei jeder Gelegenheit lustige Geschichten. Er war im Gefängnis gewesen, hatte Tod und Folter gesehen.

Um seinen Lebensunterhalt zu bestreiten, begann er wieder Geschichten zu erzählen, aber er ging mit hängendem Kopf los und kam genauso wieder zurück. Zum Rundfunk konnte er nicht gehen, und auch die Teehäuser engagierten ihn nicht mehr. Für ein paar Kupferlinge erzählte er im Vergnügungspark an der Himmelsbrücke oder auf den Tempelmärkten in der Ost- und der Weststadt unter freiem Himmel seine Geschichten.

Um seinem Haß Ausdruck zu verleihen, gebrauchte er die giftigsten Worte. Er brachte seine Zuhörer nicht nur zum Lachen, sondern nutzte die Gelegenheit, um sich ironisch und sarkastisch zu aktuellen Ereignissen zu äußern und damit den Patriotismus der Zuhörer anzustacheln.

Die verstanden seine Anspielungen und Vergleiche sehr gut, so daß er, wenn er seine Geschichten erzählte, stets von einer dichten Menge umgeben war, durch die nicht einmal der Wind drang. Alle hörten seine Späße und Geschichten gern, die Kraft und Mut ausstrahlten und ihren Haß bestärkten.

Er ging sogar zu Ruixuan, um sich die neuen Begriffe aus den Zeitungen und ihm unverständliche Nachrichten erklären zu lassen. Ruixuan übernahm gern die Rolle des freiwilligen Lehrers, aber er warnte Fang-Sechs, nicht zu oft zu kommen, und schlug vor, sich lieber unterwegs zu unterhalten, wenn er zur Schule ging oder zurückkam. Seit er Herrn Qians Arbeit mit den illegalen Schriften übernommen hatte, mußte er besonders vorsichtig sein. Käme Fang-Sechs zu häufig und sähe das John Ding, gab das bestimmt Ärger.

So wie Ruixuan Fang-Sechs mochte, so verabscheute er John Ding. Seit der von der Kapitulation Deutschlands gehört hatte, kam er dauernd angerannt. Ruixuan fürchtete vor allem, daß er seine Manuskripte entdecken könnte, wagte aber nicht, ihn abzuwimmeln. John Ding glaubte, daß Deutschland nur vor England kapituliert habe. Er wußte nicht viel über das Weltgeschehen, hatte aber zu allen internationalen Ereignissen seine eigenen Ansichten.

Nach England hegte er die meiste Bewunderung für Deutschland. Wahrscheinlich wegen der deutschen Fahrräder und Farben. »Neben den englischen Waren muß man vor allem die deutschen Marken als die besten betrachten«, pflegte er in die Unterhaltung einzustreuen, um zu zeigen, daß er etwas vom internationalen Geschehen verstand.

Zu Ruixuan mußte er unbedingt gute Beziehungen pflegen. Um Himmels und aller Güter willen! Wenn nun das Englische Amt eines Tages doch wieder öffnete und Ruixuan dort erzählen würde, er hätte es mit den Japanern gehalten – wie sollte er das überstehen? Er sprach mit Ruixuan darüber, um wieviel stärker England als Deutschland war. Er brachte es auch fertig, Ruixuan zu fragen: »Angenommen, Japan wird auch geschlagen, sollten wir dann nicht alle Japaner in Peking umbringen?«

Ruixuan enthielt sich jeder Antwort, wünschte sich aber nichts sehnlicher, als den Kerl mit einem kräftigen Tritt hinausbefördern zu können.

Da Ruixuan nichts sagte, nahm John Ding an, er habe recht, und fügte schnell hinzu: »In unserer Schafhürdengasse bin ich der Obmann, also warten wir ab. Ich werde es den Leuten aus Nummer eins und drei schon zeigen! Herr Qi, Sie sind mein Zeuge, daß ich immer, von Anfang bis Ende, ein Mann des Englischen Amtes war. Sollte Mr. Goodrich zurückkommen, kann ich dem alten Herrn wieder dienen, nicht wahr?«

Ruixuan war klar, sagte er »ja«, würde John Ding sich augenblicklich verbeugen und ihn bitten, ein gutes Wort für ihn einzulegen, als hinge es allein von ihm ab, ob er im Englischen Amt wieder eine Stelle bekäme. Sagte er aber »nein«, würde John Ding genauere Erklärungen verlangen, wozu er überhaupt keine Lust hatte.

Cheng Changshun brachte Ruixuan die Nachricht, daß Japaner vor kurzem begonnen hätten, Sachen zu verkaufen. Er selbst hätte nichts gekauft, wolle mit ihnen nichts zu tun haben, aber habe gesehen, wie andere Händler alles aufkauften. »Herr Qi, daraus kann man doch schließen, daß die Japaner drauf und dran sind zu verlieren. Sie verkaufen ihren Mist, um ein bißchen Geld für die Rückkehr zusammenzubekommen.«
Ruixuan konnte Changshun nur zustimmen.
»Herr Qi, haben Sie bemerkt, daß die Japaner«, Changshun näselte stark, »seit der Kapitulation Deutschlands ihr Verhalten geändert haben? Jetzt verbeugen sie sich vor uns und lächeln uns zu. Und die aus Nummer drei halten ihr Tor immer geschlossen, die haben wohl Angst, es könnte einer hereinkommen und sie umbringen.«
Eines Tages bekam Ruixuan einen erstaunlichen Brief. Der trug zwar eine falsche Unterschrift, aber er erkannte auf den ersten Blick die Schrift des Bruders. Er wunderte sich, daß der Dritte es wagte, ihm den Brief auf diese Weise ins Haus zu schicken. Sonst waren seine Briefe immer über geheime Kanäle, nie mit der Post gekommen. Nachdem er ein paar Sätze gelesen hatte, beruhigte er sich. So ein Brief konnte keinen Verdacht erregen, selbst wenn er kontrolliert würde.
»Habe unsere dicke Schwägerin am Luomahu gesehen. Ihre Sachen wurden alle konfisziert, sie muß jetzt ihren fetten Körper verkaufen. Sie hatte offene Wunden an den Händen. Ich bedauere sie nicht und verhöhne sie nicht, sie macht es nicht mehr lange.«
Ruixuan nahm an, daß er Dickmadam meinte, wußte auch nicht, wo sich dieser Luomahu, See der ertränkten Pferde, befand, erriet aber, daß es kein ehrenwerter Ort sein konnte. Fang-Sechs sagte ihm, das sei die Gegend der schlimmsten Bordelle in Tianjin.
Während die Japaner in Peking emsig dabei waren, sich Adoptivmütter zu sichern und ihre Sachen zu verkaufen, bemühten sich die Chinesen in Japan mit allen Mitteln, nach China zurückzukehren. Japan war von schweren Luftangriffen getroffen. Sie alle, ob Kollaborateur oder Student, hatten keine Lust, Leben und Geld in Japan zu verlieren. Angesichts der Bomben erinnerten sie sich ihres Heimatlandes.

Wer aus Peking früher gern nach Japan gegangen wäre, fürchtete jetzt, dorthin geschickt zu werden. Das Leben schien auf einmal wichtiger als alles andere. Wer ging schon freiwillig dahin, wo es Bomben hagelte.
Nur Lan Dongyang sehnte sich nach wie vor danach. Während seiner langen Krankheit betreuten ihn ein japanischer Arzt und eine Krankenschwester. Der Arzt war den Militärs unterstellt und konnte ihn auf deren Befehl hin leben oder sterben lassen. Hätte Lan Dongyang im Fieber irgendeine Unzufriedenheit mit den Japanern offenbart, hätte ihm der Arzt ein Gift verabreichen können, das seine Augäpfel auf immer nach oben verdrehte. Lan Dongyang aber rief noch im Delirium: »Hoch lebe der Tenno!« Das rührte den Arzt und die Krankenschwester nicht nur, es veranlaßte sie auch zu einem positiven Bericht, in dem sie ihn als dem Tenno zutiefst ergeben priesen. Sie behandelten ihn sorgfältig und taten alles, ihn zu heilen.
Lan Dongyang fürchtete noch immer Ruiquans Patrone. Nach seiner Genesung wollte er sich nach Japan absetzen, um dieser Bedrohung endgültig zu entgehen. Wegen seiner Krankheit wurde der Posten des Abteilungsleiters im Neuen Bürgerkomitee an einen anderen vergeben. Das machte nichts, Arzt und Krankenschwester versicherten ihm, in Japan bekäme er sofort einen noch höheren Posten.
Wegen der Verhaftung von Amtsvorsteher Niu war der Posten im Schulamt frei geworden. Die Japaner dachten an Lan Dongyang. Er war ihr treuer Diener und ergebener Lakai. Seine großen Leistungen waren dokumentiert, sie konnten ihm absolut vertrauen.
Wirklich, Lan Dongyang hätte gern dem Schulamt vorgestanden, aber er mußte zuerst nach Japan, um das dortige Erziehungswesen zu studieren. Vielleicht würde Ruiquan unterdessen geschnappt und umgebracht, dann konnte er immer noch zurückkehren und das Amt übernehmen. Außerdem, vielleicht heiratete er in Japan eine Japanerin. Wäre er dann nicht mit der Kaiserlichen Familie verschwägert?
Lan Dongyang reiste nach Japan ab.
Nachts verließ er, verkleidet und von zwei Geheimpolizisten beschützt, heimlich Peking. Er hatte Angst, auf dem Bahnhof

Aufsehen zu erregen, denn dann hätte sicherlich Ruiquan eingegriffen und ihn womöglich erschossen.
Die ihn verabschieden wollten und ein Geschenk für ihn vorbereitet hatten, wurden enttäuscht. Sie blickten einander an und seufzten: »Der Lan Dongyang ist schon einer. Der traut sich was, der geht trotz des täglichen Bombardements nach Japan. Das nennt man einen ganzen Kerl. Das ist nichts für uns. Wir würden zwar auch gerne in Luxus schwelgen, fürchten aber, uns beim heißen Essen den Mund zu verbrennen.« Ihnen kam gar nicht in den Sinn, daß Lan Dongyang vielleicht nie zurückkehren würde. Er kam durch die Atombombe um. Seine Knochen wurden in alle Winde verstreut.
Die Wissenschaft hatte alle Bereiche menschlichen Denkens überschritten und die Atombombe erfunden. Doch die Atomenergie zuerst für den Krieg genutzt zu haben, bleibt die größte Schande der Menschheit. Sie bescherte Lan Dongyang die Begegnung mit einer tödlichen Waffe, tückischer und ruchloser als er. Es war sein folgerichtiges Ende.

97

Wenn sich die Schrecken des Krieges in Kinderaugen widerspiegeln konnten, dann in denen von Niuniu.
Durch den Hunger war sie weder zum Laufen und Springen noch zum Spielen in der Lage. Ihr Hals war so dünn und wirkte so lang, daß er außerstande schien, ihren Kopf zu halten, obwohl in ihrem Gesicht kaum noch Fleisch war. Hose und Kittel, alt, abgetragen und zu kurz, rutschten trotzdem, da Niuniu nur noch aus Haut und Knochen bestand.
Als sie das Mehl zurückwies, schienen ihre kleinen Augen der Familie eine gewisse Würde kundzutun: Sie aß nicht, was Hunde und Schweine ablehnten. Ihre Entscheidung war unwiderruflich. Niemand konnte sie zwingen. Und deshalb wollte sie auch niemand schelten. Der Zorn in ihren Augen stand für den Haß aller auf die Japaner.
War ihr Zorn vorüber, blickte sie mit halbgeöffneten Augen verstohlen auf ihre Angehörigen, als wolle sie sich entschuldigen und um Verzeihung bitten. »In diesen schlimmen Zeiten

sollte ich eigentlich nicht wütend werden«, stand in ihren Augen geschrieben. Dann schloß sie sie wieder und verbarg ihren ganzen Kummer in ihrem kleinen Herzen. Auch dann wußte sie, daß die Erwachsenen häufig nach ihr sahen und heimlich Tränen vergossen. Sie wußte um deren Mitgefühl und Liebe, deshalb beherrschte sie sich und weinte nicht laut. Sie mußte die Schmerzen brav ertragen. Der Krieg lehrte sie, geduldig zu leiden. Wenn sie ein Weilchen gedöst hatte, öffnete sie die Augen und zwang sich zu einem Lächeln. Blinzelnd machte sie sich vor, eine brave Niuniu zu sein, die lächelte, sobald sie nur die Augen aufschlug. So machte sie sich bei allen beliebt.

Hatten die Erwachsenen durch einen glücklichen Zufall etwas für sie zu essen ergattert, riß sie ihre Augen weit auf und freute sich, denn dieser Bissen bedeutete Leben. Ihre Augen strahlten, als wolle sie gleich zu singen anfangen. Hatte sie aufgegessen, blitzten ihre Augen wie die Sonne nach langem Regen, als wollten sie sagen: »Wie leicht ist man doch zufriedenzustellen! Mit ein bißchen Essen ist man glücklich und kann weiterleben!« In solchen Momenten erinnerte sie sich an die Geschichten, die Großmutter ihr erzählt hatte.

Doch bald schwand das Lächeln aus ihren Augen ganz. Sie war nicht satt geworden und wollte mehr. Wie klein das Stück Melone oder der Shaobing war! Warum bekam sie nur so kleine Stückchen? Aber sie fragte nicht. Sie wußte, daß ihr Bruder nicht einmal solch ein kleines Häppchen bekommen hatte.

Ruixuan wagte nicht, die Tochter anzusehen. Die britische und amerikanische Flotte näherten sich dem japanischen Territorium. Er wußte, der Kriegsgott des Ostens würde in Kürze bedingungslos kapitulieren wie Deutschland und Italien. Er sollte sich glücklich schätzen. Aber was nützte der Sieg über Japan, wenn er nicht in der Lage war, seine Tochter zu retten? War das Leben einmal vorbei, kehrte es nicht mehr zurück. Was hatte Niuniu verbrochen, daß sie so sterben mußte?

Der alte Herr hatte keine Kraft mehr, sich um irgend etwas zu kümmern, er konnte sich nur noch um Niuniu sorgen. Die ältesten und die jüngsten Herzen kommen am ehesten zueinander. Immer wenn Yunmei etwas anderes als dieses Gemisch für ihn ergattert hatte, würdigte er es keines Blickes und sagte: »Gib es Niuniu, für mich ist es Zeit zu sterben, aber Niuniu ...«, und stöhnte tief. Selbst wenn Niuniu das bißchen bekam, blieb es fraglich, ob sie davon wieder kräftig und gesund würde. Er dachte an seinen Sohn, der gestorben war, und an dessen beide Söhne, die verschwunden waren. Was, wenn der letzten der vier Generationen in seinem Hause etwas zustieße?! Konnte er nachts nicht schlafen, betete er häufig: »Alter Herr im Himmel, nimm mich zu dir, aber um Himmels willen, erhalte Niuniu der Familie Qi.«

Yunmeis mütterliche Augen sahen die Gefahr seit langem, aber sie durfte die Anzeichen nicht überbewerten und die Alten dadurch noch mehr beunruhigen. Im Gegenteil, sie gab sich oft gelassen. »Es ist nichts Ernstes. Niuniu ist ein kleines Mädchen, und die sind zäh.« Aber sie tat nur so. In Wirklichkeit litt sie mehr denn je. Niuniu war ihr Kind. In ihren Zukunftsplänen stand sie im Mittelpunkt all ihrer Hoffnungen. Schloß sie die Augen, konnte sie Niuniu zu einer schönen jungen Frau heranwachsen sehen, sah ihre Hochzeit, ihre Söhne und Töchter, und sich selbst als Großmutter, eine würdige, angesehene alte Frau.

Wirklich wichtig war Xiao Shun. Er hatte die Ahnenreihe der Familie Qi fortzusetzen. Doch er war ein Junge. Yunmei konnte sich nicht in ihn hineinversetzen, mit ganzem Herzen für ihn denken und sein Leben planen. Niuniu dagegen war ein Mädchen, dessen Zukunft sie sich aufgrund ihrer eigenen Erfahrungen vorstellen konnte. Mutter und Tochter brauchten einander.

Yunmei wagte nicht zu denken, daß Niuniu sterben könnte. Stürbe sie aber tatsächlich, wäre auch Yunmei zur Hälfte tot. Der alte Herr und Tianyous Frau konnten sterben, aber Niuniu mußte weiterleben. Alte Leute waren wie Blätter im Herbst, war ihre Zeit gekommen, fielen sie ab. Aber Niuniu war eine frische Blütenknospe. Yunmei wollte sie in ihre Arme schließen, wie sie es getan hatte, als sie wenige Monate alt war. Sie würde Niuniu zu gern wieder an ihrer Brust saugen lassen und dabei ihre Händchen und Füßchen liebkosen.

Niuniu war immer bei ihrer Großmutter. Die beiden, die eine alt, die andere jung, waren unzertrennlich wie ein Körper und sein Schatten. Das Leben der Großmutter schien keinen anderen Sinn zu haben, als für Niuniu zu sorgen und sie zu trösten. Yunmei konnte ihr Niuniu nicht wegnehmen. Manchmal war sie richtig eifersüchtig und hätte sie ihr gern entrissen. Aber sie wußte, daß die Schwiegermutter keine Tochter hatte, Niuniu war ihre Enkelin und ihre Tochter zugleich. Daher mußte Yunmei sie trösten: »Es ist nichts Schlimmes mit Niuniu, sie ist nicht ernstlich krank.« Es war, als sei Niuniu gar nicht ihre Tochter, sondern nur die Enkelin ihrer Schwiegermutter.

Während das kleine Menschlein zwischen Leben und Tod schwebte, erhielt Ruixuan so viele gute Nachrichten vom Dritten, daß er sie gar nicht alle verwenden konnte. Die dritte amerikanische Flotte griff die Tokyo-Bucht an. Rußland, Amerika und England hatten das Potsdamer Abkommen unterzeichnet. Die erste Atombombe war auf Hiroshima gefallen.

Es war heiß. Ruixuan schwitzte Tag und Nacht über den Manuskripten, um auszuwählen, aufzunehmen, zu versenden und neue zu erhalten. Er gab sich gelassen, aber seine Augen glänzten, und sein Herz schlug schneller. Er vergaß die Schwäche seines Körpers, spürte grenzenlose Energie, wollte nicht einen Augenblick müßig sein. Am liebsten hätte er gesungen, um das Ende der größten Tragödie der Menschheit zu feiern.

Neben der Verbreitung der Siegesbotschaften hätte er gern seine Vorstellungen von der zukünftigen Welt niedergeschrieben. Er hoffte, daß nach dieser blutigsten aller Lektionen nie wieder jemand versuchen würde, Konflikte durch Gewalt zu lösen. Aber er schrieb das alles nicht auf. Dafür war sein Untergrundblatt zu klein.

Doch er sprach darüber mit seinen Schülern. Er sah die Menschheit als Sklaven der Waffen, das war furchtbar. Aber er war glücklich, daß die Menschheit in der Lage war, nach dem Krieg Frieden zu schließen. Konnte die Menschheit entwaffnet und die Versklavung beendet werden, gäbe es Hoffnung auf Frieden.

Sah er dann aber Niuniu, gefror ihm das Herz. Niuniu ließ ihm keinerlei Hoffnung auf eine Zukunft. Innerlich flehte er: »Der Sieg steht kurz bevor. Niuniu, du darfst nicht sterben!

Halte noch ein halbes Jahr durch oder einen Monat oder wenigstens zehn Tage, Niuniu, dann erlebst du den Frieden!«
Sein Flehen zeitigte nicht den kleinsten Erfolg. Auch der Sieg konnte Niuniu nicht retten. Der Sieg war nur das Ende des Krieges, aber er konnte die Toten nicht lebendig machen und die Schwerverwundeten nicht vor dem Sterben bewahren.
Wenn Niuniu gar nicht anders konnte und etwas von diesem gepanschten Mehl zu sich nahm, spülte sie es stets mit viel Wasser oder Suppe hinunter. Sand und Schalen setzten sich in ihrem Blinddarm fest. Der entzündete sich. Krampfartige Schmerzen ließen ihren Körper sich wie zu einem Ball krümmen, als ob alle Schmerzen dieses acht Jahre währenden Krieges an einer einzigen Stelle zusammenträfen. Kalter Schweiß überzog ihren Körper und durchnäßte ihren alten Kittel und die schlackernde Hose. Sie schrie mehrmals durchdringend auf. Ihre Lippen wurden blau, die Augen verdrehten sich. Die Familie stand um sie herum, aber keiner wußte, was er tun sollte. Es war wie im Krieg, wo auch niemand einen Ausweg wußte.
Der Urgroßvater rief die bewußtlose Niuniu: »Niuniu, Liebe, wach auf, Niuniu, wach auf!«
Niunius dünne Beine, so dünn wie Gaoliang-Stengel, streckten sich. Tianyous Frau und Yunmei stürzten hinzu, um sie hochzunehmen. Yunmei ließ die Schwiegermutter vor. Die nahm ihre Enkelin in die Arme und rief leise: »Niuniu, Niuniu.« Die Kleine war völlig entkräftet und atmete keuchend.
»Ich hole einen Doktor.« Wie aus einem Traum hochgeschreckt, rannte Ruixuan los.
Beim nächsten Schmerzanfall krümmte sich Niuniu mit letzter Kraft in den Armen der Großmutter. Die konnte sie nicht mehr halten und legte sie aufs Bett zurück.
Niunius kleiner unterernährter Körper konnte der Entzündung nicht widerstehen. Sie krümmte sich noch einige Male, dann verdrehte sie die Augen und rührte sich nicht mehr.
Tianyous Frau legte ihre Hand auf Niunius Mund. Es war kein Atem mehr zu spüren. Niuniu öffnete nicht ihre Augen, um ihre Großmutter anzuschauen oder mit ihrer süßen Stimme zu rufen: »Ma!« Tianyous Frau brach Schweiß aus. Sie hielt ihre Hand noch ausgestreckt, konnte sich aber weder bewegen noch

weinen. Völlig erstarrt stand sie vor dem Bett, ihr Kopf war leer. Vor lauter Schmerz hatte sie vergessen, wie man weint.
Als sich Niuniu nicht mehr bewegte, stürzte sich Yunmei über ihre kleine Tochter, umarmte den reglosen, noch von Tränen und Schweiß bedeckten kleinen Körper. Sie drückte ihre Lippen nur auf die kleine Brust und rief verzweifelt: »Niuniu, mein Fleisch und Blut.« Xiao Shun schluchzte auf.
Zitternd und schwankend setzte sich der alte Herr Qi auf einen Stuhl und ließ lange den Kopf hängen. Im Raum war nur Yunmeis Flüstern und Shunchens Weinen zu hören. Nach einer langen Weile stand er plötzlich auf und ging langsam, aber entschlossen hinüber zum Bett. Er faßte Yunmei an den Schultern und suchte sie wegzuziehen. Die umklammerte Niuniu. Ihre kleine Tochter war von ihr geboren worden, jetzt würde sie am liebsten wieder mit ihr verschmelzen.
Halb ärgerlich, halb flehend sagte der alte Mann: »Geh, geh weg!«
Als Yunmei die Stimme des Großvaters vernahm, schrie sie verzweifelt: »Was wollen Sie?«
Der alte Mann zog weiter an ihr, sie fiel auf den Boden. Er nahm Niuniu auf und lief, ihren Namen rufend, zur Tür. »Niuniu, komm mit deinem Urgroßvater!« Niunius einzige Antwort war ein leichtes Schaukeln ihrer Beine.
Taumelnd schleppte der alte Mann Niuniu in den Hof. Schweiß tropfte von seiner Stirn. Sein kurzer Kittel, an dem nur zwei Knöpfe zugeknöpft waren, ließ ein Stück seiner derben, festen Brust sehen. Unterhalb der Stufen blieb er stehen. Er schnappte nach Luft, als fürchte er zu vergessen, was er vorhatte. Er faßte Niuniu noch fester und rief wieder leise: »Niuniu, komm mit mir, komm!«
Die leisen Rufe des alten Mannes lockten auch Tianyous Frau heraus. Starr geradeaus blickend, folgte sie dem Schwiegervater mit steifen Bewegungen wie ein Automat, als habe er nicht Niuniu, sondern sie gerufen.
Inzwischen hatten Yunmeis Schrei und Xiao Shuns Weinen einige Nachbarn herbeigerufen.
John Ding in seiner Eigenschaft als Obmann führte die Gruppe an, und seine Haltung zeigte, wenn hier etwas gesagt werden mußte, war er derjenige, der es aussprach.

Großmutter Li war inzwischen fast blind, aber ihre warmherzige Hilfsbereitschaft und Aufrichtigkeit hatten nicht nachgelassen. Auf einen Stock gestützt war sie unablässig unterwegs, anderen Leuten zu helfen, als ob sie nach dem Tode ihres »alten Kerls« allein verantwortlich sei für all die Hilfeleistungen.

Cheng Changshun stand mit dem Sohn im Arm hinter Großmutter Li. Er wirkte jetzt wie ein Mann in mittleren Jahren. Der Sohn war nicht besonders kräftig, aber ein braves Kind.

Die Witwe Ma kam nicht mit hinein. Obwohl sie sehr beunruhigt war, weil sie vermutete, das Wehklagen könne von den Qis kommen, wartete sie geduldig vor dem Tor auf Changshun, der ihr alles erzählen würde.

Haarbüschel Fang-Sechs stand mit vielen anderen schweigend im Hof.

Der alte Herr Qi lief zielgerichtet, aber langsam weiter. Um nicht zu stolpern, setzte er die Füße bedächtig nach links und rechts.

Da betrat Ruixuan mit dem Doktor den Hof. Hinter der Geistermauer sah er die Nachbarn stehen. Er bahnte sich einen Weg und stand direkt vor dem Großvater. Der Arzt trat hinzu und nahm Niunius Handgelenk, das bereits steif wurde.

Plötzlich hielt der Alte inne, hob den Kopf und erblickte den Doktor. »Was wollen Sie?« ächzte er böse.

Der Arzt beachtete den Alten nicht, ruhig sagte er zu Ruixuan: »Das Kind ist tot.«

Ruixuan schien es nicht zu hören, mit Tränen in den Augen trat er hinzu und nahm den Arm des Großvaters. Der Arzt ging wieder.

»Großvater, wohin willst du mit Niuniu? Sie ist schon ...« Das Wort »tot« blieb ihm im Halse stecken.

»Mach Platz!« Der alte Mann konnte sich kaum auf den Beinen halten, drängte aber weiter. »Ich will zu den japanischen Teufeln in Nummer drei, ihnen das zeigen. Sie haben uns das Getreide genommen. Ihre Kinder haben zu essen, aber meine Urenkelin haben sie verhungern lassen. Ich will ihnen das zeigen. Geh zur Seite!«

98

Während sich der alte Herr abmühte, verbarrikadierten die Japaner aus Nummer drei ihr Tor wie für einen Straßenkampf. Sie hatten die Nachricht von der Kapitulation Japans erhalten und waren schockiert. Als ihre Generäle den Krieg entfesselten, fehlte ihnen der Mut, sie aufzuhalten. Als die Schlachten erfolgreich verliefen, vergaßen sie die Schuld am Krieg, fühlten nur Genugtuung und Ruhm. Hätten sie auch selbst niemanden töten wollen, so hatten ihre Soldaten doch unzählige Chinesen ermordet.

Nachdem sie das Tor verriegelt und verbarrikadiert hatten, zogen sie sich alle in einen Raum zurück und weinten lautlos. Der Krieg war jetzt ein Alptraum. Ruhm und Privilegien waren plötzlich verschwunden, sie mußten das schöne Peking und ihre bequemen Häuser verlassen, ihr angenehmes Leben aufgeben, wurden wie Gefangene in ihr eigenes Land abtransportiert. Und es bestand sogar Lebensgefahr, falls die chinesischen Nachbarn nun Vergeltung übten.

Während sie leise weinten, lauschten sie auf Geräusche von draußen. Käme die Nachricht von der Kapitulation den Chinesen zu Ohren, würden die dann nicht mit Schwertern, Speeren und Stangen ihr Tor aufbrechen und ihnen die Köpfe einschlagen? Sie dachten nicht an ihre Mitschuld an diesem Krieg, sondern nur an Schande und Schrecken der Niederlage.

Die alte Japanerin in Nummer eins öffnete beide Hälften ihres Tores. Dann lächelte sie, als spräche sie zu sich selbst: »Sollen sie kommen, die sich rächen wollen. Wir haben euch acht Jahre unterdrückt, nun könnt ihr euch rächen. Das wäre nur gerecht.« Vom Hof aus blickte sie auf den großen Schnurbaum draußen. Sie empfand keine Freude über die Niederlage der japanischen Armee, aber auch keine Scham. Von Anfang an war sie gegen den Krieg und wußte seit langem, daß jemand, der blindlings auf Gewalt vertraut, Unglück über sich selbst bringt. Ruhig stand sie im Eingang. Sie fühlte nur Trauer. Der Krieg war vorüber, aber was war mit den Tausenden und Abertausenden Toten?

Sie ging hinaus, mußte den Nachbarn sagen, daß Japan kapituliert hatte. Daran war nichts Beschämendes. Die Kapitulation war vielmehr das unausweichliche Ergebnis der Anbetung von Gewalt. Sie konnte diese Wahrheit nicht verleugnen, nur weil sie Japanerin war. Gleichzeitig sollte sie Freundschaft schließen mit den Chinesen, Freundschaft, die nicht auf Haß und Vergeltung beruhte.

Draußen steuerte sie unwillkürlich auf das Tor der Familie Qi zu. Sie hatte stets gespürt, daß der alte Herr Qi eine gewisse Autorität darstellte, doch sie verstand Ruixuan besser. Ruixuan sprach Englisch mit ihr, sein Verhalten und sein Wissen flößten ihr Respekt ein, sie mochte ihn. Sie war in der Welt herumgekommen, er hatte Peking nie verlassen, kannte aber alles, was sie kannte.

Gerade als sie die Schwelle zum Tor der Qis betrat, bog der alte Herr Qi mit Niuniu im Arm um die Geistermauer. Ruixuan stützte ihn. Die Japanerin blieb stehen. Sie sah sofort, daß Niuniu tot war. Sie hätte die Familie Qi trösten wollen und mit Ruixuan gern über die künftigen Beziehungen zwischen Japan und China gesprochen. Aber sie erblickte einen halbtoten alten Mann mit einem toten Kind im Arm – als ob das halbtote China Tausende und Abertausende seiner toten Kinder im Arm hielte. Worin bestand der Unterschied zwischen Sieg und Niederlage? Was war gut an diesem Sieg? Der Tag des Sieges war gleichsam auch ein Tag des Fluchs und der Tränen. Die Schande der Kapitulation hatte sie nicht verzagen lassen, aber Niunius Tod kostete sie ihr Selbstvertrauen und ihren Mut. Sie wandte sich um.

Die Augen des alten Herrn wanderten von Niuniu zum Tor. Es schien, als erkenne er das Tor nicht wieder, durch das er tausendmal ein und aus gegangen war, als sei es jetzt nur ein Durchgang, den er passieren mußte, um zu den Japanern zu gelangen. Da sah er die alte Dame.

Die Japanerin liebte, wie der alte Mann, den Frieden, sie hatte eine ganze Generation ihrer Familie verloren, hätte ohne ein Gefühl von Schande auf den alten Mann zugehen können. Aber ein Aggressionskrieg macht Militärs arrogant, und Menschen mit Gewissen bringt er Schuldgefühle. Trotz allem war sie eine Japanerin und hatte das Gefühl, in gewisser Weise

mitverantwortlich für den Tod der kleinen Niuniu zu sein. Sie ging ein paar Schritte zurück. Vor dem alten Mann fühlte sie sich schuldig.
Ohne anzuhalten und nachzudenken, schrie der alte Mann: »Stehenbleiben! Seht, seht!« Er hob Niunius dünnen Körper in Richtung der Japanerin.
Die alte Dame blieb stehen. Sie wollte sich umdrehen und weglaufen, aber der alte Mann schien sie festzuhalten.
Ruixuan, der den Großvater stützte, rief leise: »Großvater, Großvater!« Er wußte, daß Niunius Tod nichts mit der alten Dame aus Nummer eins zu tun hatte, wußte auch, daß der Großvater die alte Dame stets geachtet hatte. Aber mit dem halbtoten, halbbewußtlosen Großvater konnte er nicht streiten.
Der bewegte sich schwankend vorwärts. Die Nachbarn folgten ihm schweigend.
Als der alte Mann immer näher kam, raffte sich die Japanerin auf. Sie empfand ein wenig Furcht, wußte aber, daß er ein rechtschaffener Mensch war und nur Niunius Tod ihn zu diesem Wutausbruch verleitet hatte. Sie mußte ihnen sagen, daß Japan kapituliert hatte, vielleicht wäre das ein kleiner Trost für sie. Auf englisch sagte sie zu Ruixuan: »Sagen Sie Ihrem Großvater, daß Japan kapituliert hat.«
Ruixuan schien nicht zu verstehen, er wiederholte für sich auf chinesisch: »Japan hat kapituliert?« und blickte die alte Dame fragend an. Die nickte.
Plötzlich begann Ruixuan zu zittern. Bestürzt legte er seine Hand auf Niunius Körper.
»Was hat sie gesagt?« fragte der alte Herr Qi laut.
Niunius kalte Hand festhaltend, blickte Ruixuan in ihr kleines Gesicht und stammelte: »Der Krieg ist aus, aber du, Niuniu...«
»Was hat sie gesagt?« rief der alte Mann wieder.
Schnell ließ Ruixuan Niunius Hand los und blickte den Großvater und die Nachbarn an. Mit Tränen in den Augen lächelte er. Er hätte schreien wollen: »Wir haben den Krieg gewonnen!« Aber leise und wie widerwillig sprach er zum Großvater: »Japan hat kapituliert.« Als er es ausgesprochen hatte, rollten ihm die Tränen übers Gesicht. Die Leiden der vergan-

genen acht Jahre an Körper und Seele schienen ihn wie tausend und abertausend Gewichte zu drücken.

Ruixuan hatte sehr leise gesprochen, aber die Worte »Japan hat kapituliert« erreichten in Windeseile die Ohren aller Nachbarn.

Augenblicklich vergaßen sie den Tod der kleinen Niuniu, vergaßen, den alten Herrn Qi und Ruixuan zu trösten und sich um Yunmei und Tianyous Frau zu kümmern. Jeder wollte irgend etwas tun, etwas sagen. Es schien, als wollten die Leute hinausrennen, um zu sehen, wie der Sieg aussah, als wollten sie den Mund aufreißen und schreien: »Hoch lebe die Chinesische Republik!« Selbst der alte Herr Qi schien vergessen zu haben, was er soeben tun wollte, er konnte nur verwirrt von einem zum anderen schauen. Leid, Freude, Verwirrung mischten sich zu einem unbeschreiblichen Durcheinander.

Plötzlich richteten sich alle Blicke auf die Japanerin. Sie war nicht mehr die friedliche alte Dame mit Idealen, sie kam aus Japan und war das Symbol für Gewalt, Invasion und Massaker. Aller Augen sprühten vor Haß, Blicke durchbohrten sie. Was sollte sie tun? Sie konnte sich nicht mit Worten verteidigen. Sie wußte, daß sie keine Schuld trug, konnte es aber nicht aussprechen. Es schien, als müsse sie für einen Teil der Verbrechen büßen, die von den japanischen Militärs begangen worden waren. Ungeachtet der Tatsache, daß ihre Ideale die Grenzen von Nationen und Völkern überwanden, war sie durch ihre Zugehörigkeit zu Japan mitschuldig an deren Verbrechen.

Sie sah die Leute vor sich und stellte plötzlich fest, daß sie sie nicht kannte. Es waren nicht mehr ihre Nachbarn, es waren Leute, die sie haßten und sie vielleicht sogar umbringen würden. Es waren freundliche und umgängliche Leute, aber wer garantierte, daß sie heute nicht in Wahn verfielen und Rache forderten?

Yunmei hatte zu weinen aufgehört. Sie ging zum Großvater und nahm ihm Niuniu ab. Was hatte der Sieg mit ihr zu tun? Sie wollte nur Niuniu ein wenig länger in ihren Armen halten.

Mit dem kleinen toten Körper ging sie langsam in den Hof, neigte den Kopf zu Niunius dünnem, grauem, ganz ruhigem Gesichtchen und rief mit leiser Stimme »Niuniu«, als ob die nur schliefe.

Der alte Mann machte kehrt und folgte ihr. »Shuns Ma, hast du gehört? Japan hat kapituliert. Shuns Ma, weine nicht mehr. Jetzt kommen bessere Zeiten. Eben noch war ich außer mir vor Kummer. Ich wollte mit Niuniu zu den Japanern. Das war kein guter Gedanke. Xiao Shuns Ma, hol Niuniu ein paar saubere Sachen und wasche ihr das Gesicht. Lege sie nicht mit Tränen in ihren kleinen Sarg, fasse Mut. Bald sind die japanischen Teufel fort, und wir können in Ruhe und Frieden unser Leben leben. Du und der Älteste, ihr seid noch jung, ihr könnt noch mehr Kinder haben.«

Yunmei schien die Worte des Alten und seine Bemühungen, sie zu trösten, nicht zu hören, sie lief weiter und rief leise »Niuniu«.

Tianyous Frau stand noch im Hof. Als Yunmei jetzt kam, folgte sie ihr. Sie wußte wohl, daß Yunmei ihr Niuniu nicht überlassen würde, doch sie folgte ihr wenigstens.

Großmutter Li hatte bei Tianyous Frau gestanden, ohne zu überlegen, ging sie jetzt hinter den beiden Frauen ins Zimmer.

In diesem Moment rief Haarbüschel Fang-Sechs draußen vor der Geistermauer: »Nachbarn, heute sollten wir Rache nehmen.« Seine Worte waren an die Nachbarn gerichtet, seine Blicke auf die Japanerin.

Alle hörten, was Fang-Sechs sagte, verstanden aber nicht, was er meinte. Sie alle waren Pekinger, die Unglück mit Geduld ertragen konnten und nicht an Rache dachten, wenn es vorüber war. Sie richteten sich stets nach den Verhältnissen und dachten nicht daran, sie zu ändern. Selbst wenn der Wind aus der Gegenrichtung blies, blieben sie ihrer unwandelbaren Lebensphilosophie treu. Hinter dieser Philosophie stand der Glaube, daß Böses mit Bösem vergolten würde. Es war also unnötig, den Feinden in den Rücken zu fallen. Wie schrecklich die Japaner auch gewesen sein mochten, sie hatten doch nun kapituliert. Acht Jahre Besetzung, was für eine lange Zeit! Aber verglichen mit sechs- oder siebenhundert Jahren Pekinger Geschichte, was sind da schon acht Jahre? Keiner rührte sich.

Fang-Sechs begann zu erklären: »Wir haben acht Jahre gelitten, keinen Tag waren wir sicher, ob wir unseren Kopf be-

halten würden. Sollten wir ihnen nicht wenigstens heute einen Dämpfer verpassen? Wenn ihr sie schon nicht zu töten wagt, solltet ihr sie nicht wenigstens anspucken?«
Der stets brave und freundliche Cheng Changshun stimmte Fang-Sechs zu. »Richtig, wenn wir sie schon nicht zu töten wagen, sollten wir ihnen wenigstens kräftig ins Gesicht spukken!« näselte er, »los!«
Alle wandten sich der Japanerin zu. Sie hatte nicht verstanden, was sie sagten, sah aber die Feindseligkeit in ihrer Haltung. Sie wollte weglaufen, doch sie rührte sich nicht. Vielmehr richtete sie sich gerade auf und erwartete tapfer den Angriff. Die Beleidigungen und Schläge mußte sie ertragen, nur so konnte sie ihre und der anderen Japaner Schuld abtragen.
Ruixuan hatte die ganze Zeit auf dem Boden gesessen, er war wie von Sinnen. Plötzlich sprang er auf und war mit einem Satz zwischen der Japanerin und der Menge. Sein Gesicht war noch immer ganz blaß, aber seine Augen funkelten. Entschlossen, aber noch freundlich fragte er: »Was habt ihr vor?«
Keiner von ihnen, nicht einmal Fang-Sechs, wagte zu antworten. Chinesen haben Respekt vor gebildeten Leuten. Ruixuan entsprach ihrem Ideal, er war der einzige unter ihnen, der Bildung besaß.
»Habt ihr vor, zuerst diese alte Dame zu schlagen?« Er betonte »alte Dame«.
Jedermann blickte Ruixuan an und dann die Japanerin. Fang-Sechs schüttelte als erster den Kopf. Nein, eine alte Dame wollte keiner schlagen. Ruixuan wandte sich um und sagte zu der Japanerin: »Sie sollten jetzt besser nach Hause gehen.«
Die schluchzte, verbeugte sich vor allen und ging.
Als sie weg war, kam John Ding hinzu. Sofort glaubte Fang-Sechs, er habe Verstärkung erhalten. Denn seit der Niederlage Deutschlands hatte er ihnen stets erzählt, nach der Niederlage Japans sollten sie es den Japanern in Peking ordentlich zeigen.
»John, was meinst du, sollten wir nicht nach Nummer drei gehen und den Japanern eine Lektion erteilen?«
»Was ist los?« John Ding kannte die Nachricht noch nicht.
»Japan ist erledigt, hat kapituliert«, antwortete Fang-Sechs mit lauter Stimme.

John Ding schloß die Augen wie beim Gebet in der Kirche, wenn er »Amen« sagte. Dann machte er wortlos kehrt und rannte davon.
»Wohin gehen Sie?« fragte Ruixuan.
»Ich ... ich muß zum Englischen Amt.«

99

In Chongqing, Chengdu, Kunming, Xian und vielen anderen Städten jubelten, sangen und weinten die Menschen, weil sie glücklich waren. Nur in Peking blieb es ruhig. Die japanischen Soldaten waren noch nicht entwaffnet, ihre Gendarmen patrouillierten noch durch die Straßen.
Schmerz und Leid einer geknechteten Nation kann durch einen Sieg nicht hinweggefegt werden wie Staub vom Tisch. Aber es gab auch eine erfreuliche Nachricht: Die Japaner holten ihre Sonnenbanner ein, die Chinesen hißten ihre Fahnen mit dem blauen Himmel und der weißen Sonne. Es gab zwar keine Demonstrationen, keine Böllerschüsse oder Hochrufe, aber die Fahne mit blauem Himmel und der weißen Sonne spendete den Menschen ein wenig Trost.
Die Weiße Pagode im Beihai-Park stand erhaben da wie immer. Die Lotusblumen in den Seen blühten nach wie vor rot oder weiß und verströmten ihren betäubenden Duft. Die Altäre, Tempel und Paläste strahlten wie eh und je majestätisch in goldenem und grünem Licht. Die alten, dick glasierten Rundziegel auf den Dächern sahen wie neu aus. Doch in Peking herrschte Stille. Der Sieg gab den Pekingern keinen Anlaß, sich zu rühren. Die Japaner hatten übereilt gehandelt, als sie ihre Tore schlossen und blockierten.
Am ruhigsten ging es wohl bei den Qis zu. Ruixuan stützte den Großvater beim Hineingehen. In seiner Stube setzte er sich auf die Bettkante und hielt Ruixuans Hand. Er überdachte die Mühsal der vergangenen acht Jahre und hätte gern laut geflucht, dachte an seine Toten, Sohn, Enkel, Urenkelin und hätte am liebsten laut aufgeheult.
Langsam ließ er Ruixuans Hand los und legte sich hin. Ruixuan rief Xiao Shun und trug ihm auf, dem Urgroßvater Ge-

sellschaft zu leisten. Xiao Shun war froh über diesen Auftrag. Er wagte das Zimmer nicht zu betreten, in dem Niuniu lag, wollte aber auch nicht allein im Hof bleiben. Ohne Niuniu schien hier kein Platz mehr für ihn zu sein. Wenn er beim Urgroßvater war, hatte er wenigstens etwas zu tun. Willig überließ er dem alten Mann seine Hand.

Der schloß die Augen, als wollte er schlafen. Aber aus Shunchens Hand schien Wärme in sein Herz zu strömen. Er fühlte nicht nur, daß er lebte und die Hand seines Urenkels hielt – der Jüngste und der Älteste waren nicht im Krieg umgekommen –, er meinte, auf einer Wolke zu schweben und sich in ihr aufzulösen. Er drückte Xiao Shuns Hand fester. Der Urenkel würde in Frieden leben, Kinder haben, und der Familie Qi würde es nicht an Nachwuchs mangeln. Er drückte Shunchens Hand so kräftig, daß die alte und die junge Hand zu verschmelzen schienen. Dann öffnete er die Augen, als wollte er sagen: »Du und ich, wir sind Anfang und Ende der vier Generationen unter einem Dach, wir müssen beide leben. Was bedeutet schon Krieg, wenn wir noch da sind? Und wenn ich sterbe, mußt du leben und so alt werden wie ich und deine eigenen vier Generationen unter einem Dach haben.«

Als Xiao Shun sah, daß der Urgroßvater die Augen öffnete, wollte er mit ihm reden und fragte ihn: »Bist du wach, Urgroßvater?«

Der alte Mann antwortete nicht, sondern schloß die Augen wieder. Ein schwaches Lächeln umspielte seinen Mund.

Ruixuan lief mehrmals durch den Hof und schaute durchs Fenster ins Zimmer, wo seine Mutter und seine Frau am Kopfende des Bettes saßen, auf dem Niuniu lag. Plötzlich stürzten ihm Tränen aus den Augen, er ging schnell wieder weg und stellte sich unter den Dattelbaum. Sein Kopf schmerzte, er konnte keinen klaren Gedanken fassen. Es schien, als habe Niunius Tod alles zunichte gemacht, wofür er in den letzten acht Jahren gekämpft hatte.

Während Ruixuan noch unter dem Baum stand, betraten Wachtmeister Bai und Herr Jin den Hof. Der Wachtmeister wischte sich mit einer Hand den Schweiß vom Gesicht, die andere streckte er Ruixuan hin. »Herr Qi, wir haben den Sieg errungen!« Er hatte Ruixuans Hand spontan schütteln wollen,

als er aber dessen bekümmertes Gesicht sah, zog er sie zurück. »Was ist passiert, Herr Qi?«
Bevor Ruixuan antworten konnte, sprach Herr Jin: »Herr Qi, Sie müssen mir helfen. Wir haben den Krieg gewonnen, warum gehen wir nicht sofort Herrn Qian und meinen Enkel suchen? Ich bitte um Ihre Unterstützung, wir müssen sie finden.«
Ruixuan wäre gern auf der Stelle mit Herrn Jin losgegangen, um Qian Moyin zu suchen. Aber er konnte sich nicht aufraffen, konnte nicht weggehen und die beiden Frauen mit dem Leichnam allein lassen. Die Mutter konnte in ihrem tiefen Schmerz ohnmächtig werden oder gar sterben. Er wies auf das Zimmer.
Wachtmeister Bai ging hinüber, Herr Jin folgte ihm.
Der Wachtmeister schaute durchs Fenster. Als langjähriger Polizist war er mit den verschiedensten schmerzlichen Lebenssituationen vertraut. Er mußte einen Weg finden, die beiden Frauen zum Weinen zu bringen. Wenn sie Niuniu weiter nur so stumm anstarrten, konnte ein Unglück passieren. Vor allem um Tianyous Frau machte er sich Sorgen.
»Herr Qi, Sie müssen laut weinen«, sagte er leise zu Ruixuan, »wenn Sie anfangen, müssen sie mitweinen. Sie müssen ihren Schmerz laut herausweinen, sonst wird er sie ersticken oder sogar töten.«
Noch bevor sich Ruixuan entschieden hatte, ob er dem Rat des Wachtmeisters folgen sollte, betraten ein Mann und eine Frau den Hof. Der Mann, groß und schlank wie eine hohe, schwarze Pagode, war kräftig gebaut. Das Haar trug er kurz geschnitten wie ein Soldat, das Gesicht war schmal, hart und dunkel, in seinen Augen lag ein Anflug von Genugtuung. Er steckte in einer Studentenuniform, die ihm zwei oder drei Nummern zu klein war, die Jacke reichte kaum bis zur Taille, die Hose nur übers Knie. Obwohl seine Kleidung nach nichts aussah und ihm nicht paßte, trug er sie gelassen und natürlich. Sein Kopf war erhoben, auf den straffen Wangen lag ein Lächeln. Er hielt die Hand der Frau, es war Gaodi.
Gaodi war ebenfalls schlank, was ihre dicken Lippen noch mehr zur Geltung brachte. Auf ihrer kleinen Nase zeigten sich eine Menge Lachfältchen. Ihre Haare waren nicht ge-

wellt, ihre Lippen nicht geschminkt. Sie schien jeden Einfluß von Rotkürbis und Zhaodi abgeschüttelt und ohne Schminke ihr eigenes Ich wiedergefunden zu haben. Auch sie trug den Kopf hoch, als blicke sie auf den Dritten oder in den blauen Himmel.

Als sie die Geistermauer umschritten hatten, rief Ruiquan mit lauter Stimme »Mutter!«, daß sogar Herr Jin zusammenfuhr. Ruiquan hatte nicht absichtlich so laut gerufen, es fuhr ihm einfach nur so heraus. Das Wort, das er so lange nicht gebraucht hatte, sprang wie von selbst über seine Lippen.

»Bruder«, rief nun auch Ruixuan. Einen Moment lang schien er Niunius Tod vergessen zu haben. Ruiquan war wie ein Symbol für Chinas Jugend, für ein tapferes, siegreiches China. Als Ruixuan auf die beiden zuging, erkannte er auch Gaodi. Jeden mit einer Hand haltend, zog er die beiden an sich. Seine Augen füllten sich mit Tränen.

Auch Wachtmeister Bai wollte Ruiquan begrüßen, als er aber sah, daß Ruixuan dessen Hand nicht losließ, trat er still beiseite. Wenn sich Angehörige nach langer Zeit wiedersehen, möchten sie keine Fremden dabeihaben, das wußte er aus Erfahrung. »Gehen wir«, mahnte er Herrn Jin und zog ihn hinaus.

Die Stimme des Dritten schmolz das Eis im Zimmer. Tianyous Frau hatte die ganze Zeit tränenlos auf Niuniu gestarrt. Als sie jetzt Ruiquans Stimme hörte, gab es ihrem Herzen einen Stich, wie wenn sich ein Kind im Mutterleib bewegt. Ihr Sohn war da und rief nach ihr. Sie lebte wieder, die lange zurückgehaltenen Tränen flossen auf einmal. Wenn Ruiquan zurück war, brauchte sie nicht länger bei Niuniu zu wachen. Niuniu war tot, aber ihr Sohn lebte. Die Tränen trübten ihre Augen, sie mußte sich nach draußen tasten.

Als sie vor die Tür trat, ließ Ruiquan den Bruder los und stürzte auf sie zu. Sie schluchzte laut. Ruiquan ergriff ihre eiskalten Hände und rief immer wieder »Ma«. Über ihre Schulter sah er auch seine Schwägerin. »Ältere Schwägerin, ich bin wieder da.«

Ohne ihn anzublicken, warf sie sich über Niunius Körper und weinte laut auf.

»Was ist denn los? Was ist passiert?« fragte der Dritte ungeduldig die weinenden Frauen. Er nahm die Mutter bei der Hand und ging ins Zimmer hinein. Da sah er das Bett.

Als Ruixuan Mutter und Frau weinen hörte, wurde ihm leichter zumute. Weinen war das beste, um den Kummer überhaupt auszuhalten. Er wollte dem Großvater die Nachricht von Ruiquans Rückkehr bringen.

»Großvater«, rief er mit gedämpfter Stimme.

Der schien eingeschlafen zu sein, er röchelte leise, ohne die Augen zu öffnen.

»Großvater, der Dritte ist zurückgekommen.«

»Was?« Die Augen des alten Mannes waren noch immer geschlossen.

»Ruiquan ist wieder da.«

Die Augen gingen auf. »Mein kleiner Dritter, wo ist er?« Der alte Mann setzte sich auf. »Wo ist er?« fragte er ungeduldig. Ohne eine Antwort abzuwarten, schrie er laut: »Dritter, komm her, ich will dich sehen.« Dann hastete er, auf Ruixuan gestützt, zur Tür. »Kommt zurück und geht nicht zuerst zu seinem Großvater, so was!«

Als der Dritte den Großvater erblickte, blieb er unvermittelt stehen. Das war nicht mehr der rüstige Großvater aus seiner Erinnerung. Er war ein dünner, schwacher, gebeugter alter Mann geworden. Nicht nur sein Haar und sein Bart, auch seine Brauen waren schlohweiß.

Der Großvater legte seine welke Hand auf die Schulter des Enkels: »Gut siehst du aus, gut, bist ja noch größer und kräftiger geworden. Ja, du warst acht Jahre weg, und acht Jahre lang hat dein Großvater auf dich gewartet. Jetzt geht es mir besser. Und sollte ich sterben, wäre ich beruhigt, denn mein kleiner Dritter ist ja wieder zurück.«

Tianyous Frau kam, noch immer weinend, in den Hof hinaus. Sie stellte sich neben ihren Sohn.

Der alte Mann blickte seine Schwiegertochter an, schluchzte und sprach dann sehr sanft: »Weine nicht mehr, der kleine Dritte ist doch wieder zurück, ist das nicht ein Glück?«

Tianyous Frau nickte und wischte sich die Tränen mit dem Zipfel ihrer Jacke ab.

Als Herr Qi Gaodi sah, rieb er sich die Augen und fragte: »Bist du nicht die älteste Tochter der Guans?«

Gaodi nickte.
»Bist du mit dem kleinen Dritten gekommen?« Der alte Mann hatte mit den Guans nichts im Sinne, auch wenn er wußte, daß Gaodi anders als Rotkürbis und Zhaodi war.
»Ja, das bin ich«, nickte Gaodi, ging zu Tianyous Frau hinüber und ergriff deren Hand.
»Ach ...« Der alte Mann wollte Gaodi nicht verletzen, weshalb er lieber nicht weiter fragte.
Nach einer Weile zog er den Dritten in sein Zimmer. »Ruiquan, was ist mit der Tochter der Guans?«
Ohne Umschweife antwortete der: »Sie hat keine Bleibe. Sie möchte ein paar Tage hier unterkommen.«
»Oh ...«, langsam legte sich der Großvater nieder, »bist du ...«
Der Dritte erriet, was der Großvater meinte. »Vielleicht ...«
Lange schwieg der alte Mann. Er konnte die Guans nicht ausstehen, ganz gleich, wie anständig Gaodi auch sein mochte.
»Großvater, wolltest du nicht immer eine große Familie haben?« fragte der Dritte mit einem feinen Lächeln.
Der alte Mann dachte eine Weile nach: »Da hast du recht.«

100

Da keine neuen Sachen vorhanden waren, zog man Niuniu nur ein paar saubere alte Kleider an, legte sie in eine Holzkiste und begrub sie außerhalb der Stadt.
Yunmei war krank und konnte nicht aufstehen. Ein Glück, daß Ruiquan und Gaodi da waren. Der Dritte hatte nicht vorgehabt, zu Hause zu bleiben, sondern gleich weiterziehen wollen. Er hatte das Land gesehen und konnte nicht wie ein altes Weib zu Hause hocken und sich mit Küchenkram beschäftigen. Aber jetzt mochte er nicht gehen. Zuerst mußte er Onkel Qian aus dem Gefängnis holen, sich dann eine Bleibe besorgen, und im Moment brauchten Großvater, Mutter, Bruder und Schwägerin ihn dringend. Er wußte, daß seine Frohnatur, sein lautes Lachen und Reden die Totenstille in der Familie aufbrechen konnten.
Seine Methode gegenüber der älteren Schwägerin war einfach,

aber wirksam. Er versuchte nicht, sie zu trösten, sondern lag ihr von morgens bis abends mit seinen Wünschen im Ohr. »Schwägerin, bist du noch nicht aufgestanden? Ich würde gern wieder einmal Jiaozi essen. Seit acht Jahren habe ich keine Jiaozi mehr gegessen, so wie du sie machst.« Oder: »Schwägerin, komm, steh auf, hast du nicht ein paar alte Sachen für mich? Du siehst ja, wie ich rumlaufe, das Zeug ist so eng, daß ich kaum atmen kann.« Er war sicher, daß er die stets hilfsbereite Schwägerin auf diese Weise dazu bringen konnte, sich aufzuraffen. Und wenn sie erst einmal aufgestanden war und sich zu regen begann, dann würde die Wunde in ihrem Herzen auch langsam heilen.

Außerdem erzählte er ihr auch von den tragischen Dingen, die er gesehen hatte – von Bomben getroffene Mädchen und Jungen, Kinder, die von den eigenen Eltern in den Fluß geworfen wurden, weil sie flüchten mußten. Niuniu war nur eines von Tausenden und Abertausenden Kindern, die im Krieg umkamen.

Nach und nach gelang es der Schwägerin, aufzustehen und die Arbeit wieder aufzunehmen. Sie war abgemagert, und in ihrem schmalen Gesicht wirkten ihre Augen noch größer. Manchmal hielt sie plötzlich bei einer Arbeit inne und stand da, als grüble sie über etwas. Damit es nicht allzu oft dazu kam, schickte der Dritte Xiao Shun zu seiner Mutter, damit er sich mit ihr unterhielt.

Mit seinem älteren Bruder hatte der Dritte eine Menge zu bereden. Sie zogen sogar zusammen in ein Zimmer, so daß Gaodi bei Yunmei bleiben konnte.

Nachdem sie so drei oder vier Nächte miteinander geredet hatten, schien ihr Gesprächsstoff erschöpft, aber sie wollten nicht aufhören. Sie hatten Angelegenheiten der Familie, des Landes und der ganzen Welt zu erörtern, als hinge das Wohl Chinas und der Frieden der Welt von ihren Plänen ab. Gab es gar nichts mehr zu sagen, rollten sie den Faden wieder von vorn auf.

Alle in der Familie mochten Gaodi. Sie war jetzt keine »junge Dame« mehr, sondern ein Mensch, der etwas leisten wollte. Der Krieg hatte sie geschult. Sie kümmerte sich um den alten Herrn Qi sowie Tianyous Frau und kochte für die Familie.

Ihre Kochkünste waren nicht berühmt, aber das störte sie nicht. Ob es gut schmeckte oder nicht, sie gab nicht auf. Denn gelang es diesmal nicht so recht, würde es das nächstemal bestimmt besser werden.
Das war ein weiterer Grund, weshalb Yunmei meinte, sie müsse aufstehen – sie konnte doch den Gast nicht alles tun lassen. Selbst der alte Herr Qi war gerührt und vergaß seine Abneigung gegen die Guans. Verstohlen sagte er zum Dritten: »Wir können uns doch nicht vom Gast bedienen lassen, so etwas gibt es doch nicht!«
Der Dritte lächelte, sagte aber nichts.
Am siebenten Tag nach dem Sieg gelang es dem Dichter Qian, aus dem Gefängnis freizukommen.
Ruiquan beschloß, für Onkel Qian ein kleines Fest zur Begrüßung zu geben. In Peking herrschte seit dem Sieg Stille. Ruiquan mochte diese Stille nicht. Er besprach sich mit dem Großvater. Der war einverstanden und meinte sogleich: »Du mußt Schnaps besorgen, er trinkt gern einen Schluck.«
»Klar, ich weiß auch schon, wo ich den herkriege.«
Yunmei und Gaodi fragte er, was sie dazu essen könnten. Yunmei meinte, getrockneter Bohnenkäse und Erdnüsse paßten gut zu Schnaps und reichten auch. Ein richtiges Essen für die ganze Gesellschaft zu kochen, dazu hatte sie weder die Mittel noch die Kraft.
»In Ordnung, Schwägerin. Und mach uns noch Tee.«
Dann ging er zu seiner Mutter. »Ma, Onkel Qian kommt zurück. Du mußt aufstehen und ihn begrüßen.« Sie nickte.
Ruiquan wollte mit seinem älteren Bruder zusammen Herrn Qian abholen. Ruixuan war gern dazu bereit, dachte aber auch an Mr. Goodrich. Einen ganzen Tag verbrachte er damit herauszufinden, wo er sich befand. Er erfuhr, daß Mr. Goodrich vor ein paar Monaten in das Konzentrationslager Weixian in Shandong gebracht worden war.
Der Dritte lud Herrn Jin und die junge Frau Qian zu der Feier bei den Qis ein, auch Großmutter Li, Cheng Changshun und alle Nachbarn aus der Schafhürdengasse. Die freuten sich darüber so wie über die Nachricht vom Sieg.
Ruixuan und Ruiquan holten Herrn Qian ab.
Der Dichter besaß nichts außer den Kleidern am Leib. Mit

einer Hand auf den Arm des Dritten gestützt, an der anderen fest seinen Enkel haltend, humpelte er durch das Gefängnistor. Ruixuan folgte ihnen.
Diesmal war Herr Qian bei den Verhören nicht gefoltert worden. Die Japaner wollten ihn auf ihre Seite ziehen, und als er ihr »freundliches Angebot« ablehnte, entführten sie seinen Enkel und brachten ihn ins Gefängnis. Einmal täglich durften sich Großvater und Enkel sehen. Herrn Qian war klar, daß sie ihn mit dem Enkel erpressen wollten: Beugte er den Kopf und kapitulierte er, würde er weiterleben, lehnte er ab, würden sie ihn in seiner Gegenwart foltern.
Aber Herr Qian ließ sich nicht beirren. Er verlor seine Ruhe nicht und reizte sie nicht so weit, daß sie das Kind folterten, sprach aber auch nicht das entscheidende Wort, das dem Kind Sicherheit garantiert hätte. In seiner vornehm lächelnden Art nahm er die Dinge, wie sie kamen. Sollte er eines Tages wirklich nichts mehr zum Schutz des Enkels tun können, war nichts zu machen. Unterwerfen würde er sich jedenfalls nicht. Was tat es schon zur Sache, wenn einer mehr im Krieg starb, selbst wenn dieser eine sein Enkel war?
Als der Kleine ins Gefängnis gebracht wurde, hatte er ein fürchterliches Geschrei gemacht. Und als sie ihn zum ersten Mal zu Herrn Qian brachten, hatte er geweint, sein Gesicht war tränenüberströmt. Er schlug dem Großvater auf die Beine und schrie: »Ich will meine Ma, meine Ma.«
Herr Qian hatte den Kopf des Kleinen sanft gestreichelt und immer wieder gesagt: »Sei ganz ruhig, sei ein lieber Junge, weine nicht mehr.« Als sich das Kind beruhigt hatte, nicht mehr schrie und strampelte, fragte es: »Warum haben sie uns hier eingesperrt? Warum lassen sie uns nicht nach Hause gehen?«
»Ohne Grund.«
»Warum ohne Grund?«
»Eben ohne Grund.«
Nach einigen Tagen schien sich sein Enkel an die Situation gewöhnt zu haben, weinte und strampelte nicht mehr. Er wirkte sogar richtig froh, wenn er zu seinem Großvater gebracht wurde. Der Kleine bestürmte den Großvater mit Fragen, was ist Krieg, was ist ein Gefängnis, woher kommen die

Japaner, was wollen sie in Peking? Geduldig beantwortete der Großvater eine Frage nach der anderen.
Der Enkel bat seinen Großvater, ihm einen Namen zu geben. Er hatte sich erinnert, daß die Mutter mehrfach gesagt hatte, seinen Namen bekäme er von Großvater Qian.
Vor der Geburt hatte Herr Qian dem Kind den Namen Qian Chou ausgesucht, Qian, der Rächer. Aber jetzt, als das Kind vor ihm stand, fand er, daß er es nicht mit einem so bitteren Namen durchs Leben schicken durfte. Er fragte den Kleinen: »Kennst du das Wort chou, Rache?«
Der Enkel blinkerte und tat, als denke er nach. Er konnte sich vorstellen, wie eine Katze oder ein Hund oder eine Kuh aussah, aber Rache, was sollte das sein? Das konnte er sich nicht vorstellen, also mußte es etwas Böses sein. »Das will ich nicht«, erwiderte er.
Der Großvater entschuldigte sich. »In Ordnung. Ich werde nachdenken und einen schönen Namen für dich finden.«
Eines Tages meinte er dann: »Was hältst du von dem Namen Qian Shan, Qian, der Gerechte oder Gute? Das Shan aus der ersten Zeile des klassischen Lesebuchs für Kinder, die ich dir beigebracht habe: Am Anfang war der Mensch gut, weißt du noch?« Damit war der Kleine einverstanden.
Zuerst hatten die Japaner das Kind nur wenige Minuten zu seinem Großvater gelassen, dann aber, als sie sahen, daß sie gut miteinander zurechtkamen, die Zeit nach und nach verlängert in der Hoffnung, das Kind könnte ihn in ihrem Sinne beeinflussen. Dann wieder hatten sie es ihm plötzlich entrissen, so daß es schrie und sich wehrte.
Die junge Frau Qian stand mit Shunchen am Eingang zur Schafhürdengasse und wartete auf ihren Schwiegervater und ihren Sohn. Sie war kaum zu erkennen, so dünn war sie geworden. Nur ihre Augen waren wach und hell, als hätte sie ihre ganze Lebenskraft in sie gelegt, um ihren Sohn zu finden. Nun, da sie wußte, daß er zurückkam, schienen sie Feuer zu sprühen.
Als sie den Schwiegervater mit dem Enkel erblickte, stürmte sie ihnen entgegen. Sie nahm den Kleinen in die Arme, drückte ihn fest an sich, hockte sich nieder und preßte ihr Gesicht an seines.

Vor der Nummer eins hielt die junge Frau Qian gewohnheitsmäßig inne, aber Herr Qian blickte nicht einmal auf das Tor, sondern ging langsam vorbei.
Vor dem Tor der Qis standen viele Leute. Sie wollten auf Herrn Qian zugehen, als sie ihn kommen sahen, aber keiner rührte sich. Herr Qian, ihr guter Nachbar, ihr alter Freund und Held, trug eine alte blaue Mönchskutte, die nur bis zu den Knien reichte. Sein Haar war schlohweiß und ungekämmt, die Wangen waren eingefallen, trocken und bleich. Er sah nicht aus wie ein Held, eher wie ein von den Wunden des Krieges Gezeichneter. Unwillkürlich blickten sie einander an, ihre Kleider waren ebenso schäbig, ihre Gesichter bleich und dünn. Dann sahen sie sich in der Gasse um: Die Tore waren ohne Farbe, die Mauern brüchig, alles war trüb und unansehnlich.
Geschichtenerzähler Fang-Sechs hielt eine dünne Schnur mit Feuercrackern in der Hand, um dem Helden ein traditionelles Willkommen zu entbieten.
Jeder wollte als erster seine Hand ergreifen, aber sie ließen, ohne sich verabredet zu haben, dem alten Herrn Qi den Vortritt. Der ergriff mit beiden Händen Herrn Qians Hand und sagte nur: »Sie sind wieder da.« Mehr brachte er nicht heraus. Er dachte an Tianyou. Von allen Bewohnern der Schafhürdengasse ähnelte Herr Qian seinem Sohn am meisten.
Herr Qian hielt die Hand des alten Mannes fest, doch ihm fehlten die Worte.
Der Dritte, der seine Begrüßung so lebendig wie möglich haben wollte, rief: »Kommen Sie herein und trinken Sie etwas.«
Der alte Herr Qi drehte sich um und forderte Herrn Qian auf, zuerst einzutreten. Mit einer Handbewegung sagte er: »Bitte, bitte.«
Herr Qian wollte in der Tat gern etwas trinken. Er hatte geschworen, bis zum Tag des Sieges keinen Alkohol mehr anzurühren. Heute durfte er sich also wirklich einen Schluck erlauben.
Er ging durch das Tor, dabei begrüßte er Gaodi, Tianyous Frau, die Frau von Meister Liu und all die anderen.
Der alte Herr Qi wartete, bis alle im Hof waren, und ging dann selbst gemessenen Schrittes hinein. Der Dritte hatte sich

schon vorher unter die anderen gemischt, aber Ruixuan wartete auf den Großvater, um ihn zu stützen. Nach ein paar Schritten nickte er: »Ruixuan, sind wirklich alle Nachbarn gekommen? Das ist ja ein richtiges Fest.« Ein Lächeln lag auf seinem Gesicht.

»Wenn wir deinen neunzigsten Geburtstag feiern, wird es noch lebhafter zugehen als jetzt.«

Durch die Schafhürdengasse wirbelten die Blätter der Schnurbäume. Ein leichter Wind war aufgekommen.

Die Übersetzerin *Irmtraud Fessen-Henjes* studierte nach dem Abitur chinesische Sprache und Literatur in Peking, arbeitete als wissenschaftliche Assistentin an der Humboldt-Universität und promovierte 1972 zu einem Thema über das chinesische Sprechtheater. Danach ging sie als Auslandskorrespondentin wieder nach Peking. Von 1977 bis in die neunziger Jahre hinein beschäftigte sie sich an der Humboldt-Universität mit moderner chinesischer Literatur und chinesischem Theater sowie dem Autor Lao She. Sie übersetzte vor allem Romane dieses Autors und Prosa bzw. Dramatik zeitgenössischer Autoren.

Flaschenhals
1
2
3
4
A
1: Der Dichter Qian Moyin
2: Der Vierte Herr Li
3: Familie Guan
4: Barbiermeister Sun-Sieben, Witwe Ma und ihr Enkel, Rikschafahrer Cui
5: Familie Qi
6: John Ding, Meister Liu, Eheleute Wen